La Prisonnière de Malte

David Ball

La Prisonnière de Malte

*Les chevaliers de Malte
et la dernière bataille des croisades*

Traduit de l'anglais par Arnaud d'Apremont

FRANCE LOISIRS

Titre original : *Ironfire*
publié par Delacorte, New York.

Édition du Club France Loisirs,
avec l'autorisation des Éditions des Presses de la Cité.

France Loisirs,
123, boulevard de Grenelle, Paris.
www.franceloisirs.com

Le Code de la propriété intellectuelle n'autorisant, aux termes des paragraphes 2 et 3 de l'article L. 122-5, d'une part, que les « copies ou reproductions strictement réservées à l'usage privé du copiste et non destinées à une utilisation collective » et, d'autre part, sous réserve du nom de l'auteur et de la source, que les « analyses et les courtes citations justifiées par le caractère critique, polémique, pédagogique, scientifique ou d'information », toute représentation ou reproduction intégrale ou partielle, faite sans le consentement de l'auteur ou de ses ayants droit ou ayants cause, est illicite (article L. 122-4). Cette représentation ou reproduction, par quelque procédé que ce soit, constituerait donc une contrefaçon sanctionnée par les articles L. 335-2 et suivants du Code de la propriété intellectuelle.

© David W. Ball, 2004. Tous droits réservés.
© Presses de la Cité, 2004, pour la traduction française.
ISBN : Version reliée : 2-7441-7945-0
Version brochée : 2-7441-7946-9

*Pour Jean Naggar et Beverly Lewis,
qui ont ouvert la porte,
et pour Greg Pearson, qui a éclairé le chemin.*

Principaux personnages

MALTE

Maria Borg, paysanne maltaise
Nico Borg, frère cadet de Maria
Luca Borg, père de Maria et Nico
Isolda Borg, épouse de Luca
Eléna, courtisane
Fençu, chef de la grotte de M'Kor Hakhayyim
Elli, épouse de Fençu
Père Giulio Salvago, *kapillan*, chapelain, prêtre de la paroisse Sainte-Agathe
Jacobus Pavino, oiseleur de Gozo
Angela Buqa, baronne
Antonio Buqa, époux d'Angela.

PARIS

Christian de Vries, chevalier chirurgien de l'ordre de Saint-Jean de Jérusalem
Arnaud, comte de Vries
Simone, épouse d'Arnaud
Bertrand Cuvier, chevalier de Saint-Jean
Philippe Guignard, médecin
Marcel Foucault, barbier-chirurgien.

Istanbul

Asha, page au service du sultan dans le sérail de Topkapi
Alisa, jeune esclave
Iskander, tuteur à l'école des pages
Shabooh, page
Nasrid, page.

Alger

El Hadji Farouk, riche marchand, armateur
Youssouf, fils de Farouk
Ameerah, épouse de Farouk
Mehmet, serviteur de la maison de Farouk
Leonardus, maître constructeur de navires
Ibi, jardinier.

Personnages historiques

Dragut Raïs [1], corsaire
Soliman, sultan des Ottomans
Jean Parisot de La Valette, grand maître des chevaliers de Saint-Jean
Romegas, capitaine de galères, chevalier de Saint-Jean
Sir Oliver Starkey, secrétaire anglais du grand maître
Jehangir, prince, plus jeune fils de Soliman
Joseph Callus, médecin de Mdina
Domenico Cubelles, évêque, inquisiteur de Malte
Don Garcia, vice-roi de Sicile, duc de Mdina Coeli
Ambroise Paré, chirurgien
Mustapha Pacha, général ottoman
Piali Pacha, amiral ottoman
Père Jesuald, prêtre hérétique.

---

1. Capitaine de navire chez les musulmans. (*N.d.T.*)

Note de l'auteur

La plupart des dates figurant dans les extraits des *Histoires de la mer du Milieu*, de l'historien ottoman Darius, étaient originellement exprimées en fonction du calendrier musulman. Par souci de clarté, elles ont été converties dans le comput du calendrier grégorien occidental.

Extrait des *Histoires de la mer du Milieu*[1]
commencées à Istanbul en l'an 1011 de l'hégire (*hijrah*)
du Prophète (1604 de l'ère commune), par Darius,
dit le Préservateur, historien à la cour
du Lion de l'Est et de l'Ouest, le sultan Ahmet

Malte !

Jamais, sans doute, les destinées des empires ne dépendirent d'un lieu plus improbable.

L'archipel maltais ne compte que cinq petites îles. Et encore, deux seulement, Malte proprement dite et Gozo, ont une certaine importance. Les rares points d'eau fraîche et la terre pauvre et sèche ne permettent qu'aux figuiers et aux melons les plus obstinés de pousser, et aux habitants les plus tenaces de survivre.

A l'époque de la préhistoire, bien avant l'âge du bronze, les îles furent occupées par des anciens qui laissèrent des temples tombant en ruine et des pistes profondément défoncées pour marquer leur passage. Les Phéniciens suivirent dans ces traces et, après eux, les Carthaginois et les Romains. En route pour son martyre, l'apôtre chrétien Paul y fit naufrage dans une baie au nord de l'île. Pendant son séjour, il sema les graines de sa foi, qui prirent mieux que les figuiers et les melons.

Les raids vandales ravagèrent l'île, tandis que l'Empire romain se scindait en deux : une partie orientale et une autre occidentale. Malte tomba dans les mains de la première, Byzance. Mais en 870, les Arabes s'en emparèrent, ces nomades du désert islamistes qui, en ce temps-là, conquéraient une bonne partie du monde et qui poussèrent à l'ouest jusqu'à la péninsule Ibérique.

Il y eut alors un bref moment de lumière à Malte, quand musulmans, juifs et chrétiens vécurent paisiblement côte à côte. Cela ne devait pas durer.

Un Normand, le comte Roger, conquit l'île en 1090. Un conflit de succession donna Malte au Germanique Frédéric, le saint empereur romain. Il en fit une colonie pénitentiaire et en chassa pour toujours les musulmans. A leur tour, les Germaniques furent expulsés par les Français de Charles d'Anjou, et ces derniers par les Aragonais. Après le mariage de Ferdinand d'Aragon et d'Isabelle de Castille, les

---

1. La Méditerranée. (*N.d.T.*)

Espagnols bannirent toutes les religions de leur royaume, à l'exception du catholicisme romain, ce qui donna naissance à l'Inquisition. Pendant ce temps, les Maures, qui avaient occupé près de sept siècles la péninsule Ibérique, furent progressivement chassés par les royaumes chrétiens. La dernière citadelle musulmane, Grenade, tomba en 1492, année qui vit l'exode massif des Maures et des juifs des terres espagnoles — y compris Malte, où les graines de saint Paul avaient finalement donné des fruits.

Qui, à Malte, survécut à de tels bouleversements ? Des hommes n'ayant qu'une religion, mais de sang mêlé et aux allégeances diverses. Leur langue était un mélange d'arabe, de sémitique et d'italien. Leur vêture et leur culture mariaient l'Orient et l'Occident. Quant à leurs seigneurs, ils appartenaient à une oligarchie de familles nobles installées par les Aragonais et sur leurs fiefs, les paysans — la seule population continue de l'île — travaillaient sans trêve.

Tout au long de son histoire, Malte souffrit des épidémies, de la peste, des monarques qui la pillèrent, de la sécheresse, des corsaires et des étés brûlants. Bien que méprisée pour la pauvreté de sa culture, de ses terres et de sa population, Malte restait convoitée pour la perfection de ses ports et sa position stratégique, qui commandait les voies maritimes entre l'Afrique et la Sicile. Ce fut cette localisation, combinée à l'essor de la puissance ottomane en Méditerranée orientale, qui conféra à l'île une importance disproportionnée par rapport à sa taille.

Malte s'installa solidement dans l'Histoire dans les premières années du XVIe siècle du fait d'un acte intéressé d'un autre saint empereur romain, Charles V[1] d'Espagne, qui installa sur l'île ceux qui sont encore ses gouverneurs aujourd'hui, les chevaliers de Saint-Jean de Jérusalem.

Malte.

Rude île minuscule, d'à peine six lieues de long sur trois de large. Pas plus grande sur cette grande mer qu'un grain de sable sur une plage. Mais ô quel grain !

Quelles destinées s'y révélèrent !

Extrait du volume VII
Les Grandes Campagnes : Malte.

---

1. Charles Quint. (*N.d.T.*)

Chapitre 1

Malte
1552

Ce matin-là, les enfants étaient partis en quête d'un trésor.

Tout à leur affaire, ils n'avaient pas remarqué le mât de la galère esclavagiste, presque totalement dissimulée par les grands rochers cernant la crique où elle avait jeté l'ancre pendant la nuit.

Ils ne virent pas non plus la sentinelle morte, pendue la tête en bas sur la tour de guet. C'était Bartholomé, un garçon un peu plus vieux qu'eux, qui vivait dans leur rue. Il avait eu la gorge tranchée d'une oreille à l'autre dans son sommeil. Son sang avait déjà séché sur la plate-forme d'où il aurait dû donner l'alarme. Ses assassins en avaient profité pour voler des planches de la construction. Si les gamins n'avaient pas vu Bartholomé, c'est qu'ils se cachaient pour qu'il ne les aperçoive pas : ils se glissaient au fond des ravines et s'accroupissaient derrière les murets de pierre qui séparaient des champs si secs et si stériles que même les corneilles ne venaient plus s'y ébattre. Tant qu'ils restaient dissimulés, ils savaient que Bartholomé ne pouvait pas les repérer et gâcher leurs plans. Car il le ferait s'il en avait l'occasion ; pour rien, juste par méchanceté : parce que Bartholomé était tout simplement méchant.

Avec le vent dans le dos, ils ne pouvaient pas davantage sentir la galère. Et quel vent ! Une magistrale bourrasque venant du nord-ouest. Quand cela soufflait du bon côté, on devinait la présence d'une galère avant de la voir et la puanteur était une annonce caractéristique de danger. S'ils l'avaient perçue, ils auraient reconnu cette odeur typique de décomposition. Et ils auraient eu le temps d'avoir peur... et de fuir.

Mais, aujourd'hui, ils n'étaient réceptifs qu'aux rêves de Maria.

— Père va nous fouetter, dit soudain Nico d'un air sombre.

Il haletait en s'accrochant aux pas de sa sœur, qui les entraînait vers la côte sud de Malte. Malgré l'heure matinale, le sol calcaire chauffait déjà au soleil et leur cuisait la plante des pieds.

— On devait nettoyer le cloaque.
— Il n'en saura rien, trancha Maria.

Avec ses pieds nus, elle se déplaçait comme un vif-argent sur les rochers, se frayant un chemin entre les figuiers de Barbarie. Elle avait treize ans, mais pour son âge, était plutôt petite, athlétique et mince. Son visage ne trahissait encore aucun signe de sa féminité. Elle portait des vêtements troués par endroits et un couteau à sa ceinture. Ses cheveux courts et dépenaillés la faisaient encore davantage ressembler à un garçon. Sa figure crasseuse était profondément tannée par le soleil. La détermination et l'aventure brillaient dans ses yeux verts. « Il est occupé aujourd'hui. Il est allé voir le *capumastru* pour un travail, la construction d'un nouveau château pour les chevaliers. Et de toute façon, je n'abandonnerai pas sans l'avoir trouvé. Si tu préfères laver la merde au lieu de chercher le trésor, c'est comme tu veux. Je m'en fiche. »

Pendant deux longues journées, ils s'étaient occupés de la fosse d'aisances, juste en dessous de leur maison. Seau après seau, ils avaient vidé les excréments humains et animaux pour aller les épandre sur un champ rocailleux où leur famille essayait de faire pousser des légumes, à l'extérieur du village. Ils procédaient à l'opération deux fois par an, quand les mouches qui envahissaient la cuisine devenaient trop grosses. Abstraction faite des bestioles, Maria ne voyait pas l'intérêt de cette tâche. Rien n'avait crû dans le champ depuis deux ans. Mais c'était partout pareil à Malte. La pluie ne venait désespérément pas et aucun grain n'arrivait de Sicile. Même son frère et sa sœur, jumeaux, étaient morts de faim, comme la moitié des bébés du village de Birgu[1] cette année.

« A Malte, rien ne pousse sauf les rochers et la misère, disait souvent sa mère. Et puis les excréments. Ah, s'il y avait un marché pour ça, nous serions riches au-delà de nos rêves ! » C'était sans doute le seul sujet sur lequel Maria était d'accord avec elle. Répandre la merde n'avait aucun sens. Ce n'était qu'un travail désagréable de plus imposé par son père. Mieux valait être ici, à faire quelque chose d'intéressant.

— On n'arrête pas de le chercher, mais on ne trouve jamais rien, grommela Nico.

— Aujourd'hui, nous allons le découvrir. Mais tu peux t'en aller, si tu veux.

Naturellement, il ne s'en irait pas. Il idolâtrait sa sœur, le soleil de sa vie. Elle le protégeait de la colère de leur père, du désespoir de leur mère et de tous les tourments d'un monde hostile. Elle ne ressemblait pas aux filles de son âge, vraiment pas du tout. La plupart d'entre elles se couvraient le visage d'un *barnuza* et restaient à la maison. « Une femme ne devrait être vue que deux fois en public, disait la mère de Maria. Le jour de son mariage et celui de son enterrement. »

Maria n'écoutait pas. Avec son tempérament bouillant, elle avait fait vœu de ne jamais se cacher derrière un *barnuza*. Les autres filles la fuyaient — la réciproque était vraie. La situation convenait très bien à Nico, qui avait, ainsi, quelqu'un avec qui courir, quelqu'un qui connaissait les choses, racontait des histoires, grimpait aux rochers et partait à la chasse au trésor. Si Maria le lui demandait, il la suivrait au bord des falaises, même si une telle dévotion lui amenait souvent des problèmes avec leur père.

— Je veux pas être fouetté, c'est tout.

---

1. Ou Borgo — actuel Vittoriosa. (*N.d.T.*)

— Il y a pire.
— Quoi ?

Nico pouvait sentir le cuir de la ceinture paternelle sur son derrière. Il n'y avait pas grand-chose de plus désagréable que ça.

— Perdre notre temps à tirer de la merde, par exemple. Ou laisser quelqu'un d'autre trouver le trésor. Voilà nous y sommes, dit-elle.

Ils étaient arrivés dans leur domaine privé, une série de ruines plantées sur un plateau surplombant la mer. Ils n'avaient jamais vu âme qui vive ici. Les vents et les intempéries avaient enterré la majeure partie du site sous la poussière des siècles. Mais il restait encore les grands mégalithes d'un temple construit par quelque ancienne race oubliée. Des colonnes de pierre dressaient leur masse vers le ciel, d'autres s'étaient effondrées. L'endroit était parsemé de chambres souterraines et d'innombrables cachettes. Ils en avaient exploré une bonne partie. En rampant dans les échancrures et en se faufilant sous les blocs rocheux, ils découvraient des salles et des couloirs nouveaux, juste en déplaçant les décombres et en creusant un peu.

Maria en était certaine : quelque part dans ce labyrinthe, enfoui soigneusement dans un coffre, un pot ou derrière une dalle, reposait un trésor. Un demi-siècle plus tôt, les juifs avaient été expulsés d'Espagne et de ses possessions, y compris Malte. Ils avaient fui précipitamment pour échapper aux persécutions et beaucoup pensaient que, pris de court, ils avaient enterré d'innombrables biens, qu'ils comptaient venir rechercher plus tard.

Jusqu'alors, Maria n'avait trouvé que des coquillages et quelques vieux os. Mais même sans cet espoir de dénicher un magot, elle serait venue ici. Elle aimait les ruines. Tout, en elles, exhalait la pureté : leur parfum, la vue exaltante sur l'océan, les réminiscences d'un passé glorieux... Elle pouvait sentir la présence et l'esprit des gens qui avaient construit ces édifices : ils avaient de l'argent, de la nourriture et portaient des vêtements plus magnifiques encore que les chevaliers de Saint-Jean, qui se pavanaient comme des paons dans les rues de Birgu. Ces inconnus avaient bien vécu ; ils avaient dansé, ri, donné de grandes fêtes... Pendant que Maria et Nico creusaient au pied des colonnes ou retournaient les pierres, elle lui racontait ce qu'elle imaginait sur ces mystérieux disparus.

— S'ils étaient si grands, observa Nico en grattant le sol, pourquoi n'ont-ils laissé que ça ?

— Ils sont partis en Franza. C'est plus vert là-bas. Tout le monde vit dans l'opulence.

— Mais qui dit qu'ils ont enfoui un trésor ici ?

— Moi ! Le Dr Callus me l'a raconté. Lui aussi, il passe tout son temps à le chercher. Des juifs l'ont caché voilà mille ans, quand le roi les a chassés.

— Ils n'auraient pas laissé leurs richesses derrière eux. Mère dit qu'ils abandonneraient plutôt leurs enfants.

— Eh bien, ceux-là l'ont fait, soupira Maria. C'était de l'or et de l'argent. Ils ne pouvaient pas tout emporter. Et moi, je vais les trouver. J'attendrai d'être un peu plus vieille, et j'achèterai un château en Franza.

Sur le quai, elle avait entendu parler de la France, de ses montagnes et de ses vastes champs de lupin. Cela avait l'air formidable : elle acquerrait un domaine et mettrait des esclaves au travail pour cultiver ses terres.

— C'est quoi du lupin ? demanda Nico.

— Je ne sais pas vraiment, mais j'en aurai beaucoup. Et des domestiques, et tous mes vêtements seront en soie, et mes cuillères en argent. Si tu veux, tu pourras vivre avec moi.

— Les filles ne peuvent pas avoir de château.

Elle fronça le nez.

— Les reines, si. J'en serai une. Tu verras.

Ils creusèrent un moment sans découvrir quoi que ce soit, si ce n'est des gravats et de la caillasse. Maria était à deux doigts d'aller faire un tour dans les grottes qui parsemaient les falaises au-dessus de la mer, dont certaines étaient occupées. Les juifs y avaient beaucoup de bonnes cachettes à leur disposition. Elle fouillait avec la pointe de son couteau, quand elle entendit un tintement. Elle dégagea la terre avec les doigts et toucha un petit objet. Il était de forme ovale et encroûté par le temps.

— Regarde ! lança-t-elle en l'exhibant.
— Qu'est-ce que c'est ?
— *Munita !* Une monnaie !
— On dirait un caillou !
— C'est ta tête, le caillou ! C'est vieux, ça n'a l'air de rien, mais c'est quand même un trésor.

Elle frotta la pièce. Dans la lumière du soleil, le métal corrodé brillait timidement.

— Là, regarde, tu ne vois pas ? La tête d'un homme casqué !

Nico ne discernait rien, mais il écarquilla quand même les yeux.

— Tu peux la garder, dit-elle magnanime en la lui tendant. Il y en a plus ici. Qu'est-ce que je t'avais dit ? Mets-la dans ta poche. Et quoi qu'il arrive, ne le montre pas à un grand. Il te la prendrait.

— *Grazzi*, souffla Nico croyant à peine à sa bonne fortune.

Il glissa la trouvaille dans son vêtement et recommença à s'activer fébrilement à côté d'elle, avec un enthousiasme régénéré. Ils creusèrent plus d'une heure. Sur leur front, la sueur se mêlait à la crasse. Ils ahanaient, charriant la terre et la pierraille au nom des rêves de la jeune fille.

Elle déterra un bol, bien conservé, mais cassé en deux. Et juste en dessous, ils tombèrent sur un fémur parfaitement blanc.

— Tu vois ? C'est un os de juif, s'exclama Maria confiante. C'est un repère. Ils en laissent toujours à proximité d'un trésor. Nous brûlons.

Nico siffla d'admiration. Ils se remirent la tâche encore plus furieusement.

Maria s'arrêta brusquement et tira la manche de son frère pour lui intimer le silence.

— C'était quoi ? murmura-t-elle.
— Quoi ?
Elle inclina la tête et écouta attentivement. Une grive bleue sautillait entre les rochers à la recherche d'insectes. Un minuscule lézard s'accrochait au flanc d'un roc. Le vent sec et chaud soufflait sans interruption.
— J'ai cru entendre des voix. (Un instant plus tard, elle secoua la tête.) Tant pis. Ce n'était rien.

★★★

Les membrures de la galiote algérienne à l'ancre craquaient doucement. L'eau clapotait contre le franc-bord. Des soldats se tenaient sur la dunette, leur arquebuse prête à tirer. Ils attendaient nerveusement le retour des esclaves partis se ravitailler en eau à une source à l'intérieur des terres. Le bateau, abrité par la crique, était proue face à la mer, en vue d'un départ rapide.

Ce chasseur des mers, beau, long, élancé et véloce, était du même type que les galères qui avaient transporté les légions de Rome et les marchandises de Carthage. Avec son faible tirant d'eau, il se glissait facilement, par beau temps, dans les rivières et les lagons d'où il pouvait fondre sur les riches vaisseaux. Son mât supportait une unique voile latine et ce n'était généralement pas le vent qui la poussait en mer, mais la force des esclaves. Trois rameurs nus étaient enchaînés à chacun des vingt-quatre bancs alignés sur les côtés. Au cours des longs mois de la saison des courses, ils ne quittaient pas leur poste. Par tous les temps, ils mangeaient, dormaient et se reposaient à leur place.

Le raïs Ali Agha, le maître du bâtiment, ne se serait jamais approché seul de Malte s'il ne s'était agi d'un cas d'urgence. L'île était le siège des chevaliers de Saint-Jean, les infidèles dont la base se trouvait à peine à deux lieues de distance, à Birgu.

Il avait fait halte pour procéder à de rapides réparations et pour se procurer urgemment de l'eau. Il avait pratiquement été victime de son propre succès. Un raid osé sur le littoral sicilien lui avait permis de capturer cent trente esclaves. Alors qu'il regagnait Alger, il rencontra un bateau de commerce français sans escorte et s'en empara sans tirer un coup de feu. Il mit l'équipage aux fers à fond de cale, et transborda des balles de soie et des boîtes d'épices jusqu'à ce que son navire menaçât dangereusement de s'enfoncer. Quand il se résolut à ne pas embarquer davantage de chargement, il largua les amarres de sa prise, qui partit à la dérive, et se hâta de remettre le cap sur son port d'attache.

Il y serait facilement parvenu si un fantasque orage printanier ne s'en était mêlé. Le faible tirant d'eau de la quille était conçu pour la vitesse, pas pour affronter une mer déchaînée. Les vagues secouaient la galiote comme du liège. Un petit canon de fabrication portugaise, enlevé aux Français, s'arracha à la lourde solive de bois à laquelle il avait été entravé. Il balaya le pont en tout sens, fracassant les barriques d'eau comme du petit bois, puis brisant les jambes de l'homme de barre en revenant en arrière. Finalement, il défonça le bord et bascula dans la cale.

Seule la main bienveillante d'Allah le guida sur un groupe d'esclaves plutôt que sur la coque elle-même. Les malheureux étaient blottis les uns contre les autres par crainte de la tempête. Leurs corps amortirent l'impact de l'engin mais sa gueule pénétra les planches au niveau de la ligne de flottaison, qui, du fait de la lourde charge, était encore plus haute que d'habitude. La mer s'engouffrait par la brèche à chaque mouvement de houle. Le vaisseau se trouvait en danger de mort.

Seule la prompte réaction d'Ali Agha les empêcha de tous finir au fond de l'eau. Soixante-dix captifs furent passés par-dessus bord pour soulager le navire, leur poids étant supérieur à celui de la soie et leur valeur bien moindre que celle des épices. La plupart d'entre eux étaient des enfants, parqués dans la cale arrière et séparés de leurs parents par une cloison. Ali Agha répartissait toujours ses prisonniers de cette manière, estimant que cela les rendait plus dociles. Il aurait préféré jeter les adultes à la mer : les gamins valaient davantage. Mais c'était la poupe qui avait besoin d'être allégée, et l'on n'avait pas le temps de déplacer des corps ou quelque autre lest. Les hurlements des victimes furent couverts par les vents violents. Le sifflet du maître de nage retentissait et le fouet du garde-chiourme claquait sans arrêt alors que tous, à bord, s'activaient pour éviter l'engloutissement. Soldats et esclaves écopaient comme des fous pour lutter contre l'inondation de la cale. La moitié des hommes avaient le mal de mer, et leur vomi allait se mélanger à l'eau salée et s'enroulait autour de leurs genoux.

Puis presque aussi soudainement qu'elle avait éclaté, la tempête s'apaisa et la mer redevint calme.

Ali Agha fit l'inspection des dommages. Le mât avait tenu, mais une écoutille mal fermée était à l'origine de gros dégâts : presque toutes les réserves de nourriture et une bonne partie de l'eau étaient perdues. Les trois cents âmes encore à bord pouvaient tenir quelques jours sans manger, *inch' Allah*, mais pas sans boire. En outre, la galiote avait besoin de réparations. La terre la plus proche était Malte. A contrecœur, Ali Agha fit mettre le cap sur l'île. En dépit de sa proximité avec la base des chevaliers, il s'imaginait qu'ils devaient être occupés ailleurs à poursuivre son grand-oncle, le légendaire Dragut Raïs. Quelques jours auparavant, celui-ci avait capturé la *Caterinetta*, qui arrivait de Marseille avec une fortune en *scudi*[1], que l'ordre entendait consacrer à la construction des nouvelles fortifications de Birgu. Tempête ou pas, les chevaliers, humiliés, avaient dû se précipiter derrière le corsaire comme des frelons furieux.

Mais Ali Agha ne voulut pas prendre de risques. Ses charpentiers se hâtèrent de réparer en utilisant le bois d'une tour de guet qui se dressait au-dessus du rivage sud. Ils colmatèrent les fissures autour de l'impact pour restaurer l'étanchéité et graissèrent de nouveau une partie de la coque pour que le

---

1. *Scudo* : ancienne monnaie italienne. (*N.d.T.*)

bateau soit prêt au combat. Maintenant, il ne restait plus qu'à attendre le réapprovisionnement en eau. Les rameurs se reposaient indolemment sur leur banc cuisant sous le soleil blanc qui s'était levé au-dessus des rochers protecteurs qui encadraient la crique.

Des gardes se tenaient sur la passerelle surplombant la cale pour imposer le silence. On ne pouvait tolérer aucun bruit avant qu'ils n'aient quitté l'antre des chevaliers. Juste après l'aube, deux Siciliens commencèrent à se battre pour une miette de nourriture. Leur gorge fut rapidement tranchée et leur cadavre balancé par-dessus bord. La femme de l'un d'eux hurla et son corps sans vie suivit celui de son mari dans l'eau. Après cela, les autres captifs furent aussi silencieux que si eux-mêmes avaient été égorgés. Le raïs Ali Agha aimait une troupe et un équipage obéissants.

Anxieux, il observait la mer et se retournait sans arrêt vers la ravine. Les esclaves tardaient à rapporter l'eau. Si Ali Agha et les siens étaient surpris dans l'anse, ils seraient facilement piégés, toute évasion devenant impossible. Chaque seconde qui passait faisait croître le danger. Les rochers cernant leur cachette empêchaient des yeux ennemis de les voir, mais simultanément, dissimulaient leur éventuelle présence. Cette maudite Malte, aussi désolée que dangereuse, était familière à Ali Agha. Il avait fait des raids sur l'archipel une bonne douzaine de fois. Généralement, il débarquait sur Gozo, l'île la plus au nord, la moins défendue, mais connaissait quand même cette côte sud. Il l'avait choisie en raison de son isolement et de la présence d'une source d'eau fraîche, certes difficile d'accès, mais située dans une zone assez dépeuplée. Le garde de la tour de guet avait été le premier à mourir, avant l'aube, et des hommes furent envoyés dans toutes les directions afin de débusquer et de tuer quiconque se trouvait dans les grottes avoisinantes. Deux guetteurs se positionnèrent sur les promontoires face à la mer, mais Ali Agha décida d'en placer également sur les falaises. Des ruines s'y dressaient, d'où ils pourraient repérer l'approche d'éventuelles patrouilles venant de la terre ou de galères ennemies.

Sur son ordre, deux hommes escaladèrent la paroi rocheuse, armés de pistolets et de couteaux. L'ascension était traîtresse et la progression lente. Finalement, ils atteignirent le sommet, d'où ils purent balayer la mer du regard. L'un d'eux signala que l'horizon était dégagé. Puis il se dirigea vers les ruines avec son camarade.

Nico fut le premier à les voir.

Il ne cherchait plus le trésor. Il se servait d'un gros caillou pour en tailler un autre en forme de boulet de canon. En se frottant les yeux pour en retirer la poussière, il regarda en direction des falaises. Et alors il pâlit. Sous l'effet du choc et de la peur, il sentit son ventre se retourner. De son côté, Maria était encore penchée sur son ouvrage. Il la tira par la chemise. En découvrant son air terrifié, elle suivit son regard.

Un homme arrivait en haut de l'escarpement. Il était trapu, barbu, torse nu et portait un pantalon bouffant à l'entrejambe très bas. Il se rétablit sur ses pieds et se retourna pour donner un coup de main à son compagnon. Ce dernier, un Maure efflanqué à la peau sombre, portait un pourpoint de cuir beaucoup trop large pour sa carcasse maigre. Tous deux étaient chaussés de sandales. Leur turban signalait des corsaires nord-africains, ceux-là mêmes qui hantaient les cauchemars de tous les Maltais, et qui avaient à leur compte plus de victimes que les maladies et la famine réunies. Depuis l'époque des Carthaginois, les esclavagistes avaient ravagé l'archipel, mais aucun n'avait atteint l'efficacité dévastatrice des Barbaresques. Rien que l'année précédente, le plus terrible d'entre eux, Dragut Raïs, avait razzié presque l'intégralité de la population de Gozo. Ses hommes avaient fondu sur l'île comme une ombre de mort. Les arbres avaient été abattus, les sources et les puits empoisonnés, les maisons brûlées, les églises détruites, le bétail massacré. Quand la fumée se dissipa, plus de cinq mille âmes avaient disparu dans les cales des navires de Dragut Raïs.

Même les enfants. Maria et Nico l'avaient entendu raconter des centaines de fois. Surtout les enfants.

Maria n'avait jamais ouï dire qu'ils fussent venus dans cette partie-là, où tant de gens vivaient et où les falaises étaient si hautes. Mais cela ne faisait rien : ils étaient bel et bien là, maintenant. Elle vit l'un d'eux faire un signe vers le bas des rochers et ils prirent la direction des ruines.

— Tout va bien, dit-elle doucement à son petit frère, en feignant un calme qu'elle n'avait pas.

Les intestins de Nico n'étaient pas aussi résistants que les siens, mais ses propres boyaux étaient tordus par la peur. Elle savait qu'il pouvait se mettre à pleurer à n'importe quel moment et devait être forte pour deux.

Ils se trouvaient dans une grande cour envahie d'herbes et entourée par un mur de pierre. Du côté de la mer, il comptait trois ouvertures, deux pour des fenêtres et une pour une porte. S'ils parvenaient à se frayer un chemin à travers la partie dégagée jusqu'au côté terre, ils pourraient se cacher dans les décombres, puis disparaître en traversant le mur intérieur des ruines, où il y avait d'innombrables endroits pour se dissimuler. Ils arriveraient sans doute à se sauver et à courir jusqu'à la tour de guet, où Bartholomé leur viendrait en aide. Maria se demanda, d'ailleurs, pourquoi il n'avait pas encore donné l'alarme. Il les avait sûrement vus, lui aussi. L'idiot s'était probablement endormi, pensa-t-elle avec colère.

— File vers ce mur, ordonna-t-elle à Nico. Dépêche-toi, mais sans bruit. Si nous sommes discrets, ils ne se rendront pas compte de notre présence.

Ils se hâtèrent de rebrousser chemin, s'écorchant mains et genoux sur les cailloux. Nico recula en plein dans un bouquet de chardons. Il avait tellement peur qu'il ne sentit rien sur le coup. Mais en progressant lentement, il se mit à gémir et à prier. Pourquoi n'était-il pas resté à la maison à nettoyer la fosse, comme son père l'avait ordonné.

— *Ahfirli*, mon Dieu, marmonna-t-il.

— Dieu ne veut pas que tu te plaignes, siffla Maria. Il veut que tu te dépêches.

Ils étaient presque parvenus à l'amoncellement de pierres qui s'offrait à eux comme refuge, quand une tête enturbannée apparut à la porte côté mer. Maria attrapa Nico par la chemise et le plaqua au sol. Ils se figèrent tels des cadavres. S'ils avaient pu, ils se seraient fondus dans la terre. Maria constata avec horreur que leur passage avait soulevé la poussière, qui voletait dans l'air, éclairée par les rayons obliques du soleil. Ils n'auraient pas pu laisser plus belle trace.

Le corsaire balaya le grand carré du regard. Il savait que quelque chose se tapissait là. D'un geste, il intima le silence à son camarade. Les murs projetaient des ombres sombres sur les herbes et les pierres, ce qui gênait la vue. Le turban de l'homme bougeait à peine alors que son regard, mouvant, était chargé de soupçon. Il pencha la tête de côté et tendit l'oreille. Il ne percevait que le bruit lointain des vagues s'écrasant sur les rochers en dessous. Il tira un couteau de sa ceinture d'étoffe et le tint fermement, prêt à s'en servir. Il le faisait sauter d'une main à l'autre, aux aguets. La lame scintillait dans le soleil. Il serrait la poignée, puis relâchait alternativement la pression, patient, prudent, attentif. Pendant de longs instants, chasseurs et proies demeurèrent parfaitement immobiles à chaque extrémité de la cour. Seule la mer murmurait à distance.

Maria était certaine que les battements de son cœur allaient les trahir. Elle avait la main sur l'épaule de son frère, qui tremblait tel un lapin terrorisé. Elle n'osait pas le regarder, même pour le rassurer ; elle n'osait pas davantage bouger la tête ni, d'ailleurs, respirer.

Le turban se figea. Le regard du Barbaresque sonda directement leur cachette. Il plissa ses yeux sombres, comme s'il n'était pas sûr de ce qu'il avait vu. Maria les sentait sur elle comme deux charbons ardents. La peur lui dévorait les entrailles et il lui fallut rassembler tout son courage pour ne pas défaillir.

— *Shoof, walahi !*

Le corsaire cria un avertissement à son camarade, puis franchit le passage.

— Cours ! hurla Maria.

Les enfants bondirent et filèrent par une porte qui donnait sur un étroit passage entre les vieux murs calcaires. Maria serrait fermement la main de son frère, le tirant derrière elle et le retenant quand il trébuchait. Ils tournèrent à gauche, puis à droite, et encore à gauche, s'aventurant de plus en plus profondément à l'intérieur du labyrinthe.

Derrière eux, ils percevaient le martèlement des pas de leurs poursuivants. Maria s'approcha d'une échancrure taillée dans la pierre. Elle poussa brutalement Nico à l'intérieur et plongea derrière lui. Tous deux tombèrent lourdement, puis ils se hâtèrent de poursuivre à quatre pattes jusqu'à un autre passage. Au fil du temps, la terre, la poussière et les gravats s'étaient tellement accumulés sur le sol que les anciennes portes se résumaient à des passages bas. Maria et Nico devaient se courber pour les franchir. Elle se cogna la tête contre le linteau de pierre, cria sous l'effet de la douleur et tomba à genoux. Nico s'arrêta pour l'aider. Jetant un coup d'œil en arrière, il aperçut, devant l'ouverture, le reflet d'un turban. Cette vision fit jaillir de ses yeux une fontaine de larmes. Il s'écroula, haletant, cherchant de l'air entre deux grands sanglots hachés. Il ne pouvait plus bouger. L'homme passa ses épaules et, poussant des grommellements sourds, rassembla ses forces pour glisser le bas de son corps.

Maria fut la première à se ressaisir.

— Viens !

Une fois de plus, elle tira violemment Nico en avant. Elle savait que leur seul espoir désormais était d'atteindre l'une des salles souterraines, où ils pourraient se cacher en silence. Rampant et se faufilant dans les failles, les portes et les fissures dans les murs, ils se frayaient un chemin dans ce dédale. Par instants, ils apercevaient des pans de ciel au-dessus d'eux, tandis qu'à d'autres, ils s'enfonçaient dans l'obscurité sous d'énormes plaques de pierre. Dans un de ces endroits sombres où ils se sentirent en sûreté et invisibles, ils décidèrent de marquer une pause. Pendant un moment, ne percevant que leur respiration hachée, ils commencèrent à entrevoir une lueur d'espoir. Mais, bientôt, ils entendirent des grognements étouffés et des halètements bruyants. Le noir n'offrait aucune sécurité. Leurs chasseurs n'abandonneraient pas la partie.

Ils se remirent à filer et à s'enfoncer plus profondément dans le labyrinthe, se blessant les mains et les genoux. Ils ne se préoccupaient plus de ne pas faire de bruit. Ils tombèrent sur une tranchée et s'y engloutirent. Ils se jetèrent sous une dalle massive et dévalèrent un escalier à demi enfoui, d'où ils s'engagèrent dans un autre passage. Les ruines semblaient ne pas avoir de fin. Débouchant dans un secteur où ils n'étaient jamais venus auparavant, ils se glissèrent par un accès pour se retrouver dans une autre salle. Bien au-dessus d'eux, un pan du plafond s'était effondré. Un minuscule rayon de lumière éclairait faiblement l'espace. C'était une grande crypte funéraire. A l'intérieur des niches creusées dans les murs sur plusieurs niveaux, on pouvait voir des restes humains. Les morts, au crâne doté de sombres orifices oculaires vides et de mâchoires béantes, semblaient les dévisager et se moquer d'eux.

Maria leva les yeux vers la source d'où tombait la lumière, se demandant s'ils pouvaient s'échapper par là. Elle se redressa et chercha à grimper. Mais l'ouverture se trouvait au-dessus d'une partie de mur totalement lisse. Il n'y avait pas endroit pour placer les pieds. Aucune échappatoire. Ils étaient pris au piège.

Elle se laissa retomber sur le sol puis se glissa dans une des niches en repoussant les os du précédent occupant pour se faire de la place. Elle s'appuya contre la paroi, tirant Nico pour le cacher derrière elle. Son corps était encore secoué de sanglots, qu'il essayait vaillamment d'étouffer. Il enfonça son visage dans l'épaule de sa sœur.

Ils entendirent les corsaires juste à l'extérieur du mausolée, qui conféraient à voix basse. Ostensiblement, ils se demandaient où pouvait bien être leur gibier. Autour d'eux, il n'y avait plus que le silence. Soudain, une tête apparut dans l'encadrement de la porte que les enfants avaient franchie quelques instants plus tôt. L'homme respirait lourdement à cause des efforts qu'il venait de fournir. Nico ouvrit un œil pour regarder ce qui se passait. A la vue de l'intrus, ses yeux se gonflèrent de larmes et sa poitrine se souleva. En dépit de tous les efforts de Maria, ses pleurs déchirants emplirent la crypte. Maria le serra plus étroitement quand ils entendirent le sifflement du Barbaresque.

— *Ta-eh-la !*

Maria se pressa plus fortement contre le mur. Les sanglots de Nico redoublèrent.

— *Ta-eh-la !* répéta l'homme.

Il se glissa à l'intérieur de la salle. C'était le plus petit des deux, le Maure. Ils tremblèrent en le voyant approcher. Ils discernaient ses yeux sous les plis du turban, pétillants, moqueurs. Ils se tassèrent encore davantage. Le Maure tendit le bras. Maria lui décocha un coup de pied. Il la repoussa et attrapa la cheville de Nico. Le garçon hurla et fut arraché à l'étreinte de sa sœur. Puis la cheville de celle-ci fut saisie à son tour. La pression était telle qu'elle crut que ses os allaient craquer.

Grommelant, l'agresseur les tira laborieusement dans la poussière jusqu'à l'entrée. De l'autre côté, son compagnon l'attendait pour lui prêter main-forte. La peur avait rendu Nico totalement amorphe, mais Maria se débattait avec la plus grande énergie. Elle attrapa un os blanchi de bonne longueur et se mit à taper le Maure avec. Dans l'incapacité de faire efficacement tournoyer cette arme improvisée dans l'espace exigu, elle ne lui faisait pas grand mal. Le corsaire coinça Nico avec son corps et tenta de la frapper. Le premier coup manqua sa cible. Il recommença et, cette fois, atteignit la bouche de la jeune fille. Elle sentit une de ses dents se casser, mais ne resta qu'un instant sous le choc : maintenant enragée, elle se déchaîna telle une furie. Après s'être débarrassée de l'os, elle griffa la joue de l'homme avec ses ongles et essaya de lui arracher les yeux. Quand il se remit à cogner, elle lui attrapa le bras entre ses dents et mordit dans la chair épaisse. Le goût du sang envahit sa bouche. Il gronda de rage, et l'agrippa de force par le cou et l'épaule. Ses doigts trouvèrent un nerf, et elle fut neutralisée sous l'effet de la douleur. Elle cria et cessa de combattre. Avec des mouvements saccadés, il la tira par le cou tout le reste du parcours souterrain.

Quelques instants plus tard, ils se retrouvèrent à la lumière du soleil. Ils haletaient, et étaient couverts de crasse, de sueur et de sang. Le Maure examina son avant-bras, où la marque des dents, en demi-lune, était bien visible. De colère, il gifla de nouveau Maria. Sur ce, Nico tenta de s'échapper, mais le second corsaire — le grand — l'attrapa par le col. Tous deux traînèrent leurs captifs jusqu'à l'orée des ruines. Ils avaient eu du mal à s'en emparer, mais cela en valait la peine. Au marché aux esclaves, ils obtiendraient un bon prix pour des gamins aussi vifs.

A mesure qu'ils approchaient de la falaise, Nico hurlait et se tortillait de plus belle, mais son ravisseur le tenait trop fermement. Il le souleva et le jeta sur son épaule tel un sac. Il s'avança avec précaution au bord des rochers et Maria le vit entamer la descente. Sachant que chaque seconde qui passait diminuait leurs chances de se sauver, elle se contorsionna pour essayer d'attraper le couteau qu'elle avait dans sa ceinture. Le Maure raffermit sa poigne et, à son tour, la balança sur son épaule, la tête du côté gauche et les pieds à droite ; puis il rit en pensant au véritable chat sauvage qu'il transportait. Pensant qu'il s'agissait d'un garçon, il lui mit la main entre les cuisses pour lui serrer les testicules et faire taire ses récriminations. Le choc qu'il ressentit en découvrant qu'il s'agissait d'une fille lui fit relâcher un instant son étreinte. Maria s'en rendit compte et en profita pour s'emparer de son arme. La lame scintilla quand elle poignarda violemment l'homme vers le bas. Elle voulait l'étriper comme elle avait vu les pêcheurs faire avec les thons. Elle n'était pas assez forte pour cela, mais chercha quand même à lui entailler sérieusement la poitrine. Le sang inonda la chemise de la victime, qui hurla de rage et de douleur, tandis que sa main gauche lâchait prise pour se porter instinctivement à la blessure. Serrant les dents, Maria frappa de nouveau, visant cette fois le cou. Le Maure leva le bras juste à temps. La pointe de la dague s'enfonça si fort dans l'os que la poignée échappa à Maria. Mais l'attaque avait été suffisante. En poussant un nouveau hurlement, l'homme la lâcha. Maria glissa le long de son dos, et atterrit sur les mains et les genoux. Elle se rétablit presque instantanément et fila à toutes jambes.

Le corsaire arracha le couteau de son bras et le jeta de côté. Il s'élança pour la rattraper, mais elle était trop rapide. Précipitamment, il grimpa sur la corniche rocheuse. Quand il atteignit le sommet, elle était déjà sur le pré, à mi-chemin des ruines. En longues enjambées, il réduisit l'espace qui les séparait. Alors qu'il était sur le point de lui remettre la main dessus, elle s'engouffra par une porte et s'évanouit dans le chaos de pierre.

A ce moment précis, il entendit le coup de sifflet du maître de nage, indiquant que la galiote s'apprêtait à reprendre la mer. Il proféra un juron : Ali Agha, il le savait, ne l'attendrait pas. S'il ne retournait pas immédiatement au bateau, il se retrouverait piégé sur cette île fétide. Le garçon... enfin plutôt la fille, ne justifiait pas de prendre un tel risque. Massant et léchant ses blessures et la morsure cuisante, il tourna les talons et se hâta de regagner la falaise. Là où la ravine l'entaillait de l'autre côté de la crique, il aperçut la queue de la file d'esclaves qui portaient l'eau. Ils seraient rapidement à bord. Le Maure entreprit de descendre.

Dès que le bord rocheux l'eut dissimulé à la vue, Maria sortit de sa cachette et retourna à toute vitesse sur la corniche. L'homme était juste en dessous d'elle, collé à la paroi. Encore en dessous, pratiquement à mi-chemin du bas, elle vit Nico, bloqué sur le dos de son ravisseur.

Elle lui lança un cri désespéré :

— Nico !

— Mariaaaa ! hurla-t-il en réponse.

Les corsaires la regardèrent, puis ils se concentrèrent sur leur progression. Nico cria de nouveau :

— Maria, aide-moi !

Cherchant éperdument autour d'elle, elle ramassa un gros caillou, s'approcha du vide et le lança. Elle savait qu'elle pouvait atteindre Nico mais n'hésita pas : mieux valait qu'elle tue son frère en essayant de le sauver plutôt qu'elle l'abandonnât sans rien tenter. Son tir fut trop court. La roche passa près de la tête du Maure qui tourna les yeux vers elle, l'insulta et poursuivit sa descente. Elle bondit en arrière et récupéra une autre grosse pierre. Elle était presque importable tant elle était lourde, mais Maria la souleva quand même à hauteur des genoux et la porta jusqu'au bord de la falaise. Poussant un grognement, elle parvint à la balancer. Le Maure leva la tête et fut atteint en pleine face. Il bascula silencieusement en arrière, tournoyant dans l'air, et atterrit comme une masse flasque sur les rochers au bord de l'eau. Maria cria de rage. Elle n'aurait pas voulu gâcher un projectile sur celui-là. C'était Nico qu'elle devait aider.

Ce dernier s'époumona une nouvelle fois et son cri de désespoir se répercuta contre l'escarpement à l'autre extrémité de la crique. Il lançait ses bras vainement en tentant de s'arracher au dos de son ravisseur qui faisait, de son côté, tous les efforts pour maintenir l'équilibre et ne pas tomber. Pendant ce temps, Maria était repartie en quête d'une pierre plus légère. Celle-ci alla se briser près de la tête du corsaire en projetant sur lui une pluie de fragments. Il dérapa, perdit presque pied et dut lâcher Nico, qui glissa à son tour et dut se raccrocher in extremis de ses deux bras à la taille de l'homme. Ses jambes battaient l'air. Pendant un moment effroyable, ils parurent tous deux sur le point de se précipiter vers leur mort au pied de la falaise. Lentement, grâce à des mouvements précis, le corsaire consolida sa prise. Il remonta Nico sur son dos et reprit la descente.

Dès qu'elle vit qu'elle avait échoué, Maria envoya une autre pierre, puis encore une autre. L'un des soldats sur le pont arrière de la galiote, comprenant ce qui se passait, leva son arquebuse et tira sur la petite silhouette. La balle percuta la roche juste en dessous des pieds de la jeune fille. Malgré le danger, elle ne renonça pas. Seul son objectif comptait et cela la rendait intrépide.

Enfin, elle atteignit le ravisseur à la tête. De nouveau, il lâcha presque prise et le mouvement brusque fit encore glisser Nico le long de son dos. Le garçon n'était plus accroché que par un bras tandis que l'autre battait l'air en quête de quelque chose à attraper. Il s'agrippa à la jambe du corsaire et tomba sur une corniche. Maria l'entendit crier, mais il se releva, et regarda à droite et à gauche. Rapidement, il choisit une voie pour remonter et entreprit de la suivre en s'éloignant le plus possible du Barbaresque qui, occupé à sauver sa peau, s'était momentanément désintéressé de lui. Maria voulait que son frère se hâte. C'était un bon grimpeur, à l'aise sur le rocher. Et il était incontestablement plus agile que l'Algérien.

— *Isa*, Nico ! lui cria-t-elle, l'incitant à accélérer.

— *Haffef ! Haffef !*

Elle ramassa d'autres cailloux et les lança.

Libéré de son fardeau, le corsaire descendit rapidement les quinze derniers pieds jusqu'en bas. Il leva les yeux vers Nico, puis regarda le bateau, évaluant s'il avait le temps de tenter une ultime action. Son estimation faite, il se positionna juste en dessous de Nico, sortit son pistolet et visa le garçon, qui s'accrochait à la pierre telle une mouche. Il lui dit quelque chose : à cette distance, il ne le manquerait pas.

Plaqué contre la roche, Nico pleurait. Les doigts perclus de crampes, il ne pouvait plus bouger.

— Maria, hurla-t-il. Je fais quoi ?

La jeune fille tomba à genoux, épuisée, incapable de soulever le moindre caillou. Elle avait le visage en sang et un bras tétanisé. Elle parvint tout de même à jeter encore une pierre, et une autre, mais les tirs étaient bien trop courts et le corsaire l'ignora.

— Maria ! appela un Nico sanglotant. Maria ! Aide-moi, Maria !

— Cours, Nico !

— Où ? Où puis-je aller ?

Elle se remit sur ses pieds et longea la falaise vers l'est, pour trouver un meilleur point d'où elle parviendrait à bombarder l'agresseur. C'était tout ce qu'elle pouvait faire. Elle entendit un coup de feu et cria. Elle tomba à plat ventre et regarda par-dessus le bord du précipice. Nico était encore en vie. De la fumée sortait de la gueule de l'arme du corsaire, qui avait volontairement tiré à côté, juste pour effrayer l'enfant. C'était habile, car Nico était en train de descendre.

— Nico, n'abandonne pas ! hurla Maria.

S'il l'entendit, il n'en montra rien. Un instant plus tard, il était en bas. Le Barbaresque l'agrippa et le plaqua sous un de ses bras. Le gamin ne lutta pas. Il s'arrêta de pleurer et sembla soudain totalement amorphe. Le ravisseur se dirigea vers la galiote en marquant une pause près du corps inerte de son compagnon mort. Sans lâcher Nico, il fouilla les poches du défunt. Puis il reprit sa route vers le bateau de rocher en rocher et fit monter sa prise à bord.

Maria se mit à pleurer, enragée de son impuissance et haïssant ses larmes. Elle continua à balancer des pierres bien après que cela puisse avoir la moindre utilité. Elles se fracassaient en bas de la paroi ou tombaient dans l'eau.

Un coup de sifflet retentit. Quarante-huit rames se levèrent et brillèrent dans le soleil, telles des ailes le long du navire.

Tomb. L'appel sonore du tambour du maître de nage venait de monter vers le ciel. Avec un ensemble parfait, les rames plongèrent dans les eaux de la crique. Maria vit Nico jeté comme une balle de vêtements dans la cale et elle le perdit de vue.

Tomb. La galère commença à se mouvoir, d'abord lentement. Les marins escaladaient le mât pour déployer la voile.

Elle se mit à battre mollement, puis, tandis que le navire quittait l'anse, claqua d'un côté et de l'autre, indécise. Soudain, elle se gonfla sous l'effet d'un vent de hanche, qui poussa d'un coup la galiote, comme si une fronde la propulsait.

Tomb. Le bateau prenait de la vitesse. Les deux maillets de bois alternant sur la peau du tambour modulaient la cadence de la nage. Les rames plongeaient et poussaient à l'unisson au rythme de son appel, puis sortaient de l'eau et revenaient vers l'avant, indéfiniment.

Tomb. La voix du capitaine hurlant ses ordres portait au loin. Le timonier souleva la barre. Le gracieux bâtiment vira à tribord toute, cap à l'ouest.

Tomb. Le son s'atténuait à mesure que la galiote trouvait son allure. Depuis la falaise, elle ressemblait à un coursier des mers, à un insecte glissant sur l'onde, sur de longues pattes grêles de chêne blanc. Maria essuya de chaudes larmes et regarda la chose haïe qui emmenait son petit frère s'éloigner jusqu'à ne plus être qu'un minuscule point noir à l'horizon.

— Nicolo, murmura-t-elle. Nico, Nico.

Tomb. Il était parti.

Chapitre 2

— Bartholomé ! Bartholomé ! hurla Maria en courant vers la tour.

Elle ne le vit pas avant d'avoir gravi la moitié de l'échelle. Comme il avait la tête en bas, celle-ci se trouva brutalement au niveau de la sienne. Le front et le visage étaient empourprés et gonflés, et le sang s'était répandu sur la plate-forme inférieure.

Le cri de la jeune fille s'étrangla dans sa gorge et elle n'émit aucun son. Pendant un moment, elle ne put même plus respirer. Elle redescendit de l'échelle, tomba sur le dernier barreau, se rétablit et se remit à courir. Elle traversa des prairies, sautant comme une désespérée de rocher en rocher, passant les haies et les murets de pierre qui séparaient les enclos. Dans un premier élan, elle pensa se rendre à Mdina pour aller voir les autorités civiles de l'Università. Mais elle savait qu'elles n'écouteraient pas une fille. Quant à sa mère, elle n'aurait aucune idée pratique. Elle se perdrait en larmes et en récriminations, avant de se rendre à l'église.

L'église. Pourquoi pas Dun Salvago, le prêtre ? Non, pas lui non plus. L'Eglise ne pourrait rien pour Nico. Elle devait aller trouver son père, qui travaillait sur le chantier du nouveau fort. Il y aurait certainement des chevaliers à proximité, des hommes courageux, qui tenteraient quelque chose pour sauver son frère. Elle craignait la colère paternelle, mais il n'y avait rien d'autre à faire.

Malte était toute petite — vingt-sept kilomètres de long sur seize de large — et presque plate, avec une pente douce courant des falaises au sud et à l'ouest jusqu'aux baies et aux ports du nord et de l'est. Au centre se trouvait Mdina, la cité fortifiée qui avait été la capitale médiévale. Les nobles y vivaient, isolés du reste de l'île.

Maria était une bonne coureuse. Mais sur le terrain rocheux, traversé de profonds ravins, il lui fallut quand même près d'une heure pour parcourir la distance. Comme elle se fatiguait, elle trébuchait plus souvent. Inlassablement, elle se relevait sans perdre de temps, mue par la terreur, l'adrénaline et une détermination inébranlable. Elle remonta la péninsule dominée par le mont Sciberras, qui tenait plus de la colline que de la montagne. Les chèvres paissaient sur ses pentes, grignotant des figues de Barbarie. Elle continua vers l'est en suivant la pointe, qui séparait deux ports. A son extrémité, où se dressait un phare depuis l'époque phénicienne, les chevaliers construisaient le nouveau fort, baptisé Saint-Elme.

Elle regarda à l'opposé, vers Saint-Ange, une ancienne forteresse normande qui servait de quartier général à l'ordre de Saint-Jean. Derrière, se nichait le village de pêcheurs de Birgu — son village ! Juste à côté, une profonde crique abritait les magasins et les arsenaux de l'ordre et les quais qui accueillaient sa flotte. L'énergie revint à Maria quand elle vit qu'une galère y était accostée, en cours d'approvisionnement. Ils allaient ramener Nico !

Près de la nouvelle construction, terre et mer grouillaient d'activité. Des bateaux de toute taille arrivaient de Birgu, acheminant hommes et vivres. Des baudets remontaient les pistes rocailleuses alentour, chargés de paniers remplis de matériel. Des esclaves et des condamnés travaillaient dur au milieu des ouvriers et des artisans amenés de Sicile, creusant de grands fossés, fracassant et déblayant les rochers, taillant la pierre, montant les murs, échafaudant et charriant les gravats pour combler le vide entre les parois intérieures et extérieures. Les treuils craquaient et les marteaux frappaient les ciseaux. Des hommes braillaient des ordres.

Maria courut au milieu du tumulte.

— Mon père ! Luca Borg ! *Taf fejn qieghed ?*

Elle criait en maltais, avant de revenir à l'italien. A Malte, on pouvait entendre une douzaine de langues. Elle ne rencontra que des regards vides et des haussements d'épaules. Galopant d'un site à l'autre, elle le trouva au bout d'une demi-heure.

— Père ! Père !

Luca Borg avait un cou de taureau et un visage rougeaud, marqué par le climat et une vie d'épreuves. Il avait toujours été prompt à la colère. La famine avait dissous une bonne partie de ses forces et de son énergie, et lui avait laissé la peau distendue sur les os, et un air morne et tourmenté dans les yeux. Au cours de celle-ci, il avait vendu ses outils pour manger, mais cela n'avait pas suffi. Sans travail, il restait à la maison et regardait ses deux très jeunes enfants mourir. Depuis lors, il s'était plus ou moins placé comme manœuvre, jusqu'à ce que les chevaliers commencent la construction du fort Saint-Elme. Il avait emprunté alors de l'argent pour s'acheter de nouveaux outils et avait été embauché comme maçon.

Il était en train de tailler le côté d'un bloc calcaire avec une large hache, quand il vit sa fille approcher.

— Maria ? l'interpella-t-il d'un ton sévère. Que fais-tu là ? Pourquoi n'es-tu pas à la maison ?

Elle essuya la crasse de son visage sanguinolent et essaya de reprendre sa respiration.

— Ils l'ont pris, père !... Ils ont pris Nico !
— Pris ? Qui ? Où ?
— Les corsaires, père ! Les chasseurs d'esclaves d'Afrique !
— Maintenant ? Chez nous ?

En disant cela, il se redressa et commença à prendre la direction de sa maison.

— Non, père... Aux... ruines. Nous cherchions un trésor.
— Aux ruines ? Lesquelles ?

Maria inspira profondément. Puis les mots jaillirent d'un seul coup.

— Sur la côte sud. Près de la tour. Ils m'ont presque capturée, moi aussi. J'ai tenté d'aider Nico, mais je n'ai pas pu le libérer. Ils l'ont fait monter dans un bateau et ils sont partis. J'ai essayé, père, j'ai vraiment essayé... Je ne suis pas arrivée à les arrêter. J'ai découvert Bartholomé. Ils l'ont tué. Il y avait du sang partout.

Les yeux de Luca s'obscurcirent et sa voix tonna.

— Mère de Dieu ! Que faisiez-vous sur la côte sud. Vous deviez être en train de nettoyer...

Il n'acheva pas sa phrase. Il laissa tomber la pierre sur laquelle il travaillait et gifla sa fille du revers de la main. Le coup l'envoya voler dans la poussière. Elle se releva et effleura sa joue, les yeux pleins de larmes. Mais elle était déterminée à ne pas pleurer.

— Pardon, père. Je sais que nous avions tort, mais nous devons venir en aide à Nico. Il faut les arrêter.

Luca rassembla ses outils et remonta la colline quatre à

quatre. Le *capumastru*, un maître bâtisseur de Rhodes, était penché sur une table faite de minces dalles de pierre. Il étudiait des plans, prenait soigneusement des notes dans un livre et distribuait ses instructions à ses contremaîtres. Pris par son travail, il ignora Luca. Celui-ci jouait avec son marteau, le tournant et le retournant dans ses grosses mains. Il toussota bruyamment. Le *capumastru* leva les yeux, irrité par l'intrusion.

— *X' Gara ? Xi trid ?* Qu'y a-t-il ?

Luca ôta son chapeau et se hâta d'expliquer. Bien qu'il dominât son interlocuteur de toute sa taille, il était intimidé et donnait presque l'impression de s'excuser en parlant. Le *capumastru* n'attendit même pas qu'il ait fini.

— Ils l'ont pris, alors ? Il est parti ? le coupa-t-il.

— *Sì, mastru*, acquiesça Luca.

— Eh bien, c'est fini. Plus personne ne peut le sauver. Il n'y a plus rien à faire. Tu perds ton temps et tu me fais perdre le mien. C'est ton premier jour sur le chantier et déjà tu poses un problème. J'ai un fort à construire. Retourne à ta tâche.

Luca hésita.

— *Mastru*, je vous en prie. Je dois faire un rapport.

— Très bien. Fais-le. Il y a un frère sur le port. Dépêche-toi ou ne reviens pas. En l'espèce, tu vas perdre une journée de paie. Maintenant, laisse-moi tranquille. J'ai un important travail à accomplir.

Sur le quai, le frère servant de l'ordre de Saint-Jean se trouvait près d'un navire en cours de déchargement. Ce n'était pas un profès, mais un auxiliaire soldé, un demi-croix, un soldat. Avec son habit noir, il affectait de la morgue, comme s'il était le grand maître lui-même. Il était en train de discuter avec le capitaine du bateau, et il ignora Luca et Maria.

— *Scuzi, illustrissimo*, se risqua timidement le maçon.

Mais d'un geste impérieux de la main, le chevalier lui fit signe de s'éloigner. Maria s'impatienta. Elle ne comprenait pas la différence d'attitude de son père quand il s'adressait à quelqu'un ayant une autorité. Avec sa famille, il se comportait en lion. Et là, ce n'était qu'un agneau. Pour sa part, elle n'entendait pas attendre vainement la fin d'une discussion sur un chargement.

— *Signore*, trancha-t-elle vivement en italien. *Dovete ascoltare !* Vous perdez du temps. Il y a quelque chose que vous *devez* faire.

— *Iskot !* dit Luca en levant la main pour la faire taire.

Son père était le seul homme que la jeune fille craignait, mais elle ne redoutait que ses coups, pas ses paroles. Et jamais il n'oserait la frapper ici. Sans se démonter, elle insista :

— Vous devez nous écouter immédiatement.

A la surprise de Luca Borg et du capitaine du navire, le chevalier se tourna vers elle avec un air amusé pour voir ce que pouvait bien vouloir cette enfant impérieuse.

— *Devo ?* Le dois-je vraiment, jeune maîtresse ?

— *Sì*.

C'était à elle de parler. Le frère — comme la plupart de ses pairs — ne comprenait pas le maltais. Maria connaissait l'italien, parce que sa mère l'utilisait à la maison, mais son père n'en avait jamais appris que quelques mots. Le chevalier écouta l'histoire avec beaucoup plus d'intérêt que le *capumastru*. Il posa toute une série de questions. A quoi ressemblait la bannière du navire ? Combien y avait-il de rames ? Un mât ou deux ? Quelle était la forme des voiles ? Puis il envoya son page alerter le château.

— Accompagnez-le, ordonna-t-il à Maria et Luca. Ils auront d'autres questions.

La jeune fille emboîta le pas du messager, mais son père hésita. Elle se retourna :

— Père ? Vous venez ?

Luca Borg savait qu'il était trop tard pour secourir son fils. En revanche, il ne l'était pas pour sauver son emploi et procurer à ce qui restait de sa famille ce dont elle avait besoin.

— Pour faire quoi ? Nicolo est parti. Je ne vais pas nager après lui. Je ne peux même pas parler avec ces gens. Tu étais là-bas. Tu leur raconteras. Ensuite, reviens me voir pour me dire ce qu'ils décideront.

Sur ce, courbé sous le poids de ses outils, il remonta la colline.

Le page emmena Maria au fort Saint-Ange. A la porte, il la confia à un autre, qui la conduisit vers une cour. Là, celui-ci lui demanda d'attendre tandis qu'il gagnait rapidement l'intérieur de la forteresse. Bientôt, elle répéta son histoire à un autre chevalier, un Espagnol austère, au buste protégé par une armure. Quelques instants plus tard, une patrouille à cheval fila vers Birgu dans un bruit de tonnerre. Pour Maria, c'était des anges glorieux et sans peur qui allaient trouver un moyen de sauver son frère. Elle attendait, assise sur un banc, les jambes ballantes trop courtes pour toucher le sol. Une heure s'écoula, puis deux. Des chevaliers allaient et venaient, sans lui prêter la moindre attention. Ils ignoraient toujours les Maltais, elle le savait, et les méprisaient bien souvent ouvertement. Elle observait, se mordait les lèvres... Deux heures plus tard, la patrouille revint. Elle ramenait les corps du corsaire et de Bartholomé en travers de deux chevaux.

Dès que le groupe eut disparu à l'intérieur, il sembla que plus rien ne devait se passer dans la cour. Maria pensait qu'ils auraient dû aller chercher la galère. Mais personne ne vint lui dire quoi que ce soit. On l'avait oubliée. Elle patienta encore près d'une heure avant d'aller embêter le page. Finalement, l'Espagnol reparut.

— Il n'y a plus rien à faire, dit-il. Rentre chez toi.

Maria était sous le choc.

— Vous n'allez pas envoyer de navire pour les attraper ?

— Il faudrait une galère gréée maintenant pour les rejoindre. Et même si j'en avais une, où l'enverrais-je ? Dans quelle direction sont-ils partis ? Ils te l'ont dit, peut-être ?

— Vous pouvez au moins essayer !

— Le grand maître a des affaires plus pressantes, petit, que d'utiliser vainement un bâtiment pour une telle absurdité.

— Ce n'est pas une absurdité ! C'est mon frère !

Maria refoula ses larmes. Du *capumastru* au chevalier sur le quai et jusqu'à cet homme arrogant et agaçant, personne ne voulait comprendre l'importance de la chose. Tout le monde s'en fichait.

— Il faut que je parle au grand maître ! lança-t-elle soudain.

— Rentre chez toi, petit, répéta l'Espagnol, à bout de patience. Giscard, dit-il, emmène ce garçon.

Le page l'escorta avec rudesse jusqu'à la porte. Elle se retrouva dans la rue et la grande porte se referma bruyamment derrière elle. Maria se retourna et hurla, frappant l'huis avec ses poings.

— Vous devez envoyer un bateau ! Vous m'entendez ?

Elle continua de marteler jusqu'à ce que ce que Giscard revînt.

— Va-t'en, dit-il brutalement, ou je te coupe le nez.

— Va au diable ! répondit Maria. Je ne partirai pas avant d'avoir vu le grand maître.

Elle ramassa une pierre et commença à taper avec contre le vantail. Alors Giscard l'ouvrit et la repoussa en arrière. Elle essaya de résister, mais finit une nouvelle fois dans la poussière.

— Je ne veux pas te faire mal, indiqua-t-il, mais la prochaine fois, tu m'y obligeras.

Le battant claqua derrière lui. Maria chercha en vain une autre porte lui permettant de se faufiler dans le château, mais il était impénétrable.

Elle rebroussa chemin vers les quais, tête et épaules basses. Elle demanda de l'aide à un pêcheur et lui proposa de travailler pour lui le restant de ses jours, sans gages, s'il voulait bien l'aider à retrouver Nico. Il lui rit au nez et cracha dans le port. Toute cette indifférence généralisée la bouleversait. Personne n'allait bouger le petit doigt. C'était tous des lâches.

Maria ne voulait pas retourner voir son père. Lui donner des nouvelles ne servirait à rien. Elle déambula sans but dans les rues de Birgu, un dédale qui avait peu changé depuis le Moyen Age. Les rues étroites se croisaient en formant d'étranges angles. Vieille précaution défensive : chaque tournant n'était jamais à plus d'un jet de flèche du précédent. La plupart des artères principales débouchaient sur la place de la ville, où les envahisseurs pouvaient être piégés. Les murs s'élevaient au-dessus d'elles comme les parois abruptes d'un défilé, à peine rompus par les fenêtres et les balcons normands. Dans certains endroits, la lumière du soleil ne pénétrait que quelques instants par jour et dans d'autres, jamais. Maria se retrouva sur la place dominée à une extrémité par la tour de l'horloge. Les ombres de la fin d'après-midi s'allongeaient. Cette terrible journée approchait de sa conclusion. Elle pénétra dans l'église et s'avança dans la nef, puis alluma un cierge et s'agenouilla devant l'autel pour prier : « Mon Dieu, faites qu'ils m'écoutent. Faites qu'ils aident Nico. Dites-moi ce que je dois faire. »

Dix minutes plus tard, en sortant, elle vit une procession traverser la place. Il y avait deux chevaliers au milieu, accompagnés par une escorte de pages, d'écuyers, de frères servants et d'hommes d'armes. Ils étaient peut-être vingt en tout. Ils se dirigeaient vers Saint-Laurent pour les vêpres. Elle connaissait les chevaliers de vue. L'un d'eux était l'Espagnol borgne Homedes, le grand maître de l'ordre souverain des chevaliers de Saint-Jean. Sur cette Terre, il ne devait de comptes qu'au pape. Généralement, elle ne le voyait que les jours de fête, quand il parcourait la ville monté sur un splendide destrier. En ces occasions, il arborait un casque à plumes et une armure d'argent couverte d'une *soubreveste* écarlate, blasonnée de la croix de l'ordre sur le devant. Mais là, il ne portait qu'un habit noir, rehaussé d'une chaîne tenant une croix d'or à huit pointes, qui signalait sa charge.

L'autre était un Français appelé La Valette. Altier et assez bel homme, il était grand, fier, sévère et distant, avec un port digne et une présence physique héritée d'une vie passée à guerroyer. C'était lui qui avait ordonné la démolition de la première maison de Maria à Birgu. Elle n'avait que neuf ans à l'époque, mais elle n'oublierait jamais comment il était entré, tel un roi, dans le lieu qui appartenait à la famille Borg depuis des générations. Il était alors en charge des fortifications et avait expliqué à son père qu'il allait falloir abattre la bâtisse, pour creuser un fossé qui améliorerait les défenses du fort Saint-Ange. L'ordre dédommagea Luca Borg pour son bien perdu... mais à une valeur moindre que son coût de remplacement. Il acheta une maison beaucoup plus petite, celle dans laquelle ils vivaient maintenant, dans l'un des secteurs les plus pauvres du village. C'était une habitation troglodyte, qui avait été construite en plusieurs étapes. La première pièce avait été carrément taillée dans la roche, et les autres avaient été rajoutées ultérieurement. Les murs de guingois s'effritaient et le toit était une passoire. La mère de Maria n'arrêtait pas de se plaindre, disant que son mari aurait dû protester pour obtenir une compensation supérieure. Mais il n'avait pas voulu faire d'histoires.

Maintenant, la procession se dirigeait vers Maria. En avant, marchait un garçon tenant l'étendard. Elle eut un sursaut fugitif en réalisant qu'il s'agissait de Giscard. Lui-même la vit et son visage s'assombrit.

— Encore toi !

— Je dois parler au grand maître, dit-elle impérieusement.

Elle se redressa de toute sa hauteur, ce qui la mettait encore deux têtes en dessous du jeune page.

— Va-t'en !

Il la repoussa une nouvelle fois et le groupe passa devant elle, les bottines martelant le pavé.

— Grand maître ! hurla-t-elle. Grand maître !

Elle dévala la colline en direction de l'église. Elle ramassa une pleine poignée de pierres et grimpa sur un banc. La place, poussiéreuse et bruyante, grouillait de monde. Des chiens poursuivaient des poulets, des chariots de légumes circulaient à grand bruit. Des groupes de paysans discutaient et s'écartaient en grommelant pour laisser place au cortège. Quand les chevaliers parvinrent à la hauteur de Maria, elle lança un projectile, puis deux autres, avant que le page ne la repère. Les premiers se perdirent, mais le troisième atteignit une cible : pas le grand maître, comme elle l'avait voulu, mais La Valette. Il le frappa à la joue et le fit saigner.

— Lâches ! clama Maria. Les chevaliers de Saint-Jean sont des lâches.

La première fois, elle le dit en italien, la seconde en maltais, pour être certaine que tout le monde comprenne. Les conversations se turent. Les paysans firent silence, stupéfiés par son impertinence. Giscard bondit, arracha Maria du banc et lui planta la pointe d'une dague sous la gorge alors qu'elle tentait de lui échapper.

— Giscard ! l'apostropha sèchement le grand maître. Laisse-le, mais amène-le-moi.

— Je le connais, Excellence, commença Giscard. Il était à Saint-Ange tout à l'heure. C'est lui le frère du garçon qui a été emmené sur la galiote ce matin. Il est dérangé de la tête et il pourrait se servir d'un coutelas.

— Je ne suis pas lui, s'exclama Maria en se tortillant.

Elle finit par échapper à la poigne de Giscard et se redressa intrépidement, petit bout de fille au milieu des chevaliers, fragile roseau perdu parmi de puissants chênes.

— Je suis Maria Borg, dit-elle vivement et fièrement, avec noblesse. (Elle toisa Giscard.) Et je ne suis pas dérangée.

Homedes l'observa fixement, mais sans malveillance.

— Bien sûr que tu es folle, mon enfant, pour avoir versé le sang de mon compagnon. Bien peu sont encore en vie pour pouvoir s'en vanter.

— C'est facile avec des hommes qui ne veulent pas se battre. Votre ordre ne vaut rien.

Il y eut des sursauts d'étonnement dans la foule des curieux, qui se rapprochèrent pour regarder l'effrontée de plus près. Personne, pas même les plus hautes autorités civiles, n'osait s'adresser ainsi aux chevaliers. La haine à leur égard était largement partagée, mais toujours maîtrisée. L'ordre s'était vu octroyer les îles de Malte et Gozo plus de vingt ans auparavant, en l'an 1530, par Charles Quint, saint empereur romain et roi d'Espagne. En retour, il devait lui offrir chaque année un faucon. Les Maltais possédaient depuis longtemps leur gouvernement, l'Università. Mais désormais, les chevaliers, la fine fleur de la noblesse européenne, gouvernaient réellement l'archipel. Ils pouvaient emprisonner les citoyens pour des crimes insignifiants, les pendre en cas d'insurrection ou les fouetter pour avoir fait montre d'insolence, comme Maria.

— Je sais que ton frère est aux mains des infidèles, dit le grand maître tristement. Je voudrais pouvoir l'aider.

— Alors faites-le ! Vous avez des navires et des hommes ! Il est chrétien ! N'êtes-vous pas des soldats du Christ ayant juré de Le défendre ? Mon frère n'était pas seul. D'autres ont été capturés. Je les ai vus dans la cale. Vous avez le devoir de les libérer !

— Je n'ai pas de leçon à recevoir de toi quant à mon devoir, répondit-il froidement. Rends plutôt grâce à Dieu d'avoir pu t'échapper. Ton frère est entre Ses mains. J'en ai assez de ton impudence.

Il poursuivit sa course, avec l'essentiel de son escorte.

Seul La Valette demeura en arrière. C'était un homme pragmatique. La perte du garçon était regrettable, mais les esclaves étaient la monnaie d'échange de ce monde. L'enfant n'avait pas de valeur particulière, même si, la chance s'en mêlant, La Valette aurait cent occasions de le venger. Mais pas aujourd'hui. Il y avait des affaires plus urgentes et, dans tous les cas, la cause du gamin était désespérée. Pourtant, il ressentait de la sympathie pour la fille et, par-dessus tout, il admirait son courage. Il ne la punirait certainement pas pour ce qu'elle avait dit.

— Tu dois apprendre à tenir ta langue, dit-il. Certains des jeunes hommes les moins modérés à notre service pourraient bien te l'arracher.

— Je n'ai pas peur d'eux, marmonna Maria. Il n'y a pas de raison de les craindre : ils fuient le combat. Et toi, je sais qui tu es ! Tu as détruit notre maison. Tu as dit que c'était pour la défense... Mais vous ne défendez rien. Alors, je pense que vous renforcez Saint-Ange et construisez Saint-Elme simplement pour avoir plus de place pour vous terrer comme des lâches.

Ces mots blessèrent La Valette plus profondément encore que Maria ne l'aurait imaginé. Il était la personnification même de l'ordre. Toute sa vie, il l'avait consacrée à son service. Cet homme froid au tempérament chaud venait d'une famille noble de Provence, dont les ancêtres avaient fait les croisades aux côtés de saint Louis. Autant intellectuel que guerrier, il parlait sept langues, lisait de la poésie et tuait des musulmans.

Il vouait résolument son existence, son être même, au combat contre l'Islam. En qualité de commandant de galère, il avait fait la guerre contre les navires ottomans et leurs alliés nord-africains, les corsaires. Ses raids étaient osés, sa bravoure incontestable. Capturé et réduit en esclavage, il avait passé une année enchaîné à une rame turque jusqu'à ce que l'ordre eût payé sa rançon. Pendant un temps, il en avait été le gouverneur à Tripoli, avant-poste chrétien sur le rivage musulman. Charles Quint avait ordonné à l'ordre de le défendre quand il lui avait donné Malte.

Bien que La Valette ait lui-même vu de nombreuses victoires glorieuses, au cours des dernières années, les fortunes des chevaliers avaient décliné. La perte humiliante de la population de Gozo, tombée aux mains de Dragut Raïs l'année précédente, avait été suivie par la chute de Tripoli. Puis les forces de l'ordre subirent une embuscade et furent mises en déroute à Zuara, autre avant-poste côtier dont elles avaient essayé, vainement, de s'emparer afin d'en faire une base pour reprendre Tripoli. Soliman, le sultan des Ottomans, se sentant apparemment invincible, revendiqua rapidement la Méditerranée comme sa propriété. Empêtrés dans des guerres et des luttes religieuses, les cours d'Europe ne purent être d'aucun secours dans la lutte contre lui et, seul, l'ordre paraissait incapable de l'arrêter. Le moral était au plus bas. Maintenant, les chevaliers se voyaient contraints de fortifier leur propre île pour résister à de probables tentatives d'incursion turques.

Cette option défensive prouvait que l'ennemi était parvenu à porter l'affrontement jusque chez eux, qu'il avait l'offensive. Et cette paysanne, cette fille, le traitait de lâche, l'accusait de se cacher à l'intérieur des forts. C'était ridicule, bien sûr, pourtant elle le faisait se sentir tout petit.

— Je ne m'attendais pas à ce que tu comprennes, fit La Valette.

— Qu'y a-t-il à comprendre ? Si vous n'essayez pas de retrouver mon frère, il sera perdu à jamais. Si vous avez le cœur trop faible, donnez-moi une galère. Je le ferai.

— J'en suis sûr, dit La Valette, mais pour le moment, tu dois avoir confiance en ta foi. Dieu le protègera.

— Ce qui veut dire que vous ne tenterez rien ? rétorqua Maria, les yeux ardents de colère.

— Ce qui veut dire que je ne le peux pas. Je dois y aller. Que Dieu soit avec toi, mon enfant.

Puis il s'éloigna.

Finalement découragée, Maria s'effondra sur le banc. Cette nuit-là, elle ne rentra pas chez elle. Elle ne supportait pas l'idée d'affronter sa mère et elle ne voulait pas se faire battre. Elle repartit vers la côte sud.

Les yeux fixés sur la mer, elle passa la nuit sur les falaises à murmurer des promesses à Nico.

Extrait des *Histoires de la mer du Milieu* par Darius, dit le Préservateur, historien à la cour de l'ombre du Tout-Puissant, le sultan Ahmet

Les populations de la côte barbare d'Afrique du Nord forment un mélange instable de Maures, de juifs, de Berbères et d'Arabes, aussi de renégats de tous les pays chrétiens. On y compte aussi des corsaires qui, encore aujourd'hui, sortent des ports, des baies et des criques disséminés sur toute la côte, en quête de profits. Leurs expéditions sont financées aussi bien par des seigneurs locaux que par des investisseurs privés, qui espèrent un juste retour sur leur prise de risque. Assez logiquement, les corsaires musulmans fondent sur les hommes et les navires chrétiens et, assez naturellement, ils sont à leur tour la proie des corsaires chrétiens. C'est un rituel sans fin, qui voit la chance et les fortunes rapidement changer de main : un homme peut être maître un jour et esclave le lendemain. Ils naviguaient sur une mer âpre, une mer sur laquelle aucun des camps n'avait le monopole de la cruauté : on ne réclamait aucune pitié et il ne fallait pas l'attendre en retour.

Ces corsaires de Barbarie étaient les alliés naturels du sultan ottoman et ses amis sur la mer, à défaut d'être ses sujets : malgré tout son pouvoir, même un sultan avait du mal à contrôler des hommes comme Khayr al-Din — appelé Barberousse par les Occidentaux — et Dragut, qui lui succéda, et dont ces pages parlent beaucoup. Mais il n'y avait nul besoin de contrôle, dans la mesure où l'épée du corsaire suivait la voie du sultan. Pour ce qui était de l'Espagne catholique, aucune voie ne fut plus naturelle.

Utilisant les navires fournis par le sultan et propulsés par les Maures chassés d'Espagne, Barberousse prit Alger et toute la Tunisie. Il devint amiral de la flotte du sultan, et trouva en Tunisie la base parfaite pour ses raids sur la Sicile et l'Italie. Le saint empereur romain et roi d'Espagne, Charles V, reprit Tunis, mais presque aussitôt, il vit sa flotte — et celle des Vénitiens, la plus grande puissance maritime de la région — défaite à la bataille de Preveza en 1538, abandonnant par là une bonne partie de la Méditerranée orientale aux Ottomans.

Au cours de ces années, Alger fut gouvernée par un bey, agissant en qualité de régent du sultan. Si ce dernier faisait confiance au bey, il était suffisamment prudent pour cantonner dans la ville une légion de son corps d'élite, les janissaires, au cas où le bey s'oublierait. Tant celui-ci que le sultan accrurent leurs richesses grâce aux efforts des corsaires qui leur versaient des tributs. Si les soies et les épices représentaient une bonne part des richesses ainsi acquises, il n'y avait pas de cargaison plus prisée que la plus négociable des marchandises : les esclaves. Ils n'étaient pas choisis en fonction de leur race ou de leur nation, mais de leur foi. On pouvait en capturer des milliers en une seule fois, soit en s'emparant de leurs navires, soit à l'occasion de raids qui permettaient de déporter des populations entières. Les hommes, les femmes et les enfants étaient glanés comme des blés : marchandés, vendus ou tués à volonté. Sur les rives de la mer du Milieu, aucune nation ne pouvait longtemps survivre sans eux.

Aujourd'hui comme hier, ils construisent les digues qui protègent les ports chrétiens et musulmans. Ils moissonnent les champs qui nourrissent les cités affamées et lavent les belles robes de leurs maîtres. Et pour les propulser, les galères de la mer du Milieu ont une faim insatiable de nouveaux corps : elles les consument comme du bois mort sur un brasier. Les plus beaux spécimens vont agrémenter les harems de Topkapi, le sérail du sultan à Istanbul, tandis que les harems d'Alger sont remplis des filles ravissantes de la noblesse européenne.

Quant aux prisons de Malte, elles sont bondées de musulmans capturés qui construisent les ouvrages défensifs des chevaliers, et les navires du Vatican sont pleins de ceux qui ont préféré suivre le Prophète plutôt que le pape.

Dans toutes les contrées côtières et sur tous les navires, on trouve des dizaines de milliers d'esclaves anonymes priant pour leur délivrance.

Mais la délivrance, ils ne l'obtiendront pas, à moins qu'ils soient assez chanceux pour la trouver par le règlement d'une rançon... ou la mort.

Extrait du volume III
Les Corsaires et les beys de Barbarie.

Chapitre 3

Ce fut l'odeur qui le réveilla.

Elle l'assaillait comme des vagues, alors que ses yeux étaient encore fermés. Chaque vague apportait des relents infects de pourriture et de mort, d'excréments et de sueur, d'urine, de sang et de sel, puis de nouveau d'excréments. L'air en était presque visqueux et il n'y avait pas la moindre brise pour les chasser.

D'abord, il ne comprit pas où il se trouvait. Il entendait le craquement des rames, les crissements des chaînes, le claquement de la voile et le lent tempo du tambour du maître de nage accompagnant les doux balancements de la galiote sur la gentille houle. Et soudain, la mémoire lui revint.

Il réalisa qu'il était allongé sur le dos dans l'eau. Il reposait sur une légère inclinaison. La mer lui léchait le ventre au rythme des mouvements du bateau. Il ouvrit les yeux et aperçut une tache de lumière bleue. Une mouette solitaire planait au-dessus de la cale, jouant dans le vent sur fond de ciel indigo immaculé. D'où il se trouvait, il pouvait voir les bras, les jambes et les épaules des esclaves ramant un niveau plus haut.

En s'asseyant, il constata qu'il se trouvait à fond de cale, la partie la plus basse du navire. D'autres captifs étaient là, pressés les uns contre les autres au milieu des balles de cargaison. L'enfant pouvait percevoir le son de différentes langues. Surtout l'arabe, supposa-t-il, et l'espagnol. Il les avait déjà entendues sur les quais de Birgu, mais il ignorait le sens des mots.

Il s'essuya la bouche. Sa main devint rouge. Le sang qu'il avait senti était le sien. Sa lèvre avait l'air gonflée. Il plongea sa main dans l'eau et entreprit de se nettoyer. Mais écœuré, il recracha tout. L'infâme brouet regorgeait d'urine, produite par les esclaves nus et enchaînés à leur place juste au-dessus, et par ses compagnons de cale. Il se tourna pour se mettre à quatre pattes et eut un haut-le-cœur. Il n'avait rien à rendre dans le ventre. Il toussa et sentit la bile remonter dans sa gorge. Il s'efforça de se déplacer pour s'arracher au cloaque, mais il n'y avait nulle part où aller. Il poussa contre un taillis de jambes inébranlables.

Il arrêta ses efforts et tenta d'inspirer profondément pour capter le moindre soupçon d'air frais. En vain. C'était encore pire que la fosse sous sa maison, dont l'odeur était, au moins de temps en temps, atténuée par la chaux. Pour la première fois de sa vie, il aurait préféré, à l'instant, brasser la merde, comme son père le lui avait demandé. Il se serait roulé dedans, il l'aurait mangée... si seulement il avait pu s'y retrouver encore. Il essaya de déglutir, mais sa langue était gonflée et sèche au fond de sa gorge, et il eut un nouveau haut-le-cœur.

La personne la plus proche de lui était une femme. Elle ne portait pas de voile et semblait avoir approximativement le même âge que sa mère. Leurs yeux se croisèrent, mais elle détourna immédiatement le regard. Alors il lui tira la manche.

— *Jekk joghgbok*, dit-il. Est-ce qu'il y a de l'eau ?

Elle s'écarta et lui tourna le dos en silence.

— S'il vous plaît, insista-t-il plus fort, ne s'adressant à personne en particulier. Quelqu'un peut-il me donner de l'eau ? (Personne ne répondit. Peut-être que nul n'avait compris.) *Prego*, essaya-t-il en italien. *Qualcuno mi darà l'acqua ?*

— Attends que je pisse et tu auras à boire, comme nous tous.

Il y eut quelques rires amers et sans joie.

Nico aurait eu des centaines de questions à poser. Il fixa un visage après l'autre, s'efforçant d'en trouver un amical. Des yeux sombres l'observaient de la pénombre et lui renvoyaient des regards indifférents... voire hostiles.

Il ramena ses genoux contre sa poitrine et passa les bras autour de ses jambes. Il se dit qu'il pourrait supporter le manque d'eau si l'odeur s'en allait. Mais à mesure que le soleil montait dans le ciel, la cale se mit à chauffer tel un four et la puanteur crût comme une chose vivante. L'odeur était palpable, un véritable passager clandestin ou un captif supplémentaire enveloppant tout. Elle envahissait les pores de la peau, et brûlait les yeux et les poumons. Il pouvait la sentir sur sa langue, dans son palais. Il savait aussi qu'au bout d'un moment, certaines senteurs, aussi déplaisantes soient-elles, disparaissent. Mais celle-ci ne devait jamais s'en aller. Tout le navire empestait, chaque planche était imprégnée par des années d'immondices, de misère et de désespoir. Il enfonça son visage entre ses genoux. A l'extérieur de la galiote, il entendait les rames battre l'eau, plongeant, poussant et plongeant encore, et le glissement apaisant de la mer contre la coque. Chaque poussée l'éloignait un peu plus de Maria, un peu plus de chez lui. En dépit de la chaleur, il commença à frissonner. Puis, tout doucement, pour que personne ne puisse l'entendre, il se mit à pleurer.

A la fin de l'après-midi, Ali Agha ordonna à son maître d'équipage de procéder à la distribution d'eau et de nourriture. Malgré la halte à Malte, ils n'avaient pas assez de moyens pour stocker tout ce dont ils avaient besoin. Le peu dont ils disposaient devait donc être soigneusement rationné. Les rameurs burent les premiers, parce que dans tous les cas, course ou combat, la vie de chacun à bord dépendait de leur force. Leur ration était coupée de vinaigre ; on les fit se désaltérer en appliquant des éponges imbibées sur leurs lèvres sans qu'ils s'arrêtent de ramer. Puis on leur distribua des biscuits, détrempés par la tempête. On servit ensuite les soldats et les marins de l'équipage, dans des proportions moitié moindres que celles des rameurs. Finalement vint le tour des captifs. Une petite échelle de bois fut abaissée et un surveillant descendit. Il marcha sur la jambe de Nico et le repoussa violemment pour parvenir à passer. Nico se redressa immédiatement, les yeux rivés sur le trésor qui descendait dans un seau au bout d'une corde.

De l'eau !

Il n'y en avait pas vraiment assez pour tout le monde. Comme ses compagnons, Nico s'avança impatiemment vers le seau. Une douzaine de pattes grossières le malmenèrent pour le renvoyer à l'arrière de la cale. Des bouches avides avaient à peine le temps de téter le bord du récipient que déjà elles étaient remplacées par d'autres. Les plus gros parvenaient à passer deux fois, mais même ceux-là avaient encore soif après. Quand quelqu'un insistait trop, le surveillant le frappait avec la poignée en cuir de son fouet, ce qui atténuait momentanément la pression. Debout dans la fange qui flottait autour de leurs chevilles, les captifs ressemblaient à des bêtes se déchirant pour survivre dans un maelström chaotique de coudes et de colère.

Nico poussait furieusement.

— S'il vous plaît ! Laissez-moi passer ! S'il vous plaît !

En vain. En dehors de deux nourrissons, il était la personne la plus petite de la cale et il n'avait aucune chance. Plus son désespoir grandissait, plus il s'acharnait contre des corps inébranlables. Il reçut un coup de coude sur l'arc du nez et vit trente-six chandelles. Il tomba à genoux et fut presque piétiné dans la bousculade. Quelqu'un lui marcha sur la main puis sur l'intérieur du genou. Nico tomba à plat ventre, le visage dans une nappe d'eau saumâtre. Soudain plus terrorisé qu'assoiffé, il rassembla ses forces pour se relever. Dès qu'il se fut rétabli, il se hâta de s'éloigner du centre de la cale. Il se frotta doucement la main pour calmer les élancements de ses doigts. Son nez saignait.

Quand le quatrième seau fut vide, le surveillant cria et le récipient remonta. Puis, ignorant les hurlements des prisonniers qui imploraient de la nourriture, il regagna le niveau supérieur et l'on enleva l'échelle.

Le découragement et la résignation reprirent le dessus dans la cale, tandis que les captifs se disputaient les meilleurs endroits où s'asseoir ou s'allonger. Nico se retrouvait près de la coque bâbord. Il ne pouvait pas se mettre debout parce que le plafond était trop bas et il n'y avait pas assez de place pour qu'il s'étende. Il se recroquevilla, coincé inconfortablement entre un gros homme et un poteau de bois. Mais il aimait mieux être comme ça qu'allongé dans l'eau sale. Il se demandait simplement comment il allait pouvoir se procurer à boire.

Il regarda son voisin. C'était un de ceux qui avaient pu se désaltérer deux fois. Il avait les mains énormes et incroyablement calleuses, le cou épais et les bras musculeux. Ce devait être un forgeron, pensa le garçon. Il s'occupait de sa femme et de son bébé, qui étaient allongés près de lui. Maintenant, Nico comprenait que le bonhomme n'avait pas avalé sa seconde gorgée d'eau. Penché sur le petit, il avait posé sa bouche sur la sienne et, précautionneusement, essayait de le faire boire ; mais la majeure partie du précieux liquide coulait le long de la joue du nourrisson. Nico ne pouvait pas bien voir, mais il avait l'impression que celui-ci était assez malade. Il ne bougeait pas ni n'ouvrait les yeux. Puis l'homme tourna son attention vers sa femme. Elle était blessée et chaque mouvement lui arrachait un râle de souffrance. Avec beaucoup de tendresse, il lui mit la tête sur sa cuisse et sembla l'embrasser. Elle gémit et toussa, perdant ainsi le peu d'eau disponible.

A l'approche du crépuscule, le rythme régulier du tambour ralentit, invitant les rames à en faire autant. L'instrument finit par se taire et les rames furent rentrées. La galiote jeta l'ancre sur une mer calme. Les rameurs s'installèrent pour la nuit. Leurs chaînes de chevilles crissaient tandis qu'ils cherchaient à s'étendre pour dormir. En haut, sur le pont, on entendait des prières murmurées en arabe, puis, un peu plus tard, des rires et des discussions à voix basse.

Dans la cale, les conversations se mêlaient à d'autres prières, chrétiennes. Puis le silence tomba. Le temps traînait en longueur. Quelqu'un toussa et un autre cria. Nico perçut une sorte de meuglement entêtant dans l'obscurité. Il avait déjà entendu du bétail produire un tel son, mais cette fois, il savait qu'il s'agissait d'un gémissement humain, parce qu'il n'y avait aucun bovin à bord. Finalement, le bruit cessa. Nico ne s'était jamais senti aussi seul de toute sa vie. Quand la nuit tomba et que les ténèbres envahirent la cale, ses seuls compagnons furent la puanteur et le désespoir silencieux.

Puis vint le moment où il ne put plus retarder l'inévitable. Cela faisait deux longues heures qu'il se retenait et se tortillait douloureusement. Mais il comprit enfin qu'il était ridicule : il n'y avait nulle part où aller et aucune perspective de changement. On n'avait même pas fait circuler un seau d'aisances. Quand il ne put plus attendre, il fit comme tous : il se soulagea là, sur place.

Puis il essaya de dormir.

Une demi-heure avant l'aube, la galiote se remit en route. Ses rames poussaient sur l'eau à un rythme régulier. S'il y avait un peu de brise pour faire gonfler la voile, on n'en ressentait pas le moindre effet sous le pont, où une chaleur oppressante faisait cuire les captifs comme des céramiques dans un four.

Au moment de l'abreuvage du matin, Nico essaya d'atteindre le seau. Mais il en fut encore une fois repoussé, meurtri et assoiffé. Il regarda le forgeron revenir les joues gonflées pour sa famille. Mais cette fois, il ne se pencha pas sur le bébé et posa sa bouche sur celle de sa femme, s'efforçant de l'inciter à boire. Elle gémit et refusa. Avec le peu de force qui lui restait, elle poussa l'enfant vers son mari. Il souleva le tissu qui recouvrait le visage du petit. Il était mort. Il le regarda un long moment, puis remit le voile en place. Et de nouveau, il se pencha sur son épouse, laissant couler le liquide sur ses lèvres. Mais une nouvelle fois, elle n'absorba rien. Au bout du compte, désemparé, l'homme s'assit. Voyant Nico qui le dévisageait, il détourna le regard et avala le restant d'eau.

Il n'y avait pas de nourriture et une douleur familière torturait le ventre de Nico. Une fois, pendant la famine, il n'avait pas mangé cinq jours d'affilée. Il savait qu'il pouvait encore le faire, mais il n'était jamais resté sans boire. Chaque heure rendait sa bouche plus pâteuse, moins accessible à sa langue, qui semblait de plus en plus grosse et de moins en moins coopérative. Il savait qu'il allait devoir se battre pour accéder au seau.

Alors, ce soir-là, il frappa du poing, du pied, mordit, griffa pour se frayer un chemin. Il se faufila entre les corps sur le pont en pente, que les immondices rendaient glissant. Il se cogna dans une femme, qui dérapa et tomba lourdement. Son visage heurta accidentellement le genou de Nico. Le choc lui fit lâcher le morceau de pain qu'elle tenait précieusement. Il le vit, sauta dessus et l'enfourna dans sa bouche. L'aliment était encore plus sec que celle-ci. Il mordit dedans, mais ne put l'avaler. Alors il le recracha dans la main et le mit dans sa poche. Puis il voulut se déplacer, mais s'arrêta net : il n'avait jamais rien volé. Se sentant coupable, il se retourna et voulut aider sa victime à se relever. Mais ses yeux bleus glaciaux et malveillants suspendirent son geste : sa mère l'avait constamment mis en garde contre les regards de ce type. Instantanément, il craignit que celui de la femme le rende malade, voire le frappe mortellement. Ayant à présent peur de la toucher, il fit le signe de croix et s'éloigna à quatre pattes.

Au milieu d'une forêt de jambes, il aperçut l'échelle. Elle était à sa portée. Mais quand il tenta de se remettre sur pied, quelqu'un le projeta brutalement à terre et se mit à le frapper. Il gémit de douleur, mais dans la mêlée, personne n'entendit. Effrayé, terrassé, il se précipita vaille que vaille vers la coque. De nouveau, il vit la femme, plus clairement cette fois. Elle était malade et son visage était d'une pâleur épouvantable. Elle ouvrit les yeux. En le voyant, elle se mit à sourire, mais c'était un rictus moqueur, qui lui glaça encore une fois le sang, et il se détourna.

Cette nuit-là, le sommeil ne vint pas. Nico avait terriblement mal à la tête. Sa langue collait à ses dents et il ne pouvait plus saliver. En dépit de la chaleur, il frissonnait. Il leva la tête pour voir si l'inconnue le regardait. Bien que sa nuque fût baissée et son visage couvert, il avait l'impression de sentir son mauvais œil le pénétrer jusqu'à l'âme.

Plongeant la main dans sa poche, il en sortit le morceau de pain. Il le grignota en essayant de produire le maximum de salive possible pour le ramollir. En vain. Le pain lui raclait la gorge jusqu'à l'écorcher. Alors il l'avala miette par miette. La femme ne bougea pas.

Quand il eut fini, il se rappela soudain qu'il avait senti quelque chose d'autre sous ses doigts et l'extirpa. C'était la pièce que Maria lui avait donnée le matin de sa capture. Elle ressemblait encore à un caillou, mais il entreprit de la nettoyer. Tout à son affaire, il gardait quand même un œil prudent sur la sorcière. Sa mère aurait jeté des feuilles de laurier sur un feu, bouilli une queue de chat ou suspendu une coquille de porcelaine autour de son cou pour le protéger de son regard maléfique.

Le petit objet ressemblait encore davantage à une pierre qu'à une pièce, mais il continua de le frotter. C'était peut-être, se dit-il, un talisman qui le sauverait. Ses ongles grattaient la corrosion. « Mon Dieu, protégez-moi de l'œil du démon, murmurait-il en s'activant consciencieusement. Mon Dieu, éloignez le démon. » Il répétait ces mots sans arrêt. Mais en même temps, il se demandait ce qu'il craignait le plus : Dieu ou le mauvais œil ? Et comme il ne pouvait décider, il mêlait à ses prières des demandes de pardon pour avoir volé le pain. Puis il entendit la voix de sa mère lui disant que Dieu pouvait lire ses pensées, surtout les plus inavouables, et qu'il saurait forcément que ses supplications a posteriori étaient opportunistes. Mais simultanément, Nico ne savait pas comment réparer ce qu'il avait fait, car il n'allait certes pas pouvoir restituer le pain. Finalement, il décida qu'il pensait trop à tout cela et s'endormit en se maudissant, certain de se réveiller dans les flammes de l'enfer.

Au lieu de cela, quand il ouvrit les yeux le lendemain matin, ce fut sur une tout autre vision. Des corps étaient remontés de la cale. Les formes sans vie se balançaient au bout de la corde qui servait à descendre l'eau. Il en compta sept. Avec un soulagement coupable, il réalisa que le premier cadavre évacué était celui de la femme au mauvais œil. Il sentit la pièce dans sa poche et eut la certitude que c'était elle qui avait provoqué sa mort. Il frotta le talisman en regardant la défunte s'élever et en priant pour que son éventuelle malfaisance ait disparu avec elle.

L'épouse du forgeron était la suivante ; son mari l'avait enveloppée dans un linge pendant la nuit. Quand la forme eut disparu, l'homme attacha son bébé à la corde. Le ballot remonta facilement, comme une plume. Nico entendit des clapotis. Quelqu'un disait une prière. D'autres se joignirent à lui pour murmurer leurs oraisons.

Le bonhomme revint à sa place. Nico remarqua la terrible expression de son visage.

— Je suis désolé, dit-il d'une voix presque inaudible.

Ses cordes vocales ne fonctionnaient plus correctement. Le forgeron se tourna vers lui d'un air absent, hocha la tête presque imperceptiblement, puis s'allongea sur le flanc en se servant de ses mains massives comme d'un oreiller. Il gardait les yeux ouverts, fixés dans sa direction, mais il ne le voyait pas.

L'après-midi fut le théâtre d'une brève action en mer qui suscita une poussée d'espoir. Des cris d'inquiétude s'élevèrent du pont. Le sifflet du surveillant retentit et le rythme du tambour s'accéléra pour augmenter la cadence. Les rameurs se calèrent sur ses martèlements : vingt-six battements à la minute. Ils pesaient de toutes leurs forces sur leurs rames pour propulser la galiote. Les chaînes crissaient et elle filait sur l'eau. Soudain, ceux qui se trouvaient dans la cale entendirent le bruit d'une grosse chose tombant dans l'eau à très faible distance, presque immédiatement suivi par le son lointain d'un canon. Ils s'arrachèrent de leur torpeur et s'assirent, tendant l'oreille et cherchant à comprendre ce qui se passait.

— Dieu soit loué, la flotte de l'empereur ! cria un homme.
— L'ordre ! dit un autre.

Le moral de Nico remonta d'un coup. Bien sûr ! C'était ça ! En réponse à ses prières, une galère des chevaliers de Saint-Jean les avait enfin pris en chasse. Il avait regardé des centaines de fois les grands bâtiments quitter les quais sous le *castello* et prendre la mer. Revêtus de splendides couleurs, leurs capitaines paradaient tels des dieux sur le pont, hommes d'acier et d'honneur commandant un millier d'épées prêtes à pourfendre l'infidèle. Depuis sa prime enfance, il avait entendu raconter leurs exploits légendaires sur mer, des récits de fantastiques batailles navales disputées par des croisés magnifiques débusquant les corsaires comme des rats, et arrachant leur cœur impie à leur corps de voleur et d'assassin. Oui, Nico pouvait fermer les yeux et quasiment les visualiser à travers la coque. Il voyait leur navire fondre sur celui-là pour venir à sa rescousse, et les croix sur les oriflammes rouge et blanc battre dans le vent.

On entendit une brève rafale d'arquebuse couvrant un instant le son du tambour. Ils sentirent que la galiote changeait brutalement de direction et, pendant un moment, eurent l'impression qu'ils allaient attaquer le bateau invisible. Une certaine angoisse étreignit Nico quand il réalisa que l'éperon de l'adversaire pouvait percer leur coque et les envoyer par le fond, corsaires et captifs confondus. Une centaine de paires d'yeux se tournaient vers l'ouverture de la cale, comme s'ils pouvaient voir quelque chose de ce côté-là ou provoquer un événement quelconque par leurs prières et leurs vœux.

Le canon retentit de nouveau. Nico eut la sensation que le son s'était éloigné. D'ailleurs, il n'avait même pas entendu le bruit d'un boulet tombant dans l'eau. Et il n'y avait plus de coups de feu.

Au bout d'une vingtaine de minutes, la cadence délirante du tambour s'atténua quelque peu tout en conservant un rythme frénétique, que les rameurs maintinrent près d'une heure encore. Nico tendait l'oreille pour tenter de percevoir quelque information, mais il n'entendait que les coups de fouet des gardes-chiourme et, de temps en temps, des ordres du raïs. Finalement, l'instrument ralentit. Quelques instants plus tard, un coup de sifflet retentit. La moitié des esclaves s'installa pour se reposer, tandis que l'autre continuait de ramer à une cadence plus tranquille.

Des rires tombaient du pont. Il n'y avait pas un vaisseau au monde capable de rivaliser avec une galiote algérienne à pleine vitesse : c'était un aigle et les autres, de simples faucons. Qui étaient les sauveurs vaincus à la course par leurs ravisseurs ? D'où venait le salut désormais perdu ? Dans la cale, les captifs devaient se contenter de l'imaginer. L'espoir, un instant ravivé, avait laissé place aux affres familières de la désespérance.

Le soir, le forgeron ne fit pas un mouvement pour aller boire. Il resta couché sur le flanc dans la position qui avait été la sienne toute la journée. Le tumulte autour du seau lui fit ouvrir les yeux une seconde, puis il les referma. De son côté, Nico se sentait trop faible pour tenter quoi que ce soit. Alors l'homme et l'enfant demeurèrent couchés, côte à côte, tandis que la bagarre pour l'eau se poursuivait à quelques pas d'eux.

Nico s'éveilla pour son quatrième jour de captivité. Il cligna des yeux et grimaça de douleur. Il avait l'impression d'avoir plein de poussière sous les paupières, comme si, à chaque clignement, une grosse toile lui frottait ses yeux sensibles. Il savait que s'il ne buvait pas rapidement, il mourrait. Avec difficulté, il roula sur lui-même et se trouva nez à nez avec le forgeron, qui avait les yeux ouverts. Ils se regardèrent.

Puis commença l'effervescence désormais familière précédant chaque abreuvement : le claquement métallique des seaux et l'agitation des prisonniers assoiffés, jouant des coudes pour obtenir la meilleure place. Nico lança un regard implorant à l'homme.

— S'il vous plaît, croassa-t-il d'une voix qui n'était quasiment plus qu'un murmure. Aidez-moi à boire.

Le récipient plein fut descendu au bout de la corde, pendant que le surveillant demeurait sur le second degré de l'échelle, juste au-dessus de la fange de fond de cale. Il fut rapidement vidé et remonté. Le forgeron n'avait pas bougé.

Un deuxième seau arriva et repartit. Et toujours pas de mouvement du colosse. D'un air sombre, Nico se dit qu'il n'allait peut-être pas se lever, pas même pour boire.

— S'il vous plaît, l'implora-t-il encore une fois en se demandant s'il était éveillé.

Certes ses yeux étaient ouverts, mais embrumés et son regard était absent. Quant à son expression, elle était totalement figée.

Un troisième seau descendit dans une forêt de mains levées. Une partie se renversa sous des cris de colère. Puis, lui aussi remonta. A bout de forces, Nico parvint quand même à se mettre à genoux. Il allait devoir essayer tout seul.

Le forgeron se tourna, se souleva sur un coude, puis s'agenouilla à son tour.

— S'il...

La nouvelle prière de Nico demeura en suspens : l'homme avait pris sa décision. Il s'empara d'un petit ballot de toile dans son pantalon et, sans un mot, le pressa dans la main de l'enfant. Celui-ci l'ouvrit. A l'intérieur, il y avait six ducats d'or vénitiens. Le petit Maltais en eut le souffle coupé. C'était plus d'argent qu'il n'en avait jamais vu. Il regarda le bonhomme, décontenancé. Rapidement, celui-ci récupéra le bout de tissu, remit les pièces dedans et enfourna le tout dans la poche du garçon. Puis il attrapa son bras avec une poigne de fer et l'entraîna vers l'échelle. C'était incontestablement le captif le plus grand et le plus fort de la cale. Ceux qui lui barraient le passage s'écartaient devant lui comme la mer fendue par une proue.

Avant même que Nico ait pleinement réalisé ce qui se passait, il se retrouva devant tout le monde, les lèvres posées sur le bord du seau. Il avala aussi vite qu'il put, s'étouffant et toussant dans un premier temps, puis parvenant à absorber une vraie gorgée, et une autre, et encore une troisième. L'eau était saumâtre, mais magnifique. Elle se perdait dans les tissus de sa bouche, avant de descendre dans les tréfonds de sa gorge. Le surveillant voulut le repousser, mais le bras du forgeron l'en empêchait, comme il interdisait, pour l'instant, aux autres prisonniers d'accéder au seau. Nico put boire encore jusqu'à s'en étrangler avidement. Puis le récipient repartit.

L'enfant regarda son bienfaiteur avec une immense reconnaissance dans les yeux.

— *Grazzi !* dit-il.

Mais le forgeron ne répondit pas. Son regard était fixé sur le gardien. A une vitesse stupéfiante, il bondit en avant et le saisit à la gorge en repoussant Nico de son autre bras. Tandis que ce dernier s'affalait dans l'eau de la cale, les yeux du corsaire s'enflammèrent de colère et de surprise. Il fit un mouvement pour remonter l'échelle, mais la poigne d'acier de son adversaire, trempée par des années de pratique de son métier, l'en détourna. Avec des yeux glacials et une résolution implacable, l'artisan écrasa lentement la trachée du garde-chiourme et tint celui-ci en l'air par le cou. Les yeux exorbités, le

Maure, étranglé, battait l'air furieusement de ses bras. Son fouet tomba dans la fange. Quelqu'un le ramassa et l'agita. Un chœur de cris de défi monta de la cale.

L'instant suivant, une volée de gardes descendit l'échelle, précédée par les longues hampes des hallebardes. Les lames en forme de hache tailladèrent les visages et les pointes s'enfoncèrent dans les chairs tendres. Quand un passage fut ménagé, six geôliers sautèrent au milieu du chaos. Deux d'entre eux s'occupèrent du forgeron, tandis que les autres s'en prenaient à la foule déchaînée.

Nico s'écarta sans perdre des yeux le combat farouche. Le visage du surveillant s'était marbré avant de virer au bleu. Mais même maintenant, alors que sa victime avait cessé de lutter, le forgeron ne relâchait pas son étreinte. Dans l'espace exigu, les Maures ne pouvaient pas utiliser leurs piques. Nico entraperçut la lueur de la lame d'une dague avant qu'elle ne pénètre dans le flanc de son sauveur. Celui-ci ne flancha pas et parut, au contraire, animé d'une vigueur nouvelle. Il se servit du corps sans vie du gardien comme d'un bélier, le projetant contre son agresseur, qu'il envoya voler au fond de la cale. Immédiatement, deux captifs se précipitèrent sur lui et lui tordirent le bras pour lui maintenir le visage dans l'eau sale. L'homme lâcha son couteau, qui tomba aux pieds de Nico. Le garçon le regarda sans oser bouger.

De son côté, l'artisan continuait de se battre, utilisant le cadavre comme un bouclier amortissant les assauts répétés des Algériens. Pendant un moment, on aurait presque dit qu'il pouvait, incroyablement, l'emporter. Il semblait au-delà de la douleur. Il dépassait largement en taille ses assaillants, qui ne pouvaient l'arrêter. L'un après l'autre, il les faisait voler dans les immondices grâce à son bélier humain. Mais aussi fort qu'il fût, il ne pouvait se mouvoir assez vite. Une lame l'atteignit, puis une autre. Une pluie de sang éclaboussa Nico. De nouveaux hommes se répandaient dans la cale bondée. Aguerris, ils s'occupaient avec autant d'efficacité que de sauvagerie des derniers foyers de résistance. Un moment plus tard, le bref soulèvement était terminé.

Cette fois, Nico compta douze corps remontés : quatre gardes et huit prisonniers, deux d'entre eux n'étant même pas encore morts. Celui du forgeron fut le dernier hissé. Ils l'évacuèrent tête en bas, avec des cordes attachées aux chevilles. L'enfant le regarda monter, d'abord les jambes, puis le torse. L'homme avait les yeux ouverts, avec une expression aussi vide dans la mort que dans la vie. Et il disparut. Peu après, une fois le calme revenu, Nico entendit le bruit familier de l'eau contre la coque.

Il s'assit sans rien dire, sans bouger. Soudain, il réalisa qu'il tremblait. Il connaissait bien la mort... mais de faim ou de maladie. Il n'avait jamais vu un être se faire tuer par d'autres. Rapidement, une seule pensée vint le hanter : comment allait-il se débrouiller pour boire ?

Certains captifs commencèrent à murmurer à propos des sanctions qui risquaient de leur tomber dessus. Pendant ce temps-là, à la poupe, le capitaine ne se souciait guère des événements du matin. Comme d'habitude, il se remettait sereinement entre les mains d'Allah. Son destin — et celui du navire et de tous ceux qui se trouvaient à son bord — était écrit depuis longtemps, bien avant le début du périple. C'était Allah qui avait provoqué la tempête et c'était Sa volonté si la plupart d'entre eux avaient été saufs. Et maintenant, si Allah voulait qu'ils boivent, Il saurait leur procurer de l'eau. Et dans le cas contraire, *malish, mektoub*. Tant pis, c'était écrit.

Et de fait, cet après-midi-là, la galiote pénétra dans une petite baie de l'île de Lampedusa, sise en droite ligne entre la Sicile et l'Afrique du Nord. Une barque fut envoyée à terre, qui revint bientôt avec des tonneaux d'eau fraîche, de nourriture et des marchandises diverses remplaçant celles perdues dans la tempête. Le capitaine constata que chacun avait désormais son comptant d'eau. Il distribua aussi les biscuits rassis du navire, durs comme la pierre, mais bourratifs. Nico dévora avidement tout ce qu'il put. Or, à sa grande surprise, il se contenta de peu.

Les ponts furent lavés à l'eau de mer, tandis que celle saumâtre de la cale était écopée par une chaîne humaine se passant les seaux de main en main. La fange fut passée par-dessus bord, ce qui ne changea pas grand-chose à l'odeur. Mais l'endroit devint assurément beaucoup plus supportable.

A l'aube du jour suivant, le tambour retentit. Un nouveau surveillant arpentait la coursive centrale entre les rangées de rameurs. A l'orée de cette partie du voyage, les longs bras de bois plongeaient dans l'eau. Comme il était trop tôt dans la saison pour que les vents d'est fassent gonfler la voile, la propulsion dépendait exclusivement de la puissance des hommes... et du fouet du surveillant, qui les « motivait ».

Douze journées passèrent encore en mer. Dès qu'ils eurent contourné le cap Bon, la galiote prit plein ouest et ils ne perdirent plus jamais de vue la côte africaine. Six autres fois, ils débarquèrent pour se réapprovisionner en eau et en nourriture.

Nico pouvait boire deux fois par jour, sans avoir à se battre, et il mangeait à chaque crépuscule — mais jamais assez pour se remplir le ventre. La nuit, il trouvait difficilement le sommeil, et il rêvait tout éveillé de sa maison et de sa douce Maria. Quant aux journées, elles n'étaient qu'un long cauchemar sans fin hanté par la culpabilité, la colère et l'autorécrimination. Il ne cessait de penser aux problèmes qu'il allait avoir quand son père le récupérerait. Car il ne doutait pas de revoir les siens un jour. Si personne ne venait le chercher, il s'évaderait.

Dans sa poche, il sentait la masse du petit ballot contenant les pièces. Le forgeron lui avait laissé une vraie fortune — assez, il en était certain, pour acheter sa liberté.

N'ayant encore aucune idée de l'endroit vers lequel il se dirigeait ni du sort qu'on lui réservait, il continuait de mâchonner les biscuits durs et de frotter la pièce de Maria. Soudain, il s'interrompit. Dans son esprit, il venait de compter les jours. Il recommença en remontant en arrière. Il n'était pas totalement sûr de son décompte, parce qu'une journée en chassait une autre. Mais il était certain d'une chose : l'une des trois dernières qui venaient de s'écouler était le 24 mai.

Son dixième anniversaire.

Extrait des *Histoires de la mer du Milieu* par Darius, dit le Préservateur, historien à la cour de l'empereur des deux mers, le sultan Ahmet

C'était une époque de grandes tensions religieuses. Pas seulement à Malte, mais dans tout le monde environnant la mer du Milieu. Martin Luther avait placardé ses thèses, non pas sur la porte de la chapelle d'un château, mais au cœur même de l'Eglise. Et les responsables corrompus de cette dernière regardaient son hérésie se répandre depuis l'Allemagne jusqu'à menacer l'entièreté de leur monde. Seul le conflit opposant les musulmans hérétiques chiites de Perse aux sunnites orthodoxes pouvait peut-être rivaliser en ampleur, en passion et en violence avec celui qui vit s'affronter catholiques et protestants. Mais il y avait une différence clé. Dans l'islam, les conversions par la force étaient interdites, tandis que dans le monde catholique, les conversions pouvaient autant être le fruit de la conviction que de la peur et de la coercition, grâce notamment à cet instrument chrétien unique que représentait l'Inquisition — une institution sans équivalent dans le monde.

L'Inquisition avait été instaurée au XIIIe siècle pour combattre la sorcellerie et l'hérésie. Mais elle donna naissance à l'Inquisition espagnole, conçue pour aider la monarchie à éradiquer les juifs et les musulmans qui avaient feint de se convertir pour accéder aux plus hauts niveaux de l'autorité civile. Organisée sous l'égide du grand inquisiteur, le moine dominicain Torquemada — dont la haine des juifs ne connaissait pas de limites —, elle devint un instrument à la fois religieux et politique, et ses bûchers se mirent rapidement à brûler sans aucune possibilité de contrôle. Même le pape, qui l'avait déclenchée, ne pouvait plus refréner ses excès.

Un demi-siècle plus tard, en 1542, désespéré de ne pouvoir circonscrire la nouvelle menace protestante, le pape Paul III revêtit la vieille louve de nouveaux habits, la rebaptisant sainte Inquisition romaine et universelle et la plaçant sous l'autorité d'un collège de cardinaux. Si la suppression des fausses doctrines demeurait le cœur de son activité, les outrances de l'Inquisition espagnole ne furent plus tolérées. Les dénonciations devaient désormais être étudiées avec le plus grand soin, car l'Eglise avait réalisé à quel point un homme pouvait facilement être tenté de trahir son voisin au regard de conflits qui n'avaient rien à voir avec la religion. Les châtiments privilégiés — notamment la pénitence, les amendes, voire l'exil — devinrent moins radicaux qu'auparavant.

Mais, si nécessaire, les vieilles armes demeuraient à la disposition de l'Inquisition : les bûchers continuèrent de brûler de temps en temps.

Extrait du volume I
Les Conflits religieux : l'Inquisition.

Chapitre 4

Le père Giulio Salvago était arrivé à Malte en 1546, le jour même où son prédécesseur montait sur le bûcher.

Salvago était descendu du bateau pour traverser les quais. Il avait gravi les marches menant à Birgu, le vieux village de pêcheurs qui se nichait sur une péninsule derrière Saint-Ange, le château qui servait de quartier général à l'ordre de Saint-Jean. Personne n'était venu l'accueillir, mais il réalisa qu'il était en réalité arrivé en plein milieu de quelque événement important. Au sommet de l'escalier, il tomba sur une foule tumultueuse qui se dirigeait vers la place du village. Les chiens aboyaient et les enfants, perchés sur les épaules de leur père, tendaient le cou pour mieux voir. Les hommes vociféraient en se frappant la poitrine, les femmes s'arrachaient les cheveux et défaillaient, dans une sorte de ferveur religieuse. Des moines progressaient au milieu de la masse, leurs prières s'élevant au-dessus du tapage. Plus loin, certains faisaient de bonnes affaires : ils s'étaient levés tôt pour réserver les meilleures places debout et les revendre à ceux qui étaient avides de sentir sur leur visage la chaleur du saint bûcher. Chaque fenêtre, chaque balcon, chaque toit surplombant l'espace était noir de monde.

Salvago surprit des bribes de conversation et de prières : « Eresia... Luther... Jesuald... » Son cœur se mit à battre : il savait que le nom de son prédécesseur était précisément Jesuald.

Au centre de la place, un pieu avait été planté dans le sol, et une grande quantité de bois et de ronces empilée à sa base. Au son d'un lent battement de tambour, un homme fut amené. Juché à l'arrière d'une charrette tirée par une mule, il remonta la rue principale depuis la prison sise sous le palais de l'évêque. Il portait une chemise loqueteuse. Bouleversé, Salvago s'aperçut qu'il s'agissait d'une chasuble retournée sur laquelle on avait peint une croix de Saint-André pour signaler l'infamie. Sous le vêtement, on distinguait les cicatrices et les contusions résultant d'un long emprisonnement.

— Bien fait pour cet ignoble porc ! Il ne s'est pas repenti !

Salvago se signa et suivit le flot, tendant le cou comme tout le monde pour voir quelque chose.

Jesuald se débattait dans ses chaînes, cherchant à hurler malgré son bâillon. On avait pris cette précaution pour empêcher ses blasphèmes d'infecter la foule des pénitents, magnétisée par la procession qui conduisait en cadence le condamné vers sa mort. Il avait les yeux exorbités, non par la terreur, mais par la rage.

Il fut extrait de la charrette, les mains liées dans le dos. Son bâillon glissa.

— Seule la foi peut vous sauver tous, hurla-t-il. Pas l'Eglise, qui n'est que le temple de l'homme, pas celui de Dieu. Seule la foi, et l'espoir, et l'amour...

Il fut frappé et jeté à terre par un garde qui le bâillonna à nouveau brutalement.

Des frères s'avancèrent lentement à travers la foule en chantant et en brandissant des cierges.

— Priez pour l'âme perdue de Jesuald, qui, aujourd'hui, va se retrouver devant son Créateur...

Jesuald essaya de se relever, mais il vacilla. Des gardes l'attrapèrent par les bras pour le soulever. A ce stade des procédures, plus aucun membre de l'Eglise ne participait. Jesuald avait été jugé par un tribunal ecclésiastique, mais la sentence et les bourreaux devaient être séculiers, afin que l'Eglise n'ait pas sa mort sur les mains.

— Priez pour l'âme perdue de Jesuald...

Le prisonnier fut conduit jusqu'au bûcher. Là, il fut entravé à l'aide de cordes épaisses qui avaient été mouillées pour ralentir leur combustion. Aucun collier de fer pour le garrotter n'avait été prévu. Comme il avait refusé d'abjurer, on lui avait refusé la grâce d'une mort par strangulation avant que les flammes fassent leur œuvre, ainsi que c'était couramment pratiqué. Jesuald devait donc être brûlé vif.

Tandis que l'on resserrait ses liens, il parvint une nouvelle fois à se débarrasser de son bâillon.

— Les prêtres doivent pouvoir se marier, clama-t-il. Le célibat n'est pas le commandement d'un Dieu parfait, mais celui d'hommes imparfaits ! L'Eglise sert ses propres fins dans ces...

— Sacrilège ! gronda un moine en lançant une pierre.

Elle frappa le condamné à la tempe. Sa tête chancela. Il cligna les yeux en essayant de retrouver ses sens.

L'évêque de Malte était assis sur une estrade, sa robe violette inondée par le soleil de midi. Autour de lui, des prêtres, des prieurs, l'archidiacre de Mdina et différents nobles étaient rassemblés pour l'occasion. Faisant mine d'ignorer ce qui se passait sur le bûcher, il invita d'un geste la foule au silence.

Les chuchotements se turent quand le capitaine de la verge[1], en charge des procédures, lut rapidement un parchemin pour rappeler la sentence.

Il fit un pas en arrière, se pencha vers l'évêque, se signa, puis d'un hochement de tête, signifia au bourreau qu'il pouvait procéder à l'exécution. Une torche en roseau fut approchée du petit bois aux pieds de Jesuald. La foule, fascinée, retenait sa respiration. Les flammes tremblotèrent, tournoyèrent... et moururent. On entendit des cris de déception. Le bourreau revint avec la torche allumée. De nouveau, les flammes léchèrent brièvement le combustible et s'éteignirent en produisant des volutes de fumée filant vers le ciel. Des murmures parcouraient maintenant la place. S'agissait-il d'un présage ? Les gens faisaient le signe de croix et se pressaient les uns contre les autres en se dressant au maximum pour voir ce qui se passait. Le bourreau prit une torche neuve, l'alluma avec l'ancienne et s'agenouilla encore une fois pour procéder à sa mission. Les flammes demeuraient timides, produisant davantage de fumée que de chaleur et suffoquant les premiers rangs des spectateurs.

Jesuald ouvrit les yeux et les tourna vers le ciel.

— Ecoutez la Bible, croassa-t-il, pas un homme. Ni l'évêque ni le pape, mais la parole de Dieu.

Une autre pierre vola, puis une autre.

— Eh, je suis venu voir une crémation, pas une lapidation, cria un paysan. Laissez-le gueuler.

La foule exprima son approbation et les projectiles s'arrêtèrent.

De son côté, Jesuald fit de son mieux pour l'obliger. Ses blasphèmes continuèrent, mais sa voix était de plus en plus faible et peu pouvaient l'entendre. L'évêque lança un regard foudroyant au bourreau, comme si la chaleur de celui-là pouvait aider le malheureux homme à allumer le feu. Et alors qu'il était évident que les flammes allaient mourir une fois de plus, le vent se leva.

---

1. Longtemps le plus haut poste de l'Università. (*N.d.T.*)

Il arriva du port, devant les quais de San Lorenzo, où les ondulations sur l'eau marquaient son passage. Puis il remonta les rues pentues jusqu'à la place, se transformant en tourbillon qui faisait voler la poussière et piquait les yeux. Il traversa la foule et atteignit le bûcher, qui s'embrasa enfin.

L'évêque vit la poussière et sentit le vent sur son visage. Alors il se leva de toute sa hauteur.

— Le souffle de Dieu, proclama-t-il.

Des murmures d'assentiment craintif accueillirent son exclamation. Le prélat cita les Ecritures, mais sa voix de stentor ne parvenait pas à couvrir les sons torturés qui s'échappaient de la gorge de Jesuald. Les flammes grandissaient et dévoraient avidement le bois, qui craquait et sifflait. Le brasier gronda rapidement et la chaleur fit reculer tous ceux qui en étaient le plus proches. Ils se couvrirent la figure de leurs mains sans pour autant détourner le regard.

— La grâce du Seigneur ! La justice du Seigneur ! Prions pour l'âme perdue de Jesuald...

Finalement, Salvago atteignit le milieu de la foule. Dès qu'ils voyaient sa robe, les spectateurs s'écartaient pour lui laisser place. Il aperçut le visage du condamné se déformer. L'agonie tordait ses traits. Ses lèvres marmonnèrent une dernière hérésie tandis que les flammes léchaient son corps sans nul doute brûlé depuis longtemps... On entendit un ultime cri guttural. Le silence se fit. Seul subsistait le ronronnement du brasier. Salvago tourna le dos au bûcher, les narines envahies par l'odeur infecte de la graisse et de la chair brûlées. Il ferma les yeux pour murmurer une prière à l'intention de l'âme du religieux.

Le lendemain matin, il fut convoqué par l'évêque Cubelles pour une audience au palais. L'odeur de la mort s'accrochait encore à ses vêtements.

Cubelles avait des traits anguleux, une barbe noire parfaitement taillée, des sourcils arqués et un nez proéminent. Avant d'évoquer les affaires de la paroisse, il voulut s'assurer que le nouveau prêtre ne fût pas porteur des corruptions de son prédécesseur.

— Ainsi vous avez été avec l'évêque de Palerme, dit Cubelles. Il a fait votre éloge.

— Il est trop aimable, Votre Grâce, répondit Salvago en s'agenouillant et en baisant son anneau.

— Vous comprenez, j'en suis certain, que les idées ayant cours en Sicile ne sont pas toujours celles que nous prisons à Malte, indiqua le prélat. Il y a des tendances dangereuses dans l'air.

— Je n'en ai apporté aucune avec moi, Votre Grâce, le rassura Salvago avec un petit sourire.

— Nous croyons savoir que l'évêque a une concubine.

— C'est exact, Votre Grâce. En Sicile, ce n'est pas pratique inhabituelle. Même à Rome...

— *Cujus regio, ejus religio*, le coupa Cubelles, glacial. L'évêque est un homme pieux et bon. Il ne fait aucun doute qu'il est aimé de ses ouailles. Mais dans ce diocèse, ce n'est pas son exemple que vous devez suivre, mais le nôtre. Vous devez vous dévouer au service de Dieu, ce qui ne permet aucune maîtresse... si ce n'est le Christ. Et vous ne devez suivre aucune autre Eglise que notre vraie Eglise, aucun autre évêque que celui qui se tient devant vous.

Ses yeux perçants sondaient Salvago.

— Naturellement, Excellence, répondit celui-ci. J'ai consacré ma vie à ces préceptes. Mon cœur est triste de voir combien mon prédécesseur s'est éloigné de la grâce de Dieu.

— Vous ne contestez en rien notre jugement ?

— Ni le jugement, Eminence... (Salvago fixait son évêque droit dans les yeux.) Ni le châtiment.

— Alors nous nous comprenons, dit Cubelles.

— Parfaitement, Votre Grâce.

Pour arriver dans sa nouvelle paroisse, Salvago avait suivi un chemin long et tortueux. Il était le second fils du baron Amatore Salvago, un patricien respecté possédant de vastes domaines en Sicile. Jeune, il avait fréquenté les meilleures écoles. Il était doué pour les chiffres, et son esprit témoignait d'une grande aptitude pour le latin, le grec et l'étude des grands philosophes. Un brillant avenir lui semblait promis. Si le titre de baron devait échoir à son aîné, Salvago paraissait destiné à une carrière remarquable dans la banque ou le commerce.

Cependant, c'était son père et non lui qui caressait de telles ambitions. Il y avait en lui un côté sauvage que ni le baron ni les autorités civiles ne pouvaient dompter. Il était très maigre, avec un long visage décharné, un nez saillant et des yeux sombres au propre comme au figuré. Pourtant, en dépit de la sévérité de ses traits, il était assez joli garçon et plaisait aux belles femmes, qu'il mettait facilement dans son lit. Ses amis, en revanche, étaient un assortiment de vagabonds et d'artisans qui aimaient faire la fête avec lui, aux frais de son père.

Le baron pensait que son fils mûrirait avec l'âge. Mais Salvago atteignit son dix-huitième anniversaire sans avoir montré le moindre signe de modération. Il dépensait plus que jamais et accumulait d'énormes dettes de jeu ou de boisson. Parfois, quand il se réveillait le matin entre une bouteille vide et une femme étrange, avec un immense vide là où aurait dû se trouver sa mémoire, il se sentait quelque peu torturé par la honte. Mais apparemment, cette sensation disparaissait systématiquement avec sa gueule de bois. Dans le confessionnal, il se montrait aussi prolixe que peu sincère. « Pardonnez-moi, Père, parce que j'ai péché... » Alors il pouvait se lever, faire pénitence... Puis ainsi absous, il était libre de recommencer ses excès séance tenante.

Mais une orgie dans la propriété familiale, au cours de laquelle des tapisseries furent piétinées et des meubles détruits, poussa son père à bout.

— Je vais continuer à te verser ta pension, lui dit-il, mais à la seule condition que tu quittes Messine pour ne jamais y revenir.

L'arrangement ravit le jeune homme. Il visita Syracuse,

Naples et Rome. Fidèle à lui-même, il parvint à pénétrer les hautes sphères culturelles de chaque cité avant d'en explorer les pires dépravations. A Florence, il dîna avec les Médicis, qui étaient en affaires avec son père. Ils assistèrent ensemble à un concert dans les jardins de Boboli, où il se saoula, avant de plonger nu dans l'Arno sur un pari et de nager d'un mur de la ville à l'autre.

Venise le captiva. Il passa de longues journées dans la bibliothèque du doge, à lire Plutarque et Tite-Live. Avec la nièce de son hôte, il fit le tour de la basilique Saint-Marc. En dehors de Constantinople, il n'existait nulle part ailleurs d'édifice plus splendide. Salvago fut subjugué par tout ce qu'il y vit : la vue de la place que l'on avait depuis ses balcons ; les mosaïques qui ornaient les moindres surfaces, représentant des scènes de la Bible ; le *quadriga*, ce magnifique équipage de quatre chevaux grecs en bronze, qui tirait jadis le char de Lysippe sur l'hippodrome de Byzance ; et, par-dessus tout, la beauté de la femme qui se trouvait à son côté. Comme le crépuscule tombait et que la basilique se vidait de ses fidèles, il l'entraîna derrière le *Pala d'Oro*, le retable d'or, qui scintillait sous l'effet d'innombrables saphirs, rubis, émeraudes et autres perles. Là, derrière une armoire près de la tombe de saint Marc et sous le regard des anges du Tintoret, Salvago la viola.

Ce fut à Rome qu'il fit ses premiers pas sur la voie de la rédemption. Il se rendit au Vatican dans un but cynique, puisqu'il entendait acheter quelque indulgence permettant d'effacer ses péchés. De telles pratiques étaient alors courantes au sein d'une Eglise corrompue. Seulement un évêque l'informa froidement que cela était désormais interdit.

Salvago déambula alors à l'intérieur du Saint-Siège. Il avait entendu parler de la chapelle Sixtine et voulut la visiter. Hélas, on lui dit qu'elle était fermée parce que Michel-Ange était en train d'y achever une commande du pape. Mais un garde accepta une pièce d'argent du jeune homme et sa promesse de ne rien dire, et il lui ouvrit la porte de l'édifice. Salvago descendit les marches, puis il leva les yeux et resta tétanisé par la splendeur des fresques, qui ne ressemblaient à rien de ce qu'il avait vu jusqu'alors. Il s'allongea, hypnotisé, sur le sol de marbre froid : les nuages s'étaient écartés et c'était directement le Ciel qu'il contemplait. Il voyait la Création, et Dieu séparant la lumière des ténèbres, et Jonas, et toute cette brillance était au-delà de sa compréhension.

Pendant de brefs moments au cours des deux jours suivants, il observa Michel-Ange. Le vieil homme avait achevé le plafond des années auparavant. Maintenant, il s'attelait à une immense peinture sur le mur occidental, au-dessus de l'autel, à l'extrémité du jubé. Il travaillait seul sur un échafaudage. Il n'avait pour toute source d'éclairage qu'une modeste bougie plantée dans son bonnet. Ses coups de pinceau étaient si assurés que l'on aurait dit que c'était la main de Dieu qui était à l'œuvre. La composition était sombre et inquiétante. Elle représentait le Jugement dernier, une vision lugubre des tourments attendant les pécheurs non repentis. Salvago la fixa pendant des heures. Au plus profond de son âme, il commença à désirer ardemment quelque chose qui se trouvait au-delà de la vie qui était la sienne. Il se vit lui-même dans la peinture, debout à la porte de l'enfer. Alors il s'agenouilla et pria.

Il se releva avec un sentiment de rectitude — qui fut, comme d'habitude, de courte durée. Dès qu'il se retrouva à l'extérieur du Vatican, il respira l'air radieux de Rome, repéra un ami et retourna rapidement à ses penchants. Cette nuit-là, il s'en fut courir les jupons à travers les rues de la ville. Au cours des jours suivants, sous l'emprise de l'alcool, il joua gros aux combats de coqs et aux courses de chevaux, perdant des sommes de plus en plus importantes. Une nuit, il perdit une mise qu'il ne fut pas en mesure de couvrir. Il essaya de tricher, mais une rixe terrible s'ensuivit. Il fut battu sauvagement et laissé pour mort sous un pont. Trois jours s'écoulèrent avant que quelqu'un le retrouve.

Dans son délire aux portes de la mort, il vit des images de la Sixtine tourbillonner au milieu des ténèbres. Satan dansait avec le Christ sur l'air que jouait Salvago. Puis le Christ portant sa couronne d'épines lui demanda de L'aider à soulever Sa croix. Salvago tendit la main, mais au lieu du bois, il sentit l'ourlet de la robe lilas de la Vierge Marie. Et il se prit à essayer de l'embrasser, et de glisser la main sous sa robe, et même de lui enlever son vêtement. Des démons affrontaient les anges, tandis que le feu de l'enfer venait lécher les portes du paradis. Et Salvago se retrouvait au milieu. Il vit Dieu et Adam. Les extrémités de leurs doigts se touchaient presque. Et il vit Noé, ivre de vin, vomissant des gargouilles. Il aperçut son propre visage et sa peau écorchée dans les mains de saint Bartholomé, dont le couteau était rouge du sang de ses péchés. Et il y avait aussi Charon, l'image de la mort, avec ses cornes et ses grotesques yeux protubérants, et Minos, le juge de l'Hadès. Et oui, c'était lui aussi, Salvago, qui conduisait le bateau des damnés sur la rivière Achéron ; il ramait de toutes ses forces, mais les courants de l'enfer étaient les plus forts et l'entraînaient de plus en plus bas dans un tourbillon de feu...

Il se réveilla en hurlant, réclamant un prêtre. « Bénissez-moi, mon père, parce que j'ai péché », mais cette fois, il n'y avait plus rien de calculé dans son appel, plus rien d'autre que le cri éperdu d'un homme qui entendait se repentir authentiquement de ses agissements. Il passa les trois semaines suivantes à récupérer et à prier. Au sortir de l'épreuve, les yeux fixés sur la glorieuse route de la rédemption, il s'était trouvé un but. Giulio Salvago, le fils d'un noble, Giulio Salvago, le débauché, avait décidé de devenir prêtre.

Il entra au séminaire Saint-Marc, niché dans les collines près de Messine. C'était la première expérience passionnelle de sa vie. Pour la première fois, il ne ressentait aucune ruse en lui : il était tout simplement sincère dans ses dévotions comme il l'avait été, jadis, dans la débauche. Il s'appliqua avec zèle, impressionnant ses maîtres par son appréhension rapide de la théologie.

Mieux : il trouva du plaisir dans l'existence simple de Saint-Marc. Dans sa cellule, il n'y avait rien d'autre qu'un lit sommaire, une bassine d'ablutions et un crucifix. Il devint le pâtre du troupeau de chèvres du séminaire, tâche dont personne ne voulait. N'emportant qu'un bréviaire et une flasque d'eau, vêtu d'une soutane de laine et chaussé de sandales, il errait dans les montagnes du Peloritani avec les animaux, restant debout pendant des jours à jeûner et à méditer. Il endura le froid engourdissant du soir et la chaleur ardente du jour, et savoura sa proximité avec son Créateur. Il campa sur une corniche, près d'une source. La nuit, il pouvait contempler la voûte des cieux et le jour il admirait le paysage, les vignes, et, au-delà, la pente qui descendait jusqu'à la mer. Les aubes et les crépuscules se succédaient. En regardant les chèvres brouter, il priait et s'étonnait de voir à quel point son ancienne vie lui avait si totalement fait manquer la vraie beauté du monde de Dieu.

Il fut ordonné prêtre dans sa vingt-sixième année. Il passa un an à Palerme à servir l'évêque comme modeste assistant. C'était un poste, il le savait, qui n'était que temporaire, dans l'attente de sa première véritable affectation. C'était un travailleur acharné et obéissant. Tous ceux qui le connaissaient le jugeaient exemplaire. Bien né et bénéficiant d'excellentes relations, il était promis aux plus grandes destinées au sein de l'Eglise. La combinaison de sa personnalité, de sa rectitude et de son lignage l'y prédisposait, lui assura l'évêque lui-même. Bien que cela le rendît coupable du péché d'orgueil, il le savait, Salvago était d'accord en son for intérieur. Oui, il était ambitieux. Oui, il aspirait à une place éminente dans la hiérarchie. Car c'était de cette manière, pensait-il, qu'il servirait le mieux le Seigneur, son Dieu. Il était convaincu qu'Il avait mis en branle le miracle de sa conversion dans la chapelle Sixtine dans un but bien précis et que c'était Sa volonté qu'il retourne un jour au Vatican, où de grandes réformes commençaient d'assainir l'Eglise. Salvago voulait s'y associer. L'évêque avait promis de dire un mot en sa faveur lors de sa prochaine visite à Rome.

Quand son affectation arriva enfin, ce fut un véritable choc, la fin brutale de ses rêves. Malte ! Même s'il ne s'y était jamais rendu, il connaissait l'île. C'était, dans tous les sens du terme, un endroit qui se trouvait dans la direction opposée de Rome. Effondré, il s'y résigna quand même, convaincu que Dieu saurait révéler Ses raisons en temps voulu. Il se consola en se disant qu'au moins ça le rapprocherait de sa sœur Angela, qui avait épousé un noble maltais. Ils vivaient à Mdina, à courte distance de sa nouvelle paroisse.

Alors qu'il se préparait à embarquer, il apprit que le prêtre qu'il devait assister venait d'être démis de son poste. La missive qui l'en informait ne donnait aucun autre détail, mais cela signifiait, en tout cas, que Salvago serait le *kapillan*, le maître de sa paroisse. Avoir autant de responsabilités si tôt représentait une occasion exceptionnelle.

Dès son arrivée, Salvago pensa que Malte était un endroit sinistre, gris, stérile, d'une pauvreté extrême. L'île avait beau ne pas être si éloignée que cela de Venise et Florence, elle était engluée dans un autre âge. Elle était aux deux joyaux de la péninsule italienne ce qu'une toile grossière est à une fine soie de la Renaissance. Les idées qui fleurissaient à Rome se flétrissaient à Birgu.

Néanmoins, il s'attela résolument à sa tâche. Sa paroisse était forte de trois cents habitants et, sans le moindre doute, il y avait du travail à accomplir pour diffuser l'œuvre du Christ parmi eux. Vraiment, il le voyait, ils vivaient dans une vallée de larmes. Pourtant, bien qu'ils fussent arriérés et illettrés, physiquement faibles et mentalement pauvres, leurs âmes étaient aussi solides et ferventes que celles de bien d'autres au sein de la chrétienté.

Son église était délabrée. Les corniches s'affaissaient et les murs s'effondraient. L'autel, brisé, n'avait pas d'ornement. Il écrivit à son père pour lui réclamer de l'argent et supplia son beau-frère, le baron Antonio Buqa, de contribuer à quelque chose pour son salut. Buqa protesta que Sainte-Agathe n'était ni sa paroisse ni une grande cathédrale, mais son épouse, Angela, le tanna jusqu'à ce qu'il se laisse fléchir, à regret.

Avant longtemps, le bâtiment arbora un tout nouveau visage. Une fois les chevrons remplacés, on posa un toit de tuile. Les murs bénéficièrent d'une couche de chaux fraîche. Un chevalier italien avec lequel Salvago avait jadis mené grande vie offrit une tapisserie qui appartenait à sa famille depuis des générations. Elle représentait la Cène et ornait désormais le grand mur au-dessus de l'autel. Ce dernier fut doté d'une petite — mais élégante — statue de la Vierge en marbre blanc de Carrare immaculé. Le prêtre commanda une cloche aux bronziers de Milan. Mais comme il n'y avait nulle part où l'accrocher, elle fut provisoirement entreposée dans la sacristie. Il attendait d'avoir assez d'argent pour construire un clocher correct.

Les années passèrent. Fidèle à son habitude, Salvago travaillait dur, vivait simplement et se réalisait grandement. Il vivait dans le presbytère d'une seule pièce, derrière l'église. Ses biens terrestres étaient peu nombreux. Il disposait de deux soutanes, une aube de coton blanc avec une ceinture de toile et une chasuble, richement ornée de fleurs de lis brodées. En outre, il possédait une paire de sandales, un rosaire, un bréviaire relié en cuir et, seule extravagance de sa nouvelle vie, un crucifix d'argent incrusté de rubis parfaits, que son père lui avait fièrement remis le jour de son ordination. Il ne désirait rien de plus. Quand il avait plus d'argent que nécessaire, il l'utilisait pour aider les familles nécessiteuses de sa paroisse ou pour réaliser de modestes améliorations dans l'église.

En dépit du temps qu'il consacrait à cette dernière, il ne perdait jamais de vue sa première mission : s'occuper des besoins de ses ouailles. Il souffrait avec elles de la sécheresse, de la famine et des épidémies. Il partageait leur joie à l'occasion des mariages et des jours de fête, baptisait leurs bébés, confirmait leurs enfants et enterrait leurs morts.

Il venait précisément de passer l'essentiel de sa journée à s'occuper de l'une de ces familles. Dès qu'il avait appris l'enlèvement du petit Borg, il s'était précipité au quartier général des chevaliers de Saint-Jean au fort Saint-Ange. Comme il était noble, il évoluait aisément dans ces cercles, même en sa qualité de prêtre. L'évêque l'utilisait souvent comme agent de liaison avec l'ordre ou, plus occasionnellement, pour nouer des relations avec les membres de la noblesse de l'île. Il fut reçu sans délai par le grand maître, mais n'eut pas davantage de réussite avec lui que Maria quelque temps plus tôt. Le dignitaire afficha une mine peinée quand Salvago l'implora.

— Oh non, pas encore cette folie, s'exclama Homedes. Je ne peux me passer d'aucun navire. Pas plus pour un captif que pour cent.

Alors le prêtre se rendit à l'Università. D'année en année, son autorité n'avait cessé de s'éroder, tandis que les chevaliers s'emparaient de la défense et usurpaient progressivement tous les autres pouvoirs. On y écouta Salvago avec sympathie, mais la démarche se révéla vaine.

— Malgré tout mon désir de vous aider, Dun Salvago, répondit l'officiel rencontré, nous ne possédons aucun vaisseau pour organiser une poursuite. Vous devez aller trouver l'ordre.

Sur ce, le religieux se rendit dans le port. Un corsaire grec y mouillait et embarquait des marchandises. C'était une des nombreuses galères chrétiennes privées qui, sous patente sicilienne, faisait la chasse aux navires musulmans. Le capitaine se montra poli, mais catégorique.

— Il s'agit sans aucun doute d'une galiote algérienne, dit-il. Ces dernières semaines, les Barbaresques ont été pas mal actifs dans le secteur. Je ne pourrai jamais la rattraper et, de toute façon, si elle est en route pour Alger, autant aller débusquer un lion dans sa tanière.

Salvago proposa de l'argent, sans vraiment savoir combien il devait offrir. Mais le Grec n'était pas intéressé.

— Je ne comprends pas pourquoi vous vous embêtez à aller contre l'ordre naturel des choses, mon père, grommela-t-il en crachant dans le port. Surtout quand il s'agit d'un simple esclave.

Le prêtre avait déjà réfléchi à cela. Il y avait bien la perte d'une âme à prendre en compte, naturellement. Mais en réalité, l'enjeu était beaucoup plus important : il voulait que ses paroissiens sentent que quelqu'un prenait soin d'eux, qu'ils n'allaient pas éternellement être victimes des corsaires et qu'une petite lumière tremblotait dans leur univers de ténèbres. Un effort qui ne produisait aucun résultat valait mieux que pas d'effort du tout, estimait-il. Quelques années plus tôt, une tornade avait frappé cruellement l'île alors qu'il rendait visite à l'une des familles de Birgu. Au plus fort de la tempête, il se trouvait avec elle, dans sa masure, à tenter d'empêcher les volets, les fenêtres et les murs de céder devant l'attaque de la nature. Lorsque l'ouragan se calma, l'ensemble gisait en ruine en dépit de tous leurs efforts. Mais ils avaient essayé. Etait-ce différent, aujourd'hui ? Aurait-il pu ne pas tout tenter ?

Moyennant quoi, de nouveau abattu et sans plus savoir vers qui se tourner, il remonta jusqu'à la maison des Borg pour leur offrir le réconfort du Seigneur. Le crépuscule approchait. A l'instant où il allait frapper à la porte, celle-ci s'ouvrit. Maria sortait, manifestement en catimini. Elle jeta un coup d'œil derrière elle et s'élança dans la rue en se cognant presque dans le prêtre.

— Oh ! fit-elle sous l'effet de la surprise. Dun Salvago ! Je ne vous avais pas vu.

— Maria.

Même dans la lumière déclinante, les contusions de son visage et son cou étaient parfaitement visibles. Il y avait encore des traces de sang au coin de sa bouche.

— J'ai appris ce qui s'est passé hier. As-tu été sérieusement blessée ?

— Ce n'est pas eux, Dun...

— Maria ! tonna une voix à l'intérieur de la maison. Maria ? C'est toi ? Où vas-tu ?

— Dehors, père. Je vais... Je vais chercher des chardons pour le feu.

— On en a assez. Reviens.

Elle n'hésita qu'un instant. Salvago vit ses traits se durcir lorsqu'elle prit sa décision.

— Pardon, mon père, lui chuchota-t-elle en l'implorant des yeux de ne rien dire.

Elle passa devant lui et se mit à dévaler la rue.

Luca Borg venait d'arriver à la porte et l'ouvrait en grand. D'abord, il fut étonné de tomber sur le père Salvago. Mais il sortit sur le seuil, juste pour voir la silhouette de sa fille disparaître au coin de la rue. Ses yeux brûlaient de colère, mais il se contrôla.

— Je lui ai dit de rentrer.

— Peut-être ne t'a-t-elle pas entendu, Luca, avança le prêtre. Je l'ai peut-être distraite.

Luca ne parut pas convaincu par cette explication, mais instantanément, il n'y avait plus rien à faire.

— Je suis désolé pour Nico, continua le Sicilien. (Luca se contenta de hocher la tête.) J'ai apporté du pain.

Salvago montra une miche enveloppée, offerte par le boulanger. Elle sortait à peine du four et était encore chaude. Cela faisait un bon mois que le maçon n'avait pas vu de pain aussi frais et il le dévora des yeux.

— Merci, mon père. Entrez. (Il s'effaça devant lui.) Isolda !

— Si le moment est mal choisi, je peux revenir.

— Pas du tout. Isolda ! Apporte du lait chaud ! Nous avons un invité !

Les yeux de l'ecclésiastique s'ajustèrent à la pénombre de la maison. Seule une petite fenêtre donnait sur la rue, habillée, en guise de carreau, d'un panneau de papier toilé trempé dans l'huile pour le rendre translucide. En temps normal, elle était couverte. Sinon, dans la pièce qui faisait office de cuisine, de salle à manger et de séjour, il n'y avait qu'un grossier banc de bois, une malheureuse chaise et une table. Sous cette dernière, deux moutons dormaient. Et derrière eux, il y avait le cloaque. Contre le mur arrière, une échelle disparaissait entre les poutres du plafond et donnait accès à la soupente où dormaient les enfants.

— Asseyez-vous là, mon père, dit Luca en invitant Salvago à s'asseoir sur la chaise. Isolda ! insista-t-il. Femme, veux-tu venir ?

Contre un mur, il avait aménagé un petit oratoire pour son épouse, destiné à accueillir les symboles de sa foi. Au centre, pendait un crucifix qui montrait un Christ agonisant sous la couronne d'épines. Une étagère accueillait des reliques : un cierge en cire d'abeille d'une ruche de Bethléem, un fragment de bois provenant du gouvernail du navire naufragé de saint Paul, un petit morceau de la robe de saint Pierre. Chacune avait été acquise à grand prix auprès de personnes jurant de leur authenticité. Isolda les révérait.

Et quand les prières dites devant elles échouaient, le mur opposé était là pour prendre le relais. Sur ce dernier s'étalaient d'autres étagères supportant un attirail d'amulettes, de crèmes, de potions, qui toutes étaient dotées — c'est en tout cas ce que promettaient les sorciers du village — de propriétés mystiques ou médicinales. On voyait des boîtes de morelle et de marrube, et des petits tas soigneusement noués d'écorce de tamarinier. Il y avait aussi du séné pour les démons des entrailles, un œil de cochon enveloppé dans une oreille de lapin pour éloigner les vapeurs nauséabondes, et du sang coagulé de tortue dans des feuilles d'olivier pour contrecarrer le mauvais œil. Personne — et encore moins Isolda — ne pouvait dire quand les supplications achevaient leur œuvre et quand les charmes prenaient la suite. Isolda étreignait le Christ d'un bras et les talismans de l'autre, incapable de déterminer dans lesquels elle devait avoir le plus confiance. Luca n'appréciait pas trop tout ça et il avait installé le « bazar » à contrecœur. Pour autant qu'il puisse le dire, aucun grigri n'avait eu le moindre effet, en dehors de vider leurs poches déjà passablement peu remplies.

Le rideau du lit s'écarta et Isolda Borg apparut. Elle était en train de faire le ménage, murmurant des Notre Père et des Je vous salue Marie en passant le balai de paille sur le sol, rassemblant la poussière en petits tas et repoussant les saletés des moutons vers la fosse. Les grains de poussière flottaient dans l'air et passaient dans les pâles rayons de lumière filtrant à travers les fissures qui encadraient la porte.

Elle respirait fort, comme si elle était épuisée. Chaque expiration ressemblait à un soupir. Des cercles sombres entouraient ses yeux. Ses cheveux noirs de jais retenus en arrière par un chignon strict disparaissaient sous un foulard. Sa robe ne variait jamais : éternellement noire. A la vue de Salvago, elle se dépêcha de tirer le cordon pour laisser retomber le rideau sur le mur arrière et ainsi dissimuler les objets qui, présentement, la mettaient dans l'embarras.

— Père Salvago, dit-elle. Pardonnez-moi. Je ne vous attendais pas.

Elle jeta un regard furieux à Luca pour avoir fait entrer le prêtre sans réfléchir. Mais son mari ne comprit apparemment pas sa colère. Il ne se rendait à l'église que pour les funérailles.

Bien qu'il fût scandalisé par les superstitions qui confinaient dangereusement à la sorcellerie, Salvago choisit de ne pas en parler. Isolda Borg était loin d'être la seule de ses paroissiennes à essayer d'atténuer ainsi ses incertitudes. En outre, le jour était mal choisi pour soulever un tel sujet.

Isolda était une des communiantes les plus fidèles de Sainte-Agathe et ses pratiques reflétaient celles de la plupart des ouailles de Salvago. En dehors du dimanche, il lui arrivait rarement de quitter la maison. Elle n'aimait pas sortir. Dehors, il y avait la peste, les péchés et les hommes qui regardaient les femmes. Elle envoyait Maria faire toutes les courses, au marché ou ailleurs. Chaque soir, avant le souper, elle ouvrait la fenêtre donnant sur la rue et bavardait avec la vieille Agnete, la voisine. Séparées par le mur, aucune des deux femmes ne pouvait apercevoir l'autre. Elles regardaient la ruelle et les murs de pierre des maisons en vis-à-vis, remarquant tout, la moindre ombre, le plus infime détritus, un rat filant ou un écureuil s'enfuyant. Si quelqu'un venait à passer, elles rabattaient leur voile sur leur visage et se fondaient dans le flou de leur maison. Elles échangeaient de délicieux commérages à propos de scandales, de péchés véniels et de la damnation certaine qui attendait les âmes perdues de Birgu.

Le dimanche, Isolda quittait sa maison pour assister à la messe à Sainte-Agathe, car même le feu tombant du ciel ne la lui aurait pas fait manquer.

— Voulez-vous partager notre soupe à l'oignon, Dun Salvago, demanda-t-elle.

Elle se dirigea vers un pot de fer suspendu au-dessus du feu et se mit à tourner le brouet avec une cuillère de bois.

— Non, merci, répondit-il. Je suis simplement passé pour vous exprimer toute ma tristesse pour ce qui vient de vous arriver.

Isolda tourna de plus belle la soupe sans répondre. Le prêtre connaissait son histoire, pleine des cruelles réalités de Malte. Elle était arrivée sur place avec son premier mari la même année que les chevaliers de Saint-Jean. C'était un charpentier qui cherchait du travail mais, victime des fièvres, ce fut la mort qu'il trouva. L'année suivante, elle épousa Luca Borg, un Maltais. Elle lui donna six enfants, dont quatre moururent de famine ou de maladie. Chaque disparition, supposait Salvago, lui avait enlevé un peu de chaleur. Et aujourd'hui, son fils, Nico, s'en était allé à son tour. Il ne serait pas surprenant que ce dernier coup du sort rende Isolda encore plus dure et implacable, comme l'île elle-même. La vie rude et le sirocco soufflant d'Afrique lui avaient desséché l'esprit. L'ecclésiastique savait qu'elle avait imploré son mari depuis des années de quitter l'archipel et de rentrer chez elle en Italie. En pure perte. Luca Borg ne connaissait que Malte et n'accepterait jamais de s'en aller, quelles que soient les circonstances.

Salvago savait aussi qu'Isolda priait Dieu pour qu'Il la délivre de son enfer sur Terre. Dans le secret du confessionnal, il avait reconnu ses soupirs et ses plaintes douloureuses : « Quand je serai morte, seuls les vers seront aussi heureux que moi. »

Pour le prêtre, Luca Borg ressemblait à nombre de ses paroissiens, écrasés par la dureté de l'existence. La famine, la pauvreté, la perte de ses enfants l'avaient vidé de son essence. C'était un homme réservé, qui venait rarement à l'église. Il travaillait quand il y avait de l'ouvrage et dormait quand il n'y en avait pas. Il traversait chaque journée sans autre objectif que d'atteindre la nuit.

— Je voulais juste vous dire que je suis allé voir l'ordre. (Isolda tourna vers lui des yeux pleins d'espoir, tandis que Luca fixait le sol.) Ils... ils ont promis de faire tout leur possible.

Il réalisa que ces paroles sonnaient encore plus creux en les disant qu'en les entendant. Isolda retourna silencieusement à la soupe. Son mari grommela.

— Ce ne serait jamais arrivé si Maria...

Il s'interrompit. Ses gros poings se fermèrent et se rouvrirent, et se refermèrent encore.

— J'ai appris qu'elle avait parlé au grand maître hier, dit Salvago. Cela réclame beaucoup de courage. Maria est une enfant pleine de fougue.

— Parlé ? Elle l'a affronté, oui, voilà ce qu'on dit. Elle a jeté une pierre. Elle va nous faire arrêter. Sans ses rêves absurdes de trésor, Nico serait encore là aujourd'hui, et elle n'aurait pas eu besoin de parler à qui que ce soit.

Salvago pensait aux contusions qu'il avait vues sur Maria. Luca n'en avait pas fait davantage que n'importe quel père dans des circonstances identiques. En réalité, un autre l'aurait peut-être même battue à mort et personne ne l'aurait mis en cause.

— Je ne voudrais pas m'immiscer dans tes affaires, Luca, mais ne sois pas trop dur avec Maria. Ce n'est qu'une enfant précipitée dans un monde d'adultes. Elle a commis une erreur, certes, mais après tout, ce sont les corsaires qui sont condamnables.

— Elle aurait dû être en train de nettoyer le cloaque. C'est ce que je lui avais demandé de faire. Là, il n'y a aucun corsaire, Dun Salvago.

— Elle a beaucoup souffert, Luca. Tu n'as qu'à regarder ses yeux pour le voir.

Borg secoua violemment la tête.

— C'est Nico qui souffre, objecta-t-il. C'est sa mère qui souffre. Maria seule a attiré toute cette souffrance sur nous par sa désobéissance. Ce n'est qu'une rêveuse sans cervelle. Elle a une volonté plus forte qu'un bœuf. J'ai essayé de la briser. La vie s'en chargera bien assez tôt.

— Nous devons prier Dieu pour l'âme de Nico, invita le prêtre. Dieu le préservera.

— Dieu l'a abandonné, répondit Luca amèrement.

— Luca ! s'exclama sa femme, horrifiée.

Mais ignorant la remarque du maçon, Salvago avait déjà courbé la tête, joint les mains et guidait leur prière.

Chapitre 5

Depuis les collines surplombant le site, les canons se mirent à tonner. Toute la ville apprenait ainsi qu'un navire chargé de richesses pénétrait dans le port. Les taverniers et les prostituées se préparaient à accueillir l'afflux de marins et de soldats, tandis que des marchands, avides, se pressaient vers les quais pour voir quelles affaires il y avait à réaliser avec le butin et les esclaves.

Une barge avec à son bord le *limam-raïs*, le maître du port, se porta à la rencontre de la galiote d'Ali Agha Raïs. Les deux hommes partagèrent le café sur le gaillard d'arrière, tandis qu'un scribe dressait un inventaire complet de la cargaison afin de calculer la taxe due au bey. Dès que la galère approcha du quai, les esclaves laissèrent tomber leurs rames dans l'eau, où un bateau vint les récupérer. Le gouvernail et la voile allaient être enlevés jusqu'au prochain voyage. Ainsi, en cas de tentative d'évasion, les fugitifs ne seraient pas en mesure de prendre le large.

Dans la cale, Nico comprit, à l'agitation qui s'emparait du bateau, qu'il ne s'agissait pas d'un arrêt ordinaire. Une échelle fut abaissée et l'on ordonna aux captifs de monter. Aussi déplaisant que fût l'endroit où ils croupissaient, nul n'avait envie de passer le premier. Il fallut qu'un surveillant joue du fouet pour que l'exode commence.

En émergeant des ténèbres nauséabondes de la cale, Nico crut sortir d'une tombe. A peine eut-il mis le nez à l'air libre qu'il savoura la précieuse brise, inspirant profondément le vent du large pour la première fois en près de trois semaines. Il s'agenouilla, puis se releva, un peu chancelant, sur le pont supérieur. Immédiatement, il s'intéressa à tout ce qui l'entourait. La galiote et les quais grouillaient d'activité. Libérés de leurs chaînes, les rameurs, en route vers leur prison terrestre, avaient chargé des balles de marchandises sur leur dos. La luminosité éblouissait Nico, qui découvrait le port et la cité magnifique qui s'étendait derrière.

A la différence des structures de pierre parfaitement uniformes de Birgu, ici, les bâtiments étaient blanchis à la chaux et resplendissaient sous le soleil de midi. Une immense casbah se dressait comme une sentinelle au-dessus de la cité, commandant le port depuis le sommet d'une colline abrupte. Nico supposa que la citadelle devait appartenir à un roi ou l'équivalent d'un évêque. Il voyait des minarets, des dômes. Il y avait aussi un rempart qui longeait la mer et remontait vers les hauteurs, entourant et protégeant la ville, rompu par des bastions et quelques lourdes portes. Au-delà des murs, on apercevait de luxuriants jardins, des vergers verts et de grands moulins à vent qui tournaient gracieusement dans la brise.

Un môle coupait le port en deux. Cette massive jetée de pierre courait jusqu'à un îlot sur lequel résistaient les ruines d'une fortification espagnole. Des esclaves y trimaient, peinant sur de lourds blocs de maçonnerie destinés à réparer un ouvrage éternellement dévoré par une mer affamée. Une porte séparait la jetée de la ville ; une autre, dotée d'une herse de fer, menait à une longue grève où les galères de guerre étaient échouées telles des baleines grises, mises en carène pour être grattées et graissées. De là, une flottille de bateaux de pêche partait en mer, dont les voiles dansaient et s'agitaient dans le vent lorsqu'ils contournèrent le môle pour s'élancer vers le large.

Nico regardait l'endroit, fasciné. En comparaison, son petit port de Birgu paraissait insignifiant. Il devinait qu'il se trouvait dans quelque lieu important.

— Constantinople ? demanda-t-il à un marin.

L'homme lui rit au nez.

— El-Djazaïr, répondit-il.

Le garçon écarquilla les yeux. Alger.

Sur les quais de son village, il avait déjà entendu des tas d'histoires sur cette cité. La Perle du péché ! C'était le nom qu'on lui donnait dans les ports d'Europe. Le Théâtre de toute cruauté, aussi. En dépit de l'émerveillement de Nico, ce n'était toutefois qu'une simple colonie de Constantinople, un misérable coin perdu au sein du resplendissant empire ottoman. Mais Alger demeurait un endroit prospère, fondé par les Phéniciens, mis à sac par les Vandales, conquis par les Espagnols, puis finalement pris par Khayr al-Din — que les chrétiens appelaient Barberousse — pour le compte des Ottomans.

Alger.

Grande trémie africaine dans laquelle les sangs berbère et maure se mêlaient pour produire un mélange fatal pour les chrétiens, coûteux pour les marchands, et éternellement irritant pour les rois et les papes. Pratiquement sans rencontrer la moindre opposition, ses corsaires se fournissaient sur l'abondant trafic maritime en Méditerranée. Ses rues grouillaient de vie, ses marchés de butin et ses prisons de milliers d'esclaves. La mort seule — parfois le règlement d'une rançon — permettait à quiconque était capturé de s'en échapper.

Et voilà que ses plus fraîches acquisitions se déversaient de la galère. Instinctivement, Nico essayait de se dissimuler entre des adultes, sans rien perdre du spectacle aussi nouveau qu'étrange qui s'offrait à son regard. Ils descendirent une passerelle, traversèrent le quai, franchirent une grande porte de bois pour pénétrer dans la cité proprement dite. Nico leva les yeux. Le sommet des murs était hérissé de pointes de fer, et sur presque toutes étaient plantées des têtes humaines brûlées par le soleil. On les avait préalablement passées dans l'eau bouillante, puis séchées dans des sacs de sel, avant de les exhiber là pour rappeler à ceux qui entraient dans Alger quel châtiment les attendait s'ils désobéissaient. Nico s'arrêta pour les regarder, interloqué. Mais quelqu'un le poussa et il repartit.

La colonne de captifs monta à travers un dédale de rues qui partaient du port. Chaque voie, chaque ruelle était saturée de poussière et offrait au regard des spectacles, des sons et des odeurs inconnus. Alger était un immense bazar. Des gens envahissaient les rues étroites, bousculant tout sur leur passage, chèvres, moutons et enfants. Des infirmes somnolaient dans des embrasures de porte sombres, avec une sébile à leurs pieds. Pendant ce temps-là, les voleurs à la tire écumaient la foule. Des vendeurs portant de grosses peaux d'ours vendaient de l'eau fraîche dans des coupes en cuivre. On voyait de splendides chevaux, fiers et nerveux, des singes en laisse et de grands lézards, vidés et suspendus pour sécher. On croisait encore des nomades arrivant du désert, des soldats d'Istanbul, et des commerçants débarqués des ports de France et de la république de Venise. Un vrai patchwork d'humanité portant toutes les sortes de costumes imaginables : fez et turbans, caftans de soie et plumes de héron, burnous et robes cloches... Les oreilles étaient assaillies par une cacophonie de bruits : grommellements des chameaux et bêlements des moutons, sons discordants des cornes et des flûtes, brouhaha ininterrompu des échanges commerciaux. Des vendeurs proposaient des vêtements et des bijoux bon marché sur de vagues étals, tout en sirotant leur café et en regardant négligemment passer la procession d'esclaves.

L'émotion de Nico n'était éclipsée que par son besoin de manger. Les biscuits du bateau lui avaient permis de survivre, mais ils lui avaient laissé une immense faim qui lui rongeait le ventre. Presque tout ce qu'il voyait le lui rappelait : les ânes transportant des paniers bourrés de légumes frais, les poulets dodus gambadant en liberté, les chameaux tranquillement installés à l'ombre et mâchouillant de l'herbe, les cailles enfermées dans des cages de roseau... Le petit Maltais humait les épices, le mouton rôti et le pain chaud, autant d'odeurs qui le rendaient malade de désir. De gros morceaux de viande rouge sang pendaient devant les échoppes des bouchers et des brochettes grillaient sur les brasiers. Des nuages de mouches voletaient partout. Dans son état, Nico les trouvait presque comestibles.

Les marchés et les rues formaient un puissant mariage de senteurs : le storax odorant, la forte fragrance du chanvre et le thym piquant, et les relents infects des légumes et de la viande pourris. Mais Nico réalisa que l'une des pires odeurs était la sienne. La puanteur de la cale l'avait suivi à terre. Il s'aperçut pour la première fois que les immondices formaient une croûte sur lui. Elle était telle qu'il avait beau la frotter en marchant, il ne pouvait s'en débarrasser. Il aurait voulu plonger dans l'eau pour nettoyer cette crasse, mais comme il n'en avait pas la possibilité une nouvelle envie ardente s'empara de lui. Il tourna la tête vers la mer scintillante. Du regard, il fouilla l'horizon en quête des galères de l'ordre de Saint-Jean, certain qu'elles allaient venir. Mais celui-ci restait vide et la mer hors d'atteinte. Il se détourna de cette vue douce-amère en s'apitoyant sur son sort.

Un jeune vendeur portant un plateau de sucreries se tenait d'un côté de la rue pour regarder passer le cortège. Impulsivement, Nico en attrapa une. Le garçon se mit à hurler de rage et à appeler les gardes à l'aide. Nico venait juste de mordre dans le délice divin, quand une main invisible le jeta à terre.

Il se mordit la langue lorsque son menton frappa le sol et cracha des morceaux de sucre mêlés de sang. Encore tout étourdi, il se remit tant bien que mal à genoux, les ramassa et les enfourna rapidement dans sa bouche, au moment même où un grand coup de botte au côté lui coupait le souffle. Une nouvelle fois, il les rejeta. La poussière lui fit cligner les yeux, mais une seule chose comptait pour lui : manger. Aussi tendit-il immédiatement la main pour récupérer les précieux fragments. Il prit alors conscience qu'il se trouvait sur le dos, sous un ciel sans couleur. Il entendit le sifflement d'un fouet avant de ressentir, tout de suite après, un feu terrible dans son ventre. Il hurla et leva les mains pour se protéger. Deux fois encore, il sentit la morsure de la lanière, puis il fut brutalement remis sur ses pieds et renvoyé dans la colonne de prisonniers. Il fit mine de trébucher et un autre captif le retint par le bras.

— Tu es fou, siffla-t-il. Tu risques ta vie pour si peu ?

A la différence de sa sœur, Nico n'était pas d'une nature audacieuse. En tremblant, il comprit qu'il venait de frôler la catastrophe, et tout ça pour un petit plaisir fugitif. Il avait mal aux côtes, son ventre le brûlait et sa langue était douloureuse. Mais il réalisa qu'au bout du compte, s'ils ne l'avaient pas encore tué, c'est qu'ils n'entendaient pas le faire ; ils ne semblaient pas du genre à hésiter. Il pouvait encore sentir le goût du sucre sur sa langue, mêlé à celui du sable et du sang. Cette saveur n'était pas près de disparaître.

Et il savait que Maria serait fière de lui.

Les hommes passèrent la nuit dans la cour spacieuse de la demeure d'Ali Agha. Ceux qui ne pouvaient tenir dans la *bagnio*, des thermes souterrains abandonnés, dormirent à la belle étoile. A défaut de couvertures, ils se serraient les uns contre les autres pour se protéger du froid. Mais après la cale, ils se seraient crus au paradis.

Peu après l'aube, le lendemain matin, les visiteurs affluèrent : négociants, changeurs de monnaie, et même esclaves, certains en haillons et handicapés par des fers aux pieds, d'autres bien habillés et marchant librement. Ils cherchaient des amis ou des proches parmi les arrivants. Malgré l'embrouillamini linguistique, Nico comprenait une bonne partie de ce qui se disait. Il possédait une excellente oreille et le sabir qu'il entendait ressemblait à un mélange d'espagnol, d'italien et d'arabe, autant de langues qu'il avait souvent côtoyées à Malte. Il posait des questions avec insistance. Seulement il était à un âge où personne ne le prenait au sérieux ou se donnait la peine de lui répondre. Sans que quiconque se soucie de lui, il errait au milieu des adultes en écoutant leurs échanges.

— Tu vas horriblement souffrir s'ils découvrent que ta famille a de l'argent. Ils te tortureront pour que tes demandes de rançon soient plus pressantes.

— La rançon, c'est ta seule chance de t'en sortir.

— Il n'y a aucun moyen de s'échapper.

— Si tu es pris comme esclave *beylik*, fais la paix avec Dieu et prie qu'il t'accorde une mort rapide. Si tu le peux, achète du poison.

— Avale tout l'argent que tu as, sinon ils te le piqueront.

— S'ils apprennent que tu as avalé de l'argent, ils t'ouvriront le ventre vif.

— Je m'appelle Baba, dit en italien un garçon fendant la foule.

Ses doux yeux noisette pétillaient de sympathie. A peine âgé de quelques années de plus que Nico, il ressemblait à un miséreux, avec ses pauvres vêtements et ses pieds nus. Pourtant, il traversait la cour sans contrainte, avec presque un air d'autorité, allant jusqu'à saluer les gardes.

— Tu es sicilien ?

— Maltais, répondit Nico avec flamme, et surtout ravi d'avoir quelqu'un avec qui parler. Qu'est-ce qui va m'arriver ? Comment je peux rentrer chez moi ?

— Tu devras attendre pas mal de temps, fit Baba. Je peux te raconter tout ce que tu veux. J'ai été un esclave, comme toi.

— Je n'en suis pas un, rétorqua vivement Nico.

— Ah !

Baba montra les autres de la main.

— Pour un homme libre, tu es en bien pauvre compagnie.

— Je ne suis pas un esclave, insista Nico.

Son aîné haussa les épaules.

— Ce n'est pas moi que tu as besoin de convaincre. Je veux juste être ton ami. Comme je te l'ai dit, je me suis trouvé à ta place. Je viens de Brindisi, dans le royaume de Naples. Mais j'ai fait ce qu'il fallait pour gagner ma liberté. Comme tu peux le voir, je suis libre aujourd'hui.

Le visage du petit Maltais s'illumina en entendant cela.

— C'est possible une chose pareille ?

— A Alger, tout est possible avec l'aide du Miséricordieux.

— C'est qui, le Miséricordieux ?

— Allah, bien sûr. Il est toujours là.

Baba se mit à l'évaluer soigneusement.

— Tu es le fils d'une famille noble ?

— Non.

— Tu me parais très malin. Et beaucoup trop beau pour un enfant du peuple. Tu es le fils d'un comte, n'est-ce pas ? D'un empereur peut-être ?

— Non, d'un bâtisseur, répondit le garçon en essayant de se donner un air important. D'un maçon de Birgu. Il construit des forteresses pour les chevaliers de Saint-Jean.

— C'est pas une chose que je raconterais ici si j'étais toi.

Baba dévisagea son cadet avec suspicion.

— Je continue à penser que tu te moques de moi. Enfin, selon toi, tu aurais un métier ? Tu connais la construction ? Tu es maçon ou charpentier ?

— Pas encore. Papa dit que je suis trop jeune. L'année prochaine, il m'apprendra.

— L'année prochaine, ça m'étonnerait. Sauf...

— Sauf ?

Baba baissa la voix.

— Tu n'as aucun talent particulier, donc tu dois feindre

d'en avoir un ou alors tu dois t'acheter une bonne situation. Tu as de l'argent pour des bakchichs ?

— Pour quoi ?

Le garçon de Brindisi frotta son pouce avec son index et son majeur.

— Pour négocier.

— Je n'ai rien, mentit Nico.

— Dommage. Sans argent, tu vas être vendu aux enchères au Batistan[1]. Tout le bétail et les captifs y sont vendus, sauf ceux qui ont la chance de trouver un bon maître avant. Sans aide, tu deviendras un esclave *beylik* et tu iras mourir dans les carrières. Ou tu seras envoyé aux galères, enchaîné sur un banc, où tu prieras chaque jour pour que la mort vienne te délivrer. Avec un bakchich, je peux t'obtenir un travail dans les vergers ou même à la palmeraie. C'est là qu'on a la meilleure vie. Tu as assez à manger et la tâche n'est pas difficile. Les dattes sont mises en caisses pour être envoyées à Venise. Si tu veux, je t'aiderai à te cacher dans l'une d'elles, dont il te sera facile de t'échapper.

Venise ! Les ducats brûlaient comme des charbons ardents dans la poche de Nico. L'argent hurlait « Liberté ! » tandis que sa tête répondait « Prudence ! » Il nageait en pleine indécision. Baba s'en rendit compte.

— Et je pensais que tu étais noble, ajouta-t-il d'une voix compatissante.

Il haussa les épaules avec indifférence.

— Tu n'es peut-être pas né esclave... mais il est clair que ton destin est de mourir ainsi.

Il tourna les talons et s'en alla.

Nico sentit que l'espoir s'enfuyait avec lui. Sa prudence s'évanouit. Il n'aurait peut-être pas une seconde chance.

— Attends !

Il fouilla sa poche et en sortit une pièce. Il la tendit précau-

---

1. Ou Bedestan. (*N.d.T.*)

tionneusement, de manière à ce que personne ne puisse la voir.

— Ça suffit ?

Baba le regarda.

— Difficilement, répondit-il mollement. D'autres paieront davantage. Les places dans la palmeraie sont chères. Il y a de l'ombre et de l'eau fraîche, et les fruits tombent des arbres.

Il rendit le ducat à Nico.

— Vaut mieux que tu économises ça. Tu en auras besoin pour t'acheter de la nourriture aux carrières.

— Non !

Nico plongea une nouvelle fois la main dans sa poche.

— En voici une autre. C'est tout ce que j'ai. Je le jure.

Baba fit disparaître les deux pièces.

— Tu as raison de me faire confiance. Maintenant, je dois m'occuper de tes affaires.

En regardant le garçon se fondre dans la foule, Nico sentit son cœur battre à tout rompre. C'était la première fois de sa vie qu'il jouait de l'argent. Il s'agissait d'une fortune, mais c'était pour son avenir.

Les esclaves furent dénudés, puis triés par un groupe d'hommes parmi lesquels Nico reconnut Ali Agha. En vertu de mystérieux critères de sélection, certains furent choisis pour les galères, d'autres pour les carrières : en somme, d'un côté, pour devenir des morts vivants, et de l'autre, pour endurer une mort lente et oppressante. Une partie seulement des prisonniers était emmenée enchaînée. Soudain, sous l'effet de la colère, un captif éleva la voix. Nico se dressa sur la pointe des pieds pour voir ce qui se passait. A une vitesse stupéfiante, la tête du rebelle fut décollée de ses épaules par le grand cimeterre d'un garde. Son corps s'écroula dans la poussière, où il tressauta un moment avant de s'immobiliser. Méticuleusement, l'exécuteur nettoya sa lame et la remit au fourreau. Ali Agha repoussa une mouche impétueuse et continua comme si de rien n'était. La ligne des esclaves progressa.

Nico se demandait ce qu'il devait faire des ducats qu'il avait récupérés avant de se déshabiller. Il vit certains de ses compagnons d'infortune avaler subrepticement leur argent. Celui d'un homme fut découvert et confisqué, ce qui décida le petit Maltais. L'air de rien, il porta sa main à sa bouche, plaça une pièce sur sa langue et essaya de l'avaler ; mais elle était trop grosse et se coinça dans sa gorge. Elle ne voulait ni descendre ni remonter. Il eut un haut-le-cœur et finalement la recracha en toussant. Sa gorge lui faisait mal et des larmes embuaient ses yeux. Dans la ligne suivante, un homme décharné l'observait, avec des idées de larcin dans le regard. Nico serrait fortement son trésor — dont la pièce porte-bonheur de Maria — et tentait de dissimuler sa nudité avec ses poings fermés.

Alors qu'il avançait, il repéra Baba en compagnie d'un marchand à l'air important. Ce dernier conversait avec le capitaine à mesure que les esclaves se présentaient devant eux à tour de rôle. En apercevant Nico, Baba s'approcha rapidement de lui.

— Tu vois cet homme ? murmura-t-il. Il est très puissant. C'est un négociant, un juif qui joue les intermédiaires. C'est son bon vouloir qui envoie un homme aux galères ou à la palmeraie. Mais Allah t'a souri, mon ami. Le juif accepte de t'aider si tu as davantage d'argent.

— Vraiment ?

— Que le diable me dévore si je mens ! Seulement tu dois te dépêcher avant qu'il soit trop tard.

Finalement soulagé de s'en débarrasser, Nico déposa ses derniers ducats dans la main du garçon.

— Tu es gentil, Baba, dit-il avec un visage resplendissant de gratitude. Je ne t'oublierai pas.

Enfin, il se retrouva devant, mortifié par sa nudité. Avant ce jour, il n'avait jamais enlevé ses vêtements devant qui que ce fût. Maintenant, mille paires d'yeux semblaient focalisées sur lui et il se mit à rougir.

— C'est celui dont je t'ai parlé, maître, dit Baba au commerçant. Sa famille est pauvre. Il n'y aura pas de rançon. Et il n'a ni argent ni talent. Il est trop petit pour faire un guerrier, trop jeune pour les rames. Mais je pense que son charme est manifeste.

— Oui, il est assez beau.

Le marchand observa d'abord les dents de Nico en le forçant à ouvrir la bouche. Il secoua une molaire pour vérifier qu'elle était solide. L'enfant sentait le sel et l'oignon. Puis il lui ouvrit les mains à la recherche de cals et vit la pièce de Maria.

— Et ça ? Qu'est-ce que c'est ?

— Juste une pierre, murmura Nico.

Le juif la jeta à terre avant d'attraper les organes génitaux du garçon. Celui-ci eut un mouvement de recul. Immédiatement, l'homme serra plus fort pour l'arrêter. Nico se figea en suffoquant tandis qu'on évaluait brutalement sa virilité naissante.

— Le scrotum est lisse. Il n'y a pas de poils. Et elles ne sont pas encore descendues.

Il tourna le visage de Nico d'un côté, puis de l'autre, inspecta les cheveux en quête d'éventuels poux et *visa* enfin les oreilles. Au terme de son examen, il grommela de satisfaction.

— Débarrassé de sa crasse, celui-ci donnera un beau *garzóne*. Enchères privées, demain.

Et le marchand passa au suivant.

D'un air implorant, Nico regarda Baba, qui n'avait pas dit ce qu'il fallait. Il n'avait même pas mentionné la palmeraie. Mais il ne parvint pas à capter son regard. Sachant que sa chance s'éloignait, il appela le négociant.

— Monsieur ! Je peux travailler dans les vergers ! Je sais comment ramasser les dattes.

Le juif éclata de rire.

— Ah ah ah ! Encore cette vieille ruse, Baba !

Celui-ci lança une pièce au marchand et décocha un rictus méchant à Nico.

— Baba ! hurla Nico qui réalisait soudain qu'il avait été dupé. S'il te plaît ! Dis-lui !

Le gredin s'esclaffa. Mais déjà on emmenait le jeune Maltais, qui parvint de justesse à ramasser la pièce donnée par sa sœur.

Le lendemain matin, Nico et deux autres garçons furent amenés au Batistan. On les installa dans un secteur particulier, séparé du reste du marché aux esclaves par de riches tentures de soie. Trois enchérisseurs étaient allongés sur de somptueux coussins sous un dais pourpre. Les responsables de la vente rivalisaient de courbettes devant eux, leur versant du café ou claquant dans leurs doigts pour que l'on apporte des plats d'argent débordant de nourriture. Derrière se tenaient les serviteurs des acheteurs et des vendeurs et, sur le côté, un garde torse nu, au pantalon blanc orné d'une grosse ceinture de toile rouge, dans laquelle était glissé un énorme cimeterre.

De nouveau, on ordonna aux garçons de se mettre nus, puis de déambuler devant le dais. On leur demanda de sauter aussi haut que possible, puis de tourner le dos aux acheteurs et de toucher l'extrémité de leurs orteils. Nico pivota et s'exhiba comme les autres. Il entendit les hommes derrière lui rire et plaisanter. Leur indécence le fit rougir de colère. Il aurait voulu les défier, refuser d'obtempérer à ce qu'ils ordonnaient, mais ses yeux ne cessaient de se poser sur le cimeterre. Et il se ravisa.

Ses compagnons furent mis à l'encan les premiers. Ils s'approchèrent l'un après l'autre du dais pour être palpés et examinés plus attentivement par les acquéreurs. Puis les enchères, passionnées, commencèrent. Finalement, le responsable de la vente demanda à Nico de s'avancer et fit tourner son index pour lui ordonner de pivoter sur lui-même. Nico s'exécuta en s'efforçant toujours de dissimuler sa nudité. D'un coup de cravache, l'Algérien fit céder sa pudeur et l'obligea à baisser les mains.

Pour lui, l'enchère dura plus longtemps que pour les autres et le prix monta plus haut. Au bout du compte, il atteignit la somme princière de quatre cent quarante doblas algériennes ; à peine dix de moins qu'un chameau en bonne santé.

— Viens devant ton maître ! glapit l'homme. C'est El Hadji Farouk, prince des marchands, constructeur de navires et commerçant. Il a par deux fois accompli le pèlerinage à La Mecque et compte le sultan — béni soit son nom — parmi ses amis. Ses vaisseaux sont les plus beaux des mers. Il fait le commerce des soieries et des tapis dans tous les ports, de Marseille à Istanbul. Sers-le bien, garçon, ou il te renverra à moi et je jouerai aux dames avec tes bourses.

Nico se tenait timidement devant le nommé Farouk, essayant de l'examiner sans le regarder. Il lui parut vieux, ridé et un peu enveloppé. Ses vêtements témoignaient de son opulence. Il portait un fez de velours rouge et ses habits étaient coupés dans la plus belle soie. Quant à ses mules, elles étaient incrustées de pierres précieuses et ses ongles étaient vernis. Une subtile fragrance flottait autour de lui.

Tout en suçant une datte, Farouk observa attentivement sa nouvelle acquisition. Il lui ordonna de se mettre à genoux, puis il lui prit le menton dans sa main. Tournant la tête de Nico d'un côté et de l'autre, il essaya de l'imaginer sans la crasse et les contusions. Le garçon s'aventura à le regarder dans les yeux, espérant n'y déceler aucune méchanceté. Mais ils ne lui révélèrent rien.

— Quel est ton nom, petit ? lui demanda Farouk en italien.
— Nicolo Borg. Mais on m'appelle Nico.
— Si tu veux garder ta langue, Neekoh, tu t'adresseras toujours à moi en m'appelant maître, indiqua Farouk en esquissant un petit sourire.
— Oui, maître.
— Es-tu instruit, petit ?
— Ma sœur m'a appris les nombres, maître.
— Ta sœur ! Une fille qui connaît les nombres ! Est-elle ici ?
— Elle... elle est à la maison, maître. A Malte.
— Dommage. Et sais-tu écrire ?
— Non, maître. Je n'en ai pas besoin. Je retiens dans ma tête.

El Hadji Farouk semblait amusé.
— Et que peux-tu mieux retenir que l'écrit ?
— Tout, maître.
— Vraiment ? Des nombres ? Des noms ?
— Oui, maître.
Les yeux du marchand pétillèrent d'intérêt.
— Se vanter à tort peut être une chose très dangereuse.
Puis il entama une conversation à voix basse mais animée avec le responsable des enchères. Celui-ci émit un petit rire avant de se tourner pour donner des instructions au scribe de Farouk, qui était assis derrière eux.
— Dis-moi, Nicolo Borg, continua le maître, crains-tu ton Dieu ?
— Oui, maître.
— Me crains-tu ?
Nico inspira profondément. De quelle manière devait-il répondre ?
— Non, maître, avoua-t-il finalement.
— Alors tu n'es peut-être pas aussi intelligent que je l'ai pensé.
Farouk se pencha en avant.
— Que peux-tu mieux retenir que l'écrit ? redemanda-t-il.
— Tout, maître, répéta Nico.
— Tu parles l'italien. Et quelles autres langues ?
— Seulement le maltais, maître, et un peu d'espagnol.
— L'arabe ?
— Non, maître.
— Alors, tu ferais bien d'écouter attentivement.
Il se mit à débiter une série totalement aléatoire de nombres en arabe.
— *Ashara, talehta, sifr, khamsa, sittaashar, ishreen, talateen, itnaashar...*
Il y en eut comme ça plus de vingt au total, énoncés clairement, mais rapidement. Au fur et à mesure, le scribe les avait notés.
El Hadji Farouk fixa Nico intensément.

— Tu m'as bien écouté ?
— Oui, maître.
— Tu peux tous me les répéter ?
— Oui, maître.
— Dans l'ordre où je te les ai donnés ? insista-t-il.
— Oui, maître.

Farouk eut une nouvelle discussion à voix basse avec le maître des enchères. Ils rirent ensemble et parurent conclure une sorte d'accord. Le marchand d'esclaves claqua des doigts et le garde torse nu s'approcha. Il tira le grand cimeterre de sa ceinture et se tint prêt. La lame brillait au soleil.

Farouk s'adressa de nouveau à l'enfant.

— Maintenant, Nico, je veux que tu répètes les nombres dans l'ordre où je te les ai dits. Mais avant que tu commences, laisse-moi éveiller ton intérêt en t'expliquant le petit pari que je viens de faire avec mon bon ami, cet estimé voleur qui fait office de maître des enchères. Si tu échoues, comme c'est fort probable, je t'achèterai le double de ton prix. En contrepartie de la dépense et de ma déception bien naturelle, ton corps sera mis en pièces. Ta tête restera plantée là, jusqu'à ce que les corbeaux en aient fini avec tes yeux.

En disant cela, il avait montré du doigt l'arche surplombant la porte. Plantée dans la pierre de voûte, une pointe de fer projetait une longue ombre sur le mur. La corrosion lui donnait la couleur du sang séché.

Les paroles de Farouk à l'esprit, Nico regarda le pieu et blêmit. Respirant avec peine, il refoula une vague de vertige et de nausée. Ses tempes et son cœur battaient à tout rompre. C'était le vide dans sa tête. Il ne pouvait plus se souvenir d'un seul mot que El Hadji Farouk avait prononcé. Tout se confondait dans un flot de non-sens, qui s'évaporait dans le désert brûlant de sa peur.

— Il serait vraiment regrettable de gâcher un si beau garçon. Je pense que nous sommes tous d'accord, continua Farouk. Mais si tu réussis, comme je le crois, alors tu resteras en un seul morceau exquis et je ne devrai rien. (Ses yeux pétillaient.) Voilà un bon jeu, n'est-ce pas, Nico ?

La cour s'anima soudain. La rumeur de ce qui s'y passait venait de se répandre, attirant les marchands et autres changeurs. Une pile d'argent se mit à grossir sur une toile jetée aux pieds du petit Maltais à mesure que des joueurs misaient. Une foule de curieux s'approchait de tous les coins du Batistan. Un vieil homme vilipenda les paris qui, rappela-t-il d'une voix aiguë, étaient strictement interdits par le saint Livre. D'un air grave, Farouk médita un instant sur ce point. Tous attendaient son verdict, car il était le seul parmi eux à avoir accompli le pèlerinage à La Mecque. Finalement, il proposa que le dixième des sommes engagées soit donné à la mosquée en guise de *zakat*, d'offrande purificatrice, qui rendrait le jeu religieusement pur. Un murmure de satisfaction salua cette solution ingénieuse et cela repartit de plus belle.

Consterné par sa propre vantardise imprudente, l'objet des enjeux était agenouillé, nu et terrorisé. Il essaya de se calmer pour remettre de l'ordre dans ses pensées. En prenant de profondes inspirations, il parvint à ralentir quelque peu son cœur et sa tête s'éclaircit.

El Hadji Farouk s'installa sur le coussin pour siroter une boisson. Une fois la dernière mise déposée, il fit un signe à Nico pour qu'il commence.

L'enfant ferma les yeux et se concentra. Il hésita un peu sur la prononciation.

— *Ashara, talehta, sifr…*

Le scribe pointait chaque réponse sur la feuille.

Nico s'interrompit et un silence de mort tomba sur la cour. Arborant un sourire confiant, le maître des enchères se préparait déjà à ramasser ses modestes gains. Le garde tenait la poignée de son cimeterre à deux mains et attendait l'ordre.

Lentement, précautionneusement, Nico reprit sa récitation :

— *Talateen, itnaashar, khamseen, 'al feyn…*

Les derniers mots furent prononcés comme si le garçon

avait peur de trébucher. Enfin, il parvint au terme de son énumération. Retenant sa respiration, il ouvrit les yeux.

Farouk se tourna vers son scribe, qui arborait une expression stupéfaite. Quant au marchand d'esclaves, le soupçon de la défaite assombrissait ses traits. Tandis que son nouveau maître rayonnait, Nico sentit ses genoux fléchir sous l'effet du soulagement. Dans la cour, des cris et des rires fusèrent pour saluer le petit miracle dont les spectateurs venaient d'être témoins. Pendant qu'on distribuait les gains, les hommes secouaient la tête d'émerveillement.

— Dis-moi, Nico... commença Farouk avec un air malicieux.

Le silence retomba sur la cour. Nico leva les yeux, anxieux. Il se demandait ce qui allait suivre.

— Maître ?

— Pourrais-tu refaire ça en arrière ?

Le gamin sentit le sang battre à ses tempes. Que pouvait-il répondre ? Il l'ignorait.

— J'attends ta réponse, insista Farouk d'une voix calme.

— Je pense que oui, maître, répondit Nico en hésitant. Mais, s'il vous plaît, ne pariez pas dessus.

Le marchand éclata de rire.

— Bien dit. Mais essaie quand même.

Nico ferma les yeux. Il se remémora les mots dans sa tête, puis il les récita en arrière. Quand le scribe annonça qu'il en avait inversé deux, il se trouva quelques spectateurs pour suggérer un châtiment. Mais, largement satisfait de sa nouvelle acquisition, El Hadji Farouk en avait fini avec son petit jeu. Il tendit une bourse au marchand d'esclaves. En dépit du résultat du pari, Farouk devait quand même couvrir le tribut dû au bey. S'il le voulait, ce dernier pouvait contrer n'importe quelle enchère et récupérer le garçon pour lui-même. El Hadji Farouk n'avait vraiment pas envie que cela arrive.

Comme il se levait pour partir, le maître des enchères se précipita pour lui baiser la main, et appeler de ses vœux un torrent de bénédictions sur lui et sa maison. Farouk s'adressa à Nico une dernière fois.

— Voici mon fils, Youssouf, indiqua-t-il en désignant un homme sévère au visage grêlé.

Nico n'avait jamais croisé une personne aussi grosse et aussi velue que Youssouf. Sa tunique sans manches laissait voir des touffes de poils sombres sur ses bras, son dos et sa poitrine.

— En mon absence, c'est lui le maître de mes chantiers navals et le majordome de ma maison. Obéis-lui en tout comme tu m'obéirais. Je m'apprête à partir pour Tunis et je resterai absent quelques mois. Dans l'intervalle, apprends bien ce que Youssouf t'enseignera.

— Oui, maître.

L'enfant ignorait s'il devait s'incliner, mais Farouk s'était déjà retourné vers son fils, avec lequel il s'entretint brièvement. Nico sentit qu'il était l'objet de leur conversation et il vit Youssouf acquiescer plusieurs fois de la tête aux recommandations de son père. A peine ce dernier avait-il disparu, que son fils ordonna brusquement à Nico de se vêtir. Ils filèrent à travers les rues. Nico courait presque pour s'accrocher aux longues foulées de Youssouf. Il avait vu d'autres esclaves partir enchaînés, mais manifestement, ce n'était pas le sort que lui réservait El Hadji Farouk. D'ailleurs, il se sentait presque libre à galoper comme ça, sans entraves, derrière un homme qui ne faisait presque pas attention à lui. Un instant, il pensa bien s'enfuir, hypothèse qui n'effleurait visiblement pas l'esprit du fils de son maître. Mais au même moment, il aperçut un personnage qui pouvait être un garde ou un soldat. Il se tenait près du souk, impérieux et fier, un bonnet de feutre blanc sur la tête et une longue épée au côté. Il observait Nico avec la même froide indifférence que celle qu'il réserverait à un grain de poussière sur ses bottes de cuir rouge. L'enfant songea aux têtes empalées au-dessus de la porte de la ville : il s'en était fallu de peu qu'il partageât le même sort. Alors il décida d'attendre d'en savoir davantage pour tenter de se sauver. Et il allongea le pas pour rattraper son maître.

— Que vais-je avoir à faire ? demanda-t-il à Youssouf.
— Obéir, répondit l'autre par-dessus son épaule.
— Oui, mais quoi d'autre ? Quels seront mes devoirs ?
— Mon père veut que tu apprennes les arts de sa maison et aussi quelques rudiments de ses chantiers. Si tu te révèles apte, tu pourras l'accompagner lors de ses nombreux voyages en qualité de *garzóne*.
— C'est quoi un *garzóne* ?
— Tu lui serviras son café et répondras à ses attentes. Tu t'assureras que ses draps et son sang restent chauds. Fais tout ça bien et tu le serviras de nombreuses années. Il pourra même t'affranchir. Echoue et... mais assez de questions. Nous sommes arrivés. Personne n'entre dans la maison de Farouk avec une odeur comme la tienne.

Ils pénétrèrent dans un édifice surmonté d'une coupole. Youssouf donna des instructions à un employé qui entraîna Nico vers un corridor. Ils dépassèrent des pièces envahies de fumée. On entendait des bruits d'éclaboussements et l'écho de voix diverses. L'enfant se demandait quelle pouvait être la fonction de ce bâtiment. Mais quand il se retrouva nu et qu'on le plongea dans un bassin fumant, il fut certain que l'ordre de Youssouf était de l'ébouillanter. L'eau brûlait sa peau délicate, mais pis encore, un préposé hargneux se mit à le frotter énergiquement avec un tissu abrasif, comme s'il était aussi déterminé à l'écorcher vif. Mais rapidement, on le sortit du bassin pour le rincer dans l'eau glacée. Nico fut soulagé quand l'épreuve s'acheva. Il connaissait bien les dangers de la toilette qui, comme chacun le savait, apportait quantité de maladies. Et avec un nettoyage pareil, il avait de bonnes chances de mourir de la vérole.

Il découvrit des vêtements propres posés à côté des siens. Dans un élan de panique, il se précipita vers son vieux pantalon et le fouilla. Heureusement, la pièce de Maria y était encore et il la récupéra. La prochaine fois, il devait se souvenir de la cacher dans sa bouche. Il enfila le nouveau pantalon blanc ample et une chemise bleue sans col, qui trahissait son statut d'esclave chrétien appartenant à une maison importante. C'était les plus beaux habits qu'il avait jamais portés. L'employé des bains fronça les narines en ramassant ses vieilles loques, comme s'il s'agissait d'un tas d'ordures, avant de les jeter dans une boîte.

La demeure d'El Hadji Farouk était magnifique, plus grande et plus somptueuse que celles, austères, en pierre, des nobles maltais à Mdina. Elle se dressait non loin du port, sur la colline surplombant les chantiers du maître. Ils franchirent une porte en fer forgé, gardée par un immense Noir musculeux tenant une grande épée au milieu de son poitrail massif.

— Voici Abbas, expliqua Youssouf. Il est muet. Manque à tes devoirs et c'est son épée qui décollera ta tête de tes épaules.

Nico sourit à Abbas, qui demeura impassible, telle une statue.

Ils traversèrent le vestibule. Les yeux de l'enfant s'écarquillaient devant tant de splendeur. Des tapis turcs colorés pendaient sur les murs blanchis à la chaux. Le sol de marbre était couvert d'épais coussins. A intervalles réguliers étaient disposés des braseros à charbon. La maison s'organisait autour d'une vaste cour. Une fontaine jaillissait en son centre, presque dissimulée par des jardins luxuriants et odorants. Des oiseaux au plumage étincelant voletaient entre de grands palmiers. Différentes pièces donnaient sur la galerie à colonnades qui courait autour de la cour. La cuisine se trouvait à l'arrière. De la vaisselle de cuivre et de laiton s'empilait de chaque côté de la porte. L'arôme puissant du mouton grillé emplissait l'air.

Nico ne put réprimer un sourire. Baba l'avait peut-être trahi, mais finalement, n'était-ce pas la victime qui allait avoir la meilleure place. Il était tombé directement dans le luxe.

L'animation régnait. Une douzaine de serviteurs s'affairaient, saluant Youssouf avec déférence tout en dévisageant le nouveau venu avec une curiosité bienveillante. Un jeune homme de belle apparence jaillit de la cuisine. Il devait avoir seize ou dix-sept ans et dépassait Nico d'une bonne tête. Il était mince mais musclé, avec des cheveux sombres, et sa physionomie trahissait une origine romaine. Ses traits s'assombrirent dès que Youssouf lui murmura quelque chose à l'oreille. Puis il se mit à regarder le petit Maltais avec une hostilité non dissimulée.

— Celui-ci s'appelle Mehmet, indiqua Youssouf à Nico. Dans cette maison, il est ma bouche. Tu dois lui obéir comme tu m'obéirais.

C'était la seconde fois en une heure que Nico entendait ce même discours. Parmi un personnel aussi important, il se dit que bientôt il pourrait se retrouver sous le contrôle du chien du cuisinier. Mais avant longtemps, il se rendrait compte que celui-ci aurait été un choix plus heureux que Mehmet.

— Viens avec moi, lui lança froidement ce dernier. Il y a du travail à faire.

— Tu es esclave, toi aussi ? lui demanda Nico.

— Je suis ton maître, rétorqua l'autre. C'est tout ce que tu as besoin de savoir.

Pendant le reste de l'après-midi, Nico frotta les sols, vida les latrines et sortit de lourds tapis, qu'il frappa dehors avec un gros battoir de bois. Mehmet passait son temps à le réprimander, l'accusant d'être trop lent, trop faible, trop stupide pour effectuer le travail correctement. Alors le garçon s'activait encore plus durement. Son visage était couvert de poussière et de sueur. Il faisait déjà nuit noire quand il acheva sa tâche. Il avait mal au bras et mourait de faim.

— Il est temps de débarrasser les plats du dîner, ordonna Mehmet. La maîtresse a fini son repas.

Il précéda Nico et lui fit traverser la cour pour gagner les appartements de la famille de Farouk. De douces notes de musique filtraient à travers une porte dissimulée derrière une tenture. Mehmet la souleva et se manifesta doucement pour annoncer sa présence. Il fit un pas en avant, Nico sur les talons. Ils venaient de pénétrer dans une salle à manger éclairée par des lampes à suif suspendues à des crochets dans le mur. D'épais tapis couvraient le sol. De petits cônes de myrrhe brûlaient aux quatre coins de la pièce, dont l'odeur se mêlait délicieusement à celle de la nourriture riche, qui débordait encore des bols disposés sur des tables basses.

Assise sur un coussin, Ameerah, la première épouse d'El Hadji Farouk, écoutait une jeune fille jouer du luth. Elle portait une écharpe ornée de pierres précieuses et un voile de soie blanche, qui, pour le moment, reposait sur ses épaules. Elle avait le visage nu, comme les trois autres femmes assises à côté d'elle par ordre d'âge. C'était les épouses plus jeunes. Elles regardèrent fugitivement Nico avant de baisser les yeux et de glousser entre elles. La benjamine était âgée de treize ans.

— Qu'Allah vous bénisse, madame, dit Mehmet en s'inclinant.

— Qui est celui qui t'accompagne, Mehmet ? demanda Ameerah, observant le nouveau venu avec intérêt.

— Un Maltais, madame. On l'appelle Nico. Le maître l'a acheté aujourd'hui au marché.

— Ah, c'est le fameux garçon qui a de la mémoire. J'ai déjà quatre témoins oculaires qui m'ont parlé de lui. Ta prouesse, Nico, a commencé tel un murmure et fini en tornade. La première fois qu'on me l'a rapportée, on parlait de vingt nombres mémorisés ; la dernière, ils étaient devenus cent, et l'on ajoutait trois sourates. Toutes les conditions sont réunies pour donner naissance à une bonne légende. Viens ici, mon enfant.

Elle s'exprimait dans le sabir que Nico avait entendu quelques heures plus tôt et il n'avait aucune peine à la comprendre. Il s'approcha timidement en rougissant. En son for intérieur, il espérait qu'elle n'allait pas lui demander de se dénuder, comme tout le monde semblait le faire à Alger. Elle ne se leva pas du coussin, mais lui toucha la jambe du pantalon pour le prier de s'agenouiller. Puis elle examina son visage et lui caressa les cheveux. De son côté, il essayait de ne pas la regarder, mais elle pencha la tête d'une manière qui ne lui laissa plus le choix. Elle n'était pas jolie, mais elle le fascinait. Elle était relativement bien en chair et semblait très douce. Apparemment, elle devait avoir à près le même âge que sa mère, mais elle ne l'observait certainement pas avec les yeux de celle-ci. Ses manières étaient amicales, et il y avait autre chose dans son expression, que Nico ne parvenait pas à déchiffrer. Des rubans écarlates retenaient ses cheveux rougis au henné et du khôl soulignait ses paupières. Quant à ses oreilles, elles s'ornaient de rubis. Comme son époux, elle portait des vêtements luxueux.

Elle soupira.

— Quelle belle petite chose ! Je comprends que mon époux ne t'a pas acheté pour ta mémoire, mais plutôt comme un nouveau fruit pour ses mâles attributs. Ah, s'il pouvait me témoigner ne serait-ce qu'une petite mesure de la passion qu'il accorde à la religion et à ses garçons !

Elle avait exprimé son amertume d'une manière joviale et les autres femmes se mirent à rire.

— Peut-être qu'un jour prochain, tu pourras me faire une démonstration de tes talents, Nico.

— *Sì*, maître, répondit-il en espagnol.

Les gloussements redoublèrent et Ameerah sourit.

— Certains peuvent bien me considérer ainsi dans cette maison, mais tu t'adresseras à moi en m'appelant madame.

— Oui, madame.

Mehmet lui donna un petit coup pour le faire lever et ils commencèrent à débarrasser les plateaux. Les plats et les bols regorgeaient de restes : couscous et mouton, pain, oignons et fruits. Le ventre de Nico grommelait à la vue de tout ce festin. Il avait pu boire tout ce qu'il voulait aujourd'hui, y compris de l'eau fraîche aux herbes. Mais il n'avait rien mangé. Son dernier repas paraissait remonter à une éternité. Il se baissa pour ramasser le premier plateau. En se relevant, il trébucha sur le pied de Mehmet et tomba par terre en renversant la nourriture. Il rougit de honte. Il était convaincu que son aîné s'était déplacé volontairement, mais il n'en montra rien. En silence, il se hâta de nettoyer le désordre.

— Pardon, madame, s'excusa Mehmet. En dépit de ses prouesses avec les nombres, celui-là est encore maladroit.

Battre les tapis est tout ce qu'il peut faire. Sans aucun doute, il sera parti d'ici à quinze jours. En attendant, je vais le mettre aux écuries, où il fera moins de mal.

— Tu n'en feras rien. Demain matin, je veux que ce soit lui qui m'apporte mon pain. Il en est sûrement capable.

Les yeux de Mehmet étincelèrent, mais il hocha la tête en s'inclinant légèrement.

— Naturellement, madame.

Ils emportèrent les plateaux à l'arrière de la maison. Volontairement, Nico laissait traîner délicieusement son nez tout près des bols. Il pensait qu'ils allaient se rendre à la cuisine, mais Mehmet l'entraîna vers une ruelle derrière la maison. Horrifié, il le vit soudain jeter la nourriture dans la rue, récipient par récipient. Les chèvres et les mendiants se tenaient prêts à participer à ce qui était apparemment un rituel quotidien. Et ils ne firent qu'une bouchée du banquet.

— J'ai très faim, dit Nico en regardant disparaître les victuailles avec envie. Est-ce qu'il y a quelque chose à manger pour moi ?

— Tu es un esclave dans la maison d'El Hadji Farouk, répondit Mehmet. Tant que tu n'as pas deux ans d'ancienneté — période au cours de laquelle tu as toutes les chances de mourir de maladie ou d'être exécuté pour avoir déplu au maître —, tu ne mérites pas d'être nourri. Ton travail de la journée est terminé. Alors tu peux te rendre en ville, où tu trouveras de la nourriture.

— Comment ?

— Ça te regarde. Mais un garçon aussi doué avec les chiffres n'aura sans doute aucune peine à se trouver à manger. Voilà où tu dors. Sois prêt dès le premier chant du coq.

Sur ce, Mehmet le laissa.

Si Nico avait rêvé d'environnement luxueux, l'endroit où Mehmet l'avait amené fit s'envoler toutes ses illusions. Cela allait être son coin : un abri surmonté d'un toit plat derrière la maison. On ne pouvait même pas s'y tenir debout tellement le plafond était bas. A Birgu, seuls les ânes vivaient dans une cabane aussi humide et malodorante. Sur la paille sale cohabitaient déjà huit occupants : sept poulets et un jardinier ; Nico l'avait déjà vu dans l'après-midi. C'était un Soudanais. En dépit de sa peau brune et de ses dents parfaites, il était horrible. L'une de ses oreilles avait été tranchée par une mauvaise lame quelques années auparavant et sa chevelure ressemblait à un buisson épineux. Si ses yeux étaient trop grands et son nez trop petit, son sourire éclairait l'espace comme une lampe. Il accueillit chaleureusement l'enfant.

— Bienvenue, dit-il en touchant son front, puis son cœur. Tu peux faire ton lit ici. On peut faire mettre les poulets dehors, sauf le coq, qui chasse les rats. Et tu peux même répandre de la paille neuve, si tu veux, mais pour ça, tu dois te rendre au marché à la sortie de Bab-el-Oued. Et tu devras la payer. Tu as de l'argent ?

— Non.

— Dommage. C'est dur de s'en procurer.

— Pas autant que la nourriture, je pense. S'il te plaît, maître, est-ce que tu as à manger ?

Le jardinier grimaça.

— Tu dois m'appeler Ibi. Je ne suis pas ton maître. Mais comme tu as de la chance, je peux effectivement être le maître de ton dîner. Nous allons descendre au souk ensemble.

— Ils ne te nourrissent pas non plus ?

— Eh non ! Ils ne me gardent que parce que les roses s'épanouissent sur le sol que je touche, là où, avant, il ne poussait que des épines. La beauté naît de la laideur. Je bénis le Ciel qu'ils ne me tuent pas.

Nico découvrit en Ibi une vraie mine d'informations utiles. S'il l'inonda de questions, une en particulier le préoccupait :

— Est-ce que Mehmet déteste tout le monde ?

— Presque, mais il est particulièrement jaloux de toi. La rumeur de ton exploit avec les nombres au Batistan t'a précédé dans la maison. On parle déjà de toi pour le remplacer un jour.

— Le remplacer ? C'est impossible. Je ne lui veux aucun mal.

— Ce ne sont pas tes intentions qu'il craint, mais ta beauté. Il a longtemps été le *garzóne* du maître. Maintenant, il n'est plus aussi jeune. Ce n'est plus un garçon et ses charmes disparaissent. Et puis il n'est pas aussi intelligent que toi. Tu le fais trembler. Il a peur pour sa place. Est-ce si difficile à comprendre ? Tu dois rester très prudent. Tu auras besoin d'être très malin — et très chanceux — pour devenir *garzóne*.

Nico le regarda, perplexe.

— J'ai déjà entendu ce mot plusieurs fois, mais je ne sais toujours pas ce qu'il veut dire.

L'innocence du garçon fit rire Ibi sans aucune malveillance. Et il se mit à lui expliquer graphiquement, dans des termes que Nico pouvait comprendre, quelle était la première fonction d'un *garzóne*. Les yeux de l'enfant s'écarquillèrent et son sang se glaça. Sa seule expérience en la matière était l'observation de l'accouplement des chiens dans la rue, phénomène qui lui semblait aussi long qu'inconfortable.

— Ça fait mal ? murmura-t-il finalement.

Ibi secoua tristement la tête.

— J'avoue que je n'en sais rien. Mon visage est déplaisant pour l'œil et personne, homme ou femme, ne va se retourner sur moi. Mais il y en a tant qui le font, que ça ne doit pas faire mal, je pense.

— Eh bien, de toute façon, je n'aurai pas besoin d'en passer par là. Avant le retour du maître, les chevaliers de Saint-Jean viendront me chercher, et ils me ramèneront à la maison. Ma sœur s'en occupe.

Ibi sourit.

— J'en suis certain, dit-il gentiment, mais en attendant, tu serais sage de faire tout ce qui est en ton pouvoir pour plaire au maître. Si tu as eu de la chance d'être acheté par un homme aussi puissant, fais attention de ne pas te maudire d'avoir été acquis par un si cruel. Si tu le satisfais au lit, il te gardera plus jalousement que ses femmes. Les jours de fête, il te fera parader à travers la ville dans des vêtements dignes d'un bey, pour que les autres hommes voient sa chance et le jalousent. Si en plus tu lui fais plaisir en apprenant les affaires de son chantier, tu auras de l'importance dans sa maison. Tu l'accompagneras dans ses voyages et tu mangeras ce qu'il mange. Il n'y a pas de meilleure vie pour un esclave. Et alors, à Marseille ou à Venise, si tes chevaliers ne sont pas encore parvenus à te libérer, peut-être que tu auras la possibilité de te débrouiller seul pour rentrer chez toi.

— Et si j'échoue ?

— Cela dépendra de l'humeur du maître. Il peut écorcher tout le devant d'un esclave, des pieds au visage, tandis qu'il laisse le dos indemne. Tu es très beau, alors tu connaîtras peut-être une meilleure fin que les autres. Mais il y en aura toujours une. S'il est en colère, il pourra te faire traîner derrière un âne dans les rues jusqu'à ce que même les chiens soient écœurés par ce qui resterait de toi. En matière de châtiment, il a une imagination infinie. Quand je suis arrivé ici, un maçon grec qui construisait un mur du jardin lui a déplu. Il a été enterré vivant, avec seulement le nez apparent. Son agonie a duré six jours. Juste avant que je le recouvre d'une ultime couche de terre, le maître m'a demandé de lui enfoncer une graine d'olivier dans chaque narine, pour qu'un jour il puisse goûter des olives grecques. Cette bonne idée l'a fait rire pendant une semaine. Et nous avons tous ri avec lui, de peur de lui donner l'envie d'une nouvelle plantation.

« Tu dois être très prudent, Nico. Cette maison est le royaume de la jalousie et de l'intrigue. Le maître couche avec n'importe quoi, prétend-on, même des moutons, tandis que la maîtresse le trompe sous son nez. Elle a plus d'influence qu'il ne sied à une femme. On dit qu'elle a la passion du lapin et la ruse du cobra. Tout le monde craint sa colère, qui est presque aussi dangereuse que celle de son époux. Les esclaves sont vendus ou exécutés selon son bon plaisir. Je me suis souvent réjoui d'avoir le visage d'une bête et un don pour les fleurs, parce que comme ça, on me laisse en paix. Je n'envie pas ton apparence. Je pense qu'elle te sera plus un fardeau qu'une bénédiction. Mehmet essaiera de te trahir et la maîtresse voudra te séduire. Si Mehmet parvient à ses fins, cela pourra signer ta perte. Et si la maîtresse réussit et que tu es pris, tu perdras ta tête.

— Pris en faisant quoi ? Et qu'est-ce que ça veut dire « séduire » ?

Ibi rit en secouant la tête.

— Pour un enfant qui a la réputation d'avoir ton esprit, j'ai l'impression que tu es aussi ignorant que la terre où poussent mes roses.

Ils se procurèrent leur dîner en deux temps. D'abord, ils tombèrent sur un mendiant décharné, avachi en travers d'une porte. Il tenait une sébile dans sa main osseuse. Il avait les yeux fermés, infectés et grouillant de mouches.

— Qu'Allah bénisse ceux qui se souviennent de la charité, déclama-t-il d'une voix chantonnante.

La coupe était vide, mais quelqu'un avait laissé un demi-pain près de lui. Ibi s'en empara si habilement que le malheureux ne s'aperçut de rien. Le Soudanais le rompit en deux en marchant et en tendit une moitié à Nico.

En dépit de la faim, Nico prit sa part avec réticence.

— Mais c'était un mendiant, dit-il. Et il était aveugle.

— Tant mieux pour lui, comme ça il n'aura pas vu ce qu'il a perdu, remarqua Ibi le plus sérieusement du monde. En plus, son pain est aussi bon que celui d'un riche.

Nico estima que c'était très exagéré. Dans la faible lumière, il pouvait voir que la miche grouillait de vers. Il commença par essayer de les enlever. Mais c'était sans espoir et il abandonna rapidement pour dévorer son morceau.

Malgré la nuit tombée, les rues étaient presque aussi bondées qu'en plein jour. Elles étaient éclairées par les feux des braseros et la pleine lune, qui pendait tel un médaillon d'or au-dessus des portes de la ville. En dépit des injonctions de l'islam contre l'alcool, les tavernes marchaient fort et les maisons de prostitution fleurissaient à côté d'elles.

— Alger se développe autant sur la douleur que sur le plaisir, expliqua Ibi. Même si tu es esclave et chrétien, du moment que tu as de l'argent, tu seras accueilli comme le plus prospère et le plus dévot des musulmans.

Ils s'arrêtèrent dans une ruelle devant un de ces établissements. Le grand Noir fit un signe à Nico. Ils se fondirent dans l'encadrement d'une porte sombre et attendirent. Des soldats passèrent non loin d'eux, riant et chantant. Des esclaves se dépêchaient d'exécuter les ordres de leurs maîtres. Au bout d'un moment, un vieil homme sortit de la taverne en titubant. Il s'appuya contre un mur pour se soutenir et se soulagea. Puis il s'aventura hasardeusement dans la ruelle et passa devant les deux compères. Ibi jaillit et l'attrapa pour le ramener dans l'ombre de la poterne. Avant que le bonhomme se fût effondré à terre, le Soudanais s'était déjà emparé de sa bourse et filait. Surpris par la soudaineté des événements, Nico hésita. La victime roula sur elle-même et saisit la jambe du pantalon de l'enfant. Celui-ci parvint à se libérer, enjamba l'ivrogne et prit ses jambes à son cou pour rattraper Ibi. Derrière lui, l'homme agitait son poing et hurlait des imprécations, appelant la vengeance de Dieu sur ses agresseurs. Ibi et Nico se perdirent dans la foule. Ils tournèrent à un coin de rue, puis firent une pause pour reprendre leur souffle. Ibi pleurait de rire, mais Nico se sentait tellement honteux qu'il en avait mal au ventre. Depuis qu'il avait quitté Malte, il avait volé une femme, un jeune garçon, un mendiant aveugle et maintenant un vieillard saoul. Ses pensées allaient des gibets de Birgu, où l'on pendait les voleurs, aux têtes des récalcitrants plantées au-dessus de la porte d'Alger, dont il ne pouvait qu'imaginer les crimes. En outre, il y avait la question de son âme. Dans sa tête, il pouvait entendre la damnation du père Salvago.

— Voler est un péché, Ibi. Et un crime ! Que va-t-il nous arriver si quelqu'un nous a vus ?

Ibi pouffa.

— Tu n'as pas remarqué son ruban jaune ? Ce n'était qu'un juif. Donc il n'y a aucun crime là-dedans. De jour, c'est lui qui te volerait sur le marché. La nuit, tu le délestes dans la rue. C'est un vieil arrangement honoré par tous. Personne ne le protégera. Et de toute façon, tu n'es pas en position de te montrer difficile. Parfois, ton dîner te viendra d'un riche marchand, d'autres fois, d'un enfant. Certains soirs, tu crèveras de faim, d'autres, tu festoieras comme un sultan. La semaine dernière, j'ai volé un poulet entier. Et tu veux savoir à qui ? A une prostituée, qui l'avait pris à un marin, qui lui-même l'avait dérobé au souk. Tu as le choix, mon jeune ami. Soit tu grandis rapidement en respectant les lois du monde, soit... tu ne grandis pas du tout.

Nico était trop affamé pour lancer une discussion. En outre, il n'était même plus sûr de la justesse de ses positions. Finalement, Ibi avait peut-être raison : à moins qu'il veuille renoncer et mourir, les règles qu'on lui avait enseignées chez lui ne fonctionnaient pas ici. Déjà il l'avait appris sur le bateau, puis avec l'épisode Baba et maintenant, dans les rues d'Alger. La seule chose qu'il possédait, c'était son intelligence. S'il voulait survivre, il devait commencer à s'en servir... Damnation à la clé ou pas.

La bourse du juif ne contenait que quelques aspres, mais ce fut suffisant pour acheter deux brochettes d'agneau et une poignée d'olives. La viande succulente glissa facilement de la tige de cèdre à la bouche de l'enfant, qui cria presque de plaisir. Après avoir dégusté les morceaux, il lécha le bâtonnet de bois, puis le mâchouilla et le suça jusqu'à ce qu'il se brise. Il voulut prendre plus de temps pour manger les olives, afin de les savourer une par une, mais sa faim l'emporta et il les avala d'un coup.

Cette nuit-là, blotti dans la paille, Nico pensa à la représentation graphique qu'Ibi avait faite des fonctions du *garzóne*. Il glissa sa main dans son pantalon et se palpa. Ce n'était pas plus gros qu'une fève. Ça lui servait bien pour uriner, mais c'était tout. Il ne parvenait pas à comprendre l'intérêt que l'on pouvait avoir pour ça. Puis il déplaça sa main vers son derrière et là encore, se toucha. Jamais il ne lui était venu à l'idée de mettre un doigt à l'intérieur.

Il eut du mal à trouver le sommeil.

Chapitre 6

Nico fut réveillé par de grands coups sur ses pieds. Avec des jappements de douleur, il s'arracha de son nid de paille. Mehmet se tenait dans l'obscurité, une trique en main.

— Le coq a chanté, Allah a déjà reçu ses adulations matinales et toi, tu dors encore comme un mort. Alors maintenant, tu te dépêches d'aller chercher le pain de la maîtresse. Et je ne te conseille pas de traîner.

Il donna quelques pièces à Nico, un tissu pour mettre les miches et il lui indiqua l'emplacement de la boulangerie.

— Reviens avant que la lumière de l'aube frappe le minaret ou tu maudiras le jour de ta naissance. La maîtresse a horreur du pain froid.

Nico suivit les instructions de Mehmet à la lettre, mais elles ne le menèrent absolument pas à une boulangerie. Il se trouvait devant le mur de la ville, près de Bab-el-Oued, lorsqu'il réalisa la traîtrise du garçon. Timidement, il demanda son chemin à un boutiquier qui le dirigea avec rudesse vers une ruelle... où il n'y avait pas davantage trace de boulangerie. Il interrogea alors un vendeur d'eau, qui le renvoya là d'où il venait. Le quartier était un labyrinthe déroutant et toutes les rues se ressemblaient. Soudain, Nico se sentit désespérément perdu. Au-dessus de la ville, il vit le soleil éclairer les remparts de la casbah. D'ici peu de temps, ses rayons toucheraient la mosquée voisine de la maison de Farouk. Il ne savait plus quoi faire. Perdu dans ses tristes pensées et le nez en l'air, il marcha par inadvertance sur les épices d'un marchand, disposées en piles soignées sur une couverture. L'homme bondit et se mit à le frapper. En s'enfuyant, Nico se fit presque écraser par un troupeau de chameaux sortant d'une ruelle, en route vers le marché. Aplati contre un mur pour les éviter, il se fit frôler par eux. Le ventre noué, il sentit les larmes monter mais les refoula. « Je ne suis pas un enfant ! » Il importuna de ses questions toutes les personnes qu'il croisa, jusqu'à ce qu'enfin un esclave lui indique le chemin.

Il avait tellement de retard que les miches étaient froides. Mais il n'y avait rien qu'il puisse faire contre ça. Il remonta la colline en courant. L'arôme du pain titillait ses narines. Délicatement, il ouvrit le tissu, se disant qu'il pouvait peut-être subtiliser un minuscule morceau de croûte et de mie. Il faudrait qu'il s'y prenne très soigneusement. Mais comme il était déjà tellement en retard, il ne voulut pas s'y risquer en perdant davantage de temps. Ce fut la seule chance de sa journée.

Mehmet l'attendait à la porte près d'Abbas. Il le frappa aux oreilles, et le vitupéra pour sa paresse et sa stupidité. Puis il examina très attentivement les miches. Manifestement, il fut déçu de constater qu'elles n'avaient pas été touchées, mais il entra dans une grande colère en constatant qu'elles étaient froides.

— La maîtresse a déjà demandé ce que tu faisais. Pour ton retard, tu vas recevoir cinq coups de fouet, ajouta-t-il en faisant un signe à Abbas.

Nico n'eut même pas le temps de comprendre qu'on lui descendait sa chemise sur les bras et qu'on le poussait contre le mur. Par bonheur, le géant noir fut rapide comme l'éclair. Mais ses coups avaient laissé des traces sanglantes et le petit Maltais pleurait. Jamais la ceinture de son père ne lui avait fait aussi mal.

— Voilà le prix qu'Allah réclame pour la fainéantise, dit

Mehmet. Maintenant cesse tes gémissements avant que ta peine ne s'aggrave, *walahi*. Rhabille-toi et apporte le pain à la maîtresse. Et n'oublie pas de passer par la cuisine récupérer le miel et le lait. Allez, vite !

Si Ameerah s'était le moins du monde inquiétée de son retard, elle n'en montra aucun signe. Elle se trouvait encore dans sa chambre, étendue sur les coussins. Avec un grand sourire, elle invita Nico à entrer. Rapidement, il traversa la pièce et déposa le plateau près de l'oreiller. Les frottements de sa chemise contre sa peau rendaient le moindre mouvement douloureux et lui arrachaient des grimaces.

— Que se passe-t-il ? Es-tu malade ? lui demanda-t-elle.

— Ce n'est rien, madame. Mon dos me fait mal. C'est tout.

— Tourne-toi.

Elle remarqua les traînées de sang sur la tunique.

— Enlève ta chemise.

Il déboutonna nerveusement son vêtement. Derrière lui, il sentait la présence de la femme et entendait le doux bruissement de sa robe. Le contact de ses doigts sur lui le fit sursauter.

— Je pense que Mehmet te traite durement.

Nico ne savait trop comment répondre. Mehmet écoutait peut-être à la porte et, dans tous les cas, il n'avait aucun statut réel au sein de la maison.

— C'est ma faute, madame, fut tout ce qu'il trouva à dire. Il s'emporte avec moi parce que je suis stupide et maladroit, et que je n'apprends pas assez vite les règles de cette demeure.

— Une telle réponse prouve que tu es beaucoup plus intelligent que tu ne le prétends. Mais tu n'as plus besoin de craindre Mehmet aujourd'hui. Je lui ai demandé de nous laisser seuls. Je peux peut-être t'aider à apprendre ce qui fait plaisir au maître. Mais d'abord, je dois te soigner.

Elle plongea un mouchoir de soie arachnéen dans un bol d'eau et tamponna les marques écarlates. Il gémit, mais le toucher de sa maîtresse était apaisant.

— Tourne-toi, ordonna-t-elle dès qu'elle eut fini.

Elle se tenait si près de lui qu'il dut lever les yeux.

— Je vois que tu as pleuré, aussi.

Une nouvelle fois, l'intérêt qu'elle lui portait lui rappelait sa mère. Elle essuya les traces de larmes.

— Tu as des yeux de biche et de longs cils. On dirait presque ceux d'une fille. (Le voyant se raidir en entendant cela, elle rit joyeusement.) Tu ne devrais pas prendre des paroles bien intentionnées pour une offense. Ces yeux te serviront si tu apprends à les utiliser correctement.

Elle caressa les joues de Nico avant de lui soulever le menton. Elle avait approché ses lèvres des siennes, et il pouvait sentir son parfum, sa respiration... et le battement de son propre cœur. Il se trouvait formidablement mal à l'aise en sa présence. Et surtout, il avait encore tout frais à l'esprit les mises en garde d'Ibi contre les dangers de se retrouver seul avec l'épouse d'El Hadji Farouk. Seulement, il n'avait pas d'autre choix que de la laisser faire ce qu'elle voulait.

— J'ai faim, dit-elle.

Momentanément soulagé, Nico s'empressa de la servir. A sa demande, il lui coupa une épaisse tranche de pain, qu'il couvrit de miel avec une cuillère en bois. Lorsqu'il la lui tendit, elle se mit du miel sur les doigts, les lécha lentement, puis attrapa la main du garçon. Elle la plongea carrément dans le bol rempli de nectar et, sous les yeux de l'enfant effaré, commença à lui sucer aussi méticuleusement que lentement chaque doigt, l'un après l'autre, délicatement, en le fixant. Les succions chatouillaient Nico, mais il devina que rire n'aurait pas été une réaction appropriée à cet étrange comportement. Seulement, il ne savait que faire pour satisfaire sa maîtresse. Il attrapa sa main et la prit dans sa propre bouche. Manifestement, il venait de réagir exactement comme elle attendait. Pendant un long moment, elle ferma les yeux et Nico crut qu'elle gémissait. Prestement, il enleva sa main.

— Je vous ai fait mal, madame ?

Elle vit son inquiétude et sourit.

— Seulement de plaisir, dit-elle. Le maître sera très content.

Elle lâcha enfin la main du garçon. La leçon était terminée. Ameerah s'installa alors confortablement sur les coussins et invita Nico à s'asseoir.

— Maintenant, montre-moi un peu tes talents de mémorisation.

Elle lui donna les noms de ses oncles, tantes et cousins, et applaudit quand il les répéta sans faute. Bien qu'elle ne sache pas lire, elle avait appris par cœur plusieurs sourates. Cela lui avait pris des années de pratique. Elle récita quelques versets, que Nico répéta instantanément.

— Si tu n'étais pas un jeune innocent et que ces paroles n'étaient pas aussi sacrées, je penserais que tu es un sorcier et qu'il faut t'arracher la langue.

Le jeune Maltais se demanda si elle plaisantait. Sans doute pas, se dit-il.

Ils continuèrent ces petits jeux pendant près d'une heure. Puis elle déclara qu'il était temps pour lui de s'en aller. Elle surprit le regard d'envie qu'il jetait vers le pain et lui en offrit un gros morceau, dégoulinant de miel.

Mehmet l'attendait à la porte et lui arracha son trophée des mains.

— Tu sais que tu n'as pas le droit de manger ça.

— Mais la maîtresse me l'a donné.

— Et je te l'ai repris. Pour ta désobéissance, tu n'auras pas le droit de quitter la maison ce soir pour aller te chercher de la nourriture. Et si tu te plains à quiconque, tu seras de nouveau fouetté.

Un matin, Youssouf vint voir Nico. Il lui expliqua que, conformément aux instructions de son père, il était temps qu'il commence à apprendre les rudiments de la construction navale.

Le chantier de Farouk était le plus grand de la côte Barbare.

On y construisait des galères pour tous les corsaires et les marchands qui pouvaient se les offrir.

— Que dois-je faire, maître ? demanda Nico.

— Observer, dit Youssouf, sans autre indication.

Nico pouvait à peine croire à sa chance. D'abord, on ne lui confiait qu'une tâche facile. Ensuite, il bénissait toute occasion pour s'éloigner de Mehmet. Enfin, il avait bien l'intention d'apprendre ce qu'il pourrait, car il trouverait peut-être ainsi un moyen de s'échapper.

Youssouf dirigeait le chantier depuis une cabane située près de la porte de la ville. Il y passait le plus clair de ses journées, le nez dans les papiers. Cependant, le véritable patron s'appelait Leonardus, le maître constructeur. Youssouf l'avait convoqué pour lui expliquer dans son sabir ce qu'il voulait.

— Le garçon est ici pour apprendre la construction des galères. Il ne doit pas te quitter d'une semelle.

Leonardus était un homme énergique et robuste, arborant une belle barbe grise et des cheveux noirs. Dans ses yeux rougis par l'alcool, on lisait une certaine violence. Moyennant quoi, il esquissa un sourire engageant et s'inclina légèrement devant Youssouf. Soudain, à la stupéfaction de Nico, il se mit à grommeler en maltais, langue dont Youssouf ne pouvait comprendre un traître mot.

— Moi, tout ce que j'attends, tout ce dont j'ai besoin, c'est une femme, une bonne putain. Et toi, grosse limace immonde, espèce de trou du cul de porc, tu me confies un petit morveux et tu veux que je lui apprenne à construire des navires ? Pourquoi ne m'amènes-tu pas un chien, tant que tu y es, pour que je lui enseigne la navigation ? Tu crois que c'est aussi simple que de tremper ta queue dans le cul d'un autre homme, hein ?

Puis, avec ses manières toujours polies, Leonardus repassa en douceur au sabir.

— Ce sera un grand plaisir et un honneur, effendi, dit-il en s'inclinant humblement devant Youssouf.

L'expression de ce dernier s'était assombrie en entendant

l'autre parler maltais. Il était clair qu'il soupçonnait une insulte, mais il fit mine de l'ignorer. Et d'un signe de la main, il les congédia.

— *Jien miniex mahmug !* s'exclama Nico, indigné, dès qu'il furent dehors. Je ne suis pas un morveux.

Leonardus le regarda, aussi surpris qu'enchanté.

— Mais tu es bien un petit, n'est-ce pas ? J'ai au moins bon sur ce point. Enfin, par les tétons de la Sainte Vierge, tu es de Malte ?

— Birgu, monsieur.

— Par le Christ, nous sommes deux maintenant ! (Il fit un geste en direction des ouvriers s'activant sur le chantier.) Tous ces autres porcs sont des Espagnols ou des Français, encore plus idiots que le bois qu'ils travaillent. Et celui-là... (Il fit un geste en direction de Youssouf.) Sa mère l'a sorti par le mauvais trou. Un jour, je lui trancherai la gorge.

— Excusez-moi, monsieur, mais n'est-ce pas dangereux de parler devant lui comme vous l'avez fait tout à l'heure ? Et s'il comprenait ?

— Ce bâtard pourri est un sadique, mais, en fait de cerveau, il n'a que de l'eau croupie dans la tête. Une fois il m'a frappé, mais son maudit païen de père ne le laissera plus toucher un seul de mes cheveux. Ils ont trop besoin de moi, parce qu'ils seraient incapables, seuls, de construire leurs navires. Ils n'ont pas appris mes secrets et, par Dieu, je te le dis, ils ne les apprendront jamais. (Il attrapa la gourde à sa ceinture et l'ouvrit.) Enfin, c'est bon d'avoir près de soi un autre camarade esclave, même imberbe, venant de notre pauvre petit rocher perdu au milieu de la mer.

Il but une longue gorgée et tendit la flasque à Nico. Celui-ci hésita, mais il était déterminé à prouver qui il était. Il eut l'impression que du feu lui coulait tout le long de la gorge. Il toussa tandis que son visage virait au rouge vif. Leonardus éclata de rire et lui donna une grande tape dans le dos.

— Bien joué, mon gars. Tu vas donner quelque chose de

bien avec moi. Et je te garantis que tu vas vite devenir un homme.

Tout le reste de la journée, Nico suivit le colosse comme une marionnette, enchanté de pouvoir parler à quelqu'un du pays. Et de son côté, Leonardus ne semblait pas indisposé par ses interminables questions. Il avait beau être le responsable du chantier, il n'en était pas moins captif. Il avait commencé comme marin sur un navire marchand de Malte, mais à Venise, il trouva du travail auprès de Vettor Fausto, un maître constructeur de bateaux réputé. Il avait été admis au sein de la guilde des charpentiers, avant de devenir maître à son tour. Puis il était rentré à Malte pour bâtir ses propres vaisseaux. Son avenir paraissait assuré. Mais une semaine avant son mariage, il s'était embarqué sur la première galère sortie de son propre chantier. Il voulait juste accomplir un petit tour en mer pour l'éprouver. Hélas, il fut capturé au large de la Sicile par Barberousse.

— C'était totalement ma faute. J'avais fait une erreur de conception au niveau des apparaux. Les tolets étaient trop en arrière et mon bâtiment ne pouvait pas tourner aussi serré que celui de ce fieffé gredin à la barbe rouge. Et alors il m'a pris sans qu'aucun coup de feu ne soit échangé. C'était bien fait pour moi. Je m'étais piégé tout seul. Aujourd'hui, cela n'arriverait plus, je te le dis. Il n'y a pas un navire au monde qui tourne mieux que les miens.

Leonardus passa les deux années suivantes enchaîné à une rame, expérience qui le mena au bord de la folie. Un jour, il essaya même de profiter d'un violent combat naval pour mourir. Barberousse était engagé dans une lutte à mort avec un Espagnol. Soudain, Leonardus s'était retrouvé entre un adversaire armé d'une arquebuse et le capitaine de son propre bateau. Malgré ses entraves, il avait tenté de bondir pour se retrouver sur la trajectoire de la balle, voulant mettre un terme à sa misère. A son grand désespoir, il n'était parvenu qu'à sauver la vie de son geôlier, lui-même n'étant que blessé à l'épaule. Cet hiver-là, alors qu'ils relâchaient à Alger, il saisit une occasion d'échapper définitivement aux rames en démontrant sa maîtrise de constructeur. Soliman, déterminé à disputer aux chrétiens le contrôle de la Méditerranée, venait de nommer Barberousse *kapudan-i-deryâ*, amiral. Alors celui-ci ne fut que trop heureux de mettre Leonardus au service de Farouk, qui bâtissait ses navires.

Le Maltais découvrit que ses talents représentaient finalement une bénédiction relative. L'art des maîtres constructeurs était inestimable, leurs secrets étant aussi mystérieux et aussi bien gardés que ceux des sorciers. Dans la mesure où il ne participait pas aux raids, il ne risquait pas d'être tué en opération, mais en même temps, il ne pouvait pas être libéré. Il mourrait esclave et fournirait à ses ennemis les moyens pour attaquer ses frères chrétiens.

— J'aurais préféré mourir sur mon banc de nage, avoua-t-il à Nico.

Et pour compliquer le tout, après plusieurs tentatives d'évasion, il passait chaque nuit enchaîné dans une cabane du chantier. Mais il avait toujours tout l'alcool qu'il voulait à sa disposition et quatre ou cinq fois par mois, les gardes lui amenaient une prostituée de la ville. C'était une reconnaissance extraordinaire de sa valeur.

— Eh bien, intervint Nico, moi, je vais m'évader. Et quand je le ferai, tu pourras venir avec moi.

Leonardus s'esclaffa.

— Je serai là, capitaine. Mais n'échoue pas. Tu verras pourquoi ce soir. En attendant, on a du travail.

Leonardus supervisait une armée d'hommes. Malgré la quantité de boisson qu'il ingurgitait, il se déplaçait rapidement d'un bout à l'autre du vaste chantier grouillant, se préoccupant du moindre détail. Les équipes étaient engagées dans une grande variété de tâches. Il y avait alors cinq galères à différents stades. Elles s'alignaient les unes à côté des autres sur des plans inclinés s'élevant doucement du port. Trois d'entre elles étaient neuves. Les membrures de la première étaient en place. On aurait dit le squelette d'un gros poisson échoué. La deuxième avait déjà son bordage et les ouvriers s'attaquaient aux superstructures. Les charpentiers plantaient des clous de bronze et ajustaient les chevilles, tandis que les calfateurs remplissaient les coutures d'étoupe, de la filasse de chanvre imprégnée de goudron. D'autres graissaient la coque avec une mixture de goudron et de cire chauffée, qui aiderait le vaisseau à glisser sur l'eau et aussi à résister au taret, un petit mollusque vermiforme qui aurait vite fait de transformer une coque non protégée en nid-d'abeilles.

— Pour les deux premiers spécimens, que j'ai construits ici, j'avais veillé à ce qu'un endroit de la coque restât sans protection. Je l'ai dissimulé à la vue de ces bâtards barbus en utilisant de la cire colorée, mais pas de goudron. Les vers ont accompli leur ouvrage et les bâtiments ont été ruinés, expliqua Leonardus. Seulement, Dragut Raïs m'a pris. Il était le seul suffisamment malin pour comprendre ce que j'avais fait.

— Et que vous est-il arrivé, alors ?

Le constructeur enleva sa botte. Il n'avait plus que deux orteils : le gros et le petit.

— Et c'est pareil pour l'autre pied. Youssouf, ce crapaud velu qui t'a amené à moi, les a tranchés lui-même, une phalange à la fois. Il lui fallait deux jours pour couper un orteil avec une lame émoussée. Il me dit qu'à partir de là, je ne pourrais continuer de marcher que si mes navires flottaient. Depuis, ils flottent parfaitement... Et je n'ai plus perdu d'orteil.

Deux autres galères, enlevées aux Espagnols, étaient en cale sèche sur le chantier. Elles ne devaient pas être remises en état ou réparées, mais totalement démembrées pour que leurs matériaux soient réutilisés pour la construction d'embarcations plus petites, plus légères et beaucoup plus rapides, au goût des corsaires.

— Que Dieu les maudisse, mais ils ont raison sur ce point, fit remarquer Leonardus. Il n'y a que les Espagnols pour produire des bateaux aussi lourds que leurs femmes. Les uns comme les autres sont trop larges des hanches, s'esclaffa-t-il.

(Il expliqua à Nico que cette partie, en termes de métier, s'appelait le travers.) L'Espagnol n'a pas de chance : avec la femme, il sera malheureux, et en mer, il se fera tuer.

Chaque élément des deux prises était très soigneusement marqué, répertorié et mis de côté. Puis on le retaillait pour lui donner la forme voulue. Si l'on se débrouillait bien et que l'on était particulièrement précautionneux et ordonné, on pouvait sans grande difficulté construire trois bâtiments à partir de deux en ajoutant seulement quelques bonnes poutres.

Les contremaîtres et autres chefs d'équipe venaient trouver Leonardus pour lui poser des questions sur les rames, les mâts, la charpente et le gréement. Il donnait l'impression de tout savoir. Son autorité absolue s'appuyait notamment sur un œil infaillible pour détecter la moindre imperfection. Il était volubile, irascible et il maudissait ses hommes dans quatre langues.

Il s'arrêta près d'une fosse à sciage, au-dessus de laquelle pendait un grand rondin suspendu à des traverses. Un homme se trouvait à chaque extrémité de la scie : l'un en dessous, dans la fosse, et l'autre au-dessus. Ils veillaient à ce que la lame dentelée suive bien la ligne qui avait été tracée au fil à craie des deux côtés de la poutre. Pour Nico, la coupe était parfaite. Les grosses dents pointues mordaient avidement dans le bois tandis que l'agréable odeur de la sciure montait du trou. Cependant, pour Leonardus, quelque chose n'allait pas. Il sauta dans la cavité et poussa le scieur.

— *Hijo de puta*, gronda-t-il. C'est la vérole qui t'rend aveugle ou t'es simplement idiot ? Tu me l'as massacrée.

Avec l'homme du haut, il ressortit la lame, puis recommença le travail, juste à côté de la coupe précédente. Quand il remonta, il ordonna que le contremaître soit fouetté pour ne pas avoir vu ce qui se passait.

Nico était troublé.

— Comment pouvez-vous punir un esclave quand vous en êtes un vous-même ?

— Par Dieu, parce qu'il travaille sur mon navire ! Sois négligent toi-même et je te ferai couper le nez.

— Mais ce n'est pas votre navire. Il appartient à l'ennemi.

— *Veru*, acquiesça-t-il en hochant la tête, mais c'est moi qui le construis. Tant pis si tu ne comprends pas aujourd'hui, mon gars. Mais il arrive un moment dans la vie d'un homme où celui-ci doit choisir entre ce qui est juste et ce qui lui permet de vivre. Et ce n'est pas toujours la même chose. La vérité, c'est que je suis un lâche. Je n'ai pas peur qu'on me tue, mais je ne veux plus qu'on me mutile. Donc j'ai choisi de construire de beaux bateaux, de garder mes orteils et de coucher avec les femmes qu'on m'envoie.

Et sur ce, il s'octroya une nouvelle rasade.

Ce soir-là, Nico comprit pourquoi Leonardus conseillait de ne pas rater son évasion. Tous les ouvriers furent obligés de se rassembler à une extrémité du chantier, au pied d'une colline surplombant le port. Le maître constructeur se tenait devant, Nico près de lui. Sur le relief se dressait un cyprès solitaire. On avait cloué sur son tronc deux longueurs de bois en forme de X. Youssouf et trois gardes apparurent. Ils amenaient un prisonnier. Ses chevilles étaient entravées si étroitement qu'il devait sautiller pour suivre le rythme de ses gardiens. Parvenu près de l'arbre, on le fit agenouiller.

— Que vont-ils faire ? murmura Nico.

— Pas « ils », répondit Leonardus à voix basse, mais Youssouf seul. Il aime trop ça pour partager son plaisir avec qui que ce soit.

Un silence de mort tomba sur le chantier. Le fils de Farouk commença à battre l'homme méthodiquement. On n'entendait plus que le claquement du cuir sur la chair et les os, ponctué par les cris terribles de la victime. Youssouf frappait très soigneusement, mesurant ses coups, sachant exactement jusqu'où il pouvait aller sans tuer sa proie. Quand il estima qu'il avait atteint cette extrémité, les gardes traînèrent le prisonnier jusqu'à la croix, l'attrapèrent par les jambes et le crucifièrent la tête en bas.

Nico regarda le visage de l'homme. Il n'avait presque plus rien d'humain. Ses lèvres bougeaient imperceptiblement : il priait.

— Il a essayé de s'enfuir la nuit dernière, expliqua Leonardus. C'est un Français. Comme tous ses compatriotes, il a été doté de couilles, mais pas de cerveau par le Tout-Puissant. Il s'est accroché avec une corde à une planche en espérant qu'elle allait dériver vers le large. Seulement, il ne l'avait pas choisie assez grosse pour le soutenir. Et il n'est parvenu qu'à se débattre sur son bout de bois et à alerter les gardes de la ville. Il n'a même pas eu la chance de se noyer. Ils l'ont repêché et maintenant il va pendre là comme un avertissement pour les candidats à l'évasion. S'il survit assez longtemps, il quittera Alger pour de bon quand je mettrai à l'eau ma prochaine galère. Alors, il sera attaché à la guibre de l'étrave, sous l'éperon, telle une figure de proue, jusqu'à ce que ses os tombent dans la mer. Et tu veux savoir à qui Youssouf demande de faire les nœuds du pauvre type devant tout le monde ? A moi ! (Leonardus avala une nouvelle gorgée de sa flasque et se tourna vers Nico.) Je l'ai déjà fait trente et une fois depuis que je suis ici, mon gars. Fais attention. Je n'ai vraiment pas envie de le faire pour toi.

Extrait des *Histoires de la mer du Milieu* par Darius, dit le Préservateur, historien à la cour du maître du Séjour de félicité, le sultan Ahmet

On ne peut pas comprendre l'histoire de la mer du Milieu sans appréhender également les courants religieux qui la parcourent, des courants qui naissent comme des ondulations sur les rivages du Levant avant de croître et de se propager de temps en temps en vagues déferlantes, menaçant d'engloutir des civilisations entières en dressant l'homme contre l'homme au nom de Dieu.

Il n'en est pas toujours allé ainsi. A Damas, on construisit l'église de saint Jean-Baptiste sur les ruines d'un temple romain. A l'intérieur, on trouvait un reliquaire qui renfermait la tête du Baptiste, vénérée tant par les chrétiens que par les musulmans. Dans les premiers temps du pouvoir musulman, les chrétiens venaient prier dans cette église le dimanche et les musulmans le vendredi. Les enfants d'Abraham ont montré au monde qu'ils pouvaient vivre côte à côte, en paix.

Cependant, ce n'est pas à Damas, mais à Jérusalem que les hommes devaient montrer comment ils entendaient vivre : et la voie qu'ils avaient choisie était « éclairée » par les ténèbres. Existait-il un seul endroit sur Terre où le fil reliant les musulmans, les juifs et les chrétiens se fût plus magnifiquement tissé qu'à Jérusalem, la cité même de Dieu ? Mais existait-il aussi un seul endroit sur terre où ce fil se désagrégea autant ?

Pour les musulmans, Jérusalem est le troisième lieu saint, après La Mecque et Médine. Le pèlerinage au Dôme du Rocher et à la mosquée al-Aqsa complète le cinquième pilier de l'islam, le *hadj*. Pour les juifs, la ville est l'ancienne capitale d'Israël, au sein de laquelle se dressait le saint temple de Salomon. Pour les chrétiens, c'est le site de la crucifixion de leur prophète Jésus, béni soit son nom. Au cours des derniers jours de son existence, il descendit du mont des Oliviers pour faire son entrée dans la ville. Là, il délivra sa prophétie sur la chute de Jérusalem et il passa sa dernière nuit à prier dans un jardin appelé Gethsémani. C'est près de cet endroit que fut construit le Dôme du Rocher, sur le promontoire où s'élevait jadis le temple de Salomon, où Mahomet, béni soit son nom, est monté au ciel, et où Abraham — le patriarche des Hébreux, vénéré tant par les musulmans que par les juifs et les chrétiens — s'apprêta à sacrifier son fils Isaac.

David, le grand roi des tribus d'Israël, établit sa capitale dans ce saint lieu. Il y apporta l'Arche d'alliance, le coffre qui contenait les lois que Dieu avait données à Moïse sur le mont Sinaï. Ce fut pour abriter l'Arche que le fils de David, Salomon, fit construire son temple. Celui-ci fut détruit par les Babyloniens, reconstruit, puis détruit de nouveau par les Romains, qui n'en laissèrent qu'un mur. A dire vrai, pas simplement un mur, disent les rabbins, mais un mur sacré, que la Shekinah, la Divine Présence, ne quitte jamais. La destruction du Temple obscurcit les relations entre les juifs et les chrétiens. Les prêtres de ces derniers déclarèrent que ce n'était pas les Romains qui avaient tué Jésus, mais cette engeance de vipères, les juifs, qui, pour avoir répudié le Christ, étaient condamnés à errer éternellement sur Terre, sans lieu où se fixer.

En 336, l'empereur Constantin fit bâtir l'église du Saint-Sépulcre, pour marquer l'emplacement où Jésus avait été crucifié et inhumé. Trois siècles plus tard, l'église fut détruite par les Perses. Puis elle fut reconstruite juste à temps pour la conquête de la ville par les musulmans en 638 ; une conquête accomplie sans que coule une goutte de sang. Omar, le second calife de l'Islam, fut conduit dans cette église pour qu'il puisse y prier. Mais finalement, il s'y refusa car il avait peur de profaner ainsi un lieu saint chrétien. En revanche, il fit construire non loin de là une grande mosquée de bois — baptisée al-Aqsa [1] — pour marquer l'endroit où Mahomet (paix sur son nom béni), chevauchant al-Buraq, un animal ailé blanc, fut conduit par l'ange Gabriel pour prier. Pendant qu'Abraham, Moïse, Jésus et les autres prophètes (paix sur eux tous) priaient derrière lui, Mahomet monta aux cieux pour recevoir la parole d'Allah.

Voilà le rocher, le mur et l'église qui devaient tant diviser le monde.

Au cours de la première guerre sainte, des chrétiens armés déferlèrent sur Jérusalem. Ils passèrent des juifs par le fil de l'épée au sein même de leurs synagogues et des musulmans dans leurs mosquées. Par dizaines de milliers, des femmes et des enfants furent massacrés aux côtés de leurs époux et pères par les combattants du Christ. Défilant victorieux dans les rues inondées de sang, ceux-ci proclamèrent le royaume de Jérusalem.

Dès lors, les pèlerins chrétiens accomplissant le voyage vers la Terre sainte furent protégés par deux ordres de chevaliers, des moines chrétiens ayant fait vœu de pauvreté et de célibat. L'un des deux, l'ordre des pauvres chevaliers du Christ, établit ses quartiers à al-Aqsa, dans le Temple du Seigneur sur le mont éponyme, et ils se donnèrent ainsi le nom de Templiers. Le second ordre, les chevaliers hospitaliers de Saint-Jean de Jérusalem, soignaient les malades dans un grand hospice, sis dans le quartier du Patriarche, très proche de l'église du Saint-Sépulcre.

---

1. Textuellement : « très éloignée » (par rapport à La Mecque). L'actuelle mosquée al-Aqsa, en pierre, n'a pas été construite par Omar bien qu'elle soit parfois, improprement, appelée mosquée d'Omar. (*N.d.T.*)

Plus tard, Jérusalem tomba aux mains de Saladin, le grand sultan kurde d'Egypte et de Syrie. Il s'empara de la ville sans massacre et abattit la croix d'or plantée au sommet du Dôme du Rocher. A sa place, il fit poser un croissant, le symbole de l'islam. Les deux ordres de chevalerie quittèrent la ville, mais, fidèle au principe de l'islam selon lequel les vaincus devaient pouvoir conserver leurs lois et leurs pratiques religieuses, Saladin n'expulsa pas les chrétiens et les juifs qui désiraient demeurer en paix. Les musulmans considéraient que les juifs et les chrétiens appartenaient au *ahl al-kitab*, au peuple du Livre, dont les Ecritures, fondées sur des révélations divines, étaient donc saintes. En vérité, quelques années plus tard, le sultan Soliman devait même promulguer un *firman*[1] autorisant formellement les juifs à faire de leur mur sacré un lieu de prière. On dit qu'il purifia lui-même le site à l'eau de rose et il est considéré comme le bienfaiteur d'Israël.

Mais il restait peu de juifs à Jérusalem pour accepter l'offre de Saladin de rester en paix. Ceux qui n'avaient pas été chassés par les Babyloniens ou massacrés au cours des guerres saintes s'étaient enfuis pour s'installer dans tous les coins de la Terre où ils pouvaient. Beaucoup vivaient en Espagne, où ils demeurèrent jusqu'aux années sombres de Ferdinand et Isabelle, qui les contraignirent de nouveau à l'exil. Certains retournèrent vers le Levant, tandis que d'autres fuyaient vers la Hollande, le Maroc et même Istanbul, où ils trouvèrent un climat favorable pour leurs commerces. Ceux qui ne quittèrent pas alors l'Ibérie furent vivement encouragés à se convertir au catholicisme ; les réfractaires montaient sur le bûcher ou finissaient dans les chaînes de l'esclavage.

Jamais au cours de ces années, la haine entre les juifs et les musulmans n'atteignit l'ampleur de celle qui les opposait aux chrétiens. Mais qui connaît la meilleure façon de mesurer la haine ? Qui connaît ses limites ?

Extrait du volume I
Les Conflits religieux.

---

1. Décision du souverain, rédigée en persan. (*N.d.T.*)

Chapitre 7

La vie de Maria commença à changer définitivement le jour où le conteur arriva à Birgu.

Elle se réveilla juste avant l'aube. Sa paillasse était nichée sur une minuscule plate-forme de bois sous des combles si bas qu'elle ne pouvait même pas tenir debout. Elle flottait entre le sommeil et la veille, observant le ciel nocturne laisser place à l'aurore à travers un trou dans le toit. Sur l'écran sombre de la nuit finissante, elle pouvait reconnaître les Sept Sœurs, les Pléiades. C'était sa constellation favorite, car elle lui rappelait un cerf-volant. Elle ferma les yeux et rêva. Elle montait le long d'une corde jusqu'aux étoiles, qui l'emportaient au loin. Quand elle rouvrit les yeux, celles-ci avaient été englouties dans l'embrasement rosacé de l'aube. Un nuage solitaire dérivait. Dans les premiers rayons du soleil, on aurait dit un banc de coraux. Comme chaque jour, ses pensées allèrent à Nico. Silencieusement, elle récita une prière pour lui.

Puis elle entendit les bruits familiers de Birgu. La cloche de bronze de la tour de l'horloge sonna sept heures. Des coqs chantaient et des mules braillaient. Les roues de la charrette du boulanger résonnaient sur les pavés. Il apportait le pain frais au fort Saint-Ange. Le chant scandé du vendeur d'eau faisait écho au tintamarre des pots et des casseroles. Des porcs reniflaient et grognaient en fouillant les tas d'ordures dans les rues. Un enfant criait. Elle pouvait entendre les craquements des moulins à vent de Senglea, la petite péninsule jouxtant celle de Birgu. Et puis la voix autoritaire d'Agnete, ce vieux tyran, retentit. Elle hurlait contre son mari ou contre son chien. Un grognement lui répondit, poussé par l'animal... ou le mari.

Ensuite, Maria entendit son père se lever. Les bruits qu'il faisait ne variaient jamais, sauf le dimanche : l'urine tombant dans le pot de chambre, le frottement des sandales de cuir sur le sol poussiéreux, le craquement des gonds de la fenêtre et enfin le fracas des éclaboussures quand il jetait le contenu du pot dans la rue. Puis une toux sèche, un crachat, le cliquetis de ses outils au moment où il lançait son sac de cuir sur son épaule. Ensuite l'armoire s'ouvrait : il prenait une gousse d'ail ou d'oignon pour le petit déjeuner et un quignon de pain de la veille pour le déjeuner. Et la porte se refermait lourdement derrière lui.

A regret, Maria s'arracha à son relatif confort. Assise sur sa couche, elle repoussa rapidement la paille qui la couvrait. Elle voulait se lever avant sa mère. Tous ces derniers temps, elle s'y prenait ainsi pour se glisser hors de la maison sans voir personne. Une fois partie, elle restait dehors aussi longtemps que possible. La vie lui était plus tolérable de cette manière. Au cours des semaines qui suivirent l'enlèvement de Nico, son père lui administra moins de raclées, mais son regard demeurait venimeux. Quant aux yeux de sa mère, ils étaient d'insondables puits sombres de tristesse. Déjà la culpabilité nouait le ventre de Maria, mais elle ne supportait vraiment pas de rester chez elle plus que nécessaire sous le regard de ces yeux-là... même si elle savait que pour elle, cela représentait davantage de corvées à effectuer.

Enfin, aujourd'hui, il n'y en aurait aucune. Elle les sauterait. Parce que, aujourd'hui, le conteur arrivait.

Elle dévala l'échelle, évitant soigneusement les traverses qui craquaient. A la moitié de la hauteur, elle se laissa tomber avec légèreté sur le sol. Elle avait faim, mais elle fit l'impasse sur la cuisine, de peur de faire trop de bruit. Elle sortit par la porte de devant et la referma tout doucement derrière elle.

Il était encore relativement tôt et, pendant un moment, elle erra à travers les rues sinueuses de Birgu, déjà très animées à cause des commerçants qui entamaient leur journée. Certains passages étaient si étroits qu'elle devait s'aplatir sur le côté pour laisser la voie aux vieillards chevauchant des ânes ou aux marchands ambulants poussant des charrettes surchargées et craquant de toute part. Elle évitait précautionneusement les flaques d'urine nocturne jetée par les fenêtres. Des femmes voilées portaient d'énormes charges sur leur tête, des paniers d'osier remplis de linge, de fruits et de pains. Dans des coins obscurs, elle pouvait apercevoir des grappes de vieillards bavardant entre eux et jouant aux dames. Elle traîna sur les quais à regarder les marins s'occuper des gréements et des voiles.

Au milieu de la matinée, elle se rendit sur la place. Le conteur ne devait pas arriver avant une heure ou deux, mais elle voulait se garder une bonne place. En s'asseyant sur les pavés, elle remarqua une jeune fille qui s'installait non loin d'elle. C'était la plus belle qu'elle eût jamais vue. Elle avait des yeux doux et lumineux, une peau parfaite. Elle retira sa cape de laine et secoua sa chevelure brune. Ses nattes épaisses lui tombaient au creux des reins. Soudain, elle réalisa que Maria l'étudiait.

— Bonjour, dit-elle avec un sourire. Tu me fixes drôlement. Je m'appelle Eléna.

— Et moi, Maria, dit celle-ci en rougissant. Maria Borg. C'est juste que je ne vous ai jamais vue ici.

— Je viens rarement à Birgu. D'habitude, je vais à Mdina, mais je n'aurais pas voulu rater ça.

Elle montra d'un geste la foule grossissante.

— Moi non plus, dit Maria. Je suis impatiente d'entendre les histoires.

Eléna sourit.

— Moi, c'est le conteur que j'attends.

— Que voulez-vous dire ? C'est un de vos amis ?

— En quelque sorte. Je l'ai connu jadis. Il vient d'Italie, tu sais. De Florence.

— Florence ! Vous y êtes déjà allée.

— Non, mais un jour j'irai. Un jour, je quitterai Malte pour toujours. Je crois que je visiterai d'abord l'Italie. Ensuite, j'imagine que je me rendrai dans un pays plus au nord : l'Angleterre, peut-être, ou le Brandebourg... ou la Bohême. Là-bas, une femme peut réussir seule dans le monde, tu sais.

Maria écoutait, stupéfaite. De telles notions étaient totalement invraisemblables à Malte, qui n'était pas vraiment sortie des âges sombres.

— A Cologne, il y a des femmes tailleurs et des soyeuses. Et à Munich, je pourrais même posséder une brasserie.

— Une quoi ?

— Une brasserie. C'est là qu'on fait de la bière.

— De la bière ? Qu'est-ce que c'est ?

— Une boisson. On peut devenir très riche en en fabriquant. Nous n'en avons pas ici, à Malte. Evidemment, il n'y a rien à Malte. Dans les pays du nord, ils en boivent beaucoup. Pourquoi, y a-t-il tout là-bas ? Aux Pays-Bas, même les pauvres ont trop à manger. Au petit déjeuner, ils ont du pain, du beurre, du fromage, et tout ça servi par des domestiques vêtus d'habits de soie. Au dîner, ils avalent des tourtes aux légumes et à la viande. Ils cueillent les fruits directement aux arbres dans la rue et du vin coule de toutes les fontaines. Ils mangent dans de la vaisselle d'étain et boivent dans des verres de cristal.

Comme elle l'avait avoué à Maria, Eléna n'avait jamais quitté Malte. Mais elle décrivait les délices des Flandres, de Strasbourg, de Gênes et de Toulon comme si elle avait vécu dans tous ces endroits.

Maria écoutait, captivée. Elle n'avait jamais rencontré de personne aussi raffinée, et pourtant Eléna lui dit qu'elle n'avait que quinze ans.

Bien qu'elle n'eût aucune connaissance de lieux exotiques à partager, Maria n'entendait pas être en reste. Elle révéla ses rêves de partir en France et d'épouser un roi. L'idée ne parut pas le moins du monde étonner Eléna.

— Quel plan merveilleux ! Invite-moi, s'il te plaît, à ton mariage.

Prises par leur conversation, les deux jeunes filles finirent par perdre la notion du temps. Brusquement, la foule se tut et quelqu'un dut se pencher vers elles pour les inviter au silence.

Le conteur venait d'arriver.

Il en existait naturellement un certain nombre à Malte, pour l'essentiel des anciens, hommes ou femmes, qui répétaient les histoires populaires qu'ils avaient eux-mêmes entendues dans leur jeunesse. Mais aucun d'entre eux n'avait le charisme de celui-là. Il avait parcouru le monde au gré des vents, racontant ses récits partout où on le payait pour les entendre. Il demeurait en un même endroit quelques jours, voire une semaine. Puis il s'en allait avec le prochain bateau en partance pour un port amical. Et il revenait quand les courants étaient favorables.

Il s'était installé sur un tabouret au pied de la tour de l'horloge. Autour de lui, les gens se massaient en demi-cercle, poussant vers l'avant pour ne pas perdre une miette de la narration. Dès qu'il ouvrit la bouche, il les captiva. Il chanta, cita des proverbes. On le vit jongler et faire des acrobaties. Il plaisanta et posa des énigmes en se promenant fièrement devant son auditoire. Les yeux pétillants, il s'arrêta devant Eléna. Après avoir montré au public qu'il avait les mains vides, il porta la dextre derrière l'oreille de la jeune fille et produisit une fleur, sous un tonnerre d'applaudissements et d'acclamations.

De mémoire, il se lança dans la déclamation d'un long poème. Il raconta des histoires de chevaux traversant le feu, de chiens sauvant la vie de leur maître... Les enfants poussèrent des hurlements en écoutant le mythe du dragon surgissant dans le Grand Port. L'aventure scandaleuse de l'homme qui avait vendu son âme au diable musulman suscita les ricanements des femmes. Quant aux hommes, ce fut la légende des quatre vents, du magicien et de la lampe magique qui les subjugua. Assises côte à côte, Maria et Elena se tenaient par la main.

Elles réagissaient de concert, applaudissant, gloussant, se chuchotant à l'oreille tout au long du spectacle.

Celui-ci dura près de deux heures. Quand il fut fini, Eléna se pencha vers sa nouvelle amie.

— Je dois partir, maintenant. Mais je reviendrai demain. Tu seras là ?

— Oh, oui, répondit Maria fiévreusement.

L'Italien ramassait les pièces que son public avait jetées sur une étoffe posée par terre. Alors que la foule se dispersait, Eléna se dirigea vers une rue latérale, suivie, quelques instants plus tard, par le conteur. Maria les regarda disparaître. Elle supposait qu'Eléna allait se faire raconter d'autres histoires en privé. La jeune Maltaise aurait bien voulu être invitée elle aussi.

Les filles se retrouvèrent le lendemain et reprirent instantanément leur conversation comme si elles se connaissaient de toute éternité. Elles ne s'arrêtèrent qu'avec l'arrivée du narrateur. Cette fois, il proposa quelque chose de neuf et de remarquable. Après avoir exécuté quelques tours de magie, il ouvrit un havresac et en sortit un gros livre à couverture de cuir orange foncé. Il l'ouvrit sur ses genoux. Les pages, qu'il manipulait soigneusement, étaient usées, froissées et tachées. Manifestement, l'ouvrage avait déjà beaucoup servi. Le silence retomba sur la place. D'une voix profonde et calme, il lut une épopée de chevalerie, puis de la poésie, et des chroniques qui parlaient d'un pays appelé Arabie. Tout le monde ne saisissait pas, car les textes étaient en italien, mais personne ne s'en alla. L'auditoire retenait son souffle. C'était la première fois que Maria écoutait quelqu'un lire à haute voix les histoires d'un recueil, à l'exception de Dun Salvago à l'église. Mais elle ne comprenait pas les paroles que prononçait le prêtre. Alors que là, elle percevait le moindre de ces mots exaltants.

Le conteur enchaîna ainsi huit récits. Puis il proposa même de continuer, sur demande.

— Trouve une histoire de serpents ! lui lança un paysan.

Le baladin réfléchit un instant, puis il tourna les pages et bientôt les reptiles en sortirent pour venir à la rencontre de l'auditoire.

— Parle-nous d'amour, l'interpella alors Eléna.

Le conteur échangea un regard avec la jeune fille d'une manière que Maria ne comprit pas. Il ouvrit son ouvrage et, rapidement, une magnifique princesse descendit parmi eux sur la place. Elle repoussait un prétendant après l'autre, jusqu'à ce qu'un jour, un simple paysan lui tournât la tête. Ils décidèrent de s'enfuir ensemble et le roi, son père, entra dans une terrible colère. L'intrigue était aussi excitante qu'effrayante, mais pour Maria, c'était l'expression de ses propres fantasmes. Il y eut encore des contes évoquant des terres lointaines, des pays enchantés, où les rivières étaient froides et le sang chaud. Et aussi des histoires, dans des histoires, dans des histoires... Les filles osaient à peine respirer pendant que l'homme parlait. Mais dès qu'il s'interrompait un instant pour se reposer, elles commentaient, tout excitées, ce qu'elles venaient d'entendre. Les récits exaltaient leur imagination et il devenait difficile de dire où finissaient leurs rêves et où commençait la fiction.

Comme la veille, Eléna murmura un au revoir et s'éclipsa dès que le spectacle de l'après-midi s'acheva. De son côté, Maria avait son idée et elle s'approcha résolument du conteur avant qu'il ait pu s'en aller. Il la regarda à peine, car ses yeux étaient fixés sur Eléna. Elle l'attendait, comme le jour précédent, à l'écart de la foule.

— Est-ce qu'il y a d'autres histoires dans ce livre ? demanda Maria.

Son ignorance le fit rire.

— Naturellement. Une centaine... Un millier ! Plus que tu n'en peux mémoriser.

Il ouvrit le volume pour elle et en tourna les pages pour qu'elle puisse voir. Il la laissa même en toucher le vélin. Elle le fit tout doucement, avec révérence, comme sa mère avec les saintes reliques à la maison. Le contact du parchemin la secoua des pieds à la tête. Alors elle parla sous le coup de l'émotion.

— Je veux apprendre à faire comme vous.

Il la fixa avec un air de condescendance amusée.

— A jongler ou à raconter des histoires ?

— A lire.

Tout en le disant, elle se rendait compte de l'absurdité de ses propos.

— A lire ?

Il ricana et referma son bien dans un claquement.

Maria rougit.

— Oui. Je pourrais, vous savez.

Le visage de l'homme était devenu rubicond sous l'effet de l'hilarité.

— J'ai entendu dire qu'un cochon pouvait le faire, mais jamais un phénomène comme toi !

Il ouvrit son havresac et rangea l'ouvrage.

— J'utiliserai ça dans une de mes fables. Je peux te l'assurer.

Et il se leva pour partir, le corps toujours secoué de spasmes. En dépit de la réaction du baladin, la magie de ce qu'elle venait de voir faisait encore battre le cœur de Maria. Eléna, où était-elle ? Elle aurait voulu lui parler, mais sa nouvelle amie avait déjà disparu, avec l'homme sur ses talons.

Cette nuit-là, dans son sommeil, Maria se repassa les histoires encore et encore. Elle percevait les inflexions de la voix de l'homme et voyait les personnages revivre dans son esprit. Quels autres contes merveilleux pouvait receler le livre ? Quels mystères, quels secrets du monde se nichaient dans ces pages ? Elle savait que son idée était aussi folle qu'audacieuse. Mais lorsqu'elle se réveilla le lendemain matin, il n'y avait plus aucune incertitude dans sa tête.

Plus tard, elle retrouva Eléna pour l'ultime représentation. Seulement cette fois, quand il eut terminé, le conteur adressa de rapides adieux avant de se dépêcher de rejoindre un navire espagnol en partance pour la Sicile. Depuis le quai, les jeunes filles regardèrent le bateau quitter le port. Il n'avait pas encore disparu que déjà Maria révélait son grand projet. D'abord, Eléna crut qu'il s'agissait d'une plaisanterie. Mais elle réalisa rapidement que son amie était on ne peut plus sérieuse.

— Lire ? Et pour quoi faire ?

— Parce que... Eh bien, parce que. C'est tout ! Je pourrai ouvrir un livre quand j'en aurai envie et les histoires m'emporteront au loin. Parce que je le veux. Pas toi ?

— Bien sûr que non ! Quelle idée folle. Ne sois pas stupide. Tu n'es qu'une fille. Il y a des manières plus agréables d'occuper ton temps. Ne le gâche pas avec des rêves absurdes.

— Et toi ? Ce n'est pas ce que tu fais avec tes envies de brasserie ?

— Mais je vais le faire.

— Eh bien, moi aussi.

Eléna sourit.

— Alors d'accord. Je te crois. Tu pourras venir me rendre visite dans ma brasserie et tu me liras des histoires. Maintenant, je dois rentrer à la maison.

Maria réalisa soudain que si elle avait pratiquement tout raconté d'elle-même à la jeune fille, elle ne savait presque rien d'elle.

— Où habites-tu ?

— Au sud-est d'ici ?

— A Zejtun ? demanda Maria en nommant un village.

— Non. Plus loin.

Maria fronça les sourcils.

— Il n'y a rien d'autre que la mer après.

— Je te reverrai, promit Eléna avant de dire au revoir d'un geste de la main.

Une semaine s'écoula sans le moindre signe de sa part. Maria alla jusqu'à Mdina pour chercher son amie. Elle se rappelait qu'elle lui avait dit qu'elle s'y rendait plus souvent qu'à Birgu. Elle réalisa rapidement que sa démarche était vaine. Les rues de la vieille cité close étaient remplies de monde et, surtout, la plupart des femmes étaient voilées. Un matin, en allant chercher du petit bois pour le feu, elle poussa jusqu'à Zejtun. Là aussi, elle posa des questions, mais sans résultat. Personne ne connaissait Eléna. Elle quitta le village et poussa vers l'est pour ramasser des branchages. C'était une corvée qu'elle accomplissait normalement sept jours sur sept, parfois même deux fois dans la journée. Souvent, elle devait parcourir des kilomètres pour réunir suffisamment de combustible. Les épineux faisaient partie des rares choses croissant à profusion sur Malte. Mais les années de grande sécheresse, même eux ne poussaient pas. Alors les Borg devaient payer pour utiliser les fours communaux. Et s'ils n'avaient pas d'argent pour ça, ils mangeaient froid.

Maria coupait certains buissons avec son couteau. Mais d'autres se brisaient à la base et s'envolaient dans le vent. Alors elle devait courir pour les rattraper. Il lui fallait beaucoup de doigté pour ne pas s'écorcher sur les épines redoutables. Elle utilisait de grosses pierres plates calcaires — l'autre ressource abondante de l'île — et les jetait plusieurs fois sur les arbustes jusqu'à ce qu'ils soient complètement aplatis. Ensuite elle les ficelait en une pile qu'elle portait sur son dos. La botte flottait au-dessus d'elle comme un grand nuage piquant, pendillant et rebondissant au gré de sa progression.

Elle marcha ainsi quasiment jusqu'à la côte. Elle n'était jamais venue dans ce secteur auparavant. Toujours soucieuse de ne pas tomber sur des corsaires, elle évitait soigneusement les endroits où elle n'avait pas une visibilité suffisante, pour ne pas se faire surprendre. La pluie menaçait. D'immenses nuages noirs et gris se rassemblaient au-dessus de la mer. Ces orages estivaux précoces étaient souvent intenses, mais éphémères. Aussi décida-t-elle de poursuivre son ouvrage.

La perturbation fut beaucoup plus violente qu'elle ne l'avait pensé. Le vent se déchaîna. Elle devait s'arc-bouter pour résister aux bourrasques en s'accrochant précautionneusement à sa charge. La poussière lui volait dans les yeux. Une rafale la balaya si fort en tirant sur son fardeau qu'elle bascula. Elle avait mal fait le dernier nœud et la ficelle se dénoua. Le vent redoubla et le fagot se dispersa. Maria laissa échapper un petit cri : des heures de travail s'éparpillaient. Tout s'était passé si vite qu'elle n'avait pas pu rattraper les branches qui s'envolaient. Elle parvint quand même à en récupérer une, puis deux. Avec des pierres, elle les immobilisa au pied d'un caroubier. Mais une bonne partie d'entre elles avaient filé vers les falaises pour basculer dans la mer. Elle courut à leur poursuite, mais trébucha et hurla de douleur : elle venait de s'entailler le genou sur un rocher. De grosses gouttes de pluie se mirent à tomber, lui picotant la peau en se mêlant à son sang. Des filets de liquide rougeâtre coulaient le long de sa jambe. Poussée par un vent brusquement glacial et mordant, la pluie devint torrentielle.

Maria se précipita le long d'une pente raide et glissante, visant des affleurements rocheux face à la mer qui allaient lui offrir un refuge. Soudain, elle aperçut l'entrée d'une grotte, l'une de ces nombreuses cavernes qui trouaient la roche le long de la côte. Instinctivement, elle se jeta à l'intérieur. Tremblotante, elle s'essuya le visage d'un revers de manche et secoua sa chevelure. En se baissant pour s'occuper de son genou, elle perçut un bruit et se figea. Au moins, elle savait qu'il ne pouvait s'agir de corsaires, car elle n'avait jamais perdu la mer des yeux. Pas un bateau n'avait approché. Elle tendit l'oreille. D'abord, elle eut du mal à percer le vacarme de la tempête. Puis, lentement, elle commença à discerner des voix. Elles parlaient maltais, pas arabe. Et elle remarqua aussi des enfants. Prudemment, elle s'avança sur un étroit passage surplombant l'intérieur de la caverne.

Celle-ci semblait immense. Au milieu, à trente pieds au-dessous de Maria, des personnes étaient assemblées autour d'un grand candélabre. La tête penchée, elles chantaient en chœur. On aurait dit une prière, mais ce n'était pas des paroles que Maria entendait à la messe, en tout cas rien qui ressemblât à ce que prononçait le père Salvago à Sainte-Agathe. Les mots étaient différents, étranges : *Baruch ata Adonai* et *Eloheinu*, et d'autres encore, qu'elle n'arrivait pas à comprendre. Dans le fond, elle pouvait vaguement entrevoir une tenture représentant une image mal identifiable.

Sa mère lui avait déjà parlé d'adorateurs du diable qui, disait-on, vivaient dans des endroits comme celui-là. Les curieux murmures la rendaient nerveuse. Et quand les chants reprirent, elle ne put supporter davantage ces expressions mystérieuses et ces attitudes bizarres. Sans quasiment oser respirer, elle commença à rebrousser chemin pour remonter la pente. Elle préférait encore la pluie.

D'un renfoncement qu'elle n'avait pas remarqué, un bras massif jaillit de l'obscurité pour l'intercepter. Un gros homme lui bloqua le passage avant qu'elle ait pu réagir. Elle essaya d'attraper son couteau, mais l'autre surprit son mouvement et fut plus rapide. Le coutelas partit voler dans les rochers. L'agresseur l'attrapa par la tunique et, d'une seule main, la souleva sans peine du sol. Ses jambes battaient furieusement l'air sans qu'elles atteignent quoi que ce soit. Il la traîna rapidement à l'intérieur. Une fois en bas de la descente escarpée, il la remit à terre et la poussa devant lui.

Les chants s'arrêtèrent brusquement. Maria vit des visages inquiets se tourner vers elle : des hommes, des femmes et même des enfants, qui la fixaient avec un mélange de surprise, de peur et de suspicion. Le bonhomme la poussa encore en avant.

— Regardez ce que j'ai trouvé, lança-t-il. Une gamine trempée en train de fouiner.

— Comment est-elle entrée ? s'enquit l'un des participants en faisant un pas.

Il fixait le ravisseur de Maria qui, en retour, n'osait pas le regarder dans les yeux.

Compte tenu de ce qu'elle voyait, la jeune fille déduisit que celui qui venait de parler devait être le chef.

— Pourquoi ne l'as-tu pas interceptée dehors ? Tu dormais, n'est-ce pas, Villano ?

— Qu'est-ce que ça fait ? Je l'ai attrapée, non ?

— Trop tard, apparemment.

— Je n'espionnais pas, dit Maria. (Si elle avait un peu peur, elle était aussi très en colère.) Je cherchais simplement un refuge à cause de la tempête. Laissez-moi partir. Je n'ai rien fait.

Elle fit un pas en arrière, comme si elle s'apprêtait à s'en aller, mais Villano posa sa grosse main sur son épaule.

— Es-tu chrétienne ? demanda le « chef ».

— Evidemment, répondit-elle indignée. Tous ceux qui ont une âme le sont.

Elle se tortilla pour échapper à la poigne de Villano, mais elle était d'acier.

— Je vais la tuer, déclara ce dernier comme s'il avait annoncé l'heure. Je vais la jeter de la falaise. Comme ça on la retrouvera noyée, avec la nuque brisée. On pensera qu'elle est tombée par accident... si on la retrouve.

Maria s'étrangla :

— Pourquoi voulez-vous me faire du mal ? Je ne vous ai rien fait ! Laissez-moi tranquille.

— Tu nous as vus. C'est suffisant.

— Je ne sais pas ce que vous faites ni qui vous êtes. Je m'en fiche. Laissez-moi simplement partir et je ne reviendrai jamais.

Le chef observa Maria en réfléchissant. La lueur des bougies dansait sur son visage. Une grosse femme se tenait à côté de lui et fixait elle aussi la jeune fille.

— N'agis pas sans réfléchir, Fençu, dit-elle à voix basse.

— Et que voudrais-tu que je fasse, Elli ? demanda-t-il.

Elle s'énerva.

— Je n'en sais rien.

— Nous n'avons pas le choix, intervint Villano. Nous devons la tuer ou nous sommes perdus.

— Arrêtez. Je la connais.

Maria se figea, comme si la foudre lui était tombée dessus. Elle venait de reconnaître la fille qui s'avançait dans la lumière.

— Eléna !

— Je l'ai rencontrée à Birgu, expliqua cette dernière au

dénommé Fençu. Elle s'appelle Maria Borg. C'est la fille d'un maçon.

— C'est peut-être ce qu'elle est pour toi, grommela Villano, mais pour nous elle représente la mort. Laissez-moi la tuer.

La lumière des cierges projetait de grandes ombres sur son visage.

Eléna explosa :

— Tu veux la tuer parce que tu t'es endormi à ton poste ? Si tu avais fait ton travail dehors, tu aurais pu l'écarter ou nous avertir. Que se serait-il passé si elle n'avait pas été Maria Borg, mais les *gendarmi* ? Nous serions tous envoyés aux cachots... ou pis. Tout ça parce que tu n'es qu'un gros paresseux incapable de rester éveillé.

Villano la regarda avec un air mauvais.

— Il pleuvait... Et puis ça ne fait rien. Elle nous a vus. Elle doit mourir.

Maria observait Fençu. A son expression, il était clair qu'il pesait toutes les possibilités.

— Doit-elle vraiment mourir ? intervint à nouveau Elli. Ce n'est qu'une enfant. Allons-nous devenir des assassins ?

— Il ne s'agirait pas d'un meurtre, Elli, mais d'autodéfense, indiqua le chef du groupe.

Le calme avec lequel il dit cela glaça le sang de Maria.

— On pourrait la garder enchaînée ici, proposa un autre homme. Nous avons besoin d'une esclave.

— Elle s'échapperait, s'agaça Villano. Qui veut prendre ce risque ?

— Tout ça est complètement inutile, reprit Eléna. Je réponds d'elle. Elle ne dira rien contre nous.

Villano s'étrangla de dégoût.

— Qu'est-ce que t'en sais ?

— Parce qu'elle n'est pas comme les autres. Et Elli a raison. Nous ne pouvons pas lui faire de mal. Nous ne sommes pas des tueurs.

Fençu allait et venait. Finalement, il sortit un couteau de sa ceinture et s'approcha de Maria. C'était un homme sec et mince : juste des os et des muscles. Elle sentit qu'il devait être très consciencieux dans ce qu'il faisait et qu'il l'éviscérerait si vite qu'elle ne se rendrait compte de rien.

— Je n'aime aucune des solutions qui s'offrent à moi, lui dit-il. Mais t'éliminer est encore ce qui me plaît le moins.

— C'est vous qui tenez le couteau, répondit Maria avec une témérité involontaire.

— Oui, mais c'est toi qui diriges sa course.

Apparemment, Fençu était en train de prendre sa décision.

— Si je te laisse la vie sauve, ai-je ta parole que tu ne révéleras jamais rien de ce que tu as vu ici ?

— Quelle folie ! siffla Villano. Tu veux accepter la parole d'une chrétienne ?

Il tira son couteau et fit un pas en avant.

Fençu s'interposa.

— Si tu veux te servir de ça, il faudra que ce soit d'abord contre moi.

Il ouvrit les bras comme s'il attendait le coup. Villano était de très loin le plus gros des deux, mais il s'arrêta. Il ne voulait assurément pas frapper son chef.

— Ce n'est pas tant la parole d'une chrétienne qui me motive que celle d'Eléna, qui est plus sensée que tu ne l'as jamais été et que tu ne le seras jamais, dit Fençu à son malheureux guetteur.

Puis il se tourna vers Maria.

— Tu as un pouvoir sur nous, Maria Borg. Si tu parles aux *gendarmi*, à ton *kapillan* ou à qui que ce soit, il est certain qu'ils nous prendront. Ils nous mettront en prison avant de nous faire monter sur le bûcher et de réchauffer leurs postérieurs sur nos chairs puantes. Mais ils ne nous captureront pas tous. Nous avons des cachettes qu'ils ne trouveront jamais et au moins l'un de nous survivra. Je te parie que ce sera moi... ou Villano. (Fençu se pencha davantage.) Et je te le jure : celui qui survivra te poursuivra et te tranchera la gorge. Et aussi celle de tes parents, et de tes frères et sœurs.

Il vit des larmes luire dans les yeux de la fille et une goutte de sang perler au coin de ses lèvres.

— Tu me crois ? (Elle hocha la tête.) Tu dois jurer de garder le secret.

Maria essaya de parler, mais sa voix n'émit qu'un gargouillis.

— Tu es fou ! rugit Villano.

— Jure ! ordonna le chef en ignorant l'intervention de son homme de main.

Maria surprit l'expression d'Eléna. « Parle maintenant ou meurs », disaient ses yeux.

— Je... je le jure, bredouilla la petite Maltaise. Je ne parlerai à personne de vous ou de cet endroit.

Fençu la fixa un long moment, les yeux dans les yeux. Lentement, il se redressa, avant d'inspirer profondément. Sa physionomie semblait s'être transformée.

— Bon, c'est fini maintenant, dit-il avec un hochement de tête. (Il se tourna vers Villano.) C'est fini, tu m'as entendu ?

— Si tu t'es trompé... répliqua l'autre. Tu es responsable de nos vies.

— Comme toujours !

Fençu rengaina son couteau avant de s'adresser à la foule présente.

— Je répète : l'incident est clos. (Puis il dit à Elli :) J'ai faim, femme. Où est le *lechem mishneh* ?

Elle se précipita vers un four en pierre primitif pour tirer un pain chaud. Fençu s'inclina et murmura une rapide bénédiction, que les autres répétèrent. Ensuite, la tension qui régnait dans la grotte disparut aussi rapidement que la miche fumante circulant de main en main. Le chef de la petite communauté en rompit un morceau et le tendit à Maria. Surprise, elle secoua la tête.

— Je comprendrai si tu veux t'en aller, lui dit-il. Mais en tant qu'amie d'Eléna, tu es la bienvenue parmi nous, et tu peux rester ici pour manger et danser avec nous si tu le souhaites.

Maria secoua de nouveau la tête. Elle souhaitait partir.

— Comme tu veux, regretta Fençu. Musique ! ordonna-t-il.

L'un des hommes présents sortit un violon et commença à jouer. Le chef et son épouse, Elli, se mirent à danser, bientôt rejoints par tous les autres. Elli était une femme pleine de vie. Elle faisait quasiment le double de son mari en largeur et la moitié de sa taille, ce qui donnait un couple comique, dans lequel l'un et l'autre se taquinaient et riaient de bon cœur.

Maria les observait avec un sentiment d'irréalité : c'était comme si le couteau sur sa gorge n'avait jamais existé. Seul Villano semblait encore perturbé. Il la regarda avant de prendre un morceau de pain et de remonter à son poste de guet.

— Endors-toi encore une fois et je couds les jambes de ton pantalon ensemble, lui lança Fençu. Et ensuite, je te vole tes bottes.

Villano répondit par un geste obscène et grommela quelque chose. L'assemblée s'esclaffa. Et Fençu fit tournoyer sa femme, qui évoluait avec une aisance dont on ne l'aurait pas crue capable au regard de sa corpulence.

Eléna passa son bras autour des épaules de son amie.

— Tu trembles encore, dit-elle tendrement. Je suis vraiment désolée pour tout ce qui vient de se passer.

— Moi aussi, répondit Maria. Je te dois la vie.

— Je vais t'accompagner jusque chez toi, déclara Eléna. Mais tu saignes.

Elle venait de remarquer le genou de la jeune fille et elle se baissa pour examiner la blessure. Elle déchira un morceau de sa ceinture de toile et l'enroula autour de la plaie.

— Que faisais-tu ici, en fait ?

— Je ramassais du bois pour le feu. Je n'étais jamais venue jusqu'ici auparavant.

— Je sais où trouver du guano, confia Eléna. Ça brûle mieux et c'est plus facile à porter.

— Toutes les piles de guano appartiennent à quelqu'un, dit Maria. J'ai pas envie de me faire battre.

— Pas toutes. Tu as juste besoin de savoir où chercher. Les nobles ne possèdent pas tout et les oiseaux ne font pas nécessairement à l'endroit où on les attend. Reviens demain et je te montrerai.

— Je... Je ne veux pas revenir.

— Tu n'as pas besoin de t'inquiéter pour eux, la rassura Eléna. Fençu a pris sa décision. Ils la respecteront tous. C'est la loi. Ils tiennent parole scrupuleusement. Tant que tu tiendras ta langue, ils te laisseront en paix. Je le jure sur ma vie. (Elle nota le doute qui planait encore dans les yeux de Maria.) Cette grotte s'appelle M'Kor Hakhayyim. Cela signifie « source de vie ». C'est le lieu le plus agréable de l'île. Demain — ou dans une semaine — si tu reviens et si tu le permets, les gens qui y vivent te donneront l'impression que tu es née dans cette caverne... ou au moins, ils te donneront envie d'y être née.

— J'ai vu les yeux de Villano. Il m'aurait tuée.

— Oui. Il est emporté. Fençu aussi l'aurait fait s'il n'y avait pas eu d'autre choix. Je dois admettre que j'ai eu peur pour toi. Les choses auraient pu tourner autrement. Tu dois comprendre. Si notre secret est découvert, cela signifie pour nous l'emprisonnement... ou la mort.

Maria rassembla tout son courage pour formuler ce qui lui brûlait les lèvres.

— Je n'aurais jamais cru que tu étais une... une adoratrice du diable.

— Du diable ? (Eléna éclata de rire.) Tu penses que c'est ce que nous sommes ?

— Euh... Eh bien, c'est pas ça ?

— Bien sûr que non. Nous sommes juifs !

Cette révélation laissa Maria muette de stupéfaction. D'abord, elle ignorait si c'était mieux qu'adorateur du diable ou pas, et il se passa quelques instants avant qu'elle pût répondre :

— Ma mère dit que c'est un péché d'être juif. Ils ont tué Jésus.

— J'ignore tout ça. Tout ce que je sais, c'est que je suis née juive et que je dois le cacher.

— Je sais que la plupart des juifs ont quitté Malte il y a longtemps. J'ai entendu dire que leur départ avait été si précipité qu'ils avaient laissé tout leur or et tout leur argent derrière eux. Avec mon frère, Nico, il nous est souvent arrivé de chercher ce trésor. Beaucoup d'autres en font autant.

— Ah, cette fameuse histoire ! Comme j'aimerais qu'elle soit vraie.

— Eh bien, tu devrais fouiller. Il y a probablement une fortune dans cette grotte. En tout cas, je pensais que les juifs restés sur Malte avaient dû se convertir au christianisme.

— Certains oui, mais beaucoup n'ont fait que le prétendre. Ils nous appellent marranes. Ça veut dire « cochon ». Fençu est né esclave parce que ses parents ont refusé de se convertir. Son vrai nom est Naphtuhim, mais comme son maître n'arrivait pas à le prononcer, c'est lui qui l'a rebaptisé Fençu, c'est-à-dire « lapin ». Il adore ce nom, parce que pour un juif, le lapin n'est pas plus propre — pas plus casher — que le cochon. Quand il a été assez vieux, il s'est converti et ainsi, conformément à la loi, il a été affranchi. Fençu raconte qu'à partir de cet instant, il est devenu pour tout le monde un bon chrétien. Il connaît certaines prières et conserve toutes les reliques chrétiennes. Tu vois... Le *shiviti* est déjà remplacé.

Maria regarda dans la direction que son amie indiquait. Elle vit un des jeunes garçons enlever la tenture pour la remplacer par un crucifix parfaitement poli. En dehors des moments de prière, quiconque entrait dans la grotte se croirait en présence de pieux *conversos*.

— Et toi ? demanda Maria. Est-ce ta famille ?

— Oui. Mais pas par le sang. Les miens vivaient sur Gozo. Quand j'avais dix ans, la peste a touché notre village. Tout le monde est mort, sauf moi. Je n'ai même jamais été malade. Enfin il ne restait plus personne sur place et personne à l'extérieur ne serait venu à mon aide. Je connaissais l'existence de Fençu, parce que avant sa conversion, il avait été un ami de mon père. Ils étaient esclaves ensemble. Je savais qu'il vivait à Malte, mais pendant plus d'un an, je ne l'ai pas trouvé. Quand enfin j'y suis parvenue, je suis venue vivre avec lui, et c'est là que j'ai découvert qu'il était marrane. Nous n'avons ni rabbin ni Torah, mais il fait de son mieux pour respecter les traditions. Et pour notre sécurité, il nous enseigne de courts passages du Nouveau Testament.

— Le père Salvago dit que c'est un péché d'abandonner sa religion.

— Il ne le dirait pas des juifs qui le font, rétorqua Eléna avec un haussement d'épaules. Mais nous n'y pensons pas beaucoup. Fençu a un esprit très pragmatique. Il dit qu'il aime être juif, mais pas assez pour mourir pour ça ou pour rester esclave toute sa vie à cause de ça, comme mon père. Il s'était entêté à refuser la conversion et il en était fier. Un jour, Fençu m'a demandé si je l'avais vu une seule fois allumer une menora avec ses mains enchaînées au mur. Je lui ai répondu que non. « J'en allume une chaque semaine », me dit-il alors. Et c'est bien ce qu'il faisait. La première chose qu'il m'expliqua quand je vins vivre ici, c'est que comme je n'avais pas l'air juive, il valait mieux que je ne le révèle pas. Il n'avait pas besoin de me le dire. Je l'avais déjà découvert, parce qu'à Malte, un porc a une vie meilleure qu'un juif. J'avais souvent peur de mal faire, mais Fençu me rassurait en me disant que Dieu comprenait. Il disait qu'Il aime un juif malin.

Cette nuit-là, Maria ne parvint pas à trouver le sommeil. Après être passée si près de la mort, elle n'était pas parvenue à se détendre et sa conscience la torturait. « Des juifs ! Ce sont des juifs ! »

Elle n'avait pas une nature religieuse. Elle n'allait à la messe que parce que sa mère l'y obligeait. La plupart du temps, elle n'y comprenait rien ou n'écoutait même pas. Mais elle en savait assez pour saisir que son âme était en danger. Elle se rendrait coupable en rompant le serment qu'elle avait fait à Fençu... Mais elle montrerait la même inconséquence en ne parlant pas au père Salvago des rites interdits qui se déroulaient pratiquement à l'ombre de Sainte-Agathe.

Son dilemme était aggravé par l'opinion qu'elle avait d'Eléna. Elle ne ressemblait certainement pas à une pécheresse ou à une âme perdue. Elle n'avait pas froid aux yeux et n'était pas terne comme les autres filles que Maria connaissait. Elle faisait des rêves. Elle était chaleureuse, sage et drôle. Surtout, c'était la première fois que quelqu'un traitait Maria en amie. Et aujourd'hui, elle lui avait sauvé la vie. Même si elle ne savait que penser des autres occupants de la grotte, comment pouvait-elle trahir une telle personne ?

« Mais ils sont juifs ! »

Comment pouvait-elle faire fi des histoires qu'elle avait entendues ? En dehors du meurtre de Jésus, lui avait raconté sa mère, les juifs faisaient parfois bouillir vifs des enfants chrétiens. Ils démembraient les petits animaux et mangeaient crus les morceaux qui remuaient encore. Tout ça, c'était écrit quelque part dans le Nouveau Testament, avait affirmé Isolda. C'était facile de faire ça dans la grotte, avec les recoins sombres, songeait Maria.

D'un autre côté, elle avait entendu les récits atroces concernant le sort réservé aux adorateurs du diable, aux protestants et aux juifs, même si elle n'en avait pas été le témoin oculaire : on parlait de bûchers dressés sur la place du village sur lesquels on attachait les victimes. Elle avait du mal à imaginer qu'une telle chose puisse arriver à qui que ce soit. Mais en même temps, Dieu n'aurait pas permis qu'un tel châtiment existât si les personnes concernées ne le méritaient pas. Et si elle avait connaissance d'un péché et qu'elle n'en parlait pas, ne serait-elle pas aussi coupable que les pécheurs eux-mêmes ? Est-ce que les inquisiteurs en robe noire qui œuvraient dans les cachots sous le palais de l'évêque n'allaient pas la brûler, comme les autres ? Mais comment pourraient-ils découvrir la vérité ? Comme chacun le savait, il n'y avait plus de juifs à Malte depuis plus de soixante ans, sauf des esclaves. Maria n'avait jamais entendu parler de marranes. Donc leur secret était apparemment bien gardé.

Sauf si elle parlait. Mais si c'était le cas, Fençu tiendrait sûrement sa promesse. Les parents de Maria seraient sacrifiés à cause d'une information qu'elle aurait bien voulu ne jamais connaître.

Elle se mit à prier. Que devait-elle faire ? demandait-elle à Dieu. Les heures s'écoulèrent lentement et l'aube vint sans que le Tout-Puissant lui ait parlé ou envoyé un signe. Avec son sens pratique, Maria prit cela pour une réponse : le silence signifiait qu'elle n'avait pas besoin de décider pour le moment. Elle pouvait librement revoir Eléna et les autres dans la caverne. Et ou bout d'une semaine ou d'un mois, quand elle les connaîtrait mieux et qu'elle saurait s'ils étaient vraiment mauvais, elle verrait comment agir.

Satisfaite par la solution trouvée, elle passa la matinée avec son amie, inspectant les nombreuses grottes de la côte en quête de guano de chauves-souris. Parfois, il leur fallait ramper dans des passages extrêmement étroits. Mais la chasse était bonne : elles en trouvèrent des quantités, durcies et noircies par les siècles, qu'Eléna extrayait avec une pelle de fer. Quand elles en eurent récolté suffisamment, elle proposa à son amie de lui faire visiter l'intérieur de M'Kor Hakhayyim. Devant le refus poli de Maria, elle lui prit impérieusement la main.

— Tu n'as pas besoin d'avoir peur. Villano est à Mdina pour la journée. Il est marchand d'eau. Et les autres hommes sont absents eux aussi. Il n'y a que les femmes et les enfants. Si tu ne te sens pas bien, je te raccompagnerai moi-même chez toi.

Son expression convainquit Maria.

Elles regagnèrent le caroubier solitaire qui signalait l'endroit. L'arbre avait résisté tant aux sécheresses qu'aux hommes. La grotte ressemblait aux centaines d'autres qui parsemaient le sol calcaire de Malte. Certaines n'étaient accessibles que par la mer, d'autres en descendant le long de falaises abruptes. L'entrée de M'Kor Hakhayyim se trouvait à vingt pieds au-dessus de l'eau. La pente qui y menait était particulièrement raide et en la descendant, Maria réalisa à quel point la cachette était bonne.

La nature avait sculpté la caverne dans des temps immémoriaux et les hommes qui l'avaient habitée depuis des générations n'avaient cessé de l'embellir. Une cuisine commune occupait le centre de la grotte principale, un espace immense qu'Eléna appelait la « grande salle de bal ». Elle avait un plafond voûté qui se perdait loin au-dessus des têtes dans les ténèbres. On aurait dit une cathédrale. Des stalactites pendaient comme des chandeliers à côté de grappes de chauves-souris. La suie des feux avait noirci les murs crayeux couverts de lettres et de symboles gravés dont la signification était perdue depuis longtemps. Côté mer, la paroi était percée de nombreuses ouvertures, certaines naturelles, d'autres aménagées par l'homme. Elles fournissaient de l'air frais et, le matin, laissaient entrer les rayons parallèles du soleil levant. La nuit, des chandelles de suif brûlaient dans des niches, si bien que la « salle de bal » n'était jamais enténébrée. Une source d'eau fraîche coulait même à longueur d'année et alimentait un petit bassin.

Tout autour, des échelles donnaient accès aux recoins et corniches qui faisaient office de chambres à coucher. Certains, pas plus grands que des niches, permettaient à peine d'installer une paillasse. Mais d'autres, beaucoup plus spacieux, accueillaient une famille entière. L'alcôve d'Eléna était décorée de bougies qui dispensaient chaleur et lumière.

— Je les ai faites moi-même, souligna-t-elle.

En tout, expliqua la jeune fille, près de vingt personnes vivaient là. En dehors de Fençu et Villano, il y avait un orfèvre, un forgeron et un bottier, accompagnés de leur famille. Les cris des enfants résonnaient contre les parois, tandis qu'ils jouaient à cache-cache ou à chat perché dans les labyrinthes interminables des passages supérieurs de la caverne. Pour se nourrir, les résidents ramassaient des noisettes, entretenaient de modestes potagers et chassaient du petit gibier. Et ils mettaient leur argent en commun pour acheter des céréales.

Comme Eléna l'avait promis, les hommes se trouvaient pour la journée à Mdina ou à Birgu. Les femmes s'occupaient des tâches ménagères de l'immense maisonnée. Elles accueillirent chaleureusement la nouvelle venue. Elli alimentait le four de pierre en charbon. De son côté, Leonora, la femme du forgeron, mit tout de suite les jeunes filles à contribution. Elle leur fit découper des anguilles pour un ragoût. Ensuite, Violante, l'épouse du bottier, demanda de l'aide à Maria pour préparer la soupe. Pendant tout ce temps, Imperia n'avait pas l'air de faire grand-chose, en dehors de bavarder et de poser des questions sur Birgu.

La chose qui frappa le plus Maria, c'était l'absence de réserve de ses interlocutrices. Elles étaient ouvertes, franches, promptes à rire. Elli plaisantait, ironisant sur les ronflements de son mari, sur les poils gris qui sortaient du nez d'Imperia, et même sur son propre embonpoint. La mère de Maria aurait condamné un tel comportement, sa fille le savait bien. Mais Eléna ne s'était pas trompée, ce qui ne manquait pas d'étonner Maria : elle se sentait déjà presque comme chez elle. Elle se risqua même à faire une plaisanterie à propos de l'apparence peu ragoûtante — c'était le cas de le dire — de quelque chose qui nageait dans le pot. Quand ses compagnes éclatèrent de rire, elle ressentit une extraordinaire chaleur au fond d'elle-même.

Elles partagèrent leur repas : un délicieux plat de légumes, dans lequel elles plongeaient de gros morceaux de pain chaud.

Après le déjeuner, tandis qu'elles se reposaient autour du feu, Eléna alla chercher son tympanon. C'était un superbe instrument en merisier sombre qui avait appartenu au maître de son père à Gozo. Elle en jouait merveilleusement bien. Les marteaux couverts de feutre se déplaçaient délicatement sur les cordes.

— C'est une mélodie persane, précisa Eléna.

Même les plus petits enfants avaient arrêté leurs jeux pour écouter.

Dans l'après-midi, Eléna raccompagna Maria à Birgu. En chemin, elles s'attardèrent sur les hauteurs surplombant le village, près du monastère Sainte-Marguerite. Un bouquet d'arbres se dressait là. Elles s'assirent dans son ombre, et partagèrent fromage et eau de source. La vue sur le secteur du port était splendide : les péninsules de Birgu et Senglea, et le mont Sciberras, la colline qui dominait la péninsule du côté le plus éloigné.

— C'est beau aujourd'hui, s'exclama Maria en contemplant le massif fort Saint-Ange, ses frères encore inachevés, Saint-Elme et Saint-Michel, et toutes les huttes qui poussaient dans leur périmètre.

— Sans doute pas aussi beau que Barcelone ou Marseille, je pense.

— Tu as déjà dit des choses comme ça. Comment connais-tu ces endroits ?

— On m'en a parlé.

— Qui ? Je ne connais personne qui ait une idée de tout cela. La plupart des gens que je connais n'ont même jamais quitté Birgu.

— Des marins.

— Mon père me battrait s'il me voyait parler à des hommes.

— Alors il ne faut pas qu'il te voie le faire.

Cette idée scandaleuse fit glousser Maria.

— Oui, c'est ça. (Puis, regardant son amie avec admiration :) Tu dis les choses auxquelles je pense parfois. J'aime ça.

— Eh bien toi, tu es la première personne que je rencontre, en dehors de Fençu, qui n'éclate pas de rire quand je lui dis que je vais partir dans le nord, là où l'on peut faire ce qu'on veut.

Elles observèrent une galère quittant le port.

— Je ne peux pas regarder ce bateau sans me demander où il va. Je m'interroge sur ce que ça pourrait faire d'aller jusqu'au deuxième... non, au troisième port où il fera relâche, et de descendre juste pour voir ce qu'il y a là-bas. Un jour, je le saurai.

— J'aimerais aussi, souffla Maria songeuse. Je pourrais chercher Nico. Il se trouve quelque part là-bas.

— Le monde entier est là-bas. Peut-être qu'un jour nous trouverons un moyen de l'explorer ensemble.

Et elles portèrent un toast — d'eau de source — à ce projet. Maria n'avait pas envie de se séparer de son amie. Elle ne pouvait se souvenir d'une plus belle journée.

En rentrant chez ses parents, elle rapportait un plein panier de guano. Eléna avait encore eu raison : cela chauffait davantage et plus longtemps que le petit bois. Son père regarda son butin avec méfiance, mais il ne lui demanda pas où elle l'avait trouvé. Il se contenta de lâcher :

— J'espère que tu n'as pas rencontré les *gendarmi*.

Puis il se pencha pour profiter de la douce chaleur du feu.

Récolter le guano prenait moins de temps que de rassembler des branchages. Ainsi, Maria disposait de plus de temps pour aller rendre visite à Eléna. Pour autant, elle ne pouvait pas rester plus de quelques heures sans soulever des questions chez elle. A chaque visite, elle se sentait encore plus à l'aise, même si elle avait toujours peur de croiser Villano. Elle avait peu de chances de le rencontrer sur la route : Mdina se trouvait à l'ouest de la grotte alors qu'elle habitait au nord. Mais elle veillait à s'en aller bien avant son retour. Enfin, en dehors d'elle, plus personne ne paraissait se souvenir de l'incident qui l'avait amenée à M'Kor Hakhayyim. C'était comme si elle l'avait rêvé.

Elli et Fençu n'ayant pas d'enfants, ils l'accueillirent comme leur fille. Le chef de la petite communauté lui offrit même un cadeau : un fourreau qu'il avait fabriqué pour le couteau qu'elle portait à la ceinture. Le travail du cuir n'était qu'un de ses nombreux talents. Officiellement, il était charpentier, mais il pouvait faire n'importe quoi avec ses mains : travailler le fer, ferrer un cheval, poser un piège pour attraper une belette, coudre des vêtements ou fabriquer de petites toupies de bois pour les enfants. Il lui arrivait de réparer des galères pour le compte des chevaliers ou d'effectuer différents travaux pour les nobles de Mdina. Ces jours-là, il devait arborer un bandeau jaune pour signaler qu'il était juif de naissance. Mais la plupart du temps, il n'y avait pas de travail, ou tout au moins, pas pour les juifs, même convertis.

Alors Fençu s'occupait comme il pouvait. Il construisait notamment des nasses à crabes, qu'il faisait pendre au bout de cordes en dessous de la grotte. Deux fois par semaine, il les remontait et il allait vendre les crustacés à Birgu. Avec l'argent, il achetait de la morue ou des pilchards. Quand Maria demanda pourquoi il vendait des produits aussi succulents pour acheter des poissons ordinaires, il expliqua que la Bible interdisait la consommation de la plupart des animaux qu'il attrapait — les crabes, les hérissons, les lapins. Mais comme en matière de religion stricto sensu, Fençu était avant tout pragmatique. En cas de famine, dit-il, les interdits alimentaires bibliques prendraient le même chemin que la tenture murale quand les *gendarmi* s'approchaient trop.

— Je donnerai un cochon, du groin à la queue, à manger à ma famille avant de la voir mourir de faim. Et Dieu comprendra. Il veut que les juifs vivent.

Maria estima qu'il s'agissait là d'une manière de penser merveilleusement pratique, bien qu'un peu scandaleuse.

La caverne était idéalement située pour se défendre contre une incursion corsaire et Fençu avait veillé à la doter de différentes améliorations. Côté sommet, l'entrée était dissimulée par la pente abrupte, et côté mer, par la formation rocheuse que Maria avait repérée la première fois. Le passage était à peine assez large pour laisser l'accès à un adulte. A l'arrière, Fençu avait fait creuser deux sorties. Elles offraient des issues de secours parfaitement bien cachées qui conduisaient à une ravine à l'extérieur. Régulièrement, il organisait des exercices. Tous les résidents de M'Kor Hakhayyim devaient s'entraîner à charger et à tirer avec les vieilles arquebuses et les arbalètes qui composaient l'arsenal. Avec les armes à feu, ils ne pouvaient que simuler, car il y avait trop peu de poudre et il fallait l'économiser. On apprenait aux femmes et aux enfants à lancer pierres et couteaux. Et chacun montait la garde à tour de rôle. Ils n'avaient ni canons ni chevaliers, mais ils se sentaient en sûreté.

— A Birgu, il n'y a que des murs fragiles, fanfaronnait Fençu. Nous, nous avons la falaise pour rempart.

Maria débarqua un jour en plein exercice. Le visage de Fençu s'éclaira dès qu'il la vit.

— Parfait. Les petits avaient besoin d'une cible pour s'entraîner. (Il lui tendit une épée de bois.) Allez, s'il te plaît, envahis l'île, dit-il sérieusement.

Elle descendit sur la grève, s'enfonça un peu dans l'eau, puis revint vers le rivage en brandissant courageusement son épée. Des garnements de cinq, six et sept ans la visèrent trente-huit fois avec toutes les armes possibles de leur arsenal imaginaire. Malgré cela elle ne se rendit pas. Fençu et Elli admiraient son entêtement intrépide. La jeune fille ne renonçait toujours pas, jusqu'à ce que les enfants, avec l'aide d'Eléna, l'attrapent et la rejettent à l'eau. Ensuite, ils l'aidèrent à revenir sur le rivage, et ils passèrent le reste de l'après-midi à manger les poissons qu'ils pêchaient et cuisaient immédiatement sur un petit lit de charbons installé sur la grève. Après le repas, ils recommencèrent l'entraînement avec les arquebuses. Puis on sortit le violon et le tympanon pour danser jusqu'au crépuscule.

M'Kor Hakhayyim ! Eléna lui avait dit que cela signifiait « source de vie », mais Maria décida que le nom le plus approprié était « source de secrets infinis ». A peine avait-elle levé le voile d'un mystère qu'un autre se présentait. Un jour, pendant une partie de cache-cache, elle tomba sur une sorte de sac de grosse toile dissimulé derrière un tas de cailloux dans l'un des passages supérieurs.

— C'est un *shofar*, lui expliqua Eléna. Fençu l'a fait avec une corne de bélier. Il souffle dedans pour Rosh-ha-Shana et Yom Kippour.

La jeune juive l'essaya, mais elle ne parvint qu'à sortir une faible plainte. Maria se débrouilla légèrement mieux : les deux filles estimèrent que le son produit s'approchait de celui d'un mouton flatulent et s'étranglèrent de rire.

Puis elles s'enfoncèrent encore davantage dans une galerie. Soudain, Eléna s'arrêta et plongea la main dans une étroite fissure. Précautionneusement, elle en tira quelque chose et souleva le voile qui couvrait l'objet. Maria demeura bouche bée devant la beauté du tableau. Des colombes volaient au-dessus de galères qui se dirigeaient vers une terre éloignée, avec des collines vertes et une grande rivière.

— Ça s'appelle une *mizrach*. Elli l'a peinte. Nous la pendons au mur dans la direction de Jérusalem, comme ça nous savons de quel côté nous devons nous tourner pour prier.

Leur trésor le plus précieux était un *megillah*, un parchemin qui avait appartenu à la famille d'Elli depuis des générations. Personne dans la grotte ne pouvait lire le texte hébreu, mais la mère d'Elli lui avait dit, jadis, qu'il contenait des passages du Livre de Ruth. Le reste du manuscrit avait disparu dans un incendie qui avait coûté la vie aux parents d'Elli. Seul le *megillah* avait pu en réchapper. Maintenant, on le conservait pieusement roulé dans un tissu huilé placé dans une niche au-dessus de la menora.

Un autre sac contenait un récipient d'argent décoré d'un filigrane complexe représentant des branches de myrte et de saule.

— Ça, c'est un *etrog*, expliqua Eléna.

Mais avant qu'elle ait pu ajouter quoi que ce soit, Fençu apparut derrière elles.

— C'était jadis un horrible chandelier chez les Inguanez.

Maria connaissait ce nom. C'était celui d'une famille noble de Mdina, l'une des plus puissantes de l'île.

— Ils vous l'ont donné ? demanda-t-elle.

Fençu éclata de rire.

— Ils ne savaient même pas qu'ils le possédaient. Il avait été oublié dans une réserve derrière l'écurie, au milieu d'une centaine d'autres pièces. Je n'ai fait que l'emprunter à ces ténèbres et le transformer en quelque chose qui glorifiât Dieu.

L'expression stupéfaite de la jeune fille fit sourire son interlocuteur. Elle réalisait ce qu'il voulait dire. Convaincu que les nobles de Mdina croulaient sous les richesses, Fençu avait décidé, occasionnellement, de les soulager en leur dérobant de petits objets d'argent, de cristal ou de bronze qu'il pouvait trouver pendant qu'il travaillait chez eux. Avec l'aide de Cawl, l'orfèvre, il redonnait au métal des formes plus pratiques et moins reconnaissables. L'*etrog* provenait d'une seule pièce. En revanche, un service de plats en argent avait donné une exquise menora, tandis que le cristal était revendu ou parfois conservé pour servir dans la grotte.

— Nous possédons le seul pot de chambre en cristal de l'île, ricana Fençu.

Quant à l'argent qu'il percevait pour sa tâche, il l'utilisait pour acheter ce dont ils avaient besoin, mais il n'oubliait jamais de donner quelque chose aux familles nécessiteuses.

— Même à d'authentiques gentils[1], lui dit-il.

Maria se débattit et se tortura encore toute la nuit suivante sans trouver le sommeil.

« Ce sont des juifs et des voleurs. » Elle tremblait. « Est-ce que le feu de l'enfer brûle deux fois plus fort quand le péché est double ? »

En dépit de ses prières, Dieu demeurait muet. Quand arriva l'aube, par sa seule réflexion, elle avait abouti à l'idée que le crime était finalement assez insignifiant. Si les familles nobles de Mdina lui faisaient peur, elle se souciait peu d'elles. Elle connaissait un maçon qui avait travaillé pour son père et qui avait été renversé par l'un des fils Inguanez, qui conduisait une carriole. Il l'avait pratiquement coupé en deux. Elle se rappe-

---

1. Des non-juifs. (*N.d.T.*)

lait que son père avait dit que le jeune homme n'avait pas accordé plus d'attention à la victime que s'il s'était agi d'un rat. En comparaison, pouvait-on condamner le larcin de Fençu ? Il lui semblait même qu'il y avait une sorte de justice immanente derrière tout cela. Et d'une certaine manière, le chef de M'Kor Hakhayyim réorganisait un tout petit peu la répartition des richesses sur l'île.

Maria n'était ni stupide ni naïve. Elle savait bien qu'elle était simplement en train de se chercher des motifs pour considérer que tout allait bien. Mais simultanément, elle était convaincue qu'elle ne se voilerait jamais la face si elle était confrontée à quelque chose de vraiment grave. Donc, ce jour-là quand elle retourna à la grotte, et encore le jour suivant, et même celui d'après, elle ne manqua pas de chercher un élément qui portât la marque incontestable de Lucifer. Mais chaque fois, Eléna, Fençu et les autres la frappaient par leur normalité. Ils la subjuguaient avec leur entrain et leur pain chaud, avec leurs jeux et leurs rires. Elle ne savait plus vraiment ce qu'elle devait penser des deux endroits entre lesquels elle partageait son temps : c'était les habitants du petit village de Birgu, inondé de soleil, qui semblaient vivre dans les ténèbres et ceux de la caverne de M'Kor Hakhayyim qui évoluaient en pleine lumière, Eléna la première.

Un soir, Luca remarqua le fourreau de cuir que Fençu avait offert à Maria.

— Où t'as eu ça ?

— Je l'ai troqué contre du guano, mentit-elle facilement.

— Le guano ne t'appartient pas. Tu n'as pas à l'échanger contre quoi que ce soit. A partir de maintenant, tu le rapporteras en totalité à la maison, grommela-t-il.

Il confisqua l'étui et le garda pour lui.

« Eléna avait encore raison, pensa Maria. Je ne dois pas lui laisser voir les choses. »

Bien qu'elle l'eût souhaité, elle ne pouvait éviter Villano ad vitam æternam. Un jour, alors qu'elle quittait la grotte, elle lui tomba dessus à l'endroit précis de leur première « rencontre ». Elle aperçut sa forme massive se profiler au-dessus d'elle et elle fit un bond en arrière. Le colosse la regarda avec un petit rictus qui exhibait une rangée de dents sombres. Maria se rendit compte qu'elle n'avait pas la place pour s'enfuir, sauf si elle voulait sauter dans la mer. Elle s'immobilisa et attrapa une pierre, prête à se défendre. Villano l'observa un moment. Puis un grand sourire éclaira son visage avant qu'il éclate de rire.

— Un vrai putois ! Voilà ce que tu es.

Il fourragea dans un sac qu'il portait et lui jeta quelque chose. Maria dut lâcher la pierre pour l'attraper. Ses yeux s'écarquillèrent quand elle vit ce que c'était.

— *Api !* souffla-t-elle.

— Est-ce que les papistes ne mangent pas d'*api*, à moins que ce ne soit réservé aux juifs et aux adorateurs du diable ?

Le précieux bonbon au miel disparut dans la bouche de la jeune fille. L'hilarité de Villano redoubla. Il passa près d'elle et disparut dans la caverne.

Quelques semaines plus tard, Maria passa une nouvelle nuit terrible, certaine qu'elle allait mourir. Elle s'était sentie bizarre depuis deux jours. Toute la nuit, elle eut des crampes, des spasmes douloureux qui lui tordaient le ventre et la faisaient suffoquer. Ses seins qui bourgeonnaient étaient sensibles. Elle palpait toute cette zone et le creux de ses bras, certaine de découvrir l'un de ces maudits bubons qui trahissaient la peste. Mais elle n'en trouva aucun... ce qui ne voulait pas dire qu'ils n'apparaîtraient pas avant l'aube.

Quand l'épidémie arrivait, tout le monde savait que c'était le châtiment de Dieu pour les péchés d'un homme. Elle passa en revue dans son esprit ses récentes transgressions. Rien qu'au cours de la semaine écoulée, elle avait convoité une écharpe de soie, menti à son père et volé un morceau de pain sur un étal, non loin du marché. Tous les enfants le faisaient et le vendeur ne s'en souciait pas. Mais il n'en demeurait pas moins qu'elle n'avait pas payé. Et, naturellement, il y avait son *grand* péché : elle aidait à cacher des juifs et des voleurs. Péchés mortels, péchés véniels... Chacun d'eux pouvait donner lieu à châtiment.

Elle se tournait et se retournait sans cesse. Puis elle se roulait en boule pour tenter d'échapper à la main invisible qui lui torturait si douloureusement les entrailles. A l'approche de l'aube, elle sentit une sorte d'humidité entre les jambes. Et quand la lumière fut suffisante, elle découvrit avec horreur qu'elle avait saigné. Même la paille en dessous d'elle était rouge foncé, là où le sang avait transpercé ses chausses. Elle était terrorisée. Elle ne pouvait naturellement rien dire à son père ou à sa mère, mais en même temps, elle ne pouvait pas rester là sans rien faire. Eléna l'aiderait. Elle avait parlé d'un médecin à Mdina. Maria s'essuya avec la paille et attacha son pantalon. Elle dévala l'échelle et se précipita dehors.

Dans sa hâte, elle se cogna dans le boucher, qui sortait de sa boutique. Dans une main, il tenait un tranchoir et dans l'autre une tête de mouton. Son tablier était maculé de sang. En se ressaisissant, elle remarqua que l'homme la regardait de haut... en bas. Elle vit ses yeux fixés sur son propre sang et son expression empreinte de colère... ou de dégoût. Une angoisse soudaine s'empara d'elle : apparemment, celui-là savait ce qui lui arrivait alors qu'elle-même l'ignorait.

Jamais le trajet jusqu'à la grotte ne lui avait paru si long. Elle arriva en larmes et hors d'haleine. A sa grande surprise, les yeux d'Eléna ne trahirent aucune peur quand elle écouta son récit. Et la jeune fille éclata de rire en la prenant tendrement dans ses bras.

— Ne t'inquiète pas. Tu n'es pas en train de mourir. Tu es une femme !

Elle lui expliqua ce qu'elle savait des flux menstruels. Puis elle lui fournit des serviettes propres et lui expliqua comment s'en servir. Enfin, elle lui donna une tisane spéciale pour apaiser les crampes.

On ne pouvait pas dire que Maria accueillit la nouvelle avec une joie sans nuage. Certes, elle était fière d'être devenue une femme, mais l'idée d'avoir des crampes et de saigner chaque mois relevait davantage de la punition, estimait-elle, que de la bénédiction. En outre, elle avait du mal à croire que ses semblables vivaient ça. Aucune de celles de son entourage n'y avait jamais fait la moindre allusion. Et soudain, la révélation d'Eléna fit naître une nouvelle crainte :

— Je ne suis pas prête à avoir un bébé !

— Tu ne dois t'inquiéter de ça que si tu es allée avec un homme et que le sang ne vient pas au cours du mois suivant. Mais ne couche jamais avec quelqu'un quand tu saignes ou ton bébé sera lépreux et ton amoureux deviendra idiot.

— Coucher avec quelqu'un ? s'exclama Maria en donnant l'impression de ne pas comprendre.

Elle écouta alors, stupéfaite, la description qu'Eléna lui fit de l'acte lui-même qui, parfois, entraînait une conception. La jeune fille — ou plutôt la jeune femme, désormais — avait du mal à croire qu'elle avait été conçue de cette manière. Elle n'avait jamais vu son père et sa mère s'embrasser, ni même être particulièrement gentils l'un pour l'autre. Maria n'imaginait pas Luca Borg sans son pantalon ni Isolda avec ses jupons retroussés, et encore moins les deux ensemble dans une étreinte suffisamment passionnée pour engendrer des enfants.

— L'affection et la *scopare* sont deux choses bien différentes, fit remarquer Eléna.

Scopare ! Baiser ! Voilà comment s'appelait l'acte selon la jeune juive. Le mot était délicieux. Maria se le répéta encore et encore. Et les deux amies rirent tant qu'elles sentirent leurs jambes s'effacer sous elles et que Maria fit presque dans son pantalon.

— Mais comment connais-tu toutes ces choses ? demanda-t-elle.

— Parce que je suis une courtisane.

— Une... ?

— C'est un peu comme le conteur. Les hommes me paient pour que je leur donne du plaisir, pour que je les emmène là où ils ont envie d'aller. Je leur fais croire ce qu'ils ont envie de croire. Voilà tout. (Eléna sourit devant le regard effaré de sa camarade.) Je suis une prostituée, Maria.

La fille de Luca Borg avait déjà entendu ce mot. A l'église ! Quand elle avait interrogé sa mère pour savoir ce qu'il signifiait, elle lui avait tapé sur l'oreille avec un bâton et lui avait ordonné de prier pour obtenir son pardon.

— Mais on pourrait t'arrêter, dit-elle terrifiée. Se prostituer est illégal !

— Et crever de faim, cela ne devrait pas être aussi illégal ?

Quand elle avait quitté Gozo pour Malte, Eléna avait raconté à Maria qu'elle n'avait pu trouver immédiatement Fençu. Elle n'avait ni nourriture ni argent et elle était trop vieille pour l'orphelinat de l'hôpital de Rabat. Les rares emplois existants étaient réservés aux hommes. Elle se rendit à Mdina, la cité fortifiée où les nobles de Malte vivaient dans leurs grandes demeures, à l'écart des chevaliers, des roturiers et des corsaires. Elle vola un pain et fut prise sur le fait. Le marchand voulait la traîner devant le juge pour qu'elle soit fouettée et mise au pilori, quand un noble intervint. Il régla le prix du pain et invita Eléna à monter dans sa voiture. Il écouta son histoire et lui offrit immédiatement un emploi de fille de cuisine. Cette nuit-là, il l'entraîna dans la réserve à l'arrière et lui montra ce qu'il voulait réellement. La jeune fille détesta le contact des mains qui se posaient sur elle, mais les affres de la faim étaient encore toutes fraîches dans son esprit et dans son ventre, et elle avait peur de protester. L'homme se montra délicat. Il lui donna des bijoux et de l'argent. Pour la première fois de sa vie, Eléna avait assez à manger. Puis, un jour, l'épouse les découvrit. Elle planta un couteau à découper dans les fesses de son mari et jeta Eléna dans la rue.

Elle trouva bientôt un nouveau « protecteur », l'un des *jurati* de l'Università, qui avait déclaré la prostitution illégale... Une nuit, dans la chaleur de la passion, il gifla la jeune fille. Ce geste parut le stimuler et lui permit d'atteindre de nouveaux sommets d'excitation. Il réitéra son geste, plus fort encore.

Alors elle s'enfuit de la maison pour ne jamais revenir. Le suivant fut un chevalier de Saint-Jean, un fringant jeune Aragonais qui en fit sa maîtresse jusqu'à ce que le grand maître ordonnât à tous ses subordonnés de renouveler leur vœu de chasteté. Ensuite, ce fut un prêtre.

— Rien de tel qu'un chevalier pour te faire des leçons de morale, à part un prêtre, dit Eléna à son amie. La nuit, il me mettait dans son lit, et le lendemain, quand il faisait jour, il m'expliquait que j'étais une catin condamnée à l'enfer. A la fin, il garda ce qu'il me devait et me dit qu'il l'avait consacré au salut de mon âme perdue.

A partir de là, Eléna considéra qu'il valait mieux avoir plusieurs clients qui lui payaient un prix fixé d'avance. Ainsi pas de complications, pas de sermon et pas d'épouse outragée. Elle coucha avec des hommes instruits qui avaient voyagé de par le monde. Ils lui mirent dans la tête des rêves de vie meilleure — meilleure, en tout cas, que celle qu'elle pouvait avoir à Malte. Même après avoir retrouvé Fençu, elle continua de pratiquer son métier. Mais à M'Kor Hakhayyim, nul ne savait comment elle gagnait son argent, prétendait-elle, et de toute façon, nul ne s'en souciait. M'Kor Hakhayyim était un endroit où personne ne mettait trop son nez dans les affaires des autres.

Maria rentra chez elle en flottant sur un doux petit nuage. En une seule journée, elle avait évité la peste, elle était devenue une femme et elle avait appris les mystères des rapports entre l'homme et la femme. Néanmoins, elle passa une nouvelle nuit blanche.

Elle supportait maintenant le poids de trois secrets formidables, qui voguaient quelque part entre le délice et la dépravation. « Des juifs, des voleurs, et maintenant une prostituée. » Trois péchés ! Trois fois plus de flammes en enfer ?

Cette fois, elle ne pria pas pour obtenir un conseil. Cela n'avait plus aucune importance.

Concernant le problème des juifs, elle devait simplement veiller à ne jamais se joindre à eux au cours d'un repas de sabbat ou de n'importe quelle autre occasion religieuse. Pour préserver son âme — au cas où —, elle s'en irait toujours avant le début de tels rites.

Concernant la question des voleurs, elle s'en fichait totalement.

Et concernant la prostituée... Elle avait scellé avec elle des liens inaltérables. Eléna était parfaite. Maria savait que si elle avait été un homme, elle serait tombée amoureuse d'elle.

Il n'y avait qu'un seul sujet à propos duquel les deux jeunes filles ne voyaient pas tout à fait le monde de la même façon. C'était le rêve de Maria : apprendre à lire.

— Tu as plus de chances de sauter sur le dos d'un faucon pour atteindre la lune que d'arriver à ça, disait Eléna. Personne ne t'aidera. Les seules écoles sont pour les garçons bien nés. Tu n'es pas seulement une fille, tu es aussi pauvre. Et même si quelqu'un acceptait de t'enseigner, qu'aurais-tu à lire ? Tu veux te mettre à voler des livres ?

— Je pourrais peut-être en acheter un ?

— Avec quel argent ?

— Je pourrais devenir prostituée, comme toi.

La jeune juive regarda son amie avec un sourire ironique.

— Tu es trop jeune.

— J'ai treize ans ! Et toi, tu n'en as que quinze !

— Ce n'est pas une question d'âge... mais de seins. Tu dois d'abord en avoir. Tu n'es qu'une grande tige. Encore un an ou deux, peut-être.

— Eh bien, alors, je pourrais apprendre à déchiffrer votre *megillah*.

Eléna s'esclaffa.

— Tu es vraiment folle. C'est de l'hébreu. Ils t'auraient mise sur le bûcher rien que pour avoir émis cette hypothèse.

Réalisant son ignorance, Maria rougit : elle ne savait pas la différence entre l'hébreu et l'italien. Son idée était absurde. Elle ne connaissait personne qui possédât le moindre livre ni personne qui sût lire, à l'exception de certains maîtres constructeurs et, naturellement, du père Salvago — et encore, peut-être n'accédait-il pas aux langues réelles, celles que les gens parlaient vraiment. Elle ne le voyait lire que dans sa grande Bible. Elle était en latin. Ça, elle le savait et, encore une fois, pas une personne de sa connaissance ne le comprenait — même pas sa mère, qui répétait pourtant mécaniquement des passages entiers, mais peinait à expliquer trois ou quatre mots. Evidemment, les chevaliers possédaient des ouvrages. Seulement ils les gardaient pour eux et ne se mélangeaient jamais avec le petit peuple. Certains nobles de Mdina lisaient — les femmes aussi —, mais ils étaient presque aussi arrogants que les chevaliers et assurément très éloignés d'une fille comme Maria. En somme, autour d'elle, les livres étaient quasiment encore plus rares que l'argent.

Maria rumina ces sombres pensées. Elle se demandait pourquoi ça lui semblait si important. Un homme qui maîtrisait la lecture ne pouvait pas faire grand-chose avec. Elle réalisa soudain que son père aurait pu être une exception, s'il l'avait voulu. En dépit de son habileté pour la taille de la pierre, il ne serait jamais autre chose qu'un simple maçon, parce qu'il ne pouvait pas déchiffrer un plan. Il n'était pas stupide ; simplement, il refusait d'essayer. Quand il regardait les grandes feuilles couvertes de lettres que les ingénieurs lui passaient, la peur lui faisait écarquiller les yeux. C'était comme si les mots détenaient quelque terrible secret trop dur à supporter. Ainsi, les Rhodiens et les Grecs qui pouvaient lire continueraient d'être les seuls à diriger les chantiers de construction. Et tous les Luca Borg du monde resteraient éternellement leurs ouvriers ou ne pourraient effectuer que de petits travaux comme l'érection de murs simples ne nécessitant pas de plan.

Mais si un homme pouvait s'élever en sachant lire, il n'en allait certainement pas de même d'une femme, au moins sur l'île de Malte. Pourtant, même si l'idée était absurde, cela n'avait aucune importance pour elle. Elle ferma les yeux et visualisa les mystérieux caractères dans le livre de l'Italien. Si elle pouvait compter jusqu'à cent — et elle en était capable —, il n'y avait aucune raison pour qu'elle ne parvienne pas à apprendre à déchiffrer ces écritures.

Elle décida de demander au père Salvago. Elle s'approcha de lui après la messe, alors qu'il regagnait le petit presbytère derrière l'église. Ils marchèrent côte à côte en échangeant même des plaisanteries. Puis le prêtre réalisa que la jeune fille avait manifestement une idée en tête.

— Il y a quelque chose que je puisse faire pour toi, Maria ? Tes parents vont bien ?

— Je... Oui, merci, Dun Salvago. Ils vont bien. (Elle inspira profondément.) J'ai besoin de votre aide, c'est tout. Je voudrais apprendre à lire... que vous m'appreniez à lire.

Le prêtre inclina la tête comme s'il n'avait pas entendu.

— Lire ?

Elle acquiesça.

— Oui, lire, parvint-elle à dire avec un sourire courageux.

Salvago attendit, certain qu'elle allait lui avouer que ce n'était qu'une blague. Mais il n'y avait aucune ironie dans son regard et ses yeux étaient implorants.

— Tu es sérieuse ?

— Oui, père. S'il vous plaît, enseignez-moi.

Il s'immobilisa et se tourna vers elle.

— Tu es stupide et effrontée, lui lança-t-il d'un ton méprisant. Je ne suis pas professeur, Maria. Je suis prêtre. Maintenant, rentre chez toi.

Puis il disparut à l'intérieur du presbytère en secouant la tête.

En quittant Sainte-Agathe, Maria passa devant l'Auberge de France, la résidence où vivaient bon nombre de chevaliers francophones. Elle jeta un coup d'œil à travers une fenêtre. Sur de longues étagères, elle vit des rangées de gros volumes reliés cuir. Elle ne s'était jamais beaucoup intéressée à eux, mais brusquement, ils étaient comme des navires quittant le Grand Port, pour l'emmener vers des destinations inconnues, vers des lieux où les filles n'avaient pas le droit de s'aventurer.

Et peut-être que cette notion d'interdit était la véritable

raison de sa soif d'apprendre : elle voulait lire parce qu'elle n'était pas censée le faire. Elle ne savait pas vraiment pourquoi c'était si important pour elle. Mais le fait est que ça l'était.

Chapitre 8

Nico se levait tous les jours avant l'aube et ne se recouchait que bien après la tombée de la nuit. Il s'était bien installé dans sa routine. Le plus clair de son temps, il le passait sur le chantier avec Leonardus. Mais chaque matin, il devait aussi consacrer une heure ou deux à Ameerah. L'épouse de Farouk lui enseignait le savoir-vivre et les arts de la maison. Son plus grand supplice revenait toutes les deux semaines avec le rituel du bain. Ses protestations tombaient dans des oreilles sourdes. Au sein de la maison de Farouk, quinze jours entre les ablutions était l'intervalle maximum toléré pour la domesticité.

Il apprit à changer son linge et à le laver.

Un jour, tandis qu'il frottait une robe, il osa demander à Ameerah :

— Est-ce que ce n'est pas plutôt un travail pour les femmes, madame ?

— Le maître ne voyage jamais avec une femme. Tu auras à satisfaire ses moindres attentes.

Il apprit à juger les épices sur le marché, la délicatesse d'un poulet pour le dîner et la qualité du storax utilisé dans les parfums que Farouk offrait à ses épouses. On lui enseigna comment saler le poisson et compter la monnaie. Ameerah l'envoya voir un conteur dans le souk pour qu'il puisse lui répéter les histoires que l'homme lui apprenait. Elle l'écoutait, captivée.

— Le maître adorera de tels divertissements et il sera très content de toi, le rassurait-elle.

Il lui servait des rafraîchissements et résistait nerveusement à ses prévenances, qui devenaient de plus en plus familières. Elle lui expliqua comment la nourrir avec ses doigts en ajoutant que c'était comme ça que son mari voudrait être servi. Il devait la coiffer avec un peigne vénitien serti de bijoux. Parfois elle changeait de vêtements en sa présence, à peine dissimulée derrière un paravent de soie persan. Il pouvait voir son dos nu pendant qu'elle enlevait sa sortie de bain pour enfiler une toge de prière. Elle faisait mine de ne pas remarquer sa présence, mais, pudiquement, il se tournait de l'autre côté.

Nico ne voyait les autres femmes qu'à l'heure du dîner. Un jour, il réalisa que jamais personne ne pénétrait dans la chambre d'Ameerah quand il se trouvait avec elle, parce que Abbas montait la garde devant sa porte. Quand il ressortait, il remarquait que Mehmet était toujours en train d'épier à proximité, avec un regard particulièrement hostile.

La nuit, au cours de leurs quêtes de nourriture, Ibi poursuivait l'initiation de l'enfant aux arts de la rapine et de la roublardise. Ils volaient sur les étals des marchands. Une fois, ils s'introduisirent même dans un entrepôt où ils trouvèrent tellement de fruits qu'ils s'empiffrèrent jusqu'à en être malades pendant deux jours. Nico escaladait les treillages pour gagner les terrasses où des dîners étaient souvent servis dans la chaleur estivale. Un soir, il lui arriva même de subtiliser la totalité d'un repas, vaisselle comprise.

Les maisons privées étaient les plus dangereuses. La plupart appartenaient à des Arabes ou à des Turcs, parfois même à des janissaires, le corps de soldats d'élite. Et s'ils dénichaient toujours quelque chose, c'était rarement suffisant. Plus ils avaient faim, plus leurs efforts se montraient téméraires et désespérés. Nico n'avait pas besoin qu'Ibi lui dise ce qui arriverait s'ils étaient pris.

Une nuit, dans le souk, Nico s'arrêta pour admirer le spectacle d'un magicien. L'homme exécutait des tours avec du feu, un serpent et une corde. Quelques spectateurs lui jetèrent des pièces. Un peu plus loin, un autre bateleur proposait un jeu avec des coquilles et un petit caillou. Il dupait tout le monde et prenait l'argent des imprudents qui avaient cru pouvoir dire où se trouvait le galet. Cela donna une idée au jeune Maltais.

Le lendemain soir, Ibi s'installa à une extrémité d'une place pleine de gens. Nombre d'entre eux regardaient un jeune garçon au turban rouge vif (une ceinture de toile empruntée dans la garde-robe d'Ameerah) qui disait s'être produit devant le *beylerbey* au Caire et devant le sultan lui-même à Constantinople (Béni soit son nom !). Il prétendait pouvoir mémoriser un verset du Coran, une série difficile de nombres ou de noms, ou toute autre suggestion proposée par les incrédules. Et Ibi recueillait les paris.

Une foule de curieux avait donc commencé à se rassembler. Un homme misa deux cents maravédis que Nico ne pourrait pas réciter les noms de vingt-sept de ses oncles et grands-oncles. Les paris furent pris. Le spectateur énonça la liste et le scepticisme de l'auditoire grossit à chaque ajout. Aucun mortel n'était capable de mémoriser une telle litanie. Nico murmura quelque chose à Ibi et celui-ci annonça fièrement que l'énumération était insuffisamment difficile. Le garçon n'accepterait ce défi que si l'homme ajoutait les noms de ses frères, beaux-frères et neveux, et encore ceux de ses chevaux s'il en avait.

Les mises flambèrent. Elles atteignirent quatre cents maravédis, puis six cents. Ibi et Nico en avaient assez pour manger royalement pendant un mois. Quand la dernière pièce fut déposée sur l'étoffe, Nico récita l'ensemble sans la moindre faute. Un tonnerre d'applaudissements salua sa fantastique prestation et il se contenta d'esquisser un modeste sourire. Cependant, il avait négligé un détail : il avait omis de prévoir quelqu'un pour écrire les noms. Quand Ibi tendit le bras pour ramasser les pièces, le parieur lui écrasa la main dans la poussière sous sa sandale de cuir.

— Il a commis une erreur, gronda l'homme.

— Faux, rétorqua Nico. Je peux tout répéter. En arrière même, si vous préférez.

— Trop tard. C'est ma famille et tu as échoué ! C'est mon argent qui est par terre et tu me dois deux cents maravédis.

— Tu m'en dois cinquante ! tonna un autre.

Une longue épée fut tirée. Des couteaux sortirent des ceintures. La foule réclamait maintenant du sang. Et ce ne fut que d'extrême justesse que Nico et Ibi parvinrent à s'enfuir et à sauver leurs vies.

— Je crois que tu ferais mieux d'oublier la sorcellerie, déclara le grand Soudanais cette nuit-là. C'est plus facile de voler.

Quand un navire apparaissait au large, des coups de canon — dont le nombre variait en fonction du type de bâtiment — signalaient son approche. Chaque fois, Nico se précipitait vers les quais pour examiner les visages des nouveaux esclaves capturés. Il posait des questions à ceux qui acceptaient de parler avec lui et répondait aux leurs. Mais c'était toujours la même chose. Il n'obtenait aucune nouvelle de Malte et les puissantes galères de l'ordre de Saint-Jean demeuraient invisibles. Le garçon ne se décourageait pas pour autant. Ce n'était qu'une question de temps. Jamais il ne renoncerait à s'échapper et sa foi dans les soldats de Dieu ne faiblissait pas.

Au contraire, les chevaliers prenaient de plus en plus de place dans ses pensées au cours de ses moments de temps libre. Avec la bénédiction de Dieu, il les imaginait dans de brillantes armures, brandissant des épées dégoulinant de sang infidèle. Il se promettait de rejoindre un jour leurs rangs et, à la pointe de son glaive, de nettoyer tous les repaires corsaires de la côte d'Afrique du Nord. En réalité, aussi loin que pouvaient remonter ses souvenirs, il en avait toujours rêvé, mais pour son père, c'était une idée absurde. Il était à la fois roturier et Maltais, or les chevaliers n'auraient voulu voir ni les uns ni les autres souiller leurs nobles origines européennes. Pourtant, Nico avait juré qu'un jour il trouverait un moyen.

Un après-midi, dans le Batistan, enhardi par de telles pensées, il aperçut Baba et, courageusement, se dirigea vers lui. Baba se retourna et le vit. Nico se précipita sur le voleur haï, poings en avant. Ils basculèrent à terre et roulèrent sur le sol. La fureur de l'autre semblait compenser son handicap de taille. Baba frappa le nez et les joues de son assaillant, et parvint à se relever et à s'enfuir indemne. De son côté, Nico quitta l'affrontement ensanglanté, mais ivre de victoire.

Chaque nuit, au moment de s'endormir, il pressait la pièce de Maria comme un rosaire et récitait ses prières à haute voix. Il demandait à Dieu de ne pas l'oublier, de penser à le faire évader et à l'aider à frapper ses ennemis : Mehmet, son tourmenteur, Youssouf, le bourreau, et, pour faire bonne mesure, Ali Agha, qui l'avait précipité dans l'enfer impie d'Alger.

— Si tu veux te venger de tous les torts qu'on te fait dans ce monde, tu vas y passer ta vie, lui dit Ibi dans les ténèbres, dès qu'il eut fini.

— Je sais, répondit Nico songeur.

Mais il n'y avait aucun regret dans sa voix.

— Alors tu ferais bien de changer de dieu. Si tu te convertis à l'islam, tu ne seras jamais esclave sur une galère ou dans une carrière. Coiffe le turban et tu pourras même peut-être te retrouver libre.

Nico était horrifié.

— Mon âme irait brûler en enfer ! Et si tu penses que c'est vrai, pourquoi ne t'es-tu pas converti ?

— Dieu m'a oublié depuis longtemps comme moi je l'ai oublié. Quand j'étais enfant, il m'est arrivé de prier pendant tout un mois sans arrêter. Et je ne me suis pas senti mieux que le mois suivant, quand je n'ai pas prié du tout.

— Ta foi est faible.

— Pas faible, mon jeune ami. Elle a disparu. Mais si ta crainte c'est l'éventuel châtiment, tu ne devrais pas trop te préoccuper de l'identité du dieu que tu adores. Depuis mon enfance, j'ai été esclave en Sicile et à Alger, donc dans un pays chrétien et un musulman. J'ai pu voir que l'Allah de Barbarie se vengeait aussi bien que le Dieu de tes pères. Seulement ici, Allah te sera bien plus utile. Même Mehmet est un renégat. Il s'est converti, et regarde maintenant le pouvoir qu'il a.

— Mehmet ne pratique aucune religion. Il ignore le muezzin. Et je l'ai vu boire du vin.

Ibi ricana.

— Tous sont pieux à l'intérieur de la mosquée. C'est quand ils en ressortent qu'ils oublient leurs devoirs et que leur dévotion souffre. Dans la maison de Farouk, Youssouf est le seul dont la foi soit inattaquable. Même le maître boit beaucoup de vin et pendant le saint mois du ramadan, il en consomme deux fois plus. Mais il a accompli le pèlerinage à La Mecque. Les autres hommes font pareil pour se garder une place au paradis : quand ils ont un pied dans le vice, ils veillent à garder l'autre dans la vertu. Tu dois choisir la voie qui t'offrira le plus de chances d'échapper à la vie qui te menace. Convertis-toi, mon ami.

— Jamais !

Nico chassa le blasphème de son esprit et essaya de dormir.

Plus tard, il interrogea Leonardus à ce propos. Le maître constructeur lui révéla qu'il avait voulu en faire autant, mais ses talents étaient trop estimés.

— Tu ferais bien de te convertir avant d'en savoir trop, sinon ils ne voudront jamais se séparer de toi en t'affranchissant, lui conseilla-t-il. Presque tous les corsaires sont des renégats, enlevés à leurs parents et convertis ou élevés dans l'islam depuis l'enfance. Même Dragut, le meilleur d'entre eux.

— Mais je veux devenir chevalier.

Leonardus cracha par terre.

— Ils ne sont rien d'autre que des corsaires eux-mêmes, mais qui portent la croix. Qui se soucie du nom sous lequel tu pilles et tu tues ?

— Cela importe à Dieu, répondit Nico avec ferveur. Tout le monde le sait.

Leonardus se contenta de rire et avala une rasade de sa gourde.

Nico pouvait faire n'importe quoi, déployer tous les efforts possibles, travailler aussi dur qu'il pouvait, Mehmet n'était jamais satisfait. Il continuait à saboter tout ce qu'il faisait, ne ratant jamais une occasion de le disqualifier aux yeux de Youssouf, qui recevait des rapports réguliers sur son incompétence. Nico était réprimandé pour n'importe quoi : parce que de la vaisselle avait été cassée, parce qu'il manquait du sucre dans la réserve, parce que les céréales avaient été abîmées pendant une tempête... Le cuisinier lui avait appris à préparer le *macolique*, une des spécialités favorites du maître. Quand il le servit fièrement aux femmes, elles eurent la nausée et manquèrent vomir : Mehmet l'avait gâté en y versant de l'alun, qui lui donnait un goût amer. Et ce fut Nico qui fut jugé coupable. Chaque jour il se passait quelque chose. Certes, il ne s'agissait que de problèmes mineurs, mais Mehmet parvenait toujours à rendre Nico suspect. Les injustices le consumaient, mais il évitait de protester. Contre Mehmet, il n'avait aucune chance.

Naturellement, Nico préférait de loin la liberté du chantier aux intrigues de la maison. Là-bas, il n'avait jamais de vrai travail à accomplir et il y avait toujours quantité de choses à observer. Suant au-dessus de la forge, le forgeron fabriquait clous et crochets, aiguisait les lames, réparait les outils... Ailleurs, on assemblait les voiles latines tandis que les cordeurs tordaient les fibres de chanvre d'abord dans un sens pour former un brin, puis dans l'autre pour obtenir un fil, et de nouveau à l'opposé pour façonner la corde. La plupart des fabricants utilisaient de volumineux plans de travail en bois et de longs couteaux pour exécuter leur art. Les charpentiers et les menuisiers coupaient et taillaient les charpentes et les planches dans lesquelles venaient s'encastrer des chevilles de bois. Les gréeurs préparaient des filets pour tenir d'éventuels abordeurs en respect et pour empêcher les mâts brisés de s'effondrer sur l'équipage pendant un combat. Nico allait partout. Il grimpait sur des piles de cordages, s'asseyait sur le toit des cabanes. Les mouettes planant dans le ciel azuré le ravissaient pendant qu'il écoutait le fracas des vagues et qu'il sentait l'air marin agiter sa chevelure.

Mais par-dessus tout, il aimait la compagnie de Leonardus. Il se sentait en sécurité avec lui parce qu'ils parlaient le même langage et venaient de la même terre. Si le constructeur avait une langue acérée, il lui arrivait de complimenter le garçon pour avoir bien accompli telle ou telle mission. Parfois, il lui souriait même, faveur dont personne d'autre ne pouvait se prévaloir.

Leonardus aimait disserter sur pratiquement tous les sujets. Il ne manquait pas une occasion d'évoquer des histoires de mer et de corsaires. Il connaissait les courants et les vents, les repères marins et les ports. Apparemment, il avait une anecdote à raconter à propos de tout. Certes, Nico aurait été bien incapable de dire où finissait l'histoire et où commençait la fiction. Mais cela n'avait pas d'importance. Les récits de Leonardus étaient une source inépuisable de divertissement et de dépaysement. De lui, il apprit la légende de cette tribu qui utilisa une plante mystérieuse et hallucinogène pour appâter les marins qui accompagnaient Ulysse.

— On les appelait les Lotophages, les mangeurs de lotus, dit Leonardus. Ils vivaient à Djerba. Et tu sais qui habite sur cette île aujourd'hui ? Dragut Raïs. C'est un fieffé bâtard, ce Dragut. On le surnomme le Sabre de l'islam. Un jour, un amiral génois, Andrea Doria, avait bloqué la flotte de Dragut sur Djerba. L'attaquant était largement supérieur en nombre et en puissance de feu. N'importe quel mortel se serait avoué vaincu. Mais pas Dragut. Il construisit une route traversant l'île et mit ses galères sur des roues. Les habitants lui servirent de mules et tirèrent les navires jusqu'au rivage opposé. Et là, Dragut put s'enfuir avec ses bateaux, aussi tranquille qu'un téton de nonne. Cela prit deux jours à Doria pour réaliser qu'il bloquait un port vide. Alors il y eut un immense éclat de rire, des Colonnes d'Hercule à la Corne d'Or[1]. Je te parie qu'après ça, il dut avaler lui-même des fleurs de lotus.

---

1. De Gibraltar à Istanbul. (*N.d.T.*)

Leonardus ne s'arrêtait jamais de parler. Il pouvait mélanger une leçon sur les qualités d'un bon mât aux légendes des sirènes, signaler les défauts de la couture d'une voile tout en évoquant les guildes de Venise. Il apprit à Nico à faire des nœuds, à compter en turc, à estimer les courants en fonction de la couleur de l'eau dans le port... Si le jeune Maltais se sentait intelligent, il était en admiration devant Leonardus, dont le savoir semblait inépuisable. Emerveillé, l'enfant absorbait ce qu'il lui disait.

Et le plus beau de tout, c'était qu'en l'absence de Mehmet dans les parages, il pouvait manger. Les ouvriers des chantiers navals étaient généralement les captifs les mieux nourris d'Alger et, de ce point de vue aussi, Leonardus était incontestablement le premier d'entre eux. A midi, ils s'asseyaient à l'ombre et avalaient leur pain. Mais à Leonardus — et à son nouvel assistant, Nico —, un esclave servait poulets rôtis, œufs au safran et nectarines. Leonardus faisait mine de ne rien voir quand le gamin enveloppait des fruits ou de la viande dans un tissu et les glissait dans sa chemise pour les rapporter à Ibi.

Un jour, Leonardus entama la conception d'une nouvelle quille.

— C'est la partie la plus complexe de la construction d'un navire, expliqua-t-il à Nico. C'est ça qui différencie vraiment le maître constructeur de l'amateur.

C'était à ce stade que les dimensions et les proportions du vaisseau étaient déterminées, et que la structure de la coque était définie.

— A partir de là, tout coule de source. Trompe-toi, et tu n'obtiendras qu'une galère de second ordre... si tant est qu'elle flotte. Réussis cette étape, et elle glissera sur la mer comme un jeune coq dans une pute.

Il parcourut le chantier de coupe, sélectionna de longues pièces de cèdre et les disposa sur le lieu d'assemblage. Elles allaient former la fausse quille, celle qu'on devait remplacer régulièrement du fait des échouages répétés. Au-dessus des poutres de cèdre, il installa des longueurs de sapin, qui furent assemblées pour ne plus former qu'un seul morceau. Tout cela paraissait assez simple, mais une déroutante série d'étapes suivit, que Nico observa avec une grande attention, sans toutefois bien comprendre tout.

Leonardus travaillait rapidement. Son jeune assistant faisait de son mieux pour le suivre. C'est lui qui portait baguettes, cordes, papiers et instruments d'écriture. S'activant ici et là, le maître plantait des piquets, faisait claquer les cordes à craie pour tracer les droites et dirigeait les coupes. C'était les ouvriers qui l'accompagnaient qui tenaient les cordes et les déplaçaient en fonction de ses directives.

— Voici la ligne de base, dit-il à Nico. Et toi, lança-t-il à un autre, tiens ça là.

Il enjamba un croisillon et fit une marque à l'aide d'un clou. Ses mains suivaient des tracés que lui seul pouvait voir.

— Ça, cela marque la courbe longitudinale de la coque... La corde sur les planches guidera le placement des pièces structurelles de la charpente... Nous devons diviser précisément cette longueur en trois parties et utiliser le résultat pour faire une nouvelle marque...

Sans un mot, Nico hochait la tête. Un fouillis de cordages et de planches s'assemblait au-dessus de la quille, marquant les emplacements où viendraient se fixer les structures définitives. Trois charpentiers aidaient à établir les points critiques le long du madrier. Deux prenaient les mesures avec la baguette prévue à cet effet pendant que le troisième annonçait les résultats à Leonardus, qui les notait sur un papier. Il se gratta et plissa les yeux en observant une ligne.

— C'est la partie la plus traîtresse. Les éléments doivent progressivement s'affiner pour devenir de plus en plus étroits à la proue... Juste comme ça, tu vois ? Si tu y vas trop fort, la galère sinuera en mer comme un ivrogne ; si tu n'affines pas assez vite, elle se traînera comme un porc flottant. Maintenant, viens par ici. Tu vas me voir pratiquer ma... sorcellerie.

Il tourna les talons et prit la direction de l'atelier d'assemblage, la cabane où les allonges incurvées qui formaient les membrures inférieures de la charpente allaient être préparées, taillées et assemblées. Au cours de ce processus, Leonardus interdisait à quiconque l'entrée de l'atelier, sauf à son nouvel apprenti, Nico.

— Je travaille seul là-dessus. Par le Christ, ils n'ont jamais vu ce que je faisais et ils ne le verront jamais. Tu n'es ici que parce que Youssouf a insisté, mais cela n'a guère d'importance. Tu pourras m'observer cent fois faire la même chose avant de commencer à comprendre quoi que ce soit. Et je serai mort bien avant cela, ajouta-t-il en riant.

Nico le fixa par-dessus son épaule. Le maître traça une *mezzaluna* sur une feuille de papier.

— Le rayon, c'est la différence d'épaisseur de la charpente entre la proue et le centre du navire. (Le compas se déplaçait rapidement sur le papier.) Ensuite, je trace huit lignes parallèles à l'intérieur, comme ça. Chacune délimite un cinquième de la charpente. Et quand j'ai fini, j'ai calculé les dimensions de chaque partie.

Au bout d'un moment, il se redressa avec un air satisfait.

— Par Dieu, regarde-moi cette ligne, ces courbes. On dirait l'intérieur des cuisses d'une femme. (Il sourit à Nico.) Mais tu ne peux pas savoir à quoi ça ressemble, pas vrai ? Tout ce que tu as besoin de savoir, c'est que les choses se présentent bien quand ça a cette allure. Cette seule vue me fait de l'effet. Ce soir, il me faudra une pute.

Il commença à reporter les mesures prises par les charpentiers.

— Quinze, quatorze et trois, treize et huit, treize et deux...

— Excusez-moi, le coupa soudain Nico. Vous avez dit treize et huit.

— Exact.

— C'était treize et six. J'ai entendu le bonhomme vous le dire.

Leonardus grommela.

— C'est absurde, mon gars. Je l'ai écrit moi-même. Tu

vois ? (Il montra le papier à l'enfant, qui regarda sans comprendre.) A quoi ça sert que j'te montre. Tu ne sais pas lire.

— Non, monsieur. Mais ça ne fait rien. C'était bien treize et six. Vous avez simplement mal reporté, c'est tout.

— Par le sang du Christ, mon gars...

Le visage empourpré, il était sur le point de retourner à son ouvrage sans accorder plus d'attention à l'intervention du garçon quand il se redressa.

— Très bien. On va vérifier. (Ils ressortirent et Leonardus reprit les dimensions.) Treize et six ! C'est ça ! souffla-t-il en secouant la tête.

De retour dans l'atelier, il se pencha sur le papier et fit la correction. Progressivement, pendant qu'il poursuivait son travail, une curieuse expression s'afficha sur son visage. Lentement, il se tourna vers son assistant.

— Comment as-tu fait ? demanda-t-il.

— Quoi ?

— Mémoriser un nombre sur une centaine... Arriver à repérer une erreur et à donner sa correction au milieu d'une telle série. Comment t'as fait ?

Nico haussa les épaules.

— Je ne sais pas vraiment. C'est juste quelque chose que je peux faire.

Leonardus garda le silence pendant un bon moment. Son regard mettait le garçon mal à l'aise, car il paraissait soudain glacial.

— Qu'ai-je dit à propos de la mesure de la deuxième charpente ? demanda doucement le maître artisan. Est-ce que tu t'en souviens ?

— Oui, monsieur. Vous avez dit qu'elle serait déterminée par la somme des deux plus petits de vos calculs à partir du centre de la base, jusqu'à la seconde marque.

Nico avait répété les mots précis sans avoir la moindre idée de ce qu'ils voulaient dire. L'autre le regarda bouche bée, mais lentement il commença à comprendre.

— El Hadji Farouk sait ce dont tu es capable ?

Sa voix était maintenant pleine de menace. Nico se tortilla, très mal à l'aise.

— Oui, monsieur. Mais qu'est-ce que ça fait ? Il a juste dit que c'était un bon tour de saltimbanque, c'est tout. Et il a proclamé qu'un jour je pourrais me produire avec des singes.

Leonardus bondit comme un tigre. Il attrapa l'enfant par le cou et les épaules, et le plaqua contre le mur. Abasourdi, choqué, Nico se balançait, jambes ballantes, soulevé par la poigne du colosse. Le visage de ce dernier était rouge de colère.

— Maudit fils de pute ! Sale, puant... Par le sang du Christ, tu m'as espionné !

Le gamin s'était mis à pleurer.

— Non ! s'étrangla-t-il. Jamais ! Je ne comprends pas ce que vous dites ! Je n'espionne pas. Je vous regarde, simplement.

Leonardus le gifla traîtreusement.

— Farouk tuerait pour avoir ces secrets. Il n'est jamais parvenu à les obtenir autrement et maintenant, par le Christ, il va les avoir par toi. Qu'est-ce que tu lui as dit ? (Il gifla l'enfant un peu plus fort. Ses yeux étaient devenus fous et injectés de sang, et le sang battait à ses tempes.) Tu lui as dit quoi ?

Nico retomba sur le sol en toussant.

— Rien ! Il n'est même pas là ! Personne ne m'a demandé quoi que ce soit !

Leonardus attrapa une hachette sur la table et s'avança.

— Et plus personne ne le fera, parce qu'un mort ne dit rien !

Le garçon leva un bras pour parer le coup, tranchant comme un rasoir, qui lui décollerait aisément la tête.

— S'il vous plaît, Leonardus ! Je le jure ! Je les déteste ! Je ne leur dirai jamais rien.

Le gros homme lui pressa la lame sur le cou jusqu'à ce qu'un filet de sang apparaisse.

— Ils te forceront. Ils te trancheront les orteils comme ils me l'ont fait. Ils t'arracheront les boyaux et les jetteront aux chiens. Combien de temps tiendras-tu ta langue quand ils te feront rôtir à petit feu ? Tu leur lâcheras tous tes secrets si tu crois que ça peut te donner la vie sauve.

— Alors, je mentirai. Je veux devenir chevalier. Je ne les aiderai jamais, même pas pour garder mes orteils. Je ne suis pas un lâche comme vous.

Leonardus tressaillit comme s'il avait été frappé par la foudre. Il se laissa tomber sur le sol en respirant lourdement. La hachette frémissait dans sa main. Farouk ! Maudit bâtard ! Rusé comme un renard ! Les Algériens connaissaient l'art de la construction navale. Lui, Leonardus, en possédait la science. Ils se débrouillaient pas mal, mais tous savaient que ses navires restaient inégaux à la course. Et cet avantage pouvait faire toute la différence : allait-on rentrer au port le bateau chargé de butin ou les cales vides... voire ne pas rentrer du tout ?

Les corsaires voulaient à tout prix ses galères. Farouk aurait pu en vendre cinq fois plus que Leonardus ne pouvait en construire. Peut-être n'était-ce qu'une question de temps et El Hadji Farouk finirait-il, de toute façon, par découvrir ses secrets. Tous les chantiers les cherchaient. Beaucoup les possédaient. Et les maîtres les protégeaient jalousement. Mais Leonardus n'entendait pas rendre les choses faciles à Farouk. Sa connaissance était son assurance sur la vie. Il savait qu'il aurait dû tuer Nico et s'en débarrasser, mais il s'était pris d'affection pour lui et dans tous les cas, celui-ci n'avait pas vu l'intégralité du processus. Une connaissance partielle n'apporterait pas grand-chose à Farouk. Quant à des données incorrectes... Leonardus réalisait soudain qu'elles pourraient faire grand tort à son maître.

— *Tajjeb wisq*, mon gars, lança-t-il. D'homme à homme, je veux croire à la parole d'un Maltais. Quand ils t'interrogeront — parce qu'ils finiront par le faire —, tu leur diras que tu ne sais pas. Parce que si tu leur lâches trop facilement les informations qu'ils attendent, ils se douteront que quelque chose cloche. Ça te coûtera une bonne bastonnade. Mais ensuite, voilà ce que tu leur raconteras.

Et il passa le restant de l'après-midi à enseigner à Nico les formules mathématiques secrètes pour construire un navire... qui irait directement au fond de l'eau si elles étaient mises en œuvre.

Ameerah était la première épouse d'El Hadji Farouk, mais elle était stérile. Si beaucoup d'hommes auraient divorcé dans un tel cas, Farouk ne l'avait pas fait. C'était sa deuxième femme qui lui avait donné Youssouf. Elle était morte en lui donnant le jour, ce qui avait permis à Ameerah de conserver sa place.

Celle-ci avait fait de son mieux pour le satisfaire sexuellement. Pendant un temps, leur relation avait été très chaude, mais le désir de Farouk pour elle s'était éteint depuis longtemps. Et cela faisait des années qu'il ne lui avait plus fait la faveur de se glisser dans son lit. Quand il avait envie d'une femme, il prenait une de ses plus jeunes épouses ou une des concubines qu'il entretenait dans les villes où il se rendait. Mais à dire vrai, le plus souvent, El Hadji Farouk préférait un garçon.

Le fait de partager son mari n'avait jamais gêné Ameerah, surtout depuis qu'elle savait qu'elle ne lui donnerait pas d'héritier. Mais quand il ne la désira plus du tout, ce fut plus qu'elle n'en put supporter : elle prit des amants, des dizaines d'amants ! Des affranchis et des esclaves, des Maures et des Berbères, parfois même Abbas, le grand Noir. Elle couchait avec eux quand Farouk dormait sous le même toit, ivre de vin. Le danger excitait Amerrah comme les garçons excitaient Farouk.

Quand l'étoile de Mehmet pâlit auprès de celui-ci, elle l'attira dans son lit. Tel un sycophante cherchant à entrer dans ses bonnes grâces, il s'y glissa gaillardement. Entre deux caresses, il lui disait tout ce qu'il savait sur son maître et les personnes vivant dans la maison. Elle le méprisait, mais c'était un bon amant et il prétendait apprécier les moments qu'il passait avec elle. En outre, il préservait soigneusement l'intimité de sa maîtresse. Elle couchait avec lui parce qu'elle savait qu'il connaissait ses secrets et que, maintenant, il ne pouvait la trahir qu'en mettant sa propre vie en jeu.

Elle avait bien remarqué qu'il faisait son possible pour nuire à Nico afin de conserver sa place au sein de la maison. Ses manipulations et ses mensonges étaient trop évidents. L'alun versé dans le *macolique* en était un exemple typique, aussi grossier que transparent : Mehmet l'avait déjà beaucoup trop utilisé.

Mais subtil ou pas, Mehmet devenait dangereux. Ameerah avait envisagé de demander à Abbas de régler la question avec sa cordelette de soie. Mais elle n'avait aucune envie de déplaire à son époux, qui continuait à prêter occasionnellement quelque intérêt aux talents du garçon. Mais même celui-ci allait diminuant. D'ici peu de temps, supposait-elle, Farouk finirait par étrangler lui-même Mehmet dans un accès de rage, ou il le revendrait au bey, dont les goûts étaient moins raffinés. Elle ne regretterait pas sa disparition.

La haine de Mehmet à l'endroit de Nico n'avait rien d'étonnant. La beauté de ce dernier était incomparable. Il avait une peau douce et immaculée. Ses longs cils sensuels soulignaient des yeux encore innocents. Il n'y avait aucune malice en lui, mais son esprit était un trésor. Quand il répétait les histoires qu'il entendait sur le marché, il se souvenait de tout à la perfection, jusqu'aux inflexions des conteurs. Ainsi, s'il n'en comprenait pas le sens, il était néanmoins capable de les restituer comme s'il les avait vécues. Elle aimait le voir grandir sous ses yeux. Il allait devenir un homme formidable.

Les esclaves l'intéressaient rarement plus que les coqs qui se pavanaient dans les allées. Et généralement, elle ne comprenait pas la fascination de son mari pour les garçons. Mais elle saisissait parfaitement celle qu'on pouvait avoir pour Nico, car son charme était évident. Elle souhaitait le materner, le protéger et le nourrir. Après l'incident de l'alun, elle lui avait dit de ne plus se laisser faire.

— Je ne connais pas de personne plus intelligente que toi. Mais c'est Mehmet le plus malin. Tu dois apprendre à déjouer les manœuvres d'êtres comme lui ou ils auront toujours l'avantage.

Mais elle n'avait pas seulement envie de le défendre. Dès l'instant où elle l'avait vu, une autre idée avait germé dans son esprit, aussi obsédante que dangereuse : elle voulait avoir Nico pour elle avant son mari. Elle passait son temps à le titiller. Sa fascination ne cessait de grandir chaque fois qu'il rougissait ou détournait pudiquement le regard. A sa connaissance, elle n'avait jamais eu d'amants de moins de quinze ou seize ans. Elle se demandait si les talents de Nico au lit atteindraient le niveau de ses dons intellectuels. Elle décida de le découvrir.

Un matin de *jum'ah*, quand les épouses effectuaient leur visite hebdomadaire à la mosquée, Ameerah feignit d'être malade et les laissa partir sans elle. Elle demanda à Mehmet qu'on ne la dérange pas de la matinée, sauf pour lui servir son petit déjeuner.

Elle se trouvait dans sa salle de bains privée, en train de se sécher avec une épaisse serviette, quand elle entendit le subtil bruissement des tapis, avant de sentir l'arôme du pain frais et du miel. Nico venait d'arriver à l'entrée de sa chambre. Il devait l'attendre respectueusement près de la porte. Elle se poudra, se parfuma et revêtit sa robe diaphane. Par-dessus, elle enfila une tunique de soie moins transparente. Elle attacha ses cheveux avec des rubans, repoussa la tenture de séparation et s'avança dans la pièce.

Nico la salua avec un sourire poli. Elle avait sa tenue partiellement ouverte et savait que sous le tissu, le galbe de ses seins était parfaitement visible ; mais elle ne faisait rien pour les dissimuler. Gêné, l'enfant regardait ailleurs et se dandinait sur la plante des pieds.

— J'ai faim, Nico.

Elle se laissa tomber sur les coussins, puis s'appuya sur un coude. Il s'avança timidement, tenant le plateau. Quelque chose était différent des autres jours, il le sentait bien.

— Assieds-toi, lui dit-elle en lui désignant un coussin.

Comme d'habitude, il lui coupa une tranche de pain, qu'il tartina de miel. Puis il lui versa du lait de chèvre chaud, avant de lui tendre la coupe des deux mains. Elle la prit, mais la posa à côté d'elle sans la boire. Lentement, tout en gardant ses yeux dans les siens, elle lui attrapa la main et la guida vers sa joue. Il se raidit et retint sa respiration. Son innocence la fit sourire. Il gardait sa main parfaitement immobile, de peur de faire le moindre mouvement qui pourrait l'offenser. Sa paume conservait encore la chaleur du lait et, posée sur sa peau, procurait une sensation exquise à Ameerah. Elle ferma les yeux et lentement, sensuellement, prit les doigts du garçon et les embrassa l'un après l'autre.

Puis elle regarda Nico : pudiquement, plongé dans ses pensées, il fixait le plafond.

— A quoi penses-tu, Nico ? dit-elle doucement.

— A une maquette de bateau, madame. Maître Leonardus m'a raconté qu'à Venise, il en réalisait une avant toute construction. Et aussi, je me disais que votre pain refroidissait. En voulez-vous maintenant ?

Sa manière de se comporter en enfant avait complètement gâché la magie de l'instant pour elle. Ses yeux se remplirent soudain de larmes. Elle attrapa la main de Nico et la guida pour qu'il les lui essuie. « Ce n'est qu'un esclave. Pourquoi m'affecte-t-il tant ? »

— Je vous ai mise en colère, madame ? Ce n'était pas mon intention. Que dois-je faire ?

Elle remonta sa robe sur son cou.

— Laisse-moi, murmura-t-elle.

Nico ne trouva pas le sommeil cette nuit-là. Il craignait d'avoir passé un examen et de l'avoir échoué avant même qu'il ait commencé. Ça concernait le sexe, il le savait. Un moment, il voulut réveiller Ibi pour lui raconter ce qui s'était passé et lui demander son avis. Mais sa propre stupidité lui faisait honte. Ce qui l'inquiétait le plus, c'était que son ignorance en cette matière risquait de le desservir fortement quand il se retrouverait face à son maître. Devant celui-ci, elle entraînerait le déplaisir, et nul n'ignorait que du déplaisir d'El Hadji Farouk à la mort, il n'y avait qu'un pas.

Il ignorait combien de temps il lui restait avant cette épreuve. Il avait entendu dire que son maître avait dû quitter inopinément Tunis pour se rendre à Venise. De tels changements n'étaient pas rares et, en l'occurrence, ils offraient un répit de plusieurs mois à Nico.

Parviendrait-il à s'échapper d'ici là ? Il n'en savait rien. Mais il était certain que Leonardus était prêt à réessayer. Nico aborda le sujet dès le lendemain, quand ils se retrouvèrent seuls.

— On devrait faire des plans pour s'évader, vous ne croyez pas ?

— Mmmm, je suppose, fut la seule réponse qu'il obtint.

Le jeune garçon connaissait maintenant assez Leonardus pour être soupçonneux. C'était la quatrième ou la cinquième fois qu'il soulevait le sujet. Et chaque fois, réalisa-t-il, Leonardus gardait le silence ou tout au moins refusait de prendre position — or, en temps normal, Leonardus ne se taisait pas ni ne se dérobait, quel que soit le sujet. Cela convainquit l'enfant que le maître constructeur préparait quelque chose. Mais il avait beau fureter partout sur le chantier, tout observer et tendre l'oreille, il ne décelait aucun signe suggérant que l'artisan envisageait un plan pour ne pas mourir en captivité à Alger.

Chapitre 9

Le garçon s'affairait seul sur les falaises de Gozo. Il se balançait au bout d'un filin à près de deux cents pieds au-dessus des vagues qui s'écrasaient sur les rochers déchiquetés en soulevant des nuages d'écume. Au sommet, la corde était attachée à un arbre. A son autre extrémité, l'enfant pendait, assis dans une sangle qu'il avait fabriquée, et qu'il pouvait baisser et lever grâce à une ingénieuse série de nœuds.

Il connaissait le moindre secret des parois calcaires. Pendant la journée, il cherchait les nids de pigeons, toujours bien cachés. Il guettait les allées et venues des adultes pour repérer leur emplacement. Pendant qu'ils étaient sortis, il fixait un filet enroulé au-dessus de l'ouverture, puis il visait une saillie à proximité où il puisse s'arrimer et dormir. La nuit venue, quand les oiseaux se trouvaient à l'intérieur, il déroulait le filet. Le lendemain matin, il tendait la main dans l'échancrure pour récupérer son butin.

C'était une activité dangereuse, qui en avait tué plus d'un qui s'y était risqué. Mais le garçon était très agile et téméraire, et escaladait les falaises depuis ses six ans.

Il y eut un temps où elles lui procuraient suffisamment à manger et même des plumages à vendre. Mais cela faisait si longtemps qu'il traquait les oiseaux qu'ils commençaient à se raréfier. Il connaissait d'autres terrains de chasse, par exemple les escarpements de ix-Xini et Ta'Cenc, mais il redoutait d'y rencontrer quelqu'un. Il vivait seul depuis une éternité, et plus la date de son dernier contact avec un être humain s'éloignait, plus il les craignait. Pourtant, il savait bien que l'heure approchait où la faim l'emporterait sur la peur et où il se risquerait là-bas.

Au cours des dernières semaines, il avait longuement cherché des baies. Mais la chaleur avait fait souffrir les arbustes et une journée complète de cueillette ne lui remplissait pas le ventre. La pêche ne lui souriait pas davantage. Il avait perdu son dernier hameçon en tentant de ramener un gros églefin et il n'avait aucun moyen de le remplacer. Même son précieux couteau, sa lourde dague de chasse à lame de Damas qui avait appartenu à son père, avait disparu ce matin quand il lui avait échappé des mains à flanc de rocher. Il avait pu récupérer la poignée, mais la plus grande partie de la lame brisée s'était perdue dans l'eau. Il allait pouvoir retailler le bout sauvé pour lui rendre un semblant de forme, mais ce ne serait jamais plus un couteau.

La vie devenait difficile. Il allait devoir faire quelque chose très rapidement, quelque chose de nouveau. Il ne savait pas quoi. Mais pour l'instant, il préférait ignorer la faim pour pratiquer son jeu favori. Il adorait rester ainsi suspendu contre la falaise, avec la mer loin au-dessous. Quand il se trouvait au bout de la corde, il pouvait donner de grandes impulsions pour s'écarter de la paroi, planer un moment au-dessus de l'eau comme un oiseau, avant de revenir doucement vers la roche et recommencer. Parfois, il passait des heures à jouer ainsi au pendule. Il était justement en train de faire une série d'oscillations. Le dos retenu par la sangle, bras et jambes libres, il avait l'impression de voler. Il n'avait même pas besoin de regarder la muraille. Régulièrement, ses pieds nus la retouchaient. Immédiatement, ils se relançaient dans le vide, tournoyant, planant en décrivant de longs arcs. Puis la plante de ses pieds retrouvait le contact froid de la pierre. Il contemplait le ciel, les nuages, le soleil... Tandis qu'il se balançait, il avait l'impression que c'était eux qui tournoyaient, apparaissant et disparaissant derrière la surface rocheuse...

Il se redressa pour s'asseoir dans sa sangle.

Un homme se tenait au sommet et le regardait. Jamais personne ne venait dans cette partie de Gozo, l'île la plus septentrionale de l'archipel. Cela faisait près d'un an qu'il n'avait vu personne, sauf à grande distance.

Exposé comme il l'était, il se sentait totalement vulnérable. Le soleil se trouvait derrière la tête de l'inconnu, si bien que le garçon ne pouvait voir son visage. Et il ne discernait pas davantage s'il était armé.

— Laisse-moi tranquille ! lui cria-t-il.

L'homme ne bougea pas. L'enfant attrapa ce qui lui restait de couteau et le brandit en essayant de dissimuler l'état de la lame.

— Je peux te tuer avec ça.

— J'imagine que tu le pourrais si tu me frappais avec, répondit enfin l'intrus en regardant l'arme brisée. Est-ce que tu tues tous ceux qui viennent pêcher ici ?

— Va-t'en. Ce sont mes falaises.

— Mille pardons, Votre Seigneurie, dit l'autre avec une petite inclination polie. Je l'ignorais.

Il se déplaça le long de l'à-pic. Le garçon l'entendit siffler doucement, puis il le vit disparaître derrière la corniche. A mesure que le sifflement s'éloignait, le gamin remonta rapidement la corde. Parvenu au sommet, il jeta un coup d'œil prudent. Aucune trace de l'importun. Quand soudain, il réapparut au pied de la falaise, tout près de l'eau. En sautant habilement de rocher en rocher, il gagna une petite langue de gravier. Sans jamais avoir relevé les yeux, il s'installa pour pêcher.

Fençu plaça le morceau de fromage au bout de son hameçon et jeta sa ligne à l'eau. Il perçut le regard de l'enfant sur son dos, mais ne se retourna pas. Au bout d'une heure, il prit du pain et un sac de noisettes dans son panier d'osier. L'air de rien, il commença à manger. Il ne fallut pas longtemps avant qu'il sente la présence toute proche du garçon. Bientôt, il vit son ombre s'étendre par-dessus son épaule, puis sur les rochers et enfin sur l'eau.

Fençu se tourna et leva les yeux. Le gamin avait le visage décharné et sale, les joues maigres et les vêtements loqueteux. Il ne le regardait pas : il avait les yeux fixés sur le pain. Le chef de M'Kor Hakhayyim en rompit un gros morceau et le lui tendit. L'affamé l'attrapa et l'engloutit en deux bouchées.

— Je m'appelle Fençu.

Il lui proposa une pleine poignée de noisettes.

— Et moi Jacobus, répondit l'autre entre deux bouchées. Je vois pas ton bateau.

— Je l'ai caché dans la baie de Xlendi.

— Tu connais Gozo ?

— J'y ai vécu. Mais il y a bien longtemps que je n'y étais pas revenu. Je voulais voir comment marchait la pêche ici.

— T'as pas l'air très bon pour ça, remarqua l'enfant en montrant la ligne. Tu n'attraperas jamais rien comme ça.

— D'habitude, ça marche pas mal, sourit Fençu. Mais je n'ai pas aussi faim que toi.

— Je n'aurais pas faim si j'avais des hameçons.

L'adulte fouilla dans son panier.

— Prends-en un. Mais fais attention à ne pas le perdre. Allez, montre-moi.

Jacobus choisit un crochet. La pointe brillait au soleil.

— Il est bien pointu.

Rapidement, il l'attacha à la ligne. Fençu lui passa un morceau de fromage moisi pour servir d'appât, mais Jacobus le dévora immédiatement. Puis il se jeta à quatre pattes et se mit à retourner les rochers. Il cherchait quelque chose qu'il parvint enfin à dénicher : un scarabée noir luisant. Il le planta au bout de l'hameçon. Les pattes du coléoptère s'agitaient furieusement. Jacobus s'approcha de l'eau et plongea la ligne à un endroit que Fençu avait négligé parce qu'il le jugeait trop peu profond. Cinq minutes plus tard, un poisson mordait. Jacobus le sortit et le jeta sur la grève. L'animal luisant se tortilla et battit de la queue sur le gravier jusqu'à ce que le garçon le frappe avec une pierre. Avec une extrême dextérité, il utilisa son moignon de couteau pour l'écailler et lui trancher la queue contre une pierre. Puis il le mangea cru, entrailles comprises, avant de nettoyer le moindre lambeau de chair sur les arêtes avec ses dents.

Fençu le regarda faire, quelque peu dégoûté.

— Je reconnais que tu sais pêcher, mais tu devrais apprendre quelque chose de la cuisine et de la préparation des aliments.

Jacobus essuya le sang de sa bouche et se lécha les doigts.

— Mon père m'a appris à pêcher. Il m'a aussi appris les falaises.

— C'est un oiseleur ?

— C'était le meilleur, sauf pour moi. Jusqu'à sa chute. Ils ont dû lui couper la jambe. Après, il n'a plus été bon que pour garder les moutons.

— Où est-il ?

— Mort.

— Et ta mère ? Ta famille ?

— Les corsaires les ont pris. Ils ont enlevé tout le monde.

Fençu connaissait bien l'histoire. Deux ans plus tôt, les chevaliers de Saint-Jean avaient monté une attaque contre Dragut à Tunis. Le raid avait échoué. En représailles, les Turcs avaient envoyé une flotte commandée par l'amiral Sinan Pacha, accompagné par Dragut et ses galères, sur Malte et Tripoli. Elle était arrivée l'été précédent. Dissuadés par les défenses de l'ordre de Saint-Jean sur l'île principale, Sinan et Dragut s'étaient rabattus sur Gozo. Dragut avait une revanche à prendre. Quelques années auparavant, son frère avait été tué là et son corps avait été brûlé par le gouverneur qui appartenait à l'ordre. Quand ils virent les vaisseaux approcher, les habitants de Gozo fuirent en hâte leurs maisons pour aller se réfugier dans la citadelle. Seulement, il s'agissait d'une forteresse faible, qui tomba rapidement. Les Turcs emmenèrent tout le monde en esclavage, soit cinq mille âmes, hommes, femmes et enfants. Ils ne laissèrent derrière eux que douze vieillards pour qu'ils puissent raconter à Malte ce qui arrivait à ceux qui défiaient les Turcs.

Douze vieillards, réfléchit Fençu... et un garçon.

— Pourquoi ne t'ont-ils pas emmené ?

— J'étais sur les falaises. Je ne rentrais jamais chez moi avant que mon panier soit plein. Parfois, je pouvais rester trois ou quatre jours suspendu. A cause du bruit de la mer, je n'ai même pas entendu les coups de feu. J'étais en train de revenir à la maison quand j'ai vu ce qui se passait. Mais presque tout le monde était déjà sur les bateaux. L'île brûlait. (Il fit une pause pour déglutir. Des larmes envahirent ses yeux, mais honteux, il les essuya immédiatement.) En me cachant, j'ai essayé de m'approcher pour voir ma famille. Mais j'ai pas pu et j'ai dû m'enfuir. Les Turcs continuaient de ratisser les lieux pour empoisonner les sources et tout incendier. Ils m'ont vu et m'ont donné la chasse. J'ai dû retourner sur la paroi. Au bout de trois jours, je ne tenais plus. Alors je suis remonté. Il faisait déjà presque noir. Tout le monde était parti. Même les chiens. Je n'ai pas pu retrouver notre cabane. Elle était près du *castello*. J'ai récupéré ce que je pouvais dans les cendres : des filets, des hameçons et ce couteau... Les Turcs avaient presque tout pris.

— Donc tu as vécu seul depuis tout ce temps ?

— Il n'y a plus personne. Les rares qui viennent sur Gozo ne représentent rien de bon. Quand quelqu'un approche, je me cache. (Il regarda Fençu.) T'es le premier qui me voit. Jusqu'à maintenant, j'ai pas été mal. Mais je trouve pratiquement plus de baies et la chasse n'a pas été bonne, ces derniers temps. J'ai besoin d'hameçons et d'un nouveau couteau. J'ai une bonne corde, mais elle s'use. J'étais pas mal et ça continuera comme ça. J'ai juste besoin de trouver comment fabriquer ces objets dont j'ai besoin.

Fençu avait trois couteaux sur lui, qu'il utilisait pour différentes tâches. Il prit le plus petit et le tendit au garçon.

— Tiens. Je te donne celui-là. Je n'en ai pas besoin.

Jacobus jeta des yeux écarquillés sur ce trésor, mais il ne le prit pas.

— Je peux pas te payer.

— Eh bien, attrape-moi d'autres poissons. Je suis venu pour ça.

Jacobus sourit. Bientôt, il replongea pas moins de trois lignes dans l'eau. Tout en pêchant, il acheva les noisettes de Fençu et aussi son pain. Malgré cela, il avait encore l'air affamé.

Entre deux prises, il montrait les oiseaux. Il les connaissait tous : grives et colombes, fauvettes jaunes ou à tête noire, loriots jaunes et engoulevents, cailles et bécassines. Il en attrapait certains, expliqua-t-il, et les autres, il ne faisait que les observer.

— Une fois, j'ai capturé un faucon sur les falaises. Mon père l'a revendu à l'un des chasseurs de faucons autorisés, qui lui-même l'a cédé aux chevaliers de Saint-Jean. J'ai entendu dire qu'ils l'avaient donné à l'empereur pour régler leur rente annuelle, dit-il fièrement. Mon père avait gagné plus avec cette vente qu'au cours de toute une saison à garder les moutons. Il disait que nos faucons sont les meilleurs du monde. Il y a des rois qui en possèdent, tu sais ça ? Ils chassent avec.

Tout le temps de ces bavardages, Jacobus ne cessait de prendre du poisson. L'après-midi tirait largement sur sa fin quand Fençu se leva, le panier débordant.

— Je ferais mieux d'y aller. Mon bateau est petit. Je dois traverser le chenal avant qu'il fasse complètement noir.

Jacobus avait l'air déçu.

— Tu pourrais rester ici pour la nuit, dit-il d'une petite voix. J'ai de la place. Nous pourrions faire un feu.

— Ma femme m'attend.

— Oh !

Le garçon lança une pierre dans l'eau, tandis que Fençu jetait son panier sur son épaule.

— Pourquoi ne viens-tu pas, toi, avec moi ?
— Pour faire quoi ?
— Tu pourrais vivre avec nous. Nous habitons dans une grotte, nous aussi.

— J'ai onze ans, s'offusqua Jacobus. Ou peut-être même douze. Je peux m'occuper de moi.

— J'en suis certain. Mais je me disais simplement que ce serait bien d'avoir une main supplémentaire pour pêcher. Et je pensais que tu étais un peu seul.

— J'aime ça, répondit-il en secouant la tête.

L'homme haussa les épaules.

— Comme tu veux ! On se reverra peut-être. Bonne pêche, Jacobus. Et gare aux corsaires.

Il remonta la grève et s'arrêta pour ramasser un peu d'herbe. Il la plongea dans l'eau de mer et la plaça au-dessus des prises pour les garder au frais. Puis il tourna les talons en faisant un petit signe à l'enfant.

Quand il atteignit sa barque à Xlendi, Jacobus l'avait déjà rattrapé. Il avait pris sa main pour finir la route. Et ensemble, ils ramèrent pour traverser le chenal.

Jacobus hérita d'une niche dans la caverne de M'Kor Hakhayyim et s'aménagea un confortable lit de paille. Le chef de la communauté était content d'avoir quelqu'un de plus pour rapporter de la nourriture. Il pouvait ainsi se libérer pour accomplir son travail de charpentier qui, comme ses rapines, rapportait de l'argent frais. Au cours des premiers jours, ils pêchèrent et piégèrent du petit gibier ensemble.

— Fais bien attention aux capitaines du village, l'avertit Fençu. Ils auront vite fait de te mettre la main dessus et de t'amener devant l'ordre pour braconnage.

Par édit du grand maître, trois coups de fouet et une année de galère venaient sanctionner un tel délit. En cas de récidive, la sentence était la condamnation aux galères à vie.

— Je n'ai pas peur de l'ordre, dit Jacobus. Mais de toute façon, ils ne m'attraperont pas.

Même Fençu n'avait pas le talent du garçon pour la chasse. Les plats se remplirent bientôt des proies délicieuses qu'il prenait. Il ramenait des anguilles capturées dans les torrents près de Mdina et des tortues de mer de la baie de Saint-Paul.

C'était une chance, parce que lui-même mangeait comme quatre.

Il avait appris la judéité de Fençu avec une totale indifférence. Lui-même était athée, et n'avait pas d'autre ambition que de se remplir le ventre et de tuer les hommes qui avaient emmené sa famille.

A part quand il était seul avec Fençu, il se montrait d'une timidité maladive. Il n'avait pas guéri de sa peur des gens. Il descendait de son perchoir dans la caverne juste assez longtemps pour récupérer sa nourriture. Et encore, il ne partageait jamais le repas des autres : il remontait bol et cuillère dans sa niche. De là, il pouvait entrevoir les curieuses cérémonies religieuses, les danses et les jeux. S'il était invité à s'y joindre, il s'y refusait.

Finalement — seulement une quinzaine de jours après son arrivée à M'Kor Hakhayyim —, une cérémonie juive divertissante le fit descendre de son nid. A dire vrai, la fête, certes, mais aussi la présence d'une fille de Birgu répondant au nom de Maria Borg.

La réserve de Maria à l'endroit des célébrations juives s'évanouit à l'occasion de Pourim, une fête qui célébrait le triomphe du bien sur le mal. C'était une histoire de juifs vivant au milieu de gentils. Fençu avait passé l'après-midi dans les préparatifs. L'heure avançant, Maria commença à dire au revoir et à s'apprêter à partir. Elle vit que la tempête qui avait balayé l'île une bonne partie de la journée n'était toujours pas terminée, mais que l'éclaircie semblait proche. Plutôt que de courir sous la pluie, elle décida d'attendre la fin de l'orage. Elle s'assit près de l'entrée, bien à l'écart du passage, et regarda ce que ses amis faisaient.

Fençu se tenait près de la source, avec son public réparti autour du feu. Il venait de terminer une série de tours de prestidigitation, faisant disparaître des morceaux d'argile derrière les oreilles des enfants et trouvant des œufs là où l'on n'aurait pas dû en découvrir. Puis il en cassa un sur la tête de Cawl, l'orfèvre.

Maintenant que les spectateurs étaient suffisamment agités, il entama l'histoire de Pourim.

— Sois béni, ô Elohim, source de l'univers, qui as sanctifié nos vies par tes lois, récita-t-il de mémoire, et qui nous a ordonné de lire le Livre d'Esther. (Il regarda ses amis et haussa les épaules.) Hélas, comme nous ne l'avons pas en notre possession et que je ne peux donc le lire, vous allez devoir me faire confiance pour la suite.

Les enfants hurlèrent et applaudirent, tout excités.

De son côté, Maria remarqua que Jacobus observait également la scène depuis son perchoir, planté dans la paroi opposée. Elle l'avait déjà vu plus tôt et soudain, elle se rendit compte qu'il la regardait. Elle lui adressa un petit signe de la main, mais fut incapable de dire s'il lui avait répondu de la même façon. Elle ne pouvait voir que le haut de sa tête et le blanc de ses yeux, qui se concentraient de nouveau sur la caverne éclairée par le feu.

En bas, Fençu commença l'histoire vétérotestamentaire d'Esther, une jeune juive modeste, d'un roi perse du nom d'Assuérus et de son horrible grand vizir, Haman, qui voulait massacrer tous les juifs du royaume, car il les jugeait rebelles et irrespectueux.

Fençu ne se contentait pas de raconter. Il jouait chacun des personnages, changeant de voix, de costumes et d'attitudes au fil du récit. Quand il devenait Esther, sa voix montait d'une octave. Il multipliait les battements de cils et faisait mine de s'évanouir. Les enfants exultaient de rire.

Un courant d'air faisant frissonner Maria, elle décida de redescendre et de se rapprocher du feu pour s'installer près d'Eléna.

Entre-temps, Fençu s'était changé en Assuérus. Il se pavanait en se dandinant sous une couronne d'aigrettes, sa voix retentissant sous la voûte de la caverne. Puis il devint l'épouse du roi, Vashti, adoptant une voix de fausset et s'évanouissant, là encore, quand son mari la répudiait pour l'avoir défié.

Maria sentit soudain une présence à côté d'elle. C'était Jacobus. Il ignorait Fençu et la fixait, émerveillé. Elle lui sourit. Sans se départir d'un air très sérieux et sans quitter son visage des yeux, il lui toucha les cheveux.

Fençu devenait le héros Mardochée, l'oncle d'Esther. Il avait plongé derrière un pilier rocheux avant de ressortir vêtu d'une longue cape et arborant une expression sérieuse. Il se lança dans un discours passionné, mettant en garde Assuérus contre le mal qui se manifestait dans son royaume.

— Tu ressembles à ma sœur Romana, murmura Jacobus.

Maria prit ses mains dans les siennes.

— Et toi, à mon petit frère, Nico.

Cette fois, il lui retourna son sourire. La jeune fille s'intéressa au spectacle. Elle sentit que le regard du garçon ne la lâchait pas. Mais progressivement, à mesure que Fençu poursuivait la représentation, l'attention de Jacobus se déplaça vers celle-ci.

Chaque fois que Fençu devenait Haman ou prononçait son nom, les enfants agitaient les crécelles qu'il leur avait fabriquées et conspuaient le nom du malfaisant, car Haman voulait faire tuer tous les juifs du royaume. La première fois que ce chahut survint, Maria se contenta d'observer en riant ce que les autres faisaient. La seconde, elle attrapa une crécelle et la fit tourner en criant avec les autres.

Au péril de sa vie, la courageuse Esther révéla au roi qu'elle était elle-même juive. Elle condamna le grand vizir et le roi le fit mettre à mort. Quand Fençu mima la pendaison d'Haman, les yeux écarquillés, les joues gonflées, le corps se contorsionnant au bout de la corde, même Jacobus rit joyeusement en tapant ses pieds sur le sol... tandis que sa main restait fermement serrée dans celle de Maria.

Ensuite, il y eut une modeste fête. Là encore, la jeune fille décida de rester. Elli lui tendit une coupe de lait de chèvre chaud au miel. Maria déclina l'offre, car elle pensait que cette boisson avait une signification religieuse. Voyant cela, Fençu s'approcha en souriant :

— Ne t'inquiète pas, dit-il en lisant quasiment dans son esprit. Tu ne vas pas devenir juive pour avoir bu ça à Pourim.

Ce fut une soirée merveilleuse, au terme de laquelle les juifs d'Esther furent sauvés. Maria considéra une fois pour toutes que ceux de M'Kor Hakhayyim ne pouvaient être les mêmes que ceux dont elle avait entendu les histoires. Quant à Jacobus, il décida qu'il épouserait Maria Borg quand il serait grand.

Dès lors, Maria rata rarement une célébration. Elle avait toujours du mal à y participer elle-même, de peur de commettre un péché par inadvertance. Par ailleurs, elle veillait à cacher ses activités à son père, qui l'aurait fouettée jusqu'au sang pour avoir frayé avec des juifs, convertis ou non, et à Dun Salvago, dont l'Eglise aurait fait pis encore. Elle se dit qu'elle ne faisait rien de mal en se contentant de regarder et d'écouter… et, occasionnellement, de toucher et de goûter. Surtout qu'elle gardait à l'esprit sa promesse silencieuse de fuir au premier signe diabolique pour ne jamais revenir.

A Hanoukka, elle assista au rite du miracle de l'onction, quand une nouvelle bougie de la hanoukka était allumée chaque soir pendant huit nuits. A Soukkoth, la fête des récoltes à l'automne, ils construisirent tous ensemble une *sukkah* surplombant la mer. C'était une hutte de pierre et de branchage, décorée d'herbes sèches et de bougies. Cette année-là, il n'y avait pas eu de moisson, mais Fençu avait horreur de manquer une occasion de rendre grâce.

— Même si nous habitons aujourd'hui dans une maison, déclara-t-il en désignant la grotte, nous aurons peut-être un jour à vivre dans une hutte. (Il montra du doigt la *sukkah*.) Nous devons nous réjouir dans toutes les demeures qu'Elohim nous procure.

Et c'est bien ce qu'ils firent, avec force soupe à l'oignon et infusion miellée. Ils allumèrent un bûcher et dansèrent sous les étoiles au son du tympanon d'Eléna. A chacune de ses visites, Maria apportait des friandises à Jacobus. Le garçon s'accrochait à elle jusqu'à ce qu'Eléna le repousse en lui reprochant d'être empoisonnant.

Si la jeune courtisane connaissait des moments de bonheur dans la grotte, elle persistait à vouloir quitter Malte, où l'avenir d'une prostituée, juive ou non, était loin en deçà de ce qu'elle souhaitait pour elle. Elle avait couché avec des hommes qui lui avaient mis dans la tête des rêves qui la hantaient, des visions de richesses, de bonheur et d'amour, autant de choses que l'on pouvait trouver aisément ailleurs. Maria et elle se racontaient encore et encore les récits du conteur italien, et particulièrement les histoires d'amour. C'était celles-là que Maria préférait, en dépit de leur présentation un peu caricaturale des hommes et des femmes qui s'adoraient. Elle n'avait jamais vu deux personnes se comporter ainsi. Ceux qui s'en rapprochaient le plus étaient Elli et Fençu, qui ressemblaient, en tout cas, à deux bons amis riant facilement ensemble. Mais d'amour romantique, en somme l'amour de leurs rêves, le seul qui les intéressât, il ne semblait pas y avoir trace dans tout l'univers.

— C'est parce qu'il n'existe pas à Malte qu'on pense ça, expliqua Eléna. Il n'y a que le *scopare*. Pour l'amour, on doit aller en Franza. Et tu sais, là-bas, tu trouveras toujours quelqu'un qui t'apprendra à lire.

Franza ! De nouveau, la France alimentait les rêves de Maria. La France, avec ses champs de lupin, ses cuillères d'argent, ses grands châteaux, son amour, et les livres à la portée des filles. Tout ce qui pouvait avoir de l'importance et toute la beauté du monde paraissaient exister en France, et seulement là, alors que tout ce qui était terne et épouvantable s'était apparemment donné rendez-vous à Malte. Dans un premier temps, elles adoraient parler de s'évader de cet environnement, comme elles auraient pu rêver de flotter sur des nuages, autrement dit sans rien envisager de particulièrement concret. Mais à force d'en discuter, l'idée commença à grandir dans leur esprit et, progressivement, à les obséder. Finalement, elles s'inscrivirent tellement dans le réel qu'elles se mirent à économiser de l'argent.

Maria vendit du guano et des roseaux qui servaient pour faire des torches ou couvrir des toitures de Birgu. Elle travaillait dur mais gagnait peu, ce qui avait tendance à la décourager. Pour réunir l'argent nécessaire au voyage, il lui faudrait négocier une pile de guano haute comme le Sciberras.

Alors elle chercha d'autres travaux à faire. Mais elle devait se montrer très prudente. Si jamais Luca Borg venait à le découvrir, il la battrait, car ça lui donnerait l'impression qu'il n'était pas capable de subvenir aux besoins de sa famille... ce qui était bien souvent le cas. Il trimait de l'aube au crépuscule et n'était pas là pour se préoccuper d'elle. Même si Maria assumait ses tâches domestiques, il n'y prêtait pas la moindre attention. Depuis longtemps, elle avait appris à ne se soucier que de sa mère. Derrière ses cancans et sa langue un peu trop pendue, c'était une femme timide, faible et à la larme facile.

Quoi qu'il en soit, les travaux ne couraient pas les rues. La plupart des gens sollicités repoussèrent brutalement Maria en tançant son impudence. Mais pas tout le monde. Un tisserand l'engagea pour filer. Elle travaillait quelques heures chaque fois. Les semaines passèrent. L'homme lui promettait de la payer, mais elle ne voyait rien venir. Elle insista d'abord gentiment, puis de manière plus appuyée. Et deux mois s'écoulèrent ainsi. Lorsqu'elle menaça de le quitter s'il ne réglait pas son dû, il la jeta dehors.

— Je connais ton père, dit-il. Si je te revois ici, je lui raconterai tout.

L'argent était perdu, mais elle décida de ne pas le laisser s'en tirer ainsi. L'épouse de l'artisan tenait un étal sur le marché, où elle vendait ses grosses bobines de fil. Fençu confia à la jeune fille du goudron qu'il avait récupéré sur les quais, où il œuvrait parfois. Pendant qu'Eléna détournait l'attention de la bonne femme, Maria versa la poisse sur trois bobines.

Elle dénicha un autre travail : elle devait vider du poisson, activité aussi malodorante que douloureuse pour le dos. Le premier soir, elle travailla jusqu'à la nuit. Ses mains gelées plongeaient dans des montagnes froides de thons argentés. Pendant qu'elle s'activait, le poissonnier s'approcha derrière elle. Elle sentit ses mains sur ses épaules, puis, avant qu'elle eût pu comprendre ce qui se passait, il les glissa devant. Maria le fouetta avec une poignée d'entrailles, avant de s'enfuir pour ne jamais revenir.

De son côté, Eléna poursuivait sa besogne nocturne. Mais le jour, les deux amies commencèrent à fabriquer des bougies, un artisanat dans lequel la jeune juive excellait. Elles suaient sur une grande cuve de fer, alimentant le feu et tournant un brouet bouillonnant de graisse animale, puis écrémant le suif blanc cireux à la surface. Ensuite elles allaient ramasser des joncs le long de la côte et en extrayaient la moelle pour servir de mèche. Fençu leur avait fabriqué un couteau spécial. Eléna l'utilisait pour donner des formes sophistiquées à leurs réalisations. Parfois, elle ajoutait de la couleur, pour laquelle les nobles de Mdina payaient un supplément. Maria eut l'idée de faire une bougie en forme de Sainte-Agathe pour l'église paroissiale. Seulement, il n'y avait nulle part où fixer la mèche. Alors Eléna ajouta un clocher et la mit là. Le père Salvago rayonna quand Maria lui apporta l'objet.

— Quel chef-d'œuvre... et c'est exactement le beffroi que notre édifice devrait avoir un jour.

Il l'acheta pour la placer sur l'autel, mais il ne fut en mesure de donner que quelques maravédis.

Les filles utilisaient le suif le plus pauvre pour faire du savon. Bien que les bougies fussent magnifiques et que le savon fût de bonne qualité, ils ne rapportaient pas beaucoup d'argent.

Un soir, un homme paya Eléna avec une chèvre plutôt qu'en monnaie sonnante et trébuchante après une culbute dans son fenil. La bête avait les oreilles tombantes et de grands yeux brillants, mais était famélique et malade. Elles durent la porter pour la ramener jusqu'à la grotte. Fençu la regarda et secoua la tête. La folie des deux filles l'affligeait.

— Elle sera dans le ragoût du dîner, prédit-il.

Mais elles l'ignorèrent. D'abord, elles préparèrent de l'eau miellée, que la chèvre avala avidement. Puis elles se relayèrent pour prendre soin d'elle. Jour après jour, elles remplissaient des paniers de tendres pousses d'oyat, qui proliféraient sur le rivage. La chèvre les adorait. Eléna prit l'habitude de voler des fleurs dans les riches demeures de Mdina. Ainsi, leur protégée recouvra progressivement la santé grâce à des primevères et à des violettes. Elle forcit rapidement. On la baptisa Esther, en mémoire de la jeune juive de l'histoire de Pourim.

Un jour, Jacobus revint avec un bouc qu'il avait trouvé à l'abandon sur la lande.

— Il est pour toi, dit-il fièrement à Maria.

Le « cadeau » était lui aussi décharné et il avait de pauvres cornes. Pourtant, son port était aussi noble que celui d'Esther. Il avait un poil court et roux, sauf sa barbiche qui était longue et blanche, et qui lui conférait un air sagace. Ils l'appelèrent le Roi, en allusion à Assuérus.

Comme la plupart de ses voisins, le père de Maria gardait des moutons dans sa maison et il avait toujours proféré les commentaires les plus méprisants sur les chèvres et leurs gardiens. La jeune fille ajouta donc la garde de ces animaux à la liste désormais longue de ses cachotteries. Elle découvrit que, finalement, elle les préférait aux moutons. Les bêtes étaient agiles et intelligentes, presque astucieuses. Elles étaient curieuses de tout, terriblement indépendantes et dotées d'une énergie inépuisable qui rivalisait avec la sienne. Le Roi était susceptible et exigeant ; Esther, affectueuse et sensible. Et ce qui devait arriver arriva rapidement : Eléna surprit le Roi monté sauvagement sur Esther.

— Regarde, lança-t-elle à Maria. Ils copulent. On va avoir un troupeau.

Cinq mois plus tard, Esther donnait naissance à trois cabris pleins de vie, deux femelles et un mâle. Elle fournit un lait abondant à Maria et Eléna. Elle avait une production colossale et les filles devaient traire ses pis gonflés trois fois par jour. Deux des chevreaux — le mâle et une femelle — furent échangés contre une chèvre mature pour avoir ainsi deux productrices de lait. Peu après, ils récupérèrent un second bouc sauvage. Bientôt, on vit les deux amies, à la tête d'un petit troupeau, arpenter les landes en quête de fourrage. Généralement, Jacobus leur collait aux talons.

Elles apprirent à faire du fromage. Les premiers essais furent inconsommables, mais elles s'améliorèrent vite avec un peu de pratique. Fençu acheta une presse et leur montra comment obtenir la croûte en écrasant la moisissure. La température de la grotte était parfaite pour le stockage et les produits s'affinaient lentement. Eléna en conservait une partie pour les réserves de la communauté, tandis que Maria tentait de vendre le reste à Birgu. C'était difficile, parce que la plupart des gens avaient leur propre production, ou alors ils ne pouvaient pas payer. Mais les échecs ne la décourageaient pas.

Un matin, elle aperçut La Valette dans une rue devant le château, qui se dirigeait vers les quais. Il venait d'être nommé général des galères, devenant par là l'un des chevaliers les plus puissants. Même si elle le détestait, ainsi que son ordre, elle aurait volontiers accepté son argent. Comme d'habitude, il était entouré par une douzaine de pages et de serviteurs en armes, une phalange arrogante qui lui dégageait le passage. Mais comme d'habitude, Maria était déterminée. Elle se planta au milieu du passage et exprima sa requête.

— Cela fait des semaines qu'elle empoisonne le quartier-maître, glissa l'un des frères à La Valette. Il dit que nous n'avons pas besoin de ses produits.

La Valette s'arrêta et la regarda. Il ressemblait aux rois qu'on voit sur les pièces, se dit la jeune fille. Il avait un visage fin, des cheveux déjà gris et un port fier. Comme un an déjà s'était écoulé depuis leur dernière rencontre, elle doutait qu'il se souvienne d'elle. Elle se trompait.

— Je vois que tu n'as rien perdu de ton culot, Maria Borg, lança-t-il. Tes manières sont toujours aussi inconsidérées et tu oublies ton rang.

Il avait proféré sa remarque avec davantage de dignité que

de mépris, ce qui fit mal à Maria, qui ne s'y attendait pas. Elle fit de son mieux pour corriger son attitude.

— Je voulais juste vendre du fromage, Votre Excellence. J'ignorais qu'il fallait un rang pour ça.

Un page s'avança pour frapper l'insolente, mais La Valette retint sa main et dévisagea froidement Maria.

— Je vais te prendre tout ce que tu pourras nous fournir, dit-il enfin. Tu apporteras la moitié à mon auberge et le reste aux cachots, pour les esclaves de mes galères. Fais-nous un bon prix.

Il inclina légèrement la tête et reprit sa route vers le bas de la colline. Maria, de son côté, adressa un grand sourire au serviteur renfrogné.

Le lendemain matin, elle apporta un lourd fardeau à Birgu. Elle en déposa la moitié à l'Auberge de France, où un intendant bourru lui ouvrit. Elle jeta des coups d'œil sur les boiseries décorées et les tapisseries. Mais ce qui retint particulièrement son attention, ce furent les rangées de livres splendides. Elle proposa de porter les fromages à l'intérieur, espérant par là avoir une meilleure vue des bibliothèques.

— Tu vas salir le sol, grommela l'homme qui lui prit le paquet.

Elle traversa Birgu pour gagner le fort Saint-Ange. Après avoir franchi le pont-levis de bois, elle se présenta à la porte de l'ouvrage. Un page la conduisit à l'intérieur. Elle n'avait jamais pénétré si avant, aussi regardait-elle absolument tout. Les silhouettes de cavaliers la dominaient de leur masse. Quant aux épaisses murailles, elles donnaient l'impression de pouvoir résister aux feux infernaux des canons de Lucifer. Sur les talons du page, elle gagna les hauteurs du château, longea un rempart qui surplombait Birgu, puis enchaîna une série de rampes et de portes jusqu'au palais magistral dominant le promontoire. C'était le quartier du grand maître. La plate-forme devant les bâtiments était envahie de chevaliers, d'hommes en armes, de marchands avec leurs chariots et d'artisans qui travaillaient sur les fortifications.

Puis le serviteur lui fit descendre plusieurs volées de marches taillées dans la roche qui plongeait vers la crique de Kalkara. Ils s'arrêtèrent devant un large passage creusé dans la pierre. L'ouverture était barrée par une lourde porte renforcée par des barres de métal. De l'autre côté, il y avait les cavernes qui criblaient le roc sous le château Saint-Ange. Quand ils n'étaient pas en mer, les esclaves des galères de l'ordre y étaient enfermés. Quand Maria regarda les visages décharnés et les yeux sombres, un frisson parcourut sa colonne vertébrale.

— Pâtée pour les porcs mahométans, hurla le page en arabe.

Immédiatement, une marée de bras minces et musclés passa à travers la grille. On aurait dit des serpents sombres s'agitant et tentant de saisir quelque chose. Ployant sous sa lourde charge et plus qu'un peu nerveuse, Maria approcha le panier devant la porte. Il fut arraché de ses mains et ramené d'un coup sec contre les barreaux. A l'intérieur, les esclaves se disputaient violemment le fromage, hurlant et mordant comme des chiens affamés. Terrorisée, Maria recula, sous le regard amusé du serviteur. Puis le panier vide tomba à terre. Maria le ramassa et lutta contre son envie violente de remonter les marches en courant : elle n'avait pas l'intention de donner au page l'occasion de se moquer d'elle davantage.

Fidèle à sa parole, La Valette acheta à Maria et Eléna tout ce qu'elles pouvaient produire. Et ainsi, elles pensèrent que leur fortune était faite. Leurs économies s'accrurent régulièrement, mais avec une douloureuse lenteur. Puis cinq de leurs nouvelles chèvres, dont trois pourvoyeuses de lait, attrapèrent une mauvaise fièvre. Elles titubèrent, trébuchèrent, tournèrent en cercle pendant deux jours sans jamais s'arrêter. Fençu leur fit prendre une potion de force et les saigna. Mais au bout du compte, elles moururent quand même.

Comme Maria gardait l'argent, elle fit ses calculs.

— Si nous achetons de nouvelles bêtes, nous devrons attendre au moins trois années avant d'avoir réuni la somme pour le passage. Si nous n'en achetons pas... il nous en faudra au moins cinq. (Elle se tourna, découragée, vers Eléna.) J'aurai dix-huit ans avant d'avoir pu partir d'ici, fit-elle désespérée. Je serai une vieille.

Une telle attente lui paraissait insupportable. Elles se rendirent sur les embarcadères de Birgu où les navires marchands s'amarraient. Ils apportaient des céréales et du bois des ports septentrionaux. Là, elles allèrent trouver un vieux marin qui commandait une grande galère et s'apprêtait à prendre la mer en direction de la Sardaigne. Elles lui proposèrent de travailler sur son bateau pour payer leur voyage. L'homme éclata de rire.

— Il n'y a rien que vous puissiez y faire en dehors d'enlever vos jupes. Mais il y en a déjà plein dans chaque port qui en font autant. Cela ne porte jamais chance d'avoir des femmes sur un vaisseau de commerce. Je n'ai pas envie de tenter Poséidon avec des passagères.

Avec des variantes, elles reçurent plus ou moins la même réponse de tous les autres capitaines sollicités. Et finalement, elles abandonnèrent quand l'officier du port les chassa du quai.

Abattues, elles se laissèrent tomber sur le muret longeant la mer. Leurs pieds nus pendillaient au-dessus de l'eau. Dans la crique, des embarcations de pêche s'élançaient vers la haute mer. Les *dgħajjes*[1] convoyaient hommes et animaux d'un bord à l'autre du port. Leur pilote, debout, poussait sur de longs avirons pour les propulser. Elles étaient chargées et déchargées directement à quai ou à l'aide d'allèges. De l'autre côté de la crique, à Senglea, un paysan poussait un chariot rempli de grain sur la pente menant au moulin à vent au sommet de la colline de Molino. Sa femme peinait à son côté. Tous les deux glissaient en s'acharnant à hisser la lourde charge. Hormis le fort Saint-Michel qui déployait sa masse au-dessus d'elles, la scène avait très peu changé depuis des générations.

---

1. *Dgħajsa* (au pluriel *dgħajjes*) : sorte de gondole, faisant toujours office de taxi portuaire à Malte, mais aujourd'hui propulsée par un moteur hors-bord. (*N.d.T.*)

— Nous n'arriverons jamais à partir, lâcha Eléna, sauf si nous nous cachons sur un bateau.

Elle avait presque dit cela sur un ton décontracté. Toutes deux se regardèrent, les sens enflammés par cette idée scandaleuse.

— Nous pourrions en trouver un qui irait en Sicile, suggéra Maria, comme ça le voyage ne serait pas trop long. Mais je ne vois pas comment on peut arriver à se glisser à bord.

— Moi, si.

Eléna expliqua rapidement son idée.

— Et comment va-t-on l'endormir ? demanda alors sa camarade.

— Je connais une... sorcière. Elle m'a aidée, une fois, quand je suis tombée enceinte.

Maria la regarda, stupéfaite :

— Tu as été enceinte ?

Mais Eléna ignora la question.

— Elle peut faire n'importe quoi avec des racines et des charmes. Par exemple, elle sait faire tomber un oiseau du ciel rien qu'en frottant le cœur encore palpitant d'un lapin sur un tas de guano.

— Pourquoi quelqu'un aurait envie de faire tomber un oiseau du ciel ?

Maria ne partageait pas la confiance inébranlable de son amie dans de telles choses.

— C'est juste quelque chose qu'elle peut faire, dit Eléna. Et elle peut aussi nous faire monter sur un bateau.

La peau de la vieille Lucrezia ressemblait à un parchemin jauni. Ses rides étaient aussi profondes que les ravines striant l'île. Dans son fouillis qui faisait office de pharmacie, on relevait des ailes de chauves-souris, des crânes de rongeurs et d'autres accessoires servant à son commerce. Une odeur de moisi flottait autour de sa maison, mélange de sang séché et de vieux rêves, relent d'insectes sectionnés, de peaux d'animaux et d'infinies potions maléfiques ou bénéfiques. La sorcière leur en concocta une.

— Le nectar du diable, proclama-t-elle en la leur remettant. Juste une goutte, et même le plus résistant des marins dormira une semaine.

Elles trouvèrent leur navire, une galéasse à trois mâts venant de Barcelone. Elle possédait trois cales, des sabords, des tas de cachettes... et elle partait pour Palerme deux jours plus tard. Maria et Eléna s'embrassèrent et dansèrent. La brise qui soufflait sur le port ne leur avait jamais paru si fraîche, si belle, si pleine d'espoir...

Si l'idée était celle d'Eléna, ce fut Maria qui eut le courage de la mettre en œuvre. Plus l'heure décisive se rapprochait, plus la jeune juive se sentait flancher : c'était plus facile à dire qu'à réaliser.

— A ton avis, que font-ils à des passagers clandestins ? demanda-t-elle à Maria. Je veux dire à des femmes, s'ils les prennent ?

— T'inquiète pas. Ils nous descendront simplement au port suivant... et c'est justement là que nous allons. Que veux-tu qu'ils fassent d'autre ?

Elles parlèrent de leur plan à Fençu. Il accepta de veiller sur leurs chèvres et de les vendre quand il pourrait en obtenir un bon prix. Dès qu'il aurait des nouvelles d'elles et qu'il saurait où les joindre, il leur enverrait l'argent.

— Vous êtes folles, vous savez. (Il leur donna trois florins d'or pour le voyage.) Même les folles doivent manger, se contenta-t-il d'ajouter.

Quant à Jacobus, il fondit en larmes en apprenant la nouvelle. Sans un mot, il se précipita dans sa niche et s'y cacha en refusant de redescendre. Alors Maria monta et s'assit près de lui. Il passa ses bras autour de la taille de son amie et enfonça la tête dans son épaule.

— Tu aideras Fençu à s'occuper des chèvres, lui dit-elle en

lui caressant les cheveux. Et quand vous les vendrez, tu garderas une partie de l'argent.

Il la regarda avec des yeux rouges.

— Je ne veux pas de ton argent. Je ne veux pas des chèvres. Je te veux, toi. Maria. S'il te plaît, ne pars pas.

Une grosse larme coula le long de sa joue et, honteux, il se cacha le visage. La jeune fille sentit une boule se former dans sa gorge.

— Tout va bien. Je reviendrai.

Mais elle ignorait si c'était vrai ou non. Pour Jacobus, cela ne faisait aucune différence. Elle dut détacher les doigts du garçon de sa chemise avant de pouvoir partir. Ses propres lèvres tremblaient. Et quand elle dit au revoir à Elli, Imperia et à tous les autres, elle était en larmes.

Elle quitta sa maison pour la dernière fois sans un mot à ses parents. Elle sentit sa gorge se nouer, mais elle ne voyait pas ce qu'elle aurait pu dire : pas question, en effet, qu'elle leur dévoile ses projets. Elle n'emporta rien d'autre que les vêtements qu'elle portait, une couverture et l'argent qu'Eléna et elle avaient économisé. Sans regarder en arrière, elle se glissa dehors.

Juste après onze heures, elles s'installèrent derrière le mur de pierre du couvent des carmélites qui dominait la crique. Elles avaient du pain et du fromage, mais elles étaient trop nerveuses pour manger. La galéasse devait mettre les voiles peu après l'aube. A minuit, tout était calme à son bord. Elles pouvaient apercevoir la silhouette indistincte de l'officier de quart qui déambulait. Il fumait une pipe sur le pont arrière, puis, quand il atteignit l'avant, elles le virent soudain pisser par-dessus bord. Elles attendaient.

A trois heures, l'homme se détendit sur le plat-bord, les jambes de chaque côté et le dos appuyé contre une drisse. Il tira son bonnet sur ses yeux et laissa retomber son menton sur sa poitrine.

Eléna inspira profondément et s'avança courageusement sur le quai. Les lampes à huile tremblotaient sur les poteaux et faisaient danser les ombres. Elle lança un caillou, qui rebondit contre la coque et tomba dans l'eau. L'officier de quart se redressa. Intrigué, il regarda ce qui se passait et vit la fille. Celle-ci sortit une bouteille de son sac avant de faire un geste obscène.

Un instant plus tard, elle se retrouvait à bord. Tapie dans l'ombre, Maria les observait. Le marin poussa immédiatement Eléna contre le bastingage et essaya de l'embrasser. En jouant la timide, la jeune fille échappa à son étreinte avec des petits gloussements à peine audibles. L'homme attrapa la bouteille et avala une longue rasade de vin, mêlé à la potion de Lucrezia. Il saisit Eléna par la taille et l'attira à lui. Cette fois, il obtint son baiser. Puis, de nouveau, elle se dégagea et l'invita à boire. Il s'exécuta volontiers et absorba une bonne gorgée. Le vin lui coulait sur le menton, qu'il essuya d'un revers de manche. Il dit quelque chose, éclata de rire et entraîna sa proie dans la pénombre.

Le couple n'était même pas encore installé que déjà Maria grimpait sur la passerelle. Avec quelque anxiété, elle progressa sur la planche, qui fléchissait et craquait sous son poids, pourtant faible. Elle mit le pied sur le pont et courut avec autant de légèreté que possible jusqu'à un endroit entre la roue du gouvernail et l'habitacle.

Le port était calme. Le bateau ondulait à peine sur l'eau, mais Maria pouvait sentir la mer vibrer sous la quille. Elle entendait les cordages grincer, les charpentes craquer doucement et la brise nocturne murmurer dans les gréements. Mais elle percevait surtout, à quelques mètres à peine, un autre bruit qui couvrait tout le reste : les lourds soupirs passionnés que poussait Eléna pour retenir l'attention du veilleur. Maria réalisa que les amants avaient grimpé dans un canot, suspendu à des cordes à tribord.

Furtivement, elle traversa le pont et gagna une échelle de commandement. Au niveau supérieur, elle se cogna la tête dans une lanterne de cuivre pendant à une roue de cardan. Elle trébucha sur quelque chose et tomba dans un épais rouleau de cordages. Heureusement, elle fit peu de bruit, mais sa tempe battit quelques secondes. Un instant plus tard, elle souleva la grille d'osier qui protégeait l'accès de la cale arrière et se glissa à l'intérieur.

Il y faisait noir comme dans un four, et la paroi de la coque semblait froide et humide au toucher. L'air saturé exhalait des relents de bois moisi, de sel et d'urine. Maria se dénicha un perchoir exigu au-dessus d'une caisse et s'y installa pour attendre. Dans l'espace confiné, les mouvements de la galéasse paraissaient amplifiés. Elle refoula des haut-le-cœur en se demandant quelle vermine et autres créatures immondes se tapissaient dans l'obscurité. Mais malgré ces conditions saumâtres, le sourire illuminait son visage : « Nous partons pour la Sicile... Pour la France. »

Elle se mit à compter les lents roulis du navire et s'arrêta à cent. Elle recommença deux fois encore. Le temps s'écoulait interminablement. A travers la grille au-dessus de sa tête, elle entrevit les premières lueurs de l'aube. Elle attaqua une nouvelle centaine. Et encore une autre. Quelque chose ne tournait pas rond. Le jour allait bientôt se lever et il n'y avait aucun signe d'Eléna.

Celle-ci attendait que le marin s'endorme. Elle pensait le laisser dans le canot et rejoindre la cale pour se cacher avec Maria jusqu'au départ du bateau. Mais la potion ne remplissait pas son office. L'homme eut bientôt englouti plus de la moitié de la bouteille, ce qui aurait dû achever tout l'équipage, mais Eléna ne remarqua guère qu'un effet : son sexe s'était amolli. Une heure après le début des étreintes, le vin était fini et la jeune juive déployait son art pour exciter le marin, dont seule la frustration grandissait.

Essayant tout ce qu'elle pouvait connaître, elle se pencha sur lui et le prit dans sa bouche. Il s'allongea et gémit en tenant la tête de sa partenaire et en lui imprimant le rythme qu'il voulait. Cinq minutes s'écoulèrent ainsi, puis dix. En dépit de leurs efforts, il ne se passait rien.

Eléna maudit la vieille et sa mixture. En lui-même, se dit-elle, le vin aurait dû suffire à endormir l'homme. La potion semblait, au contraire, le tenir éveillé. Elle envisagea de l'assommer avec la bouteille, mais cela réclamait plus de courage qu'elle n'en avait.

Quand les premiers feux de l'aube pointèrent à l'orient, elle entendit les membres de l'équipage commencer à monter à bord. Le navire étant encore plongé dans les ombres, elle avait le temps de se cacher si elle bougeait rapidement.

— Je m'en vais, murmura-t-elle.

Le veilleur avait les paupières lourdes.

— Je pars avec toi, alors, grogna-t-il. J'ai jamais eu une femme aussi incapable de me stimuler.

Elle se glissa hors du canot et sauta avec légèreté sur le pont. Elle se dirigea immédiatement vers la cale arrière mais se cogna en plein dans un marin. Elle poussa un petit cri et lui grommela, sous l'effet de la surprise.

La galéasse s'animait rapidement. Un groupe d'hommes entoura la jeune fille. L'officier de quart s'arracha du canot et tomba lourdement sur le pont en jurant. Un peu hagard, il se remit sur ses pieds et remonta son pantalon. Ses camarades éclatèrent de rire. L'un d'eux attrapa Eléna tandis qu'un autre lui déchirait ses vêtements. Un troisième agrippait sa chevelure pour tenter de lui arracher un baiser. La jeune juive tenta de résister de toutes ses forces, mais elle fut rapidement dominée.

Soudain, Maria jaillit de l'obscurité et se jeta au milieu d'eux, tapant du poing, mordant, se démenant... Coup de chance : elle griffa l'œil d'un des agresseurs avec son ongle. Le hurlement de douleur de la victime fit hésiter ses compagnons. Au même moment, le premier lieutenant arriva, avec le capitaine sur ses talons. Il fonça dans le tas et rétablit l'ordre à coups de matraque et d'exhortations. Puis il enferma les deux passagères clandestines dans sa cabine et envoya un matelot chercher le maître du port.

Eléna fondit en larmes. Elle avait les joues contusionnées et sa robe déchirée. Mais ce n'était pas pour ça qu'elle pleurait amèrement.

— Pourquoi n'es-tu pas restée cachée ?
— Je ne voulais pas te laisser !
— Je m'en serais sortie. Et toi, tu serais partie. Maintenant, on a fait tout ça pour rien. On est coincées ici pour toujours.

Plus tard ce même jour, Maria se retrouva devant son père ivre de rage.

— Alors comme ça, tu veux quitter Malte, hurla-t-il avec mépris. Tu te crois trop bonne pour ta famille. Et alors tu t'enfuis avec... avec une putain.
— Ne l'appelle pas comme ça, père. C'est mon amie.
— Ton amie ! Tu t'en choisis de belles !

Tout en parlant, il fouillait les affaires de sa fille. Il vida le contenu de son sac sur la table. Maria se mordit les lèvres. L'argent d'Eléna était mélangé au sien. Elle s'était chargée de toute leur petite fortune. Luca resta perdu un moment dans la contemplation de cette richesse. Quand il releva les yeux, il la foudroya du regard.

— Tu serais pas, toi aussi, une pute ?

Les lèvres de la jeune fille tremblaient et des larmes de rage remplissaient ses yeux. Elle fixait son père sans prononcer une parole.

— Qu'est-ce qui empoisonne ton âme ? Pourquoi veux-tu quitter ta famille et ta maison ?

De toutes ses forces, elle lutta pour empêcher le désespoir de transparaître dans sa voix, mais elle ne put éviter de pleurer.

— Parce qu'il n'y a rien ici !

Luca Borg leva sa badine et la fouetta. Il garda l'argent et lui interdit de quitter la maison.

— Il n'y a rien nulle part, lui lança-t-il.

Chapitre 10

Tous les quatre mois, Leonardus se rendait à Cherchell avec un groupe d'esclaves. Le petit port se trouvait à quatre jours de char à bœufs à l'ouest d'Alger. Des janissaires escortaient les hommes, tant pour les empêcher de s'échapper que pour leur éviter d'être attaqués par les tribus berbères des montagnes qui volaient les captifs quand elles le pouvaient. L'équipe travaillait dans les forêts alentour, marquant et coupant les arbres, puis rapportant les troncs.

Leonardus inspectait les essences. Il choisissait les pins pour les quilles et les cyprès ou les cèdres pour d'autres parties des navires. Avant même qu'on abatte le spécimen, il voyait déjà ce qu'il allait donner. Les formes dansaient dans sa tête ; il était comme un sculpteur qui visualisait ce qui allait sortir d'un bloc de marbre.

— Que vois-tu dans ce cèdre ? demanda-t-il à Nico en désignant un vieux conifère noueux.

— Du bois. De l'écorce. Juste un arbre.

— Juste un arbre ? Par le Seigneur, mon garçon ! Mais c'est comme une femme en jupes ! Tu dois penser à ce qu'il y a en dessous. Là, tu vois, où les branches se séparent du tronc, on dirait une fille qui écarte les jambes, comme une invitation. Si ce n'est pas là le gouvernail d'une galère de guerre attendant qu'on le libère de sa prison de bois, je suis moi-même un foutu fils de pute ! (Il tourna les yeux vers Nico et s'esclaffa.) C'est bien ce que tu vois aussi, n'est-ce pas, mon gars ? Ah ! ah ! Bah, tu ne t'amuses même pas encore tout seul, alors ne parlons pas des cuisses d'une femme ! La prochaine fois, je vais t'arranger un moment avec une de mes catins. Tu verras, elle te fera réagir en moins de deux.

La taquinerie fit rougir Nico. Il loucha vers l'arbre en essayant de découvrir ce que son maître imaginait. Mais il dut attendre que le tronc fût abattu, l'écorce enlevée et que les branches inutiles fussent coupées pour enfin commencer à discerner le gouvernail que Leonardus se représentait depuis le départ. Mais rien qui lui rappelât une femme. Pour ça, se dit-il, il lui aurait fallu plus de vin.

Pendant les opérations de coupe, Leonardus était partout. Il dirigeait les bûcherons, les fendeurs qui tranchaient les rondins, les scieurs qui les coupaient, les ouvriers qui chargeaient les chariots. Le bois descendait ensuite de la montagne et gagnait le port pour être monté à bord des galères. Le maître constructeur marquait chaque pièce et consignait tous les détails dans un livre. Certains troncs devaient être attendris dans les bassins de trempe, tandis que d'autres étaient mis à sécher.

Ils campaient dans une oliveraie près de l'eau. Cherchell avait été un important port romain qui s'appelait alors Césarée. On en voyait encore les ruines : antiques murs du stade, colonnes, thermes, statues de marbre gisant à terre au milieu des oliviers, auxquelles les Arabes avaient fracassé le visage, pensant que toute image était une offense à Allah.

Nico nageait nu dans la mer chaude de la baie et se promenait dans les rochers du rivage. Leonardus lui avait montré où trouver des moules dans les trous d'eau. Le soir, ils les faisaient cuire sur le feu de camp et les assaisonnaient de jus de citron qui leur coulait sur le menton. Le maître du chantier insista pour que son compatriote boive avec lui. Comme Nico s'était rendu compte que l'alcool lui faisait non seulement mal à la tête, mais aussi à l'estomac, il se contenta de faire semblant. Leonardus s'enivra. Il se mit bientôt à chanter les louanges des saints et à danser dans la mer. Soudain, il tomba la tête la première dans quelques centimètres d'eau. Les janissaires durent le ramener sur la grève avant de le tirer jusqu'à l'oliveraie, où tous les esclaves étaient enchaînés pour la nuit. Ils lui passèrent les fers aux chevilles entre Nico et les vestiges d'une Aphrodite de marbre.

Abruti par la boisson, le colosse sombra pendant une heure, avant de se réveiller pour ne plus retrouver le sommeil. Il roula sur Nico qui le repoussa. Leonardus grommela, ricana, jacassa en espagnol, en italien et dans le dialecte bâtard de Barbarie. Pour essayer de dormir, l'enfant dut se boucher les oreilles avec les mains. Il commençait à peine à s'assoupir quand il entendit quelques mots en maltais.

— *Melita, Melita... dgħajsa... Melita... bicca...*

Il y eut d'autres mots décousus et incohérents, mais Nico retint ceux-là.

Malte. Bateau. Pièces.

Il se redressa et secoua Leonardus en espérant que son ébriété le fasse parler davantage.

— Qu'est-ce qu'il y a ? Que veux-tu ?

Leonardus bava et se retourna de l'autre côté.

Mais l'enfant ne parvint pas à se rendormir de toute la nuit. Il passait et repassait dans sa tête les mots du Maltais en essayant de leur donner un sens. De manière évidente, l'artisan préparait quelque chose. Il en était certain depuis le départ. Mais quoi ? Des pièces ? Le chantier en était plein. Il se dit presque aussitôt qu'il se trompait. Cela ne voulait rien dire. Juste des délires d'ivrogne.

A moins que... Il s'endormit avec ces mots dans la tête. *Dgħajsa. Melita.*

Le jour de leur retour à Alger, pendant que Leonardus était occupé dans la réserve, Nico s'aventura dans l'atelier d'assemblage. C'était le seul endroit totalement secret où personne ne devait théoriquement entrer en dehors du maître du chantier et de son assistant. C'était un lieu de travail, un espace immense rempli de l'arôme agréable du bois fraîchement coupé. Sciure et copeaux formaient un tapis doux et épais sur le sol. Tout était à sa place. Les outils étaient suspendus à leurs crochets sur des poteaux de bois. Le long des murs s'alignaient des piles parfaites de rondins séchés. Les pièces marquées pour être coupées et assemblées se trouvaient sur d'autres étagères. Des planches étaient posées en tas ou attendaient sur le chevalet d'être sciées. Ensuite, elles étaient disposées sur le sol, conformément aux schémas calculés et dressés par le constructeur.

Nico chercha partout. Il alla jusqu'à déplacer des morceaux de bois appuyés contre le mur du fond, pensant qu'ils pouvaient peut-être dissimuler une pièce secrète. Il balaya du pied la sciure accumulée, espérant dénicher une trappe. Une cachette assez grande pour abriter un petit bateau pouvait se nicher quelque part. L'enfant grimpa sur des empilements de poutres et regarda au-dessus des solives qui soutenaient le toit.

Rien.

Découragé, il s'assit. Et si c'était dans la propre cabane de Leonardus ? Non, trop petite. Et dans l'abri des rames... ou...

Il reposa sa tête sur ses mains.

Pièces ! Des pièces !

Il ouvrit les yeux et détailla de nouveau l'ensemble. Dans un coin, il y avait une série de pièces à demi travaillées. Elles avaient été mises à l'écart, comme si elles avaient été mal taillées. Pour certaines, c'était bien le cas, mais pour d'autres... Il fourragea dans le tas. Oui ! Il venait de tomber sur la section bâbord arrière d'une embarcation. Considérée isolément, elle pouvait être prise pour un rebut, jusqu'à ce qu'il trouvât son opposé, appuyé contre un autre mur, derrière une pile de cèdre. Quand il réalisa l'ampleur de sa trouvaille, il chercha les deux dernières parties et les découvrit. Ce n'était que l'ossature d'un bateau, mais toutes les pièces s'ajustaient.

Il ne parvint pas à repérer le reste, mais il était certain que les morceaux étaient là, quelque part, sous les yeux de n'importe qui, mais invisibles à tous, pièces de bois parmi d'autres. Il apporta deux des sections identifiées au milieu de l'atelier. Elles s'ajustaient effectivement parfaitement et attendaient simplement qu'on ajoute planches, chevilles et calfatage. Il y avait même un petit support en demi-cercle ménagé de chaque côté de la quille, dans lequel, quand l'assemblage serait fait, un petit mât pour la voile viendrait s'encastrer. Il faudrait à peine une heure à un groupe de charpentiers mis dans la confidence pour rendre le canot navigable.

Nico parvint à peine à réprimer un cri de joie. Leonardus avait réussi à construire un caïque miniature sous le nez même de ses geôliers ! Il était quand même assez grand pour quatre hommes. Nico se signa et murmura :

— Mon Dieu, s'il vous plaît, faites qu'il soit assez grand pour quatre hommes et un petit garçon.

Il remit précautionneusement tout en place et quitta l'atelier.

Le lendemain, pendant qu'il déjeunait avec Leonardus, il ne put se retenir davantage.

— Emmenez-moi avec vous, dit-il.

— Je ne vais nulle part.

— Quand vous vous évaderez, je veux partir avec vous.

— Tu dis des bêtises.

— J'ai trouvé le bateau.

— Ah, tu es un sacré finaud d'avoir trouvé un bateau sur un chantier naval.

— Je ne suis pas idiot, Leonardus. Vous construisez un caïque. J'ai vu les pièces.

D'abord, le maître constructeur resta silencieux. Il suçait une orange en observant des ouvriers qui avaient des difficultés avec un chariot rempli d'un amoncellement spectaculaire de mousseline pour des voiles. Le chargement menaçait de se renverser.

— Eh toi, là ! hurla-t-il à un contremaître. Qu'ils fassent gaffe à cette ornière ! S'ils me foutent cette toile dans la boue, je me servirai de ta peau pour faire une voile. (Puis, sans quitter la scène des yeux, il s'adressa à Nico à voix basse :) Apparemment, tu es un garçon avec qui les secrets sont mal gardés. C'est la seconde fois que mon instinct me souffle de te tuer. Et mes instincts se trompent rarement.

Il avala le dernier quartier d'orange, essuya le jus dans sa barbe et cracha.

— Je peux garder un secret. Emmenez-moi avec vous.

Leonardus réfléchit. Cela faisait des mois que lui et trois charpentiers avaient construit l'esquif, concevant une pièce ici, préparant un morceau là. Si les autres apprenaient que Nico connaissait leur projet, ils lui trancheraient la gorge, que Leonardus soit d'accord ou pas. Ils savaient tous les risques et le châtiment qui sanctionnerait l'échec. Le bateau pouvait embarquer quatre hommes et les vivres dont ils avaient besoin pour gagner les Baléares. Il n'y avait pas de place pour un autre passager, même pas un petit comme Nico, dont le poids les mettrait en péril.

Malgré la tendresse qu'il avait conçue pour l'enfant, Leonardus ne pouvait prendre ce risque. Et il n'avait pas le droit à l'échec. Soit il atteindrait les Baléares, soit il mourrait au cours de la tentative. D'abord, il pensa dire la vérité à son compatriote. Il était jeune, brillant et aurait plein d'occasions de monter sa propre évasion. Mais il réalisa qu'un Nico désappointé pouvait se révéler beaucoup plus dangereux qu'un Nico plein d'espoir, pensant que son propre salut dépendait de son mutisme absolu. Le colosse n'avait aucune envie de lui faire du mal pour le réduire au silence. Il n'y avait donc qu'une solution.

Le maître constructeur soupira et hocha la tête.

— *Kollox sew*, mentit-il. Tu peux venir. Il y a encore du travail à accomplir avant d'être prêt. Et c'est dangereux. Cela peut prendre encore quelques semaines, voire quelques mois.

Un grand sourire illumina le visage du garçon. Il se serra contre l'homme et prit sa taille dans ses bras.

— Vous ne le regretterez pas, dit-il. Vous serez content de moi. Vous verrez.

Leonardus le repoussa avec une expression dure dans les yeux.

— Fais attention, mon gars. Pas de scènes. Si tu ne fais que lever un cil quand il ne faut pas, tu ne vivras pas assez longtemps pour être châtié. Je te couperai la gorge moi-même.

Sur ce, il vida sa flasque et s'en alla.

Au cours des jours qui suivirent, Nico flotta sur son nouveau petit nuage d'espoir. Il comptait bien garder soigneusement le secret. Chaque fois qu'il passait à proximité de l'atelier, il l'évitait autant que possible. Il réprima l'envie d'examiner l'avancement du caïque, craignant d'être surpris. Il regardait la mer et quand il sentait la brise sur son visage, il faisait tout pour ne pas hurler : c'était le vent de la liberté qu'il sentait.

Il s'acquitta consciencieusement de ses tâches domestiques. Bien que l'idée le gênât, il décida d'éviter Ibi pour ne pas parler par inadvertance. Il continuait de lui apporter des repas, mais passait le moins de temps possible dans l'abri. Mais un soir, Ibi était réveillé quand Nico arriva. Il avait des informations pour lui.

— J'étais sur le marché la nuit dernière, commença-t-il. J'ai vu Mehmet.

— Oh ? Je ne savais pas qu'il s'y rendait.

— Moi non plus. C'était très curieux. Je l'ai observé à distance. Il est allé voir le scribe. Il l'a payé et a mis une lettre dans sa ceinture.

Nico bâilla.

— Pourquoi veux-tu qu'il fasse ça ? Il y a un scribe dans cette maison.

En réalité, El Hadji Farouk en avait même trois qui s'occupaient de ses différentes affaires. Ils travaillaient dans une petite pièce près de l'entrée.

— C'est la question que je me suis posée. Je n'ai pas la réponse, mais tout ce que je sais, c'est qu'il voulait cacher quelque chose.

L'enfant haussa les épaules.

— Il a peut-être écrit au diable et il ne veut pas que ça se sache. Ça n'a aucune importance pour moi.

— Pas sûr. Tout ce que fait Mehmet est toujours malintentionné. J'ai bien peur que tu ne sois encore visé par ses manœuvres, mon jeune ami. Son hostilité pour toi est sans limites.

— D'accord. Mais comment peut-il me nuire avec de l'écrit ?

— Comment un simple jardinier peut-il connaître la réponse à une telle question ? Je te dis seulement de faire attention. Pendant qu'un homme dort, on peut facilement semer les graines de sa destruction.

— Que dois-je faire ?

— T'inquiéter.

A la différence d'un homme qui envisage de s'évader, Leonardus travaillait comme un fou pour achever sa dernière galère. Le gros œuvre — la construction de la quille et de la coque — était terminé. Tandis qu'on descendait le bateau partiellement fini sur le plan incliné pour le mettre à l'eau dans le port, Nico se tenait à la proue. D'autres ouvriers allaient pouvoir compléter le travail, installer les bancs, les cabines et les séparations de la cale.

— N'importe quel imbécile peut faire ça, dit le maître du chantier. Et heureusement, j'ai sous la main une tripotée d'Espagnols qui font parfaitement l'affaire.

Il y avait juste un peu de gîte à tribord à corriger.

— A peine mis à l'eau et moins de deux degrés de gîte, exulta fièrement le constructeur. Par la tonsure des saints, ils n'en auront pas de pareil à Venise !

Il remplit une coupe de vin pour servir de niveau. La posant à la poupe, il hurla des instructions à des ouvriers qui peinaient à fond de cale. Ils devaient déplacer des lests entre des planches amovibles. Leonardus donnait ses ordres, puis vidait la coupe d'un trait pendant que les hommes s'exécutaient. Il la remplissait de nouveau pour vérifier. Son désir forcené de précision lui fit réitérer l'opération cinq fois. Au bout du compte, si lui avait un peu de gîte, le bateau n'en avait plus du tout.

Ensuite le mât fut installé. Des marins gréèrent les braies

qui allaient gérer la prise au vent de la voile. La coursive centrale fut aménagée ainsi que les pontapieds, les planches d'appui utilisées par les rameurs pour les vitesses d'abordage. Un petit canon de bronze fut placé à l'avant sous un demi-pont, tandis que deux *darbezens* turcs, qui tiraient de la mitraille, étaient fixés aux plats-bords. Sous l'œil vigilant des gardes armés, des rames neuves furent équilibrées avec des poids de plomb jusqu'à ce qu'elles tournent parfaitement sur leurs axes. Ensuite, elles furent enfermées à double tour afin de rester hors de portée des esclaves.

Progressivement, la coque vide se transformait en un rêve de corsaire, aussi profilé que meurtrier. Nico ressentait une partie de la fierté qui animait Leonardus. Le jeune Maltais s'était transformé parallèlement au bateau. Le jour de son arrivée sur le chantier, il avait refusé de descendre les quelques marches menant dans la cale d'une galère en construction et n'avait même pas voulu regarder les ouvriers qui y travaillaient. Le souvenir de son calvaire était encore trop frais dans sa mémoire. Maintenant, ça ne lui posait plus de problème. « Je ne suis plus un enfant. Je vais m'évader et un jour je serai le capitaine d'un vaisseau comme celui-ci. » Quant à la cale, il constata qu'elle sentait le cèdre et qu'aucun fantôme ne la hantait. En parcourant le bâtiment, il éprouvait des sentiments mélangés : il haïssait et admirait Leonardus, qui utilisait son art pour concevoir une arme aussi terrifiante et simultanément, il crevait d'envie d'en être le capitaine, avec ses marins et ses chevaliers, rangés derrière lui et prêts au combat. Ces pensées ramenèrent dans son esprit des visions de Maria, de Birgu et de sa maison. Même les coups de fouet de son père devenaient un objet de désir.

Son impatience avait encore une autre motivation. Tout le monde s'attendait au retour d'El Hadji Farouk un jour ou l'autre. Si Nico partait suffisamment tôt avec Leonardus, il éviterait peut-être ces retrouvailles tant redoutées avec son maître. Il ne cessait de guetter un signe de son compatriote, un clin d'œil, un hochement de tête, n'importe quoi indiquant que tout était prêt. Mais le maître constructeur demeurait impassible. Quand ils se retrouvaient seuls tous les deux, le garçon n'évoquait jamais le sujet, pour bien montrer qu'il était capable de garder le silence.

Mais une nouvelle peur s'empara de lui. Il pensait à ce qu'Ibi lui avait révélé : Mehmet était allé voir un scribe. Si le jardinier avait raison et que Mehmet ne lui voulait que du mal, tout ce qu'il projetait pouvait ruiner leurs projets. Cette idée le rongeait. Mehmet avait-il l'air plus mauvais que d'habitude ou moins ? Ses ruses étaient-elles plus subtiles ? Mais justement, cet aspect-là ne manquait pas de l'inquiéter : il n'y avait pas eu la moindre entourloupe depuis plus d'une semaine. Mehmet devait être sur quelque chose de particulier.

Il fallait que Nico trouve le papier. Sans aucun doute, il le dénicherait dans le coin personnel de Mehmet... ou pas du tout. L'esclave vivait dans une petite pièce près du vestibule jouxtant la cour intérieure de la maison. Un simple rideau faisait office de porte. Nico observa les allées et venues du personnel. Il y avait toujours du monde aux alentours et Mehmet lui-même était imprévisible ; il s'occupait des affaires de la maison et pouvait surgir à tout moment, sans prévenir. Il ne s'absentait que le mercredi matin, quand il se rendait aux bains. Naturellement.

Le mardi soir, Nico expliqua à Ibi ce qu'il entendait faire.

— Sois vigilant, le mit en garde le jardinier. Si l'on t'aperçoit, je planterai des morceaux de toi dans le jardin avant une semaine.

Le lendemain matin, en rentrant de la boulangerie, Nico vit Mehmet sortir par la porte de fer, des vêtements propres roulés sous le bras. Le jeune Maltais se dépêcha de rejoindre la cuisine, où le cuisinier lui donna le lait chaud. Il emporta le plateau dans les appartements d'Ameerah. Si elle se montrait encore gentille avec lui, leur rituel avait changé. Elle ne voulait plus qu'il la nourrisse et ses instructions étaient devenues plus pratiques que sensuelles.

Ce matin-là, elle voulut que Nico réorganise son ameublement. En son for intérieur, il maugréait en exécutant sa tâche. Elle lui ordonnait de déplacer tel ou tel tapis, telle ou telle chaise, tel ou tel coussin, en lui indiquant où les mettre, puis elle changeait d'avis et lui faisait tout modifier.

— Tu as l'air préoccupé, Nico.

— Pardonnez-moi, madame. Il y a beaucoup à faire, c'est tout.

Quand enfin, elle se fut décidée pour une configuration définitive, il put regagner la cour en faisant de son mieux pour ne pas éveiller de soupçons. L'un des domestiques balayait le sol de marbre. Quant au cuisinier, il semblait ne rien avoir de mieux à faire que de fumer une pipe. Au bout d'un moment, Nico se dit que la voie était enfin libre. Il se glissa dans la chambre de Mehmet. Ses paumes étaient aussi moites que sa bouche était sèche. La pièce sombre n'avait pas de fenêtre. Son seul ameublement consistait en une table basse, un coffre de bois, une natte pour dormir et une fine couverture de laine.

Il n'y avait quasiment rien d'autre, en dehors d'une lampe à huile posée dans une niche du mur. Nico la souleva et sourit : une feuille couverte d'une écriture fluide. Il la mit dans son pantalon et replaça la lampe.

Sur la pointe des pieds, il regagna la porte et s'arrêta derrière le rideau pour s'assurer qu'il n'y avait personne dans les parages. Le cuisinier était rentré dans la cuisine. Un jeune esclave courait avec un pot de chambre. Et Ibi se trouvait à l'autre bout du jardin près de la fontaine, penché sur sa pelle. Nico allait sortir de la chambre, quand Mehmet traversa le vestibule à quelques pas seulement de distance.

Nico n'avait nulle part où se cacher. Comprenant qu'il était perdu, il se pressa contre le mur. Il n'avait même plus le temps de reposer la lettre. Comme si cela pouvait dissimuler son crime et sa présence, il inspira profondément et ferma les yeux.

Un grand bruit retentit dans la cour et Mehmet se mit à proférer des insultes.

— Idiot incapable ! Tu vas payer pour ça.

Nico jeta un coup d'œil à travers le rideau et vit Mehmet se précipiter vers Ibi. Le jardinier tentait de rassembler les morceaux d'un vase décoratif qu'il avait renversé. Les fleurs et la terre se mélangeaient aux fragments brisés sur le sol de marbre.

— Mille pardons, maître, dit Ibi, essayant sans succès d'éviter les coups de Mehmet.

Ce dernier le frappa sur le côté de la tête en déversant sur lui un torrent d'injures.

Au même moment, Nico vit le cuisinier jaillir de la cuisine, les yeux fixés sur l'altercation. Le garçon se hâta de sortir. Discrètement, il fit le tour de la galerie, puis, parvenu de l'autre côté, traversa la colonnade pour revenir dans la cour et aider à nettoyer le désordre. Mehmet se tourna vers lui, rouge de colère.

— J'aurais dû me douter que tu étais dans les parages. Tu paieras, toi aussi.

Et il tourna les talons pour regagner sa chambre.

Nico s'agenouilla près du grand Soudanais. C'est alors qu'il vit le sang sur sa joue.

— Merci, murmura-t-il.
— Tu l'as trouvée ?
— Oui. J'irai voir le scribe ce soir.

Toute la journée, il sentit la lettre contre sa peau. Il avait peur que Mehmet ne s'aperçoive de la disparition avant qu'il ait pu revenir et qu'il n'identifie le voleur en repensant à l'incident du matin. Le temps s'étira interminablement. Le sirocco soufflait du désert perdu derrière les montagnes et sa poussière donnait une couleur rouge sang au soleil. Quand enfin ce dernier disparut derrière l'horizon, l'heure du départ était arrivée. Nico s'arrêta pour dire au revoir à Leonardus, qui n'avait pas encore été enchaîné pour la nuit dans sa cabane.

Le maître constructeur se reposait dans un fauteuil et admirait le spectacle grandiose du couchant. Il avala une grande gorgée de sa flasque et leva les yeux vers Nico.

— Nous partons vendredi soir, mon gars. C'est *jum'ah*, le sabbat musulman. Le chantier sera fermé. Quand ils remarqueront notre absence, nous serons loin. Avec un vent favorable et la grâce des saints, nous serons à Majorque en une semaine.

Les scribes travaillaient dans les petites stalles d'une partie couverte du marché. Assis sur des chaises d'osier qui craquaient devant des tables en bois bancales, ils grattaient leur plume d'oie sur d'épais parchemins. Pour quelques aspres, ils écrivaient une lettre, rédigeaient des papiers officiels ou préparaient des contrats. Si leur client savait déjà ce qu'il voulait dire, ils prenaient la dictée ou alors recomposaient le texte pour s'accorder aux circonstances. Certains étaient renommés pour leur prose fleurie, d'autres pour leur calligraphie. Ibi avait indiqué à Nico lequel avait fait le travail pour Mehmet et il veilla à s'adresser à un autre.

— Je voudrais que vous me lisiez ça, demanda-t-il.

Le scribe fronça les sourcils et se pencha sur le document.

— Ça vient de ton amant, dit-il en souriant. Puis, regardant de nouveau Nico : C'est pour ton père, peut-être ?

— Mon frère.

— Il a beaucoup de chance.

— Dites-moi juste ce qui est écrit.

La missive s'adressait à un commerçant de Tunis : « Tu me manques et je ne supporte pas les jours qui me séparent de ta prochaine visite. S'il te plaît, viens vite, mon amour, car les heures s'écoulent avec une lenteur cruelle en ton absence. » Suivaient des déclarations aussi fleuries que passionnées et un petit passage plus leste, qui fit rougir Nico : « ... ou alors, je serai obligée d'aller prendre mon plaisir avec le petit esclave dont je t'ai déjà parlé et dont la virilité s'épanouit de jour en jour. Il me ravit déjà grandement, mais je n'ai pas besoin d'un garçon, mon amour. J'ai besoin de toi. A. »

Nico récupéra la lettre. Sa main tremblait. Il donna une pièce au scribe. Il comprenait, maintenant, pourquoi la maîtresse n'avait pas fait appel aux services de l'un des scribes de la maison. Ibi lui avait déjà parlé de ses batifolages. Une telle missive pouvait l'envoyer au fond du port, emprisonnée dans un sac lesté. Il n'aurait jamais dû toucher à ce billet. Ce n'était pas son affaire. Et Ibi n'aurait jamais dû le mentionner. Maintenant, il allait être diaboliquement difficile de le remettre en place.

Nico était pratiquement de retour à la maison quand une hypothèse effroyable se fit jour dans son esprit. Pourquoi Ameerah aurait-elle confié un tel message à Mehmet ? C'était une mission très dangereuse. Pourquoi n'avait-elle pas utilisé une de ses servantes ? Il réalisa qu'il ne connaissait pas grand-chose des affaires d'Ameerah, mais ce dont il était sûr, c'est qu'elle ne portait pas Mehmet dans son cœur. Et alors, l'évidence lui sauta aux yeux : elle n'avait rien à voir avec ce papier. Le texte était sorti de la tête de Mehmet ou du scribe, en tout cas, pas de celle de sa maîtresse. « Il est jaloux de toi, avait dit Ibi. Il n'est plus tout jeune. On parle déjà de toi pour le remplacer un jour. » Même Ameerah lui avait conseillé d'être vigilant.

Oui... Mehmet avait eu l'intention d'utiliser cette lettre contre Nico. Elle devait exciter son maître contre lui.

Sa première idée fut de la détruire tout simplement. Leonardus et lui seraient loin avant que de nouveaux embêtements surgissent. Mais il y avait autre chose : s'il avait raison, Mehmet tentait également de nuire à Ameerah. Elle s'était montrée gentille avec Nico. Laisser Mehmet libre de comploter contre elle, ne pas lui révéler ses mauvaises intentions, serait impardonnable.

Mais Nico prenait un grand risque. Et si la missive était authentique ? Ibi l'avait prévenu que la maîtresse pouvait elle aussi se montrer cruelle et vindicative. Si Nico se trompait, il mettait son propre cou en grand péril. Il se lamenta d'avoir l'esprit aussi vif, comme Ameerah elle-même le lui avait dit.

Mais malin ou pas, il savait qu'il devait prendre le risque et aller la voir.

La première femme d'El Hadji Farouk arborait un sourire lugubre quand Nico eut fini de lui répéter les termes de la lettre.

— Tu as fait exactement ce qu'il fallait, lui dit-elle.

Sentant son étoile pâlir, Mehmet avait bien l'intention de montrer ce faux à son maître. Il aurait prétendu qu'il avait découvert l'infidélité de l'épouse, ce qui aurait liquidé d'un coup Ameerah et Nico. Même si ses jours — ou ses nuits — dans la chambre de Farouk étaient comptés, il aurait été largement récompensé pour une telle information.

— Que devons-nous faire, madame ? demanda Nico. Pouvez-vous ordonner à Abbas...

Choqué par sa propre pensée, il laissa la fin de sa phrase en suspens.

— La corde de soie serait plaisante, c'est vrai. Mais il serait encore plus satisfaisant d'utiliser les propres méthodes de Mehmet contre lui. C'est à mon époux de lui trouver une fin adéquate. En cette matière, les goûts de Farouk sont exquis. (Elle savait déjà ce qu'elle voulait faire.) Tu vas retourner chez le scribe et lui demander d'écrire une nouvelle lettre.

Elle réfléchit soigneusement et dicta un texte qui laissait entendre que Mehmet complotait pour voler de l'argent à son maître. Ils comptèrent les mots de la première version et s'efforcèrent de mettre exactement le même nombre dans la seconde.

— Dis bien au scribe que les deux messages doivent se ressembler très précisément.

— Vous croyez que Mehmet ne verra pas la différence ?

— Il est idiot. Il ne peut pas lire un mot et, de toute façon, il n'aura aucune raison d'examiner le papier avant de le remettre à Farouk. Je voudrais vraiment être là pour voir son expression quand il réalisera qu'il a tendu à mon époux l'instrument de sa propre mort. Maintenant, tu dois te dépêcher.

Dis-moi quand tu seras de retour, pour que je puisse détourner l'attention de Mehmet pendant que tu iras remettre le feuillet en place.

La nouvelle lettre ressemblait vraiment point pour point à la première, même le paraphe à la fin. Nico ressortit de la chambre de Mehmet avec une immense satisfaction dans le cœur : il avait habilement fait ce qu'il fallait et surtout, il était soulagé pour sa maîtresse. Quand soudain, trois grands coups de canon assombrirent la quiétude de l'après-midi et sa propre euphorie.

Trois coups ! Un important vaisseau ! Il sentait encore le grondement sous ses pieds... et l'angoisse dans son âme. Il avait toujours espéré ne pas les entendre avant sa fuite.

Priant pour qu'il ne s'agisse que d'une flotte de corsaires, il grimpa sur un treillage et sauta d'un toit de tuile sur une terrasse d'où il verrait le port. Et il la repéra : une grande galère marchande, inexorablement propulsée par ses rames. Il ne pouvait distinguer sa flamme, mais c'était inutile.

Trois coups ! Le maître était de retour !

El Hadji Farouk ne reviendrait pas immédiatement dans sa maison. Il devait préalablement rendre une visite de courtoisie — obligatoire — au bey pour lui remettre les cadeaux d'un voyage prospère. Comme ça, Nico avait quelques heures devant lui pour se préparer. Toute la maison s'activa brusquement. Un mouton fut abattu et les fours attisés. Des fleurs fraîches furent disposées partout et des bâtons d'encens placés dans des supports d'argent. On changea le linge, on battit trois fois les tapis. Ibi redoubla d'efforts dans les jardins et le cuisinier avec les pots. Mehmet fut particulièrement après Nico et Youssouf après tout le monde. Jusqu'à ce que tout fût prêt.

Parfaitement conscient des appétences de son père, Youssouf envoya Nico aux bains, où il fut lavé, massé, séché et revêtu de vêtements propres. Mehmet lui donna du parfum pour qu'il s'en mette, ce qui éveilla ses soupçons. En fait, il constatait que son aîné se montrait inhabituellement serviable, presque gentil. Le jeune Maltais supposa que ce devait être la pitié naturelle du berger qui mène l'agneau à l'abattoir.

Le soir arriva, puis, assez tard, El Hadji Farouk lui-même. Dans un premier temps, il ne rencontra personne, en dehors de Youssouf avec qui il dîna. Chacun put entendre Farouk exprimer sa colère. Manifestement, certains aspects du voyage s'étaient mal passés et l'humeur du maître était massacrante. Ce n'était pas de bon augure, pensa Nico. Farouk serait plus tendu que jamais. Mehmet et lui servaient les deux dîneurs, mais Farouk ne leur accordait pas la moindre attention. Il faisait le récit de son périple à son fils tout en buvant du vin présenté dans une carafe d'argent. Quand les jeunes esclaves débarrassèrent les plats, le marchand regarda enfin Nico.

— Viens me voir quand j'aurai fini avec Youssouf.

— Oui, maître.

Mehmet entendit l'échange.

Les garçons emportèrent les plats. Nico connaissait suffisamment d'arabe pour avoir compris l'essentiel d'une rapide conversation.

— Le maître repart demain matin ? demanda-t-il à Mehmet pour se faire confirmer ce qu'il avait cru deviner.

— Oui, répondit mécaniquement l'autre, plongé dans ses pensées. Il est en colère contre Youssouf, qui a échoué dans une affaire importante. Maintenant, le maître doit se rendre à Bône. Apparemment, tu ne vas avoir qu'une nuit pour lui faire bonne impression et ensuite, il te prendra sûrement avec lui.

La nouvelle ébranla l'enfant : quelle que soit la nuit, il allait avoir des problèmes. S'il satisfaisait Farouk, celui-ci l'emmènerait à Bône et Leonardus s'en irait sans lui ; s'il lui déplaisait, Ibi aurait un nouvel engrais pour ses plantes.

Mehmet tourna autour de Nico afin de l'inspecter avant ses débuts.

— Les goûts du maître varient autant que ses humeurs. Fais ce qu'il ordonne. Anticipe ses attentes. Veille à ce qu'il ne veuille jamais de rafraîchissement.

Il s'arrêta derrière le petit Maltais, redressant son col et aplatissant un épi rebelle.

— Tourne-toi et lève les bras, dit-il. Ta tunique a besoin d'être ajustée.

Nico ne sentit pas la menace. Obligeamment, il obéit. Mehmet releva brutalement le gourdin qu'il avait saisi avec une force et une précision calculées, et atteignit Nico juste entre les jambes. Celui-ci hurla et s'effondra de douleur en se tenant les parties génitales. Son agresseur se pencha sur lui.

— Tu te crois si malin ? siffla-t-il.

A travers un brouillard de larmes et de souffrance, Nico vit la lettre dans sa main.

— Tu crois que je n'ai pas d'amis chez les scribes ? Maintenant tu es à terre, pauvre idiot. (Il attrapa sa victime par le col et approcha son visage du sien.) Et là, tu fais déjà attendre le maître. Tu n'as apparemment aucun sens de ton devoir. Ta première nuit comme *garzóne*, et déjà tu es décevant. Allah m'est témoin que tu es vraiment une créature pathétique.

Il dissimula la trique sous son vêtement et s'en alla.

Nico était submergé par des vagues nauséeuses. Il se mit à quatre pattes, le dos voûté, et vomit plusieurs fois. Son mal grandissait à chaque spasme. Il s'essuya la bouche avec la manche de sa tunique, qui se teinta de sang, et réalisa qu'il s'était mordu la langue.

Doucement, il tendit la main entre ses jambes pour essayer de sentir ce qui s'était passé. Mais même ce contact délicat le fit souffrir. Il gémit. De la sueur inondait son front. Il se redressa en position assise, s'appuya contre un coussin et enleva son pantalon. L'un de ses testicules avait gonflé. Sa peau était tendue, luisante, rougeâtre avec des reflets bleus. On aurait dit une prune qui allait exploser. C'était horrible. Son pénis aussi avait pris le coup, et il était gonflé au milieu, là où un vaisseau s'était rompu. Nico se mit à geindre en souhaitant mourir.

— Nico !

C'était la voix d'El Hadji Farouk.

Avec peine, il parvint à se remettre sur pied. Chaque mouvement produisait de nouveaux élancements. En suffoquant, il s'appuya contre le mur.

— Nico !

Les mains tremblantes, les oreilles bourdonnant de douleur, il essuya ses larmes. Dans un suprême effort, il écarta le tapis pendant en travers de la porte.

Farouk était assis dans un coin de sa salle à manger.

— Où étais-tu ? Je t'ai appelé.

Nico réalisa que son maître était passablement ivre. C'était peut-être ce qui le sauverait.

— Pardonnez-moi, maître.

Celui-ci leva sa coupe.

— Sers-moi.

Les genoux tremblants, Nico se dirigea vers la carafe. Il avait le ventre retourné, la peau moite. En versant le vin, il fit tout ce qu'il put pour ne pas pleurnicher. Il parvint même à sourire. Le nez de Farouk se fronça de dégoût.

— Tu sens le vomi.

— J'ai... J'ai eu un... accident, maître. Je n'avais plus le temps de me changer. Je peux le faire maintenant, si vous voulez.

— D'après Youssouf, tes... « accidents » semblent aussi innombrables que tes excuses.

— Je ferai de mon mieux, maître. Je ne veux que vous plaire.

— Tu en auras l'occasion quand tu m'auras expliqué ce que tu as vu sur le chantier. Demain, tu partiras avec moi et mon scribe, qui notera tout.

— Noter quoi, maître ?

— Les détails de la construction des coques. Je veux savoir comment ce diabolique maître constructeur bâtit ses ossatures.

Nico se rappela les paroles de Leonardus : « Quand ils t'interrogeront, tu leur diras que tu ne sais pas. Parce que si tu leur lâches trop facilement les informations qu'ils attendent, ils se douteront que quelque chose cloche. » Son cerveau était en ébullition. Cette nuit particulièrement, il ne voulait pas déplaire à Farouk et se faire battre... Ou le voulait-il, justement ?

— Eh bien ? J'attends.

— J'ignore ces choses, maître, mais j'ai appris à utiliser un niveau et une herminette de charpentier. Je peux faire un...

— Tu me prends pour un idiot ? On t'a demandé d'observer le moindre détail. Youssouf m'a dit que tu te trouvais bien dans l'atelier pendant la conception de la charpente. C'est toi qui tenais la baguette de mesure et qui donnais les chiffres au constructeur. Et tu es un garçon qui n'oublie rien.

— J'ai... j'ai tenu la baguette, maître, c'est vrai. Mais je n'ai pas fait attention aux nombres. Je ne savais pas que c'était important pour vous. Je n'ai pas été à l'école. Je ne peux pas...

— Assez ! tonna Farouk, le visage rouge de colère. Nous verrons demain ce dont tu te souviens. Un niveau de charpentier, dis-tu ? Très bien. On verra ce qu'un tel outil peut faire pour te délier la langue.

Pour le plus grand soulagement de Nico, il mit là un terme à la discussion. Mais la soirée alla de mal en pis.

Mehmet s'était toujours efforcé de donner de l'enfant une image d'incapable et de maladroit. Mais là, entre la tension nerveuse et la douleur, il l'était vraiment. Tout se passait mal. Il renversa le vin et, dans sa précipitation, une bougie, qui mit quasiment le feu à un coussin. Il fit tomber un abricot au miel sur le sol. Chaque tâche lui paraissait incroyablement difficile et chacune de ses erreurs l'enfonçait un peu plus dans la fournaise du déplaisir de son maître.

Le *hadji* but de longues gorgées de vin. Nico versait encore et encore. En son for intérieur, il espérait que l'ivresse endormirait Farouk rapidement. Mais il avait la même résistance à la boisson que Leonardus. Gentil un moment, dur le suivant, il s'emportait contre le sultan et la Sublime Porte, contre le commerce et les tapis, contre un négociant indélicat d'Oran. Il éclata de rire en se souvenant d'une blague qu'il fut incapable de répéter correctement. Il se parlait à lui-même et, parfois, posait des questions à Nico, dont celui-ci ne pouvait bien évidemment pas connaître les réponses. L'enfant essaya de raconter une histoire, mais d'un geste de la main, Farouk, qui s'ennuyait, le fit taire. L'épreuve de Nico s'éternisait et il devinait que le pire était à venir. Deux fois, il demanda à son maître de le laisser partir et deux fois celui-ci refusa.

Les bougies étaient presque entièrement consumées quand l'humeur du marchand changea brusquement. Il fixa son esclave.

— Tu as peut-être la grâce d'un infirme, grommela Farouk, mais le Prophète m'est témoin, tu es beau.

Il tendit la main vers le garçon et l'attira vers lui. Nico gémit de douleur, mais l'homme ne remarqua rien.

— Déshabille-moi.

Farouk était proche de la torpeur. Haletant sous l'effort, le petit Maltais peina à lui enlever ses vêtements. Le maître grommela. Il se tourna sur le ventre et demanda à Nico de lui frotter le dos. Celui-ci s'exécuta. Il continuait d'espérer que Farouk allait s'endormir. Mais un instant plus tard, il se retourna, attrapa Nico par les épaules, lui remonta sa tunique et fit courir ses doigts sur son dos. Si le garçon n'avait pas autant souffert, ce contact aurait pu le chatouiller. Mais comme il avait mal, cela ne fit que le martyriser davantage. Il se mordit les lèvres et récita une prière silencieuse.

Farouk lui pelota les cuisses puis les fesses. Ses gestes n'avaient rien de délicat. Nico serrait les dents. Il se recroquevillait en pensant à ce qu'il pouvait dire ou faire pour le repousser. Mais les mains de son bourreau remontaient déjà lentement vers ses organes génitaux et trouvèrent la tumescence sous le vêtement. Se méprenant sur l'origine de l'enflure, Farouk grommela de satisfaction et pressa l'objet de son désir.

Nico ne put se retenir. Il hurla et roula sur le côté, ivre de douleur. Farouk écarquilla les yeux de surprise.

— *Eyh... ?*

Il s'assit et gifla Nico d'un revers de main. Puis il tira sur son vêtement et le ramena vers lui. Chaque mouvement intensifiait la douleur de la victime et chaque protestation ne faisait que davantage enrager son maître, au bord de la fureur. Celui-ci se mit à genoux, décidé à prendre de force le réfractaire. Mais quelque chose dans les yeux de l'enfant, quelque chose dans le ton de ses cris, rendit cela impossible. A chaque tentative, Nico hurlait un peu plus fort et s'éloignait davantage, les yeux luisant de terreur.

— Bâtard ! jura l'adulte. Sale porc maltais !

— S'il vous plaît, murmura Nico en levant la main pour parer les coups. Vous ne comprenez pas. Je suis malade.

Les coups de l'homme pleuvaient sur la tête et les épaules de l'infortuné.

— Youssouf ! rugit le maître des lieux. Youssouf ! Mehmet ! Quelqu'un !

Un instant plus tard, Youssouf surgit, les yeux encore endormis.

— Père ?

— Quel diable anime ce garçon ? Il n'est d'aucune utilité ! Je veux qu'on le fasse battre. (Farouk se releva en titubant. Il se retint contre le mur et cracha sur l'enfant en pleurs.) Il est... Non, pas juste battre. Je veux qu'on le bastonne. Oui, c'est ça. Deux cents coups. Tu m'entends ?

— Bien sûr, père... mais deux cents... ? Ça va sûrement le tuer. Et au mieux, il ne pourra plus marcher.

— Obéis-moi ! Fais ça sur deux jours. Lentement ! Je veux connaître tous les secrets qu'il détient. Après ça, tu le vendras. Donne-le, même, si tu veux. Je m'en fiche. Je veux qu'il aille aux carrières. Je veux qu'il aille ramer sur une galère. Je veux qu'il disparaisse, tu m'entends ? Débarrasse-m'en ! (Il essaya de frapper Nico, mais vacilla et tomba en arrière sur un coussin.) Et envoie-moi Mehmet. Je dois... (Il ferma les yeux, allongé sur l'oreiller.) Mehmet... Mehmet...

— Immédiatement, père.

Youssouf s'inclina. Il attrapa Nico pour le relever et le poussa dehors. Quand il appela Abbas, le géant émergea des ténèbres et emmena le gamin dans le corridor. Ils passèrent devant la silhouette presque invisible de Mehmet. A peine conscient de la présence de son ennemi, Nico trouva la force de lever les yeux sur lui. Mehmet sourit méchamment avant de disparaître dans la chambre de Farouk.

Abbas conduisit le garçon à l'arrière de la maisonnée, dans la *bagnio*. Derrière lui, Nico entendit la porte se refermer et le garde remettre en place la barre de fer rouillée qui la bloquait.

L'enfant gisait recroquevillé sur le carrelage. Au bout d'un moment, il essaya de trouver une position un peu plus confortable. Il rampa jusqu'à un angle. Là, il se mit sur le dos et leva ses jambes pour les appuyer contre le mur. Ainsi, il avait les pieds en l'air, un sur chaque mur perpendiculaire. Il sentit le sang s'évacuer de ses organes génitaux, ce qui lui fit un bien fou. Soudain, dans le silence, il perçut des grattements de rats. Effrayé, il tourna la tête pour voir les rongeurs, mais l'obscurité les enveloppait. Il se demanda s'ils pouvaient sentir sa peur et son impuissance. Les rats, il le savait, détectaient instinctivement la faiblesse d'une proie. Il eut peur qu'attirés par le sang, ils viennent l'attaquer. Un jour, il avait vu ce qu'ils avaient fait à un chevreau pris dans un piège, qui saignait de l'arrière-train. Ils étaient venus la nuit et il se souvenait encore de l'affreux carnage qu'on découvrit le lendemain matin. Il mit ses mains en coupe sur son entrejambe et récita ses prières. A la longue litanie de ses ennemis sur lesquels il réclamait la vengeance de Dieu, il ne manqua pas d'ajouter les rats. Et il s'efforça de ne pas penser au prochain matin et à la bastonnade qui l'attendait.

Mais ce qui le tourmentait encore plus que la douleur ou la peur, c'était de savoir que Leonardus partait dans deux jours et qu'il ne l'accompagnerait pas. Il se dit aussi qu'il ne passerait pas sa vie comme esclave à combattre les Mehmet et les rats. S'il ne pouvait s'en aller, il préférait mourir.

Au milieu de la nuit, un bruit le réveilla en sursaut. Il agita furieusement les bras, croyant que les rats s'étaient approchés.

— Nico !

C'était à peine un murmure.

— Nico ! Tu es vivant ?

Il lui fallut un moment pour comprendre. *Ibi !*

— Oui !

L'enfant baissa les jambes. Elles s'étaient engourdies. Il se tourna pour essayer de se mettre à genoux. Il sentait encore des élancements entre les jambes, mais c'était beaucoup plus supportable qu'avant. Surtout, il pouvait bouger et il parvint à se mettre debout pour s'approcher de la fenêtre. Le haut de sa tête atteignait à peine le bas de l'ouverture. Dressé sur la pointe des pieds, il aperçut enfin la masse de cheveux broussailleux, éclairée par une lune splendide, et l'oreille unique qui semblait plus grande que jamais. Le jardinier passa sa main à travers l'ouverture et attrapa celle de Nico.

— Ça va ?

— Je pense. Ils... Mehmet... m'a fait mal.

Il expliqua rapidement ce qu'il lui avait infligé.

Ibi laissa échapper un petit sifflement discret.

— Je suis vraiment désolé pour toi, mon ami.

— C'est ma faute, rien que ma faute. Je me suis laissé prendre à son piège. Je dois être maudit.

— Je t'ai apporté quelque chose. (Ibi lui tendit un paquet.) Ça vient du cuisinier. Il dit que tu préféreras ça à ton *macolique*.

— De la nourriture. Je ne peux rien avaler. Mon ventre...

— C'est une médecine. Ça s'appelle opium. Tu dois avaler le gâteau demain matin, dès l'aube, avant qu'ils viennent te chercher. Tu dois tout avaler. Ça te fera flotter la tête avant qu'ils... qu'ils t'emmènent.

En réalité, le cuisinier avait dit que Nico devait mettre dix jours pour manger le gâteau. S'il le consommait en une seule fois, la dose le tuerait. Mais Ibi avait déjà vu ce que deux cents coups de bastonnade donnaient sur un adulte. Pour son jeune ami, l'opium était le meilleur moyen de quitter cette vie.

— Tu as compris ? Fais-moi confiance. Tu dois tout ingurgiter.

— Je le ferai, promit Nico.

Il posa le paquet à terre.
— Ibi ?
— Oui.
— Tu penses que les chevaliers vont venir, un jour, pour moi ?
— J'en suis certain.
— Moi aussi. La plupart du temps. Mais Leonardus dit qu'ils ne viendront jamais.
— Maître Leonardus n'a pas eu de chance dans la vie. Ne l'écoute pas.
— J'espère qu'ils vont arriver cette nuit.
— Si j'étais croyant, je prierais pour ça.
Nico lui serra la main.
— J'ai peur de demain.
Ibi la lui pressa en retour.
— Ce n'est pas aussi terrible qu'ils disent, mentit-il. Mais finis quand même le gâteau, tu m'entends ? Cela fera plus facilement passer l'épreuve. Tu ne sentiras rien. Et maintenant, je dois m'en aller. Que ton Dieu soit avec toi demain, mon ami.
Sur ce, il disparut.
Le reste de la longue nuit de Nico fut remplie de visions cauchemardesques. Il délirait. Des yeux surgissaient partout, ceux, diaboliques, de ses tourmenteurs : yeux brillants des corsaires des falaises, qui tendaient la main vers lui ; mauvais œil de la sorcière dans la cale de la galère ; yeux vides des crânes desséchés empalés sur les remparts d'Alger ; yeux de Farouk, pareils à des charbons ardents, injectés de vin et de rage ; et, encore plus près maintenant, yeux rouges des rats, patients, attendant qu'il s'endorme. L'enfant se débattit et gémit. A quel moment, se demanda-t-il, Dieu l'avait-il retiré du monde des vivants pour l'abandonner dans celui des morts ?

Chapitre 11

La illaha illa Allah ! Allah est le seul Dieu !

Juste avant l'aube, l'appel mélodieux résonna dans les ténèbres. Le muezzin invitait les fidèles à la prière. Nico s'abandonna à ses rythmes apaisants. En se réveillant lentement, il réalisa soudain ce qu'il écoutait et, avec un sentiment coupable, se leva pour procéder à son propre rituel matinal.

« Sainte Marie, mère de Dieu... » Un mouvement réveilla la terrible douleur entre ses jambes. Il en oublia les paroles de la prière qu'il récitait mécaniquement.

Il n'avait pas besoin de prier. Il devait uriner.

Il se leva précautionneusement pour essayer de se soulager. Il sentait une boule dans son pénis, comme si un noyau d'abricot était allé s'y loger. Pendant un bon moment, rien ne sortit. Il poussa, en vain. Et soudain, quand ça commença, il eut l'impression d'un torrent de feu. Le filet insignifiant le fit hurler de douleur. Son urine était pleine de sang. Il geignit. Son supplice n'en finissait pas. Et il lui remit en mémoire les terrifiantes perspectives de la matinée. Il se souvint de la visite d'Ibi et du paquet du cuisinier. Il était temps de le manger. Retournant dans le coin où il avait dormi, il le chercha sur le sol.

Mais il n'y avait rien.

Perplexe, il fouilla ses poches. Elles étaient vides, à l'exception de la pièce de Maria. La *bagnio* était pourtant petite. Dans le doute, il en explora tous les coins. Il s'était peut-être trompé d'angle. Mais le gâteau avait bel et bien disparu. Avait-il rêvé la visite d'Ibi ?

Et alors il se souvint des rats. Bien sûr. Ils avaient dû tout dévorer. Une pensée subite lui traversa l'esprit : et s'ils l'avaient mordu ? Inquiet, il se palpa partout. Mais les seules blessures étaient celles que les humains lui avaient infligées.

Il se rallongea sur le sol, l'oreille aux aguets, écoutant les bruits étouffés de la maison. Chaque fois qu'il entendait des pas, il croyait son heure arrivée. Mais le temps passa, sans que personne ne vienne. Il ne trouvait ni soulagement ni plaisir dans ce répit. L'attente ne faisait qu'engendrer la terreur dans son cerveau. Il fermait les yeux et voyait la planche à laquelle on allait l'attacher, tête en bas, son cou et ses épaules touchant le sol. Il visualisait le bâton qu'ils allaient utiliser et il entendait le bruit de ses os se brisant.

Il voulait qu'ils viennent. Il voulait que ce soit fini. Il voulait... mourir.

De nouveaux pas. Il s'assit. Avec un bruit métallique, la barre de la porte fut enlevée. Le cœur battant à tout rompre, il se remit sur ses pieds. La porte crissa sur ses gonds. Abbas entra. Il tenait le bâton. Mais au lieu de s'avancer vers Nico, il fit un pas de côté. A la stupéfaction du garçon, Ameerah apparut. Il sentit son parfum, et sa chaleur emplit la pièce froide. Il aurait voulu courir vers elle, se blottir dans ses bras. Puis, avec un frisson, il réalisa que sa présence ne pouvait signifier qu'une chose : c'était elle qui allait devoir le conduire à son châtiment.

— Il vous a demandé de le faire ? demanda Nico.

Ameerah secoua la tête.

— Mon mari est parti tôt ce matin. S'il savait que j'étais ici, il me tuerait. Il est possible qu'il n'ait aucun souvenir de la nuit passée, mais il n'y a aucun moyen d'en être sûr. Je ne pouvais pas te laisser subir cette chose horrible. Youssouf a accompagné le maître sur une partie du voyage et ne sera de retour que ce soir. Il a ordonné à Abbas de t'infliger quarante coups ce matin pour te délier la langue. Ce soir, Youssouf a l'intention de te poser des questions sur la construction navale et ensuite, il achèvera lui-même de te donner la bastonnade.

Abbas obéit à Youssouf, comme tout le monde dans cette maison, mais il est... il a une dette envers moi. Il fera ce que je lui demanderai ici. C'est sur ça qu'il tapera. (Elle tenait un coussin.) Il faudra que tu cries comme si le démon Iblis te possédait, ou alors la supercherie sera éventée. Ce soir, je réfléchirai à un moyen de droguer Youssouf avant qu'il ait pu te faire du mal.

— Et Mehmet ? Il parlera sûrement.

— Ibi est venu me trouver la nuit dernière. Il m'a dit ce que Mehmet t'avait fait. (Ses yeux brillaient.) Hélas, Abbas a trouvé Mehmet ce matin avant que j'aie pu le punir. Les chiens s'occupaient déjà de lui dans une rue hors les murs. D'après ce qui restait de lui, il avait apparemment eu la gorge tranchée.

Celle de Nico se serra.

— Tranchée, madame ?

— C'est naturellement une grande tragédie, car tous ceux qui le connaissaient l'adoraient. Il est peut-être tombé sur son propre couteau. Quoi qu'il en soit, le jour de son jugement est venu.

Il n'eut pas de mal à crier. Abbas maniait la trique si durement qu'elle massacrait les os de Nico, même à travers le coussin. Jamais il ne se serait cru capable de pousser de tels hurlements. Dès la fin des coups, Abbas enveloppa les pieds et le bas des jambes de l'enfant dans des bandages imprégnés de sang de poulet. Puis il le laissa sans l'enchaîner dans une chambre vide près de la cuisine. Les victimes de bastonnade n'avaient pas besoin de liens.

Ameerah lui apporta bientôt un bouillon.

— Ça sent la poudre à canon, grimaça le garçon.

— C'est du salpêtre et du soufre. Une recette du cuisinier. Elle te fera suer comme si tu avais une fièvre de cheval. Sinon, Youssouf aura des soupçons.

Alors il accepta de tout boire. Mais rapidement, il eut mal au ventre. Et une demi-heure après, il commença à vomir. Sa peau était devenue d'une pâleur grisâtre qui évoquait les ombres de la mort. Des perles de sueur coulaient sur son front. Il n'avait même pas besoin de simuler : entre le coup sur ses testicules et le brouet, il flottait dans les affres de l'enfer. Peu avant le crépuscule, Youssouf revint. Il se dirigea immédiatement dans la pièce où gisait Nico. Il le poussa légèrement du bout de sa botte. L'enfant gémit. L'autre émit un petit grognement avant de partir. Il reviendrait dès que possible après ses prières du soir.

La nuit tomba et une superbe pleine lune éclaira le ciel. Nico se réveilla. Il venait de dormir profondément et se sentait beaucoup mieux. Son ventre s'était calmé et il pouvait même bouger. Et plus important encore, un courage tout neuf l'habitait. Pendant la journée, alors qu'il se demandait quelle fatalité allait lui tomber dessus, il était parvenu à une conclusion décisive : *« Je ne dois pas attendre que quelque chose m'arrive. Je peux provoquer quelque chose. »* S'il attendait passivement le retour de Youssouf, il serait à sa merci et il ne faisait aucun doute que ce dernier témoignerait d'autant d'inventivité que son père pour prolonger ses souffrances. Parallèlement, un nouvel espoir s'était emparé de lui. Ce n'était que jeudi et, après tout, il n'était pas mort. Leonardus ne partait pas avant la nuit suivante. Le chantier serait fermé tout le vendredi. Nico décida de trouver une cachette et d'attendre.

Il allait rentrer chez lui.

Discrètement, il se glissa hors de la pièce et passa devant la cuisine. Le cuisinier ne leva pas les yeux. Nico se déplaçait silencieusement, prudemment, évoluant au milieu des ombres du jardin, pour gagner l'arrière de la maison. Ses testicules étaient encore sensibles, mais les élancements avaient disparu et l'excitation l'emportait sur la douleur. Il atteignit le sommet du mur en grimpant sur le treillage, puis sauta de l'autre côté. Il faillit atterrir sur un chien galeux qui fouillait la ruelle en quête de restes. L'enfant et la bête jappèrent de peur.

Quand il se fut suffisamment éloigné, il enleva l'épais bandage qui entourait encore ses pieds. Autour du chantier, il y avait un mur à franchir. Il en fit le tour, en quête d'un moyen de passer. En approchant de la porte, il aperçut les deux gardes de nuit à l'intérieur, penchés sur leur feu. A proximité de l'eau, il tomba sur une charrette cassée qui avait été abandonnée là. Un instant plus tard, il était à l'intérieur du périmètre, tapi derrière une vieille coque en état de décomposition. Il resta recroquevillé un bon moment, écoutant. Sous ses pieds, il sentait la terre douce. Les gardes ne bougèrent pas une seule fois. Le chantier était tranquille.

Youssouf exécuta ses ablutions rituelles. Agenouillé sur un tapis de soie, il récita ses prières. Le cuisinier lui apporta un léger dîner de couscous et de fruits. Il n'avait pas faim et ne toucha pas au bol. Au lieu de cela, il mit dans sa poche des pinces espagnoles et un couteau à légumes, et partit interroger Nico. Il ne doutait pas un instant que le garçon allait se montrer loquace. Il aurait préféré torturer le maître constructeur lui-même. Mais son père avait toujours catégoriquement refusé cette option, certain qu'elle échouerait, et il avait préféré maintenir les choses en l'état tant que Leonardus construisait les navires. Le gamin avait représenté une occasion exceptionnelle, mais Youssouf réalisait que la passion de son père risquait de tout détruire. Mais quelle que fût son opinion, il savait bien qu'il valait mieux ne pas désobéir.

Il entra dans la pièce jouxtant la cuisine et alluma la lampe. La paillasse était vide. Avec ses meurtrissures qui l'empêchaient de bouger, Nico avait été déplacé sans qu'on l'en informe. Youssouf appela le cuisinier, qui avoua son ignorance. Abbas apparut à son tour, avec ses yeux impassibles et son visage impénétrable. Le maître l'interrogea. Non, répondit le muet de la tête, il n'avait pas quitté son poste de la soirée. Non, il n'avait pas vu le garçon.

Les épouses et les serviteurs furent réveillés. Toutes les pièces furent fouillées. Nico n'était nulle part. Youssouf sortit de la maison et la contourna pour gagner la cabane de l'enfant. Ibi dormait seul. Il n'y avait que les poulets. Il jura lui aussi qu'il n'avait pas vu le gamin. Youssouf était certain que quelqu'un mentait. Après une bastonnade, le garçon n'aurait pas pu s'en aller seul et franchir le mur sans aide, puisque la porte était gardée. A moins qu'il n'eût appris à voler, il n'y avait aucune autre issue. Une rapide et sauvage flagellation ne modifia rien au discours du jardinier.

On organisa une recherche dans les rues adjacentes. Le blessé n'avait pu aller loin. Tout en fouillant les moindres portes, passages et ruelles en compagnie d'Abbas, Youssouf se demanda où il avait pu se rendre. Il connaissait peut-être quelqu'un en ville, qui lui aurait offert asile. Possible, mais peu probable. Ou alors, il avait tenté de gagner une porte de la cité, mais elles étaient fermées pour la nuit. Il ne restait qu'un endroit : le chantier, qui offrait plein de cachettes. C'est ça, conclut Youssouf. Un animal blessé se réfugie dans un environnement familier. Ordonnant à Abbas de finir de fouiller les alentours de la maison et de nouveau la demeure elle-même, le fils de Farouk se hâta de descendre les rues en direction du port. A la porte, il vit les gardes profondément endormis à côté de leur feu mourant, enveloppés dans leur burnous pour se protéger de la fraîcheur de la nuit. En entendant le rugissement de leur maître, ils se redressèrent en sursaut et se dépêchèrent de lui ouvrir.

— Le garçon... Nico..., grommela Youssouf, vous l'avez vu ?

— Bien sûr que non, maître, dit un garde, terrifié.

— C'est sûr qu'il avait peu de chances d'apparaître dans vos rêves, tonna le fils de Farouk en le repoussant. Je m'occuperai de vous demain.

Malgré sa colère, il ne se sentait pas pressé par le temps. Il savait que l'enfant n'allait pas s'évader et qu'il ne volerait pas de galère. La seule chose qui le préoccupait, c'était l'embarras dans lequel le mettait Nico. Il envoya les gardiens dans différentes directions.

— Surveillez le sol. Il risque de ramper.

Nico se glissa dans l'atelier d'assemblage. Il alluma l'une des lampes de suif et en baissa l'intensité. Il avait peur que les gardes ne l'aperçoivent, mais il n'avait pas le choix. Il avait besoin de lumière pour travailler et il n'y avait pas assez de fenêtres pour laisser le clair de lune pénétrer. En revanche, il voulait aller voir Leonardus, qui devait être enfermé dans sa cabane pour la nuit ; mais d'abord, il devait s'aménager une cachette. Il ignorait de combien de temps il disposait avant que quelqu'un vienne voir ce qui se passait.

Il se dirigea vers le mur du fond, contre lequel s'appuyait un monceau de planches de sapin. Il allait en enlever cinq ou six des plus longues au sommet pour les remplacer par des plus courtes, qu'il disposerait à chaque extrémité de la pile. Il bénéficierait ainsi d'une cavité juste assez grande pour lui permettre de s'allonger, tandis que l'échafaudage aurait l'air parfaitement intact. Dans l'hypothèse improbable où quelqu'un viendrait mettre son nez sur le dessus, il comptait se protéger avec d'autres planches. L'idée n'était pas excellente, il le savait, mais il n'en avait pas de meilleure. S'il restait tranquille, cela devrait marcher pour la journée.

Il retira un élément en haut du tas et le posa contre le mur. Après en avoir déplacé un second, il se rendit compte qu'il allait devoir écarter une partie des déchets de bois qui se trouvaient là. C'était contre ce même mur que l'une des pièces du caïque était stockée, au milieu de ces rebuts. Il la chercha. En vain. Elle n'était pas là. Il prit la lampe et fouilla partout. Il supposa que Leonardus les avait déjà déplacées et il chercha la structure assemblée. Mais sa quête fut tout aussi vaine. Tous les morceaux avaient disparu.

Il revint vers le mur du fond pour travailler à sa cachette. Quand soudain, une question lui traversa l'esprit. Où était l'embarcation ?

Il éteignit la lampe, ouvrit la porte et écouta. Le silence régnait sur le chantier. Il traversa rapidement le grand espace entre les cabanes. Exposé au clair de lune, il se sentait nu. Chaque fois qu'il atteignait une charrette, une plate-forme ou un abri, il restait caché un moment pour observer et tendre l'oreille. Il perçut des voix, mais elles paraissaient distantes, sans doute à l'extérieur du chantier, uniquement troublé par le bruissement de la mer.

Il arriva devant le refuge de Leonardus. Il était en bois et offrait à peine la place pour une paillasse et une table, sur laquelle le constructeur pouvait parfois travailler à ses plans. Les gardes le laissaient avoir une lampe, mais il n'y avait aucune lumière à l'intérieur.

— Leonardus ! murmura distinctement Nico en tapotant du doigt sur la porte. Leonardus ! Etes-vous réveillé ?

Pas de réponse. Leonardus devait être ivre mort.

Il contourna la cabane. De l'autre côté, il y avait une fenêtre. Seulement elle était trop haute et il n'y avait rien pour monter dessus. Alors l'enfant retourna à la porte et la secoua doucement. A sa grande surprise, elle s'ouvrit. Le verrou était cassé. Il s'avança à l'intérieur.

— Leonardus ?

La place était vide. La chaîne de pieds du colosse gisait sur la paillasse.

Nico ressortit sans attendre. Immobile, il parcourut les lieux du regard, essayant de comprendre ce qui se passait. Il perçut un mouvement près de l'eau. Malgré la pleine lune, il lui était difficile d'identifier ce qu'il voyait. Il y avait des hommes, trois ou quatre. Mais à cette distance, ils n'étaient guère plus que des ombres. Apparemment, ils tiraient quelque chose sur la pente douce entre les cales où reposaient les galères. Le garçon s'accroupit et regarda un moment, refusant d'en croire ses yeux. Mais le choc terrible de la trahison le frappa en plein visage. « Tu m'as menti ! Tu pars ce soir ! »

Outragé, il se releva pour courir... quand une forte poigne attrapa son épaule et le fit pivoter. Il se retrouva face aux yeux froids et meurtriers de Youssouf. Celui-ci n'avait pas encore vu les autres. Son regard était rivé sur les pieds de l'enfant, qui étaient relativement indemnes, réalisait-il maintenant.

— Par Allah...

Nico essaya de se libérer, mais la prise de l'autre était trop puissante. Alors l'enfant cria :

— Leonardus ! A l'aide !

Surpris, Youssouf leva les yeux et il remarqua les ombres près de l'eau. Immédiatement, il hurla pour appeler les gardes.

Leonardus et ses camarades avaient entendu l'appel du garçon. Le maître constructeur se redressa et vit les deux silhouettes luttant.

— Par les feux de l'enfer ! murmura-t-il.

Une seconde, il pensa courir pour venir en aide à Nico, mais c'était une folie. Tout était risqué. Il se retourna vers ses trois compagnons d'évasion et, comme des fous, ils tirèrent l'embarcation vers la mer.

L'enfant se baissa subitement et tourna sur lui-même pour échapper à son maître. Il s'élança sur la longue déclivité. La douleur l'empêchait de courir aussi vite qu'il aurait voulu, mais il était quand même plus rapide que l'énorme Youssouf, manquant d'entraînement. Il entendait ses halètements et ses pas lourds. Nico fit le tour de la fosse de trempe, et s'enfila entre des tonneaux de poix et deux baraques de stockage.

Il crut sentir de la fumée, mais n'osa pas se tourner pour regarder et conserva la même allure. Derrière lui, il entendait toujours Youssouf qui n'allait pas abandonner.

Le fugitif aperçut un empilement de chêne, des morceaux de différentes longueurs destinés à la confection de rames. Sans pratiquement marquer de ralentissement, il attrapa un long gourdin et poursuivit sa course. Il tourna à l'angle d'un atelier et s'immobilisa, le bout de bois bien en main. Il était beaucoup trop essoufflé pour avoir peur. Une seconde plus tard, Youssouf apparut. Nico lui balança un coup de massue de toutes ses forces. Il aurait voulu l'atteindre au visage, mais son arme improvisée était trop lourde et il toucha la poitrine. L'homme hurla et tomba à genoux en toussant et en se tenant la poitrine. Stupéfié par sa propre violence, Nico fit un pas en arrière et demeura là, muet et immobile. A terre, haletant, l'Algérois le regardait. Quand il commença à se relever, Nico réagit immédiatement : avec un grognement de bûcheron, il le frappa de nouveau, cette fois au coin de la tête. Il entendit quelque chose craquer. Et ce n'était pas le chêne, il le savait. Avec un soubresaut, le fils de Farouk s'effondra sur le sol. Le petit Maltais allait jeter son bout de bois pour se remettre à courir, quand il pensa à Abbas et Ameerah. Youssouf avait vu ses pieds. S'il survivait, ils paieraient de leur vie le fait de l'avoir aidé à s'échapper. Il inspira profondément, leva le gourdin et l'abattit violemment sur le crâne du ventripotent. Cette fois, l'issue ne faisait plus aucun doute. Nico lâcha sa trique de fortune et fila.

Plus bas, Leonardus et les autres avaient atteint l'eau. Le constructeur et un de ses compagnons avaient déjà sauté à bord, tandis que les deux autres poussaient le bateau.

— Leonardus ! cria Nico. Leonardus, attends ! Je viens !

Il vit Leonardus regarder dans sa direction, mais il n'y eut aucune réponse.

Les deux hommes qui poussaient avaient déjà de l'eau à la taille. Ils furent hissés à bord par leurs complices. Immédiatement, quatre avirons apparurent et les fuyards se mirent à ramer. Le caïque prenait le large. L'enfant toucha l'eau et s'y engagea résolument, projetant de grandes éclaboussures en courant dans les vaguelettes, à quelques pieds à peine de l'esquif. Il tomba, se releva en toussotant, puis se relança en avant en hurlant de toute sa puissance.

— Leonardus ! Tu avais dit que je viendrais avec vous ! Attends ! Leonardus !

Les rames s'activaient furieusement. L'embarcation ne cessait de s'éloigner. Pas un seul instant, les fugitifs ne se retournèrent ou s'interrompirent. Ils se hâtaient de traverser le petit havre en direction du môle. Là, ils devraient débarquer et faire passer le bateau par-dessus. Ensuite, ils seraient partis.

Nico courait dans la mer en battant l'air de ses bras. Bientôt, il eut de l'eau jusqu'à la taille et se mit à nager.

Les gardes de la porte venaient d'atteindre le corps de leur maître. L'un d'eux ne portait qu'une épée, mais l'autre disposait d'un mousquet espagnol. Ils entendirent les cris de Nico et ils le virent poursuivant le bateau en fuite. Celui qui avait le mousquet amorça son briquet, leva l'arme, visa l'esquif et ouvrit le feu. La balle frappa l'un des charpentiers, qui tomba en avant. Les autres le basculèrent par-dessus bord et le caïque menaça presque de se retourner en se balançant dangereusement. Ce répit était tout ce dont avait besoin l'enfant. Il utilisa le corps flottant pour s'appuyer et agripper le plat-bord. Leonardus se trouvait du côté opposé, sa rame déjà dans l'eau. L'homme le plus proche de Nico était un Génois, qu'il avait déjà vu sur le chantier. Il prit sa rame et l'abattit sur les doigts du petit.

— *Vada via !*
Nico hurla et lâcha. Une fois de plus, le bateau s'éloignait.
— Leonardus ! Leonardus ! Menteur ! Fils de pute ! Tu avais dit que je pouvais venir !

Enfin, le Maltais se retourna et regarda Nico, puis la plage. Il savait que les gardes de nuit ne disposaient que d'un fusil.
— Par le Seigneur, mon garçon ! Tes gémissements ne vont-ils jamais me laisser en paix ? Allez, arrêtez de ramer ! ordonna-t-il. Et hissez-le à bord.
— Tu es fou ? cria le troisième, un voilier de Barcelone. Laissons-le ! Ça fera moins de poids et plus d'eau pour nous.
— Faites ce que je dis ! tonna Leonardus.

Le petit bateau s'arrêta, et des mains puissantes attrapèrent Nico par les bras et les épaules pour le tirer à bord. Il se fit mal au sexe en passant le plat-bord, avant de tomber lourdement et douloureusement au fond du caïque. Mais, mû par une rage farouche, il se remit sur ses pieds et commença à frapper Leonardus.
— Bâtard ! Tu allais partir...

Une cloche retentit sur le chantier. C'était l'alarme des incendies. Dans peu de temps, toutes les personnes se trouvant alentour allaient se précipiter sur place.

— Tais-toi et rame ! ordonna Leonardus en poussant Nico sur son banc.

Réduit au silence, le garçon récupéra la rame et la plongea dans l'eau. Le quatuor reprit sa progression comme s'il avait le diable aux trousses. Un autre coup de feu résonna et les fuyards se baissèrent. La balle passa loin. Ils atteignirent le môle et sautèrent de l'embarcation. Ne voulant pas la tirer sur les rochers, ils la déchargèrent, et portèrent nourriture, eau, mât et voile de l'autre côté de la jetée, sur le versant maritime. Puis ils revinrent chercher le caïque. Vide, ils n'eurent aucune peine à le porter. Il était beaucoup plus léger que ne l'aurait imaginé Nico. Mais soudain, il réalisa que la coque n'était que de la toile de voile, trempée longuement dans la poix et clouée à la structure de bois. Il trébucha et peina sous la charge, et ce fut les trois autres qui firent l'essentiel du travail. Ils remirent l'esquif à l'eau, réembarquèrent les provisions et la voilure, remontèrent à bord et recommencèrent à ramer.

— Par le Christ, grommela Leonardus dès qu'il eurent trouvé leur rythme de croisière, la Méditerranée s'ouvre devant nous comme les cuisses d'une femme. Nous serons à la maison dans une quinzaine.

— Les galères ne vont pas nous poursuivre ? demanda Nico en haletant sur sa rame.

— Pas avant un moment. Nous avons percé des trous dans quelques coques avant de partir. Mais si Iblis est avec nous ce soir, ce sera le moindre de leurs problèmes. Regarde.

Les collines d'Alger étaient magnifiques. Le clair de lune serein inondait les coupoles et les maisons blanches. Des feux et des lanternes brûlaient dans toute la ville. La casbah dominait l'ensemble. Sa tour éclairait ses abords tel un fanal. L'endroit semblait aussi plaisant que paisible. Près de l'eau, sur le chantier, on distinguait un rougeoiement plus vif. Des flammes ! Elles étaient à peine visibles, mais on comprenait qu'elles léchaient déjà les flancs d'un bâtiment. Nico se souvint d'avoir senti de la fumée et au regard de l'emplacement de l'incendie, il devina ce qui s'était passé.

— Vous avez mis une mèche lente dans la cabane aux rames.

Leonardus ricana.

— Exactement, mon gars. Il faudra une bonne journée à ces bâtards païens avant de pouvoir équiper un navire pour nous donner la chasse. Ils ne nous trouveront jamais.

— Ils auraient pu me trouver, répliqua l'enfant avec colère. Vous alliez me laisser. Vous m'avez menti en disant que vous partiez vendredi. Vous n'avez jamais eu l'intention de m'emmener.

— C'est assez vrai, reconnut volontiers l'artisan. Mais maintenant tu es là, de toute façon. On peut aussi difficilement se débarrasser de toi que de la petite vérole. Mais pense à une chose : ce sont tes propres actions qui t'ont sauvé. Tu t'es occupé de toi-même et tu as appris qu'il n'y avait qu'une personne au monde en qui tu pouvais avoir confiance. Toi ! Un jour tu me remercieras pour cette leçon.

Ils s'arrêtèrent de ramer et dressèrent le mât. La hampe s'encastrait parfaitement dans le trou pratiqué dans le banc avant et dans l'orifice aménagé dans la quille. Leonardus leva la voile. Elle se mit à battre et à gonfler dans la bonne brise du sud. Au clair de lune, le sirocco était bien visible. Des rubans de poussière s'étiraient tels des tentacules dans le ciel. Ils s'enroulaient et dansaient sinistrement dans le vent, comme s'ils léchaient les cieux. Régulièrement, on apercevait les étoiles scintillantes. Ils se calèrent sur l'étoile polaire. Ainsi, propulsé par la force des rames et du vent, le bateau fila à bonne vitesse vers le nord.

Les heures passèrent. L'aube les trouva en train de ramer sans qu'ils se fussent arrêtés une seule fois. Ils observaient l'horizon avec anxiété, toujours dans la crainte de voir surgir une voile. Le vent souffla régulièrement toute la journée, ce qui leur permit de prendre de la distance. Ils avaient de la nourriture, des dattes principalement, et de quoi boire : une grosse gourde de vin en peau de chèvre pour Leonardus et une d'eau pour les autres.

Dans l'après-midi seulement, ils se mirent à ramer à tour de rôle. Nico avait mal aux bras et ses mains étaient pleines d'ampoules. Le Génois assis à côté de lui devait moduler ses efforts pour s'adapter à son rythme et empêcher le caïque de tourner en rond. Leonardus gardait le cap grâce à une boussole rudimentaire qu'il avait fabriquée avec une aiguille de fer magnétisée sur une magnétite, un aimant naturel. Il avait enfilé celle-ci dans un bout de paille qu'il faisait flotter dans une coupe d'eau de mer. Ivre de liberté, il chantait, racontait des histoires, buvait du vin et ramait. Il parlait notamment de trouver à Majorque un navire en partance pour Malte.

— J'attendrai un galion, un grand trois-mâts, avec quatre ponts, une centaine de canons et mille hommes à bord. Je ne veux plus être capturé en mer.

Chaque heure passée voyait grandir leur entrain.

Juste après la troisième aube, Nico remarqua des perles d'eau de mer sur la toile goudronnée de la quille juste au-dessous de son banc. Il le signala à Leonardus.

— Sang du Christ ! grogna le constructeur. Saloperie de matériel français. J'aurais dû le savoir.

La toile était en train de céder sous la pression. Personne n'avait besoin de dire au Maltais ce que cela signifiait. Il restait encore deux bonnes journées de mer avant de toucher terre et leur esquif menaçait de se disloquer.

Ils essayèrent un colmatage après l'autre. Mais ils ne disposaient ni d'outils ni de poix. Ils continuèrent de ramer avec plus d'énergie que jamais. A mesure que le jour avançait, des gouttes d'eau de plus en plus grosses apparurent entre les armatures de la coque. Les fuites empiraient. Si la toile se déchirait, le bateau sombrerait.

— Il y a trop de poids à bord ! dit le Génois. Il faut se débarrasser du garçon.

— On ne fera rien de tel, répondit Leonardus. (L'autre venait de lui donner une idée.) Mettez-vous à l'eau, vous deux, lança-t-il à ses compagnons.

Le charpentier leva sa rame comme une arme.

— Que je sois maudit, si j'le fais.

— Si tu ne le fais pas, nous allons tous mourir, gronda le maître constructeur. Vous vous accrocherez au plat-bord. Avec moins de poids, l'embarcation flottera.

— Envoie le garçon à ma place.

— Je le ferais volontiers, mais il pèse beaucoup moins que toi. Le bénéfice serait quasi nul. Lui et moi, on va ramer et vous tirer dans l'eau.

— Pendant deux jours ?

— Pendant cent, si c'est nécessaire ! Maintenant, dans l'eau avant qu'on y soit tous.

En grommelant, les deux hommes s'exécutèrent. Ils restèrent accrochés de longues heures, pendant que Leonardus et Nico ramaient. Ils avaient dû abaisser la voile parce que le concepteur pensait que si le vent les propulsait, il augmentait aussi la pression sur la coque. Le poids de leurs camarades tractés ralentissait également leur progression. Leonardus et Nico ramèrent toute la nuit. Ils étaient incapables de dire s'ils avaient parcouru une lieue ou vingt.

La catastrophe les frappa à l'aube. Le vent se leva et la mer commença à envahir le caïque. Nico regardait grossir les perles d'eau. Sans avertissement, le tissu se déchira de l'arceau central à la poupe. Ils n'eurent même pas le temps de paniquer. En quelques secondes, le bateau coula. Ni le Génois ni l'Espagnol ne savaient nager. Ils battirent sauvagement des bras dans l'eau, suffoquèrent et disparurent. Leonardus n'était pas un grand nageur. Quand l'esquif s'enfonça, le mât le frappa au coin de la tête. Etourdi mais encore conscient, il parvint à se maintenir à flot. De son côté, Nico nageait bien. Il récupéra la peau de chèvre qui avait contenu le vin. En faisant du surplace, il enleva le bouchon et vida le restant de vin — guère utile à présent. Entre deux battements de jambes, il souffla dans la gourde en pressant son embouchure chaque fois qu'il reprenait sa respiration. Il replaça le bouchon et rejoignit Leonardus avec ce flotteur improvisé.

Il se mit en quête de l'autre peau de chèvre, mais ne la

trouva pas. Ramer l'avait épuisé. Il repéra la coque légère flottant juste en dessous de la surface. En posant brièvement le pied dessus, il gagnait un peu de flottabilité. Mais son poids faisait s'enfoncer la structure. Alors il devait alterner les battements de pieds — un ou deux — pour se maintenir à flot et les pauses de quelques secondes sur la coque, jusqu'à ce qu'elle s'enfonce. La manœuvre le soulageait quelque peu et, tant que les vagues ne forcissaient pas trop, il savait qu'il pouvait tenir comme ça assez longtemps.

Effectivement, ils surnagèrent ainsi pendant un jour, une nuit, et encore un jour. Nico était parvenu à rester éveillé tout le temps, mais Leonardus avait sombré une fois et bu la tasse. Il parvint avec peine à se raccrocher à la peau de chèvre, crachant et proférant les pires jurons. Les deux compagnons d'infortune échangeaient peu de paroles. Le soleil montait dans le ciel et leur tapait sur la tête. La soif les torturait. Le garçon ne quittait pas l'horizon des yeux, certain d'avoir aperçu, par moments, une terre ou une voile. Jamais il ne perdit espoir et, avec le constructeur à son côté, il avait moins peur.

Mais Leonardus était épuisé. Il avait mis la main sur la cagette de nourriture et placé la peau de chèvre dedans, trouvant que c'était plus facile à tenir. Même ainsi, il ne cessait de se laisser glisser dans l'eau et, sans arrêt, devait se ressaisir. Sous l'effort, ses bras avaient commencé à trembler.

— Ça va ? demanda l'enfant.

— Ça irait si tu n'avais pas jeté mon vin, espèce de stupide épave maltaise sans cervelle.

Leonardus jura et frissonna. Son esprit s'échauffait. Les heures passant, il se mit à marmonner à propos de la sorcière Circé, la fille d'Hélios, et de la nymphe de l'océan Perséis, à propos de nœuds et de voiles, et de ce qu'il aimerait faire avec Perséis, et avec Circé pour faire bonne mesure. Nico s'inquiétait pour la santé mentale de son compatriote.

A la fin de l'après-midi, il crut entrapercevoir quelque chose sur l'horizon. D'abord, ce ne fut qu'un minuscule point gris sur le ciel bleu. Mais une certaine excitation s'empara de lui.

— Leonardus ! Une voile !

Une demi-heure plus tard, il pouvait en voir d'autres. Elles arrivaient non pas du sud, comme l'auraient fait des poursuivants, mais du nord-ouest.

— Il y en a plein, exulta Nico, qui décrivit à son camarade ce qu'il voyait.

— Par la Vierge, s'exclama Leonardus. Faites qu'il s'agisse de la flotte de l'empereur.

Ils continuèrent de flotter et attendirent. Les taches sur l'horizon grandirent. Enfin, Nico put reconnaître les voiles en forme d'ailes d'oie.

— Ce sont des voiles latines, rapporta-t-il. Des galères. Ce sont peut-être les chevaliers de Saint-Jean.

— Toi et tes maudits chevaliers, grogna le constructeur. Si c'est ça, je te jure que je ne touche plus à une femme ni à une goutte de vin.

Les rames de la galère amirale plongeaient régulièrement dans l'eau. L'écume volait à la proue. Finalement, le garçon fut en mesure de discerner l'oriflamme en haut du mât. Il avait prié pour que soit une croix blanche sur un champ rouge. Son cœur sombra.

— Le drapeau est vert sur rouge. Et je vois des turbans sur le pont.

— Vert sur rouge ? Tu es certain ?

— Oui.

— Alors, j'aurais préféré que ce soit un aileron de requin. A tous les coups, c'est cette engeance de Satan : Dragut !

A ce nom, Nico en oublia presque de battre des pieds. Tout le monde autour de la Méditerranée tremblait à sa seule évocation et connaissait les histoires concernant ce corsaire légendaire. « Si Dieu crée un royaume en dessous de l'enfer, lui avait souvent dit Leonardus, nul doute que Dragut en sera le seigneur. Même le diable a peur devant lui. »

Le maître constructeur regarda la flotte approchant. Sa

vision était troublée, mais il parvint enfin à voir le premier bâtiment, de sa mâture à son bélier de bronze à la proue.

— Par le Christ, grommela-t-il, il faut en plus qu'il vienne me chercher dans un de mes propres navires.

Il savait que Dragut le ramènerait à El Hadji Farouk, dont la colère, à la lumière de la mort de son fils, serait sans égale. Mais le pire serait encore que le corsaire le garde comme rameur sur une de ses galères ou qu'il l'emprisonne sur son île de Djerba. Pas de vin, pas de femme : le vieux renard était aussi pieux qu'impitoyable.

Leonardus avait passé suffisamment d'années en esclavage. Il n'avait aucune envie de revivre ça. Il attendit de voir si, par chance, Dragut n'allait pas les éviter. Qui sait, aussi lugubre que fût leur avenir, ils allaient peut-être continuer de dériver vers le nord pour aller s'échouer miraculeusement à Majorque ? Mais à chaque mouvement de rames, il devenait plus évident que Dieu les avait abandonnés ce jour-là. Il entendait déjà de l'arabe sur le pont et une vigie signala qu'elle avait repéré quelque chose dans l'eau.

Leonardus prit sa décision. Il regretta simplement de ne pas avoir de vin pour porter un dernier toast. Nico lui tournait le dos, regardant le diable se rapprocher.

— Si tu veux survivre à ta rencontre avec lui, tu dois être fort, Nico. Sans peur. Etre un homme, pas un garçon. Dis-lui que tu es vénitien. Le fils d'un constructeur de navires. Le fils d'un maître.

— Pourquoi ?

— Les Vénitiens sont les meilleurs. Tu auras de la valeur pour lui. Ça te sera utile.

— Je comprends, dit Nico. Mais que va-t-il faire de toi ? Il sait qui tu es.

Cette question n'eut pas de réponse.

Leonardus avait lâché sa caisse pour partir à la rencontre de Perséis.

Extrait des *Histoires de la mer du Milieu*
**par Darius, dit le Préservateur, historien à la cour
du refuge du peuple, le sultan Ahmet**

Au cours des années décisives ayant précédé la grande bataille de Malte, trois géants dominaient une bonne partie de l'humanité. L'un d'eux était le seigneur des Ottomans, le sultan Soliman. Un autre était le seigneur des chevaliers de Saint-Jean de Jérusalem, Jean Parisot de La Valette. Et le dernier était le seigneur de la mer du Milieu, Dragut Raïs. Pour évoquer le troisième, je ne peux faire mieux que citer la correspondance du second :

Le diable a placé un renard sur la mer, aussi déloyal que vif et rusé, et il l'a appelé Dragut Raïs. Il reste aux chasseurs du Christ à détruire cette engeance démoniaque, fût-ce au risque de leur propre destruction.

Je l'ai rencontré deux fois dans ma vie. La première fois, c'était lui qui était enchaîné, et moi la seconde. Il avait un comportement aimable, presque espiègle. Mais en mer et au combat, il a montré qu'il n'y avait pas pour lui d'actes trop méprisables ou de déprédations trop ignobles à son goût.

C'est un homme de contrastes. Il vit de manière austère. C'est un homme de foi simple, et en même temps c'est un tueur assoiffé de sang, un génie du mal dévoué à cette fausse foi. Il n'existe pas de plus grand tacticien sur mer ni d'homme plus rapace.

Quelle pitié que Dragut ait gâché sa vie en étant infidèle. Comme j'aurais aimé faire d'un tel homme l'un des nôtres !

Extrait des lettres de La Valette,
prises au combat quatorze ans après sa mort
sur la frégate *San Giovanni*.

Dragut, que l'on surnommait le Sabre de l'islam, fut le plus grand des corsaires, plus grand encore que son mentor Khayr al-Din (appelé Barberousse dans les terres franques), *qui* n'avait pas la formidable ingéniosité de son élève au combat. Pas un marin sur Terre ne fut son égal, sauf peut-être le frère chevalier Mathurin d'Aux de Lescout, dit Romegas. Mais comme les deux hommes ne se rencontrèrent jamais en combat, on ne peut le savoir avec certitude.

Dragut, maître tacticien et commandant doué, fut aussi impitoyable que chanceux dans la bataille. Il connaissait le moindre hautfond ou courant de la mer qu'il disait sienne. Il interprétait ses humeurs, connaissait ses brises et ses criques, et savait quand attaquer et quand se cacher. Aucun autre homme n'aurait osé défier les ordres de la Sublime Porte d'Istanbul, mais Dragut était aussi incontrôlable qu'audacieux. « La mer est grande et le sultan est loin », l'entendait-on souvent dire. Tant que ses succès furent nombreux et manifestes, même le sultan Soliman — béni soit son nom — ferma les yeux.

Dragut était le fils d'un paysan anatolien et d'une chrétienne grecque. A l'âge de huit ans, il fut sauvé d'une vie de paysan par un gouverneur turc traversant son village. L'officiel repéra quelque chose de spécial chez l'enfant et il l'emmena en Egypte pour qu'il soit éduqué. Cela n'avait rien d'inhabituel : c'est de cette manière que fut bâti l'Empire ottoman. A l'exception du sultan lui-même, tous les chefs civils et militaires étaient choisis et montaient dans la hiérarchie sur la base du mérite plutôt que de la naissance, alors que la naissance l'emportait sur le mérite selon les critères européens. Presque tous les chefs de l'Empire ottoman occupant le sommet de la société avaient été enlevés, enfants, à leurs familles chrétiennes et élevés dans la foi musulmane. Ainsi les sultans ottomans évitèrent-ils intelligemment l'instauration d'une aristocratie turque qui aurait pu chercher à usurper leur pouvoir. Et par là, ils créèrent aussi une élite de serviteurs doués qui n'étaient loyaux qu'envers le sultan. C'était un système éclairé, bien qu'au cours des dernières années, nous ayons assisté à sa lente érosion du fait de familles turques influentes et jalouses cherchant à mettre en avant leurs propres fils.

Le jeune Dragut excella à l'école. Il devint canonnier sur une galère maure, acquit un brigantin et suivit bientôt Barberousse. Rapidement, Dragut se retrouva commandant de ses propres galères. A la tête d'une petite armada lui appartenant, il organisait des raids audacieux sur les navires et les ports chrétiens. Il fut capturé et se retrouva comme esclave à ramer au fond d'une galère. Il ne dut sa libération qu'à Barberousse, qui accepta de débourser trois mille couronnes d'or pour sa libération, mais celui-ci ne fit probablement pas de meilleure affaire de toute sa vie. Car au cours des années qui suivirent, les succès de Dragut furent légion. Il fit sept mille prisonniers à Bastia en Corse, cinq mille à Gozo dans l'archipel maltais et réduisit en esclavage la totalité de la ville de Reggio. Il prit Tripoli aux chevaliers de Saint-Jean, avant de devenir son gouverneur. Une autre fois, il parvint à s'échapper de manière particulièrement audacieuse sous le nez même d'Andrea Doria. De même que Barberousse avait été le tourmenteur du saint empereur romain, Charles Quint, Dragut fut celui de son fils, le roi d'Espagne Philippe II. Il captura sa flotte chrétienne tout entière à Djerba. Ce fut ainsi qu'il bâtit sa légende : il humiliait ses ennemis et inondait de bienfaits ses amis.

Après la mort de Barberousse, Dragut devint le chef de tous les corsaires de Barbarie, ces alliés très autonomes du sultan qui opéraient librement depuis leurs bastions d'Afrique du Nord. Les corsaires payaient un tribut au sultan ou aux beys qui gouvernaient ses domaines. Dans les batailles contre l'ennemi commun chrétien, leurs navires se joignaient toujours à la flotte ottomane. Au sommet de sa puissance, il fut nommé commandant de la flotte par Soliman et il se rendait à Istanbul pour rendre hommage au sultan. C'est au cours d'un de ces voyages qu'il sauva le jeune garçon nommé Nicolo Borg.

De tous les étranges tours du destin de ces années mouvementées précédant la grande bataille de Malte, aucun n'est plus singulier que le pressentiment que Dragut eut de sa propre mort. Au cours d'un raid sur l'île maltaise de Gozo, son frère fut tué. Son corps fut brûlé par le gouverneur, qui l'empêcha ainsi d'aller au paradis. Tout en jurant de le venger, Dragut eut cette prémonition. « J'ai senti l'ombre des ailes de la mort sur cette île, raconta-t-il à ses commandants. Il est écrit que moi aussi je mourrai sur le territoire des chevaliers. » Que ce soit sur l'archipel maltais ou dans tous les recoins chrétiens de la mer du Milieu, tout le monde connaissait cette intuition et faisait le vœu que cette prémonition se réalise plus tôt que tard.

Extrait du volume III
Les Corsaires et les beys de Barbarie : Dragut Raïs.

Chapitre 12

En fait d'engeance de Satan, Dragut Raïs rappelait beaucoup à Nico son propre grand-père : mince, la peau tannée par la vie au large, la soixantaine bien avancée — mais seule la blancheur de sa barbe suggérait son âge —, une condition physique splendide. Souvenirs de ses nombreux combats, des cicatrices couturaient son corps, mais il ne souffrait d'aucune infirmité physique ou mentale. Ses yeux brillaient d'intelligence et son expression semblait gentille, presque impie. Au milieu des janissaires habillés de manière ostentatoire, il ne portait qu'une simple tunique blanche et un turban fauve. Assis sur un tapis sous le dais de cuir qui couvrait le pont arrière, il lisait le Coran. Quand un de ses marins lui amena Nico, dégoulinant et tremblant, pour inspection, il leva les yeux.

— Qui es-tu pour flotter ainsi dans la mer ? lui demanda-t-il en arabe.

— Je m'appelle Nicolo Borg, répondit-il en italien.

Tout essoufflé, il s'efforça de ne pas penser à la mort de Leonardus, mais à ses dernières paroles. Il savait que sa vie dépendait de sa vivacité d'esprit.

— Je suis un constructeur de navires... De Venise.

— Un constructeur de navires ! *Ya sa-lehm !* Et si jeune ! (Dragut éclata de rire.) Pas un très bon, faut-il croire, ironisat-il en passant à l'italien, si le mode de locomotion que tu choisis pour voyager est la nage.

— Notre galère a coulé il y a deux jours, victime d'une grosse mer. Mon père s'est noyé.

— Dommage. Il n'y aura donc pas de rançon. Enfin, je peux certainement tirer quelque chose d'un apprenti constructeur... même maigre et tout fripé. (Il fit un signe à son marin.) Enchaîne-le dans la cale.

Puis il retourna à sa lecture.

Si Nico n'avait rien appris d'autre des derniers événements, il avait au moins compris qu'il ne devait pas subir passivement. Il se débattit furieusement, traînant les pieds, les yeux fixés sur le trou noir fétide qui s'ouvrait sous le pont.

— Je suis le fils d'un constructeur de bateaux, hurla-t-il. Je ne veux pas être enchaîné dans ce trou par le fils d'un paysan anatolien ! Je préfère mourir.

Il échappa au marin, courut vers la mer, enjamba le plat-bord et sauta dans l'eau. Sous les rires des soldats du pont et de quelques rameurs chrétiens saluant son courage, il se mit à nager.

Les huit autres galères de la flotte de Dragut étaient disposées en V derrière le navire amiral. Plusieurs archers postés sur le gaillard d'avant de la première d'entre elles levèrent leur arc. Tous étaient des tireurs d'élite. Aucun ne raterait sa cible à cette distance. Alors ils se mirent à faire des paris : qui toucherait quelle articulation de quel membre du petit nageur ?

A leur grand regret, Dragut ruina leurs espoirs de compétition.

— Ramenez-le à bord, ordonna-t-il.

Un coup de sifflet retentit. Toutes les rames furent levées et tirées à l'intérieur du navire ; les archers baissèrent leurs armes et un canot fut mis à l'eau avec trois hommes à son bord pour récupérer rapidement le garçon. Leur proie ne se laissa pas faire et se débattit, dans un concert de cris et d'éclaboussures. Mais quelques instants plus tard, Nico se retrouvait une nouvelle fois sur le pont, toussant et postillonnant devant Dragut, qui venait de donner l'ordre à la flotte de poursuivre la route vers l'est.

— Tu te bats bien, observa-t-il. Mais tu ressembles davantage à un rejeton de monstre marin qu'à celui d'un constructeur de vaisseaux. Il est possible que j'accède à ta requête et que je te laisse te noyer. Ça nous épargnera sans doute pas mal de problèmes. Mais d'abord, je veux satisfaire ma curiosité. Comment se fait-il qu'un tel bébé Léviathan arraché de la mer me connaisse, moi, le simple fils d'un paysan anatolien ?

Même avant que Leonardus lui ait raconté ses histoires, Nico savait déjà pas mal de choses sur Dragut Raïs, l'un des hommes les plus célèbres et les plus craints au monde. Il avait attaqué Malte pas moins de cinq fois, jusqu'à vider, récemment, Gozo de ses habitants. Normalement, l'enfant aurait dû trembler en sa présence, mais les ultimes paroles de Leonardus restaient gravées dans son esprit. « Si tu veux survivre à ta rencontre avec lui, tu dois être fort. Sans peur. Etre un homme, pas un garçon. »

— Comme un lièvre connaît le faucon, répondit fiévreusement Nico. Qui ne connaît pas le corsaire qui a ridiculisé Doria dans le lagon de Djerba, mais qui s'est laissé prendre et enchaîner par le neveu de ce même Doria en Sardaigne ? Le voleur qui enlève les femmes et les enfants ? Le fils de Satan qui tue les chrétiens sans raison ? Et de même que je sais que votre frère est mort à Malte, je connais votre prémonition. Un jour, vous vous retrouverez face à un navire de l'ordre de Saint-Jean et je me tiendrai à sa proue. Je serai ravi d'accomplir votre prédiction et de pendre votre tête au rostre de mon vaisseau.

Les hommes de Dragut avaient écouté la diatribe de Nico sans véritablement en croire leurs oreilles. Maintenant, ils guettaient les réactions de leur chef. Si le gamin avait rencontré un autre que Dragut, il aurait eu de grandes chances d'être mis à mort séance tenante. Mais son éclat n'avait fait qu'accroître l'intérêt du corsaire. Peut-être qu'il lui rappelait sa propre rencontre avec le gouverneur turc qui l'avait arraché à son monde. Toujours est-il que de tous les hommes, Dragut était probablement celui qui savait le mieux qu'Allah empruntait des voies mystérieuses. Avec son caractère déjà bien trempé et son visage bien formé, Nico l'intriguait. Son séjour dans l'eau ne l'avait assurément pas calmé. Ce n'était peut-être qu'un gamin impudent dont la destinée n'avait été d'échapper à l'océan que pour passer le restant de ses jours enchaîné aux rames d'une galère ? A moins que... A moins que quelque chose de plus important n'ait été écrit dans le livre de sa vie. Quel que soit le cas, Dragut décida d'en découvrir davantage au cours du long périple qui les attendait.

— Une telle passion chez un si petit garçon ! Je ne tue que les chrétiens qui ont besoin d'être tués et j'épargne les autres pour qu'ils servent d'esclaves. Je ne peux pas en dire autant des soldats du Christ, qui assassinent femmes et enfants sans la moindre pitié. Tu prétends vouloir commander une de leurs galères ? Sais-tu que le fils d'un artisan n'est pas le bienvenu au sein de leur ordre... à moins qu'un sang plus noble ne coule dans tes veines ?

— Mon sang me convient.

— Pas à l'ordre, j'imagine. En tout cas, je doute que tu pendes ma tête où que ce soit, bien que je brûle d'impatience de voir le jour où tu essaieras. En attendant, tu vas aller rafraîchir ton sang bouillant dans ma cale. Je n'ai nul autre endroit où te mettre. Tiens-toi bien et de temps en temps, tu pourras venir t'asseoir près de moi sur ce pont. Autrement, je te donnerai à manger aux crabes, morceau par morceau. A toi de choisir.

Nico attendit un instant avant de répondre avec solennité :

— Je suis d'accord. Mais je ne veux pas de chaînes.

Un grand sourire éclaira le visage de Dragut.

— Maintenant, le lièvre dicte ses conditions au faucon. Est-ce que j'ai ta parole que tu ne t'en prendras à aucun homme sur ce vaisseau et que tu ne tenteras pas de rompre ce marché ?

L'enfant regarda les janissaires alignés sur le pont, ces soldats lourdement armés qui combattaient pour partager une partie du butin et qui l'observaient avec ironie.

— Vous l'avez.

— Fort bien, alors, répondit le corsaire aimablement. Pas de chaînes.

A la fois satisfait et étonné de son succès, Nico se dirigea sans heurt vers la cale. Il n'y avait pas d'autres prisonniers. Comme d'habitude, il régnait une forte puanteur, mais il parvint à se hisser sur une caisse et à garder la tête juste au-dessus du niveau du pont. Il n'était pas libre, mais il n'était pas enchaîné. Il regarda les rameurs chrétiens, les surveillants et les janissaires. Comparé à celui du navire d'Ali Agha, l'équipage avait l'air discipliné, patient... et plus dangereux.

En dépit de son épuisement, sa première nuit dans la cale fut blanche. Il pleura Leonardus. L'air chaud faisait s'évaporer ses larmes.

— Pourquoi as-tu fait ça, fils de p...

Mais il ne pouvait plus parler ainsi du mort, même s'il savait que le maître constructeur n'aurait pas hésité à le traiter de la sorte.

— Pourquoi m'as-tu laissé ? Pourquoi as-tu abandonné ?

Il s'adressait à lui comme s'il s'était trouvé à son côté. Il se rendit compte que même son propre père ne lui avait pas manqué autant. Dans ses rêves, il s'était représenté rentrant triomphalement à la maison avec lui. Il s'était imaginé avec Maria. Mais jamais avec Luca. Il était toujours avec Leonardus. Au cours des mois passés à Alger, il avait fini par se voir différemment de ce qu'il était avant. « Dis-leur que tu es le fils d'un constructeur de navires. » C'est ce qu'il avait fait... et c'était la vérité. Dans son cœur, il l'était bel et bien. « Je suis le fils de Luca et de Leonardus. »

Il ne cessait de se demander pourquoi sa vie s'était assombrie si injustement. Il avait été si près de la maison et de la liberté. Il l'avait goûtée. Il l'avait sentie dans la brise sur son visage. Et maintenant, tant celle-ci que Leonardus avaient été engloutis. Un monde s'était effondré. Et devant lui, la nuit semblait noire.

Au cours des jours qui suivirent, ils poursuivirent leur course vers l'est. Ils mouillèrent devant une petite île au large de la Sardaigne appelée San Pietro. Ils y débarquèrent discrètement bien après le crépuscule pour en repartir avant l'aube. Puis il y eut une longue traversée en pleine mer pour gagner Marettimo, un autre rocher en face de la Sicile. Ensuite, ils longèrent la côte sicilienne, mouillant chaque nuit dans des criques seulement visibles du large.

Fidèle à sa parole, Dragut invitait Nico à s'asseoir avec lui au moment des repas. Il mangeait toujours après son équipage et partageait ses frugales rations. Chaque fois qu'il le pouvait, il interrogeait l'enfant sur un grand nombre de sujets. Répétant ce qu'il avait appris de Leonardus, le jeune Maltais faisait effectivement montre d'une connaissance prodigieuse des navires et de la mer. Il répondait à des questions sur Venise, sur ses chantiers navals, ses guildes et les méthodes de construction révolutionnaires de Vettor Fausto, auprès duquel, prétendait Nico, son père avait été apprenti. Quand il ne connaissait pas une réponse, il l'inventait ; sinon, il l'embellissait en reprenant les trucs des conteurs d'Alger. Il était incapable de dire ce que Dragut pensait de tout cela ou ce qu'il savait déjà à propos des sujets qu'il abordait. Mais de temps en temps, un éclair de malice traversait les yeux du corsaire et il semblait amusé.

Les lieues se succédaient. Nico cherchait en vain un signe des forces de l'empereur Charles. Mais le Saint Empire romain tout entier semblait ignorer le passage de Dragut, tandis que celui-ci donnait l'impression de considérer chaque côte comme sa propriété. Un jour, l'enfant sut qu'ils passaient fantastiquement près de chez lui. Il se demanda comment aborder la question avec Dragut.

— Vous passez au large de Malte sans y prêter attention, remarqua-t-il finalement. Je pensais que vous ne longeriez pas un tel endroit sans essayer de faire une prise ou deux.

Dragut sourit.

— J'éprouverai ma prémonition une autre fois. Pour l'instant, les affaires d'Allah m'entraînent ailleurs.

— A Djerba ?

— Istanbul.

Le nom frappa le garçon comme un coup de poignard. Aucun lieu ne lui paraissait plus éloigné de sa maison. Il tourna les yeux vers tribord et, serrant la pièce de Maria, récita une prière silencieuse. Si, en cet instant, il avait aperçu le moindre bout de terre ou la voile d'un navire, il aurait sauté par-dessus bord — ou aurait essayé. Mais l'horizon était vide. A chaque mouvement de rames, il sentait ses chances s'évanouir un peu plus... jusqu'à ce qu'il sût qu'il était trop tard, au moins pour ce voyage.

Les jours défilaient aussi tranquillement que la mer. Maintenant, la flotte remontait vers le nord-est, le long de la plante de la botte italienne. Puis ils croisèrent au large du golfe de Tarente pour atteindre le talon de l'Italie et, de là, traversèrent le canal d'Otrante en direction du Péloponnèse. Comme une bonne partie du monde, cette péninsule faisait partie de l'Empire ottoman.

Le corsaire et l'enfant continuaient de parler à chaque repas. Nico comprit que Dragut l'évaluait, mais il ignorait dans quel but. Il se prit même à l'apprécier, malgré sa réputation. Le pieux grand-père qui s'asseyait tranquillement sur le pont, buvait de l'eau et discutait si aimablement ne pouvait assurément pas être le pirate de légende assoiffé de sang.

Mais au large de Corfou, Nico le vit à l'œuvre. Ils avaient lâché l'ancre pour la nuit dans une des nombreuses criques parsemant un étroit chenal. Peut-être que Dragut vit, entendit ou huma quelque chose... ou peut-être, simplement, devina-t-il. Il ordonna le silence de combat. Pour éviter de faire du bruit, les rameurs enlevèrent leurs pieds de leurs supports de chaînes. Les feux furent éteints sur le pont. Vers minuit, Dragut et deux de ses capitaines, accompagnés de l'*agha*, le commandant des janissaires, s'éloignèrent dans un caïque. Une heure plus tard, Nico les entendit revenir. Des ordres furent discrètement transmis de navire en navire.

Juste à l'aube, la flotte contourna une langue de terre et vint surprendre trois galères de guerre dalmates qui protégeaient un vaisseau marchand chargé de richesses destinées au Vatican. Eux aussi avaient cherché un abri pour la nuit, mais leurs bateaux étaient aussi peu prêts qu'ils étaient mal positionnés et Dragut les prit au dépourvu.

Les Dalmates étaient des mercenaires lourdement armés, mais leur commandant les avait ancrés dans un site qui, s'il était bien dissimulé, les empêchait de voir approcher une menace. Et quand ils la repérèrent enfin, il était trop tard, et leurs canons furent inutiles.

Dragut attaqua rapidement et silencieusement. Seuls le léger frottement des chaînes de chevilles et le craquement des rames sur leurs tolets trahissaient son approche. Les Barbaresques avaient en outre l'avantage du soleil qui se levait dans leur dos et aveuglait leur adversaire. Fasciné, Nico observait la manœuvre depuis son perchoir dans la cale. Les galères filaient droit devant, prenant de la puissance jusqu'à atteindre la vitesse d'abordage. Les rames soulevaient des gerbes d'eau qui scintillaient dans la lumière, projetant de jolis petits arcs-en-ciel sur les bâtiments dalmates, dont les équipages endormis allaient mourir.

Quand le silence ne fut plus nécessaire, Dragut cria des ordres à son maître de nage, qui les retransmit à coups de sifflet à ses surveillants. Et à leur tour, ils les communiquèrent à grands coups de fouet sur le dos aux rameurs. Nico ne comprenait pas vraiment la tactique du corsaire, mais c'était, de manière évidente, un expert. Les rameurs obéissaient comme un seul homme, agissant de concert, à pleine vitesse de combat. Et, brutalement, tout un côté des rangs de nage s'arrêtait tandis que l'autre continuait et que la galère tournait. Puis celle-ci pivotait, alors que les rameurs du flanc opposé tiraient leurs rames en arrière et que les premiers se reposaient un instant. Les esclaves des deux camps — les chrétiens sur les navires musulmans et les musulmans sur les bateaux chrétiens — étaient confrontés à un cruel dilemme. Leur obéissance et leur performance pouvaient provoquer la défaite de la flotte adverse... dont ils espéraient ardemment la victoire, même si celle-ci devait les envoyer par le fond, encore enchaînés. Mais s'ils n'obéissaient pas aux ordres, si le moindre de leurs muscles ne poussait pas au bout de ses limites, le surveillant remplaçait le fouet par le sabre et leur corps sans vie finissait dans la mer.

Beaucoup trop tard, les Dalmates s'activèrent. Des trompettes retentirent. Les ponts se hérissèrent de pics et de hallebardes. Les tireurs installèrent leurs arquebuses dans les brèches et des tirs sporadiques fusèrent. Dragut réagit instantanément. Une couleuvrine fut chargée à la proue avec deux boulets de fer reliés par une chaîne, qui démâtèrent la galère marchande. Le mât s'écrasa sur les malchanceux rameurs du bâtiment neutralisé. Simultanément, des tirs croisés nourris partirent de tous les vaisseaux de Dragut, atteignant les Dalmates de manière meurtrière. Le Barbaresque disposait d'une grande variété d'armes : certaines anciennes, d'autres très récentes, et toutes utilisées avec patience, discipline et grand art. Des pluies de flèches successives produisaient d'effroyables dommages parmi les hommes non casqués. Les carreaux d'acier des arbalètes pénétraient bois et armure, tandis que des grêles de balles d'arquebuse fendaient l'air.

L'un des bateaux de guerre commença à bouger, mais trop lentement. Les grappins volèrent vers les plats-bords. Sans armure, simplement vêtu d'une veste de cuir, Dragut se porta à la tête de ses hommes pour fondre sur les ponts de l'ennemi. Les soldats criaient, les rames craquaient, l'acier fracassait l'acier. Il n'y avait aucun vent et les nuages de fumée flottaient au-dessus de l'affrontement comme des langues de brume au-dessus d'un marais. L'odeur du sang et de la poudre se mêlait à l'air salé.

Soudain, Nico entraperçut une vision bénie : la tunique écarlate d'un chevalier de Saint-Jean. Il émergeait d'une cabine en revêtant sa cuirasse, la pièce d'armure qui lui protégeait la poitrine et le dos. Normalement, il aurait dû se laisser capturer en vue d'une rançon, mais il n'était manifestement pas d'humeur à se rendre et combattait comme un possédé.

Maniant puissamment une longue épée à deux mains, il trancha une demi-douzaine d'attaquants avant de succomber sous les coups d'une hache de combat. Le cœur de Nico vacilla en même temps que le corps du frère combattant. Finalement, ses héros étaient, eux aussi, mortels.

En moins de dix minutes, l'engagement fut terminé et la victoire des corsaires totale. Sur les galères dalmates, les rameurs musulmans furent rapidement libérés. Une immense clameur s'éleva de leurs gorges pour saluer Dragut, leur sauveur. Celui-ci ordonna que les soldats survivants et maintenant désarmés aillent immédiatement prendre leur place sur les bancs de nage. Selon un rituel immuable, un rapide cliquetis de chaînes signala le changement dans l'ordre des choses.

Un certain nombre d'apostats — d'anciens musulmans qui avaient abandonné leur foi pour rejoindre les rangs chrétiens — furent montrés du doigt par les rameurs. Dragut ordonna à ses bourreaux de faire leur œuvre. Leurs cimeterres tranchèrent aisément les cous tendus telles des faucilles fauchant les blés. Nico essaya de se faire tout petit dans la cale, redoutant d'être, à son tour, victime de la soif de sang. Mais il n'y eut aucune sorte d'ivresse sanguinaire. Les quelques exécutions participaient de l'ordre naturel de la mer, et furent accomplies aussi proprement et consciencieusement qu'elles devaient l'être.

Dragut désigna certains de ses subordonnés pour aller prendre en charge les navires capturés. Des cordes furent jetées aux deux qui avaient souffert du combat pour qu'ils soient tractés par les autres. Les armes, la poudre et les provisions des Dalmates furent transbordées dans les galères de Dragut, ainsi que trois coffres de lingots d'argent trouvés sur le vaisseau marchand. Dragut ordonna qu'on les range dans la cale.

— Le tribut du pape pour Allah, commenta-t-il en riant.

Désormais, les pieds de Nico reposaient sur une véritable fortune.

Dragut remonta à bord d'excellente humeur. C'était la quatrième fois, ce qui l'amusait beaucoup, qu'il surprenait des ennemis dans cette crique.

— C'est aussi facile que de trouver des poissons rouges dans les fontaines de mon palais de Djerba, plaisantait-il ; seulement, ceux-là, au moins, savent comment se cacher.

Il avait hâte de reprendre sa route, mais d'abord, sans avoir quitté ses vêtements souillés de poudre et de sang, il invita les fidèles à la prière du matin, qu'il dirigea. Puis sa flotte, maintenant forte de treize vaisseaux, continua vers le sud, le long de la côte du Péloponnèse.

Nico mit du temps à se calmer. Ce jour-là, il ne sortit pas de la cale. Il était encore totalement ébranlé par toutes les morts dont il avait été le témoin. Depuis qu'il avait quitté Malte, il avait appris à quel point il était facile de tuer. Mais ce matin-là, il ne pouvait imaginer qu'une force sur Terre eût été capable de vaincre Dragut. Le corsaire était immédiatement retourné à sa lecture. Il avait l'air serein et donnait l'impression d'avoir déjà oublié la rencontre inopinée. L'enfant le considérait maintenant avec un nouveau regard mêlant la peur et le respect. « Je te vaincrai, fils de Satan, jura-t-il. Pas aujourd'hui, mais un jour. »

Une chose le troublait particulièrement : il réalisait qu'en dépit de ce qui venait de se passer, il continuait d'aimer Dragut et d'apprécier sa compagnie. Celui-ci n'avait pas une grande éducation, mais il s'intéressait authentiquement au monde qui l'entourait. L'Histoire le fascinait, surtout les récits sur de grands généraux ou conquérants du passé. Il possédait deux ouvrages, soigneusement enveloppés dans une toile huilée. L'un était le Coran, l'autre, les *Histoires* d'Hérodote, écrites en grec. Il les consultait souvent. En outre, il connaissait la mythologie, la cosmologie et la navigation. Il était aussi au fait de la politique des cours européennes et des détails de la vie du Florentin Vinci. Il savait encore les noms de tous les oiseaux et poissons qu'il voyait. Il s'intéressait enfin aux travaux de Copernic, le Polonais qui avait développé l'étrange théorie selon laquelle la Terre tournait autour du Soleil, et dont lui avait parlé un prêtre. Il parut déçu quand Nico lui avoua que l'existence de cet homme lui était inconnue.

— Dommage, souffla-t-il avec une véritable tristesse dans l'expression. Le prêtre a perdu sa tête pour son Dieu avant que j'aie pu le questionner davantage.

Ils contournèrent des baies rocheuses et des péninsules couvertes de forêts. Dragut avait une anecdote à raconter à propos de chacune d'elles. Il parlait du passé, de batailles et de rois, d'Alexandre le Grand et de Darius le Perse, d'Agamemnon et de Gengis Khan... Tous avaient arpenté ces rivages et navigué sur ces eaux.

De temps en temps, quand il mentionnait un endroit, Nico connaissait un bout de son histoire. Certes, il ne s'agissait que de fragments, d'infimes détails, naturellement, appris de Leonardus. Mais venant d'un simple petit garçon, c'était largement suffisant pour impressionner le corsaire.

— Derrière cet horizon, tu trouveras Bodrum[1], lui dit ce dernier en désignant un point invisible. C'était une cité grecque, qui vit naître Hérodote. Elle s'appelait alors Halicarnasse. On y trouvait le mausolée, l'une des Sept Merveilles des Anciens.

— Je connais Bodrum, fanfaronna immédiatement l'enfant. Les chevaliers de Saint-Jean y ont construit un château qui s'appelle Saint-Pierre.

— C'est vrai. Et Soliman les en a chassés. Il a nettoyé de leur présence les rivages d'Anatolie comme la mer nettoie le sable d'une plage.

— Il a eu de la chance.

Dragut éclata de rire.

— Oui, sans doute. C'est un homme qui en a souvent. Et il a eu une semblable chance, je crois, hum, juste... (Il évalua une direction en fonction du soleil et tendit le doigt vers le sud-est). Juste là, à Rhodes.

---

1. Ou encore Bodroun ou Bodroum. (*N.d.T.*)

Il se tourna vers Nico et vit, à son expression contrite, qu'il connaissait également l'histoire.

— Une belle île. L'une de celles que je préfère au monde. Il y a plein de papillons là-bas. Une vallée en est remplie. Il y avait aussi un colosse en bronze, tu sais, une statue du dieu soleil Hélios, qui dominait le port de Mandrákion. Le sculpteur Charès l'avait réalisée pour saluer la fin d'un long siège. Tes chers chevaliers y ont vécu deux cents ans, jusqu'à un autre siège — pas aussi long, cette fois —, qui permit à Soliman de les chasser. C'était il y a trente ans. Ils ont erré dix années. Personne ne voulait de tes braves soldats du Christ et n'était prêt à leur donner de nouvelles terres, car les rois chrétiens les craignaient.

— Pas tous, objecta Nico. L'empereur Charles leur a donné une terre.

— Une terre ? Un rocher, oui ! ricana le Barbaresque. C'était du pur opportunisme de la part de ton empereur. Il le leur a offert uniquement parce qu'ils acceptaient de le garder pour lui. Mais cela n'a aucune importance. Un jour prochain, Soliman les chassera de là encore une fois... même s'il ne s'agit que d'un endroit stérile et nu.

— Il n'y arrivera pas, répondit l'enfant avec fièvre.

— Oh si, tu verras. Ils troublent la circulation de ses navires et la paix de son royaume.

— Comme vous perturbez les leurs.

— Mais je n'ai jamais donné ma parole de ne pas le faire. A Rhodes, Soliman a épargné les chevaliers en échange d'un vœu solennel : la promesse de le laisser en paix. Pour sauver leur vie, ils ont sacrifié leur honneur en prêtant un serment qu'ils n'ont pas tenu. De tels hommes ne peuvent avoir d'avenir dans le monde de Soliman.

— Ce n'est pas son monde, et j'en ai assez de ces histoires.

Il se leva et se dirigea vers la proue. Dragut le regarda s'éloigner en souriant, puis il ouvrit son Coran.

Ils remontaient la mer Egée — la « baie du sultan », la baptisait Dragut — en direction du nord-est, avec la péninsule hellénique à bâbord et l'Asie Mineure à tribord. Tous ces territoires, à l'exception de quelques îles appartenant aux Génois, étaient ottomans. Ils longèrent des rivages enchanteurs, dépassèrent Andros, Chios, Lesbos et Ephèse, le site d'une autre Merveille de l'ancien monde, le temple d'Artémis, construit par Crésus et détruit par les Goths.

Ils passèrent la nuit à l'embouchure du détroit des Dardanelles, tout près des ruines de Troie. Dragut indiqua une étendue d'eau et la terre vallonnée qui s'étendait au-delà.

— L'Hellespont ! C'est ici que Xerxès, le roi des Perses, a organisé l'invasion de la Grèce. Il a fait construire deux ponts de bateaux en travers du détroit et ses armées sont passées dessus pour gagner les Thermopyles. Une tempête les a détruits et Xerxès a fait fouetter la mer en punition.

Le corsaire se dressait, les mains dans le dos, regardant songeur en direction du détroit.

— Tu imagines ça ! Comme j'ai souvent souhaité avoir la force de fouetter la mer !

Dragut était l'imam à bord de son propre navire. Cinq fois par jour, il dirigeait la prière de toute sa flotte. C'était une vision enthousiasmante. Les rames s'arrêtaient, le silence s'imposait lentement aux galères et une paix sereine s'installait. Les capitaines et l'équipage se prosternaient partout où ils pouvaient trouver de la place et leurs prières s'envolaient sur la mer... vers La Mecque.

Dragut n'était pas prosélyte, mais il parlait à Nico du paradis qui attendait les croyants en termes simples souvent exaltants.

— Tu dois déjà connaître de nombreux noms que l'on trouve dans le Coran, expliqua-t-il à Nico. Noé et Abraham, Adam et Moïse. Même Jésus y est connu comme un homme bon, un prophète. (Il tenait le Coran à deux mains.) Tu devrais écouter les paroles de ce livre. Elles sont toutes les paroles mêmes de Dieu, révélées à Mahomet par l'ange Gabriel.

— Il n'y a rien d'autre que des blasphèmes dans ce livre. Le père Salvago l'a dit.

— Il y a de la grâce au contraire, répondit patiemment le musulman. Et aussi l'infinie beauté de Dieu, qui nous enseigne que tous les humains sont égaux selon Sa loi. Sa voix retentit dans la poésie parfaite de ces pages et elle exprime les lois universelles d'une manière que même le plus simple des bédouins peut comprendre.

Nico ricana.

— Tous les humains égaux ? Alors qui sont les esclaves qui propulsent ce navire ?

— Un homme peut vivre maître ou esclave. Tout dépend de ce qu'Allah a écrit dans le livre de sa vie. Mais ce ne sont pas les chaînes ou leur absence qui le placent au-dessus ou au-dessous de ses semblables, seulement la force et la pureté de sa foi. Il n'y a pas de différence de rang entre ceux qui suivent les enseignements de Mahomet. Même le sultan s'incline devant Dieu.

— Comme l'empereur Charles devant le Christ.

— Oui, mais Charles gouverne un monde où le sang plutôt que la foi détermine la place de chacun. A la table d'Allah, il n'y a qu'un banquet que partagent à égalité tous ceux qui croient.

Ils débattirent ainsi tout au long de leur voyage. Nico écoutait. Parfois il répondait en reprenant des paroles qu'il avait entendues dans la bouche du père Salvago. D'autres fois, il gardait le silence. A défaut de se montrer distant, il restait poli quand la discussion ne lui permettait pas de donner son point de vue. En réalité, ça ne l'intéressait pas beaucoup, et surtout il s'inquiétait des ruses de Dragut.

Un soir, alors qu'ils pénétraient dans la mer de Marmara près de Constantinople, le corsaire s'exprima clairement sur le sort qu'il réservait à Nico. Ils venaient d'achever un repas comme toujours simple mais délicieux, constitué de pain et de poulet rôti. Dragut se coupa une pomme pour le dessert et en tendit un quartier à son compagnon. Il le faisait souvent, sans ostentation.

— J'ai beaucoup pensé à ce que j'allais faire de toi, Nico Borg, et j'ai longuement prié pour qu'Allah m'inspire. Ce n'était pas un accident si nous t'avons repêché dans la mer. Allah voulait que je te retrouve là. Et je crois que c'est aussi Sa volonté qu'il te soit donné une chance de voir la lumière de la seule vraie religion. Donc, quand nous arriverons à Istanbul, je te présenterai au sultan en proposant que tu entres à son service. Bien sûr, il pourra accepter ou refuser. Ses spécialistes en phrénologie t'évalueront d'abord, mais je ne doute pas de leur verdict. Seulement, pour que ce soit possible, il te faudra coiffer le turban et prononcer les paroles : « Allah est le seul Dieu, et Mahomet son prophète. » Tu devras le dire librement, de ton plein gré, parce que personne ne peut être forcé d'emprunter l'unique vraie voie. La lumière qui illumine ce chemin doit venir de ton cœur et être totalement authentique.

— Le service du sultan ? Que voulez-vous dire ?

Dragut expliqua le système de la *devchirmé* — ce qui signifie littéralement « ramassage » —, la levée périodique d'enfants chrétiens, par les agents du sultan, dans tous les coins de l'Empire. Dans une famille sur quarante, on prélevait un garçon. Seuls les plus robustes et les plus vifs étaient retenus, et surtout seuls ceux qui se convertissaient d'abord librement à l'islam. La majorité d'entre eux rejoindrait les janissaires. Quelques-uns, les plus doués, deviendraient des pages du palais. Dans les illustres écoles royales, ils seraient formés pour parvenir aux plus hautes responsabilités de l'Empire, au nom du sultan.

— La *devchirmé* n'est pas l'unique moyen de trouver ces enfants. Parfois, on en récupère dans un champ, sourit-il, ou pataugeant dans la mer. Dans tous les cas, un tel être a plus de valeur pour le sultan qu'une cale pleine de lingots.

Nico déglutit. Il essayait de bien saisir toutes les implications.

— Vous dites que je devrais coiffer le turban... et répéter... ces mots. Est-ce que ça fera de moi un musulman ?

— Oui. Je sais que ça t'ennuie beaucoup. Mais tu dois faire confiance à un vieil homme comme moi. Dès que tu te donnes au service d'Allah, tu embrasses l'islam dans ton cœur et dans ton âme. Tu es trop intelligent pour agir autrement.

Nico frissonna et regarda la mer.

— Si je refuse de faire ça, que deviendrai-je ?

— Je n'ai pas besoin d'esclave chrétien, même un aussi brillant que toi. Et même si je le faisais, ce serait un péché de gâcher tes talents dans ma maison, qui a si peu de besoins. Tu es le fils d'un constructeur de navires et je suis absolument certain que tu en seras un toi-même un jour, et un doué. Les soldats d'Allah sur Terre ont besoin de vaisseaux. Hélas, je ne possède pas d'atelier dans lequel je pourrais t'employer. J'achète mes galères ou je les prends aux infidèles sur mer. Donc, si tu refuses de faire ce que je te propose, tu devras rester avec moi jusqu'à mon retour en Barbarie. A Alger, il y a un chantier où je me fournis. Je te vendrai à Farouk, son propriétaire. Si tu le sers bien, il te traitera bien. C'est un piètre musulman, mais il construit d'excellents bateaux. Avec lui, tu auras un meilleur avenir que tout ce que tu pourrais espérer en tant qu'infidèle.

Nico fit de son mieux pour ne pas trahir le choc qu'il ressentait et il le compensa par une bravade :

— Je préférerais mourir plutôt qu'être l'esclave de qui que ce soit.

Dragut hocha la tête respectueusement.

— Noble sentiment ! Mais c'est à Allah de décider de ta mort. Seule une foi inébranlable en Lui peut te rendre libre. Quant à l'esclavage... tu découvriras que, sur cette Terre, tous les hommes le subissent : par leur naissance, par leur soif de richesse ou par leur position dans la société. La seule chose qui importe, c'est ce que tu en fais. Et un esclave au service du sultan, qui a été formé dans les écoles du palais, peut devenir n'importe quoi sur Terre, sauf sultan ; il peut être général, amiral, juge, gouverneur de province, et même grand vizir. C'est la voie de la libération, Nico. C'est la voie des Ottomans.

— J'ai vu ce qui était arrivé aux Dalmates qui avaient abandonné leur foi, remarqua l'enfant.

— Ils ont abandonné celle qu'il ne fallait pas.

Le garçon en avait mal à la tête tant le choix lui semblait douloureux : abandonner Dieu ! Une chose était certaine : Dieu semblait effroyablement loin. Depuis longtemps déjà, Nico avait acquis la conviction qu'Il était sourd à ses prières.

« Les feux de l'enfer attendent celui qui commet un péché mortel », disait le père Salvago. Et Nico savait qu'il n'y en avait pas de pire que de tourner le dos au seul vrai Dieu. « Sa colère est terrible. » Le prêtre répétait semaine après semaine sa mise en garde en termes parfaitement clairs. L'éternité ne serait probablement pas assez longue, pensait l'enfant, pour contenir toutes les damnations et les tourments que Dieu lui enverrait s'il faisait ce que Dragut suggérait.

Il était incapable de s'imaginer en musulman. Il n'y en avait pas à Malte. Jusqu'à sa rencontre avec Dragut, tout ce qu'il avait vu de l'islam, c'était Alger, un monde de cruauté et d'intolérance. Il avait pu se rendre compte que la population était violente, bien qu'il ne sût pas vraiment si cela venait de la religion ou de la nature arabe. Parallèlement, l'islam semblait réclamer beaucoup de travail : cinq prières quotidiennes et, pendant le ramadan, un mois de jeûne. Lors des famines, Nico s'était retrouvé contraint de jeûner, et ce n'était pas franchement une pratique qu'il affectionnait.

Non. En dépit de la paix qu'il ressentait en présence de Dragut et de sa foi simple, il était résolument chrétien. Même s'il n'en connaissait finalement pas grand-chose, son Dieu était son Dieu — même si, parfois, il semblait avoir oublié un de ses enfants.

Mais alors, il songea à un problème plus grave encore. S'il voulait avec force servir ce dernier, il ne pouvait assurément pas le faire mort. Et s'il avait peur de Dieu dans la vie suivante, il redoutait encore plus El Hadji Farouk dans celle-ci. Une seule vraie question se posait : quelle était la meilleure voie pour s'échapper ? Alger avec son diabolique Farouk ? Aucune chance ! Constantinople avec son diabolique sultan ? Oui, il pouvait y en avoir une.

En somme, son seul espoir était d'accepter la proposition.

Il repensa à une autre parole de Leonardus : « Il arrive un moment dans la vie d'un homme où celui-ci doit choisir entre ce qui est juste et ce qui lui permet de vivre. » Et il réalisa que le choix n'était peut-être pas si limité. Il pouvait y avoir une issue.

A Alger, pour la première fois, il avait compris qu'il était plus intelligent que beaucoup d'autres, et même que des adultes. Il ignorait comment c'était possible. Mais c'était ainsi.

Alors il ferait semblant. Il conclurait un pacte secret avec Dieu. Il ferait tout ce qu'il faut pour sauver sa peau : il coifferait le turban et prononcerait les paroles sans y accorder foi. Le jour, il se prosternerait sur un tapis et ses lèvres prononceraient le nom d'Allah. Mais la nuit, dans son lit, il prierait Dieu. Pas l'imposteur, mais le vrai Dieu.

Seuls les hommes seraient abusés : Dieu et lui connaîtraient la vérité. Puis il s'évaderait. Il gagnerait Malte et rejoindrait les chevaliers de Saint-Jean dans leur sainte croisade contre l'infidèle impie. Oui, c'était un bon plan. Il marcherait.

Dragut observait attentivement son jeune prisonnier. Bien qu'il ignorât tout de l'histoire de Nico chez El Hadji Farouk, il n'était pas assez stupide pour croire qu'il offrait au garçon un véritable choix. Avec un être si jeune, estimait-il, cela n'avait aucune importance. Certes, Nico connaissait déjà beaucoup de choses, mais il ne s'agissait pas d'un véritable savoir. Il répétait ce qu'il avait entendu comme un perroquet peut répéter une malédiction sans maudire pour autant. Le garçon avait appris les fausses paroles de ses prêtres, mais il ne les comprenait pas : ce n'était que des mots, qui n'avaient pas encore contaminé son être. Son âme demeurait malléable.

L'enfant viendrait à la lumière d'Allah, Dragut n'avait pas

le moindre doute sur ce point. Pour l'instant, il ne ferait que simuler. De cela aussi, le corsaire était certain. Mais cela suffisait amplement.

— J'attends ta réponse, dit-il en feignant l'impatience.

Nico fixa les yeux chaleureux et sympathiques de l'assassin au nom d'Allah, qui le scrutaient attentivement. Il soutenait résolument ce regard. « Tu penses qu'un jour je viendrai d'une manière ou d'une autre à ta foi, songeait-il. Tu te trompes, fils de Satan. Je peux t'abuser, ainsi que tous ceux de ton espèce, et je pourrai le faire jusqu'au jour de ta mort, qui viendra de ma main. »

— Même si cela me fait mal de l'admettre, il est clair que mon Dieu m'a abandonné en chemin. Je ne peux nier qu'Allah vous a sans doute guidé pour me sauver. J'accepte de Le suivre dans ma vie, parce qu'Il s'est intéressé à moi. Je vais me convertir et je le fais librement.

Chacun étant convaincu et satisfait de manœuvrer l'autre, Dragut et Nico partagèrent une tasse de café fort.

Le lendemain matin, avant l'aube, Dragut envoya l'un de ses marins au sommet du mât pour faire office de muezzin. L'homme se plaça face à l'orient, puis vers l'occident, le septentrion, et enfin le midi. Sa voix porta sur les eaux la poésie de l'islam :

— Allah est le très grand. Allah est le seul Dieu, et Mahomet son prophète. Venez prier. Venez pour être sauvé. Allah est le très grand. Allah est le seul Dieu.

Dragut enroula un turban autour de la tête de Nico, puis il lui lava les mains, les pieds et le visage en utilisant de l'eau de mer dans un seau.

— C'est la prière de l'aube, la *salat al-fajr*. Dans chacune des cinq quotidiennes, tu dois confier ton âme à Allah et tout le reste au sultan, son représentant sur Terre. Oublie ton passé, car il n'existe pas. Sers bien tes nouveaux maîtres et le paradis sera ta récompense. Sers-les mal ou trompe-les et même la mort ne soulagera pas tes tourments.

Le Barbaresque s'agenouilla sur son tapis de prière. Le cœur battant, Nico l'imita. Dragut portait une *saif*, un petit cimeterre avec une poignée d'argent et de cuivre, incrustée d'écailles de tortue et de coraux. Sur la lame étaient gravés des versets du Coran. Elle avait massacré un nombre incalculable d'ennemis d'Allah et maintenant sa pointe était tournée vers La Mecque.

— *Bis'mallah al-rahman al-rahim.* (La voix du corsaire était profonde et mélodieuse.) Au nom de Dieu, clément et miséricordieux.

Puis il adressa un signe de tête à Nico. Le moment était arrivé. L'enfant prononça les paroles :

— Allah est le seul Dieu, et Mahomet son prophète.

Dragut, tenant son poignet droit avec sa main gauche, posa son front sur le tapis et commença à réciter *al-fatihah*, l'ouverture et l'essence du Coran.

— « Louange à Allah, seigneur des mondes, clément et miséricordieux. Souverain du jour du Jugement. »

Nico l'imita. Il mit son front sur le tapis et répéta les paroles de la première sourate. Dans son poing, il serrait la pièce de Maria. Silencieusement, il ajouta sa propre prière : « Mon Père, qui es aux cieux, que Ton nom soit sanctifié. »

— « C'est Toi seul que nous adorons, Toi seul dont nous demandons l'aide. »

« S'il te plaît, mon Père, pardonne-moi, parce que je dois faire ces choses. »

— « Montre-nous la voie droite, la voie de ceux à qui Tu as accordé tes faveurs. »

« Ils peuvent me faire prosterner, ô Seigneur mon Dieu, mais ils ne peuvent pas me faire croire. »

— « Pas la voie de ceux qui sont l'objet de Ton courroux ni celle de ceux qui sont égarés. »

« Je n'aurai pas d'autre Dieu que Toi. Tant que je porterai cette pièce sur moi, je Te garderai dans mon cœur. S'il Te plaît, rends-moi et garde-moi fort. Amen. »

Nico posa une nouvelle fois son front sur le pont et se releva sous le regard chaleureux de Dragut.

— Tu as agi avec sagesse. Maintenant, tu es prêt à suivre la voie qu'Allah t'a choisie. (Dragut réfléchit un instant avant d'ajouter :) A partir d'aujourd'hui, tu seras appelé Asha, le Protecteur du feu.

— Du feu ?

— Le feu, c'est Soliman, ton sultan, l'homme qui embrasera ton cœur de la lumière de Dieu.

Nico hocha la tête sans vraiment comprendre.

— Je suis un musulman ? s'étonna-t-il.

Cela avait été incroyablement facile, pensa-t-il. Tout mis bout à bout, il n'y avait assurément pas de quoi considérer ça comme un péché.

— Pas complètement. Pas tant que tu n'as pas appris à lire le Coran et que tu n'es pas circoncis. Mais tout cela viendra à l'heure qu'Allah a choisie.

— Circoncis ?

L'enfant ignorait ce que cela voulait dire. Et quand Dragut lui eut expliqué, il se dit que ce n'était pas si facile, après tout.

Constantinople.
Istanbul.
Soliman.

Les mots résonnaient dans le crâne de Nico, tandis que la flotte approchait du terme de son périple. Il commençait à apercevoir des signes des Ottomans sur les deux rives et chaque mouvement des rames l'emmenait plus avant vers sa destinée. Il se tenait sur le pont, près de Dragut, qui avait échangé sa simple coiffe de marin contre un gros et beau turban pourpre, fixé par un superbe rubis aux reflets rouge sang. Il avait aussi enfilé une robe cérémonielle en fils d'or et d'argent. Au côté, il arborait une splendide épée incrustée de joyaux. Fier et droit, le seigneur de la mer embrassait du regard les vues grisantes de l'Empire.

Constantinople. La Rome de l'Est. Elle reliait les trois eaux, Marmara, le Bosphore et la Corne d'Or. Et comme Rome, elle s'étendait sur sept collines. Elle apparut à Nico pour la première fois juste après l'aurore. Sur sa droite, le soleil se levait sur l'Asie et illuminait l'Europe, à gauche. Les flammes dorées de l'astre embrasaient les coupoles des mosquées. Les minarets s'élevaient vers le ciel comme des lances blanches, derrière des vagues ondulantes de cyprès et de saules. La ville de soie et de satin, de belvédères et de pavillons, de jardins et de grâce, offrait un spectacle d'une beauté irrésistible. L'enfant le contemplait avec une fascination révérencielle. Vraiment, ce devait être là le centre de l'univers, la cité la plus magnifique de la Terre. Sa splendeur le fit presque éclater de rire. Il ne pouvait s'imaginer qu'il avait confondu Alger avec Constantinople, une babiole insignifiante avec cette merveille, la perle même de Dieu.

Constantinople. Fondée par un Grec nommé Byzas sur le site d'un village de pêcheurs et d'abord appelée Byzance. L'empereur Constantin en fit sa capitale sous le nom de Nouvelle Rome, mais elle devint rapidement Constantinople, la métropole de l'Eurasie pendant un millénaire. Des marchands du monde entier — de l'Egypte à la mer Noire, de Marseille à Damas — envahissaient ses ports. Leurs poupes étaient superbement décorées, leurs cales pleines de caviar et de bois, de caisses d'huile d'olive et de tissus précieux. Dans les quartiers de Péra et de Galata, de l'autre côté de la Corne d'Or, les rues étaient pleines de Francs et de Florentins, de Circassiens aux yeux bleus et de Tartares au regard inflexible, de juifs, de chrétiens et de musulmans des quatre coins du monde. Les murailles avaient résisté aux tremblements de terre et à Attila le Hun, mais elles avaient cédé devant Mehmet II, le sultan ottoman qui avait conquis la cité deux cents ans plus tôt et qui l'avait rebaptisée Istanbul ou Dar-es-Saada : le Séjour de félicité.

Istanbul. Le siège du gouvernement du plus grand Empire sur Terre, qui s'étendait sur la moitié du monde civilisé et s'étirait sur trois continents. Tandis que le reste du monde végétait dans le Moyen Age, la culture ottomane s'épanouissait comme un véritable jardin d'Eden. Depuis Rome, aucune civilisation n'avait autant dominé l'humanité. Et tout cela était dirigé depuis Topkapi, le sérail qui se dressait au sommet de la première des sept collines. Topkapi, où les paons se pavanaient, où les gazelles grignotaient les tulipes derrière des murs à tourelles et où des oiseaux exotiques faisaient leur nid dans des fontaines jaillissantes. Topkapi, le siège du gouvernement, de l'administration et de l'instruction, le palais du sultan qui abritait son harem.

Soliman. Le maître du cou des hommes, l'ombre de Dieu sur Terre, le seigneur des seigneurs de ce monde, le roi des rois, le souverain des croyants et des incroyants, l'empereur de l'Orient et de l'Occident. Le *pâdishâh* — le grand seigneur — de la Méditerranée, de la mer Noire, de la Roumélie, de l'Anatolie, de la Karamanie, du Zoulkadir, de l'Azerbaïdjan, de l'Iran, de la Syrie, de l'Egypte, de La Mecque, de Médine et de toutes les terres arabes.

Soliman. Surnommé le Magnifique par les Européens, qui le craignaient, mais Kanuni, le Législateur, par son peuple, car il avait rédigé les lois coraniques et ottomanes sous lesquelles vivaient les hommes éclairés. Il était le maître des arts et des sciences. Ses armées se répandaient comme des rivières sur la Terre.

Soliman. Admiré et craint. Il écrivait de la poésie et tuait impitoyablement ses ennemis. Bien qu'il fût le premier fils de l'islam, dans sa propre cité d'Istanbul, ni les chrétiens ni les juifs n'avaient peur de lui. Par sa grâce, tous pouvaient prier librement dans leurs mosquées, leurs églises ou leurs synagogues.

Soliman. Pendant la bataille de Mohács, il priait, tandis que devant sa tente, ses janissaires dressaient des pyramides avec les têtes de dix mille chevaliers ennemis, qui rejoignaient ainsi les deux mille déjà plantées là au bout de piques. Après la prière, il acheva une lettre à sa mère pour lui faire part de la nouvelle importante du jour : « Il pleuvait », écrivit-il.

Dragut raconta tout cela à l'enfant tandis que le voyage s'achevait. Il désigna du doigt le grand édifice de Haghia

Sophia, Sainte-Sophie, la basilique construite par Justinien. Sa coupole dorée était si grande que, même à ce jour, les hommes avaient peur de se promener en dessous, de crainte qu'elle ne s'effondre. Sous ce dôme, le soleil s'était couché sur un empire : alors que les Ottomans se pressaient aux portes, les habitants de Constantinople s'étaient rassemblés là pour faire la paix avec Dieu. Le lendemain, un nouvel empire s'était levé sous cette même coupole, quand le sultan avait fait de la basilique une mosquée et que ses fidèles s'y étaient réunis pour prier Allah. Maintenant, quatre minarets flanquaient Sainte-Sophie, comme des épis dorés ondulant dans la brise des cieux.

Et là, montra Dragut, c'était la Süleymaniye, le joyau inachevé de Sinan, l'architecte du sultan qui avait tant transformé la cité. Au-dessus de chaque dôme, minaret ou coupole, il y avait un croissant.

— Celui-ci ressemble à la lune dans son premier quartier, dit Dragut, mais ce sont les griffes des Ottomans, reliées à la base.

Ils contournèrent le promontoire du sérail. Dragut ordonna à ses canons de tirer une salve pour saluer la tombe de granit gris de Khayr al-Din, qui lui avait transmis son flambeau et qui avait capturé Leonardus en mer. Le commandant du sultan ne quittait jamais Istanbul sans s'y arrêter pour prier.

Ils dépassèrent le quai de marbre pour s'engager dans la Corne d'Or, une large et profonde crique qui servait de port naturel. Elle abritait un chantier naval qui n'avait rien à envier au grand arsenal de Venise. Depuis la cité au-dessus, des coups de canon et des trompettes saluaient le Sabre de l'islam. Ce tonnerre de bienvenue était si impressionnant qu'il paraissait descendre du ciel. Des hommes joyeux se dressaient au sommet des murs crénelés en agitant des bannières.

— Est-ce qu'ils souhaitent toujours ainsi la bienvenue ? s'étonna l'enfant, émerveillé.

— A moi jamais, mais toujours au commandant de la flotte du sultan.

— Il vient nous saluer ?

Dragut se mit à rire.

— Le sultan m'a confié cet honneur il y a trois mois. Mais je ne l'ai appris qu'une semaine avant de te repêcher, et c'est pour ça que j'ai changé mes plans pour me dépêcher de revenir ici. C'est pour cette unique raison que je t'ai découvert et c'est pour ça que je sais qu'Allah est intervenu. (Il tendit soudain le doigt vers le ciel.) Regarde, ils ont lâché des colombes. C'est un très grand honneur.

Un millier d'oiseaux s'élevaient du palais tel un gigantesque nuage blanc immaculé. Leur ombre passa au-dessus de la galère en voilant un instant le soleil. Les messagères tourbillonnèrent, planèrent et s'envolèrent dans les cieux : le sultan annonçait ainsi à Allah que son commandant était arrivé.

Le navire de Dragut s'approcha du quai sous la porte de fer maritime de Topkapi. Une délégation l'attendait pour l'accueillir : le grand chambellan, l'huissier en chef et derrière eux, l'*agha*, avec une garde d'honneur forte de quarante hommes, en grand uniforme, rigides comme des statues, avec leur robe bleue et leur bonnet à plumes blanches, répartis sur des tapis constellés de perles.

Les rames furent tirées à l'intérieur de la galère, qui vint s'aligner contre le quai.

Et c'est ainsi que, le vingt-deuxième jour du mois de Dhu'l-hijjah de l'année 959 de l'hégire du Prophète, Nicolo Borg, fils d'un maçon du village de pêcheurs de Birgu, sur l'île de Malte, un jeune garçon qui venait d'être rebaptisé Asha, le Protecteur du feu, suivit le corsaire Dragut Raïs, nouveau commandant des flottes du sultan, sur les rives d'Istanbul.

Extrait des *Histoires de la mer du Milieu*
par Darius, dit le Préservateur,
historien à la cour du prince d'Allah, le sultan Ahmet

Chassés de Jérusalem par Soliman, les deux ordres catholiques de moines profès, les chevaliers hospitaliers de Saint-Jean et leurs rivaux, les chevaliers templiers, s'installèrent à Acre, la dernière capitale des combattants chrétiens en Terre sainte. En 1291, Acre tomba à son tour aux mains des musulmans après le siège de la ville. Cette fois totalement chassés du Levant, les deux ordres furent rejetés à la mer. Ils trouvèrent momentanément refuge à Chypre. Là, les Templiers furent persécutés par le pape Clément et le roi Philippe IV de France, qui les accusaient d'hérésie et d'immoralité, tandis que l'ordre de Saint-Jean grandit en force et en nombre pendant vingt ans. Peu après la mort du grand maître des Templiers sur le bûcher, les vestiges de son ordre ruiné et l'essentiel de ses richesses furent donnés aux Hospitaliers. Ces derniers s'emparèrent de Rhodes, une île magnifique et luxuriante du Dodécanèse, et y établirent leur nouveau siège.

Maintenant qu'ils avaient une île pour base, les chevaliers de Saint-Jean devinrent un ordre maritime de corsaires au service du Christ, protégeant les navires marchands chrétiens. Ils fondaient sur les convois musulmans depuis leurs havres de Rhodes. Bien que leur nombre fût réduit, ces hommes durs, réputés pour leur habileté légendaire, pillaient aussi facilement qu'ils priaient. Les traditions de l'ordre étaient intangibles : les rangs des moines profès accueillaient nombre de nobles issus des plus grandes maisons d'Europe, des hommes qui servaient leur grand maître en prononçant des vœux de pauvreté, de chasteté et d'obéissance.

Le soleil se levait à peine sur l'Empire ottoman. Rhodes se trouvait en travers des routes maritimes de l'Empire et la puissance militaire croissante des chevaliers entravait le commerce entre Istanbul, le Levant et l'Egypte. Les musulmans partant en pèlerinage à La Mecque étaient capturés et réduits en esclavage. Pendant de nombreuses années, les chevaliers rongèrent ainsi le ventre du sultan : sans jamais représenter une menace véritable pour l'Empire, mais ne cessant d'être irritants. Déterminé à chasser les infidèles, Mehmet, le sultan qui conquit Constantinople, organisa un siège féroce autour de Rhodes. Les chevaliers avaient déjà efficacement fortifié l'île et Mehmet échoua.

Tel ne fut pas le cas de son fils, Soliman. Au cours de la première campagne militaire d'envergure de son règne, il s'empara de la ville de Belgrade, frappant par là à la porte de l'Europe centrale. L'année suivante — sa troisième en tant que sultan —, il tourna son attention vers Rhodes. Les chevaliers se battirent courageusement, mais ils n'avaient aucune chance contre les quatre cents navires et les cinq corps d'armée de Soliman. Dans la victoire, le sultan se montra magnanime à l'endroit de ses ennemis pour rendre hommage à leur valeur. Il permit aux chevaliers de quitter l'île avec leurs bannières et leur honneur, leurs armes et leurs reliques, leurs serviteurs et même leurs animaux, en échange du vœu solennel de ne jamais troubler la paix de ses domaines.

Les chevaliers ne respectèrent pas ce serment.

Pendant sept ans, l'ordre n'eut pas de domicile fixe. Il erra entre des résidences transitoires de la Sicile à l'Italie. Finalement, en échange du paiement annuel d'un faucon, il se vit accorder les îles de l'archipel maltais par le Habsbourg Charles Quint, saint empereur romain et roi d'Espagne. Celui-ci avait eu la sagesse d'utiliser une telle puissance militaire pour protéger son flanc sud de Soliman et de ses alliés, les corsaires de la côte de Barbarie.

L'expulsion des chevaliers de Rhodes laissa aux Ottomans la domination totale de la Méditerranée orientale. Les armées de Soliman et leur artillerie faisaient l'envie du reste du monde et la puissance de sa marine croissait. Incapables de s'unir contre l'ennemi commun, les royaumes chrétiens d'Europe se déchiraient.

L'année même où Charles donna Malte à l'ordre, un futur chevalier naquit à Paris dans une noble famille, porteuse de traditions éternelles qui avaient lié des générations de ses ancêtres.

Extrait du volume V
L'ordre de Saint-Jean de Jérusalem.

Chapitre 13

Paris
1530

Blotti sous les couvertures, l'enfant reposait nu dans son berceau. Ses yeux tentaient de fixer la minuscule menotte qu'il tendait devant lui. De vives couleurs tombant du grand vitrail au-dessus de l'autel baignaient ses doigts. Le panneau représentait Jean en train de baptiser Jésus. Un vent d'automne glacial soufflait à l'extérieur de la chapelle. Il soulevait les feuilles cuivrées tombées des hêtres magnifiques qui bordaient les allées du prieuré. Avec ses murs couverts de lierre, l'édifice avait peu changé depuis le Moyen Age. Les plains-chants des moines bénédictins d'une abbaye proche s'élevaient sous la voûte. Plantés dans des bougeoirs de pierre, de gros cierges tremblotaient.

Près du berceau était agenouillé Arnaud, le dix-huitième comte de Vries. Une centaine de batailles avaient laissé un visage tout couturé à ce grand guerrier irascible. Derrière lui, les bancs de chêne étaient occupés par ceux qui venaient assister au rite solennel. Sur le premier était assis l'aîné d'Arnaud, Yves, à peine âgé de six ans. L'héritier de la charge et de la fortune familiale était né avec la colonne vertébrale déformée. Pâle et souffreteux, il avait survécu à ses premières années presque par miracle. Assise à côté de lui, sa mère, la comtesse Simone, une belle Provençale blonde, était aussi mince et parfaite que son époux était corpulent et abîmé par la vie. Elle était coiffée d'un modeste châle. Sur le banc opposé, son père, le duc de Toulon, arborait une crinière blanche comme neige. Victimes de la cataracte, ses yeux commençaient à se voiler. Cette vision diminuée ne l'empêchait pas de contempler son petit-fils qui allait honorer sa lignée et de verser des larmes de fierté. Derrière le vieux duc, on reconnaissait toute une assemblée de nobles de rang moindre et d'invités distingués.

Devant l'autel, le prieur des chevaliers de Saint-Jean de Jérusalem de Langue française trônait sur un fauteuil de velours à haut dossier. Il était vêtu du simple habit noir des Hospitaliers, représentant la peau de chameau que portait saint Jean-Baptiste, le patron de leur ordre. Le religieux était assis derrière une lourde table en chêne sur laquelle s'étalait l'armure cérémonielle : cuirasse d'argent, casque à plumes, gantelets polis et lourde épée à deux tranchants dans son splendide fourreau. On y voyait encore des rouleaux de parchemin, des piles de papiers et de gros livres. A chaque extrémité se tenaient deux grands-croix, qui devaient faire office de témoins officiels de la cérémonie. Eux aussi portaient l'habit noir avec une simple croix blanche sur la poitrine.

La cloche de la chapelle résonna et le chant des moines en robe grise s'éteignit. A un signal du prieur, Arnaud de Vries souleva le nouveau-né du berceau. Fièrement, il le tint devant les chevaliers. L'enfant hurlait à pleine gorge. C'était bon signe. Il était fort et solide : un futur général de galères, peut-être même un grand maître. Trois docteurs avaient déjà attesté sa constitution robuste et sa conformité aux critères de l'ordre. Maintenant, le bébé ne faisait que confirmer leur opinion par ses cris stridents : il était apte. La tête haute, il combattrait les ennemis de la chrétienté et, si Dieu lui accordait Sa faveur, il mourrait glorieusement à Son service.

— Mes seigneurs, dit Arnaud, je vous présente mon fils Christian Luc de Vries. Je consacre son être à Dieu et sa vie à Son glorieux et souverain ordre de Saint-Jean. Je jure de sa fidélité, pour qu'il vous serve bien, vaillamment et loyalement.

Bien que les chevaliers fussent appelés Hospitaliers, tout le monde savait que leur vrai renom provenait de leur courage, de leur ténacité et de leur férocité au combat. Leurs galères parcouraient la Méditerranée, auréolées de prouesses presque mythiques et menant la grande et sainte guerre de la croix contre le croissant.

— Je gage sur son cœur et son âme qu'il se distinguera parmi les élus, comme un humble serviteur de Notre-Seigneur.

Toutes les maisons nobles d'Europe se battaient pour placer un de leurs fils au sein d'une des huit Langues[1] de l'ordre : Provence, Auvergne ou France, les Langues françaises, hiérarchiquement les premières ; Castille et Aragon, les Langues hispaniques ; et les Langues d'Allemagne, d'Italie et d'Angleterre.

— Je jure de la pureté de sa lignée. Par ce noble sang, puisse-t-il apporter grâce et honneur au sein de l'ordre. Je gage sur sa vie même qu'il portera la bannière de la sainte religion et qu'il mourra pour la gloire du Christ.

A chacune des Langues appartenaient trois classes de chevaliers. Le petit Christian était destiné à la plus éminente d'entre elles, celle des chevaliers combattants ou chevaliers de justice.

— Tout cela, je le jure solennellement, avec la foi pleine et entière, et tout l'honneur de la maison de Vries.

Le prieur hocha la tête.

— Les preuves ont-elles été réunies ? demanda-t-il.

— Elles le sont, mon seigneur, répondit l'un des chevaliers.

Celui-ci se leva et présenta le rapport des officiels qui avaient examiné les opinions du postulant. Même une famille aussi respectée que les de Vries n'était pas exempte de fournir les éléments formels démontrant qu'il n'y avait en son sein ni bâtard, ni demi-sang, ni roturier, ni sujet de noblesse récente, aucun soupçon de sang plébéien susceptible d'entacher l'ordre. De ce point de vue, la Langue de France réclamait une perfection de lignage sur au moins quatre générations, tant du côté paternel que maternel.

---

1. Depuis le grand maître Hélion de Villeneuve, l'ordre, au lieu d'être divisé en nations, l'était en langues pour éviter, autant que faire se pouvait, que les affrontements entre peuples rejaillissent sur lui. (*N.d.T.*)

Pour ce candidat, les différents papiers formaient une haute pile posée sur la table de chêne. On y trouvait des testaments, des actes authentifiés, des listes censitaires, des registres de mariage et de naissance, des actes de baptême, et des attestations sur l'honneur de notaires et de pairs. Au sommet d'un document, un rouleau de parchemin portait le sceau du roi de France, François. Il confirmait que le comte en titre, Arnaud, pur de cœur et de sang, avait fidèlement servi Sa Majesté depuis quinze ans, au cours des guerres qui l'avaient opposée au Saint Empire romain, que ses ancêtres avaient pareillement servi les rois Valois et les Capétiens avant eux. Aux yeux du prieur, le témoignage royal ne revêtait pas davantage de valeur que les autres. Après tout, la lignée du roi n'existait que depuis deux cents ans.

Le pedigree de l'enfant était résumé sur une grande feuille de vélin crème qui portait noms, titres et armoiries. Un notaire se leva et lut la généalogie. Sa voix résonnait contre les murs de pierre de la chapelle : « Christian Luc de Vries, fils d'Arnaud, le comte de Vries ; fils de Simone, fille du duc de Toulon ; petit-fils de Guy, le comte de Vries... »

La noblesse de la famille ne remontait pas sur plusieurs générations, mais sur plusieurs siècles, jusqu'à un homme qui avait chevauché au côté du roi Saint Louis, en Tunisie, et même plus loin encore. Il existait des de Vries bien avant même la naissance de l'ordre de Saint-Jean.

— J'accepte ces preuves au nom de l'ordre, déclara solennellement le prieur. Je reçois vos gages et vos serments et je souhaite la bienvenue à cette âme chrétienne qui entame à peine son périple sur la voie sacrée qui mène à la grâce de Notre-Seigneur.

Il déposa du pain et de l'eau près du nouveau-né sur le sol, pour signifier qu'une vie de pauvreté l'attendait une fois devenu homme. Le comte remit une lourde bourse de florins d'or au dignitaire, puis il se pencha sur la table et parapha le document consacrant son agrément, que les deux chevaliers contresignèrent.

Ainsi le sort en était jeté : quand le petit Christian atteindrait sa majorité, il rejoindrait le nouveau siège de l'ordre à Malte, que le roi d'Espagne Charles Quint venait d'accorder aux chevaliers de Saint-Jean cette année-là. Christian jurerait fidélité au grand maître, prononcerait les vœux et serait formellement admis au sein de la structure, à laquelle il consacrerait son sang, son honneur et son existence même.

S'il n'y avait aucun doute sur le lignage du postulant, aucune question sur son aptitude à rejoindre l'ordre et aucune interrogation quant aux intentions du comte concernant son second fils, il y eut néanmoins un problème : quand le candidat approcha de l'âge de raison, il échafauda d'autres idées.

Le problème, c'était que le jeune Christian Luc n'avait aucune envie de trancher des têtes au nom de l'ordre, mais voulait les étudier... au nom de la science.

Son éducation formelle avait commencé à l'âge de cinq ans. Les meilleurs tuteurs lui apprirent à lire et à écrire, tandis que les maîtres lui enseignaient la lutte, le premier des nombreux arts martiaux que son père voulait lui voir délivrer. Assurément, il se débrouilla fort bien d'un côté comme de l'autre. Mais ce qui l'intéressait surtout, c'était les criquets et les papillons, les blattes et les mille-pattes, les vers et les araignées. En somme, tout ce qui frétillait ou voletait. Il conservait ses trésors dans des bocaux bien après qu'ils furent tombés en poussière.

Engagé dans les interminables guerres de la France, le comte s'absentait pendant de longues périodes, parfois des années. Quand il revenait chez lui, il préférait que sa famille séjourne dans la demeure parisienne, non loin de la place Saint-Michel. Quant à Simone, elle considérait que Paris était trop bondé et malodorant. Dès que le comte s'en allait, elle emmenait donc ses fils dans le château familial, sis dans la forêt sauvage de Boulogne, à proximité des murailles de la ville. Elle estimait que l'air y était meilleur pour la faible constitution d'Yves et les forêts giboyeuses préférables pour Christian, qui adorait les explorer, et pour elle, qui pouvait donner libre cours à sa passion de l'équitation. Chevaucher lui rappelait sa jeunesse toulonnaise, quand elle avait appris à monter le long des côtes. Après la naissance de Christian, Arnaud lui avait offert un arabe, une monture vive et élancée, aussi fougueuse, disait-il, que la comtesse elle-même et aussi blonde qu'elle. Mère et fils effectuaient de longues promenades dans la forêt, Simone et Christian à cheval, et Yves dans une voiture conduite par un écuyer.

Ce fut au cours de ces chevauchées que l'intérêt du cadet pour la nature s'épanouit. Il posait des questions sans fin sur le monde qui l'environnait. Comment Dieu avait-il créé la saveur des pommes ? Comment avait-Il fait pour qu'une fleur s'ouvre au printemps ? Et pourquoi le roi pouvait-il se blesser comme un roturier ? Simone connaissait rarement les réponses, mais elle encourageait la curiosité de Christian. Il chassait les crapauds et les tortues, puis les engraissait avant de les disséquer pour les étudier. Yves fuyait devant ces créatures, tandis que Simone les tolérait courageusement. En dépit de son dégoût pour les choses rampantes, elle dénichait même des spécimens à Christian. Une fois, elle repéra un lézard qui se dorait au soleil et le lui indiqua. Il tenta de l'attraper, mais celui-ci s'enfuit sous les rochers, et il ne parvint ni à les déplacer ni à le faire ressortir. Courageusement, sa mère descendit de sa monture pour l'aider. Alors qu'elle s'acharnait à bouger une pierre, le reptile sortit de son abri. Elle s'étonna elle-même en le capturant sous sa cape. Elle frissonna au contact de la répugnante créature gigotant sous le tissu, mais ce qui la marqua le plus, ce fut le regard extasié de Christian quand ils mirent l'animal dans son sac.

Les spécimens de l'enfant remplirent bientôt des boîtes et des étagères, et même des tiroirs de sa garde-robe. A tel point que les servantes avaient peur de toucher quoi que ce soit avant d'avoir contrôlé qu'il n'y avait rien d'incongru. La cuisinière découvrit des peaux de serpent dans la vaisselle et des squelettes de poisson dans les verres. Elle se plaignit à la comtesse, qui demanda à son fils de faire plus attention aux endroits où il rangeait ses richesses.

Quand Christian eut huit ans, il apprit également le latin et le grec, l'histoire et les humanités, les mathématiques et l'astrologie, et, naturellement, le tir à l'arc et le combat à l'épée. Souvent, on lui dispensa des leçons en même temps que Bertrand Cuvier, le fils du marquis de Meaux. Comme Christian, Bertrand avait aussi été « consacré » à l'ordre de Saint-Jean dès son plus jeune âge. Mais à la différence du fils d'Arnaud de Vries, il adorait les épées et les arts martiaux. Il prenait des melons pour représenter des têtes humaines en leur peignant des visages et des barbes, et en les ceignant d'un turban. Puis il les plantait sur des pieux et les décapitait joyeusement avec sa petite épée, tout en maudissant leur sang infidèle.

Bertrand aidait Christian à capturer des souris et des rats. Ensemble, ils enfumèrent des marmottes et piégèrent des écureuils. Le second voulait simplement les étudier, tandis que les motivations de l'autre étaient sans doute plus conformes à un garçon de son âge : il adorait arracher les ailes des papillons ou infliger des tourments à une araignée particulièrement horrible. De temps en temps, au lieu de prendre la proie vivante, il préférait la tuer avec une épée, une lance ou une flèche, puis jurait à Christian que la victime avait refusé ses offres honorables de reddition. Jamais il ne se rendait au château sans apporter à son ami un ou deux trophées à étudier. Leur plus belle prise fut une couleuvre à deux têtes, que Christian conservait dans une boîte dans la grange.

Il passait quelques heures chaque semaine dans la bibliothèque, où ses tuteurs lui enseignaient l'art et l'histoire militaire. Parmi les livres, il trouva une œuvre du médecin grec Claude Galien, remplie d'illustrations du corps humain. Ce n'était pas son père — qui se souciait peu de la lecture — qui l'avait acquise, mais son arrière-arrière-grand-père, qui avait un appétit sans limites pour les écrits. Il avait dépensé sans compter pour remplir des pièces entières de volumes précieux.

Certains étaient des manuscrits enluminés, d'autres des ouvrages imprimés sur les nouvelles presses qui fleurissaient sur l'ensemble du continent. Il avait acheté un exemplaire original du *Calendrier astronomique* de Gutenberg, toute une série de bibles, des textes érudits de différentes sortes... Christian passait des heures à étudier les illustrations ou à lire des précis de médecine. Même dans les livres d'histoire, il trouvait matière à se détourner des désirs de son père. Par exemple, il avait lu avec intérêt que le cadavre d'Alexandre le Grand avait été ramené en Macédoine plongé dans du miel. Cette découverte l'avait amené à réfléchir aux méthodes de préservation. Il essaya diverses décoctions pour conserver sa collection de spécimens — eau sucrée, vinaigre, urine chevaline, jus de légumes — et nota méticuleusement les vertus de chacune. Il commença un carnet, qu'il remplit de notes détaillées et de diagrammes.

Un matin de printemps, le roi Valois, François Ier, vint chasser avec sa suite sur les terres du domaine familial. Le souverain était célèbre comme protecteur des arts et ami de la connaissance, et réputé pour sa mémoire, aussi prodigieuse que sa curiosité. Quand un des chasseurs dérangea un gros serpent ratier, le roi fit un commentaire sur sa taille. Le petit Christian se précipita alors au château pour récupérer sa couleuvre bicéphale et la présenta fièrement au roi. Tandis que le comte, mortifié, se tenait, livide, derrière son seigneur, ce dernier admira ouvertement la merveille et l'accepta en présent. La réaction de François Ier n'empêcha pas l'enfant de se faire sérieusement sermonner ce soir-là à propos de ses divertissements douteux.

— Ce n'est pas un passe-temps, rétorqua courageusement Christian. J'ai beaucoup lu, père. Et je veux étudier la médecine.

L'idée paraissait si aberrante qu'Arnaud pensa que son fils plaisantait.

— C'est absurde, fils. Tu dois rejoindre l'ordre de Saint-Jean.

Christian soupira. Il se redressa autant qu'il pouvait pour soutenir le regard ardent de son père.

— Mais je ne le veux pas.

Arnaud ricana.

— Tes désirs n'ont aucune importance. Imagine ce qui se passerait si chacun faisait ce qu'il voulait, sans se préoccuper de Dieu, de son pays ou de son devoir. Tu imagines le chaos ? Un homme doit suivre la voie que son père lui a tracée. La tienne a été fixée le jour de ta naissance. Le sujet est donc clos.

— Je ne serai pas chevalier, père, insista Christian. Je serai médecin.

— Médecin ! (Le ton était méprisant.) Tu es fils d'un comte, pas d'un coutelier, d'un maréchal-ferrant ou d'un tonnelier. Pas non plus d'un boucher ou d'un... d'un gardien de serpent. Tu es un de Vries ! Pourquoi voudrais-tu occuper la fonction d'un homme du peuple ? Il n'y a aucun honneur à être médecin. Les médecins nettoient un champ de bataille. Un de Vries naît pour le recouvrir.

Les yeux de l'enfant brûlaient encore de défi, aussi le comte abandonna-t-il la discussion pour une bonne correction. Quelques instants plus tard, le carnet de Christian alimentait le feu, quant aux spécimens, ils passèrent par la fenêtre pour aller se répandre dans la cour.

De la rencontre avec son père, Christian ne retint qu'une chose : il devait apprendre à être plus discret. Il y avait un grenier dans le château, une série de passages qui reliaient les pièces supérieures. Tous les garçons y avaient joué. Christian apporta une table dont il scia les pieds pour qu'elle s'ajuste à l'endroit. C'était exigu, mais c'était son coin à lui et il venait étudier à la lueur d'une bougie. En moins d'une semaine, il avait reconstitué une douzaine de nouveaux bocaux et couvert des piles de papiers de notes. Son père ne soupçonnait rien et il avait peu de chances de le surprendre, parce qu'il s'apprêtait à repartir au service du roi. Tant qu'il guerroyait, son fils pouvait sans peine se consacrer à sa passion.

Quand Christian eut onze ans, sa formation militaire commença réellement. Certaines des plus fines lames du royaume, des hommes qui avaient servi son père au combat, passèrent des heures à développer ses réflexes, incontestablement rapides, et ses instincts guerriers, qui étaient solides à défaut d'être inspirés. Christian était vif et fort, doté d'un don inné pour l'épée... mais la lame qu'il préférait était beaucoup plus petite. Disséquer le fascinait. Ses bocaux contenaient maintenant des cerveaux de chat, des langues de vache, des reins de lapin et d'autres parties encore moins ragoûtantes.

Un jour, Bertrand et lui entendirent des plaintes dans la grange. Ils découvrirent un chien. Il avait l'oreille arrachée et le ventre déchiré par des griffes ou des défenses. Il s'était traîné jusque-là pour mourir et tirait sur ses propres intestins, exposés à l'air.

— Probablement un sanglier, dit Bertrand.

Il sortit son couteau, avec l'intention de mettre un terme aux souffrances de l'animal.

— Attends, l'arrêta Christian. (Il venait de penser à un dessin chirurgical qu'il avait vu.) Je peux peut-être l'aider.

Avec précaution, les deux amis posèrent une couverture sur le chien, attachèrent ses pattes et passèrent une corde autour de ses mâchoires pour faire office de muselière. Pendant que Bertrand maintenait le blessé au calme, Christian utilisait une aiguille et du fil qu'il était allé chercher au château pour le recoudre.

— Tu perds ton temps, grommela Cuvier, alors que Christian enroulait un pansement autour du ventre du chien. Il va l'arracher et manger ses propres boyaux.

Christian réfléchit à ce problème. Dans la réserve, il récupéra le mélange d'écorce de tan et d'urine dont l'écuyer se servait pour tanner le cuir. C'était une mixture infecte, amère, et Bertrand et lui ajoutèrent un peu de leur propre urine. L'apprenti médecin l'apposa sur le bandage en se bouchant le nez. Le chien grognait. Quand il eut fini, il lui détacha doucement les pattes et adroitement la muselière. L'animal le mordilla, puis se traîna dans un coin pour se soigner. Il renifla le bandage, mais ne l'enleva pas.

Le fils d'Arnaud de Vries lui apporta à boire et à manger deux fois par jour, et fit de son mieux pour éloigner les rats. Le chien survécut deux jours. Christian était certain qu'il n'aurait pas tenu aussi longtemps sans son intervention. Il était fier de ce qu'il avait fait et décida d'ouvrir l'animal mort pour voir ce qu'il pourrait apprendre.

Quelque temps après, il attrapa une grenouille, lui coupa une patte, puis, méticuleusement, la recousit pour la remettre en place. Ni le batracien ni la jambe ne résistèrent à l'opération, mais Christian savait qu'il avait cousu muscle sur muscle et peau sur peau, et que ses points étaient aussi nets que ceux d'une couturière. Il n'avait même pas vraiment eu besoin de se demander comment faire : d'une certaine manière, il avait opéré par instinct. Il était fasciné.

Aussi entama-t-il un nouveau livre. Sur sa couverture, il écrivit très soigneusement : *Remèdes et traitements, par le Dr Christian de Vries*. Il le remplit de ses observations, mais également de préparations recommandées par la cuisinière, de décoctions élaborées par la femme de l'écuyer, et de toute la sagesse médicale accumulée par les servantes et les blanchisseuses. « Pour la fièvre paludéenne, envelopper une araignée vivante dans une peau de prune et l'avaler sans eau. [...] Une femme enceinte ne doit pas regarder une personne horrible ou difforme, sinon le bébé risque de naître avec le même handicap. [...] Pour arrêter un saignement de nez, placer une clé de fer sur le cou. [...] Pour guérir une peur, faire bouillir un chiot dans de l'eau et donner le bouillon à boire à la victime. »

Il demanda de l'argent à sa mère pour acquérir de nouveaux ouvrages. Simone aimait la richesse d'esprit de son fils. Sa curiosité l'émerveillait, et elle appréciait sa gentillesse et son indépendance. Mais elle savait que sa résistance aux désirs de son père ne lui apporterait que de la souffrance. Quand le comte était à la maison, elle essayait de s'interposer entre eux deux, s'ingéniant à adoucir son époux, qui voulait faire plier le récalcitrant. Simultanément, elle s'efforçait de convaincre Christian d'obéir aux vœux de son père.

Et naturellement, elle lui donna de quoi s'acheter des livres.

Christian avait seize ans quand la comtesse convoqua un médecin réputé pour soigner son fils Yves, victime d'un coup de froid. Le Dr Philippe Guignard, qui venait d'accéder à un poste d'enseignant à la faculté de médecine de Paris, avait été formé à la grande université de Montpellier. Sa prééminence ne faisait pas l'ombre d'un doute. Même le premier médecin du roi le consultait à propos de son royal patient. Guignard portait une longue robe rouge et un mortier, les symboles de sa profession. Des gants de velours protégeaient ses mains délicates. Ses longs cheveux bruns tombaient en boucles épaisses sur ses épaules. Quant à ses yeux, ils étaient perçants, intelligents... et arrogants.

Il achevait de donner ses instructions pour les soins à la comtesse et s'apprêtait à partir, quand Christian l'aborda audacieusement et l'attira sur le côté.

— Je vous demande pardon, monsieur, mais j'aimerais observer votre travail. Accepteriez-vous que je vous accompagne pendant quelques jours ? Je pourrais... Je pourrais vous aider. Ce que vous faites m'intéresse.

Sur le coup, Guignard resta circonspect. Il cherchait le moindre soupçon de moquerie dans l'étonnante requête. Le fils d'un comte n'était pas supposé s'intéresser d'une quelconque manière à la médecine et, bien évidemment, n'allait jamais s'abaisser à embrasser cette profession, aussi éminente fût-elle pour un roturier. Pourtant le garçon semblait sincère. Il lui montra même son propre livre de remèdes, rempli de notes et de dessins d'une surprenante sophistication.

— Ton père serait d'accord ?

— Naturellement, mentit Christian, du moment que cela n'interfère pas avec mes autres études.

Heureux de saisir toute occasion d'impressionner un héritier du comte, le médecin accepta. Christian consacra donc son temps libre à le suivre dans ses tournées dans Paris, lui portant ses livres et ses instruments. Quelques jours devinrent quelques semaines, puis quelques mois.

Bien évidemment, Guignard était au fait des pratiques médicales les plus récentes. Il passait une bonne partie des ses journées à examiner des excréments que son « élève » devait préparer. Les patients les apportaient dans des sacs et avec une cuillère, Christian les déposait sur un petit plateau d'argent pour que Guignard puisse les interpréter. Soigneusement, il étudiait les tas, évaluant leur consistance, leur odeur, leur teinte, puis il rendait son diagnostic et prescrivait un traitement.

Les fioles d'urine étaient aussi indispensables à son travail. Il les agitait, les reniflait et les mettait à la lumière. Il parvenait à identifier plus d'une vingtaine de couleurs et de densités différentes, et à décrire les significations de chacune. Il existait des subtilités infinies d'odeurs et de variantes selon le sexe, l'âge et l'état mental. Même le résidu pouvait être divisé en dix types distincts. Pour l'observateur expérimenté, de telles nuances indiquaient une baisse de vitalité, la présence d'une humeur atrabilaire, d'un système digestif déficient ou — quand il était blanc ou légèrement rougeâtre — le développement d'une hydropisie.

— J'arrive à diagnostiquer la plupart des problèmes sans voir un patient, faisait fièrement remarquer Guignard, du moment que je récupère ses déjections.

Ce devait être vrai : Christian le voyait rarement toucher un malade, sauf pour lui prendre le pouls ou la fièvre, alors qu'il traitait une quantité de maux : catarrhe et teigne, migraines et goutte, maux de foie et rhumes de cerveau.

Guignard refusait un grand nombre de cas. Il évitait ceux dont le pronostic était pessimiste, ce qui représentait la majorité. Pour ceux qu'il acceptait, il ne consultait pas seulement des ouvrages médicaux, mais aussi des livres d'astrologie et de numérologie, et, parce qu'il avait été prêtre avant d'entreprendre la médecine, la Bible. Ses traitements pouvaient consister en médicaments, régime alimentaire ou chirurgie. Ses efforts visaient à assurer la répartition correcte des humeurs essentielles — le chaud et le sec, le froid et l'humide — qui, lorsqu'elles étaient déséquilibrées, rendaient malades.

Guignard était un bon maître pour un élève assidu. Il apprit à Christian des remèdes de bon sens : les patients ne doivent pas manger de fruits après la salade, car ce mélange pourrait surcharger les humeurs, et ils doivent éviter les activités sexuelles fatigantes, susceptibles de provoquer des attaques. Il lui enseigna des éléments de pharmacopée : quand appeler l'apothicaire pour préparer un purgatif contre la syphilis, un émétique contre le poison ou une teinture de plomb et de mercure pour traiter les vapeurs, ces exhalaisons du foie et de l'estomac qui provoquaient l'hystérie et la dépression. Il prescrivait le pénis de sanglier haché contre la pleurésie, les crottes de pigeon contre les irritations oculaires, la graisse contre les brûlures et la verveine pour provoquer la menstruation. Il le familiarisa également avec les traitements chirurgicaux : quand appeler un barbier-chirurgien pour exécuter une saignée, essentielle pour libérer les humeurs malignes. Par exemple, pour la pleurésie, on évacuait le sang du coude opposé au côté affecté. La veine basilique, dans le bras, aidait à soulager les maux de foie ou la bile, et la temporale, près de l'oreille, à supprimer la mélancolie ou la migraine. Chaque maladie avait sa veine et réciproquement.

Dans tous les domaines, le savoir de Guignard était aussi prodigieux... que son ego. De mémoire, il citait le Perse Avicenne, dont le *Canon de la médecine* n'avait pas connu la moindre remise en cause pendant quatre cents ans, et Galien, dont les travaux étaient restés la bible médicale pendant un millénaire. Fièrement, Christian lui avait montré un nouvel ouvrage d'anatomie de Vésale, un Flamand.

— Jette-le au feu, lui avait répondu son maître avec véhémence. Il est complètement fou de remettre les maîtres en question.

Et par respect pour son instructeur, c'est exactement ce que fit le jeune de Vries.

Le temps qu'il passait avec lui ne faisait que renforcer sa passion pour les arts de la guérison. Pourtant, il y avait quelque chose de vaguement insatisfaisant dans la pratique de Guignard, car celui-ci semblait très éloigné des patients. Christian brûlait de toucher, de sonder, d'explorer ; autant d'activités que dédaignait le praticien. Pourtant, l'homme était bien l'incarnation même de sa profession et le garçon était trop occupé par son apprentissage à son côté pour se préoccuper réellement de telles choses. Il glanait quantité d'informations et, chaque nuit, rapportait les événements de la journée à Bertrand. Celui-ci n'accordait que peu de foi aux guérisseurs ; il n'en avait qu'en Dieu et tenait tous les médecins pour des charlatans.

— Nous verrons si c'est un bon docteur quand ton père aura découvert ce à quoi tu t'occupes, dit Cuvier.

Un jour, Guignard fit une chose qui troubla profondément son élève. Pour traiter une fièvre bilieuse qu'il avait diagnostiquée chez la fille d'un marchand, il prescrivit de la verveine, une plante tout à fait ordinaire. Mais le même jour, pour une affection identique chez la fille d'un duc, il ordonna de la *mumia*, de la momie, expliquant qu'il s'agissait d'une distillation des épices secrétées par les corps que les anciens embaumaient.

— Cette drogue a été recueillie à grands frais sur les morts découverts dans les catacombes et les tombes d'Egypte.

Si l'emploi d'un tel remède était courant chez les riches, Christian avait surpris le docteur en train de verser en réalité dans la fiole de la verveine. Il rumina pendant quelques jours, puis trouva le courage de lui poser la question.

— Tu te trompes, lui rétorqua Guignard, hérissé.

Christian fit mine d'accepter la dénégation, mais s'enquit

de l'utilisation de traitements différents pour un mal semblable chez des patientes du même âge.

— Même fièvre, certes, mais condition physique différente, répondit le grand ponte froidement.

Le ton employé précisait que la discussion était close.

— Même fièvre, bourse différente, ironisa plus tard Bertrand.

En tout cas, les deux maux disparurent, mais Christian demeura troublé et Guignard glacial.

Celui-ci laissait la partie pratique de son travail à un barbier-chirurgien qui répondait au nom de Marcel Foucault. Il tenait une échoppe près de la porte Montmartre. Avec ses vêtements très simples, il était aussi fruste et déguenillé que la population au milieu de laquelle il vivait. Son tablier était généralement maculé de sang et de cheveux. Ses mains couvertes de cicatrices avaient des ongles aussi cassés que sales. Si Guignard et lui pouvaient collaborer sur un même cas, leur statut n'était pas égal. Le premier était un membre respecté de la faculté de médecine. Par la grâce du roi, il appartenait à l'élite du corps médical — qui exerçait un contrôle monopolistique sur la pratique de son art, dans lequel l'érudition était éminemment mieux considérée que l'expérience et l'habileté. L'aptitude d'un médecin à guérir avait moins d'importance que sa connaissance des maladies. Les chirurgiens comme Marcel Foucault étaient généralement de basse extraction et avaient peu d'éducation, voire aucune, sauf celle acquise sur les champs de bataille. A Paris, ils ne traitaient les patients qu'avec la permission des médecins, qui ne touchaient aucun instrument et même pas les malades, chaque fois qu'ils pouvaient l'éviter.

Un après-midi, Guignard, Foucault et Christian quittaient la maison d'une personne qui venait d'être saignée. Deux étages plus haut, au sommet de la demeure voisine, un échafaudage sur lequel se trouvaient des tuiles lâcha brutalement et les ouvriers hurlèrent des avertissements. L'un des projectiles tomba sur la tête d'un maçon qui tirait une charrette pleine de briques. Il s'effondra, gisant sur la chaussée, moribond, avec une profonde fracture sur le côté droit du crâne. Guignard et Marcel s'agenouillèrent immédiatement pour l'examiner.

— Il est mort, dit Guignard en se relevant. La blessure est mortelle. Il n'y a rien à faire.

Marcel essuya la plaie avec un coin de son tablier.

— C'est probablement le cas, *Magnificus*, admit-il, mais si vous n'y voyez pas d'objection, j'aimerais faire mon possible.

— D'accord, concéda l'autre avec un haussement d'épaules. J'ai une conférence à préparer.

Il s'éloigna en époussetant sa robe d'un revers de main.

Christian aida le barbier à porter le blessé à l'intérieur de la maison en réfection. Ils l'allongèrent sur une table. Les mains de Marcel étaient encore couvertes du sang de son dernier patient. Il les essuya mécaniquement sur son tablier en se penchant sur le maçon. Christian ouvrit la boîte à instruments : elle contenait un attirail de couteaux souillés et rouillés, de pinces plus ou moins grosses, de scies et de ciseaux, un petit brasero et quatorze différents fers à cautériser. Il y avait aussi des fils de suture emmêlés, et des aiguilles de toutes tailles et formes : courbes, droites, tordues... Même des hameçons, car Marcel, dans ses rares temps libres, adorait pêcher dans la Seine.

Rapidement, il coupa proprement les cheveux du blessé. Ses talents de barbier étaient évidents. Puis, avec un rasoir, il souleva des pans de peau de chaque côté de la blessure. Tout en travaillant, il marmonnait et se tracassait.

— C'est pas bon, grommela-t-il. L'os crânien est brisé. M. Guignard avait p'têt ben raison. J'aurais p'têt dû l'laisser dans les mains de Dieu.

Pourtant, il ne renonçait pas.

Après une première montée nauséeuse, Christian s'était mis à observer très attentivement. Il était étonné de voir le bras gauche du patient s'agiter et se tordre pendant que le praticien examinait précautionneusement la plaie.

— Vous avez déjà fait ça ? demanda-t-il. Je n'ai rien lu là-dessus.

Totalement concentré sur sa tâche, Foucault grommela :

— Jamais. Pas même dans mes rêves.

— Alors comment savez-vous ce qu'il faut faire ?

— Parfois je prie Dieu de guider ma main. (Il sourit, avant d'ajouter :) Parfois, c'est le vin que j'ai consommé la nuit précédente. Parfois, je ne fais rien. Et parfois, comme maintenant, je m'contente de ce qui semble nécessaire.

Il sortit une mèche de cheveux, des fragments d'os et des éclats de tuile, et jeta le tout sur le sol. Quand il ne trouva plus rien, il prit un ciseau pour adoucir le bord du crâne et des pinces pour l'écarter du cerveau. Puis il nettoya la plaie avec du vin pour enlever les débris qu'il n'aurait pas vus. Enfin, il recousit la dure-mère et sutura le cuir chevelu. Une fois tout cela fait, il rinça la zone une fois de plus. Puis, avec l'aide de Christian, il façonna une coque protectrice avec une longueur rigide de cuir de vache. Ils la placèrent sur le crâne de l'homme et l'immobilisèrent avec des bandes de tissu.

Pendant que Christian nettoyait et rangeait les instruments, Marcel s'essuya les mains. Appelés en hâte, la femme et les frères du maçon attendaient dehors. Ils rentrèrent dans la pièce pour ramener leur parent chez lui.

— S'il survit, ce dont j'doute, murmura Foucault à l'oreille de son jeune ami, son cerveau ne vaudra pas mieux que celui d'un poulet. A mon avis, j'le crains, il ne remarchera jamais et ne parlera pas davantage.

Le maçon reprit conscience le lendemain. Il ne se plaignit que d'un mal de tête aigu. Sa main gauche était animée d'un tremblement qui n'existait pas auparavant. Mais malgré cela et tout le reste, il fut de retour sur son échafaudage à peine une semaine après l'accident. Marcel et Christian lui rendaient visite quotidiennement pour suivre sa stupéfiante guérison.

— C'est l'œuvre de Dieu, pas la mienne, estima le barbier.

Pour Christian de Vries, cette expérience fut une révélation. Philippe Guignard représentait l'autorité, le savoir et les plus éminentes traditions de sa profession. Ayant suivi une formation classique, il pouvait citer des textes entiers par cœur. Il portait la longue robe avec une grande dignité et ses mains, même quand elles n'étaient pas dans des gants de velours, restaient impeccablement propres. Marcel Foucault, pour sa part, était fruste, grossier et quasiment illettré. Tout ce qu'il savait venait de son expérience. Il arborait la courte tunique de sa profession avec une grande humilité et ses mains étaient sales. Il ne pouvait exister de contraste plus extrême et c'est ce qui acheva de convaincre Christian. Il ne voulait plus devenir médecin, mais chirurgien.

Guignard accueillit très mal la nouvelle et considéra la chose comme un affront personnel. Imaginer que son élève ait pu placer la chirurgie au-dessus de la médecine le rendait fou de rage. L'idée même renversait toutes les normes : elle était la négation de l'ordre des choses. Comme le comte de Vries était absent quand il avait fait la connaissance de Christian, il n'avait pu s'entretenir avec lui des ambitions de son fils et ignorait donc son opposition résolue. Pourtant, Guignard avait envisagé de parrainer le garçon, qui était véritablement doué, brillant, et qui pouvait faire l'honneur de la profession. Au lieu de cela, il se voyait contraint de se moquer de ses ambitions.

— Alors tu veux apprendre à couper des cheveux ? dit-il avec mépris. Ton père sera très fier.

La réflexion fit sourire le jeune homme, désormais certain de sa vocation. Son père lui avait déjà clairement exprimé que le métier de médecin n'était pas digne de son rang et à présent, un médecin lui disait que la profession de chirurgien était encore plus vile.

— Apparemment, monsieur, mon destin veut que j'aspire à ce qui serait indigne de moi. Je vous remercie pour votre aide et votre enseignement. Quand j'aurai appris mon métier — correctement, bien sûr —, je serai honoré de vous couper les cheveux.

Christian avait toujours veillé à effectuer les tâches quotidiennes que lui avait fixées son père. Malgré ses longues absences, celui-ci se tenait constamment informé grâce au courrier que lui adressaient les tuteurs. Le jeune homme savait que s'il était pris, ses rêves seraient définitivement réduits à néant. Mais tant qu'il respectait les exigences paternelles, il avait au moins une chance d'atteindre un jour son véritable but. Il espérait surtout qu'il parviendrait à le concrétiser avant qu'il ne soit envoyé auprès du grand maître à Malte.

Pour devenir chirurgien, la meilleure formation — la plus rapide aussi — était dispensée au collège de chirurgie de Saint-Côme. Mais sans le consentement du comte, Christian ne pouvait pas y penser. Il ne restait qu'une solution : devenir apprenti d'un barbier-chirurgien, ce qui lui permettrait, ensuite, de se présenter à l'examen. C'était de loin la route la plus fastidieuse pour accéder au niveau inférieur de la profession médicale.

De son côté, Bertrand continuait de penser que le rêve de son ami était complètement idiot et il faisait écho aux propos du comte.

— Si tu veux couper des choses, tu ferais mieux d'utiliser l'épée de Saint-Jean plutôt que le couteau de ton Foucault.

Mais Christian était déterminé. Aussi alla-t-il travailler avec Marcel.

Comme Guignard avant lui, celui-ci fut d'abord sceptique quant à la motivation de son élève. Il soupçonnait quelque ruse ou un motif caché. Les enfants de la noblesse ne se salissaient pas les mains dans les entrailles de la populace. Mais jamais il n'avait eu d'apprenti plus assidu et passionné que Christian, et plus prompt à exécuter volontiers tout ce qu'il demandait. En outre, le jeune homme possédait des ouvrages médicaux qui intéressaient beaucoup le chirurgien, mais qu'il n'avait pas les moyens de s'acheter et qu'il ne pouvait, de toute façon, pas lire. Les textes étaient toujours écrits en grec ou en latin, jamais dans une langue vernaculaire, car la Faculté ne voulait pas que de telles informations soient accessibles à des yeux profanes. Le fils du comte de Vries disposait d'un exemplaire de la *Chirurgia Magna*, de l'éminent chirurgien du

XIVe siècle Guy de Chauliac, et même un *Chirurgie*, de Galien, dont les travaux anatomiques étaient encore largement utilisés, bien qu'ils fussent avant tout fondés sur l'observation des cochons et des singes. Pour la plupart des médecins et des chirurgiens modernes, Galien restait le dieu en la matière. Mais pour Marcel, ses dessins ne ressemblaient guère aux entrailles des hommes qu'il avait ouverts. Moyennant quoi, il s'asseyait, captivé, avec Christian ; ensemble, ils examinaient les images et Christian traduisait le grec.

Marcel Foucault était un professeur bon et patient. Son enseignement était immédiat et pratique. Dès le premier jour passé au côté du barbier-chirurgien, Christian recousit la main d'un boucher, qui s'était malencontreusement blessé avec son tranchoir. Il réduisit une fracture, enleva une pointe dans le pied d'un charpentier et coupa la barbe d'un client.

Marcel Foucault observait le travail de son élève et le dirigeait.

— Vous avez un talent pour la coupe. Mais accordez bien autant d'attention à la coiffure qu'à la chirurgie, répétait-il souvent. C'est la première qui vous paie.

Christian accompagnait Marcel dans ses tournées. Il le suivait des bas quartiers jusqu'aux maisons des riches et à l'Hôtel-Dieu, le seul hôpital de Paris. A tout point de vue, la pratique de Marcel différait de celle de Guignard. C'était un travail cru et sanglant, bruyant et chaotique. Mais pour le jeune homme, il était aussi important que grisant. Les médecins ne pouvaient pas grand-chose contre les grands maux meurtriers, les fièvres et la peste. Mais les chirurgiens pouvaient faire beaucoup contre nombre de maladies. Les interventions étaient souvent urgentes et spectaculaires. Il avait vu Marcel sortir un bébé vivant en ouvrant le ventre d'une mère morte, réparer une jambe brisée en sept points et remettre un globe oculaire pendouillant dans sa cavité — après quoi le patient avait juré ses grands dieux qu'il voyait mieux qu'auparavant.

Naturellement, les choses ne se passaient pas toujours aussi bien. Ainsi, un jour, ils eurent à traiter un bras ulcéré, dont le patient avait mis du temps à se soucier. Il n'avait pas envie de voir le chirurgien. Ils vidèrent le pus, chassèrent les vers, irriguèrent la plaie avec du vinaigre et la bandèrent avec du chanvre trempé dans la térébenthine. Pendant quelques jours, le traitement sembla faire effet. Mais les vers revinrent et des stries rouges se propagèrent sur le bras. Deux jours plus tard, la gangrène emportait l'homme dans la tombe.

Les amputations étaient ce qu'il y avait de plus pénible. La première fois, Christian ne se rendit presque compte de rien, parce qu'il devait tenir le blessé, qui était parfaitement éveillé. Ce n'était pas le sang et les tendons qui rendaient la chose insupportable, mais les cris et les gémissements. Le bonhomme se débarrassa du morceau de bois que Marcel lui avait collé entre les dents, puis, sous l'effet de la douleur, se trancha le bout de la langue. Ayant dégagé un de ses bras, il frappa Marcel au visage et l'assomma. Christian rattacha la sangle, tandis que Marcel posait une sorte de casque autour de la tête du fou furieux, avant de s'emparer d'un maillet de bois et de lui en assener un bon coup. La victime s'immobilisa enfin.

— Je ne m'en sers pas souvent, indiqua Marcel en réponse à l'expression de son élève. Quelquefois, ils ne se réveillent plus jamais et d'autres fois, quand ils reviennent à eux, ça ne tourne plus rond dans leur tête.

Marcel insistait constamment sur l'importance de l'urgence en chirurgie et, dans ce cas précis, le délai se révéla fatal. Quand il en eut fini avec le fer à cautériser, le patient était en état de choc. Et quand Christian enleva le casque, il était mort. De rage, Marcel projeta le maillet contre le mur.

— C'était juste une maudite jambe. Il s'est tué lui-même, avec son cirque.

Bien que Christian fût à la fois ébranlé et découragé, les quelques opérations suivantes se déroulèrent correctement. Les guérisons permettaient de mieux supporter les échecs. Et quand Marcel était payé avec un poulet ou un sac de céréales, voire une pièce ou deux, il rayonnait.

Sous sa direction, Christian pratiqua l'art de la phlébotomie.

Il utilisait une lancette pour purger le sang des veines. Mais, sauf cas d'urgence, Marcel ne saignait jamais quelqu'un sans qu'un médecin soit présent pour lui dispenser ses conseils. Après avoir travaillé avec Guignard, Christian avait du mal à accepter cette réserve.

— Un docteur n'en sait pas autant que vous sur le corps, dit-il. Il n'en touche pratiquement jamais. Dans tous les cas, si j'en avais besoin, je préférerais que ce soit vous qui vous occupiez de moi.

Marcel sourit.

— Sa connaissance vient de ses lectures, expliqua-t-il.

Et c'était comme ça que fonctionnait le système médical : ceux qui lisaient des ouvrages spécialisés touchaient rarement les patients, tandis que ceux qui les manipulaient en lisaient rarement. Christian était l'un des seuls à faire les deux. Mais malgré cela, il restait confronté à quantité de questions sans réponse. Il remarquait souvent qu'il y avait apparemment peu de liens entre le traitement et le résultat. Ainsi, certains blessés mouraient visiblement de plaies bénignes, tandis que d'autres guérissaient de blessures qui semblaient fatales. Et il avait rarement l'impression de savoir pourquoi.

Plusieurs fois, il réclama à Marcel un cadavre qu'il puisse disséquer, afin de le comparer aux dessins et aux descriptions qu'il trouvait dans les livres d'anatomie. Mais Marcel ne pouvait rien faire. Les dissections étaient assez rares et restaient sous le strict contrôle des médecins de la Faculté. Beaucoup s'y opposaient pour des raisons religieuses ou parce qu'ils croyaient que rien ne pouvait sortir de quoi que ce soit en dehors des livres, ou encore parce qu'ils voulaient garder jalousement leurs prérogatives et craignaient l'intrusion des chirurgiens.

— Si je dois mourir un de ces jours, lui dit Marcel, tu pourras m'ouvrir et m'observer. Autrement, je crains que tu n'aies à attendre longtemps.

Christian devait manœuvrer très habilement pour mener sa double vie. Il se réveillait avant l'aube et ne se couchait jamais avant minuit. Le matin, avec les professeurs de son père, il endurait des leçons sur l'artillerie, la science des fortifications ou sur les derniers lance-flammes que l'on appelait trompes. L'après-midi, il pratiquait l'escrime, le tir ou le combat rapproché au couteau. Il étudiait les tactiques du combat naval et mémorisait les listes d'approvisionnement d'une galère de guerre. Il connaissait aussi tous les événements-clés ayant marqué chaque grande maîtrise depuis la fondation de l'ordre à Jérusalem.

Le soir, il travaillait dans l'échoppe de Marcel, coiffant des têtes infestées de poux, arrachant des dents cariées, nettoyant des instruments ou aiguisant des lames. Ensuite, il suivait Marcel dans les taudis, où sa pratique semblait s'exercer vingt-quatre heures par jour. A une heure avancée de la nuit, il lisait ou s'occupait de ses spécimens, jusqu'à ce qu'il s'effondre, épuisé, sur son travail. Il aimait cette existence et essayait de ne pas penser au jour de vérité qui viendrait nécessairement.

Ce fut pratiquement deux ans plus tard, juste après son dix-huitième anniversaire, que Bertrand, par inadvertance, fournit l'instrument de cette révélation, sous la forme du cadavre que son ami convoitait depuis si longtemps.

Chapitre 14

Il faisait de plus en plus sombre quand la carriole tirée par des chevaux jaillit de la forêt. Des lambeaux de brume montaient de la Seine. Bertrand sifflotait gaiement en conduisant.

Il s'arrêta près du château, sauta de son siège et commença à cogner contre la porte comme si le bâtiment était en feu.

— De Vries, foutu apprenti chirurgien ! Sors de là !

Christian se pencha à une fenêtre supérieure et sourit en reconnaissant son ami.

— Qu'y a-t-il ? J'étudie.

— Evidemment ! Mais assez de morceaux de crapaud et de langues de lézard ! J'apporte quelque chose de vraiment digne de tes efforts !

— Qu'est-ce que c'est ?

— Un huguenot ! Alors maintenant arrête de discuter et viens m'ouvrir. J'ai besoin de toi pour accéder à l'intérieur. Il est en train de raidir.

— Un huguenot ? Que veux-tu dire ?

— A ton avis ? Franchement, avec tout l'argent que ton père dépense en tuteurs, tu devrais le savoir ! Un protestant, voilà ce que je veux dire, détourné de son voyage vers l'enfer pour un bref séjour chez les de Vries !

Christian dévala les escaliers et sortit dans la cour. A l'arrière de la charrette, il vit un long cocon de coton blanc, le type de linceul que l'on utilisait pour les enterrements des indigents. Il reconnut le renflement d'un ventre, la large courbe de grandes épaules et le contour immanquable d'une tête. Un pied nu aux orteils velus dépassait.

Il jeta un regard circonspect vers son camarade. Celui-ci affichait un grand sourire. Ses dents brillaient dans la pénombre du crépuscule. C'était devenu un homme, dur, intelligent, gros buveur, et pourtant toujours attentionné.

— Considère ça comme un symbole de l'intérêt que je porte à tes folles entreprises, dit-il modestement en s'inclinant. Je l'ai « emprunté » au croque-mort. A dire vrai, j'ai aussi pris la voiture et le cheval. Je suis tombé dessus complètement par hasard en passant devant la taverne de la Tête du sanglier. Le gars s'y était arrêté après avoir récupéré celui-là au pied du gibet. Il était en route pour le cimetière. Bon, enfin, je t'ai souvent entendu te plaindre parce que tu n'avais pas de... euh... viande pour ta table, hein, alors j'ai sauté sur l'occasion.

— Tu as volé la carriole ?

— J'aurais eu du mal à ne voler que le corps, tu ne crois pas ? Allez, peu importe, le croque-mort doit encore être à l'auberge, probablement même couché sur une table, aussi raide que son chargement ici. Je parie qu'il ne s'est pas encore rendu compte de la disparition. A propos, son nom est Beaufort.

— Le fossoyeur ?

— Non, le macchabée. Bon, rentrons-le avant qu'il prenne froid.

Les deux amis tirèrent le mort par les chevilles pour l'amener au bord de la charrette. La taille du dénommé Beaufort suivit et il tomba sur le sol avec un bruit sourd.

— Il doit peser plus de cent kilos, haleta Christian.

— Oui, s'esclaffa l'autre, mais je parie qu'il en fera beaucoup moins quand tu en auras fini avec lui. A ce moment-là, on pourra le ressortir en morceaux.

Ils le soulevèrent de nouveau et le mirent debout. Le corps était effectivement déjà d'une rigidité cadavérique. En l'attrapant sous les bras, ils le traînèrent sur les talons jusqu'au château. Là, ils peinèrent à lui faire monter deux marches. Une fois la porte franchie, ils le transportèrent, par un long corridor, jusqu'à la cuisine.

Christian ouvrit les portes de la réserve, où étaient entreposées les provisions.

— Quoi ? Ici ? s'étonna Bertrand avec un air de dégoût. Tu ne vas pas le mettre au milieu du safran ? Les protestants s'accommodent mieux avec la bave.

— Il n'y a pas de table dans la cave, répondit Christian, haletant sous l'effort. (Il écarta les bouteilles sur la table où la cuisinière préparait les conserves.) Mettons-le dessus.

Dans un ultime effort, ils hissèrent le cadavre sur le plateau. Bertrand s'essuya les mains sur son pantalon.

— Ton père rentre quand ?

— Dans la matinée, s'il rentre. Mère et lui sont à Paris. Il est possible qu'il ne vienne pas encore demain.
— Bon. J'imagine qu'il ne serait pas d'accord, même s'il s'agit d'un protestant.
— Pas d'accord ? Je crois que mon père me ferait ce que je m'apprête à faire à ce corps.
— Eh bien, je te conseille de te presser. Et dès ce soir, nous irons le jeter dans la rivière.

La Seine, qui esquissait un doux méandre autour de la propriété, charriait les épaves de la capitale. Et il n'était pas rare d'y voir des cadavres en décomposition.

— Rends-moi un autre service, ajouta Christian. Va chercher Marcel. Il voudra voir ça. Et s'il le souhaite, il peut amener d'autres étudiants. Allez, dépêche-toi. On n'a pas beaucoup de temps.

Christian récupéra des lampes et des bougies dans toute la maison et les installa sur les étagères de la réserve. Leur lumière tremblotante inonda rapidement la petite pièce. Il alla également au grenier prendre ses carnets, ses balances et la boîte qui contenait ses instruments de chirurgie. Il déroula le linceul et observa son occupant avec une excitation croissante. Lentement, il tourna autour du corps. L'homme était nu. Ses vêtements s'en étaient allés avec sa vie. Il fixait le plafond, les yeux morts. C'était un spécimen parfait, abstraction faite de son cou, brisé par le nœud de la corde. Mais même ce détail, pensa Christian, serait intéressant à examiner.

Attrapant une lancette, il commença assez doucement, presque comme si son « patient » était vivant. Il n'avait jamais ouvert de poitrine auparavant. De prime abord, il trouva que c'était difficile à couper, en partie à cause de son inexpérience et de son hésitation, et ensuite parce que la peau était plus dure qu'il ne l'imaginait. Rapidement, il laissa de côté la délicatesse pour trancher et entailler d'une manière rappelant davantage celle d'un boucher. Il écarta la poitrine et ouvrit le ventre jusqu'à l'os pubien. Un instant, il s'arrêta pour regarder, fasciné, ce qui était exposé sous ses yeux.

Debout sur un tabouret, il mordillait dans une pêche en se demandant par où commencer. Il localisa les humeurs de Galien : la bile jaune et noire, le sang et le flegme. Il écarta les nerfs, exposa les muscles et disséqua des artères et des veines. Il piqua les globes oculaires et examina les oreilles. Puis il se lança dans une série de mesures précises et nota le poids des organes. Sans perdre de temps, il fouillait, tâtonnait, manipulait. Au fur et à mesure, il prenait des notes abondantes et comparait ce qu'il observait à ce qui se trouvait dans les livres étalés sur la table. Avec sa main adroite et expérimentée, il réalisait un maximum de dessins des différents éléments. A un moment, il tomba sur un détail qui l'intrigua : le rein droit n'était pas plus haut que le gauche. Pourtant Vésale et Galien étaient tous les deux catégoriques sur ce point. Assurément, Christian n'était pas en position de les contester. S'agissant d'un huguenot, Christian conclut qu'il devait être mal formé. Il signala l'anomalie dans son carnet et continua.

Près de trois heures s'étaient déjà écoulées quand Bertrand reparut avec deux prostituées ricanant nerveusement et un flacon de vin... mais sans Marcel.

— Où est-il ?

— Quelque part, j'imagine, répondit Cuvier en haussant les épaules. Sa femme n'en savait rien. Mais j'ai trouvé ces deux-là à la place. Elles ne sont pas étudiantes, mais elles brûlent d'apprendre.

Les filles tendaient le cou pour essayer de voir ce que Christian trafiquait dans la réserve, mais celui-ci leur barrait le passage. L'une d'elles l'embrassa et lui offrit à boire. Le jeune homme sourit mais battit en retraite.

— Occupe-toi de nos invitées, dit-il à son ami. J'ai du travail.

— Avec plaisir, répondit l'autre en s'inclinant bien bas.

Et il prit les coudes des deux femmes pour les entraîner ailleurs.

— Mesdames, sur l'ordre du seigneur chirurgien de Vries,

nous allons commencer nos leçons d'anatomie dans la bibliothèque.

Il les emmena, dans un bruissement de jupons et de rires.

Christian se replongea dans sa tâche. Il essayait maintenant de confronter ses lectures à ses observations et ces dernières à ses questions. Dans toute cette chair, où se trouvait l'âme ? Est-ce que le cœur et les poumons dissipaient les humeurs ? Comment le foie produisait-il le sang ? Comment la pensée se formait-elle dans le cerveau et la vision dans l'œil ? Il travailla jusqu'à ce que ses yeux commencent à se troubler et qu'il éprouvât du mal à se concentrer. Deux fois, Bertrand revint le voir et deux fois, il le repoussa.

Il était presque quatre heures quand Cuvier reparut, cette fois de manière plus insistante.

— Franchement, mon ami, je commence à m'inquiéter pour toi.

— Je vais bien, répondit l'autre sans lever les yeux.

— Peut-être, mais je me fais quand même du souci pour un Parisien qui préfère le corps d'un mort à celui d'une femme pleine de vie. Tiens, prends ça. Ça te remettra les sens en place.

Il lui tendit un verre.

Epuisé, Christian commençait à avoir mal dans tous les muscles. Il reposa la lancette et prit volontiers le verre. Il retourna son toast à son camarade et but avec plaisir. La douce chaleur de l'eau-de-vie lui coula dans la gorge.

Bertrand regarda l'étalement de livres, de papiers, de tissus humains et d'organes tout autour de Beaufort, qui avait les jambes et les bras écartés. Le haut de son crâne et le cerveau manquaient. Différentes parties étaient déjà rangées dans des bocaux : le foie flottait dans du miel, le cœur dans du vinaigre et trois doigts dans du vin. Bertrand fronça les narines à cause de l'odeur répugnante.

— J'ai l'impression que ton ami est en train de pourrir.

— Tu as sans doute raison. J'ai fait ce que je pouvais avec

le temps dont je disposais. Nous ferions mieux de nous en débarrasser.

— Dans un petit moment, précisa son camarade. Mais d'abord je veux que tu te rafraîchisses la mémoire concernant les entrailles d'une femme.

Deux heures plus tard, tandis que les premiers feux du soleil apparaissaient au-dessus des arbres, le quatuor se trouvait encore dans la bibliothèque. A moitié nu et à moitié saoul. Soudain, Christian perçut un bruit effrayant et se redressa d'un bond.

— Des chevaux ! Qu'a-t-il à rentrer si tôt ?

Dans la panique, ils se rhabillèrent. Puis Christian poussa les femmes vers la porte du jardin, avant d'aller s'occuper à toute vitesse de Beaufort avec Bertrand. Ils n'avaient plus le temps de cacher les bocaux, aussi se contenta-t-il de les dissimuler au milieu des conserves, tandis que son camarade couvrait le cadavre du linceul. Ils soulevèrent le macchabée et se dirigèrent vers la porte. Les jambes de l'homme traînaient de guingois et ses bras dépassaient de la toile. Une chose visqueuse, luisante et sombre tomba à terre.

— Qu'est-ce que c'est ? siffla Bertrand en l'évitant de justesse.

— C'est un...

Christian laissa la fin en suspens.

La porte d'entrée du château venait de s'ouvrir et des voix s'élevèrent au loin.

— Trop tard, murmura Cuvier. Nous n'arriverons jamais à la rivière. Il faut le cacher ici jusqu'à ce soir.

Ils déposèrent Beaufort sur le sol et le poussèrent derrière des rayonnages. Puis Christian se hâta de dégager la table. En voulant l'aider, son complice donna un coup de coude dans un bocal, qui tomba de son étagère. Il se fracassa sur la table et sur le carrelage, projetant partout de la gelée de raisin.

Un instant plus tard, les yeux brûlants, le comte de Vries

apparut à la porte de la réserve, épée à la main, prêt à affronter les fripouilles qui pillaient sa maison.

Jusqu'alors, il avait toujours considéré les allusions de son fils à la médecine comme une pure fantaisie passagère. Soudain, le caprice devenait réalité. En proie à une fureur glaciale, Arnaud renvoya Bertrand et les femmes à Paris, et fit jeter Beaufort à la Seine. Déambulant, rageant et tapant du poing, il écouta l'histoire de Christian. Puis il se précipita dans le grenier et revint les bras chargés de bocaux de spécimens, qui prirent le même chemin que Beaufort. Ensuite, il se rendit dans la grange et fracassa tous les instruments de chirurgie entre le marteau et l'enclume. Il pulvérisa la balance avec une pierre et arracha les pages des ouvrages médicaux. Les feuilles de papier volaient par poignées dans le feu.

Simone tenta de le calmer, mais même elle se vit dans l'incapacité de tempérer sa fureur. Ce ne fut qu'en fin d'après-midi qu'il put enfin parler d'une voix égale.

— Tu es une honte pour moi, lança-t-il à son cadet. Je ne sais comment un tel poison a pu se glisser dans ton sang, mais peu importe. Tu vas immédiatement cesser cette absurdité. Dès ce soir, je vais écrire au grand maître en lui demandant de t'admettre au sein de l'ordre sans délai.

— Je ne prononcerai pas les vœux de l'ordre, père. Je n'irai pas à Malte.

— Nous verrons, répliqua le comte d'une voix glaciale.

Quelques jours plus tard, Christian se rendit à l'échoppe de Marcel. En dépit de l'interdiction de son père, il était bien déterminé à finir de se former au métier de barbier. Il trouva la porte fermée de l'extérieur. Même quand Marcel était sorti, ce n'était jamais le cas. Il y avait toujours un apprenti ou un aide pour garder l'enseigne. Intrigué, Christian fit le tour. Derrière, il trouva Marcel assis sur l'escalier menant à son appartement, au-dessus de la boutique. Il avait les yeux rouges.

Près de lui se trouvait une bouteille de bordeaux bon marché à moitié vide, qu'il leva vers le garçon.

— Vous venez au mauvais endroit si vous voulez qu'on vous fasse la barbe ou qu'on vous raccourcisse la jambe, lança-t-il. La guilde m'a enlevé ma licence. Je ne suis plus barbier ni chirurgien. Si vous avez besoin d'un aide-cuisinier, en revanche, je me débrouille bien avec un couteau.

— Pourquoi ont-ils fait ça ? demanda Christian, scandalisé.

— Pour une question de taxe annuelle. Ils disent que j'l'ai pas payée.

— C'est vrai ?

— Bien sûr que non. J'ai le cachet qui le prouve.

— Alors ?

— Alors ils répondent que ça n'a aucune importance, parce que leurs registres n'en ont pas trace.

— Envoyez-les promener avec leur taxe ! Nous la paierons de nouveau.

Marcel but une longue rasade de vin.

— J'suis peut-être qu'un chirurgien, Christian, mais pas un abruti. J'ai déjà essayé d'le faire. Ce n'est pas si simple. Leur règlement est clair. Je ne peux être accepté avant le printemps prochain.

Christian inspira bruyamment. Les règles étaient faites pour le peuple, pas pour la noblesse. Les bureaucrates ne pouvaient décemment pas rejeter Marcel s'il l'accompagnait.

— Venez, dit-il impatiemment. Nous allons traiter ce problème ensemble. Ils n'oseront pas repousser un de Vries.

Foucault ricana tristement.

— C'est bien ça le problème, mon jeune ami. Ils n'ont pas osé repousser un de Vries. J'ai des amis au sein de la guilde. Mon problème n'a rien à voir avec les règlements ou l'argent. Il n'a à voir qu'avec vot'père, qui m'veut apparemment pas du bien.

Quelque temps plus tard, Christian remontait en hâte l'allée du château. Un groupe de soldats et de chevaux attendait près de l'entrée, ce qui signifiait qu'un visiteur était là. Ce n'était pas inhabituel. Le comte recevait régulièrement des hôtes pour discuter de ses affaires militaires. Christian ne fit donc pas attention à eux et se précipita à l'intérieur.

Il entra comme une furie dans la bibliothèque. Son père était assis dans un grand fauteuil de cuir et conversait avec son invité, que Christian ne pouvait pas voir. Il lui lança des regards noirs et l'invita, d'un geste, à quitter la pièce. Le jeune homme ignora l'ordre et s'avança.

— Vous m'avez toujours appris à affronter un adversaire directement, père, à regarder un homme dans les yeux avant de le frapper. Que vous vouliez contrecarrer mon désir de devenir chirurgien est une chose. Mais c'est de la lâcheté de chercher à nuire à ceux qui m'ont aidé. Regardez-moi dans les yeux, père, et dites-moi comment vous avez pu oser ?

— Par Dieu, tu t'avances en terrain dangereux, tonna Arnaud en plissant les yeux. Je discuterai de ça plus tard avec toi.

— Nous allons en discuter maintenant ! Je ne me tairai pas ! J'aurai mon...

A cet instant, l'homme assis dans le fauteuil se retourna. Christian se raidit et ses paroles s'éteignirent dans sa gorge. Il avait immédiatement reconnu la cicatrice du Balafré : c'était François de Lorraine, prince de Joinville, duc de Guise. Dans tout le royaume, il n'y avait pas d'homme plus puissant en dehors du roi lui-même.

— Cela fait des années que je ne t'ai vu, Christian, intervint Guise aimablement. Je vois que ta colère et toi avez bien grandi.

— Pardonnez-moi, dit le jeune homme, rouge de confusion. J'ignorais...

— Peu importe, l'arrêta le prince. Ton père et moi étions en train de parler de Metz.

Le sujet de la guerre courait partout dans Paris. Le saint empereur romain, Charles Quint d'Espagne, comme toujours en conflit avec la France, rassemblait de nouveau ses armées.

Cette fois, il voulait marcher sur Metz et Guise avait été désigné pour diriger la défense de la ville.

— Le roi m'a fait la grâce de faire de moi son lieutenant, ajouta-t-il, comme moi je m'apprête à le faire de ton père. Ainsi pourrons-nous donner à l'impudence de l'empereur une réponse appropriée. Mais maintenant, quelle est cette affaire de chirurgie ? Cela fait longtemps que je pense que l'ordre de Saint-Jean doit s'honorer de recevoir un nouveau de Vries.

Récupérant de sa surprise, Christian réalisa soudain qu'il pouvait tirer avantage de la présence de Guise dans la pièce. C'était un grave manquement à l'étiquette de soulever une telle dispute en présence du prince, mais Christian s'en fichait. Il savait que son père ne pourrait ni sortir ni utiliser des moyens physiques de persuasion. Il continua donc résolument. Pendant qu'il s'épanchait, Guise caressait sa cicatrice et écoutait avec une lueur d'amusement dans les yeux.

Dans un premier temps, le comte, effondré, resta calmement assis, supportant les attaques de son fils en bouillonnant intérieurement. Mais arriva un moment où, duc ou pas, il ne put se contenir plus longtemps. Dans un accès de fureur, il se dressa, la main sur l'épée.

— Assez, tonna-t-il. Tu vas retenir ta langue ou je te l'arrache de la tête.

Le duc leva une main d'apaisement.

— Avec votre permission, Arnaud, je peux peut-être suggérer une solution. Un arrangement temporaire, si vous voulez. Disons une trêve.

Arnaud avait du mal à dissimuler sa contrariété de voir le duc s'immiscer dans une question qui ne concernait que lui.

— Naturellement, mon seigneur, dit-il sans enthousiasme. Je serai honoré de recevoir vos suggestions.

— Laissez le garçon venir avec moi à Metz, à mon service, proposa le Balafré. Il veut être chirurgien ? Je lui ferai découvrir le sujet comme il ne l'a jamais imaginé auparavant. Peut-être que ça calmera même son ardeur pour cette activité. Pendant ce temps, il aura au moins fourni un service de valeur à

Sa Majesté, qui est toujours à court de praticiens au combat. Ensuite, je parlerai moi-même au grand maître, sur qui j'ai une certaine influence. Les chevaliers sont un ordre hospitalier, n'est-ce pas, Christian ? Si je ne me trompe pas, le grand hospitalier lui-même, l'officier qui s'occupe des questions médicales, est traditionnellement un chevalier appartenant à la Langue de France. Peut-être, Arnaud, que la destinée de votre fils est bien de devenir hospitalier et que vous vous querellez pour rien. Je vais faire tout ce que je pourrai pour lui ouvrir cette voie et pour le convaincre de la sagesse de ce choix.

— Si le grand hospitalier a une formation médicale, ce ne peut être qu'en qualité de médecin, fit remarquer Christian. Il n'y a pas de chirurgien dans l'ordre. Le genre est méprisé de tous, sauf de ceux qui en ont besoin. Pour cette raison, je n'ai aucun désir de devenir médecin et pas davantage d'être chevalier.

Le visage du duc s'empourpra tandis que, corrélativement, sa cicatrice blanchissait.

— Vos désirs, monsieur de Vries, n'ont aucune importance pour le roi.

La réplique avait été prononcée sur un ton glacial.

Le père et le fils s'entre-regardaient. Ils étaient dans l'impasse. L'idée ne plaisait à aucun des deux. Le jeune homme regrettait son impulsivité, parce qu'il se rendait compte qu'il s'était piégé tout seul. Il n'avait désormais plus le choix : une proposition du lieutenant du roi à propos de Metz était comme une proposition du roi lui-même.

Trois semaines plus tard, chevauchant au sein d'un grand train de soldats, de mules et de chariots, Christian de Vries partit pour la guerre.

Extrait des *Histoires de la mer du Milieu*
**par Darius, dit le Préservateur,
historien à la cour du seigneur des deux horizons,
le sultan Ahmet**

Aucune rivalité sur Terre ne fut plus implacable que celles qui opposèrent, en 1552, les rois chrétiens d'Europe. Le roi de France, Henri II, n'avait pas de plus grande passion que la persécution des protestants. Charles V, le roi d'Espagne, appartenait aux Habsbourg, la principale dynastie européenne. Il était aussi le saint empereur romain, le successeur de Charlemagne, roi des Francs, qui, quelques siècles plus tôt, avait fait de son empire le successeur de Rome. Au cours du temps, l'empire a recouvert une bonne partie de l'Allemagne, de l'Autriche, des Pays-Bas, de la Suisse, de la Bohème, de l'Italie du Nord, de l'Espagne, de la Sicile et de Malte. Choisi dans le sein de la maison Habsbourg, l'empereur se considérait modestement comme le représentant séculier de Dieu sur Terre, de même que le pape se présentait comme Son vicaire spirituel. Si le pape couronnait l'empereur, leurs conflits étaient aussi interminables que prévisibles. Le Saint Empire romain avait pour vocation de former une confédération semblable à l'Empire ottoman, au sein duquel des Etats temporels disparates s'alliaient pour former un ensemble spirituel cohérent. Cependant, comme c'était le cas entre les sunnites et les chiites, les différents représentants et vicaires de Dieu sur Terre avaient peu de chose en commun, mais, au contraire, se haïssaient les uns les autres. Et pourtant, l'empereur comme le pape subissaient les mêmes assauts incessants de la part des protestants. Dix ans avant les grands événements de Malte, un traité de paix conclu à Augsbourg autorisa les Etats germaniques à choisir entre le catholicisme et le protestantisme. La plupart des princes germaniques optèrent pour ce dernier.

Un hiver rigoureux frappa l'Europe, ce qui ne dissuada pas Charles de tenter d'accroître ses domaines. Déjà maître de l'Europe centrale, il souhaitait s'adjoindre les cités de Metz, Strasbourg et Verdun, autant de villes infestées par la peste protestante. Il envoya une armée massive faire le siège de Metz, où six mille fidèles du roi de France, sous le commandement du duc de Guise, résistaient au froid et aux canons. Ce fut un moment remarquable : un roi catholique anti-protestant défendant une cité protestante contre les persécutions d'un empereur catholique. Soliman avait-il jamais combattu si durement ses rivaux islamiques, les hérétiques chiites de Perse ?

Extrait du volume VI
Les Puissances européennes.

Chapitre 15

Christian ne vit son père qu'une fois arrivé à Metz.

C'était par une glaciale matinée de novembre. Une petite neige tombait. Les murs de pierre répercutaient le tonnerre incessant des canons impériaux. Les cris gutturaux des défenseurs de la ville s'étaient tus après une sortie éclair à l'aube. Les blessés étaient ramenés à l'intérieur de l'enceinte à l'aide de charrettes ou de civières et conduits vers l'une des salles d'opération.

Christian était noyé au milieu d'une mer de sang et d'os. Un véritable chaos ! Dans la grande salle de pierre où il travaillait comme apprenti, l'air était saturé de fumée. Dans ce poste, les chirurgiens étaient des Celtes, des vétérans de la guerre éprouvés à côté desquels même Marcel aurait paru lent. Ils parlaient wallon, un dialecte que Christian avait du mal à comprendre. Quand il ne savait pas ce qu'il devait faire, ils le lui indiquaient par signes.

— Vite ! Vite ! tonnait l'un d'eux.

C'était là des paroles que Christian comprenait parfaitement.

— Plus vite ! Les doigts n'ont pas le droit d'être si lents quand il y a tant à faire.

Il ne faisait pas de pause, car les porteurs ne cessaient d'alimenter la chaîne. Dès qu'il en avait fini avec un blessé, on lui en déposait un autre devant lui. Il réduisait une fracture du fémur, suturait un ventre béant, bandait le visage carbonisé et déchiqueté d'un artilleur blessé par l'éclat de sa propre poudre. Il recousait ce qui restait d'une main après qu'une hallebarde ou une hache eut accompli son effroyable ouvrage. Il n'y avait aucune sorte d'anesthésie... sauf la perte de connaissance et la mort. La célérité était la seule alliée dans la course contre le mal.

En un mois, Christian n'avait jamais eu chaud : ni pendant qu'il travaillait ni la nuit. Il se réchauffait les mains sur les brasiers des fers à cautériser ou dans la vapeur qui s'échappait des viscères de ses patients. Parfois, il pouvait à peine voir ce qu'il faisait à travers le nuage vaporeux de sa propre haleine. Ce matin-là, ses orteils étaient engourdis et ses dents claquaient. Et pis encore pour son travail, il avait les doigts raides. Le sang avait gelé à leur surface et les rendait glissants, ce qui l'empêchait de tenir ses instruments correctement. Il se sentait maladroit et ses propres tremblements étaient aggravés par les roulements d'artillerie. En recousant un lambeau de peau sur un moignon osseux, il eut une crampe dans la main, puis un grand élancement dans le dos. Il se redressa pour s'étirer et s'essuya le front avec sa manche ensanglantée. Avant de se remettre au travail, il jeta un coup d'œil sur la salle.

Le comte de Vries était assis devant l'une des tables chirurgicales. La chair de son bras gauche avait été déchiquetée par un tir de mitraille. Christian réalisa que son père l'avait vu opérer. Il n'aurait su dire si l'expression de son visage avait pour cause sa peau en lambeaux et son muscle tranché ou ce que son fils faisait là. Arnaud n'esquissa pas le moindre tressaillement pendant que le chirurgien s'occupait de lui. Il gardait les yeux fixés sur son cadet. Seules ses mâchoires contractées trahissaient qu'il ressentait quelque chose. Quand le praticien eut terminé, le comte remit sa cuirasse, récupéra son épée et sortit sans un mot.

Christian le regarda disparaître, puis il se concentra sur sa tâche.

A Metz, on ne lui dispensa aucun apprentissage formel. On lui donna une table, des instruments et une interminable litanie de patients sur lesquels il pouvait apprendre son métier. Pour l'essentiel, il travaillait à l'instinct. Dans la plupart des cas, ses intuitions se révélaient bonnes et quand elles ne l'étaient pas, l'homme mourait. Il avait peu de temps pour réfléchir à ceux qui trépassaient sous sa main, voire à cause d'elle. La nuit, il entendait ceux qui circulaient silencieusement entre les charrettes des blessés et qui, par pitié, utilisaient un marteau ou un couteau pour achever les cas désespérés. Au moins, ceux qui arrivaient jusqu'à sa table avaient un espoir. Quand il le pouvait, il regardait les autres opérer, mais il avait rarement du temps pour s'offrir le luxe d'étudier.

Tant de blessés mouraient que l'on crut que quelque chose n'allait pas dans les traitements des chirurgiens. Le duc adressa une supplique au roi pour lui réclamer de nouvelles fournitures pour les services médicaux. Quelques semaines plus tard, au milieu de la nuit, un envoyé parvint à faire entrer subrepticement dans Metz les approvisionnements demandés.

Christian était en train de travailler sur un soldat qui avait été touché à l'épaule par un tir d'arquebuse. La balle de plomb s'était aplatie sous l'impact, après avoir traversé chair et os, et laissé une plaie béante. Le jeune homme l'examinait avec les doigts. S'il ne parvenait pas à la sentir, il supposa que c'était à cause du froid. Il élargit la blessure avec un rasoir et recommença à sonder la plaie, quand il vit un homme s'approcher de son poste en traînant un coffre de bois. Le visiteur avait déjà créé une certaine sensation parmi les autres chirurgiens en traversant la salle. Christian était sa dernière halte.

— Bonjour, monsieur, dit l'inconnu en posant la caisse. Je vous ai apporté de l'aloès, de la scammonée, de la terre de Limnos, de l'oxyde de zinc et toute une série d'autres médecines. Je pense que vous pouvez en faire bon usage.

Christian le salua d'un signe de tête.

— Alors c'est vous ? L'homme qui s'est immiscé dans cette ville, quand toute personne sensée chercherait à s'en échapper.

Le visiteur sourit.

— Je le confesse. Je suis ce fou.

— Je m'appelle Christian de Vries, monsieur. Je ne suis qu'un apprenti, mais vous avez mes remerciements.

— Mon nom est Paré. Moi aussi, je ne suis qu'un apprenti, comme je l'ai été depuis le commencement de ma vie.

Christian le dévisagea.

— Vous... vous êtes M. Ambroise Paré ? Le chirurgien ?

— Certains utilisent cette épithète. D'autres ne sont pas aussi complaisants. (Paré était très intéressé par le travail de Christian.) Vous devriez reprendre, monsieur, si vous me permettez. Cette blessure n'attend pas.

De Vries reprit son ouvrage, les doigts tremblants. Paré ! Chirurgien du roi ! Il avait écrit des ouvrages de chirurgie et d'anatomie. Des livres vilipendés par les pontes de la médecine, parce qu'ils étaient écrits en français, et non en latin ou en grec, mais révérés par les étudiants qui les utilisaient.

— Je possède certaines de vos œuvres, avoua-t-il.

— Dans un endroit comme celui-ci, j'ose simplement espérer que vous n'en avez pas utilisé les pages pour faire des bandages ou allumer du feu.

Christian sourit et secoua la tête. Il parvint enfin à extraire la balle et la jeta sur le sol. Il attrapa alors les forceps sur la table, récupéra une bande de tissu, la plongea dans de l'huile de sureau qui bouillonnait dans un chaudron, puis, profondément, dans la plaie.

— Pourquoi faites-vous ça ?

Paré connaissait naturellement la réponse et voulait simplement tester l'étendue des connaissances du jeune homme.

— Parce que la poudre est un toxique, répondit celui-ci. L'huile va éradiquer le poison avant qu'il tue le patient. Tout le monde l'utilise.

— Depuis que vous êtes ici, combien de blessures avez-vous traitées de cette manière ?

— Un peu plus de cent vingt, monsieur. Mes notes ne sont pas complètes. Parfois, je n'ai pas le temps de les rédiger. Plus, peut-être.

— Et combien sont morts ?

— Davantage de l'infection que des tirs eux-mêmes, je le crains. Je ne le sais pas toujours, parce qu'on les emmène souvent avant que leur pronostic vital soit clair.

— Je pense que nos traitements sont parfois pires que les blessures que nous cherchons à guérir. En l'espèce, je ne suis pas certain que la poudre soit toxique.

— Alors qu'est-ce qui provoque la suppuration ?

— Quelque chose d'autre. L'air lui-même, peut-être. Quand il y a des mouches qui tournent autour, je les ai soupçonnées d'apporter le pus. Mais il n'y en a bien évidemment pas en hiver à Metz. C'est une question qui me préoccupe beaucoup. Quelle que soit la cause, j'ai trouvé un remède qui marche beaucoup mieux que l'huile bouillante. C'est une mixture froide — jaune d'œuf, huile de rose et térébenthine. Je l'ai découverte quasiment par accident, un jour où je manquais de sureau. J'étais convaincu que ça allait tuer le blessé, mais je n'avais rien d'autre sous la main. Or, il souffrit moins que ceux à qui l'on appliquait l'huile, et en outre, il guérit mieux. Depuis, je n'ai cessé de l'utiliser, avec des résultats prometteurs. Peut-être que vous devriez l'essayer, vous aussi ?

L'apprenti chirurgien regarda son patient inconscient d'un air un peu inquiet.

— Cela va à l'encontre de tout ce qui a été écrit sur le sujet.

— C'est vrai. Mais si les Anciens écrivent que le soleil se lève à l'ouest et se couche à l'est alors que vous pouvez observer l'inverse, qui allez-vous croire ? Ferez-vous confiance à mes yeux qui ont beaucoup vu ? Quelles sont les chances réelles de votre patient aujourd'hui ? Cette blessure est particulièrement mauvaise. En dehors du problème de l'infection, vous savez que le choc, au réveil, a toutes les chances de le tuer.

— C'est vrai, reconnut Christian, songeur. Eh bien, c'est d'accord. Je vais essayer.

Paré avait un peu de la préparation dans son coffre. Il montra au garçon comment l'appliquer. Le célèbre chirurgien travaillait vite, avec une grande douceur grâce à des doigts agiles. Il recousit habilement la plaie, puis la nettoya avec un astringent de vin rouge et de vinaigre. Il enferma le tout dans un bandage.

— Dans deux jours, il faudra couper les tissus morts et nettoyer de nouveau, lui dit Paré.

— Mais ça va certainement l'achever.

Même Marcel était clair sur ce point : après un traitement initial, il ne fallait plus toucher à une blessure.

Paré sourit.

— Evidemment... Là-dessus aussi, on a beaucoup écrit, n'est-ce pas. Mais maintenant que vous avez osé vous écarter de votre ancien savoir, vous allez peut-être essayer ce que je vous dis et juger des résultats par vous-même.

Ce fut exactement ce que Christian fit et le résultat fut surprenant. Quatre jours plus tard, le blessé pouvait s'asseoir en conspuant à grands cris le froid et la nourriture servie.

Mais ce fut la réaction des autres chirurgiens qui stupéfia le plus Christian. Paré se révélait un professeur infatigable ; il les avait tous approchés et partout s'était fait repousser. Néanmoins, au cours des jours suivants, ils défilèrent devant le poste du petit de Vries pour vérifier de leurs yeux ce que ces méthodes radicales accomplissaient. Alors que le rétablissement avait quelque chose de miraculeux, les Celtes ne se lassaient pas d'abreuver Christian d'injures. Si leurs condamnations étaient proférées en wallon, la traduction était inutile : on l'accusait d'avoir abandonné la tradition et ignoré les grandes vérités historiques. Si l'on avait bien besoin de ses mains à Metz, il n'avait aucun avenir dans la chirurgie.

En dépit de l'évidence flagrante qui leur crevait les yeux, les Celtes continuèrent de faire bouillir des chaudrons.

Paré ne se souciait pas de leur censure.

— C'est ainsi depuis toujours. Ils disent que mes patients s'en sortent par hasard, par coïncidence, par chance ou... par Dieu. Qu'importe, du moment qu'ils guérissent, n'est-ce pas ?

En matière d'amputations aussi, Ambroise Paré s'écartait radicalement des conventions. Normalement, la procédure acceptée ressemblait à celle que l'on appliquait aux blessures par balle. Les artères étaient cautérisées au fer rouge et, parfois, on plongeait même carrément le moignon dans un mélange bouillant d'huile et de mélasse. De son côté, Paré prônait la ligature. Il cousait soigneusement chaque vaisseau, l'un après l'autre, avant de couper l'os. Ainsi évitait-il le fer et l'huile. Il s'attirait par là encore plus de moqueries... sauf de la part de ses patients.

Christian réalisa que Paré était un guérisseur extraordinaire dont le conseil — remettre en question et vérifier par lui-même tout ce qu'on lui avait appris — résonnait profondément en lui. Il opérait près de lui aussi souvent que possible, mais ces moments ensemble étaient fort rares. Le temps, la chance et l'hiver n'avaient pas été du côté de l'empereur Charles. Guise avait parfaitement préparé Metz, tandis que le Habsbourg souffrait au même moment de la goutte. Ses troupes mouraient de froid, de faim et de maladie. Les épidémies ravageaient son camp à l'extérieur de l'enceinte de la ville. Le lendemain de Noël, Charles Quint leva le siège et les Espagnols, décimés, entamèrent leur retraite. Mais Christian demeura encore plusieurs mois dans la cité pour s'occuper des blessés.

S'il avait perdu la confiance des chirurgiens celtes et donc leur soutien, il rentra à Paris avec des lettres louangeuses émanant du duc lui-même et d'Ambroise Paré et, surtout, avec l'assurance ostentatoire d'un praticien éprouvé sur le champ de bataille. Avec de tels témoignages en poche, il était au moins certain de deux choses : il trouverait un moyen pour passer l'examen et l'ordre de Saint-Jean devrait se trouver un autre chevalier.

Cependant, l'humeur de son père ne s'était pas adoucie.

— Je t'interdis de passer ces examens. J'ai reçu la réponse du grand maître à ma lettre. Tu te présenteras à Malte cet automne.

Christian défendit vigoureusement sa cause, mais le comte demeura inflexible. Pendant deux jours, les coups de colère et les mots violents firent résonner toute la maison.

Généralement, Simone n'interférait pas dans de tels affrontements. Mais cette fois, elle ne pouvait s'y soustraire. Elle ne comprenait pas vraiment l'ambition de son cadet, si peu conforme à son statut. La guerre l'effrayait, mais la chirurgie ne l'inquiétait pas moins et peut-être même davantage : si l'une était de la sauvagerie, l'autre n'était que de la sorcellerie. Une part d'elle-même espérait que Christian accepte de faire son devoir pour que cesse le conflit qui l'opposait à son père, mais simultanément, elle savait que cette solution ne satisferait jamais son fils. En outre, elle ne souhaitait pas qu'il répète les combats interminables de son père. Chaque fois qu'Arnaud s'en allait, elle se demandait si elle ne serait pas veuve. Elle n'avait aucune envie de souffrir de la même façon pour son fils.

Elle en parla à son époux, qui l'écouta brièvement, puis lui demanda de se taire pour se mettre à discourir de politique, de guerre et de devoir.

— Je déteste quand vous avez recours à des arguments de ce genre, Arnaud, dit-elle. Vous ne faites cela que pour me blesser, car vous savez que ces discussions me lassent. Quittez ce monde un moment pour venir dans celui-ci.

Cependant, il n'entendait pas se taire. Le soleil ottoman, lui rappela-t-il, se levait toujours à l'orient. Tuer des musulmans était une entreprise aussi honorable que sacrée. Et même si, aujourd'hui, la France et les Ottomans étaient unis contre Charles, un jour, tout le monde chrétien civilisé devrait se rassembler pour arrêter Soliman et ses hordes païennes. Jusqu'à aujourd'hui, il appartenait aux chevaliers de Saint-Jean de poser des problèmes à Soliman et de porter haut la bannière du Christ. C'était là que les pas de Christian avaient le plus de chances de le porter sur un sentier couvert de gloire.

— « Tout le monde chrétien civilisé », comme vous dites, Arnaud, n'a pas fait grand-chose, si ma mémoire est bonne, en dehors de tourner ses armes contre lui-même. Est-ce qu'il n'y a pas d'autre moyen de servir Dieu et le roi qu'en tuant ? Pourquoi ne pouvez-vous laisser Christian avoir son point de vue sur ce sujet ?

— Parce que cela n'a aucune importance. Chaque maison noble veut un de ses fils au sein de l'ordre. On ne m'en privera pas.

— Ah ! Donc c'est votre propre vanité que vous cherchez à servir, Arnaud. Avec la vie de votre fils !

Le comte s'emporta. Il se leva de son fauteuil et remit sa cape.

— Je vous laisse une grande latitude, Simone. Plus qu'aucun homme n'accorderait à son épouse. Mais votre langue dépasse les bornes. Ce n'est pas votre affaire et je ne veux plus rien entendre.

Il sortit tel un ouragan de la maison.

Il quitta une nouvelle fois Paris deux jours plus tard. Il partait rejoindre le roi en Picardie, où l'empereur Charles, refusant la défaite, portait la guerre devant la ville flamande d'Hesdin. En disant au revoir à son époux, la comtesse savait déjà ce qu'elle allait faire. Arnaud se montrant obstiné, elle devait prendre les choses en main, à sa façon.

Elle décida de se rendre à la faculté de médecine pour en persuader les maîtres d'autoriser son fils à passer l'examen. Une fois qu'il aurait obtenu son certificat, son père serait bien obligé d'adoucir sa position. Et même si cela ne changeait rien, au moins Christian aurait-il sa licence avant de rejoindre l'ordre. Et ainsi, le père et le fils auraient réussi une partie de ce qu'ils voulaient. Quand le comte découvrirait son interférence, il serait furieux. Mais sa colère passerait, comme d'habitude.

Elle envoya donc une note à l'école de médecine, près de la place Maubert. Simone de Vries requérait l'honneur de rencontrer le Dr Philippe Guignard et ses pairs de la Faculté. Elle ne se faisait aucune illusion : elle savait qu'ils accéderaient autant aux motifs d'une mère qu'à des arguments financiers. Aussi se rendit-elle au rendez-vous avec une lourde bourse.

Elle fut reçue assez cordialement par Guignard et les autres, vêtus de leur longue robe rouge à bordure de velours. Ils l'invitèrent à s'asseoir à l'extrémité de la longue table autour de laquelle ils siégeaient. Puis ils écoutèrent poliment sa requête. Leur attention ne s'éveilla réellement qu'au moment où elle évoqua son don généreux et la promesse d'autres à venir.

Assez mal à l'aise, Guignard s'éclaircit la voix :

— Si nous aurions grand plaisir à accéder à votre demande, comtesse, commença-t-il, c'est une question de procédure. Votre fils n'est pas resté assez longtemps auprès d'un barbier-chirurgien licencié.

— C'est absurde, tempêta Simone. Il a été l'apprenti de Marcel Foucault pendant près de trois ans. Et il a servi son roi à Metz.

— Hélas, la licence de M. Foucault n'est pas valide, répondit Guignard en haussant les épaules. Le temps que votre fils a passé auprès de lui ne compte pas et en soi, Metz n'est pas suffisant. Peut-être pourrait-il trouver un autre tuteur. Et peut-être que dans un an ou deux...

Il leva les mains dans un geste d'impuissance.

Le problème, Simone ne l'ignorait pas, était simplement que son époux était déjà passé par là. Elle se demanda ce qu'il avait pu leur donner. Mais cela n'avait aucune importance : elle avait gardé ses florins inutiles. Et c'est plongée dans ses pensées qu'elle ressortit. Sa dame de compagnie l'attendait dans la cour. Elle lui tendit les rênes de son coursier arabe et l'aida à se mettre en selle. Elles avaient utilisé ce moyen de locomotion parce que seule une voiture était autorisée dans les rues étroites de Paris, et elle appartenait à Leurs Majestés, le roi Henri et son épouse, Catherine de Médicis. Et si la reine avait besoin du carrosse, même le roi devait aller à cheval.

Elles traversèrent le Petit Pont pour gagner l'île de la Cité. Simone s'arrêta à Notre-Dame pour allumer un cierge et dire une prière pour le retour d'Arnaud sain et sauf. Puis elle reprit sa route. Une fois le Grand Pont franchi, elles se retrouvèrent sur la rive droite et dépassèrent les échoppes des bijoutiers et les bouquinistes, où la comtesse et son fils avaient acheté tant de livres. Elles suivirent le quai en direction du Louvre, avec l'intention de quitter la ville par la porte Saint-Honoré. Le fleuve fourmillait de barges et de bateaux. Ils apportaient des poissons frais de la mer, des tonneaux de vin de vignes proches ou du bois des forêts voisines. Comme d'habitude, le commerce provoquait un immense brouhaha.

Simone se faufilait entre les charrettes et les voitures, évitait les arrimeurs et les porteurs d'eau, les manutentionnaires et les blanchisseuses, qui partaient laver dans la Seine le contenu de leurs paniers d'osier.

Tout en chevauchant, la comtesse fulminait et réfléchissait. Il y avait encore le conseil des barbiers-chirurgiens. C'était eux qui faisaient formellement passer les examens. Mais elle savait bien qu'ils étaient sous le contrôle de la Faculté et, naturellement, Arnaud était sûrement allé les voir. Il fallait qu'elle trouve autre chose. Il y avait des écoles à Montpellier et à Genève. Peut-être parviendrait-elle à obtenir l'aide de son père.

Une grande charrette remplie de chaux se trouvait devant la porte d'un entrepôt de la rue Madeleine. Un porteur émergea du passage avec un lourd sac sur le dos et l'y déposa. Quand la charge heurta la voiture, le choc déplaça la cale de la roue. Le véhicule commença à se déplacer, d'abord lentement, traînant son attelage derrière lui, que le porteur essayait de rattraper. La carriole prenait de la vitesse et rebondissait sur le plan incliné menant au fleuve. L'homme hurla un avertissement que personne n'entendit. Le tombereau déboucha de la rue sur le quai, évita de justesse une mule et percuta de plein fouet la monture de Simone.

La comtesse ne l'avait pas vu surgir. Son cheval fut projeté comme s'il avait été frappé par un boulet de canon et, de fait, comme l'air était brutalement expulsé de ses poumons, il poussa un véritable grondement.

L'épouse d'Arnaud de Vries gisait sur le quai, immobile. Non loin d'elle, l'animal était lui aussi étendu et respirait difficilement en produisant un bruit guttural qui rappelait celui d'un soufflet de forge éventré. Son ronflement se mêlait aux hurlements de la dame de compagnie de la comtesse et aux cris des témoins, qui appelaient à l'aide. Des filets d'écume rouge apparurent au coin de la bouche du pur-sang. Les yeux fous, il tenta de se relever, vacilla, puis retomba. Il fit plusieurs essais. Tant qu'il bougeait, personne n'osait approcher pour porter secours à la blessée, de peur d'être écrasé. Puis il demeura enfin immobile.

Deux hommes portèrent alors Simone sur la charrette et la ramenèrent à sa maison de Paris.

Les nerfs de Christian lâchèrent presque quand il la vit. Après avoir traité tant de blessés, c'était comme s'il ne savait plus du tout quoi faire. « Pas vous ! Mon Dieu, pas vous ! »

Il se précipita dans sa chambre et récupéra son sac, qui était dissimulé. Dans sa hâte, il fut à deux doigts de renverser son frère, Yves, qui traversait le hall appuyé sur sa canne.

Christian s'agenouilla près du lit de sa mère. Son pouls était rapide, mais net et sa respiration régulière. Il ne sentit aucune fracture du crâne. Et quand il examina ses yeux, il ne vit pas la dilatation qui trahissait une mort prochaine. Il commença donc par lui découper ses vêtements.

— Attends, s'exclama Yves très agité à la porte de la chambre. J'ai envoyé chercher les médecins.

— Je suis médecin, répondit son frère, glacial, sans lever les yeux.

— Pas encore, rétorqua Yves sans malice, mais fermement.

Attends qu'arrive quelqu'un qui a plus... (Il jouait nerveusement avec la poignée de sa canne, se demandant comment continuer.) Attends simplement, Christian. S'il te plaît.

Christian l'ignora. Il examinait soigneusement leur mère. Sa tête était intacte. Il n'y avait aucun signe de fracture ou de traumatisme au niveau de la poitrine, du ventre ou du bassin. Soulagé, il passa à la jambe. Il savait déjà qu'elle était cassée juste au-dessus du genou. Ce n'était pas une fracture complexe, même s'il y avait pas mal de tumescences et d'hématomes sombres là où s'étaient créées de petites hémorragies sous la peau. Commençant précautionneusement à mi-cuisse, il palpa soigneusement la blessure pour évaluer l'ampleur des dégâts. Là où il aurait dû sentir l'os, il n'y avait que du mou.

— Ahhhhh !

Il blêmit quand sa mère hurla. Sans vraiment se réveiller, elle s'était débattue avant de se raidir. Il la réconforta, puis se mordit les lèvres. Il était encore bien au-dessus de la zone où la douleur, pensait-il, aurait dû être la plus aiguë. L'os n'était pas simplement cassé, réalisa-t-il, il était pulvérisé et n'allait pas pouvoir être réparé.

Christian ressentit un creux au ventre. Brusquement, il souhaitait que les autres médecins arrivent au plus vite.

Simone s'agita de nouveau et ouvrit les yeux. C'était une femme stoïque face à la douleur. Mais maintenant elle hurlait, hurlait, hurlait. Son fils s'approcha d'elle pour lui caresser le front et lui murmurer des paroles de réconfort.

— Tout va aller bien, mère.

Mais elle ne paraissait pas l'entendre.

Il regarda Yves.

— Tu devrais envoyer un messager à père.

Philippe Guignard arriva avec trois de ses confrères, ceux-là mêmes que Simone de Vries avait rencontrés une heure plus tôt à peine. L'ex-tuteur de Christian se montra froid avec lui. Mais en dépit de cela et de ses doutes quand il travaillait à son côté, le fils de la comtesse fut soulagé que sa mère soit entre ses mains : il savait qu'il n'y en avait pas de meilleures à Paris.

Le cadet de Vries essaya de demeurer dans la pièce pendant qu'ils examinaient Simone. Mais ils lui demandèrent fermement de sortir. Ce n'était pas le moment de discuter. La porte se referma derrière lui et il attendit, penaud, dans le couloir avec Yves. Les deux frères n'échangèrent pas une parole et le plus jeune se perdit dans ses pensées.

Vingt minutes plus tard, Guignard émergea de la chambre avec deux de ses pairs. Leur visage était sombre. Le médecin s'adressa à Yves.

— L'état de votre mère est grave. Juste au-dessus du genou, le fémur est fracassé sur quatre pouces. Le bord de la charrette l'a bien évidemment frappée là.

Quand l'aîné des de Vries était nerveux, sa main gauche montrait un léger tremblement. Mais là, elle s'agitait comme une feuille, bien que son frère tentât de l'immobiliser sur la canne.

— Remarchera-t-elle un jour ? demanda Yves.

— Remarcher ? s'exclama Guignard. Il faut déjà se demander si elle va vivre. Une telle blessure tue facilement. Même une femme aussi forte que votre mère. Elle a déjà contracté un léger refroidissement et c'est la fièvre qui arrive que nous devons combattre. Mais ne craignez rien. Je vais faire le nécessaire. Tout ce qui pourra être fait le sera.

— Nous devons l'amputer, déclara abruptement Christian.

Yves sursauta en entendant ces mots, tandis que Guignard le regardait comme s'il était devenu fou.

— Amputez-la sous le genou et ça ne sert à rien. Amputez-la au-dessus et vous la tuez. Même un chirurgien sait cela.

Christian ignora l'insulte.

— Laisser l'os pulvérisé dans la jambe la tuera sûrement.

— Parfois, oui. D'autres fois, non. Notre traitement doit être scrupuleux et immédiat. Cependant, si je daigne discuter d'un tel sujet, monsieur, ce ne sera en tout cas pas avec vous.

— Je l'ai vu faire à Metz. Paré l'a fait.

— Paré !

Guignard prononça le nom comme un pet, ce qui fit beaucoup rire ses collègues. Le chirurgien était notoirement l'objet de nombreuses plaisanteries à la Faculté.

— Vraiment ? Le petit trancheur aurait coupé une jambe ? Et au-dessus du genou ?

Christian trépignait, mal à l'aise.

— C'était un bras. Mais la blessure était semblable. Elle avait été provoquée par un tir de mitraille. Il a amputé entre le coude et l'épaule.

— Un bras et une jambe, semblables ! Je vois que vous avez bien appris pendant votre mois à la guerre. Oh, pardon, n'était-ce pas deux mois ?

Les deux autres médecins ricanaient, alors que Guignard décochait un regard méprisant au jeune homme.

— Les vaisseaux qui se trouvent dans le haut de sa jambe l'auront vidée de son sang avant que les fers à cautériser aient pu refermer l'amputation. Même douze chirurgiens opérant ensemble ne seraient pas assez rapides.

— Il ne faut pas cautériser, mais ligaturer.

— Ligaturer ? Vraiment ?

La pratique radicale n'était pas bien acceptée dans la communauté médicale parisienne, qui s'accrochait aux fers, consacrés par des siècles d'utilisation.

— Franchement, monsieur, je n'honorerai pas d'une réponse une telle insulte à la sacralité et à l'honneur de la médecine. (Puis, se tournant vers Yves :) Le comte n'est pas là ?

— Il est avec le roi à Hesdin, *Magnificus*, répondit le garçon. Je lui ai déjà envoyé un messager.

— En attendant, c'est donc avec vous que je dois discuter. Avec votre permission, je vais préparer la liste de ce dont nous allons avoir besoin pour le soin de votre mère.

— Vous aurez tout ce que vous demandez.

— La première chose, dit Guignard avec un petit sourire,

ce serait de tenir à l'écart votre frère, aussi bien intentionné que mal informé.

Très conscient de l'importance de sa patiente, Philippe Guignard n'entendait rien laisser au hasard. Simone se vit administrer lavements et cataplasmes, pilules et potions. Des pierres brûlantes étaient plongées dans du vin blanc, puis enveloppées dans des peaux de mouton et enfin disposées de chaque côté de la jambe. Un bocal de terre fut rempli d'une décoction de vinaigre, de vin et d'herbes, et placé aux pieds de la malheureuse.

Des spécialistes furent appelés à son chevet — un occultiste, un botaniste et un alchimiste. Simone fut examinée, palpée, massée. Elle endura tout gracieusement et on lui donna de l'eau-de-vie pour calmer sa souffrance.

Christian était désespérément désireux d'apporter son concours, mais il était persona non grata dans la chambre. Yves n'aurait en réalité jamais pu l'éloigner de force — il n'en était physiquement pas capable —, mais Christian se tenait volontairement à l'écart pendant la journée, par peur de troubler sa mère. Le soir, il avait enfin l'occasion de la voir et de s'occuper d'elle.

Quand la nuit venait, Guignard laissait un assistant près de la comtesse, avec l'ordre de l'appeler immédiatement si son état venait à changer. L'étudiant était pauvre et Christian acheta facilement son silence avec quelques pièces.

Il venait contrôler l'état de sa mère et vérifier tous les ordres que Guignard donnait à l'encontre de ses propres textes. Et il priait.

La fièvre vint, comme prévu. Guignard apporta sa fameuse *mumia.*

— Est-ce vraiment de la momie, cette fois, lui demanda Christian, ou la verveine que je vous ai vu préparer pour la fille du boutiquier ?

S'il était resté la moindre courtoisie dans leurs relations, cette remarque y mit un terme.

La momie n'eut pas le moindre effet. La nuit, Christian apposa des compresses froides et le lendemain matin, Guignard, furieux, ordonna qu'on les enlève.

— Est-ce que vous ne savez vraiment rien ? Le froid va congeler les humeurs et bloquer celles du corps. Les tissus ne seront plus alimentés.

— La fièvre va mieux.

— C'est là l'impression d'un novice. Je vais faire saigner votre mère. Restez hors de ma route.

Christian essaya d'obtenir de son frère qu'il ordonne à Guignard de modifier son traitement, qui était trop conservateur. Une telle blessure requérait une réponse agressive.

— La plaie va suppurer, dit-il à Yves. Et le pus se répandra de la jambe dans tout le corps. Mère mourra si l'on ne la lui enlève pas.

Yves tremblait à cette seule pensée.

— Mais elle ne saigne même pas. Comment peux-tu suggérer de lui couper la jambe.

Christian essaya patiemment d'amener son aîné à ses vues. Quand il eut fini, Yves parut convaincu. Il promit de soulever la question dès le lendemain matin. Mais il était de ces gens qui sont d'accord avec le dernier qui a parlé. Guignard réfuta les arguments de Christian et Yves changea d'avis.

Il attendait désespérément le retour de son père, car il ne voulait pas porter sur ses épaules la responsabilité de la vie de sa mère. Mais il était coincé. Il ne pouvait assurément pas se défausser de celle-ci sur son frère ni, non plus, la déléguer totalement à Guignard. C'était lui qui devait demeurer le responsable. Si le grand médecin l'intimidait, il avait encore plus peur de son père, qui l'écorcherait vif s'il pensait que toutes les possibilités n'avaient pas été explorées en son absence.

— Pourrait-on faire venir un autre médecin ?

Yves bégayait et tremblait en posant la question. Guignard bouillonna intérieurement, mais il s'inclina.

— Naturellement, si tel est votre désir.

Le docteur Jean Fernel se présenta chez les de Vries, accompagné d'un rebouteux de la Faculté. Sa réputation était légendaire, même Christian dut le reconnaître. Deux gardes suisses du roi l'escortaient, comme s'il voulait rappeler avec force qu'il était, en outre, le médecin personnel du souverain.

Fernel examina la comtesse, observa l'évolution du traitement prescrit par Guignard et écouta même les commentaires de celle-ci sur les opinions de Christian de Vries. Il ne trouva rien à redire au traitement de son confrère, même si lui-même ne partageait pas son intérêt pour ce qu'il appelait les « idioties arabes » d'Avicenne. Il préférait la sagesse des Anciens, Hippocrate et Galien. Il échangea quelques propos accommodants et érudits avec Guignard, et accepta même la présence de Christian pour démontrer son ouverture d'esprit. Puis il donna son avis sur l'amputation, suivi par le rebouteux.

— Telle que la situation se présente, il y a des chances pour que la comtesse ne survive pas. Mais si on lui enlève la jambe, l'issue ne fait plus aucun doute. Elle mourra assurément.

Christian se retrouvait seul face à des hommes qui en savaient plus que lui. Et ses opinions, il le savait, étaient remises en cause. A Metz, c'est vrai, Paré n'avait jamais coupé un membre au-dessus du genou. On ne pratiquait d'amputations que sur des extrémités distales. Mais ça ne signifiait rien, pensait-il, si c'était la seule chance.

— Mais, monsieur... commença-t-il.

— Si votre désir est de la tuer rapidement, le coupa Fernel, hérissé par son insolence, un pistolet serait plus humain.

La blessure gonfla et parut se localiser, tirant et comprimant la peau jusqu'à la faire éclater. Guignard examina l'écoulement avec satisfaction et se donna la peine d'aller en expliquer la signification à Yves.

— Vous voyez, c'est épais et blanc. On appelle ça le pus louable. Si votre frère avait eu raison, il aurait dû être clair et fétide. Heureusement, des avis expérimentés ont prévalu.

Nous ne sommes pas encore tirés d'affaire, mais c'est un bon signe.

Yves considérait son frère avec un dédain croissant, car les preuves s'accumulaient contre lui. Christian lui-même était rongé par le doute : les meilleurs spécialistes du moment s'occupaient de sa mère et lui, tout ce qu'il pouvait faire, c'était discuter.

L'archevêque de Paris vint aussi, accompagné d'une suite nombreuse. Guignard se montra déférent à l'endroit du prélat : il était le médecin de l'âme de la comtesse et ses « soins » avaient la priorité. Il entendit Simone de Vries en confession.

— Ayez confiance en Dieu, lui dit-il. La grâce divine est votre salut. Le pouvoir de Dieu l'emporte sur celui de l'homme.

L'abcès se développa jusqu'à laisser voir des fragments d'os. Alors Guignard fit venir un chirurgien. La plaie suintait à ses extrémités et l'homme conseilla une cautérisation. Mais Guignard préféra essayer d'abord les sangsues pendant deux jours. Elles ne réglèrent pas le problème. A contrecœur, il accepta la cautérisation. Seulement, il ne donna ni éponge narcotique ni alcool à sa patiente pour l'anesthésier, car il avait peur qu'ils ne l'affaiblissent inutilement.

— Mieux vaut une douleur rapide, jugea-t-il.

Christian aida à tenir sa mère. Il ne savait que trop ce qui allait se passer. Aussi s'efforça-t-il de lui fermer les yeux pour qu'elle ne voie pas l'horreur de la chose et de lui boucher le nez pour qu'elle ne sente rien. Mais c'était inutile : Dieu merci, elle s'évanouit rapidement, les joues inondées de larmes. Son fils lui caressa doucement les cheveux. Il pensait que cette nouvelle insulte à sa chair ne ferait que s'envenimer de nouveau. Cette voie était absolument sans issue et il en fit part à Guignard. Naturellement, le médecin réfuta son objection.

Simone s'affaiblissait ostensiblement. Quand elle essayait de manger, elle était incapable de ne pas trembler, aussi devait-on la nourrir à la cuillère. Elle avait toujours été mince ; maintenant elle l'était plus encore. Ses urines commencèrent à inquiéter Guignard. Quant à Christian, il se préoccupait davantage de ses yeux, qui se troublaient. Il restait assis près d'elle pendant des heures, cherchant à la distraire. Ils parlaient de tout et de rien. Comme elle ne pouvait pas dormir, il lui lisait des pages des romans burlesques de Rabelais, un prêtre écrivain qu'elle connaissait et qui venait de mourir à Paris ce printemps-là. Les blagues la faisaient rire — un tout petit rire faible — et les histoires d'amour copieusement pleurer. Mais c'était des larmes de douleur. Elle se mordait les lèvres jusqu'au sang, avait du mal à se concentrer et oubliait ce qu'elle voulait dire au milieu d'une phrase.

Christian avait immédiatement envoyé un message à Ambroise Paré pour le faire venir. Mais, comme le comte de Vries, le chirurgien se trouvait à Hesdin, assiégé avec l'armée du roi. Alors le jeune homme rendit visite à Marcel, qui avait trouvé un emploi d'arrimeur sur le quai. Il accepta de venir la nuit même, mais seulement si Guignard était absent.

Il examina la jambe et secoua la tête.

— Je ne prendrai pas le risque. C'est au-delà de mes compétences. Guignard a raison. Vous devez laisser la volonté de Dieu s'exprimer.

On fit venir encore d'autres médecins. Ils se rassemblaient dans l'entrée, dans l'escalier et dans les couloirs pour converser à voix basse. Quand Christian approchait, ils se taisaient, car ils refusaient de discuter du cas avec lui. Guignard était de plus en plus exaspéré par les interventions téméraires de l'insolent, qui n'hésitait plus à critiquer ouvertement l'évolution de son traitement. Il ne pouvait naturellement pas le chasser de chez lui et Yves se refusait à le faire.

Simone avait constamment soif, mais souvent elle ne pouvait même pas absorber d'eau. Elle était balayée par des vagues nauséeuses. Christian, pensant que cela venait de l'oxycrat, un mélange de vinaigre et de safran que Guignard lui avait prescrit, lui prépara un potage de poulet et de porc. Comme elle ne pouvait pas davantage l'avaler, il utilisa du veau et du perdreau, et cela passa mieux.

Il l'entendait hurler la nuit, après son départ. Ce n'était pas un bruit qu'il associait à sa mère. D'autres femmes pouvaient crier. Pas elle !

Chapitre 16

Simone les entendait discuter. Elle avait mal pour son fils, qui, jusqu'alors, semblait avoir perdu toutes ses batailles. Le pire, c'était qu'en ce qui la concernait, elle n'était elle-même pas d'accord avec ce qu'il proposait. Elle n'avait aucun désir de perdre sa jambe, mais elle ne voulait pas non plus que Christian souffre à cause d'elle. Certaine qu'elle n'aurait jamais plus l'occasion de convaincre son mari de laisser son fils réaliser ses rêves, elle fit venir ce dernier à côté d'elle.

— Tu sais que j'ai toujours admiré ton indépendance d'esprit. Je dois te confesser que je n'ai jamais compris ton intérêt pour... les entrailles des autres.

Il sourit avant d'avouer :

— Moi non plus, en fait.

— Sous bien des aspects, je crois qu'il s'agit d'un admirable sentiment, une noble aspiration. Mais je pense aussi que c'est la vocation d'un roturier. Tu es un homme maintenant. Tu dois faire face aux réalités, Christian. Aussi, j'estime qu'il est temps pour toi de suivre la voie que ton père t'a fixée. Tu l'as profondément blessé avec ton entêtement.

Ces paroles étonnèrent Christian.

— Mais je vous ai entendue parler en ma faveur.

— J'ai essayé et j'ai échoué. Il y a un temps pour se battre et un temps pour céder. Dans mon propre combat, je sens que vient le moment où il va me falloir céder. En ce qui concerne le vôtre, je n'ai pas envie de partir en vous laissant en conflit l'un contre l'autre. Il est le comte et tu es son fils. Il a choisi le meilleur pour toi. C'est l'ordre des choses.

— S'il vous plaît, ne dites pas ça, mère. Vous n'allez pas partir et je ne veux rien avoir à faire avec l'ordre de Saint-Jean.

— C'est ton devoir. Avant toute chose, tu dois l'accomplir.

— Mon devoir est de vous aider à sortir de cette épreuve.

— Tu dois faire confiance au Dr Guignard, comme moi. Et à l'archevêque. Je suis entre de bonnes mains. Je ne veux rien de plus aujourd'hui que la paix et le salut.

Ces paroles blessèrent de nouveau Christian. Il savait que sa mère n'avait pas voulu l'insulter, mais elle lui avait clairement fait comprendre qu'elle ne se fiait pas à ses capacités. A dire vrai, ce n'était pas vraiment une surprise, songea-t-il avec amertume. Il n'avait rien fait pour justifier sa foi en ses dons de chirurgien, dans un cas où la chirurgie, continuait-il de croire, était peut-être son seul espoir. Mais elle était si faible, désormais, qu'il supposait qu'il était déjà trop tard. Apparemment, il n'y avait plus qu'à attendre et prier.

Le plus infime mouvement la faisait souffrir le martyre, aussi les domestiques essayaient-elles d'éviter tout ce qui pouvait la perturber. Guignard ordonna un calme absolu. Un après-midi, Christian se rendit dans Paris pour aller chercher les herbes nécessaires à son potage. Quand il revint, il trouva les draps de sa mère trempés d'urine.

— Comment pouvez-vous la laisser ainsi ? s'emporta-t-il contre l'assistant qui, à cette heure, se trouvait seul.

— Le Dr Guignard l'a ordonné, répondit l'autre nerveusement. Elle a trop mal pour qu'on la bouge. A partir de maintenant, elle ne sera plus lavée que le matin.

— Par Dieu, elle ne dormira pas dans sa pisse.

Christian attrapa une écharpe et contraignit l'étudiant à

l'aider. Malgré la douceur dont il fit preuve, la comtesse souffrit atrocement pendant qu'il la soulevait. Et après cela, il constata qu'elle était très clairement plus faible qu'auparavant. Il se fustigea lui-même. Même dans ces toutes petites choses, Guignard avait peut-être finalement raison. Christian tint la main de sa mère jusqu'à ce que ses tremblements se soient arrêtés.

— Je n'en peux plus... Je n'en peux plus de cette souffrance, murmura-t-elle. Je veux m'en aller.

Aussi soudainement que remarquablement, l'état de la comtesse s'améliora. Elle se nourrissait et ne rendait pas les aliments. Elle pouvait s'asseoir. On la vit même sourire. La douleur avait diminué. Naturellement, Guignard se montrait optimiste. Yves était extatique et l'archevêque criait au miracle.

Seul Christian demeurait plus circonspect : il pensait que ce devait être la rémission précédant la fin. Il en avait été le témoin à Metz, quand un blessé gravement touché avait connu une telle amélioration éphémère avant de plonger dans la mort. Ce n'était qu'un cas, bien sûr. Comme pour toutes les questions médicales, sa connaissance n'était que fragmentaire, incomplète. Mais en examinant la jambe, il voyait bien qu'il n'y avait aucun mieux. Le pus fonçait. Il était certain que la mort continuait de se tapir dans cet enfer suppurant.

Une nouvelle fois, il ressentit une boule à l'estomac, car il y avait une chose au moins dont il était absolument sûr : le moment de vérité approchait. S'il devait agir, il n'avait qu'une journée devant lui, peut-être deux.

Il lut toute la nuit, cherchant ce qu'il avait pu rater, un détail, une preuve qui l'apaiserait ou qui ferait basculer Guignard et Yves.

« Faites confiance à vos yeux », disait Paré. Comment était-ce possible, quand les siens avaient encore si peu vu ? « Faites confiance aux Anciens, Hippocrate, Galien et Avicenne », clamait Guignard. Comment y souscrire, quand ceux-ci proposaient onze traitements différents dans six livres distincts ?

« Brûlez Avicenne », écrivait Paracelse. « Pendez Paracelse », tempêtait Fernel.

Mais un fait n'avait bien évidemment pas échappé à Christian : en dépit de toutes leurs différences d'opinion, pas un d'entre eux — pas un — ne soutenait son point de vue. « Je suis fou, pensa le jeune homme. Si leurs grands esprits ne sont pas d'accord avec moi, qui suis-je pour oser les contredire ? »

« Faites confiance à Dieu, disait l'évêque. C'est Sa volonté qui a animé la charrette. C'est Sa volonté seule qui décidera du destin de la comtesse. »

Torturé entre la foi et la connaissance, Christian vivait un véritable cauchemar. Le monde du savoir lui disait qu'il se trompait. Le monde spirituel en faisait autant. Comment pouvait-il remettre en cause leur sagesse séculaire ? Comment osait-il mettre sa mère en danger ? Elle-même lui avait demandé de la laisser entre les mains de Guignard. Le médecin du roi était d'accord avec eux, lui aussi. Même Marcel, auquel Christian aurait confié sa propre vie. « Arrête de pisser contre le vent », lui répétait Bertrand. « Je ne fais confiance à personne. Et encore moins à moi-même. »

Il maudit Dieu... et le destin... et la médecine... et sa propre indécision. Il retourna dans la chambre de sa mère. Pour la première fois depuis dix jours, elle dormait paisiblement. « Laisse-la tranquille ! Elle va mieux. »

Il alluma une bougie, déplia les bandages et regarda la cuisse. De petites stries rouges apparaissaient. Guignard et les autres les avaient vues, eux aussi, et ils avaient déclaré que ce n'était que de l'irritation. Christian n'en croyait pas un mot. Il savait ce que ces rougeurs signifiaient. Il savait.

Les choses ne seraient jamais plus claires. Il ne serait jamais plus aussi tranquille. On ne pouvait plus attendre.

Il lui embrassa doucement le front.

— Pardonnez-moi, mère, murmura-t-il. Je dois le faire.

En revanche, il ne pouvait agir seul. Rapidement, il sortit pour aller chercher Bertrand. Il était près de trois heures du matin et il craignit que son ami ne soit dehors avec une prostituée. Mais il était bien chez lui et quand Christian lui eut expliqué ce qu'il attendait, il n'eut plus du tout envie de dormir. Cuvier connaissait suffisamment le ton de son camarade pour savoir que toute discussion était inutile, même quand il trouvait l'idée délirante.

— Je vais t'aider, bien sûr. Ton père ne peut me tuer qu'une fois.

L'assistant dormait sur un matelas posé sur le plancher, près de la comtesse. Christian le réveilla en murmurant.

— Rentre chez toi.

L'étudiant aperçut Bertrand et comprit que quelque chose d'anormal se passait. De Vries lui colla un florin d'or dans la main, espérant que l'argent exercerait son effet magique habituel. Mais pas cette fois.

— Qu'allez-vous faire ? demanda le jeune homme, soupçonneux. Je ne peux m'en aller maintenant. Le docteur me ferait battre.

Quelques instants plus tard, grâce aux bons soins de Bertrand, il se retrouvait assis dans un coin de la pièce, près de la garde-robe, les bras et les jambes entravés à un lourd fauteuil, la bouche bâillonnée et le visage déformé par la terreur.

Cuvier souriait malicieusement. Il essuya le scalpel qui lui avait servi à couper les bandes de tissu pour attacher le garçon.

— Si tu poses des problèmes, murmura-t-il en le tenant tout près de l'œil écarquillé de l'étudiant, je m'en sers pour t'arracher le foie.

Silencieusement, Bertrand parcourut la maison pour récupérer tout ce dont ils avaient besoin, tandis que Christian préparait ses instruments. Il les aiguisa sur une pierre serpentine, puis les nettoya et les rinça à la térébenthine. Il prépara une éponge narcotique avec un mélange de mandragore, de belladone, d'opium et d'eau-de-vie. Il en posa un peu sur sa langue, qui picota sous l'effet du breuvage. Il n'était pas très sûr du dosage nécessaire. De telles drogues étaient rarement utilisées. Il espérait simplement que la potion soit assez forte pour anesthésier sa mère sans la tuer. Et il n'était pas certain de pouvoir pratiquer l'opération si elle résistait.

Il s'assit doucement sur le lit pour lui lever délicatement la tête de l'oreiller. Lentement, il approcha la coupe de ses lèvres. Simone tressaillit.

— Tout va bien, mère, vous devez boire ça.

Elle hocha la tête et avala. Le goût la fit grimacer. Rapidement, il essaya de lui faire prendre une nouvelle gorgée avant qu'elle ne proteste.

— Je n'ai pas besoin d'eau-de-vie. Pourquoi dois-je ingurgiter ça ?

— Le Dr Guignard l'a ordonné.

— Où est son assistant ?

Les draperies du baldaquin l'empêchaient de voir le garçon entravé.

— Il est tombé malade, mère, et il a dû partir. Il m'a demandé de rester avec vous.

— Très bien.

Elle but de nouvelles gorgées. Cette confiance qu'elle avait en lui le fit se sentir coupable et misérable.

— Qu'y a-t-il là-dedans. C'est abominable.

— Des médecines, mère. Il faut tout boire. Aussi vite que possible. Après vous serez tranquille et vous pourrez dormir.

Elle acheva la coupe et s'allongea. Dix minutes s'écoulèrent, puis quinze. Elle semblait endormie. Avançant son visage, Christian sentit son souffle sur sa joue. La respiration était régulière et forte. Bertrand pénétra dans la pièce. Il apportait une pile de lin et un seau d'eau qu'il déposa près du lit. Puis il alluma les bougies et les lampes. Simone ouvrit les yeux. Elle avait une expression rêveuse sur le visage. Soudain, elle remarqua la présence de Bertrand.

— Que se passe-t-il ? Que... Ma langue... Christian. Ma tête... me...

Elle referma les yeux et soupira profondément. Dix minutes plus tard, l'apprenti chirurgien estima que tout était en ordre. Ils poussèrent un fauteuil contre la porte : Yves se trouvait dans la maison et il ne fallait pas qu'il fasse irruption dans la chambre.

Christian attacha sa mère avec des lanières de cuir en veillant à ce que les liens ne puissent pas la couper. Puis il enveloppa un morceau de bois dans un tissu, le lui plaça dans la bouche en s'assurant que la langue était dégagée et l'attacha pour qu'elle ne puisse pas le recracher. Il faisait froid dans la chambre, mais, concentré sur sa procédure, le jeune homme transpirait. Il s'était passé et repassé les moindres phases, les moindres gestes dans sa tête, pour être sûr d'agir vite et bien. S'il hésitait, s'il traînait, elle mourrait. S'il tâtonnait, s'il doutait, elle mourrait. Il murmura des instructions à Bertrand. Celui-ci étala un linge sur la table et disposa très soigneusement tout le nécessaire dessus : les aiguilles, le catgut, les scalpels, les forceps et les sondes.

Les dents de la scie étincelèrent à la lueur d'une bougie.

Christian attrapa un scalpel.

— Ta main tremble, dit Bertrand.

Sa voix résonnait dans la pièce.

Christian hocha la tête. Il ne s'était jamais senti dans cet état à Metz... ni ailleurs. En laissant échapper un long soupir, il ferma les yeux et tenta de reprendre son calme. Il se représenta les veines qu'il devait sectionner, les artères, les muscles. La vitesse était la clé. Il fixa sa mère. Elle dormait. Ses traits étaient sereins. Il inspira profondément.

Sa première coupe fut profonde, droite et sûre. Elle réveilla Simone instantanément. Ses yeux affolés s'écarquillèrent. Les muscles de sa mâchoire se contractèrent furieusement. Les dents mordaient le bois. Elle se raidit et se voûta en arrière en soulevant son ventre. Bertrand se pencha sur elle et appuya de tout son poids pour l'empêcher de lutter. Les cris étouffés de la comtesse ébranlèrent presque les résolutions de son fils. Il s'efforça de ne pas y penser.

La vitesse, songeait-il. *La vitesse*. La lame attaqua la chair.

Dieu merci, Simone s'évanouit et cessa de lutter.

Christian n'était pas parvenu à lier correctement l'artère

fémorale. La suture glissa. Une grande quantité de sang gicla avant qu'il ait pu l'arrêter. Sa chaleur inonda son visage et ses vêtements. Il savait que ce n'était pas grand-chose, mais la moindre perte de sang était déjà trop. Il maudit sa maladresse et s'essuya. Dans un coin de la pièce, Bertrand était malade. Et sur son fauteuil, l'assistant de Guignard se débattait comme un fou, les yeux décomposés par l'horreur. Mais le bâillon étouffait ses cris.

Un coq chanta dehors. Le jour se levait.

La ligature prenait plus de temps que la cautérisation, mais Christian travaillait vite. Trois minutes et trente secondes après le début de l'opération, il prit la scie.

Le comte de Vries filait comme le vent sur la longue route qui le ramenait d'Hesdin. Il chevauchait jusqu'à épuisement de ses chevaux. A Abbeville, il en échangea un. A Poix, il en acheta un autre. Mais à Beauvais, il dut se résoudre à en voler un. Le messager qui avait été dépêché pour le prévenir de l'état de sa femme n'avait pas pu pénétrer dans Hesdin pendant près de dix jours. Une seule chose aurait pu éloigner Arnaud du service du roi en un tel moment et il priait pour qu'il ne soit pas trop tard. Au milieu de la nuit, en pleine tempête, il s'était glissé hors de la cité. A cause de l'orage, les routes étaient boueuses et traîtresses. Pourtant, il ne lui fallut que deux jours, deux nuits et huit coursiers pour couvrir la distance. Il ne s'arrêtait que le temps de changer de monture.

Après avoir traversé Saint-Denis, il aperçut enfin les murs de la ville se découpant dans l'aube naissante. A la porte, un garde l'arrêta.

— La porte n'ouvre que dans une demi-heure.

Le comte le frappa avec la poignée de son épée et ouvrit la porte lui-même.

Il arriva devant chez lui en même temps que Guignard. Celui-ci ne lui souhaita même pas la bienvenue. Il lui expliqua les blessures de Simone tout en se précipitant vers la chambre.

— Je suis heureux de dire que l'état de votre épouse s'est

beaucoup amélioré. Elle est passée très près de la mort. Mais hier, il y a eu un mieux. Elle n'est pas hors de danger, mais...

De Vries secouait la porte sans pouvoir l'ouvrir. Elle était bloquée de l'intérieur. Intrigué, Guignard appela son assistant. Un instant plus tard, ce fut Bertrand qui apparut.

Le comte et le médecin pénétrèrent dans la chambre et s'immobilisèrent, pétrifiés. Il fallut un moment à leur cerveau pour réaliser l'énormité de la scène : les linges et les draps ensanglantés, les instruments — nettoyés, mais encore étalés sur la table —, la jambe près du lit — respectueusement enveloppée par Christian en vue de son inhumation —, la comtesse, pâle et inconsciente, l'assistant de Guignard, entravé et bâillonné, qui se débattait sur le fauteuil.

Christian était assis sur le lit. Il tourna des yeux injectés de sang et un visage épuisé vers son père. Puis il se leva en déglutissant avec peine.

— Je lui ai enlevé la jambe, père.

— Vous êtes fou ! siffla Guignard en se précipitant vers Simone de Vries pour lui prendre le pouls. Elle allait mieux. Comment avez-vous pu ?

— Elle serait morte, répondit le jeune homme avec un air de défi. J'en suis certain. Sa jambe allait...

— Tu as fait ça de ton propre chef ? demanda Arnaud lentement. (L'immensité de la chose avait du mal à se faire jour dans sa tête.) « Tu as fait ça sans l'accord des médecins ? Tu as fait ça sans expérience, sans licence, sans autorité ? Comment as-tu osé ?

Il s'avança vers son fils et le gifla d'un revers de main qui le jeta à terre. Puis, dévoré par le chagrin, il s'agenouilla à côté de son épouse. Doucement, il lui caressa les cheveux. De l'autre côté du lit, Guignard soulevait les draps. La vue du membre raccourci, moignon dans un bandage étroitement noué et ensanglanté, rendit le comte quasiment fou de désespoir.

— Comment as-tu osé faire une telle chose ? Pour l'amour du Christ, je devrais te tuer comme tu as essayé de la tuer. Ta mère n'est pas un de tes immondes sujets d'expérience. C'est ma femme !

Christian se remit sur ses pieds et essuya le sang qui coulait du coin de sa bouche.

— Mère n'est pas morte ; elle va bien.

— Pas tant que ça, j'en ai peur, intervint Guignard en replaçant les draps. Son pouls est faible. La douleur l'a affaiblie. Tous nos progrès ont été réduits à néant. Je ne peux décemment plus être son médecin, comte. Il est clair que je dois la remettre entre... entre ses mains.

— Je vous interdis de partir ! rugit Arnaud.

— Il a raison, père. Je vais m'occuper d'elle, confirma Christian.

— Par le Christ, tu ne feras rien de tel. (Arnaud se tourna vers le praticien.) Monsieur, je vous implore. S'il faut un ordre du roi, je le remettrai dans vos mains avant la fin de cette journée. Mais restez auprès d'elle.

— Son état est grave. Tout ce que nous avons fait pour... (Il haussa les épaules avant d'ajouter :) Seule la grâce de Dieu peut la sauver.

— Alors vous allez rester pour être Son instrument. Mon fils ne vous dérangera plus.

Guignard soupira.

— Je crains qu'il ne soit trop tard pour donner une telle garantie. Cependant, je vais faire ce que je pourrai.

Guignard parvint à se débarrasser complètement de Christian. Et comme le comte restait constamment près de sa femme, le jeune homme ne put même pas venir nuitamment examiner sa mère. La chambre de cette dernière lui était totalement interdite.

La première nuit, il la passa dans la bibliothèque. Une fois, il l'entendit hurler. L'effet des narcotiques s'arrêtait et la douleur se réveillait. Le cri résonna dans toute la maison silencieuse. Et il le tortura encore bien après qu'il se fut tu. Discrètement, il se glissa dans l'escalier et posa son oreille contre la porte. Le comte était en train de parler à son épouse. Christian l'entendit pleurer comme un enfant.

Au terme d'une nuit longue et pénible, Arnaud de Vries émergea de la chambre de la comtesse. Ses yeux étaient rouges, sa barbe en bataille et ses cheveux décoiffés. Christian entendit ses pas et il se précipita à sa rencontre.

Dès qu'il vit son fils, le comte s'assombrit.

— Elle vit encore, mais plus pour longtemps. Ils disent qu'elle va mourir.

— Elle n'est pas morte, père. Et elle ne va pas mourir.

— Si tel est le cas, ce ne sera que par la grâce de Dieu et de Guignard, rétorqua le guerrier. Ton arrogance est son malheur. Si elle avait succombé dans l'accident, cela aurait été l'œuvre de Dieu. J'aurais pu vivre avec ça. Maintenant, si elle meurt, ce sera ton œuvre. Tu auras son sang sur les mains.

— Père, je...

— Si tu me haïssais tant... (Arnaud regardait son fils, les yeux perdus, et parlait d'une voix à peine audible.) Si tu voulais me blesser, tu aurais mieux fait de me planter un couteau dans la gorge.

Christian pâlit.

— Père, s'il vous plaît, je ne vous hais pas. Je ne voulais pas...

— Je me fiche de ce que tu voulais.

Le comte tourna les talons pour s'en aller.

— Père. Sa... sa jambe. Si vous ne voulez pas que je fasse quoi que ce soit d'autre, je voudrais... l'enterrer.

Arnaud s'immobilisa, raide, tournant le dos à son fils. Ses poings s'ouvrirent et se refermèrent.

— Je n'enterrerai pas ma femme en morceaux. La jambe attendra le reste. Quand le temps sera venu... c'est moi qui le ferai !

La reine ordonna à ses propres médecins d'apporter toute l'aide possible à Guignard. De nouveau, une armée de praticiens envahit la maison. Il n'y avait aucun nouveau traitement à mettre en œuvre, rien de magique ou de radical à entreprendre. Ils se contentaient des soins ordinaires. Banni du second étage, Christian les entendait discuter. La comtesse déclinait. Ils attendaient la mort. A chaque rapport, Christian se sentait un peu plus misérable.

En réfléchissant aux remarques de son père, il eut une trouble pensée à l'esprit. Que Simone meure ou pas, on ne saurait jamais si le responsable était lui-même, Guignard ou Dieu. Furieux, Christian repoussa cette idée, tout en s'étonnant de sa vanité. La seule chose qui comptait, c'était la survie de sa mère. Le simple fait d'avoir raisonné ainsi lui fit honte et il fut encore plus malheureux.

Bertrand essaya de le réconforter. En vain. Alors il eut recours à l'eau-de-vie. Ils allèrent s'installer dans la cuisine, jusqu'à ce que la cuisinière les en chasse. Ils se rabattirent alors sur la cour, à l'intérieur des murs. Christian but jusqu'à plus soif. Son père avait raison ; il s'était montré arrogant et sûr de lui, et si sa mère mourait, ce serait de sa main. La main d'un garçon qui n'était pas encore chirurgien et qui, d'ailleurs, n'avait pas fini son apprentissage.

Tout cela n'était rien de plus qu'une de ses expériences.

Même Yves avait été réprimandé par son père pour n'avoir pu prévenir la boucherie. Désormais, il s'efforçait de punir son cadet en lui rapportant les rapports terribles sur l'état de leur mère.

— Père est hors de lui, disait-il. Il ne veut ni manger ni boire. Il déambule, désemparé, en hurlant et en maudissant ton nom.

Christian erra dans les rues de Paris. Il sortit au crépuscule et dépassa les ombres du Grand Châtelet, la sinistre prison. Vers minuit, il se retrouva dans la rue Saint-Denis. Des prostituées essayèrent de l'attirer vers les ruelles obscures où elles exerçaient leur commerce. Parvenu devant l'église du Saint-Sépulcre — où les barbiers-chirurgiens de Paris prononçaient leurs vœux et assistaient à une messe annuelle —, il s'assit sur les marches. Il avait vécu et œuvré pour pouvoir y pénétrer et revêtir la courte robe. Maintenant, il se fustigeait amèrement pour l'arrogance de ce rêve.

Il se trouvait juste à l'extérieur du cimetière des Innocents, que la peste, un an après sa naissance, avait rempli, jusqu'à ce qu'il ne fût plus possible de rajouter le moindre corps. Et même après tant d'années, la puanteur continuait de sourdre de la terre et de flotter dans l'air. Le voisinage empestait la mort. Le jeune homme continua. Il longea le cimetière de la Trinité, qui accueillait les corps de l'Hôtel-Dieu. Lieux de mort, lieux d'échec. « Et quand l'ange de la mort vient chercher ma mère, c'est moi qui la lui tends. »

Il sortit de la ville par la porte Saint-Honoré et descendit vers les rives de la Seine. L'aube le trouva assis là. Il jetait des pierres dans l'eau et regardait le trafic des barges. Tranquillement, il se releva et poussa jusqu'au bois de Boulogne. Il s'y promena aux alentours du château familial. Des cerfs buvaient à une mare. Un renard chassait un lapin. Finalement, il atteignit une boucle de la Seine qui tournait autour de Saint-Paul.

Il pénétra dans la cathédrale et s'avança dans l'entrée, les yeux levés vers la grande nef. En ressentant la présence de Dieu, un doux réconfort l'envahit. Il savait qu'il avait trouvé les limites de sa confiance.

Il remonta la travée latérale jusqu'à l'autel. Le bruit de ses bottes résonnait contre les parois. Les têtes sculptées des saints le dévisageaient : Matthieu et Thomas, Jean et Jacques, Marc et Luc. Il sentit leur pitié, leur dédain... et leur amour. Après avoir fait le signe de croix, il s'agenouilla devant la Vierge Marie.

La tête baissée, il se mit à prier. Le soleil de l'après-midi filtrait à travers les vitraux. Il déversait une cascade de lumière colorée qui lui réchauffait la tête. Vingt ans plus tôt, alors qu'il n'était que bébé, une même pluie colorée l'avait inondé quand, dans la chapelle du prieuré, son père l'avait consacré à l'ordre de Saint-Jean.

« Pardonne-moi, Père, parce que j'ai péché. J'implore Ton pardon, comme j'implore Ta grâce. Pardonne-moi mon arrogance, ma vanité et mon orgueil. Pardonne-moi ma désobéissance à l'endroit de mon père et de ma mère. O Seigneur, il y a tant à pardonner. Je T'implore : prends-moi, mais pas elle. » Il inspira profondément. « Si Tu la sauves, je rejoindrai l'ordre de Saint-Jean pour Te servir. »

L'archevêque déclara que Dieu avait parlé en faveur de la comtesse de Vries.

Modestement, le bon docteur Guignard considéra que c'était les sages conseils de Galien qui avaient éclairé sa voie et permis de la guérir, en dépit de la malheureuse intervention de Christian.

En privé, Marcel déclara qu'elle ne devait qu'à Christian d'avoir survécu.

Pour Christian, qui en toute honnêteté n'en savait rien, cela n'avait plus d'importance.

Le jour de son vingt et unième anniversaire, en l'an 1551, il enfourcha son cheval dans la cour du château de Vries. Flanqué de son père et de Bertrand, il s'engagea dans l'allée et entama son long périple vers Marseille. Là, les deux amis embarqueraient à bord d'un navire en partance pour Malte. Et au siège de l'ordre, à Birgu, ils prêteraient leur serment solennel.

Christian se retourna et jeta un dernier regard vers le château. Il était convaincu de ne jamais le revoir. Ebloui par le soleil, il cligna des yeux pour l'apercevoir. Depuis le balcon, où elle était assise dans un confortable fauteuil de cuir, Simone lui fit au revoir de la main.

Livre 3

MARIA

Chapitre 17

Malte

— Mère, je m'en vais.

Maria ouvrit la porte.

— Tu sors à moitié nue ? s'étonna Isolda. Pourquoi ne mets-tu pas de robe ? Et un *barnuza* ? As-tu besoin d'être si impudique ? Seules les sorcières et les filles faciles refusent de se couvrir.

C'était un vieux débat. Dans les rares occasions où elles se montraient en public, la plupart des filles de l'âge de Maria s'habillaient comme leur mère, avec de longs vêtements informes, un foulard couvrant leur tête et pouvant même être tiré sur leur visage. Mais, en règle générale, Maria continuait de se vêtir comme lorsqu'elle était enfant. Elle portait un gilet, une tunique sans manches en peau de chèvre qui descendait jusqu'aux hanches et était retenue par une ceinture, et en dessous, une blouse à manches longues. Son pantalon usé au bord tombait à mi-mollet. Comme toujours, elle était pieds nus. Persuadée qu'une femme vue était une femme séduite, sa mère ne cessait d'être scandalisée par tant de peau nue. Mais Maria ne fléchissait pas.

— Je ne suis pas une putain, mère, ni une sorcière. Je vais chercher du guano, je ne me rends pas à l'église. Et je n'ai pas besoin de foulard. Je n'ai rien à cacher.

— Maria ! Quelle honte ! (Isolda se signa.) Ce n'est pas étonnant que tu sois encore vieille fille. Personne ne va venir te chercher. Personne ne te voudra, si tu parles avec une telle vulgarité.

— Je ne suis pas encore vieille fille, mère. J'ai seize ans. On est vieille fille à dix-sept.

— Retiens ta langue ! Sans elle, tu pourrais être mariée depuis un an !

Le jour du quinzième anniversaire de Maria, Luca avait organisé son mariage avec le fils d'un forgeron. Maria ne lui avait jamais parlé, mais elle l'avait croisé. Il n'avait pas loin de trente ans. Son visage rondouillard était toujours couvert de sueur. Il traitait sa mule avec mépris et la jeune fille se doutait que son sort ne serait guère meilleur. Comme le voulait la coutume, le fiancé, empressé, lui envoya un poisson décoré de rubans, avec un anneau dans la gueule. Pendant que les parents négociaient la dot, Maria laissa le poisson pourrir au soleil. Il finit par dégager une puanteur qui refoulait même les chiens. Puis elle renvoya le « présent » sans avoir touché à l'anneau. Luca fut scandalisé, mais sa fille resta ferme.

— Je ne l'aime pas, se contenta-t-elle de dire.

— L'amour ! tonna le père. Qu'est-ce que cela a à voir ici ? C'est pas l'amour qui te remplira le ventre pendant les famines ou qui te réchauffera pendant les nuits d'hiver ! Faut te débarrasser de ces idées. C'est un bon mariage.

— Je préfère dormir seule. Je ne supporte pas cet homme. J'aimerais encore mieux épouser sa mule.

Aucun Maltais n'aurait autorisé une telle rébellion chez lui. Luca fouetta Maria, qui n'émit pas une plainte et ne céda pas. Quand ce fut fini, elle réajusta ses habits et veilla à ne pas laisser son visage trahir le martyre qu'elle venait de subir. Bientôt, le fils du forgeron se trouva quelqu'un d'autre et Maria échappa aux projets de son père. Mais pas à une nouvelle correction : il était furieux qu'elle ait perdu un mari, à une époque où même les mauvais étaient si difficiles à saisir. D'ailleurs, depuis, il n'y avait plus eu le moindre candidat.

Présentement, sa mère s'occupait de l'âtre éteint. Elle balayait et ramassait les cendres. Absorbé par la pénombre, le peu de lumière qui se glissait par la fenêtre semblait se dissoudre autour d'elle.

— C'est toujours comme ça avec toi, grommela Isolda. Toujours tout pour toi, pour tes rêves ridicules. D'abord tu m'as enlevé mon Nico et maintenant, ma fierté.

Maria hésita. Que pouvait-elle répondre à ça. Nico était parti depuis trois ans et il n'y avait pas eu une journée sans souffrance, sans attente, sans regret.

— Tu devrais...

— Au revoir, mère, coupa Maria.

Elle referma la porte derrière elle. Le soleil matinal resplendit sur son visage. La jeune fille se réjouissait d'être dehors. Après sa tentative avortée de fuite avec Eléna, elle avait passé les deux années suivantes presque totalement confinée à la maison. La première fois qu'elle avait désobéi à son père et qu'elle était sortie, il l'avait retrouvée et ramenée chez eux. Là, il l'avait enchaînée à un poteau. Au bout de deux semaines de ce traitement, elle accepta de ne plus le provoquer. D'abord, elle ne fut autorisée qu'à se rendre à l'église avec sa mère. En cette occasion, elle n'avait pas d'autre choix que de se vêtir modestement, comme il seyait. Progressivement, on lui laissa plus de liberté. Elle put sortir trois heures par jour — pas une seconde de plus — pour aller chercher du guano ou du petit bois pour le feu. Luca n'avait pas le temps d'assumer cette tâche et il n'avait pas d'argent pour acheter le combustible. Quant à Isolda, elle était trop menue. Pour accomplir cette mission, Maria s'habillait avec des vêtements plus pratiques.

Elle passa rapidement à côté de Sainte-Agathe. Luca travaillait sur le nouveau clocher. Le père Salvago avait enfin réuni assez de fonds pour commencer le chantier et il l'avait confié à Luca Borg. Le clocher ressemblait exactement à celui de la bougie qu'Eléna et elle avaient vendue au prêtre. Deux ouvriers hissaient des blocs calcaires grâce à un contrepoids et un palan attachés à une poutre de bois. Luca, de son côté, fixait la pierre d'une arche. Il la marquait, la rognait, puis la replaçait. Il lui fallait parfois cinq ou six ajustements avant d'être satisfait. C'était un artisan très consciencieux. D'ailleurs, Maria pensait souvent qu'il était plus à l'aise avec les matériaux qu'avec ses proches. Incontestablement, il les touchait avec davantage de délicatesse et de précaution. Tout à sa tâche, il ne la vit pas.

A la porte, le garde lui jeta des regards concupiscents et lui proposa d'aller faire un tour à l'intérieur de son poste. Elle l'ignora et s'éloigna du village en courant. En cette période, l'île était plaisante, presque magnifique. Les pluies de l'automne avaient rafraîchi la terre et nettoyé les poussières de l'été. Ici et là, des bouquets de fleurs sauvages pointaient entre les rochers et les herbes, sous un ciel immaculé. Elle fit un signe à Roccu, un paysan bourru qui se traînait derrière son âne. Il travaillait son champ tous les jours, par tous les temps, essayant de faire pousser des oignons dans le sol aride. Les deux mains prises par sa charrue, il lui répondit d'un signe de tête avec un grand sourire.

Il y avait peu de circulation sur le sentier. Elle traversa des villages silencieux et dépassa des fermes abandonnées. Toujours elle gardait un œil attentif sur les alentours. Au cours des dernières années, les défenses côtières avaient été améliorées par les chevaliers de Saint-Jean ; il y avait plus de tours de guet qu'avant, désormais confiées à la garde de soldats et non plus de civils. Mais elle savait toujours où se trouvait la grotte — ou *wied* — la plus proche dans laquelle elle pourrait se réfugier. Jamais plus elle ne se laisserait surprendre par les corsaires.

Enfin elle aperçut le caroubier qui signalait l'entrée de la caverne. Assis à l'ombre de l'arbre, Jacobus l'attendait. Malgré ses quelques années de moins, il était plus grand que son amie. Son menton arborait déjà une vague barbe naissante. Il lui fit signe en la voyant approcher.

— Je t'en ai ramassé un plein sac aujourd'hui, s'exclama-t-il en soulevant fièrement le lourd paquet.

— Tu es merveilleux, lui répondit-elle en lui étreignant les mains.

Il lui récoltait souvent du guano, comme ça elle n'avait pas à gâcher le peu de liberté qui lui restait à accomplir cette corvée. Généralement, elle passait ce temps libre avec Eléna, mais pas toujours. Parfois, Jacobus l'accompagnait sur la lande avec les chèvres ou ils allaient s'asseoir sur la falaise pour regarder la mer et jeter des cailloux dans l'eau. Ou encore, elle jouait avec les enfants de M'Kor Hakhayyim.

— Je pourrais t'en récupérer davantage, dit-il avec empressement.

— C'est largement assez pour une journée. Et plus que tu n'as besoin de faire, vraiment. Tu es adorable, Jacobus.

Un sourire timide éclaira le visage du garçon. Il aurait ramassé une montagne de guano pour un tel compliment.

— Où est Eléna ?

— Deux chèvres sont manquantes. Elle est allée les chercher. Je t'attendais.

— Oh ! Nous pourrions l'attendre près de l'eau. Allons...

— Maria ! la coupa-t-il en lui tirant la manche. (Il désignait la mer.) Regarde. C'est pas le bateau de Grima ?

Jacobus avait l'œil aussi perçant que les faucons qu'il attrapait. La galère était à peine un point à l'horizon. Maria plissa les yeux pour tenter de s'en assurer. Mais il lui fallut un moment avant de réaliser qu'il avait raison. Elle tressaillit.

— Il a une semaine d'avance. Il faut que j'y aille !

Elle fila sans attendre, puis s'arrêta. Elle revint en arrière pour récupérer le sac de guano. Mais Jacobus l'en empêcha.

— Je peux le porter, proposa-t-il. Tu ferais mieux de te dépêcher. Sinon il risquerait de le donner à quelqu'un d'autre.

Le garçon ramassa le sac et courut derrière elle. Il espérait pouvoir s'accrocher, mais elle était beaucoup trop rapide et il dut ralentir. L'adolescent n'était pas jaloux. Il ne comprenait pas l'intérêt de son amie, mais il savait que rien ne comptait plus sur Terre que le chargement qu'Antonellus Grima apportait à Malte, rien que pour elle.

Si le rêve de Maria de quitter l'île avait volé en éclats, celui d'apprendre à lire était plus fort que jamais. Rester enfermée chez elle n'avait fait qu'attiser son désir. Pendant longtemps, elle n'avait su comment faire pour progresser, mais un jour la solution lui était apparue. La raison pour laquelle personne ne la prenait au sérieux, c'était qu'elle ne possédait pas de livres. Elle devait donc s'en procurer un, un ouvrage qui soit vraiment à elle. Alors seulement, tout le monde serait bien obligé de réaliser qu'elle n'était pas seulement une rêveuse à la tête vide.

Mais comment faire ?

D'abord, elle avait besoin d'argent. Eléna et elle avaient toujours les chèvres. Même si la jeune juive lui avait dit que ce n'était pas nécessaire, Maria avait tenu à lui rembourser la part que son père avait gardée le jour de leur capture sur le bateau. Avant de s'être acquittée totalement de cette dette, elle différa l'accomplissement de son rêve. Maria avait aussi voulu payer Jacobus pour s'occuper du troupeau, parce qu'elle ne pouvait plus être là aussi souvent qu'avant. Il n'était pas d'accord, mais elle insista. Cela prit du temps, mais Eléna fut intégralement remboursée et il resta un peu d'argent.

Le problème suivant fut résolu précisément par la jeune courtisane. Elle avait fait la connaissance d'un veuf, qui recourait à ses services une fois par mois.

— Il ne me demande même pas de soulever mes jupes. Tout ce qu'il veut, c'est parler. Tu imagines ?

Ce veuf, c'était Antonellus Grima, un marchand qui se rendait deux fois par an en Sicile pour troquer du cumin contre des céréales. Si lui-même ne savait pas lire, il connaissait des bouquinistes à Messine. Maria fit donc appel à lui et lui demanda d'acheter un ouvrage lors de son prochain voyage.

— Peu importe lequel, lui avait-elle dit. Assurez-vous juste, s'il vous plaît, qu'il contienne beaucoup de mots. Et ce serait formidable s'il pouvait y avoir des rois et des reines dedans.

Cette folie le faisait rire.

— Une fille avec un livre ! Tu ferais aussi bien d'économiser tes maravédis pour t'acheter une seconde tête, pour le bien que ça te fera. Tu cherches à capturer des nuages, mon enfant, et tu gaspilles du bon argent pour ça. Et tout ça pour lire des histoires de beaux messieurs et de belles dames. Je n'ai jamais rencontré aucun souverain, mais au regard des nobles de moindre rang que j'ai croisés — et j'ai fait des affaires avec quelques-uns —, aucun ne vaut une pile de crottin de cheval. Tu ferais mieux d'oublier tes grands rêves et de te marier. Fais des bébés.

— Merci, *signor* Grima, mais pour l'instant, je préfère un livre, s'il vous plaît.

Il accepta finalement de s'occuper de l'achat. Et maintenant, son bateau longeait les côtes, de retour de Sicile. Maria parcourut les cinq kilomètres qui la séparaient de Birgu sans s'arrêter. Impatiemment, elle l'attendit devant son commerce, quand enfin il apparut dans la rue montant du quai.

— Oui, oui, je l'ai. Un moment. Tu épuises un vieil homme.

Une fois dans son échoppe, il fouilla dans ses affaires et trouva le précieux paquet.

Soigneusement, Maria déballa le tissu. Pendant un moment, elle demeura émerveillée, sans oser toucher l'objet. Sous la belle couverture de cuir rouge, elle entrevoyait les pages neuves, impeccables, couleur crème. Précautionneusement, elle l'ouvrit. Les caractères noirs étaient nets et superbes. Elle approcha l'ouvrage de son visage et inspira profondément pour jouir de la riche odeur de la peau et de l'encre.

— Il est magnifique, murmura-t-elle. Quel est son titre ?

— *Le Courtisan*. (Il répondait de mémoire.) D'un certain Baldassare... quelque chose. Le libraire m'a dit qu'il t'apprendra à devenir une vraie princesse. Tous les nobles de toutes les cours le lisent. De Madrid à Vienne.

— C'est parfait.

Les yeux remplis de larmes, Maria serrait le livre sur sa poitrine.

— Je vous dois combien ?

— Quatre-vingts maravédis. Mais si tu ne les as pas maintenant...

— Je vous avais dit que je vous paierais et je le fais.

Au grand étonnement de l'homme, elle sortit une somme d'argent conséquente de sa poche et compta soigneusement ce qu'elle devait. Puis elle le surprit en sautant sur lui pour l'étreindre un instant.

— *Grazzi*, dit-elle.

Et elle disparut comme un courant d'air. En remontant la rue étroite conduisant à la place et à l'église paroissiale, elle manqua se cogner dans plusieurs charrettes et cochons. Dans un premier élan, elle pensa attendre que son père soit rentré à la maison. Mais non, ça lui était impossible. Après tout, il ne verrait aucune objection à ce qu'elle se rende à l'église et c'était exactement son objectif.

Elle se rendit donc immédiatement à Sainte-Agathe pour voir le *kapillan*, Dun Salvago. Elle allait lui demander si... Non, cette fois, elle lui dirait qu'il allait lui apprendre à lire.

Le père Salvago était assis à sa table dans la sacristie, avec le registre paroissial ouvert devant lui. Il le complétait avec sa plume d'oie, notant soigneusement la liste des paroissiens qui avaient assisté à la dernière messe. Sur une feuille distincte, il porta le nom de tous ceux qu'il n'avait pas entendus en confession au cours de l'année passée, afin qu'il puisse leur rendre visite et leur rappeler amicalement qu'ils mettaient leur âme en péril.

Il revint à une lettre posée près du registre. Elle émanait de son mentor sicilien, l'archevêque de Palerme, et rapportait nombre d'informations, voire de rumeurs. Les dernières phrases n'avaient pas manqué de retenir son attention.

« J'ai lu votre dernière lettre avec beaucoup d'intérêt. Bien que vous sembliez absorbé dans votre tâche, j'ai bien ressenti entre toutes les lignes votre impatience de servir Notre Seigneur à Rome. Je comprends votre désir, comme je le partage moi-même. Je sais que Malte n'est pas le paradis, mais l'évêque Cubelles m'a écrit que vous aviez néanmoins transformé Sainte-Agathe en jardin du Seigneur. Je ne peux que vous conseiller de rester serein et de continuer votre excellent travail. Le Seigneur vous sourira assurément... peut-être plus tôt que vous ne vous y attendez.

Je suis récemment rentré d'une visite au Saint-Siège. Bien que (grâce au Ciel) il soit mort, le suppôt de Lucifer, Martin Luther, continue de contraindre notre maison à entreprendre de grands changements. J'ai peur que nous ne commencions seulement à comprendre l'effet du mal qu'il a semé. L'Eglise va avoir besoin de bons fils pour la servir. Un homme qui a vos capacités, vos origines et votre formation ne peut végéter éternellement à Birgu. Il n'est sans doute pas prématuré de partager avec vous d'heureuses nouvelles. On m'a dit de m'attendre prochainement à être appelé à Rome. Par la grâce de Dieu, j'y ai toujours compté d'excellents amis qui ont agi en ma faveur. Si cela devait effectivement se réaliser, il est bien évident que vous ne devriez pas tarder à me suivre.

Soyez patient, Giulio. Le Seigneur sourit à Ses disciples. Votre heure viendra. »

Il mit la lettre de côté.
Le Vatican.
Comme l'archevêque le connaissait bien ! Et comme il avait raison : après toutes ces années, ce n'était pas un cœur qui battait dans sa poitrine, mais le roc même de Saint-Pierre. Quel homme n'était pas attiré par le centre même du pouvoir, où des événements aussi décisifs intervenaient ou se décidaient ? Quel homme ne souhaitait pas avoir d'influence — aussi faible fût-elle — dans les conciles œcuméniques au cours desquels des êtres d'envergure, importants, des figures de Dieu, décidaient de questions qui affecteraient éternellement les fidèles ? Quel homme ne voulait pas se distinguer là, contre l'hérésie ? Le nouvel ordre des jésuites avait déjà une

influence croissante, et il fallait en permanence le surveiller et le contrer. Et quelle splendeur. Le pape Jules avait fait de Michel-Ange son architecte. Michel-Ange ! L'homme dont l'art avait ébranlé Salvago au plus profond de son âme. On disait que sa vision de la chapelle Sixtine était plus grande que le Ciel lui-même.

Rome ! Grands sujets, grande beauté, grandes occasions. Robes pourpres, robes rouges... robe blanche. Il pouvait fermer les yeux et visualiser la majesté de l'ensemble. La Sixtine ! Il se souvenait parfaitement de toutes ses merveilles. La Sixtine ! Où tout avait commencé...

— Père ?

Il ouvrit les yeux. Qui venait d'interrompre ses rêveries ?

Maria Borg se tenait à la porte de la sacristie. Elle portait quelque chose.

— J'ai un livre, dit-elle les yeux brillants.

— Je vois. Viens. Apporte-le-moi.

Elle s'avança.

— Il est à moi. Vous devez m'apprendre à lire, Dun Salvago.

Le prêtre sourit.

— Je dois ?

Il la regarda attentivement. Ce n'était plus la brindille de fille qui, quelques années plus tôt, avait formulé la même requête. Depuis lors, il l'avait croisée de temps en temps dans la rue et plus souvent à l'église. La tête enveloppée dans un *barnuza,* elle accompagnait toujours sa mère. Là, Maria n'avait pas de foulard. Son visage sale et ses cheveux dénoués ne pouvaient dissimuler le fait que ses traits s'étaient adoucis et ses formes étoffées. Pour la première fois peut-être, il la regardait vraiment : elle était très belle et rayonnante. C'était une femme.

Sa propre hardiesse l'avait fait rougir. Elle montra le livre au prêtre.

— Oui. Dois... S'il vous plaît, vous devez... Je l'ai acheté moi-même, mon père. J'ai gagné l'argent avec mes chèvres et j'ai demandé à un homme de l'acquérir pour moi en Sicile. Il m'a dit qu'il y avait des princes et des rois dedans. Et maintenant, Dieu va m'aider à apprendre à le lire.

Elle parlait sans reprendre sa respiration, rapidement, les yeux remplis d'espoir.

— C'est ce qu'Il t'a dit ?

— J'ai prié pour ça. Je sais que vous êtes la réponse à ma prière.

— Comme je te l'ai dit jadis, je ne suis pas professeur, Maria. Et je dispose de très peu de temps.

— Juste une heure ou deux par semaine. C'est tout ce que je veux. Je vous paierai avec une chèvre, mon père.

Elle avait longuement réfléchi à ça et en avait discuté avec Eléna.

— Une chèvre ! Le service du Seigneur ne s'accomplit jamais contre une rémunération.

Elle esquissa un sourire triomphal.

— Alors vous êtes d'accord pour dire que c'est Son service.

— Je n'ai pas dit ça. J'ai seulement voulu dire...

— Bien sûr, vous pourrez la garder comme une offrande, pas comme une rémunération. Pas pour vous-même, mais pour la paroisse. S'il vous plaît, Dun Salvago. Lire est tout ce que je veux, et une chèvre, c'est tout ce que je peux donner.

Salvago aurait eu d'innombrables raisons de ne pas se soucier d'une telle requête, mais l'enthousiasme de la jeune fille était irrésistible. Il la dévisagea au point de la faire à nouveau rougir. Alors il lui sourit avec indulgence.

— Très bien, lâcha-t-il en soupirant. Nous commençons lundi prochain. Sois là à trois heures.

Il se leva.

Folle de joie, elle en oublia toutes les convenances et bondit pour lui sauter au cou.

— Oh, merci, mon père. Dieu vous bénisse !

Troublé par ce mouvement aussi juvénile qu'inattendu, il se contenta de lui faire une petite tape dans le dos.

— A trois heures ? Pour quoi faire ?

Luca Borg se tenait à la porte de la sacristie, une truelle à la main. Il était venu poser une question au prêtre et avait surpris la fin de leur échange. Il regardait sa fille avec un air désapprobateur. Maria se raidit. En l'apercevant, le rayonnement de son visage s'était instantanément dissipé.

— Eh bien, Maria ? Je t'ai posé une question. Pour quoi faire ?

Elle le fixa avec un air qui voulait dire : « Je te défie de m'empêcher ! »

— Je suis...

— J'ai accepté de lui apprendre à lire, répondit rapidement le père Salvago, essayant d'éviter un débat. Mes excuses, Luca. J'aurais dû te poser la question d'abord.

— Lire ! (Borg avait craché le mot.) Encore cette folie ! Lire est inutile. Tu perds ton temps et tu devrais être à la maison.

— Pour faire quoi ? demanda Maria tout en sachant que ce n'était pas le moment de se battre.

Si son père lui interdisait d'apprendre à lire, Salvago respecterait ce désir et son rêve s'envolerait à jamais.

— Mais, père, implora-t-elle, je pourrai vous aider à lire les avis placardés sur la place et même les plans pour votre travail.

— Il y a des crieurs... Et je n'ai pas besoin de plans.

— Cela me fait plaisir de lui enseigner, intervint le religieux, réalisant simultanément, avec quelque surprise, qu'il avait rapidement pris fait et cause pour elle. (Se rendant aussi compte que cela transparaissait, il tempéra immédiatement son propos.) J'aimerais essayer... Si tu m'y autorises, naturellement.

Les grandes mains de Luca s'agitaient nerveusement sur le bord de la truelle. Il réfléchissait. Une centaine de raisons le poussaient à dire non. Et l'idée que sa fille puisse faire une chose dont il était incapable n'était pas la moindre. Mais maintenant, elle avait l'appui du prêtre et Dun Salvago était son client. En outre, Luca n'avait pas envie de passer pour un bovin ignorant. Et après tout, ce n'était peut-être pas une si mauvaise idée que ça. Peut-être que Maria aurait ainsi moins de temps libre à passer avec son amie, la catin, dans la grotte.

— Très bien, Dun Salvago. Si ça vous chante...

Ils allaient travailler dans la sacristie. Deux petites fenêtres à meneaux éclairaient la pièce toute simple. Contre un mur étaient appuyés l'armoire dans laquelle le père Salvago rangeait ses vêtements et un petit placard où il gardait les huiles consacrées. Accrochée à un autre mur, une étagère supportait un chandelier, un crucifix, une bible et un sablier. En dessous de celle-ci, il y avait la robuste table en chêne, toute simple mais dure comme du fer, sur laquelle le prêtre lisait et écrivait ses sermons. Trois plumes d'oie attendaient sur un encrier. Il n'y avait qu'une chaise, aussi alla-t-il emprunter deux blocs de pierre sur le chantier de Luca pour faire un siège supplémentaire.

Maria arriva en avance pour sa première leçon. Elle traversa la sacristie, son livre neuf sous le bras et tirant une chèvre au bout d'une longe. Immédiatement, l'animal s'intéressa à une pile de feuilles bien rangées au bord de la table.

— Je ne pensais pas que tu étais sérieuse pour l'animal, lui dit d'emblée le prêtre. Ce n'est pas nécessaire.

— Nous avons fait un marché, mon père. La chèvre est à vous.

Il sourit et lui demanda d'aller l'attacher dehors. Puis elle lui tendit son livre, mais il le poussa de côté.

— La parole de Dieu avant celle de l'homme. Et avant tout, l'alphabet doit être connu.

Il n'avait jamais enseigné la lecture à qui que ce soit et n'était pas très sûr de la meilleure méthode à adopter. Il était allé poser la question à Don Andrea Axiaq, le maître irascible de la minuscule école élémentaire de Mdina. Celui-ci le rendait nerveux, même s'il ne s'agissait que de parler. Il avait été jugé en même temps que le père Jesuald, mais avait abjuré. On lui avait donc accordé le pardon, mais il continuait d'être soupçonné d'idées radicales. Seulement, il était la seule personne sur l'île qui puisse répondre au prêtre de Sainte-Agathe.

Axiaq toussa en entendant la requête du religieux.

— La façon optimale d'enseigner la lecture à une fille, déclara-t-il, c'est de ne pas s'en occuper. Elle aura oublié la première leçon avant même la fin de la seconde et, de toute façon elle n'en aura aucun usage. Erasme et Virgile n'ont pas de place dans sa tête. Plaute aurait écrit ses pièces pour un crâne vide.

— Si c'est la volonté de Dieu, il en sera ainsi, reconnut Salvago. Mais l'esprit de cette petite est beaucoup plus vif que celui de la plupart des hommes. Elle est déterminée et je veux essayer. Maintenant, si cela ne vous gêne pas, j'aimerais vous emprunter cette ardoise et des morceaux de craie.

— La volonté de Dieu se perd chez vous, grommela l'enseignant. Vous devriez vous inquiéter de son âme, pas de son esprit.

Il lui remit le matériel requis, mais c'était tout ce qu'il acceptait de faire : il n'allait quand même pas expliquer à un prêtre comment instruire une fille.

— Mon temps serait doublement perdu.

Absolument pas découragé, Salvago poursuivit. Il commença par tracer des lettres sur l'ardoise, qu'il posa sur la table en l'appuyant contre le mur. Puis il effaça la tablette avec un chiffon mouillé et, soigneusement, dessina le A. Ensuite, il tendit la craie à Maria. Avec émotion, elle s'essuya les mains sur son pantalon et prit le bout de calcaire comme si c'était une relique.

D'abord, elle trembla un peu. Elle observa la lettre, puis tenta lentement de la reproduire. Elle serrait les dents en entendant les crissements sur l'ardoise. Mécontente de son résultat, elle effaça le premier caractère avec son doigt et recommença. Une fois le second essai achevé, elle redressa le buste et expira. Le résultat était un peu trop serré, mais c'était clairement un A.

— Bon début, dit Salvago avec un ton approbateur. Si tu

n'étrangles pas la craie comme le cou d'une poule, la prochaine viendra encore plus facilement.

Maria rit et se détendit. Ils parcoururent ainsi l'alphabet. D'abord en majuscules, puis en minuscules. Après chaque lettre, il lui donnait son nom, qu'elle devait répéter.

— *Bellissimo*, s'enthousiasma-t-il après un superbe M. Cela a de la grâce, comme toi.

Elle rougit.

— Merci, mon père.

— *Brava*, applaudit-il après le Z. Je suis certain que même Dante n'a jamais formé de si beaux caractères.

Elle ne savait absolument pas qui était Dante, mais elle prit la remarque du prêtre pour un compliment.

Après, ils enchaînèrent avec les nombres. La jeune fille les trouva plus simples à tracer que les formes précédentes. Même si elle n'avait, en réalité, jamais vu de chiffres écrits, ils lui semblaient totalement familiers. Elle leur trouvait de l'élégance, un ordre précis qui l'intriguait. Elle avait toujours été capable de calculer de petites sommes dans sa tête ou sur ses doigts. Maintenant, elle les voyait prendre une forme concrète sur l'ardoise. Elle en frissonna de plaisir.

Concentrés sur cette étude, ils travaillèrent pendant des heures. Elle se débrouillait très bien, mais la fatigue la gagna. Et dans son esprit, les choses commencèrent à se confondre. Ils entendirent l'échelle de bois craquer. Luca avait fini sa journée et descendait du beffroi.

— C'est assez pour aujourd'hui, déclara Dun Salvago.

Il la salua de la main en la regardant redescendre la rue en courant.

Les derniers rayons du soleil s'emmêlaient dans sa chevelure. Le petit bout de femme enthousiaste se déplaçait avec légèreté. Elle se retourna et lui fit un signe. En l'observant, il ressentit un élan de fierté. Il adorerait retourner parler à Axiaq de la volonté de Dieu, même si celle-ci passait par un professeur inexpérimenté et qu'elle s'adressait à une fille comme ça. Après tout, Plaute pouvait avoir un public.

Maria dut attendre une semaine jusqu'à la leçon suivante. Dans l'intervalle, elle s'entraîna à tracer dans la poussière avec un bâton les lettres dont elle se souvenait. La nuit, elle utilisait son doigt pour les reproduire sur la poutre au-dessus de son lit. Elle songea avec nostalgie à Nico en essayant de se rappeler le M et le N. Au bout du compte, elle se rendit compte qu'elle avait dessiné un S. Nico aurait su immédiatement. Il avait toujours eu l'esprit très vif, beaucoup plus qu'elle.

Le lundi suivant, elle recommença ses essais sur l'ardoise. D'abord, elle insista pour réessayer seule, pendant que Salvago l'observait. Elle s'appliqua à former les lettres précautionneusement, l'une après l'autre. Son ardent désir de réussir était manifeste. Elle rayonnait de l'intérieur et ses joues empourprées apparaissaient comme une sorte de manifestation externe de cette incandescence interne. Le prêtre n'avait jamais vu un tel enthousiasme.

— Voilà un A, dit-elle avec un main sûre, et un B, et...

— D, l'interrompit-il en regardant l'ardoise. La boucle du B part de l'autre côté.

Il lui montra et la corrigea patiemment tandis qu'elle continuait l'alphabet. Elle se souvenait parfaitement de quasiment la moitié des lettres.

— Je suis fier de toi, dit-il dès qu'il eut fini. Quel résultat après une seule leçon, et sans même de cahier pour t'entraîner !

Il n'était pas parvenu à en obtenir un du maître d'école.

— J'ai *Il Cortegiano* à lire, lui rappela Maria. Toutes les lettres sont dedans, je pense.

— Effectivement. Et maintenant, nous devons lire ensemble.

Il approcha sa chaise du siège rudimentaire sur lequel était assise la jeune fille et attrapa la Bible sur l'étagère. Le lourd volume sentait le cuir, le parchemin et les siècles. Il l'ouvrit à la page de l'Evangile de Matthieu. Il était en latin, naturellement. Les caractères étaient denses et difficiles à déchiffrer.

Chaque verset commençait par une calligraphie élaborée, qui semblait danser et sortir de la page. Salvago suivait le texte du doigt en lisant. Il parcourut les Béatitudes, dont Maria connaissait déjà bon nombre de mots.

— *Beati pauperes spiritu, quoniam ipsorum est regnum caelorum...*

Il la regarda. Les yeux de la jeune fille pétillaient. Elle semblait hypnotisée. Ses lèvres bougeaient silencieusement au rythme de la lecture. Vraiment, réalisait-il, elle était étonnante. Cette pensée le bouleversa et il détourna son attention d'elle.

— Heureux ceux qui ont faim et soif de justice...

Il percevait sa proximité, sa présence juste à côté de lui. Il sentait son souffle. Troublé, mais sans désir de rompre le charme, il lut sans s'arrêter pendant près d'une demi-heure. Quand il stoppa enfin, il se rendit compte qu'elle secouait la tête.

— Qu'y a-t-il ?

— Je ne vois aucun lien entre les lettres et les mots, mon père. Je ne comprends pas comment vous faites. Je ne vois pas comment vous lisez. Ça semble... enchanté. Je ne veux pas dire que c'est de la magie, dit-elle rapidement, ou qu'il y a quelque chose d'obscur derrière tout ça. Et je sais que c'est la parole de Dieu, mais c'est juste... trop. (Elle refoula des larmes de frustration.) Je crois que je n'y arriverai jamais.

Salvago réfléchit au problème. Comment ses propres professeurs lui avaient-ils enseigné la lecture ? Il ne parvenait plus à s'en souvenir. Dans quel ordre s'y étaient-ils pris ? Quels trucs utilisaient-ils pour aider l'apprentissage et la mémorisation ? Il ne savait plus. Il se rappelait quand même que ses tuteurs ne mélangeaient jamais lecture et écriture. C'était deux arts différents, inculqués séparément, voire à des années d'écart. Il commettait peut-être une erreur en voulant aller trop vite. Mais il n'en était pas certain. L'élève était brillante. C'était le professeur qui faisait défaut.

Après y avoir encore mûrement réfléchi, il réalisa qu'il avait sauté une étape essentielle.

Il reprit la craie et écrivit sur l'ardoise.

— D... e... i, énonça-t-il en épelant chaque lettre séparément avant de les réunir. Voilà ce qui sert à former le nom de Dieu. Là, tu vois ? *Dei*. Et maintenant un autre mot. H... i... e... (Il épela complètement *Hierosolymam*.) Jérusalem.

C'était une chose si simple... mais elle faisait toute la différence.

— Oui, exulta-t-elle enfin. Je vois.

Il appliqua la même procédure pour écrire et déchiffrer son propre nom et celui de son élève. Exemple après exemple, la compréhension semblait s'épanouir dans l'esprit de Maria.

Il lui fit cadeau, avant qu'elle s'en aille, d'une liasse de feuilles de vélin qu'il avait empruntée à l'évêque Cubelles. Il avait expliqué au prélat qu'il en avait besoin pour ses études. D'une certaine manière, c'était la vérité, pensait-il, et Cubelles avait tous les parchemins qu'il voulait. Salvago avait écrit les caractères de sa plus belle main le long de la marge gauche des feuillets, puis il avait enchaîné avec des mots complets.

— Entraîne-toi chez toi.

Les yeux de Maria brillèrent de gratitude.

En deux jours, elle remplit onze feuilles recto verso. Elle traçait les caractères les plus petits possible pour en reproduire le maximum sans perte d'espace. Naturellement, ses lettres manquaient d'élégance, mais elle contemplait ses exercices comme s'ils étaient l'œuvre même de Dieu. Et vraiment, pensait-elle, ils l'étaient.

Elle perdit sa nervosité, mais rien de son empressement ni de son enthousiasme. Au contraire, une fois libéré, celui-ci déborda. La plume de Maria tournait, filait, montait, descendait. Chaque jour, le résultat montrait plus d'habileté. Le rire de Maria jaillissait comme les caractères. Elle avait un visage frais, une peau parfaite. En sa présence, Salvago avait l'impression de se perdre, comme s'il trahissait la distraction d'un écolier. Un jour, quand elle vit qu'il ne faisait pas attention, elle écrivit dix lettres à rebours. Toutes parfaites, mais à l'envers. Quand il remarqua enfin leur incongruité, l'expression de son visage la fit éclater de rire.

— Vous êtes toujours en train de songer à Dieu, dit-elle. A être comme ça, je pense que dans la rue, vous devez marcher dans toutes les saletés.

Il détourna les yeux.

— Tu apprends très bien.

— Merci, mon père. Vous êtes un bon professeur.

— Je pense que nous devrions passer à trois leçons par semaine. Si Luca accepte, bien évidemment.

Elle laissa fuser un petit souffle, presque un sifflement.

— Vous pensez vraiment que je peux ? Aurez-vous le temps.

— Je le trouverai.

Et il savait qu'il s'arrangerait même pour lui faire cours cinq fois par semaine, ou sept.

Il emprunta une grammaire italienne à Axiaq et commença à travailler dessus avec son élève. Elle apprenait encore plus vite qu'avant, parce qu'elle connaissait la plupart des mots. Elle remplissait des listes de conjugaisons et des colonnes de vocabulaire. Vraiment, pensait-il, elle était exceptionnelle.

— J'ai quelque chose pour toi, lui dit-il un après-midi.

Il sortit un cahier d'exercices, le même exactement que ceux qu'utilisaient les écoliers de Mdina.

— Vous êtes un don de Dieu, mon père, s'exclama-t-elle.

Elle serra le précieux objet sur son cœur et lui déposa une bise sur la joue. C'était un baiser rapide et innocent, mais il ébranla le prêtre tout le long de sa colonne vertébrale. Il s'éclaircit la gorge avant de lui montrer comment utiliser le cahier et de lui donner un devoir.

La nuit, elle s'entraînait à écrire. Elle recopiait les mots, les répétait à haute voix et travaillait jusqu'à extinction des bougies d'Eléna. Chaque fois, elle ressentait un frisson dans tout son être. Elle voyait le miracle couler de sa main ou entendait la magie sourdre de ses lèvres.

— Tu es l'image même de la prétention, lui lança Luca en l'observant.

Il mangeait un oignon et gagna son lit.

— Les seuls mots que tu devrais lire sont ceux de la Bible, observa Isolda.

Elle fit sa prière à la Vierge et alla rejoindre son mari.

Le lendemain matin, la jeune fille vit Jacobus qui partait s'occuper des chèvres.

— Maria ! Tu dois venir avec moi. Les chèvres ont trouvé un nouveau champ d'oyat à flanc de falaise. J'les ai suivies et j'ai découvert de vieilles gravures dans des cavernes. J'parie que c'est des indications d'un trésor ou quelque chose comme ça. Viens, j'vais te montrer. On pourra jeter des cailloux aussi.

— J'aimerais bien, mais je dois aller voir Dun Salvago.

Le garçon regarda le livre qu'elle serrait et baissa les yeux.

— Tu ne veux plus faire que ça. Je savais pas qu'ça prenait tant d'temps d'apprendre. (Il donna un coup de pied dans un galet et l'envoya rouler.) Tu as oublié tes chèvres.

Elle entendit le vrai reproche muet : « Tu m'as oublié. » Alors, avant de s'éloigner, elle lui sourit.

— Je viendrai ce soir, après ma leçon. Je te le promets.

Salvago invita Maria à l'accompagner lors de la visite régulière qu'il rendait à sa sœur, Angela Buqa, à Mdina.

— Apporte ton livre, lui dit-il. Ma sœur t'en lira des pages.

Pendant des jours, Maria appréhenda le rendez-vous qui approchait.

— C'est une noble, expliqua-t-elle à Eléna.

La jeune juive lui coiffa les cheveux et lui déposa une touche d'eau parfumée sur le cou et les joues.

— Tu as l'air noble toi-même, la rassura-t-elle. Baronne ou pas, elle sera jalouse de toi.

Maria et Salvago partirent ensemble dans la carriole du prêtre. Les hautes roues de bois sautaient sur le mauvais sentier. Chaque fois que l'une d'elles heurtait une pierre, ils étaient secoués dans tous les sens. Ils s'accrochaient aux ridelles, mais deux fois, ils tombèrent l'un contre l'autre. Le contact et le parfum de la jeune fille troublaient Salvago. Elle se rétablissait rapidement, continuant à discuter et à rire, et donnant l'impression de ne même pas avoir noté le contact physique. Elle parlait des chèvres.

Mdina se perchait au sommet d'une colline, offrant un point de vue splendide sur l'île. Ils en passèrent la porte et s'engagèrent dans les rues étroites, puis, après avoir franchi une autre porte, pénétrèrent dans la cour de la demeure des Buqa.

Maria se sentait elle-même transformée. Elle ne se trouvait plus dans l'environnement rude de Malte, mais venait d'entrer dans le château féerique de ses rêves, un monde coloré et gai, de privilèges et de luxe. Un valet souhaita la bienvenue au père Salvago et les aida à descendre de la voiture, puis un autre les introduisit à l'intérieur. La jeune fille regardait tout avec des yeux écarquillés et incrédules : elle n'avait jamais vu autant d'opulence... sauf dans ses rêves. La salle de réception était beaucoup plus grande que sa propre maison. Il y avait de vraies vitres en verre, le sol était couvert de carrelage et de lourdes tapisseries ornaient les murs. Maria inspira profondément : l'air de la maison lui-même exhalait la richesse. Naturellement, ses yeux s'attardèrent sur les rayonnages, ployant sous des rangées de volumes reliés cuir. Pressant son livre sur son cœur, elle souriait.

Au-dessus de l'immense cheminée, elle contempla le grand portrait. L'homme barbu — un noble, sans le moindre doute — était revêtu d'un kilt avec de hauts bas gris et des chaussures à semelle rouge. Sous une épaisse chevelure, il la dévisageait de ses impressionnants yeux gris.

— Le mari de ma sœur, le baron, expliqua Salvago.

Dans un bruissement de jupes, la baronne fit son entrée dans la pièce. Maria tourna la tête et resta subjuguée. Angela Buqa se déplaçait avec grâce et noblesse. Elle offrait un contraste saisissant avec le gros homme âgé du tableau. Elle avait des traits délicats, une petite bouche, un long cou. Des rangées de perles étaient tressées dans ses cheveux auburn, qu'un chignon retenait à l'arrière de sa tête, à l'exception des longues boucles spiralées retombant sur ses oreilles. Elle portait une robe de velours et de brocart rehaussée de fils d'or et d'argent et de perles, qui faisaient écho à celles de la coiffure. Celle-ci s'ouvrait sur les côtés, révélant au-dessous des dentelles à motifs. Maria mémorisait les moindres détails pour pouvoir les rapporter à Eléna.

Angela salua chaleureusement son frère qui, à son tour, lui présenta Maria. La baronne la regarda avec un sourire forcé. Giulio lui amenait toujours des invités peu ragoûtants de sa paroisse et elle devait puiser au fond d'elle-même pour faire bonne figure. Elle les entraîna vers une table basse. Maria allait s'asseoir sur un fauteuil élégamment brodé, quand Angela sortit un mouchoir.

— Voudriez-vous être assez aimable ? dit-elle en regardant le pantalon de la jeune fille.

Cette dernière mit un moment à comprendre : la maîtresse de maison voulait qu'elle protège le siège. Maria sentit ses joues s'empourprer un peu, mais elle s'exécuta et s'assit avec toute la grâce qu'elle put.

— Vous donnez l'impression d'être plus à l'aise sur un rocher que sur un fauteuil, lança la femme.

Maria hocha la tête en faisant mine d'être sourde à la moquerie.

— Oui, *barunessa*, mais c'est très confortable pour mes... mon derrière.

Le père Salvago gloussa, mais lança un regard désapprobateur à sa sœur, qui arborait un grand sourire ne trahissant pas le moindre humour.

On leur servit du pain, de la confiture et une boisson chaude. Angela dit qu'on l'appelait café et qu'elle venait d'en importer de la péninsule arabe.

— C'est le meilleur au monde.

Maria goûta le breuvage et sursauta presque. Le goût amer la fit grimacer et même le miel ne l'adoucissait pas.

— C'est très bon, mentit-elle.

Elle fixait les confitures. Elle n'en avait jamais vu non plus, mais, après le café, n'était plus sûre de vouloir les essayer. Salvago et sa sœur discutaient entre eux. Essayant de ne pas les importuner, Maria prit une tranche de pain et, du bout de la langue, testa l'étrange substance rouge et collante. Elle crut mourir de plaisir. Soigneusement, elle lécha sa tartine, puis la mangea. Elle engloutit ainsi quatre des six tranches du plateau, quand Angela remarqua enfin le manège.

— Vous voulez peut-être le bocal, dit-elle.

Sa petite invitée, rayonnante, acquiesça de la tête.

Puis l'hôtesse l'invita à l'étage, pendant qu'elle allait se changer pour le déjeuner. Maria compta huit penderies dans la pièce et, à travers une porte ouverte, en aperçut encore d'autres à côté.

— Combien de robes avez-vous ?

— Trop pour les compter... mais moins que je ne voudrais.

La jeune fille s'installa devant un grand miroir. Elle avait déjà vu une glace à tain, mais celle-ci — un modèle vénitien à cadre doré — permettait de s'admirer entièrement. Elle se tourna, se retourna, pour se regarder. Son visage lui plaisait. Jamais elle ne l'avait autant détaillé. Elle se tira les oreilles, ouvrit la bouche et sortit la langue. Oubliant pratiquement où elle se trouvait, elle riait joyeusement. Se mettant de profil, elle nota la forme de ses seins sous le gilet. Elle n'avait jamais vraiment prêté attention à eux jusqu'alors. Mais maintenant, elle les observait. Et ses hanches aussi. Elle se toucha les cheveux, qu'elle avait tressés avant de venir. Hélas, elle constatait qu'elle s'y était vraiment mal prise. Des mèches lui tombaient sur les joues, qu'elle essaya de remonter ou de faire tenir ; mais elles retombaient aussitôt.

— Vous devriez les teindre, lui conseilla la sœur de Dun Salvago. Et vous blanchir la peau... Cette coloration brune, ça ne se fait pas.

— C'est le soleil. Je passe beaucoup de temps dehors avec mes chèvres.

— Ah, avec vos chèvres. J'aurais dû deviner. Je pensais que c'était de la saleté. Mais il existe des herbes, savez-vous ?

— Pour les chèvres ?

— Pour votre peau.

Angela se tenait tout près d'elle et rajustait sa robe. Dans le miroir, Maria pouvait voir leurs deux images côté à côte. Soudain, elle eut l'impression d'être une vulgaire silhouette d'argile près d'une ravissante porcelaine.

— Vraiment ? Vous pensez que je devrais ?

— Probablement pas.

La baronne s'était assise à sa coiffeuse. En observant la fille du coin de l'œil, elle se coiffait devant un autre miroir. L'attention de Maria s'était reportée sur une série de brosses en écaille, qu'elle touchait comme si elles étaient en soie.

— Vous les aimez ? demanda Angela.

— Oh oui, c'est magnifique.

Maria laissa jaillir ce qu'elle avait en elle : ses rêves, son désir de vivre dans une maison comme celle-là un jour, une demeure aussi grande qu'un château. Puis, se sentant en confiance et plus téméraire, elle alla jusqu'à révéler à son hôtesse ses pensées les plus folles : posséder des serviteurs, des champs de lupin... Soudain, elle se ressaisit, rouge de confusion.

— Je suis désolée. Je ne voulais pas dire ça.

— Du lupin ! releva gaiement la sœur de Salvago. Quelle idée originale de vouloir cultiver cette jolie petite herbe. Et même un champ entier, dites-vous. Que voudriez-vous en faire ?

— Je... je ne sais pas, en fait. C'est une idée stupide.

Maria sourit et baissa les yeux. Elle était incapable de dire si la femme essayait de se montrer gentille ou méprisante. Son visage exprimait une chose et sa bouche une autre. Maria se mortifia à propos du lupin. Etait-ce vraiment une simple herbe ? Elle ne dit plus rien.

Le déjeuner fut un somptueux banquet. Deux valets servaient les corbeilles de fruits, les plats de légumes fumants, les tranches de viande... Maria ne reconnaissait rien. De leur côté, le frère et la sœur discutaient du baron, qui était absent pour ses affaires. La jeune fille attrapa une tranche de viande avec les doigts. Elle avait déjà le morceau dans la bouche quand la baronne prit une fourchette et regarda dans sa direction, puis s'arrêta au milieu d'une phrase et la fixa en fronçant les sourcils. Son regard hésitait entre l'horreur et le plaisir.

Rouge de honte, Maria reposa la viande dans son assiette et essuya ses mains sur son gilet. Elle saisit sa propre fourchette et la tint fermement entre ses doigts comme elle l'aurait fait avec un poignard, et non délicatement, du bout des doigts, à l'instar des autres. La pose était incommode, mais elle parvint tout de même à manger. Essayant de la mettre à l'aise, le père Salvago fit une plaisanterie sur l'inefficacité de l'ustensile, comparé aux doigts que Dieu leur avait donnés. Toutefois, cela n'atténua en rien la gêne croissante de la jeune fille. Tout le reste du repas se déroula sur le même registre. A chaque nouveau plat, Maria se sentait au bord de la catastrophe, prête à basculer dans l'abîme social auquel elle appartenait, comme le lui rappelait tout ce qui environnait la *barunessa*.

Enfin, le déjeuner s'acheva.

— Bien, s'exclama alors Angela. Passons à la grande affaire du jour. Mon frère me dit que vous possédez un livre.

— Oui. *Le Courtisan*.

Maria savait le titre par cœur. Elle se l'était répété des centaines de fois.

— Je le connais bien. J'en ai même un exemplaire. Voulez-vous que nous le lisions ?

— Oh, oui. S'il vous plaît.

Fièrement, la jeune fille apporta le volume de cuir rouge.

Angela ne le prit pas, mais se dirigea vers sa bibliothèque. Elle récupéra une édition beaucoup plus luxueuse, avec une couverture pourpre, et des pages dorées, pressées et filigranées.

Le livre retentissait de joutes verbales animées à l'intérieur du palais ducal d'Urbino. Des courtisans débattaient des mérites de l'individualisme et de la nature de l'homme. Angela choisit certains passages qu'elle lut à haute voix. Pendant ce temps, Maria suivait le texte dans son propre volume. L'expérience commença d'une manière grisante. Non seulement la femme lisait parfaitement, mais l'œuvre renfermait des idées : sur l'amour et l'honneur, sur l'*uomo universale*, l'homme aux multiples facettes. Certains passages anticléricaux firent même rire le père Salvago — sa sœur paraissait les trouver avec une facilité déconcertante. Avec cette même aisance, elle en exhuma d'autres qui semblaient directement destinés à Maria : des développements sur l'habillement et la richesse, le maintien et la position sociale... Beaucoup de mots de ces extraits étaient inconnus de Maria, mais elle en comprenait aisément le sens à la façon qu'avait la baronne de les exprimer.

— Ainsi, les personnes les plus distinguées sont les hommes de noble ascendance, lut-elle.

Et il était clair qu'elle prenait du plaisir à observer l'inconfort de la jeune fille.

Dun Salvago intervint alors, parce que, lui aussi, connaissait l'ouvrage. Il indiqua une section qui parlait d'individus d'humble extraction dont les vertus avaient attiré la gloire sur eux-mêmes et leur descendance. Mais en dépit de ses efforts, le charme était rompu pour Maria. Comme le frère et la sœur s'affrontaient verbalement, elle referma son livre.

— Je suis fatiguée, dit-elle. Je crois que j'aimerais m'en aller.

— Il est dommage que les idées vous troublent à ce point, ma chère, déclara Angela. C'est le prix des mots, je suppose. Mais c'était votre livre.

— Je suis fatiguée. C'est tout.

— Bien sûr.

Maria se leva pour s'en aller. Sur une impulsion, elle essaya de faire la révérence. Eléna lui avait dit que c'était courant au sein de la noblesse. Elle ne s'y prit pas très bien. Cette fois, elle n'eut pas besoin de voir l'expression de son hôtesse pour savoir qu'elle était moqueuse. Gênée, elle s'excusa et partit vers l'entrée, tandis que le religieux disait au revoir à sa sœur.

— Vraiment Giulio, lui dit cette dernière, j'aurais voulu que tu ne fusses pas si distrait par cette... cette fille. L'île est plus désolée que je ne l'ai cru. Dis-moi, est-ce son esprit qui t'intéresse ou son éducation ?

— Ne te moque pas, lui répondit-il sévèrement. J'admire son désir de s'améliorer, sa volonté farouche d'apprendre à lire.

— Vraiment ! Un moment, j'ai imaginé que ton intérêt était plus charnel que littéraire. Comme j'ai l'esprit mal tourné !

— Angela !

Ses joues s'étaient empourprées. Sa sœur lui sourit gentiment.

— Mon pauvre frère, c'est simplement que tu es plus facile à lire que *Le Courtisan*. Si je n'avais pas vu ce regard si souvent pendant tes années folles, peut-être que je ne le reconnaîtrais pas aujourd'hui.

— Je ne veux pas en entendre davantage. Comment oses-tu ?

— Pardonnez-moi mon impertinence, père Salvago... mon cher frère. Je m'inquiète pour toi, pour tes ambitions au sein de l'Eglise. Que dirait l'évêque ? Il brûle ceux qui le déçoivent, tu le sais. Ici, ce n'est pas la Sicile. Prends garde à ne pas lui servir de combustible avant d'avoir pu assouvir tes rêves de Vatican.

— Ça suffit, Angela.

— Absolument, admit-elle en lui prenant la main. A dimanche prochain, alors. Antonio sera là. Ne sois pas en retard.

Elle lui adressa un grand sourire et Salvago lui embrassa la joue.

Pendant le voyage de retour vers Birgu, Maria lutta contre son envie de pleurer. Dans ses yeux, le monde d'Angela Buqa brillait moins que le matin même. Mais elle savait que ce n'était dû qu'à sa naissance humble. Ses miroirs seraient toujours en fer-blanc.

— Votre sœur est très belle, dit-elle d'une petite voix faible.

— Ma sœur est une bégueule, rétorqua Salvago. S'il te plaît, oublie sa vanité.

L'esprit du prêtre était pris dans un tourbillon de dénégation, de culpabilité et de confusion. Rien ne l'enrageait plus au monde que sa sœur quand elle se conduisait ainsi.

Ils firent le reste du trajet jusqu'à Birgu en silence.

Chapitre 18

— Je t'ai apporté ça.

Jacobus lui tendit un petit paquet soigneusement enveloppé dans du tissu.

Assise sur la plage, Maria reposa son livre. Ouvrant le présent, elle sourit en découvrant le nougat à l'intérieur.

— Du *qubbajt* ! exulta-t-elle. J'adore.

— J'ai pu l'obtenir contre quelques plumes, expliqua-t-il.

— Tu es un amour, minauda-t-elle. Des fleurs sauvages la semaine dernière, et maintenant ça.

Il s'assit près d'elle. Dans le sable, elle avait tracé des lettres avec un bâton. Ses yeux, curieux, passèrent de l'ouvrage au sable.

— Qu'est-ce que c'est ? demanda-t-il.

— Un *L*. Ici, répondit-elle, en reprenant le bâton. Laisse-moi te montrer. Tu vois ? *J-a-c-o-b-i-s*. C'est ton nom.

Elle se tourna vers lui et réalisa qu'elle s'était trompée. Rapidement, elle effaça le I pour le remplacer par un U.

— Là, c'est ton nom cette fois, reprit-elle avec conviction.

Il essaya d'en faire autant, mais n'obtint qu'un pâté indéchiffrable.

— Je ne suis pas très bon, s'excusa-t-il.

— Il faut de la pratique.

Il effaça le tout et recommença. En vain. Alors il se releva, frustré.

— Ce n'est pas pour moi. C'est de la magie. Quelque chose pour les nobles.

Il laissa tomber le bâton et descendit vers l'eau. Ramassant un caillou, il le lança dans les vagues. Une galère voguait au large et derrière elle, plus loin encore, ils pouvaient voir d'autres bateaux. Les pêcheurs jetaient leurs filets pour attraper thons, rougets et colins.

— Allons chercher des moules, dit-il.

Elle le suivit.

Dès qu'ils trouvaient quelque chose d'intéressant dans les trous d'eau entre les rochers, ils s'appelaient. Les coquilles venaient remplir rapidement un baluchon. Quand elle n'était pas tournée vers lui, Jacobus la regardait s'activer. Toute la journée, il avait courageusement travaillé lui-même. Jamais il n'avait ressenti une telle boule à l'estomac. Pas même quand, pour la première fois, il s'était balancé le long de la falaise au bout d'une corde, à cent pieds au-dessus de l'eau.

Il avala sa salive et se lança.

— Tu crois que tu auras toujours envie d'être avec moi ? Je veux dire, que tu auras toujours envie de veiller sur moi ?

Elle le regarda avec ce sourire qui le faisait fondre.

— Jacobus ! Quelle idée ! Je veille sur toi plus que tu ne l'imagines. (Il se pencha et ramassa une moule dans l'eau pour dissimuler un petit sourire.) Tu me rappelles mon frère, Nico, tu le sais bien, précisa-t-elle.

Son sourire s'évanouit. Il sentait ses joues brûlantes.

— Oh ! fit-il. (Il inspira longuement, avant d'ajouter :) Je ne veux pas te rappeler ton frère.

— Ah bon ? Tu l'aurais aimé, j'en suis sûre. Je ne peux faire plus beau compliment à quelqu'un.

Il ne savait pas exactement ce qu'il voulait dire et, de toute façon, était beaucoup trop timide pour essayer.

— Peu importe, répondit-il simplement en essayant de dissimuler la tristesse de sa voix.

Maria était assise à la table et lisait à haute voix. Derrière elle, Salvago arpentait la pièce. Elle appréhendait certains mots rapidement et facilement, mais butait sur d'autres. Et de temps en temps, elle n'y parvenait pas du tout et demandait de l'aide.

Il l'observait sans qu'elle puisse voir son regard. Soudain elle trébucha sur un terme. Il se pencha sur son épaule et elle lui indiqua l'endroit. La joue du prêtre toucha les cheveux de son élève et un frisson lui parcourut l'échine. Il pouvait sentir sa fragrance. Normalement, elle ne portait pas de parfum, à la différence de son amie Eléna, et c'était celui-ci qu'il humait, mêlé à l'odeur de paille et de chèvres. Il conférait une sensation de fraîcheur à la jeune fille. Les yeux de Salvago furent attirés par le renflement des seins de Maria sous sa chemise et il réagit sous sa robe ecclésiastique. De toutes ses forces, il résista pour ne pas se presser contre elle. Au lieu de cela, il appuya le bas de son corps contre le dos de la chaise et sentit une onde irrépressible de désir monter en lui. Le contact avait été bref, mais son effet se manifestait au plus profond de lui. Instantanément, il fut submergé par un sentiment de culpabilité et se redressa.

— Tu devrais t'en aller, maintenant, dit-il brutalement.

Elle se tourna vers lui et le dévisagea.

— Quelque chose ne va pas ? demanda-t-elle inquiète. Etes-vous malade, mon père ? On dirait que vous avez de la fièvre.

— Non. C'est seulement... il y a des choses urgentes dont je dois m'occuper.

Elle se leva donc pour partir.

— Je comprends. Pardonnez-moi. Je vous revois dans deux jours.

— Non, répondit-il. Pas... pas si tôt. Je t'enverrai un mot. Vraiment, je suis très occupé.

Elle le fixa, quelque peu troublée. Mais lui détourna les yeux. Son visage, son corps, ses cheveux... Il ne pouvait plus la regarder.

Dès qu'elle fut sortie, il courut vers le presbytère. Là il se jeta à genoux au pied de son lit et pria Dieu pour qu'il lui accorde la force. La prière ne lui apporta pas la paix. Sa respiration demeurait pesante. Il avait l'impression que sa poitrine était comprimée dans un étau, que ses reins étaient en feu. Depuis son entrée au séminaire, il n'avait jamais plus ressenti de telles choses. Non, ce n'était pas exact : même avant son entrée, il n'avait rien ressenti de tel. « Je ne vais pas la rappeler. Je vais mettre un terme à cette folie. »

Cette nuit-là, chaque fois qu'il ferma les yeux, il vit Maria. Il la vit nue ; il la vit sous lui ; il la vit lui ouvrant ses cuisses, hurlant, l'appelant... En sueur, il pria, mais la fièvre qu'elle avait introduite en lui ne le quittait plus.

Les jours passèrent. Progressivement, grâce à la prière, il parvint à reprendre le contrôle de lui-même et à laisser ses pensées de côté. Il lui envoya un mot : elle pouvait revenir le lundi suivant.

Dans le clocher, Luca Borg et ses ouvriers faisaient un vacarme invraisemblable. Dès que Maria fut entrée, Salvago referma la porte derrière elle. Il était très sérieux, presque froid. Il avait à peine commencé la leçon qu'Eléna surgit dans la sacristie.

— Je suis désolée... Maria, tu dois venir. Les chèvres. Elles sont malades. Elles vont mourir. Fençu et Jacobus sont à la pêche. Elli ne sait pas quoi faire.

Salvago se signa.

— Que se passe-t-il ? s'enquit-il.

— C'est le grain, mon père, expliqua la jeune juive.

L'un de ses clients l'avait payée avec des céréales plutôt

qu'en bonne monnaie sonnante et trébuchante. Elle les avait rapportées sur un chariot, qui était entreposé plein.

— Elles ont sauté la clôture et en ont mangé une bonne quantité. Elles sont malades, Maria. Elles sont toutes gonflées. Elli dit qu'elles vont exploser.

— Je dois y aller, mon père, dit Maria. Vous voulez bien prier pour elles, s'il vous plaît ?

— Je vais faire plus que ça, répondit-il. Je vais vous emmener dans ma voiture. Je m'occupais des chèvres au séminaire. Je peux peut-être vous aider.

Il harnacha lui-même la carriole et fouetta la mule comme s'il s'agissait d'un cheval de course.

Quand ils arrivèrent sur le pré, les bêtes étaient dans un état terrifiant. Les plus fortes tapaient du sabot et bêlaient, leur ventre grotesquement distendu. D'autres haletaient, couchées sur le flanc. On comptait déjà deux mortes. Les enfants essayaient de tenir le reste du troupeau à l'écart des grains, et de reconstruire la barrière de pierre et de bois qui avait été cassée. Elli se leva, les mains pleines de sang. En découvrant la présence du prêtre, elle fit de son mieux pour dissimuler son choc.

— Je ne sais pas quoi faire, dit-elle à Maria. J'en ai saigné trois, mais je ne crois pas que ça les soulage.

Maria s'agenouilla près d'Esther. Elle lui posa la main sur le ventre, mais ce simple contact fit réagir l'animal. Effrayée, la jeune fille battit en retraite.

— Mon père... ?

— J'ai entendu parler de ça, dit-il, mais je n'en avais jamais été le témoin.

— Que faut-il faire ?

La voix de Maria n'était qu'un murmure.

— Je crois qu'il y a une solution. Mais je ne suis pas certain de pouvoir le faire.

— Si nous n'essayons rien, elles mourront.

— J'ai besoin d'un couteau bien tranchant.

Elli lui tendit la courte lame dont elle s'était servie. Salvago s'agenouilla près d'Esther et lui examina doucement le flanc. Les yeux écarquillés, elle tenta de se débattre et de se lever, mais Maria la retint. Elle poussa alors des bêlements aigus.

Salvago trouva une zone molle derrière la cage thoracique, assez haut sur le côté, où le ballonnement était apparemment le plus important. Il prit le couteau à deux mains.

— Père, guidez ma main.

Il plongea la lame dans le flanc d'Esther, qui sursauta et résista violemment. Quand il la retira, de l'air sortit de la bête, immédiatement suivi par une écume sanglante et rosacée provenant de la panse. Libéré de la pression, le flanc de l'animal reprit sa taille normale. Ils préparèrent un cataplasme à l'aide de terre et d'eau de mer qu'ils pressèrent contre la plaie, et ils attendirent. Maria caressait la tête d'Esther en lui murmurant à l'oreille.

Quelques minutes plus tard, la chèvre se leva. Elle respirait encore pesamment. Elle fit un premier pas mal assuré, puis un second. Et alors, comme si de rien n'était, elle fila droit vers le grain fatal. Elli applaudit de joie et la repoussa du pied. Rapidement, Eléna et elle donnèrent un coup de main aux enfants pour renforcer le muret.

De leur côté, Maria et Salvago se hâtèrent auprès des autres bêtes malades. Chaque fois, le rétablissement était aussi prompt que miraculeux. Pendant qu'ils s'affairaient, Salvago observait les mains de la jeune fille, si douces et en même temps si fortes, si fines et simultanément si sûres. Elle dut le secouer pour le tirer de sa rêverie. A eux deux, ils soignèrent dix-sept chèvres. Quand ils eurent fini, ils étaient épuisés. Leur visage et leurs habits étaient maculés de sang et de poussière. Ensemble, ils allèrent se laver dans l'eau de mer.

Cawl fut le premier homme à rentrer à la caverne. Son expression s'aigrit à la vue du prêtre, auquel il répondit par monosyllabes. Peu après, ce fut le tour de Fençu et Jacobus, qui revenaient avec leurs prises. Le premier regarda Salvago avec méfiance, mais il le remercia poliment quand Maria lui expliqua ce qu'il avait fait.

— Je dois retourner à Birgu, déclara le *kapillan*.

— C'est absurde, Dun Salvago, lui objecta le chef de M'Kor Hakhayyim. Nous avons une dette envers vous. Vous devez partager notre repas. (Jacobus écarquilla les yeux, mais l'autre savait pertinemment ce qu'il faisait.) Va, Jacobus, et aide Elli à tout préparer.

Le garçon comprit ce qu'il sous-entendait et se dépêcha de filer pour s'assurer que tout soit prêt. Même si les objets juifs ne restaient jamais apparents dans la caverne, il fallait quand même vérifier. Ils avaient déjà eu des visiteurs officiels : un recenseur de l'ordre et un *ministrale* de l'Università. Pour autant, Cawl regarda Fençu comme si son chef était devenu fou. Faire entrer le diable dans leur cachette !

Ils descendirent la pente raide menant à la grotte. Là, Elli fut aux petits soins pour leur invité, quand elle n'allait pas jeter un coup d'œil sur le repas qui cuisait. Ils ne montrèrent à Dun Salvago que la première partie de leur refuge, la source et la cuisine. Si le prêtre se montra fasciné par l'endroit et par son confort, il ne manqua pas de remarquer que quelque chose de subtil flottait dans l'air. Il repéra les regards furtifs, les murmures, les draps hâtivement tirés, comme s'il fallait dissimuler quelque chose. Cependant, il se méprit sur les causes de ces mystères. Lorsque les bols fumants commencèrent à circuler, il remarqua, par hasard, la base d'un chandelier d'argent qui était presque hors de vue. Là où devaient se trouver jadis des pierres précieuses, il n'y avait plus que des chatons ovales vides. Il le reconnut immédiatement, parce qu'il avait appartenu à sa sœur. Il sourit en son for intérieur : ces gens avaient certainement plus besoin de la lumière de ce candélabre qu'Angela. A la demande de Fençu, il dirigea le bénédicité. Juste derrière lui, dans une niche du mur sud, on voyait un crucifix.

Pendant tout le repas, Salvago sentit la présence de Maria. Il la regardait chaque fois qu'il le pouvait... en essayant de ne pas trop le montrer. Les yeux de la jeune fille brillaient à la lueur des flammes. Son rire cristallin retentissait souvent. Elle était vraiment chez elle dans cette grotte de *conversos*. Il aurait voulu faire disparaître tous les autres, se lever, aller vers elle et l'entraîner vers l'un des coins sombres, derrière le feu. Tourmenté, écœuré par lui-même, il reporta son attention sur ce que disait Fençu.

Cet après-midi-là, en regagnant Sainte-Agathe, Maria le remercia pour la centième fois. Il repoussa son élan de gratitude.

— Certaines chèvres vont encore mourir à cause du pus qui va se former.

— Mais pas toutes. (Ses yeux pétillaient.) Vous êtes un don du Ciel pour moi, mon père. Un don pour nous tous.

Il ne répondit rien, perdu dans un mélange troublant de plaisir et de honte.

Maria était reconnaissante, vraiment reconnaissante... mais rien de plus. « Pourquoi devrait-elle être davantage, Salvago ? »

Pourtant, il essaya d'obtenir plus d'une autre manière. Il était sur le point de mettre un terme au chantier de Luca Borg. Les travaux du clocher avaient été menés aussi loin que possible avec l'argent dont disposait Salvago. Le maçon lui avait déjà proposé de continuer pour un demi-salaire, sachant que, de toute façon, il ne trouverait pas d'autre travail avant le printemps. Et encore, s'il en trouvait alors... Luca était désespéré. Salvago alla donc implorer son beau-frère, Antonio Buqa, de donner des fonds supplémentaires. Le baron rechigna, mais finit par accepter.

Salvago révéla à Maria le succès de sa démarche avant même d'en parler à son père. De nouveau, elle parut contente, sans plus. Au fond de lui, il savait qu'elle ne ressentait rien pour lui : il était prêtre, professeur. Mais en même temps, cette idée blessait son orgueil. Il voulait qu'elle le regarde avec des yeux différents. Il voulait... Il voulait être un homme pour elle. Il était grotesque... C'était un rêve vain, impossible, profane. Une folie ! Mais il ne pouvait se la sortir de la tête.

Seul sur son lit, il ferma les yeux et se débattit la moitié de la nuit. Il sentait encore la peau de Maria : son parfum, sa perfection, son rayonnement. Il fut incapable de résister à l'appel de sa propre chair. Ensuite, il se laissa tomber de son lit, face contre terre, et pria. Puis il se fustigea en se lacérant le dos à l'aide d'une lanière de cuir à nœuds. Pendant des jours, il ne put trouver le sommeil et il perdit l'appétit. « Seigneur, aide-moi ! Près de Toi, je veux être un prêtre, près d'elle... un homme. »

Il traversa la leçon suivante comme dans un rêve. Tout lui semblait brumeux, vague, irréel. Il corrigea les caractères sans pouvoir empêcher sa main de trembler, même quand elle reposait sur la table. Pour le dissimuler, il se leva et dicta à Maria des séries de mots. Bientôt, doucement, sa main lui effleura l'épaule. Pour elle, ce ne fut rien du tout, un simple contact aussi fugitif qu'accidentel, comme chaque fois qu'il se penchait sur son épaule. En revanche, pour lui, ce fut comme s'il avait touché des flammes. Inconsciente du désir du prêtre, Maria se concentrait sur son travail. Il faisait tout ce qu'il pouvait pour ne pas hurler. « Bien sûr, rien de plus. »

Même l'indifférence de la jeune fille commençait à le fâcher. C'était une colère irraisonnée, ridicule, mais elle le dévorait.

C'était un beau mardi après-midi. L'air vif annonçait l'hiver. Maria courait dans la rue, un parchemin en main. Elle était tout excitée. La nuit précédente, à la lueur d'une bougie, elle avait terminé sa surprise. Elle en avait lu le résultat à Fençu et aux autres de M'Kor Hakhayyim. Peu importe s'il s'agissait d'un extrait du Nouveau Testament, en l'occurrence de saint Matthieu. Elle l'avait reproduit de mémoire, quelques passages chaque fois. Et finalement, de sa propre main, elle avait reconstitué les Béatitudes. Son public juif l'avait écoutée attentivement, fasciné par ses pouvoirs « magiques » à défaut de l'être par son choix du texte.

— Un extrait du *Nevi'im* aurait été mieux, plaisanta Fençu.

Maintenant, elle se précipitait pour l'offrir au père Salvago. Elle avait soigneusement roulé et noué le parchemin avec une ficelle. Elle arriva à Sainte-Agathe. Au sommet du clocher, elle aperçut son père. Il criait des instructions à ses deux aides, qui gâchaient du mortier en bas. Dans son enthousiasme, elle lui fit un signe de la main. Luca la vit et hocha la tête avant de retourner à son travail.

Ce n'était pas un jour de leçon et Salvago ne l'attendait pas. Il n'était plus lui-même. La semaine précédente, prétextant la maladie, il avait annulé toutes les leçons.

Mélancolique et seul, il était assis dans la sacristie. D'ordinaire, il buvait très peu. Mais là, une bouteille de vin presque vide était posée près de lui sur le sol. Il ne fut pas heureux de la voir. Enfin, il avait fermement pris la décision de mettre un terme aux cours et, ainsi, à ses tourments. C'était son seul espoir de préserver son équilibre mental.

— J'ai quelque chose pour vous, mon père.

Le sourire de la jeune fille était rayonnant.

— Je n'ai pas le temps aujourd'hui, Maria, grommela-t-il.

Il se leva, un peu chancelant. Dans son excitation, elle ne sentit pas l'humeur du religieux.

— Promis, ce ne sera pas long. Vous avez juste besoin d'écouter et ensuite je m'en vais. (Elle déroula la feuille de vélin.) « Heureux les pauvres en esprit... »

Elle lisait avec aisance, doucement, sans trébucher. Sa prévenance toucha profondément le prêtre.

— « Heureux les faibles... »

Il la détaillait tandis qu'elle lisait. Elle portait son gilet fauve doux et souple, un ruban dans ses longs cheveux... Il regarda ses mains tenant la feuille, ses mains fines qui avaient tracé tous ces caractères sur la page ; comme les lettres elles-mêmes, elles étaient devenues de plus en plus gracieuses, de plus en plus harmonieuses, de plus en plus belles chaque semaine.

— « Heureux les affamés... »

Il suivait le rythme de ses respirations, le mouvement de ses seins, la ligne de sa gorge, la forme de sa bouche qui exprimait les mots qu'il connaissait si bien. Il passa sur les quelques omissions ou erreurs de prononciation. Il voyait ses joues pleines de couleur, pleines de vie.

— « Heureux les cœurs purs... »

Dès qu'elle eut fini, elle leva les yeux, impatiente de surprendre le plaisir qu'elle devinait dans les yeux de son instructeur. Les mains tremblantes, le prêtre lui prit le parchemin. Il l'examina attentivement, avec, de fait, une immense satisfaction. Puis il la regarda dans les yeux. Elle souriait.

Il fit un pas en avant, les bras ouverts pour l'étreindre. Surprise, mais non effrayée, elle recula.

— Mon père !

Elle souriait maintenant avec un léger malaise. Leur proximité fut soudain plus qu'il ne pouvait supporter. Toute sa passion se libéra et il s'oublia. En une seconde, il fut sur elle et la prit dans ses bras. Stupéfaite, elle tenta de résister, mais il était beaucoup trop fort pour elle.

Il la plaqua sur la table. Ses mains couraient sur elle, essayant de défaire la lanière qui fermait son gilet. Quand il y parvint enfin, il lui souleva sa blouse et lui pelota les seins. Elle hurla, mais ses cris ne pouvaient sortir des épais murs de la sacristie. Et le vacarme du chantier achevait de couvrir le peu qui aurait pu filtrer. Le crucifix d'argent qui pendait au cou de Salvago tomba dans la bouche de la jeune fille. Elle se débattit pour essayer de le recracher. Criant, toussant, battant des pieds et des mains, elle arracha la croix du cou de son agresseur. Il posa sa bouche sur la sienne pour l'embrasser et la faire taire, mais en réponse, elle lui mordit la lèvre de toutes ses forces et sentit le goût de son sang sur sa langue. Elle se mit à le frapper avec le crucifix, mais cela ne fit qu'attiser sa folie. Il s'écrasa sur elle et, maladroitement, s'attaqua au pantalon de sa victime, qu'il parvint à descendre. Il se sentait fébrile, incapable de s'arrêter, aveugle à son regard affolé, sourd à ses cris... et il introduisit ses doigts en elle.

Maria hurla sous l'effet de la douleur. Lui n'entendait rien d'autre que la frénésie du sang battant à ses tempes. Presque sans y réfléchir, il remonta sa soutane et descendit son pantalon sur ses chevilles. D'un seul coup violent, il la viola. Il la frappa, la secoua, la gifla... Enfin, il cria... Il cria... d'angoisse, d'extase, de douleur... terrible douleur... Maintenant ses hurlements se confondaient avec ceux de Maria. Mais il continuait de ne pas l'entendre. Il restait sourd, aveugle, dans un état second. Ses hanches remuèrent une dernière fois et il retomba sur elle, haletant. Sa respiration décousue alternait hoquets et soupirs.

Il demeura couché ainsi tant que subsistèrent les pulsations dans ses tympans. Soudain, il réalisa qu'il n'entendait plus le vacarme dans le clocher. Il ne percevait qu'un petit bruit, étrange, lancinant, à la fois lointain et tout proche... les sanglots de Maria. Il se releva en titubant. Maladroitement, il poussa la table. Puis, en se penchant pour remonter son pantalon, il sentit son sang se ruer dans ses tempes et fut pris de vertiges. Hébété, il regarda la jeune fille. Son visage couvert de larmes était déformé par la douleur. Ses cheveux dénoués s'étalaient autour de sa tête sur la table. Le ruban qui les tenait gisait à côté d'elle.

Le parchemin était tombé sur le sol, comme le chandelier et le sablier. Le verre s'était brisé sous le choc. Quand il commença à retrouver ses esprits, l'horreur de ce qu'il venait de faire le terrassa. Et il tendit la main pour l'aider.

— Que Dieu me vienne en aide, murmura-t-il. Maria, s'il te plaît, pardonne-moi. Je ne sais pas ce qui...

— Va-t'en !

Lentement, douloureusement, elle se redressa et s'appuya sur un coude. Enfin elle parvint à se lever. Salvago vit qu'elle tenait la plume d'oie. Et ce n'est qu'alors qu'il réalisa qu'elle l'avait frappé avec. Il se tâta le cou : un petit vaisseau était percé. La blessure n'était pas sérieuse, mais elle saignait abondamment. Entre cette plaie et sa lèvre, beaucoup de sang avait coulé, dont une partie s'était répandue sur le visage de Maria. Derrière elle, sur la table, il en vit encore. Il y en avait aussi sur son pantalon. C'était son sang à elle. Maria serrait ses vêtements, essayant de les arranger, de les brosser, dans une vaine tentative d'effacer les taches et l'horreur. Mais elle ne fit qu'étaler la souillure. Alors elle s'essuya la joue. Sa poitrine ne cessait d'être secouée de spasmes. En remettant son pantalon, son œil tomba sur le lourd chandelier. Elle l'attrapa subitement et se retourna, déterminée à fracasser le crâne de Salvago.

A ce moment précis, Luca Borg frappa à la porte de la sacristie et entra.

— Excusez-moi, mon père, il y a un problème avec le...

Il s'interrompit, bouche bée, ayant aperçu le sang, le candélabre dans la main de sa fille et le verre pilé. Il vit l'expression terrifiée du visage de Maria et l'angoisse sur celui du prêtre.

— Père !

Maria laissa tomber le chandelier et courut vers lui en piétinant le verre cassé. Ses pieds laissèrent une trace sanglante sur le sol, mais elle ne sentait rien.

— Père, il... il m'a fait mal ! Il...

Incapable de prononcer le mot, elle enfouit sa tête contre la poitrine de Luca. Celui-ci n'esquissa aucun mouvement pour la réconforter. Il restait là, immobile comme un roc, absolument pas sûr de lui-même et de ce qu'il devait faire. Il repoussa sa fille, doucement, mais fermement. Elle vit les veines qui battaient à ses tempes. Son regard s'assombrit en fixant le père Salvago.

— Laisse-nous, Maria, dit-il d'une voix rauque. Rentre à la maison.

— Mais père...

— *Itlaq ! Mur id-dar !*

Maria quitta la pièce en trébuchant. Elle traversa le sanctuaire et se laissa à moitié tomber sur la balustrade du chœur, qu'elle enjamba. Dans la foulée, elle se cogna dans deux paroissiennes à genoux. Une fois dans la rue, elle se mit à courir, courir, sans réfléchir, sans souci de rentrer chez elle, sans penser à quoi que ce soit d'autre qu'à l'horreur de ce qu'elle venait d'endurer. Birgu s'était fondu en un brouillard de visages, de bruits et de lieux inconnus. Elle filait dans cette brume, inconsciente de tout. Finalement, au bout d'un temps indéterminé, elle s'effondra dans la grotte de M'Kor Hakhayyim entre les bras d'Eléna. Comment avait-elle fait pour s'y retrouver ? Elle l'ignorait. Comme elle ignorait combien de temps elle avait couru. Une heure ? Trois ? Elle n'en savait rien. Elle sanglotait de manière hystérique et il se passa une bonne demi-heure avant qu'elle puisse raconter ce qui venait de se passer. Ses émotions alternaient brutalement et sauvagement entre la douleur et la rage. Elle marchait en tout sens, hurlait, pleurait. A tel point qu'elle finit par en avoir mal à la gorge. Soudain, elle s'aperçut qu'elle tenait toujours le crucifix. Ce n'était plus rien qu'un vulgaire objet sacrilège incrusté de rubis. Maria défit la chaîne enroulée autour de ses doigts serrés et jeta la croix haïe à travers la caverne. Elle ricocha contre la roche et alla se perdre dans quelque coin sombre. Puis, folle de colère et de souffrance, la jeune fille se précipita contre la paroi, qu'elle frappa de ses poings nus. Rapidement, ils furent en sang. Alors elle alla laver ses mains dans la source. L'eau était froide et elle se mit à trembler sans pourvoir s'arrêter. Brutalement, sentant une vague nauséeuse monter de ses entrailles, elle se pencha pour vomir. Tout se tordait douloureusement dans son ventre. Elle se vida jusqu'à ce qu'il ne sorte plus que de la bile. Mais cela ne suffisait pas. Elle aurait voulu évacuer encore autre chose, ce qui était impossible. Rien d'autre ne pouvait sortir. Elle restait là, incapable de ne pas pleurer et secouée de spasmes.

Cawl revint à la grotte, puis Villano. Chaque nouvel arrivant cherchait à découvrir, intrigué, la source de ce bruit. Mais Elli refoulait tout le monde. Seul Fençu put se hisser sur la petite échelle menant au perchoir d'Eléna. Il regarda à l'intérieur, les traits marqués par l'inquiétude.

— Que puis-je faire ? murmura-t-il.

Eléna secoua la tête. Il n'eut pas besoin d'une seconde invitation pour s'éclipser. Il ne voulait pas intervenir dans un problème féminin.

Finalement, bien après minuit, quand le pire de la tempête fut passé, Maria, épuisée, se roula en boule et posa sa tête sur la cuisse de son amie. Celle-ci lui caressa les cheveux et la berça à la lueur tremblotante d'une bougie.

— Comment a-t-il pu... Comment ? Ça fait mal, Eléna, si mal et ça ne va pas s'arrêter.

— Ton père va le tuer, dit la jeune juive.

— Oui. Je prie pour ça.

— Mais cela ne fera qu'empirer les choses.

— Elles ne peuvent être pires.

Eléna ne répondit pas. Salvago n'était pas un roturier et à Malte, seuls les chevaliers étaient aussi puissants que son Eglise. « Oh Maria, ma chère Maria. Que va-t-il advenir de toi ? »

La fille de Luca Borg se remit à pleurer. Les petits gémissements sortant de son corps secoué de sanglots emplissaient la grotte. Elli lui apporta une coupe de lait de chèvre au miel qu'elle avait réchauffé sur le feu. Maria, reconnaissante, accepta de la boire, mais la vomit peu après.

Finalement, à l'aube, elle s'endormit.

Chapitre 19

Le lendemain, Maria attendit la fin de l'après-midi pour rentrer à Birgu. Eléna l'accompagnait. Tout le temps du chemin de retour, elle lui confia son inquiétude : les gendarmes avaient peut-être déjà arrêté son père pour le meurtre du *kapillan* de Sainte-Agathe. Ordinairement, les droits d'un homme étaient absolus quand il s'agissait de défendre l'honneur d'une fille. Mais contre l'Eglise, lesquels prévalaient ? Son père était un taureau et sa colère avait dû être terrible. Elle ne serait pas franchement surprise de le voir pendu au gibet... et elle en serait la cause.

Les yeux d'Isolda étaient rouges. A la vue de sa fille, elle fondit en larmes. Puis, après s'être signée, elle disparut derrière la tenture de sa chambre. Maria écarta le rideau. Etendue sur le lit, sa mère sanglotait.

— Mère ! Qu'est-il arrivé ? Où est père ?

— Il... il va bientôt être..., commença Isolda, mais ses larmes l'empêchèrent d'achever.

Maria n'avait aucune envie d'insister. Dans les situations difficiles, sa mère n'était d'aucune utilité. Il n'y avait donc rien d'autre à faire qu'attendre.

Au moins, ils n'avaient pas arrêté Luca... pas encore. Soulagée, Maria s'assit à côté d'Eléna. Soupirant et pleurant, elle tordait le mouchoir de son amie. L'attente était insupportable. Bientôt, le carré de tissu fut plein de nœuds. Qu'est-ce que son père avait pu faire à Salvago ? Et dans tous les cas, ne serait-il pas en colère contre elle ? N'allait-il pas la battre ?

Comme la nuit tombait, des pas retentirent sur les pavés. Des pas d'homme. La porte s'ouvrit et Luca Borg entra. Au grand étonnement de sa fille, il portait son sac d'outils sur son dos. Etait-il allé travailler ? C'était impossible.

Il se tourna et les vit. La lampe de suif accentuait ses traits. Sans rien dire, il restait là, debout, à les observer.

— Père ? dit enfin Maria, d'une voix faible. Qu'avez-vous fait, père ?

Le regard de l'homme se porta sur Eléna.

— Que fait-elle dans ma maison ?

— *Ahfirli*, répondit la jeune fille en se levant. Je m'en vais.

Mais son amie la retint par la manche.

— Elle est ici parce que je l'ai invitée.

— C'est ma maison.

— Vraiment, ça va, chuchota Eléna à sa camarade. Je te retrouve plus tard.

— Si elle doit partir, moi aussi, lança sa fille à Luca.

— Comme tu veux, gronda son père.

Tout allait de travers avant même d'avoir commencé. Alors Maria se leva.

— Père, s'il vous plaît. Je dois savoir. Qu'est-il arrivé avec... avec...

Elle ne put achever sa phrase. Il la dévisagea comme s'ils étaient deux étrangers l'un pour l'autre. L'expression du maçon n'avait pas une once de douceur.

— Arrivé ? Qu'est-il arrivé ? Tu veux savoir ? Ce qui t'est arrivé est précisément ce contre quoi je t'avais mise en garde. Tu l'as suscité. Tu t'es déshonorée et tu m'as déshonoré par là même. Tu te vautres dans la désobéissance et tu te complais dans ton orgueil. Quand comprendras-tu enfin quelle est ta place dans le monde ? Quand cesseras-tu d'essayer d'être quelqu'un que tu n'es pas ?

Ils entendaient Isolda pleurer dans la pièce voisine. Maria n'en croyait pas ses oreilles. Elle secouait pitoyablement la tête.

— Qu'est-ce que l'orgueil a à voir ici ? Il m'a fait mal, père ! Je n'ai rien fait.

Il trépigna de rage.

— Tu veux que je dise des choses désagréables, honteuses ? Il a raconté que tu as essayé de le séduire. Tu l'as tripoté comme une catin. Et il t'a arrêtée juste à temps, avant que tu puisses te déshonorer. Je t'ai déjà vu une fois comme ça en train de l'étreindre ! De l'étreindre !

Maria se rappela soudain. C'était le jour où Salvago avait accepté de lui apprendre à lire et à écrire. Par gratitude, elle l'avait rapidement enlacé, effectivement. Elle était abasourdie. Un moment s'écoula avant qu'elle sache quoi dire.

— Mais ce n'était rien. Vous préférez le croire plutôt que moi ? Vous imaginez que rien n'est arrivé ? Mais vous avez vu ?

— Vu quoi ? Je n'ai rien vu !

— Le sang !

— Son sang... parce que tu l'as frappé ! J'ai vu sa blessure.

— Et pourquoi aurais-je fait ça s'il ne m'avait pas agressée ?

— Parce qu'il refusait de te céder.

— Et que dira-t-il si j'attends un enfant ? Son enfant ! Que c'est l'Immaculée Conception ? Evidemment ! Après tout, c'est son métier, n'est-ce pas ?

— Blasphème ! rugit Borg. Tu es une blasphématrice... et une putain ! Tu vas te taire !

Maria lui tint tête.

— Voulez-vous voir, vous qui n'avez rien vu ? Voulez-vous découvrir comment votre fille a été violée ? (Furieusement, elle arracha la ceinture de toile serrée autour de son gilet et déboutonna son pantalon.) Je vais vous montrer où il m'a déchirée.

Il se précipita sur elle, l'attrapa et la souleva quasiment de terre. Puis il la propulsa contre le mur de toutes ses forces. Une épaule de Maria cogna l'étagère. Tous les bols et les coupes se fracassèrent sur le sol. Le visage de son père était tout près du sien. Elle pouvait sentir ses postillons et son mépris dans la moindre de ses paroles.

— Tu te balades avec cette putain, tu t'habilles comme elle et tu t'imagines que je crois encore que t'es vierge ? Quelle folie s'est emparée de ton esprit ? Montre-moi que tu n'es plus vierge et je me demanderai seulement... (Son visage était si enragé qu'il vira au blanc.) Seulement qui a été le premier.

Elle essaya de le gifler, mais il intercepta sa main et la jeta au sol. Luca la dominait, essayant de contrôler sa fureur. Il ne voulait pas la frapper, parce que dans un tel accès de rage, avec sa force, il la tuerait probablement... bien qu'il fût dans son droit. Il serait jugé par des hommes qui comprendraient sa honte, qui partageraient sa douleur d'avoir perdu à la fois sa fille et son honneur.

— Il n'y en a pas eu d'autres, père ! Comment pouvez-vous le penser ? Et ce n'est pas un homme. C'est un animal. Je ne l'ai pas tenté. (Maria était furieuse contre elle-même, car elle ne parvenait pas à réprimer ses sanglots. Et à cause de cela, ses paroles sonnaient faux.) Je n'ai rien fait d'autre que lire.

— Et en faisant ça, tu as appelé le diable à ta porte, Maria Borg. Ton âme immortelle est en danger. Mais j'aurais dû le savoir avant qu'il m'en parle. Je te connais.

Lentement, Maria commençait à comprendre. Elle se releva avec peine.

— Je vois, père. Il vous a menti. Vous le savez, mais il a trouvé un moyen, quelque menace, pour vous empêcher d'agir.

Cette fois, il la frappa. Le coup violent à la tempe la projeta à terre en lui faisant voir des éclairs. Sa tête frappa durement le sol. Son nez saignait. Ses oreilles bourdonnaient, couvrant les pleurs lancinants de sa mère. Elle cligna les yeux pour essayer de retrouver ses esprits, tandis qu'Eléna s'était précipitée vers elle.

— Sors d'ici, hurla Luca Borg à l'intention de la jeune juive. (Sa poitrine se soulevait, ses poings se fermaient et se refermaient.) Emmène l'autre catin avec toi et quittez ma maison.

Quand Maria s'était enfuie de la sacristie, Luca était resté hébété, anesthésié, le visage couvert de sueur. Dans sa main, il tenait son lourd maillet, l'outil dont il se servait pour fendre les pierres.

— Je... je n'ai jamais rien vu de tel, Luca, avait baragouiné Salvago dans la panique. Elle s'est jetée sur moi. J'ai essayé de la repousser, mais elle était déterminée. Tu connais son entêtement. Elle ne voulait pas lâcher. (Le prêtre avait secoué la tête.) Je n'ai aucune expérience de cette sorte de choses. J'ai été un peu rude avec elle. Pardonne-moi, s'il te plaît. Je me suis mis en colère. Je lui ai dit qu'elle mettait son âme en péril. Elle était furieuse, Luca. Elle m'a frappé.

Salvago montrait la plume d'oie que Maria avait utilisée. Son extrémité était encore noire d'encre et rouge de sang. Puis il avait porté la main à sa blessure.

Impassible, Luca écoutait. Son cerveau tentait de comprendre ce que ses yeux voyaient. Son regard s'était porté sur le col maculé du prêtre. Même choqué, le maçon pouvait réaliser tout ça. Mais en même temps, il avait vu la table, le sang qui la couvrait. Et là, il ne comprenait pas. Il y en avait plus qu'il n'y aurait dû et il n'était pas au bon endroit. Salvago avait suivi son regard et deviné la question qui naissait dans ses yeux.

— Tu vois ? J'ai mis du sang partout. Tout est ma faute. Je n'aurais jamais dû accepter de lui apprendre à lire. Tu avais raison. Tu savais tout ça, évidemment. Tu m'avais dit que je perdais mon temps. Je n'avais aucune idée... Aucune idée.

Luca avait fermé les yeux. Son esprit bouillonnait. Il avait vu des choses qu'aucun homme ne veut voir, qui se situaient au-delà de son entendement.

— Mais, mon père, je ne vois pas comment elle a pu...
— Cela s'est passé comme je te l'ai dit. Rien de plus. Luca ! Regarde-moi. (Il avait enlevé sa main pour laisser le sang s'écouler.) Je ne vais pas faire d'histoires. Cette affaire n'a pas besoin de sortir de cette pièce. Aucune tache ne viendra souiller l'honneur de ta famille. Tu sais ce qui se passerait si elle venait à être connue. Je veux t'épargner une telle humiliation.

Luca avait alors serré le maillet des deux mains. Ses muscles saillaient tandis qu'il se contractait et se détendait, se contractait et se détendait. La sueur inondait son front.

— Tout va bien se passer, Luca. Tu verras quand nous aurons fini le clocher. Tu veux achever ce travail, n'est-ce pas ? Je n'ai pas envie de chercher un autre maçon. Mais comment pourrions-nous travailler ensemble, s'il y a une discorde entre nous ? Penses-y, Luca. Il va y avoir de quoi faire jusqu'au printemps. Nous prendrons le temps d'aider ta fille. En attendant, tu ferais bien de l'enfermer, mais ne sois pas trop dur avec elle. Elle a été impulsive, c'est tout. Elle a toujours été comme ça, n'est-ce pas ? (Luca s'était contenté de hocher la tête.) C'est ce qui a entraîné la disparition du pauvre Nico. C'est la grande faiblesse de Maria, mais le temps et la patience corrigeront cela. La chose importante, Luca, c'est que ton honneur soit sauf.

Le maçon l'avait regardé, les yeux vides, le cerveau encore en émoi. Le prêtre avait réajusté son habit.

— Maintenant, nous devons tout arranger comme si rien

ne s'était passé, avant que le sacristain revienne de Mdina. Nous n'avons pas envie qu'il soupçonne quelque chose, n'est-ce pas ? Je détesterais que l'évêque ait vent de quoi que ce soit. Je crains, sinon, qu'il ne te crée beaucoup d'embêtements — même si, naturellement, je ferais tout ce qui est en mon pouvoir pour t'aider. Mais je redoute qu'il ne pense d'abord à l'honneur de l'Eglise, qui doit être préservé à tout prix. Il ne laissera rien l'entacher. (Dun Salvago s'était agenouillé pour ramasser les papiers et les morceaux de verre.) Je pense que nous devrions discuter des supports du toit, tu ne crois pas ?

Lentement, Luca avait déposé son maillet sur la table et s'était penché pour l'aider.

Après sa discussion avec Luca Borg, Salvago passa deux jours et deux nuits à genoux, essayant de composer avec sa conscience et avec Dieu.

Les cloches sonnèrent laudes et prime. Il ne les entendit pas. Le sacristain frappa timidement à la porte.

— Père ? C'est l'heure de la messe.

— Je suis malade. Laisse-moi.

Les cloches sonnèrent les vêpres. Le prêtre resta agenouillé.

« Père, pardonne-moi parce que j'ai péché. Délivre-moi de ce fardeau. Aide-moi à purifier mon cœur. Montre-moi Ta volonté. » Il ne pouvait ni boire ni manger. Toute la nuit, il demeura couché à même le sol malgré le froid. A l'aube, il se dévêtit et fouetta particulièrement ses organes sexuels jusqu'à ce que la peau soit en lambeaux et ensanglantée. Il pleurait et se frappait les poings contre le mur. Jamais il n'avait ressenti pour autrui le dégoût qu'il avait de lui-même. Le mal qui torturait son âme lui donnait des vertiges.

Il pria pour avoir la force d'abandonner la prêtrise. Il se résolut à confesser à l'évêque ce qu'il avait fait. Non, il ne s'arrêterait pas à lui. Dévêtu, il irait se livrer aux autorités civiles. Plus d'une fois, il se leva pour le faire.

Mais il retombait à genoux, pensant aux leçons qu'il avait apprises de sa jeunesse tumultueuse et qu'il répétait bien souvent à sa congrégation : « Les péchés passés d'un homme ne déterminent pas son futur. Une vie dédiée au Christ est encore entre ses mains. »

« Je suis un bon prêtre ! » Il savait que c'était vrai et ne pouvait en faire fi. Oui, mais le péché qu'il avait commis sur Maria était terrifiant, c'était une faute horrible. En comparaison, ses autres actes... semblaient être l'œuvre d'un homme différent. « Non, pas d'un homme différent. C'était moi. »

Il y avait le Santu Spiritu, le petit hôpital installé dans une église de Rabat. C'était grâce à Giulio Salvago qu'il possédait des couvertures et des médicaments, parce qu'il s'en était occupé. Il y avait Mariola Zammit, qui n'avait pas saigné à mort à la suite d'une fracture multiple, parce qu'il l'avait trouvée, seule, dans un champ. Giulio Salvago, encore lui, avait posé une attelle et un garrot, et il l'avait portée sur son dos sur cinq kilomètres. Les baptêmes et les naissances, les mariages et les funérailles, il était là pour s'occuper de toutes les âmes. Il avait accompli d'innombrables actions, des grandes et des petites, dans l'ombre, sans le clamer sur tous les toits, sans attendre de louages. Des œuvres que personne ne remarquait. Il les avait menées humblement, sans attendre ou réclamer de récompense. Pour la grâce de Dieu !

« Je peux faire encore davantage, Père, si telle est Ta volonté. Je peux transformer cette épreuve en quelque chose de positif, en consacrant à nouveau mon âme au Christ. Qu'est-ce qu'un homme peut faire de plus ? » Il trouverait de nouveaux moyens de pénitence, des manières d'expier ses péchés par la réalisation de bonnes œuvres. Son salut était encore possible.

« Père, autorise-moi à racheter cette coulpe. Permets-moi de retrouver la paix, même si ma foi est imparfaite. A jamais, je renonce à ma chair et je ne servirai que Toi en fidèle fils de l'Eglise. » N'était-ce pas une pénitence de valeur ? Une vie au service de Son Eglise ! Mais pouvait-il y avoir véritablement pénitence sans confession, pardon sans repentance ? S'il se confessait, toute chance de servir l'Eglise humblement à

Sainte-Agathe — voire, au Vatican, si Dieu le voulait — disparaîtrait à jamais. Son cerveau tournait et retournait le problème. Si la logique devait être écornée — et dans le fond de son cœur, il savait qu'il ne pouvait en être autrement —, ses actions rachèteraient ses écarts et le bien l'emporterait sur le mal.

Ce qui n'était pas diminué, se convainquit-il, c'était son amour de l'Eglise, son ardent désir de renforcer son pouvoir et de répandre la parole du Christ. « Je dois connaître Ta volonté, Seigneur. »

Il connaissait un prêtre qui avait tué un homme, et qui continuait de servir bellement et humblement. Certains avaient aussi une épouse cachée et d'autres utilisaient occasionnellement les profits des quêtes à des fins profanes. De bons prêtres, avec leurs faiblesses, qui exerçaient leur sacerdoce.

Il n'était pas prêt à abandonner l'Eglise. Il n'avait pas le droit de laisser de belles actions avorter à cause d'une confession, car s'il avouait sa faute à l'évêque, tout serait perdu. Et au bout du compte, des âmes méritantes et innocentes souffriraient à cause de son unique péché de chair avec Maria. « Un péché ne doit pas me détruire. Un seul péché ne doit pas détruire un bon prêtre. »

Il pensait que la jeune fille ne lui poserait pas de problèmes. Tout ce qu'il pouvait faire, c'était prier pour qu'elle n'attende pas d'enfant. Dans tous les cas, il trouverait un moyen pour lui faciliter les choses.

« Père, pardonne-moi parce que j'ai péché. Aide-moi à travailler pour Ta plus grande gloire. Aide-moi à chasser les ténèbres loin de moi et à voir la lumière de Ton esprit. » Il releva son visage et entendit les cloches des vêpres. Cette fois, il se leva. Enfin, il savait ce qu'il devait faire. Il était temps de retourner s'occuper de son troupeau. « Amen. »

Maria demeura avec Eléna pendant une semaine entière, puis une autre, et encore une autre. Jamais elle n'approchait de Birgu. Le cauchemar qu'elle avait vécu semblait s'estomper un peu. Elle s'occupait des chèvres et se promenait sur les falaises. Jacobus devinait que quelque chose n'allait pas, mais il sentait aussi que c'était une affaire de femmes, aussi, la plupart du temps, il restait à l'écart d'elle.

Pendant tout ce temps, elle dormit beaucoup et pleura. Avec Eléna, elle parlait de ce qu'elle devait faire.

— Tu dois arrêter d'y penser, lui conseillait son amie. Tu ne peux rien faire, si ce n'est t'attirer plus d'ennuis.

Un matin, elle se réveilla en se sentant malade. Elle avait le ventre aigre et retourné, comme si elle avait besoin de vomir. Elle alla boire, mais cela ne la soulagea pas. La nausée devint si forte qu'elle s'agenouilla pour rendre, mais rien ne vint. Les haut-le-cœur ne cessaient pas, quand soudain, une pensée lui traversa l'esprit. « C'est l'annonce qu'on attend un enfant. » Elle alla poser la question à Eléna, espérant qu'elle la rassurerait et lui expliquerait que c'était sûrement autre chose.

— Ce n'est probablement qu'une fièvre, lui répondit-elle. (Mais ses yeux disaient autre chose et Maria le savait.) Si c'est... ça, nous pouvons aller voir Lucrezia. Elle te donnera quelque chose.

Maria ne savait pas ce qu'elle désirait, mais elle était sûre qu'elle ne voulait pas des remèdes de Lucrezia. Elle était nerveuse et perdit l'appétit. Sa faim avait été remplacée par cette sensation qui ne la lâchait pas et qui lui rongeait le ventre. La nuit, incapable de dormir, elle s'agitait et se retournait. Des cercles sombres soulignaient ses yeux.

« Je veux lui faire mal », pensait-elle une seconde. « Je dois écouter Eléna, se raisonnait-elle la seconde suivante, et laisser ça derrière moi. » Elle s'était toujours sentie sûre d'elle-même. Maintenant, elle changeait d'avis vingt fois par jour. Elle n'arrivait plus à faire de toutes petites choses. Une simple parole de Fençu ou Jacobus sur le temps pouvait la faire fondre en larmes.

Un dimanche matin, elle décida de se rendre à la messe à Sainte-Agathe. Le clocher n'était pas encore terminé. Les blocs de pierre et les bacs à sable qui jonchaient le sol à sa base lui soufflaient que son père y travaillait toujours.

Elle pénétra dans l'église. Comme il n'y avait pas de bancs, personne n'était assis. Elle s'installa près du fond, cachée par la foule, et elle observa Salvago. Il lisait le Nouveau Testament et souriait à ses paroissiens. Il semblait extraordinairement normal. Et soudain, il l'aperçut. Elle le vit blêmir, comme si un vent venait de balayer l'édifice et d'effacer toute couleur de son visage. Tête droite, elle le fixait, sans parvenir à distinguer son expression. Il détourna le regard ; alors, elle fit le signe de croix et s'en alla avant la communion. Elle erra dans les rues étroites de Birgu. Ses pas finirent par la ramener du côté de sa maison. Elle resta un moment à guetter. Elle vit sa mère à la fenêtre, puis elle la referma.

Cet après-midi-là, elle retourna attendre près de l'église avant les vêpres. Elle savait qu'à cette heure, Salvago allait rentrer de chez sa sœur. Elle entendit le claquement des sabots de sa mule et le bruit des roues de sa voiture sur les pavés. Puis il apparut à l'angle de la rue. Instantanément, il immobilisa sa carriole et demeura pétrifié. La poussière retomba. Le silence parut durer une éternité.

— Que veux-tu ? finit-il par lui demander.

Les semaines de silence l'avaient convaincu qu'il avait raison et qu'elle ne dirait rien. Sa présence, maintenant, était déstabilisante ; c'était un affront à la paix.

— Je ne sais pas, répondit-elle. J'attends juste que vous me demandiez pardon pour ce que vous avez fait.

— Je n'ai rien fait d'autre que prier pour toi. (Il porta sa main à son cou.) Toi, tu m'as volé mon crucifix. Je veux le récupérer.

— Votre crucifix ? Vous vous souciez d'un morceau d'argent ? Vous devriez plutôt vous soucier de sa signification.

— Tu as de la chance que je ne sois pas allé porter plainte auprès des *gendarmi* pour sa disparition. Ma patience a des limites, Maria. Considère cela comme un avertissement. Et maintenant, si tu veux bien, écarte-toi de ma route.

Un bottier sortit de sa boutique. Il portait une grosse pièce de cuir rigide.

— Bonjour, *sur kapillan*, lança-t-il gaiement au curé.

Celui-ci lui répondit poliment de la tête.

Maria n'avait pas bougé.

— Je crois que je suis enceinte, dit-elle assez fort pour l'artisan entende.

L'homme se retourna comme s'il avait été frappé et se précipita dans son échoppe. De son côté, Salvago avait pâli et laissé tomber les rênes. La fille venait de lui jeter au visage ce qu'il craignait le plus. Il essaya de récupérer son calme, et ses rênes.

— Alors tu dois te tourner vers Dieu, dit-il.

Les yeux de Maria lançaient des éclairs. Sa réaction la rendait plus folle de rage que jamais.

— Dieu n'a rien à faire là-dedans, mon père. Je cherche Son prêtre, qui, lui, est concerné.

Dun Salvago s'efforçait maintenant de contenir sa fureur grandissante.

— Ecarte-toi de mon chemin, Maria.

Il fouetta la mule et la voiture s'élança. La jeune fille dut sauter en arrière pour éviter que les lourdes roues de bois lui écrasent les pieds. L'une d'elles passa dans une flaque et l'éclaboussa de boue.

En le voyant disparaître dans les petites rues, elle sut enfin ce qu'elle voulait faire. Eléna avait tort de lui dire d'accepter son destin avec soumission. Il n'y en avait aucune chez Maria Borg. Aucune.

Elle se rendit auprès de l'Università. Si les chevaliers de Saint-Jean étaient les vrais maîtres de l'île, celle-ci conservait la main en certains domaines, dont les crimes commis contre la loi du roi. Un petit voleur pouvait être jugé devant cette juridiction et condamné au pilori... par des Maltais, et non par des étrangers qui ne se souciaient pas des problèmes du peuple. Maria ne connaissait rien de son fonctionnement, mais, espérait-elle, c'était un endroit où on l'écouterait. Elle s'attendait à être refoulée dès le portail, mais elle put entrer sans problème. A l'intérieur, elle se retrouva au milieu de notaires, de collecteurs de taxes et de fonctionnaires qui vaquaient à leurs occupations.

— Je voudrais voir le *hakem*, dit-elle à quelqu'un qui passait.

Le *hakem* était à la tête du tribunal civil et criminel. Il avait pouvoir sur l'ensemble de l'archipel et dirigeait la milice. Elle aurait aussi bien pu demander à rencontrer le pape. La bouche de l'homme esquissa un vague sourire. Sans daigner répondre, il poursuivit son chemin.

Maria s'adressa à d'autres en ignorant leur rang ou leur fonction : le *falconiero*, qui capturait les faucons, un *baglio*, un gardien de prison. Tous la repoussèrent sans l'écouter.

Finalement, elle fut reconnue par l'un des *catapani*, un employé de rang inférieur qui s'occupait des poids et mesures sur l'île, et qui connaissait son père.

— Viens, Maria.

Il l'invita à prendre place sur un banc dans un bureau où six hommes travaillaient et s'installa près d'elle. Il affectait incontestablement des manières condescendantes, mais il était tout aussi évident que l'audace de cette fille l'amusait.

— Et maintenant, parle-moi de ce sujet important qui semble te tracasser.

Son amusement fut de courte durée. Quand Maria eut fini, il arborait un teint cireux. Avec des yeux inquiets, il regarda autour de lui pour voir si les occupants de la pièce avaient entendu. Si tel était le cas, ils n'en trahissaient aucun signe.

— Tu es folle, mon enfant, murmura-t-il. Ne répète jamais ce que tu viens de me dire à qui que ce soit. A qui que ce soit, tu entends ? Tu veux finir en prison ? Et ton père avec ? Un tel conte ne peut que mal se terminer...

— Ce n'est pas un conte, s'insurgea-t-elle. Il... m'a violée. Qu'allez-vous faire contre ça ? Je veux voir le *hakem*.

— C'est quasiment impossible.

— Très bien. (Avec un air de défi, elle avait suffisamment levé la voix pour que tout le monde dans la pièce lève la tête.) Puisque vous insistez, je vais raconter mon histoire à tous les présents. Peut-être que l'un d'eux pourra...

— Reste où tu es, l'arrêta le *catapano*. Je vais voir si je peux trouver un magistrat.

Il se précipita dehors.

Une demi-heure plus tard, il reparut pour lui dire de le suivre. Il lui fit monter une volée de marches, puis ils dépassèrent une série de bureaux occupés par différents fonctionnaires. Ils pénétrèrent enfin dans une salle avec un haut plafond, ressemblant relativement à toutes les autres. Deux hommes étaient assis derrière une lourde table de chêne, sous un grand écu rouge et blanc. L'un écrivait dans un journal. Il avait des traits sévères et une longue barbiche noire. L'autre était assez gros, avec une barbe grise et des yeux clairs de même couleur. Maria se sentit vaciller. Elle avait immédiatement reconnu ce dernier : c'était le personnage du portrait, l'un des nobles les plus puissants de Malte et l'un des quatre *jurati*. Le baron Antonio Buqa, mari d'Angela Buqa... Beau-frère de Giulio Salvago.

Il la regardait avec un air indifférent. Déterminée à aller jusqu'au bout, elle inspira profondément. Le voisin de Buqa la pria d'avancer. Elle devina qu'il s'agissait du magistrat. Son expression était sévère, mais pas méchante. Maria commença à lui répéter son histoire. Il lui fit signe de se taire avant qu'elle eût achevé son récit.

— Tais-toi, mon enfant, lui dit-il. Quel âge as-tu ?

— Seize ans.

— C'est une affaire qui concerne ton père, pas toi. Et assurément, elle relève de l'Eglise. Même si je voulais m'occuper de ce cas — ce que je ne fais pas, dois-je ajouter —, je n'aurais aucune autorité pour cela. Laisse-nous maintenant. Et couvre-toi. Tu es assez indécente, comme ça.

— Je ne vais pas me laisser repousser aussi facilement, s'entêta-t-elle. Je veux voir le *hakem*.

— Je suis le *hakem*, répondit l'homme d'une voix froide et sans appel.

Des crampes terribles la firent souffrir, puis elle parvint à se soulager. Elle ressentit alors un immense apaisement. Mais elle cria quand même, comme un bébé. Les larmes la troublaient. Elles venaient souvent et sans raison. Elles jaillissaient quand elle regardait un coucher de soleil, quand elle mangeait un morceau de fromage, quand elle voyait des enfants jouer... Elle ne se sentait jamais mieux après avoir pleuré. Au contraire, les larmes la vidaient.

Timidement, Jacobus s'approcha d'elle avec une pleine poignée de coquillages. Il voulait les lui offrir pour la sortir de ses sombres pensées.

— Laisse-moi seule, le repoussa-t-elle. Va-t'en.

Elle se sentait plus mal que jamais, mais elle ne pouvait rien faire contre.

Alors elle décida de se rendre au palais de l'évêque à Birgu. La lourde porte, imposante, paraissait aussi haute que la maison de ses parents. Elle tomba sur un valet dans la cour et lui demanda où elle pouvait trouver l'évêque. Il la dirigea vers une porte basse à l'autre extrémité de la cour, derrière un jardin intérieur.

Elle pénétra dans une pièce où un sacristain rangeait des bougies dans une petite armoire. Elle répéta sa demande d'audience auprès de l'évêque, sans en préciser l'objet. L'homme lui dit de partir.

— Non, rétorqua-t-elle. Dites-lui que cela concerne un de ses prêtres. J'ai une plainte à formuler.

— D'accord, mon enfant ? Et cela concerne... ?

— Je n'en parlerai qu'à l'évêque.

— Alors tu ne raconteras ton histoire à personne. Sa Grâce est occupée.

Elle se cacha dans le jardin. Au début de l'après-midi, elle vit le prélat qui marchait avec le sacristain et surgit de sa cachette, provoquant un sursaut d'effroi chez lui.

— Je m'appelle Maria Borg, dit-elle calmement à Cubelles. Votre prêtre, Dun Salvago, m'a violée. Je veux savoir ce que vous allez faire contre ça.

Les traits de l'évêque se durcirent.

— C'est une accusation sérieuse, mon enfant.

— Demandez-le-lui, Votre Grâce. C'est tout ce que je veux.

— De cela, tu peux être certaine.

Elle s'était attendue à ce qu'il noie le poisson ou à ce qu'il refuse tout net. Sa réponse directe la prit par surprise.

— M... merci, Votre Grâce.

Réconfortée par ce soupçon d'espoir, elle s'en alla.

Immédiatement, Cubelles convoqua Salvago. Le prêtre avait le visage émacié et hagard, avec des cernes sombres autour des yeux. Il n'avait manifestement pas dormi depuis des jours. Ses mains étaient animées par un léger tremblement.

— J'ai été malade, Votre Grâce, répondit-il à la question de son supérieur. Un peu de fièvre. Rien de grave. Ça va passer.

L'évêque ne mâcha pas ses mots en répétant l'accusation de Maria. Tout le temps, Salvago le regarda droit dans les yeux, sans jamais les baisser.

— L'enfant est devenue folle, argua-t-il enfin. Je lui apprenais à lire.

— A lire ! A une fille ? Et pour quelle raison ?

— C'était une chose absurde, Excellence. Tout est ma faute, je le réalise maintenant. J'ai peur qu'elle ne se soit attachée à moi. Elle m'a fait des avances. Je l'ai repoussée et ça l'a mise en colère.

Le dignitaire regarda, songeur, son subordonné. Salvago était un prêtre fiable et obéissant, un bon pasteur pour son troupeau. Il n'épargnait pas sa peine ni sa fatigue pour améliorer la paroisse de Sainte-Agathe et la vie de ses ouailles. Les preuves étaient nombreuses. Son comportement n'avait jamais donné lieu à rumeurs ; de tels propos murmurés remontaient toujours aux oreilles de l'évêque. Par conséquent, il n'y avait pas lieu de douter de sa parole.

— C'est très embêtant, lui dit Cubelles. Je voulais vous entretenir d'un autre sujet. J'ai reçu une lettre de l'archevêque. Il me dit qu'il vous a déjà écrit pour vous faire part de la chose. Il a besoin pour le printemps prochain d'un prêtre parlant couramment le français, l'allemand et naturellement le latin.

Salvago écrivait et lisait les trois, comme le maltais, le sicilien et deux autres dialectes italiens.

— C'est un travail de recherche, je crois, au Saint-Siège, pour le concile de Trente. Il y en a pour trois ans, peut-être davantage. Il s'agit sans doute d'une mission mineure, mais elle peut être source de grand honneur. Il m'a envoyé la requête en sachant fort bien que j'y donnerais une suite favorable, même si je déplorais votre perte. (L'évêque observa pensivement Salvago.) Franchement, il serait très embêtant que cette affaire sorte au grand jour.

Etonné, Salvago baissa les yeux.

— Votre attention me mortifie, Votre Grâce. J'espère me montrer digne de votre confiance. La fille ne nous posera plus de problèmes. Je la connais bien. Elle va se rendre compte du mal qu'elle fait et elle l'oubliera pour le bien de son âme.

— Veillez-y.

Le lendemain matin, Maria se trouvait au milieu de l'assemblée des fidèles. Une nouvelle fois, elle regardait son agresseur, le visage effrontément levé, comme pour formuler une accusation aussi muette qu'arrogante. Il acheva tranquillement l'office et envoya immédiatement le sacristain intercepter la jeune fille. L'homme l'accompagna jusqu'à la porte de derrière et l'invita à entrer avant de s'éclipser. Salvago referma la porte. Maria faisait de son mieux pour dissimuler sa peur.

Le *kapillan* se redressa de toute sa hauteur et la fixa droit dans les yeux sans fléchir.

— Tu as été très occupée, dit-il.

— *Sì*.

— Tu t'embarques dans des affaires qui te dépassent de beaucoup, Maria. Tu n'as aucune idée de ce que tu es en train de faire. Tu dois arrêter ces stupidités. Je ne comprends pas vraiment ce que tu cherches, mais je peux te dire une chose : tu n'arriveras à rien. A rien, tu m'entends ?

— Ce n'est pas moi qui ai commencé, mon père. Je veux seulement y mettre un terme. Je vous ai entendu dire qu'un péché devait être confessé. C'est tout ce que j'attends. Alors j'arrêterai.

— Très bien. Je le confesse. Je suis vraiment désolé pour ce qui est arrivé.

— Pas à moi. A mon père. (Elle réfléchit un instant avant d'ajouter :) Et à l'évêque.

— Tu n'es pas en position de me faire de telles demandes.

— Je pensais que la confession était le commandement de Dieu.

— Je ne vais pas débattre avec toi, mon enfant. (Son visage s'était assombri. Il bouillait intérieurement.) Ne te mets plus en travers de ma route, Maria. Ne me pousse pas plus loin ou tu te détruiras toi-même. Tu n'as pas idée des problèmes que je peux te poser.

— Vous m'avez déjà occasionné tous ceux que je pouvais imaginer.

— Alors tu n'as pas assez d'imagination.

Maria retourna au palais de l'évêque. L'accès lui en fut interdit.

Le lendemain matin, elle attendit qu'il sorte dans son attelage pour se rendre, comme chaque semaine, à Mdina. Elle sauta sur le carrosse par-derrière et se glissa à l'intérieur.

— Seigneur, s'étrangla Cubelles terrifié en portant ses mains à sa poitrine. Ne peux-tu trouver un moyen plus tranquille pour t'annoncer, mon enfant ?

— Votre sacristain ne voulait pas me laisser vous voir. Il n'y avait pas d'autre solution. Je veux juste savoir ce que vous allez faire.

Comme lors de sa précédente rencontre, elle était calme,

presque atone, et cela troubla le religieux. Les choses auraient été plus faciles avec une excitée.

— J'ai interrogé le père Salvago. Il m'a assuré que tes accusations sont sans fondement. Apparemment, il n'y a pas eu de témoin, sauf ton propre père.

— Il n'a rien vu du tout.

— Mais le père Salvago m'a dit qu'il pouvait confirmer ses dires.

— Il a retourné mon père.

— Donc le monde entier conspire contre toi, mon enfant ? Je pense que tu dois demander pardon à Dieu pour avoir porté de fausses accusations.

— C'est lui qui doit demander pardon, Votre Grâce.

— Cela fait des années que je connais Giulio Salvago. C'est un bon prêtre.

— C'est un menteur.

— Cocher ! (Le conducteur tira sur les rênes et sauta de son siège.) Maintenant, si tu permets, dit Cubelles fermement, ma patience est à son terme. Laisse-moi continuer.

— Vous devez faire quelque chose.

Maria refusait de bouger.

— Hors de question, rétorqua le prélat. Si ce n'est que je vais, naturellement, prier pour toi.

Il fit un signe de tête au cocher, qui l'attrapa brutalement par le bras, la souleva et la jeta sur les pavés. Déséquilibrée, elle tomba. Le conducteur remonta sur son siège et fouetta les mules.

La jeune fille se releva et les regarda partir. L'Eglise avait donné sa réponse.

Jacobus ne comprenait pas. Du jour au lendemain, Maria semblait avoir perdu toute étincelle, toute vitalité. Elle restait assise seule dans la caverne, observant le feu. Les autres l'évitaient, aussi. Parfois, la nuit, il croyait l'entendre pleurer. Même les chèvres ne l'intéressaient apparemment plus. Il lui fit une couverture en peau de lapin. Elle l'accepta poliment, mais sans chaleur.

Il se dit qu'elle avait changé d'attitude parce qu'il était ignorant, trop simple pour elle, maintenant qu'elle savait lire. Mais cela n'avait pas non plus de sens : il n'était pas devenu ignorant d'un jour à l'autre. Il essayait de lui parler, mais les conversations tournaient rapidement court.

En utilisant du bois précieux importé de Sicile par l'ordre et détourné de sa destination par Fençu, Jacobus lui construisit un luth. Pour assembler la caisse en forme de poire, il se servit de morceaux beaucoup plus petits. Ce fut une merveille de persévérance et, esthétiquement, un assez beau travail... mais un désastre acoustique. Le son fit rire tout le monde... sauf Maria.

Dans sa tristesse, il se confia à Fençu. Par son épouse, le chef de M'Kor Hakhayyim connaissait désormais le fin mot de l'histoire.

— Ne t'inquiète pas, Jacobus. Cela n'a absolument rien à voir avec toi. C'est simplement que quelqu'un... quelqu'un l'a profondément blessée.

— Je vais le tuer, répondit le garçon avec ferveur.

— Tu ne peux pas, mentit Fençu, il a déjà quitté l'île et ne reviendra pas. La meilleure chose que tu puisses faire, c'est de laisser du temps à Maria. Elle va redevenir comme avant, tu verras.

Jacobus ruminait. Il voulait interroger son amie, lui montrer qu'il s'inquiétait pour elle, lui faire comprendre qu'elle pouvait s'appuyer sur lui, qu'il la protégerait. Mais c'était hors de question. Même s'il en avait le courage, il ne savait pas comment lui dire tout ça. Il n'était pas doué pour parler.

Luca Borg arriva un jour à la caverne. Il se posta près de l'entrée et appela sa fille. Pendant un long moment, elle l'ignora. Mais c'était idiot, finit-elle par se dire, alors qu'il ne cessait de hurler son nom. « Je n'ai rien fait de mal. » Elle se prépara à essuyer la colère de son père en remontant la pente raide. Mais, debout près du caroubier, il avait l'air anormalement calme, et en cela plus dangereux. Sa voix avait un accent désespéré.

— S'il te plaît Maria. Tu dois oublier tout ça et arrêter de faire des problèmes.

— Je n'en ai fait aucun.

— Alors, tu en fais maintenant.

— Est-ce qu'il vous a menacé dans votre travail ?

A ses yeux, elle connut immédiatement la réponse.

— Si ce n'était que moi, je ne m'en soucierais pas. Mais ta mère va souffrir.

— J'ai souffert, père.

— Tu l'as cherché. Maintenant, d'autres pâtissent de ton attitude. (Ses yeux exprimaient sa vieille rancœur.) J'ai élevé une...

Il ne put finir. Toute force semblait l'avoir abandonné. Il savait que cela était inutile. Sa fille n'entendrait jamais raison, même s'il essayait de lui faire rentrer les choses dans la tête à coups de poing.

— Alors, tu nous as voués au diable, tous autant que nous sommes, par orgueil. Que notre ruine retombe sur ta conscience !

Pendant qu'elle le regardait s'éloigner, une boule se forma dans sa gorge. Elle ne se sentait pas fière. Toute sa vie, elle n'avait apparemment fait que causer des problèmes à ceux qu'elle connaissait. Si elle était furieuse contre son père, la dernière chose qu'elle voulait, c'était le blesser. Mais ce n'était pas fini. Sa colère était plus forte que sa culpabilité. Peu importe ce qu'avait dit Luca, elle ne pouvait pas renoncer.

Il ne lui restait qu'une voie à explorer et elle était noyée dans des ombres mystérieuses. Les chevaliers de Saint-Jean étaient les vrais maîtres de Malte. Si un homme devait être pendu, c'était généralement l'ordre qui s'en chargeait ; si un paysan volait, c'était l'ordre qui l'enchaînait à une rame au fond d'une de ses galères. Même le *hakem* de l'Università rendait hommage au grand maître. Maria savait que l'ordre était lié, d'une certaine manière, à l'Eglise et, aussi, que le grand maître avait l'oreille du pape. On disait que même l'évêque n'avait pas davantage d'influence à Rome.

Quelle que soit la façon, elle était certaine que l'ordre avait la capacité de faire payer Salvago.

Elle se présenta à la porte du château Saint-Ange et demanda à voir le grand maître. Comme d'habitude, elle s'attendait à se faire refouler par le page de service.

— Il n'est pas ici, répondit-il avec dédain.
— Alors je vais attendre.
— Comme tu veux, mais dehors.

Jour après jour, elle se posta à proximité de l'entrée. Elle savait bien que, tôt ou tard, il faudrait bien qu'il sorte. Finalement, un chevalier finit par remarquer sa présence et vint s'enquérir de ce qu'elle faisait.

— Le grand maître est en Espagne, lui révéla-t-il.
Le page ricanait.
— Et La Valette ? insista-t-elle.
— Il est parti à la tête d'un convoi, expliqua le chevalier.
— Alors à qui dois-je m'adresser si j'ai une plainte sérieuse à formuler contre quelqu'un ?
— Contre qui ?
— Un prêtre.
— L'évêque.

Découragée, elle quitta les abords du château.

— Tu dois oublier tout ça, lui dit doucement Eléna. Tu ne peux pas le combattre. Quels que soient les efforts que tu déploieras, tu ne le blesseras jamais autant qu'il te blessera.

Une partie de Maria voulait suivre le conseil de son amie. Elle détestait attendre dans les vestibules et les entrées pour essayer de se faire entendre d'une de ces personnes arrogantes qui n'écoutaient pas ou s'en fichaient. Elle n'était même plus certaine de ce qu'elle désirait vraiment. N'espérait-elle réellement que sa confession ? Réclamait-elle vengeance ? Justice ? Quelque chose d'autre ? Elle savait seulement que sa douleur ne s'était pas arrêtée quand lui s'était retiré. Elle continuait comme un cauchemar sans fin. Elle le sentait encore la pelotant et déchirant sa chair. Parfois, en y repensant, elle était prise de nausées. Parfois, elle pleurait.

Elle se détestait pour sa faiblesse, et le haïssait parce qu'il était plus fort qu'elle et qu'il lui faisait peur. D'une certaine manière, elle enviait sa mère, qui savait comment se cacher du monde derrière ses voiles et ses larmes. Elle aurait voulu pouvoir se terrer, mais elle en était incapable.

Au bout du compte, Eléna avait raison. Ce qu'elle voulait n'avait pas vraiment d'importance. Contre Salvago, pilier de l'Eglise, elle n'avait pas voix au chapitre.

Chapitre 20

Les vents glacials hivernaux descendaient de l'Europe. On était au début de février, le temps de la Chandeleur, qui commémorait la purification de la Sainte Vierge et la présentation de son fils au Temple. Une tradition voulait que tous les prêtres des paroisses de Malte et de Gozo se rencontrent ce jour-là avec le grand maître. Ce dernier s'adressait à eux pour évoquer les problèmes du moment. Puis ils lui faisaient don d'un cierge richement décoré. Chaque année, la bougie était un peu plus sophistiquée, plus magnifique. Les artisans locaux se disputaient l'honneur de la réaliser.

Dans un pays où les relations étaient souvent tendues entre l'ordre, la noblesse et l'Eglise — avec les paysans au milieu —, la Chandeleur était toujours un moment d'optimisme salué à grand renfort de fanfare et de liesse. A côté des prêtres, les plus importants dignitaires de l'île assistaient à la rencontre avec le grand maître. Même les gens du peuple qui pouvaient tenir à l'intérieur de l'église Saint-Laurent étaient invités à se joindre à la réunion. C'est l'occasion de cette cérémonie qui donna une idée à Maria. Elle en parla immédiatement à Eléna.

Son amie la trouva amusante jusqu'à ce qu'elle réalise que Maria était désespérément sérieuse. Le projet n'avait plus rien à voir avec une idée de vengeance : c'était de la démence.

— Ne fais pas ça, la mit en garde Eléna. Tu vas avoir encore plus de problèmes. C'est comme si tu pissais sur un nid de frelons.

— Que peut-il me faire de plus ?

— Je n'en sais rien. Mais je pense que tu ne devrais pas essayer de le découvrir.

— Eh bien, je vais le faire quand même. Tu m'aideras ou pas ?

— Evidemment, répondit la jeune juive sans enthousiasme.

Au milieu de la nuit, elles se faufilèrent à l'intérieur de Sainte-Agathe pour récupérer ce qu'elles voulaient et le rapportèrent à la grotte dans un sac. Avec habileté, Eléna travailla le suif cireux jusqu'à ce qu'il ait exactement la forme que Maria souhaitait. Puis cette dernière s'entailla la paume avec un couteau et laissa son sang s'écouler sur une plaque. Avec une brosse en poil de chèvre, elle acheva l'ouvrage.

Alors elle se recula et l'admira fièrement. En dépit des craintes de son amie, Maria n'avait pas un soupçon de doute. Elle n'avait qu'à penser à lui et toute inquiétude s'évanouissait.

Il était quatre heures du matin quand elles se glissèrent à l'intérieur de Saint-Laurent. Il était faiblement éclairé par des bougies votives et deux lampes à huile pendues au plafond par des chaînes. De belles tapisseries ornaient les murs. Au-dessus de l'autel, on apercevait un grand portrait de Notre-Dame de Damas, que les chevaliers avaient gardé avec eux depuis la naissance de l'ordre en Terre sainte.

Il y avait déjà deux douzaines de bougies qui attendaient dans le vestibule sur une table à tréteaux. Elles avaient été déposées par des villageois qui voulaient qu'elles soient bénies par un prêtre pour la Chandeleur. Et au milieu de celles-ci, placé sur un plateau d'argent et drapé dans un damas cramoisi, il y avait le présent que les prêtres de toutes les paroisses allaient offrir au grand maître. Maria enleva l'étoffe qui couvrait l'œuvre de Mattheus Carnoch, un orfèvre réputé. Son cierge, effectivement magnifique, avait la forme du château Saint-Ange. Autour de la base du fort, de petits bas-reliefs de cuivre et d'étain représentaient des scènes religieuses — la Sainte Vierge, la présentation de Jésus au Temple, le naufrage de saint Paul. C'était un travail exquis. Elles le remplacèrent par leur propre œuvre, puis, soigneusement, remirent le tissu en place.

— Le nôtre est plus petit, s'inquiéta Eléna nerveusement.

— Mais meilleur, répondit sa camarade. De toute façon, personne ne s'en rendra compte avant qu'il ne soit trop tard. Tout le monde regardera le grand maître.

Elles poussèrent le travail de Carnoch sous la table. La nappe, qui descendait jusqu'à terre, le dissimulait. Une heure avant l'aube, elles quittèrent l'église. Pour se reposer, elles s'arrêtèrent sur un muret près du port.

— Il ne nous reste plus qu'à attendre, dit Maria.

— Je... je crois que je ne peux pas. Je me sens mal.

Le visage de la jeune juive était couleur cendre. Ses nerfs n'étaient pas aussi forts que ceux de son amie.

— Alors tu devrais rentrer pour te reposer. Je te verrai cet après-midi.

— Je ne veux pas te laisser.

— C'est idiot. Tout va bien se passer. Je vais juste me cacher pour regarder. Je te raconterai les détails.

Maria avait encore une chose à faire avant l'aurore : elle avait besoin de vêtements appropriés. Elle s'introduisit facilement dans la maison de ses parents sans les déranger, puis en ressortit aussi aisément.

Trois heures plus tard, l'office commençait. Le vieux grand maître, l'Espagnol, était mort. Les chevaliers avaient élu son successeur en la personne d'un Français, Claude de La Senglea, un homme grave et digne. Il portait son habit noir, avec, autour du cou, la croix de sa charge, dont les huit pointes scintillaient. Vingt chevaliers composaient sa suite, dont la plupart des membres du Sacré Conseil, constitué des chefs des Langues d'Auvergne, de Provence, de France, d'Aragon, de Castille, d'Angleterre, d'Allemagne et d'Italie. Derrière eux venaient certains grands-croix, les membres de l'ordre les plus importants. Suivaient une vingtaine d'aristocrates maltais, et enfin les prêtres et les frères, qui gagnèrent leurs sièges d'honneur flanquant la nef. Mattheus Carnoch était là, lui aussi, pour assister au dévoilement de son œuvre. Il était rare, sur l'île, de voir un tel rassemblement de sang noble et sacré.

Au fond de l'église, il restait un peu de place pour les gens du peuple. Maria Borg s'était glissée au milieu d'eux, vêtue de noir et la tête couverte d'un *barnuza*. Elle avait mis une robe lourde qui lui tenait insupportablement chaud. Elle avait du mal à respirer. Sans arrêt, elle devait rajuster son voile et sa capuche, mais au moins goûtait-elle son anonymat.

Le chapelain conventuel officiait. Un moine entonna le *Nunc dimittis*. Sa voix profonde résonnait dans tout l'édifice. Les prières et les hymnes se succédaient. La Senglea parla de réconciliation entre l'ordre et le clergé de Malte. Il annonça la construction de nouvelles fortifications et l'importation de céréales siciliennes. Comme il s'exprimait en français, Maria — à l'instar des trois quarts des nobles, des moines, des prêtres de l'assistance et naturellement de tout le petit peuple — ne comprit pas ce qu'il disait. Elle essaya d'apercevoir Salvago, mais dans l'église bondée sa vision était limitée. Avec regret, elle constata que l'évêque Cubelles ne se trouvait pas là. Sinon, il aurait été assis juste à côté de La Senglea. Sa place était occupée par l'archidiacre de Mdina, un homme aussi corpulent que suffisant.

Quand le grand maître acheva son discours, quatre prêtres, dont l'archidiacre, se levèrent pour se diriger vers la table. Chacun se mit à un angle et ils soulevèrent le grand plateau d'argent. Solennellement, en chantant un hymne, ils l'apportèrent devant La Senglea.

— Votre Excellence, dit l'archidiacre, au nom du Père, et du Fils et du Saint-Esprit, veuillez accepter ceci, symbole de la victoire de la lumière sur les ténèbres.

La Senglea hocha la tête poliment.

Dans toute l'église, les assistants tendaient le cou pour voir le travail élégant de Carnoch, une œuvre qui pour toujours viendrait orner l'autel de la chapelle Sainte-Anne, à l'intérieur du château Saint-Ange. De telles bougies étaient de pure ornementation ; on ne les allumait jamais. Elles devaient durer éternellement.

Avec un grand geste, l'archidiacre souleva le lin.

Un long moment s'écoula avant que l'on comprenne bien ce qu'il y avait sur le plateau d'argent. Un long moment pendant lequel il n'y eut pas un bruit. Enfin, quelqu'un toussa ; un autre murmura une prière ; quant à Mattheus Carnoch, après s'être signé, il s'était prostré sur son siège.

L'assemblée avait sous les yeux une grande reproduction de Sainte-Agathe. Planté dans le clocher, presque tête en bas, le crucifix d'argent de Giulio Salvago, orné de rubis, scintillait. Du vrai sang coulait de son extrémité et maculait la façade de l'église. Pour ceux qui n'auraient pas reconnu la croix, les initiales G.S. avaient été gravées sur le clocher. Et en dessous, écrits en lettres sanglantes, les mots étaient clairs :

LE *KAPILLAN* A DÉSHONORÉ CETTE MAISON.

Le grand maître foudroya l'archidiacre du regard. Le prêtre tremblait. Ses bajoues étaient aussi cramoisies que le damas qu'il tenait encore. Sa bouche bougeait, mais aucun son ne sortait. Finalement, retrouvant vaguement ses esprits, il replaça l'étoffe sur la bougie. Une tempête de murmures envahit l'église. Tout le monde n'avait pas vu ce qui se trouvait sur le plateau et qui maintenant était de nouveau caché, mais c'était déjà trop. La fin de l'office fut précipitée. On sauta les hymnes, on omit le sermon. La bénédiction prononcée par l'archidiacre

— qui avait retrouvé sa voix — dura moitié moins que d'habitude. On aurait dit qu'il avait la langue en feu tant il déclamait vite.

Les nobles, les chevaliers et les clercs commencèrent à sortir en se frayant un chemin au milieu des roturiers, qui s'étaient écartés pour les laisser passer. Bien cachée au milieu d'eux, Maria tenait fermement son *barnuza* pour l'empêcher de glisser. Elle laissait juste assez de place pour les yeux. Elle vit passer des visages dignes, mais blêmes, encore sous le choc de ce qu'ils avaient vu ; des visages vertueux, déformés par la fureur ; des visages impassibles, savourant secrètement le scandale. Et finalement, elle vit celui qu'elle attendait. Elle n'aurait su dire ce qui l'emportait sur ses traits : l'angoisse, la colère ou la peur. Incontestablement, sa démarche était mal assurée. Des perles de sueur luisaient sur son front. Ses yeux affolés fixaient le sol. Il ne la vit pas.

Sous le *barnuza*, Maria souriait. Mais c'était un sourire sans joie. Elle savait qu'elle l'avait blessé. Elle l'avait frappé d'un coup dont il aurait du mal à se remettre. Mais le goût de sa victoire était plus amer que doux. Cela ne suffisait pas. Une seule fois dans sa vie elle avait ressenti une telle haine : pour les hommes qui avaient enlevé Nico. Elle n'en avait jamais trouvé les limites et savait que cette fois, il en irait de même. Mais elle voulait honnêtement ne plus y penser. Elle voulait suivre le conseil d'Eléna et laisser ce drame derrière elle. Tant que Salvago respirerait, il aurait ça en lui. Finalement, sa petite victoire lui était tout de même douce.

Après cela, elle fit une longue promenade. Ses pas la conduisirent le long de la côte sud, du côté des hautes falaises de Dingli. Le soleil était splendide. Elle pouvait sentir sa chaleur et son énergie. Pour la première fois depuis des semaines, elle entendait vraiment les mouettes et elle les voyait jouer dans les courants ascendants. Son ventre grommelait. Cela faisait bien longtemps qu'elle n'avait pas éprouvé de vraie faim.

Après tout, il y avait peut-être davantage de lumière dans cette bougie qu'elle ne l'avait cru.

L'après-midi touchait à sa fin. Maria était encore à une certaine distance de la caverne quand elle vit de la fumée s'échapper des sorties de secours près du caroubier. Elle était sombre. Elle ne ressemblait pas à celle des feux de cuisine. Alors elle se mit à courir.

— *Hemm xi hadd ?* Eléna ? Fençu ? Est-ce que ça va ?

Près de l'arbre, elle vit que le sol était inondé de sang. Elle aperçut aussi des touffes de poil. « Les chèvres. »

Elle se précipita sur le sentier menant à l'entrée de la grotte, mais elle dut s'arrêter. La fumée était trop épaisse. On ne pouvait y pénétrer.

— *Min hemm ?* Il y a quelqu'un ?

Aucune réponse. Elle se retourna et vit Elli près de la grève, avec quatre enfants. Maria dévala la pente, glissant, trébuchant, s'écorchant les bras et les jambes. La femme de Fençu se tenait dans quelques centimètres d'eau. Elle ramassait des fragments d'objets avant que les vagues les emportent. Elle avait l'air hébétée, perdue.

— Elli ? Elli ? Est-ce que ça va ?

— Nous sommes venus ici quand ils sont partis, répondit-elle. Ils m'ont laissée à cause des enfants. Ils ont Fençu, Eléna, Jacobus et...

— Qui, Elli ? Qui les a pris ? Où sont-ils allés ?

La femme avait l'air totalement désorientée.

— Je ne sais pas. Ma *mizrach*. Regarde ce qu'ils en ont fait.

Elle ramassa un morceau de la peinture murale. Détrempée, elle se déchirait dans sa main. Elli chercha à ressortir de l'eau. Mais elle trébucha et s'écorcha les genoux sur les rochers pointus. Son sang se mêla à l'écume de la mer autour de sa robe, qui devint rouge. La *mizrach* tomba entre les rochers et se désintégra encore un peu plus. En sanglotant, Elli essaya de ramasser la peinture, mais l'épais papier se décomposait complètement, les couleurs se mélangeaient, s'estompaient, et les images n'étaient plus reconnaissables.

Maria l'aida à se relever. Elli avait déjà essayé de sauver une pile de choses. Maria reconnut le *megillah* que Fençu aimait tant, et qui avait été déchiré avant d'être jeté à l'eau. Il y avait aussi des morceaux du chaudron de fer qui servait à la cuisine, des débris du *shofar*. Un vêtement de coton pour le sabbat s'était accroché sur un morceau de la corne. Il voletait et claquait dans le vent.

— Qui était-ce, Elli ? Salvago ? Etait-il là ? (Maria avait attrapé la femme par les épaules et essayait de la tirer de sa torpeur.) Etait-ce le prêtre, Elli ?

Celle-ci tenait un morceau de la *mizrach* sur sa joue. Elle secouait la tête.

— Les *gendarmi* de Mdina. D'autres hommes aussi. L'un des *jurati*, je pense. Il a dit que Fençu avait volé un chandelier. Il semblait être parfaitement au courant et ils l'ont trouvé. Fençu n'avait jamais voulu le fondre. Je lui avais pourtant dit de le faire, mais il l'aimait. Ils ont dit aussi que nous chassions le gibier sans autorisation. C'est ce que nous faisions, c'est vrai. De quelle permission avons-nous besoin, en dehors de celle de Dieu, pour manger ? Le magistrat a emporté les fourrures pour servir de preuves. Ils ont aussi pris l'*etrog*.

Elle leva lentement les yeux en disant cela, comme si un éclair de lucidité lui traversait l'esprit. Au même instant, Maria portait la main à sa bouche. L'évidence venait aussi de lui sauter aux yeux.

— Ils doivent savoir que vous êtes juifs.

Maria tenta de se ressaisir. Tout tournait autour d'elle.

— Ils doivent savoir, acquiesça Elli. Mais pourquoi ne l'ont-ils pas dit ? Les *gendarmi* ont seulement dit qu'Eléna était une putain. (De nouveau, la confusion s'empara d'elle.) Tu imagines ? Eléna n'aurait jamais... Jacobus a frappé l'homme qui a dit ça et ils l'ont emmené lui aussi. Ce n'est qu'un petit garçon. Il ne savait pas ce qu'il faisait, mais... S'il te plaît, Maria, aide-moi à récupérer les morceaux de la *mizrach*. Fençu sera si malheureux de la voir dans cet état. (Elle fouillait entre les rochers.) Ils ont brûlé tout ce qu'ils ne pouvaient pas briser. La paille, nos couches. Ils nous brûleront aussi. Il faut que je trouve un endroit où les enfants pourront s'installer. Ils ont dit que Fençu allait passer trois ans dans les galères à cause de la chasse... s'il sort de prison, où il sera enfermé pour le vol. Ce ne peut être vrai. Ils ne peuvent envoyer un homme en prison s'ils l'ont déjà brûlé. (Elle divaguait, bafouillait... Sa voix était couverte par le grondement des vagues.) Ils ont tué certaines chèvres pour les rôtir ce soir pour les fêtes de la Chandeleur. Et ils ont pris le reste, Maria. Tout. Ils nous massacreront aussi. Ils nous massacreront comme les bêtes, tu ne crois pas ?

La tête de Maria tournait. « Je les ai amenés ici. Tout cela est ma faute. »

— Reste avec les enfants, Elli. Attends que Cawl et les autres hommes rentrent de Mdina, et alors partez d'ici. Je dois aller les voir.

— Non ! Ils ont demandé où tu étais. Ils veulent t'arrêter toi aussi.

— Pourquoi ?

Elli s'essuya les yeux.

— En quoi cela importe ?

Maria portait encore ses vêtements du matin, la robe et le *barnuza*. Elle se dépêcha de gagner Mdina. Dans la ville, elle veilla à garder le visage dissimulé et à adopter la démarche traînante des autres femmes.

Elle découvrit Eléna sur la place. La jeune juive était emprisonnée dans un *rituni*, un grand filet suspendu à une poutre. Généralement, on se contentait de chasser les prostituées. A l'occasion, on les fouettait. Pour des délits plus sérieux, cependant, les autorités sortaient le *rituni*, dans lequel le délinquant pouvait pendre pendant des jours sans manger ni boire. Les gens venaient le voir. Ils le montraient du doigt, riaient, se moquaient.

Certains hommes — ses clients — reconnaissaient Eléna et se dépêchaient de passer leur chemin, surtout s'ils étaient accompagnés de leur famille. Maria tira son *barnuza* et s'approcha du filet. Elle entendit son amie pleurer doucement.

— Eléna ! murmura-t-elle.

La jeune fille, effrayée, leva les yeux et se les sécha.

— Tu ne devrais pas être là ! Va-t'en ! Ils vont t'attraper aussi !

Elle s'exprimait d'une voix rauque.

— Comment vas-tu ?

— Ça va, mais j'ai soif. Tu as de l'eau ?

— J'en ai apporté.

A ce moment, un garde s'approcha et la repoussa du pied.

Alors Maria attendit une heure tardive de la nuit. Elle se faufila dans les rues désertes pour regagner la place. L'œil aux aguets, elle faisait attention à ne pas tomber sur des gardes. Même après la fermeture des portes, il y avait des patrouilles.

— Eléna ! Je t'ai apporté une gourde.

Elle la lui tendit, mais elle ne passait pas au travers des mailles. Alors Eléna dut la tenir de l'extérieur. Elle but longuement.

— Merci, souffla-t-elle d'une voix faible et enrouée. C'était le *jurat* Buqa qui donnait les ordres, dit-elle amèrement. J'ai couché avec lui une fois, je m'en souviens. Il l'a nié, naturellement. Il m'a dit qu'ils allaient faire bouillir de l'eau bénite et qu'ils m'ébouillanteraient les cuisses avec avant de me relâcher.

— Ce n'était pas Buqa, corrigea Maria piteusement. C'est l'œuvre de Salvago. Tu avais raison, Eléna, et moi tort. Je n'ai pas imaginé... Je n'aurais jamais dû faire ça. C'est ma faute.

— Tu n'as rien fait de mal, Maria. C'est lui le coupable. Ne lui laisse pas la satisfaction de croire qu'il a gagné.

Maria sentit les larmes affluer au coin de ses yeux. Elle récupéra la gourde et étreignit la main d'Eléna. « Il a gagné », pensa-t-elle.

— Tu sais où est Fençu ? Et Jacobus ?

— Je sais seulement qu'ils les ont fouettés tous les deux. Ils sont peut-être dans la *fossa* ou dans la prison.

La *fossa* était une douve profonde où les prisonniers étaient souvent confinés après un châtiment.

Elles entendirent quelqu'un approcher. Alors Maria se cacha. Deux hommes traversaient tranquillement la place. Ils s'arrêtèrent devant le *rituni*, regardèrent la prostituée à l'intérieur et ricanèrent avant de poursuivre leur route.

— Tu ferais mieux de partir, chuchota Eléna. Tu n'es pas en sécurité.

— Je reviendrai demain, promit Maria.

Puis elle prit le chemin de la *fossa* et s'approcha du bord pour regarder dedans. Elle était vide. Il ne restait donc que la prison. Mais là, elle ne pouvait rien. Pas sans argent. Cette pensée la ramena à Eléna.

— Tu as de la monnaie cachée ? J'en ai besoin pour soudoyer des gardes.

— J'en avais, mais ils l'ont trouvée. Ils ont tout pris.

Désespérée, Maria réfléchit à ce qu'elle pouvait faire. Elle savait que Cawl et les autres n'étaient pas plus en fonds. Il n'y avait personne qui puisse les aider.

Elle alla se trouver une cachette dans les rochers près de l'anse de Birgu et se recroquevilla dans sa robe. L'eau clapotait doucement sur les flancs des bateaux. Le sommeil ne venait pas. Elle était torturée par des sentiments de culpabilité, de récrimination contre elle-même, de peur pour ses amis. « Combien de vies vont être détruites parce que j'ai voulu me venger ? »

Quand le soleil se leva sur le Sciberras, elle avait compris qu'il n'y avait qu'une chose à faire. Elle partit tôt, sachant qu'il serait là à l'attendre.

La porte de la sacristie était entrouverte. Il lui fallut tout son courage pour oser la pousser. Il était assis devant sa table, fixant la flamme d'une bougie qui avait presque complètement fondu. Il leva les yeux vers elle. Il était clair qu'il n'avait pas dormi, lui non plus.

— Ainsi votre lâcheté s'est étendue à mes amis, dit-elle. Je pensais que vous m'auriez simplement violée une dernière fois avant de me tuer.

Son expression demeura impassible. En se penchant, il sortit quelque chose d'un sac de toile sur sa table. Maria sursauta intérieurement quand elle vit l'objet, mais n'en montra rien.

— Ah oui, tes amis. Les idiots qui sont allés dans cette caverne ne savaient pas ce qu'ils trouvaient. (Il tourna et retourna le récipient.) Il est très bien fait. C'est un *etrog*, si je ne me trompe pas. Il est tout à fait remarquable de trouver une telle chose dans une grotte. (Il la regarda.) Je crois que les juifs s'en servent pour un de leurs répugnants rituels. Ils mettent des fruits dedans. (Il marqua une pause.) Sais-tu, Maria, ce qu'il advient des juifs dans le royaume de Dieu ?

— Je ne vois pas de quoi vous parlez, répondit-elle sans hésitation. Mes amis sont des *conversos*. Des chrétiens. J'ai moi-même prié avec eux. Si les voleurs qui sont venus dans la caverne vous ont donné tout ce qu'ils ont trouvé, alors ils ont dû vous apporter une croix. C'est devant elle qu'ils priaient. Ils vous le diront et je le jurerai moi aussi.

— J'en suis certain. En fait, je ne doute même pas que tu sois assez forte pour accepter de mourir sur le chevalet[1] dans cette histoire. Seulement je me demande... comment se comportent les enfants en approchant du feu ? Ou ton amie... Elli, je crois, n'est-ce pas ? Que dira-t-elle avec un fer rouge dans l'œil ? (Dans le regard de Maria, Salvago lisait que les choses étaient loin d'être terminées.) Cette affaire a déjà semé tant de troubles. En temps normal, j'aurais pris un grand soin à extraire la vérité de la bouche de tes amis. Mais ici, c'est toi qui tiens dans ta main le pouvoir de mettre un terme à tout cela. Tu ne comprends pas ? J'ai seulement besoin de dire aux *gendarmi* qu'il s'agit d'une malheureuse méprise et tes... *conversos* pourront retourner à leur petite vie. Je te laisserai en paix, Maria Borg.

Maria avait peur et elle savait que Salvago pouvait le voir. Elle était incapable de le dissimuler.

— Quel est votre prix ?

---

1. Instrument de torture. (*N.d.T.*)

— Il faut d'abord que tu admettes que tes mensonges doivent cesser. Je ne veux plus jamais entendre un murmure concernant ces... choses.

— Ce ne sont pas des mensonges.

— Très bien, dit-il en haussant les épaules. Donc nous en avons déjà fini. Je dois m'en aller. Il y a encore beaucoup à faire avec toutes ces putains, ces voleurs et ces marranes.

Les moindres parcelles du corps de Maria voulaient défier Salvago, mais il n'y avait plus rien à faire. Eléna était suspendue dans un filet, Fençu et Jacobus croupissaient dans une cellule. Les seuls amis qu'elle avait sur Terre étaient en danger à cause d'elle. Exclusivement à cause d'elle.

Ses épaules s'affaissèrent. Elle était vaincue.

— *Kollox sew*, dit-elle en hochant la tête. Je ne parlerai plus du viol.

Salvago se leva devant elle.

— Cela ne suffit pas, Maria. Agenouille-toi.

— S'il vous plaît. Ne me le refaites pas. Je ne dirai plus rien. Vous avez ma parole et ma parole juste.

— A genoux.

Lentement, elle tomba sur le sol de pierre froid.

— Il n'y a eu aucun viol, gronda-t-il. Tu dois le dire.

— Il n'y a eu aucun viol.

— Tu dois le jurer au nom du Sauveur.

— Ajouterez-vous à la liste de vos péchés que vous m'en aurez fait commettre un ? lâcha-t-elle faiblement.

Elle était trop tétanisée pour sentir la douleur.

— Dis-le !

— Il n'y a eu aucun viol. Je le jure.

— Au nom du Seigneur Jésus.

— S'il vous plaît, murmura-t-elle.

— Au nom du Seigneur Jésus.

Elle ferma les yeux et sentit une larme couler le long de sa joue.

— Je le jure au nom du Seigneur Jésus.

C'était à peine audible, mais elle savait qu'il l'avait entendue.

— Maintenant, il va falloir que tu ailles le répéter à l'évêque pour laver définitivement cette souillure de mon âme.

Il n'y avait plus de retour en arrière possible, désormais, plus de discussion. Naturellement, elle devait aller voir l'évêque et lui répéter ce qu'elle venait de jurer. Naturellement, elle devait laver cette souillure de son âme.

Dehors, le brouillard avait envahi les rues. Tout s'enchaîna très vite : le trajet cahoteux dans la voiture de Salvago jusqu'au palais épiscopal, le sacristain sadique qui la fit entrer, avec le *kapillan*, dans le salon de réception ; elle, tombant une nouvelle fois à genoux, les joues inondées de larmes ; Domenico Cubelles, le visage plein de bonté et de compassion, écoutant sa confession dans laquelle elle avouait ses mensonges ; le contact de ses doigts sur son front, traçant le signe de croix ; sa voix qui priait pour son salut — « Elève ton cœur, mon enfant » ; la coupe de lait chaud dans un calice d'argent qui lui fut apportée pour essayer d'apaiser ses larmes — « Elève-le vers le Seigneur » ; Salvago l'aidant à remonter dans la voiture, tout doucement, comme si elle était une plume de porcelaine ; son visage, une minute, une heure ou une année plus tard, qui lui disait qu'il était temps de descendre, ce visage déformé — peut-être par l'angoisse ou par la colère ? Pleurait-il lorsqu'il se sépara d'elle et qu'un *gendarme* la prit par le bras ?

Elle ne s'en souvenait plus. Peut-être s'était-il agi d'un rêve ? Tout s'était enchaîné si vite et se perdait dans le crissement des charnières de fer du pilori qui se refermait sur elle. Et alors elle avait répété les mots qu'on lui avait demandé de dire. Elle les avait répétés encore et encore, aussi fort que possible, avec sa gorge de plus en plus sèche, ses lèvres de plus en plus gercées. Elle les avait répétés pendant trois jours pour que tout le monde, chevaliers, prêtres et gens du peuple, puisse l'entendre.

« J'ai menti à propos de Dun Salvago. » Le soleil la frappait sur la place. Et elle continuait de répéter, encore et encore. Et tous pouvaient voir, dans ses pleurs et ses angoisses, qu'elle se repentait vraiment. « J'ai menti à propos de Dun Salvago. Que Dieu ait pitié de mon âme. »

Le prêtre fut fidèle à sa parole.

Eléna, Fençu et Jacobus furent libérés le même jour qu'elle. Heureusement, ni eux ni les autres de M'Kor Hakhayyim ne l'avaient vue au pilori. Seul son père était venu. Il se trouvait là un soir, quand elle avait levé les yeux, debout, de l'autre côté de la place. Elle ne le distinguait pas bien. Elle avait cligné les yeux pour mieux le discerner, mais il était parti.

Les *gendarmi* leur dirent que tous leurs biens avaient été confisqués, y compris, naturellement, les chèvres. Ils retournèrent à M'Kor Hakhayyim et commencèrent à réunir les morceaux de ce qui restait.

Jacobus raconta des histoires terribles sur son emprisonnement. Il se crispait pendant qu'Elli s'occupait des plaies sanguinolentes de son dos, mais il voulait surtout se montrer courageux devant Maria. Il l'estimait encore plus qu'avant. Il était allé en prison pour défendre l'honneur d'Eléna. Et s'il n'en parlait pas ouvertement, il savait que Maria avait eu, elle aussi, des problèmes et il supposait que c'était pour la même raison.

Eléna était assise près de la source. Elle tenait un pan de vêtement carbonisé, tout ce qui lui restait de ses biens. Maria se tenait à côté d'elle, désolée parce qu'elle savait qu'on avait tout pris à son amie : son argent, ses bougies, ses chèvres... Tout ! Les yeux d'Eléna s'embuaient, mais elle faisait de son mieux pour réconforter Maria, qui ressentait un immense sentiment de culpabilité.

— Tu dois te rappeler que c'est le prêtre qui a provoqué tout ça, pas toi. Il n'a emporté que nos affaires, pas nos rêves.

La caverne avait tellement de cachettes qu'il aurait fallu une semaine aux *gendarmi* pour tout fouiller. Fençu retrouva la menora à sa place.

— Tu dois la détruire, lui dit Maria à un moment où personne ne pouvait les entendre. Dun Salvago a trouvé l'*etrog*. Il sait.

Dans un premier élan, Fençu n'eut aucune envie de suivre ce conseil.

— J'ai déjà fait beaucoup pour nier ma foi. Il est peut-être temps de mourir pour elle.

Mais il fallait tenir compte d'Elli et des enfants, et de tous les autres. Finalement, son pragmatisme l'emporta. Avec Cawl, ils allumèrent un grand feu et fondirent la menora pour récupérer l'argent, qui leur servirait pour acheter tout ce dont ils avaient un besoin pressant.

— Un jour, nous la referons, se contenta-t-il de dire en regardant le brasier gronder. Notre maison, c'est M'Kor Hakhayyim, la source de vie. Il y aura une autre menora.

Maria tira sa force de la leur. Mais en voyant l'objet disparaître, elle sut qu'elle avait autre chose à faire. Elle ne pouvait pas laisser vivre ce maudit prêtre, cet être malfaisant. Elle ne devait pas laisser cette menace permanente suspendue au-dessus de leurs têtes. Il lui fallait quand même y réfléchir pour en être sûre.

Elle ramassa de l'oyat pour lui servir de couche à la place de la paille, aida à balayer les cendres de la grotte et vida la source de tous les débris qui y étaient tombés. Fençu acheta de nouvelles cuillères, une marmite et d'autres objets de première nécessité. Maria, Eléna et Jacobus parcoururent les landes en quête de nouvelles chèvres pour démarrer un troupeau. Lentement, la vie retrouva son cours normal.

Un dimanche matin, avant l'aube, Maria grimpa près de l'ouverture de l'une des cheminées de la caverne, là où il y avait une des caches d'armes. Elle tendit la main, fouilla à l'intérieur d'une fissure et sentit enfin sous ses doigts le métal froid d'une arquebuse, un vieux mousquet espagnol à mèche. Elle tâtonna encore pour trouver une boîte de poudre et un sac de balles. Puis elle serra le tout dans sa robe, acheva l'ascension du conduit et sortit par l'une des issues cachées. Une fois dehors, elle dissimula l'ensemble dans une ravine et regagna la grotte pour attendre.

Cet après-midi-là, personne ne la vit prendre un charbon ardent pendant qu'elle s'occupait du feu et le mettre dans une boîte à braise métallique, garnie de trous d'aération. Quelques instants plus tard, elle annonça qu'elle partait faire un tour. Après avoir récupéré son matériel, elle prit la direction de la route reliant Mdina à Birgu. Tout en marchant, elle réfléchissait à son plan. Elle n'avait pas prié pour la réussite de celui-ci, de peur que sa résolution ne vacille. Quand elle en aurait terminé avec Salvago, elle enterrerait son corps sous un tas de pierres pour que personne ne puisse savoir ce qu'il était devenu. Plus rien n'importait désormais, qu'en finir.

Elle trouva d'énormes blocs taillés abandonnés au milieu d'un désert de rocailles. Il y avait d'innombrables endroits pour se cacher. Et de là, elle aurait une vue plongeante sur la route venant de Mdina, que Salvago empruntait nécessairement quand il rentrait de chez sa sœur.

Maria prit le fusil dans sa robe. Bien qu'elle n'eût jamais tiré avec, elle s'était très souvent entraînée au cours des fameux exercices de Fençu et savait comment s'en servir. L'arme était lourde et impressionnante. Patiemment, elle la prépara. Elle avait tout son temps.

D'abord, elle versa la poudre dans le canon et y enfourna une balle de plomb. Puis elle enfila et bloqua une mèche lente dans son emplacement. Enfin elle plaça de la poudre d'amorçage dans son logement. Quand tout fut prêt, elle vérifia la braise. En la protégeant du vent avec sa main, elle regarda à travers l'un des trous de la boîte : le charbon était incandescent. Rouge foncé comme les rubis du crucifix. Comme du sang séché.

Il n'y avait plus rien d'autre à faire qu'attendre.

Près d'une heure plus tard, elle aperçut de la poussière sur la route. Son cœur commença à battre. Elle s'accroupit le plus possible contre les rochers. Puis elle alluma la mèche, qui crépita et commença à brûler régulièrement, juste au-dessus de l'amorce. Le bout rougeoyait dans la brise, attendant de libérer la détente.

Salvago arriva en vue. Son visage insouciant était placide. L'esprit ailleurs, il ne se doutait de rien. Maria se concentra pour ne pas se laisser distraire. Elle leva l'arme. Les muscles de son bras tremblaient sous l'effet de la pression. Puis elle appuya la crosse contre son épaule et posa le canon sur un rocher.

« Tu vas mourir pour ce que tu as fait à Eléna, Fençu et Jacobus. » Elle visa soigneusement, juste devant lui, évaluant très précisément le moment où elle allait appuyer sur la détente. « Tu vas mourir pour ce que tu m'as fait. »

Il était assez près maintenant. Les sabots de la mule clopinaient sur le sentier rocailleux. La voiture rebondissait sur les ornières. La fumée de la mèche picota les yeux de Maria au point de la faire pleurer. Elle les frotta rapidement et cligna les paupières. Puis elle visa le centre de la poitrine de l'homme, là où le crucifix pendait au bout de la chaîne. Elle s'aperçut qu'il en avait un nouveau. L'ancien devait le gêner, supposa-t-elle, même si elle — la putain — s'était rétractée.

Ses mains étaient moites tandis que ses doigts s'occupaient de la mèche. Sa bouche était aussi sèche que la poudre. Elle se contractait tant pour empêcher le canon de bouger que ses muscles lui faisaient mal. L'arme semblait animée d'une vie propre, passant du crucifix au ventre du prêtre jusqu'au centre de son nez. La voiture sauta, ce qui rendit les choses pires encore. Retenant son souffle, Maria pressa la détente. Le mécanisme mit le feu à la poudre et le coup partit.

La lourde balle de plomb s'échappa du canon dans un grondement et frappa Salvago à la tête. Il n'y avait plus un souffle pour dissiper la fumée qui saturait l'air. Le recul de l'arme avait projeté Maria en arrière. Allongée sur le dos, quelque peu hébétée, elle suffoquait en essayant de reprendre sa respiration. Son épaule lui faisait mal. L'arquebuse gisait près d'elle dans la poussière. Encore haletante, elle se releva et s'approcha pour regarder.

Dun Salvago était encore assis bien droit sur son siège. Il se tenait le cuir chevelu à l'endroit où la balle l'avait touché. Il avait l'air abasourdi. Puis il baissa la main et regarda son sang. Lentement, il comprit ce qui venait d'arriver et se mit à scruter les rochers. Alors, il la vit.

Elle savait qu'elle n'avait plus le temps de recharger. Dans son gilet, elle avait un poignard. S'il venait vers elle, elle le frapperait avec. Pour le moment, elle se contenta de ramasser une pierre et d'attendre en le fixant avec un air de défi ; un air qui voulait dire : « Vas-tu oser venir ? » Et en même temps, elle redoutait qu'il le fasse.

Mais le prêtre ne bougeait pas. Alors elle lança la pierre et l'atteignit à l'épaule. Puis elle en ramassa une seconde.

Mais Salvago ne descendait toujours pas de sa carriole. Il la regardait intensément. Pendant un moment, il parut vouloir lui dire quelque chose. Il déglutit et ses lèvres s'animèrent, mais les mots moururent dans sa gorge.

Il agita les rênes. Et un instant plus tard, il était loin.

En retournant à Birgu, il se demanda s'il allait envoyer les *gendarmi*.

Cela ne servait plus à grand-chose, en fait. La fille avait cherché à se venger et elle avait échoué. Désormais, cela n'avait plus aucune importance. Dans l'après-midi, il avait dit adieu à sa sœur et à son beau-frère. Tout était déjà prêt pour son départ. Il rejoignait le quai où l'attendait le navire céréalier qui l'emmenait à Syracuse. De là, il en prendrait un autre pour Civitavecchia.

Le port de Rome.

Le port du Vatican.

Enfin, sa mère l'Eglise l'avait appelé en son giron.

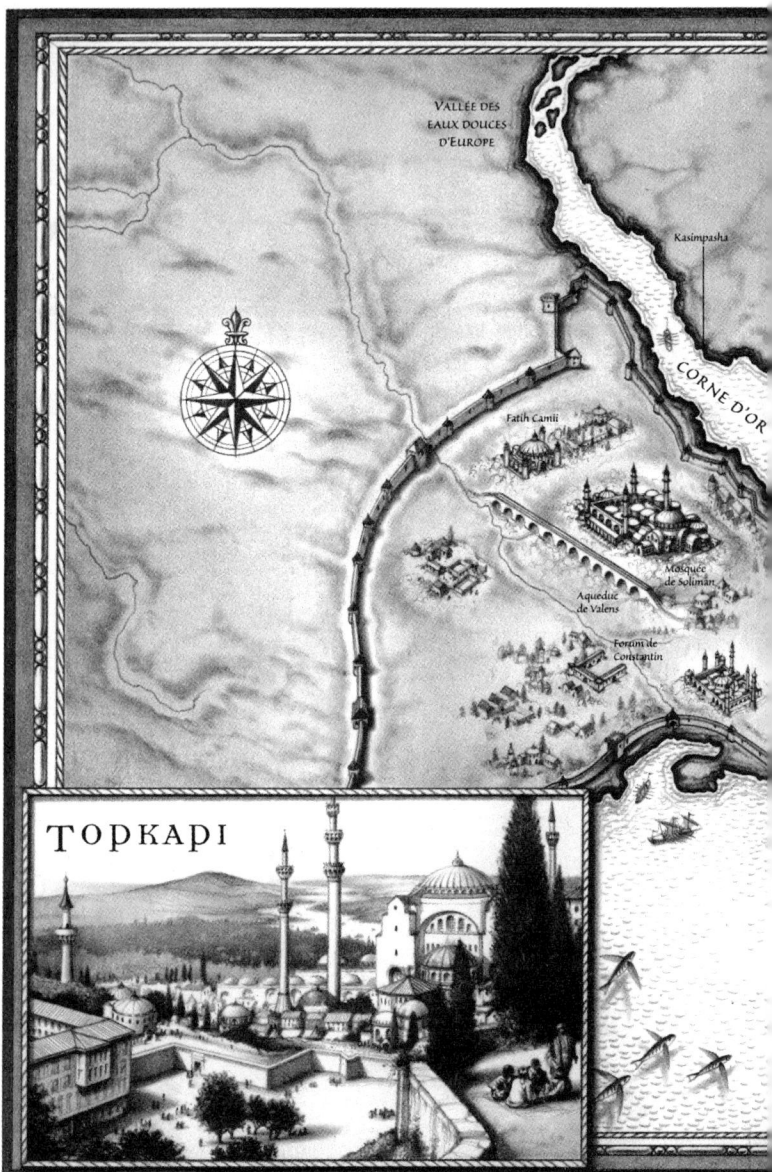

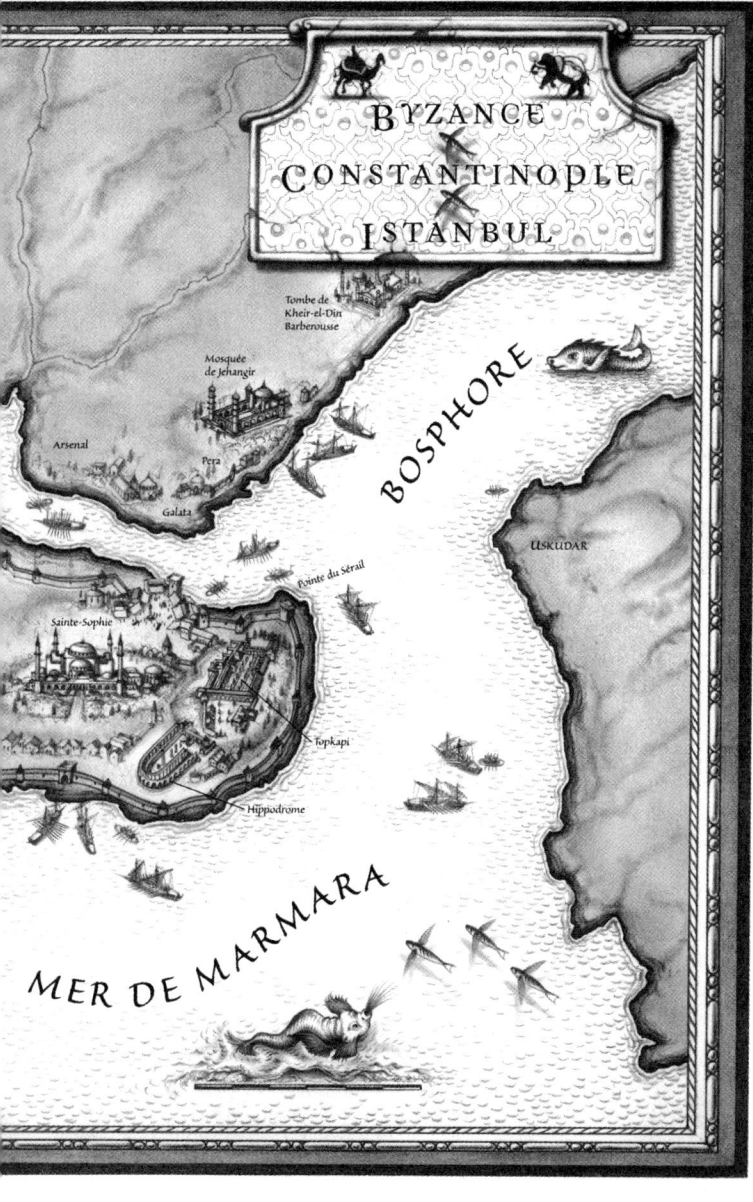

Extrait des *Histoires de la mer du Milieu*
par Darius, dit le Préservateur,
historien à la cour du seigneur du glorieux royaume,
le sultan Ahmet

Qui sont les Turcs et les Ottomans ? C'est simple. Etre Turc est une question de naissance. Etre Ottoman, c'est être citoyen d'un empire. Etre Ottoman, c'est un état d'esprit.

Cet état d'esprit est né dans les entrailles d'Ertogrul, un petit chef tribal qui aida les Anatoliens à combattre les Mongols. Son fils, Osman, fut le premier à brandir le glaive du sultan, l'épée de la maison qui porte son nom, la maison de la dynastie des Ottomans.

Dans un rêve prophétique, Osman vit ses descendants régner sur un royaume qui avait son siège à Constantinople et dont l'influence se ferait sentir sur un territoire plus large que celui des grands empires précédents : les Perses, les Romains, les Arabes. Il le vit s'étendre du Caucase aux Balkans. Il vit ses sujets recueillir les eaux du Nil, du Tigre, de l'Euphrate et du Danube. Il vit la neige tomber sur le nord de son empire et les tempêtes de sable souffler dans le sud.

Pour réaliser son rêve, Osman unit des tribus turques distinctes et rassembla des nomades que l'on appelait ghazis et qui hantaient les steppes sur de petits chevaux vifs et résistants. Leurs tribus avaient été repoussées vers l'ouest par les Mongols. Ces Turcs occupèrent l'Anatolie et, sous le commandement de leur sultan, ils se mirent à grignoter l'Empire byzantin, la moitié orientale de l'Empire romain, qui se désintégrait sous la pression de sa propre décadence.

Le troisième sultan, Murâd, établit sa base à Gallipoli, une péninsule sur le rivage européen des Dardanelles, à partir de laquelle ses armées éprouvaient l'Europe et commençaient à attirer l'attention de ses maîtres divisés. L'une après l'autre, les villes de l'Empire byzantin tombèrent entre les mains des Ottomans, qui consolidaient leur emprise sur l'Anatolie, la péninsule balkanique et la Crimée. Au bout du compte, ils furent en mesure de revendiquer l'intégralité de la mer Noire.

Enfin, estimant leur force suffisante, ils décidèrent de s'emparer de Constantinople. Connue depuis l'Antiquité sous le nom de Byzance, cette cité était un carrefour maritime et continental, culturel et commercial. En 1453, le huitième sultan, Mehmet, commença le siège de la ville avec son artillerie. Ironiquement, des Européens avaient formé ses canonniers. Mais les élèves avaient dépassé leurs maîtres et la cité qui, depuis des siècles, avait repoussé les Huns et les Slaves, les Arabes et les Avars, finit par tomber devant les canons de Mehmet.

Les conquêtes ne s'arrêtèrent pas là. Le neuvième sultan, Sélim, surnommé le Cruel, défit les armées mamelouks, faisant tomber Damas et Le Caire dans l'escarcelle ottomane, suivis par la Palestine et sa sainte ville de Jérusalem, puis par la péninsule arabe avec ses lieux saints de La Mecque et de Médine. Ces conquêtes firent du sultan ottoman le calife, le chef spirituel de l'Islam.

L'Empire ne s'épanouit pas seulement par la force ou par hasard. Le premier sultan, Osman, avait établi les principes qui guidèrent tous ses successeurs et qui perdurent aujourd'hui : primauté de la justice sur le pouvoir et la richesse, et tolérance pour tous les peuples de la Terre. Sous la grande tente ottomane vivaient des hommes de religion, de race et de culture diverses. Même si l'Empire est musulman et si son sultan est le premier défenseur de la foi, nombre de ses sujets pratiquent d'autres religions, que les Ottomans taxent, mais n'interdisent pas. Seuls les païens et la dynastie safavide de Perse, composée d'hérétiques musulmans chiites, s'attiraient l'attention inébranlable du glaive sunnite de notre sultan.

Ce fut Orhan, le second sultan de la maison d'Osman, qui le premier utilisa des mercenaires chrétiens en lieu et place des combattants nomades pour défaire ses ennemis. Cette pratique se perfectionna grâce au système de la *devchirmé*, la levée des petits garçons chrétiens les plus brillants et les plus forts des Balkans et d'autres régions. Le génie de ce système fut la création d'une caste d'hommes doués et zélés, exclusivement dévoués au sultan, qui, de ce fait, pouvait s'occuper d'autres sujets que de parer les intrigues de la cour qui empoisonnaient tant d'autres dynasties. La *devchirmé* fit peut-être davantage pour l'épanouissement de la rose ottomane que n'importe quel autre aspect ou structure de l'Empire. En Europe, un homme incompétent et de caractère faible pouvait atteindre les plus hautes sphères de la société du moment qu'il était bien né, tandis qu'un homme manifestant de grands dons pouvait croupir éternellement dans sa condition de paysan. Chez les Ottomans, seuls le mérite et la compétence importaient.

Avec le dixième sultan, Soliman, le rêve d'Osman atteignit son plein épanouissement : l'Empire qu'il gouvernait n'avait pas d'équivalent dans toute l'Histoire.

Extrait du volume II
La Maison d'Osman : les sultans.

Chapitre 21

Topkapi
Istanbul

On m'appelle Asha.

C'est un nom perse, qui m'a été donné par le seigneur Dragut. Il signifie Protecteur du feu.

Mais ne crains rien, Maria. Je suis toujours Nico.

Je ne t'ai jamais oubliée, comme je prie chaque jour pour que toi, tu ne m'aies pas oublié non plus. Je suis sûr que la bonne fortune t'a souri, et qu'elle a aussi souri à notre mère et à notre père.

Je réside dans le sérail, le séjour du bonheur, qui est un joyau dans la couronne d'Istanbul, le Séjour de félicité. Au-dessus de la porte du palais, il est écrit : « Puisse Allah faire la gloire de son maître éternel. » Son maître, c'est le *pâdishâh*, Soliman, le seigneur des deux mondes, l'ombre de Dieu sur Terre, le maître du cou des hommes. Je dois dire toutes ces choses chaque fois que je murmure son nom. Il a encore d'autres titres. Je pense que le meilleur est Kanuni, le Législateur, car c'est vraiment son rôle parmi les hommes.

J'écris ceci à la lumière d'une bougie, enveloppé dans ma

couverture. Il est trois heures du matin. Je le sais grâce à mon sablier, qui me donne l'heure des prières. Je n'ai pas d'autre moment pour t'écrire. Nous nous couchons vers minuit et nous levons à l'aube. Et les moindres instants de nos journées sont surveillés. Même maintenant, le danger est grand. Si je suis pris, je ne risque pas seulement une punition, mais la mort. Les eunuques nous surveillent depuis leurs plates-formes. La plupart sont vigilants, mais ils ne peuvent pas tout voir à tout instant. Pour moi, le plus grand danger est le page [1] de la clé, qui patrouille avec les gardes dans les dortoirs. Si l'on me surprend à écrire pendant les heures réservées au sommeil, je sentirai la morsure du fouet sur mon ventre. S'il lit cette lettre, je perdrai ma tête, car les pensées que je veux rapporter sont interdites et révéleraient un menteur, le Nico sous Asha. Personne ne sait que je viens de Malte. Quand je suis arrivé ici, j'ai menti pour pouvoir trouver du travail sur des chantiers et m'échapper. Hélas, le destin ne m'a pas souri de cette façon, mais le mensonge demeure : ils me croient vénitien. Quoi qu'il en soit, je *dois* écrire, je dois mettre mes mots sur le papier pour les rendre réels, car sinon, j'ai peur de pouvoir t'oublier. C'est ton souvenir qui m'a permis de tenir et de ne pas devenir fou pendant toutes ces années depuis que nous avons été séparés.

Mille fois j'ai rédigé cette lettre dans ma tête, mais il m'a fallu trois ans pour véritablement la mettre noir sur blanc. Au départ, naturellement, je ne savais pas écrire. Mais le sultan, par l'intermédiaire de ses professeurs, instruit tous ses enfants, dont moi. A côté de la musique et de la poésie, on nous enseigne le grec, le persan, le turc et l'arabe, et pour ceux qui

---

1. Dans le monde musulman ancien et particulièrement ottoman, le terme page (en arabe *ghûlam*, pl. *ghilmân*, « jeune garçon » ou « page »), comme dans la terminologie page de la clé, désignait un garde armé du palais. *Içoglan* (ce que sera Nico-Asha) se traduit aussi en français par « page », mais davantage au sens traditionnel : un jeune garçon dédié au service d'honneur du palais sous toutes ses formes, en attendant une plus haute destinée. (*N.d.T.*)

en ont la capacité, on ajoute même l'italien et l'espagnol, pour qu'un jour, quand nous dirigerons le monde entier, tous nos sujets puissent nous comprendre.

Tu vois :

La illaha illa Allah ! Mohammed rasoolu Allah ! « Allah est le seul Dieu, et Mahomet son prophète. »

J'ai choisi ces mots parce qu'ils te donnent un exemple de ma calligraphie. Je dois admettre que je les écris avec fierté. On dit que ma main forme les plus beaux caractères de l'école. C'est un talent qui est extrêmement loué. Je répète ces mêmes mots dans ma prière cinq fois par jour. Je les dis dans ma tête, mais jamais dans mon cœur.

Je suis encore Nico.

J'ai appris à écrire facilement. Mais voler du papier, une plume et de l'encre ne fut pas aussi simple. Tout est surveillé. Il y a un responsable pour le moindre détail de la vie au palais — un homme garde le papier, un autre les plumes et un troisième l'encre — et quand tout n'est pas là, des têtes tombent. Jusqu'à présent, je n'avais aucun endroit où cacher une lettre une fois rédigée. J'étais confiné dans le Küçük Oda, la salle des nouveaux venus, où j'étais surveillé même quand je dormais. Mais j'ai été promu dans la seconde école, qui est logée dans le dortoir appelé Büyük Oda. C'est le grand hall, un immense bâtiment en pierre. Parfois, la terre tremble et les murs se fissurent, ce qui fournit des cachettes. Il y en a justement une à côté de mon lit. Une pierre amovible me permet d'y dissimuler de petites choses. Donc j'écris quand je peux. Je prie chaque jour pour rencontrer enfin un commerçant en qui j'aurais confiance et à qui je donnerais cette lettre pour toi... en espérant qu'elle t'atteindra.

Je suis un étudiant de l'Enderun Kolej, l'école royale du palais. On dit que c'est la plus belle école sur Terre. J'ai été amené ici par Dragut Raïs — oui, le Dragut dont tu as entendu parler, le fléau et le pilleur de nos îles. « Oublie ton passé, parce qu'il n'existe pas. » Voilà la première chose qu'il m'a dite. Bien qu'il soit mon protecteur à la cour de Soliman, un jour, je le tuerai. Cela dit, je le jure — et peu importe ce que Dragut affirme —, je suis un page avec un passé : je suis toujours Nico. Cette lettre en est la preuve.

Quand je suis arrivé ici, il y avait six mille garçons de mon âge, prélevés parmi les sujets du sultan dans l'ensemble de ses territoires, des Balkans à l'Egypte. Tous voulaient entrer dans cette école. Le sultan lui-même l'a fréquentée jadis. Les *aghas* ont tâté nos crânes. Ils cherchaient des bosses. Puis ils nous ont donné des tests. Cent garçons ont été choisis. Je suis l'un d'eux. Apparemment, mon crâne était bien fait pour la maison d'Osman. Et l'on dit que mon visage est également plaisant pour les yeux. Je suis donc un *içoglan*, un page de la maison privée.

Les autres garçons — ceux qui n'ont pas été retenus — ont été envoyés dans des établissements à l'extérieur du palais. Le moins bon se trouve à Gallipoli. Les enfants y apprennent à servir sur mer. J'ai pensé simuler la stupidité, afin d'y être dirigé. J'imaginais qu'il me serait plus facile de trouver, ainsi, un moyen de m'échapper. Mais juste avant de partir, Dragut m'a dit : « Bien que tu cherches à tromper les examinateurs, attache-toi à faire bonne impression. Ton futur, ta vie même, en dépendent. »

J'ai protesté en répondant que je ne voulais abuser personne, mais il se contenta de sourire. Je suis soulagé de constater que, de tous les hommes, il semble le seul capable de lire dans ma tête et de connaître mes pensées, même si je le nie. Iskander, mon *lala* — mon tuteur — me soupçonne de ne pas être celui que je prétends. Mais s'il est l'égal de n'importe quel guerrier sur Terre, il n'a pas le cerveau de Dragut. Il essaie de me faire sortir de ma réserve. Il me teste, il m'éprouve, mais ça ne le mène nulle part. Je peux l'abuser toute la journée, ce qui n'est pas le cas de Dragut. Pour des raisons que je ne comprends pas, ce dernier ne me trahit pas. Sa protection m'est d'ailleurs de grande valeur ici et même s'il est parti depuis un moment faire la guerre aux infidèles — pardonne-moi, je veux dire aux navires chrétiens, naturellement —, j'ai appris à faire confiance à sa parole. Il avait raison : la naissance n'a aucune importance ici. Seule la compétence compte. Même un garçon de petite extraction, comme moi, peut devenir grand vizir, autrement dit l'homme le plus important de l'Empire en dehors du sultan. Chez les Ottomans, on n'apprécie pas l'échec. Il n'y aucun avantage à tirer à ne pas donner toute la mesure de son talent. Agis bien et progresse. Progresse et tu trouveras un moyen de t'échapper. Voilà les mots que je prononce dans mes prières. Ma chance viendra.

Je veux devenir raïs d'une galère. Rien n'est plus libre que la mer. Il n'y a pas de plus grande gloire que le commandement d'un navire au combat, pas de goût plus doux que celui de la victoire sur les ennemis. Avec mon vaisseau, si Dieu le veut, je pourrai aller où je voudrai, quand je le voudrai. Je pourrai tourner mes canons vers Dragut ou sur un navire marchand. Je serai le maître. Je te jure qu'un jour, le sultan lui-même m'accompagnera pour passer la porte de majesté et gagner la Corne d'Or, où je monterai à bord de ce bâtiment. Il pensera que je vais servir ses intérêts. Ainsi, en confiance, il me permettra de t'apporter moi-même cette lettre. C'est à cette fin que je joue le jeu du phénix ottoman qui vise à détruire le petit garçon chrétien Nico, pour faire naître des cendres de son âme l'homme musulman, Asha.

Je suis bien traité, surtout au regard de la vie que j'ai eue à Alger. Un jour, je te parlerai de cette époque, que je m'efforcerai d'oublier aussitôt après. La plupart des recrues sont des Slaves des Balkans ou des territoires conquis par les Turcs. Il n'y a ni juifs ni gitans, mais il y a des Bohémiens et des Hongrois, des Polonais et des Russes, des Circassiens et des Français. Ces derniers ont été enlevés ou capturés au combat. Je suis le seul Maltais.

Comme moi, tous les pages sont nés chrétiens avant d'être pris dans le système de la *devchirmé*, la levée. Mais contrairement à moi, ils ont tous embrassé l'islam. Ils doivent le faire de leur propre volonté ou affronter de terribles conséquences. L'année de mon arrivée, un page décida qu'il ne pouvait, en conscience, suivre le sentier divin. Comme il n'était pas assez fort pour servir d'esclave sur une galère du sultan — un châtiment pire que la mort —, son *lala* lui réserva une punition moindre : on lui coupa la tête. Nous dûmes tous regarder. Sa tête roula à mes pieds. Ses yeux vides fixaient les miens. J'ai ressenti son accusation, même dans la mort. En fait, j'ai honte de ne pas avoir eu sa force. J'espère que tu ne me juges pas trop mal, pour ne pas avoir tout donné à Dieu et quitté cet endroit par la porte des morts.

La plupart de ceux qui sont pris par la *devchirmé* finiront janissaires. Si je ne peux pas devenir raïs d'une galère, alors c'est ce que je veux être, un maître des janissaires, un *agha*. Mais pour l'instant, ils se moquent de moi parce qu'ils me trouvent plutôt fait pour l'écriture et l'étude. En somme, pour la vie tout court. Mes professeurs disent que je suis né pour rédiger l'histoire des Ottomans, pas pour la faire. Ils parlent d'Asha... Mais Nico n'en fera rien. Les janissaires sont les meilleurs soldats du sultan, l'élite de l'élite. Ils n'ont pas d'égaux sur Terre, sauf peut-être les chevaliers de Saint-Jean. Mais je n'en suis même pas certain. Ils semblent surhumains. La plupart parlent quatre langues et sont tous experts à l'arc, au mousquet et au cimeterre. Je les ai observés rassemblés dans la première cour, immobiles pendant des heures, debout, sans un mouvement, sans un bruit, leurs mains jointes devant eux à la manière des religieux. Avec leur bonnet de feutre blanc, ils avaient l'air de statues de marbre. Mais ce n'en sont assurément pas : ils ont combattu pour le sultan de Trébizonde à Damas, de Budapest à Smyrne. Autant de lieux dont je n'avais jamais entendu parler avant que la maison d'Osman ne me les enseigne. Quand leur formation est terminée et qu'ils quittent leurs casernes pour partir dans le monde, ils doivent marcher avec des chaussures à pointe de fer et porter des torches brûlantes pour l'islam : ainsi, dit-on qu'ils sont mi-fer, mi-feu. On dit aussi qu'un jour, ils marcheront sur Rome et qu'ils circonciront le pape. Je ne crois pas ce blasphème, mais si des hommes sur Terre en sont capables, je pense que ce sont les janissaires.

Nous apprenons à monter à cheval et à tirer, à lancer le javelot et à lutter. En sport, c'est vrai, je ne suis pas l'égal des Albanais, qui ici sont les plus féroces des garçons, ni même des Serbes, des Croates ou des Bosniaques, qui semblent nés pour faire la guerre. Bien que j'essaie de leur résister de toutes mes forces, ce sont généralement eux qui font couler le premier sang. Non, pas généralement : *toujours*, je dois l'admettre. Pour le moment, les seuls jeux que je peux remporter sont ceux que nous proposent nos tuteurs pour améliorer notre mémoire. Par exemple, ils nous présentent vingt pierres de couleur dans un ordre aléatoire, puis ils les mélangent et nous demandent de les remettre dans l'ordre initial. J'y arrive sans réfléchir. J'en suis même le seul capable. Parfois, je me dis que ma mémoire est une malédiction. Je me souviens de tout : du moindre mot, de la moindre histoire qu'on me raconte, de la moindre sourate ou du moindre verset du Coran. Dans cette école, je préférerais exceller en sport, car cela permet mieux que la mémoire de se mélanger aux autres. Mais de différentes façons, cette aptitude a été un avantage. J'ai progressé plus vite que mes congénères. J'apprends en un mois ce qui en nécessite six pour eux. Je pense même que cet avantage ne cessera de croître avec les années, quand la sagesse deviendra plus importante que le physique. L'étude ne me pose pas de problèmes. En dehors des langues proprement dites, on nous apprend l'*isaret*, une langue des signes utilisée à la cour, mais également l'histoire, la géométrie, la géographie, les mathématiques et le droit. Et naturellement, la charia.

Le chef des eunuques blancs s'appelle le *kislar agha*, l'agha de la porte. Il est aussi le maître de cette école. Il est gros, cruel et sans pitié. Plus de vingt fois, il m'a convoqué pour me tester. En de telles occasions, ce sont mes nerfs qui sont le plus éprouvés, parce que son mécontentement est terrifiant. Je pense que, jusqu'à maintenant, je me suis assez bien débrouillé parce qu'il ne m'a ni flagellé ni décapité. Qu'Allah soit remercié. Pardonne-moi cette dernière phrase, mais je l'écris par habitude.

Oh Maria, le sablier est déjà à moitié vide ! L'heure du premier appel du muezzin à la prière se rapproche. Il y a tant à te dire. Ma main ne peut écrire assez vite.

Quatre fois par an, on me paie, comme tous les pages, et deux fois par an, on me fournit de nouvelles robes : deux riches caftans d'écarlate et des robes légères en coton pour l'été. Je porte un bonnet et mes cheveux sont longs. Ils pendent de chaque côté, à la manière de Joseph, le fils de Jacob, qui les coiffait ainsi pendant ses années d'esclavage. C'est pour nous rappeler que nous sommes les esclaves du sultan. Il n'y a aucune honte là-dedans : tous les hommes et toutes les femmes le sont. En tant que pages, nous n'avons pas le droit de nous laisser pousser la barbe, parce que celle-ci est le symbole de la liberté. Mais pour moi cela ne fait aucune différence : rien ne pousse sur mon visage.

Je dois me rendre au hammam, les bains, une fois par semaine. Cette idiotie a commencé à Alger et s'est aggravée ici. Au début, je n'aimais pas ça du tout. Mais, en réalité, désormais, j'en savoure les parfums — ceux du bois de santal et du musc — et je me suis habitué à la propreté. Tu ne me reconnaîtrais pas dans la soie et sans la saleté. Je sens aussi bon qu'une rose. Même mes vêtements sont lavés avec des savons odorants. Comme tous les autres miracles de l'endroit, la nourriture est abondante. Les Ottomans ne connaissent pas la famine. Il y a des figues et des melons, des prunes et des poires, et même des cerises de Saryar. On sert aussi de l'espadon dans des feuilles de vigne et des brochettes d'agneau rôti. Mais si j'ai vu ces plats de mes yeux, je dois reconnaître que mon ordinaire est davantage fait de riz, de potage et d'huile de sésame, mais toujours en abondance. Et quand les choses vont bien, on a droit à une friandise.

A la surface de la Terre, il n'y a sûrement pas de plus bel endroit. C'est un paradis de satin et de soie, de marbre blanc, de jade rose et de cuir travaillé. Les moindres surfaces sont couvertes de mosaïque ou d'orfèvrerie. En comparaison, même l'arc-en-ciel d'Allah paraît pâle.

Le sérail évoque une langue de terre entourée d'eau sur trois côtés. Parfois, le soir, je peux monter sur les remparts. Là, je m'assieds et je regarde le soleil et la lune, les étoiles innombrables et les navires tout aussi nombreux qui traversent le Bosphore. De là, j'ai l'impression de pouvoir tout contempler. Mais je dois me rappeler que je ne vois que deux continents et deux mers du royaume du sultan. Il existe bien d'autres choses, naturellement, au-delà de la vue et de l'entendement.

Même si je n'ai découvert qu'une partie du palais, je me suis rendu compte aisément qu'il est beaucoup plus grand que notre Birgu tout entier. Il est plus vert, aussi, ce qui, comme tu le sais, n'est pas très difficile. Les jardins sont un éden de fontaines et de bassins, planté d'arbres et de fleurs provenant de tous les coins de la Terre. Il y a des tulipes et des roses, des lilas et des jacinthes, du buis et des narcisses. Autant de fleurs dont les noms m'étaient aussi inconnus que leur forme et leur parfum. De jour, l'air est empli de leurs couleurs et la nuit de leurs fragrances.

Des paons et des autruches se promènent librement au milieu des gazelles et des cerfs. Les fontaines sont pleines de poissons rouges et de carpes argentées. J'ai bu de l'eau fraîche à l'une d'elles, grâce à une coupe qui reste là, simplement attachée à une chaîne : elle était en or !

Chaque jour, des émissaires arrivent les bras chargés de cadeaux pour le sultan. Ils viennent des plus grandes cours d'Europe, de France, de Venise et de Russie. Pourtant c'est Soliman et non leur propre souverain qu'ils appellent le

Magnifique. Leurs cadeaux sont présentés au chef des gardiens des présents. Il y en a tant qu'en réalité, le sultan les voit rarement. Ils traduisent la crainte et le respect des expéditeurs. Je n'ai fait qu'entendre parler de la plupart, mais j'ai vu une émeraude de la taille d'un œuf. Les diamants sont comme un tapis de sable sous les pieds du sultan. Tous les jours, celui-ci a les poches remplies d'aspres et de pièces d'or qu'il peut distribuer à ses sujets. Les pages qui le déshabillent le soir ont le droit de garder tout ce qu'il n'a pas donné. C'est un travail que je ne refuserais pas.

La vie dans le sérail est organisée dans les moindres détails. Tout est naturellement centré sur le grand seigneur, dont les désirs sont assouvis, anticipés et même réalisés avant qu'il en ait eu l'idée. Chaque jour, on lui apporte de l'eau fraîche puisée dans les collines au-dessus d'Eyüp et elle est gardée par des janissaires. Il y a un serviteur spécialement chargé de lui servir ses petits légumes saumurés et épicés et aussi un porteur du plateau royal, dont la seule mission sur terre est d'apporter au *pâdishâh* sa cuillère d'argent. Il a un coupeur d'ongles et un gardien des robes, un enrouleur du turban et un gardien des ornements du turban impérial. Ces pages, dont je dois faire partie un jour, deviendront ministres, vizirs et *beylerbeys*. Autant de seigneurs de l'empire du sultan. Il y en tant qu'il est impossible de tous les nommer. Pense simplement qu'il y a encore un maître de la serviette, à table, et des pages qui se tiennent au-dessus du lit du sultan avec des bougies allumées, juste pour prévenir les assassinats. Il y en a d'autres qui se tiennent à côté pour remettre les couvertures sur lui si elles viennent à glisser pendant la nuit. Encore une fois, ils n'ont pas d'autre emploi que celui-là et ils sont déjà contents de savoir que, grâce à eux, l'être le plus éminent de la Terre ne prendra jamais froid pendant son sommeil. Peut-être qu'un jour, si j'écris bien et que j'apprends la métaphysique et la géométrie, j'aurai l'honneur de mettre, de ma propre main, dans la bouche du seigneur des âges... un cornichon. Pour l'instant, je ne le vois que de loin, comme je pourrais voir un nuage. Quand il approche, de petits coups de sifflet retentissent pour nous permettre de nous cacher, afin que les yeux du pâdishâh évitent les choses trop ordinaires.

Il y a encore un maître cuisinier et un contrôleur du beurre. Le chef pâtissier seul a quatre cents aides sous ses ordres. Cinquante goûteurs sont là pour s'assurer qu'aucun poison n'atteigne les lèvres du sultan. Des centaines et des centaines de cuisiniers préparent la nourriture des milliers d'hommes et de femmes qui vivent ici, dans le centre du gouvernement, de la connaissance, de la loi et de la religion, ici dans le jardin d'Allah, le centre du monde. D'une main (et avec l'aide de trois mille assistants), le *bostanji bashi*, le chef jardinier, surveille la pousse des fleurs et des arbustes. De l'autre, il tient le cimeterre d'Etat, avec lequel il décapite les traîtres et les fauteurs de troubles. Les têtes sont légèrement bouillies dans l'eau, trempées dans le sel et plantées au-dessus des portes sous lesquelles passe la fine fleur de l'Empire. Tout est comme ça dans le sérail de Soliman : du sang au-dessus, de la soie en dessous.

On peut trouver ici toutes les sortes d'hommes, qui travaillent avec une grande dignité pour les intérêts de l'Empire : médecins et philosophes, astrologues et architectes, charpentiers et porteurs d'eau, bûcherons et valets. Soliman est le père de nous tous.

A côté de mes autres études, j'apprends un métier. Chacun doit le faire, des pages aux janissaires. C'est la coutume des Ottomans pour faire face, éventuellement, un jour, à l'adversité. Même le sultan est un orfèvre. J'ai choisi d'apprendre la sculpture sur bois. On me fournit des spécimens exotiques de la Terre entière. J'ai sculpté des scènes du Coran sur du citronnier de Ceylan et des galères miniatures sur du santal odorant. Mais je pense que ma plus belle réalisation, c'est la sculpture du *tughrâ* du sultan, son sceau, sur des panneaux muraux. Je suis heureux de dire qu'ils sont très admirés. On m'a dit que l'un d'eux était suspendu dans le palais du grand vizir. J'aime surtout l'odeur des copeaux et le contact des outils tranchants dans mes mains. L'atelier a une vue splendide sur la mer. De là, je peux voir les vaisseaux filant sur la mer de Marmara au service du sultan. Ils entretiennent mon désir d'être un jour maître d'un navire. Quand cela viendra, tout le monde m'appellera capitaine : raïs.

Asha Raïs : je trouve que ça sonne assez plaisamment.

Les écuries royales abritent les quarante chevaux favoris du *pâdishâh*, plus les montures de ses pages et de ses vizirs, avec lesquelles il se promène ou chasse. Certains sont élevés pour la course, tous pour la guerre. On voit des arabes rapides, des turcomans robustes, des karamaniens vifs et des persans nobles. Ces derniers sont montés par les Akinjis, les sauvages combattants de la cavalerie légère qui sèment la confusion et la terreur dans le cœur de leurs ennemis. Ici, les chevaux ont une meilleure vie que n'importe quel homme de Malte. Chacun a plusieurs valets pour s'occuper de lui. Il mange des grains riches dans des seaux de velours et ses brides sont incrustées de joyaux. Quant aux selles, elles sont ornées de saphirs et les étriers sont en or. Ces coursiers ne manquent de rien.

Les jours de fête, j'ai vu des créatures que l'on appelle éléphants. Ils sont plus gros que nos maisons et capables d'écraser un homme. Mais ils sont aussi dociles qu'un faon. Ils possèdent même un long nez gris aussi large que mon torse et qui crache de l'eau. Il y a aussi des girafes. Ce sont des animaux géants jaunes, avec un cou assez haut pour regarder au-dessus des fortifications de Saint-Ange. Je te le jure, Maria ! Et il y a des lions et d'autres bêtes bizarres, qui sont capables de réaliser des tours. Même des pigeons qui portent des bracelets de perles et qui font des sauts périlleux pour le plaisir du sultan. Des chouettes aussi, qui sont utilisées pour la chasse en plus des faucons. Les rapaces portent des jets de cuir et de soie. Je n'ai pas examiné leurs déjections, mais j'imagine qu'elles sont en améthyste et en rubis.

Je pourrais te parler de toutes ces merveilles pendant des semaines sans m'arrêter. Pourtant, je suis sûr que je n'en ai vu qu'une toute petite partie. C'est comme si Allah — je veux dire Dieu, bien sûr — s'était construit un paradis sur Terre, dont il aurait confié la clé au sultan. J'étais désespéré quand je t'ai quittée. Et même aujourd'hui, je me languis de ton réconfort. Mais c'est dans les bras de Soliman que j'ai atterri. Il en est de plus durs.

L'aube pointe. Que l'ange Gabriel te protège. Sois certaine que je te réécrirai, dès que la vie et le chef des eunuques blancs le permettront.

Chapitre 22

— La maison d'Osman est maître de toute vie et de toute mort. Elle est la pourvoyeuse du bien et l'adversaire du mal. Vous lui devez le souffle, la subsistance et la vie. Le sultan est votre père et votre protecteur.

La voix d'Iskander retentissait au-dessus de la tête des pages. Juché sur son massif destrier turcoman, revêtu de magnifiques habits de soie et de cuir, il était l'incarnation de la férocité, de la grâce et de l'ingéniosité ottomanes, le guerrier parfait. L'homme avait la peau olivâtre, une charpente musclée, le nez aquilin et une impressionnante moustache noire, qu'il cirait pour lui donner une élégante forme incurvée. Il y avait du fer dans ses pommettes et de l'acier dans ses yeux sombres. Il détenait le pouvoir de vie et de mort sur les vingt pages alignés devant lui qui le regardaient. Il était leur *lala* : leur mentor, leur tuteur... leur terreur.

D'autres *lalas* chevauchaient devant leur propre groupe, dispensant des discours semblables, préparant leurs pages aux épreuves qui allaient commencer. Les paroles d'Iskander étaient aussi familières à Nico que la première sourate. Il les répétait sans cesse. Maintenant, le cheval du maître tapait du pied sur le sol et trépignait noblement d'avant en arrière pendant que son cavalier parlait, comme s'il voulait souligner certains points du discours de celui-ci.

— Pour votre père, le sultan, je vous apprendrai à courir comme le vent, à combattre comme le diable et à adorer comme des damnés. Ou je vous apprendrai à mourir atrocement.

Aujourd'hui, au cours de ces jeux périlleux et rapides, ils savaient que c'était le sort qui attendrait certains d'entre eux. Oui, Iskander allait leur montrer comment mourir, comme il leur apprenait comment vivre. Il avait été instruit dans tous les arts de la vie au palais. Il pouvait jouer du violon et de la flûte de bambou, faire l'ourlet d'une robe de soie, préparer un repas de sept plats. Il enseignait à ses élèves les arts domestiques du palais et les arts martiaux du combat — la lutte et le tir à l'arc, l'épée et les armes à feu. Pour chaque discipline, ils avaient des instructeurs spécifiques, naturellement, la crème de l'Empire, mais le *lala* était toujours là.

Iskander ne couchait jamais avec ses pages, seulement avec ceux d'autres *lalas*. Ce n'était pas dans ce domaine mais dans ses autres vices que son imprévisibilité s'exprimait. Ses yeux étaient souvent rouges à cause du haschisch. On disait qu'il aurait nagé dans un tapis de braise pour de l'opium. Tout ce que Nico savait, c'était qu'il pouvait se transformer en un clin d'œil de gentil tuteur en inquisiteur brutal. Il était sans arrêt en train de tester, de défier, de chercher à débarrasser l'Enderun Kolej des faibles, des inadaptés et des infirmes. Des vingt garçons qui avaient commencé en même temps que Nico, seuls cinq iraient jusqu'au bout.

Aujourd'hui, dans les ruines de l'hippodrome, le stade colossal construit par Septime Sévère, quelques-uns d'entre eux seraient écartés pour n'avoir pas su se distinguer sur le champ d'honneur — un terrain autour duquel l'empereur Constantin et soixante mille de ses sujets assistaient, jadis, à des courses de chars et des exécutions capitales, un champ sur lequel le sultan lui-même siégeait parfois sur un trône de lapislazuli pour admirer les meilleurs combattants rivaliser dans des joutes d'adresse et de force. Ce jour-là, deux groupes de pages de l'Enderun Kolej allaient s'affronter : l'un portant une ceinture de toile rouge, l'autre de toile verte. L'*agha* présidait. Il était assis sous un dais de soie près du *kislar agha*, le maître de l'Enderun Kolej. Si les deux hommes détenaient un pouvoir considérable, le contraste entre eux était saisissant : l'un, le guerrier, apparaissait dur, mince et brun ; l'autre, l'eunuque, doux, gros et blanc.

Une foule passionnée se pressait de part et d'autre de leur pavillon. Les guerriers occupaient la meilleure place. A côté des janissaires, il y avait les *peyks*, les fantassins ; les spahis, la cavalerie, les *solaks*, les archers du sultan. Ils portaient des robes d'or et des coiffures dorées, des bonnets de satin et des turbans matelassés. Ces combattants aguerris allaient froidement juger les pages et faire discrètement des paris. A côté des guerriers, il y avait les commerçants et les artisans, qui eux jetaient ostensiblement leurs mises sur les étoffes et les coussins prévus à cet effet.

— La guerre est brutale, rappela Iskander à ses élèves, les rouges. Elle détruit. Mais il y a une extase en elle, que rien au monde n'égale. Quand vous mourez sur le champ de bataille, quand vous tenez vos tripes dans vos mains et que vous savez que vous allez mourir pour la gloire d'Allah, vous dansez intérieurement, parce que vous allez vous asseoir au côté du Prophète au paradis. Un jour, je m'attends à ce que chacun de vous meure pour Soliman, fils de Sélim Khan, fils de Bayezid Khan, fils de Mehmet Khan, conquérant de cette cité imprenable. Au nom de Soliman, le plus grand de tous, vous pages rassemblés ici, vous revendiquerez le monde.

Il leva son javelot au-dessus de sa tête. Sa bannière claquait au vent.

— Dieu est grand ! hurla-t-il.

Son destrier se leva sur ses postérieurs et battit l'air de ses sabots antérieurs.

Galvanisés, les rouges rugirent à l'unisson.

— *Allah Hu Akbar !*

A l'autre extrémité de l'hippodrome, les verts avaient lancé pareillement leur cri :

— *Allah Hu Akbar ! Allah Hu Akbar !*

Sur ce, Iskander, arborant une ceinture verte qui volait dans le vent derrière lui, fila rejoindre l'autre camp : il allait affronter ses propres troupes afin d'évaluer leur faiblesse.

Les équipes se formèrent de chaque côté du stade. Les rouges se rassemblèrent sous l'obélisque de porphyre de Théodose, maintenant vieux de trois mille ans, apporté d'Héliopolis en Egypte. Les verts se massèrent sous une colonne torsadée qui représentait en réalité trois serpents entrelacés. Leurs grandes têtes soutenaient le trépied d'or qui se trouvait jadis devant le temple d'Apollon à Delphes. C'était l'un des trésors du monde antique volés par Constantin, qui voulait enjoliver et glorifier Constantinople, sa nouvelle Rome.

Sur le champ, on voyait les vestiges de la *spina*, un mur qui avait supporté de grandes statues. Des pylônes en marquaient les extrémités, indiquant l'endroit où les chars devaient tourner. Tout était en ruine, et ce n'était qu'un vague tas de colonnes effondrées et de piliers fracassés. Les souvenirs d'une période glorieuse. La plupart des pierres de l'hippodrome avaient servi à construire d'autres gloires, plus grandes encore, celles de l'Istanbul ottomane. Les terrains de jeu des Ottomans n'étaient pas les stades : c'était le monde. Les jeunes garçons allaient donc se rencontrer sur les décombres de cette gloire passée, avec l'ambition et l'honneur d'écrire une nouvelle page encore plus fameuse.

Nico se tenait prêt au milieu de ses amis. Tous attendaient nerveusement. On avait remis à chaque page une cuirasse de cuir et de bronze, un heaume avec une partie pour protéger le nez, et un lourd javelot en chêne qui faisait pratiquement le double de sa taille et qui était aussi gros que ses poignets. Les extrémités en étaient émoussées et enveloppées dans du tissu pour le rendre moins mortel lors des jeux — précaution qui n'était toutefois pas toujours suffisante.

— J'ai faim, grommela Shabooh. Tu veux bien resserrer ma cuirasse ?

C'était un Bulgare si maigre qu'on aurait dit qu'une bonne brise allait le jeter par terre.

— Tu as toujours faim.

Nico resserra les bandes de cuir sous les bras de son camarade, puis il se tourna pour que Shabooh en fasse autant pour lui.

— C'est assez vrai. Mais tu peux faire confiance à l'*agha* pour organiser les jeux pendant le ramadan, quand on est trop faible pour aller pisser, alors ne parlons même pas de combattre.

C'était le dernier jour du neuvième mois du calendrier lunaire, le mois au cours duquel il était interdit de boire et de manger de l'aube au crépuscule. La force de tout un chacun était à son plus bas niveau. Le *kislar agha* avait précisément choisi cette date pour cette raison, afin d'évaluer la fougue des garçons.

— Tu ferais bien de ne pas être trop faible pour pisser sur Titus, dit Nasrid. (Ce dernier était un Macédonien costaud, dont le cou était aussi large que la taille de Shabooh.) Aujourd'hui, il est avec les verts et c'est le diable en personne sur un cheval.

Titus, un Albanais, était le plus féroce de tous les pages. Il était toujours le coureur le plus rapide, le meilleur archer, le dernier lutteur debout.

— Il va venir te chercher, Shabooh, parce que tu es le plus petit et parce que le premier sang a meilleur goût.

— Le dernier plutôt, répondit celui-ci. Et si nous chevauchons ensemble, nous le battrons ensemble.

Nico avait faim, lui aussi, mais ce n'était pas le jeûne qui lui nouait l'estomac. Il avait participé une fois à ce jeu au cours de l'année ayant suivi son arrivée. Ce jour-là, il s'était cassé une jambe. Et ce n'était pas la douleur qu'il se rappelait, mais l'humiliation. Maintenant, il avait peur. Non pas de se blesser, mais d'échouer. Il était terrifié à l'idée de tomber lors de la première charge, ou même durant l'une des trois premières.

— Tu as de la chance de chevaucher Mujahid, dit Nasrid à Nico en regardant sa monture d'un œil approbateur. Il est fait pour un empereur, celui-là. Et il a bien plus de valeur que son cavalier du jour.

— J'espère que tu as raison, répondit Nico avec un grand sourire.

Il n'avait jamais monté Mujahid, un glorieux persan marron.

Les pages changeaient chaque fois de cheval pour qu'ils puissent éprouver des sensations différentes et être en mesure de s'adapter en permanence. Nico fit courir ses mains le long de chaque jambe, vérifiant les genoux et les canons, les boulets et les sabots. Nasrid avait raison. Mujahid était superbe.

En le cajolant, Nico lui glissa une poignée de radis qu'il avait conservés du dîner précédent. Il aurait pu les manger discrètement le matin même, mais finalement, il avait décidé de ne pas violer le *sawn*, le jeûne. Alors que Mujahid achevait de vider délicatement sa paume, Nico se demanda si ce dernier ne devait pas, lui aussi, respecter cette règle. Mais il se rappela que le palefrenier lui avait dit que le hongre faisait partie d'un groupe de douze, capturé sur un galion français.

— Ainsi tu es un eunuque, Mujahid. Mais aussi un bon chrétien. Mange bien, alors, mon frère.

Le cheval le renifla. Il en voulait encore. Le garçon lui tapota le nez et remarqua l'intelligence dans ses yeux.

— Vole pour moi, murmura-t-il.

Mujahid hennit doucement et encensa. Il était prêt.

Une trompette retentit. Les pages sautèrent en selle.

Les rouges s'alignèrent. Anxieusement, ils fixaient l'*agha*. Celui-ci tenait un *çevgen*, un bâton supportant des glands en crin de cheval et des séries de clochettes. Dès qu'elles sonneraient, ce serait le début d'une partie furieuse et rapide. L'objectif était simple : lancer son javelot à la tête, contre la poitrine ou dans le dos de l'ennemi et le désarçonner. La dernière équipe ayant un joueur en selle gagnait la partie. Il n'y avait pas de règles et les combattants pouvaient utiliser leur arme de toutes les manières qui leur semblaient appropriées. Des porteurs attendaient sur les côtés.

Le silence s'imposa progressivement sur l'hippodrome.

— Que Dieu vous accompagne, lança Nico à ses amis Nasrid et Shabooh.

Il se pencha en avant et flatta l'encolure de Mujahid.

Presque imperceptiblement, l'*agha* secoua son bâton. Les clochettes tintèrent et l'arène paisible entra en éruption.

Des deux extrémités de l'hippodrome, les cavaliers se précipitèrent les uns contre les autres en lançant des exhortations sanguinaires. Nico avait le cœur serré, mais il hurlait comme ses congénères. Mujahid galopait avec assurance, naseaux dilatés, crinière au vent. Son cavalier savait qu'il avait déjà vu le combat. Les deux camps se rapprochaient au grand galop, sinuant et sautant entre les colonnes et les murs ruinés. Les obstacles et la ruée des verts n'avaient pas permis à Nico, Nasrid et Shabooh de rester ensemble, comme ils l'avaient voulu. Ils furent rapidement séparés et pris dans le jeu de leurs propres affrontements.

Nico se choisit une cible, un Bosniaque costaud, et il poussa Mujahid. Juste avant que leurs chevaux n'arrivent au contact, il lança son javelot, visant la poitrine de son adversaire. Instantanément, il sut que son tir était mauvais. La lance passa à côté, frôlant l'épaule du Bosniaque sans lui faire de mal. Au même instant, Titus l'Albanais attaqua. Il avait choisi lui aussi sa première cible, et contrairement à ce qu'ils avaient cru, c'était Nico et non Shabooh. Le jeune Maltais entrevit la lance et s'aplatit sur sa selle en s'accrochant à l'encolure de Mujahid. Le trait lui passa au-dessus et alla se planter dans la terre meuble. Le persan avait déjà largement dépassé la ligne des verts. Nico l'arrêta brutalement à l'extrémité ouest du stade, juste devant la foule des spectateurs. Bien qu'il se fût immobilisé à quelques pouces des janissaires, ceux-ci étaient demeurés raides comme des statues.

Il retourna son cheval vers le champ de course, maintenant obscurci par un épais nuage de poussière. Son cœur battait. Les choses allaient se poursuivre ainsi pendant peut-être douze reprises : de brèves cavalcades à une vitesse terrifiante, un combat sauvage d'une seconde, puis un répit momentané pendant que la poussière retombait. Quand la visibilité s'améliora, il constata que six pages avaient mordu la poussière dès le premier assaut. Trois avaient déjà pu se relever et couraient honteusement pour sortir de la lice, trois gisaient inconscients et les porteurs se dépêchaient de les récupérer pour les évacuer. Des serviteurs se hâtaient d'aller rechercher les lances tombées pour les rapporter aux cavaliers.

Nico regarda les rangs des rouges et constata que Nasrid et Shabooh étaient encore en selle. Il leva son javelot pour les saluer joyeusement. Dans sa bouche, il avait un goût de sang et il réalisa qu'il s'était mordu la lèvre. La stupidité de cette blessure auto-infligée le fit sourire, comme le plaisir enivrant d'avoir survécu au premier assaut. « Je suis encore à cheval. »

L'*agha* attendit que le silence se fasse, ce calme absolu des janissaires, qui déstabilisait tant ceux qui connaissaient les ravages meurtriers qu'ils faisaient au combat dans un bruit assourdissant. Impatients de remonter à l'assaut, les chevaux s'ébrouaient, hennissaient, tapaient le sol de leurs pieds. Enfin, les clochettes du *çevgen* tintèrent. Telles deux bourrasques en mer, les lignes de cavaliers se ruèrent l'une contre l'autre, dans un maelström de sabots, de poussière et de cris. Les javelots fendirent l'air pour transpercer le chaos. Le bois se fracassait contre le bois, les lances paraient les lances. Des pages criaient, des pages riaient, des pages hurlaient. Et leurs heaumes résonnaient comme des cloches sous les impacts.

Au milieu de la mêlée, un cheval s'immobilisa subitement, catapultant son cavalier la tête la première sur le sol. Après la ruée, des porteurs se dépêchèrent d'aller le chercher. Mais ils refluèrent dans la panique dès qu'ils virent un groupe de cavaliers rebrousser chemin pour courir immédiatement sus à des adversaires attardés, sans attendre la cloche. Les destriers foncèrent droit sur les sauveteurs. La robe de l'un d'eux se prit dans les jambes d'un étalon rapide et l'homme fut balayé tel un brin d'herbe. Il demeura inerte un moment, avant de se relever en chancelant. Sa bouche saignait. Il secoua la tête pour reprendre ses esprits, cracha une dent, puis éclata de rire à l'instar de la foule. Courageusement, il courut achever son travail et traîner par les chevilles hors du champ le page toujours inconscient.

Chaque tour donnait lieu à de nombreux actes de bravoure, de force et d'astuce. Nasrid parvint à saisir un javelot en plein vol, à le faire pivoter comme un bâton avant de le rabattre sur son lanceur. Le vert le reçut en pleine face et vida les étriers.

Les deux camps l'acclamèrent : cette prouesse était de la graine de légende. Un autre page tomba de sa monture en tentant d'éviter une attaque et en plantant sa lance entre les jambes de son cheval. Un coursier arrivant en sens inverse se prit dedans, et lui et son cavalier chutèrent très violemment, d'une manière qui aurait pu les tuer. Avec appréhension, la foule retint son souffle, puis explosa de rire en voyant le courageux destrier se remettre debout et trotter pour sortir du stade. Le page se releva beaucoup plus lentement et moins glorieusement.

Plusieurs fois, Nico utilisa son javelot pour parer les coups. Il le tenait à mi-hampe et détournait les jets qui venaient vers lui. Une lance le toucha à la cuisse avant de pivoter sous l'impact et de lui donner un grand coup sur la joue. Le garçon hurla et tomba presque, mais il tint bon et, passant devant son agresseur, il le frappa en se servant de son javelot comme d'un gourdin. Le vert reçut le choc en pleine poitrine et vola par terre. C'était son premier coup et il avait du mal à croire à sa chance. Au terme de sa course, il fit se retourner Mujahid, qui se leva sur ses postérieurs et battit l'air. Un sourire de triomphe apparut sur les lèvres de Nico. « Je suis encore à cheval. »

Trois reprises suivirent. Puis cinq. Le *çevgen* tintait ; l'hippodrome grondait ; les javelots volaient. Des os se brisaient et du sang coulait. Et les porteurs avaient du travail. Titus contourna Nasrid et arriva dans son dos. Il lança son arme et envoya le Macédonien à terre. Nico se précipita trop tard à son aide. Nasrid était déjà éliminé et le Maltais ne put que jeter sa lance sur la silhouette fuyante. Le tir fut trop court.

— Je t'aurai, engeance du démon, hurla-t-il.

L'Albanais ne daigna même pas se retourner. Il riait.

A chaque tour, Nico appréciait un peu plus Mujahid, qui n'hésitait jamais quand il fallait filer droit devant. Il anticipait même les événements presque aussi bien que son cavalier. Il savait quand il devait répondre à la pression des mollets de Nico et quand il devait s'arrêter pour le laisser combattre. Il savait quand ralentir, quand accélérer, quand tourner et quand courir. Il était autant une arme que le javelot. A chaque extrémité du stade, Nico le sentait se préparer à l'assaut suivant. Mujahid était magnifique et il lui devait en grande partie d'être encore en selle.

Lors d'une charge, il vit Iskander venir droit sur lui. En essayant de ne pas trop le montrer, il chercha un autre engagement pour que son tuteur n'ait pas la chance de le désarçonner et de le juger faible. Mais Iskander se fichait de cette tentative de diversion : il voulait affronter Nico. Il cala donc son cheval sur celui de son adversaire, qui traversait le champ de ruines, et manœuvra pour l'intercepter. Nico serra les dents et leva son javelot pour viser Iskander. Mais un autre page fut plus prompt et toucha le bras droit du professeur, qui lâcha son arme. Pendant un instant, Nico hésita : il ne voulait pas profiter du fait que son maître soit désarmé. Il pensa trop tard à la phrase que celui-ci leur répétait souvent : « Exploitez tous les avantages. » Mais le *lala* était déjà passé. Indemne !

Lors de leur duel suivant, Nico tira le premier : il se dressa sur ses étriers et lança le javelot de toutes ses forces. Mais il manqua sa cible. Quant à la lance d'Iskander, elle vint se fracasser violemment contre le casque de Nico. Choqué, le garçon parvint à rester en selle, suspendu entre ciel et terre. A l'extrémité orientale du terrain, son cheval s'arrêta. Nico haletait. Sur sa langue, le goût du sang se mélangeait à celui de la poussière et de la sueur. Ses oreilles bourdonnaient. Sa bouche était chaude et sèche ; sa gorge le brûlait. Il sentait des élancements dans ses cuisses et ses côtes. Mais il était euphorique : « Je suis encore à cheval. »

Après dix assauts, il restait quatorze verts et douze rouges sur leurs montures. Et Nico et Shabooh étaient du nombre. Au moment du regroupement, ces deux-là conférèrent.

— Il est temps de venger Nasrid, Asha, dit le Bulgare en souriant méchamment en direction de Titus, de l'autre côté du champ.

Nico remarqua que la voix de son ami était légèrement étouffée. Il s'aperçut que Shabooh vomissait une rivière de sang. Sa lèvre pendait et l'os de sa mâchoire était cassé. Mais le garçon crachait du feu et ne semblait même pas remarquer sa blessure.

Le *çevgen* de l'*agha* tinta une nouvelle fois. Les deux compères s'élancèrent au même rythme, à six pas l'un de l'autre, avec Titus dans l'axe. Nico prenait le flanc gauche et son camarade le droit. Titus les vit approcher et choisit Shabooh comme cible. Il leva sa lance et visa l'épaule du Bulgare. L'Albanais vira brutalement à gauche, pour tenter de couper la route à ses adversaires, mais ils s'y attendaient et tournèrent au même instant. Leurs chevaux encadraient celui du vert, presque flanc contre flanc. Nico leva son javelot et Shabooh en attrapa l'extrémité. Ils le tenaient entre eux à hauteur de poitrine. Titus réagit trop tard. Ils le cueillirent et le jetèrent à terre.

Le visage ensanglanté, Shabooh rugit triomphalement. Sa monture tournoyait sur elle-même. Le garçon salua Nico avec un signe de tête et un sourire féroce... puis il s'évanouit et tomba à terre.

En attendant le tour suivant, Nico se mit à frissonner. Le manque de nourriture et d'eau lui donnait le vertige et, à cause des nombreuses poussées d'adrénaline successives, il devait combattre des vagues nauséeuses. Sa tête se ressentait du coup d'Iskander, mais aussi de la chaleur. Il avait désespérément besoin de boire. Le rond rouge du soleil de l'après-midi ne semblait pas prêt de se dissimuler derrière un nuage. Le ramadan ne s'achèverait pas avant le crépuscule, quand plus personne ne distinguerait un fil noir d'un fil blanc. Il essaya de cracher, mais rien ne sortit. Son inconfort disparut néanmoins derrière cette pensée euphorisante : « Je suis encore à cheval. »

Il restait huit combattants. Au son des clochettes de l'*agha*, Iskander se précipita sur Nico, lui signifiant ainsi clairement qu'il voulait encore l'affronter. Leurs chevaux se tournèrent autour. Le *lala* frappait et poussait avec son javelot. Il donna un grand coup sur la poitrine de son élève, puis sur son bras. Nico fouetta férocement la joue de son tuteur, juste en dessous du casque. Le coup arracha un grand morceau de peau à Iskander, mais son expression resta impassible. Nico se relança en avant, lance brandie. Le maître para l'assaut. Les armes s'entrecroisèrent. Les protagonistes sentaient sans les voir les combattants autour d'eux. Ils discernaient sans véritablement l'entendre le rugissement de la foule, qui misait maintenant sur leur duel. Ils ne percevaient que la poussière, le sable sur leurs dents et leur adversaire. Ils contrôlaient leur monture avec les jambes. Mujahid manœuvrait pour se positionner contre le turcoman d'Iskander, beaucoup plus gros que lui.

Violemment, Nico rabattit son arme et frappa la main d'Iskander qui tenait le javelot. Les doigts se brisèrent et sa poigne se relâcha. Le jeune Maltais ne laissa aucun répit à son maître jusqu'à ce que la lance tombe sur le sol. Le *lala* était désarmé, exposé aux coups. Pendant une seconde, Nico hésita encore à profiter de son avantage. Réagissant instantanément, Iskander attrapa l'arme de son élève. Ils luttèrent pour sa possession, chacun à une extrémité, main contre main, muscle contre muscle, poing contre visage, leurs chevaux flanc à flanc, tournant sur eux-mêmes pendant que les cavaliers se battaient.

En dépit de ses blessures, Iskander, grâce à sa force et son expérience, commençait à prendre le dessus. Il repoussa le bout du javelot vers Nico, puis tira en arrière. Le garçon résista pour garder son équilibre. Immédiatement, le *lala* repoussa violemment la lance, qui heurta Nico au cou. Il suffoqua et porta la main à cet endroit. Le professeur en profita pour reprendre son élan et toucher en plein Nico dans les côtes. Celui-ci vacilla. Sa gorge l'élançait, sa poitrine le brûlait, ses jambes le lâchaient et le jour devenait nuit. Il s'évanouit avant même d'avoir touché terre.

A la fin de la journée, les verts furent déclarés vainqueurs. Ils avaient encore trois combattants à cheval. Leur capitaine, Iskander, accepta le trophée des mains de l'*agha*. C'était un sac de soie rempli... d'oreilles séchées, prises au combat lors de la bataille de Mohács, plus de trente ans auparavant. Toutes avaient été coupées sur des têtes hongroises par l'*agha* lui-même. C'était un honneur singulier pour les verts. Iskander fut profondément touché.

Personne n'était mort au cours du jeu, mais au soir du combat, deux pages étaient quand même plongés dans un profond coma. Un autre perdit un bras ; il avait été piétiné par des sabots. On compta des dizaines de blessures plus bénignes allant d'écorchures et de dents cassées jusqu'à des fractures. Au total, l'affrontement avait été plus doux, moins violent que les combats à cheval des archers akinjis à demi fous, mais la foule était assez contente.

Quand Nico se réveilla ce soir-là à l'hôpital des pages, il écouta Nasrid lui raconter son dernier duel contre Iskander. Le jeune Maltais ne se souvenait plus de rien. Quant à son camarade macédonien, il avait repris conscience juste à temps pour y assister. Celui-ci finissait par l'embellir, au point qu'à la fin, il semblait que Nico n'était jamais tombé, mais qu'au contraire, il avait combattu Alexandre le Grand lui-même et gagné pour les rouges le sac d'oreilles. Le protégé de Dragut avait la poitrine gonflée de fierté. Non seulement il n'était pas tombé, mais en plus, il avait presque battu son propre *lala*.

Moyennant quoi, les trois amis étaient dans un piteux état. Nico avait les côtes cassées. Le visage de Nasrid était une masse bouffie bleu et noir ; il avait le nez tordu, la lèvre fendue et le pouce écrasé. Un médecin avait pansé la mâchoire de Shabooh avec une bande de coton brun. Nasrid jurait que c'était un turban arraché du cul d'un chameau, ce qui faisait glousser de rire le malheureux Bulgare, malgré ses dents et ses os cassés. Les autres se joignirent à lui, car aucun ne pouvait se souvenir d'un plus beau jour.

Au même instant, Iskander apparut à la porte. Il avait lui-même le visage et la main bandés. Rien ne trahissait ses pensées. Nico fit tout ce qu'il put pour dissimuler le sourire qui lui brûlait les lèvres en pensant à son presque triomphe. Ce sentiment ne dura pas longtemps. Le *lala* examina les blessures des autres pages, puis il s'arrêta au pied du lit du jeune Maltais.

— Tu as prouvé beaucoup aujourd'hui, Asha, dit-il.

Nico rougit.

— Merci, monsieur.

— Principalement, tu as prouvé qu'il était heureux que tu sois intelligent, car tu ne deviendras jamais un guerrier.

Le garçon pensa que son *lala* plaisantait, mais l'expression de l'homme demeurait désespérément sérieuse.

— Deux fois tu as eu l'avantage et deux fois tu ne l'as pas exploité.

— Mais..., commença à protester Nico.

— Il n'y a pas de « mais ». Au combat, tu aurais payé de ta vie une telle hésitation. Pis, d'autres auraient pu payer aussi de la leur. Le sultan veut des commandants au courage inébranlable pour brandir sa bannière, des hommes qui saisissent toutes les occasions sur terre et sur mer. Asha, tu as prouvé aujourd'hui que tu es fait pour tenir une plume et non une épée. Je ne me fierais pas à toi sur le champ de bataille.

— Monsieur, je vous assure...

— A cause de ta faiblesse, tu viens de passer les deux dernières heures inconscient et à cause de ça, tu as raté la prière du soir. Pour une telle inattention, tu manqueras aussi *iftar*.

Le *lala* s'en alla. Si Nico regrettait de manquer la fête de fin de ramadan, il était surtout bouleversé par le jugement de son tuteur. Sans l'approbation du *lala*, il n'avait aucune chance d'aller un jour sur la mer.

Sa faim — à défaut de sa déception — s'apaisa quelque peu quand Nasrid parvint à subtiliser une gourde de vin médicinal. Ils rompirent le jeûne en se grisant.

Puis, sur un tapis posé près de son lit, Nico s'allongea sur le ventre. C'était Laylat ul-Qadr, la nuit où Mahomet avait reçu la première révélation du Coran. La nuit du pouvoir. La nuit du destin. Nico murmura les paroles de la prière. Son corps était meurtri, mais son esprit errait toujours sur l'hippodrome.

Bis'mallah. Ar-Rahman. Ar-Rahim. « Louange à Allah, seigneur des mondes. Souverain du jour du Jugement. »

Une pensée lui traversa l'esprit, comme un doux moment de satisfaction silencieuse : « Peu importe ce que dit Iskander : je l'ai presque battu. Je suis un *içoglan* — un page de la maison privée. Dieu est grand. » Son esprit revint à la litanie. « C'est Toi seul que nous adorons, Toi seul dont nous demandons l'aide. Montre-nous la voie droite, la voie de ceux à qui Tu as accordé tes faveurs. Pas la voie de ceux qui sont l'objet de Ton courroux ni celle de ceux qui sont égarés. » Sans véritable raison, il omit les autres prières.

Je dois te parler du prince Jehangir. Je lui suis devenu sympathique. Je ne sais pas vraiment pourquoi. Il a plusieurs années de plus que moi. Il est né avec une déformation de la colonne vertébrale, près du cou, et ça l'a rendu bossu. Il a aussi un problème à la hanche et un de ses pieds boite. L'ensemble fait de lui un être disgracieux. On l'appelle Jehangir le Boiteux ou le Tordu. Tout au moins pas devant lui ni devant une personne de haut rang. Oui, c'est un surnom dont on affuble sans méchanceté le plus jeune fils du sultan, que tout le monde aime. Si son père a fait de lui le gouverneur de la province d'Alep, il est notoire que ce n'est pas lui qui gouverne, mais les sages et compétents vizirs que Soliman envoie pour travailler à ses côtés et le guider. Il revient souvent à Istanbul pour être près de son père, dont il est le fils préféré.

Le prince a un petit singe domestique qui l'amuse beaucoup. L'animal a été ramené d'Afrique. On dit qu'il vivait dans une forêt où les arbres sont aussi proches les uns des autres que des piles de tapis persans. La créature est assez surprenante. Elle a une fourrure épaisse et tachetée qui scintille au soleil. Les cercles bleus autour de ses yeux lui donnent un air malicieux alors que sa barbe blanche la fait ressembler à un sage. Au bout du compte, elle est aussi gracieuse et agile que le prince ne l'est pas.

Un matin, alors que Jehangir se promenait en tenant l'animal en laisse, celui-ci s'échappa et se sauva. Il y eut une grande consternation car le prince l'adorait. La cour était pleine de grands personnages humbles : des ministres et des eunuques, des chambellans et des pages. Le singe courait comme le vent et filait vers la porte de félicité. Une section de janissaires en robe bleue, les plus terrifiants de tous les guerriers du monde, se leva pour lui barrer la route. Il les évita et bondit vers une mosquée, puis se retourna pour se diriger vers l'entrée du harem. Il se déplaçait beaucoup plus vite que ses poursuivants, qui se demandaient s'il cherchait à prier, à se sauver ou s'il voulait s'échapper. Sa route fut barrée cette fois par un eunuque, qui avait l'air immense avec son haut turban conique. Je m'attendais à ce que la bête saute dans ses bras, parce que avec son torse énorme, ses longs bras et ses grosses mains, l'eunuque faisait encore plus singe qu'elle-même. Mais cette dernière se précipita vers une fontaine. Au moment où elle parut coincée, elle sauta sur la tête de ses poursuivants et revint dans la cour intérieure. Tous ceux qui étaient présents se joignirent à la chasse. Et comme la scène se déroulait dans la troisième cour, le domaine privé du sultan, plus personne ne murmurait un mot ou ne faisait le moindre bruit, sauf le singe qui couinait comme cent *djenoums*.

Soudain, inspiré par le hasard ou le destin, il courut droit sur moi, peut-être parce que je cachais une grenade, et sauta dans mes bras. J'ai honte de dire que le choc m'a fait basculer en arrière. J'ai laissé tomber le fruit, que l'animal a attrapé. Je ne sais comment, j'ai eu la présence d'esprit de saisir son collier. Rapidement, le prince s'est approché en boitillant. Il semblait amical et bien élevé, et éclata de rire en me voyant dans une position si peu digne. Il récupéra le singe et la grenade. Iskander, mon *lala*, vit le fruit interdit que je comptais manger la nuit après la prière et me fit infliger dix coups de fouet sur le ventre. Si je n'avais pas intercepté la créature, me dit-il, la peine aurait été de vingt.

Jehangir m'invita à partager son repas. Si l'art de la conversation fait partie des matières qu'on m'enseigne, j'étais assez nerveux à l'idée de discuter avec un si noble personnage. Je n'avais pas à m'inquiéter. Le prince me mit très vite à l'aise. Je pense que la maladie qui a affecté sa colonne vertébrale et son pied a légèrement touché, d'une manière ou d'une autre, son esprit. En réalité, s'il n'était pas simple en soi, il ne s'intéressait pas du tout aux affaires de l'Etat, bien qu'il fût gouverneur d'une province et qu'il fît partie des héritiers potentiels du trône d'Osman. Il parlait souvent de son demi-frère aîné, Mustapha, le successeur probable, qui, à cette époque, était gouverneur de Magnésie. Jehangir l'idolâtrait et il racontait des histoires de l'époque où ils étaient ensemble dans le sérail. En fait, c'était lui et pas moi qui faisait la conversation. Je dois confesser que j'étais au moins diverti par le somptueux banquet qui s'étalait devant nous. Toutes les merveilleuses odeurs des cuisines que je n'avais fait que humer et imaginer depuis des années prenaient forme sur la table du prince. Les plats étaient servis par des litanies de serviteurs et de pages comme moi, qui rampaient à mes pieds — moi, le simple garçon de Venise (pardonne-moi, mais le mensonge est plus facile à dire quand on le répète souvent). J'étais assis sur du cuir rouge et ma serviette était bordée d'or. Les bols débordaient de raisins, de pêches et de melons. Je les dévorais avidement avec du mouton rôti fumant et un pigeon entier cuit dans la sauce. Je repris trois fois de l'igname. Et pour le dessert, on me présenta de la glace parfumée de jus de fruits. On la fait avec de la neige rapportée à dos de chameau du mont Olympe et conservée dans les vastes caves sous le palais. Allongé sur mon lit, je ne pus fermer l'œil de la nuit, parce que je vomis toute cette nourriture riche à laquelle mon estomac n'était pas habitué. Mais, crois-moi, je n'avais jamais autant apprécié un repas.

Pendant le dîner, j'ai eu l'occasion d'observer Jehangir, mais toujours discrètement. Son visage n'était ni bien formé ni plaisant, mais il arborait une mine sociable. Sa peau était affreusement pâle. Ce que je lui racontais — mes petits contes ou certaines remarques légères — le faisait souvent sourire. C'était remarquable, parce que cela n'est pas un exercice fréquent au sein du sérail, où la dignité se mesure à l'aune du sérieux.

Ensuite, il sortit un livre qu'il me demanda de lire. C'était une collection de fables en turc, une langue qu'il n'aimait pas pratiquer, mais il adorait les contes. Donc je les lui lus en les traduisant en persan, la langue de la poésie et de la culture. Il sembla particulièrement goûter ma lecture. C'était une toute petite chose, comme la « capture » du singe. Mais la fortune tient à ce genre d'événements. Il vaut mieux avoir de la chance que de l'habileté, répète toujours mon *lala*, car elle peut manifester le sourire bienveillant du Tout-Puissant.

Après cela, chaque fois que le prince était dans le secteur, il me réclamait. Il disait que ma compagnie et ma voix étaient plaisantes. Il s'asseyait pendant des heures dans le jardin et m'écoutait lire tandis qu'il jouait avec son singe ou lançait des cailloux dans la fontaine. Si je marquais une pause, il s'arrêtait de jouer et se tournait vers moi impatiemment : « Continue, Asha », commandait-il. Il aurait pu demander à n'importe qui de faire ça. Dans le palais, on trouve de très nombreux conteurs dont le talent dépasse largement le mien, des artistes en la matière. Mais le prince me voulait, moi.

Il aimait surtout les jeux et d'autres distractions. « Tu es un joyeux compagnon », se plaisait-il à répéter. Il est notoire que tous les princes de la maison d'Osman sont des poètes. Alors

Jehangir faisait tout ce qu'il pouvait pour en écrire, essentiellement des *ghazels*[1] de cinq à quinze lignes. Toute la poésie ottomane parle d'amour, un sujet que tant le jeune infirme que moi, son jeune compagnon ignorant, connaissions très peu. Mais cela ne nous arrêtait pas. Il rédigeait quelques mots à l'intention d'une maîtresse imaginaire :

> *La tempête dévaste la mer de mon cœur, le feu la tourmente*
> *Pour toi*
> *Un prince, impuissant, est ballotté dans les vagues de ton amour...*

Ou quelque chose d'aussi épouvantable. Puis, s'il semblait sécher, je lui suggérais un mot ou deux — de façon subtile, naturellement, parce que je n'aurais jamais prétendu pouvoir conseiller un prince. Il récupérait mon petit fil et ajoutait le sien. Plus gros, bien sûr. Ensemble, nous avons élaboré de cette façon des vingtaines de poèmes. Certes, mes contributions étaient très modestes et invariablement elles puisaient dans mon souvenir des œuvres de Bâki. C'est un poète de renom dont j'avais appris les vers et qui, très clairement, n'avait pas autant de problèmes que le prince ou son page avec les femmes et l'écriture.

Jehangir recopiait tout lui-même dans un livre qui l'accompagnait. Il aurait pu demander à un scribe de le faire. Mais il était fier de sa main qui, malgré son inélégance, formait de belles lettres. Quand il avait fini, il me relisait ses écrits. Ils n'étaient jamais très bons. On aurait dit de l'or ottoman terni par la poussière maltaise. Pourtant, le résultat lui plaisait et il me louait pour ma contribution, comme si j'avais fait quelque chose d'important.

Je dois avouer que l'intérêt qu'il me portait ne me nuisait pas dans ma vie quotidienne. Bien au contraire. Le chef des eunuques blancs était content que je comble Jehangir — la

---

1. Poèmes orientaux, souvent à caractère érotique, à rimes récurrentes. (*N.d.T.*)

fortune de tout un chacun s'épanouit quand un prince est heureux —, bien que cela ne facilitât pas l'organisation de mes études. Si Jehangir me gardait quatre heures, cela faisait autant de sommeil en moins pour moi, puisque je devais rattraper le temps perdu. S'il me gardait six heures, je ne dormais pas. Seul mon *lala* paraissait déconcerté. Il m'interrogeait interminablement sur mes entrevues avec Jehangir. Il ne me faisait pas confiance. Naturellement : il ne se fiait à personne. Une partie de son travail consistait à éliminer tous ceux qui n'étaient pas adaptés au service du sultan. Mais, à son regard, j'avais toujours l'impression qu'il me considérait différemment, comme s'il savait que j'étais un page menteur.

Ce fut en compagnie du prince que je pus passer quinze minutes en présence du sultan. Soliman ne m'accorda pas beaucoup d'attention — bon, c'est vrai, aucune attention —, en revanche, il écouta soigneusement son benjamin. Le père et le fils se promenèrent ensemble dans le jardin luxuriant de la quatrième cour. Je restais loin derrière, essayant de ne pas être plus importun qu'une ombre, mais toujours prêt à me précipiter si l'on m'appelait. Tout le monde sait que le sultan a une nature mélancolique et les sourires sont totalement interdits en sa présence. Le poids du monde est terrible et peu de choses peuvent l'en distraire. Je voyais que ses épaules semblaient s'affaisser autant que celles de son fils handicapé. Pourtant, Allah m'est témoin, ce jour-là, dans le jardin, j'entendis rire le seigneur des âges. Cela ne venait pas du ventre, mais c'était quand même bien un rire. Je constatais l'effet bienfaisant que Jehangir exerçait sur lui, tandis que ses autres fils, luttant pour le trône, ne lui apportaient que des problèmes. Son benjamin n'était pas une menace. En raison de ses malheureuses infirmités, il était certain — la question ne se posait même pas — que jamais il ne tiendrait le glaive sacré d'Osman, qui l'aurait consacré sultan.

Ce seul fait le mettait à l'abri des intrigues venimeuses et des conspirations qui empoisonnaient tant ses frères.

Je dois te confesser que je me demande parfois si tout cela n'est pas un rêve : que le fils de Luca Borg puisse marcher au milieu d'une telle splendeur, au côté d'un fils de Soliman.

Chapitre 23

Alisa.

Oh Maria ! Ma main tremble en écrivant son nom. Sa beauté me coupe le souffle. Son nom chante dans mon cœur. Quand je pense à elle, je sens dans mon âme toute la poésie que Jehangir et moi ne parvenons pas à écrire.

Je ne l'aurais jamais rencontrée sans les tunnels, et je ne les aurais jamais trouvés sans Nasrid. La première fois que je la vis, j'étais caché dans l'obscurité, sous les écuries. J'attendais le retour de Nasrid, avec l'opium.

Mais déjà je vais trop vite. C'est elle qui provoque ça. Je vais t'expliquer.

Le sérail a été construit par le sultan Mehmet II — loué soit son nom. Le palais est né dans une oliveraie, sur les ruines de l'acropole de Byzance. Des terrasses escarpées, retenues par des murs de soutènement, se déroulent telles des marches géantes, de l'immense citadelle jusqu'à la mer. Sous la vieille ville — et naturellement sous les cours de l'actuel palais —, des aqueducs souterrains bâtis sous Justinien alimentaient en eau fraîche d'immenses citernes. Certaines servent encore, comme celle de Philoxène, et sont si grandes qu'il faut mille et une colonnes[1] pour soutenir les plafonds. On pourrait y

---

1. Mille et un est le nombre métaphorique des Orientaux pour désigner une multitude. Le Philoxenus (la citerne de Philoxène), par exemple, comptait en réalité deux cent vingt-quatre colonnes. (*N.d.T.*)

loger des flottes entières de galères. Presque tous les jeunes étudiants du palais le savent.

Au cours du dernier millénaire, toutefois, les tremblements de terre ont détruit une bonne partie de ces réservoirs. D'autres ont été recouverts et l'on a construit dessus. Puis on les a oubliés. Du moins, jusqu'à ce que Mehmet Ali, le premier page de l'épée de Soliman, les redécouvre voilà près de trente ans, quand notre maître, le seigneur suprême de l'Europe et de l'Asie, décida de rénover le palais. Depuis cette époque, les tunnels et les canaux servent occasionnellement de terrain d'exploration aux pages que l'on peut, au choix, considérer comme des braves ou des inconscients. Il existe des dizaines de passages pour y pénétrer. Il y en a au moins trois rien que dans la troisième cour du palais, où se situent l'Enderun Kolej et le harem. Ces détails, je les tiens pour l'essentiel de Nasrid, qui les tient d'Abdul Mata, qui lui-même les a appris d'Abdul Rashid, et lui de Mehmet Ali.

En surface, le sérail est un dédale de jardins et de corridors, de chambres, de grandes salles et de bains, de mosquées, d'ateliers et de cuisines. Et en dessous, c'est quasiment la même chose : un labyrinthe de tunnels, de murs, de chambres et de canaux. Certains ont été obstrués par les tremblements de terre, mais d'autres s'étendent sur de grandes distances, de l'Alay Meydani, la place des défilés, où les janissaires sont payés jusqu'à la chambre des requêtes, la salle du trône, où les ambassadeurs étrangers sont reçus par le sultan. Les souterrains passent sous la porte de félicité, sous les pavillons et les jardins suspendus, et sous la ménagerie et les écuries. Un antique viaduc court sur toute la longueur jusqu'à l'eau. Et ça je le sais, parce que j'y suis entré.

Nasrid est mon meilleur ami. Il est page comme moi. Il vient de Macédoine. C'est le troisième fils d'un fermier chrétien orthodoxe. Il a été pris dans la *devchirmé*. Nasrid est brillant, et plus encore. Il est fort, vigoureux et intrépide. Quand il joue du luth, on dirait qu'un ange chante et pourtant il peut aisément mettre un ours à terre au corps à corps. Il a un penchant pour l'opium, qu'il ne peut assouvir qu'en se rendant dans Istanbul sans se faire repérer. En ville, on en trouve tant qu'on veut. Il arrive de Cappadoce à dos de chameau. Les janissaires en consomment un quart de drachme par jour, une demi-drachme quand ils sont au combat. C'est lui qui efface la peur dans leurs veines. Nasrid m'en a passé pour essayer, mais je n'aime pas. J'ai l'impression que ma tête est en coton et ça me fait dormir.

En plus de l'opium, Nasrid trouve quelque chose d'autre à Istanbul, qu'on n'a pas au sérail : les femmes. S'il y a bien une coutume ottomane qui me déplaît, c'est celle du harem, le secteur inviolable. On ne peut jamais en voir les résidentes, même lors des cérémonies. Naturellement, je me souviens des *barnuzi* à Malte, mais je me rappelle que les femmes sortaient et allaient à l'église. Ici, elles sont cachées, gardées par des eunuques noirs que l'on a émasculés. Pardonne-moi d'être si cru.

En tout cas, leur absence attise le désir des hommes et suscite de nombreux écarts dans les hammams. Nasrid prétendait que la solution à ce problème se trouvait près des quais, dans un quartier mal famé de la ville. Il n'était pas très éloigné du palais, mais du fait des murs, il aurait aussi bien pu se trouver dans un autre pays. Nasrid me supplia de l'accompagner au moins dans les souterrains, si je ne voulais pas mettre les pieds dans la ville. D'abord je refusai, avant de céder quand il m'accusa de lâcheté. Je ne pouvais pas le laisser dire.

Ce que nous avons fait n'aurait jamais été possible sans avoir soudoyé Kasib, l'un des eunuques blancs qui surveillent tout. Son nom me fait toujours rire parce qu'il signifie « fertile ». La seule chose qui le soit chez lui, c'est son goût pour l'opium, qui dépasse même celui de Nasrid. Tant que nous lui glissons une drachme ou deux à chaque voyage, il ferme les yeux. Mais il nous a clairement précisé que si nous sommes pris, il sera le premier à nous accuser.

Je ne sais que trop bien ce qu'« être pris » signifie. Aussi, je sens mon ventre se nouer chaque fois que nous nous glissons hors du dortoir pour nous couler dans les ombres du hammam, puis dans sa chaufferie. C'est là, derrière de grandes piles de bois et des tas de briques, qu'un conduit donne accès à un monde sombre et interdit. Le passage se niche assez près du feu et il faut pas mal d'ingéniosité pour se faufiler sans se brûler... Mais tous les pages de l'Enderun Kolej sont assez doués en cette matière. Nous ne pouvons nous y rendre qu'un après-midi par semaine, le seul où nous n'étudions pas. Pendant ces quelques heures libres, certains dorment, d'autres jouent. Et Nasrid et moi, nous disparaissons dans le noir.

La première fois, nous nous sommes perdus car nous n'avions pas pensé à emporter des bougies. Nous n'avons pas cessé de nous cogner la tête et de heurter des murs. Si bien qu'au bout de dix minutes, il nous a fallu rebrousser chemin. Est-ce là, pourrais-tu légitimement demander, tout le génie des fameux pages de l'Enderun Kolej, l'espoir de l'Empire ? La fois suivante, munis d'une lampe, nous avons pu suivre les repères que l'on avait décrits à Nasrid : un pilier effondré, le visage d'une statue, une succession particulière de canalisations en brique. Par instants, un rai de lumière guidait notre progression, un minuscule rayon pénétrant dans une grande salle par une fissure. Lors de nos explorations, nous ajoutions nos propres marques à la craie ou avec des pierres. Au total, il nous fallut trois visites pour enfin découvrir la sortie que Nasrid cherchait. Elle débouchait en surface dans un vieux réservoir asséché. Fidèle à ce que j'avais décidé, je laissai Nasrid s'aventurer seul dans la ville. Ses sarcasmes ne me firent pas changer d'avis. Il resta près de deux heures dehors. Plus le temps passait, plus mon angoisse montait. Il est très dangereux de désobéir dans la maison d'Osman, où les têtes roulent pour des infractions mineures. Une telle discipline a un effet positif sur l'ordre ottoman. Tout homme, du grand vizir au plus humble des eunuques, connaît son devoir, car il est imprimé dans sa tête comme son *orta*, l'insigne de la compagnie à laquelle il appartient, est tatoué sur son bras. « Accomplis ton devoir et garde ta tête » : c'est une loi assez facile à retenir, comme je le rappelai à Nasrid quand enfin il reparut. Mais, totalement sous l'emprise de l'opium, il s'était contenté de sourire béatement pour me dire :

— C'est aussi facile à oublier.

A l'occasion de notre visite suivante, je ne l'attendis pas tout le temps, mais décidai d'explorer les couloirs. Je me suis faufilé dans un égout éventré. Et soudain, j'ai senti la mer. En m'approchant d'une échancrure dans un mur de soutènement, j'ai pu apercevoir les eaux bleues de la Corne d'Or, presque à portée de main. Je voyais les galères alignées le long du quai de Galata. On distinguait des hommes d'équipage à bord de certaines ; d'autres étaient vides. Parmi elles, il y avait la fine fleur de la flotte du sultan. Mais beaucoup appartenaient à des commerçants originaires des quatre coins du monde. Le port était envahi de vaisseaux de toute sorte : robustes bateaux de pêche, barques élancées, caïques rasant l'eau tels des insectes... Je repérai un beau navire en hêtre, avec un unique mât et quatre rames. Je me dis qu'avec l'aide de Nasrid, je pourrais neutraliser son maître et prendre le large. Mais il me faut admettre que j'avais quelques réticences à parler d'un tel sujet à mon ami. Il était le plus heureux et le plus satisfait des pages. Particulièrement, je le savais, quand il avait de l'opium. A mon avis, il n'avait pas envie de se sauver. Il faut être vraiment perturbé pour souhaiter quitter le cadre agréable de Topkapi. Je savais qu'il me faudrait attendre de trouver les bons compagnons.

Ce fut lors de notre cinquième visite que je la vis. Je me trouvais, dans le souterrain, entre les écuries et l'enclos des animaux, sous le rempart du palais. En me hissant entre deux grandes colonnes, je débouchai à l'intérieur d'un mur de pierre où était aménagé un escalier secret pour permettre aux gardes de rejoindre leur poste en cas de danger. Je pense que la base de cette muraille, sous la surface du sol, est un bâtiment de l'ancienne acropole soutenu par des colonnes. On distinguait encore des traces d'antiques fenêtres et des portes, depuis longtemps murées, puis recouvertes et oubliées. Un côté donnait vers l'est et l'intérieur du palais. Je me retrouvai derrière la grille d'un conduit qui drainait les eaux de pluie. Elle était cassée en deux. Le premier morceau tenait encore debout, tandis que le second gisait à terre. J'avais largement assez de place pour me glisser.

Ce fut un éclat de rire qui m'attira : il avait la grâce des cloches du paradis. L'odeur du jasmin flottait délicieusement. En jetant un coup d'œil à travers la grille, j'aperçus d'abord une grande Noire tellement horrible que j'en hurlai presque d'effroi. Elle avait le visage défiguré et ne portait pas de voile. J'ai appris plus tard que de telles femmes étaient très prisées dans les harems. Avec leur physique, elles ne risquaient pas de tenter les hommes dont les autres occupantes des lieux étaient les maîtresses.

Elle s'écarta et je pus entrevoir quelques filles dans un grand jardin. Je ne les voyais que de biais et en pressant mon visage contre la grille. Le pan de mur derrière lequel j'étais tapi n'était pas directement en face d'elle.

C'est à cet instant que je ressentis le plus vivement le danger de ce que j'étais en train de faire. Pour un page, la peine sanctionnant une petite promenade dans des souterrains du sérail aurait été une légère bastonnade. La récidive aurait entraîné le bannissement du palais. Mais pour avoir regardé, même accidentellement, les pensionnaires du harem — tout au moins si l'on était un homme encore... entier —, il n'y avait qu'un châtiment : la mort instantanée. J'ignorais, alors, qu'il ne s'agissait pas des concubines, mais de leurs servantes.

Pourtant, malgré la menace de la décapitation, je ne pouvais m'empêcher d'observer. Ces filles étaient les premières que je contemplais depuis mon arrivée au palais. J'écoutais leurs gazouillis. Si je n'en avais que quatre ou cinq dans mon champ de vision, j'entendais au moins une douzaine de voix. Celles que je voyais étaient assises sur un banc de l'autre côté du jardin par rapport à moi. Apparemment, elles cousaient ou brodaient. Le seul visage que je pouvais clairement distinguer, c'était le sien. C'était, sans le moindre doute, le plus beau de tous au royaume du seigneur des seigneurs. Elle se rapprocha de ma cachette en fredonnant et en examinant les fleurs, comme si elle cherchait la plus parfaite. Sur sa tête, elle portait un petit bonnet cylindrique d'où pendait un voile diaphane. Curieusement, il ne couvrait que le côté gauche de son visage. Je pouvais voir ses yeux brillants. Le contraste avec ses cheveux noirs tressés les rendait encore plus éclatants. Elle avait de hautes pommettes, un nez fin et une bouche parfaite. Pendant un long moment, je la fixai sans presque oser respirer. Je ne saurais décrire la sensation de paix et d'émerveillement, de tendresse et de crainte qui m'étreignait. J'avais finalement moins peur d'une exécution que de la colère d'Allah, qui ne manquerait pas de me punir pour avoir posé les yeux sur une telle beauté interdite.

Peut-être sentit-elle ma présence, car, soudainement, elle tourna les yeux dans ma direction. Je reculai, effrayé, en me demandant si elle pouvait me voir dans la pénombre. Il apparut que c'était le cas. Vivement, elle porta sa main à sa bouche et je déchiffrai l'expression de ses yeux : un homme ! J'eus l'impression qu'elle avait poussé un petit cri, mais ce n'était peut-être qu'un effet de mon imagination, car personne n'avait rien remarqué. Nous nous regardâmes. Dix pas à peine nous séparaient. Je vis ses joues prendre la couleur du henné. Puis elle fit mine de s'intéresser à nouveau aux fleurs. Elle évoluait au milieu de celles-ci, touchant des pivoines, des jacinthes et des roses. Insensiblement, elle se rapprochait. Quand elle fut tout près, elle leva vers moi des yeux pleins de curiosité.

Je sais que j'ai dû donner une impression pitoyable, voire pire, après avoir, ainsi, traîné dans les canalisations. Au moins, les croisillons de la grille dissimulaient-ils une partie de mon visage. Au moment où je lui souris, quelqu'un claqua des mains. C'était le signal du départ. Quand elle se tourna pour s'en aller, je crus que le ciel basculait : j'étais certain qu'elle m'avait souri. Nous n'avions pas échangé une parole, mais j'étais imprégné de sa présence.

La semaine suivante, je revins exactement à la même heure, espérant que le rythme immuable du sérail se vérifierait là aussi et qu'elle serait à la même place au même moment. Hélas, il commençait à pleuvoir et le jardin était aussi vide que mon cœur. Les quelques gouttes du début se transformèrent en grosse averse et je dus rebrousser chemin précipitamment avant que l'eau envahisse les conduites.

Huit jours plus tard, c'est moi qui ne pus venir. Les pages avaient été convoqués sur le terrain de sport au-dessus de la Corne d'Or pour assister à l'exécution de vendeurs d'opium. Beaucoup d'habitants d'Istanbul venaient eux aussi voir le spectacle : parfois, on lançait des ours sur les condamnés. Mais ce jour-là, les janissaires voulaient faire une démonstration de leur étonnante précision au tir à l'arc. J'aurais été curieux de savoir quelle quantité d'opium ils avaient eux-mêmes consommée avant de tirer leurs flèches, mais je peux te dire que, dans tous les cas, elle n'affecta pas la précision de leur tir, même à très grande distance. Cette mise à mort m'effraya. Je pensais à Nasrid et à son jeu dangereux. Il pouvait bien se retrouver, un jour, à la place des trafiquants. Moi aussi, d'ailleurs. Mais une chose me torturait plus encore que toutes les peurs : une deuxième semaine s'était écoulée sans que je la voie.

Je repris bientôt le chemin du jardin des femmes. Allah avait répondu à mes prières. Elle était là ! J'avais volé une rose dans le jardin devant la mosquée des *aghas* et je la laissai sur le bord de la grille. Je crois t'avoir déjà dit que le *bostanji bashi* était aussi l'exécuteur en chef. J'ignore quelle peine aurait pu sanctionner mon vol, mais je peux t'affirmer que ce n'est pas ça qui aurait arrêté ma main. La fleur blanche immaculée était aussi parfaite que tout ce qui se trouvait dans le sérail. Je me suis écarté de la grille et j'observai. Elle se dirigea vers ma cachette. Discrètement, elle toucha le présent et le ramassa. D'abord, elle fit mine de vouloir le glisser dans sa robe, mais elle se ravisa. Le danger devait être trop grand. Je contemplai son poignet délicat et ses doigts qui, soigneusement, arrachaient les pétales. C'était la seule chose qu'elle pouvait cacher. Un frisson me parcourut le corps : je réalisai que ses efforts trahissaient sa détermination à conserver au moins une partie de mon cadeau. Elle s'éloigna rapidement. De mon côté, j'attendais le claquement de mains. Quand il retentit, les femmes s'en allèrent. J'entendais leurs murmures et leurs petits rires. Mes yeux ne la quittaient pas. Et je fus récompensé. Elle se retourna et regarda vers moi. Cette fois, il n'y eut pas le moindre doute : elle m'avait souri.

Pendant une quinzaine de jours, le *pâdishâh* rejoignit son palais d'été d'Üsküdar. Trois mille personnes environ de sa maison, dont des pages, l'accompagnaient. Je faisais partie du voyage avec mes camarades. De nouveau, je ne fus pas en mesure de la voir, ce qui ne m'empêcha pas de penser à elle. Toutes les nuits, je rêvais d'elle. Quantité de questions m'obsédaient : comment s'appelait-elle, que mangeait-elle au dîner, quelle était son histoire ? Je me souvenais de son odeur et je brûlais de la toucher. A cause de mon absence forcée, j'avais peur qu'elle n'imagine que je me désintéressais d'elle. Puis je me dis que j'avais perdu la tête à me comporter comme ça pour une fille avec qui je n'avais pas échangé une parole. Je parlai d'elle à Nasrid. Il me répondit que je ferais mieux d'essayer l'opium à la place : c'était moins risqué.

En revenant au sérail de Topkapi, je commis un second crime pour elle : je subtilisai une pierre de la poignée de ma dague, qui, comme toute chose ici, appartient au sultan. Elle n'avait pas de valeur et ne manquerait incontestablement pas au roi des rois, mais elle aurait pu me coûter une main. C'était une simple turquoise bleu-vert. Si tu veux connaître sa couleur exacte, tu n'as qu'à penser aux eaux lumineuses de la grotte près de Zurrieq où nous jouions enfants. Ses yeux paraissaient briller d'une même intensité, venue du plus profond d'elle.

J'ai laissé la pierre au bord de la grille. Elle l'a prise et de nouveau j'ai vu son sourire, merveilleux comme un lever de soleil. S'ils me décapitent pour mes crimes, cela en aura valu la peine.

Des semaines passèrent et, encore une fois, je ne pus la voir. Se défaire des *lalas* n'est pas chose aisée, même quand on a un eunuque pour complice. Je travaillais à mes études plus durement que jamais, pour qu'Iskander n'ait aucun motif de me punir et que lui-même n'apparaisse pas coupable de négligence aux yeux du *kislar agha*. Ce dernier est aussi dur avec les *lalas* que ceux-ci le sont avec nous.

La fois suivante, elle s'approcha encore plus de ma cachette. Elle savait que j'étais là. Je la voyais me chercher du regard. Et mieux encore : je surpris le plaisir dans ses yeux quand enfin elle m'aperçut. Hardiment, je risquai un murmure :

— Je m'appelle Asha. Je suis page.

J'aurais dû dire Nico, mais il n'y a personne de ce nom à l'intérieur du sérail.

— Je suis Alisa.

Sa voix n'était qu'un chuchotement, mais elle emplit mon cœur comme une douce brise. Son timbre étincelait, comme ses yeux. C'est tout ce que nous pûmes échanger avant l'horrible claquement de mains. Elle se hâta de rejoindre ses compagnes, qui se dirigeaient vers la sortie du jardin.

Pendant neuf nouvelles semaines, ce fut tout ce que nous apprîmes l'un sur l'autre. Asha et Alisa. Un page et une jeune fille.

C'est alors que je commençai à remarquer que le temps s'écoulait différemment. Les minutes semblaient plus longues, les semaines s'étiraient. Une éternité se glissait entre deux visites. Je me souvenais d'avoir placé un jour un sablier contre mon oreille pour écouter le sourd glissement du sable marquant le passage du temps. Maintenant, si je le refaisais, j'étais certain que j'arriverais à entendre chaque grain descendre lentement.

Quand je ne pouvais pas la voir, je l'imaginais. Chaque matin en me réveillant, avant mes ablutions pour *salat al-fajr*, la première prière, je pensais à elle, et le soir de même après *salat al-isha*. Rassure-toi, Maria, je n'oubliais pas le Notre Père. Le sommeil ne venait pas, car elle occupait mes rêves nocturnes autant que mes pensées diurnes. Si mon esprit vagabondait, je n'avais assurément pas la tête à ce que je faisais. Un jour, je faillis me trancher un doigt avec mon ciseau en travaillant le bois et le médecin dut me recoudre. Une autre fois, en me parlant à moi-même, je basculai dans une fontaine du jardin et en ressortis avec un œil au beurre noir. Si je continuais à penser à elle, cela allait probablement finir par me tuer. Mais je ne pouvais pas m'en empêcher. Je me demandais ce qu'elle faisait au même instant. Jardinait-elle ? Cousait-elle ? Regardait-elle le coucher du soleil ? Etait-elle en train de contempler la même étoile que moi ? Pensait-elle à moi ? Entendait-elle le canon qui annonçait le crépuscule ? Pouvait-elle entendre l'appel du muezzin ? Etait-elle heureuse ? Triste ? En colère ?

Elle était sûrement une princesse. Peut-être la fille de Soliman. Une personne aussi belle ne pouvait être moins. Désespéré, je me disais qu'une femme aussi merveilleuse serait à jamais interdite à quelqu'un comme moi. Puis je me rappelais que dans le glorieux royaume d'Osman, quelqu'un comme moi pouvait un jour épouser la fille du sultan s'il prouvait d'abord qu'il en était digne. J'étais fou d'avoir de telles pensées, mais c'était tout ce que j'avais d'elle. Si je fermais les yeux, je voyais les siens, et son visage, et son sourire. Je pouvais mettre ma main sur ma poitrine et sentir son cœur battre. Quand j'écoutais les alouettes chanter dans la seconde cour, c'était son rire que j'entendais dans leur gazouillis. J'avais l'estomac dérangé, car je n'arrivais pas à manger. Et je ne te dirai pas quelles pensées j'avais la nuit, seul dans mon lit. Et tout ça, alors que nous n'avions échangé que huit mots. Tu dois penser que je suis fou.

Finalement, la semaine dernière, nous nous sommes revus. Cette fois, elle s'installa courageusement près de la grille. Elle avait dû se trouver des complices parmi ses amies, parce que celles-ci semblaient lui fournir une protection. Je posai ma main sur la grille. A mon grand étonnement, elle tendit la sienne. Nos doigts se touchèrent.

Je ne peux te décrire la seconde de ce contact, la grâce ou le feu. Même maintenant, je retrouve cette sensation à volonté. Sa peau était plus douce que la soie que je porte.

— Tu dois te glisser dans le passage la semaine prochaine, lui dis-je impudemment. (Tout en parlant, j'avais du mal à croire que c'était moi qui prononçais ces paroles.) Je t'ouvrirai la grille.

— Quoi ?

L'idée la choquait presque autant que moi.

— Tu seras de retour dans le jardin en moins d'un demi-sablier. Avant le claquement de mains.

— Je ne peux pas.

— Alors la moitié de ce temps.

— Non !

— Tu es magnifique.

— Et toi, tu es fou. Ils te tueront s'ils te découvrent ici.

— La semaine prochaine, répétai-je, sans me soucier de ses mises en garde.

J'avais senti que le ton de son refus était d'argile et non d'acier. Elle viendrait.

A présent, Maria, je dois laisser ma plume et mon papier. L'heure de la prière du matin approche. Cet après-midi, *inch' Allah*, je la reverrai.

Qu'Allah te bénisse. Dieu, je veux dire, naturellement.

Chapitre 24

— Une moitié de sablier, murmura la jeune fille alors qu'il lui écartait la grille.

Elle se glissa par l'ouverture. Nico huma son parfum et sentit le souffle de son passage sur sa joue. Ses doigts tremblèrent sur le métal des barreaux. Il n'y croyait pas : elle prenait tous les risques pour le voir !

— Je croyais que tu avais dit un sablier complet.

Son sourire le fit fondre.

— Je n'ai rien dit. Tu as dit la moitié.

— Très bien. Nous allons couper la poire en deux. La moitié... plus un, voilà qui fera une bonne durée. Tu retourneras dans le jardin dans un sablier et demi.

Elle se mit à rire doucement pendant qu'il remettait la grille en place. Soudain, il se sentit gauche et embarrassé. Ils restèrent accroupis l'un à côté de l'autre un bon moment, observant le jardin et guettant les bruits. Nico n'osait pas regarder Alisa. Il sentait sa présence près de lui, tel un feu brûlant. Le jardin était vide. Ils n'entendaient que le chant des oiseaux et le bruit des voix à l'autre extrémité.

— On nous accorde toujours le même temps ici, murmura-t-elle. Jamais plus. Mes amies m'aident. Aujourd'hui, elles lanceront une balle. A moins qu'il n'arrive quelque chose et qu'elles ne soient obligées de partir, personne ne remarquera mon absence.

Nico était moins conscient de ce qu'elle disait que du son de sa voix et de ses propres battements de cœur.

— Il n'arrivera rien. Viens, Alisa. Nous n'allons pas nous

aventurer loin. Juste à un endroit où l'on pourra se tenir debout.

Il l'emmena plus bas dans son repaire souterrain. Pour qu'elle ne glisse pas, il avait dégagé le passage en enlevant les pierres branlantes. Mais il constata qu'elle était aussi agile que lui. En bas, une bougie brûlait sur un bloc de marbre. Elle tremblotait en projetant des ombres dansantes sur le plafond voûté. La flamme éclairait les piliers colossaux à chapiteau cannelé vieux d'au moins mille ans. La plupart d'entre eux étaient brisés et couverts de gravats. D'autres avaient résisté et continuaient de supporter le plafond à huit pieds au-dessus de leur tête. Juste devant la bougie, il y avait un bassin. Il faisait partie d'un canal qui conduisait encore l'eau jusqu'aux citernes et aux fontaines. A proximité de la lumière, Nico avait déposé un carré de tissu pour qu'ils puissent s'asseoir.

— Tu étais si certain que j'allais venir ?
— Oui. Enfin, j'espérais.

Leurs murmures se répercutaient contre les vieilles pierres. Elle sourit.

— Quand je t'ai vu la première fois, j'ai cru que tu étais un esprit. Même maintenant, je ne suis pas vraiment certaine de ta réalité. Je pensais que seuls les rats erraient dans les tunnels sous le sérail à espionner les femmes. Quel genre d'homme es-tu ?

— Un chanceux, pour ce que j'ai vu. Un *içoglan*, de l'Enderun Kolej, ajouta-t-il fièrement.

— L'école du palais ! (Elle était impressionnée.) Un jour, un page peut devenir gouverneur.

La remarque remplit Nico de fierté.

— Celui-ci sera *kapudan pasha*, se vanta-t-il, ou grand vizir. Je n'ai pas encore décidé.

Il lui parla brièvement de ses études et de sa vie dans la troisième cour. Bien que leurs mondes ne fussent séparés que de quelques centaines de pas, c'était comme s'il décrivait la lune. Ses yeux trahissaient son émerveillement. Elle était pendue à ses lèvres.

— Mais moi je voudrais que tu me parles de toi, lui dit enfin Nico. Je veux savoir comment une princesse en est arrivée à s'asseoir ici près de moi... dans mon palais sous le palais.

— Je vivais à Brindisi, dans le royaume de Naples. J'ai été capturée par les corsaires de Barbarie au cours d'un de leurs raids sur notre rivage. Ils sont venus la nuit et ont emmené presque tout le monde : les hommes, les femmes, les enfants. Ils alignèrent les vieux et leur enlevèrent leurs calculs biliaires qu'ils gardèrent comme porte-bonheur. Les garçons furent enchaînés aux rames. Ils violèrent les femmes âgées et gardèrent les autres, celles qui avaient de la valeur. (Quelque peu honteuse, elle baissa les yeux.) Ils nous ont vendus sur le marché de Corfou. J'ai été achetée et revendue trois fois avant d'arriver ici.

— Un jour, tu seras l'odalisque d'un *agha*, j'imagine, dit Nico, incapable de dissimuler son inquiétude en pensant à cette issue.

— J'aurais dû. Plus maintenant. (Une pointe d'amertume transparaissait dans sa voix.) Après ma troisième vente, on nous a mis sur un navire partant pour le Séjour de félicité. Le capitaine buvait et faisait venir des femmes de notre quartier. Il attendait une heure tardive de la nuit, afin que notre maître n'entende rien. Il nous faisait défiler devant lui totalement nues. Il m'a choisie pour une de ses nuits de plaisir. C'était un gros porc puant. J'aurais dû me soumettre, mais je n'ai pas pu. Alors il a tiré un couteau de sa ceinture et il a essayé de me blesser. J'ai écorché sa jambe et il a voulu me trancher la gorge. Heureusement, j'ai pu me tourner et il n'a atteint que la moitié de son objectif.

Elle souleva le côté de son voile. Une profonde cicatrice partait de l'oreille, traversait la joue — qui sans cela aurait été parfaite —, longeait la mâchoire et s'achevait sur le cou. La lumière de la flamme en soulignait encore davantage les contours inégaux. On aurait dit qu'elle avait été faite non pas avec une lame aiguisée, mais avec une hallebarde émoussée, voire une scie. A son corps défendant, Nico ne put réprimer un sursaut.

Elle surprit sa réaction involontaire.

— Tu vois, c'est l'effet que je produis désormais sur un homme. Mon agresseur aurait dû m'achever. Mais mes cris ont alerté son maître. Il a payé ma cicatrice de sa vie. Moi, cela m'a coûté mon avenir. Normalement, on aurait dû me revendre encore une fois, beaucoup moins cher. Mais j'avais eu la chance d'être capturée avec ma cousine. Elle était la plus belle de nous toutes. Ici, dans le sérail, on l'appelle Durr-i Minau, la Perle du ciel. Elle a convaincu notre maître de me garder avec elle, comme servante. Elle proposait même de payer. Je la sers effectivement, même si nous sommes toutes deux la propriété du sultan.

Spontanément, Nico toucha l'affreuse balafre, malgré le mouvement de recul d'Alisa.

— Tu es magnifique, même maintenant, dit-il avec la plus grande sincérité.

— Il fait sombre ici, répliqua-t-elle. (Elle fit retomber le voile sur la blessure.) Et tu mens mal. J'aurais dû le laisser me prendre ou me tuer. Tout aurait mieux valu que ça. Désormais, je ne peux être ni une épouse ni une concubine. Aucun homme important ne voudra de moi. Je suis un monstre, comme tout ce que tu vois dans notre cour. C'est pour cette unique raison que je t'ai rejoint assez facilement. Les eunuques surveillent les joyaux, pas la pacotille. A présent, je dois partir.

— S'il te plaît, tu viens d'arriver.

— Tu sais que c'est impossible. On va bientôt venir nous chercher, et moi je serai manquante.

— Alors reviens la semaine prochaine, plaida-t-il.

Elle le scruta attentivement. Au fond d'elle, Alisa se demandait si Nico n'était pas en train de se moquer d'elle après avoir vu sa cicatrice. Mais son expression lui soufflait que ce n'était pas le cas.

— Si je peux. Si tu veux.

— Je le veux. Si tu ne peux pas, alors ce sera la fois suivante. Ou la suivante. J'attendrai jusqu'à ce que le soleil oublie de se lever, s'il le faut.

Elle prit les mains de Nico dans les siennes et il en eut le souffle coupé.

Il la regarda se glisser dans le jardin et se fondre au milieu des arbres. Les autres filles jouaient encore. Il les entendait et la voix d'Alisa se mêla rapidement aux leurs. Elle était en sécurité et il soupira, soulagé. Soudain, il réalisa qu'il n'avait pas l'habitude de s'inquiéter pour autrui. Ce sentiment lui réchauffa le cœur.

Elle l'enchantait et le troublait à la fois. S'il détestait l'homme qui l'avait défigurée, son histoire le réconfortait : elle ressemblait à la sienne. Comme lui, Alisa avait de la colère pour ce qu'elle avait subi et ses yeux s'enflammaient quand elle parlait des corsaires. Contrairement à ce qu'il avait cru, elle n'était qu'une esclave. Mais ce qui le troublait le plus, c'était son attitude vis-à-vis de ce qu'elle avait vécu. Elle parlait sans ambages de son passé. Lui-même savait qu'il n'en aurait pas fait autant. Il se demandait comment Maria aurait réagi en l'entendant s'exprimer ainsi. Lui n'avait rien révélé de Nico, de sa sœur, de Malte, de son père ou de sa maison, dont il nettoyait le cloaque. Il n'y avait pas réfléchi. Tout ce qu'il voulait, c'était l'impressionner. Et de ce point de vue, Asha était franchement un personnage plus impressionnant que Nico. Seulement, cette petite dissimulation le laissait honteux. Alisa n'avait pas sa prétention. Elle, elle avait dévoilé sa cicatrice.

Il rebroussa chemin dans le souterrain et attendit Nasrid.

Le jeune page se tenait devant Iskander, les bras croisés sur sa poitrine, le regard baissé.

— J'ai parlé à Asha comme vous l'avez demandé, mon seigneur.

— Tu t'y es pris discrètement ?

— Nous étions à l'entraînement au tir à l'arc. Le sujet est

venu inopinément, comme vous m'avez ordonné de le faire. Il n'a rien soupçonné.

— Et qu'as-tu appris ?

— Je... je ne suis pas certain, mon seigneur.

Le garçon hésitait. Il n'avait pas envie de s'attirer sur lui-même la colère du *lala* ni de trahir un *kardesim*, un page comme lui.

— Eh bien, sois certain. Et vite, répondit le tuteur froidement.

— Comme le sait mon maître, j'ai passé mon enfance à Venise, avant que ma vie ne commence réellement auprès du sultan, béni soit son nom.

Naturellement, Iskander le savait. Ce page arrivé récemment était le premier Vénitien depuis Asha. Et c'était pour cette raison qu'il l'avait choisi.

— Continue.

— Monsieur, si Asha vient vraiment de Venise, comme il le prétend, il a dû vivre dans un trou. Je lui ai demandé de me parler de sa vie dans la *serenissima repubblica*. Au début, il n'a même pas compris de quoi je voulais parler. C'est le nom que tous les Vénitiens donnent à leur cité, comme chacun ici parle du Séjour de félicité. Il n'a même pas pu répondre aux questions les plus simples. Il ne connaissait que le front de mer, les guildes et l'arsenal. Celui-ci, il l'a certes décrit en détail. Pour le reste, il était muet. Il n'a pas pu citer un seul quartier, décrire une place, une rue. Manifestement, il ne savait rien de la basilique Saint-Marc, du doge et de son palais.

— Moi-même, je viens de Pescara, qui n'est pas très éloigné de Venise et je ne connais pas grand-chose du doge. Pourquoi est-ce si important ? gronda Iskander, agacé.

— Monsieur, il s'agit du suzerain de la république. Son palais est aussi connu que le soleil levant ou les étoiles dans le ciel. Tous les Vénitiens l'ont vu. Mais pas Asha. Il n'a rien pu m'en dire. Il ne semblait même pas connaître son existence. Imaginez qu'ici, un homme de Kasimpasha, de Galata ou de n'importe quel autre quartier d'Istanbul ne soit pas capable de nommer le sultan ou de décrire le sérail où il habite. Eh bien, c'est la même chose. Seul un aveugle ou un faible d'esprit pourrait ne pas répondre à une telle question.

Iskander réfléchit. Evidemment, Asha n'était ni aveugle ni demeuré et sa mémoire était réputée. Ce n'était peut-être rien, mais ce garçon l'avait toujours intrigué. Incontestablement, sa dévotion envers Allah avait toutes les formes requises. Il pouvait réciter des passages entiers du Coran quand certains de ses compagnons éprouvaient encore bien des problèmes pour simplement le lire. Pourtant, quelque chose n'allait pas. Peut-être que cela n'avait rien à voir avec lui en particulier. Tous les garçons qui arrivaient au palais sans être issus de la *devchirmé* étaient considérés avec davantage de suspicion que les autres. Après tout, quand ils deviendraient des hommes, d'aucuns siégeraient au pinacle de l'Empire. Ils traiteraient des secrets d'Etat, et occuperaient des postes de pouvoir et de confiance, des positions sacrées. Cette promotion vers le sommet ne souffrait aucune erreur. Et parmi ses nombreuses missions, Iskander devait sonder les moindres facettes d'un page, détecter celui qui n'était pas fait pour ces charges ou à qui l'on ne pouvait se fier. Et à celui-là, il montrait la porte du déshonneur... ou la fontaine des exécutions.

Si Asha mentait sur sa famille ou son lieu d'origine, le *lala* devait découvrir pourquoi.

— Très bien, répondit-il à son informateur. Tu peux retourner à tes études.

Alisa ne vint pas la semaine suivante, ni la suivante, pas plus que la troisième. Cette dernière fois, Nico attendit jusqu'à l'extrême limite. Nasrid avait même dû venir le tirer par la manche. Le danger devenait immense pour eux. Conscients de leur retard, les deux compères se hâtèrent de rentrer. Ils se glissèrent dans la chaufferie et traversèrent le hammam au moment précis où Iskander se mettait à leur recherche. Ils le virent les premiers. Alors, rapidement, ils couvrirent leur activité délictueuse en s'enlaçant. C'était la seule étreinte, ils le savaient, qu'Iskander comprendrait. Le tuteur les observa un moment, puis il leur ordonna de rejoindre leur salle.

Nico s'allongea sur son lit, désolé.

Mais la semaine suivante, Alisa était là, évoluant dans le jardin tel un rayon de soleil. Elle se glissa dans le passage et il comprit à son regard qu'elle avait autant attendu leurs retrouvailles que lui. Immédiatement, heureux et excités, ils recommencèrent leurs chuchotements. Nico lui prit la main et l'entraîna en courant vers le bassin. Une nouvelle fois, ils s'assirent et se mirent à discuter de tout. Ils parlaient à toute vitesse, sans prendre le temps de respirer, agités, enthousiastes, partageant leur sensation de danger et d'émerveillement réciproque. Ils disposaient de si peu de temps et il y avait tant à dire. Ils parlaient vite, comme s'ils voulaient distiller leurs deux vies en moins d'une heure. Elle lui raconta son existence dans le harem. Elle lui parla des choses qu'elle apprenait, que sa cousine lui rapportait ou lui enseignait — comment utiliser le *surmèh*, mélange d'antimoine et d'huile pour souligner les cils, comment appliquer le henné, comment jouer du luth.

— On ne reçoit pas d'instruction. Nous ne sommes que des servantes. Mais Durr-i Minau bénéficie de cet enseignement et ensuite me le transmet.

Encore une fois, il voulut lui avouer ses origines mais n'y parvint pas. Quand elle lui posait des questions, il les éludait et s'attardait sur son apprentissage des armes, de l'équitation, de l'art de la guerre... Il évoquait fièrement les professeurs qui venaient les voir, dont le *hoca* privé du sultan, son tuteur religieux. Il parlait avec emphase des livres qui renfermaient la justice du sultan et avec sagesse de l'art ottoman. Mais il ne révélait rien de Malte ni de sa famille.

Et trop rapidement, elle dut partir.

Lors de leur rencontre suivante, elle lui apporta du sorbet, concocté à partir de violette, de sucre et de citron, volé sur la table de sa maîtresse. Elle le lui fit goûter. En réponse, il lui récita des poèmes de Jehangir en se les attribuant et décrivit l'arsenal de Venise.

— Je t'y emmènerai un jour.

— Très bien. Et moi, je te conduirai à Samos. C'est le plus bel endroit que je connaisse, même si je n'ai pas vu grand-chose. C'est une île où le bateau qui m'amenait ici s'est arrêté quelques jours. Il y avait de belles montagnes et des oiseaux. Si j'avais le choix, c'est là que je voudrais vivre.

— D'accord. Je t'y mènerai aussi.

Et la folie de leurs rêves les fit rire. Pour le moment, les souterrains étaient leur empire et le canal leur océan. Ils les explorèrent un peu sans oser s'éloigner, par peur d'être en retard. Dans un des bassins, ils aperçurent des poissons à la lumière de leur lanterne. Il lui montra le pied d'une grande statue. Ses orteils de bronze corrodés étaient tout ce qui restait d'un dieu oublié. Ils tombèrent sur les vestiges d'une fresque, la bouche d'une fontaine asséchée, les ruines de thermes. En la tenant par la main, Nico l'entraîna dans un étroit passage qu'il ne connaissait pas. Alors qu'ils progressaient, ils sentirent l'odeur de la paille humide et d'un animal, comme s'ils se trouvaient près d'une écurie. Ils se figèrent en entendant un grognement sourd et terrifiant qui provenait de derrière un mur de soutènement. Ostensiblement, ils s'étaient approchés de l'enclos des animaux sauvages. Ils ignoraient de quelle bête il pouvait bien s'agir et n'avaient aucune envie de le découvrir. Rapidement, ils rebroussèrent chemin en courant pour regagner leur petit coin près du bloc de marbre et du bassin. Quand Alisa quitta Nico ce jour-là, elle lui toucha la joue et ses lèvres effleurèrent son front. Le garçon s'évanouit presque.

Ils ne passaient jamais une heure complète ensemble et ne se voyaient pas deux semaines d'affilée. Parfois, il s'écoulait même des mois entre leurs rencontres, au cours desquels leurs occupations les tenaient éloignés l'un de l'autre : les besoins de sa maîtresse pour elle, les caprices d'Iskander pour lui, ou les voyages loin du palais, voire le temps qu'il faisait. Quand ils se rataient, Nico essayait de lui laisser une note, juste un petit bout de papier inoffensif, pour qu'elle sache qu'il pensait à elle. Et elle, elle déposait un pétale de rose, une coquille ou même un cheveu noué à un barreau de la grille. Le cœur battant, Nico sentait toute la chaleur de la jeune fille dans le cadeau. Mais ce n'était jamais assez.

La nuit, sur son lit, il réalisait un peu honteusement qu'il était content qu'elle soit balafrée. Comme ça, personne d'autre ne voudrait d'elle. En sa présence, elle se montrait toujours gênée par sa cicatrice et il ne l'en aimait que plus. Ça la rendait vulnérable. Et sans cette blessure, il savait qu'il ne l'aurait pas rencontrée, qu'elle ne l'aurait peut-être même jamais regardé. Ce défaut rendait ses autres perfections moins écrasantes.

Nico pensait parfois à Ameerah, qui lui avait témoigné de la bonté et qui avait essayé de l'éveiller aux plaisirs de la chair. Cela ne s'était pas fait. Il n'était qu'un enfant, effrayé, stupide, incapable de répondre à ses avances. Mais la différence avec ce qu'il ressentait aujourd'hui n'était pas qu'une question de maturité. Il n'imaginait pas, auparavant, que les sentiments qu'il éprouvait pour Alisa puissent exister. Il aurait voulu la tenir, se coucher près d'elle sur des draps de satin, sans limite de temps, libre de l'explorer. Parviendraient-ils, un jour, à se retrouver ensemble de cette manière ? Il se le demandait tandis qu'un incendie qui n'était pas près de s'éteindre embrasait ses entrailles.

Pour la visite suivante, il lui prépara une surprise. Pour ça, il lui fallut deux voyages et il usa de subterfuges pour que tout fût prêt. Il l'accompagna jusqu'à leur « chambre » et l'invita à s'asseoir avec de grandes révérences. Puis il alluma une bougie, et l'utilisa pour en allumer une autre, et encore une autre. Alisa écarquilla les yeux, émerveillée. Nico venait de révéler trois petits bateaux de bois qu'il avait sculptés. Le premier était un esquif supportant une voile latine en coton ; le deuxième, une galère, possédait vingt-quatre rames de chaque côté ; le troisième, le plus grand, était un galion à trois mâts équipé de tous ses sabords et doté de canons.

— Le *kapudan pasha* te souhaite la bienvenue. (Il s'inclina avec emphase avant d'ajouter :) Et salue la belle jeune fille avec son navire.

Puis Nico plaça une bougie sur chacune des miniatures et les déposa sur le bassin sombre qui s'évanouissait dans les ténèbres. Elles oscillèrent sur l'eau, faisant danser les flammes sur les colonnes de porphyre et les arches en brique de Constantin.

— Cap sur Brindisi et au-delà, lança gaiement Nico. Que les ennemis du sultan tremblent devant cette puissante flotte.

Il se tourna vers Alisa ; elle ne quittait pas les petits navires des yeux. Son regard enchanté le ravit. Les lumières dansaient sur l'eau et se reflétaient dans ses pupilles. Brûlant de l'embrasser, Nico se rapprocha insensiblement d'elle, dans l'espoir de déposer un furtif baiser sur sa joue. Soudain, il s'immobilisa. Les yeux plus écarquillés que jamais, Alisa venait de porter la main à sa bouche. Dans ses yeux, il vit une vive clarté grandir. Tout de suite, il se tourna vers l'eau. L'une des voiles du galion venait de prendre feu. Puis l'incendie se communiqua à une autre. La térébenthine qu'il avait utilisée pour raidir le coton et le vernis dont il avait enduit le bois attisaient les flammes. Il roula le bas de son pantalon et s'engagea dans l'eau sans perdre de temps. Le fond de la cuve était plein de pierres coupantes. Il grimaça en progressant dessus les pieds nus. Pratiquement arrivé au niveau du vaisseau, il glissa et s'enfonça jusqu'à la taille. Derrière lui, sur le bord, il entendit le rire délicieux de son amie. Il se redressa en souriant piteusement et, enfin, attrapa le galion. Pour l'essentiel, il avait été réduit en cendres.

— J'ai ordonné qu'on y mette le feu, expliqua-t-il en sortant de l'eau. Il était infesté de corsaires.

Alisa riait tant qu'elle parvenait à peine à rester assise. Au cours de sa relativement courte vie, Nico avait eu l'occasion de découvrir de belles choses, mais il n'avait jamais vu de plus beau spectacle que celui qu'il contemplait.

Il était décidé à embrasser la jeune fille à la rencontre suivante, mais n'en trouva le courage qu'à la fin. Au premier essai, ses lèvres effleurèrent les joues d'Alisa ; au second, elles atterrirent sur ses cheveux à la base du cou. Nico sentit son parfum et celui des huiles de bain. « Un aperçu du paradis », se dit-il. Mais Alisa répondit avec passion à ses avances. Elle posa ses lèvres sur celles de son ami, lui caressa la joue et attrapa sa main pour la presser sur ses seins. Chacun se noyait dans les yeux de l'autre. Il y avait de l'urgence dans leur regard, mais également une paix absolue, une sensation de certitude et de compréhension : leurs âmes se rejoignaient. C'était une sensation encore plus merveilleuse et sensuelle que celle de la chair, malgré un contact brûlant, pressant, urgent.

— Viens sur moi, murmura-t-elle en s'allongeant sur le marbre.

La main de Nico se glissa sous sa robe et Alisa s'activa précipitamment sur son pantalon. Ensuite, ils plongèrent dans un délicieux brouillard, ce nuage de sensations extatiques où tout se mêle et se confond dans un ballet de touchers, de parfums et d'odeurs. Il lui embrassa le cou, les genoux, les cuisses, s'attarda le long de son corps. Instinctivement, sûrement, il savait ce qu'il fallait faire. Elle se mit à gémir. Cela couvrit presque le bruit lointain, quelque part au-dessus d'eux, dans un monde qu'ils avaient quasiment oublié, du claquement de mains étouffé. Les yeux terrifiés, Alisa se raidit. Ils avaient été trop longs.

Elle rajusta sa robe en se précipitant dans l'escalier. Bataillant avec son pantalon, Nico lui emboîta le pas. Il écarta la grille. Son grincement eut pour eux les accents de la sonnerie des cloches et du grondement des canons qui annonçaient aux eunuques et aux bourreaux du palais que quelque chose de grave se passait. Elle ne prit pas le temps de lui dire au revoir et fila dans le jardin. Il la perdit de vue. Seul, haletant, malade d'angoisse, il tendit l'oreille, mais il ne perçut rien.

Pendant des semaines, il ignora si elle s'en était tirée, si elle avait pu dissimuler son « crime », si elle reverrait jamais la lumière du jardin. Lorsqu'il se présentait à l'heure du rendez-vous, il percevait les rires et les voix des autres filles. Mais il n'y avait aucune trace d'elle et rien sur la bordure : ni pétale, ni coquille, ni pierre.

La nuit sur son lit, il priait Dieu pour qu'Il la protège. Et quand il avait achevé sa prière, il s'installait sur son tapis et s'adressait, cette fois, à Allah.

Il se détestait pour n'avoir pensé qu'à lui, pour l'avoir mise en danger, pour avoir perdu la notion du temps. Son désir avait mis en péril l'existence de la femme qu'il aimait. Mais en son for intérieur, il savait que s'il l'embrassait de nouveau, la même chose se produirait. Solennellement, il se promit de se l'interdire jusqu'à ce qu'ils puissent le faire librement. Mais cette pensée l'amena au bord du désespoir.

Les rêves qu'il osait formuler étaient irréalisables. Tant qu'ils seraient page et servante dans ce palais, ce moment ne viendrait jamais. Leur seule chance était qu'il gravisse les échelons jusqu'à un poste qui lui permettrait de la prendre à son service. Mais elle pouvait aussi bien disparaître d'un jour à l'autre dans l'intervalle, emmenée vers une destination qu'il ne découvrirait jamais. Peut-être était-ce, d'ailleurs, déjà le cas. Plus fort que jamais, il ressentit le poids des chaînes qui l'entravaient au bon vouloir d'autres hommes.

Déjà c'était une chose de différer constamment sa propre évasion hypothétique. Mais ce n'était plus le seul enjeu. Maintenant, il voulait la libérer, la sauver. Cette pensée le torturait. Il réfléchit au problème des galères. Comment pourrait-il s'en emparer ? Il pensa voler des mousquets dans la réserve pour neutraliser l'équipage d'un navire. Ensuite, ils prendraient le large, contourneraient la Corne d'Or, fileraient en direction de la mer de Marmara, puis de la mer Egée... Cap sur Brindisi ! Là, il demanderait la main d'Alisa à son père. Non. Ils se rendraient directement à Samos, l'île de ses rêves. Il se passait tout ça dans sa tête. Mais pour le moment, il ne savait même pas si elle allait bien.

Naturellement, il était très occupé. Ses devoirs et apprentissages occupaient le moindre de ses moments de veille. Mais ni une leçon ni un exercice ne parvenaient à détourner ses pensées de la jeune fille. Tard, cette nuit-là, il écrivit à Maria pour lui raconter tout, comme une sorte d'exorcisme de ses peurs.

Ma chère sœur,
J'ai de mauvaises nouvelles à te rapporter concernant Jehangir, le prince qui m'avait pris en sympathie.

Un jour, le sultan décida de marcher sur la Perse avec ses troupes. Il voulait faire la guerre au trône du Paon. Ce fut un moment d'une sublime majesté. Les armées étaient massées devant le sérail, prêtes à s'élancer avec leur maître. Celui qui n'a pas été le témoin d'un tel spectacle peut difficilement imaginer sa splendeur. Il y avait des musiciens militaires qui s'avançaient, accompagnés par le bruit de tonnerre des canons, des derviches *bektashis* tournant sur eux-mêmes et communiquant leur folie extatique aux troupes. Et quelles troupes, somptueuses, aussi serrées sur cette colline que les grains de sable sur une dune, portant toutes les sortes de soies, d'armures, de turbans et de heaumes que l'on puisse imaginer, et dont les lames scintillantes reflétaient la lumière même des cieux ; des troupes nées pour donner corps à ce que les imams disent dans les mosquées : il y a deux maisons dans le monde, celle de l'islam et celle de la guerre, et ceux qui ne peuvent voir la lumière de la première doivent sentir la chaleur de la seconde. Je dois te confesser que mon propre sang s'échauffe à cette vue, car je sais qu'aucun pays sur Terre ne peut résister longtemps à la puissance qui resplendissait ce jour-là dans le soleil devant le séjour du bonheur.

Quand les hommes s'éloignèrent, le temps s'assombrit soudain. Le soleil laissa place à des nuages noirs. Ils étaient si bas qu'ils voilèrent bientôt les minarets de Haghia Sophia, Sainte-Sophie. Les éclairs et les roulements de tonnerre se mêlaient aux grondements des canons, qui continuaient de tirer depuis les hauts de la cité pour saluer l'armée. Un vent de septentrion descendant de la mer du nord balaya frénétiquement le Bosphore. Je pris cela pour un présage qui annonçait le sort futur des hérétiques chiites de Perse, alors que j'aurais dû l'interpréter comme un signe de la tristesse qui attendait la maison d'Osman. Ce fut un jour maudit, mais une fois que le sabre ottoman est sorti de son fourreau, plus rien ne peut l'arrêter.

Une barge blanc et doré s'éloigna avec le sultan à son bord. Il était assis à la poupe sous un grand dais de soie verte. L'élégante embarcation faisait près de huit pieds de long. Quarante rameurs royaux en robe blanche et bonnet bleu la propulsaient. Elle était l'image même du coursier des mers, mais la tempête la faisait tanguer si férocement que tous ceux qui l'observaient depuis le rivage se sentaient mal à l'aise. Seul le roi des rois paraissait ne pas s'en soucier. Les forces de la nature n'atteignaient pas sa dignité sereine.

Après le départ du sultan, Jehangir monta sur un autre navire — un plus petit, avec trente-six rameurs. Une grosse vague souleva la proue. Le bateau n'avait pas été correctement arrimé pour le prince dont le pied n'était pas sûr. Il chancela. Trois de ses gardes du corps tentèrent de le retenir, mais deux tombèrent à l'eau tandis que le vaisseau quittait le quai. Je ne sais pas ce qui se passe avec les Turcs. Comme nous les Maltais, ils vivent près de la mer, mais il semble qu'aucun d'eux ne maîtrise l'art de la natation. Leurs vêtements de soie flottaient autour d'eux alors qu'ils battaient des bras, haletaient... et se noyaient.

Plus grave encore : le lourd volume de poésie de Jehangir, qui était lui aussi passé par-dessus bord, ne fut pas récupéré, bien que deux hommes courageux — et sachant nager — aient plongé à sa recherche. Je voyais l'immense désespoir du prince. Je sais que l'après-midi même, le capitaine de l'embarcation paya cette perte de sa tête. C'était un juste prix.

Nous avons regardé le prince rejoindre le sultan sur la rive orientale. Puis l'armée se mit en marche. Dans l'attente de son retour, je décidai de consacrer les mois suivants à réécrire consciencieusement les poèmes. Pour cette tâche, le gardien des parchemins me fournit le nécessaire, ainsi qu'une plume de roseau. Et je reçus la bénédiction du chef des eunuques blancs. Naturellement, je les reproduisis de mémoire. Et qu'Allah me pardonne si, ici ou là, je corrigeai certaines expressions du prince, quand je pensais qu'elles étaient mal choisies ou peu élégantes. Quand j'estimais que ma calligraphie n'était pas assez belle, je me hâtais de jeter les feuillets.

Dans le sérail, tous les livres sont de merveilleuses œuvres d'art. Leurs riches couvertures de cuir possèdent des bordures dorées et des gravures sophistiquées. Les feuilles achevées sont reliées entre elles, dix par dix, puis placées entre les couvertures.

J'avais réalisé moi-même celle destinée à parachever le travail dont j'étais très fier dans du bois de santal. Dessus, j'avais gravé les mots *al-fatihah*, la parfaite prière, et sur le dos, j'avais mis un verset dédié au sultan, exactement comme le prince l'aurait voulu : Dieu d'un côté, Son ombre de l'autre. J'avais l'intention d'envoyer l'ouvrage à Jehangir en guise de cadeau d'un page dévoué du palais. Ce n'était qu'une toute petite chose — aussi infime que le singe qui nous avait permis de nous rencontrer. Quand j'en eus terminé, je confiai l'objet à l'un des messagers rapides qui faisaient régulièrement la liaison entre le sérail et le *pâdishâh*.

Les détails de l'histoire ne me parvinrent ensuite que progressivement. D'abord, par les pigeons voyageurs qui transportaient les nouvelles urgentes, puis par les hommes qui revenaient de l'est. Leurs récits étaient vagues, confus, mais la fin restait inexorablement la même.

Jehangir était mort pendant l'hiver, en Karamanie.

Dans ce palais, les seules choses qui sont plus communes que les joyaux, ce sont les rumeurs — et les plus nombreuses concernent l'épouse du sultan. Elle est russe de naissance et esclave, comme tout le monde au sein du sérail. Les ambassadeurs étrangers la nomment Roxelane, mais à la cour, on l'appelle Khurrem, la Souriante. Et pour Soliman, elle est l'Elixir du paradis. Evidemment, je ne l'ai jamais vue. Aucun homme, en dehors du monarque et de ses eunuques, ne connaît son visage. Et c'est sans doute une chance pour mon cou que je ne me sois pas approché de sa personne par les souterrains sous le palais. En six générations, Soliman a été le premier à se marier. Il ne prend aucune autre femme dans le harem, alors qu'il pourrait les avoir toutes.

On dit que Khurrem est aussi intelligente que fascinante, et qu'elle convoite le trône pour l'un des deux fils que Soliman lui a donnés, Sélim ou Bayezid[1]. Si Mustapha — l'aîné du sultan, né d'une concubine — avait succédé à son père, il aurait certainement fait assassiner ces derniers, suivant la coutume ottomane. On ne sait combien de fois — ou de combien de manières différentes — Khurrem a essayé de se débarrasser de lui. Un jour, elle lui a envoyé de riches robes, qu'il eut la présence d'esprit de faire revêtir par l'un de ses esclaves. Celui-ci mourut dans des souffrances épouvantables, occasionnées par le poison qui imprégnait le tissu. Il y eut certainement d'autres tentatives et l'on dit qu'il a tenté de lui rendre la pareille. Mais seule la main de Soliman — et d'Allah — peut toucher Khurrem.

Incapable de parvenir par elle-même à ses fins, elle aurait, prétend la rumeur, suggéré à son époux que son aîné fomentait quelque chose contre lui. Il est toujours très dangereux d'être soupçonné de comploter contre le roi des rois, que cela soit vrai ou pas. L'un des plus chers amis d'enfance de Soliman, le grand vizir Ibrahim Pacha, sentit ainsi la corde de soie du bourreau sur son cou le jour où le sultan estima qu'il accaparait trop de pouvoir. Si l'amour filial existe bien au sein de la maison d'Osman, il ne pèse guère face à celui pour le trône, qui a provoqué la mort de bien des fils et frères. Soliman voyait donc Mustapha accusé d'agir contre lui et d'inciter les armées à la révolte.

Alors qu'il se trouvait en campagne, il l'appela sous sa tente et, caché derrière un paravent de lin, assista à son exécution par des gardes muets. Mustapha se battit comme sept tigres

---

1. Bajazet en français (voir la tragédie de Racine). (*N.d.T.*)

pour défendre sa vie. Il clamait son innocence. Jamais il n'avait voulu trahir. Mais les tympans de ses agresseurs étaient percés pour qu'ils ne soient pas ébranlés par de tels cris, de même que leur langue était arrachée pour qu'ils ne puissent pas parler. Tandis que Soliman pleurait, les bourreaux prirent le dessus et passèrent une corde d'arc autour du cou de Mustapha. C'est toujours ainsi que périssent les personnes de sang royal.

Soliman pleura beaucoup son héritier. Pourtant, il ordonna que son corps soit exposé devant sa tente pour que les janissaires voient ce qui attendait les traîtres, car un sultan avisé craint autant ces soldats d'élite qu'eux-mêmes le redoutent.

Jehangir se trouvait dans le camp ce matin-là. Quand il se rendit auprès de son père, il ne s'attendait pas au spectacle qui l'accueillit. Il était aussi attaché à son demi-frère que s'ils avaient été jumeaux. Ils étaient inséparables. Je les avais vus une fois ensemble à Topkapi. Le gentil Jehangir inspirait à tous une affection identique à celle qu'il suscitait chez son père.

En voyant le cadavre de son idole, il hurla, pleura et s'évanouit. Il tomba dans un profond coma. Les meilleurs médecins accourus à son chevet ne parvinrent pas à l'en tirer et, pendant un mois, il demeura dans cet état. Puis il mourut. Les docteurs expliquèrent qu'il avait une faiblesse au cœur. C'était vrai : il avait un faible pour Mustapha. Voilà tout ce que je pus apprendre.

Quand Soliman rentra au palais, nous nous assemblâmes sur une colline surplombant le quai royal pour l'accueillir. Mais même à cette distance, nous pouvions voir qu'une lumière s'était éteinte en lui. Nous ressentions la même chose : on ne pouvait qu'aimer le gentil prince. Soliman ordonna la construction d'une grande mosquée en l'honneur de Jehangir. Pour Mustapha, naturellement, il n'y eut rien.

Beaucoup ici murmurent que la mort de Mustapha sera aussi celle de la maison d'Osman, car lui seul avait la capacité de suivre les traces de son père. Mon ami Nasrid dit que sa mort, et donc celle de Jehangir, sont un malheur pour moi parce que de grandes faveurs m'étaient promises si le malheureux avait vécu. Quant à mon autre ami, Shabooh, il affirme le contraire, car tant que j'aurais amusé le prince, il m'aurait confiné dans le sérail et je n'aurais jamais pu partir en mer.

Je ne saurai jamais si ces événements ont été guidés par une main divine. Tout ce que je sais, c'est que Jehangir était un prince et que je n'étais qu'un page, mais que j'ai de la tristesse pour lui. Il me manquera.

Chapitre 25

Nico attendit encore une quatrième semaine près de la grille, puis une cinquième. Sans résultat. Il était prêt à tout confesser au *kislar agha*, qui seul aurait été en mesure de découvrir ce qui était arrivé à la jeune fille. Nico aurait presque affronté les bourreaux, si cela lui avait permis d'apprendre qu'elle était saine et sauve.

Au cours d'une leçon de grec, il ne répondit pas à une question. Pas seulement une fois, mais deux. Avant qu'il ait eu le temps d'émerger du brouillard et de s'apercevoir de sa faute, Iskander vint se planter devant lui, le visage à quelques pouces du sien. La curiosité brûlait dans ses yeux.

— Tu penses à tes secrets, Asha ? demanda-t-il tranquillement. Raconte-les-moi.

— Je n'en ai pas, maître. J'étais seulement...

Mais Nico ne voyait pas quel mot ajouter. Son esprit était vide. Il regarda stupidement son *lala* dans les yeux et comprit que l'expression de son visage le trahissait.

— Je connais un moyen de rafraîchir ton attention et peut-être même de te délier la langue.

Il ordonna à Nico de monter sur le mur de la cour au-dessus de Büyük Oda et d'y rester pendant dix-huit heures sans boire ni manger. Celui-ci n'étant pas plus large que l'un de ses pieds, s'il tombait, il mourrait assurément. Mais Nico n'eut aucune peine à rester debout, orteils contre talon : c'était elle qui le tenait pour l'empêcher de glisser. S'il ne voyait pas, d'où il était, la partie du sérail où elle vivait, il la visualisait très clairement. Assise dans le jardin avec ses amies, elle levait les yeux vers lui et lui faisait joyeusement signe. Puis elle se mettait à courir vers le mur, grimpait dans les branches d'un figuier, et lui tendait un fruit et de l'eau fraîche.

L'un à côté de l'autre, ils murmurèrent. Puis, comme il n'y avait plus personne dans la cour en dessous, ils purent échanger à haute voix. Elle resta là toute la journée. Avant même le lever du soleil, elle était déjà là. Puis, pendant qu'il faisait si chaud et que la sueur l'inondait, elle ne le quitta pas. Et elle était toujours présente, après le crépuscule, quand l'air froid de la nuit montait du Bosphore, glaçait ses vêtements encore mouillés et le faisait frissonner. Tout le temps, elle resta là pour le tenir. Elle ne le lâcha que lorsqu'il fut redescendu sur la terre ferme. Ses genoux tremblants se dérobèrent alors et il s'endormit.

Enfin, deux semaines plus tard, elle fut de retour. Pas son image, mais réellement elle. Elle se faufila dans l'ouverture de la grille et vit les larmes de soulagement qui envahissaient les yeux de Nico. Alors elle l'embrassa pour les dissiper et l'étreignit.

— Mon amour, mon Asha, je vais bien. Pardonne-moi. Je ne pouvais pas venir. L'eunuque m'a vue courir derrière tout le monde ce jour-là. Il a soupçonné quelque chose. Alors il n'a pas cessé de me surveiller et je n'ai plus osé bouger. J'aurais pu le faire quand même, parce que je ne supportais plus l'attente. Mais je ne voulais pas te mettre en danger. Et puis hier,

Allah nous a souri. L'eunuque a succombé en mangeant une nourriture empoisonnée.

Tant qu'il ne put contrôler sa voix et ses larmes, Nico garda la tête enfoncée dans le cou de son amie. Il ne voulait pas qu'elle voie un page de l'Enderun Kolej dans un tel état. Enfin, sa gorge se dénoua. Il lui prit la main et l'entraîna dans l'escalier jusqu'au bloc de marbre près du bassin. Immédiatement, il aborda le sujet qui le harcelait.

— As-tu pensé à t'échapper ?
— M'échapper ?

Elle le regarda comme s'il était fou.

— Oui, Alisa, t'échapper ! Cela peut sembler impossible, mais c'est réalisable. Je peux le faire ! Il y aura nous deux et d'autres pages. Je les connais ; ils nous aideront et seront heureux de venir. (Il s'animait de plus en plus.) Nous volerons une galère...

Mais l'expression de la jeune fille le refroidit tel un jet d'eau glacée.

— S'échapper pour aller où ?
— Chez toi.
— Chez moi ? Pourquoi voudrais-je y retourner ? A Brindisi, il n'y a que la boue. Mon père me battait chaque jour et il n'y avait jamais assez à manger. Toutes les personnes que je connaissais au village ont été tuées ou enlevées par les corsaires. Mais même si ce n'était pas le cas, si je rentrais là-bas, je n'aurais pas d'argent, pas de famille, pas d'avenir. Je devrais épouser le maréchal-ferrant et je vivrais dans une porcherie en guise de château. On m'a tirée de cet enfer pour venir dans ce paradis où, même avec ce visage, je mange des pommes et des prunes, et je bois de l'eau au miel. Et bien que je ne sois qu'une servante, je me mets du henné dans les cheveux et mes vêtements sont en soie. Ma maîtresse m'a enseigné la logique et le grec, et les cinq prières. Ici, dans le sérail, elle ne deviendra jamais la première *khátún* du sultan, puisqu'il n'a d'yeux que pour Khurrem, la Pourvoyeuse de joie, et ne désire aucune autre femme. Mais elle saura plaire à un homme, cer-

tainement quelqu'un de haut placé, et je resterai avec elle quand elle le suivra. Il vivra dans un palais, et il écrasera sous sa botte un endroit comme Brindisi. Et si je dois me marier — si tant est que quelqu'un veuille de moi —, il faudra que mon époux en fasse autant. (Elle secoua la tête, comme si elle voulait se débarrasser de cette odieuse idée.) Merci Asha, mais quiconque se soucie vraiment de moi ne peut avoir envie de me ramener chez moi.

Sa réaction le rendit penaud.

— Je m'inquiète pour toi, dit-il piteusement. Je pensais...

— Je sais, dit-elle. Tu voulais être gentil. Mais ça ne l'était pas. Si tu essaies de t'échapper, ils te tueront. Ils t'attraperont et... (L'inquiétude l'envahit.) Je mourrai s'il t'arrive quelque chose. Tu dois me promettre de ne jamais rien tenter.

Nico s'efforçait de retrouver son calme.

— Très bien, répondit-il. Je vais rester ici et devenir grand vizir. Et alors tu m'épouseras. Ensemble, nous partirons à la conquête de Brindisi, que nous rayerons de la surface de la Terre.

Elle éclata de rire en lui touchant la manche.

— Je te crois capable de grandes choses, Asha, Protecteur du feu, mais tu devras te trouver une compagne digne de toi, pas une servante. Mais dis-moi : ta maison à Venise était-elle si belle que ça pour que tu aies tellement envie d'y retourner ? (Elle le regardait avec des yeux pleins d'ironie.) Ou m'as-tu menti, Asha ? Etais-tu un prince et non le fils d'un simple constructeur de bateaux ? Cherches-tu à quitter ce palais pour regagner ton château ?

Il se sentit vraiment ridicule et misérable. C'était la première fois qu'elle lui renvoyait son mensonge. Il finissait par oublier qu'il n'était pas celui qu'il prétendait et la remarque d'Alisa le troublait bien au-delà de cela car, pour la première fois, elle faisait naître un doute là où il n'y en avait jamais eu. Jusqu'alors, une pensée l'animait : il voulait s'échapper et rentrer chez lui. Tout ce qu'il avait fait, tout ce qu'il avait traversé et enduré ne visait que cet objectif.

— Ma famille est là-bas, c'est tout, dit-il d'une voix faible. C'est... chez moi.

— Ta famille est aussi ici. La maison d'Osman n'est-elle pas aussi la tienne ? Le sultan n'est-il pas ton père ? Les autres pages ne sont-ils pas tes frères ? Et moi, ne suis-je pas...

Maintenant, c'était son tour d'hésiter. Gênée, elle baissa la tête. Alors il lui prit la main.

— Tu seras ma femme, dit-il solennellement, mais seulement quand j'en serai digne.

Alisa porta la main de Nico à sa joue. Elle pleurait.

— J'aimerais pouvoir décider de telles choses, murmura-t-elle, parce que je ferais en sorte que cela se réalise immédiatement. Mais il revient à d'autres d'écrire mon avenir.

Cette nuit-là, sa lettre répéta quatre fois les mots : « Je suis encore Nico. » Quand il eut fini d'écrire à sa sœur, il se laissa glisser de sa couche et s'allongea sur le sol froid. Curieusement, il éprouvait un sentiment de culpabilité à dormir dans des draps de coton. Dans la cachette, il prit la pièce de monnaie que Maria lui avait donnée une éternité auparavant. Il la tourna et la retourna dans sa main. « J'existe, Maria. Je suis encore Nico. »

Le sommeil ne vint pas, car il luttait avec sa conscience. Finalement, les choses avaient plutôt bien tourné dans sa vie, il le savait. Les terribles Sarrasins de son enfance tels qu'il les imaginait n'existaient plus. La vie à Topkapi n'était pas parfaite, bien sûr. On ne se départait jamais d'une certaine peur. Dans le sérail, tous les hommes la ressentaient : la mort était omniprésente, cette certitude que la plus infime désobéissance ou indiscipline pouvait mettre en mouvement la lame froide du bourreau. Oui, il y avait bien la main d'acier d'Osman, mais l'autre, de velours, distribuait le savoir et permettait l'accès à des choses merveilleuses en échange d'une simple dévotion à Allah. Et à force de côtoyer ce dernier, Nico ne voyait même plus en lui le démon qu'il avait imaginé. Récemment, il avait autant prié Dieu qu'Allah pour qu'Alisa soit saine et sauve. Et un dieu avait répondu à ses prières. Mais lequel ?

Il se rendait compte que le temps émoussait ses résolutions, ce qui l'inquiétait. Maria lui manquait beaucoup, mais ses parents nettement moins. Son père était dur, sa mère triste et âpre. Ils étaient à l'image de la terre de Malte elle-même. Mais il n'était pas encore prêt à renoncer. Il cherchait une voie médiane. « Pourquoi devrais-je être l'un ou l'autre ? Ne puis-je pas être les deux ? »

Nico compta dans sa tête. Cela faisait deux ans qu'il avait posé pour la première fois ses yeux sur Alisa. Or, dans cet intervalle, il ne s'était réellement retrouvé avec elle que onze fois. Il pouvait se rappeler les infimes moments de leurs rencontres, la moindre de ses paroles, son contact, la douceur de ses lèvres, la chaleur de son souffle sur sa joue, le murmure de ses rêves dans ses oreilles. Ils n'avaient jamais été en mesure d'assouvir le désir qu'ils avaient l'un pour l'autre. Aussi difficile que ce fût, il avait tenu parole et n'avait jamais rien fait qui pût de nouveau la mettre en péril. Malgré cela, il savait qu'ils avaient déjà une chance incroyable de s'être trouvés. La plupart des hommes passaient des années dans le sérail sans apercevoir la moindre femme, tandis que lui venait de passer deux délicieuses années d'amour.

Ce fut lors de la visite suivante, la douzième, que leur monde fragile bascula. Dès qu'il eut remis la grille en place, il vit qu'elle avait pleuré.

— Que se passe-t-il ?

— Oh Asha, je me dis que mon destin a été écrit et que c'est pour le mieux.

Elle s'essuya les yeux. Nico constata qu'elle tremblait. En proie à la plus vive angoisse, il sentait son cœur battre à tout rompre. Ils s'agenouillèrent.

— Ton destin ? (Une boule dans sa gorge l'empêcha de prononcer distinctement le mot.) Que... ?

— Je quitte le palais.

Il s'assit lentement, assommé, blême. Fermant les yeux, il sentit monter une vague nauséeuse qui avait le goût de la peur.

— S'il te plaît, non. Pas ça. (Il put à peine murmurer :) Quand ?

— Demain, je pense.

— Demain ! C'est impossible. Ce ne peut être vrai.

Il l'enlaça et ils s'étreignirent de toutes leurs forces. Puis, reculant, elle prit la tête de son ami entre ses mains.

— Ma maîtresse a été choisie avec sept autres du harem pour être offerte à un *beylerbey*. Un marchand est déjà là. Quand il aura fini de charger ses navires, il nous emmènera à bord de sa flotte. Je ne reviendrai jamais.

— Je sais qu'il y a des négociants ici. Plus d'une vingtaine. Le *kislar agha* donne un banquet en leur honneur ce soir. On a demandé à tous les pages de faire le service. D'où vient-il ? D'Alexandrie ?

— D'Alger.

Nico pâlit.

— Il n'y a pas pire endroit sur Terre.

Instantanément, il regretta de l'avoir dit.

— Quand bien même.... C'est là que je dois aller.

— Je tuerai ces gens. Je coulerai leurs navires.

Sa voix transpirait la peur.

— Tu es adorable, Asha. Adorable et fou. Tu dois laisser faire le destin.

— Evade-toi avec moi maintenant. Nous allons partir par ce tunnel. Je vais...

Elle toucha sa joue et secoua la tête.

— Non, tu ne dois pas et moi, je ne peux pas. Les choses ne sont pas prêtes. Si nous sommes pris, ils nous tueront tous les deux. Je ne veux pas te perdre ainsi.

— Alors je vais te suivre.

— Tu ne sais pas à quel point j'ai prié pour ça. Mais tu dois suivre la voie d'Allah, pas la mienne. Tu dois vivre l'existence qui a été écrite pour toi, comme je dois vivre la mienne. (Elle leva la main de Nico jusqu'à ses lèvres et l'embrassa. Il pouvait sentir la chaleur de ses larmes.) Je m'étais prise à penser qu'elles avaient peut-être été écrites ensemble. Oh, Asha, Asha ! Je t'aime tant. Je ne peux supporter cette idée.

Ils s'étreignirent de nouveau.

— Tu ne me perdras jamais.

— Je dois partir. Il y a encore beaucoup de préparatifs à terminer. J'avais peur de ne même pas pouvoir te dire adieu.

— Reviens ce soir. Après le banquet.

— Ne me demande pas ça, Asha.

— S'il te plaît. Je t'en prie.

Elle réfléchit un instant, puis acquiesça.

— Il faudra que j'obtienne l'aide de ma maîtresse. J'essaierai, Asha. Tu sais que je le ferai.

Il rompit la promesse qu'il s'était faite et l'embrassa, profondément, intensément.

— Je te retrouverai à Alger.

Quand il la relâcha, ses joues étaient couvertes de larmes. Elle les sécha en l'embrassant.

— Oui, oh oui, Asha ! Viens me chercher à Alger.

Ils savaient tous deux que c'était impossible. Quelle que fût la destination, Alisa serait confinée derrière les murs d'un harem avec sa maîtresse, dissimulée sous un voile au milieu d'un dédale interdit.

Elle se tourna vers lui tandis qu'il remettait la grille en place. Tendrement, elle glissa ses doigts entre les barreaux et il les embrassa. Puis il approcha ses lèvres aussi près que possible des siennes.

— Je t'aimerai éternellement, dit-il.

Maintenant ses larmes coulaient à flots.

— Moi aussi.

— A ce soir.

Elle le serra et quand elle lâcha, il sut que c'était la dernière fois.

Au moment où elle disparut dans le jardin, la bougie derrière lui s'éteignit. Le noir venait de retomber sur sa vie.

L'Algérois était allongé sur d'épais coussins posés sur un lit de fourrure. Il portait une robe blanche et le fez de velours vert qui signifiait qu'il était *hadji*, un homme qui avait accompli le pèlerinage. Il se tenait dans la deuxième cour de Topkapi, sous un portique. Sur toute la longueur de celui-ci, une table basse de plus de soixante-dix mètres s'apprêtait à accueillir plus d'une centaine d'invités. L'espace était si vaste que les convives qui se trouvaient à une extrémité pouvaient difficilement voir ce qui se passait à l'autre. Mais cela n'avait aucune importance. Il y avait suffisamment de divertissements pour tous : acrobates et lutteurs, nains et clowns, musiciens et danseuses. Des serviteurs s'activaient, apportant de grands plateaux d'argent couverts de nourriture et de boissons.

Un jeune page s'agenouilla et lava les mains du marchand dans de l'eau de rose. Il les sécha, un doigt après l'autre. Le visiteur appréciait le sérail, le seul endroit au monde à côté duquel sa propre maison semblait misérable. A son grand regret, il n'y avait pas de vin. Mais après tout, c'était là le sanctuaire de l'ombre de Dieu sur Terre. Malgré tout, même sans vin, il commençait à s'échauffer, les yeux voilés par le haschisch et l'exquis *khusháf*, une divine boisson à la pêche parfumée d'ambre et de musc.

Tous les invités étaient de grands négociants qui avaient acheté les faveurs de leur hôte, le *kislar agha*, ou qui étaient entrés d'une manière ou d'une autre dans ses bonnes grâces. En dehors de ses fonctions au sein de l'Enderun Kolej et de la cour du sultan, le chef des eunuques blancs était aussi le grand chambellan, l'un des hommes les plus riches et les plus puissants de l'Empire. Il possédait une vingtaine de navires en propre et commerçait des souks d'Arabie jusqu'aux bazars d'Alger.

L'Algérois ne manquait pas de se rendre au sérail chaque fois qu'il venait à Istanbul. Ses navires renforçaient les flottes du sultan, ses brocarts italiens embellissaient le mobilier de Topkapi et ses florins gonflaient les poches du *kislar agha*. En retour, il recevait de nombreux présents. Son cou s'ornait d'une chaîne d'or que son hôte venait de lui offrir le soir même, au bout de laquelle pendait une superbe émeraude égyptienne en forme de croissant. C'était un cadeau exceptionnel pour un associé de choix.

Le lendemain matin, il devait repartir pour Alger avec quatre navires remplis de leur riche cargaison habituelle. Seulement cette fois, son propre bateau était réservé à une marchandise encore plus précieuse : les plus beaux fruits du harem, des femmes splendides, formées aux arts de l'amour et de la conversation, et à l'entretien de la maison. Elles étaient le cadeau du sultan au *beylerbey*. Pour l'Algérois, c'était un immense honneur de les convoyer.

Son esprit flottait comme dans un rêve, transporté par le son hypnotique et envoûtant des cordes métalliques des *kanuns*, les soupirs plaintifs du *tanbur* — un luth à long manche — et la magie lyrique d'une flûte de roseau persane — en particulier, par celui qui en jouait.

L'un des pages attira son attention. Ce fut d'abord une sensation vague, l'impression persistante de voir quelque chose de familier sans pouvoir l'identifier. Le garçon se trouvait à distance, derrière les musiciens. Vêtu d'une tunique bleue, d'un pantalon de satin fauve et de pantoufles brodées, il servait l'autre extrémité de la table. Le marchand l'observa attentivement jusqu'à ce que, enfin, il puisse mieux distinguer son visage. Cette fois, il posa sa coupe et se redressa, puis il cligna les yeux pour éclaircir sa vision troublée. Dans un premier temps, il crut que ses sens l'abusaient. Mais plus ses soupçons devenaient certitude, plus son pouls accélérait. Il sentit le sang bouillonner dans son cou, battre à ses tempes.

Le page n'était plus un garçon, mais un jeune homme. Les années l'avaient étoffé, sans changer son apparence. Il avait toujours un beau visage — un visage ancré dans sa mémoire, qu'il avait maudit mille fois dans ses cauchemars, l'imaginant penché sur le cadavre de son fils adoré, étendu dans le chantier, le crâne fracassé. Oui, il connaissait cette figure ; c'était celle d'un meurtrier. Le page venait de Malte ; il s'appelait Nicolo Borg.

El Hadji Farouk ne parvenait pas à comprendre comment celui qu'il croyait noyé en mer se retrouvait dans le sérail. Mais cela n'avait aucune importance. Il réprima une violente envie de bondir de rage et de frapper le garçon à mort. Une telle chose était naturellement impensable dans la maison du sultan. En outre, il n'avait pas besoin de se hâter. Le page ne l'avait pas vu et tant qu'il continuait de servir à l'opposé de lui, il n'avait aucune chance de le remarquer. Farouk se rallongea sur les coussins. Tranquillement, sans cesser d'observer sa proie et de réfléchir, il essaya de dissiper le brouillard de son esprit.

Il pouvait dénoncer Nico et l'accuser de meurtre, mais la démarche n'aboutirait pas de façon certaine. Il connaissait le statut des pages de la maison royale. Des *cadis* auraient à statuer, des juges qui ne feraient peut-être pas exactement ce qu'il souhaitait. En l'absence de preuves, dans une affaire qui était de la compétence théorique du *beylerbey* d'Alger, ils pouvaient se contenter de bannir Nico. Ce n'était pas une peine suffisante pour l'assassin de son fils bien-aimé.

Farouk ne voyait qu'une possibilité : il allait demander au *kislar agha* de lui arranger une rencontre avec le garçon le soir même. La requête n'aurait rien d'incongru. Son ami s'imaginerait que son intérêt était purement charnel et, de toute façon, il ne lui poserait aucune question. Ils faisaient des affaires ensemble depuis des années. Le *kislar agha* possédait deux des navires de la petite flotte de Farouk et un tiers de la cargaison. Mais pour être sûr de son affaire, l'Algérois appuierait sa demande avec une bourse de ducats. Ensuite, il conduirait Nico dans le *khan* où il résidait à Istanbul et là, le malheureux garçon serait victime d'une terrible tragédie. Ce serait un accident si regrettable que Farouk lui-même proposerait une récompense pour la capture des gredins qui auraient ignoblement perturbé la paix du sultan en assassinant un membre de sa maison. L'Algérois frappa dans ses mains et murmura quelque chose à l'oreille d'un page : il voulait que celui-ci aille voir son hôte pour solliciter une audience immédiate.

Une demi-heure plus tard, tout était en place et Iskander recevait l'ordre d'accompagner Asha hors du palais. Le cherchant et ne le voyant pas, il interrogea un serviteur.

— Asha a été emmené. Il était malade, monsieur, répondit le jeune homme. Je pense que vous le trouverez dans ses quartiers.

Le tuteur se hâta vers le Büyük Oda et pénétra dans le dortoir de son élève. La couche était vide, comme le reste de la salle. A cette heure, les pages exécutaient encore leurs différentes tâches au banquet. Iskander alla inspecter les latrines. Elles étaient vides. Il questionna Kasib, qui restait assis près de la porte. L'homme, transpirant par peur du terrible *lala*, confessa sa complète ignorance.

— Peut-être qu'il est dans le *gusulhane*, bredouilla-t-il, ou...

— Trouve-le immédiatement, ordonna Iskander. Je t'attends près de son lit.

— Oui, maître, couina Kasib.

Il se dépêcha de faire le tour en marmonnant des prières.

Iskander retourna près de la couche d'Asha et s'assit. Une lampe à huile dispensait une faible lumière sur une étagère près de la porte. Une araignée traversa le mur en projetant une ombre. Distraitement, le tuteur tendit le pied et l'écrasa. Son mouvement ayant déplacé une pierre qui ressortait en partie, il la repoussa négligemment pour la remettre en place, mais elle fit un bruit curieux. Iskander se pencha et prit le bloc à deux mains. Il glissa facilement. Après l'avoir posé sur le sol, il risqua un coup d'œil à l'intérieur. Tout était sombre. Alors il alla chercher la lanterne et l'approcha de l'ouverture. Et là, il vit une liasse de feuilles.

Amèrement découragé, Nico se glissa derrière la fournaise dans la chaufferie. Ses tâches au banquet l'avaient retardé. Alisa était déjà venue, mais elle était repartie. Sur la margelle, elle avait laissé un petit caillou avec un cheveu enroulé autour. Dans l'obscurité, il avait failli ne pas le voir. Désormais, voilà tout ce qu'il possédait d'elle, tout ce qu'il pourrait jamais avoir. Dans son désespoir, il envisagea de se glisser dans le harem, mais il savait que c'était absurde : quand ils en auraient fini avec lui, ils se retourneraient contre elle.

Doucement, il replaça la grille et rebroussa chemin. Il retraversa le hammam et se cogna littéralement dans Kasib dans le corridor. Le visage pâle de l'eunuque était trempé de sueur. Manifestement soulagé de l'avoir retrouvé, il lui dit de se dépêcher. Le garçon le suivit, tourna pour entrer dans le dortoir et s'arrêta net.

Là, près de son lit, il y avait Iskander ; la tête penchée, le front plissé, il se concentrait sur quelque chose. Les yeux de Nico allèrent du *lala* au trou dans le mur, à la pierre sur le sol, pour remonter jusqu'à la liasse posée sur les genoux d'Iskander. Les lettres !

Le choc fut si intense que Nico tomba presque à la renverse. Son instinct lui souffla de tourner les talons et de fuir, mais il n'y avait nulle part où aller. En outre, il était pris de vertiges et ses jambes étaient en coton. Tout ce qu'il pouvait faire, c'était rester immobile.

Iskander n'ignorait pas sa présence, mais il ne leva pas les yeux. Il continua de lire comme si de rien n'était, sans se presser, s'attardant délibérément sur chaque mot. Il tournait une page après l'autre et les empilait très soigneusement sur le lit. Il y en avait un grand nombre — oh oui, un si grand nombre, pensa Nico, malade de s'être montré prolifique. La pile ne cessait de croître et il regardait la scène, tétanisé. Il reconnaissait les feuilles : sur celle-là, hérésie ; sur cette autre, trahison ; et là, blasphème. On ne se contenterait pas de le bannir par la porte du déshonneur. Non, pas pour ça. Sa vie — ses vies : la fausse, la nouvelle, l'ancienne — était finie. Avant le prochain crépuscule, sa tête, aux deux facettes, irait orner la porte de félicité.

Enfin, Iskander acheva sa lecture. Il posa le dernier feuillet sur le tas et leva les yeux vers son élève.

— Eh bien, Asha ! commença-t-il. Une nouvelle fois, je dois te féliciter pour ton excellente main, qui me permet de comprendre si facilement à qui je m'adresse. Nico. Le fils d'un maçon. J'avais imaginé des choses te concernant. J'avais raison sur certains points, pas sur tous. Je n'avais même pas envisagé l'essentiel. Tu vois, je n'avais jamais rien pu prouver, dans un sens comme dans un autre, et j'étais prêt à abandonner. Tu m'épates par la profondeur de ta duplicité, si ce n'est par la qualité de tes mystifications. Le sultan regrettera la perte d'un page aussi accompli, d'une telle... virtuosité.

— Je... je peux expliquer, monsieur, tenta Nico un peu stupidement. J'écrivais simplement...

— *Sûkût !*

Iskander se leva. Il pouvait lire la terreur qu'il inspirait à Nico dans ses yeux et il se demanda si celui-ci allait essayer de se battre ou de s'enfuir. Iskander ne portait pas d'arme dans la cour intérieure ; il était *lala* et n'en avait besoin ni avec Asha ni avec aucun page. C'était une question sans intérêt.

En dépit de sa découverte, il n'envisageait pas de déroger aux ordres qu'il avait reçus concernant Asha. Il les suivrait à la lettre : quiconque n'obéissait pas au *kislar agha* le payait de sa tête. Iskander s'occuperait de cette nouvelle question en temps utile. Il glissa la liasse de feuilles dans sa robe et attrapa Nico par le bras. Ensemble, ils sortirent du dortoir et remontèrent le corridor. Ils dépassèrent le garde devant la chambre des requêtes et franchirent la porte de félicité pour passer dans la deuxième cour, celle de justice. La salle du conseil se trouvait sur leur droite. C'était là que se réunissait le divan — les ministres et les vizirs qui dispensaient la justice et administraient l'Empire au nom du sultan. Celui-ci assistait parfois aux débats en se dissimulant derrière une fenêtre treillissée. Personne ne savait — pas même les vizirs — s'il était là ou pas. Mais en cet instant, Nico avait l'impression de sentir le visage brûlant du souverain dans son dos. Une brise agitait les cyprès sombres dominant la cour tels des minarets. Des gazelles broutaient l'herbe près de fontaines bruissant doucement dans la nuit d'automne. Des hallebardiers se hâtaient avec des seaux de charbon pour les braseros du harem.

Nico et son *lala* approchaient des battants dorés de l'Orta Kapi, la porte du milieu. Deux tours octogonales à toit conique l'encadraient, dans lesquelles des prisonniers étaient enfermés. Des portes doubles dans le vestibule dissimulaient la salle des exécuteurs. Là, les muets attendaient les ordres avec leurs sabres et leurs cordes d'arc. Nico connaissait tout cela depuis longtemps, mais il n'avait jamais autant ressenti le caractère effrayant de l'endroit, la sensation de pouvoir absolu, de justice rapide, de loi impitoyable, de proximité de la mort. Toute la beauté de Topkapi avait laissé la place à la terreur. Il s'avança, certain que son heure était venue. Ses pensées allaient à Alisa et Maria.

Alisa. Cette nuit, les eunuques viendraient la chercher et la remettraient aux muets. Il aurait pu la rendre non identifiable dans ses lettres. Pourquoi l'avait-il exposée au danger ? Et le courageux Nasrid, avec ses virées dans Istanbul en quête d'opium. Et Kasib, qui sentait bon. A cause de Nico, tous subiraient le châtiment du sultan.

A la surprise de Nico, Iskander lui fit traverser tout le bâtiment. Ils dépassèrent les quartiers des exécuteurs et franchirent la porte.

— Où allons-nous, monsieur ?
— Où l'a ordonné le *kislar agha*.

Ils suivirent un sentier sinueux qui descendait la colline au milieu de rangées de saules. Douze hommes montaient la garde devant la porte en fer forgé qui donnait sur la mer. Ils s'écartèrent, et laissèrent passer le maître et l'élève sans les interroger. Leurs robes indiquaient leur rang au sein du palais. Ils poussèrent jusqu'au bout d'un long quai de bois. Iskander appela un caïque, qui leur ferait traverser la Corne d'Or pour gagner Galata.

Dès qu'ils furent hors du palais, Nico envisagea de s'évader.

Mais il avait peu de chances de réussir. Il savait que le *lala*, malgré son âge, courait plus vite que lui. Et un combat était sans espoir. A la suite d'Iskander, il prit donc place dans l'embarcation, qui tanguait sous ses pieds. Encore une fois, l'idée de sauter à l'eau et de nager pour s'enfuir dès qu'ils seraient loin du bord lui traversa l'esprit. Mais son tuteur était l'un des meilleurs nageurs d'Istanbul. Cet homme donnait l'impression de n'avoir aucune faiblesse, d'être capable de tout faire.

Ils traversèrent le port et débarquèrent sur le quai de Galata, près de l'embarcadère de pierre contre lequel s'alignaient de grands navires marchands. Au-delà, on voyait les galères de la flotte du sultan. Ils passèrent sous une porte et remontèrent des rues mal pavées. Ils dépassèrent des hammams publics, des entrepôts privés. La tour qui se dressait telle une sentinelle au-dessus du quartier se rapprochait. Ils parcoururent un *charshi*, une rue couverte bordée d'échoppes et de kiosques qui, dans la journée, était pleine de monde venant acheter des caftans de Damas, des tandours d'Alep, des tapis de Perse. Les marchandises étaient stockées dans de longues ailes, chacune dédiée à un type de produits. A cette heure, les lieux étaient déserts. Un garde effectuait sa ronde nocturne. Nico regarda le cimeterre scintillant qui pendait à sa ceinture et il sentit au même instant la poigne du *lala* se resserrer.

Les deux hommes dépassèrent le marché aux épices et sa mosquée. Puis ils contournèrent l'un des nombreux postes où d'énormes citernes d'eau se trouvaient près d'une pompe à incendie. Les rues n'étaient pas totalement vides. Il y avait des mendiants et des mules, des chiens errants et des matelots saouls, des religieux et des cheiks de guildes. Tout au long du chemin, de nombreuses sensations assaillaient Nico. Il sentait le haschisch, l'antimoine et le bois de santal, l'odeur d'un plat frit dans du miel ; il entendait le murmure des prières — un homme récitait l'*al-fatihah* —, le froissement des robes de soie, le frottement sourd des sandales sur les pavés ; il percevait, à la base de sa nuque, la caresse de l'air de la nuit. Iskander leur avait enseigné que l'imminence de la mort développait les sens et ouvrait l'esprit. « Utilisez cette conscience, leur disait-il. Exploitez tous les avantages. » Nico ne savait pas quoi faire ; il avançait pas à pas vers sa mort. Iskander avait raison : il ne se serait jamais bien comporté au combat.

Ils parvinrent devant un *mehalle*, un quartier où les marchands vivaient et traitaient leurs affaires, et s'engagèrent dans une rue sombre avant de s'arrêter devant un grand mur. Derrière celui-ci se dressait un *khan*, un édifice à deux étages en bois et pierre ouvert sur une vaste cour. Les négociants en voyage y demeuraient souvent dans des appartements privés. De plain-pied, il y avait les écuries, les boutiques, les cafés et les ateliers où les matières brutes étaient transformées en produits finis à vendre sur les marchés.

Apparemment, Iskander connaissait l'endroit. Il poussa la porte et guida Nico à l'intérieur. Une fois passé le seuil, ils débouchèrent dans la cour. Des poulets dormaient ici et là et un mouton bêla. Près de l'entrée, le poste du gardien était vide. Les lieux étaient plongés dans les ombres et l'obscurité. Nico fut pris d'un terrible pressentiment et son cœur commença à battre.

Ils montèrent un escalier de bois raide jusqu'à un palier où leur progression fut bloquée par une porte intérieure débouchant sur l'entrée d'un grand logement de deux pièces. Iskander claqua doucement dans les mains. On perçut un bruissement de rideau et un colosse apparut dans le vestibule. Sa tête et ses épaules étaient plus imposantes que celles d'Iskander. Ses bras nus musclés donnaient une formidable impression de puissance. Son habit révélait qu'il était marin. Il ouvrit la porte. A une demande d'Iskander, il fit un signe de tête dans une direction et s'écarta pour le laisser passer. Nico réalisa qu'il était muet. Cette constatation lui dessécha la bouche. A Istanbul, le Séjour de félicité, nul n'ignorait la fonction de tels personnages. Iskander lui lâcha le bras, ce qui ne fit que l'alarmer davantage. « Ressaisis-toi ! » Il inspira profondément, tentant d'apaiser ses peurs, et s'avança derrière le *lala*, le muet sur les talons.

La pièce dans laquelle ils venaient de pénétrer était grande et faiblement éclairée par deux lanternes murales qui n'avaient plus beaucoup de mèche. Il lui fallut quelques instants pour adapter ses yeux. D'épais tapis couvraient le sol et de somptueuses tentures ornaient les murs. Au-dessus d'elles, des fenêtres treillissées assuraient la ventilation. De grosses poutres supportaient un toit de plomb en pente. Entre les petites armoires et les étagères, des malles de bois et des coffres de cuir s'alignaient. Ils renfermaient les affaires d'un marchand visiblement riche.

Tournant le dos à ses invités, El Hadji Farouk était assis sur un coussin, à l'opposé, fixant les charbons d'un brasier. Une aigrette plantée dans un tube de cuivre surmontait son haut turban.

— La paix soit sur toi, effendi, le salua Iskander en s'inclinant. Comme le *kislar agha* l'a ordonné, je te présente le page.

Farouk ne bougea pas. Il fit mine de ne pas avoir entendu. Le maître des pages s'avança pour répéter son salut. Alors, toujours immobile, le commerçant rompit son silence :

— Et que la paix soit sur toi. Et aussi la grâce et la bénédiction de Dieu.

Il se retourna enfin et regarda Nico. Tétanisé, celui-ci le reconnut immédiatement et sentit une aigreur lui remonter du ventre dans la gorge. Le visage de l'Algérois avait grossi, à cause du vin et de la vie dissolue. Depuis leur dernière rencontre, une éternité s'était écoulée et des lieues — un monde tout entier — les séparaient. Cette distance ajoutait à la confusion de l'instant. Et ce visage fit ressurgir tout le reste : Mehmet et son gourdin ; la longue nuit près des rats à attendre la bastonnade ; Leonardus courant vers la mer ; et Youssouf. Naturellement, Youssouf. Mort sur la plage... de la main de Nico.

Des marchands d'Alger ! Il aurait dû immédiatement penser à Farouk quand Alisa lui avait parlé des vaisseaux qui allaient l'emmener. Mais de nombreux négociants venaient au palais, originaires d'Alger et d'autres villes de l'Empire. En outre,

Nico avait depuis longtemps chassé Farouk de son esprit et l'idée de ne plus jamais revoir Alisa l'avait emporté sur tout le reste.

— Ainsi, le *kislar agha* m'a dit que tu t'appelais Asha, commença l'Algérois avec un petit sourire. Je t'attendais... *Asha*.

Assommé, Nico fit un pas en arrière. Quelques minutes plus tôt, son absence de choix le lamentait. Maintenant, il avait deux options : la mort de la main de Farouk ou de celle d'Iskander. Ses yeux parcoururent la pièce en quête d'une arme.

Instantanément, son instinct aiguisé avait fait ressentir au *lala* la menace émanant de Farouk. Normalement, il aurait dû attendre dehors que l'affaire soit terminée, mais cette fois, il ne fit aucun mouvement pour partir. Même si Asha devait perdre sa tête le lendemain, jusqu'à ce moment-là, et particulièrement hors du palais, il était sous sa responsabilité.

Farouk se leva.

— Laisse-nous, lança-t-il impérieusement à Iskander. Retourne à Topkapi. J'escorterai moi-même le garçon quand nous aurons fini.

— Pour ça, effendi, répliqua poliment le tuteur, j'ai besoin de l'autorisation du *kislar agha* lui-même. Ce que, hélas, je n'ai pas.

— Le *kislar agha* est mon excellent ami, dit le gros homme avec un air sombre. Il te dira de faire exactement ce que je veux.

— Il est l'ami de beaucoup de monde, effendi, mais c'est mon maître. Et il m'a déjà confié ses instructions.

Le sourire d'Iskander était poli, son refus absolu et ses yeux... menaçants.

Farouk bouillait intérieurement, même si son visage n'en trahissait rien. Il ne s'était pas attendu à un tel obstacle. Mais ce ne serait pas un problème. Il avait soigneusement choisi son assistant parmi ses marins. Assad était un assassin éprouvé, un tueur silencieux, qui avait liquidé ses ennemis, d'Antioche à

Oran. En dépit de sa soif de vengeance et de la confiance qu'il avait en sa lame, Farouk n'était pas sûr de pouvoir venir seul à bout de Nico. Après tout, c'était un jeune homme, et il était entraîné par les meilleurs guerriers du sultan. Si Farouk comptait bien le tuer de ses mains, Assad était une garantie. L'Algérois regarda l'homme qui avait amené Nico. Il avait l'air vigoureux et dangereux, mais ce n'était qu'un esclave du palais. Rien de plus. Assad et lui auraient deux adversaires à liquider au lieu d'un, et la récompense à offrir pour la capture des gredins responsables du forfait serait doublée.

Farouk leva les mains en signe d'aimable abdication.

— Naturellement. Je comprends. (Il arborait un grand sourire.) Le *kislar agha* a de la chance d'avoir des serviteurs si dévoués. Pardonne-moi.

Il se tourna vers Assad, qui déchiffra son regard, puis il désigna une petite table préparée près de lui sur laquelle se trouvaient une carafe en porcelaine et quelques plats.

— Et maintenant, avec mes excuses, tu accepteras peut-être un modeste rafraîchissement de *pekmez* et de café.

Mais au lieu de servir, sa main alla comme par inadvertance se poser sur la poignée d'une splendide épée incrustée de joyaux posée sur les coussins près de lui. Avec une soudaineté meurtrière, il se tourna et, les deux mains sur la poignée de l'arme, se jeta sur Nico. Simultanément, Assad balança une masse sur Iskander. Un combat à mort s'engagea.

La lame de Farouk fouettait l'air avec un sifflement sinistre. Nico, aux aguets, s'attendait à quelque chose de cette sorte et il bondit en arrière. Rapidement, son agresseur se ressaisit. Il se redressa et attaqua de nouveau. Nico se jeta à terre. Il roula sur lui-même en cherchant à attraper les jambes de Farouk, mais ne parvint qu'à saisir un pan de sa robe et entendit le bruit sourd du métal qui se plantait dans les coussins, à quelques millimètres de son propre mollet. Il roula dans l'autre sens et se releva d'un bond. Accroupi, il parcourut une nouvelle fois la pièce des yeux à la recherche de quelque chose pouvant servir d'arme ou au moins de bouclier. Farouk frappait, frappait encore, fracassant les panneaux muraux, sans atteindre son adversaire, souple et vif.

Iskander, pour sa part, avait rapidement désarmé le marin, dont le maillet gisait à terre. Leur corps à corps féroce les projetait contre les murs. Ils s'écrasèrent sur des coffres, puis sur le sol.

Farouk avait beau être vieux et mou, sa lame était longue et tranchante. Surtout, il voulait tuer et ne laissait aucun répit à Nico. Celui-ci bascula contre une tapisserie, l'arracha et la fit tournoyer vers l'extrémité de l'épée, autour de laquelle elle s'enroula. Il l'enserra alors de ses mains et, de toutes ses forces, poussa son agresseur contre le mur. Une partie de la lame était couverte par l'étoffe, mais l'autre mordit profondément dans sa chair. En même temps, Nico parvint à saisir la poignée de l'arme et, retournant celle-ci, s'en servit comme d'un bâton pour plaquer son ancien maître au mur. Farouk, les articulations blanches, agrippé à l'épée, luttait farouchement pour échapper à la poigne de Nico. Les mains des deux adversaires tremblaient et leurs visages n'étaient qu'à quelques pouces l'un de l'autre. Au corps à corps, le rapport de forces donnait l'avantage à Nico. Centimètre par centimètre, il faisait remonter la lame... et la robe du marchand simultanément. Le sabre pressa la poitrine de Farouk, puis se colla contre son cou. Le garçon augmenta la pression et son agresseur commença à suffoquer.

Dans un acte désespéré, l'Algérois leva un genou et frappa les parties génitales de Nico. Celui-ci relâcha sa prise. Les combattants tournoyaient sur eux-mêmes, accrochés à l'arme. Ils fracassèrent un nouveau pan de mur, basculèrent dans une étagère et tombèrent lourdement par terre. La tête de Farouk cogna le brasier, mais le turban amortit le choc. Des éclats de bois et des morceaux de porcelaine jonchaient le sol.

Nico se trouvait sur l'Algérois, ses jambes immobilisant les siennes. Une fois de plus, la lame était collée contre le cou de Farouk. Nico appuya. Son ennemi tenta de glisser les doigts entre le métal et sa peau. Ses yeux n'avaient jamais quitté

Nico, mais des éclairs de peur s'y substituaient enfin à la haine. Sa poigne commença à faiblir, puis il céda. Son visage vira au bleu, ses lèvres s'empourprèrent, s'assombrirent. Il émit un vague gargouillis. Nico continua à peser de tout son poids bien après que Farouk eut cessé de résister.

A quelques pieds de là, Iskander était debout, la tête en sang. Son propre duel était terminé et Assad, la masse enfoncée dans le crâne, fixait le plafond. Le *lala* se précipita sur son élève, l'attrapa par le col de son caftan et le tira en arrière. Nico parvint à se libérer et replongea sur Farouk, lui écrasant le cou en le comprimant jusqu'à la nuque et la colonne vertébrale. Mais cet ultime coup était inutile : les yeux de la victime sortaient grotesquement de leurs orbites. Le commerçant était mort.

Iskander marcha sur un bout de l'épée pour la neutraliser et, brutalement, frappa Nico au coin de la tête, le précipitant vers le brasier. Il se jeta sur lui, mais ce dernier roula et attrapa le pot de fer par les pieds. Le métal chaud lui brûlait les mains. Il se releva en pivotant et, de toutes ses forces, balança le brasero à la tête de son tuteur en projetant des braises dans toute la pièce. Le *lala*, touché au menton et étourdi, chancela. Nico se rétablit frénétiquement sur ses pieds : si Iskander retrouvait ses esprits, même partiellement, le combat serait terminé. L'instructeur avança un pied mal assuré.

« Pas de quartier au combat », leur serinait-il toujours. Nico relança le chaudron et atteignit Iskander au sternum, provoquant un craquement sourd ; il sut qu'il l'avait gravement blessé. Etourdi, celui-ci s'immobilisa et secoua la tête. Ses yeux trahissaient une détermination farouche, indomptable. Il tomba à genoux, une main sur la poitrine, l'autre cherchant encore à attraper un pied du brasier : il n'allait pas abandonner. Alors que Nico s'apprêtait à le frapper de nouveau, il commença à suffoquer, bascula de côté sur le sol, puis roula sur le dos. Ses yeux étaient ouverts, mais il était incapable de bouger.

Aussi essoufflé qu'épuisé, Nico laissa tomber le chaudron et s'assit lourdement. Soudain, il sentit le brûlé. Les charbons se consumaient sur le tapis et des volutes de fumée s'en élevaient. Près de la porte, il vit les flammes. La pièce était sèche comme du petit bois. Le feu s'attaqua aux murs, enflammant une étagère, puis une tenture. Les chambranles, la porte, les poutres du plafond s'embrasèrent, dégageant une épaisse fumée noire.

Etouffant et toussant, Nico se releva et fila vers l'entrée. La main sur le loquet, il s'arrêta soudain, revint près d'Iskander, le fouilla et récupéra les lettres. D'une main faible, celui-ci essaya de lui saisir le bras. Ses yeux étaient encore durs, pleins de hargne, mais le reste de son corps semblait paralysé. Nico desserra les doigts de son tuteur et glissa les feuillets dans sa ceinture. En se redressant, il ramassa l'épée de Farouk, puis regarda Iskander en se demandant s'il allait s'en servir contre lui. L'incendie décida pour lui : il ne pouvait rester plus longtemps.

Dès qu'il fut dans le vestibule, les yeux pleins de larmes, il aspira de longues bouffées d'air frais. Il ouvrit la porte de l'étage et s'élança dans l'escalier, puis dans la cour. Le poste du gardien était toujours vide. Nico franchit le portail du *khan* et se retrouva dans la rue. Il se retourna. De là où il était, il pouvait voir le palier donnant sur l'appartement de Farouk. Reprenant lentement ses esprits, il s'inquiéta et regretta de ne pas avoir achevé Iskander. Cet homme hors du commun n'allait-il pas surgir à ses trousses ? Si tel était le cas, Nico finirait le travail à l'épée. Mais nul ne se manifesta. Une épaisse fumée noire sortait des fenêtres treillissées et se perdait dans le ciel. Un long moment s'écoula ; plus le temps passait, plus les craintes de Nico s'apaisaient. A travers le treillage, les flammes léchaient déjà l'avant-toit de l'étage.

— *Yangiiiin !*

De l'autre côté de la cour, quelqu'un venait de les apercevoir et donnait instantanément l'alarme de toute la puissance de ses poumons. Les incendies représentaient une effroyable et meurtrière réalité à Istanbul. Même le sultan allait être rapidement informé du sinistre : une fille du harem se rendrait silencieusement dans sa chambre, vêtue d'une robe de couleur incandescente.

Des gens jaillissaient des portes et des ruelles. La foule grossissait presque aussi vite que le feu. En quelques instants, il y eut dans la rue une masse confuse de personnes courant en tout sens, criant, contemplant le sinistre. Une partie du toit de plomb fondait. Les flammes s'élançaient vers le ciel. La lutte s'organisa rapidement. Une longue rangée d'hommes fit la chaîne depuis une fontaine voisine pour passer des seaux. Il était trop tard pour sauver le *khan*, mais il fallait protéger les habitations voisines, voire le quartier entier. Nico sentait la chaleur de la fournaise sur son visage. Les flammes tourbillonnaient, s'échappaient des fenêtres, traversaient les parois. Il entendait le grondement du brasier, ses craquements, ses explosions. Le feu consumait tout tel un dieu furieux.

Il resta là à observer jusqu'à ce qu'il fût certain que rien ni personne n'avait pu survivre. Alors il tourna les talons et se dépêcha de s'éloigner. Il s'élança en direction du port, bousculant la foule qui montait dans l'autre sens. Après avoir dévalé des rues, il tourna dans une ruelle, puis, au bout de quelques pas, s'arrêta et s'assit. Pris de vertiges et de nausées, il crut qu'il allait vomir. Il plaça sa tête entre ses genoux et inspira longuement. Ses pensées se bousculaient, sans qu'il parvienne à se concentrer sur une seule. Il essayait de digérer l'horreur de ce qui venait de se passer.

Il se redressa et contempla la splendeur éternelle d'Istanbul, seulement éclairé par le croissant d'une lune argentée et un tapis d'étoiles. Il pouvait voir les eaux sombres de la Corne d'Or et, au-delà, les murs du sérail et les toits de tôle ondulée de ses cuisines. Derrière, on distinguait dans la nuit le superbe dôme de Sainte-Sophie et, juste à côté, la Süleymaniye inachevée. A la gauche de Nico s'élevaient les collines sombres du rivage asiatique. Des lumières scintillaient aux fenêtres des demeures réparties sur ses flancs et cernées de murets. Sur le Bosphore, un pêcheur lançait son filet dans l'espoir de capturer des mulets barbus. D'autres allumaient des lampes sur les plats-bords pour attirer les maquereaux, qui descendaient des eaux froides de la mer Noire pour pondre dans celles, plus chaudes, du détroit.

Nico se dit qu'il devait rentrer au sérail. Et le plus tôt serait le mieux. Il se leva puis se rassit. Depuis qu'il était arrivé dans le Séjour de félicité, il n'en était sorti qu'une demi-douzaine de fois. Et encore, toujours en compagnie de drogmans — les interprètes du sérail —, de tuteurs, d'eunuques ou de janissaires. Pour la première fois, il était seul. Il était libre.

Un flot de pensées lui traversa l'esprit. Des possibilités nouvelles s'ouvraient devant lui. En bas, le long du quai, il apercevait une galéasse française en cours de chargement. Il pouvait se glisser à l'intérieur en grimpant par les chaînes des ancres et se dissimuler à la poupe. Il pouvait aussi voler un bateau, quelque chose de petit, un caïque ou même une barque. Il l'avait envisagé un millier de fois. Ou peut-être valait-il mieux un cheval. Oui, c'était ça. Il allait voler une monture et gagner l'Europe qui s'étendait là, sur sa droite, sombre et attirante. Il disposait de douze heures au moins devant lui avant que l'on signale son absence. Et même alors, personne n'imaginerait qu'il s'était enfui. On penserait qu'il était mort, comme Iskander, dans l'incendie. On ne le poursuivrait pas. Il pourrait se faire passer pour un *geomaler*, un pèlerin d'amour, voyageant en vivant d'expédients, traversant la Roumélie pour gagner l'Adriatique. Et de là, Naples et la Sicile. Et sa maison.

« Je suis libre. » Cela était si soudain, si inattendu, si inconfortable, aussi. « Libre ? Mais pour faire quoi ? Pourquoi ? » Il se lamenta intérieurement. « Je suis encore un fils de Malte. Non ! Malte m'a oublié. Je confonds mon pays avec ma destinée. Pourquoi l'une doit-elle être écrite en fonction de l'autre ? » Il réalisa que ses mains tremblaient et que le combat n'en était plus responsable. « Je suis Nico. Je suis Asha. Je suis maltais. Je suis ottoman. Je suis chrétien. Je suis musulman. Je suis le frère de Maria... l'amant... d'Alisa. Je suis le fils de Luca, le fils de Leonardus, le fils de Soliman. » Il ne savait plus. Tout ce qu'il constatait, c'est qu'il n'avait plus autant envie de s'évader ou tout au moins que cette envie n'était pas aussi forte qu'il l'imaginait. « Alisa a raison : je suis quelqu'un ici. Et ne suis-je pas déjà libre ? Autant que n'importe quel homme de l'Empire ? N'ai-je pas devant moi une route dorée qui s'ouvre ? Alisa... »

Ses pensées s'arrêtèrent sur elle. Elle était encore là, dans le palais. Peut-être qu'avec la mort de Farouk, les choses allaient changer. Peut-être que le voyage vers Alger serait annulé. Peut-être que la maîtresse d'Alisa resterait au palais et serait promise à un autre. Peut-être... Peut-être... Peut-être... Et dans cinq ans, seulement cinq petites années, il pouvait nourrir l'espoir d'épouser sa bien-aimée. Oui, c'était ça le bon choix. Il n'avait pas besoin d'autres motifs. Il devait rester pour elle.

Dix minutes plus tard, il se retrouva sur le quai et appela le pilote du caïque. L'homme le ramena jusqu'au pavillon de débarquement situé sous la porte maritime de Topkapi.

Tout le lendemain, Nico resta dans ses quartiers sous prétexte d'étudier. Il attendait désespérément des nouvelles. Il envisagea de demander à Nasrid de fournir une demi-drachme d'opium à Kasib. Ainsi, il pourrait se glisser dans les souterrains et essayer de la voir. Mais c'était inutile. Même si elle se trouvait encore dans le harem, elle n'irait pas dans le jardin avant la semaine suivante. Il pensa aussi descendre jusqu'à la Corne d'Or, où il verrait ce qu'il advenait des navires de Farouk. Mais quitter son lit était devenu beaucoup trop dangereux. Ils pouvaient débarquer à tout moment. La peur lui retournait l'estomac et la sueur trempait son bonnet. Au fond de lui, il était certain que sa tête allait finir dans le sac à sel avant de se retrouver exposée au-dessus de la porte.

Les eunuques ne vinrent le chercher qu'après la prière du soir. Au pas de course, il dut les suivre jusqu'aux quartiers des gardiens, où on l'invita à entrer. Le *kislar agha* était assis impérieusement sur un tabouret bas. Au grand soulagement de Nico, il n'y avait aucun muet dans les parages, mais comme d'habitude, l'eunuque le mettait mal à l'aise, avec sa voix asexuée, aussi froide que son visage blême et son crâne rasé et ciré sous la haute coiffe conique de sa fonction. De larges et profondes cernes sombres encadraient ses yeux. Heureusement, se réjouissait le garçon, le protocole imposait qu'il ne le regarde pas en face. Les mains croisées sur la poitrine, il devait baisser les yeux en signe de soumission. En fait, c'était même une excellente position, un vrai coup de chance, pour dissimuler les coupures et les brûlures de ses mains et les mensonges que l'on aurait pu lire sur son visage.

— Mon seigneur ?
— Tu es allé à Galata la nuit dernière avec Iskander ?
— Oui, mon seigneur. Sur votre ordre, il me semble.
— Exactement. Tu as vu le marchand d'Alger, El Hadji Farouk ?
— Oui, mon seigneur. Béni soit son nom.
— Que voulait-il ?

Nico rougit autant à cause du mensonge que de la facilité déconcertante avec laquelle il le délivra.

— Il y avait deux raisons, mon seigneur. Il me voulait pour son... plaisir...

Le chef eunuque agita vivement la main pour qu'il passe rapidement sur les questions charnelles.

— Et la seconde ?
— Il connaissait mon père à Venise. Comme mon histoire le relate, il est mort dans le naufrage dont le seigneur Dragut m'a sauvé. El Hadji Farouk m'a reconnu lors du banquet et il voulait me donner quelque chose.
— Qu'était-ce ?
— Une épée incrustée de joyaux, mon seigneur. Il a dit qu'elle avait appartenu à mon père. Il m'a dit qu'il la portait toujours. En rentrant au sérail, je l'ai laissée aux janissaires dans la réserve des armes.
— Et pourquoi es-tu revenu seul, sans Iskander ?
— Mon *lala* me l'a ordonné. Il voulait rester un moment avec El Hadji Farouk.
— Pourquoi ?

— Je l'ignore. Mon *lala* ne m'en a pas donné la raison. Il m'a dit d'obéir.

— Il y a eu un incendie dans le *khan* où tu es allé, le sais-tu ? Beaucoup ont péri. (Il leva une gemme en forme de croissant, qui avait perdu l'essentiel de sa couleur à cause de la chaleur, mais dans laquelle on reconnaissait encore une émeraude.) Le feu a été dévastateur. Voilà tout ce qui reste du *hadji*. Je lui avais fait ce présent la nuit dernière. (Il regarda attentivement Nico.) Toi-même, tu as peut-être assisté à l'incendie ?

Le sel contenu dans sa sueur brûlait les blessures des paumes de Nico.

— Non, monsieur. Je n'y étais pas.

— Vraiment ? C'est curieux. Aussi curieux que le fait qu'Iskander ne soit pas revenu. Personne ne l'a vu depuis qu'il est parti avec toi. Il n'est pas homme à se soustraire à ses devoirs.

Le *kislar agha* plissait les yeux et fixait Nico en quête du moindre signe.

— Le destin est parsemé d'accidents terribles, monsieur, avança mielleusement le jeune homme. Peut-être que mon *lala* fait partie des morts. Mais Allah, béni soit son nom, ne l'a sans doute pas voulu et peut-être est-il en train d'inspecter l'un des navires d'El Hadji Farouk.

— Les janissaires les ont fouillés avant leur départ.

Nico eut un sursaut. Il s'efforça de ne pas céder à un étourdissement.

— Leur départ, mon seigneur ?

Sa voix tenait plus du croassement que de la question.

— Naturellement. Il n'y avait aucune raison qu'ils restent là et mes propres affaires ne pouvaient pas attendre. Le commerce continue, même si Farouk n'est plus. (Estimant qu'il n'y avait rien de plus à apprendre sur cette affaire, le *kislar agha* poursuivit :) Et maintenant, je t'ai fait venir pour une seconde raison.

— Monsieur ?

C'était tout ce qu'il parvenait à dire. Il avait du mal à se concentrer maintenant qu'elle était partie.

— Avec la bénédiction d'Iskander, ton nom a été porté sur la liste des promotions à la chambre privée. S'il plaît au sultan, tu vas devenir *kaftanli*, page confirmé.

Nico s'inclina le plus possible. Sous le coup de la déception, il avait fermé les yeux. Pour n'importe qui d'autre, le passage du rang de novice au service actif du *pâdishâh* était une étape glorieuse sur la voie de la grandeur. Mais maintenant qu'Alisa était partie, toutes ses hésitations, ses ambivalences assaillaient Nico. Il était revenu pour *elle*. Sans elle, il n'avait aucune envie de rester au palais. Dans sa nomination, il ne voyait rien d'autre que la mort de son rêve de devenir capitaine d'une galère, avec laquelle il pourrait aller la chercher ou s'évader — ou simplement suivre sa propre route dans le monde. Un homme avec un navire était un homme qui avait le choix. Maintenant, il mourrait sûrement vizir, mais non sans avoir enduré mille autres morts en chemin. « Je me suis trompé, pensa-t-il amèrement. J'aurais dû m'enfuir. »

Chapitre 26

Ma chère sœur,

Les événements les plus singuliers de ma vie ont pris la forme d'une chasse au trésor avec toi, puis d'un naufrage, d'un corsaire, d'une jeune servante... et, plus récemment, d'un singe. C'est à travers l'animal que j'ai vu la main d'Allah modeler ma destinée. Mais j'aurais peut-être dû la voir depuis le départ.

On m'a demandé de me rendre auprès du *pâdishâh* juste

après la prière de *salat al-zuhr*. Mon cœur battait : le seigneur des âges me réclamait par mon nom, Asha.

Je m'avançai devant lui aussi humble et inoffensif qu'une feuille tremblant devant un puissant orage. Ce soir-là, le monarque, qui pourrait porter les habits du paradis, était vêtu aussi simplement que moi dans une modeste robe de mohair vert. Un rubis parfait ornait son turban et il avait une perle à l'oreille. A mon grand étonnement, je constatai qu'aucun autre page n'était présent. A dire vrai, nous étions seuls.

Je baisai son genou et le bord de son vêtement, et me prosternai devant lui. Je pouvais à peine respirer. Puis il m'invita à me redresser. Imagine ma surprise quand je vis près de lui le livre de poèmes que j'avais reconstitué pour Jehangir.

— Dis-nous comment est né ce livre ? commanda le *pâdishâh*.

Contrairement à ce que l'on aurait pu imaginer, sa voix ne grondait pas comme le tonnerre mais caressait comme le velours. Je m'oubliai et me mis à parler à haute et intelligible voix. En son éminente présence, il est interdit de parler ou même de murmurer à quelqu'un d'autre. On nous enseigne l'*isaret*, un langage de signes que tout le monde connaît au palais. Tous — sauf ses pages favoris — doivent l'utiliser devant lui et ce système ajoute à la crainte qu'il inspire.

Je repris mon explication en utilisant les signes. Mais alors, il m'invita à m'exprimer ! Il me fallut un moment pour retrouver mes esprits et ma voix. J'évoquai mes visites au prince, ses poèmes et l'ouvrage qui avait été perdu dans la tempête. Imagine ma surprise quand je découvris que le maître du cou des hommes — mille pardons, mais c'est la vérité — était aussi sentimental qu'une femme à l'évocation de la poésie de son défunt fils. Dans chaque couloir, on entend dire que le sultan est soupçonneux et arrogant. Ce n'est pas un tel homme que j'avais devant moi. Je te jure que je vis ses yeux se voiler comme j'entendis sa voix se briser sous l'effet de son profond chagrin. Je crois qu'il y a là la clé de mon souverain. C'est l'être le plus puissant du monde : un jour, en une seule bataille, il vit périr vingt mille de ses ennemis en moins de trois heures, mais tout ce qu'il remarqua c'était le temps qu'il faisait. Mais confronté aux peines et aux fardeaux universels, la seule chose qui le faisait pleurer, c'était le souvenir de Jehangir.

Il me pria de m'approcher et, en signe d'extrême faveur, déposa un mouchoir sur mon épaule. Je me sentis plus humble que jamais et il me parla comme à un fils.

— Nous nous souvenons d'Ibrahim Pacha, un grand ami de notre jeunesse. Lui aussi avait l'esprit vif, un don pour les langues et une mémoire remarquable. C'est le seul homme que nous connaissions qui aurait été capable d'une telle prouesse.

— Mon seigneur est trop aimable, répondis-je modestement.

Je savais bien que Soliman l'avait fait étrangler et j'espérais ne jamais produire un tel effet sur lui.

— Tu es très clairement doué avec une plume. On nous a dit que l'histoire de cette maison tombait de tes lèvres comme si elle avait été écrite dans ta tête. Nous serons heureux de t'accepter à notre service et, donc, de te compter au nombre des trente-neuf pages attachés à notre personne.

L'un des trente-neuf ! Soliman lui-même figurait le quarantième. C'était un honneur immense, incomparable, mais que je n'avais pas recherché. Je me tus, mais le *pâdishâh* passe pour un juge avisé du cœur des hommes. Mon expression dut me trahir.

— N'est-ce pas ton vœu de rejoindre notre service ?

Je baissai honteusement la tête.

— Non, mon seigneur.

— Alors, dis-nous quel est ton désir. Dis-nous ce que tu peux faire au service de la maison d'Osman.

Et c'est alors que je décidai de saisir courageusement ma chance et de tenter d'échapper aux chaînes de la cour, qui semblaient être ma destinée. Les Ottomans aiment marier le désir à l'aptitude. Seulement je n'avais pas convaincu mon tuteur de mes capacités. La gorge serrée, je me lançai.

— Je voudrais servir dans vos galères, mon seigneur.
— Tes maîtres estiment que tu es plutôt fait pour le palais.
— Ils sont sages, grand seigneur, sages au-delà de l'entendement. Je ne veux pas prouver qu'ils se sont trompés, mais seulement que je peux mieux vous servir encore sur mer.

Il était notoire que le souverain aimait faire de somptueux cadeaux à ceux qui lui plaisaient. Un magnifique palais à un vizir, le butin d'un pillage à un *agha*, un sachet de pierres précieuses à un bey. A moi, simple grain de poussière sous ses sandales, il accordait le droit de choisir la meilleure façon de le servir. C'était un formidable cadeau, même si, pour lui, c'était une toute petite chose — aussi infime que le singe qui m'avait permis de me retrouver en sa présence. Ne dit-on pas qu'Allah facilite l'accomplissement de Ses désirs ? Les miens se réalisèrent aussi facilement que cela.

Dès le lendemain matin, je partis pour entamer ma formation.

Quand Nico arriva à Gallipoli, des nouvelles effroyables l'attendaient.

La flotte appartenant au *kislar agha* et au regretté El Hadji Farouk avait été attaquée par des corsaires chrétiens le long des côtes de Lesbos. Un des bateaux avait sombré, un s'était échappé et les autres avaient été pris en remorque. Les hommes qui avaient pu s'en tirer avaient rapporté que tous les officiers avaient été massacrés, les rameurs chrétiens libérés et l'équipage réduit en esclavage. Le navire coulé, celui de Farouk, avait essuyé un tir de fauconneau, qui avait fait exploser le magasin de poudre. Il s'était enfoncé très rapidement et l'on ignorait ce qu'il était advenu des femmes à son bord. Mais il y avait peu de chances pour qu'elles aient survécu.

Des galiotes rapides prirent les chrétiens en chasse, les rejoignirent juste après Chios et les capturèrent presque à Naxos, mais une tempête en face des rivages de Candie leur permit de s'échapper. Pour les vétérans de la mer, il ne s'agissait que d'une simple escarmouche routinière entre de vieux ennemis. « *Malish, mektoub* », disaient-ils.

Leur jour reviendrait. Et la route de leurs vaisseaux était éclairée par des lampes dont l'huile provenait du cœur des infidèles. Aussi loin que remontait la mémoire, le schéma était immuable. Les musulmans tuaient les chrétiens, et réciproquement. La balance penchait un moment dans un sens, puis dans l'autre, chaque camp luttant pour prendre l'avantage. Seule la couleur du sang dans la mer ne changeait pas.

Cependant pour Nico, les choses n'étaient pas aussi simples. Il se mit à vouer une haine démesurée à l'homme qu'il croyait responsable de la mort d'Alisa. Le corsaire en question était le fléau de la flotte du sultan, l'assassin impitoyable et le capitaine légendaire que l'on appelait Romegas. Son bâtiment battait pavillon rouge à croix blanche : les couleurs des chevaliers de Saint-Jean.

Extrait des *Histoires de la mer du Milieu*
**par Darius, dit le Préservateur,
historien à la cour de l'empereur
de toutes les terres de Dieu, le sultan Ahmet**

Après avoir quitté la cour de Soliman, Nicolo Borg, maintenant appelé Asha, passa deux années à l'école navale de Gallipoli. Le brillant page fut un marin encore plus brillant, un homme né pour tenir la barre d'un bateau. Après être devenu capitaine de son propre navire, il passa plusieurs années attaché à la flotte corsaire de Dragut Raïs. Celui-ci portait le titre honorifique de commandant de la flotte du sultan, mais, en réalité, il opérait indépendamment de cette flotte, sauf en temps de guerre. Le seigneur Dragut était un maître tacticien. Dans ces années-là, il pouvait partir quand et où il voulait. Il faisait voile vers la Sicile, Naples et Majorque, puis filait vers Gibraltar pour donner la chasse à des convois en plein Atlantique. Pour lui, surclasser ses ennemis relevait presque davantage du sport que de la guerre. Il les raillait, les ridiculisait. Les monarques européens se terraient dans leurs cours, incapables de l'arrêter. Même à Londres, la reine Elisabeth recevait des rapports sur ses raids.

Dans l'histoire de la mer du Milieu, ce furent des années mouvementées.

Un galion appartenant à l'ordre de Saint-Jean, le *San Giacomo*, fut vaincu au combat par un vaisseau turc, appelé le *Galion de Rhodes*. Asha Raïs se trouvait temporairement en poste sur ce navire afin d'apprendre l'art du combat naval à bord de grands bâtiments. On raconte que personne ne combattait l'infidèle avec plus de férocité que lui. Plus tard cette même année, à Malte, le chevalier Jean Parisot de La Valette devint le nouveau grand maître de l'ordre. Cette promotion fut observée avec quelque inquiétude du côté de la Sublime Porte, où cet homme était considéré, à juste titre, comme un vigoureux — et dangereux — défenseur de sa foi. Des hommes doués de prescience prédirent même la catastrophe à venir.

Cependant, le sultan avait l'esprit ailleurs. Roxelane, l'amour de sa vie, venait de mourir. Elle le laissait plus désespéré et solitaire que jamais. Bayezid et Sélim, les fils qu'il avait eus de Khurrem, s'affrontaient en Anatolie. Tous deux se disputaient le droit d'être le prochain à ceindre le glaive d'Osman. Malgré son chagrin, Soliman n'était pourtant pas prêt à laisser sa place.

En guerre depuis quarante ans, les pays de France et d'Espagne firent la paix.

Charles abandonna ses couronnes de saint empereur romain et de roi d'Espagne. Il se retira dans un monastère et laissa son trône à son fils Philippe. On prétend sans malice que le fils n'avait pas la trempe du père. Le Habsbourg autrichien Ferdinand s'étant fait élire à sa place saint empereur romain, Philippe désespérait de pouvoir se montrer digne de son père. Peut-être que pour lui, il n'y eut pas d'événement plus important au cours de l'année 1560 que le sort de sa flotte à Djerba. Philippe avait entrevu une occasion d'asseoir l'influence espagnole en Méditerranée, notre mer du Milieu, en montant une opération contre Tripoli. Cette base avait été prise à l'ordre une décennie auparavant par Dragut. Philippe organisa donc une alliance chrétienne. Une armée fut levée et son commandement confié au vice-roi de Sicile, le duc de Mdina Coeli. Les bateaux qui la transportèrent étaient placés sous le commandement de l'amiral italien Giovanni Doria, le petit-neveu d'Andrea. La flotte arriva à Malte au solstice d'hiver dans un état désastreux. Les troupes étaient décimées par la fièvre, qui se répandit dans toute l'île et contamina les autres navires à l'ancre. Près de cinq mille hommes moururent. Les commandants chrétiens désinfectèrent au vinaigre leur flotte infestée de poux. Ils coulèrent certains bateaux et les renflouèrent, dans l'espoir que l'eau de mer aurait nettoyé leurs ponts de toute scorie infectieuse.

Les commandants de Philippe auraient été sages d'interpréter les épidémies comme un présage de ce qui allait advenir et de rebrousser chemin. Au lieu de cela, ils mirent le cap sur la côte africaine, où un désastre pire encore les attendait sous la forme de Dragut Raïs et de l'amiral turc Piali Pacha. Avide de butin, le vice-roi considéra que l'île de Djerba, la base de Dragut au large de la Tunisie, était une proie plus facile que Tripoli. Le grand maître acquiesça, tout en affirmant qu'elle pouvait être tout aussi facilement reperdue : Djerba, la terre des Lotophages de la légende, était indéfendable. La Valette accepta de prêter main-forte, mais seulement si l'objectif était Tripoli. Le vice-roi accepta son aide. Mais après une vague tentative contre Tripoli, il rompit la parole qu'il avait donnée à La Valette et attaqua Djerba. Anticipant une telle volte-face, le grand maître avait déjà ordonné à ses commandants de revenir immédiatement à Malte si l'objectif réel se révélait être Djerba. Seule cette sage prévoyance sauva les navires et les hommes de l'ordre du désastre qui suivit.

La bataille de Djerba n'en fut absolument pas une. Ce fut une déroute, avec peu d'affrontements remarquables, sauf un.

Extrait du volume IV.

Les amiraux du sultan

Quatre années se sont écoulées, ma chère sœur, depuis ma dernière lettre. Dans cet intervalle, j'espère qu'Allah t'a souri et qu'il t'a apporté beaucoup de bonnes choses.

J'ai servi à bord des navires et des galères du sultan. Récemment encore, j'étais à Djerba, une île en face des côtes africaines, où nous avons humilié la puissante flotte du roi Philippe d'Espagne. Pendant la bataille, je tenais le timon de mon propre bâtiment. A bord de celui-ci, j'ai pu enfin t'écrire librement, sans crainte d'être surpris. L'ironie, c'est qu'après m'être donné tant de mal pour sauver les lettres que je te destinais, elles sont parties au fond de l'eau avec ce bateau. Mais j'anticipe.

Mon vaisseau — le nouveau — est le dixième de la petite flotte à laquelle j'appartiens. Dix, c'est un nombre porte-bonheur, tout le monde le sait. Soliman est né la dixième année du dixième siècle du calendrier de l'hégire du Prophète. Il est aussi le dixième sultan de la lignée d'Osman. Il a reçu son nom en l'honneur du roi Salomon, le fils du roi David — oui, Salomon, qu'il a surpassé tant en richesse qu'en sagesse. Au siège de Vienne, il défia Charles, l'empereur Habsbourg, en combat singulier, avec, pour enjeu, la ville. Naturellement, Charles, ce lâche, refusa.

C'est pour cet homme que je navigue.

Depuis qu'il m'a autorisé à prendre la mer, ma vie est pleine de surprises. Deux d'entre elles flanquent précisément ma galère alors que je t'écris. Sur bâbord, j'ai celle d'Ali Agha, le Barbaresque qui m'a enlevé à Malte il y a près de dix ans. Le destin n'est-il pas extraordinaire ?

Pendant des nuits et des nuits — il y en a eu tellement que je ne me souviens même pas du nombre —, j'ai rêvé de me venger de lui. Pourtant, la première fois que je l'ai revu, c'était au combat en mer, et je ne savais pas que c'était lui. A la fin de la journée, je le considérai comme un homme de valeur, bon capitaine et bon allié.

Nous nous sommes rencontrés sur le pont du bâtiment qui se trouve actuellement sur mon tribord, dont j'ai juré plusieurs fois, également, de tuer le maître : Dragut Raïs. Je le regarde présentement alors que je t'écris : comme d'habitude, il est sereinement assis à l'arrière de son navire et il lit le Coran. Cela fait un an que je suis rattaché à sa flotte pour apprendre la mer. C'est un bon professeur et un humble serviteur du Tout-Puissant. Quand il tue — et, crois-moi, cela arrive souvent par les temps qui courent —, c'est qu'il y est obligé. Ce n'est jamais gratuit et il ne se montre pas impitoyable. Je ne peux pas en dire autant de tous ceux qui font voile avec nous, mais c'est vrai du seigneur Dragut.

Il m'appelle *hafeed* : petit-fils.

Maria, comme mon monde a changé ! Je me suis souvent demandé ce qu'il était advenu de mes vœux de vengeance. Je ne suis pas sûr de la réponse, bien que je sois certain que la vérité est simple : la réalité l'emporte sur le sentiment. Ali Agha ne m'a-t-il pas simplement arraché à une terre aride pour me mettre sur la voie d'un destin meilleur ? Voilà le genre de questions que j'ai pu me poser et que je me pose encore. Mais je ne t'écris pas pour dénigrer le lieu de notre naissance. Malte est ta terre aussi et tu sais sûrement ce que je veux dire : Birgu n'est pas Istanbul.

Et Dragut ? Il n'était le diable que dans mon imagination d'enfant. Le vrai Dragut, l'homme de chair et de sang, ne m'a jamais témoigné que de la bonté et — que ce soit par accident ou parce qu'il était le jouet du destin — il m'a arraché à une mer cruelle pour me déposer sur un coussin de soie, fait de beauté, de savoir et de chance. Comment pourrais-je lui vouloir du mal ?

Et il y a d'autres réalités auxquelles il me fallait bien faire face. Tu te souviens de mon rêve de commander une galère de l'ordre de Saint-Jean. Comme j'admirais leur splendeur quand elles quittaient le port ! Comme j'ai rêvé de servir leur bannière blanc et rouge ! Mais si je me montre doué pour la mer — bon, oublie que j'ai perdu un navire —, c'est du sang roturier qui coule dans mes veines. Mon rêve restera donc à jamais celui d'un fou, puisque seuls les nobles peuvent rejoindre les rangs de Saint-Jean. Il n'y a que dans la marine de Soliman que je pouvais devenir capitaine — ou même, si Allah le veut, *kapudan pasha*.

Et pour finir, il y a encore une dernière réalité à prendre en compte. Mes précieux chevaliers m'ont blessé deux fois : la première, quand ils ne sont pas venus à mon secours et la seconde — plus cruellement encore —, quand ils ont assassiné ma chère Alisa. J'étais tellement dévoré de haine que, pendant des années, je n'ai pas pu t'écrire, de peur que ce poison ne te contamine. C'était une idée idiote, mais elle m'obscurcissait l'esprit.

Jadis à Alger, j'ai connu un jardinier, un homme simple appelé Ibi. Il m'a dit une chose dont je me souviens très bien : « Si tu veux te venger de tous les torts qu'on te fait dans ce monde, tu vas y passer ta vie. » Maintenant que je vois ce qu'il est advenu de ma soif de vengeance envers Ali Agha et Dragut, je me demande ce qu'il en sera de celle que je nourris à l'encontre de Romegas. C'est lui qui m'a pris Alisa. Je sais que ce n'était que le jeu ordinaire de la mer, mais il en a été l'instrument. Quatre ans plus tard, je ne peux toujours pas passer une nuit en paix. Je n'oublierai pas cet homme.

C'est la bataille de Djerba qui m'a fait repenser à qui j'étais, et à la nature de la haine et de la vengeance.

Je dois te parler brièvement de mon commandement, parce que c'est comme ça que j'ai perdu mon bateau. J'ai un excellent second, un Egyptien nommé Feroz. Il occupait la même fonction auprès de Dragut, qui l'a mis à ma disposition.

— Feroz t'empêchera d'aller par le fond en attendant que tu en sois capable toi-même, m'avait dit Dragut.

Je dois confesser que c'est grâce au talent de Feroz que je fais bonne impression. Il a formé mes marins, qui n'ont plus d'équivalent dans toute la flotte, et il connaît les moindres criques ou brises presque aussi bien que notre maître.

Mes rameurs — oui, des esclaves chrétiens — rament très bien pour moi. J'écris « pour moi » sans hésitation. J'ai enduré beaucoup de moqueries à ce sujet, mais je traite mieux mes hommes que les autres capitaines les leurs. J'ai deux raisons pour cela. La première découle de mon vieux secret : je ne veux aucun mal aux chrétiens. La seconde — et la plus importante — est que je constate qu'ils sont plus efficaces si on leur fournit de bonnes rations. Quand d'autres captifs n'ont que des biscuits durs et du vinaigre, les miens ont du lait et du fromage de chèvre, de l'huile d'olive et du maïs. Même des fruits quand j'en trouve. Ali Agha ne manque pas de me railler.

Quoi qu'il en soit, même avec une bonne nourriture, être rameur dans une galère n'a rien d'enviable. Je les traite tous bien, mais ils me détestent. Néanmoins, par la barbe du Prophète, ils rament pour moi ! J'utilise moins le fouet que mes pairs. L'année dernière, à ma souvenance, je n'y ai eu recours qu'une fois, quand j'ai été contraint de faire décapiter un rameur. Les autres capitaines se moquent de ma douceur, mais le raïs qui est en moi sait que c'est une attitude sage.

En plus de mon navire et de tes lettres, j'ai aussi perdu ces esclaves à Djerba. L'un en particulier se distinguait parce qu'il était maltais. Son nom était Beraq ! Un vrai taureau originaire de Mgarr. Ce borgne n'avait pas trente ans, mais ses cheveux étaient aussi blancs que la neige que l'on rapporte des montagnes pour les sorbets du sultan.

Beraq m'insultait carrément — à défaut de le faire discrètement — en maltais, une langue qu'un Turc, selon lui, ne pouvait pas comprendre. Il connaissait des expressions qui auraient fait rougir Leonardus. Je l'écoutais amusé. Mais je n'ai jamais pu parler avec lui, de peur de dévoiler trop de choses sur moi à mon équipage. J'étais un ami pour Beraq, même s'il ne le savait pas. Je n'ai jamais manqué de lui accorder une attention particulière. Il était chef rameur et permettait à mes hommes d'atteindre des vitesses étonnantes. Dans les ports, je m'arrangeais pour lui fournir une femme — et je la payais. Et pendant ses moments libres, je le laissais réaliser sur son banc de petites choses qu'il pouvait vendre au marché. Avec l'argent, il s'achetait des babioles. Il est resté quatre ans avec moi. Jusqu'à Djerba.

Djerba ! Quelle fête pour nous et quelle humiliation pour le fils de Charles !

Notre puissance était incontestable, avec la marine turque sous les ordres de l'amiral Piali Pacha et la force corsaire — à laquelle je suis momentanément rattaché — entre les mains du seigneur Dragut. Nous savions que les vaisseaux de Philippe avaient quitté Tripoli et approchaient de Djerba, une île sablonneuse couverte de dattiers et d'oliviers, et habitée par de robustes Berbères plus têtus que leurs mules. C'est la demeure de Dragut, bien qu'il y passe peu de temps. Nous nous préparâmes à l'affrontement. Quand soudain nos éclaireurs rapportèrent l'invraisemblable : l'Espagnol mouillait tranquillement dans le lagon, aussi paisiblement que s'il était ancré dans le port de Barcelone. Peut-être que ses hommes étaient sous l'emprise du lotus, comme les marins d'Ulysse... C'était une chance dont on ne peut généralement que rêver en guerre. Si, ce jour-là, ce ne fut pas la chance qui nous sourit mais Allah, alors Son sourire dut être immensément grand.

L'ennemi nous entendit approcher. Plusieurs bâtiments, dont un qui arborait les couleurs de ce couard de duc de Mdina Coeli et un appartenant à Doria, le chef de la flotte, parvinrent à sortir du lagon. Ils ne cherchèrent pas à nous affronter, mais filèrent vers le large. Comme nous étions plus véloces, Dragut ordonna à certains d'entre nous de leur donner la chasse. Pendant ce temps, il s'occupait avec le reste des nôtres des chrétiens coincés dans le lagon. Une vingtaine de combats séparés s'ensuivirent.

Avec deux autres galères, je poursuivis une douzaine de nos adversaires. C'était moins une folie que cela n'en a l'air. Nos navires étaient gréés et équipés pour la guerre, les leurs l'étaient simplement pour la course. Enfin, tous sauf deux, qui se dirigèrent immédiatement vers moi. Ils n'appartenaient pas à l'ordre mais avaient des chevaliers à leur bord, dont les *soubrevestes* rouge et blanc se dressaient tels des fanaux devant mes yeux.

Je ne peux pas vraiment décrire ce qui transpire d'un combat naval, la férocité et la vitesse avec lesquelles la mort frappe. Une sensation particulière accompagne un tel moment, comme si les veines étaient simultanément envahies de feu et de miel. Et même si je ne l'ai jamais avoué, Maria, il y a de la peur. Mais elle s'écarte aussi vite que l'eau devant ma proue.

Nous avancions à pleine cadence de combat. Je ne vais pas t'ennuyer avec de longs développements. Je veux juste te dire que mes hommes — les marins, les esclaves et les janissaires — se sont comportés superbement, avec toute la discipline que l'on peut attendre dans l'action. La chance était avec moi. Rapidement, j'ai démâté le premier bateau, dont nous nous sommes emparés, puis j'ai fait face à l'autre. Sur le pont, un chevalier me regardait comme s'il voulait me défier. Je n'oublierai jamais son sourire, ses dents blanches, sa barbe noire fournie et ses cheveux bouclés. Un singe était assis sur son épaule : une créature terrifiante, avec de longues dents, qui faisait montre d'un calme presque comique. Nos navires passèrent à moins de vingt mètres l'un de l'autre et, soudain, tel un ouragan, les hostilités se déclenchèrent. Une tempête de flèches noircit le ciel, un tonnerre de coups de canon et de tirs d'arquebuse envahit l'espace. De nombreux combattants tombèrent de chaque côté. Puis nous pivotâmes pour revenir face à face.

Ce second passage fut le dernier. Je manœuvrai plus rapidement que mon adversaire. Ma proue brisa ses rames tribord et perça sa coque par le milieu. Au même instant, son canon de proue fit un grand trou dans ma coque, juste au-dessous de la ligne de flottaison. Nous commençâmes à sombrer de concert.

Le fracas de la bataille fut remplacé par une immense clameur montant des gorges des esclaves des deux camps, qui, enchaînés à leurs bancs, se préparaient à mourir. J'entendais des prières à Dieu et d'autres à Allah. Il n'y avait aucune chance de sauver mon vaisseau et aucune raison de tenter de monter à bord de l'autre. Au combat, tous les hommes sont égaux devant la mer : dans un moment, nous allions être à égalité dans l'eau, sauf les rameurs. Je donnai un ordre à Feroz et au maître de nage, et ensemble nous nous efforçâmes d'ouvrir toutes les chaînes que nous pouvions. Alors que nous procédions sous le feu ennemi, mon maître de nage fut touché au cou et s'effondra. Les autres capitaines m'ont amèrement reproché cette mort : la perte d'un bon sujet pour être venu en aide à des chrétiens.

Avec Feroz, nous eûmes le temps de libérer huit bancs, soit quarante-huit hommes. Les malheureux des seize autres rangées rencontrèrent leur Créateur ce jour-là. Mais au moins avions-nous tout tenté. Les bateaux disparurent laissant à la surface un désordre de corps, de caisses et de tonneaux. Beaucoup d'hommes se noyèrent rapidement.

J'étais en train d'aider deux des miens quand je me retrouvai à moins de deux mètres du chevalier qui commandait l'autre navire. Aucun de nous n'avait d'arme à lever contre l'autre. Le singe trônait sur sa tête tel un chapeau, couinant comme un fou. Au milieu des épaves et de la confusion, je le perdis vite de vue.

Je repérai la tête blanche de Beraq. Comme tous les Maltais, il était bon nageur. Tout en toussant et en suffoquant, il parvint à me remercier pour l'avoir libéré.

— Soyez béni, Asha Raïs, dit-il de bon cœur. Si je vous revois, je jure de vous tuer avec reconnaissance.

Il s'éloigna en nageant vers les galères chrétiennes, assuré de redevenir un homme libre. Je fus heureux de constater que d'autres de ses compagnons étaient parvenus à se hisser à leur bord. Je dois dire que l'équipage adverse ne se préoccupa pas de sa chiourme et qu'il laissa périr tous les rameurs musulmans. C'est la coutume de la mer.

Je restai près d'une demi-heure dans l'eau, attendant que les nôtres en aient fini avec l'ennemi. En tout, près de quatre-vingts de mes hommes furent sauvés, dont Feroz.

Cette nuit-là, les officiers se réunirent dans le château du seigneur Dragut. Il était de bonne humeur, sidéré par la stupidité monumentale des commandants de Philippe, dont la déroute avait été totale. Les bâtiments qui s'étaient échappés étaient couverts de sang — et encore, il s'agissait davantage d'un sauve-qui-peut que d'une fuite réfléchie. Au final, la plupart furent capturés : plus de cinquante navires et treize mille hommes ; assez pour alimenter la flotte du sultan un bon moment.

Dragut me félicita pour avoir pris deux bateaux au prix d'un seul.

— On m'a raconté ta piteuse entrée dans l'eau, me dit-il. (Dans ses yeux espiègles, je lus que ma mésaventure l'amusait beaucoup.) Tu sembles avoir un curieux penchant pour la compagnie des poissons. Je me rappelle t'avoir déjà sorti de la mer une fois. Si je ne partage pas tout à fait ton goût pour la chose, j'aimerais avoir ta jeunesse pour nager comme ça.

Dragut était âgé de soixante-quinze ans, mais je n'exagérais pas en lui répondant :

— Je suis certain que vous pourriez me battre à la nage, monsieur.

— Peut-être. Mais plus encore, j'aurais voulu avoir ta chance d'affronter Romegas !

Je le regardai, déconcerté.

— Monsieur ?

— Ton adversaire aujourd'hui. Ali Agha l'a vu clairement et le connaît bien. Tu as bien manœuvré et tu l'as coulé. Même si tu l'as laissé échapper, tu t'es bien battu, Asha Raïs.

Maria, je ne peux te dire à quel point cette nouvelle m'ébranla. Je l'avais regardé, les yeux dans les yeux, sans savoir qui j'avais devant moi. Je suis certain que j'aurais pu le noyer, parce que je suis un excellent nageur. Mais à ce moment-là, je m'occupais d'aider d'autres hommes à se maintenir à flot.

C'est cette question qui me tourmente actuellement, alors que je me demande si je suis apte à être raïs : quel est le prix de la haine ? Si j'avais su de qui il s'agissait, je pense que j'aurais agi différemment. Quarante-huit hommes de plus se seraient noyés, parce que, occupé à vouloir tuer ce démon, je me serais désintéressé de leur situation. Quarante-huit vies plus une — celle d'Alisa — contre une seule. Je pourrais sacrifier encore cent vies pour le tuer — dont la mienne — et je considérerais que c'est une affaire. Mais qu'en est-il de ma haine pour Dragut et pour Ali Agha, que le temps et les circonstances ont fait disparaître ? Que vaut la haine ?

Ses mains n'hésitèrent pas en calligraphiant les mots suivants : « Tu me manques, Maria. » En revanche, elles tremblèrent pour ajouter ceux qui suivaient inévitablement : « Je suis encore Nico. »

Il regarda l'*orta* sur son bras, marqué dans sa chair au fer rouge et, plus subtilement, mais aussi sûrement, dans son âme.

Je me demande qui je suis devenu depuis que nous avons été séparés.

J'avais un *lala* appelé Iskander. Il était un bon et fidèle serviteur du sultan. Dommage qu'il soit mort en démasquant Nico, parce que Nico est mort, comme lui. Moi seul, je demeure. Même si Nico réside en moi, je m'appelle Asha.

C'est un nom persan que m'a donné le seigneur Dragut. Asha, Protecteur du feu. Et le feu, c'est le sultan, Soliman, le seigneur des deux horizons. Il est mon soleil et ma lune, les étoiles de mon ciel. Il est l'acier de mon glaive et le vent dans ma voile. Il est mon père et je suis son fils adoptif. Que Dieu fasse que son Empire soit éternel ! Je vais bien le servir, comme, un jour, je ferai sept fois le tour de la Ka'ba [1].

Un jour, le destin me forcera peut-être à choisir entre Asha et Nico. Mais sur ce navire, il n'y a ni Asha ni Nico. Il n'y a que le raïs, qui rit à haute voix des caprices de la mer. Si je n'ai plus ce besoin urgent de trancher entre deux mondes — celui que j'ai quitté occupe toujours une place au chaud dans mon cœur, tandis que celui que j'habite me comble —, j'ai toujours en moi ce désespoir que m'a laissé la mort d'Alisa. Je veux faire payer son assassin. Je prie pour que ce désir ardent ne s'émousse pas comme s'est émoussée ma haine envers Dra-

---

1. Pôle religieux de l'islam ; bâtiment de La Mecque vers lequel se tournent les fidèles à l'heure de la prière et autour duquel le pèlerin tourne sept fois en touchant au passage la fameuse Pierre noire, enchâssée dans l'angle oriental. (*N.d.T.*)

gut et Ali Agha. Je pense que ce ne sera pas le cas. Ce sont les vaisseaux de l'ordre que je chasse et ses commandants que je désire tuer.

N'aie pas peur, Maria. Le Prophète a dit que les liens du sang sont comme l'acier et qu'ils ne peuvent être rompus. Je reste ton frère. Si j'ai perdu un bateau à Djerba, j'en ai un nouveau — pas aussi rapide, mais très respectable — et j'en construirai un autre, que j'appellerai Alisa. Et si j'ai perdu mon équipage, j'en ai aussi récupéré un et avec le temps, il sera bien à moi. Quant aux lettres que je te destinais, elles sont gravées en moi. Elles m'ont permis de ne pas devenir fou au long de toutes ces années.

J'ai peur que tu ne comprennes pas ce que je suis devenu, surtout maintenant que ces écrits ont disparu. Mais leur fonction n'a-t-elle pas été simplement de me permettre de me trouver et de me sauver ? Peut-être ne devaient-ils jamais t'atteindre ? Je pense que c'est la première hypothèse qui est la bonne. Et donc, je vais confier ce message à la mer pour qu'il aille rejoindre les autres.

Tous vivront dans mon cœur. Comme toi.

Il se leva de son tapis et s'approcha du bord. Le grand globe doré du soleil s'enfonçait dans une mer de cuivre. C'était l'heure de la prière.

Il approcha la lettre d'une torche. Les pages s'enflammèrent et le vent attisa le feu. Tant qu'il le put sans se brûler, il tint les feuilles du bout des doigts. Puis il ramassa les cendres et les dispersa dans l'eau.

« Allah est le seul Dieu, et Mahomet son prophète. »

Livre 5

MALTE

Extrait des *Histoires de la mer du Milieu*
**par Darius, dit le Préservateur,
historien à la cour de l'ombre de Dieu sur Terre,
le sultan Ahmet**

Le siège de l'ordre souverain des chevaliers de Saint-Jean de Jérusalem se répartissait dans tout Birgu. Ce vieux village de pêcheurs se nichait sur la petite péninsule dominée par le fort Saint-Ange, le château normand dans lequel l'ordre avait installé son quartier général. Le couvent de l'ordre comprenait : la chapelle conventuelle de Saint-Laurent ; l'hôpital, ou sainte infirmerie ; l'arsenal, où les galères de l'ordre étaient entretenues ; et les différentes auberges, où les chevaliers des huit différentes Langues de l'ordre vivaient quand ils étaient à Malte. Chaque Langue était dirigée par un pilier, ou maître, qui, en plus des devoirs inhérents à cette charge, occupait souvent une autre fonction au sein de l'ordre.

L'ordre avait à sa tête un grand maître, élu à vie par les chevaliers. Celui-ci dirigeait le Sacro Consiglio, le Sacré Conseil, autrement dit le gouvernement composé des plus hauts dignitaires de l'ordre. Il y avait trois classes de chevaliers. La première, celle des chevaliers de justice, les vrais combattants, réunissait ceux qui avaient le sang le plus pur et dont les armoiries ne comptaient pas moins de seize quartiers de noblesse héréditaire. La deuxième classe était celle des chapelains, les chevaliers ecclésiastiques qui se consacraient aux œuvres hospitalières et religieuses. La troisième classe, celle des frères servants ou servants d'armes, rassemblait des chevaliers qui tout en étant respectables n'avaient pas les mêmes obligations strictes de noblesse — tant qu'ils n'étaient pas bâtards — et servaient en qualité de soldats. Il y avait également des chevaliers magistraux et des chevaliers de grâce — des chevaliers honoraires, désignés par le grand maître et confirmés par le Conseil.

Chaque chevalier était initié au cours d'une cérémonie d'investiture complexe, au cours de laquelle il prêtait serment de pauvreté, de chasteté, d'obéissance et d'allégeance au grand maître. Après avoir prêté serment, le novice devait servir trois saisons de suite comme officier sur l'une des galères, chaque saison ou embarquement étant appelé « caravane ». Ensuite, il pouvait soit regagner le couvent ou siège de l'ordre à Malte, soit ses domaines sur le continent, soit l'un des prieurés ou commanderies que l'ordre entretenait dans chacun des pays dont provenaient les chevaliers. Les revenus des cultures et des fermages de ces prieurés et commanderies allaient soutenir le siège des chevaliers de Saint-Jean. Un chevalier pouvait d'abord être promu commandeur. Il recevait alors un salaire qui l'aidait à couvrir ses frais. Un chevalier pouvait accroître ses gains en investissant dans une galère privée. Il y était autorisé tant qu'il partageait ses profits avec l'insatiable trésorerie de l'ordre. Un chevalier pouvait vivre au couvent de l'ordre à Malte ou ne s'y rendre que très rarement en ne participant qu'aux chapitres généraux — les assemblées générales qui se tenaient tous les cinq ans — ou en répondant aux appels d'urgence du grand maître.

Les chevaliers arboraient deux sortes de croix. La première, figurant sur leurs bannières et leurs tuniques, était une croix blanche ordinaire à angles droits sur champ écarlate. La vue de celle-ci terrorisait le cœur des ennemis. La seconde était la croix de profession, la fameuse croix rituelle à huit pointes brodée sur leurs habits ou portée au bout d'une chaîne. Certains disaient que les huit pointes représentaient les huit Langues de l'ordre. D'autres avançaient des explications moins charitables et suggéraient que les pointes de la croix symbolisaient les sept péchés capitaux régulièrement commis par les chevaliers imbus d'eux-mêmes avec, pour faire bonne mesure, un huitième péché : un péché de rechange, pour ainsi dire, en cas de besoin.

Il était vrai que l'ancienne discipline de l'ordre avait été très largement ébranlée. Les moines guerriers de Jérusalem étaient devenus de plus en plus matérialistes en se transformant en chevaliers de Rhodes, puis de Malte. Leurs buts étaient de moins en moins spirituels. En théorie, le couvent était une citadelle de chevaliers unis, résolus dans leur foi et dédiés à un objectif commun. En pratique, le siège de l'ordre était un nid indiscipliné de nobles à forte tête issus de huit nations différentes, des hommes théoriquement réunis par leurs vœux, mais politiquement divisés, leurs éminentes familles étant en pointe des affrontements politiques et religieux qui balayaient l'Europe.

Il fallait tout l'art du grand maître pour maintenir de tels hommes dans l'axe de l'ordre et les empêcher de se dresser les uns contre les autres. Aucun grand maître ne prit sa mission sacrée plus sérieusement que Jean Parisot de La Valette. Sa première préoccupation en acceptant sa charge fut de rétablir l'efficacité militaire de l'ordre, en vue de l'inévitable et imminent conflit avec les Ottomans. A l'époque, personne d'autre que lui n'aurait été mieux indiqué pour remplir cette tâche.

La Valette possédait une lionne. Elle avait été tellement domptée par sa volonté de fer qu'elle dormait comme un agneau au pied de son lit. Il avait aussi un perroquet, un vieil oiseau originaire de Malaisie, dont le vocabulaire était aussi profane que celui de La Valette était vertueux. Le grand maître chassait, lisait de la poésie et maniait une puissante épée.

Descendant d'une famille noble de Provence, il était un défenseur résolu de sa foi. Il ne tolérait aucune faiblesse, n'oubliait aucun affront et ne négligeait aucun détail.

Même ses ennemis le considéraient comme un politicien de talent, un soldat courageux, un homme intègre. Même ses ennemis voyaient aussi qu'il était, comme Soliman, non pas un géant hors du temps, mais un gentilhomme de son temps. Et même ses ennemis se rendaient compte qu'il était, comme Dragut, un homme simple et digne, et pas seulement un guerrier de sa foi.

A ce propos, il est instructif de lire ce que disait de lui le seigneur Dragut :

De tous les infidèles que j'ai affrontés sur mer, aucun n'était plus capable, plus inflexible dans sa foi, que le redoutable chevalier La Valette. Nous nous sommes rencontrés deux fois dans nos jeunes années.

La première fois, il était prisonnier. Il avait été capturé au combat par Kust-Ali, un bon marin qui était parvenu à couler la galère de l'ordre et à enchaîner son capitaine. La Valette passa une année sur le banc de nage. J'eus l'occasion de monter sur le navire dans lequel il ramait. Là, je vis que lui — qui n'était pas un simple soldat, mais un chevalier, un homme honorable et né pour diriger — était enchaîné au banc inférieur. Du fait de sa malheureuse position, il était régulièrement aspergé par les jets d'urine des autres esclaves — des hommes qui n'avaient pas sa dimension, certainement, des chrétiens de condition bien inférieure à la sienne. J'eus pitié de son indignité et je m'arrangeai pour qu'on lui trouve une meilleure place sur un banc différent, où il pourrait se rafraîchir dans l'air sain du large et où seuls les maîtres musulmans lui pisseraient dessus. C'était un acte de compassion que je ne regrette pas, juste un petit geste pour le meilleur de mes ennemis. Je sais qu'il apprécia l'attention.

Il n'y a pas de protection contre le destin. Je fus moi-même capturé quelques années plus tard, au cours du mois de Shawwal de l'an 946 [mai 1540], après avoir été traqué par une force supérieure de navires infidèles. J'ai été emmené enchaîné à Gênes, puis j'ai passé quatre années sur les bancs de nage. Aujourd'hui encore, mon dos porte les cicatrices des fouets des gardes chrétiens. Je les arbore avec fierté. Je les ai endurées pour mon Dieu, qui voulait que je Le serve ainsi. J'ai fait payer au centuple chacune de mes cicatrices, sans jamais être animé par un esprit de vengeance pour ma propre infortune.

Un jour dans un port, alors que j'étais assis enchaîné, j'ai vu La Valette. Ses frères avaient racheté depuis longtemps sa liberté en payant sa rançon. Il se dressait sur son bateau, grand, digne et resplendissant dans les couleurs de son ordre. L'ancien galérien se déplaçait maintenant avec le maintien assuré d'un monarque. C'était un homme instruit. Lors de notre première rencontre, il avait parlé grec, espagnol et italien presque aussi bien que moi, et français beaucoup mieux, naturellement. Je réalisais maintenant qu'il avait appris à maîtriser le turc et l'arabe, assurément pendant ses années de captivité. Je le complimentai sur sa maîtrise des langues et fis remarquer que ses années sur les bancs de nage avaient au moins servi à ça. Et j'ajoutai que dorénavant nous pouvions échanger des insultes dans ma langue, la langue des poètes de l'Islam.

— Je serais enchanté d'échanger des insultes dans la langue que vous voulez, *maestro*, me dit-il. Mais vu votre situation... (Il me montra mes chaînes.) Je ne crois pas que les insultes soient appropriées. C'est la voie de la guerre.

— Juste un tour du destin ! répondis-je. Un jour, la chance tournera de nouveau et je serai libre.

— Un jour dont nous nous souviendrons certainement tous les deux, ajouta-t-il de bon cœur.

Ainsi nous passâmes tous les deux un moment sur les bancs de nage : La Valette dans une galère musulmane, moi dans une chrétienne, et tous les deux enchaînés. Trois ans après cette dernière rencontre, ma propre rançon fut versée. De même que La Valette fit regretter sa libération à ses ennemis, de même il ne se passe pas un jour sans que je me batte pour faire regretter la mienne.

On ne peut que regretter qu'une telle vie soit gâchée dans le camp des infidèles. Quelle paire nous aurions faite si nos voiles avaient été gonflées par le même vent !

Comme moi, il a consacré son existence au service de sa foi. Il combattait déjà pour son ordre à Rhodes avant que Soliman ne s'empare de l'île. Il fut gouverneur de Tripoli avant que moi-même je ne prenne la ville aux chevaliers. Maintenant, il a installé son couvent à Malte. Un jour, le sultan et moi nous le déposséderons aussi de cette île.

Nous nous retrouverons un jour, lui et moi. J'en suis certain.

> Extrait du journal de Dragut Raïs,
> aux archives navales du sérail de Topkapi
> Extrait du volume V *L'Ordre de Saint-Jean*
> et du volume III *Les Corsaires et les beys de Barbarie.*

Chapitre 27

Malte
1560

Christian de Vries était debout devant la tente chirurgicale dressée sur la péninsule de Senglea. Dans son dos, les ailes d'un moulin à vent tournaient dans l'air chaud du matin. Derrière le bâtiment se dressait la masse du fort Saint-Michel, l'une des trois forteresses qui protégeaient le grand port. A l'extrémité de la pointe de Birgu, Saint-Ange les dominait tous. Et sur la plus grande presqu'île, celle du mont Sciberras, Saint-Elme gardait l'entrée maritime.

Cela faisait maintenant sept ans que Christian avait intégré l'ordre. Quand il était arrivé à Malte, il avait dû suivre la voie des novices : pendant trois embarquements (trois années), il avait servi à bord des galères. Il avait été heureux d'achever cette étape obligatoire. Que ce fût à cause de l'odeur, de la brutalité et la cruauté des deux camps au combat ou des nausées qui ne le quittaient quasiment jamais sur l'eau, il détestait la mer. Pendant toute cette période, il avait été le chirurgien du bord — d'abord officieusement, car s'il en possédait l'art, il n'en avait pas la licence. Son père avait eu vent de l'arrangement et n'avait rien dit, sachant parfaitement qu'aucun chevalier de Saint-Jean, quel que soit son poste, ne pouvait éviter longtemps de brandir une épée. Tant que Christian appartiendrait à l'ordre, l'honneur de la famille serait sauf.

Christian travaillait désormais à la sainte infirmerie, à Birgu, et vivait juste à côté à l'Auberge de France. La plupart des chevaliers quittaient Malte après leur service initial, préférant vivre dans leur patrie, où ils gagnaient de l'argent pour l'ordre grâce à leurs propriétés foncières. Parfois, ils choisissaient d'acquérir ou de servir à bord d'un vaisseau pour fondre sur les infidèles. Ainsi, Christian aurait pu retourner en France après avoir achevé ses caravanes. Mais à Malte, il pouvait passer ses examens et recevoir sa licence l'autorisant à pratiquer la chirurgie. Les buts politiques et militaires de l'ordre ne l'intéressaient nullement, mais l'infirmerie de Birgu était l'un des meilleurs hôpitaux du monde moderne. Il y pratiquait sous l'autorité du grand hospitalier, Gabriel Çeralta, en charge de l'institution. Accessoirement, celui-ci était aussi le pilier de la Langue de France.

Christian était épuisé. Il n'avait pas dormi depuis deux jours et ce qu'il voyait entrer dans le port lui promettait au moins une journée de plus sans repos. Une colonne de navires s'étirait depuis la crique des Galères, attendant de débarquer les soldats et les esclaves ensanglantés et vaincus. Plusieurs donnaient de la gîte, leurs rames étaient fracassées et leurs voiles en lambeaux. Chaque heure en voyait arriver un nouveau, qui se traînait après une traversée désespérée depuis Djerba, sur la côte africaine. Entre les maladies, les fièvres et Dragut, la flotte chrétienne avait perdu près de dix-huit mille hommes sur les vingt-cinq mille du départ.

Les blessés étaient généralement débarqués dans la crique de Kalkara, sur le côté est de Birgu, juste en dessous de l'infirmerie. Comme ils furent bientôt beaucoup trop nombreux, le grand maître ordonna que l'on plante à la hâte des tentes à l'extrémité libre de Senglea pour recevoir les nouveaux arrivants. Ils étaient donc débarqués sur des barges et convoyés jusqu'à la grève, où ils étaient entassés dans des chars à ânes, qui les menaient sur la colline. Une fois là-haut, ils attendaient que le chirurgien les traite ou que la mort, qui décimait leurs rangs, les frappe.

— Mon Dieu, ça ne finira donc jamais ? s'affligeait Christian.

— Pas tant que Dieu continuera de se retourner contre ses propres croisés, comme il semble apparemment le faire.

Le Dr Joseph Callus, de Malte, se tenait près de Christian et regardait lui aussi la scène qui se déroulait en bas. Comme le jeune homme, il était couvert de sang.

— Tiens, bois ça, dit-il en lui tendant une coupe d'eau-de-vie. On a une demi-heure avant la prochaine fournée.

Las, ils s'assirent par terre, le dos appuyé contre une pile de caisses.

En temps normal, Callus, médecin privé, avait peu de contacts avec l'ordre. Mais quand la flotte défaite revint de Djerba, il se précipita pour offrir son aide. Christian aimait le vieil homme parce que, bien qu'il ne fût pas chirurgien, il n'hésitait pas à se salir les mains dans les entrailles de ses patients. En réalité, Callus avait appris les rudiments de la spécialité à bord des galères de Saint-Jean et, en cas de crise, était de bon secours. En outre, Christian avait une dette envers son aîné, sous le patronage duquel il s'était finalement présenté à l'examen de chirurgie, quatre ans après avoir rejoint l'ordre. Certes, ce n'était pas la même chose que de recevoir sa licence de la Faculté de Paris, mais cela lui donnait le droit de pratiquer, et c'était tout ce qui importait.

Avec un air de dégoût sur le visage, Bertrand Cuvier souleva un pan de la tente et sortit, un pot de chambre à la main.

— Si je dois encore porter un seau de merde pour le service de Jésus, je vais l'emporter directement à Constantinople, et je le ferai manger à l'infidèle de service.

Il avait fait partie de l'expédition initiale, et avait eu la chance de revenir sain et sauf. A présent, en vertu de la tradition sacrée de l'ordre, il servait au sein de l'hôpital de campagne pour prendre soin des blessés aux côtés des médecins. Si les chevaliers étaient des guerriers et des nobles, quand la maladie et la souffrance étaient de la partie, aucune tâche n'était trop ingrate ou trop vile. Bertrand balança le contenu du pot dans les latrines et grimaça quand des éclaboussures atteignirent ses bottes.

— Doux Christ, il faut que je retourne en mer ! Tuer des païens, voilà le vrai service de Dieu !

— Mais tu portes la merde avec tant de grâce ! (Christian sourit en regardant son vieil ami, qui n'était jamais aussi heureux qu'avec une épée en main, à œuvrer pour alimenter les médecins... ou la tombe.) Ce serait dommage de se priver de tes talents. Tiens, viens boire.

Il lui remplit une coupe et la lui tendit. Bertrand la huma et fit la grimace.

— Garde cette urine de cheval batave pour toi. J'ai besoin de quelque chose de plus fort.

Il sortit une flasque de sa veste et but une longue rasade. Puis il s'essuya la bouche du revers de la manche et observa la scène du port avec un mépris mal dissimulé.

— Compte sur les Espagnols pour foutre le bordel, grommela-t-il. Ils t'apportent le désastre en hiver et les calamités au printemps. Avec le bon roi Philippe aux commandes, nous serons tous morts avant l'été.

— Ce ne sont pas les Espagnols, mais ce diable de Dragut, intervint Callus. Il est aussi invincible que chanceux.

Cuvier cracha par terre.

— C'est l'incompétence de ses ennemis, sa chance.

Le chevalier regarda les bateaux. C'était la flotte de Philippe, pas celle de l'ordre, qui avait été humiliée à Djerba.

C'était le commandant de Philippe, le vice-roi, pas le grand maître, qui s'était ridiculisé devant toute l'Europe. Mais cela n'avait aucune importance. Bertrand et les autres chevaliers ne voyaient qu'un port, croulant sous la défaite chrétienne.

— Eh bien pour l'instant, j'ai encore de la merde du roi à charrier, grogna Cuvier. Ses hommes ne s'arrêtent jamais.

Il regagna la tente. Christian se tourna vers Callus, qui avait fermé les yeux. Il ne put résister à cette vue.

— Je viens dans une minute, dit-il.

Et il s'endormit.

Presque instantanément, un grand coup de botte dans sa cuisse le réveilla. Il ouvrit les yeux. Jean Parisot de La Valette se tenait devant lui et le fixait avec dédain.

— Si tu es malade, frère de Vries, tu ferais peut-être mieux de rentrer dans cette tente et d'aller t'allonger sur une table où l'on pourra s'occuper de toi. Sinon, il y a des blessés qui ont besoin de tes soins.

— Il est épuisé, intervint Callus avec colère. Laissez-le dormir une demi-heure. Il a travaillé deux jours et deux nuits sans répit.

— Si le devoir le requiert, il en passera dix sans se reposer, *Magnificus*. Et si votre aide médicale est la bienvenue — et je vous en remercie —, votre remarque ne l'est pas.

Cela faisait trois ans que La Valette était grand maître. Il avait près de soixante-six ans. Et s'il était certain que, lui non plus n'avait pas dormi depuis plus de deux jours, il ne montrait aucun signe de fatigue. Il ne se retirerait pas avant que tous les bateaux fussent arrivés et déchargés. Depuis qu'il avait été esclave sur une galère musulmane, des plaisanteries circulaient. On disait, par exemple, qu'un chirurgien l'avait ouvert après une bataille et qu'il avait trouvé de l'acide dans ses veines, un bloc de glace à l'emplacement du cœur et une solide barre de fer plantée dans son derrière.

Callus contint sa colère. Il méprisait le grand maître. Mais Christian se releva d'un bond pour tenter de le protéger.

— Le grand maître a raison, Joseph. Je devrais être dans la tente. Je vais juste me rafraîchir un peu avant.

Il se pencha sur un seau d'eau, et se lava les mains et le visage. La Valette s'apprêtait à s'éloigner, quand il aperçut la bouteille d'eau-de-vie. Il la ramassa et la sentit. Jetant un regard foudroyant vers le jeune homme, il l'interrogea :

— En as-tu bu ?

Callus fit un pas en avant.

— Elle est à moi, grand maître. Je l'ai apportée.

— Si vous parlez encore, je vous fais fouetter, répondit le dignitaire froidement.

Ses yeux revinrent vers Christian.

— Frère de Vries, en as-tu bu ?

— Oui, mon seigneur.

— Alors tu seras en septaine dès que ton devoir sera accompli.

— Oui, mon seigneur.

Cela signifiait sept jours de confinement dans ses quartiers à l'auberge, assortis de jeûne, rompu deux fois par une maigre ration de pain et d'eau, suivie d'une flagellation en guise de dessert. Sept jours d'enfer, ponctués par la récitation ininterrompue du *Deus misereatur nostri*. Christian trouvait le châtiment injuste, mais il prit bien garde de n'en rien laisser paraître : les choses n'auraient pu que s'aggraver. La prohibition de l'alcool était l'une des règles impitoyables et inflexibles que La Valette avait mises en place depuis qu'il avait repris l'ordre en main. Et la septaine était la moindre de ses punitions — la quarantaine équivalait à quarante jours du même régime. Les principes de Saint-Jean étaient aussi durs que ses membres. Un manquement au code — discuter dans la chapelle, par exemple, ou critiquer le cuisinier pour la médiocrité de ses préparations — pouvait envoyer un chevalier pour une année sur les galères — même si, de fait, la nourriture était exécrable et que le cuisinier méritait mille fois la pendaison. Pour des infractions plus sérieuses — la simple désobéissance en était une —, on pouvait se retrouver enfermé pendant des mois, voire des années (ou pour toujours) dans les oubliettes, une minuscule cave aveugle sous le château. Là, quels que soient son lignage et ses quartiers de noblesse, le prisonnier priait pour être pendu avant de devenir fou.

La Valette sortit une pièce de sa poche et la tendit à Callus.

— Pour l'eau-de-vie, dit-il.

Et, gardant la bouteille, il passa devant le médecin et rentra dans la tente.

— C'est un âne suffisant, comme vous tous, murmura Callus.

Christian s'essuya le visage avec un tissu propre.

— Tu te trompes, Joseph. Certains de nous se contentent d'être des ânes. (Son expression redevint immédiatement sérieuse.) Tu devrais faire plus attention à ce que tu dis. Ce n'est pas un homme avec qui l'on peut jouer. Tes réunions ne sont pas aussi secrètes que tu le crois. S'il en entend parler, il te pendra.

Callus avait le double d'âge de Christian. Natif de Malte, il avait voulu devenir prêtre — et y était presque arrivé —, mais avait abandonné cette voie pour la médecine. Après avoir achevé ses études en Sicile, il avait accepté un poste de médecin à bord de la *Santa Anna*, la fierté de la marine de l'ordre. Quand l'empereur Charles avait donné l'archipel aux chevaliers de Saint-Jean, chassés de Rhodes par Soliman, Callus était entré dans le grand port avec la flotte rouge et blanc, des sentiments contrastés dans le cœur. Ses employeurs étaient désormais les maîtres de sa terre.

Puis il s'était installé pour exercer à Mdina. Durant ses moments de liberté, il partait à la chasse au trésor, convaincu que les Arabes, puis les juifs qui avaient vécu sur l'île, avaient enterré de l'or et de l'argent avant de fuir. Christian l'accompagnait souvent, davantage attiré par sa conversation plaisante et la splendeur du paysage que par la perspective de trouver des richesses. Callus avait découvert des poteries phéniciennes, des crânes puniques, des amphores de vin et d'huile, et des pièces corrodées d'un autre âge. Des merveilles, mais pas celles qu'il cherchait.

Parallèlement à ses chasses, Callus s'était mis à dos le grand maître à propos d'une affaire civile : un procès intenté à un tiers pour une goélette. Il y avait deux cours de justice à Malte : l'une dirigée par l'ordre, l'autre par l'Eglise. Inquiet de l'influence croissante des chevaliers, Callus avait porté le dossier devant l'évêque. En réaction à l'affront, La Valette l'avait fait démettre de son poste de médecin à Mdina et Callus avait dû attendre près de trois ans avant de pouvoir recommencer à pratiquer. L'épisode l'avait rendu amer. Comme la plupart des Maltais, il n'appréciait pas la présence de l'ordre. Mais à la différence de ces derniers, il exprimait son ressentiment. Au cours d'assemblées secrètes, il condamnait l'institution et son actuel grand maître, un dictateur au sein d'une organisation de tyrans.

Callus répondit en grommelant à la préoccupation du jeune homme.

— Mes réunions, c'est mon affaire. J'aime mieux mourir rapidement au bout d'une corde que lentement sous sa poigne.

— Il t'a rendu ton poste.

— Il n'avait pas le droit de me l'enlever.

Christian haussa les épaules.

— Il n'en a pas besoin. Il a le pouvoir.

— Ah, le pouvoir est tout. Le droit ne compte pour rien, j'imagine.

— S'il importait, le monde serait sens dessus dessous.

— Bien que tu subisses sa colère injuste et ses petites tyrannies, tu parais déterminé à le défendre.

— La septaine n'est pas insignifiante, mon ami, et je ne cherche pas à le défendre... Je veux juste t'énerver.

Christian souriait au médecin.

— Et comme toujours, tu y es admirablement parvenu. (Il observa La Valette évoluer entre les lits.) Regarde-le. Il donne mon eau-de-vie aux malades après t'avoir puni pour cela.

Le grand maître priait et parlait avec les blessés, les préparant à leur prochain affrontement avec l'infidèle. Il donnait l'impression d'être le seul, au sein de l'ordre, à ne pas prendre l'épisode de Djerba pour une défaite. Il allait l'utiliser comme une étincelle pour allumer le feu de la revanche.

— Ce n'est plus ton eau-de-vie, Joseph. Il te l'a achetée. Et ses interdits ne s'appliquent qu'à l'ordre.

— L'ordre ! Je ne sais vraiment pas pourquoi tu l'as rejoint. Je continue de me demander comment tu as atterri ici. Tu n'es pas un moine fanatique, comme les autres. Comme lui.

— Tu sais parfaitement pourquoi je suis là.

Callus émit un petit rire.

— Savoir n'est pas toujours comprendre. Tu as passé un marché avec Dieu. Très noble de ta part. Mais les hommes se plaisent à en souscrire d'identiques, pour les casser presque aussitôt dès qu'ils ont eu ce qu'ils voulaient. Exactement comme toi tu as rompu ton vœu d'obéissance en buvant cet alcool interdit.

— Je suis imparfait, Joseph. J'essaie. J'échoue. Et mon seul regret, alors, est d'être puni deux fois : d'abord par La Valette, mon maître, et ensuite par toi, qui es évidemment ma conscience. Maintenant, si tu le permets, je ferais mieux de retourner à l'intérieur pour détourner l'attention du grand maître avant qu'il remarque l'haleine de Bertrand.

Debout sur le mur du fort Saint-Michel, Maria Borg observait la même litanie de navires. Elle vit La Valette disparaître dans la tente. « Un autre désastre, pensa-t-elle. Maintenant les Turcs vont renifler l'odeur du sang. » Partout, on ne parlait que de la débâcle. Djerba n'était qu'un avant-goût de ce qui allait venir. Les Ottomans se montraient de plus en plus téméraires. Chaque année, ils devenaient plus forts, plus victorieux, et un jour, ils voudraient, comme à Rhodes, chasser les chevaliers de l'île pour les renvoyer dans leurs châteaux d'Europe. Et quand ils viendraient, ce serait Malte qui souffrirait.

Elle retourna à son travail. Son esprit se concentrait sur des problèmes plus immédiats. Elle avait remarqué l'un des *burdnara* menant ses mules. Elles tiraient un chargement de sable si lourd que la charrette craquait et tremblait. Elle était sur le point de basculer sur le passage des ouvriers.

— Arrête, hurla-t-elle. Mets ça ici, de ce côté-ci du mur, qui est protégé du vent.

L'homme fronça les sourcils, mais fouetta son attelage et obéit.

Maria rejeta la mèche qui lui tombait dans les yeux et noua un foulard autour de sa tête pour empêcher sa chevelure de voler dans le vent. Du haut de ses vingt-deux ans, elle était une femme remarquable. Ses yeux verts brillaient. Sa peau, généralement tannée par le soleil, les faisait ressortir. Elle continuait d'éviter les mornes tenues de laine ou de coton dans lesquelles s'enveloppaient la plupart des femmes. Au lieu de cela, elle portait une jupe qui descendait aux mollets et une blouse brune en toile imperméable, nouée sur les seins, avec un gilet de cuir qui lui tombait sur les hanches. Quand il faisait froid, elle ajoutait une cape de laine légère. Ses bras restaient bien souvent exposés au soleil et, la plupart du temps, elle marchait pieds nus, comme la majorité des paysans.

Luca Borg déclinait. Son visage était usé tels les vieux murs de Birgu. Ses traits se creusaient de rides profondes. C'était encore un véritable taureau physiquement, mais il se déplaçait plus lentement. Du fait de l'âge et de son travail, son dos se voûtait.

— Tu devrais surveiller le mortier, se plaignit-il. Ils sont en retard.

— Nous n'avons plus de chaux vive, père. Ils manquent de petit bois pour alimenter les fours. Je leur ai prêté trois *manuali* pour en ramasser. Ils viennent de revenir. Dans moins d'une heure, il y aura une nouvelle fournée.

— Veille à ce qu'on soit payé ! Et les *cantuni* ! Ce n'est pas de la pierre, c'est du gravat. Tout juste bon pour le remplissage ! La surface se désagrège. Barbari nous a fourni des matériaux érodés. Comme si après trente ans, j'étais pas capable de faire la différence ou de connaître le prix. Foutu voleur ! Il a voulu m'avoir par ton intermédiaire. Faut que j'm'occupe de tout ici, j'imagine.

— Ça n'a pas d'importance pour le mur intérieur. La carrière de Barbari ne peut pas nous fournir avant la semaine prochaine. Alors il nous a fait un prix pour cette marchandise-là.

Luca renifla. Il but une gorgée d'eau à sa gourde et s'essuya la bouche.

— Vérifie qu'il ne te vole pas sur le reste.
— Naturellement, père.

L'équipe de Luca Borg travaillait sur l'extension d'un rempart du fort Saint-Michel. La main-d'œuvre était constituée d'esclaves, des musulmans, à l'exception de quelques juifs ou chrétiens orthodoxes. Ils appartenaient aux galères de Saint-Jean ou provenaient des maisons des chevaliers eux-mêmes. L'ordre les prêtait à des employeurs civils — comme Luca — avec lesquels il traitait. En plus de ces prisonniers, l'entrepreneur disposait de deux maçons qualifiés, d'un charpentier, d'un contremaître et d'un groupe tournant de Maltais aptes, « volontaires » désignés par l'ordre pour cet ouvrage. Même ainsi, il n'y avait pas assez de bras pour tout faire.

L'île s'était développée et animée sous l'impulsion du nouveau grand maître. Depuis qu'il était entré en fonction, il s'était lancé dans une campagne ambitieuse de renforcement des défenses de l'île. Tout en améliorant la flotte, il mettait tous les moyens possibles dans les fortifications de Malte, longtemps négligées par ses prédécesseurs. On augmentait la profondeur des douves, les murs étaient renforcés, de nouveaux emplacements de canon aménagés et les tours de guet multipliées. Des chevaliers arrivaient d'Europe pour prendre résidence à Birgu. Chacun d'eux était accompagné d'une suite de servants d'armes et de serviteurs. Tout ce petit monde avait besoin d'être logé. L'Eglise créait des paroisses. Le port débordait d'activité. Presque quotidiennement, on débarquait des cargaisons de grain ou de matériaux de construction en provenance de Sicile. Les marchands faisaient construire des entrepôts.

Luca Borg ne se contentait plus d'accomplir de petits travaux pour les autres ; il était un constructeur à part entière, avec des contrats et des équipes. Cela, il le devait en grande partie à Maria. Aucun d'eux n'aurait imaginé que les choses prendraient, un jour, un tel tour et qu'ils finiraient par travailler ensemble.

Après l'épisode du père Salvago, Maria s'était installée à M'Kor Hakhayyim, où tout était à rebâtir. Elle avait participé à la tâche en capturant de nouvelles chèvres sur la lande, afin de reconstituer un troupeau. L'argent était encore plus rare qu'avant. Eléna se montrait beaucoup plus prudente dans ses activités nocturnes et gagnait moins ; Fençu devait compter davantage sur son travail de charpentier que sur ses larcins — au moins pendant un temps, disait-il. Ils travaillaient dur et vivaient au jour le jour. Dès qu'ils relevaient un peu la tête, une nouvelle sécheresse ou une épidémie tombait sur l'île et les ramenait au bord de la famine. Ils passaient leurs journées à chasser, à pêcher et à jardiner. Maria et Eléna n'avaient pas renoncé à leur rêve de départ, mais les nécessités de l'existence les avaient obligées à le différer.

Pendant deux ans, Maria ne rendit pas visite à ses parents. Occasionnellement, elle apercevait son père dans la rue, mais elle ne lui adressait jamais la parole. Un jour, elle apprit que sa mère venait de mourir. Inconsciemment, ses pas la menèrent à Sainte-Agathe pour l'office. Le décès d'Isolda ne l'attristait pas, mais cette insensibilité la culpabilisait. Elle s'était glissée au fond de l'église, espérant éviter son père. Mais il l'avait vue. Sa colère contre elle avait fondu. Il était fou de chagrin, incapable de marcher sans aide. Elle ne l'avait jamais vraiment senti proche de sa mère et la profondeur de son désespoir la stupéfia. Elle s'approcha de lui, le prit par le bras et l'aida à rentrer à la maison. Il l'implora de revenir vivre chez eux, pour s'occuper de lui et du logis. Il pleurait, ce qui était totalement nouveau pour elle. Il la pria presque à genoux. Honteuse pour lui et pour sa faiblesse, elle refusa.

Quelques jours plus tard, elle lui rendit visite. Assis dans le noir, il lui dit qu'il avait mal à la poitrine, qu'il ne mangeait ni ne travaillait plus. Il ne prenait plus soin de lui ni de la maison, qui était dans un état effroyable. La colère de Maria fit place à la pitié et ses résolutions s'envolèrent. En dépit de tout ce que son père lui avait fait, elle devait l'aider : il n'avait qu'elle. Elle se jura que ce ne serait que jusqu'à ce qu'il soit rétabli. Elle lui prépara ses repas, fit le ménage. Mais la nuit, elle regagnait la grotte. La santé de Luca — à défaut de son humeur — s'améliora. Jamais il ne remercia Maria ni ne lui présenta d'excuses à propos du passé — elle ne s'était, d'ailleurs, pas attendue à ce qu'il le fasse.

Plusieurs semaines après, il reprit le travail : la construction d'un entrepôt pour un marchand de céréales. Pendant son absence, il avait perdu ses deux apprentis qui, ne pouvant attendre son retour, étaient partis chez un autre. Un jour, n'ayant pas l'esprit à ce qu'il faisait, il glissa de son échafaudage et se tordit le genou. Il souffrait et pouvait à peine se déplacer. En outre, il était presque à court d'argent.

Son client était prêt à mettre un terme au contrat, car le bâtiment n'était pas achevé. Il n'avait nulle part où stocker la cargaison de grain achetée en Sicile et le bateau menaçait d'arriver ; si la pluie tombait, il serait ruiné.

Maria, consciente des problèmes rencontrés par son père et de l'importance de l'enjeu, l'aida à se remettre en selle. Elle accomplit quelques démarches, paya les carriers et organisa la livraison rapide de chaux vive. Elle ne s'y connaissait guère en maçonnerie, mais quand elle vit les pierres mises de côté à la carrière pour Luca, elle réalisa qu'il ne s'en sortirait pas seul. Elle en acheta la moitié et avec l'argent restant se mit en quête de remplaçants pour les deux maçons. Elle les débaucha en leur proposant de meilleurs gages. Après lui avoir ri au nez, ils la suivirent quand elle leur montra les *piccoli* de cuivre.

Luca était furieux.

— Tu m'as désobéi. Tu n'as pas fait ce que je t'avais demandé pour les matériaux et tu as trop payé ces hommes.

— Mais tu as assez de pierres pour continuer... et tu as encore un travail, répondit Maria.

Le fait que sa fille ait raison et lui tort renforça sa colère. Il grommela, pesta et partit s'occuper de ses affaires. Il aurait été incapable d'avouer à Maria qu'en réalité, il lui était très reconnaissant pour son aide.

Chaque jour, elle en faisait un peu plus, restait plus longtemps. Elle finit par découvrir qu'elle aimait l'odeur, la couleur et la texture de la pierre fraîchement taillée. Cela lui plaisait aussi de regarder un bâtiment prendre forme. Techniquement, le travail n'était pas difficile, même si des erreurs pouvaient provoquer l'effondrement d'un mur, donc une perte de temps. Elle ne participait pas à l'ouvrage, mais rapidement, elle se révéla un véritable génie de l'organisation. Elle mit de l'ordre là où tout avait toujours été chaotique. Luca n'était jamais aussi heureux qu'en pleine action et n'aimait pas avoir à gérer une équipe. Il n'acceptait pas de chantier nécessitant l'intervention de plus de trois ou quatre personnes : lui, un autre maçon et un ou deux ouvriers. Il ne veillait pas au réapprovisionnement en matériaux en temps utile, ce qui laissait, parfois, ses employés désœuvrés. S'il n'était payé qu'à la livraison du chantier, ces délais étaient coûteux. En outre, ils occasionnaient des retards. Maria fit donc en sorte de rationaliser la chaîne du travail.

Elle apprit quand acheter la *franka*, le calcaire de couleur crème que l'on extrayait près de Luqa, et quand se procurer la *zonqor*, une pierre plus dure, moins demandée et moins chère. Elle parvint à économiser sur les coûts de transport en s'arrangeant avec d'autres maçons pour faire des chargements groupés. Habile négociatrice, elle murmurait à l'oreille de son père pendant qu'il discutait de prix avec un carrier ou un marchand de chaux. Grâce à son ami Antonellus Grima, elle acheta certains produits directement à Messine. Ainsi, elle évitait les intermédiaires, qui exploitaient adroitement la pénurie de matières premières à Malte pour étrangler leurs clients.

Elle était intelligente, douée pour les chiffres... et instruite. C'était elle qui tenait les comptes, et payait employés et fournisseurs. Un jour, elle décida d'emprunter un livre d'architecture. Elle y apprit progressivement à déchiffrer les plans et les graphiques qui intimidaient tant son père. Elle parvint même à en concevoir des simples. Il était clair qu'elle avait l'œil pour la construction, même si elle n'avait pas forcément l'habileté pour la réaliser de ses mains. La plupart des artisans ne voyaient que la pierre posée devant eux sans se préoccuper de l'ensemble achevé. Elle, elle visualisait le travail fini et aidait à lui donner corps. En temps normal, elle n'aurait jamais pu approcher d'un chantier à cause des guildes et parce que les femmes, hors de leur maison, se contentaient de travailler dans les champs, de filer, de tisser... ou de se prostituer. Mais Maria était volontaire et brillante, et les guildes étaient en plein désarroi, paralysées par le manque de main-d'œuvre, perturbées par l'attitude impérieuse de l'ordre qui, notamment, ne respectait pas leurs prérogatives.

Plus Maria apprenait, plus Luca pouvait se concentrer sur son travail et la laisser gérer les choses. Bien sûr, il restait le *mastru*, car les hommes ne la prenaient pas au sérieux. Même quand ils voyaient ce dont elle était capable, ils refusaient de recevoir des ordres d'une femme. Mais son influence était évidente et grandissait régulièrement. Certains ouvriers finirent même par accepter — certes à contrecœur — de lui obéir, sans attendre la confirmation de son père, du moment qu'elle avait le tact de présenter la chose comme une suggestion et non comme un ordre. Elle s'en fichait, tant qu'elle obtenait ce qu'elle voulait. Elle savait que c'était en soi un petit miracle qu'elle puisse aller partout.

Avec Maria à la gestion, Luca Borg prospéra, et obtint des contrats de construction de l'Università et de l'Eglise. Quand le sacristain proposa le premier chantier, Maria eut quelque réticence. Mais Salvago était parti depuis longtemps et elle ne voyait jamais l'évêque.

— L'argent de l'Eglise se dépense aussi bien que n'importe quel autre, lui rappela Eléna.

Mais, de loin, le plus gros client des Borg était l'ordre de Saint-Jean, pour lequel ils bâtissaient fortifications et autres ouvrages défensifs. L'architecte en charge des travaux se montrait souvent, reniflant et ronchonnant durant ses inspections. Ses assistants prenaient des mesures et notaient quantité de choses dans un livre. Il ignorait Maria et ne s'adressait qu'à Luca, même si celui-ci se tournait constamment vers sa fille pour qu'elle lui souffle un avis ou une réponse.

La Valette lui-même venait régulièrement voir l'avancement des choses, accompagné par une armée de responsables de Saint-Jean. Il s'intéressait à tout : la hauteur d'un mur, la profondeur d'un fossé, la consistance d'un mortier, la taille d'une pierre. Il se souciait du détail, qu'il s'agisse d'un rempart de Saint-Elme ou de l'Auberge de France. Il connaissait aussi bien l'art de la construction et des défenses qu'un homme de métier. Trente ans plus tôt, à Rhodes, il en avait appris la leçon dans la douleur, quand, malgré les formidables fortifications, Soliman les avait chassés de l'île. La Valette, au fait de l'artillerie moderne, savait ce qui arrêterait une balle ou un boulet et ce qui ne le pourrait pas. Les défenses de Malte relevaient de grands défis. Déjà, l'archipel manquait quasiment de toutes les ressources naturelles en dehors de la pierre. La plupart des matières premières devaient être importées. Il n'y avait même pas assez de gravats, bien utiles pour amortir les chocs entre deux parois. Il fallait donc sans cesse improviser de nouveaux dispositifs, modifier les plans, et en cela, le grand maître surclassait bien souvent les professionnels.

Maria n'avait jamais trouvé beaucoup de raisons d'aimer les étrangers, mais La Valette forçait son respect. Eléna et elle continuaient de l'approvisionner en fromage. Et bien qu'elle ne fût qu'une petite roturière, il s'adressait toujours à elle correctement. A la différence de la plupart des hommes, il n'hésitait pas à traiter avec une femme : en fait, il y était totalement indifférent. Rien ne l'intéressait en dehors de ses objectifs. Si ses veines charriaient de la glace, si la main avec laquelle il gouvernait était de fer, il se montrait toujours honnête et direct, ce qui n'était pas le cas de tous ses lieutenants. S'il promettait un paiement, il était là à la date prévue ; si Maria avait besoin de matériaux venant d'un autre site et qu'il pouvait les fournir, il le faisait. Il respectait la compétence et, un jour, il gratifia même Maria d'un suprême compliment. Elle avait imaginé une solution pour soutenir un mur d'enceinte défaillant et avait agi sans demander l'approbation de l'architecte. Cela ne nécessitait guère de talent technique, juste un œil pratique, et elle estimait que ce n'était qu'une affaire mineure. L'homme de l'art, furieux, la menaçait de ne pas la payer pour les autres travaux quand le grand maître, surprenant la discussion, intervint :

— Si j'avais cent hommes de votre trempe, aptes à penser et à improviser comme vous, *signorina* Borg, les Turcs pourraient fondre sur cette île pendant mille ans, nous ne serions pas inquiétés.

Les relations de Maria avec son père ne se réchauffèrent jamais. Leurs conversations se limitaient au travail. Une fois, Luca essaya de revenir à son ancien rôle. Mais il découvrit que là où il avait pu contraindre la fille, il ne pouvait plus forcer la femme.

— Tu devrais vivre à la maison, lança-t-il. Pas dans un trou avec des voleurs et...

Maria tapa si fort sur la table qu'elle s'en fit mal à la main. Le visage de son père devint rouge de colère. Il ferma ses poings massifs. Maria se prépara à encaisser le coup, qui ne vint pas. Luca se contrôla et marmonna une malédiction, qui mourut dans sa gorge. A cette minute, Maria comprit qu'il avait plus besoin d'elle qu'elle de lui. Et il le savait.

Malgré ses manières brutales, Luca Borg avait perdu son

mordant. Une fois encore, il tenta d'affirmer son autorité. Il s'agissait d'une question d'argent. Luca n'avait jamais offert de payer sa fille pour ses efforts. Dans son esprit, il suffisait qu'elle ait assez pour s'acheter de quoi se nourrir. Sa proposition de revenir s'installer à la maison lui aurait assuré un toit. Il était même prêt — une fois par an environ — à lui allouer une petite somme pour qu'elle s'offre de nouveaux vêtements. Il n'y avait assurément pas grand-chose d'autre qu'une femme puisse désirer... Mais comme Maria s'occupait des comptes, elle s'était rémunérée. Elle le mentionna quand ils firent ensemble le bilan de leurs finances. Furieux, il lui interdit de recommencer.

— Très bien, père, dit-elle en refermant le livre et en s'apprêtant à partir. Tu me chercheras un remplaçant. Je viendrai te rendre visite pour l'Assomption.

Luca abdiqua instantanément. Après cet épisode, il ne voulut plus rien savoir et la laissa faire ce qu'elle voulait. La pile de carlins d'argent qui grandissait dans son coffre compensait sa fierté blessée : lui n'avait su arriver à un tel résultat. En dépit de sa victoire, Maria ne prit jamais beaucoup pour elle, mais c'était toujours davantage que ce qu'elle récupérait avec les chèvres. Elle économisait tout dans un unique but. Elle remettait une note aux capitaines des navires qui relâchaient dans le port, proposant une récompense de cent *taris* d'argent à quiconque pouvait fournir des informations sur Nicolo Borg, captif quelque part sur la côte de Barbarie. Sans exception, ils se moquaient d'elle, mais sans exception, ils prenaient le papier. Cent *taris* d'argent, c'était une grosse somme, que Maria réunissait petit à petit ; mais l'appât du gain devait suffire à capter l'intérêt des marins qui sillonnaient la Méditerranée.

Un Espagnol pouvait parler à un Vénitien, qui pouvait s'en remettre à un Français, qui à son tour pouvait rencontrer un Turc ou même un corsaire barbaresque, qui avait pu entendre parler de Nico. S'il était prisonnier, une rançon le libérerait. Elle devait essayer.

Parfois, elle se demandait si elle n'avait pas, d'une certaine manière, vendu son âme en aidant son père. Elle avait pensé que l'arrangement serait temporaire. Mais d'un mois, on était passé à deux, puis à beaucoup d'autres et, finalement, à des années. Maria réalisait à quel point sa vie avait changé. Là où jadis la pitié à l'égard de Luca l'avait guidée, la poursuite de ses intérêts la menait à présent. Elle aimait ce qu'elle faisait... et elle restait libre de quitter son père — ou Malte, d'ailleurs — quand elle le voulait. Peut-être que cette capacité de choisir était ce qu'elle désirait — ou ce dont elle avait besoin ; elle aurait bien le temps de s'en aller. Dans l'immédiat, deux raisons l'en détournaient : Eléna était enceinte et Jacobus, amoureux.

Eléna avait pourtant pris les précautions habituelles. Quand elle réalisa la chose, elle pensa immédiatement à mettre un terme à sa grossesse, qui l'empêcherait de gagner sa vie. Elle se précipita chez Lucrezia, qui lui concocta un brouet à base de peau de serpent, de castoréum[1] et de fiente de pigeon. Le remède ne marcha pas. Pas plus qu'une mixture plus forte à laquelle elle ajouta du sang de chauve-souris. Elle essaya des potions de myrrhe, de poivre et d'opopanax[2], et des ovules de pouliot et de clématite. Eléna fit de l'urticaire et elle contracta une jaunisse. Mais le bébé continuait de grandir dans son ventre.

— L'enfant se moque de nous, soupira Lucrezia. Tu vas devoir le garder.

Eléna ayant décidé de passer à des mesures plus drastiques, la sorcière organisa un rendez-vous avec une avorteuse. Le jour prévu, Eléna partit pour Mdina, accompagnée de Maria. Sachant fort bien quels dangers elle encourait, la jeune femme était blanche de peur et parlait peu. Elles avançaient dans la

---

1. Substance orange-brun fortement odorante, sécrétée par les glandes situées entre l'anus et les testicules du castor, employée jadis en parfumerie et en pharmacie, comme antispasmodique. (*N.d.T.*)

2. Plante à fleur jaune poussant à l'état sauvage sur le pourtour méditerranéen, qui fournit notamment à la médecine la gomme-résine qui porte son nom. (*N.d.T.*)

foule près de la porte de la ville quand Eléna s'immobilisa, le souffle court, choquée, presque tétanisée, sa main agrippant celle de son amie.

— Eléna ! *X'gara ? X'inqala ?* Qu'est-ce que c'est ?
— Je... Je ne sais pas.

Eléna mit sa main sur son ventre et se raidit de nouveau. Maria l'apaisa et l'attira sur le bord de la route.

— Est-ce que tu vas bien ? Tu saignes ?
— Oui... Non. Ça va. C'est juste... Ça n'a pas fait mal. Ce n'était pas douloureux en fait. C'était juste... (Elle regarda Maria et son regard trahit l'émerveillement.) Il a *bougé*, Maria.
— Tu veux te reposer ?
— Oui. Non.

Elle inspira profondément et elles se remirent en route. Sa démarche jusqu'alors assurée devenait hésitante, comme si elle ne savait plus où elle allait. Elle se tourna vers son amie.

— Rentrons à la maison, dit-elle les yeux brillants. Je vais garder le bébé.

Avec l'aide d'Elli faisant office de sage-femme, un garçon naquit à M'Kor Hakhayyim, la nuit de la septième nouvelle lune, Rosh-ha-Shana. Il avait une touffe de cheveux roux, comme son père, un chevalier munichois. Sa peau, de la couleur du lait, était celle de sa mère et il poussait des cris tonitruants, telle la voix de Dieu.

Tous les occupants de la grotte se pressaient pour le voir. Elli l'essuya et l'enveloppa dans une épaisse couverture de laine pour le protéger de l'air frais de la nuit. Puis elle le tendit à Fençu avant de retourner s'occuper d'Eléna. L'enfant hurlait.

— C'est une bonne chose qu'il soit né pour Yom Teruah, commenta le chef de la communauté, lors de la sonnerie du *shofar*, parce qu'avec une telle voix, nous n'avons plus besoin de corne de bélier. Je suis certain qu'Elohim l'entend depuis le mont Sinaï. (Il souleva le nouveau-né pour que tous puissent le voir.) Et c'est aussi bien qu'il arrive parmi nous le jour de la naissance du monde. Il marchera sur le chemin de la grandeur et manifestera les miracles de la création de Dieu. (Il passa le petit à sa mère.) Tu devrais l'appeler Ariel, le lion de Dieu, parce que assurément, il rugit comme un fauve.

Mais Eléna le baptisa Moïse.

Comme il n'y avait pas de rabbin, le huitième jour, Fençu présida lui-même à la *brit milah*, procédant adroitement à la circoncision. Il exécuta rapidement le rituel et tout le monde se réjouit, sauf Moïse, qui ébranla les parois de ses hurlements.

En l'honneur de la naissance, Fençu proposa d'organiser une célébration coïncidant avec les Jours Terribles [1]. A minuit, il se rendit exceptionnellement à Mdina et revint le lendemain avec un festin : du mouton rôti, une tarte aux pigeons, des oranges sanguines et de l'*api*. Après le dîner, il y eut des contes, des danses et une grande quantité de vin doux — pas du *rozolin* bon marché, fit fièrement remarquer Fençu, réservé au peuple, mais du muscat, importé de Provence, et digne d'un roi. Elli se demandait, inquiète, quelle somme son époux avait volée pour acheter tout ça, mais elle sourit quand même quand Fençu leva la coupe de *simcha* pour porter un toast à Moïse :

— Puisses-tu ne jamais connaître le besoin, la peur ou la peste.

Pour tous les convives, qui n'avaient pas connu grand-chose d'autre, la bénédiction était bienvenue, mais en même temps aussi invraisemblable que le dîner.

Maria s'avança, tenant une bourse de cuir. De peur que ses efforts pour interrompre sa grossesse n'aient nui à son fils, Eléna l'avait envoyée demander à Lucrezia de préparer une amulette protectrice. La sorcière avait réclamé la somme scandaleuse de trois *scudi*, sous prétexte que le bébé étant juif, il n'avait pas d'âme et était, de fait, plus difficile à protéger. Maria était furieuse, mais comme elle ne voulait pas décevoir son amie, elle avait payé le supplément avec ses deniers. A

---

1. Les dix jours de pénitence, de prière et de réconciliation entre Rosh-ha-Shana et Kippour. (*N.d.T.*)

présent, agenouillée devant Moïse, elle attachait le talisman autour de son cou.

— *Tharsek mill-ghan*, dit-elle, répétant fidèlement l'incantation que Lucrezia lui avait indiquée.

Puis elle se releva et jeta des feuilles de laurier dans le feu.

Eléna affichait un grand sourire. Entre les conjurations de Fençu et de Lucrezia, tout ce qu'elle pouvait faire pour assurer l'avenir de Moïse avait été accompli.

— Il est parfait, minauda-t-elle en berçant l'enfant. Parfait et pur.

Maria recula et laissa Jacobus lui prendre la main.

Jacobus Pavino était un homme d'une grande patience.

Depuis que les corsaires avaient emmené sa famille, il n'avait jamais été aussi désemparé qu'au cours de ces longues journées sombres où il avait vu Maria souffrir d'un mal aussi terrible que mystérieux, des jours effroyables qui avaient culminé avec le raid des *gendarmi* sur M'Kor Hakhayyim et leur arrestation.

Pendant des mois ensuite, il l'avait observée de loin, veillant à ne pas susciter sa colère, qui explosait facilement. Il avait de petites attentions pour elle : il laissait des fleurs sauvages près de sa couche, lui apportait des œufs frais de vanneau au lieu de les vendre au marché. Pendant un bon moment, il eut l'impression qu'elle ne remarquait rien. Ses remerciements sonnaient creux et ses regards étaient vides. Il détestait ce qui avait pu lui arriver. Il était furieux de ne pas comprendre son trouble, de ne pouvoir lire en elle ou l'aider.

Le temps réalisa ce que lui n'avait pas pu faire. Fençu lui avait conseillé la patience et, comme d'habitude, il avait raison. Près d'une année passa et une nuit, Jacobus entendit des rires. Ils retentissaient dans toute la grotte. C'était Maria.

Malgré sa bonne humeur retrouvée, rien ne changea vraiment entre elle et lui pendant encore un moment. Il continuait de la regarder de loin et de se languir. Elle n'était pas simplement la fille la plus extraordinaire de Malte, comme il le savait, elle était la plus remarquable au monde. Ses talents — tels qu'il n'en avait jamais vu chez une femme — avaient crû avec elle. Elle était plus agile qu'une chèvre, nageait mieux qu'un poisson, courait plus vite que n'importe qui de leur communauté et son don pour la lecture était la chose la plus magique qu'il eût jamais connue. Sa beauté lui était presque insupportable : parfois, quand elle sortait, il aurait voulu qu'elle se couvre d'un *barnuza* pour que nul ne puisse la voir. Mais elle n'était pas femme à se voiler, il le savait bien, et si elle prétendait ne pas s'intéresser aux hommes, eux n'allaient pas tarder à s'intéresser à elle. Il désespérait de la voir, un jour, éprouver les mêmes sentiments que lui. Il n'avait pas oublié qu'elle lui avait dit, le blessant profondément, qu'il lui rappelait son frère, Nico.

Ils célébrèrent Pessah, puis Pourim et Hanoukka, et de nouveau Pessah. Un jour, au début de l'été, en rentrant de la chasse, il tomba sur elle sur le chemin de Birgu. A sa grande surprise, elle sembla heureuse de le voir et l'accueillit avec un grand sourire. C'était une magnifique soirée, paisible et délicieusement fraîche. Le soleil déjà bas, énorme, rouge dans la brume de mer, projetait de longues ombres sur les collines brunes. Des mouettes planaient et virevoltaient sous de petits nuages paresseux, teintés de rose et de pourpre. Les deux amis marchaient de concert. Jacobus se creusait la tête pour trouver quelque chose à dire.

— Fençu raconte que tu as travaillé pour les chevaliers, lâcha-t-il enfin.

Elle acquiesça de la tête.

— Pour mon père, au fort Saint-Michel. Un nouveau bastion.

— Ça a l'air important.

— Pas vraiment. Ce n'est qu'un tas de pierres empilées.

— Mais ils ne laissent pas n'importe qui faire ça.

— Il doit y avoir une centaine de personnes qui y travaillent.

— Oh !

Il ne savait plus comment poursuivre. Alors qu'enfin l'occasion qu'il avait tant attendue se présentait, il avait peur. La proximité de Maria l'empêchait de parler. L'avoir là, à côté de lui, ce n'était pas la même chose que l'espérer.

— D'où viens-tu ? demanda-t-elle.
— De la chasse aux oiseaux. A Gozo.
— Des grives ?
— Des engoulevents.
— Comment les attrapes-tu ?
Il leva un bâton et un nœud.
— Avec ça.

Saisissant au vol l'air de curiosité de son amie, il se lança dans une démonstration de sa technique, mimant la capture d'un volatile. Et soudain, il s'interrompit, gêné. Il devait paraître stupide à une femme qui construisait des choses pour les chevaliers. Mais elle le désarma avec son rire et l'invita à poursuivre.

— Tu devrais m'emmener une fois. J'adorerais te voir faire.
— Vraiment ? Tu le penses ?
— Naturellement. Je n'ai jamais été à Gozo.

Il tourna sur lui-même, sautilla et continua. De nouveau, Maria éclata de rire. Puis ils s'arrêtèrent pour regarder le soleil se coucher sur la mer et elle lui posa encore d'autres questions sur son travail.

Cette nuit-là, son excitation l'empêcha de dormir et le lendemain, il demanda à Fençu s'il pouvait lui emprunter son bateau.

— Tu le prends tout le temps, lui répondit ce dernier, intrigué. Avant tu ne l'utilisais jamais.
— Eh bien, commença Jacobus brûlant d'en parler à quelqu'un, j'en ai besoin parce que je vais emmener Maria sur Gozo.

Fençu sourit.

— Ah, d'accord. (Il réfléchit un instant.) Tu emportes quelque chose de particulier ?
— Quoi ?

— Une couverture pour s'asseoir et quelque chose à manger. N'oublie pas.

Le dimanche suivant, Maria ne travaillant pas, ils traversèrent le bras de mer pour gagner Gozo. Jacobus la conduisit sur les falaises où il évoluait étant enfant. Il étala la couverture. La jeune fille avait l'habitude de s'installer par terre, mais il se dit qu'elle avait l'air contente. Il lui servit du *rozolin*, qu'il versa d'une carafe de cristal — volée et prêtée par Fençu —, et des cailles rôties — attrapées par lui et cuites par Elli. Quand il sortit une pomme qu'il avait échangée contre un pigeon sauvage, elle fut impressionnée.

— Je crois que même le grand maître ne déjeune pas comme ça, dit-elle.

Ensuite, il lui montra comment attraper les oiseaux. Il se laissa descendre et se balança gracieusement au-dessus de l'eau. Chaque fois qu'il levait les yeux, il la voyait regardant en bas, captivée.

— C'est mon tour ? lança-t-elle enfin.

— Quoi ?

— Je ne suis pas venue pour te contempler, mais pour essayer.

— Mais tu ne peux pas.

— Si, et je vais le faire ! Reviens !

Il resta suspendu là un moment, hésitant, puis remonta à contrecœur. Il ajusta la sangle pour Maria, mais quand elle s'avança au bord de l'à-pic, ses nerfs le lâchèrent presque. C'était une chose de se balancer au bout d'une corde, de braver le destin au-dessus de rochers mortels battus par les flots, et c'en était une autre de la voir en faire autant. Il vérifia chaque pouce du filin et doubla les nœuds qui le fixaient à un arbre, puis se l'enroula autour de la taille afin de pouvoir la contrôler en se tenant à flanc d'escarpement, les pieds contre la paroi, au-dessus de son amie. Tendu, il ne cessait de lui donner des instructions. Quand elle se pencha, dos vers la mer, il retint sa respiration. Il la descendit lentement.

— La première fois, je te descends et je te remonte. C'est

tout. Ne t'écarte pas de la roche. Laisse-toi pendre. Tu comprends ?

— Oui.

Il fit filer la corde. Puis il la leva et la redescendit juste un peu, pour échanger quelques sensations avec elle.

— Ça va ? hurla-t-il.

— Plus bas !

Il donna un peu de mou, et l'entendit crier et rire de plaisir. Au bout d'un moment, il sentit une traction familière. Il s'approcha du vide pour voir ce qui se passait et la vit s'écarter de la roche en poussant du pied. Elle dansait paresseusement dans le vent, touchant, planant, touchant encore, tournant avec un bras gracieusement tendu.

— Je t'ai dit de ne pas... commença-t-il.

— Je ne sais pas si c'est de rire trop fort... lui hurla-t-elle en réponse.

Après tout, il savait qu'il était inutile de dire à Maria Borg ce qu'elle devait faire.

— Reste vent arrière, au moins.

Une heure, elle demeura suspendue. Elle surprit une chouette, toucha une tourterelle et entreprit un saut périlleux arrière.

De ce jour-là, les réserves qu'elle avait pu avoir vis-à-vis de lui disparurent. Ils se promenaient plus fréquemment ensemble. Le matin, il se levait plus tôt que d'habitude afin de finir son travail à temps pour la rejoindre sur la route à l'heure théorique où elle rentrait de Birgu. Ils retournèrent plusieurs fois à Gozo. Parfois, ils ne regagnaient la grotte que bien après la tombée de la nuit.

Un après-midi, elle lui proposa d'aller nager. Ils partirent pour un lagon où l'eau était chaude et d'un bleu étincelant. Ils plongèrent des rochers en se lançant des défis. Ensuite, ils s'allongèrent sur la plage et se réchauffèrent sous un splendide soleil. Maria était étendue sur le dos, les yeux fermés. Il se redressa sur un coude pour la regarder. La tendresse qu'il ressentait en la voyant l'émerveillait. En observant la silhouette splendide qu'il devinait sous la tunique, il n'osait plus respirer. De toutes ses forces, il résista à l'envie de se rapprocher, de la toucher, de faire quoi que ce soit qui puisse tout ruiner. Il avait entendu parler d'un philtre d'amour à base de vin et de sang, mais il ne voulait pas obtenir Maria de cette façon-là. Elle lui ferait comprendre quand le moment serait venu. Il était certain que cela se passserait tout seul.

Un jour, alors qu'ils étaient assis près de l'eau, et qu'elle était totalement détendue et heureuse, il ne put se retenir davantage. Il rassembla tout son courage et se lança.

— Je veux t'épouser, Maria.

Surprise, elle sourit et détourna le regard. Il était convaincu de l'avoir mortellement blessée. Jamais plus elle n'accepterait de lui parler. Mais elle se tourna vers lui et, au lieu de le rejeter, lui prit les mains.

— Merci, Jacobus. Tu m'honores. Vraiment, c'est le cas. Mais je ne veux pas encore me marier.

Il hocha tristement la tête. Cela aurait pu être pire.

— Quand... quand tu seras prête... est-ce que ça pourra être... moi ?

A la façon dont elle rit, il comprit qu'elle ne le considérait pas comme un amant potentiel ou un prétendant sérieux. Une fois de plus, c'était un rire destiné à un petit frère...

— Je te le dirai quand je le saurai.

Pour Jacobus, cela suffisait. Au moins, elle n'avait pas dit non.

— Il est bon pour toi, tu sais, lui avait dit Elli la première fois qu'ils étaient rentrés de Gozo. Je ne t'ai pas vue sourire comme ça depuis longtemps.

Maria avait acquiescé. C'était vrai. Jacobus lui faisait du bien et elle se sentait de plus en plus à l'aise avec lui. Ils pouvaient discuter de n'importe quoi ensemble... sauf des sujets dont elle ne parlerait jamais à un homme. Qu'attendait-elle de cette relation ? Elle n'en savait rien, mais n'était pas pressée de le découvrir. Elle avait conscience qu'il l'aimait et même qu'il l'idolâtrait, et elle ressentait une grande tendresse pour lui. Très souvent, les petites choses qu'il lui avouait avec tant de mal la touchaient profondément. Mais elle ignorait si elle l'aimait. En réalité, elle n'était pas certaine de savoir ce qu'était l'amour. Il lui avait demandé de l'épouser et sa réponse avait paru le contenter. En fait, il semblait simplement toujours heureux de passer du temps avec elle.

Parfois, ils se tenaient la main, doucement, en marchant à travers les champs. Ou alors, côte à côte, ils regardaient la mer. Elle l'avait embrassé une fois. Sur la joue ! Timidement, il lui avait retourné son baiser. Sur le front ! Il semblait comprendre que c'était suffisant et n'était pas allé pas plus loin.

« Oui, songea Maria. Il est bon pour moi. »

Extrait des *Histoires de la mer du Milieu*
**par Darius, dit le Préservateur,
historien à la cour du prince et du seigneur de la plus
élégante constellation, le sultan Ahmet**

Seul un sorcier aurait pu concevoir un brassage aussi puissant, aussi piquant et aussi âcre au goût que celui auquel l'empereur Charles donna naissance le jour où il accorda Malte aux chevaliers de Saint-Jean. Quel mélange assurément !

Si l'ordre, l'Eglise, le Saint-Père et la sainte Inquisition semblent autant de flèches d'un même carquois, chaque flèche a son arc propre. Et chaque arc n'est ni facile à manipuler ni prévisible. L'ordre était souverain. Son grand maître était un prince de l'Eglise et son ordre se trouvait sous la protection du pape. Il était naturel que cette situation entraîne des conflits avec la hiérarchie ecclésiastique. L'ordre possédait son propre clergé sous la direction d'un grand prieur, qui n'avait aucune relation formelle avec le diocèse. L'ordre et ses mandataires ne payaient aucun impôt à l'évêché, non seulement à Malte, mais sur tout le continent. Les chevaliers n'étaient pas soumis aux tribunaux ecclésiastiques, mais ils étaient jugés exclusivement par l'ordre. Dans ce rapport de forces constant, l'évêque n'était pas sans armes : il pouvait conférer la tonsure à ses alliés pour les soustraire à la justice des chevaliers de Saint-Jean. Tant l'Eglise que l'ordre ignoraient l'Università maltaise, l'autorité civile dont le droit de gérer les affaires locales n'avait cessé de se restreindre depuis l'arrivée des chevaliers. La noblesse jadis puissante pouvait faire appel au vice-roi de Sicile, voire au roi d'Espagne, pour protester contre des décisions impopulaires de l'ordre. Mais c'était une route précaire et rocailleuse comme les routes de Malte. En résultat, beaucoup de familles nobles avaient fui l'île, préférant l'exil en Sicile à la vie sous la férule des chevaliers haïs. Ceux qui demeuraient à Malte restaient ensemble, enfermés dans leurs grandes demeures derrière les murs de Mdina, entretenant leurs ressentiments et ranimant les fantômes de leur passé glorieux.

Mais ce brassage capiteux ne faisait que commencer à fermenter. Si l'évêque de Malte était issu des rangs du clergé de l'ordre, dès qu'il était entré en fonction, son comportement avait changé, car désormais il tenait sa place et son pouvoir de la hiérarchie de l'Eglise. Lui-même considérait maintenant les chevaliers comme des politiciens impitoyables, des moines impies qui ignoraient largement leurs vœux et se comportaient comme s'ils n'avaient à répondre devant aucune autorité terrestre, et encore moins la sienne. Simultanément, ses anciens frères, les chevaliers, le prenaient pour un espion du Vatican et un agent du vice-roi de Sicile — et à travers lui, du roi d'Espagne, Philippe, le souverain dont les intérêts étaient souvent en conflit avec ceux de l'ordre. De ce fait, si l'évêque était automatiquement un grand-croix de l'ordre et que, par conséquent, il siégeait de droit au sein du Sacré Conseil, il était exclu des réunions importantes. Par ailleurs, parce que l'évêque était issu des rangs de l'ordre, le Vatican estimait qu'il était contaminé.

Ainsi, le pape ne faisait pas confiance à son évêque, son évêque ne faisait pas confiance aux chevaliers, et ces derniers ne faisaient confiance à personne. Les intrigues de Topkapi allaient-elles si loin ?

Le seul ingrédient qui pouvait rendre le mélange encore plus acide était à mettre au compte de la sainte Inquisition. A cette époque, on estimait que la situation du minuscule archipel de Malte ne nécessitait pas les services de son propre Inquisiteur. Aussi avait-on jugé plus pratique de nommer l'évêque pro-Inquisiteur — en quelque sorte une charge officieuse, qui autorisait son titulaire à ouvrir des enquêtes sur les questions de foi qui pouvaient surgir de temps en temps.

Pendant de nombreuses années, l'homme qui endossa ce lourd manteau fut l'évêque Cubelles. En tant que pro-Inquisiteur, il avait eu à juger le père Jesuald pour hérésie et il l'avait vu brûler sur le bûcher. Généralement, Cubelles était considéré comme un homme honorable occupant une position quasi intenable. Sans le climat religieux sur le continent et les rumeurs qui commencèrent à tourner autour de l'ordre sous le pontificat de Paul IV, Cubelles aurait pu demeurer pro-Inquisiteur indéfiniment.

Paul était méprisé au sein de sa propre Eglise. L'empereur Charles V s'était opposé — sans résultat — à son élection sur le trône de saint Pierre. Ce pape rétablit les pires terreurs médiévales de l'Inquisition, se querella avec Charles et guerroya contre son fils Philippe. Il fit construire des murs autour des quartiers juifs de Rome, créant des ghettos dans lesquels, disait-il, Dieu voulait que les juifs restent en servitude jusqu'à ce qu'ils reconnaissent les erreurs de leur foi. Il demanda que la reine Elisabeth d'Angleterre accepte de reconnaître la tutelle de son Eglise et de rendre au Saint-Siège les propriétés confisquées par son père, Henri VIII. Il est très peu de monarques que Paul ne s'aliéna pas, et ses faits et gestes firent beaucoup pour l'instauration d'un climat qui permit aux desseins ottomans de s'épanouir. En vérité, son successeur, Pie IV, constata que les fondations mêmes de Saint-Pierre étaient assiégées simultanément par les hérétiques et par les Turcs. Le calvinisme se développait en France et venait d'organiser audacieusement un synode en plein Paris. Pie fournit de l'argent à la couronne de France pour lutter contre les huguenots tout en résistant aux pressions qui l'incitaient à excommunier Elisabeth — il espérait apaiser les hostilités et permettre son retour dans le giron de l'Eglise. Il mit un terme à la politique belliqueuse de ses prédécesseurs à l'endroit de l'Espagne et entreprit des ouvertures en direction du nouveau saint empereur romain, Ferdinand.

Concernant les chevaliers de Saint-Jean, Pie connaissait les habituelles rumeurs, mais il ne disposait d'aucun élément plus tangible. Un frère dominicain fut envoyé à Malte pour enquêter. Sa plume proféra bientôt les pires anathèmes. L'ordre de Saint-Jean, écrivit-il — l'ordre même qui avait reçu la sainte mission de protéger et de défendre la foi — était infesté de chevaliers germaniques propageant la peste protestante. L'ordre souillait l'Eglise et cette tache était intolérable. Il fallait la nettoyer. Le temps était venu, ajoutait-il, de nommer un véritable Inquisiteur à Malte.

La Valette dépêcha un ambassadeur pour demander au Saint-Père de laisser l'ordre juger lui-même les suspicions d'hérésie sans intervention du Saint-Office de l'Inquisition. Il ne fait aucun doute, écrivait-il, que l'ordre se comportera en cette matière de manière aussi inflexible que n'importe quel représentant de l'Inquisition. Lui-même, le grand maître Jean Parisot de La Valette, s'en portait garant.

La réponse du pape arriva rapidement par galère.

Extrait du volume V
L'Ordre de Saint-Jean.

Chapitre 28

« A notre grande tristesse, nous avons été informés que le poison destructeur de l'hérésie s'est sournoisement infiltré à l'intérieur de la ville et de l'île de Malte, et même parmi les membres du saint ordre de Saint-Jean. Par conséquent, nous autorisons l'évêque de Malte, Monseigneur Cubelles, à agir en qualité d'Inquisiteur... »

Le grand maître était un homme d'une dignité et d'un sang-froid impressionnants. Pourtant, avant même d'avoir fini de lire, il abattit son poing sur le plateau en cuir de la grande table de chêne. Les membres du Sacré Conseil, qui étaient assis autour, sursautèrent.

— Que cela puisse arriver sous mon commandement ! tonna La Valette. (Il se leva.) La menace ottomane ne suffit-elle pas, quand nous ne recevons pas la moindre aide des cours que nous protégeons ? Il nous faudrait aussi subir le soupçon et la tyrannie émanant du sein même de notre foi ? Subir et combattre ? Devons-nous courber l'échine devant les termes de ce... de cet... édit ? Et pour couronner le tout, le Saint-Père n'a même pas la courtoisie de m'écrire en privé ! Il me fait parvenir son message par l'intermédiaire du Saint-Office ! Toute l'Europe doit être au courant de cette humiliation !

La Valette jeta les feuilles sur la table et commença à arpenter la pièce. Son secrétaire, sir Oliver Starkey, ramassa rapidement la missive papale.

— Nous aurions pu avoir pire que Cubelles, commenta-t-il. Il est évêque et pro-Inquisiteur depuis des années, et ne s'est jamais montré excessif ou injuste. Il semble sans malice.

— On ne craint pas le lionceau, rétorqua le grand maître, mais le lion. En tant que pro-Inquisiteur, Cubelles ne représentait pas un danger. L'abîme qui nous sépare va certainement grandir maintenant que son pouvoir s'accroît. En tant qu'Inquisiteur, il va essayer d'exercer une emprise sur nous.

— On pourrait peut-être trouver une ouverture du côté du roi Philippe ou de l'empereur Ferdinand, proposa Degueras, le bailli du Nègrepont[1]. Offrant un soutien pour...

La Valette objecta de la tête.

— Ils n'oseront jamais.

Oliver Starkey lisait le reste du message.

— Après tout, les choses ne sont peut-être pas si mauvaises que ça, grand maître, dit-il avec optimisme. D'après cette lettre, l'évêque n'agira pas seul. Vous devez siéger avec lui au sein du tribunal, avec le prieur de Saint-Laurent et le vice-chancelier.

La Valette lui adressa un regard foudroyant.

— Des os pour un chien ! La seule vraie autorité se trouvera entre les mains de Cubelles. Quiconque discutera ses décisions sera lui-même montré du doigt comme hérétique.

— Apparemment pas dans ses seules mains, insista Starkey. (Il poursuivait sa lecture, quand, perplexe, il fronça les sourcils.) C'est assez curieux. En fait, cela donne même l'impres-

---

1. L'île d'Eubée, en Grèce. (*N.d.T.*)

sion que le Saint-Office ne fait pas entièrement confiance à Cubelles. Peut-être que son service en tant que chapelain de notre ordre est encore trop frais dans sa mémoire. Il désigne un vicaire pour l'« assister ».

— Un vicaire ! Désigné par le Saint-Office ? Qui ?

— Ce document ne le dit pas, grand maître.

— Un vicaire, répéta La Valette pensif. Quelqu'un pour surveiller celui qui surveille. Une fouine auprès du fouineur. Assurément, en tout cas, un homme dont il faudra se méfier. Si Cubelles est le serpent, celui-là sera le dragon.

La baronne Angela Buqa n'était qu'occasionnellement infidèle à son époux, Antonio — en tout cas, moins que lui envers elle. Leur union était un mariage de raison, arrangé par le baron Amatore Salvago. L'amour n'avait naturellement rien à voir dans l'affaire et Angela comparait son mariage à Malte : quelque chose de nu, où rien ne poussait, en dehors de l'ennui. Antonio était deux fois plus âgé qu'elle, avait le ventre mou et des goûts simples. Les figues siciliennes et le raisin italien, voilà pour ses principaux centres d'intérêt ! Il était bien né et aussi bien installé qu'on pouvait l'être à Malte. Mais pour Angela, les plus hautes éminences de l'île étaient très en dessous de la plus pauvre des cours du fin fond de l'Europe. Elle ne comprenait toujours pas pourquoi son père ne l'avait pas mariée à un homme riche de Florence ou de Venise, où il y avait tant de distractions intéressantes.

Le baron faisait son possible pour essayer de la divertir. La garde-robe d'Angela suscitait l'envie chez toutes les femmes de Mdina ; ses coiffeuses débordaient de bijoux ; ses penderies étaient pleines de chaussures. Antonio la laissait meubler la maison comme elle voulait, sans aucune restriction budgétaire. Elle la remplissait de livres qu'il ne lisait jamais et de tapisseries qu'il ne remarquait même pas. Il entretenait des écuries pour elle, mais ne montait pas en sa compagnie, préférant les coussins d'une voiture au cuir d'une selle. Le budget avait beau être illimité, Angela n'était pas satisfaite.

— C'est comme enterrer des perles dans un tas de fumier, se lamentait-elle.

Elle avait quelques liaisons, mais demeurait prudemment discrète, car en dépit de ses écarts — qu'il dissimulait très mal —, son mari était un homme possessif, doté d'un caractère effroyable. Aussi évitait-elle de lui donner l'occasion d'être jaloux.

Avant de croiser Christian de Vries.

En sa qualité de *jurat* de l'Università, Antonio Buqa était très impliqué dans les affaires du Santu Spiritu, à Mdina. Dans le cadre de ses activités, il lui arrivait de rencontrer de temps en temps le grand hospitalier de Saint-Jean, pour emprunter ou prêter diverses choses. Le plus souvent c'était pour emprunter, car l'ordre, indépendamment de ses autres obligations, prenait soin de l'approvisionnement de son hôpital renommé.

Gabriel Çeralta se présenta un après-midi à la maison Buqa pour rencontrer Antonio et le Dr Callus. Il était accompagné de plusieurs assistants, dont un prud'homme, responsable officiel de l'approvisionnement de l'hôpital, et l'*infirmarian*. Mais dès l'instant où elle eut salué les hôtes de son mari, Angela ne put plus détacher ses yeux de l'un des chirurgiens, un chevalier aux cheveux sombres. On le présenta comme le frère Christian de Vries, de Paris. Il portait le simple manteau noir de l'ordre. Bien bâti, mais pas trapu, il possédait une grâce innée. Son regard était aussi direct qu'amical. Il ne la déshabilla pas des yeux, comme le faisaient la plupart des autres hommes. Elle aurait voulu qu'il le fît.

Angela n'était pas invitée à se mêler des affaires de son mari, aussi observait-elle de la porte, essayant de saisir de quoi il retournait. Il était question d'onguents à l'oxyde de zinc, de cataplasmes de cire d'abeille, de potions à base de mandragore ou de jusquiame et de teinture d'*elettari*. Elle pouvait voir Christian de Vries de profil. Il se penchait en avant. Les chevaliers qu'elle avait rencontrés — peu nombreux — étaient généralement arrogants et fermés sur eux-mêmes. Ils préféraient la compagnie scintillante de leurs pairs à celle de la noblesse de Malte, comme s'il s'agissait de rappeler encore et toujours à ses membres, aussi grands fussent-ils, qu'ils n'étaient pas dignes d'appartenir à leurs rangs. Mais Christian paraissait beaucoup moins distant que ses frères. Il dit quelque chose qui fit rire les autres. Elle le regardait, rêveuse. Qu'il soit chirurgien ajoutait à sa fascination. « Quelle profession modeste et violente pour un être si doux ! »

L'heure des rafraîchissements sonna. Angela jugea nécessaire de superviser le travail de ses domestiques — qui avaient pourtant servi des centaines d'invités dans cette même salle sans que jamais elle n'intervienne. Les hommes se levèrent quand elle entra. A sa grande surprise, son époux l'invita à s'asseoir. Installée près du prud'homme, elle faisait de son mieux pour ignorer celui-ci et se concentrer sur une conversation entre de Vries et le Dr Callus à propos de chasse au trésor et de fauconnerie.

Elle fixait les mains de Christian tandis qu'il parlait. Elles étaient expressives, délicates, presque féminines. Il pela une orange et porta un quartier à ses lèvres. Angela frissonna, trahissant ses pensées secrètes. Elle sentit cette bouche sur la sienne, ces doigts sur ses joues, ses épaules, son dos, ses hanches — elle les voulait partout. Elle se montra maladroite et faillit renverser son verre sur elle. Elle se sentait à la fois brûlante et paralysée de faiblesse. Tâchant de dissimuler ses tremblements, elle serrait sa coupe. D'un air absent, elle hocha la tête en réponse à une réflexion de son interlocuteur.

Quand les hôtes se levèrent pour se retirer — beaucoup trop tôt —, Christian lui sourit, puis il s'entretint poliment quelques instants avec elle tandis que son mari réglait une dernière affaire avec Callus et Çeralta. Rougissante, elle balbutia, elle ne sut comment, une réponse. Un instant plus tard, elle n'avait plus aucune idée de ce qu'elle avait pu dire. Quand il se dirigea vers la porte, elle fit tout pour ne pas le retenir par la manche. Elle ne supportait pas de le voir partir.

Auparavant, elle pensait que seuls les hommes pouvaient

ressentir des instincts animaux, mais là, c'était elle qui avait les paumes moites et qui sentait des tiraillements dans ses reins. Nul ne lui avait fait un tel effet, du moins sans avoir essayé. Mais Christian semblait ne rien avoir remarqué et il lui souhaita une bonne fin de journée.

Après son départ, elle pouvait à peine respirer. Elle n'entendit même pas son époux lui demander ce qui n'allait pas. Elle marmonna quelque chose et gagna sa chambre, sans voir le regard perplexe du baron.

Sa première tentative pour revoir Christian fut exceptionnellement laborieuse. Elle ne savait rien de ses activités quotidiennes et n'avait personne à qui demander. Si l'on n'était pas une courtisane, il y avait peu d'occasions de rencontrer un chevalier. Elle ne pouvait pas aller frapper à la porte de l'Auberge de France ni, non plus, se rendre à l'infirmerie, car les femmes n'y étaient pas autorisées. Pour arriver à ses fins, elle devait user d'un subterfuge.

Parmi les bribes de conversation qu'elle avait saisies, elle avait surpris Christian et le Dr Callus en train de parler d'une matinée de chasse. Le médecin voulait enseigner à son jeune ami les rudiments de la fauconnerie. Voilà qui était simple : elle allait faire un tour à cheval et les chercher. Et ensuite ? Elle ne savait pas. Elle improviserait.

D'ordinaire assez calme, elle sortit à cheval la mauvaise matinée, plus précisément un jour trop tôt. Elle attendit plusieurs heures avant de réaliser son erreur. Ce moment de réflexion la fit presque changer d'avis. « Il me rend folle et je ne le connais même pas. »

Mais elle était de nouveau là le lendemain. Elle les aperçut sur une falaise surplombant la baie de Saint-Paul. Ils s'étaient écartés de la route. Elle se dirigea vers eux. Ils ne la virent pas approcher. Ils ne quittaient pas des yeux le faucon, qui tournoyait au-dessus d'eux et jouait dans les courants d'air, de plus en plus chaud à mesure que le jour avançait.

Quand elle fut tout près d'eux, elle tira sur les rênes et

descendit de cheval. Elle s'agenouilla comme si elle voulait vérifier un pied de sa monture, puis se redressa et alla coincer le talon de sa botte entre deux rochers près de la route, pour faire croire qu'elle était tombée. Elle réussit si bien son coup qu'elle perdit réellement l'équilibre, chuta durement et poussa un cri : elle venait de se blesser. Quelques instants plus tard, Christian arrivait pendant que Callus récupérait le faucon.

— *Barunessa !* dit-il surpris. Ça va ?

— *Sì,* répondit-elle. (Troublée par sa proximité, elle était devenue toute rouge.) Je monte souvent par ici. Mon cheval s'est pris une pierre. J'étais en train de l'enlever quand j'ai trébuché.

Christian l'aida à enlever sa botte. Elle sursauta quand il la dégagea et, sous l'effet de la douleur, eut les larmes aux yeux. « Au moins, je n'ai pas à jouer », pensa-t-elle. Il la fit ensuite s'asseoir. Callus arrivait sur sa monture, menant par la bride celle de son compagnon. Le faucon encapuchonné était posé sur son avant-bras. Le médecin mit pied à terre et posa le rapace à l'ombre. Ensemble, les deux praticiens examinèrent la cheville d'Angela : elle était gonflée et la peau avait viré au pourpre.

— Il faut s'occuper de ça, dit Christian. C'est une mauvaise entorse.

— Oui, dit-elle. Je me sens si bête.

A son grand désarroi, Callus et Christian furent d'accord pour dire qu'elle avait besoin des soins d'un médecin, pas d'un chirurgien.

— Je vous emmène à mon cabinet, indiqua Callus, et je vous ramène chez vous. Le baron va s'inquiéter.

— Je vais te donner un coup de main, intervint Christian.

Angela rayonnait.

— Pas besoin, répondit rapidement Callus, qui venait de remarquer l'expression du visage d'Angela. Je peux me débrouiller. Toi, occupe-toi du faucon.

Christian l'aida tout de même à se remettre en selle, pendant que Callus tenait les rênes.

— Je suis confuse d'avoir interrompu votre chasse, frère de Vries, dit-elle, incapable de dissimuler sa déception.

— Les pigeons vous remercient, sourit-il. Soignez bien cette cheville. Certains pensent que Joseph est un médecin compétent. J'ai vu mieux, mais il a de la chance. Il devrait donc arriver à ne pas vous infliger d'autres blessures.

Angela et Callus rirent de concert.

Ainsi, ce fut avec le médecin et non avec Christian qu'Angela repartit vers Mdina. Elle se maudit pour sa propre stupidité. « Dois-je me poignarder pour arriver à le voir ? »

Callus retrouva Christian plus tard ce même après-midi.

— J'ai vu l'intérêt qu'elle te portait, mon ami, commença-t-il.

— Oh ? Je n'ai pas remarqué.

Callus avait l'air sceptique, mais il n'insista pas.

— Il n'y a pas longtemps, tu m'as mis en garde en me disant d'être prudent avec La Valette. Je pense que je dois faire pareil pour toi à propos de la baronne. Il est évident que tu vas droit au-devant de problèmes si tu n'es pas prudent. J'ai vu sa colère et je peux te dire qu'elle n'a rien à envier à celle du grand maître.

— Elle avait l'air assez agréable avec moi. Et contrairement au grand maître, elle n'a pas de nœud coulant à passer autour de mon cou.

— Non, mais son mari, si.

Christian éclata de rire.

— Je n'ai rien fait, Joseph. Et je n'ai pas l'intention de changer de voie.

— Ce n'est pas toi qui m'inquiètes.

Angela dut attendre deux semaines pour que sa cheville soit suffisamment rétablie pour lui permettre de remonter à cheval.

Soucieux de son bien-être, Antonio lui dit de sortir chevaucher avec son écuyer.

— Tout se passera bien, *hanini*, répondit-elle. Je n'irai qu'au pas. Je fais une courte promenade vers Dingli.

En réalité, elle fila de l'autre côté, vers Birgu. Elle laissa son cheval dans une écurie publique et demanda sa direction au palefrenier. Tirant son *barnuza* sur son visage, elle s'engagea dans le dédale des petites rues autour de la place et en trouva une qui menait à son auberge. Elle marchait lentement, examinant les façades. Enfin, elle reconnut au-dessus d'une porte un écu qui combinait les armes d'Auvergne et de Provence, signalant l'établissement que ces deux Langues partageaient. Elle avait pris la mauvaise direction. Elle repartit en arrière et trouva le blason de l'Auberge de France. Comme les autres, ce n'était qu'un simple bâtiment à deux étages. Elle l'observa pendant vingt minutes, mais la porte demeura inexorablement close et elle ne pouvait pénétrer à l'intérieur. En dépit du *barnuza*, le courage lui manquait. Et que se passerait-il s'il ouvrait la porte et la voyait ?

Elle contourna le pâté de maisons, dépassa Sainte-Agathe et parvint devant la sainte infirmerie, haute de trois étages, dont l'arrière donnait sur la crique de Kalkara. Elle regarda la galerie qui conduisait à la cour intérieure cloîtrée. Elle voyait des orangers dans le jardin. Un homme tirait de l'eau d'un puits. Finalement, un page arriva en courant vers l'entrée. Elle le héla et lui glissa un mot dans la main.

— Donne cela à frère de Vries.

Avant qu'il ait pu répondre, elle s'éloigna et pénétra dans Sainte-Agathe, le cœur battant. L'église était déserte. Elle alluma une bougie et s'agenouilla devant l'autel.

Ce soir-là, au dîner, Antonio l'interrogea incidemment sur sa journée.

— Tout s'est bien passé. Je suis allée vers Luqa. Mais la promenade a été assez ennuyeuse. J'aurais mieux fait de prendre vers Dingli, comme je l'avais prévu.

— J'ai rencontré Dun Paolo aujourd'hui.

Antonio remplissait son assiette.

A la mention du curé de Sainte-Agathe, Angela garda une seconde sa fourchette en suspens devant sa bouche.

— *Sì*. Il croyait t'avoir vue à Birgu.

Son épouse laissa presque tomber son couvert.

— Je... oui, c'est possible. Je suis allée à Sainte-Agathe, aussi, avoua-t-elle doucement.

Antonio la regarda, puis se concentra sur la nourriture.

— Birgu n'est pas tout près de Luqa. Et ta paroisse est ici, à Mdina.

— Oui, naturellement. Je pensais à Giulio. C'est tout. Je ne l'ai pas vu depuis si longtemps. J'ai eu envie de retrouver son ancienne résidence. Je n'y étais pas retournée depuis trois ans. Ce n'est rien. Juste une impulsion.

— Mmm.

Antonio arrosa ce qu'il venait d'avaler d'une gorgée de vin.

— Dun Paolo n'était même pas certain que ce fût toi.

La baronne changea rapidement de sujet et son époux n'insista pas.

En dépit du risque, elle ne pouvait résister à ses élans. Le lendemain matin, Antonio se rendit à l'Università per s'occuper d'une affaire de céréales. Elle chevaucha jusqu'à un endroit isolé au sud de Birgu, près d'un grenier désert, où elle avait donné rendez-vous, dans le billet, à Christian. Elle eut peur qu'il ne trouve pas ou ne vienne pas. Mais son cheval remontait le sentier au trot. Christian portait son habit noir, orné de la petite croix brodée à huit pointes. En s'approchant, il inclina poliment la tête.

— Baronne, c'est un plaisir de vous revoir. Vous êtes-vous bien remise ?

— Assez bien, merci, frère de Vries.

Elle chercha dans ses yeux les signes qu'elle espérait tant. Mais il n'y avait qu'un soupçon de perplexité.

— Votre message disait qu'il s'agissait d'un sujet important.

— C'est le cas, confirma-t-elle avec un petit sourire énigmatique. Suivez-moi, s'il vous plaît.

Elle fit tourner sa monture et fila au trot vers l'est. Intrigué,

Christian la suivit. Presque immédiatement, ils perdirent Birgu de vue. Traversant un *wied*, ils dépassèrent une colline, puis s'engagèrent dans un sentier sinueux au milieu d'un terrain rocailleux. Autour d'eux, ils ne voyaient que des champs abandonnés. Des ornières de charrettes marquaient l'ancienne route, aujourd'hui cachée sous une herbe argentée. Bientôt, ils ne décelèrent plus la moindre trace d'existence humaine. Ils s'approchèrent de la mer et s'arrêtèrent près d'un amoncellement de roches. Là, Angela mit pied à terre et commença à détacher une couverture roulée derrière sa selle. Christian la regardait faire avec un malaise croissant.

— Baronne, peut-être que cela n'est pas...

— S'il vous plaît, j'ai besoin d'aide. Auriez-vous cette gentillesse ?

A contrecœur, il descendit de cheval. Angela ne put réprimer un sourire éclatant. Les boucles de ses cheveux auburn brillaient dans le soleil. Elle lui tendit l'étoffe.

— Voulez-vous l'étendre ici ?

Elle attrapa un sac de cuir attaché au pommeau et attendit pendant qu'il étalait soigneusement le tissu. Puis elle s'assit dessus. Du sac, elle sortit du pain, du fromage, une flasque de vin et deux gobelets d'argent, et enfin, l'invita à la rejoindre. Sans attendre, elle lui remplit largement une timbale.

— C'est un excellent cru... de votre pays. J'espère que vous ne le trouverez pas trop ordinaire.

Christian s'était installé en face d'elle sur la couverture, mais le plus loin possible.

— D'ordinaire, je bois de l'eau. Le grand maître nous interdit les spiritueux.

— Vous ne lui désobéiriez jamais, naturellement.

— Cela dépend du vin, répondit-il honnêtement.

— Et les femmes ? Vous les interdit-il aussi ? Vos vœux de chasteté sont-ils inflexibles ?

Non accoutumé à un tel franc-parler — et assez inquiet —, Christian rougit.

— Baronne, je...

Angela se pencha en avant et lui baisa les lèvres. Il fut si décontenancé qu'il laissa presque tomber son gobelet. Instantanément, il se remit à genoux et la repoussa doucement mais fermement.

— Je suis désolé. C'est impossible.

— Vous ne me trouvez pas attirante ?

— Au contraire, baronne. Vous êtes une femme splendide. (Il détourna le regard un moment pour réfléchir à ce qu'il pouvait dire.) Votre mari a beaucoup de chance.

Cette remarque l'agaça.

— Il n'a aucune importance.

— Comme vous voulez. Mais c'est votre époux.

— S'il vous plaît, ne me faites pas la leçon, frère de Vries. Il fréquente des femmes.

— Quel malheur pour vous. Je suis désolé. Mais naturellement, cela ne me regarde pas.

Incrédule, elle le regarda se lever.

— Puis-je vous aider à ramasser vos affaires ?

— Ne partez pas !

Mais un instant plus tard, elle était seule, essayant de reprendre ses esprits.

Bertrand le traita de fou.

— Angela Buqa est peut-être le fruit le plus succulent sur cette maudite île. Et toi, tu n'es même pas capable de le cueillir alors qu'elle t'implore ? Tu es vraiment malade. Je m'inquiète de ta virilité.

— Son mari est l'un des *jurati*. Je suis certain qu'il n'aimerait pas que j'aille traîner dans ses vergers. Je n'ai aucune envie qu'il décharge ses pistolets sur moi.

— Eh bien, c'est très simple. Tu la prends et tu ne lui dis pas, comme je l'aurais fait. Mieux encore, envoie-la-moi.

Christian éclata de rire.

— Elle est très belle, c'est vrai. Mais je ne m'intéresse pas à ses histoires de coucheries. Et aussi tentant que cela puisse paraître, j'ai prononcé mes vœux. Je les honorerai. Même si je devais faire un écart, je préférerais que ce soit avec une femme moins... mariée.

— Tes vœux ? ricana Cuvier. Il n'y a pas un chevalier à Malte qui ne s'amuse de temps en temps. Mais la seule épée dont se soucie vraiment l'ordre, c'est celle d'acier que l'on brandit contre l'infidèle...

— Ce que les autres font, c'est leur affaire. Qu'ils règlent leurs comptes avec Dieu, comme moi je le fais.

— Tu es aussi prude que pédant, frère de Vries. Une vraie honte pour l'humanité. Je me désintéresse de toi.

Bannière du Vatican claquant dans le vent, la galère se coula majestueusement sous les hauteurs du Sciberras et les canons de Saint-Elme. Elle dépassa la pointe des Gibets et pénétra dans le grand port. Ses rames plongeaient à l'unisson au rythme lent et incessant du tambour. Ses rambardes étaient en teck et, à la poupe, des panneaux de bois ouvragés montraient des scènes de la vie du Christ. A la proue se tenaient quatre trompettes, coiffés de feutre et vêtus d'une tunique de soie ondulant dans la brise. A un signe du capitaine, ils levèrent leurs instruments étincelants pour annoncer leur arrivée. Leur sonnerie n'était qu'une formalité. La nouvelle s'était déjà répandue dans toute l'île comme un feu de broussaille, depuis les tours de guet côtières jusqu'aux moindres paroisses et logis.

Il arrive.

Protégé par un dais de damas couleur lavande qui couvrait le pont arrière, le vicaire de l'Inquisiteur attendait près du capitaine. Il était grand, mince, avec une calotte, une soutane et une robe noires. Son visage émacié et pâle, sa barbe parfaitement taillée et ses traits sévères étaient soulignés par la lumière violacée qui filtrait à travers l'étoffe. Dans une main, il serrait une petite bible de cuir noir. De l'autre, il promenait sous son nez un sachet odorant contenant des écorces d'orange et des clous de girofle, afin de dissiper la puanteur intolérable montant des esclaves suant sous un soleil implacable.

Sur le quai, une délégation de dignitaires de l'Eglise était venue l'accueillir. Naturellement, l'évêque Cubelles lui-même et ses collaborateurs se trouvaient parmi eux, ainsi que les curés des diverses paroisses et des membres des différents ordres religieux. Non loin d'eux s'alignaient des représentants de la noblesse maltaise, dont les *jurati* et leurs familles, désireux de rentrer immédiatement dans les bonnes grâces du nouvel arrivant. En revanche, on ne voyait pas un représentant de Saint-Jean.

Quand le vaisseau fut assez près pour que les visages puissent être discernés, le vicaire adressa un petit signe de tête formel à l'évêque, qui lui répondit par un hochement de tête agrémenté d'un sourire. Le capitaine hurla un ordre et le tambour se tut. A un appel du maître de nage, les rames furent ramenées à l'intérieur du navire et celui-ci s'aligna contre le quai. Des cordes furent jetées et une passerelle mise en place.

Le vicaire débarqua et s'avança tranquillement vers l'évêque, dont, en signe de soumission, il baisa l'anneau.

— C'est un grand plaisir de vous revoir, Votre Grâce. Le Saint-Père vous envoie sa bénédiction avec cet édit.

Il fit un signe à l'un des prêtres qui voyageaient avec lui. L'homme présenta une enveloppe de cuir. Le vicaire en sortit un parchemin roulé, noué avec un ruban cramoisi et scellé à la cire rouge. Le document contenait le bref de Pie IV établissant formellement l'Inquisition à Malte et nommant Cubelles Inquisiteur.

L'évêque l'accepta solennellement et le tendit à son sacristain.

— Le Saint-Office n'aurait pu choisir meilleur vicaire, dit Cubelles. A travers lui, le Seigneur a souri à cette pauvre île et à Son humble serviteur. A nous deux pour assumer Sa mission, le fardeau sera plus facile à porter.

— Vous êtes trop aimable, Eminence, répondit son interlocuteur.

— Vous devez être fatigué après un tel voyage. Vous allez pouvoir vous reposer. J'ai fait préparer vos appartements dans mon palais. Je crains qu'ils ne soient plus modestes que ceux auxquels vous êtes maintenant accoutumé.

— Je suis certain qu'ils seront plus qu'adéquats, Votre Grâce. Mes besoins sont modestes. Tout ce que je possède au monde se trouve dans ce coffre.

L'homme en noir montrait du doigt une petite caisse de même couleur que son vêtement.

Ils se tournèrent vers les nobles de Mdina, patiemment alignés. L'envoyé du Saint-Office les connaissait déjà quasiment tous et les salua poliment. Quand il arriva devant Angela Buqa, ses yeux s'éclairèrent de plaisir.

— Angela, ma chère. (Il s'inclina devant sa sœur et lui embrassa la main.) Les années ne semblent pas avoir prise sur toi.

Elle sourit.

— Tu m'as manqué, mon cher frère. Il faut que tu nous rendes visite immédiatement.

— Dès que le devoir le permettra, naturellement. A présent, si tu veux bien me pardonner.

L'évêque et son nouveau vice-Inquisiteur allèrent prendre place dans la voiture pour gagner le palais situé près de l'enceinte de la ville. Aucun des deux n'aperçut Eléna serrant Moïse sur son sein. Elle s'éloigna du quai comme si elle avait vu un fantôme.

Jacobus cligna les yeux. Il se réveillait d'un profond sommeil. Jusqu'à une heure tardive, il était resté dehors avec le bateau de Fençu. Il voulait essayer une nouvelle technique dont il avait entendu parler : la pêche à la lanterne. Cette méthode avait tellement bien marché, les poissons se précipitant vers la lumière, qu'il faisait presque jour quand il était rentré. Il avait pratiquement dormi toute la matinée.

En dessous de lui, il entendait des murmures pressants. Ce fut leur accent de détresse manifeste qui acheva de le ramener à la surface. Eléna pleurait. Jacobus roula vers le bord de sa niche et regarda discrètement. Il ne pouvait voir que Maria, qui avait dû arriver pendant son somme. Elle ignorait qu'il était là. Comme il n'avait pas envie d'espionner la conversation des filles sans qu'elles le sachent, il voulut se manifester, au moins en faisant un petit bruit. Mais il hésita. Et alors, il fut trop tard.

— Je l'ai vu, sanglotait Eléna. (Perturbé par les larmes de sa mère, Moïse pleurait aussi.) Il... il était dans une voiture, avec l'évêque.

— De qui parles-tu ? la pressa Maria.

— Dun... Dun Salvago, lâcha la jeune juive entre deux sanglots. Les gens l'appelaient le vicaire de l'Inquisiteur.

Jacobus vit Maria poser sa main contre le mur pour se soutenir.

— Je pensais que c'était fini.

— Tu dois te cacher !

— Non ! (Les yeux de Maria brûlaient d'une flamme inhabituelle.) Jamais !

— Mais Maria, quand il t'a violée, il n'était que prêtre. Désormais, il est plus puissant que jamais. Il... Il va vouloir te détruire... Il nous détruira tous.

Elle fondit de nouveau en larmes. Les deux jeunes femmes s'étreignirent.

Au-dessus d'elles, Jacobus avait l'impression que les falaises venaient de lui tomber dessus. Violée ! Salvago ! Jusqu'à aujourd'hui, le nom lui était inconnu... comme le crime. Il se souvenait vaguement du prêtre, mais ne l'avait vu que de loin.

Inondé de sueur, il ne put trouver le sommeil cette nuit-là. Ses veines battaient contre ses tempes et son front, sa tête lui faisait horriblement mal. Il se rappelait les sensations terribles qu'il avait éprouvées quand sa famille avait été emmenée par les corsaires. Ce n'était rien à côté de la vision d'un homme — d'un curé — violant Maria.

Il n'y avait aucune hésitation dans sa tête : il savait ce qu'il lui restait à faire.

Il allait la venger.

Chapitre 29

Depuis son départ de Malte, Salvago avait consacré chaque fibre de son être à effacer la tache de son péché. Il n'en avait plus jamais commis, sauf celui d'orgueil : il demeurait fier et ambitieux, déterminé à s'élever au sein de l'Eglise. Il savait pourtant que c'était une faute mortelle, mais aussi qu'il aurait éternellement à lutter contre.

Son aisance pour les langues fut rapidement exploitée par le Vatican. Le Saint-Père, Paul IV, un réformateur zélé à défaut d'être populaire, entendait dresser une liste d'ouvrages et d'auteurs à proscrire. C'était une tâche monumentale : les presses d'Europe déversaient un flot ininterrompu de documents hérétiques. Salvago travaillait avec une vingtaine d'autres prêtres, étudiant des montagnes de livres, de traités et de manuscrits. L'*Index Librorum Prohibitorum*[1] grossissait régulièrement et fut publié l'année de la mort de Paul.

On avait aussi fait venir Salvago pour préparer la reprise du concile de Trente. A cette fin, il travaillait fiévreusement dans le *palazzo* Thun, sur la Via Lata, traduisant des documents et assistant des légats de diverses nationalités qui essayaient d'atténuer leurs différences avant la convocation formelle de l'assemblée. Naturellement, on ne sollicitait jamais son opinion, car il n'était qu'un chapeau noir au milieu d'une mer de rouge et pourpre. Mais il effectuait habilement ses tâches. En traduisant et portant des messages, il fit la connaissance de presque tous les princes de l'Eglise. Il fut perçu comme un prêtre poli-

---

1. Connu sous le nom d'*Index*. (*N.d.T.*)

tiquement astucieux et subtil, et sensible aux conflits qui ébranlaient l'édifice. Il se montra habile pour trouver des moyens de contrecarrer certaines demandes des envoyés des rois catholiques : ceux-ci soulevaient d'innombrables obstacles avant d'accepter d'autoriser leurs évêques à assister au concile.

Ainsi, il attira l'attention de Victor Lavierge, l'un des six cardinaux de la congrégation du Saint-Office, jusqu'à devenir son assistant. A Trente, Lavierge avait pour mission d'aider à répandre et à mettre en œuvre la doctrine de l'Inquisition romaine. Le concile n'avait pas encore formellement repris quand il fut convoqué précipitamment au Vatican. Le pape avait besoin de son conseil à propos d'une affaire délicate concernant Malte. Il avait reçu des rapports d'hérésie visant les chevaliers. Bastion solide face aux Turcs, l'ordre avait une importance décisive pour l'Eglise. En outre, ses membres représentaient les plus grandes familles nobles d'Europe, que le souverain pontife essayait désespérément d'unir contre Soliman. Mais les accusations lancées l'inquiétaient gravement et l'on ne pouvait les laisser sans réponse.

L'évêque de Malte, Domenico Cubelles, était un homme d'une foi et d'une probité incontestables. Mais il se trouvait dans une position difficile, voire impossible. Espagnol de naissance, il s'était rapidement tourné, pour le conseiller dans sa charge de pro-Inquisiteur, vers la Sicile, où l'Inquisition espagnole la plus farouche fleurissait encore. Un réflexe assez naturel, en somme, que le Saint-Père ne pouvait absolument pas accréditer concernant l'île des chevaliers. Il ne pouvait pas plus accéder à la suggestion du grand maître qui demandait que l'ordre soit son propre Inquisiteur : il était déjà beaucoup trop indépendant. Il devait trouver un délicat équilibre entre Saint-Jean et Cubelles, et le Vatican devait pouvoir tenir la balance.

Donc, résuma Pie au cardinal, le bon évêque avait besoin à côté de lui d'un sage pasteur capable de le guider sur ce sentier difficile. Il fallait un homme instruit et intelligent, qui comprenne, d'une part, la nouvelle nature émergente de l'Eglise et, d'autre part, les vaniteux et fiers chevaliers. Ce devait être un individu plein de tact, de grande vertu et avec un caractère de fer : assez fort pour affronter l'hérésie où il la trouverait, mais assez diplomate pour éviter le zèle excessif, à une heure où les Turcs représentaient une menace au moins aussi sérieuse que l'hérésie. Et si un tel personnage pouvait être trouvé, sa tâche serait encore compliquée par le fait que, tout en orientant doucement Cubelles, il lui serait officiellement subordonné. Il semblait impossible, se lamentait Pie, qu'un tel être existât.

Mais le cardinal Lavierge n'avait, quant à lui, aucun doute.

— Saint-Père, j'ai le pasteur qu'il nous faut.

Salvago passa deux heures avec Pie en audience privée. Il se montra d'une grande humilité face à l'immense tâche qui était déposée sur ses épaules. Enfin il tenait là l'occasion de se racheter, de servir le Père qui est au ciel, d'expier ses péchés en extirpant ceux des autres.

L'évêque Cubelles ne s'offusqua pas de la présence de Salvago, bien au contraire. Il était ravi d'avoir un repoussoir, quelqu'un qui allait s'occuper des affaires désagréables avec des gens difficiles pendant que lui-même suivrait librement une route pastorale plus éminente. Quand Salvago arriva, Cubelles lui expliqua très clairement ce qu'il attendait : le vicaire devait se montrer très actif dans sa chasse à l'hérésie, ne pas avoir peur de se mesurer à l'ordre et ne le déranger qu'en cas d'extrême nécessité. L'arrangement convenait parfaitement aux deux hommes.

Quelques heures à peine après son arrivée, après avoir juste pris le temps de s'installer dans ses appartements et de prier dans la chapelle, Salvago se mit au travail. Il ne pouvait pas encore entreprendre activement ses investigations, parce que l'île était à la veille du carnaval, autrement dit un moment où toute activité officielle s'arrêtait. Il commencerait dès la fin des célébrations. En attendant, il avait des dossiers à compulser. A la lueur d'une bougie, il se mit à étudier les documents : « Dans un accès de colère, la sœur carmélite Margherita fracassa une statue de la Madone [...] Consalvo Xeberras dénonce son voisin, le boucher Allesandro Zammit, pour bigamie... » Les cas se succédaient. Que de mal, que d'infamie et de choses interdites ! Cela n'en finissait pas. « Le marchand Johanes Dimech est accusé d'usure, et d'avoir pris trois poulets comme intérêts d'un prêt de quarante-huit *scudi*... »

Son esprit finit par dériver vers elle. Qu'était devenue Maria Borg ? Allait-il la voir ? A cette simple pensée, il se sentit faiblir, trembler. Une vague nausée montait en lui. Il aurait voulu fermer les yeux sur cette partie de sa vie. Mais alors, il la voyait.

« Le chevalier allemand, frère Abelard Althusser, a été entendu en train de professer l'hérésie luthérienne... » Huit cas concernaient les chevaliers de Saint-Jean. Tous des Allemands. Ils mettraient d'infinis obstacles sur sa voie et feraient tout pour, astucieusement, dissimuler, voiler...

Il ne voulait pas la voir, mais sa beauté jaillissait devant ses yeux spontanément. Même à Rome, alors que des mois s'étaient écoulés sans pensées lascives, ses viles pulsions avaient refait surface contre sa volonté. Il la voyait dans ses rêves et se réveillait trempé de sueur, écœuré par lui-même, mais dur !

« Don Matteo Pisano entretient une concubine à Mdina et une épouse à Birgu... » Il ne l'approcherait pas. Il ne la laisserait pas le corrompre encore une fois. Non, non, non... « Georgio de Caxaro s'est dénoncé pour avoir mangé des œufs et du fromage pendant le jeûne de Pentecôte... »

La plume d'oie qu'il tenait se cassa en deux.

Si les chevaliers avaient apporté beaucoup de choses avec eux à Malte — y compris plus de nourriture, de sécurité, de travail et de culture —, aucun de ces changements ne procurait autant de plaisir aux habitants que le carnaval.

C'était le grand moment de l'année, un festival de gaieté et de couleur que tous — nobles, paysans ou chevaliers — attendaient avec impatience. Au fort Saint-Ange, une lourde pierre était suspendue à la poutre qui, ordinairement, servait à administrer le terrible châtiment de la *strappado* — l'estrapade —, pour montrer que même la justice prenait trois jours de vacances. Il y avait d'innombrables jeux, des dames aux cartes, des dés aux combats de coqs. On organisait des courses de bateaux dans le grand port et de chevaux sur les hauteurs de Sainte-Marguerite. Les chevaliers orchestraient des tournois, tombés depuis longtemps en désuétude sur le continent européen, mais très appréciés des Maltais. Des rations de vin et de nourriture étaient distribuées aux pauvres. Partout, ce n'était que bals, réceptions, illuminations et messes, et débauches en tout genre.

La Valette tolérait ces débordements, mais d'extrême justesse. Malgré son autorité implacable et la discipline qu'il cherchait à instiller, il n'oubliait jamais que, malgré des conditions difficiles, ses hommes servaient l'ordre avec ardeur et émotion. Par conséquent, pendant ces fêtes, il se trouvait des occupations ailleurs — chasse ou inspection des défenses côtières, par exemple — pour ne pas avoir à contempler des comportements qui, en d'autres circonstances, auraient valu à leurs auteurs les pires châtiments.

Trois jours avant le début des festivités, Gabriel Çeralta avait appelé Bertrand dans son bureau.

— Tu vas nous faire une petite représentation, lui expliqua-t-il, une satire. Rien de trop politique. Non, quelque chose de léger pour les Langues françaises ; les autres en font autant de leur côté, comme d'habitude. J'attends que tu les surpasses.

— Que je les surpasse, monsieur ?

— Evidemment. Pour les Allemands, cela ne requerra qu'un peu de sobriété de ta part, Cuvier ; concernant les Italiens, un minimum d'esprit ; et pour les Espagnols, du cœur. Je pense que de temps en temps, tu as les trois... encore que j'aie davantage de doute concernant la sobriété.

Bertrand réprima un grognement.

— A vos ordres, *molto illustrissimo*. (Il se tourna pour partir, puis hésita.) Excusez-moi, monsieur, j'ai toujours pensé servir davantage avec une épée — pour laquelle j'ai quelque talent, béni soit Dieu — qu'avec une plume, pour laquelle je n'en ai aucun. D'autres chevaliers de la Langue sont bien plus qualifiés. Alors pourquoi moi ?

Çeralta leva à peine les yeux de ses papiers.

— Parce qu'il y a un instant, je t'ai vu franchir ma porte. Pas de chance.

— Vous avez raison, monsieur. Mais si vous le permettez, j'aimerais me faire aider.

Çeralta esquissa un geste d'impatience, pressé de passer à autre chose.

— Choisis qui tu veux et dis-lui que c'est moi qui l'ordonne.

Christian objecta qu'il avait des travaux beaucoup plus distrayants sur la planche, comme des abcès et des amputations, mais Bertrand ne le laissa pas se défiler. Cette nuit-là, pendant que le premier se trouvait à l'infirmerie, le second commença la rédaction de la satire. Il n'avait aucune règle pour le guider. Le contenu de telles saynètes était toujours imprévisible et souvent risqué.

La plupart des ouvrages de Christian étaient consacrés à la médecine et à la chirurgie, mais Bertrand dénicha quelques livres plus accessibles, allant de *L'Utopie*, de Thomas More à la *Divine Comédie*, de Dante.

— Rasant et assommant, murmura-t-il en les parcourant. Il faut que ce soit plus enlevé.

Finalement, il tomba sur deux volumes qui convenaient mieux : un de Rabelais, le fameux docteur français devenu satiriste, et un d'Erasme, ce Hollandais formé à Paris, qui avait d'abord été prêtre augustinien. En leur empruntant largement, il s'attela à la tâche toute la nuit, grattant furieusement les pages de sa plume de roseau.

— Je l'ai appelé *A la lumière de la folie*, expliqua-t-il à Christian quand celui-ci revint de l'infirmerie.

— Tu as le bon titre, admit ce dernier après avoir lu l'essai. Mais j'ai l'impression que le texte est un peu extrême pour notre public. Ce n'est pas le type de chère que l'on sert à la table du grand maître.

— Il ne sera pas là. Presque tous les hauts dignitaires ont accepté d'assister à la représentation des Allemands, au nom de l'unité et de la politique. C'est eux qui y perdent, évidemment : ils souffriront d'indigestion avec les Bavarois, tandis que notre public se délectera du plus pur Rabelais. Seuls les dieux inférieurs des Langues de France et de Provence savoureront notre pièce. Quelques mortels de Malte aussi, mais leurs têtes vides passeront totalement à côté des traits d'esprit.

— J'espère que tu as raison, dit Christian avant de relire l'ensemble. Par le diable, si nous devons avoir des problèmes, au moins que ce ne soit pas à cause de lignes aussi pitoyables.

Il barra quelques mots et les remplaça par les siens. D'autres suivirent, puis des paragraphes entiers. Quand le soleil se leva, ils s'affairaient encore, au milieu d'une pile de papiers, de rires et d'une bouteille de vin à demi pleine.

Ils avaient besoin d'acteurs. Dans un premier élan, ils envisagèrent de faire appel à des chevaliers, mais ils se replièrent sur huit malheureux pages, qui, bien qu'ayant lu la pièce, n'occupaient pas une position qui leur permettait de refuser. Les garçons se virent ordonner de préparer costumes et accessoires, et d'apprendre le texte.

Le lendemain matin, il y eut une réception publique au palais de l'évêque. Domenico Cubelles et Giulio Salvago étaient assis côte à côte devant une table de damas cramoisi et accueillaient un flot ininterrompu de visiteurs. La file s'étirait à travers la pièce, continuait dans les escaliers, traversait le merveilleux jardin cloîtré, dépassait les portes sombres menant aux cellules souterraines que personne ne voulait imaginer, et allait jusqu'à la porte d'entrée. Les suppliants et les obséquieux de haute et de basse extraction mélangés attendaient leur tour pour saluer le vicaire de l'Inquisiteur. Beaucoup apportaient de petits présents — des œufs, des sachets de céréales ou des miches de pain.

On entendait des toussotements, des prières, des bavardages, des rires nerveux. Les visiteurs se demandaient si d'autres hommes — cet homme, plus précisément — pouvaient lire dans leur âme troublée et peut-être deviner leurs secrets. Dans tous les cas, la longueur de la queue prouvait que dans l'esprit de chacun, il valait mieux voir et être vu par lui que se cacher et le laisser se poser des questions.

Quand enfin ils se tenaient devant le vicaire, certains étaient mielleux, d'autres transpiraient de peur. Quelques-uns en profitèrent pour murmurer quelque allusion scandaleuse ou ragot sur un de leurs amis. Salvago écoutait attentivement et n'oubliait rien. De temps en temps, il se tournait pour glisser quelque chose à l'oreille d'un assistant, qui disparaissait alors pour griffonner une note dans un livre destiné à réunir les histoires de blasphème, d'apostasie, de sorcellerie, de prostitution ou de vice en général. Naturellement, il n'y avait rien de formel, car il s'agissait d'une occasion festive. Salvago reprendrait l'ensemble en temps utile.

Jacobus suivait le mouvement, attendant patiemment son tour. A travers sa tunique, il sentait l'acier froid de son couteau contre le haut de sa cuisse. Il n'avait pas dormi de la nuit, aiguisant la lame de son arme sur la pierre, assis dans l'obscurité. Il l'avait affûtée jusqu'à ce qu'elle soit assez tranchante pour écorcher un lièvre sans qu'il se rende compte de quoi que ce soit. Au départ, il avait prévu de couper la robe du prêtre, de lui trancher les testicules et de les lui enfourner dans la bouche. Il se demandait ce qui le tuerait en premier : l'hémorragie ou l'étouffement ; mais les gardes du palais l'empêcheraient de parachever ce délicieux projet. Il avait donc changé son plan. Il s'agenouillerait devant le vicaire et baiserait son anneau, puis le regarderait dans les yeux pour qu'il connaisse son assassin. Alors il se lèverait, tirerait son couteau, afin qu'au moins un instant Salvago ressente les affres de la peur, et l'étriperait. Tout en tournant la lame dans le ventre de sa victime, il lui murmurerait à l'oreille, pour qu'elle sache bien pourquoi son sang se répandait sur le sol : « Maria, c'est pour Maria. »

Il frapperait quiconque tenterait de s'interposer... sauf l'évêque. Cubelles était un homme de Dieu et Jacobus ne voulait pas lever la main sur lui. Une fois tout cela fini, il s'enfuirait et se cacherait dans les grottes de Gozo, où personne ne le trouverait.

Si seulement Maria avait été sa femme, il aurait pu tuer Salvago sans crainte d'un châtiment : c'était le devoir sacré d'un homme de défendre l'honneur de son épouse. Mais ils n'étaient pas mariés. Au cas où il se ferait attraper, il s'était préparé à mourir dans les cachots sous le palais. Il devrait subir les cordes et la roue, les outils de torture et les fers rouges. Il mourrait heureux d'avoir, pour Maria, remis Salvago entre les mains de son Créateur afin qu'il se soumette à Son jugement.

Il ne restait que cinq personnes devant lui et il voyait le visage décharné du vicaire, sa silhouette mince sous sa robe ; il le tuerait facilement. Il s'avança ; ils n'étaient plus que quatre. Le crucifix du prêtre étincelait sur sa poitrine. Jacobus posa sa main sur la poignée du couteau.

Un homme s'en alla. Encore un pas en avant. Plus que quelques instants. Jacobus se trouvait assez calme.

Soudain, une cloche sonna dans la tour. Cubelles dit quelque chose à Salvago, qui hocha la tête. Avec un sourire, l'évêque s'adressa aux fidèles pour s'excuser.

— Mes chers frères, le devoir nous réclame. Que Dieu vous bénisse et vous protège.

Sur ce, les deux hommes disparurent derrière une porte à l'arrière de la salle.

— Revenez une autre fois, dit un garde qui, du geste, invitait la foule à repartir. La séance est terminée.

— *Imma sinjur*, plaida Jacobus. J'ai attendu des heures pour une bénédiction.

— *Jiddispjacini*. C'est très dommage. Tu pourras peut-être les revoir ce soir ; il y a une procession de Sainte-Agathe à Saint-Laurent pour la messe de minuit.

Christian passa l'après-midi à s'occuper de ses patients et à leur servir du veau, du fromage et du vin. Avec Noël, Pâques et la Pentecôte, le carnaval était le seul moment de l'année où un homme pouvait estimer qu'il avait de la chance d'être un résident de l'infirmerie : que sa jambe soit en train de pourrir ou son cerveau de se consumer de fièvre, son estomac passait la journée au paradis, grâce au festin servi par la noble main d'un hospitalier de Saint-Jean.

En sortant, il tomba sur Angela Buqa à la porte. Elle discutait avec le garde de faction. Derrière elle, il y avait deux valets de pied qui tenaient de lourds paniers de nourriture. Quand elle vit Christian, son expression trahit clairement qu'elle avait espéré le voir. Elle le héla :

— Frère de Vries ! Voulez-vous dire à cet homme que je ne suis pas une horde de Sarrasins venue envahir ces quartiers tranquilles. J'apporte une modeste contribution de nourriture, c'est tout. Mais il ne veut pas me permettre d'entrer dans la cour.

— Mes excuses, *barunessa*. Il a des ordres. (Il en donna un autre au factionnaire, qui soulagea les domestiques de leur fardeau.) C'est très aimable à vous, remercia-t-il. Nos réserves sont regrettablement pauvres.

Puis il lui souhaita une bonne journée et commença à partir. Mais elle lui emboîta le pas.

— Vous allez tournoyer ?

— Je crains que non, lui répondit Christian en la gratifiant d'un sourire. Je pense que mon arrière-grand-père a été le dernier de notre famille à essayer. Nous avons un portrait de lui réalisé quelques années plus tard, avec un œil en moins. Je crois que j'aurais déjà de la chance de faire aussi bien. Je me débrouille mieux avec de plus petites lames. Mais pour l'instant, je dois aller aider mon ami Bertrand à terminer un travail à la plume.

— Ah oui ! J'ai entendu parler de votre satire. Le pilier a été assez gentil pour me permettre d'y assister ce soir.

— Je crains que la représentation ne vous pousse à faire appel à mes talents de chirurgien.

— J'en serais enchantée, frère de Vries.

Christian la regarda droit dans les yeux.

— Naturellement, votre époux est le bienvenu.

Le visage d'Angela se voila.

— Il est occupé ailleurs.

Au même instant, Bertrand recevait une nouvelle perturbante de Çeralta. Chaque année, une des Langues produisait son œuvre en public et c'était le tour de l'Italie. Mais le matin même, une de ses galères de ravitaillement avait été endommagée par l'explosion d'un baril de poudre et menaçait de sombrer au large de Gozo. Parmi les Italiens dépêchés sur place en renfort, il y en avait précisément deux qui devaient participer au spectacle. Aussi le pilier avait-il demandé à être excusé.

— Mais bien évidemment, la représentation doit avoir lieu, avait ajouté Çeralta. Les Maltais l'attendent. Le devoir nous en incombe donc.

— Notre saynète a été conçue pour être jouée dans notre auberge, pour un public français... de chevaliers, au surplus. D'autres pourraient ne pas la trouver si... si... avait objecté Bertrand.

— Ne m'embête pas avec ça, Cuvier. De toute façon, les Maltais ne comprendront pas.

Chapitre 30

Bien qu'il eût passé le plus clair de sa journée à épier Salvago, Jacobus n'était jamais parvenu à s'en approcher. Le vicaire avait assisté à une messe dans la cathédrale de Mdina, mais il s'y était rendu dans une voiture escortée par des cavaliers. Ensuite, dans l'après-midi, il y eut une nouvelle réception, mais elle était privée. Jacobus observa un flot de bénédictins tonsurés, de carmélites aux pieds nus, de frères de la communauté des Ermites de saint Augustin, et de curés entrant et sortant du palais de l'évêque. Quand il essaya de se mêler à eux, des gardes lui barrèrent le passage.

Le garçon voulait tuer Salvago au corps à corps, les yeux dans les yeux. Hélas, rien ne lui permettait de dire combien de temps il devrait attendre pour que le prêtre se trouve dans un endroit où il pourrait l'approcher. Il risquait de s'écouler des semaines, voire des mois. Il n'en était pas question ! La rage lui tordait les entrailles. L'honneur de Maria devait être vengé sur-le-champ. Jacobus s'y prendrait autrement.

Il se rendit sur la place du village, où la procession de la messe de minuit devait passer. Cette grande esplanade pavée était le centre de la vie locale : les hérétiques y étaient brûlés, les conteurs s'y produisaient, les crieurs publics y clamaient leurs annonces. Le cortège s'ébranlerait de Sainte-Agathe. A l'opposé s'élevait la tour de l'horloge, de style normand. Sur un autre côté, près d'une série d'échoppes, une estrade était en train d'être montée en vue du spectacle.

La tour était haute de cinq étages, avec des fenêtres à chaque niveau. A son sommet se trouvait un balcon avec une rambarde de bois supportée par de massifs corbeaux. Jacobus y repéra le guetteur, mais il savait qu'il ne resterait perché à son poste que pendant les heures diurnes, quand il pouvait surveiller l'approche des bateaux et d'éventuelles tempêtes. Du crépuscule à l'aube, l'édifice serait vide. Jacobus pourrait s'y cacher sans se faire repérer et bénéficier d'une vue plongeante sur la place. C'était parfait. Sur le coup de minuit, il fournirait à la foule un autre divertissement.

Comme il commençait à se faire tard, il revint en courant à M'Kor Hakhayyim, où il récupéra une arbalète et une poignée de carreaux dans la cache d'armes. Au moment où il ressortait, il croisa Maria, qui apportait de la nourriture. Il supposa qu'elle n'était pas d'humeur à assister au carnaval et passerait la soirée dans la grotte. Bien qu'il la vît sourire, la tension de son visage était évidente et elle ne fit que renforcer sa résolution. La jeune femme regarda l'arbalète.

— Tu vas chasser ?
— Oui, répondit-il.

Il se fit emmener à Birgu dans la charrette d'un paysan dans laquelle, réalisant qu'il n'avait rien emporté pour dissimuler l'arme, il vola un sac de grosse toile. La nuit était tombée depuis longtemps quand il arriva sur la place grouillant de monde. Il discerna le garde dans la tour, qui, penché pardessus la rambarde, observait la place. Il erra dans la foule. Il n'avait pas faim, mais se força à manger un morceau de pain, car il aurait besoin de force, et l'arrosa d'un vin léger. Puis il se dirigea vers la scène où la pièce allait débuter. Réparties autour de l'estrade éclairée par des torches, plusieurs centaines de spectateurs attendaient la représentation. Au fond, un rideau dissimulait les acteurs.

La nuit était effroyablement chaude, lourde. Chacun se rafraîchissait avec un éventail en papier en bavardant gaiement avec son voisin, impatient de voir le spectacle et de participer à la fête qui suivrait. A dix heures, la cloche de l'horloge sonna. Les gens s'écartèrent pour laisser passer plusieurs dignitaires de l'ordre, qui prirent place sur des fauteuils de velours bleu. Un page apparut sur l'estrade et souffla dans une trompette.

Jacobus leva les yeux. Le garde était encore là. « Sois patient. Il y a encore le temps. »

— Je croyais que tu avais dit qu'il n'y aurait personne de haut rang, persifla Christian.

A travers le rideau, il observait l'assistance. Comme prévu, il y voyait des chevaliers français et espagnols, et un grand nombre de Maltais. Mais il y avait aussi plusieurs personnalités de l'ordre. A côté de Çeralta, il remarqua notamment le grand chancelier et un général des galères, et, plus inquiétant aussi pour lui, Oliver Starkey.

— Même sir Oliver est ici, lâcha-t-il.

Bertrand était en train de lutter pour rentrer dans son costume.

— Vois le bon côté de la chose, répondit-il. Nous devrions être honorés qu'un Anglais préfère notre bagatelle à celle des Allemands.

Quand le page fit retentir sa trompette, Cuvier inspira profondément. Déguisé en reine de la folie, il s'avança sur la scène avec sa robe trop large et sa blouse fleurie, et fit la révérence sous un tonnerre de rires. Avec emphase, il produisit un parchemin.

— Illustres fous et distingués ivrognes, lut-il, prenez garde, car ici se trouve mon histoire, le conte de la folie, où il est narré comment j'ai pris un pays entier dans ma bouche et avalé des trésors.

Sous les sifflets, Soliman jaillit sur scène, vêtu de nippes sales et coiffé, en guise de couronne, d'un turban surmonté d'un nid d'oiseau d'où sortait une herbe solitaire. Il espionnait un paysan, assis près d'une table drapée figurant une île, sur laquelle scintillaient des joyaux. Le sultan jeta sa cape dessus en marmonnant quelques incantations sommaires, puis il la retira. Bertrand avait conçu un petit tour de passe-passe : un page caché sous la table avait remplacé les bijoux par des pots rouillés. Le paysan s'approcha humblement :

— O lumineuse majesté, une babiole de ta boîte ?

Le sultan le jeta à terre.

Debout au bord de la foule, Jacobus regardait distraitement le spectacle. Son esprit était ailleurs. Cette fois, en se tournant vers le sommet de la tour, il ne vit plus le garde. Il décida d'attendre encore un peu avant d'aller se mettre en place.

Coiffé d'oreilles d'âne, Christian de Vries fit à son tour son apparition sur la scène. Un signe grossier sur sa poitrine le désignait sous le nom d'Avla — allusion à peine voilée au duc d'Alva, le duc d'Albe, de la cour de Philippe. Certains chevaliers français huèrent l'Espagnol, qu'ils détestaient. Le ridicule Avla croisa le fer avec le sultan, qui s'échappa facilement avec son larcin. Le duc écarquilla les yeux d'envie en repérant les pots, les couvrit à son tour de son manteau, fit le signe de croix et dégagea le vêtement, révélant des excréments. La foule était aux anges. Le paysan se releva pour saluer son nouveau maître, paumes levées.

— O bienveillant seigneur, une miette de ton grenier ?

Avla balança lui aussi l'homme à terre.

Jacobus remonta une allée étroite. Il ne cessait de regarder le balcon, mais il n'y avait plus aucune trace du guetteur ; la plate-forme était vide. Il atteignit le portail de fer qui donnait accès à la cour minuscule derrière la tour. Une chaîne enroulée le fermait, dépourvue de cadenas. La rue était plongée dans le noir. Pratiquement tout le village se trouvait sur la place. La sueur commença à couler sur le front du garçon. Aussi silencieusement qu'il put, il s'introduisit dans la cour, la traversa en vitesse, ouvrit la lourde porte de bois de la tour et la referma derrière lui. Quatre à quatre, il monta l'escalier en marquant une pause à chaque palier pour écouter. Les rires montaient de l'esplanade. Au dernier étage, il s'avança prudemment dans la salle haute.

En se changeant dans la coulisse, Christian entendait des bavardages en maltais, qu'il ne saisissait pas, à la différence des rires, des huées et des hurlements, qui ne nécessitaient aucun dictionnaire. Les Maltais ne comprenaient ni le français ni la politique, mais les gros effets ridicules et visuels leur plaisaient, et c'était suffisant. Christian se demandait comment les dignitaires de l'ordre accueillaient la pièce. Leurs expressions ne trahissaient rien. De toute façon, il était trop tard pour s'en inquiéter.

Il revint en scène, cette fois dans un uniforme de soldat, avec des éperons dorés. Quelques années auparavant, le défunt pape, l'impopulaire Paul IV, avait créé l'armée des Eperons d'or. Les Espagnols le détestaient parce qu'il l'avait utilisée contre l'Espagne ; quant aux Français, ils le haïssaient parce que cette tentative malheureuse avait rallumé une longue guerre entre les deux pays. Le personnage se pavana, incendia un village et le bénit d'un signe de croix. Il but une rasade de sa gourde et s'arrêta dans un bordel pour honorer une jeune fille. Alors, il avisa les excréments et le paysan à côté, qui se relevait à peine.

— O puissant seigneur, un morceau de ta faveur ?

Le soldat sortit une courte épée de sa ceinture, tua l'homme et mit le feu aux déjections. Le public était hilare alors que les immondices — préalablement aspergées de salpêtre — s'enflammaient dans un grondement.

Jacobus s'avança dans la salle haute, sans s'aventurer sur le balcon. Il constatait qu'il se présentait comme il l'avait imaginé : un parfait perchoir, avec une vue dégagée sur Sainte-Agathe. Il sortit son arbalète du sac et chercha les flèches.

— Que... Que fais-tu... ?

Jacobus pivota. Le guetteur était assis dans l'ombre sur le sol, une bouteille à la main. Il avait pratiquement autant de mal à articuler qu'à se relever.

— Personne ne vient ici sans...

Jacobus essaya de lui donner un coup de poing, mais l'homme évita l'impact et lui attrapa le bras. Même saoul, il était diaboliquement fort. De son bras libre, le garçon lui balança son arbalète sur la tempe. La victime tituba, l'agrippa par la chemise et le tira en arrière. Ils allèrent s'écraser contre le mur, puis sur le sol.

En bas, sur la place, nul n'entendait leur affrontement.

— Ne craignez pas la sécheresse de la folie, clamait Bertrand, car il reste assez de pisse dans sa coupe pour vous blesser tous et n'épargner personne.

Tandis que l'amoureux transi de Maria martelait le veilleur avec ses poings, une mêlée sauvage venait de se déclencher sur la scène. Avla avait été rejoint par une reine habillée comme une harpie, un roi déguisé en clown, et des guerriers dans d'antiques armures et de vieux heaumes, qui tous dansaient telles des marionnettes au bout des ficelles de la folie. Epées tourbillonnant, ils s'agitaient autour de la table fumante et se battaient comme des fous.

Cinq étages au-dessus d'eux, le gardien flanchait sous les coups répétés et cessa de résister. Haletant, Jacobus le tira par les chevilles jusqu'à un angle de la pièce. Il entendait le bruit du bois cognant le métal, des casques tombant sur la scène et des rires rauques. Déchirant des bandes de son sac, il lia étroitement les mains et les pieds du veilleur, puis il le bâillonna et, par précaution, lui banda les yeux. Il ne pensait pas que l'homme ait vu son visage, lui-même n'ayant distingué qu'une vague ombre dans le noir. Mais s'il se réveillait, il ne voulait pas prendre le moindre risque.

Jacobus regrettait d'avoir dû frapper un innocent. Il ne voulait de mal qu'à un seul être. S'agenouillant au-dessus du bonhomme, il écouta s'il respirait : son haleine empestait l'alcool ; il était évanoui, mais vivant.

Sur la scène, seul Avla était encore debout. Il versa de l'eau sur les excréments, puis couvrit une dernière fois la table de sa cape. Quand il l'enleva, tout avait disparu.

Jacobus s'accroupit, reprenant sa respiration et écoutant les lamentations de la folie sur l'estrade.

— Et ainsi, tous furent blessés et aucun n'a été épargné,

alors que la lumière s'effaçait devant les ténèbres. La raison a péri, la foi s'est effondrée, et moi seule reste indemne, dévouée maîtresse de l'humanité.

Jacobus s'approcha du balcon en rampant. La folie s'inclinait bien bas sous une tempête d'acclamations et d'applaudissements. Pendant que les acteurs se relevaient pour saluer, le garçon examina son arbalète, de peur que la bagarre ne l'eût endommagée. Il la souleva et la vérifia soigneusement. Tout semblait en ordre. C'était une arme à levier en bon acier. Comme la plupart des pièces du petit arsenal de M'Kor Hakhayyim, elle était à la fois vieille, dépassée et assez imprécise à distance ; mais de près, elle était aussi meurtrière que n'importe quel modèle récent. De là où Jacobus se trouvait, sa cible apparaîtrait à moins de cinquante mètres. Son premier tir devait être parfait, car il n'aurait pas le temps de recharger.

Il visa une femme du public, puis un vendeur de rues proposant des brochettes près de la porte de Sainte-Agathe, et enfin le front du duc d'Avla. Il sourit. Un tir suffirait pour le prêtre : il lui planterait le carreau dans l'œil.

Transpirant abondamment dans leurs costumes, mal à l'aise, Christian et Bertrand virent les dignitaires de l'ordre s'approcher. Oliver Starkey était celui qui les inquiétait le plus. En raison de son intimité avec le grand maître, il était le plus puissant des chevaliers présents ; il était aussi le dernier représentant de la Langue d'Angleterre à Malte, la plupart de ses frères ayant été décapités par Henri VIII. Il était notoire qu'il était un ami du cardinal Pole, l'archevêque de Canterbury, un homme qui avait été persécuté par le pape — celui-là même que la pièce venait d'étriller. Sur cette base, les deux amis espéraient qu'il l'eût appréciée. Mais ses premiers mots ne les rassurèrent pas.

— Si le grand maître avait vu ce spectacle sacrilège, commença-t-il d'un ton grave, il aurait ordonné que vous soyez défroqués et bastonnés. Priez pour qu'il n'en entende jamais parler, même si je ne connais pas un homme assez fou pour aller lui rapporter la chose. (Puis sa face s'adoucit d'un sourire.) En tout cas, ce ne sera certainement pas moi, car il m'a mis sur le gril autant qu'il m'a donné du plaisir. Bien joué, mes garçons, bien joué. (Il se tourna vers Çeralta et lui secoua vigoureusement la main.) De tout l'ordre, je crois que seule la Langue de France aurait pu produire une telle farce, aussi éblouissante que spirituelle, fondée sur des déjections. Les Italiens se seraient contentés de nettoyer avec goût et raffinement, et surtout ils auraient soigneusement évité d'offenser le vicaire de l'Inquisiteur. Très original de votre part, frère Çeralta. Et surtout très, très divertissant. Très.

Riant de bon cœur, le dignitaire s'éloigna.

Quand Çeralta se tourna vers ses chevaliers, son sourire avait laissé place à une fureur glaciale. C'était un homme pieux et il vilipenda leur jugement, leur goût et la bêtise d'avoir proposé un tel spectacle au moment où le vicaire arrivait dans l'île.

— Je pensais que pour avaler une telle quantité d'immondices, il fallait boire cul sec l'intégralité de la cale d'une galère arabe. La seule chose qui vous épargne le fouet, c'est que c'est moi qui vous ai demandé cette satire. Mais je pensais que vous témoigneriez d'un minimum de dignité et de goût. Hors de ma vue avant que je trouve une arme.

Les compères se firent d'autant moins prier que Christian venait d'apercevoir Angela Buqa tout près. Il entraîna Bertrand dans la direction opposée et ils se fondirent rapidement dans la foule. La chose fut aisée ; on festoyait dans les tavernes, on dansait dans les rues. Des acrobates se lançaient dans d'audacieux sauts périlleux au-dessus de cochons, tandis que des hommes déjà ivres lançaient des couteaux sur des cibles installées sur les portes. Des courtisanes tentaient de séduire des chevaliers et les boulangers chantaient avec les marins.

On croisait des costumes et des masques de toute sorte, conçus à partir de filets de pêche ou de paille, de sacs de grosse toile ou de soie. La place et les rues avoisinantes étaient envahies de dragons et de fous, de pirates et de têtes couronnées, d'Espagnols sévères et de gais Vénitiens, d'élégants Florentins et de bellâtres Français, de corsaires et de Sarrasins, de capitaines au long cours et de poissons qui les dévoraient. Certains masques, très simples, tenaient par un vulgaire bâton devant les yeux, d'autres, plus élaborés, étaient rehaussés de plumes et de dentelles.

Christian et Bernard se joignirent à une joyeuse bande de Rhodiens ivres et tapageurs. Ils lancèrent des fléchettes, chantèrent faux en accompagnant un violon, firent la course à dos de mule dans une allée juste assez large pour une seule et finirent sur le derrière. Cuvier semblait disposer d'une source inépuisable d'un excellent vin, qu'il produisait à intervalles réguliers.

A onze heures quarante, repérant de l'activité près de la porte de l'église, Jacobus fixa le système de levier de l'arbalète à la corde et mit son pied dans l'étrier. Il tourna la manivelle une douzaine de fois, remontant la corde le long du fût, puis la bloqua dans sa position. Derrière lui, dans la salle, le garde n'avait pas bougé.

En bas, Bertrand rencontra une courtisane qu'il connaissait. Lançant un joyeux au revoir à Christian, il disparut avec elle dans les rues sombres. De Vries se laissa porter par la masse des fêtards. Certains tenaient des bougies, d'autres dansaient et chantaient en se déversant sur la place. Là, une douzaine d'animations et de représentations indépendantes s'offraient à eux. Aux abords de l'église, une foule plus disciplinée commençait à grossir. Elle attendait de se joindre à la procession qui se dirigerait vers Saint-Laurent.

A onze heures quarante-cinq, les cloches de Sainte-Agathe retentirent, annonçant la fin du premier office. Jacobus plaça le carreau dans la glissière, fixa le cran de la poignée tendant la corde et visa de nouveau. Cette fois il prit pour cible le sein d'une courtisane et l'oreille d'une mule. Malgré l'heure tardive, il semblait faire de plus en plus chaud et humide, et il essuya des gouttes de sueur salée qui lui coulaient dans les yeux.

Une femme en robe flottante, au visage dissimulé par un masque de chat, attrapa Christian par l'épaule et le poussa dans l'ombre près de la tour de l'horloge. Il supposa qu'il s'agissait d'une prostituée. Elle l'enlaça et posa sa tête sur sa poitrine. Il sourit, ferma les yeux et commença à osciller avec elle au rythme de la musique. Ce n'était pas une danse, mais une ondulation sensuelle. L'inconnue pressait son corps contre celui de Christian, qui sentait monter l'excitation en lui. Après tout, Bertrand avait raison. Christian rouvrit les yeux et enleva le masque de sa partenaire.

Il se figea. C'était Angela Buqa.

Il s'obligea à sortir de sa torpeur avinée.

— Vous...

— Moi ! murmura-t-elle.

Sa bouche chercha avidement celle de Christian. Elle posa ses mains sur sa poitrine, puis sur son dos.

— *Barunessa*, s'il vous plaît.

Il commença à la repousser, mais comme elle s'accrochait, sa détermination vacilla. Finalement, ils étaient deux fêtards au milieu de centaines d'autres, perdus dans le bruit et les couleurs, dans la musique et les ténèbres. Elle était magnifique et il était tard. Angela se dressa sur la pointe des pieds et ses mains passèrent sous la tunique de Christian. Elle fit courir ses doigts sur sa poitrine, la caressa doucement, puis descendit vers le bas-ventre. Christian suffoqua et se pressa contre elle.

Jacobus se raidit. Les portes de Sainte-Agathe s'ouvraient. Un flot d'acolytes sortit. Puis un enfant de chœur apparut, brandissant une croix de bronze au bout d'une longue perche de bois. Derrière lui marchait la procession, silhouettes fantomatiques chantant, au visage éclairé par les bougies et les torches. Elle allait longer l'esplanade et descendre la colline pour gagner Saint-Laurent. Elle contrastait sérieusement avec les noceurs les plus proches, mais n'entachait en rien la poursuite des festivités. Les hymnes et les prières se mêlèrent aux rires et aux bruits de ripaille, et autres plaisirs interdits, en un étrange concert. « Dieu à une extrémité de la place, le diable à l'autre, pensa Jacobus. Mais de quel côté suis-je ? » Il s'humecta les lèvres et attendit de tirer, le moindre muscle tendu.

Debout dans l'ombre au pied de la tour, le visage dissimulé derrière un masque de dragon, un homme observait une scène différente. Antonio Buqa pensait que son cœur allait le lâcher. Il avait du mal à respirer, et réprimait à grand-peine des larmes de rage et de douleur. Toute la soirée, il avait suivi sa femme, comme il l'avait fait depuis des jours. A présent qu'il avait surpris ce qu'il redoutait, il regrettait ses soupçons. Il aurait voulu revenir en arrière et ne jamais apprendre cette chose effroyable.

Quand Angela avait entraîné l'homme dans la pénombre, il n'avait pu discerner de qui il s'agissait. Mais maintenant, il le reconnaissait : de Vries. « Il est venu chez moi ! » Aveuglé par la souffrance, le baron déchira son col et jeta son masque, puis il s'éloigna en chancelant dans une rue qui partait de la place.

Jacobus visa la croix tenue par l'enfant de chœur. Juste derrière marchait Cubelles dans sa robe cramoisie, les mains jointes, en prière. Suivaient le vicaire, silhouette maigre et noire, et le capitaine du Saint-Office, chargé d'administrer les châtiments corporels ordonnés par l'Inquisition.

Jacobus mit le doigt sur la détente de l'arbalète et visa la tête de Salvago, juste sous la coiffe. La cloche sonna minuit ; il tira. Quand le carreau fila, la corde, usée, cassa sous l'effet de l'intense pression. Jacobus hurla de douleur quand son extrémité lui fouetta le bras en s'enroulant au bout de l'arme. Le claquement sec de l'arbalète libérée se répercuta sur toute la place, parfaitement audible malgré l'agitation. Cubelles, en tout cas, l'avait entendu et levait la tête vers la tour.

La corde brisée avait légèrement modifié la course du trait, qui rata l'œil de Salvago et lui traversa l'épaule, brisant la clavicule et ressortant sous l'omoplate. Le carreau vint se ficher entre deux pavés.

Derrière le vicaire à terre, la procession s'arrêta dans la confusion la plus totale. D'abord, les participants crurent qu'il avait trébuché, mais des cris d'horreur jaillirent à la vue de la mare de sang qui grandissait sous lui. L'onde de choc se communiqua à la foule. Cubelles s'était retourné et s'agenouillait près de Salvago pour lui tenir délicatement la tête. Celui-ci avait les yeux ouverts, mais son visage était plus blême que jamais. Du sang coulait du coin de ses lèvres. L'évêque fit un signe au capitaine de la verge et désigna la tour du doigt.

— *Hemm fuq*, lança-t-il. J'ai entendu quelque chose. Allez voir rapidement.

Le capitaine glapit un ordre et deux gardes se précipitèrent en repoussant brutalement les gens.

Jacobus tituba sous l'effet du choc et de la douleur, et son cœur tressaillit quand il vit sa cible terrassée. Puis il repéra les gardes qui se dirigeaient vers la tour. Fébrilement, il ramassa l'arme, enjamba le guetteur toujours inerte, ouvrit la porte et dévala l'escalier quatre à quatre. Malgré le bruit de sa course, il perçut les cris à l'extérieur. Le démon était sûrement mort.

Au troisième palier, il regarda par la fenêtre. Les soldats étaient déjà au portail. Ils enlevèrent la chaîne et s'élancèrent dans la cour. En atteignant le palier suivant, Jacobus entendit la porte de la tour s'ouvrir. La seule issue possible était bloquée.

Il regarda par une fenêtre et s'agenouilla sur l'étroite margelle : le sol se trouvait deux étages en dessous. Des piliers de pierre soutenaient la grille de fer qui cernait la cour. Derrière lui, il entendit des pas lourds. Il n'avait pas le temps de réfléchir. Arbalète en main, il sauta de son perchoir pour atteindre un des piliers, d'où il se laisserait glisser jusqu'au sol. Mais il fut incapable de se réceptionner correctement sur l'étroite colonne et bascula vers les terribles pointes de fer prêtes à l'empaler. Il effectua une torsion pour les éviter, mais l'une d'elles lui pénétra le torse, brisant des côtes et déchirant sa poitrine. Seule son agilité le sauva de la mort. Pivotant d'un coup de reins au moment du contact, il s'écarta de la lame mortelle et s'effondra sur le sol. L'arbalète tomba sur le pavé avec fracas.

Stupéfiés par l'apparition tombant du ciel au milieu d'eux, plusieurs ivrognes reculèrent.

Jacobus se releva péniblement. Haletant, retenant un lambeau de chair déchirée, il se sauva en titubant dans la nuit, laissant dans son sillage une traînée sanglante.

Christian n'avait fait que toucher les lèvres d'Angela quand il entendit retentir le bruit sec de la corde brisée. Les hurlements qui suivirent presque immédiatement heurtèrent ses sens. Il planta là sa compagne et courut en direction des cris.

L'un des curés le vit.

— Frère de Vries ! Grâce au Ciel, vous êtes là ! Vite, par ici !

La victime était consciente, ses yeux sombres en alerte. Cubelles avait enlevé l'étole de soie blanche de son propre cou pour l'appliquer sur la plaie du dos, qui saignait abondamment.

— Votre Grâce, dit Christian, qui venait de reconnaître le prélat. (Il s'agenouilla à son tour près du blessé.) Laissez-moi voir.

Il écarta le tissu. La tache cramoisie ne cessait de grandir. Il examina la plaie du bout des doigts pour en évaluer la gravité, puis s'adressa au capitaine en train de gratter entre les pavés avec son couteau.

— Qu'était-ce ? s'enquit-il.

Le soldat montra l'extrémité encochée de la flèche. Le reste de la hampe était encore enfoncé entre les pierres. Mais ce petit bout suffisait.

— Un carreau d'arbalète !

Le prêtre grommela. Christian comprima la blessure pour étancher le saignement et détailla le point d'impact du projectile. Quand il examina la zone entourant la clavicule brisée, Salvago se raidit et cria.

— Désolé, mon père. C'est une fracture propre. Elle devrait bien guérir.

— Si Dieu le veut, suffoqua Salvago. (Il grimaça quand

Christian recouvrit la blessure.) Un chevalier s'occupant du vicaire, murmura-t-il faiblement. Le grand maître voudra sûrement votre tête.

Christian comprit alors à qui il avait affaire. Tous avaient le nom de cet homme à la bouche.

— Vous êtes donc le père Salvago.

— *Sì.*

— Je ne peux pas prétendre parler pour le grand maître, mon père, mais je pense raisonnablement qu'il ordonnerait qu'on vous soigne.

« En considérant que le carreau était un don du Ciel », pensa-t-il.

Sous la conduite de Christian, six hommes, trois de chaque côté, soulevèrent doucement Salvago et le portèrent jusqu'à l'infirmerie voisine.

Chapitre 31

Fençu revint assez tard à la grotte. Il avait passé la soirée à voler de l'argenterie dans les grandes demeures de Mdina, pendant que leurs propriétaires assistaient à la fête. C'était sa meilleure moisson depuis des années.

Il se glissa silencieusement en essayant de ne réveiller personne et posa sa besace près du feu. Soudain, il tendit l'oreille. Le bruit, sourd et à peine audible, provenait du fond de la grotte. Il prit une bougie dans une main et une épée dans l'autre, puis s'approcha prudemment. Un animal blessé avait dû se glisser là, se dit-il. Sur sa paillasse, il aperçut la silhouette endormie d'Elli et celles des autres occupants de la caverne dans leurs niches respectives. Il entendait plus nettement le ronflement étouffé. Celui-ci sortait d'un tas de paille enfoncé dans l'un des coins les plus sombres de M'Kor Hakhayyim. Fençu s'avança un peu plus près en tendant la bougie.

— Jacobus ! Que...

Fençu tomba à genoux.

Pâle comme la mort, le garçon se tordait de douleur. Le sang inondait sa chemise.

— Elli ! hurla Fençu. Viens vite !

Les yeux encore gonflés de sommeil, Elli apparut un instant après. A la vue du blessé, elle porta ses mains à sa bouche.

— Je vais chercher des bandages.

Penché sur Jacobus, Fençu lui enlevait délicatement son vêtement.

— Que s'est-il passé ? Quelqu'un t'a tiré dessus ?

— Oui... non. Dun Salvago... Tué... Lui. Tiré dessus... Mort. J'ai...

— Jacobus ! Est-ce qu'on t'a vu ? Savent-ils qui tu es ?

Le garçon marmonna quelque chose, secoua la tête et s'évanouit. Fençu jura.

— Elli, vite ! Il est en train de mourir.

En regardant derrière lui, il vit que Maria était là, debout, les yeux écarquillés après ce qu'elle venait d'entendre. Elle se jeta au côté de son ami et posa sa tête sur sa cuisse.

— Jacobus, Jacobus, non, non...

Fençu regarda la blessure, et grimaça en voyant la plaie béante et couverte de sang. Jacobus respirait avec peine. Le ronflement provenait de sa poitrine ouverte.

— Qu'Elohim lui vienne en aide, murmura le chef de la communauté. Je ne peux pas m'occuper de ça.

— Le Dr Callus, dit Maria.

— Si on l'emmène à Mdina, ils l'arrêteront. (« Et nous avec », pensa Fençu.) Nous devons faire venir le médecin ici.

— Nous n'avons pas le temps. Je ne vais pas le laisser mourir. Et ils ne l'ont pas vu. Tu as entendu ? On inventera une histoire.

— On ne sait pas faire ça.

— Si tu ne viens pas, aide-moi au moins à le mettre dans la charrette.

Fençu soupira. Sur ce point, Maria était exactement comme Elli : quand elle était décidée, il aurait aussi bien pu essayer de convaincre un rocher. Son épouse revenait justement avec des bandages et il les enroula autour de la blessure du mieux qu'il put.

Le voyage jusqu'à Mdina fut atrocement lent. Les roues de bois communiquaient chaque cahot, chaque secousse. Maria était à l'arrière avec le blessé pendant que Fençu conduisait.

— Tu vas le tuer si tu ne fais pas plus attention, lança-t-elle.

Mais le conducteur ne pouvait rien faire pour atténuer les secousses.

Dans Mdina, Maria frappa à la porte du médecin. A sa grande surprise, il ne dormait pas. Elle crut même entendre d'autres voix à l'intérieur. Apparemment, il y avait une réunion. Callus l'accueillit avec circonspection en refermant la porte derrière lui.

— Maria ! Par le Ciel, que se passe-t-il ?

— C'est Jacobus. S'il vous plaît, docteur. Il a besoin de vous.

Callus disparut dans sa maison et ressortit avec une lampe. Le garçon était inconscient. Le praticien lui examina la poitrine et l'épaule.

— Qu'est-il arrivé ?

Fençu regarda Maria.

— Il est oiseleur. Il chassait dans les falaises. Et il est tombé sur les rochers, expliqua-t-il.

— Au milieu de la nuit ?

— On l'a cherché et l'on vient juste de le trouver.

— Ce n'est pas quelque chose que je peux traiter correctement ici.

— S'il vous plaît, insista Maria. Vous devez l'aider.

— Bien sûr. Mais c'est une blessure très sérieuse. Nous

n'avons pas ce qu'il faut à Santu Spiritu. Il y a un homme, à la clinique des hospitaliers. Un chirurgien français de l'ordre.

— Un chevalier ?

Paniquée, Maria secoua la tête. Un chevalier trahirait sûrement Jacobus.

— S'il vous plaît, docteur. Aucun médecin ne vous vaut.

— Maria, ne sois pas idiote. C'est un ami intime. Je lui confierais ma vie. Il est sa meilleure chance de s'en tirer. Sa seule chance.

Christian venait juste de finir de soigner Salvago, qui dormait dans un des dortoirs de l'hôpital, quand le Dr Callus pénétra en trombe dans l'infirmerie. De Vries le suivit dehors. Avec à peine un regard à la femme agenouillée, il se pencha sur le blessé. Sa respiration était laborieuse et superficielle. Il retira le bandage. Une écume rouge clair sortait de la plaie. Il l'examina un peu et lui sentit le pouls.

— Il n'en a plus pour longtemps, Joseph, dit-il à voix basse. Une telle blessure ne fait pratiquement toujours qu'empirer. Avant le prochain crépuscule, il sera mort.

— Je croyais que vous aviez dit qu'il était bon, lança Maria à Callus en italien. L'arrogant seigneur de l'ordre abandonne aussi rapidement qu'un enfant. Non... Même un enfant n'abandonnerait pas avant d'avoir commencé.

— Maria ! s'offusqua Callus. Retiens ta langue !

— Certainement pas ! Je ne vais pas laisser Jacobus mourir ! La Langue d'Italie a une clinique. Emmenons-le là-bas. Peut-être qu'il y aura un chirurgien.

— Je n'ai pas abandonné, madame, rétorqua Christian d'un ton irrité.

Il n'avait assurément pas envie d'engager le débat avec une femme, mais quelque chose dans la voix lui fit lever sa lampe. A la lueur de la lanterne, adoucie par les premiers feux rosacés de l'aube qui pointait à travers les nuages, il vit son visage. Il pensa que sa réaction venait du vin — dont il avait abusé ces derniers temps — ou du sommeil — dont il avait manqué. A moins que ce ne fût l'heure ou la pureté de la lumière du matin. Toujours est-il qu'en la regardant, il eut l'impression de contempler les replis du Ciel lui-même. Un flot de chaleur et de trouble l'envahit. Elle portait une robe quelconque, mais son port était aristocratique. Ses yeux étaient animés, pleins de vie, expressifs. Ses traits, beaux, révélaient autant la force de caractère que la douceur. Pour tout dire, c'était la femme la plus étonnante qu'il eût jamais vue. Malgré l'hostilité indéniable qu'il lisait dans ses yeux, il se sentit vaciller en lui-même, comme s'il avait faim. Il resta un instant perdu dans cet état d'hébétude merveilleuse.

Il avait l'impression de l'avoir toujours connue, la conviction que les moindres nuances de son expression lui étaient familières, comme si elles étaient siennes. Le regard de la fille lui soufflait qu'il n'était pas le seul troublé. Elle était aussi immobile que lui. Son hostilité initiale était en train de se transformer en une perplexité prudente et bien qu'elle soit prête à l'agonir d'injures, les mots n'avaient pas franchi le seuil de ses lèvres.

Callus s'éclaircit la voix.

— Christian ! Nous ferions mieux de rentrer, tu ne crois pas ?

De Vries réalisa qu'il était accroupi là, stupidement, à la regarder. Pour des raisons qu'il ne comprit pas totalement, sauver le garçon devint essentiel.

— *Certo*, dit-il d'une voix mal assurée.

Assisté de Callus, Christian s'activa fiévreusement sur Jacobus. Le rythme cardiaque de son patient était faible et irrégulier. Comme il demeurait totalement inconscient, cela lui permit d'examiner délicatement et presque à loisir la zone des côtes. Dans la partie la plus interne de la blessure, il enfonça un linge qu'il avait trempé dans un mélange de jaune d'œuf, de térébenthine et d'huile de rose. Il y avait attaché un fil, pour pouvoir le retirer si les mouvements du poumon de Jacobus l'expédiaient trop profondément dans la cage thoracique. Callus en tenait l'extrémité, afin que Christian ne fût pas gêné dans ses gestes. Ainsi, il fut en mesure de disposer le tissu du mieux qu'il pût pour créer une barrière protectrice au-dessus des poumons. Il coupa la peau morte et les muscles déchirés de la poitrine et de l'épaule, et lava tout au vin.

Puis il effectua les points de suture, utilisant pour cela six longueurs de catgut. Deux fois, il s'interrompit pour soulager les crampes de ses doigts. Finalement, il couvrit la blessure d'un grand bandage enduit de gypse, qu'il enroula autour de la poitrine pour éviter les mouvements excessifs. Il ne laissa accessibles que les fils permettant de retirer, en cas d'urgence, le tampon laissé à l'intérieur.

Quand il eut fini, il était assez satisfait du résultat. Il avait passé pas mal de temps sur le blessé, en tout cas beaucoup plus que normalement, se dit-il, au regard du pronostic mortel plus que probable.

— Il n'y a plus rien d'autre à faire qu'attendre, dit-il.

Il se lava les mains et le visage dans une bassine posée sur un support mural. En dépit de l'heure, il faisait déjà très chaud dehors et l'eau fraîche lui procura une sensation délicieuse. Il devait dormir, il le savait. En se séchant, il regarda par la fenêtre. La femme — Joseph l'avait appelée Maria — était assise sur les marches du bâtiment d'en face, lisant un petit ouvrage en cuir. Souvent, elle levait les yeux vers la porte. De nouveau, il éprouva cette sensation d'émerveillement, aussi puissante à distance que s'il avait été tout près d'elle.

Callus s'approcha de lui en s'essuyant le visage.

— Ah, Maria est toujours là, remarqua-t-il distraitement. Je vais lui parler en sortant.

— Non, répondit Christian trop rapidement. (Il se sentit rougir en voyant le sourire entendu du médecin.) Je... J'allais sortir de toute façon. Je vais m'en charger.

Christian dévala les escaliers, traversa la cour au pas de course et déboucha dans la rue. La fille se leva pour venir à sa rencontre.

— Je ne savais pas que vous attendiez, *signorina*, mentit-il.
— Je me suis enquise de vous à la porte, il y a un moment, mais on m'a repoussée. On m'a dit que je vous verrais quand vous sortiriez.
— Je suis désolé que vous n'ayez pu entrer. Les règles sont inflexibles.
— Cela ne fait rien. Comment va-t-il ?
— Il est en vie, c'est tout ce qu'on peut dire. Une côte ponctionne son poumon. Avec Joseph, nous avons essayé de l'écarter autant que nous le pouvions.
— Il va mourir ?
— Je n'en sais rien. Quelquefois, de telles blessures guérissent seules. Parfois ce n'est pas le cas. C'est bon signe qu'il n'ait pas toussé de sang. Et il n'a qu'un peu de fièvre. En revanche, si cela empire, il mourra sûrement, comme ce sera le cas si...

Il s'arrêta soudain, réalisant qu'il en disait plus que nécessaire. Il vit qu'il y avait une grande force en elle, mais il remarqua aussi les larmes qui commençaient de perler au coin de ses yeux et ses efforts pour les réprimer. Il aurait désespérément voulu les essuyer lui-même.

— Je suis désolé, *signorina*. Je ne me sens jamais plus impuissant que quand j'ai fait mon possible et que je remets le patient entre les mains de Dieu. J'aurais voulu faire plus. Mais il est fort.

Elle acquiesça de la tête.

— Merci. (Maria, d'ordinaire sûre d'elle et confiante, cherchait ses mots.) *Per favore*, frère de Vries, commença-t-elle, hésitante. Si quelqu'un pose des questions... Jacobus chassait les oiseaux dans les falaises. Il est tombé sur les rochers. J'ignore si le Dr Callus vous l'a dit.

— Vraiment ? (Il observa son visage, le cœur battant à tout rompre.) Je n'aurais jamais imaginé cela au vu de la blessure.

— Je ne peux pas vraiment vous expliquer. Mais je vous en implore : il a fait une chute sur les rochers.

Christian savait parfaitement qu'il s'agissait d'un mensonge et crut deviner pourquoi. Il ne se souciait en rien d'une dispute entre un oiseleur et un prêtre ; à moins que l'ordre ne soit concerné, cela n'avait aucune importance. Ses yeux plongés dans les siens, il se sentait balayé telle une feuille impuissante emportée par le vent.

— *Signorina*, il va se passer des jours avant qu'on puisse savoir s'il s'en remettra. J'aimerais pouvoir vous inviter à attendre dans la cour à l'abri de la chaleur.

— C'est bien. Si je peux, je reviendrai ce soir.

Cette pensée l'emplit de joie.

— Certainement.

Il la suivit du regard jusqu'à ce qu'elle ait disparu sur la place.

Les *gendarmi* de Birgu organisèrent les recherches pour retrouver l'agresseur du vicaire. Ils remontèrent la trace sanglante depuis la tour jusqu'à l'endroit où elle disparaissait, à l'embouchure du port. Au regard du sang et des lambeaux de chair restés accrochés aux pointes de fer, il était clair que l'inconnu avait été sérieusement touché. Le guetteur était encore ivre quand ils l'avaient libéré et ne se souvenait de rien qui fût utile. Si d'autres avaient vu quelque chose, ils avaient encore trop la gueule de bois pour parler ou redoutaient simplement d'être impliqués. Même les gardes de la porte de la ville n'avaient rien vu. L'arbalète fut retrouvée dans des buissons au pied de la tour de l'horloge, mais elle pouvait avoir appartenu à n'importe qui. La corde brisée expliquait l'échec du tir. En fait, tant les *gendarmi* que l'évêque pensaient que la cible réelle était Cubelles, non Salvago, qui venait à peine d'arriver à Malte et n'avait pas pu se faire d'ennemi aussi déterminé.

En quête d'un blessé, les *gendarmi* se rendirent au Santu Spiritu et à la clinique de la Langue d'Italie, près de la prison des esclaves. Sans succès. Finalement, ils visitèrent l'infirmerie. En dépit de leur absence totale de juridiction et d'autorité à l'intérieur des murs de l'ordre, l'*infirmarian* coopéra pleinement à leur enquête. Après qu'il eut échangé des plaisanteries avec eux, il appela Christian.

— Je quitte à peine le vicaire, expliqua celui-ci. Sa blessure est douloureuse, mais elle ne menace plus sa vie, sauf si l'infection s'y glisse. Il dort beaucoup. Mais si tout va bien, il pourra quitter cet hôpital d'ici un jour ou deux et être transféré sans risque au palais de l'évêque.

— Dieu merci ! s'exclama l'un des fonctionnaires en faisant le signe de croix. Je dois aussi vous demander si vous avez soigné quelqu'un d'autre présentant une blessure grave.

Christian regarda l'*infirmarian*, qui hocha la tête pour exprimer son consentement.

— Il y en a eu cinq, répondit-il. Deux chevaliers, un Allemand et un Italien, qui souffraient de profonds coups de couteau qu'ils s'étaient infligés mutuellement au cours d'une bagarre. Un débardeur du port avec une fracture complexe de la jambe : le coin d'une caisse lui était tombé dessus quand un nœud avait lâché. Un maréchal-ferrant, auquel un cheval, devenu fou, avait défoncé le ventre. Enfin, un oiseleur de la paroisse de Zurrieq. (Christian fixa son interlocuteur.) Il est tombé de sa corde pendant qu'il chassait et s'est écrasé sur les rochers.

— J'aimerais voir le maréchal-ferrant et l'oiseleur, *honorabile*, demanda le fonctionnaire.

Christian sourit plus poliment que nécessaire.

— Ce sera inutile, monsieur. Le maréchal-ferrant est mort et l'oiseleur est inconscient. De toute façon, il ne peut être celui que vous cherchez. (Christian trouva curieux que le mensonge fût sorti si facilement de sa bouche.) J'ai enlevé des morceaux de roche quand je l'ai opéré, ainsi qu'une demi-*rotolo* d'algues dans son ventre. Il ferait un bon fourrage pour les mules, mais sûrement pas un meurtrier.

L'autre éclata de rire.

— Très bien. Comme il n'y avait pas d'algues sur la grille, je suppose que vous avez raison. Notre homme doit être raide mort quelque part dans un champ. Nous finirons bien par trouver ses os.

— Si Dieu le veut, dit Christian.

— Si Dieu le veut, répéta l'homme.

C'était le milieu de l'après-midi quand enfin il put sortir brièvement. Il n'avait pas trouvé le temps d'un petit somme, mais au lieu d'aller dormir, il alla, comme souvent, se rafraîchir. Il s'engagea dans la rue derrière l'infirmerie et se dirigea vers le mur surplombant la crique de Kalkara. La brise du nord agitait ses cheveux. Il respira profondément l'air salé. Au bout du Sciberras, il apercevait le fort Saint-Elme. Appuyé contre le mur, il se perdit dans ses pensées. Aussi ne l'entendit-il pas approcher. Elle était sortie de l'ombre et se tenait derrière lui. Son visage était dissimulé sous un voile.

— J'attendais près de la porte et j'ai failli ne pas vous voir sortir, dit-elle. Je suis contente que vous soyez venu par là.

Surpris, Christian sortit de sa rêverie. Il savait qu'il finirait par la revoir, mais ne pensait pas que ce serait si tôt. Il regarda dans la rue. Il y avait peu de monde de ce côté-ci de l'infirmerie et, en tout cas, personne n'était assez près pour entendre leur conversation.

— Je regrette ce qui est arrivé la nuit dernière, *barunessa*. J'ai mal agi.

— Il n'y a rien à regretter. Pour autant que je m'en souvienne, il ne s'est pas passé grand-chose avant votre fuite indélicate.

Son ton était taquin.

— Je n'ai jamais voulu être indélicat. Vous savez sans doute ce qui est arrivé.

— Naturellement. Et croyez bien que vous avez toute ma gratitude pour avoir soigné mon frère.

Surpris, Christian leva les sourcils.

— Le vicaire est votre frère ?

— *Sì*, et je n'aurais jamais imaginé qu'il puisse se retrouver en de meilleures mains. (Elle esquissa un sourire timide.) Mais j'ai moi-même besoin de vos attentions. Je pensais que vous pourriez peut-être me retrouver là où nous nous sommes rencontrés l'autre jour, près de la côte. Demain matin.

— C'est impossible.

— Naturellement, je comprends. Vos heures de service sont déjà fixées. Alors l'après-midi ou après-demain, quand vous aurez du temps libre.

— Non.

— Vous pouvez certainement trouver un moment...

— *Barunessa*, pardonnez-moi, mais même si c'était le cas, je ne le ferais pas. Nous ne devons plus nous revoir.

— A cause de vos vœux ?

Il s'impatienta.

— Vous devriez peut-être vous préoccuper des vôtres, *barunessa*, et me laisser les miens.

Elle ne se fâcha pas, comme il s'y attendait. Au contraire, elle se mit à sourire.

— Je trouve votre brutalité attirante, frère de Vries. J'ai senti la puissance de vos vœux la nuit dernière quand nous nous sommes embrassés. Je n'abandonnerai pas si facilement.

— Alors vous perdrez votre temps. *Addio.*

Il retourna vers l'infirmerie en sentant les yeux d'Angela Buqa dans son dos. En marchant, il réalisa qu'elle ne s'était même pas enquise de l'état de son frère.

Oubliant sa fatigue, il se remit au travail. A mesure que le soir approchait, il se prit à regarder de plus en plus fréquemment dehors par la fenêtre et, bientôt, y passa son temps.

Celle qu'il espérait voir arriva au crépuscule et elle revint le lendemain matin, à l'aube. Chaque fois, il se précipitait à sa rencontre en se sentant un peu stupide, mais quelques instants passés avec elle effaçaient cette sensation. Et chaque fois, à peine était-elle partie que déjà il se postait à la fenêtre pour la guetter.

Le baron Antonio Buqa avait ordonné à un valet de suivre sa femme. Celui-ci lui remit son rapport : elle avait revu le chevalier à la sauvette. Il avait espéré avoir pu être victime d'une hallucination, d'un horrible rêve, mais la réalité était incontestable. Il arpentait la pièce en tout sens, chaque pas aggravant sa fureur. Il brisa un miroir et renversa un lourd vaisselier. Il allait la tuer. Non, il ne ferait jamais ça ; il l'adorait. Alors il l'imagina dans les bras de cet homme et sentit un étau lui comprimer la poitrine. Sa vision se brouilla. Il allait l'enfermer. Plus jamais elle ne quitterait la maison. Mais ça aussi, c'était idiot. Elle avait un caractère trop fort pour ça. Elle ne se soumettrait pas. Que pouvait-il faire d'elle ?

Et du chevalier ? Il informerait le grand maître, dur et impitoyable dès qu'il s'agissait d'un manquement aux vœux ou à la discipline. Oui, voilà. De Vries serait chassé de l'ordre ou emprisonné. Mais il n'y aurait aucune satisfaction à laisser un tiers régler le problème. Pis : tout le monde saurait qu'il était cocu. Non. Il ne laisserait pas le grand maître s'occuper de son affaire.

Depuis des années, Antonio Buqa ne s'était plus battu avec qui que ce soit. La dernière bagarre, au couteau, l'avait opposé à des bandits siciliens qui avaient intercepté sa voiture. Son cocher et lui les avaient repoussés au cours d'un affrontement sanglant. Deux des gredins étaient morts et les deux autres s'étaient enfuis. Si les années l'avaient ramolli, il était toujours costaud, fort et apte. Il connaissait l'homme qui pouvait lui donner un petit coup de main pour faire pencher la balance du bon côté, un Grec sauvage, qui avait servi comme mercenaire à bord d'une galère de guerre vénitienne. Il travaillait à Mdina, dans les écuries du baron La Recona.

Il envoya son valet le chercher.

Les émotions les plus contradictoires se bousculaient dans la tête de Maria. Elle nageait en pleine confusion. Elle était mortifiée à l'idée que Jacobus fût au courant pour Salvago, mais sa réaction était totalement logique. Il avait simplement agi, pensait-elle, comme son père aurait dû le faire des années auparavant. Elle aurait voulu que la tentative de meurtre eût abouti. Maintenant, outre de l'inquiétude, elle ressentait de la fureur à l'égard de Jacobus, car il avait échoué, rouvrant de vieilles blessures en elle, qu'elle ne pouvait contrôler.

Avant cet acte, elle n'avait pas décidé de ce qu'elle allait faire à propos de Salvago. Elle ne voulait pas le laisser s'en sortir, ou croire qu'elle avait oublié ou pardonné. Elle ne le fuirait pas, mais ignorait si elle l'affronterait de nouveau. La décision méritait réflexion. Jacobus lui avait retiré le contrôle de la situation. Non, c'était idiot : depuis le départ, elle ne l'avait jamais eu.

Elle parla avec Eléna, Fençu et Elli pour essayer de déterminer ce qu'il fallait faire. Si Salvago découvrait ce qui s'était passé — et comment pouvait-il en être autrement ? —, les occupants de la grotte pouvaient aisément imaginer la terreur qui les attendrait. La colère, dévastatrice, du vicaire n'aurait rien à voir avec celle du *kapillan*, qu'ils avaient subie quelques années plus tôt. Salvago détenait désormais des pouvoirs que pas un d'eux ne cernait. Mais ils ne parvenaient pas à se mettre d'accord sur une attitude. Craignant pour Moïse, Eléna voulait fuir. Fençu y était radicalement opposé : le seul endroit où ils trouveraient refuge était la Sicile — ou plus loin encore —, mais ils n'avaient aucune espoir de s'y rendre. Maria n'exprima aucune opinion. Elle avait peur de se tromper et de les faire souffrir. Finalement, ils décidèrent de rester ensemble à M'Kor Hakhayyim. Leur sécurité dépendait largement du chevalier de Vries, du fait qu'il découvre ou non la vérité, et de ce qu'il en ferait.

De Vries.

Maria ne comprenait pas les émotions qu'elle ressentait en sa présence et ne s'y fiait pas. C'était un étranger, un chevalier de la Langue de France, dont les membres, au sein d'une bande déjà arrogante, étaient de loin les plus hautains. Il n'était peut-être pas aussi mauvais que les autres, mais il n'en était pas moins un chevalier. Elle avait passé l'essentiel de sa vie à détester ses semblables, surtout depuis qu'ils avaient abandonné Nico. Eux, de leur côté, haïssaient Malte ; ils ne la fortifiaient que parce qu'ils redoutaient les Turcs et certainement pas pour protéger ses habitants, qu'ils méprisaient ouvertement.

Malgré cela, Maria se retrouva à remonter la rue en direction de l'infirmerie, à s'asseoir devant le bâtiment avec son livre et à patienter. Attendait-elle vraiment des nouvelles de Jacobus ? Ou l'homme qui les apportait ? Elle n'avait pas envie de se poser la question et surtout pas de trouver la réponse. Chaque fois qu'elle percevait de l'animation du côté de la porte, elle levait les yeux sans bouger la tête, en quête de l'habit noir à croix brodée.

Elle ne s'était jamais réellement préoccupée de son apparence. Pour se coiffer, elle passait sa main dans ses cheveux, sans utiliser le miroir d'Eléna. Cela ne lui paraissait pas avoir la moindre importance. Mais ce matin-là, non seulement elle s'était regardée dans la glace, mais en plus elle avait emprunté la brosse d'Eléna. Ensuite, elle s'était très soigneusement occupée de ses vêtements. Soudain, elle regretta d'être pieds nus. Elle se demanda si, en France, toutes les femmes portaient des chaussures ou seulement les riches. En dépit de ses vœux de pauvreté, Christian de Vries provenait inévitablement d'une famille riche et noble, comme ses pairs, et avant Malte, il n'avait probablement pas vu de filles non chaussées.

Furieuse, elle écarta ces pensées. Jacobus était au seuil de la mort. Comment pouvait-elle se préoccuper de futilités ? Elle ne connaissait même pas de Vries. Pourquoi exerçait-il un tel pouvoir sur elle ? D'habitude, tout lui semblait aussi limpide que le cristal. Elle ne l'avait rencontré que cinq fois, et chaque fois, c'était pis.

Elle le vit approcher. Pour autant, elle fit mine de rester absorbée par son livre — dont elle ne lisait pas le moindre mot — et simula la surprise quand il se planta devant elle. Elle ne manqua pas de remarquer qu'il paraissait heureux de la voir. Elle était intensément consciente de sa présence, mais aussi de ses propres mouvements, de ses respirations, d'être si proche de lui. Il lui fallait faire un immense effort de concentration pour suivre ce qu'il disait.

Il lui parla de l'état de son patient, qui demeurait précaire. Elle le remercia pour ses attentions. Puis il évoqua une chose à propos de Jacobus qui réveilla de vieilles colères : il attendait un réapprovisionnement par mer, qui comprenait notamment de la térébenthine, dont Jacobus avait besoin pour ses pansements.

— Avec un peu de chance, la galère arrivera bientôt.

— Je ne sais pas pourquoi l'ordre a besoin de vaisseaux quand tous ses chevaliers pensent qu'ils peuvent marcher sur l'eau.

Elle regretta ses paroles sur l'instant, mais il ne sembla pas s'offusquer.

— Je coule chaque fois que j'essaie, surtout quand je suis en armure, admit-il d'un air désabusé.

Des échanges similaires s'étaient produits entre eux plusieurs fois au cours des derniers jours, quand l'attitude de Maria changeait aussi soudainement qu'un vent de printemps. « Il doit croire que je suis folle », pensa-t-elle en faisant appel à toute sa volonté pour dissimuler son sourire. Elle s'en voulait de lui laisser voir ainsi son hostilité.

Callus s'arrêta pour s'enquérir du patient et Christian profita de l'occasion pour l'interroger, de manière anodine, à propos de Maria Borg.

— Je l'ai rencontrée il y a quelques années, quand je m'occupais de sa mère. Maria n'était qu'un bout de fille. Elle savait que j'allais à la chasse au trésor. Qui ne s'est pas moqué de moi à cause de ça... Tous les enfants en parlaient, Maria y compris. Je lui ai raconté des histoires. Elle m'implorait de l'emmener avec moi. Elle voulait m'aider, mais son père refusait de lui donner sa permission. Aujourd'hui sa mère est morte, mais son père vit toujours. Il est constructeur. Elle travaille pour lui... C'est d'ailleurs plutôt l'inverse et cela mérite d'être remarqué ici. Je crois que Saint-Jean l'emploie.

Je l'ai vue de temps en temps ces dernières années. Elle est devenue une femme extraordinaire. Ton intérêt dépasserait-il le simple cadre médical ?

Les yeux de Callus pétillaient de malice, mais Christian n'y prêta pas attention.

Il alla interroger l'architecte de l'ordre à propos de Borg. Une heure plus tard, il se retrouvait dans une rue pleine de monde, à proximité d'un chantier. Il l'avait déjà entrevu de loin, sans vraiment le remarquer — et Maria encore moins. C'était l'une des nombreuses entreprises en cours. Le grand maître cherchait à renforcer les défenses de l'île, encore si faibles par endroits qu'une bande de corsaires loqueteux mais déterminés pourrait facilement en venir à bout. En l'occurrence, il ne s'agissait pas d'un projet important, mais l'activité y était intense. L'équipe fortifiait une partie du mur oriental de Birgu et ajoutait un bastion. Des mules, conduites par des esclaves sortis des prisons de l'ordre, tiraient des charrettes remplies de gravats de Senglea ou de calcaire des carrières. Les maçons préparaient les blocs au sol, tandis que d'autres les mettaient en place.

D'abord, il ne la vit pas, car toute son attention était captée par une grue pivotante permettant de monter les pierres au niveau du mur. Chose remarquable, elle était mue par un esclave marchant dans une roue, à partir de laquelle la corde de levage passait dans une série de poulies et s'achevait par un grappin. Ainsi, grâce à ce dispositif, un seul homme parvenait à lever un élément plusieurs fois plus lourd que lui, et ce dernier venait exactement où on le souhaitait, bien au-dessus des têtes. Christian n'avait jamais vu une chose pareille.

Finalement, il la repéra. Elle était debout au sommet d'un mur. Elle se trouvait en compagnie d'un maçon et vérifiait à l'aide d'un fil à plomb le travail qu'il venait de finir. Christian regarda, amusé, le visage de l'homme changer. Tandis qu'elle se penchait, il trahissait de plus en plus la colère, et dès qu'elle se tournait vers lui, ses traits s'adoucissaient. Elle lui dit quelque chose. Il acquiesça de la tête et partit rejoindre ses compagnons. Elle se lança ensuite dans une discussion animée avec un charron, puis donna des ordres à des ouvriers qui poussaient des brouettes, et transportaient des brancards ployant sous le poids du mortier et de la chaux vive. Elle s'adressait souvent à un homme trapu qui devait être son père et, régulièrement, consultait une grande feuille de papier retenue par des pierres aux quatre coins pour l'empêcher de s'envoler. Il s'agissait à n'en pas douter du plan de l'architecte de l'ordre.

Christian était sous le charme. Non seulement elle pouvait lire un livre et un plan, et vérifier si un mur était d'aplomb, mais elle savait aussi trouver le ton juste à employer avec des subordonnés afin qu'ils l'écoutent. Il aurait pensé que seule une femme armée d'une arquebuse en aurait été capable. Mais sa seule arme était son attitude. Elle paraissait passionnée et totalement absorbée par son travail. Le soleil brillait sur ses cheveux. Christian l'aurait volontiers regardée tout l'après-midi s'il n'avait dû retourner à l'infirmerie. Au moment où il était sur le point de partir, elle leva les yeux et le vit. Une terrible expression d'inquiétude assombrit son visage. Elle laissa tomber ses papiers, courut le long du mur, vola quasiment pour descendre une échelle de bois, traversa un échafaudage, puis dévala une autre échelle. Parvenue au sol, elle courut vers lui. Ses pieds nus soulevaient la poussière. Ses joues avaient perdu toute couleur.

— Frère de Vries ! Il s'est passé quelque chose ? Est-ce qu'il va bien ?

Christian se sentit bête. Il n'avait même pas pensé qu'elle pourrait le voir.

— Euh, ce n'est rien. Je suis désolé de vous avoir fait peur. Jacobus va bien. Il n'est toujours pas réveillé, mais sa respiration semble plus aisée.

— C'est merveilleux. Mais alors...

Elle lui adressa un regard perplexe.

— J'étais juste... Je marchais. J'étais à côté et...

C'était vraiment un mensonge pitoyable. Aucune rue alentour ne menait à une porte de la ville, aucune structure proche n'appartenait à l'ordre. Il n'avait pas de raison d'être là, hormis celle de la voir. Ils le savaient tous les deux. Il se sentit rougir.

— J'ai interrogé Joseph à votre propos, reconnut-il enfin. Je voulais constater ce qu'il en était par moi-même. Il a dit que vous étiez constructrice et que, sur un mur, vous aviez l'air d'un maître des pyramides travaillant pour pharaon. Cela semblait aussi improbable qu'intéressant.

Elle sourit.

— Et alors ?

— Je crois que l'Egyptien avait besoin d'un fouet. Vous faites apparemment aussi bien sans.

Maria haussa les épaules.

— Ils n'écoutent pas par choix, mais parce que je les paie. (Remarquant l'intérêt de Christian pour la grue, elle poursuivit :) C'est vraiment assez simple. Un très vieux système oublié. Un architecte m'a prêté un livre sur la construction d'une cathédrale en France. Dedans, il y avait la description d'une machine semblable. J'ai fait un dessin. Et l'un des charpentiers de mon père l'a construite avec les morceaux d'un navire capturé par l'ordre. La coque était mangée aux vers, mais j'ai trouvé des parties encore utilisables. J'ai passé un marché avec votre grand maître : le bois du bateau, contre un travail sur un rempart de Saint-Ange. L'architecte de l'ordre dit que cela fonctionne mieux que les échafaudages. Nous pouvons la démonter en deux heures et la transporter sur une charrette. Elle ne marche pas partout, mais quand on peut l'installer, on travaille deux fois plus en moitié moins de temps.

— J'imagine que les hommes de votre père ont un sentiment partagé quant à cette... bénédiction. Et donc, tout cela serait sorti d'un croquis réalisé à partir d'un ouvrage que vous avez lu.

— Est-ce si étrange ?

— Eh bien... oui. Oui, évidemment que ça l'est.

— Etrange qu'une femme puisse comprendre ça, frère de Vries, ou bien qu'un homme ait inventé cet engin.

Il se mit à rire.

— Je ne vais certainement pas discuter de ce point avec vous. A présent, je dois vous laisser retourner à vos pyramides.

Il hocha la tête et commença à s'éloigner.

— Frère de Vries, le rappela-t-elle.

Il se tourna.

— *Signorina ?*

— Puis-je vous rendre de nouveau visite cet après-midi ? Pour prendre des nouvelles de Jacobus ?

Son regard fut la réponse qu'elle attendait.

Chapitre 32

La voiture de l'évêque quitta la cour de l'infirmerie et s'engagea dans la rue étroite. Le bras en écharpe, Salvago était inconfortablement assis sur le coussin. Des gardes envoyés par le capitaine de la verge ouvraient le passage, obligeant la foule à s'écraser dans les recoins et les poternes. Le trajet jusqu'au palais de l'évêque était court. Là, les médecins du prélat s'occuperaient du blessé. C'était presque l'heure du dîner lorsqu'il était parti et il n'y avait eu ni tambour ni trompette. Seul de Vries était venu lui dire au revoir. L'ordre, ce nid de serpents, avait été content de se débarrasser de la mangouste.

Salvago retournait leur salut aux gens qu'il croisait. L'attelage avait déjà franchi une bonne partie de la place encombrée quand il stoppa.

— Désolé, Dun Salvago, dit le cocher, mais la fixation de l'essieu est en train de lâcher. Je n'en ai que pour un instant.

Il descendit et alla régler le problème.

Salvago tenta d'oublier l'élancement dans son épaule. Il serait heureux quand ce petit périple désagréable serait terminé, heureux de retrouver la tranquillité du palais. L'air était étouffant, et l'endroit empestait la populace et résonnait des bruits du petit commerce vulgaire. Balayant l'esplanade du regard, Salvago aperçut de Vries. Apparemment, il avait quitté l'infirmerie en même temps que lui pour discuter avec quelqu'un. Il s'écarta pour laisser passer un vendeur poussant une charrette, révélant son interlocuteur.

Salvago se redressa si brutalement qu'il manqua presque faire sauter ses points de suture. Elle le remarqua au même instant, ses yeux ayant été attirés par la voiture derrière Christian. Ils se fixèrent.

La vue de Maria le déchira et réveilla les vieux démons qu'il avait longtemps cherché à enterrer. Elle était plus éblouissante que jamais. A l'instant même, il surprit dans ses yeux autre chose que de la haine ou de la colère. Ce ne fut qu'une expression fugitive, une ombre qui obscurcit ses traits. Mais le vicaire voyait souvent ce regard et le connaissait bien. Il trahissait une peur viscérale, indiscutable. Cela l'intrigua profondément. « Pourquoi a-t-elle montré de la peur ? »

C'était peut-être quelque chose d'assez simple, après ce qu'il y avait eu entre eux. Elle redoutait peut-être qu'il s'attaque encore à elle. Ou bien la réponse était plus profonde : tous les hommes et les femmes craignaient le vicaire.

Mais il connaissait Maria Borg. Elle était aussi dure et inflexible que la roche de Malte. Même enfant, elle ne s'était pas laissé impressionner. La vision de la jeune fille, debout sur le bord de la route de Mdina, essayant calmement de le tuer, était ancrée en lui. Son tir l'avait raté de peu. Distraitement, il toucha l'endroit où demeurait une petite cicatrice qu'il cachait sous sa coiffe. Puis, quand l'arme était devenue hors d'usage, elle avait ramassé des pierres. Elle le fixait d'un air de défi. S'il l'avait poursuivie, elle l'aurait attaqué avec ses ongles. Oui, Maria Borg avait été une formidable adversaire. Il avait eu besoin de toute son habileté pour la briser et même alors, elle n'avait renoncé que pour sauver ses amis. La femme n'avait certainement pas faibli.

Soudain, la conclusion germa dans son esprit. C'était la clé de Maria Borg, sa seule vulnérabilité. Elle n'aurait jamais montré de peur pour elle-même. Elle s'inquiétait donc pour quelqu'un d'autre. Evidemment.

Elle était derrière tout ça, préparant encore et toujours sa vengeance. Elle n'avait pas manipulé elle-même l'arbalète, mais elle connaissait le tireur. Oui. Pour cette raison, elle pouvait montrer de la peur.

Le capitaine de la verge avait dit que l'assassin était sérieusement blessé, et voilà que la roturière Maria Borg discutait avec un chirurgien de l'ordre, le chevalier de Vries. Comme elle n'était pas prostituée, la scène était aussi extraordinairement improbable que la vision d'un chien conversant avec un roi. Naturellement, ce n'était pas une coïncidence. Il n'y en avait pas dans le monde de Salvago.

Peut-être que l'assassin se trouvait encore en ce moment même dans l'infirmerie... ou qu'il était membre de Saint-Jean. Il existait des possibilités infinies, qui pouvaient impliquer plus que de la simple vengeance. Une conspiration contre l'Eglise et ses serviteurs, peut-être. Ou l'hérésie.

Le cocher acheva la réparation sur la roue et remonta sur son siège.

— Nous y serons dans un instant, Votre Grâce, s'excusa-t-il.

Salvago ne l'entendit même pas. Son esprit imaginait les tâches à entreprendre. Il y avait des espions à envoyer, des hommes à convoquer à minuit, à inviter dans les salles obscures sous le palais de l'évêque, où, morts de peur, ils livreraient à voix basse les secrets de leur salut.

Le lendemain matin, quand Maria arriva, Christian apparut presque immédiatement pour la saluer. Il tenait un linge dans lequel il avait enveloppé de la nourriture. Il l'emmena derrière l'infirmerie et ils grimpèrent sur un mur surplombant la crique. Il avait préparé des fruits et un fromage — qui surpassait de loin tout ce qu'elle avait livré à l'ordre.

— La réputation de Saint-Jean de servir à ses patients la meilleure nourriture ne semble pas usurpée, dit-elle. J'espère que vous n'avez pas volé cela à l'un de vos malades.

— Il dormait, sourit Christian, et il pesait déjà cent vingt kilos. Ça ne lui manquera pas.

Les nouvelles de Jacobus étaient excellentes. La fièvre redoutée ne s'était pas manifestée et le pansement avait tenu.

— Il se réveille plus souvent, désormais. Il vous réclame.

Même à demi inconscient, le garçon avait marmonné le nom de son amie depuis la nuit où il avait été amené.

— Comme j'aimerais le voir. S'il vous plaît, transmettez-lui mes... Dites-lui que je lui envoie mon bonjour.

— Je le ferai.

Il combattit l'envie de lui demander ce que Jacobus représentait pour elle. Il ne connaissait quasiment rien d'eux, et pourtant il avait menti pour elle. Il avait le droit d'en apprendre un peu plus.

— Pourquoi Jacobus a-t-il fait cela ? demanda-t-il doucement.

— Fait quoi ?

— J'ai vu la grille sur laquelle il est tombé, près de la tour. Je ne comprends toujours pas comment il a survécu.

— Je ne comprends pas de quoi vous parlez. (Elle avait l'air paniquée.) Je vous ai dit ce qui s'est passé.

— Ne vous inquiétez pas. Tout va bien. Les *gendarmi* sont déjà passés.

— Avez-vous...

— Raconté l'histoire des rochers ? Oui.

Le soulagement inonda ses traits.

— Merci. (Elle se tut pour manger, puis, se lançant :) Si vous saviez, pourquoi avez-vous fait ce que je vous ai demandé ? Pourquoi avez-vous menti pour moi ?

— Une bonne question... pour laquelle je dois confesser

que je n'ai pas de réponse. Pourquoi m'avez-vous demandé de mentir ?

— Parce que c'est un démon, pas un prêtre, qui porte ces habits de vicaire. Jacobus n'a fait qu'essayer de tuer le mal. Il ne doit pas en pâtir.

— Je suppose qu'il y en a beaucoup au sein de l'ordre qui partagent cette vision du vicaire, mais peu qui iraient lui tirer dessus pour cela.

— Ils ne le connaissent pas comme moi. J'aimerais vous expliquer. Mais tout ce que je peux faire, c'est prier pour que vous continuiez à protéger Jacobus et que vous me croyiez quand je vous dis que vous accomplissez une œuvre honorable.

— Cela fait beaucoup de choses à mettre sur le compte de la foi.

— Oui, et beaucoup plus que je n'ai théoriquement le droit de vous demander. J'ai une dette vis-à-vis de vous, frère de Vries.

— Considérant que je pourrais finir dans les cachots de l'Inquisiteur pour vous, serait-ce trop vous demander de m'appeler Christian ?

Elle sourit.

— Non. Merci, Christian de Vries.

Après le départ de Maria, il resta assis un moment. Instinctivement, il la croyait. Il ne connaissait pas grand-chose de Salvago et de son histoire, et devinait qu'il avait persécuté un proche de Jacobus. Peut-être en Sicile ou en Italie avant son arrivée à Malte. Il ne savait toujours pas ce que Jacobus représentait pour elle, mais craignait qu'il ne fût son amant.

La facilité avec laquelle il avait menti pour elle le préoccupait, mais aussi ce que cela suggérait. Il n'avait aucun désir d'éprouver ses vœux. Sa vie était pleine et riche et, que ce soit avec une baronne ou une roturière, il n'aspirait pas à la compliquer. Il se demanda s'il n'allait pas se rendre à la chapelle.

Au lieu de cela, il se retrouva à réfléchir aux moyens de

la rendre heureuse et d'accéder à son souhait d'entrer dans l'infirmerie. C'était une chose impensable. Les seules personnes admises à l'intérieur étaient les malades, et ceux qui s'occupaient de leur corps et de leur esprit... et... Naturellement.

L'idée était digne de Bertrand. Cela signifiait qu'il allait enfreindre toutes les règles, un manquement qui, s'il était découvert, lui vaudrait bien pire que la septaine. Mais tant pis ! Même s'il y avait un danger pour Maria elle-même, il allait le faire. Il commençait à comprendre comment s'y prendre avec elle.

Il s'arrêta dans la réserve du *linciere*, où les linges étaient entreposés, pour récupérer ce dont il avait besoin. Puis il retourna dans la salle de l'hôpital, où il se mit au travail avec un couteau, une aiguille et du fil à sutures. Coudre des chairs était beaucoup plus facile que du tissu, se dit-il, mais il fut assez satisfait du résultat.

Ce soir-là, elle fut déconcertée par le paquet qu'il tenait.

— Vous voulez le voir ?

— Bien sûr ! Mais je pensais que c'était impossible.

— Ma méthode présente certains risques, admit-il, mais c'est la seule possible. Enfilez ça et retrouvez-moi ici juste avant minuit.

La tour de l'horloge sonnait l'heure quand une carmélite suivit Christian. Ils passèrent devant la loge du gardien, qui leva à peine les yeux, et franchirent la porte. Le couple singulier traversa la *cortile grande*. Au centre, il y avait un grand bassin de récupération de l'eau de pluie, qui alimentait un réservoir, creusé là où la pierre utilisée pour construire l'infirmerie avait été extraite. La cour embaumait les orangers et les senteurs potagères des jardins répartis à proximité de l'eau. Ils contournèrent des piliers couverts de vigne, pénétrèrent dans le réfectoire, dépassèrent la buanderie et les réserves, puis, silencieusement, gravirent deux volées de marches pour gagner un dortoir à l'arrière du bâtiment.

C'était une grande salle, dans laquelle les lits s'alignaient de chaque côté le long des murs. Le haut plafond quadripartite conservait la fraîcheur. A une extrémité, il y avait une chapelle. La pièce était silencieuse, à l'exception de ronflements et d'occasionnels gémissements. Les lanternes murales ne produisaient que de petites flammes. Maria s'avança et s'arrêta près de Jacobus. Elle lui prit la main. Il sursauta sans se réveiller et elle se pencha sur lui pour lui murmurer quelque chose. Puis, tendrement, elle déposa un baiser sur son front. L'un des *barberotti*, les apprentis chirurgiens qui travaillaient dans le dortoir, vit la scène et jeta un regard perplexe vers Christian.

— Elle connaît ses parents, chuchota celui-ci, comme si cela expliquait quelque chose.

L'étudiant, circonspect, hocha la tête et vaqua à ses occupations.

De son côté, Christian se trouva quelque occupation à l'autre bout de la pièce pour leur laisser un peu d'intimité. Mais il ne cessait d'observer Maria du coin de l'œil, ressentant un évident malaise en la voyant manifester ses sentiments à Jacobus. Il eut un pincement au cœur quand elle l'embrassa, même s'il était incapable de dire s'il s'agissait d'un baiser à un frère, à un amant ou à un époux. Il n'avait pas osé poser la question à Callus : cela en aurait révélé beaucoup plus sur ses sentiments qu'il n'était prêt à l'admettre.

Maria priait à genoux à côté de Jacobus quand celui-ci s'éveilla. Il balaya l'endroit du regard, puis observa la sœur qui lui tenait la main. Il cligna les yeux et sursauta en la reconnaissant. Péniblement, il essaya de se redresser, mais retomba rapidement sur son oreiller.

— Maria ? Est-ce toi ? Je suis au ciel ?

— Tu es toujours à l'infirmerie. En vie. (Elle lui secoua délicatement la main et repoussa une mèche de son front.) Oh, Jacobus, tu n'aurais pas dû faire ça.

La gorge sèche et pâteuse, le garçon ne put que murmurer :
— Est-il mort ?
— Non.

— *Haqq ix-xjafek !* gémit-il. Maudit soit ce démon ! Alors j'ai échoué. Je ne le raterai pas la seconde fois.

— Il n'y en aura pas. Tu dois le laisser tranquille.

— Jamais. Il t'a abusée.

— Il y a longtemps. Ce n'est pas ton combat.

— Si. (Il inspira longuement.) Je veux t'épouser, Maria. Je veux que tu sois ma femme.

L'émotion submergea la jeune femme.

— Tu as de la fièvre, dit-elle, la lèvre tremblante.

— Je sais ce que je dis.

— On aura le temps d'en parler plus tard.

— Non, je veux en parler maintenant. Est-ce que tu m'aimes ?

— Bien sûr, Jacobus. Tu le sais.

— Comme un frère ou comme un homme ?

Elle lui prit la main.

— Je ne sais pas ce que je veux. Tout ce que j'espère, c'est que tu sortes d'ici, sain et sauf. Alors nous pourrons parler.

Les yeux de l'oiseleur se voilèrent quand il vit Christian rôder derrière elle, hors de portée de voix.

— Va-t-il m'arrêter après m'avoir soigné ? D'autres attendent-ils dehors avec la corde ?

— Non. Et lui, c'est un ami.

— Un chevalier ? Un ami ? Comment est-ce possible ?

— Il t'a sauvé la vie, Jacobus. Et il sait pourtant ce que tu as fait.

— Alors je suis mort.

— Non. Il a déjà menti pour toi. Tu dois lui faire confiance.

Elle lui dit ce qu'elle avait raconté pour expliquer sa blessure. Il hocha la tête avec un air d'incrédulité reconnaissante. De nouveau, il se sentit faiblir.

— Dors maintenant, Jacobus.

Elle se leva sans lâcher sa main et l'embrassa encore une fois sur le front. Puis elle se tourna et adressa un signe de tête à

Christian. Celui-ci vit que des larmes envahissaient ses yeux. Il l'entraîna rapidement dehors.

A l'extérieur, ils se dépêchèrent de se fondre dans l'ombre.

— Merci pour ce que vous avez fait, Christian. Pour *tout* ce que vous avez fait.

Il éprouva un plaisir inattendu à l'entendre prononcer son nom. Il ne pouvait que la regarder sans rien dire. Ils demeurèrent ainsi quelques instants dans un étrange silence.

— Je dois rentrer, j'imagine, dit-elle enfin.

— Il est tard. Je vais vous raccompagner.

— Je serai aussi bien seule.

Son ton exprimait davantage de méfiance qu'elle n'aurait voulu.

— Je vous assure que vous n'avez rien à craindre de moi.

— Je ne vous crains pas.

Elle disait la vérité. « C'est moi que je crains », pensa-t-elle.

— Comme vous voulez, alors. Si vous préférez être seule, je comprends. Mais ma mère ne me pardonnerait pas de ne pas avoir ramené une nonne chez elle, saine et sauve.

Maria éclata de rire. Elle avait presque oublié. Discrètement, elle passa l'habit par-dessus sa tête et le rendit à Christian. Puis elle secoua ses cheveux pour les libérer.

— Ce n'est pas que je ne veuille pas. Mais c'est assez loin.

Cette fois, espérait-elle, sa résistance allait sembler plus molle.

— Cela me fait plaisir.

Ils remontèrent les rues silencieuses de Birgu, hantées, à cette heure avancée, par les chats en quête d'une proie. Le bruit des bottes de Christian résonnait contre les hauts murs. Le tintement de la cloche d'un navire monta du port. Ils n'échangèrent pas une parole avant d'avoir franchi le mur de la ville, conscients de rien d'autre que de leur présence réciproque.

A l'extérieur de la cité, ils se mirent à parler. Doucement d'abord, puis de manière plus animée à mesure qu'ils s'aventuraient plus loin au milieu des champs et que leur sensation de liberté grandissait. Il lui parla de Paris et du château ancestral, la régala avec des histoires concernant Bertrand et la vie au sein de l'ordre. Il lui parla de chirurgie et se moqua de lui-même. Maria l'assaillait de questions et riait à ses réponses. Il s'étonna des choses que cette conversation faisait remonter à la surface, auxquelles il n'avait pas pensé depuis des années : la couleuvre bicéphale, les expéditions en radeau sur la Seine, le merveilleux bois de Boulogne dans lequel, par dispense spéciale des rois Valois, sa famille chassait.

Dans un premier temps, Maria révéla peu d'elle-même, mais elle finit par s'ouvrir progressivement. Elle lui parla de Nico et de ses livres. Elle en possédait onze maintenant et les connaissait tous par cœur. Il lui demanda comment elle avait appris à lire.

— Avec un prêtre, se contenta-t-elle de répondre.

Ce fut sa seule dérobade de la nuit.

Ils parvinrent beaucoup trop rapidement au caroubier qui signalait l'entrée de la grotte. Ils n'avaient pas envie de se séparer. Sans avoir eu besoin de se concerter, ils continuèrent lentement leur promenade. Ils s'écartèrent du sentier et durent se montrer très prudents, car le minuscule quartier de lune dispensait une lumière très faible. Maria crut nécessaire de lui prendre le bras pour le guider et l'entraîna sur les pentes d'un *wied* asséché, qui les conduisit sur une petite plage sablonneuse. Christian étendit les nippes de la carmélite sur le sol et ils s'assirent face à la mer. Silencieusement, ils écoutèrent le murmure des vagues et se perdirent dans la contemplation de l'immense amphithéâtre d'étoiles. Lentement, celui-ci s'effaça devant les lueurs pâles de l'aube. L'air marin était pur et frais. Ce fut une nuit magique, enchantée. Tout était parfait. Il n'y avait ni la faim, ni la soif, ni la chaleur, ni le froid, rien qu'eux deux, avec leurs merveilleux échanges et leurs rires partagés.

Le soleil était déjà haut sur l'horizon quand ils se rendirent compte de l'heure.

— Vous avez été très gentil de me raccompagner chez moi. Mais j'ai peur que vous ne m'ayez mise en retard pour mon travail. A présent, je vais devoir vous demander de me ramener à Birgu, frère de Vries. Mon père va m'attendre.

Elle ne s'arrêta pas à M'Kor Hakhayyim. Sur le chemin du retour, ils marchèrent encore plus lentement que la nuit précédente — ils en étaient tous les deux certains —, mais par quelque effet de magie céleste, le parcours leur parut beaucoup plus rapide. Ils s'attardèrent un peu hors de la ville pour repousser au maximum l'instant de la séparation. Il aurait voulu lui prendre le bras, la tenir. A son expression, il savait qu'elle le désirait aussi. Et il lui fallut toute sa volonté pour résister à cette impulsion et revenir vers la poterne. Il différa encore le moment de la quitter en l'accompagnant jusqu'à la portion de mur où travaillait l'équipe de son père.

Elle se retourna vers lui.

— Je ferais mieux de vous dire bonne nuit ici.

— Ou bonjour.

Elle montait rapidement l'échelle quand Luca Borg la vit. Il lui parla sèchement et adressa un regard hostile et suspicieux à Christian.

Celui-ci la regarda jusqu'à ce qu'elle fût en haut du mur. Là, les ouvriers se précipitèrent immédiatement vers elle pour la bombarder de questions et de problèmes. Mais elle les ignora pour fixer Christian en bas. Ils restèrent ainsi pendant un long moment délicieux.

De Vries regagna l'infirmerie sur un petit nuage. Cette fois, il n'eut plus d'hésitation et se rendit directement à la chapelle, où il s'agenouilla. « Père, pardonne-moi, parce que j'ai péché. Je T'implore. Garde-moi de la tentation pour préserver mon alliance avec Toi. J'ai librement rejoint l'ordre, sûr de ma foi. Rompre le serment que j'ai prêté serait rompre celui que je T'ai fait. J'ai menti, Père, par action et par omission. Aide-moi à regagner ma force qui est Ta force, à voir Ta voie et Ta lumière. Aide-moi à préserver mon serment sacré. Aide-moi... Aide-moi... »

Pour ceux qui travaillaient dans les bas-fonds du palais épiscopal, il n'était pas difficile de découvrir que le nom de Jacobus Pavino faisait partie de la liste des blessés récemment admis à la sainte infirmerie.

Il n'était pas plus difficile d'apprendre qu'il vivait à M'Kor Hakhayyim.

Bien évidemment, Salvago se souvenait de la grotte. Il se rappelait aussi que Maria y demeurait. C'était plus qu'il n'en fallait. Les *gendarmi* avaient déjà interrogé de Vries et avaient été convaincus par son histoire. Les autorités civiles, inefficaces, n'iraient pas plus loin. Et Salvago ne doutait pas de l'hostilité de l'ordre à son égard : ses responsables ne feraient rien pour débusquer l'homme qui avait tenté de le tuer. Ou, plus précisément, qui avait cherché à éliminer le vicaire de l'Inquisiteur. C'était donc une question que seule l'Eglise pouvait résoudre.

Il envisagea de faire venir Maria dans cette pièce aveugle, où la porte était si basse qu'il fallait se baisser pour entrer. Ici, ou même dans les chambres encore plus sombres en dessous, elle finirait par lui révéler tout ce qu'il voulait savoir, aussi forte soit-elle.

Mais ce n'était pas le sort qu'il lui réservait. Pourtant, oui, il l'aurait bien convoquée, rien que pour la revoir encore une fois. Pas pour la tourmenter ni lui faire du mal. Bien qu'il sût qu'elle n'aurait jamais accepté de le croire, Maria Borg n'avait plus rien à craindre de lui. Il désirait ardemment qu'elle voie la souffrance qui demeurait dans son âme à cause du péché qu'il avait commis sur elle. Il aspirait à son pardon, tout en sachant qu'il ne l'obtiendrait jamais.

Après toutes ces années, elle exerçait encore un terrible pouvoir sur lui. Elle le faisait souffrir intérieurement et continuait de provoquer en lui des émotions qu'il aurait pu nier devant n'importe qui, sauf lui-même et le Tout-Puissant. Il plongea ses ongles dans la chair de ses paumes jusqu'au sang, puis il ferma les yeux et maudit sa vieille faiblesse qu'il croyait avoir surmontée, avant d'apercevoir Maria sur la place.

Non. Il ne la convoquerait pas. Pas maintenant. Il ne se faisait pas assez confiance pour ça. Il ne se croyait pas encore capable de dépasser la tentation. Son péché avait engendré des années de comportement exemplaire. A cause de l'horreur de son forfait, il avait entamé la longue ascension de l'échelle de la Rédemption. Le prêtre, l'homme, laisserait Maria en paix.

Mais il y avait le vicaire. Et là, c'était une question de devoir. S'il ne lui voulait pas de mal, il n'acceptait pas de devenir la cible des assassins qu'elle lui envoyait. Un crime contre sa personne — ou celle de l'évêque — touchait le Saint-Office lui-même. Il devait se montrer impitoyable avec Jacobus Pavino. Ainsi lui enverrait-il un message clair. Il lui ferait comprendre que des êtres qui lui étaient chers risquaient de payer de leur vie son refus de laisser le passé enterrer le passé.

Il était préparé à ce que Pavino risquait de raconter. L'oiseleur parlerait. Si ce n'était pas de son plein gré, les crochets et les roues l'y aideraient. Il raconterait à ses interrogateurs qu'il défendait l'honneur de Maria Borg pour ce que lui aurait, soi-disant, fait Salvago des années auparavant. Même si Pavino survivait assez longtemps pour répéter son histoire devant Cubelles, cela n'avait aucune importance : Maria elle-même s'était rétractée en sa présence.

Le désagrément pourrait se régler rapidement et proprement, afin de lui permettre de retourner à des affaires plus importantes. Ensuite, il pourrait dormir. Avoir frisé la mort ne le laissait pas en paix : à dire vrai, il se consumait de peur. Il repensait à ce carreau fendant l'air et le frappant comme un lapin traqué. Il tremblait encore de tout son corps. Il n'était pas homme à supporter la violence. C'était une chose de voir des tourments infligés à ceux qui les méritaient et une autre de les endurer soi-même de la main d'une petite crapule.

Il appela son secrétaire.

— Envoyez-moi le capitaine de la verge.

Au cours de sa visite, Christian s'arrêta d'abord près du lit de Jacobus, qui était de nouveau réveillé. Il avait récupéré des couleurs et une respiration plus forte. Le chirurgien refoula son envie de lui poser des questions. Il ne savait même pas comment commencer. L'oiseleur ne parlait que le maltais, un charabia à consonance arabe dont Christian ne connaissait rien. De toute façon, le blessé n'aurait pas répondu librement à ses questions.

Il se demandait ce qui avait pu le conduire à un acte aussi désespéré. Si ce n'était pas une question de persécution, peut-être s'agissait-il d'une affaire d'argent ou de terre, ou de quelque autre cause d'ordre familial. Il avait entendu dire que les Maltais étaient de fortes têtes et prompts à la violence. Quelles que soient les raisons du geste de Jacobus, il savait que ce qui déchirait son âme, c'était l'idée qu'il puisse être l'amant de Maria. Elle l'utilisait pour protéger le blessé et il se laissait faire. Jamais dans sa vie, il n'avait agi aussi légèrement et avec si peu de motifs.

« C'est sa maîtresse, pas la mienne. Pourquoi dois-je les protéger ? » Il avait conscience qu'il ne devrait pas, mais aussi qu'il allait continuer.

Il termina son tour et quitta l'infirmerie pour gagner l'Auberge de France. A la porte, il rencontra Bartholomée, son page. Il avait quinze ans et était le fils quelque peu infortuné d'un petit noble de Gascogne. Il espérait, un jour, revêtir les couleurs de l'ordre. Pas la *soubreveste* écarlate d'un chevalier de justice, car son lignage ne le permettait pas, mais au moins l'habit d'un frère servant, d'un chevalier soldat. Il rendait bien des services à Christian, qui se demandait comment il pourrait devenir hospitalier : il s'évanouissait à la moindre vue du sang.

— Ah, monsieur, vous êtes là. J'allais justement vous chercher. Je commençais à m'inquiéter parce que vous risquiez d'être en retard pour l'entraînement.

Il avait les bras chargés de la lourde armure et des armes.

Avec un grognement, Christian se rappela que c'était l'après-midi de pratique hebdomadaire, dont aucun chevalier ne pouvait être dispensé. Le grand maître insistait pour que tous ses hommes restent au zénith de leur potentiel guerrier. Dès qu'un novice arrivait à Malte, sa formation comprenait des cours sur l'art et la science de la guerre, les fortifications et l'artillerie, les armements et les munitions. Son instruction comprenait des cours d'épée, de lutte et de combat rapproché avec des dagues à dents de scie. La théorie de la bataille navale était dispensée sur terre et mise en pratique pendant les longues expéditions en mer que chaque chevalier effectuait à bord des galères de l'ordre pour attaquer des convois ennemis.

Cette semaine-là, l'entraînement était de loin le moins agréable de tous : trois heures de combat en grande armure. Dans un affrontement réel, ils se passaient d'une bonne partie de celle-ci désormais : à l'époque de l'arquebuse, un tel harnachement ne servait plus à grand-chose. Mais pour un après-midi, on se devait d'aller étouffer sous une carapace blasonnée de dragons ou de saints. Les visières s'abaissaient sur les yeux et les gantelets étaient levés pour saluer les piliers. Puis le temps s'arrêtait et la cour du château résonnait sous les assauts, métal contre métal, des hommes emportés dans une furieuse mêlée médiévale, digne du passé.

Avec l'aide de Bartholomée, Christian se prépara, puis il rejoignit ses compagnons dans la cour. C'était un escrimeur-né, mais il n'y avait aucun goût. Il ne ressentait aucune des excitations qui rendaient tant de ses frères téméraires et implacables. Il regarda le cercle des combattants et songea que l'après-midi ne serait pas une partie de plaisir. Il y avait là des représentants des Langues de France et de Castille. Si leurs nations respectives s'étaient affrontées sur les champs de bataille depuis quarante ans, tous faisaient généralement montre d'une rivalité amicale, même si les esprits pouvaient parfois s'échauffer. On apercevait notamment Alain Brémont, le comte de Limoges, un homme robuste, roux et barbu, avec un gros ventre qui l'empêchait de courir avec une épée ; Gilbert, le baron de Bergerac, un tueur froid et redoutable, coureur de jupons réputé ; Antonio d'Anconia, de Majorque, trois fois blessé au combat, ce qui ne lui laissait qu'un bras, bien qu'il restât aussi dangereux qu'avec deux ; le frère La Motte, un pieux moine guerrier, l'incarnation même des traditions de l'ordre. Ce dernier vivait simplement, exécutant fidèlement et consciencieusement ses devoirs à l'hôpital et à la chapelle tout en affûtant régulièrement sa lame sur les cous ennemis. Et, naturellement, il y avait Bertrand Cuvier, grand buveur, grand bagarreur et grand fornicateur devant l'Eternel. Tous étaient des guerriers accomplis — et, sans nul doute, avaient plus dormi que Christian récemment.

Il fonctionna tout l'après-midi à l'adrénaline, balançant férocement son épée — mais de manière mécanique et sans art. Il avait l'esprit ailleurs. Les combats s'éternisaient. La chaleur le vidait de ses forces. Il eut à affronter quatre adversaires et trois fois s'arrangea pour se retrouver sur le dos, obligé de faire appel à des pages pour se relever.

Au cours du dernier exercice, il se retrouva face à Bertrand, qui était peut-être le meilleur ferrailleur parmi eux. Il brandissait une longue épée dans une main et une masse carrée dans l'autre. Après leur bref mais sauvage engagement, Cuvier regarda son camarade avec un air curieux.

— Tu as l'air distrait. Quelque chose ne va pas ?

— Non, ronchonna Christian en donnant un grand coup d'épée dans le vague. Pourquoi poses-tu cette question ?

Bertrand le poussa contre le mur et l'y cloua presque, mais Christian fit un pas de côté et s'échappa grâce à une pirouette maladroite.

— Je ne te demande pas si tu es en proie à la fièvre. Je veux parler de la raison qui te rend si espiègle et si béat, comme si tu avais fait un raid sur ma réserve de vin.

Il souriait largement à travers sa visière. La chaleur et l'exercice lui avaient mis le feu aux joues.

— Je ne vois pas de quoi tu parles.

De Vries lança puissamment son arme, cherchant à infliger une nouvelle entaille au heaume de son adversaire. Bougeant avec une agilité et une grâce que Christian n'aurait pas imaginée, Bertrand évita facilement l'impact. Un instant plus tard, il se retrouvait encore au contact.

— Je sais ce qui se passe. Je connais cet air-là ! Je l'ai arboré moi-même suffisamment souvent. Tu as une femme !

L'hésitation du chirurgien ne dura pas plus qu'un battement de cœur, mais ce fut suffisant pour Cuvier, qui écrasa sa masse sur son casque. Christian s'effondra sur le dos dans un fracas de métal.

— Là, tu vois. (Bertrand jubilait au-dessus du vaincu.) Tu ne fais pas du tout attention. C'est une femme et elle t'a tourné la tête. Si j'avais été un de ces maudits Turcs, je serais en train de t'arracher les testicules et la langue pour m'en servir de pendentifs.

Il retira son heaume et tendit la main à son compagnon. Les pages accoururent pour les aider. Christian se releva. Ses genoux vacillèrent et sa tête tinta.

— Une femme ! gloussa Bertrand. Par Dieu, le moine est un homme !

Comme en réponse à ses prières divines et assurément aux excès du carnaval, le grand maître annonça l'imposition du *collachio*, le confinement des chevaliers qui, jusqu'à Malte, avait été l'une des caractéristiques de l'ordre. A Rhodes, un mur les séparait des plaisirs de la cité. A Birgu, il ne pouvait exister de telles barrières physiques, car les huit auberges des Langues avaient été construites là où l'espace le permettait. Les chevaliers étaient continuellement confrontés à la tentation.

— Les murs du *collachio*, avait ordonné La Valette, doivent exister dans votre esprit et votre cœur, et dans la consécration à vos vœux.

Les membres de la Langue de France apprirent la nouvelle pendant qu'ils dînaient autour de la longue table dans la grande salle. Dès le départ du pilier, des grognements sourds commentèrent l'annonce. Les jeunes et fringants frères se rassuraient les uns les autres en se disant que ce n'était qu'une folie passagère du grand maître. Bientôt, au lieu de les embêter avec des questions de tentations supposées, il se concentrerait sur leur véritable mission : la croix et les Turcs. Jusqu'alors, personne n'entendait éprouver sa volonté.

Pendant que tous se désolaient, Christian demeurait pensif. D'un air absent, il repoussait la nourriture sur le bord de l'assiette. Il avait pensé que les ordres lui procureraient un soulagement. Ce n'était pas le cas. Il savait ce qu'il avait dans le cœur. Et cela l'effrayait.

Le baron Buqa avait suivi Christian pour savoir où le trouver quand il allait vouloir le frapper. Il s'entraînait deux fois par jour avec son professeur, le Grec, qui se déclara satisfait des progrès de son élève à l'épée. Antonio n'était pas aussi mou et rouillé qu'il l'avait cru. Et sa moindre habileté serait largement compensée par l'effet de surprise et la rage.

— Par autorité du Saint-Office, Je viens chercher votre malade Jacobus Pavino.

Le capitaine de la verge se tenait à la porte de l'infirmerie. Il arborait un écu portant les armoiries de l'évêque, quatre lions couronnés sur champ rouge et blanc. Un portrait du pape sur ivoire pendait à son cou au bout d'une chaîne d'or. Près de lui, un page portait le bâton — la verge —, symbole de sa charge. Derrière lui se tenaient quatre *familiares*, appartenant aux gardes du corps de l'Inquisition. Leurs armes étaient au fourreau.

Salvago avait préféré envoyer le capitaine chercher Pavino plutôt que le messager qui se chargeait généralement de telles corvées. Si seule la porte de l'infirmerie était gardée, son sol était propriété de l'ordre. Pavino devait être extrait rapidement, avant que l'on puisse appeler un responsable. Salvago avait indiqué à l'officier l'heure idoine pour intervenir, quand les hospitaliers et les infirmiers étaient absents.

— Bousculez les faquins à l'entrée et allez cueillir le garçon, avait-il ordonné.

Une fois que Pavino serait à l'intérieur du palais épiscopal, l'ordre serait impuissant.

Le garde de l'infirmerie était un civil maltais, armé d'une épée qu'il n'avait jamais utilisée. Mal à l'aise, il regarda les symboles de l'autorité du capitaine.

— Vous allez devoir attendre jusqu'à...
— Je n'attends pas.

Le capitaine le poussa et ses hommes pénétrèrent à sa suite. Le garde leur hurla d'arrêter, mais ils l'ignorèrent. Rapidement, ils traversèrent la cour enténébrée, gagnèrent les escaliers et commencèrent à monter.

— Que voulez-vous ?

Christian de Vries descendait au même instant les marches. Il regarda le capitaine, puis ses hommes derrière lui. On les distinguait à peine à la lueur des lanternes murales. Mais il aperçut le scintillement d'une épée.

— Comment osez-vous porter des armes dans la sainte infirmerie ?

Le capitaine reconnut de Vries et hésita. Il maudissait intérieurement l'incompétence de ses espions, qui lui avaient rapporté que le Français avait quitté les lieux une heure plus tôt. Evidemment, entre-temps, ils avaient raté son retour. Il n'y avait rien d'autre à faire que poursuivre.

— Je suis venu chercher le malade Pavino.
— De quel droit ?
— Celui du Saint-Office et du Grand Inquisiteur lui-même. Voici l'ordre avec son sceau. Il demande qu'on lui remette Pavino, qui a essayé d'assassiner le vicaire.

Christian jeta à peine un coup d'œil dessus. Il repoussa l'officier.

— Votre document n'a aucune valeur ici. Vous n'avez pas le droit de pénétrer dans cet hôpital. Personne ne le peut sans l'autorisation du grand hospitalier.

— Je représente une autorité supérieure à celle de ce personnage.

— Entre ces murs, monsieur, ce n'est pas le cas.

— Vous prononcez ces mots au péril de votre âme immortelle.

— Elle n'est pas entre les mains du Saint-Office, capitaine, pas plus que ne va l'être Pavino.

La main du capitaine se posa sur la poignée de son épée.

— Je n'accepterai pas l'autorité d'un cisailleur. Je vais aller le prendre, et maintenant. Ecartez-vous de ma route.

Ses acolytes tirèrent leur arme.

Derrière Christian, plusieurs aides hospitaliers désarmés descendaient l'escalier et observaient la scène. Sentant la violence, ils remontèrent prudemment.

Fort de son habit noir et de sa croix à huit pointes, Christian se dressa au-dessus de l'officier et de ses hommes. La lampe derrière lui projetait son ombre sur les marches.

— Faites comme vous voulez, capitaine. Il n'y a maintenant qu'un cisailleur entre l'enfer et vous.

Bien que prêt à user, si nécessaire, de la force contre un garde, le capitaine de la verge ne l'était pas contre un chevalier. Comptant sur la célérité et la ruse, le vicaire l'avait clairement spécifié : « Pas d'effusion de sang. » Le capitaine serra les dents.

— Vous allez regretter ça, frère de Vries, lança-t-il. Nous aurons Pavino d'une manière ou d'une autre.

Il se retourna et repartit avec ses hommes vers la sortie.

Christian les regarda se retirer avec une certaine inquiétude au cœur. Il avait remporté cette manche, mais le terrible sentier sur lequel il s'était engagé sans vraiment réfléchir devenait de plus en plus raide et traître.

L'après-midi même, il fut convoqué au fort Saint-Ange, où il dut se présenter devant une réunion formelle du Sacré Conseil. Lorsqu'il pénétra dans la chambre, une douzaine de paires d'yeux impérieux le fixèrent : des grands-croix, des piliers et des commandeurs. Il ne fut pas invité à s'asseoir.

— Frère de Vries, commença le grand maître sans préambule, l'évêque demande à me voir. Avant cela, je veux savoir ce qui l'a mis en rage... En dehors, naturellement, de ta satire du carnaval que heureusement pour toi, m'a-t-on dit, j'ai manquée. Le grand hospitalier m'a informé que tu as refoulé ce matin le capitaine de la verge, qui venait chercher un patient. Qui est cet homme, ce Pavino ?

— Un oiseleur, mon seigneur. Un simple chasseur, rien de plus. Je le soigne depuis qu'il a été admis dans notre infirmerie après une chute. J'ai fait un rapport complet à l'hospitalier.

— Pourquoi le capitaine le voulait-il ?

— Il aurait essayé d'assassiner l'évêque ou le vicaire.

— Dommage qu'il l'ait manqué, marmonna le chevalier Gil d'Andrada.

— Silence ! tonna La Valette. Aucun sentiment semblable n'a le droit d'être exprimé autour de cette table ou n'importe où ailleurs au sein de l'ordre ! (Il fusilla Christian du regard.) Eh bien, de Vries, qu'y a-t-il de vrai là-dedans ?

Tous les yeux étaient posés sur Christian, debout à l'extrémité de la grande table.

Un voile d'irréalité tomba sur lui, comme pour laisser quelqu'un d'autre s'exprimer à sa place devant les dignitaires.

— Ce ne peut être l'homme, mon seigneur. Je l'ai traité. J'ai nettoyé sa blessure. (Il répéta son histoire d'algues, espérant que personne ne percevrait la boule qu'il avait dans la gorge ni le battement de son cœur.) Les *gendarmi* ont reconnu qu'il ne pouvait s'agir du criminel.

« Dieu me pardonne. »

— Sir Oliver ? (La Valette s'était tourné vers son secrétaire.) Votre avis ?

— Nous devrions lui accorder asile.

— Asile !

Le frère Giovanni Gonzaga, le prieur de Barletta, s'en étrangla presque, tandis que son poing s'abattait sur la lourde table de chêne.

— Evidemment. Tant du point de vue légal que pratique, le droit est absolu et bien établi. Il le protège contre toute persécution des autorités civiles ou de l'évêque, ou de qui que ce soit étranger à l'ordre. Nous avons agi de la sorte de nombreuses fois, de même que l'évêque lui-même, qui en a usé contre les autorités civiles — et contre nous. N'a-t-il pas conféré la tonsure à bon nombre de ses amis pour les soustraire à la justice du grand maître ? Il y en a encore eu un, rien que la semaine dernière. Et cette mesure diffère peu du droit d'asile, sauf qu'elle dure toute la vie.

Gonzaga se redressa sur sa chaise.

— Oui, mais quel est notre intérêt dans cette affaire ? Pourquoi devrions-nous inutilement nous opposer au Saint-Office ? Nous devrions choisir nos combats avec davantage de soin. Coupable ou non, laissons l'Eglise se débrouiller avec l'oiseleur. Ce n'est qu'un paysan. Quel intérêt présente-t-il pour nous ?

— C'est une question de principe beaucoup plus large, mon seigneur, rétorqua Starkey. La désignation de l'évêque en tant qu'Inquisiteur ne fut qu'une première étape. L'arrivée de son vicaire est la seconde. Déjà huit des nôtres ont été convoqués dans le cadre de cette chasse à l'hérésie. Où cela va-t-il s'arrêter ? Ils cherchent la moindre faiblesse. Tout ce qu'ils veulent, c'est nous attaquer sur tous les fronts : notre piété, notre dévotion, et maintenant notre indépendance. Qu'ils trouvent une brèche dans nos défenses, pas dans notre détermination. L'arrogance que manifeste Cubelles en essayant de nous soustraire un patient est une indication de la leur. C'est un défi. Et ils ne doivent pas le remporter. (Il lança un regard sévère à Christian.) Si je devais vous blâmer pour ce qui est arrivé cette nuit, de Vries, ce serait pour avoir laissé repartir ce capitaine avec la tête sur les épaules. Vous auriez dû la lui enlever pour son insolence : il n'avait pas à franchir la porte. (Les yeux de Starkey pétillèrent.) En fait, au regard de vos talents, vous auriez dû faire ça... chirurgicalement. Vous auriez pu lui recoudre la tête sur l'arrière-train et le renvoyer comme ça au vicaire.

Des rires accueillirent la plaisanterie. Même le grand maître ne put réprimer un sourire. Mais l'expression du secrétaire redevint immédiatement sérieuse.

— Sur tous les fronts, sous toutes les formes, messieurs,

nous devons résister à l'Inquisiteur, comme s'il était le Grand Turc lui-même.

Des murmures d'acquiescement soulignèrent cette dernière remarque. Mais Gonzaga restait calé sur ses positions.

— Il va porter l'affaire devant le Saint-Siège et prétendre que c'est un affront direct au Saint-Père lui-même. Ils diront que nous cachons un assassin rien que pour contrecarrer ses vœux.

Starkey eut un geste d'impatience.

— Comme il ne fait aucun doute qu'ils prétendront que nous avons fomenté nous-mêmes la tentative d'assassinat. Qu'ils racontent ce qu'ils veulent.

Gonzaga s'apprêta à répondre, quand le grand maître le fit taire. Il en avait assez entendu.

— Je n'ai pas peur de les affronter sur ce front ni sur n'importe quel autre, mais je ne veux pas le faire en hébergeant un assassin. Frère de Vries, je dois te reposer la question. Cet homme est-il innocent ?

Christian sentait battre ses tempes. C'était la dernière occasion qu'il avait de rétablir la vérité. Il pouvait même moduler sa réponse en disant qu'il n'était pas certain. Mais il les vit, qui le fixaient.

— Oui, grand maître, il est innocent.

— Très bien. L'asile lui est accordé. Voilà un petit avertissement pour l'évêque. Çeralta, faites placarder l'ordre approprié sous mon nom. J'irai informer l'évêque. Quant à toi, frère de Vries, c'est tout. Retourne à ton poste.

— Chevaliers.

Christian s'inclina et quitta la pièce. Il se sentait déchiré par le tour inattendu qu'avaient pris les événements : heureux que Maria ait ce qu'elle voulait, mais écœuré par son propre rôle dans tout ça. Soudain, un simple oiseleur devenait un pion au milieu d'une partie d'échecs opposant l'ordre au Saint-Office, déplacé par un chevalier dont la main était guidée par des forces qu'il se gardait bien de contrôler. Chaque mouvement de la pièce était un mensonge de plus dans une vaste tromperie, une violation manifeste des serments qu'il avait prêtés à l'ordre.

Il se retrouva dans la chapelle Sainte-Anne, dans la cour du palais magistral, sur le promontoire de Saint-Ange. A l'intérieur, il s'agenouilla. Cette fois, il fut incapable de trouver ses paroles de contrition. Sa tromperie était beaucoup trop calculée. Il ne pouvait pas pleinement s'expliquer ses propres actions à lui-même et encore moins les confesser à Dieu.

Oui, Maria lui avait demandé de mentir. Il n'avait pas à le faire. Elle ne l'avait pas non plus forcé. Elle l'avait simplement regardé et l'en avait prié. Elle n'avait rien donné, rien promis. Il l'avait fait sans savoir quoi que ce soit, si ce n'est qu'il se sentait totalement soumis en sa présence. Si elle lui avait dit de sauter des falaises, il l'aurait probablement fait.

Mal à l'aise, il se releva sans avoir prié. Il n'allait quand même pas commettre un nouveau péché en promettant à Dieu que cela ne se reproduirait pas. Il songeait déjà à la prochaine visite de la jeune femme à l'infirmerie.

Une pensée le frappa comme un éclair : « Elle ne sait pas qu'ils sont venus pour Jacobus. »

Et si le capitaine de la verge s'en prenait à elle, à présent ? Le Saint-Office apprendrait sans difficulté qu'elle avait quelque lien avec l'oiseleur et la trouverait sans peine.

Il se maudit de ne pas y avoir pensé plus tôt. C'était déjà le milieu de l'après-midi et douze heures s'étaient écoulées depuis l'incident. Il devait la prévenir.

Il traversa la cour du château intérieur, puis gagna les escaliers passant sous les tours trapues de la barbacane en ignorant les saluts des autres chevaliers. Au début, sa démarche fut relativement normale, mais à chaque pas son inquiétude augmentait. Quand il arriva au niveau de la porte principale, il descendait les marches deux par deux. Et en franchissant le pont-levis, il courait. Il dévala la rue principale, traversa la place, dépassa l'infirmerie et remonta la rue surplombant la crique de Kalkara. Il poussait les passants qui se mettaient en travers de sa route, car plus sa peur grandissait, plus il devenait fébrile.

Mais il était trop tard. Le chantier était vide. Tous les ouvriers étaient repartis chez eux et elle ne reviendrait à l'infirmerie que tard ce soir-là. Il ne pouvait attendre jusqu'à ce moment-là. Chaque instant augmentait sa certitude du danger qu'elle courait.

Il rejoignit les écuries publiques juste à l'extérieur de la porte de la ville et réclama un cheval au maître des lieux abasourdi, promettant de le payer dès qu'il reviendrait. Puis il sauta en selle et fila plein sud. Les routes étaient trop mauvaises pour qu'il galope, mais il poussa sa monture tant qu'il put. Les paysans s'écartaient pour le laisser passer. A chaque foulée, il sentait une terreur irraisonnée lui comprimer un peu plus la gorge. Si Salvago voulait suffisamment de mal à Jacobus pour essayer de l'enlever sur une propriété de l'ordre, Maria courait un danger encore plus grand. Rien n'arrêterait le Saint-Office.

Soudain, il l'aperçut, marchant vers la grotte, ses pieds nus soulevant la poussière du sentier. Elle se tourna en l'entendant approcher. Il vit son beau visage, sa peau dorée, ses cheveux rayonnant dans la lumière de la fin d'après-midi. Un mélange d'appréhension et de plaisir hantait ses yeux. Il s'arrêta près d'elle et mit pied à terre.

— Je suis content de vous trouver. Ils sont venus pour Jacobus la nuit dernière. Il est sauf. Ils n'ont pas pu l'emmener.

— Quoi ? Pourquoi ? Comment... ?

— L'ordre lui a accordé l'asile. Au moins temporairement.

— Asile ? Pourquoi ? Pourquoi les chevaliers se soucieraient-ils de le protéger ?

— Cela n'a rien à voir avec lui, en fait. C'est une affaire beaucoup plus vaste entre l'évêque et Saint-Jean.

L'esprit de la jeune femme aboutit rapidement à la conclusion qui s'imposait :

— Cela veut dire que Salvago sait.

— Oui. Mais il ne peut rien prouver, rien faire, tant que

Jacobus demeure dans l'infirmerie. Il ne peut agir sur un simple soupçon.

Maria secoua négativement la tête.

— Je le connais. Il ne s'arrêtera pas. Il retentera le coup. Il viendra chercher Fençu, Eléna, tout le monde. Il viendra vous chercher. (Sa terreur grandissait. Elle regarda vers l'entrée de la grotte.) Peut-être que déjà... S'il vous plaît, accompagnez-moi là-bas.

Il remonta sur son cheval, lui tendit la main et l'attrapa par le bras. Il la hissa derrière lui et elle lui enserra la taille. Ils quittèrent le sentier sinueux pour couper à travers les champs, progressant prudemment à cause des roches, des ornières et des cactus.

Ils chevauchaient en silence. Le soleil descendait dans leur dos et il savait que la chaleur qu'il ressentait n'était pas celle de l'astre, mais celle de Maria. Il vit le caroubier et, près de lui, la *sukkah*. Il n'y avait ni chariot, ni voiture, ni chevaux, ni représentant de l'autorité près de la falaise. Au loin, ils virent une femme assise qui jouait avec un bébé.

— C'est Eléna avec Moïse, dit Maria. Alors tout le monde doit être en sécurité. Il n'est pas venu ici. (Le soulagement perçait dans sa voix. Elle posa sa tête sur le dos de Christian.) Avant que vous n'alliez plus loin, dit-elle doucement, je dois vous avouer quelque chose. Je vous ai mis en danger, Christian, et je vous ai demandé de violer tous les serments qui, je le sais, ont de l'importance pour vous. Et vous ignorez pourquoi. (Il se retourna autant qu'il pouvait pour la regarder, mais elle s'agrippa à lui plus étroitement.) S'il vous plaît, ne me regardez pas, ou je serai incapable de parler.

— D'accord.

Il regarda droit devant lui et lâcha les rênes pour laisser sa monture manger de l'herbe. D'abord, elle hésita, bredouilla, essayant de trouver ses mots. Puis tout sortit d'un coup dans un grand flot de larmes. Elle lui raconta ce qui s'était passé des années plus tôt en le serrant de toutes ses forces et en dissimulant son visage dans son dos.

Un instant plus tard, ils étaient à terre, sans même savoir comment ils étaient descendus de cheval. Christian la tenait, les bras enlacés autour de son corps. Il lui embrassa le front, la joue, sentant le sel de ses larmes. Il la serra contre lui. Il apercevait la mer. Il n'osait pas regarder Maria car s'il le faisait, il en était certain, il l'embrasserait. Alors il l'étreignit sans bouger jusqu'à ce que l'orage s'éloigne.

— *Va bene*, murmura-t-il en lui caressant les cheveux. *Va bene.*

De toutes les raisons qu'il avait imaginées pour expliquer les dissimulations de Maria, il n'avait jamais envisagé la vraie. Il se sentait coupable d'avoir douté de sa parole quand elle disait que protéger Jacobus était une chose honorable. « Au moins pour lui, pensa-t-il tristement. Je n'en demeure pas moins un menteur qui a trahi son serment. »

Les résidents de M'Kor Hakhayyim regardaient le chevalier avec suspicion, mais ils écoutèrent Maria traduire ce qu'il disait. Le Saint-Office ne les laisserait pas en paix, expliquait-il. Aucun ami ou proche de Jacobus ne serait en sécurité. Ils devaient trouver un autre endroit pour vivre, au moins pour un temps.

— Vous voulez dire nous cacher, rétorqua Fençu avec colère. Vous voulez qu'on les laisse nous chasser de chez nous ?

— Oui, répondit Eléna en serrant Moïse.

— Oui, ajouta Elli, se remémorant ce qui s'était déjà produit.

— Oui, surenchérirent Cawl et Villano.

Et leurs épouses acquiescèrent de même.

Fençu soupira.

— *Tajjeb wisq*, souffla-t-il, dépité et vaincu. Je connais une caverne isolée. Il y en a de plus proches, mais si nous devons nous cacher, au moins, faisons-le bien. Seulement il n'y a pas de source. Il nous faudra porter l'eau.

Maria traduisit à Christian ce qu'ils disaient.

— Explique-leur qu'ils feraient bien de partir dès ce soir, sous couvert de la nuit.

La suggestion énerva Fençu, qui connaissait des bribes d'italien.

— Je n'ai pas besoin qu'un étranger m'explique comment me sauver des étrangers.

Ils réunirent leurs biens, et en chargèrent une partie sur la charrette et le reste sur leur dos. Maria et Fençu discutaient de quelque chose en maltais. Elle se retourna vers Christian.

— Il dit qu'avec votre cheval, il peut tout emporter en un seul voyage. Avec votre autorisation, il le ramènera demain où vous voudrez.

— Parfait. Je peux rentrer à pied.

Christian était troublé en réalisant que Maria ne partait pas avec eux.

— Pourquoi n'avez-vous rien emballé ?

— Je ne vais nulle part. En tout cas, pas avec eux.

— Vraiment ?

— Evidemment. Cela ne ferait que les mettre en danger.

Christian ne pouvait discuter la logique de ce propos, même si cela ne lui faisait pas plaisir.

— Vous avez peut-être raison, mais vous ne pouvez pas rester ici. Et vous devez vous tenir éloignée de votre travail. Il va vous falloir tout dire à votre père.

Les ordres l'agacèrent.

— Qu'est-ce qui vous fait penser que je vais m'arrêter de vivre ?

— Vous n'êtes sûrement pas sérieuse. Salvago vous trouvera.

— Il ne peut rien me faire de plus. Le seul moyen qu'il a de m'atteindre, c'est à travers eux. (Elle désigna ses amis du menton.) C'est pour ça qu'ils doivent partir.

— Il y a encore beaucoup de choses qu'il peut vous faire, Maria, et je ne serai peut-être pas en mesure de vous aider.

— Je ne me cacherai pas. Et ne vous souciez de rien. Je sais très bien prendre soin de moi.

— Vous êtes folle, dit-il avec colère. Vous êtes une femme extraordinairement entêtée.

Elle hocha la tête pensivement.

— J'accepte ça comme un compliment.

Christian attendit près du caroubier, tandis qu'elle disait rapidement au revoir aux autres. Elle s'attarda longuement avec Eléna, qui ne cessait de regarder le Français par-dessus son épaule.

— Tu es amoureuse de lui.

— Non.

— Tu devrais te tenir à l'écart des chevaliers. Ils sont tous pareils.

— Il est différent, rétorqua Maria sur un ton sec, en ajoutant en vitesse : Mais cela n'a pas d'importance, puisqu'il n'y a rien entre nous, je te l'ai dit.

Eléna rit doucement.

— Si j'étais sourde, aveugle et que je ne te connaissais pas, je pourrais peut-être le croire.

— Eh bien, tu te trompes, c'est tout.

Eléna l'étreignit.

— Tu es ma meilleure et ma seule amie au monde. Je ne veux pas te voir souffrir. Tu dois te souvenir de Jacobus. Il a tout sacrifié pour toi.

Maria tressaillit.

— Je ne le lui ai pas demandé.

— Mais il l'a fait quand même. Il t'adore, Maria. Reste à l'écart de l'ordre.

— L'ordre t'a donné Moïse.

— Oui, et il est la lumière de ma vie. Mais je suis une prostituée. Son père aurait aussi bien pu être boulanger ou marin. Ce n'est pas la même chose pour toi. Tu peux choisir. Tu dois bien choisir. Et tu ne trouveras jamais mieux que Jacobus.

— Assez avec ça. Va-t'en maintenant. Je te verrai bientôt.

Il faisait déjà noir quand la petite troupe de réfugiés s'élança sur la route rocheuse, à peine éclairée par le croissant de lune. Les pots, les marmites et l'argenterie volée par Fençu s'entrechoquaient bruyamment, tandis que les enfants, les chèvres et les chiens trottaient et traînaient derrière.

Maria les regarda se faire absorber par la nuit. Quand il n'y eut plus que le silence, elle eut presque peur de se retourner vers lui. Il était toujours debout près du caroubier à l'observer. Elle s'approcha de lui. Il y avait de la gêne entre eux, à présent.

— Je m'inquiète pour vous. Vous devriez au moins vous trouver une autre grotte.

— J'en ai l'intention.

— Puis-je vous aider ?

— Je vais me débrouiller.

— Alors, je vais vous laisser.

— Pas encore, s'il vous plaît. Marchez avec moi, vous voulez bien ?

Elle se dirigea vers les falaises et ils trouvèrent un sentier descendant jusqu'au rivage. La lune leur dispensait juste assez de lumière pour voir où ils mettaient les pieds.

— Allez-vous avoir des problèmes à cause de votre retard ?

Il rit.

— Plus que des problèmes. Le grand hospitalier risque de me demander de m'arracher un morceau de moi-même. Mais cela ne fait rien. Je lui raconterai quelque chose. J'ai appris à être assez bon menteur, ces temps-ci.

— Je suis désolée. Vous en avez tant fait et je suis si grossière.

— Ne vous inquiétez pas.

— Aimez-vous l'ordre ?

— L'ordre, pas du tout ; la chirurgie, beaucoup. Il n'y a pas de meilleur hôpital au monde. J'ai de la chance d'y être.

Elle se tourna vers lui.

— Je veux tout savoir de vous, Christian de Vries. Tout savoir de...

Mais elle n'acheva pas. Il la prit de nouveau dans ses bras et l'embrassa. Elle répondit avidement, follement. Christian enleva le sac qu'il avait sur son dos et étendit son manteau sur les rochers. Ils se servirent du sac comme d'un oreiller et ignorèrent la roche.

Les doigts tremblants, il dénoua le gilet de la jeune fille et sentit sa tension.

— Je vous fais mal ?

— Non. C'est seulement que j'ai peur. Je n'ai pas connu d'homme depuis...

Il lui caressa les cheveux et embrassa son cou.

— J'ai peur moi aussi.

— Je ne veux pas faire ça, murmura-t-elle, les yeux remplis de larmes.

— Moi non plus, répondit-il d'une voix enrouée. Je suis désolé. Je vais partir.

Il commença à se lever, mais elle le retint, l'attira à elle et l'embrassa.

— Non. S'il vous plaît. Ne me laissez plus jamais.

— Plus jamais.

Le monde extérieur s'évanouit tandis qu'ils se perdaient dans le murmure des vagues, la danse des étoiles au-dessus de leurs têtes et les doux endroits secrets qu'ils découvraient l'un chez l'autre.

Chapitre 33

Quand Christian pénétra dans Birgu, il flottait encore dans le divin brouillard de ceux qui viennent de faire l'amour. Il avait repoussé les pensées qui le consumaient vers un recoin de sa tête où il pourrait toujours les traiter plus tard. Pour l'instant, il voulait jouir du sentiment de paix qu'il ressentait, du bonheur, de la plénitude et du plaisir qu'il n'avait pas éprouvés jusqu'alors. Il pensait à elle et voulait que rien n'interfère dans ses rêveries. La ville de Birgu était merveilleuse, l'île de Malte sublime, les couleurs du ciel plus vives que jamais et l'expression des passants plus amicale qu'auparavant. Ses sens étaient extraordinairement éveillés. Il marcha le long du mur au-dessus de la crique de Kalkara, regardant les bateaux dans le port. Le pas léger, il sifflotait. Dans son souvenir, cela ne s'était plus produit depuis l'enfance.

Le baron Antonio Buqa sortit d'un renfoncement entre les bâtiments. Il tenait une épée en main et en tendit une autre à Christian.

Celui-ci fit un pas en arrière sans la prendre.

— C'est absurde, baron. Ce n'est pas nécessaire. Je vous assure.

— Ça l'est, répondit Buqa.

Il lança l'arme. Christian l'attrapa mais la garda à son côté.

— Il est temps pour vous de payer ce que vous avez fait à ma femme.

— Je n'ai rien fait.

Buqa se fendit. Christian l'évita facilement en faisant un pas de côté.

— Je ne me battrai pas avec vous.

— Maudit ! Je vais te tuer, que tu te battes ou non.

Il se lança de nouveau. Christian leva sa lame et para aisément le coup.

Le Maltais commença à ferrailler des deux mains, d'avant en arrière, haineux et déterminé. S'il n'y avait pas d'art dans sa façon de croiser le fer, il y avait de la fureur. Christian pivotait, se baissait, reculait. Buqa frappa bruyamment le muret en arrachant un fragment de pierre. Son impuissance le mettait en rage. Le visage empourpré, il visa les genoux de son adversaire, puis tournoya et se lança vers sa poitrine, mais vit qu'il l'avait manquée. Il poussa un cri de rage. La frustration de ne pas arriver à tuer Christian de ses mains lui rongeait le cœur.

L'assaut suivant le vit finir sur le dos. Christian se plaça au-dessus de lui. Buqa haletait, toussait, les yeux rouges de rage. Son rival l'avait cloué au sol, son avant-bras calé sur sa gorge.

— Je n'ai pas touché votre femme, dit Christian.

— Tu mens, sale porc français. Je t'ai vu sur la place.

— Ce n'était rien d'autre qu'une accolade pendant une fête. Il n'y a rien eu de plus, baron. Il n'y aura jamais rien de plus. Je vous en donne ma parole.

— Votre parole ! Vous l'avez revue le lendemain, ici même, devant ce bâtiment.

Il luttait pour se libérer.

— Oui, nous avons parlé. Voilà tout.

Christian appuya sur la trachée du baron jusqu'à ce que son visage devienne pourpre. Vaincu, il hocha la tête. Prudemment, Christian le laissa se relever. Le Maltais peina à se remettre debout. L'humiliation et la défaite hantaient ses yeux. Il avait de la poussière sur les joues et avait bavé dans sa barbe. Christian lui tendit ses épées, mais il ne les prit pas et, les épaules basses, tourna les talons et se perdit dans le petit attroupement qui s'était formé.

Plus tard ce matin-là, Christian fut convoqué par le grand maître dans sa résidence à l'extérieur de Birgu. Il s'y attendait. Peu de choses concernant ses chevaliers échappaient longtemps à son attention.

Il se trouvait en compagnie de l'architecte de l'ordre, avec lequel il étudiait les plans des murs défensifs. Il le congédia et celui-ci passa devant Christian avec ses piles de papiers.

La Valette fit signe au jeune homme de s'avancer.

— Mon seigneur ?

— J'ai entendu parler d'une altercation entre le baron Buqa et toi.

— Un malentendu. Rien de plus. C'est fini.

— Rien, vraiment. On m'a dit qu'il y a eu duel à l'épée. On m'a raconté aussi que cela concernait son épouse. Je ne permettrai à aucune de ces deux activités de perturber l'ordre.

— Il n'y a pratiquement pas eu de duel et personne n'a été

blessé. Le baron pensait que j'avais eu une relation avec sa femme. Il se trompait. Je le lui ai dit. Il a accepté ma parole.

Le regard de La Valette se durcit.

— Et ta parole est-elle fiable ?

Christian prit un moment avant de répondre.

— Je ne l'ai jamais touchée, mon seigneur. Elle m'a embrassé sur la place. Je l'ai repoussée. C'est la vérité.

La Valette l'observa attentivement.

— Ai-je besoin de te rappeler tes vœux, frère de Vries.

Christian déglutit.

— Non, c'est inutile.

— Très bien. Alors restons-en là.

Le capitaine de la verge et ses hommes se rendirent à M'Kor Hakhayyim et revinrent bredouilles. Ils n'avaient même pas trouvé quelque chose à brûler.

Sur le bastion près de la crique de Kalkara, Maria attendit qu'ils viennent la chercher. Elle travailla toute la journée comme si de rien n'était, levant les yeux dès que quelqu'un surgissait dans la rue en dessous du mur. Mais ils ne se montrèrent pas.

La nuit, elle alla retrouver Christian en s'assurant de ne pas avoir été suivie. Elle nota le soulagement dans ses yeux.

— Reste à l'écart pendant un moment, lui demanda-t-il de nouveau. Ton père peut sûrement se débrouiller seul.

— Non, répondit-elle d'un ton sans appel.

Pour s'éloigner de Birgu, Christian avait menti au grand hospitalier. Il lui avait parlé d'une visite au Santu Spiritu : Joseph Callus lui aurait demandé de l'aide. C'était déjà arrivé auparavant et Çeralta n'eut aucun soupçon.

Ils revinrent vers le rivage et se cachèrent contre les rochers, là où les falaises étaient les plus hautes. Ils trouvèrent une grotte où l'eau était cristalline. Là, ils regardèrent le soleil se coucher puis se lever ; ils virent les couleurs de l'eau virer de l'or au noir, à l'indigo puis au bleu sous un ciel parfait ; ils nagèrent nus et firent l'amour sur le sable, sur les rochers et dans l'eau, ne se lassant pas de s'explorer l'un l'autre. Puis ils cuisirent un dîner sur un feu de bois et dormirent à la belle étoile.

Christian apporta à Maria une sacoche de cuir pleine de livres provenant de sa bibliothèque. Elle les tenait comme s'il s'agissait d'un trésor. Ils se lurent réciproquement des passages. Le jeune homme apporta même la satire que Bertrand et lui avaient écrite et interpréta quelques rôles tout nu. Elle se tordit de rire. Il lui abandonna son présent pour qu'elle puisse s'adonner à sa passion les nuits où il ne pourrait la rejoindre.

— Je ne veux pas que l'occasion se présente. Tu dois toujours être avec moi.

Ils dormirent peu et firent l'amour.

Chaque jour, Jacobus reprenait des forces. Il parcourait la cour sans relâche, sachant qu'il ne pouvait quitter l'infirmerie. Chaque fois que Christian parlait de ses progrès à Maria, il remarquait une tristesse dans ses yeux.

— Je ne suis pas allée le voir depuis cette nuit-là, dit-elle avec un accent de culpabilité.

— C'est pardonnable. Je suis certain qu'il comprend. Peu de visiteurs peuvent se glisser entre nos murs dans une robe de carmélite.

— Ce n'est pas ça. J'ai l'impression de l'avoir trahi.

Cette remarque inquiéta Christian, qui demanda :

— Tu l'as trahi ?

— Non. Peut-être. Je ne sais. Je ne sais plus rien en dehors du fait que je t'aime, Christian de Vries. *Inhobbok*.

— *Inhobbok*, répéta-t-il. Cela sonne bien. *Te amo*. (Il la releva et la fit tournoyer.) Je t'aime ! hurla-t-il. *Amo te ! Te quieros muchos !*

Et ils atterrirent par terre dans un fouillis de mains et de mots doux susurrés en six langues.

Après qu'ils eurent fait une nouvelle fois l'amour, elle s'endormit. Quand elle se réveilla, il était assis à regarder la mer. Elle passa le bras autour de sa taille et se pressa contre lui. En levant les yeux vers lui, elle lui vit un air de tristesse et surprit le scintillement de larmes.

— Qu'y a-t-il ?

— Je me dégoûte. J'ai l'impression de descendre en enfer sans avoir le pouvoir de l'empêcher.

— Oh... (Elle passa les doigts sur la joue de son amant.) Je ne voulais pas que cela arrive. Je suis désolée d'avoir...

— Non. (Il prit sa main dans la sienne et l'embrassa.) J'ai peur pour mon âme, mais je suis heureux à en mourir. Je suis faible de caractère, et fou de toi. J'ai déshonoré le nom de ma famille. Je dois démissionner de l'ordre ou te quitter. Je ne peux pas démissionner parce que j'ai fait un vœu ni te quitter parce que... je ne peux pas.

Elle avait trop peur pour dire quoi que ce soit. Elle appuya la tête contre son épaule et ils restèrent assis à écouter les vagues.

Le matin, ils entendirent quelqu'un venir sur les falaises au-dessus d'eux. Ils s'élancèrent trop tard pour se cacher. Joseph Callus arrivait, une pelle sur une épaule et un sac plein de petits outils sur l'autre.

Il les aperçut et tomba presque sous l'effet de la surprise. Il les regarda tous les deux, vit l'expression de leurs yeux, remarqua la couverture et la nourriture, et comprit immédiatement.

— Mon Dieu, Christian, je pensais trouver de vieux os puniques ici, pas les vôtres. Les rochers doivent être horriblement inconfortables. Je me rends pour trois nuits à Gozo. Utilisez ma maison. Elle a un lit décent, au moins, et les puces de sable vous laisseront en paix.

Maria était mortifiée d'avoir été découverte, mais le Dr Callus riant de bon cœur et semblant vraiment heureux pour eux, sa gêne s'évanouit. Ils partagèrent du *rozolin* et passèrent une heure agréable ensemble, jusqu'à ce que le médecin remarquât les coups d'œil langoureux qu'ils échangeaient.

— Bien, vous m'avez retenu assez longtemps. (Il vida sa

coupe.) Il faut que je m'en aille avant que quelqu'un me vole mon trésor.

Cette nuit-là, Christian n'assista pas au dîner obligatoire à l'auberge, ni à l'assemblée de la nuit suivante. Il avait déjà dit à Callus qu'il l'utilisait comme alibi. Et maintenant, il demandait à Bertrand de mentir pour lui. Il lui avait tout raconté.

— Tu dois être plus prudent, le mit en garde celui-ci.

— Pourquoi ? Il n'y a pas de menteur plus créatif que toi à Malte.

Et si Bertrand avait des problèmes à cause de son mensonge ? Etait-il prêt à sacrifier ses amis pour trahir son vœu ?

— Tu sais que je vais t'aider. Mais ce n'est pas le bon moment pour éprouver la patience du grand maître.

— Ce n'est jamais le bon moment.

— Certes. Mais même moi j'ai mis de côté de tels plaisirs pour l'instant. Attends six mois ou un an. Ce sera plus facile.

— Je ne peux pas, Bertrand.

— Très bien, alors. Je vais dire au pilier que tu es enceinte !

Le logis de Joseph Callus était petit, mais très confortable. Les tables et les étagères débordaient d'objets et de fragments collectés au gré de ses chasses — têtes de flèches, pots, tessons, petits objets corrodés de bronze ou de cuivre. Maria touchait le mobilier avec précaution. Elle s'assit sur tous les fauteuils et fit courir ses doigts sur le bois ciré de la table à manger, puis regarda longuement le lit et le toucha avec circonspection.

— Qu'y a-t-il ? (Christian entra dans la pièce avec du vin.) Il y a quelque chose dedans ?

— C'est juste que... Je n'ai jamais dormi dans un vrai lit. Je ne connais que la paille. Je ne savais pas que quelque chose puisse être si doux.

Elle lança un regard mal à l'aise à Christian. Elle était désolée de lui avoir fait cet aveu. Soudain, elle eut une conscience ravivée de son milieu d'origine.

— Tu dois me trouver terriblement simple. Je n'ai ni beaux

habits ni bijoux. Tu devrais chercher quelqu'un qui a de la culture, de la fortune et une naissance. (Les mots avaient jailli tout seuls.) Quelqu'un avec des... chaussures.

Il posa le vin et la prit dans ses bras. Puis il l'embrassa.

— Je pense simplement que tu es extraordinairement belle, murmura-t-il. Et, si tu avais eu des chaussures et de beaux habits, je te les aurais enlevés. (Il la serra.) J'aurais voulu avoir passé toutes mes nuits avec toi, que ce soit sur de la paille, des rochers ou dans la soie. (Il regarda le lit.) Mais ne gâchons pas le temps dont nous disposons.

Un peu plus tard, Maria s'éveilla après avoir fait un léger somme et écouta la respiration de son amant. Elle se souleva sur un coude et le regarda, au comble de l'amour. Elle repensa à ses pieds nus. Quoi qu'il dise, l'aspect le plus dur de leur relation tenait au fait qu'il ne pourrait jamais la prendre pour femme — même si ses vœux ne l'en empêchaient pas.

Ses vœux. Elle savait que le temps qu'ils passaient ensemble était une chose fragile. Elle l'embrassa sur la joue, les oreilles, la poitrine. Il lui sourit et s'étira paresseusement. Elle se glissa de plus en plus bas, jusqu'à ce qu'il ne fût plus fatigué du tout. Ils refirent l'amour.

Soudain, il réalisa qu'elle pleurait. Il la regarda dans les yeux et constata qu'il ne s'agissait pas de pleurs de tristesse.

— Je n'ai jamais rêvé que quelque chose puisse être si merveilleux, murmura-t-elle, tandis qu'il l'embrassait.

Le baron et la baronne Buqa s'étaient violemment querellés. Il l'avait interrogée à propos de Christian et, indigné, l'avait giflée quand elle l'avait renvoyé à ses propres infidélités. Il lui ordonna de ne pas quitter la maison, puis partit pour la Sicile à bord d'une de ses galères, soi-disant pour s'occuper de ses affaires là-bas. Elle savait qu'il voulait simplement se cacher comme un chien blessé, pour digérer son humiliation. Il serait de retour dans un mois ou deux, et ils trouveraient un moyen de faire comme si rien ne s'était passé.

Il ne pouvait pas l'enfermer tant qu'il était en Sicile et elle avait payé le valet pour qu'il cesse de la suivre malgré les ordres de son mari. Un après-midi, elle sortit pour s'acheter une série de perles pour les cheveux. Elle revenait vers sa demeure, près de l'Università, quand elle s'immobilisa. Il lui tournait le dos, mais elle reconnut immédiatement l'habit noir familier, la démarche décidée, les épais cheveux noirs. Christian de Vries allait dans la direction de sa maison. Etait-ce possible ?

Elle se précipita derrière lui. Mais il tourna trop tôt, près du marché et dépassa deux autres pâtés de maisons dans des rues étroites. Il s'arrêta devant la porte de Joseph Callus. Elle se cacha dans un passage et le regarda entrer. Immédiatement, elle commença à se chercher un prétexte pour rendre visite au médecin.

Arrivant à l'opposé, une femme assez belle apparut. Angela eut l'impression qu'elle lui était vaguement familière. Elle était vêtue d'un gilet et d'une jupe. Une paysanne. Elle s'arrêta elle aussi devant chez Callus et frappa doucement. Angela vit Christian la faire entrer. Il regarda d'un côté et de l'autre de la rue, puis prit la main de l'inconnue pour lui faire franchir le seuil. La porte se referma derrière eux.

La baronne avait distingué le visage du chevalier quand il avait ouvert à la fille. L'expression ne laissait place à aucun doute. C'était le regard qu'elle avait désespérément attendu quand il était avec elle. La paysanne n'était pas une patiente qui venait voir le Dr Callus.

Cela remontait à des années, mais il y avait quelque chose dans son allure qui restait gravé dans la mémoire d'Angela. Il lui fallut un moment pour retrouver son nom, mais enfin il lui revint : Maria Borg. Angela rougit de colère et d'humiliation. « La petite gamine de Giulio, sa paroissienne qui empestait la chèvre. »

Elle guetta des signes du médecin, espérant encore que la visite n'ait pu être que strictement professionnelle. Mais Callus ne se montra pas et personne n'entra ou ne sortit. Elle alla s'enquérir auprès de l'apothicaire. Le docteur, lui apprit-il, était à Gozo.

La nuit tomba. Angela était encore là, devant la maison, à guetter. Elle aperçut une lampe à la fenêtre. Mais elle n'était pas allumée. Angela bouillonnait de jalousie.

Peu après l'aube, le lendemain matin, Maria sortit et remonta rapidement la rue. Quelques instants plus tard, la porte se rouvrit et Christian de Vries émergea. A cet instant précis, Angela s'avança. Elle fit mine d'être agréablement surprise de le voir.

— Frère de Vries ! Quelle joie de vous voir à Mdina !

— *Barunessa.*

Son expression montrait clairement qu'il n'était pas ravi de la rencontrer.

— J'ai entendu parler de votre querelle avec mon mari. Je vous prie de pardonner son comportement de rustre. (Ses yeux se mirent à pétiller.) Cependant, je dois avouer que je suis flattée.

Christian en avait assez entendu.

— Ne le soyez pas. Il est vrai que le baron m'a attaqué, mais je vous assure, *barunessa*, que vous n'en étiez pas l'enjeu. Lui seul le pensait.

La puissance de son dédain et la froideur de son insulte l'ébranlèrent. Alors, elle comprit que sa cause était sans espoir et sa colère se libéra.

— Ainsi vous coucheriez avec cette petite catin vulgaire qui vient de sortir et pas avec moi ?

Il la gifla si fort qu'ils en eurent mal tous les deux. Un vendeur s'approchant dans la rue vit avec effroi un chevalier frapper une baronne. Il tourna les talons et se hâta de repartir dans l'autre sens.

Angela Buqa était assise dans son boudoir, soignant son ego, et sa joue. Les heures passaient et sa fureur croissait en même temps que son incrédulité.

Maria Borg était une gardienne de chèvres qui ne pouvait

ni manger avec une fourchette ni se coiffer avec autre chose que des bouts de bois. Un morceau assez ragoûtant pour certains, mais sûrement pas un mets pour un chevalier.

Elle repensa à l'expression de Christian. Il l'avait regardée, elle, une baronne, avec... avec dédain. Personne n'avait jamais osé. Aucun homme ne l'avait fixée avec autre chose que du désir.

A mesure que les heures s'écoulaient, les écorchures faites à son amour-propre devinrent des plaies, qui laissèrent place à la rage, qui déboucha sur un plan. Elle savait comment traiter un homme qui préférait cultiver les mauvaises herbes plutôt que les fleurs.

Elle revint à son bureau et s'assit, avec du papier et une plume d'oie. Elle rédigea une note qu'elle ne signa pas, la plia et la mit dans une enveloppe. Dessus, elle écrivit « La Valette ». Puis elle la donna à son valet, avec ordre de la porter immédiatement au fort Saint-Ange. Ensuite, elle alla prendre une certaine quantité de pièces d'argent dans la boîte de sa chambre. Elle connaissait le prix de l'âme d'un homme. Elle commença par son écuyer, qu'elle paya pour qu'à son tour il achète des intermédiaires, jusqu'à ce qu'il y en ait tellement que l'on ne puisse plus remonter à la source.

Elle ignorait si sa petite supercherie abuserait longtemps Giulio. Le caractère douteux et fallacieux de sa dénonciation finirait certainement par apparaître. Ou peut-être pas. Après tout, cela n'avait aucune importance. Ce qui comptait, c'était que la gardienne de chèvres ait un avant-goût de l'enfer qu'elle ne serait pas près d'oublier.

Une heure après le départ de l'écuyer, Angela se trouvait à l'intérieur du palais de l'évêque, assise avec son frère dans la chancellerie.

Le lendemain, le grand hospitalier lui-même intercepta Christian à la porte de l'infirmerie. A son expression, ce dernier comprit tout de suite qu'il ne s'agissait pas de bonnes nouvelles.

— Tu es dispensé de ton service du matin, lui dit Çeralta d'un ton glacial.
— Dispensé ?
Une telle chose n'arrivait jamais.
— Tu dois immédiatement te présenter devant le grand maître.

Christian se rendit à pied au palais de La Valette, dans l'ancien ghetto juif de Birgu. C'était sa troisième convocation en peu de temps, pensa-t-il sombrement. En somme, plus qu'il n'avait vu le grand maître — en dehors des messes ou des assemblées — depuis qu'il était à ce poste et que lui-même avait pour lui prêté serment.

Il fut immédiatement introduit dans le bureau de La Valette. Celui-ci revenait à peine de la messe et portait encore sa tenue de cérémonie : la cape bordée d'hermine et le *berettone* — le béret. Il était occupé avec un page qui tenait un plateau de messages et de courriers. Son regard froid recommanda à Christian de rester silencieux.

La Valette griffonna quelque chose sur une feuille et donna ses instructions au garçon, puis il enleva ses atours et les lui tendit. Il défit la ceinture qui retenait sa *scarsella*, la bourse de cuir qui symbolisait son rôle de protecteur des pauvres, et les ajouta à la pile. Le page s'inclina et referma doucement la porte derrière lui.

La Valette se tenait à son bureau, qui était vide à l'exception d'un encrier et d'un morceau de papier. Il le poussa vers l'avant et pria Christian de s'approcher. Celui-ci regarda le feuillet, puis le prit. L'écriture lui était inconnue.

Dès la seconde phrase, il ressentit un violent choc au creux de l'estomac et eut peine à déglutir. A la troisième, il sut que le grand maître le voyait s'empourprer. A la dernière, il eut conscience que son monde ne serait plus jamais le même. Il reposa le papier et regarda droit devant lui.

La Valette arpentait la pièce, laissant le silence agir sur le chevalier. Finalement il s'arrêta et se tourna vers lui.

— Ai-je besoin de te rappeler tes vœux, frère de Vries ?

Il répéta mot pour mot d'une façon cinglante la phrase qu'il avait prononcée quelques jours à peine auparavant.

— Non, mon seigneur.
— Alors ? Cette note est-elle une vérité ou un mensonge ?
— Je...
— Est-ce vrai, de Vries ?

Sa voix tonnait comme le canon qu'il commandait.

— Oui, mon seigneur.
— Tes vœux représentent-ils si peu à tes yeux ou les transgresses-tu simplement pour me défier ?
— Ni l'un ni l'autre, mon seigneur.
— Je ne suis pas un idiot, de Vries. Prends-moi pour tel à tes risques et périls.
— Bien sûr que non, grand maître. Simplement, je l'aime.
— Tu l'aimes ! C'est le Christ que tu dois aimer ! Es-tu si faible que tu ne puisses pas contrôler tes instincts les plus vils ? Ta faiblesse est méprisable, frère de Vries, aussi méprisable que ton absence de sens du devoir envers Dieu et l'ordre, et aussi vide que ton serment envers moi. (Il se tourna vers la fenêtre, les mains dans le dos.) Présente-toi au capitaine d'armes [1].

Ils vinrent la chercher au bastion.

Cinq pour une femme : le capitaine de la verge, son page et trois hommes. Ils l'appelèrent depuis le pied du mur. Sur le chantier, le travail s'interrompit brutalement. Tous les membres de l'équipe s'arrêtèrent pour regarder avec une incrédulité craintive la *maestra* se faire emmener. Luca Borg restait tétanisé. Quand sa fille passa juste à côté de lui, ses grosses mains pressèrent le manche de son fendoir à pierre. Il détourna les yeux et ne fit rien pour défier le représentant de l'autorité.

Ils dépassèrent l'armurerie et gagnèrent le palais épiscopal tout proche. Ils en franchirent la porte, traversèrent la cour, et s'engagèrent dans une longue série d'escaliers sombres et étroits. On fit entrer Maria dans une petite pièce humide

---

1. L'officier chargé de la discipline. (*N.d.T.*)

et sans fenêtre. Il y avait une chaise, une table et de la paille sèche sur un banc qui servait de couche. L'endroit n'était pas aussi déplaisant qu'elle l'avait imaginé. L'officier referma la porte derrière elle. Maria attendit. Une femme lui apporta de la nourriture et de l'eau, mais ne répondit pas à ses questions.

Dans les étages, Salvago traitait d'autres affaires. Jusqu'à présent, il n'avait pas changé d'avis au sujet de la jeune femme. Il voulait garder ses distances. Mais sa sœur était venue le trouver avec cette histoire extraordinaire. Son écuyer, disait-elle, lui avait raconté quelque chose qu'il tenait d'un ami de Birgu. Une certaine Maria Borg s'était rendue coupable de pensées luthériennes. L'écuyer avait été très troublé et n'était pas sûr de savoir quoi faire.

Salvago s'efforça de dissimuler son étonnement en entendant le nom de la coupable. Et à dire vrai, il ne crut pas un instant à l'histoire. Quelle toile tortueuse, se dit-il, filait Angela ? Mais pourquoi elle et pourquoi Maria ? Quel lien existait-il entre elles ? Naturellement, dans sa position, il avait eu vent de la confrontation d'Antonio avec de Vries, mais il ne voyait aucun rapport avec ça. En y réfléchissant, il se rappela qu'il avait aperçu Maria avec le chevalier le jour de sa sortie de l'infirmerie. Mais elle devait s'enquérir de l'état de Jacobus Pavino, rien de plus. A moins que... ? Peut-être qu'Antonio avait couché avec Maria. Non, il ne pensait pas cela possible et son esprit passait rapidement en revue toutes les possibilités. Mais elles ne débouchaient nulle part. Il réalisa qu'il ne lisait pas au travers d'Angela aussi facilement qu'au travers d'autres personnes et cela l'embêta. Il n'était certain que d'une chose : sa sœur était en train d'essayer de l'utiliser en tant qu'Inquisiteur pour ses propres fins.

— Pardonne-moi, Angela, mais je n'arrive pas à comprendre quel plan tu as concocté, lui dit-il dès qu'elle eut achevé son histoire.

Elle resta décontenancée, vraiment choquée.

— Pourquoi ? Aucun, cher frère. C'est simplement qu'elle

est mauvaise. Je pensais que c'était mon devoir de chrétienne de te le rapporter.

Salvago se contenta de hocher la tête et décida séance tenante d'ignorer son témoignage. Seulement — elle avait été efficace —, trois personnes avaient déjà dénoncé Maria en délivrant leurs accusations formellement — mais anonymement — auprès du capitaine de la verge. Leurs récits étaient identiques : heure, lieu, paroles prononcées.

Angela se rappelait-elle la fascination exercée sur lui par Maria ? Elle savait forcément que la jeune femme l'avait jadis accusé de viol avant de se rétracter. Après tout ça, se disait-elle qu'il n'agirait pas ? Quel que soit le cas, il s'était fait forcer la main et devait convoquer la fille du maçon au palais, mais personne n'avait besoin d'assister à son interrogatoire.

Il la laissa mariner dans sa cellule et n'alla pas la voir. Au bout de deux jours, il la fit monter dans son bureau et congédia le garde.

Elle se tenait devant lui avec un air de défi, soutenant son regard et attendant la suite.

— Ton tueur a de la chance d'être sous la protection de l'ordre. Il restera là où il est jusqu'à sa mort... ou jusqu'à ce que le secrétaire d'Etat du Vatican ordonne qu'il soit remis entre nos mains, auquel cas, c'est moi qui m'occuperai de lui. Pour toi, j'espère qu'il restera à l'infirmerie. En fait, ce serait une chance pour lui qu'il y meure vite de ses blessures. Je le lui souhaite, ainsi qu'à toi, si tu t'inquiètes pour lui.

— Ce n'est pas mon « tueur », comme vous dites. Si c'est lui qui vous a tiré dessus, je regrette qu'il vous ait manqué. Mais je doute qu'il l'ait fait. Vous devez soupçonner beaucoup de monde : des gens que vous avez blessés, injuriés, des hommes d'honneur qui auraient apprécié le tir.

Salvago ne releva pas.

— Je t'ai fait venir ici pour te dire que je vais te laisser en paix, Maria, si tu fais de même à mon égard. Je n'ai aucun désir de te nuire.

— Davantage, vous voulez dire ? De me nuire davantage ?

— Joue avec les mots si tu veux. Je n'ai aucun désir de te nuire, je le répète.
— Je ne ferai pas une telle promesse.
— Je n'en attendais pas moins de toi. Je voulais simplement que tu saches que ta sécurité — et celle de tes amis, naturellement — est entre tes mains.
— De plus belles robes n'ont pas changé l'homme, je vois.
— Je te veux du bien, Maria Borg.
Elle éclata de rire.
— Quand vous vous serez rétracté devant l'évêque comme vous m'y avez obligée, alors je saurai que c'est vrai.
— Tu serais sage de ne pas me pousser trop loin. (Il appela le garde.) Il n'y aucune raison de la retenir plus longtemps. Libérez-la.
Christian ne la retrouva pas cette nuit-là, ni la suivante. Elle l'attendit à l'extérieur de l'infirmerie, de plus en plus inquiète. Comme il ne se montrait pas, elle alla interroger le garde à la porte. Mais celui-ci ne lui dit rien. Alors elle se rendit auprès de Joseph Callus qui, lui, fut en mesure de lui donner des nouvelles.

Jacobus Pavino passait des heures dans le jardin de l'infirmerie, assis sous un oranger. Bien qu'il se fût considérablement remis, son épaule restait inerte. La perte du muscle de sa poitrine le handicapait. Il ne pouvait pas encore bouger son bras et tout mouvement respiratoire le faisait souffrir. Cependant, ce qui lui procurait la plus grande douleur, c'était de savoir que le cœur de Salvago battait encore.

Quand il apprit qu'on lui avait accordé l'asile, sa première réaction fut un soulagement. Mais plus les jours passèrent et plus ses pensées s'éclaircirent, plus ce sentiment vira du doux à l'amer. Il avait échoué pour venger Maria. Une seule chose pouvait guérir ça.

Même si l'ordre l'autorisait, il ne se cacherait pas. Il n'y avait aucun honneur à cela. Cette pensée le dévora jusqu'à ce qu'il ne pût plus le supporter. Il se leva alors de son banc, serra ses bandages autour de lui et s'avança sur ses jambes encore vacillantes vers la poterne d'entrée.

— L'oiseleur s'est enfui de son sanctuaire, dit Cubelles à Salvago le lendemain, dès le petit déjeuner.
— Pardon, Votre Grâce ?
— J'ai parlé avec le grand maître ce matin à propos d'un autre sujet. Il m'a informé que notre dispute concernant Pavino n'avait pas besoin d'aller plus loin. L'homme a quitté l'infirmerie de son plein gré. Je suppose que nous devons augmenter ma garde du corps.
— Naturellement, Monseigneur. Je m'en occupe immédiatement.
— Quelque chose ne va pas ? Vous n'avez pas l'air bien. Votre visage a perdu toutes ses couleurs.
— Juste un coup de froid, Votre Grâce. Tout va bien.

Salvago retourna vers ses appartements et verrouilla la porte. Il vomit dans son pot de chambre. Depuis le jour où il avait été battu à mort à Rome, la violence physique avait toujours eu cet effet sur lui.

Il essaya de vaquer à ses occupations comme d'habitude. C'était impossible. Il dut accompagner l'évêque à une messe à Mdina. Tout au long du chemin, il crut surprendre des ombres entre les rochers, voir la mort perchée sur le moindre mur. Une cloche sonna et il sursauta. Dans la cathédrale, il invoqua la fatigue et l'évêque continua sans lui. Il se terra dans la sacristie, jetait des coups d'œil à travers les grilles, essayant de repérer un assassin qu'il ne connaissait pas. Il observait les gens, en quête d'un soupçon de menace, d'une lueur de danger. En vain. L'agresseur pouvait être n'importe où, la mort frapper de n'importe quelle direction.

Dans ses cauchemars, il sentit de nouveau le carreau de l'arbalète. Seulement cette fois, il lui passait à travers l'œil. Le matin, son oreiller était trempé de sueur. Il développa un tic : son œil palpitait de manière incessante. Il tournait sans arrêt son rosaire en marmonnant des prières. A la messe, ses mains tremblaient tant qu'il renversait le vin sur sa chasuble. Il ne pouvait plus manger. Ses yeux ne parvenaient pas à se concentrer sur un seul mot des dossiers qu'il devait étudier. Il ne se rappelait pas les noms et les accusations que les pénitents lui murmuraient à l'oreille.

Il ne voulait pas mourir. Pas de cette façon.

Finalement, il ne put supporter la chose plus longtemps et appela le capitaine de la verge.

— Faites venir Maria Borg, dit-il.

Tôt le lendemain matin, la jeune femme se retrouva une nouvelle fois devant lui.

— Dis-lui de se rendre, lui lança-t-il sans préambule.

Elle le regarda sans vraiment comprendre.

— Ton oiseleur. Dis-lui de se rendre au capitaine de la verge.

— Il est sous la protection de l'ordre. Pourquoi devrait-il sortir ?

— Il s'est enfui de l'infirmerie, mais je suis certain que tu le savais déjà.

Sa surprise fut authentique.

— Non.

— Alors parle à ta famille, à tes amis de la grotte. Dis-leur de le trouver et de le convaincre de se rendre.

— Jamais.

— Alors tu vas rester ici, comme invitée, jusqu'à ce qu'il le fasse. Si je suis blessé, c'est toi qui en paieras le prix.

Une lueur de satisfaction brilla dans les yeux de Maria.

— Vous avez peur. Un couard se dissimulant derrière une femme.

Distraitement, Salvago passa sa main sur sa joue pour calmer le tic.

— Dis-lui de se rendre, répéta-t-il. Convaincs-le de renoncer de lui-même.

— Allez donc le chercher. Je suis certaine que vous le

débusquerez dans une grotte quelconque. Il sera content de vous rencontrer face à face.

— Tu te mets en grand danger si tu caches un meurtrier.

— Pas encore, Dun Salvago. (Elle jouissait de son trouble évident.) Il n'est pas encore meurtrier. (Et son air de défi monta d'un ton.) Vous devez me relâcher. Vous n'avez aucune raison de me retenir.

— Tu as été dénoncée.

— Quelles que soient les accusations, elles sont fausses et vous le savez.

— Nous verrons. Parfois de telles choses réclament de longues investigations.

— Gardez-moi prisonnière éternellement si vous voulez. Mais vous ne l'aurez pas.

— Nous verrons bien combien de temps durera ta détermination. (Il fit un signe de tête au garde.) Emmenez-la dans une cellule.

L'homme la prit par le bras et ramassa sa sacoche de cuir.

— Qu'est-ce que c'est ? demanda Salvago.

— Elle l'avait avec elle ce matin, Votre Grâce.

— Ouvrez-la !

Un moment plus tard, les ouvrages s'étalaient sur la table. Salvago les retourna un par un.

— *Le Décaméron* de Boccace. Je l'aime beaucoup. Rabelais, *Gargantua* et *Pantagruel*... Un délice ! Et Erasme ! Quelles heures de plaisir il m'a données. Ma chère, comme ton esprit a progressé.

— Assez pour savoir ce qu'est le mal. Mais je n'avais pas besoin des livres pour ça. Je l'ai appris de vous.

Il ignora la remarque.

— Ainsi ces volumes t'appartiennent ?

Maria ne sentit pas le danger venir.

— Oui, répondit-elle fièrement.

Il se dirigea vers l'étagère et tira un fascicule.

— Voici l'*Index librorum prohibitorum*. Ton latin est-il suffisant pour comprendre ce que cela signifie ? (Maria le regarda.)

Je n'ai même pas besoin de le consulter pour savoir que toutes tes œuvres sont dans l'*Index*. J'en ai moi-même placé deux dedans. Leur possession est un péché.

— Alors je vous rejoindrai en enfer, Dun Salvago.

— Et ceci ? Qu'est-ce ? (Il feuilleta les pages.) *A la lumière de la folie*. Une satire, il me semble. (Il tomba sur un passage concernant les Eperons d'or et le lut à haute voix.) S'il ne s'agit pas d'un blasphème, je crois que je ne sais pas ce que c'est.

Il la regarda avec un air de triomphe dans les yeux. Il se retrouvait soudainement sur un terrain plus solide.

— Dis-lui de se rendre.

— Jamais.

L'oubliette. Le lieu de l'oubli.

On l'appelait la *gagga*. La cage.

C'était une petite chambre en forme de cloche taillée directement dans la roche sous le fort Saint-Ange. Située juste devant la porte de la chapelle de la Nativité, elle se trouvait enfoncée à dix pieds sous terre, et n'était accessible que par une trappe et une échelle amovible. Une fois l'accès fermé, l'endroit était plongé dans un noir absolu, avec la solitude et un temps infini pour contempler les péchés de son existence.

Christian déambulait dans l'obscurité. « Un, deux, trois, quatre. » Son nez frôlait tellement le mur qu'il sentait sur son visage la chaleur de sa propre haleine, qui se répercutait dessus. Il se retourna, compta jusqu'à quatre et s'arrêta à temps. La contusion de son front lui avait enseigné les limites de l'endroit et la longueur d'un pas. Maintenant, il pouvait le faire les yeux fermés. Cela n'avait rien de particulièrement exaltant, se dit-il tristement, parce que ouverts ou fermés, c'était la même chose. Il n'entrevoyait un brin de lumière que tous les trois jours, quand on lui apportait sa pitance. Le garde ouvrait la trappe, et lui descendait de la nourriture et une gourde, avant de récupérer la vide, que Christian devait laisser sur la margelle supérieure. S'il ne le faisait pas, il n'aurait pas d'eau la fois suivante.

Il explora le moindre pouce de la cellule avec les doigts. Sur le mur, il toucha des armoiries gravées des décennies auparavant par des prisonniers. Il ne connaissait pas grand-chose de cette fosse — juste que la naissance et le rang ne comptaient pas ici. Dans les ténèbres, tous les chevaliers étaient égaux en attendant la justice impitoyable de leur ordre. Ducs, comtes, vicomtes, fils des plus nobles maisons d'Europe, tous étaient abandonnés jusqu'à ce que le grand maître décide de leur sort — ou les oublie.

La plupart de ceux qui entraient dans l'oubliette n'en ressortaient que pour mourir. Certains étaient pendus et leur corps abandonné dans la rue pour que les chiens s'en repaissent. D'autres étaient jetés dans le grand port après l'humiliation de la cérémonie de la défrocation, au cours de laquelle ils étaient déclarés *putridium et fetidium*.

Christian ne s'attendait à aucune pitié. Quand lui-même était un simple chevalier, La Valette avait été condamné à deux ans de galère, puis à deux années à Tripoli. Ceux qui avaient servi dans cette ville d'Afrique du Nord disaient que c'était un des rares endroits sur Terre pire que les vaisseaux de l'ordre. Et tout ça pour une simple désobéissance. Naturellement, La Valette ne l'avait pas oublié. C'était cette expérience qui avait fait de lui l'homme intransigeant qu'il était devenu. Le crime de Christian était bien plus grave. La Valette ne laisserait pas passer ses mensonges.

Le fils du comte de Vries pria beaucoup. A certains moments, il espérait que le grand maître lui laisse le choix pour qu'il puisse se racheter. Puis, en examinant cette possibilité, il la repoussait, terrorisé. A d'autres, il espérait que le chef suprême de Saint-Jean choisirait pour lui. L'hypothèse idéale serait qu'il lui reprenne son habit et le chasse honteusement. Au moins, il pourrait la retrouver. Mais ce serait une plus grande perversion encore de son serment de le déshonorer à ce point à seule fin d'avoir la femme qu'il convoitait.

Devait-il laisser son péché — ses nombreux péchés, en réalité, maintenant — l'entraîner vers des fautes encore plus grandes ou abandonner Maria et se consacrer de nouveau à ses vœux ?

Il doutait que La Valette ait ordonné de le jeter dans l'oubliette pour l'expulser, au final, de l'ordre. Oui, il y aurait un châtiment. Le grand maître était leur seigneur à tous. A son gré, il pouvait condamner quelqu'un à mort ou l'emprisonner sans jugement et sans preuve. En théorie, il répondait de ses actes devant le pape et devant Dieu. Dans les faits, ce n'était que devant Dieu. Et dans ce cas, Christian le savait, Dieu et La Valette seraient sûrement du même côté.

Il savait aussi qu'il était là à cause d'Angela Buqa. Non, pas réellement. Il était là parce qu'il était faible. Parce qu'il avait péché. Il ne méritait aucune pitié.

Assurément, les chiens l'auraient pour dîner.

En dépit des instructions pressantes du vicaire, le capitaine de la verge ne parvenait à trouver personne qui ait vécu à M'Kor Hakhayyim. La caverne restait désespérément déserte.

Il rendit visite à Luca Borg sur son chantier.

— Dis au dénommé Jacobus Pavino que le jour où il se livrera au palais de l'évêque, ta fille sera libérée.

— B-b-bien sûr, Excellence, bégaya le maçon.

Luca se précipita jusqu'à la grotte. Il y attendit une nuit et un jour pour voir si quelqu'un allait venir. Il resta assis dans l'obscurité, en proie au désespoir. « Voilà comment elle vivait, se disait-il. Voilà ce qu'elle me préférait. Voilà ce qui l'a conduite vers sa ruine. »

Il connaissait deux noms : Fençu et Eléna. Naturellement, il avait rencontré cette dernière des années auparavant. Alors il partit errer dans les rues de Mdina — en enterrant sa dignité dans sa poche — pour demander discrètement si quelqu'un connaissait la prostituée. Personne ne l'avait vue ou n'avait entendu parler d'elle. Si elle travaillait toujours, ce n'était pas dans ces rues.

Il se rendit à l'arsenal où, il le savait, Fençu se vendait parfois comme charpentier. Il le trouva le second jour.

Fençu commença à lui expliquer où il devrait aller chercher le jeune homme au sud, tandis que lui-même irait voir au nord. Mais Luca leva les mains en secouant la tête.

— Maria m'a déjà causé assez de honte. Je n'en veux plus. J'ai du travail.

Fençu alla donc récupérer Eléna, qui laissa Moïse à Elli, pour arpenter les champs où Jacobus avait coutume de chasser. Elle passa près des sources où il prenait couramment de l'eau. Quant à Fençu, il visita toutes les grottes aux alentours de M'Kor Hakhayyim. Seul l'écho répondait à ses appels. Il prit ensuite son bateau pour gagner Gozo et parcourut les falaises en quête du moindre signe de la présence de l'oiseleur.

Rien.

— S'il se cache, dit Fençu à Eléna, il est trop fort pour nous. On ne le trouvera pas tant qu'il n'aura pas envie de se montrer. Il est peut-être mort.

— Je ne le crois pas, répondit la jeune femme. Mais si nous ne pouvons pas le dénicher, nous devons essayer de sauver Maria. Nous pourrions peut-être engager des marins, ou...

— Tu es folle.

— Elle le ferait pour nous. Tu le sais.

— Oui, et qu'elle est folle, elle aussi. (Fençu n'était pas un lâche, mais il connaissait la réalité.) Elle est quelque part dans ce palais. Nous ne savons même pas où. Il est aussi impénétrable et bien gardé qu'un fort. Nous ne pouvons rien faire pour elle de ce côté-là. Pas maintenant. Pas sans Jacobus.

Eléna savait qu'il avait raison.

La trappe s'ouvrit. Christian gémit. Même cette faible lumière était trop pour ses yeux.

La petite miche rebondit sur son dos et tomba sur le sol. Il se baissa pour la récupérer fébrilement. Ses doigts déchirèrent le pain et il l'enfourna dans sa bouche. Soudain, il sentit autre chose, une fragrance qu'il avait presque oubliée. Une orange !

Il tâtonna jusqu'à ce qu'il la trouve près de la fosse d'aisances. Ronde, rugueuse... merveilleuse. Il s'allongea sur le dos et la dégusta, peau et pépins compris. Le doux jus lui coulait dans la barbe.

Qui ?

Il avala une longue rasade d'eau et sentit quelque chose d'inhabituel. Il l'aurait presque manqué. C'était noué autour du col de la gourde. Il le palpa. Un morceau de papier ! Quelqu'un lui avait envoyé un message. « La prochaine fois, joignez une bougie, s'il vous plaît. »

Trois jours plus tard, quand le garde arriva, il était prêt. Dès que la trappe fut dégagée, il ne regarda pas en l'air, mais fixa la missive dans sa main. La lumière réfléchie était quand même si vive qu'il dut cligner les yeux. Il loucha et se maudit. Le feuillet était à l'envers. Les mains fébriles, il se hâta de le retourner. La nourriture tomba derrière lui. La gourde remonta, tandis qu'une nouvelle descendait.

« Christian », commençait le message. Il reconnut immédiatement la main de Bertrand. « Apprécie l'orange. Elle te coûte ta meilleure paire de bottes. Nous faisons ce que nous pouvons pour influer sur ton... »

La trappe se referma. Il grommela. Trois jours allaient encore s'écouler avant qu'il puisse lire la fin de la phrase.

— S'il te plaît, ne sois pas si bavard ou ampoulé, mon ami, ou il me faudra un mois pour te lire, marmonna-t-il.

Mais il fut extrêmement touché que son vieux camarade eût pris tant de risques pour lui envoyer cette nourriture et ces mots, même s'il savait que Bertrand avait cette chance qui lui permettait d'enfreindre toutes les règles de l'ordre sans jamais être pris.

Trois jours passèrent. La trappe s'ouvrit.

« ... destin. Le grand hospitalier t'a défendu devant le Sacré Conseil. Tu comptes beaucoup d'amis au sein de l'ordre, mais le grand maître veut faire de toi un exemple. Sois fort. Pas de repos pour moi tant que tu n'es pas libre. Hélas Maria Borg... »

Le grégal[1] hurlait dehors et un coup de vent fit violemment basculer la trappe avant qu'il eût achevé sa lecture. Christian tapa de grands coups dans le mur en essayant de leur faire croire qu'il était mourant ou qu'il devenait fou.

« Je deviens fou », pensa-t-il. Il cria comme le vent rugissant, appela, fit n'importe quoi pour qu'ils rouvrent, juste un instant, dix secondes pour qu'il ait le temps de lire les mots qui suivaient.

« Hélas », avait écrit Bertrand. Mauvaises nouvelles, alors.

« Maria Borg »... est morte ?

« Maria Borg »... a été exilée ?

Qu'allait faire d'elle le grand maître ? Sa propre torture ne suffisait-elle pas ? La Valette avait-il besoin de le punir encore à travers elle ? Qu'est-ce que cela pouvait être d'autre ? Peut-être qu'elle était tombée d'une falaise, ou...

Salvago. Oui, bien sûr. Ce n'était pas La Valette. C'était le vicaire de l'Inquisiteur. Le diable incarné.

Christian devenait fou d'inquiétude. Il maudit Bertrand de lui avoir raconté ça. Il le haïssait pour l'avoir laissé ainsi dans l'angoisse.

— La Valette, espèce de bâtard ! Laisse-moi sortir ! Laisse-moi la voir ! Je ferai tout ce que tu demanderas.

Il tapa de ses poings jusqu'au sang. Il gratta le calcaire des parois à s'en briser les ongles. Sa fureur se heurtait à la roche. S'ils entendaient ses coups, ils les ignoraient. Il passa deux jours de plus dans cet état de folie. De toute sa vie, jamais deux journées ne s'étaient écoulées aussi lentement.

Il occupa son temps à se remémorer les moments qu'ils avaient passés ensemble. Il n'y en avait pas eu tant que ça. Il rêva de son contact, de sa douceur. Il l'appela, et appela Dieu. Il ne savait pas ce qu'il voulait. Mais dans son désespoir, il commença à se rapprocher de ce qu'il savait être la vérité : il s'était écarté du sentier de l'honneur, la voie qu'il avait promis à Dieu de suivre en échange de la vie de sa mère. Il se rappelait

---

1. Vent froid de nord-est soufflant parfois sur Malte. (*N.d.T.*)

les mots qu'elle avait prononcés au seuil de la mort : « Avant toute chose, un homme doit accomplir son devoir. »

Il ne pouvait trahir le Seigneur. Il ne pourrait plus y avoir de Maria Borg. Jamais. Il devait la quitter.

Non !

Il recommença à marchander avec le Tout-Puissant en échange, cette fois, de sa vie à elle. Mais presque aussitôt, il s'arrêta. « Je ne l'abandonnerai pas ! Jamais ! Enlevez-la-moi, si Vous le devez ! Enlevez-moi si Vous le voulez... Oh, oui, s'il Vous plaît, prenez-moi plutôt ! Mais je ne Vous ferai pas une nouvelle promesse que je ne pourrai pas honorer. »

Le troisième jour, il tint son papier prêt. Il avait corné un coin pour être sûr de le serrer correctement quand viendraient les précieuses secondes de lumière. Il attendait, fixant le noir, imaginant les mots qui allaient suivre.

Il entendit du bruit, des frottements, les pas sur le sol, le grincement de la trappe. Et comme il l'avait craint, la lumière lui apporta les ténèbres : « ... a été emmenée par le capitaine de la verge au palais de l'évêque. Je ferai tout mon possible pour aider. Bertrand. »

L'accès fut refermé. Christian chiffonna le message et se roula en boule, épaules contre genoux.

Chapitre 34

A l'autre extrémité de Birgu, Maria était assise dans sa cellule sous le palais de l'évêque. Elle n'avait ni lit ni chaise. La pièce était nue, à l'exception d'une botte de paille, d'un pot de chambre et d'une niche dans le mur, où avait été placé un crucifix de pierre. Le lourd battant de bois était percé d'un petit trou. Pour regarder à travers, elle devait se mettre sur la pointe des pieds. Alors elle voyait d'autres portes, d'autres judas. Si elle était seule dans son réduit, elle ne l'était pas dans la prison. Elle entendait des prisonniers, certains enfermés à plusieurs. Il y avait des querelles, des voix qui imploraient, menaçaient, criaient. Elle perçut même une fois un éclat de rire joyeux et sans retenue, aussi déplacé et bienvenu dans cet environnement qu'un rayon de soleil.

La nourriture était plus abondante qu'elle ne s'y était attendue : un brouet léger et du pain rassis. Et toujours une cruche d'eau saumâtre renouvelée chaque matin. « J'avais moins à la maison, pensa-t-elle. Il doit m'engraisser pour le massacre. »

Rien ne la gênait autant que les bruits qui déchiraient la pénombre quand les spectres qui œuvraient dans la prison revenaient à des méthodes qu'on croyait oubliées depuis la fin de l'Inquisition médiévale. Heureusement, ils ne venaient pas souvent, mais quand ils étaient là, il n'y avait aucun moyen de se boucher les oreilles. Le silence régnait des jours durant, puis un soudain hurlement ou un gémissement sinistre s'élevait, la faisant sursauter. Certains sons, plus étouffés, venaient de dessous sa cellule. Elle pouvait presque les sentir à travers la pierre : le craquement des cordes tirant sur le bois, les cris quand les efficaces machines du Saint-Office accomplissaient leur ouvrage. Quelque part, une femme sanglotait doucement. Elle saisit aussi les pleurs d'un enfant, peut-être davantage dus à la solitude qu'à la douleur. Elle pensa à Moïse. Il y eut aussi des chants, une cloche, le murmure triste d'une prière désespérée...

On s'approcha de sa porte. Elle entendit le sourd frottement des sandales sur la pierre, le froissement des robes. Puis le silence. Son pouls s'était accéléré. Elle fixa le judas, attendant de voir un œil ou une ombre en essayant de calmer le tremblement de ses mains. Mais personne ne se montra ni ne regarda à l'intérieur. Sur la pointe des pieds, elle s'avança et écouta en retenant sa respiration. Elle savait qu'ils étaient toujours là, juste de l'autre côté, eux aussi aux aguets. Elle percevait les battements de son propre cœur. Le sang battait à ses tempes. Quand elle ne put davantage retenir sa respiration, elle exhala doucement. Elle attendit comme ça dix, vingt, trente minutes. Finalement — aussi fort que les ailes d'un papillon —, ils s'éloignèrent.

Elle continua d'attendre. Les jours passèrent. Elle priait, dormait et pensait à Christian. Callus ne le lui avait pas dit, mais elle était certaine que son arrestation avait à voir avec elle. Elle aurait volontiers donné sa vie pour qu'ils le libèrent. Elle se souvenait, étant enfant, d'avoir assisté depuis la rampe près du château à des pendaisons de chevaliers ayant enfreint les règles de l'ordre. A l'époque, comme tous les Maltais qui l'entouraient, elle pensait que c'était un bon débarras et un beau divertissement : et un de moins à Malte ! Mais bientôt, il risquait d'y en avoir encore un ! Et par sa faute à elle !

Elle essayait de ne pas penser à Salvago et à ce qu'il pouvait faire. Mais elle se demanda quelle sorte de sons elle produirait quand il se mettrait enfin à s'occuper d'elle.

Quand il la fit venir, ce fut dans une salle située un étage en dessous de sa cellule, la salle d'où émanaient les pires bruits. Deux *familiares* vinrent la chercher pour l'entraîner vers l'escalier.

— Dieu te garde, lança une voix sans visage derrière l'une des portes de bois.

Elle chercha des yeux la source de l'appel, mais tous les judas étaient vides.

En descendant les froides marches de pierre, elle pensa un instant à fuir. Ses mains n'étaient pas liées et ses gardiens ne s'attendaient sans doute pas à une telle chose de la part d'une femme. Mais il n'y avait aucune possibilité. L'un des geôliers la précédait, l'autre la suivait.

Ses lèvres marmonnèrent une prière silencieuse. « O Seigneur, faites que ce soit rapide. »

En dépit de son calme extérieur, son cœur battait à tout rompre quand elle posa le pied sur la dernière marche. Elle s'avança dans un petit couloir sur lequel donnaient quatre portes. Les *familiares* l'emmenèrent jusqu'à la dernière. Elle grinça sur ses gonds de fer. Il n'y avait personne à l'intérieur. L'air était saturé de la fumée de deux lanternes à huile à chaque extrémité de la pièce, qui dispensaient une faible lumière. Au centre, on voyait un long banc et, sur le côté, une table et une chaise. C'était là que le greffier devait s'installer pour prendre la transcription des confessions. Sur un mur, il y avait un gros coffre de cuir avec des ferrures posé près d'anneaux de fer noircis par le temps et encastrés dans la pierre. Des cordes descendaient de lourdes poutres au plafond. Dans un brasier, du charbon brûlait. Le courant d'air provenant du couloir faisait rougeoyer les braises.

La porte se referma derrière elle. L'endroit empestait la sueur et l'urine, la peur, le sang et la chair brûlée.

— Déboutonne ta veste, dit un garde.

— Non.

Il sortit un couteau de sa ceinture. La lame courbe réfracta la lumière.

— Déboutonne ta veste, répéta-t-il. Ou je le fais.

Les doigts de Maria tremblèrent en s'exécutant. Le gilet s'ouvrit, exposant aux regards la chair de son ventre. Elle ne portait rien en dessous et rougit, mais regarda droit devant elle, bien décidée à ne pas pleurer ni crier.

— Sur le dos, glapit l'autre homme en montrant la longue table.

Elle secoua la tête en s'éloignant de celle-ci. Mais ils l'attrapèrent brutalement par les bras et l'obligèrent à se mettre à genoux. Elle luttait sauvagement, griffant, frappant. Ils la soulevèrent et la déposèrent sur la table. L'un d'eux la tenait tandis que l'autre attachait des sangles autour de ses poignets. Les liens étaient fixés à des pieux fichés dans le sol. On voyait que l'exécuteur avait l'habitude : il procédait avec autant d'aisance que s'il avait entravé un porc pour l'abattage. Il fit la même chose aux chevilles, si bien qu'elle se retrouva les yeux fixés sur le plafond bas, bras et jambes écartés sur la table. Elle pleurait doucement, avec une respiration entrecoupée. La peur l'envahissait. Quand le garde eut fini, un pan de son gilet tomba, dévoilant un de ses seins. En vain, elle tenta de se tortiller pour dissimuler le plus possible sa nudité.

Les *familiares* restèrent debout près du pied de la table pendant ce qui lui sembla une éternité. Elle sentait leurs yeux sur elle. Alors elle ferma les siens, essayant de se soustraire à tout ce qu'il l'entourait. Mais le noir était pire encore. Elle les rouvrit et aperçut un crochet qui sortait d'une des poutres du plafond. La pièce était insupportable, chaude, oppressante. Des gouttes de sueur perlaient à ses tempes. Elle se sentit submergée par des vagues de terreur. Il fallait qu'elle reste forte. « Notre Père, qui êtes aux cieux... »

Elle entendit la porte s'ouvrir. Les gardes se raidirent. Maria tourna la tête pour essayer de voir, mais n'y parvint pas. Elle renonça. De toute façon, elle savait qui était là. Pendant de longues minutes, il demeura immobile et silencieux. La respiration de la jeune femme passait par des phases différentes : calme, puis plus rapide, puis hachée, avec ensuite davantage de sanglots que de hoquets, puis le calme de nouveau. C'était le seul son dans la pièce, mais elle ne pouvait l'empêcher.

— Laissez-nous.

Les gardes eurent l'air étonnés.

— Votre Grâce ?

— J'appellerai le greffier si j'ai besoin de lui. Maintenant, laissez-nous.

Jetant un dernier regard aussi appréciateur que déçu à la prisonnière, les *familiares* se dépêchèrent de quitter la pièce.

La porte se referma. Salvago resta un long moment sans bouger, sans parler. Maintenant, elle pouvait l'entendre respirer. Elle sentait sa présence, comme elle l'avait sentie de l'autre côté de la porte de sa cellule.

— Laissez-moi partir, murmura-t-elle. Au nom de tout ce qui est sacré, Dun Salvago, ne faites pas ça.

Il s'approcha d'elle. Maria vit qu'il tenait une baguette de bouleau dont l'extrémité était tachée et abîmée. Il la regardait. Ses yeux se déplaçaient lentement de la tête aux pieds, s'attardant sur la moindre courbe de son corps. Elle se mordit les lèvres jusqu'au sang.

Du bout de sa badine, il traça doucement une ligne sur sa chair de la base de la gorge jusqu'à son nombril. Elle se raidit. Tirant sur les lanières qui l'entravaient, elle laissa échapper un sanglot étouffé.

Salvago la contourna et s'arrêta juste derrière sa tête. Il se pencha pour la regarder dans les yeux. Ceux de Maria exprimaient maintenant une haine et une peur non dissimulées. Elle le fixait pareillement. Sa poitrine se soulevait. Elle était nue et vulnérable, et le regard de l'homme sur elle était pareil au contact de ses mains.

— Tes yeux sont remarquablement calmes, dit-il, pour quelqu'un dans ta position. Peut-être qu'ils montrent quand même plus de peur que tu ne le voudrais, j'imagine.

Il se redressa et regarda sa poitrine. Lentement, délibérément, il tendit la main vers son gilet.

— S'il vous plaît, murmura-t-elle.

Sa main s'arrêta en suspension juste au-dessus de son mamelon.

— Je ne leur ai pas demandé de faire ça, Maria. Tu dois me croire.

Avec un mouvement prévenant, il prit le bord du vêtement et la couvrit. Puis il posa la baguette près d'elle sur la table. Toujours lentement et délibérément, il se mit à reboutonner le gilet. Ses longs doigts travaillaient soigneusement, commençant par le bouton du bas, puis remontant. Deux fois, elle sentit leur contact sur sa peau.

De nouveau, elle lâcha un sanglot sourd.

Salvago ferma enfin le dernier bouton. Son visage était tout proche du sien.

— La dernière fois que nous nous sommes vus, tu t'es moquée de moi, Maria, parce que tu avais senti de la peur chez moi. Peut-être que maintenant tu comprends mieux ce sentiment. (Sa voix était douce, apaisante.) Je t'assure que ce n'est rien à côté de la réalité de ce qui pourrait t'arriver dans cette pièce.

Doucement, son doigt traça une entaille à la base de son cou et s'y attarda. Puis, remarquant une mèche de cheveux défaite, il l'écarta précautionneusement de son front et délicatement la remit en place.

— Me crois-tu, Maria ?

Presque imperceptiblement, elle acquiesça de la tête.

Elle sentait sa respiration sur son visage. Ses lèvres s'approchèrent de son oreille.

— Je ne te veux aucun mal, Maria Borg. Je vais faire venir ton père pour qu'il te voie. Peut-être que tu arriveras à le persuader de travailler un peu plus efficacement pour toi... Ou alors, la prochaine fois que nous nous retrouverons dans cette pièce, je crains de ne plus être capable de montrer la retenue dont j'ai témoigné aujourd'hui et pour laquelle j'ai prié.

— Je ne ferai rien.

— Oh si. J'ai relu quelque chose que tu avais dans ton sac quand tu es arrivée ici... une satire écrite par le chevalier de Vries.

Dans les yeux de la jeune femme, il sut qu'il avait vu juste. Longtemps, il avait ruminé la petite intrigue d'Angela. Et quand il avait entendu dire que de Vries avait été emprisonné pour avoir badiné avec une roturière, il avait enfin raccordé les deux bouts, honteux d'avoir été si lent d'esprit. Sa sœur avait agi par jalousie, parce que Christian de Vries couchait avec Maria Borg alors qu'elle-même le convoitait. Les gens étaient si simples, leurs péchés si prévisibles. La luxure ou l'avarice ! Quand donc les hommes — ou les femmes — agissaient-ils pour d'autres motifs ? Il n'y avait rien d'accablant dans la saynète insignifiante. Simplement, elle servait ses desseins : elle n'était qu'une flèche de plus qu'il allait pouvoir prendre dans le carquois du Seigneur, une autre arme pour forcer Maria à faire venir un assassin devant ses juges.

Il se pencha vers elle pour murmurer son mensonge.

— La pièce est blasphématoire. Ton amant a été libéré des prisons de l'ordre et je l'ai arrêté.

Les yeux de Maria s'écarquillèrent d'horreur.

— Ce n'est pas possible. C'est un chevalier de Saint-Jean ! Vous n'avez aucune autorité sur lui.

— Peut-être. Le grand maître lui-même a tenté de faire valoir cet argument devant l'évêque. Seul le Saint-Père peut décider maintenant. Et je suis sûr qu'il le fera en temps utile ! En attendant, ton amant est ici. Tu l'as peut-être entendu la nuit dernière. Tu dois percevoir là-haut ces cris horribles.

Elle se débattit pour se détacher.

— Vous êtes le diable en personne, murmura-t-elle.

— Tout peut s'arrêter, Maria. Le chevalier peut être libéré. Ce que tu as besoin de faire, encore une fois, c'est amener Jacobus à se rendre.

Comme s'il avait minuté l'effet, un cri étouffé retentit quelque part. Celui d'un homme.

Il sourit tendrement et essuya une larme sur la joue de Maria avec le revers de sa main.

— Fais venir l'oiseleur, Maria, murmura-t-il. Fais-le venir.

Sur ce, il quitta la pièce.

Quand Luca arriva, il resta devant la porte et se contenta de regarder à travers le judas. Il fut ébranlé par l'apparence de sa fille.

— Ils m'ont dit que tu m'avouerais où je peux trouver Jacobus. Ils pensent que tu sais comment l'atteindre et ce que je peux lui dire pour le faire venir.

— Je n'en sais rien. Vraiment, je n'en sais rien. Avez-vous des nouvelles de Christian... du chevalier de Vries, père ? Est-ce qu'ils vous ont dit quelque chose ? Est-il en vie ?

— Je ne sais rien d'un tel homme. Qu'a-t-il à voir avec tout ça ? Dans quoi es-tu encore allée te fourrer ? Comment peux-tu faire tant de bêtises ?

Elle se repoussa contre le mur, les genoux tirés vers ses seins.

— Si je savais où était Jacobus, je vous le dévoilerais, sanglota-t-elle. (Puis elle secoua la tête.) Non, je ne le ferais jamais. Dites à Salvago que je préférerais mourir. Qu'il me tue.

Christian comptait les jours. Cela faisait cent douze maintenant — ou cent treize. Il ne savait pas vraiment à quel moment de la journée on était. Faisait-il jour ou nuit dehors ? Est-ce qu'il pleuvait ou mourait-on de chaud ? Le grégal soufflait-il ou était-ce le calme plat dans le port ?

Sa barbe avait beaucoup poussé. Tous les trois ou quatre ravitaillements, Bertrand parvenait à lui faire passer une petite surprise : un morceau de viande, un fruit ou un nougat. Mais ce n'était jamais assez. Son ventre grommelait sans arrêt et il maigrissait, tandis que grandissait la pile d'excréments dans le coin. Tous deux se modifiaient, petit à petit. Effroyablement !

Il commença à se dire qu'il allait mourir ici, dans la cage.

Sur le mur, il dénicha un coin qui n'avait pas encore de gravure. Il dessina son visage en se servant d'une pierre pour tracer les contours. Sans arrêt, du bout de ses doigts, il vérifiait qu'elle était toujours là, qu'il ne l'avait pas imaginée. Chaque jour, il la retrouvait, fidèlement. Le matin — était-ce le matin ? —, elle le saluait quand il se réveillait. Elle n'était qu'une vague silhouette sur la roche, aussi évanescente qu'un nuage, mais il pouvait la sentir, retrouver le contour de son cou, le mouvement de ses cheveux, toucher sa joue, ses yeux merveilleux. Il embrassait ses lèvres. Il murmurait avec elle, rêvait avec elle, dressait des projets.

« Je ne veux pas mourir. Je dois vivre assez longtemps pour te revoir. » Déterminé à ne pas se laisser aller, il faisait de l'exercice. Ses muscles coopéraient pendant des périodes de plus en plus courtes, puis les crampes arrivaient ou des tremblements incontrôlables. Ou tout simplement, ses forces le lâchaient. Il découvrait des insectes dans ses cheveux et les mangeait.

Il priait Dieu à haute voix. Mais tout ce qu'il pensait, en

réalité, il le disait haut et fort. Sa voix emplissait l'espace confiné, mais c'était pour lui le seul moyen d'être sûr qu'il était encore en vie. S'il fermait les yeux et se taisait, il mourrait. Il le savait.

Un jour, Bertrand parvint à lui fournir une gourde pleine de vin. « Joyeux carnaval », disait la note. Il la but comme de l'eau, puis il chanta, dansa et parada tout seul. Il se récita quelques lignes de la satire dont il se souvenait et son rire tonitruant se répercuta contre les murs. Puis il fondit en larmes. Pendant deux jours, il garda une sérieuse gueule de bois.

Maintenant, il frissonnait la plupart du temps : de chaleur, de froid, puis de chaleur de nouveau, de chagrin, de transpiration. Il trouva l'endroit d'où semblait provenir le peu d'air frais qui filtrait dans la cage. Mais comme la nourriture, ce n'était jamais assez. Il finissait par l'épuiser presque totalement, juste avant l'heure de son ravitaillement. Quand il sentait qu'il ne pouvait quasiment plus respirer, la trappe s'ouvrait. Un peu d'air s'engouffrait, tandis qu'on jetait un nouveau morceau au chien dans la fosse. Et la trappe se refermait.

Et le chien hurlait.

Fençu ne trouva jamais Jacobus, mais celui-ci le trouva quand il fut prêt. Un matin de sabbat il se présenta à la grotte où ils vivaient désormais, flanquant quasiment une peur bleue à Eléna et Moïse. Il se déplaçait avec raideur et son bras droit flasque battait contre son flanc.

En quittant l'infirmerie, leur raconta-t-il, il s'était caché dans les champs. Il redoutait de revenir à M'Kor Hakhayyim, de peur qu'on vienne l'y chercher. La blessure s'était infectée. Il avait eu une très forte fièvre et avait failli mourir. Mais des hommes l'avaient emmené dans une grotte à Ghar il-Kbir, près de Rabat, et l'avaient soigné jusqu'à sa guérison. Maintenant, les muscles de sa poitrine et de son épaule étaient morts et son bras droit ne servait plus à rien.

— Je ne pourrai jamais plus me balancer au bout d'une

corde à flanc de falaise. Mais ça ne fait rien. Je suis venu vous demander une arme. Je ne veux pas le rater une seconde fois.
Fençu regarda Eléna.
— Ils ont Maria, dit-il.
Toute couleur disparut du visage de l'oiseleur.
— Quoi ?
— Cela fait des mois qu'elle est dans les cachots de l'évêque. Son père est encore venu me voir la semaine dernière en m'implorant de te trouver. (Il détourna les yeux.) Maria l'a supplié de ne pas venir, mais le capitaine de la verge a menacé de la tuer dans le cas contraire.
Jacobus lutta pour retrouver son calme.
— Que veulent-ils ?
— Toi ! Autrement, ils disent qu'ils ne la relâcheront jamais. Elle mourra là, Jacobus.
Le jeune homme marcha vers l'entrée de la grotte et regarda la mer. Il savait que c'était fini. Salvago avait gagné. Il n'y aurait pas de vengeance. Et alors, le son qui monta de sa gorge ressemblait plus au mugissement d'un taureau blessé qu'au cri d'un homme. Dans la grotte, ils l'entendirent et retournèrent vaquer à leurs occupations en essayant de ne pas y penser. Il ne revint qu'au bout d'une bonne heure.
— Je dois lui donner ce qu'il veut.
— Il existe sûrement une autre solution, intervint Eléna.
— Oui, je le pense aussi, estima Fençu, sans beaucoup de conviction. Viens manger avec nous. Nous allons réfléchir tous ensemble.
Elli servit de la tortue bouillie. Ils restèrent assis jusque tard dans la nuit, parlant, suggérant des plans, tout en buvant du *rozolin*. Jacobus suggéra d'enlever Salvago. Ils pourraient réclamer la libération de Maria en échange du vicaire. Ils voleraient un bateau et, dès qu'ils seraient libres, s'enfuiraient vers la Sicile pour commencer une nouvelle vie.
— L'évêque ne permettra jamais qu'un tel plan réussisse, jugea Fençu. Sinon, toutes les personnes ayant un frère ou une épouse dans les cachots en feraient autant.

— Comment peut-il l'empêcher ? Son vicaire lui sera retourné sans tête, s'enflamma l'oiseleur.

Le chef de la communauté haussa les épaules :

— Il s'en trouvera un nouveau. Ce ne doit pas être si difficile que ça.

— Et Maria ? demanda Eléna. Penses-tu à ce qu'il adviendrait d'elle si nous faisions ça ?

Jacobus n'avait rien à répondre. Il plongea les yeux dans son verre.

Alors la jeune juive suggéra un assaut direct.

— Nous pourrions agir de nuit, surenchérit le garçon. Nous capturerions un garde et lui ferions avouer où elle est. Elle serait dehors avant qu'il ne se rende compte de notre passage.

Les yeux du jeune homme rayonnèrent.

— On ne peut pas réussir à deux, les refroidit Fençu.

— A trois, dit Eléna. Je vous aiderai.

— On ne peut pas davantage y arriver à trois.

Jacobus se redressa.

— Je suis certain de parvenir à trouver des hommes à Ghar il-Kbir qui accepteront de nous aider. Ce sont tous des juifs, des bandits qui vivent la nuit. (Il se rendit compte de sa formulation et rougit.) Pardon, je ne voulais pas dire...

Fençu fit un petit signe compréhensif.

— Je sais ce que tu as voulu dire. Mais parle-moi d'eux.

— Ils ont été persécutés depuis des années. Ils méprisent l'Eglise, s'exclama-t-il avec un enthousiasme croissant. Si seulement nous pouvions les payer, j'en aurais douze qui me suivraient.

— Nous pouvons.

Eléna courut vers sa niche et sortit sa boîte de la cachette.

— Je sais que Maria a plus encore, mais je ne sais pas où. Je suis sûre que si nous cherchons, nous trouverons son argent.

Elle ouvrit le coffret. Il y avait une pile scintillante de quatorze ducats et une série de petites pièces. C'était tout ce qu'elle avait au monde. Ses yeux brillaient, comme son trésor.

— Si nous pouvions convaincre quelques hommes de plus, estima Fençu en regardant leurs richesses, nous nous lancerions.

Jacobus partit à l'aube avec une bourse rebondie à la ceinture. De son côté, le charpentier s'occupait de son arsenal, qui consistait en trois vieux mousquets, deux arbalètes, une hallebarde, et un assortiment de couteaux et d'épées. Elli et Eléna l'aidèrent à nettoyer et à aiguiser les armes.

— Demain soir, elle sera dehors, dit la plus jeune, confiante.

Quand Jacobus revint, son visage parla avant même qu'il ait besoin d'ouvrir la bouche.

— Ce sont des lâches, cracha-t-il. Ils n'ont pas voulu participer à l'expédition. (Il remit l'argent d'Eléna sur la table.) Ils disent qu'ils préfèrent affronter les Turcs plutôt que l'Eglise.

— Il y en a d'autres, dit Fençu.

A l'approche du crépuscule, Cawl, Villano, puis Cataldo revinrent à la grotte. Tous aimaient Maria et écoutèrent attentivement le plan de leur chef.

— Ce sera une insurrection, siffla Villano.

— Je suis trop vieux, regretta Cataldo.

— J'ai une famille, avança Cawl.

— Vous êtes des poltrons, tonna Fençu. Même Eléna n'a pas peur. Vous n'êtes pas capables de vous tenir derrière ses jupes avec une arme ?

Il les invectiva, les couvrit de honte et de déshonneur pendant une heure, mais sans résultat. Ils ruminèrent chacun dans leur coin et trouvèrent des excuses pour sortir.

Pendant un long moment, personne ne dit rien. Eléna préparait le dîner avec Elli. Fençu ramassa et enveloppa ses armes avant d'aller les ranger. Jacobus s'était installé par terre près du feu. La tête sur les genoux, il se taisait. Quand il se redressa, ses yeux étaient rouges.

— Il n'y a pas d'autre choix, dit-il. Je dois y aller.

Eléna se mit à pleurer. Fençu se contenta de hocher la tête.

Jacobus sortit et se trouva une niche dans les rochers, d'où il regarda le soleil se lever. Puis il donna sa ligne de pêche, ses hameçons et deux couteaux à Fençu. Ensuite, il enleva ses chaussures et les tendit à Eléna.

— Pour Moïse, quand il sera assez grand.

Plus tard, ce matin-là, il se présenta devant la porte du palais épiscopal.

Sur l'ordre explicite du vicaire, les gardes l'emmenèrent directement dans le couloir où se trouvait la cellule de Maria. Ils s'arrêtèrent et le poussèrent contre la porte, son visage devant le judas. Il regarda à l'intérieur, essayant d'ajuster ses yeux à la pénombre.

— Maria ! murmura-t-il quand il la vit.
— Jacobus !

Elle se précipita vers le battant, mais déjà ils étaient repartis. Elle pressa sa figure sur le trou. Elle ne pouvait voir qu'un couloir vide.

— Jacobus ! Jacobus !

Elle martela la porte. Il n'y eut aucune réponse.

Cette nuit-là, des bruits et des hurlements lui parvinrent. Cette fois, elle sut avec certitude quelle gorge les poussait. Elle s'enfonça la tête dans les bras, essayant de ne pas entendre.

Jacobus hurla pratiquement deux jours sans interruption. Puis il se tut.

Ils vinrent chercher Christian début avril.

Il se trouvait dans l'oubliette depuis près de neuf mois. Deux hommes se tenaient prêts à le soutenir par les coudes, mais il sortit du trou seul et parvint à rester debout sans aide. Un peu chancelant, mais droit. Le plus dur fut de se réhabituer au soleil brillant de Malte. Ses yeux se remplirent de larmes. Sa tête lui faisait mal. Mais il jouissait de revoir des choses toutes simples qu'il n'avait pas contemplées depuis longtemps : la chapelle, la rampe qui descendait vers le quai, les galères, les bateaux de pêche, le port, les mouettes dans le ciel, les murs et les rues de Birgu remplies de bruit, de monde, de chiens, de porcs et de détritus. Il s'émerveillait de tout. Et remerciait respectueusement le Ciel d'être vivant.

Il chercha son visage dans la foule. Bien sûr, elle ne pouvait pas savoir qu'il était là, comme il ignorait si elle était encore en vie.

Ils le conduisirent à l'Auberge de France.

— Tu as la matinée pour te nettoyer et te reposer, lui dit le capitaine d'armes. Nous devons te présenter devant le grand maître cet après-midi.

Ce n'était pas bon signe, pensa-t-il, qu'ils ne lui aient pas simplement demandé de s'y rendre lui-même, comme un acte d'honneur. « Ils doivent imaginer que je vais m'enfuir, par crainte de la sentence. » Il avait longuement pensé à ce qu'il allait faire. Si La Valette lui laissait le choix, il était prêt à l'accepter et il ne fuirait pas.

Bartholomée l'accueillit avec chaleur.

— Pardonnez-moi, je ne savais pas que vous arriviez. J'aurais tout préparé. Je vais chercher de l'eau pour le bain et un barbier pour vos cheveux.

— Ne te préoccupe pas de ça maintenant. Trouve-moi juste le frère Cuvier, rapidement.

Il attendait désespérément des nouvelles.

Christian alla voir le cuisinier pour avoir de l'eau chaude et envoya un autre page chercher un barbier. Il prit un bain tiède pour essayer d'évacuer la puanteur de son corps. Quand le barbier acheva son ouvrage, Christian se sentit un autre homme.

La matinée touchait à sa fin quand Bertrand déboula enfin et souleva son camarade du sol. Les deux amis s'étreignirent chaleureusement.

— Il ne reste plus rien de toi, dit Cuvier. Je suis désolé de ne pas avoir pu t'envoyer plus de nourriture.

Christian voulut dire quelque chose pour le remercier, mais l'autre l'arrêta d'un sourire en levant immédiatement une bouteille de vin et deux coupes. Il remplit celle du chirurgien et la lui tendit. Il savait exactement par quelle nouvelle commencer.

— Ils l'ont libérée, Christian. Il y a deux mois. Elle est vivante. Je l'ai rencontrée quand elle est sortie. Je lui ai offert mon aide, mais elle m'a assuré qu'elle allait bien et qu'elle ne voulait rien accepter de moi. Elle m'a simplement demandé de tes nouvelles. Je dois avouer qu'elle m'a plu. Elle semble être une femme extraordinaire.

Christian ne put rien répondre. Il hocha la tête, les yeux brillants. Puis il avala une gorgée et sentit le vin couler dans sa gorge aussi merveilleusement que les nouvelles. Il se dirigea vers la fenêtre et regarda dans la rue en dessous.

— J'ai d'autres nouvelles, dit Bertrand d'une voix différente. (De Vries se retourna. Au ton de son ami, il comprenait que celles-là n'étaient pas bonnes.) C'est à propos de Joseph.

— Callus ? Qu'est-ce qu'il y a ? Comment va-t-il ?

— Il est mort, Christian. Le grand maître l'a fait pendre.

Abasourdi, Christian se laissa tomber sur le lit.

— Le grand maître ! Que...

Il s'arrêta. Il pouvait deviner.

— Il a écrit au roi pour se plaindre des méthodes autoritaires de l'ordre et pour réclamer une plus grande autonomie de l'Università, ou quelque autre folie de ce type. La lettre a été interceptée avant même qu'elle ait quitté l'île. C'était un acte de sédition, Christian. Le grand maître ne pouvait pas le laisser passer. Je suis désolé.

Christian jeta sa coupe contre le mur, projetant du vin dans toute la pièce. Le verre retomba bruyamment sur le sol.

— Je lui ai toujours dit que la politique l'enverrait directement à la potence. Que Dieu maudisse cet entêté. (Il donna un coup de pied dans la coupe.) Dieu, que je déteste la politique. Que je déteste ce maudit endroit.

— Espérons que tu t'en sortes mieux avec La Valette. Le Sacré Conseil dans son entier a été convoqué hier pour voter. Il a dû y avoir des désaccords te concernant. Mais je n'ai rien pu apprendre sur la décision.

— Tu as toujours été joueur. Que mises-tu là-dessus ?

Bertrand se mit à arpenter la pièce.

— En vérité, je pense que La Valette veut ta tête. On parle de plus en plus d'une attaque turque. S'il peut avoir besoin d'un bon chirurgien, en tant que commandant, ce qui lui est le plus nécessaire, c'est une discipline absolue au sein de l'ordre. Mon avis, c'est que... (Sa voix se cassa. Il avala une gorgée de vin.) C'est qu'ils vont faire de toi un exemple.

— S'il te plaît, trouve Maria pour moi.

— Après tout ce qui est arrivé ? Es-tu vraiment si stupide ? Et si je me trompe ? Si La Valette a l'intention de te pardonner, il pourrait de nouveau changer d'avis à cause de ça et nouer lui-même la corde pour te pendre. Avant le crépuscule, tu te balancerais dans le vent. En outre, tu es confiné à l'intérieur de l'auberge et je ne l'y ferai jamais rentrer.

— S'ils me pendent cet après-midi, je veux la revoir une dernière fois. Si ce n'est pas le cas — s'il me donne le choix —, j'ai aussi besoin de la voir, Bertrand. Une dernière fois.

— Donc tu as décidé ?

Christian hocha la tête.

— Même si je dois confesser que mon cœur n'y est pas, particulièrement après ce qui est arrivé à Joseph. Je me demande jusqu'où un homme peut aller pour défendre cet ordre sanguinaire et maudit.

— Comme je me demande jusqu'où tu iras pour honorer ce serment. Je pense que tu es fou, mon ami. Mais si c'est ta décision, je crois que tu es encore plus fou de la revoir.

— Bertrand, je ne veux pas discuter avec toi. Trouve-la-moi.

Cuvier soupira.

— Dis-moi où la chercher. Si c'est faisable, je le ferai.

La Valette écrivait une lettre dans sa bibliothèque. Il leva les yeux vers Christian aussi distraitement que si ce dernier était parti depuis une heure. Son expression était aussi impérieuse et impénétrable que jamais. Il ne s'arrêtait pas d'écrire. La pointe de la plume d'oie grattait fiévreusement la feuille pendant qu'il parlait.

— Je pense que tu as eu le temps de méditer sur tes serments sacrés ?

— Oui, mon seigneur.

— Je pense que tu aimerais que je te facilite les choses en t'offrant le choix : quitter l'ordre ou honorer tes vœux ?

— Je n'attends rien, mon seigneur. La décision est vôtre.

— Il n'y a aucun choix. Un homme ne peut reprendre ses vœux au gré de sa fantaisie, et ce n'est pas ce que tu feras aujourd'hui. En revanche, je vais te poser une autre question. Comment agirais-tu à ma place ?

— Honnêtement, je me condamnerais à la pendaison.

La Valette continuait d'écrire.

— Et ce fut ma première pensée. Heureusement pour ton cou, des esprits plus tempérés ont prévalu. Le chevalier Romegas part demain en campagne. Tu serviras trois caravanes avec lui.

Trois ans dans les galères !

Bertrand la rata sur les remparts, à la carrière et encore au four. Il faisait déjà sombre quand il arriva à M'Kor Hakhayyim, pour découvrir qu'elle était allée à Mdina, avec Eléna, dont le fils était tombé malade. A Mdina, il frappa à douze maisons avant de trouver celle qui appartenait à la vieille Lucrezia. La sorcière lui dit qu'elles étaient déjà reparties. Alors il retourna à la grotte. Mais elles n'étaient pas encore arrivées. Il laissa un mot à Fençu, qui disait que Christian partait le lendemain matin avec la flotte. Abattu, il revint à l'auberge. Christian ne pouvait rien faire d'autre qu'écrire un message.

Maria ne reçut l'information que tard cette nuit-là, trop tard pour faire quoi que ce soit. Elle attendit sur le quai à l'aube. Il y avait déjà foule. De tous les points de vue possibles autour de la crique de Birgu, le monde attendait de voir partir les galères de l'ordre. Elle se trouva un perchoir au sommet d'un mur, près de l'église Saint-Laurent. Elle voulut se rapprocher du navire amiral. Ainsi, si elle arrivait à le voir, elle pourrait l'appeler. Mais elle se dit que cela risquait de le mettre en danger, aussi décida-t-elle de rester où elle était.

Cinq vaisseaux étaient alignés là, poupe contre le quai. Les provisions et les rames étaient embarquées fébrilement. Cette scène se répétait dans chaque port, d'Istanbul à Alger, de Marseille à Venise, de Djerba à Valence, dès que les bâtiments étaient prêts à fondre sur les côtes ou les convois ennemis. C'était le sport meurtrier de l'époque. Et parmi les plus grands navigateurs, les Arabes et les Turcs, les Maures et les chrétiens renégats, personne — en dehors de Dragut — n'était meilleur que les chevaliers constituant cette caravane. Leur robuste commandant, Romegas, inspectait joyeusement son navire en tunique blanche et pourpoint de cuir. Il vérifiait personnellement les haubans, contrôlait les voiles, hurlait des ordres, s'assurait que tout était en ordre. Un petit singe le suivait partout, sautant d'un poteau sur le timon puis sur une rame, jacassant ses propres ordres.

— Maria ! (Elle se tourna et vit Bertrand qui se frayait un chemin dans la foule. Il lui tendit un papier plié.) Il n'aura plus la possibilité de vous voir, maintenant. Il m'a demandé de vous remettre ça.

Elle prit la lettre en le remerciant. Puis il se hâta de repartir. Assise sur le mur, elle déplia la feuille. Ses mots l'emportèrent loin du brouhaha qui l'entourait.

Maria ma chérie,
Je t'écris ce mot à la hâte. Il est presque l'aube et je dispose de peu de temps avant d'embarquer. Comme j'aurais aimé te serrer.

Tu dois savoir que je t'aime comme je n'ai jamais aimé avant. Pendant tous ces longs mois, seul ton souvenir m'a permis de ne pas devenir fou.

J'ai longtemps pensé à ce que je pourrais faire si le grand

maître m'offrait le choix : m'agenouiller devant lui et renouveler mes vœux ou devant toi et y renoncer. Une partie de moi aurait voulu disposer de la liberté de suivre mon cœur ; une autre est heureuse que je ne l'aie pas eue, sachant que, de toute façon, je n'aurais pas pu faire ce choix.

En me condamnant aux galères, le grand maître me rappelle ce que j'ai toujours su : j'ai prêté serment à Dieu et à lui. Comme j'aimerais qu'il en soit autrement.

Mon cœur sera toujours avec toi.

Inhobbok. Je t'aime.

Christian.

Elle releva les yeux. Les larmes inondaient son visage. Sur deux files, des centaines d'esclaves nus et bronzés se dirigeaient vers le quai. Leurs entraves frottaient contre les pavés. Ils quittaient leur prison terrestre d'hiver pour rejoindre celle, maritime, d'été. A bord des navires, ils allaient être enchaînés trois par trois sur les bancs de pin couverts d'une peau de mouton où, jusqu'à la fin de la caravane — ou jusqu'à leur mort —, ils rameraient, mangeraient, dormiraient et se soulageraient.

Ils avaient à peine fini d'embarquer quand elle l'aperçut. Il marchait au milieu d'autres chevaliers et elle dut tendre le cou pour le voir. Sa chevelure était épaisse et noire, mais son visage était creux et sa démarche mal assurée. Elle mit sa main sur sa bouche, tandis qu'il remontait le quai et gravissait la passerelle du vaisseau amiral. Elle le vit fouiller la foule du regard à sa recherche.

« Regarde de ce côté-ci, mon amour, pensa-t-elle. Regarde par ici. » Mais il lui tournait le dos. Il s'avança sur le bâtiment et elle le perdit de vue parmi les arquebusiers, les hommes d'épée et les archers qui prenaient place sur les ponts bondés. Des porteurs achevaient d'installer des poulaillers et des enclos à animaux, et de charger les derniers magasins avec des réserves de nourriture, des tonneaux de vin et des caisses de munitions.

Des soldats arrimaient les canons. Sur la coursive centrale, un surveillant testait son fouet sur le mât. Sa lanière claquait comme un coup de fusil. Une cloche de la chapelle Sainte-Anne tinta. Depuis les remparts de Saint-Ange, le grand maître regardait. Sa chevelure argentée avait l'air blanche dans le soleil.

Romegas se tenait derrière son pilote à la poupe, lui donnant ses dernières instructions. Les ordres hurlés se transmettaient rapidement à toute la flotte avec une précision militaire. Le dernier porteur redescendit sur le quai et les passerelles furent retirées. Le sifflet d'argent du maître de nage retentit. Les esclaves prirent les rames puis attendirent. Un second coup de sifflet déchira l'air.

Tomb. Le tambour commença de battre. Les rameurs se dressèrent en arrière sur leurs bancs. Leurs dos se voûtèrent et leurs bras se tendirent tandis qu'ils mettaient tout leur poids sur les rames. La galère vibra et commença à bouger.

Tomb. Les autres vaisseaux suivirent le mouvement. Des cris fusèrent du port. Des Rhodiens, des Grecs et des Maltais souhaitaient bon vent à la flotte.

— Christian, murmura Maria, cherchant désespérément à le voir sur le pont.

Mais il restait invisible. Bannières au vent, le navire amiral se dirigea vers la sortie de la crique profonde pour rejoindre le chenal principal.

Là ! Il venait d'apparaître enfin sur le pont supérieur, près de la rambarde. Elle courut pieds nus le long du quai. Ses cheveux volaient. Elle essayait de suivre le bateau, de rester le plus longtemps possible avec lui.

— Christian !

Son cri se perdit dans le vacarme ambiant.

La galère sortit de l'anse pour s'engager dans le port. Elle le perdit de nouveau de vue derrière le promontoire de Saint-Ange.

Tomb. Elle prit ses jambes à son cou pour traverser le goulot de Birgu — là où la péninsule était la moins large — et gagner le flanc opposé. Dans sa course effrénée, elle bouscula vendeurs, vieilles femmes et porcs. Elle ne put aller plus loin que le mur d'enceinte derrière l'infirmerie. Au bout d'un moment, elle vit surgir le bélier de fer à la proue du bâtiment qui dépassait Saint-Ange. Les longues rames balayaient gracieusement les eaux calmes, soulevant des milliers de gouttelettes dans lesquelles se réverbérait le soleil du matin. A l'avant, l'eau se scindait en deux fines vagues arrondies, deux arcs-en-ciel aquatiques.

Tomb. Les visages devenaient trop petits pour être discernables. Deux autres vaisseaux apparurent à leur tour, puis deux encore. Leurs ponts étaient rouges des *soubrevestes* des chevaliers participant à cette caravane.

Maria tomba à genoux. Désespérée, elle voyait pour la seconde fois de sa vie une galère emmener quelqu'un qu'elle aimait. L'une appartenait à l'ennemi, l'autre à l'ordre. Cela ne faisait pas beaucoup de différence.

Tomb. Les bateaux dépassèrent la pointe des Gibets et s'engagèrent dans la haute mer. De l'autre côté du chenal, des petits nuages de fumée apparurent sur les remparts du fort. Les canons de Saint-Elme saluaient le départ de la flotte. Au revoir et que Dieu soit avec vous ! Les voiles du navire amiral furent déployées et hissées. Elles se mirent à gonfler et à claquer dans le vent.

Tomb. Maria commença à pleurer.

— Christian, murmura-t-elle. Christian. Je t'aime.

Dans un mouvement parfait, les galères mirent de concert le cap sur l'Afrique.

Tomb. Il était parti.

Livre 6
LE SIÈGE

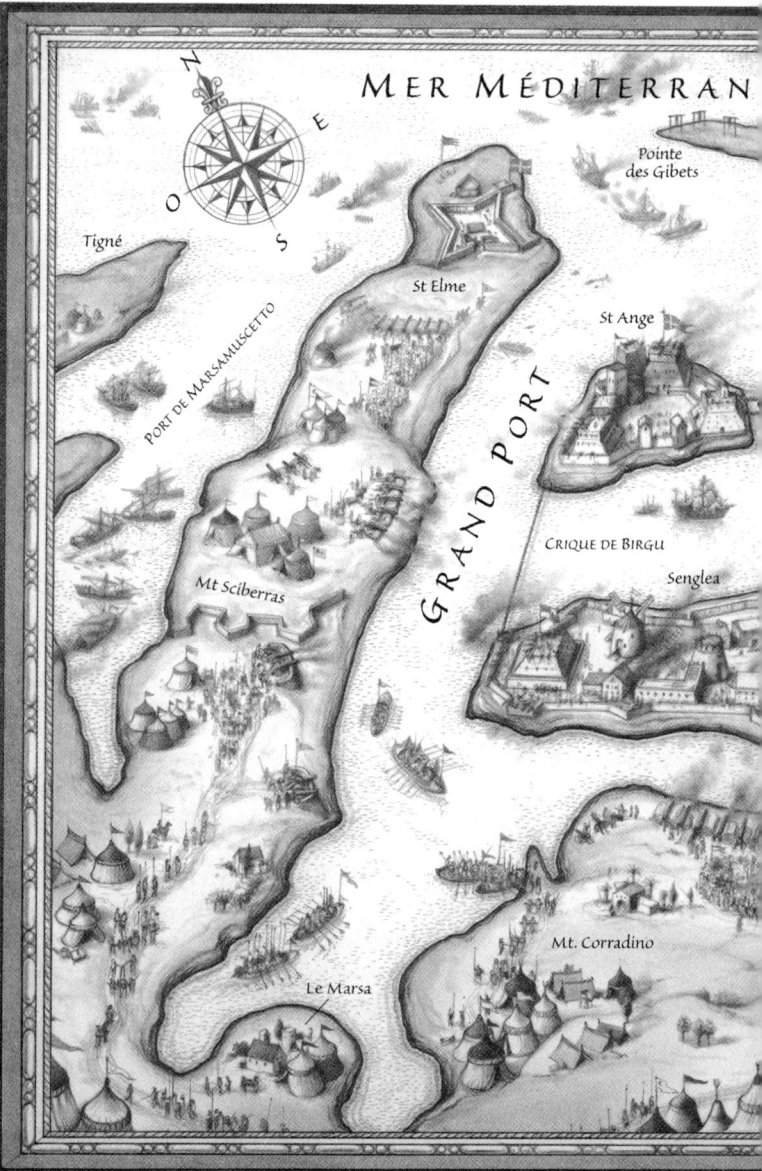

MALTE
GRAND PORT

Mt Salvador

Bighi

CRIQUE DE KALKARA

Birgu

St Michel

RIQUE DES FRANÇAIS

Extrait des *Histoires de la mer du Milieu*
**par Darius, dit le Préservateur,
historien à la cour du soleil du peuple, le sultan Ahmet**

Il est bien attesté qu'au cours de la troisième année de son règne, Soliman chassa l'ordre de sa forteresse de Rhodes. Le jeune sultan fut très impressionné par la bravoure des chevaliers qui défendirent si courageusement leur île. Au lieu d'exécuter les survivants, comme c'était son droit, il leur accorda sa grâce et les laissa partir en exil. Il le fit après que le grand maître de l'ordre, L'Isle-Adam, lui eut donné solennellement sa parole que les chevaliers de Saint-Jean ne lèveraient plus jamais les armes contre les Ottomans.

Le serment fut rompu aussi rapidement qu'il avait été prêté. Et maintenant les chevaliers allaient jusqu'à entraver le saint pèlerinage des fidèles à La Mecque, et leurs raids étaient de plus en plus audacieux. Au cours des dernières années, l'ordre s'était emparé de près de cinquante navires musulmans. Dernier en date : Romegas avait capturé le *Sultana*, un navire possédé collectivement par le chef des eunuques blancs, les femmes du sérail et la propre fille du sultan, Mirahmar. Sa nourrice favorite, une vieille femme, avait été emmenée en captivité en même temps que le gouverneur d'Alexandrie. Et naturellement, les cales du navire regorgeaient de chargements précieux. Parmi tous les événements de l'Empire, ce ne fut qu'une épine mineure dans le flanc de Soliman. Mais cet épisode inspira aux mollahs des envolées majestueuses dans leurs appels au djihad contre les chevaliers impies. C'était une chose de piller, disaient les mollahs, mais l'ordre entravait la marche des pèlerins en route pour le pèlerinage, c'était un affront à Allah.

Prendre l'île des chevaliers réparerait une vieille erreur et donnerait aux Ottomans le contrôle d'une clé stratégique. Le sultan pourrait ainsi rassembler là ses forces s'il décidait de faire voile contre la Sicile ou l'Italie. Le moment était décisif, conseillaient les vizirs du sultan, car les alliés chrétiens demeuraient faibles après leur grande défaite de Djerba. Il était important de frapper maintenant, avant qu'ils ne retrouvent des forces.

Le désordre des cours européennes et l'isolement diplomatique des chevaliers étaient un autre avantage circonstanciel à exploiter. Il ne fallait pas être un fin observateur pour voir que l'île recevrait peu d'aide des princes chrétiens d'Europe. L'empereur germanique était occupé avec ses propres frontières, que les Ottomans harcelaient à la moindre occasion. Le roi de France, Charles, n'avait que quatorze ans et il était sous la coupe de sa mère, Catherine de Médicis. La mère incitait le fils à se préoccuper davantage des conflits religieux qui allaient bientôt mettre son pays à feu et à sang. Pourquoi partir au loin tuer un Turc quand il y avait tant de huguenots à liquider à portée de la main ? Au demeurant, le souverain français avait des traités avec la Sublime Porte à honorer, des traités de commerce et de prospérité. Si Charles n'apporterait aucune aide militaire à Soliman, les nombreux chevaliers français de l'ordre devraient simplement se débrouiller tout seuls... avec les bons vœux d'un roi reconnaissant.

Quant à la reine d'Angleterre, assise sur son trône protestant, elle pleurerait la perte d'une citadelle chrétienne, mais elle se sentait trop faible pour voler au secours d'un nid de chevaliers catholiques ingérables, surtout si cela voulait dire qu'en le faisant elle accordait son concours aux Espagnols. Le pape ne possédait que de maigres troupes, et le peu d'argent qu'il avait était consacré à exterminer les calvinistes et les luthériens grouillant comme des serpents à sa porte.

Seul Philippe, le roi d'Espagne, était en position de faire quelque chose. Si Malte tombait, c'était son propre territoire sicilien, vulnérable, qui, le premier, sentirait la piqûre du scorpion ottoman. Mais ses ressources fondaient et ses vieilles inimitiés l'opposant aux autres souverains européens ne faisaient qu'ajouter à ses difficultés.

Enfin, Soliman considéra que les Maltais eux-mêmes haïssaient tant les chevaliers étrangers qui les gouvernaient qu'ils feraient très peu pour les aider au combat.

Il était temps de frapper.

Extrait du volume VII
Les Grandes Campagnes : Malte.

Chapitre 35

Istanbul
Mars 1565

Du haut du mur d'un jardin de Topkapi, Asha observait la Corne d'Or. Il avait vingt-trois ans, maintenant. Ses traits étaient encore ceux d'un garçon, mais endurcis et tannés par ses années en mer. Il portait une légère robe de soie et un turban orné d'une émeraude petite mais parfaite, cadeau exquis du sultan reconnaissant.

Comme toujours quand il se tenait là, il se sentait envahi par la majesté, la beauté et la grâce du Séjour de joie, Istanbul, alors que dans son dos, il ressentait la sérénité du Séjour de félicité, le palais où le vent murmurait dans les soieries et les cyprès, et où les gazelles s'arrêtaient boire dans des fontaines d'eau fraîche, au centre même de l'univers.

Vraiment, pensa-t-il, il n'existait nulle part ailleurs dans le monde de panorama plus magnifique que les collines scintillantes d'Istanbul avec les coupoles dorées des mosquées, les minarets pointant vers le ciel et les navires de l'Empire traversant le Bosphore, où se rencontraient l'Asie et l'Europe.

Vraiment aussi, rien ne pouvait être plus exaltant que la vue des forces de Soliman se préparant à partir en guerre et se rassemblant sur les collines, l'arsenal et les quais.

Et vraiment, rien ne pouvait être si troublant que de savoir que le marteau de Dieu se tenait prêt à frapper et que l'enclume serait Malte, sa terre natale.

Cinq années déjà s'étaient écoulées depuis la grande victoire de Djerba. Elles avaient été bonnes pour lui. Il avait remorqué jusqu'à Istanbul trois navires pleins d'esclaves et de riches cargaisons. C'était là que le sultan lui avait donné l'émeraude. Après cela, il avait croisé le long des côtes de la Crète et de la Moria[1], apprenant à connaître les moindres anses, criques, chenaux, courants. Pendant une saison, il avait navigué avec Piali Pacha, l'amiral, et depuis quelque temps, il possédait sa propre escadre de quatre vaisseaux, avec laquelle il effectuait des raids sur les côtes dalmates.

Il avait profité d'une période d'accalmie entre deux saisons de course pour superviser la construction de son propre bâtiment. Il se souvenait parfaitement des leçons de Leonardus, des préceptes, pensait-il ironiquement, qui n'enverraient pas un navire au fond de l'eau. Il savait que le résultat aurait fait plaisir au maître constructeur. La galère était élancée et rapide, et elle avait été construite en figuier, comme celle du sultan lui-même. Elle suscitait l'envie de tous les capitaines de la flotte. A cet instant précis, il la voyait à quai, alors que son équipage la préparait pour le voyage. La plupart des Turcs baptisaient leurs bateaux avec des noms italiens et il fit de même : le sien s'appelait *Alisa*. Il l'avait amoureusement gravé dans un morceau de bois de santal qui ornait le pont. Il rêvait toujours de rencontrer une nouvelle fois Romegas. Quel plaisir ce serait de l'envoyer dans la tombe grâce à un tir parti de l'*Alisa* ! Hélas, la mer était grande et il ne l'avait jamais revu. Mais peut-être qu'il allait maintenant en avoir la chance. Toute la dernière année avait été occupée par les préparatifs de la guerre, qui risquait de lui donner l'occasion de se retrouver face à face avec ce démon.

Allah empruntait des voies mystérieuses.

Au cours de la semaine, depuis qu'il était arrivé à Istanbul, Asha avait prié avec le sultan, qui avait accordé ce grand honneur à certains *aghas* et capitaines choisis. Dans la mosquée privée, près du Has Odasi, Soliman s'agenouillait avec ses

---

1. Ou Morée. Le nom du Péloponnèse à cette époque. (*N.d.T.*)

hommes devant leur maître commun. Asha fut flatté que le seigneur des âges se souvînt de lui et l'appelât par son nom. La cour de Soliman incarnait encore toute la magnificence de l'Empire. Pourtant, Asha vit que l'ombre de Dieu sur Terre était lui-même devenu... une ombre. Certes, il était âgé de soixante-dix ans, mais, d'une certaine manière, cela semblait une violation de l'alliance d'Allah que Son représentant sur Terre puisse être touché par le temps.

Soliman paraissait plus mélancolique qu'auparavant. Il était incontestablement plus pâle. Son visage était marqué par les affres de la maladie. Il avait la goutte et différents problèmes, que ses médecins ne savaient pas soigner. Quand les lèvres d'Asha touchèrent les bords de la robe de son maître, il s'inquiéta pour la santé de celui-ci. Il connaissait bien les tragédies qui l'avaient frappé. Tout l'Empire en parlait à voix basse. Sa femme, Roxelane, qu'il vénérait et couvrait de poésie et de fleurs, était soudainement morte. Peu après, un autre de ses fils, Bayezid, victime malheureuse des intrigues familiales, avait été étranglé avec une corde d'arc. Il y avait d'autres troubles au sein de l'Empire, c'était vrai. Les épaules de Soliman s'affaissaient désormais sous le poids de sa charge et du fardeau de ses souffrances solitaires.

Mais, malgré tous les problèmes ordinaires, personne ne pouvait douter qu'il était toujours le sultan des deux continents et l'empereur des deux mers. La preuve s'en trouvait à ce moment même dans les eaux de la Corne d'Or, que la fièvre de la guerre faisait bouillonner. Ses forces, inimaginables, se rassemblaient de tous les coins de l'Empire, avant de se diriger vers la forteresse des chevaliers de Saint-Jean.

Les raisons d'envahir Malte étaient évidentes et justes. Aucun citoyen de l'Empire n'avait de doute à ce sujet. L'ordre avait donc été donné d'entamer les préparatifs pour partir en guerre contre un ennemi dont les faiblesses étaient apparentes. Asha avait vu de ses yeux les maquettes en argile, réalisées par les espions de la Porte, qui, déguisés en pêcheurs, avaient passé l'hiver précédent à Malte pour en étudier les fortifications.

Leur travail montrait que l'île avait peu changé depuis sa jeunesse, quand son père travaillait sur Saint-Elme. Maintenant celui-ci contrôlait l'entrée du grand port, tandis que les forts Saint-Michel et Saint-Ange protégeaient respectivement Senglea et Birgu. Mais ils n'étaient pas franchement invincibles. Birgu avait construit un mur protecteur à l'entrée de la péninsule pour la protéger du côté de la terre. Mdina et le *castello*, sur Gozo, étaient encore des citadelles isolées. Les repérages paraissaient assez minutieux et les plus anciens commandants regardaient l'antre des chevaliers avec beaucoup d'ironie.

— Ce n'est qu'une pâle copie de leurs défenses de Rhodes, avait déclaré Mustapha Pacha.

Le vieux général avait servi Soliman en Hongrie et il devait être le chef terrestre de l'invasion. Lui-même avait combattu à Rhodes, où les chevaliers avaient passé deux cents ans à bâtir les défenses les plus formidables que l'homme ait connues ; mais les Ottomans les avaient brisées. Le grand maître de l'ordre avait ostensiblement déployé de nombreux efforts pour renforcer celles de Malte. Néanmoins, les murs et les forts de l'île ne seraient que des fétus de paille face à la faux de Soliman.

Oui, tous les signes historiques, politiques et militaires étaient de bon augure. Les devins et les astrologues avaient lu dans leurs feuilles et consulté les cieux. Tous s'accordaient : il n'y avait pas de meilleur moment pour frapper. Chacun savait que l'île était remplie de guerriers qui se battraient avec énergie et mourraient pour sa défense. Malte ne tomberait pas facilement, mais elle tomberait. Cela faisait des années que des hommes avaient prédit sa chute et maintenant, comme s'il s'agissait de mettre le sceau de Dieu sur la prophétie, le *firman* de Soliman décrétait qu'il devait en être ainsi.

Les préparatifs étaient monumentaux, même selon les normes ottomanes. En regardant la Corne d'Or, Asha peinait à voir un espace d'eau libre. C'était une flotte magnifique de près de deux cents navires : galères et galiotes, et ces grandes galéasses appelées mahonnes ; et plus grands encore, les énormes navires marchands qui engloutissaient du matériel de guerre comme des dragons voraces.

Pendant tout l'hiver et le printemps, les fonderies d'Istanbul avaient chauffé à blanc pour forger et mouler l'artillerie. Personne sur terre n'en maîtrisait une semblable à celle des Turcs. Certaines des nouvelles pièces étaient si grosses qu'elles devaient être transportées en morceaux sur des attelages spéciaux construits pour elles, dotés d'essieux de fer et de roues aussi hautes qu'un cheval. Ces armes pouvaient tirer des boulets massifs. Des dizaines de milliers de ces derniers avaient été fondus et sortaient des arsenaux pour être embarqués. L'un de ces basilics[1] était si gros qu'il requérait son propre bâtiment. Les boucliers et les armures s'entassaient en piles monumentales, à côté de milliers de caisses de balles pour des armes plus petites. On apportait d'interminables quantités de barils de poudre. En tout, quarante mille quintaux.

— Toute l'île de Malte elle-même, disaient les armuriers, ne pèse sûrement pas quarante mille quintaux.

Les troupes n'avaient pas cessé de s'entraîner de l'hiver. A présent, elles convergeaient vers les navires qui, pour certains, attendaient dans la Corne d'Or, et, pour d'autres, à Izmit. Quand les hommes auraient embarqué, l'armée s'élèverait à près de quarante mille combattants, auxquels il conviendrait d'ajouter tous ceux qui les assistaient. De toute l'Anatolie, de Karesi, de Konya, de Teke, arrivaient des spahis, les cavaliers envoyés par leurs *sanjak beys* en réponse à l'appel du sultan. Il y avait aussi les *iayalars*, les fanatiques qui se lançaient à corps perdu sur la gueule des canons chrétiens en priant pour mourir au nom de la sainte cause. On rencontrait les mercenaires, des renégats chrétiens, des Grecs et des Levantins, qui possédaient leurs propres bateaux et leurs soldats, tous désireux d'obtenir les faveurs de la Porte. Et, naturellement, la flotte serait rejointe par les alliés barbaresques du sultan, avec leurs navires remplis de féroces Maures, Berbères et Arabes, assoiffés de

---

1. Gros et long canon. (*N.d.T.*)

sang chrétien. La crème de toutes ces forces, c'était encore et toujours les janissaires. Plus de six mille d'entre eux porteraient le feu sacré du sultan contre ses ennemis et les incendieraient avec.

Les quais croulaient sous le matériel et l'approvisionnement nécessaire pour soutenir les forces pendant le siège. L'objectif, un caillou nu, ne serait en mesure de fournir ni la nourriture, ni les vêtements, ni même des abris. Les ânes braillaient en tirant des charrettes de câbles et de cordes, de matériel pour dresser une ville de tentes, et des kilomètres de toile pour les voiles et pour faire des écrans permettant de dissimuler les mouvements de troupes — sur une île où les cachettes étaient rares. On apportait également des balles de coton, des réserves de vêtements, de couvertures et de matériel médical. On chargeait des pioches, des pelles, des barres à mine pour les sapeurs, qui creuseraient des galeries sous les fortifications. Les chevaux étaient embarqués à bord des navires marchands dans des cales spéciales. Quelques-uns seraient utilisés pour des patrouilles de reconnaissance ou la cavalerie légère, tandis que d'autres tracteraient les lourds canons depuis les plages jusqu'à leurs positions.

Asha lui-même avait passé six mois sur la mer Noire, là où les forêts sont si épaisses. Il avait supervisé la construction de vingt nouvelles galères pour la flotte. Puis, avec d'autres capitaines, il avait mené des raids éclairs sur les côtes de la mer Egée, de l'Anatolie à la Grèce et à la Moria, et il avait ramené quantité d'esclaves, les rameurs dont ils auraient besoin pour propulser l'immense armada.

Maintenant, il tremblait en contemplant la puissance déployée contre le pays de son enfance. L'armée embarquant produisait un vacarme épouvantable. Des hommes criaient, des musiciens jouaient, des derviches tournaient au milieu des troupes. Les plus fanatiques se fouettaient pour exalter leur frénésie guerrière. De plus grandes invasions avaient été montées par les Ottomans, mais toujours par terre, jamais par mer.

La petite île ne résisterait sûrement pas longtemps face à la puissance qu'il voyait se rassembler dans la Corne d'Or.

Evidemment, tout le monde continuait d'ignorer qu'il était maltais : cela restait son secret. La fable qu'il racontait depuis si longtemps aurait pu lui coûter la vie quand Iskander l'avait découverte. Bientôt, à cause de ce mensonge, il allait se battre contre son ancienne patrie — alors que ceux qui supervisaient la *devchirmé* veillaient toujours scrupuleusement à éviter un tel conflit.

La première fois que sa terre d'origine avait été visée, il était tranquillement assis avec les commandants dans le sérail pour converser avec Soliman. Mustapha Pacha était là, comme Piali Pacha, qui avait partagé la victoire de Djerba avec Dragut et Asha. Piali était encore un jeune homme, marié à la fille de Sélim, le seul fils survivant du sultan et son héritier manifeste. C'était lui qui allait commander la flotte qui emmènerait les forces d'invasion. Dragut, naturellement, était là lui aussi, bien qu'il n'eût aucun rôle officiel — sauf la bénédiction de son sultan, qui ne dirigerait pas en personne l'invasion.

— Mustapha, considère Piali comme ton fils, dit-il. Piali, honore Mustapha comme ton père. Et vous deux devez écouter Dragut comme si sa voix était celle du sultan lui-même.

Tous étaient des hommes de légende, qu'Asha révérait. Avec un étrange détachement, il les écoutait discuter calmement de l'annihilation de sa terre natale.

Deux nuits plus tard, à l'occasion d'une merveilleuse soirée avec ses amis pages, il fut ramené vers son pays. Nasrid était maintenant l'*agha* lieutenant d'un corps de janissaires. Il portait une coiffe en peau de léopard et une petite pointe de bronze perçait un morceau de peau au-dessus de ses sourcils. Sa moustache paraissait aussi pointue et effilée que son épée. Ses yeux trahissaient encore les vapeurs de l'opium. Son allure terrorisait ses ennemis, mais pour ses vieux camarades, il était toujours aussi enjoué que jamais.

Shabooh occupait le même rang que lui au sein des janissaires. Il avait toutefois l'air moins effrayant que Nasrid. Lors d'un combat, il avait perdu une demi-oreille. Sans succès, il avait essayé de dissimuler ce détail à ses amis, grâce à un habile tour de son turban. Mais Asha l'avait découvert. Ensemble, ils avaient bu et ri joyeusement en partageant de vieux souvenirs. Asha se contenta d'écouter silencieusement quand Shabooh et Nasrid commencèrent à parler, presque en jubilant, des vies maltaises qu'ils allaient prendre au cours de la prochaine campagne. Ils dissertaient sur l'île nue qui allait enfin devenir un nouveau jardin luxuriant du sultan, planté de fleurs de l'islam et arrosé du sang des défenseurs infidèles.

Lorsqu'il entendit tout cela, le jeune capitaine de galères sentit les couleurs quitter ses joues. Certes, Malte n'était plus sa terre. Et assurément, il tuerait avec joie tous les chevaliers qu'il croiserait, et le sort des Maltais eux-mêmes serait meilleur sous la protection de l'empire éclairé de Soliman.

Mais il savait aussi qu'une tempête allait ravager la petite île, un maelström de fer et de feu tel que le monde n'en avait jamais vu. Il pensa à son père et à sa mère pris dans cet ouragan et, naturellement, à Maria, sa chère Maria. Luca et Isolda étaient peut-être morts aujourd'hui, mais certainement pas sa sœur. Il gardait constamment avec lui une note qu'il avait lue un millier de fois au cours de la dernière année. Il l'avait obtenue du capitaine d'une galère corse, qui lui-même la tenait d'un corsaire dalmate mort. Elle était écrite en italien et proposait cent *taris* d'argent de rançon pour un garçon emmené en captivité des années plus tôt. Asha avait déjà vu des centaines de messages de ce type. Celui-là avait été plié, froissé, trempé de sueur et d'eau de mer. Il semblait venir de l'autre bout du monde. Et il était signé Maria Borg.

Il avait vu beaucoup de choses dans sa vie, mais peu l'avaient touché aussi profondément que ce papier. Emanait-il de sa main ? Il ne le pensait pas. Les femmes de Malte n'apprenaient pas à écrire. Mais malgré cela, c'était le cœur de sa sœur qui battait derrière les mots. Quand il les lisait, Asha l'homme mûr devait sécher les larmes qu'il versait pour la vie perdue de Nico l'enfant.

Maria avait-elle vécu tout ce temps à rechercher son jeune frère pour maintenant mourir de sa main ?

Depuis qu'il était devenu commandant, il n'avait jamais eu à se confronter à sa véritable identité. Si le sang de Malte coulait dans ses veines, son cœur battait au rythme du tambour du sultan. Mais cela n'avait pas vraiment eu d'importance. Peut-être qu'il n'aurait pas à affronter son passé, sachant qu'Allah avait choisi pour lui un sentier et que chaque pas sur celui-ci était prédéterminé.

S'il devait mourir là, *malish, mektoub*. Il était content.

Si, *inch' Allah*, il devait entrer dans les rues de Birgu au milieu des conquérants, il était content aussi.

Mais ce n'était pas simple. Que ressentirait-il quand il ordonnerait d'ouvrir le feu sur Birgu, conscient qu'il ne tuerait pas seulement des chevaliers mais aussi des Maltais ? Il se souvenait de ses compatriotes comme de gens ignorants, superstitieux et pauvres, mais leurs visages n'étaient pas ceux d'ennemis. Il s'agissait de ses ancêtres. Il ne pouvait sciemment ouvrir le feu sur eux. Et si l'un de ses tirs touchait un membre de sa famille ? Que ressentirait-il au combat si, trop tard, il se rendait compte que le cou qu'il allait trancher était celui de son père ? Que ressentirait-il si, après la chute de Malte, il tombait sur le cadavre de sa sœur, violée et assassinée par les troupes qui se payaient autant en chair fraîche qu'en pillages ? Ce n'était pas une hypothèse aberrante. Telles étaient les effroyables fortunes de la guerre, il ne le savait que trop bien, délivrées de manière égale par les musulmans et les chrétiens.

« Maria, Maria. Que Dieu te protège du mal. » Il pouvait encore parfaitement visualiser son visage. Bien sûr, il n'avait pas vieilli, pas d'une seule journée. Il était encore frais, sale, espiègle. Un visage de treize ans, aussi fidèlement conservé dans sa mémoire que les images de sa maison et de la côte où ils cherchaient un trésor. Il avait encore la pièce qu'elle lui avait donnée ce jour-là. Elle était aussi brillante aujourd'hui que le jour où elle avait été fondue. Simplement, le visage qui l'ornait s'était pratiquement effacé à force d'être frotté.

« Maria, Maria. Que Dieu te protège... de moi. »

Il savait qu'il était inutile de se torturer avec de telles pensées. Il valait mieux qu'il se réfugie dans le havre réconfortant de sa foi. Allah avait choisi son sentier et lui seul voyait son terme. Maintenant, il ne lui restait plus qu'à le parcourir.

Malte
9 avril

Bertrand Cuvier se redressa et essuya son front. Puis il avala une longue gorgée de vin coupé d'eau.

— Cet endroit, c'est rien d'autre que de la roche. Et l'on a l'impression que rien n'est à la bonne place. Dieu n'aurait-il pas pu simplement nous déposer une nuit de bons gros murs ici et là ? Planter un ravelin où l'on en a besoin, creuser une tranchée ?

Il s'essuya la bouche, puis, muscles saillants, se pencha et souleva une nouvelle pelletée de roc et de poussière, qu'il jeta dans la brouette.

De son côté, Christian était simplement content d'être de retour sur la terre ferme. Après trois caravanes, même le travail manuel devenait une activité plaisante. Il était toujours malade en mer, mais pires encore étaient les périodes d'ennui entre deux brefs et sanglants engagements navals, sous le commandement de Romegas. Incontestablement, c'était un génie à la tête de ses bateaux et de ses hommes. La prise la plus importante de leur dernier voyage, une magnifique caraque qui appartenait à des dignitaires influents de la Sublime Porte, était maintenant ancrée dans la crique de Birgu. Ils l'avaient rapatriée avec la totalité de sa cargaison, richesses et otages nobles compris.

Peut-être, pensait Christian, que le problème était que Romegas aimait trop son travail. Avec mille hommes comme lui, l'ordre dirigerait sûrement le monde. Ils avaient croisé une galiote commandée par un corsaire réputé, un renégat calabrais du nom de Concini. Il y avait eu un engagement sauvage au cours duquel tous les chevaliers — même Christian — avaient sauté sur le pont ennemi épée au clair. Cela avait été une belle bataille, âprement disputée.

Quand ce fut fini, le victorieux Romegas regarda les esclaves s'occuper de Concini. Blessé, celui-ci était tombé de la coursive au milieu des hommes encore enchaînés, qui avaient longtemps enduré sa tyrannie. Rapidement, ils lui réglèrent son compte. Sans autres armes que celles que lui avait données la nature, le premier arracha la peau du Calabrais avec ses dents en mordant profondément dans son épaule. Un autre en fit autant sur son mollet. Implorant la pitié en hurlant, le capitaine fut frappé, cogné, secoué, baladé sur les genoux, passé sur les épaules de ses anciens prisonniers, d'une rame à l'autre, d'un banc à l'autre, chacun prenant au passage un « morceau » de revanche. Quand il arriva au dernier banc de nage, il ne restait plus grand-chose de lui. Il avait cessé de crier vers le milieu de sa « promenade ». Romegas se tenait sur le pont juste au-dessus, soucieux de ne pas interférer dans la justice de la mer. Mais, comme l'avait observé Christian, l'expression de son visage montrait qu'il regrettait clairement de ne pas avoir été invité au « festin ».

Cette nuit-là, Romegas fut exubérant.

— Les desserts de guerre, plaisanta-t-il en repensant au sort du corsaire.

De tels incidents ne faisaient que rappeler à Christian qu'il ne serait jamais fait pour la mer. Le paradoxe le plus troublant, c'était qu'il avait accompagné Romegas au combat avec son épée, et qu'il avait ensuite passé les deux jours suivants à recoudre amis et ennemis, sans distinction.

Au cours de ses trois caravanes, Christian était revenu deux fois à terre. Il passait les hivers à Birgu quand le temps n'était pas propice à la course. Son travail à l'infirmerie lui prenait tout son temps. Il commandait les livres et opuscules publiés sur le continent traitant de médecine et de chirurgie, et les dévorait. Jusque tard dans la nuit, il travaillait et lisait à la lueur de la lampe à huile. Ressuscitant une pratique de sa jeunesse au château, il se mit à remplir des pages de carnets, dessinant des illustrations détaillées, rédigeant des notes sur les traitements qu'il avait essayés, gardant une trace de ce qui avait fonctionné et — plus souvent, hélas — de ce qui n'avait pas marché. Il disposait d'une inépuisable réserve de blessures à traiter. Le grand hospitalier lui permettait d'acquérir tous les instruments qu'il voulait. Globalement, c'était le meilleur endroit au monde où un chirurgien pouvait exercer son art. Cependant, malgré la charge de travail, il désirait autre chose encore.

Non, pas quelque chose, naturellement. Il la désirait, elle.

Les exigences de sa vie au sein de l'ordre comblaient lentement le gouffre béant qu'il avait senti au fond de lui pendant trois ans. Au cours de la première année, il n'avait jamais pu dormir plus d'une heure ou deux d'affilée. Maintenant, il parvenait à somnoler plus longtemps, mais avait toujours du mal à trouver le sommeil, sachant qu'à chaque fois qu'il fermerait les yeux, des visions de Maria le hanteraient. La douleur ne le quittait jamais. A force de volonté, de travail et de prières, il essayait de repousser cette souffrance. En trois ans, il avait ressenti une amélioration très marginale. Peut-être qu'au bout de dix années, il parviendrait à faire une nuit complète. Il ne pouvait contredire Bertrand, qui se plaignait qu'il soit devenu trop sérieux, qu'il ne riait plus aussi souvent et aussi librement qu'avant.

Chaque matin, il brûlait d'un désir pressant d'aller se promener du côté des grottes ou sur les remparts de la ville dans l'espoir de la voir. Mais il n'avait jamais fait le premier pas, car il savait qu'il lui serait quasiment impossible, ensuite, de revenir en arrière. Il s'interrogeait et s'inquiétait. A présent que Joseph Callus était mort, il n'avait personne à qui poser des questions sur elle.

Au cours du premier hiver, il avait vu Salvago. Le vicaire, passant dans une voiture et le reconnaissant, lui avait adressé un petit signe de tête poli. Christian était resté immobile en se demandant s'il n'allait pas achever le travail commencé par Jacobus. La question l'avait harcelé sans relâche pendant sa première caravane. Bien que la vengeance ne soit pas dans sa nature, il savait que, à la différence de l'oiseleur, il n'échouerait pas.

Quelques jours plus tard, il avait vu Eléna avec son petit garçon dans la rue. Il l'avait hélée.

— Frère de Vries, s'était-elle exclamée joyeusement.

— C'est Christian, avait-il répondu, avant de lancer un « Coucou ! » à Moïse.

Réfugié derrière les jupes de sa mère, l'enfant observait timidement le grand chevalier sans rien dire.

— Est-ce que tout va bien pour vous ? demanda le chirurgien.

Moïse avait sorti la tête, les yeux rivés sur une chaîne brillante portant une petite croix d'or qui pendait au cou de Christian.

— Oui, merci. (Ayant parfaitement compris quelle était la vraie question, elle enchaîna.) Maria aussi. Elle travaille toujours avec son père et vit avec nous.

Regardant le garçon, Christian avait défait la chaîne. Il se tourna vers Eléna pour lui demander la permission de la donner à Moïse.

— Ça ne vous gêne pas ?

— Pas du tout. Mais vraiment, vous n'avez pas besoin de la lui offrir.

— Ça me fait plaisir qu'il l'ait. Je pourrai m'en procurer une autre.

Il tendit le pendentif à l'enfant, qui le passa autour de son cou, avant de gratifier Christian d'un beau sourire et de disparaître dans les plis de la jupe.

— Que dis-tu, Moïse ? demanda Eléna.

Le petit remontra sa tête.

— Vous tuez des gens ?

— Moïse ! se fâcha sa mère.

Christian éclata de rire.

— Seulement quand j'essaie de les sauver.

Ils cheminèrent un moment ensemble. Moïse traînait derrière, jetant des cailloux dans les flaques d'eau et chassant les chats. Christian brûlait de questions à propos de Maria. Alors Eléna lui parla de Salvago. Elle lui dit que Maria n'avait pu sortir des cachots qu'au prix de la vie de Jacobus. Elle ne lui révéla pas que le vicaire avait doublé le tourment de la jeune femme en lui faisant croire que lui-même, Christian, était son prisonnier et qu'elle pouvait le libérer en trahissant l'oiseleur. Elle avait passé des mois en pensant que c'était vrai et elle en était presque devenue folle. Raconter cela au chevalier n'aurait fait que l'inciter davantage à la vengeance, la chose même qu'Eléna souhaitait éviter. Cependant, ce qu'elle lui dit suffit largement à assombrir son expression.

— Vous devez vous demander que faire, je pense ?
— Oui.
— Je l'émasculerais, lui lança la jeune juive sans se démonter. Mais je sais ce que dirait Maria.
— Quoi donc ?
— Ne rien faire. En fait, elle vous implorerait de ne pas bouger. Quand c'est arrivé, elle a essayé de s'en prendre à lui. Nous avons toutes les deux essayé. Ils sont venus et ils ont tout pris. Ce dont ils ne voulaient pas, ils l'ont brûlé. Fençu et Jacobus ont fini en prison, et moi suspendue dans un filet. Puis Jacobus est mort. Elle ne voudrait pas vous voir mourir pour ça. Si vous vous attaquez à Salvago, je pense que, d'une manière ou d'une autre, Maria en paiera le prix. Salvago et elle doivent vivre en paix, chacun de son côté, sur cette île. Si ce n'est pas son aspiration profonde, c'est en tout cas ce qu'ils doivent faire tous les deux, elle le sait. Ne tentez rien, frère de Vries. Laissez-le tranquille. Le prix de l'honneur est trop élevé.

— Je me pose cette question chaque jour, avoua Christian en la regardant avec de nouveaux yeux. Je suis heureux qu'elle vous ait pour amie. S'il vous plaît, dites-lui que je...

Sa voix se cassa.

— Quoi ?

— Peu importe. Il vaut mieux que vous ne lui disiez rien.

Eléna le regarda partir. Elle aurait voulu lui courir après et lui dire tout le reste. Mais elle avait vu ce qu'il y avait dans ses yeux et elle en fut incapable. Cela ne ferait que lui causer davantage de peine. Maria avait entendu le signal annonçant le retour des galères de l'ordre. Elle avait couru sans s'arrêter de M'Kor Hakhayyim jusqu'aux quais de Birgu pour arriver sur place quelques minutes avant les navires. Elle s'était cachée derrière un mur et l'avait regardé descendre la passerelle. Voyant qu'il était sain et sauf, elle était repartie. Elle savait qu'il devait respecter ses vœux et qu'elle ne pourrait plus jamais l'approcher sans le mettre en grand danger.

Elle en avait pleuré pendant une semaine.

Christian trimait près de Bertrand. Son dos était luisant de sueur sous le chaud soleil du printemps. Il jetait tout son poids dans le moindre coup de pioche. Eparpillés sur l'énorme chantier, d'autres chevaliers accomplissaient leur part de travail. Naturellement, les membres de l'ordre n'étaient pas seuls. Tous les esclaves et les prisonniers, les pages et les cuisiniers, les soldats des galères et les bouchers, et même les femmes et les enfants travaillaient sur les défenses.

Chaque jour, l'urgence des travaux et de leur achèvement se faisait un peu plus sentir. Le printemps marquait le recommencement de la saison de course, le moment où la flotte allait reprendre la mer. Arrivant de toute la Méditerranée — et en particulier de la Sublime Porte —, les rapports s'accumulaient : l'armada turque était prête.

Si ailleurs, certains s'inquiétaient de l'endroit où l'ennemi allait frapper — la Sardaigne, pensaient certains, ou La Goleta[1], une possession espagnole en Afrique du Nord — à Malte, il n'y avait aucun doute. Du grand maître jusqu'au bas de

---

1. La Goulette, le port de Tunis. (*N.d.T.*)

la hiérarchie, tout le monde était convaincu que la cible des Ottomans serait leur île.

La situation semblait désespérée. Il y avait tant à faire, tant de failles à corriger. Les murs furent renforcés et surélevés, des tours de guet furent ajoutées, des canons commandés sur le continent. Du côté terre, on creusa des fossés pour protéger l'accès de Birgu et Senglea. Les deux péninsules, se jetant comme des doigts dans le grand port, devaient constituer le cœur des ultimes défenses de l'île. Il n'y avait pas besoin d'avoir un œil exercé pour repérer leurs faiblesses. De tous côtés, elles étaient entourées d'éminences d'où l'artillerie adverse pourrait faire pleuvoir la mort et la destruction. Au nord, il y avait le Sciberras ; à l'ouest, les collines de Corradino ; au sud, celles de Sainte-Marguerite ; à l'est, celles de Salvador. Tous les architectes militaires qui avaient étudié la zone du port depuis l'arrivée des chevaliers à Malte avaient signalé cette vulnérabilité.

Cependant, pour des raisons de politique, de finances et de temps, l'ordre n'avait jamais construit sa citadelle et sa ville sur les hauteurs du Sciberras, la péninsule qui constituait le rivage opposé du grand port par rapport à Birgu et Senglea, et qui aurait été plus facile à défendre. Le seul ouvrage défensif de ce côté-là était Saint-Elme. Sur son côté sud, le fort gardait l'entrée du grand port, et, sur son flanc nord, celle du port de Marsamuscetto[1]. Mais même Saint-Elme était exposé, car il ne se trouvait pas en hauteur.

Personne n'avait besoin qu'on lui dise à quel point les défenses étaient faibles. Alors les habitants de Malte participaient aux travaux et faisaient de leur mieux pour les améliorer. Un mur fut élevé à la hâte le long du rivage ouest de la pointe de Senglea pour faire face aux collines de Corradino. Au moins, de cette manière, Senglea était entouré d'une enceinte. Les ravelins et les cavaliers de Saint-Michel et de Saint-Elme furent renforcés pendant que d'autres ouvrages

---

1. Marsamxett, en maltais, aujourd'hui. (*N.d.T.*)

étaient ajoutés. Seul le village de Bormla ne bénéficia d'aucune sorte d'amélioration. Il était né lorsque Birgu était devenu trop petit pour accueillir tout le monde. Quand les Turcs arriveraient, il serait abandonné.

Sur le plan humain, la situation était pire encore que celle des défenses. Répondant à l'appel du grand maître, des chevaliers arrivaient chaque semaine. Mais ils n'étaient même pas cinq cents sur l'île. Sinon, il y avait des troupes espagnoles et italiennes, quelques Grecs et Siciliens, les soldats et les esclaves des galères, les serviteurs, et peut-être trois mille miliciens maltais. Au mieux, huit mille hommes — dont plus de la moitié n'était pas ou faiblement entraînée — pouvaient défendre l'île, face à cinq fois plus de combattants aguerris. Un grand nombre de lettres partirent du bureau du grand maître à destination des monarques européens. Il leur réclamait une aide immédiate. En retour, il reçut de certains des déclarations ampoulées l'assurant de leur soutien moral, des promesses aussi ; quant à d'autres, ils ne se donnèrent même pas la peine de répondre. Seuls les Espagnols semblaient disposer à apporter un réel concours, mais aucun signe ne laissait penser que cette aide viendrait bientôt.

Bertrand entraînait la milice au tir. Des hommes qui n'avaient jamais tenu — parfois vu — une arquebuse de leur vie devaient rapidement apprendre à la charger, à l'amorcer et à tirer. Le bruit de leurs entraînements envahissait les sombres soirées. Chacun avait droit à trois essais, pas plus, parce que la poudre était comptée. Ensuite, il fallait regarder le baril, imaginer l'ennemi et faire semblant de tirer. C'était tragique, se plaignait le jeune homme.

— Seul un Italien parfaitement entraîné pourrait être aussi nul au tir que ces Maltais sans aucune pratique.

— Ne t'inquiète pas, lui dit Christian. Ils n'auront pas à viser. Les Turcs seront si près qu'ils viendront manger les balles directement à la gueule de leurs mousquets.

— Par Dieu, laissons-les venir alors, s'exclama Bertrand, appréciant l'image. Et qu'on leur donne un bon dîner.

Après ses journées de travail, Christian s'occupait des affaires de l'infirmerie. Il y avait encore des visites à faire, même si les patients les plus critiques avaient déjà été transférés en Sicile, pour économiser les réserves. Des lits supplémentaires avaient été apportés et la cour avait été dégagée dans la perspective d'un afflux massif de blessés. Fort de son expérience de Metz, le chirurgien commanda tout ce qui était nécessaire, y compris les médecines, les plantes et les baumes, les bandages et les attelles, les instruments chirurgicaux et les teintures. Il disposait de brasiers pour la cautérisation et de catgut pour les ligatures. Toutes les boîtes étaient stockées dans les chambres souterraines.

Une fois qu'il avait fini de s'occuper des détails et qu'il avait accompli son tour des dortoirs, quand les moindres fibres de son corps appelaient le sommeil, Christian se glissait dans son lit, tout en sachant qu'il ne dormirait pas avant des heures. Le matin, il retournait sur les remparts et creusait. La course contre le temps ne s'arrêtait jamais.

Alors qu'il remplissait un nouveau panier d'osier, un signal partit d'une tour côtière. Près de trente galères espagnoles avaient été aperçues au large. Des rumeurs se répandirent immédiatement : les navires apportaient sûrement le ravitaillement tant attendu. Enfin Philippe leur envoyait des secours.

Les hommes sautèrent de joie et plaisantèrent gaiement... Pas pour longtemps. Le vice-roi de Sicile venait rencontrer La Valette. Le message qu'il apportait — répété, ce soir-là, dans toutes les auberges de l'ordre — poussa Christian à faire ce que, depuis trois ans, il s'était promis d'éviter.

Il alla trouver Maria.

Moïse gambadait dans le tunnel. Il avait à présent cinq ans. Il était maigre, bronzé et aussi dur que les ronces au milieu desquelles il jouait, avec les cheveux roux et les yeux de sa mère, aux longs cils recourbés. Son rire contagieux résonnait souvent.

— De l'eau, maman ? proposa-t-il.

Eléna arrêta son travail et attrapa la gourde. Elle essuya la poussière de ses yeux et le prit sur ses genoux. Elle but une gorgée et passa l'outre à Maria. Derrière elle, dans la pénombre, Fençu ahanait en attaquant le calcaire.

Ils creusaient un nouveau tunnel. Depuis deux mois, ils y travaillaient quotidiennement. Maria y consacrait son moindre temps libre. Dès qu'elle avait fini sa journée avec son père, elle revenait aider à la grotte.

M'Kor Hakhayyim était un repaire formidable, doté de défenses naturelles contre les corsaires, que ses différents occupants n'avaient cessé d'améliorer au cours du temps. Il existait trois accès. Deux débouchaient dans une ravine sinueuse qui coupait le flanc de la colline surplombant la caverne ; le troisième, l'entrée principale, était situé au-dessus de la mer, en bas d'un sentier partant du caroubier. Fençu avait insisté pour en créer un quatrième, qui aboutirait beaucoup plus près de l'eau et serait dissimulé à la vue par une série de rochers. D'où que vienne l'ennemi, il y aurait toujours une issue pour s'échapper incognito.

Tous les signes visibles de la caverne avaient été cachés. Si l'ouverture principale était masquée par des formations rocheuses naturelles, un sentier bien identifiable y conduisait. Alors ils disposèrent des pierres un peu partout sur la sente, et ajoutèrent de la terre et des gravats pour effacer la trace du chemin. Les autres passages furent savamment dissimulés à l'aide de broussailles. Quelqu'un pouvait maintenant passer à quelques centimètres sans les voir. Dans chacun des boyaux, tout près de la sortie, ils avaient aménagé des caches d'armes avec des épées, des couteaux, des arbalètes et des mousquets que Fençu avait rassemblés progressivement.

Diverses défenses furent ajoutées. Un lourd filet avait été tendu au-dessus de l'entrée. Il supportait le poids de centaines de grosses pierres qui avaient été apportées les unes après les autres. Le système était retenu par de solides cordes fixées à des crochets en fer, profondément enfoncés dans la roche. Si l'on coupait ces liens, la nasse tombait et une avalanche venait obstruer le trou.

Bien sûr, la caverne elle-même offrait des milliers de cachettes naturelles. Des boyaux partaient de la grotte principale et donnaient sur des galeries plus petites. Certaines étaient reliées entre elles par des failles naturelles, d'autres par des couloirs creusés par l'homme ; d'autres encore ne débouchaient nulle part. Au cours des siècles, des marches, des prises et des appuis avaient été taillés à des endroits stratégiques, permettant aux familiers de l'endroit de se déplacer rapidement. Là où l'abri se rétrécissait dans le fond, de nombreux stalactites et stalagmites se rejoignaient, créant une forêt de colonnes calcaires. Au final, M'Kor Hakhayyim était une véritable forteresse.

Isolée comme elle l'était du grand port — sur lequel se concentreraient certainement les assauts les plus féroces de la tempête ottomane — elle échapperait probablement au massacre. Mais si les Turcs s'en approchaient quand même, Fençu estimait qu'ils étaient autant en sécurité là que n'importe où ailleurs sur l'île. Même Maria, devenue une sorte de spécialiste en matière de défense, jugeait, confiante, le dispositif bien conçu. Une fois le nouveau tunnel achevé, il n'y aurait pas d'endroit plus sûr à Malte.

Eléna rendit la gourde à son fils.

— Je sors, maman, dit-il.

— Ne t'éloigne pas.

Sa mise en garde constamment répétée le fit soupirer et il se précipita dehors. Un instant plus tard, il revint en courant.

— J'ai vu un homme qui vient par ici, chuchota-t-il. Il ne m'a pas remarqué.

Fençu poussa un juron, furieux que Cawl n'ait pas détecté l'approche d'un visiteur. Il attrapa l'arbalète qu'il gardait à portée de main pour de telles occasions.

— Restez ici, dit-il aux autres.

Rapidement, il repartit en arrière.

Le soleil filtrait par l'un des trous de la façade maritime. Le chef de M'Kor Hakhayyim abaissa son arme.

— Bonjour, frère de Vries, lança-t-il.

Il adressa un signe de tête à Cawl, qui avait vu l'intrus trop tard et qui, maintenant, retournait dans l'ombre.

— Bonjour, Fençu.

Maria sortit du tunnel et resta tétanisée. Instantanément, son visage était devenu aussi rouge que celui de Christian. Le charpentier regarda en direction d'Elli, qui s'occupait du dîner et qui se tourna vers lui. Il indiqua le fond de la grotte du menton.

— J'ai faim, dit-il.

Et il rejoignit son épouse près de la cuisine commune. Eléna et Moïse se glissèrent à leur tour hors du tunnel. La jeune juive salua Christian, tandis que Moïse souriait timidement en reconnaissant l'homme qui lui avait offert le pendentif qu'il portait encore.

— Viens, Moïse, lui dit sa mère. Je vais jouer dehors avec toi.

Seuls, Christian et Maria se regardèrent pendant un long moment.

— Tu as l'air bien, dit-il en rompant enfin l'affreux silence.
— Comme toi.

Elle posa la main sur la roche pour se retenir.

— Tu m'as manqué.

Elle hocha la tête, les yeux brillants. Puis elle s'approcha de la source et s'assit sur la margelle en essayant de retrouver ses mots.

— J'ai vu des navires espagnols au large aujourd'hui. Mon père dit que l'aide va arriver.

Il s'installa près d'elle.

— Hélas, non ! Le vice-roi promet d'envoyer des secours avant la fin du mois de mai. Mais principalement, il est venu dire qu'il ne pouvait pas laisser d'hommes.

— Et il a eu besoin de tant de navires pour dire ça ?

L'ironie de la remarque fit sourire Christian.

— Apparemment. Et pour conseiller au grand maître de construire un ravelin à Saint-Elme. Mais c'est à cause de ces vaisseaux, précisément, que je suis là. Ils repartent demain pour la Sicile. Ils seront chargés de civils pour les éloigner du danger. Il y a une place pour toi, Maria. Pour tous les habitants de cette caverne.

— Les bateaux sont pour ceux qui sont trop vieux ou trop malades pour aider. Ce n'est pas mon cas. Je ne partirai pas. C'est ma terre, ici.

— La flotte turque est déjà en route. Nos espions disent qu'elle est très importante.

— Personne ne sait avec certitude si elle vient à Malte.

— Si. Les Turcs viennent ici. Et quand ils seront là, l'île sera un endroit effrayant. Je ne pourrai pas... (Il s'étrangla.) Je ne supporterai pas que quelque chose t'arrive.

— Fençu et Elli sont ici, et Eléna, et Moïse, et Cawl, et les autres. Ils ne fuiront pas. Moi non plus. Tu me connais suffisamment pour ne même pas avoir besoin de poser la question.

— Tu ne comptes quand même pas rester dans cette grotte. Les Turcs ne sont pas tendres avec les *conversos*. Ils pourront penser que tu en es une.

Elle lui jeta un regard cinglant.

— Les Turcs ! Qui traite les juifs pis que les chrétiens ?

— Je voulais juste dire...

— Je sais. Mais je n'ai encore rien décidé. Je peux être utile à Birgu, je pense. Mais les autres resteront ici et ils y seront probablement plus en sécurité qu'ailleurs. Ils ont assez de grain pour six mois et la caverne possède sa propre source. Fençu dit que cet endroit est plus résistant que les forts. Et il pense que les canons turcs se concentreront d'abord sur... (Elle blêmit en y pensant.) Sur les chevaliers. Mais il ne croit même pas que ça ira jusque-là. Il se souvient du dernier passage des Turcs : quand ils ont vu les défenses, ils sont partis à Gozo. Et l'île est encore plus forte aujourd'hui. Alors il estime qu'une nouvelle fois ils s'en iront ailleurs.

— Non. Ils viennent pour gagner. Ils resteront jusqu'à ce qu'ils soient tous morts... ou nous. Il y aura des Turcs partout,

Maria. S'ils trouvent quelqu'un ici... Je n'ai pas besoin de te dire ce qui se passera.

— Et qu'arrivera-t-il à ceux qu'ils trouveront dans Birgu ? Est-ce que leur sort sera meilleur ?

— Non. La seule chose raisonnable, c'est que tu partes pour la Sicile, où ils ne t'atteindront pas. (Ses yeux trahissaient sa souffrance.) Oh, Maria. Tu m'as déjà été enlevée une fois. Je ne supporte pas de te perdre à nouveau.

— Je ne t'ai pas été enlevée. Tu as choisi une autre vie. (Elle se reprit immédiatement :) Je suis désolée. Je ne voulais pas dire ça comme ça.

— Je sais que tu dois être très en colère contre moi.

Elle le regarda droit dans les yeux et secoua la tête.

— Comment le pourrais-je après ce que tu as enduré à cause de moi ? Je suis en colère contre Dieu, qui t'a enlevé à moi, oui. Je suis en colère contre l'ordre et je méprise le grand maître pour sa cruauté. Et je suis encore plus en colère contre moi-même, qui ne peux m'empêcher de haïr le fait que tu aies prêté serment. Mais en trois ans, Christian, je n'ai pas été une seconde en colère contre toi. J'aurais dû venir te le dire en hiver quand tu étais à terre entre deux saisons en mer. Mais cela aurait été trop dangereux pour toi et trop douloureux pour moi. Et te revoir maintenant ne fait que rouvrir davantage le gouffre effroyable que je ressens là. (Elle avait posé sa main sur son ventre.) Je voudrais qu'il s'en aille, et en même temps je ne veux pas.

Il tendit la main pour lui toucher la joue, mais elle s'écarta.

— S'il te plaît, non, murmura-t-elle. Je pense que je ne le supporterais pas.

Les larmes montaient et elle luttait pour les réprimer en tremblant.

Il baissa la main.

— Je suis désolé. (Ses propres yeux étaient humides.) Je suppose... que je ferais mieux d'y aller, alors.

Elle hocha la tête.

— Oui, s'il te plaît.

— S'il y a quelque chose dont tu as besoin, n'importe quoi, tout ce que je peux faire.

La jeune femme agita encore la tête.

— Dieu soit avec toi, Maria.

— Et avec toi.

Le lendemain, une charrette de ravitaillement arriva à la grotte, conduite par Bartholomée. Il y avait de l'huile, du beurre, du miel et des céréales. Lorsque Fençu souleva le couvercle, en dessous de la nourriture, il découvrit quelque chose d'encore plus précieux : une petite cache d'armes. Il y avait trois nouvelles arquebuses, une quantité de poudre et de balles de plomb, une bobine de mèche lente et vingt bombes incendiaires en terre, avec leur amorce.

— Dites au frère de Vries que nous lui sommes très reconnaissants, confia Fençu au page quand le déchargement fut terminé.

— Le chevalier m'a dit de vous dire qu'il ne savait rien de tout ça, répondit très sérieusement Bartholomée.

Sur le quai de Birgu, Angela et Antonio Buqa se trouvaient au milieu d'autres familles nobles qui rejoignaient le navire amiral du vice-roi, n'ayant aucunement l'intention de participer à un combat qui, selon elles, était celui de l'ordre. Les domestiques d'Angela portaient les caisses contenant tous les biens des Buqa dans la cale, car leur maîtresse espérait que les Turcs l'empêcheraient de revenir jamais dans l'enfer de Malte ; son complet déménagement était la manifestation de ce secret espoir. En fin de matinée, une fois ses vaisseaux pleins de gens âgés, d'infirmes et de nobles qui n'étaient ni l'un ni l'autre, la flotte du vice-roi quitta l'île.

L'architecte de l'ordre vint inspecter les murs où travaillait l'équipe de Luca. Sachant que Maria vivait hors de l'enceinte de Birgu, il lui demanda si elle comptait rester dans la ville à l'arrivée des Turcs.

— Il y aura des milliers de civils dans Birgu et Senglea, expliqua-t-il. Le grand maître aura besoin de personnes capables d'aider à organiser les choses. (« Même des femmes », déchiffra-t-elle dans son regard.) Il vous a spécifiquement mentionnée, *signorina* Borg.

Maria se demanda si Christian était derrière cela aussi, bien que cela n'eût pas beaucoup d'importance. De toute façon, elle avait déjà fait son choix. Il n'était pas dans sa nature de se terrer dans une caverne. A Birgu, elle pouvait être utile. Elle vivrait chez son père.

Presque quotidiennement, des rumeurs envahissaient Birgu à la vitesse d'un feu de forêt : on aurait aperçu au large la flotte turque. Chaque fois, le sentiment d'urgence ne faisait que croître et les préparatifs se poursuivaient à rythme accéléré. Un dédale d'entrepôts fut taillé dans la roche sous Birgu et Senglea, et une chaîne humaine s'occupa d'y apporter les provisions en vue d'un long siège : quarante mille tonneaux d'eau fraîche et de vin, dix mille boisseaux de blé et d'orge, d'énormes quantités de fromage, de thon séché, de viande salée, d'huile d'olive et de beurre. Dans les magasins sous les forts, des équipes luttant contre l'horloge fabriquaient de la poudre à canon.

En dépit de tous les efforts pour remplir les réserves, certaines denrées ou produits manquaient encore de manière critique. Tous les navires passant à portée des bateaux de l'ordre étaient approchés et leur capitaine cordialement invité à vendre ce qu'il transportait.

Trois galères de l'ordre furent mises à l'abri dans les douves entre le fort Saint-Ange et Birgu. Deux autres stationnèrent à quai, tandis que le reste de la flotte était envoyé à Messine. Une chaîne massive de deux cents mètres fut tendue entre la pointe de Senglea et la langue de rochers sous Saint-Ange, scellant ainsi l'entrée de la crique de Birgu. Soutenue, quand elle était en position, par des pontons et des bateaux, elle était fixée, à une extrémité, à l'ancre du navire amiral, et à l'autre à un cabestan géant, qui permettait de l'abaisser pour laisser passer les bâtiments.

A la mi-mai, plus rien ne put être acheminé de l'extérieur, car les rumeurs n'en étaient plus.

La flotte turque venait d'être aperçue au large de la Sicile.

Chapitre 36

18 mai 1565

Fençu entendit le grondement du canon de Saint-Ange.
Trois coups.

Il se précipita à l'entrée de la grotte et se glissa dehors. Un instant plus tard, il se tenait au sommet de la colline, près du caroubier, d'où un vaste panorama s'offrait à lui. Bien qu'il se fût attendu à cette vue depuis des mois, la réalité le stupéfia.

— Qu'Elohim nous préserve.

Sa voix n'était qu'un murmure.

Elli arriva d'en bas. Encore haletante, elle prit la main de son mari. Peu après, Eléna et Moïse les rejoignirent. Puis Cawl, Villano et Cataldo, et leurs familles. Ils restèrent là, en silence, essayant de digérer l'énormité de ce qu'ils voyaient. Même Moïse s'arrêta de jouer et se cala sur la hanche de sa mère pour regarder l'océan.

Le soleil se levait à peine, repoussant les brumes de la nuit pour révéler une mer ottomane. L'horizon n'était plus qu'une forêt de mâts et de voiles au-dessus d'un champ de navires de toute sorte. Encore loin au large, la flotte progressait en forme de pointe de flèche. Elle avançait irrésistiblement vers Malte. En tête venaient les galères, avec leurs rames plongeant régulièrement dans l'eau et leurs voiles latines en forme d'aile d'oie gonflées. Derrière elles, arrivaient les plus grosses galiotes. Puis les navires marchands pansus, de deux milles tonneaux ou plus, fermaient le convoi. De la poupe à la proue, leurs ponts étaient envahis par une marée de piques et de hallebardes, de turbans, de heaumes et de lames, de vives couleurs et d'éclairs de lumière. Au sommet des mâts, on voyait des drapeaux, des bannières et des oriflammes qui indiquaient l'identité des pachas, des *aghas* et de leurs fiers régiments. Les ponts croulaient sous le poids des canons, des réserves et des hommes.

Fençu invita ses amis à rejoindre l'intérieur de la caverne. Il leur rappela que le jour était le huitième du mois de Sivan, de l'an 5325 du calendrier hébreu. Sa voix se répercuta sur les parois rocheuses quand il entonna la prière :

— Entends, O Israël, le Seigneur ton Dieu, le Seigneur qui est Un. En ce temps de Shavu'ot, où la Torah fut donnée sur le mont Sinaï, le moment où les premiers fruits étaient apportés au Temple, rappelons-nous que la mort n'est pas une tragédie, mais un commencement. Ici, dans ton Temple de M'Kor Hakhayyim qui est la source de vie, O Dieu, permets que Tes ennemis qui l'envahiront connaissent la puissance de Ton glaive...

Quand la prière fut terminée, ils burent le lait de chèvre sucré au miel. Eléna et Cawl coururent dehors pour rassembler les poulets et les trois dernières chèvres, et les ramener dans la grotte. Maria avait conduit le reste du troupeau à Birgu. Les différents feux furent éteints par crainte que leur fumée puisse être aperçue. Fençu trancha la gorge de l'une des chèvres et commença à la dépecer. Les deux autres suivraient tôt ou tard, lorsque les Turcs seraient assez près pour entendre leurs bêlements.

Les résidents de M'Kor Hakhayyim prirent leurs postes pour observer et attendre.

A Birgu, c'était le dix-huitième jour du mois de mai de l'an de grâce 1565. Dans la chapelle conventuelle de Saint-Laurent, le grand maître s'adressa solennellement à ses chevaliers. Derrière lui, reposant dans son coffret d'argent incrusté de gemmes et reposant sur un tapis de velours, se trouvait la relique la plus sacrée de l'ordre : la main coupée de Jean le Baptiste, leur patron.

— Une meute de barbares se précipite sur notre île. Nous nous apprêtons à disputer une grande bataille entre la croix et le croissant, lança La Valette de sa voix de fer. Nous sommes les soldats du Christ, ceux qu'Il a choisis. Sur nos efforts repose l'espoir de toute la chrétienté. Si le Ciel requiert le sacrifice de nos vies, il n'y aura pas de plus belle occasion que celle-là.

Ses chevaliers partagèrent le corps et le sang du Christ, ramassèrent leurs armures et leurs armes et sortirent de l'église en se hâtant de rejoindre les postes qui leur avaient été affectés.

A bord de la galère *Alisa*, c'était le sabbat, le dix-septième jour du mois de Shawwal, de l'an 972 de l'hégire du Prophète. Sous la bannière verte de Mahomet ornée du croissant rouge des Ottomans, Asha Raïs venait d'achever ses ablutions et s'agenouillait sur son tapis. Face au soleil levant, il posa son front sur la natte. Il écoutait la prière fervente des *mokkadem* sur le navire amiral. Leurs voix flottaient sur l'onde comme les brumes matinales et se propageaient à toute la flotte : « Et les incroyants seront rassemblés en enfer, pour qu'Allah sépare les mauvais des bons. Les mauvais, Il les mettra en pièces, les entassera tous ensemble, confondus, et les confinera en enfer. Voilà, en vérité, ce qu'il advient de ceux qui se sont perdus. Et Allah dit : "Je jetterai la peur dans le cœur des incroyants, puis je trancherai leur cou et leurs doigts..." »

Dans l'église paroissiale Sainte-Agathe, à Birgu, l'évêque Domenico Cubelles célébrait la messe, assisté par son vicaire, Giulio Salvago. Il demandait à l'ange de la mort de frapper les ennemis du Seigneur.

— Au nom du Père, et du Fils et du Saint-Esprit. Amen. O Père aimant et mystérieux, préserve Tes soldats qui combattent dans les ténèbres au nom du Christ. Nous nous souvenons des paroles du Christ, qui disait : « Tout pouvoir m'est donné sur la Terre comme au Ciel. Allez, donc, et enseignez les nations, baptisez-les au nom du Père, du Fils et de l'Esprit-Saint... »

Les femmes se signèrent, agrippèrent leurs enfants et pleurèrent.

Les hommes se signèrent pareillement, attrapèrent leurs armes et partirent prendre leurs postes.

De l'autre côté de la place, une cloche sonna dans la tour de l'horloge. Du quai sous le fort Saint-Ange, une galère rapide mit les voiles pour la Sicile en emportant le message urgent du grand maître à l'intention de toute l'Europe.

La bataille de Malte avait commencé.

Birgu, l'ancien petit village de pêcheurs, occupait une bande de terre triangulaire s'avançant dans le grand port. A la pointe, côté mer — qui ne faisait que cent pas de large —, un profond fossé rempli d'eau de mer et enjambé par un pont-levis le séparait du promontoire sur lequel se dressait Saint-Ange. A la base, côté terre, il était protégé par un mur imposant doté de bastions et longé par un fossé sec. Cette partie avait une longueur de six cents mètres et de là au sommet, on pouvait en compter encore six cents. Un flanc de la péninsule donnait sur la crique de Kalkara et sur les collines désertes du mont Salvador au-delà. L'autre faisait face à la crique de Birgu, de l'autre côté de laquelle se dressait la presqu'île de Senglea. Au bout de cette dernière, vers la terre, s'élevait le fort Saint-Michel. Sinon, on ne voyait que quelques moulins à vent, des maisons et les écuries du grand maître. Chacune des huit Langues de l'ordre de Saint-Jean était responsable de l'un des bastions ou d'autres positions défensives.

Ce matin-là, le chaos s'était emparé de Birgu et Senglea. En quête d'un abri, les réfugiés accouraient de la campagne environnante dans le tumulte et la poussière. Poussant leurs animaux et portant sur leur dos le peu qu'ils avaient pu emporter, ils franchissaient la porte principale près du poste d'Aragon. Leurs chariots gémissaient sous le poids des lourdes charges de grains et de légumes. Les hommes hurlaient, les ânes braillaient, les chevaux hennissaient... Le vacarme était encore accru par le bruit qui montait des arsenaux et des réserves d'armes, où des équipes continuaient de marteler maillons de chaînes et casques. Les forges incandescentes sortaient de nouvelles armes et des réserves supplémentaires de balles.

Maria installa six familles, douze moutons, onze chèvres et une batterie de poulets chez son père. Les enfants écarquillaient les yeux en la regardant depuis la soupente où elle avait dormi étant enfant. Les plus âgés jouaient à chat perché, riant et sautant des échelles, pendant que les mères balayaient les plumes de poulet qui volaient depuis les perchoirs de fortune. Son lit étant rempli d'étrangers, Luca quitta la maison pour aller travailler en grommelant qu'il ferait aussi bien de dormir dans les douves avec le bétail. Quand la maison ne put plus accueillir une seule âme supplémentaire, Maria alla s'occuper d'en remplir d'autres. Elle aida des maris à retrouver leur épouse et des enfants leur mère. Quand Birgu, enfin, ne fut plus en mesure d'accepter un seul résident, le grand maître ordonna la fermeture des portes. Les nouveaux arrivants furent dirigés vers le fort Saint-Michel ou Mdina.

Dans l'après-midi, Maria aida à la démolition des logis de Bormla, le nouveau village juste à la sortie de Birgu. Les équipes de son père avaient construit bon nombre d'entre eux. Ils avaient été bâtis à la hâte pour abriter les ouvriers qui venaient aider l'ordre. Mais maintenant, ils représentaient un danger parce qu'ils pouvaient aussi bien devenir des refuges pour les Turcs. Les poutres des toits furent enlevées et les moindres éléments de charpente récupérés. Les ânes tiraient sur les cordes. Les murs s'effondraient dans de grands nuages de poussière. Pierres et gravats étaient rapportés dans des paniers d'osier jusqu'à Birgu par des légions de femmes et d'enfants, d'esclaves et de soldats, de chevaux et de mules. Puis, à l'abri des murs, ils étaient répartis à des endroits stratégiques pour servir aux futures réparations.

Dès qu'ils aperçurent la flotte ottomane, les chevaliers se précipitèrent au Marsa, la petite plaine au fond du grand port où se trouvaient les principaux puits et sources de l'île. Ils les empoisonnèrent avec un puissant mélange d'arsenic, de chanvre, de lin et de fumier. Ils firent la même chose avec tous les points d'eau situés hors des zones défendues. Les champs, récoltés précocement pour priver les Turcs de céréales ou de légumes, furent dévastés.

Malgré les ordres du grand maître, certains refusèrent de venir se réfugier dans les secteurs protégés. Comme à M'Kor Hakhayyim, il y avait des paysans dans la campagne et dans les grottes de la côte qui pensaient que la tempête ottomane passerait vite. Les quelques familles nobles de Mdina qui n'avaient pas fui en Sicile ne pouvaient que prier pour que leur ville, pauvrement défendue, ne soit pas une cible de l'envahisseur. Elles fermèrent les portes de la cité et s'enfermèrent dans leurs grandes demeures, déterminées à laisser les chevaliers récolter seuls la moisson de mort qu'ils avaient semée avec leur arrogance sans limites.

Suivie de loin, sur terre, par un détachement de cavalerie et, sur mer, par quatre galères de l'ordre, la flotte ennemie fit voile sans opposition vers le sud de l'île, puis elle remonta la côte ouest, où elle s'ancra pour la nuit. Le lendemain matin, elle revint vers Marsasirocco[1], la grande baie à l'extrémité sud de Malte. De là, plusieurs kilomètres séparaient les Turcs du Marsa, où ils voulaient installer leur camp principal. L'artillerie et l'approvisionnement allaient devoir être transportés. Les troupes se mirent immédiatement à débarquer des bateaux.

Côte à côte, Fençu et Cawl se cachaient dans la ravine près de la grotte, qui se trouvait à moins de cinq cents mètres du site du débarquement. Ils tenaient une arbalète et osaient à peine respirer. Ils regardaient les bateaux dégorger les hommes et le matériel sur une immense étendue. Des montagnes de sacs, de boîtes, de gourdes attendaient d'être chargées sur les

---

1. Marsaxlokk, en maltais, aujourd'hui, littéralement, la « baie du sirocco », et sa baie éponyme. (*N.d.T.*)

animaux et les chariots qui les emporteraient jusqu'au camp. Les fouets claquaient et les esclaves grognaient comme les bêtes de somme : hommes et animaux, unis dans un même effort, commençaient à tirer les pièces d'artillerie géantes sur la berge. Sous leur ventre, les deux compères sentaient la vibration du sol, et ils entendaient les grincements effrayants des roues de bois et de fer de la grande machine de guerre qui se mettait en route vers l'intérieur des terres.

— Ce sont lesquels les janissaires ? murmura nerveusement Cawl en observant les troupes se rassemblant par régiments. On dit que ce sont les pires.

— Je ne sais pas, avoua Fençu. Tous ces bâtards impies se ressemblent pour moi.

La zone était prise dans un tourbillon de couleurs : tuniques vives et pantalons de satin, robes flottantes et éblouissants uniformes brodés ; turbans et bonnets de toutes les formes et teintes — hauts cônes bruns et fez rouges, épaisses coiffes blanches en forme de pain ou d'oignon, globes dorés, et bandes de coton et de soie jaune étroitement enroulées, tous agrémentés d'une profusion de plumes et de glands d'or ; et, pour couronner le tout, défilé des étendards de combat.

Peu de chevaux accompagnaient les troupes, mais ils étaient aussi magnifiques et fiers qu'elles. Ils caracolaient sur les passerelles reliant les navires au rivage et, après leur long confinement en mer, étaient aussi impatients que les hommes de monter au combat.

— Regarde cette selle, s'exclama Fençu le souffle presque court en apercevant la monture d'un *agha*. Il y a assez de joyaux dessus pour faire vivre un homme pendant dix ans.

— *Hàqq it-torok !* chuchota Cawl d'une voix pressante en tendant le doigt. Ils viennent par ici.

Depuis le début du débarquement, de nombreuses patrouilles montées ou à pied s'étaient dispersées le long de la côte sud. Et voilà que vingt hommes partaient à l'assaut de l'escarpement en haut duquel ils se terraient. Les Turcs portaient des sacs, des épées, des arcs et des fusils. L'homme de tête, grand et léonin, était coiffé d'un casque en forme de coupole de mosquée. Un collier de dents de sanglier pendait à son cou. Il portait une veste de soie verte sur une légère cuirasse. A sa ceinture brillait une hache de bataille, tandis que ses mains reposaient sur un long cimeterre négligemment posé en travers de ses épaules. Une pointe de bronze était enfoncée dans la peau de sa paupière, juste au-dessus de ses grands yeux sombres. Son regard balayait scrupuleusement le flanc de la colline broussailleuse. Il semblait regarder droit dans leur direction.

Fençu et Cawl se hâtèrent de filer à quatre pattes. Rapidement, ils se glissèrent dans l'étroite ouverture de la grotte, et remirent en place les rochers et les buissons dissimulant l'entrée. A l'extrémité du boyau, les autres attendaient anxieusement. Cawl leur fit signe de ne pas faire de bruit et d'éteindre toutes les lampes. Ils tâtonnaient dans l'obscurité, transpirant, écoutant, leurs enfants dans les bras. Bientôt, ils perçurent le bruit étouffé de rires et de conversations en turc. Il devint de plus en plus net jusqu'à permettre de distinguer les mots, même s'ils n'en comprenaient pas le sens.

La patrouille s'arrêta littéralement au sommet de la caverne, sous le caroubier. Son *agha* scrutait le paysage environnant. La position offrait un point de vue d'ensemble sur tout mouvement de troupe approchant susceptible de menacer la flotte en train de débarquer. Sur le flanc opposé du havre improvisé, divers groupes occupaient des positions semblables. Sur une éminence à peine visible au loin, on était en train d'établir un grand camp provisoire pour les réserves et les munitions.

— C'est parfait, dit Nasrid à ses janissaires. Nous allons camper ici.

Vingt pieds en dessous de ses bottes, Moïse s'agitait sans relâche sur les genoux d'Eléna. Son pied heurta des pierres de la margelle où ils étaient assis. Les cailloux se détachèrent et tombèrent sur le sol de la grotte en faisant autant de bruit, leur sembla-t-il avec terreur, qu'une chute d'eau grondante. Les yeux fixés sur l'ouverture noire du tunnel au-dessus d'eux,

Eléna enveloppa immédiatement son fils dans ses bras et lui enfonça la tête dans sa poitrine. Les discussions en turc ne s'étaient pas interrompues.

A six mètres de là, dans la grotte, le sang coulait encore du cou des deux dernières chèvres. Par crainte du bruit qu'elles pouvaient faire, Elli les avaient tuées en même temps que les poulets. Leur viande pourrait être salée, mais il n'y aurait plus d'œufs ni de lait jusqu'à la fin du siège.

L'*Alisa* gagna sa position au large du grand port où, avec d'autres galères, elle allait établir un blocus. En longeant la côte, son capitaine, qui se tenait à la poupe, avait été assailli par un flot de souvenirs. Asha reconnaissait les paysages caractéristiques, les falaises où il avait joué, les grottes qu'il avait explorées. Il retrouva l'entrée de l'anse dans laquelle il avait été enlevé des années auparavant. Il nota avec satisfaction que l'endroit était resté gravé dans sa mémoire dans les moindres détails.

Au large de la pointe des Gibets, il donna un signal et le tambour du maître de nage se tut. Toutes les rames furent ramenées. Debout à l'arrière de son vaisseau, il observa l'embouchure du grand port, le fier fort Saint-Ange et ce qu'il pouvait voir de Birgu. A part quelques nouveaux ouvrages défensifs, peu de chose avait changé.

Il ne sentit pas cette soif du combat qui le prenait souvent avant un affrontement. Au contraire, il fut envahi par la tristesse du spectacle qu'il avait devant les yeux et par une envie pressante d'enlever son turban, de sauter dans une barque et de ramer jusqu'au quai de Birgu. Alors il remonterait les rues, saluerait ses compatriotes, et leur dirait de déposer les armes et d'embrasser la religion et le monde de Soliman — bien meilleur, pour eux, que celui des arrogants chevaliers de Saint-Jean.

Sa rêverie fut interrompue par le grondement de l'un des canons de Saint-Elme. Le tir, trop court, tomba bien en avant de sa proue en soulevant une gerbe d'eau. Le peuple de Malte voulait défendre ce qu'il avait.

La Valette inspecta les défenses près du bastion de Castille, l'une des avancées défensives principales, près de la crique de Kalkara. Il n'était pas content. Aussi ordonna-t-il la démolition des maisons se trouvant immédiatement à l'intérieur de l'enceinte tout le long du rivage, jusqu'à l'infirmerie. Puis il demanda qu'on construise à la place une nouvelle portion de mur intérieur, au cas où celui à l'extérieur tomberait. C'était une grosse quantité de travaux à effectuer dans des quartiers où les bâtisses étaient serrées les unes contre les autres. L'architecte de l'ordre hurla ses instructions depuis son poste sur la place de la ville, où le grand maître avait installé son quartier général.

Les équipes de Luca se virent assigner une partie de l'ouvrage. Maria aida son père à organiser les brigades de miliciens, de femmes et d'enfants qui devaient prendre leur part de travail. Pendant que l'un supervisait les ouvriers non expérimentés, l'autre s'assurait qu'un flux constant de pierres et de terre alimentait les maçons.

Maria entendit un son étrange et tendit l'oreille. Les pelles s'arrêtèrent de creuser. Les pioches restèrent en suspension, tandis que les ouvriers s'incitaient les uns les autres à se taire. Tout le monde s'était interrompu dans sa tâche pour comprendre la nature et l'origine du bruit montant de l'extérieur.

— Des cornemuses, dit un esclave.

Puis on entendit des clarinettes, des trompettes et des tambours. Ensuite s'élevèrent des voix d'hommes. Mille, puis dix mille, chantant à l'unisson. Des voix profondes, confiantes et sonores, scandant d'effrayants airs guerriers qui secouaient les murs de Birgu et se répandaient comme la peste.

Les paumes de Maria se glacèrent. Depuis que la flotte était apparue, il n'y avait eu que des manifestations éparses : un coup de mousquet ici, de canon là, mais pour l'essentiel il y avait surtout eu un silence inquiétant, lugubre, qui pouvait laisser penser qu'après tout, les Turcs n'avaient peut-être été qu'une illusion. Seulement maintenant, ils étaient là par milliers sur les hauteurs autour du monastère Sainte-Marguerite, tapissant les collines devant Birgu et raillant ses défenseurs. Elle aurait voulu monter voir par elle-même, mais les murs qu'elle avait contribué à construire et où elle s'était tenue si souvent étaient couverts de chevaliers et de soldats. Finalement, elle était contente de les laisser les occuper.

Pendant ce temps, des femmes tombaient sur le sol et pleuraient de terreur. Des chiens aboyaient et hurlaient.

Le grand maître donna l'ordre de déployer les bannières et les étendards. A l'intérieur de l'enceinte, les tambours commencèrent à répondre à la tonitruante musique des Turcs. Epaule contre épaule, des troupes impatientes d'en découdre se massaient aux abords de la porte principale. A un signal, elle s'ouvrit. Un détachement de cavalerie et d'arquebusiers se précipita pour lancer une attaque furieuse. Les hommes hurlaient à pleins poumons. En les voyant passer devant elle, le visage enfiévré, prêts à se battre, Maria se pressa contre le mur. Elle chercha Christian des yeux. Il devait être à l'infirmerie, supposa-t-elle sans avoir aucun moyen de le vérifier. Elle ferma les yeux et lui souhaita de rester en vie.

L'affrontement dura plusieurs heures, mais elle n'eut pas la possibilité d'en voir quoi que ce soit. Elle touchait rarement aux outils. Généralement, son temps était consacré à l'organisation du travail des autres. Mais alors que le combat faisait rage, elle ramassa une pelle et travailla comme une forcenée jusqu'à ce que ses mains soient pleines d'ampoules. En réalité, elle se souciait davantage, ainsi, de s'abstraire de ce qui se passait de l'autre côté des murs, que d'être efficace. Le vacarme était terrifiant. On entendait des salves de mousquets et d'artillerie. Maria ignorait qui faisait quoi. Etait-ce un canon turc qui tirait ? S'agissait-il d'un paysan maltais qui hurlait ou d'un chevalier espagnol ? Entendait-on mourir un défenseur ou un ennemi ? Et la musique ne s'interrompait jamais, effroyable.

Maria perçut même des fragments de prières, puis de nouveau des coups de feu, de canon et des cris perçants.

Elle aidait à déplacer un bloc rocheux quand une grande explosion secoua le sol sous ses pieds. Des morceaux de fer et de pierre se mirent à pleuvoir autour d'elle, projetés par-dessus le mur par la puissance du choc. Elle accéléra la cadence, distribuant des ordres aux femmes pour les occuper et les empêcher de pleurer — et elle aussi par la même occasion. Son père se trouvait non loin de là. Son visage cireux était trempé de sueur. A chaque nouveau bruit, elle levait les yeux. Elle aurait voulu courir vers lui et enfouir la tête dans sa poitrine massive. Mais au lieu de cela, elle se remettait immédiatement au travail.

Dans l'après-midi, désireux de ne pas risquer plus de troupes face à un ennemi très supérieur en nombre, le grand maître ordonna la retraite. Sur un coup de trompette, ils commencèrent à refluer en bon ordre, le sang chaud et plein d'entrain. Il y avait un certain nombre de blessés. Certains étaient tirés par leurs camarades, d'autres arrivaient à se traîner. Quant aux premiers morts, ils furent ramenés solennellement. Maria vit le visage de l'un d'eux, jeune et paisible, presque serein. Ses yeux étaient fermés sous un trou béant dans le front. Elle n'avait aucune expérience de ces choses et ses mains se mirent à trembler. Alors elle se retourna et s'appuya sur sa pelle en la serrant de toutes ses forces pour détendre ses nerfs. Elle était décidée à ne montrer sa peur à personne. Et elle était aussi déterminée à faire en sorte que les murs à construire soient forts, droits, parfaits... et deux fois plus épais qu'il n'avait été ordonné.

A l'approche du crépuscule, il y eut une nouvelle agitation. Une douzaine de têtes turques apparurent au bout de piques, brandies triomphalement par des soldats hurlants. Ils plantèrent les pieux dans la maçonnerie. Certains trophées portaient encore leur turban, d'autres leur casque, qui avait des reflets d'or et d'argent dans le soleil couchant. Depuis leurs camps sur les hauteurs, les Turcs pouvaient les voir. Une bannière capturée fut déployée sous eux pour la ridiculiser. Cette vue réjouit les hommes massés sur les remparts du fort Saint-Michel.

Maria se précipita vers la tranchée pour vomir.

Cette nuit-là, les défenseurs de Birgu apprirent que deux chevaliers — dont un qui avait servi comme page de La Valette — avaient été capturés dans la soirée par des troupes turques. Indubitablement, ils avaient été torturés. On vit en effet les Turcs se déplacer vers les parties du mur les plus solidement fortifiées, ce qui ne pouvait signifier qu'une chose : les prisonniers avaient menti à propos des points faibles de l'enceinte et avaient été crus.

Dès ce premier engagement, les Turcs avaient perdu plusieurs centaines d'hommes et les défenseurs seulement vingt et un — ou vingt-trois, si l'on considérait que les deux prisonniers avaient payé le prix de leur duperie.

« Dix contre un », fanfaronnaient dans la soirée les hommes sur les murs et dans les rues sombres et les échoppes. Enfiévrés par le goût de leur premier sang, ils jubilaient. A ce taux, assuraient-ils, les trente ou quarante mille démons rassemblés dehors n'avaient aucune chance de l'emporter. Aucune.

Les Turcs, ricanaient-ils, n'avaient pas amené assez de monde pour participer à la fête.

Maria passa sa nuit à genoux, priant pour avoir la force.

Cette nuit-là, Asha et six autres capitaines d'escadre furent conduits à terre pour un conseil de guerre avec Piali Pacha. La réunion se tenait dans une grande tente de soie dans le Marsa. Le seigneur Dragut n'était pas encore arrivé de Tripoli, avec des hommes et des navires. Mustapha Pacha et Piali discutaient de la stratégie à adopter pour s'emparer de l'île. Asha était assis à l'arrière avec les *aghas* et les capitaines de moindre rang. Il écoutait les deux pachas et leurs lieutenants débattre de tactique.

Mustapha, le vieux général, voulait d'abord prendre Gozo,

puis la citadelle de Mdina, pour isoler l'île par le nord. Puis, disait-il, Birgu, Saint-Ange et Saint-Michel tomberaient les uns après les autres. Il ne fallait pas gaspiller du sang turc à essayer de prendre Saint-Elme. Le fort était isolé au bout du Sciberras et mourrait tout seul.

Mais Piali, le jeune amiral, s'inquiétait par-dessus tout de la sécurité de la flotte du sultan. Sur un ton véhément, il exprima son désaccord avec le plan de Mustapha. Il fallait prendre Saint-Elme en premier, pour que les vaisseaux puissent avoir un mouillage sûr dans le port de Marsamuscetto. Les canons de Saint-Elme en protégeaient l'entrée, ainsi que celle du grand port, et devaient être réduits au silence. Ainsi, ses forces seraient protégées tant du grégal que des canons de Saint-Ange. Les navires, argumenta-t-il, étaient plus durs à remplacer que les hommes et il fallait les préserver.

L'isolement même de Saint-Elme, considéra Piali, était sa faiblesse fatale. Il tomberait rapidement, et ensuite, les bateaux seraient dans une position idéale pour soutenir les troupes et l'artillerie du sultan qui marcheraient contre Senglea et Birgu. Alors, les objectifs de Mustapha pourraient être rapidement et efficacement entrepris. Ce n'était qu'une différence de jours, prétendit Piali, mais, pour la flotte, l'avantage serait inestimable.

Le jugement de l'amiral concernant le fort fut confirmé par les ingénieurs militaires.

— Saint-Elme est pauvrement construit, dit l'un d'eux, confiant. Il tombera en cinq jours, six au plus.

Mustapha Pacha tenta encore une fois d'imposer son point de vue en disant que gâcher un seul coup de feu ou un seul combattant contre Saint-Elme était une absurdité. Mais au bout du compte, il dut s'incliner. Ses troupes et son matériel étaient les captifs de Piali. Sans son aide, il ne pouvait rien faire. Et ainsi, le marin l'emporta : Saint-Elme allait être attaqué en premier.

Quand Asha quitta la tente, le débat lui avait laissé un sentiment de malaise. Il n'avait aucune expérience en matière de siège et les deux points de vue lui semblaient sages, même si, dans son souvenir, le grégal qui inquiétait tant Piali ne soufflait pas dans cette période de l'année. Il aurait voulu que Dragut soit là. Et par-dessus tout, il souhaitait que l'opération s'achève vite.

Malgré la dispute des deux chefs, les *aghas* et les capitaines se montraient pleins d'optimisme. Il était clair que cela ne durerait pas plus de quelques semaines. Saint-Elme, Saint-Ange ou Saint-Michel, cela ne faisait pas de différence : tous les forts chrétiens tomberaient devant Allah.

Shabooh campait avec ses janissaires sur le flanc sous le vent du mont Sciberras. Autour du Marsa et sur les crêtes avoisinantes, le fracas des chariots conduisant les canons continuait de se faire entendre. Les roues grinçaient, le bois craquait tandis que les esclaves, les bœufs et les paysans maltais capturés dans la campagne s'acharnaient à pousser les charges massives sur les routes épouvantables, pleines de pierres et parcourues de ruisselets. Des essieux cassaient, des animaux tombaient, mais rien ne pouvait arrêter le flux.

Bientôt, le Sciberras grouilla d'esclaves. Ils creusaient des tranchées et des parapets pour protéger les troupes et les positions d'artillerie contre les canons de Saint-Elme et ceux de Saint-Ange. En dépit de son nom, le Sciberras n'avait rien d'une montagne. Son sommet n'atteignait même pas deux cents mètres de haut, mais c'était quand même le terrain le plus élevé aux alentours immédiats du grand port. De ses hauteurs, les gros canons disposeraient d'un excellent point de vue. Shabooh, constatant que les canonniers allaient bombarder Saint-Elme en plongée, imagina les murs du fort envahis d'infidèles provocants, agitant leurs bannières et hurlant d'imprudents défis. Cette vision lui rappela les réserves de chasse près de Topkapi, où le gibier était si abondant qu'on pouvait abattre trois bêtes avec un seul tir quasiment comme dans un fauteuil. Saint-Elme ne différait en rien. « Des agneaux parqués attendant le massacre. »

La Valette fut surpris mais content quand il réalisa que Saint-Elme allait être la première cible. Il savait qu'il ne résisterait pas longtemps, mais ce répit lui donnerait le temps d'améliorer les défenses de Birgu et de Senglea, et donnerait aux monarques européens un peu plus de latitude pour organiser les secours. Il se hâta de renforcer le fort. Un Provençal, le colonel Mas, fut envoyé avec deux cents soldats et plus de soixante chevaliers, tous volontaires, pour compléter la petite garnison déjà dans Saint-Elme. Ils furent rejoints par des esclaves des galères libérés — des chrétiens condamnés, qui reçurent la promesse d'être pardonnés pour leurs efforts. Les hommes et le ravitaillement traversèrent le port depuis Saint-Ange à bord d'une colonne de *dgħajjes* et de barges. Les canons de l'ordre les couvraient pour les protéger des tirs des troupes turques sur le Sciberras, obligées de se replier sur les pentes les plus éloignées. Malgré tout, occasionnellement, un musulman faisait mouche et un occupant d'un des bateaux tombait à l'eau.

Dans un premier temps, les civils et le bétail avaient trouvé refuge dans les fossés autour de Saint-Elme. Maintenant, les femmes et les enfants se pressaient dans des embarcations pour refluer sur Birgu, tandis que les hommes restaient pour se battre et que le bétail était rentré dans la citadelle.

Shabooh et ses soldats attendaient, impatients, avides de fondre sur l'ennemi. Mais les *aghas* les retenaient. Pour le moment, leur rôle était défensif. Le fort serait d'abord pilonné par l'artillerie avant que les fantassins se lancent à l'assaut de ses remparts. Ils devaient néanmoins rester vigilants, car les chevaliers s'étaient déjà lancés dans une sortie aussi brève que sanglante, avant d'être repoussés par les janissaires du Bulgare. Celui-ci doutait que les infidèles retentent une sortie. Il attendait donc, pendant que la course entre la mise en place des positions d'artillerie turques et le renforcement du château chrétien se poursuivait.

Les esclaves creusaient furieusement à côté des ingénieurs et des troupes turques. D'autres charriaient de pleins paniers de terre pour monter des ouvrages défensifs. La roche maltaise était dure, mais en deux jours, les tranchées s'étendaient déjà presque jusqu'au fossé entourant Saint-Elme. Les défenseurs du fort ne pouvaient suivre leur approche en raison de la déclivité de la colline. Des emplacements pour les tireurs d'élite furent taillés dans le roc et camouflés avec du bois et des branchages. Au-dessus de Shabooh, près du sommet de la colline, certains des plus gros canons étaient déjà en place. Parmi eux, il admirait l'énorme basilic qui avait dû être transporté en morceaux et assemblé sur place.

A peine six jours après le débarquement, l'effectif de l'artillerie prête se montait au basilic, à deux grosses couleuvrines, dix canons de quatre-vingts et toute une batterie de pièces plus petites. Mustapha Pacha lui-même apparut. Il inspecta les tranchées et les emplacements, vérifia les cibles, encouragea les artilleurs et évalua le vent qui soufflait sur son visage, rodé par tant de combats.

— Bouchez-vous les oreilles, cria Shabooh à ses hommes.

Ils malaxèrent des morceaux de coton ou des petites boules de boue et s'en servirent de bouchons. Ceux qui étaient les plus près du basilic mordaient un morceau de bois pour empêcher leurs dents de se casser.

Mustapha Pacha fit un signe de tête.

Les canons ouvrirent le feu. Quand le basilic tonna, des cercles se formèrent sur l'eau à partir du Sciberras, agitant toutes les rives maussades du port. Assis à des kilomètres de distance, les occupants écoutaient dans un silence mortel ce bruit terrifiant : ils n'en avaient jamais entendu de tel. Derrière Christian de Vries, en train de suturer une plaie, un bocal d'essence de térébenthine s'écrasa sur le sol. Tous les chiens de Birgu poussèrent un formidable hurlement et les chevaux dans les écuries publiques devinrent fous, ruant et se cabrant en tirant sur leurs longes.

Extrait des *Histoires de la mer du Milieu*
par Darius, dit le Préservateur,
historien à la cour du prince de La Mecque et d'Alep,
le sultan Ahmet

Le grand maître reçut un message de Sicile, apporté par l'un des petits bateaux rapides qui, la nuit, parvenaient à se faufiler entre les patrouilles navales de Piali. A peine quelques semaines plus tôt, le vice-roi, don Garcia, avait promis d'envoyer de l'aide avant la fin du mois de mai. Maintenant il se plaignait de rencontrer les pires difficultés à réunir une force suffisante pour se dresser contre les Turcs. C'était une folie d'envoyer des renforts insuffisants, considérait-il, car leurs navires ne parviendraient même pas à passer au travers des forces navales ottomanes qui encerclaient l'île. Il valait mieux attendre qu'une force adéquate permette de remporter la victoire. « Tenez avec patience et foi, écrivit-il à La Valette. Soyez certain que je fais tout ce qui est possible. Je dispose de peu de navires et je vous demande d'envoyer les galères de l'ordre à Messine. »

La Valette répondit d'une manière froidement diplomatique à la requête qui lui demandait à lui, l'assiégé, de consacrer mille hommes de ses maigres troupes à armer les galères qui, de toute façon, étaient coincées dans le grand port. Il se contenta de dire qu'il ne pouvait pas. Le moral était élevé, ajouta-t-il. « Les défenseurs tiendront jusqu'au dernier. » Le bateau repartit vers la Sicile avec une vague de nouvelles lettres destinées au pape et aux monarques chrétiens d'Europe, pour, une nouvelle fois, implorer leur aide.

Extrait du volume VII
Les Grandes Campagnes : Malte.

Comme La Valette l'avait prévu, la décision turque de s'emparer d'abord de Saint-Elme accorda aux défenseurs de Birgu et de Senglea un temps précieux pour améliorer les défenses. Toutes les personnes valides s'attelèrent à cette tâche jusqu'à complet épuisement.

Le grand maître réagissait rapidement aux évolutions de la situation. De nouveaux canons furent positionnés pour prendre Saint-Ange et l'extrémité de Senglea sous leurs feux.

La Valette ordonna que deux des galères de l'ordre exposées aux tirs ennemis soient coulées dans de basses eaux, d'où elles pourraient être renflouées facilement. Puis il fit évacuer les remparts de Saint-Ange et construire un ravelin assez haut pour supporter un canon susceptible d'atteindre certaines positions turques. Il vida les cachots de leurs derniers prisonniers — sauf les esclaves musulmans —, promettant encore une fois des récompenses à ceux qui défendraient la chrétienté.

L'évêque, Domenico Cubelles, suspendit formellement l'Inquisition pour la durée du siège. Il supervisa la transformation de son palais en un refuge pour les civils et leurs animaux. Son jardin devint un pâturage pour les chèvres, tandis que sa cuisine fournissait de grandes cuves de soupe. Il ordonna que toute la vaisselle et les candélabres d'argent qui avaient été apportés des diverses paroisses soient fondus, et il donna le produit obtenu au grand maître pour la défense.

Sans dossiers ni procès à traiter, Giulio Salvago redevint Dun Salvago, le père Salvago, *kapillan* de la nouvelle paroisse que lui avait confiée Cubelles : les cachots et les catacombes sous le palais. Le jour de l'arrivée des Turcs, il se trouvait sur le rempart et avait ressenti son éternelle peur. Il regarda la flotte turque et pria Dieu de lui accorder la force face à ce grand ennemi de l'Eglise et de toute la chrétienté. Il descendit parmi ses « paroissiens ». Il ne se sentait pas à l'aise dans ce rôle, car ils ne portaient pas le même regard sur lui que ses anciennes ouailles de Sainte-Agathe. Ils ne savaient trop s'ils devaient le considérer comme *kapillan* ou comme vicaire.

Il consacra le plus clair de sa première semaine à des activités solitaires — prières ou lectures. Il fallut que l'évêque lui adresse une légère réprimande pour qu'il accepte de sortir de sa chambre. Les cachots exhalaient la sueur, les cris, les relents d'une humanité sale et morte de peur.

— Il est bon de les aider par la prière, lui dit Cubelles. Mais je pense que vous avez aussi besoin de vous salir les mains.

Ensuite, Salvago s'attela à la tâche. Il réconforta les malades, pria avec les terrifiés, aida à nourrir les pauvres. Il vida les pots de chambre et servit la nourriture cuite sur les brasiers qui, d'habitude, servaient à chauffer les instruments de torture de l'Inquisition. Un matin, il baptisa un bébé et donna l'extrême-onction à sa mère. Plus il accomplissait sa vieille mission, plus il se sentait à l'aise. C'était bon, se dit-il, de se dépenser de nouveau pour les autres. La puanteur des cachots et les besoins de ceux qui les occupaient réussirent à lui ôter l'essentiel de son vernis de vicaire.

Il y avait de la nourriture à distribuer, des enfants à apaiser, du bétail à... A dire vrai, il ne savait trop ce qu'il devait en faire. Des cochons, des chèvres et des chrétiens erraient librement dans les couloirs sombres. Seuls les chiens avaient été emmenés plus tôt ce jour-là pour se conformer aux ordres de La Valette. Il avait demandé qu'on les tue tous, même ses propres chiens de chasse, qu'il affectionnait, pour qu'ils ne perturbent pas les sentinelles la nuit ni ne consomment de la nourriture et de l'eau dont avaient besoin les humains. Salvago avait éloigné les animaux des enfants et il les avait remontés dans la cour, où l'un des familiers du capitaine de la verge avait exécuté l'ordre.

Même au plus profond des souterrains, on ne pouvait échapper au terrifiant grondement des canons. Les boulets s'écrasaient dans les rues près de la place. L'un d'eux rebondit contre le bastion de Provence et frappa le palais épiscopal avec une force encore suffisante pour abattre un pan de mur. Les chutes de pierres tuèrent deux femmes et une chèvre. Mais aussi terribles que fussent ces tirs, ils n'étaient rien en regard de ceux que vivait le fort Saint-Elme. Salvago tremblait, comme tout le monde, comme la terre elle-même, chaque fois que cela passait un peu trop près. Dans ces moments, les cachots vibraient en hymnes et en prières, tandis que les hommes et les femmes essayaient de couvrir le bruit.

Chapitre 37

Les canons du Sciberras faisaient pleuvoir de la pierre sur Saint-Elme. Le tonnerre résonnait nuit et jour sans répit, rendant le sommeil impossible. Au cours des chaudes journées sans vent, la poussière jaune était si épaisse que les hommes ne pouvaient souvent même pas voir d'un côté à l'autre du fort. Les canonniers turcs martelaient des endroits spécifiques du mur, alternant de manière experte le fer, le marbre et la pierre, qui produisaient un effet différent sur la maçonnerie. Quelques heures à peine après le début du bombardement, les enceintes commençaient déjà à craquer.

Tout défenseur montrant sa tête sur le rempart du fort côté Sciberras était rapidement abattu par des tireurs, protégés quant à eux de toute riposte par des écrans et par les canons dans leur dos. Par conséquent, les sentinelles de Saint-Elme se voyaient incapables de tirer sur les esclaves suant dans les tranchées, qui rapprochaient, une pelletée après l'autre, la mort des occupants du fort. A l'intérieur de la citadelle, les canonniers chrétiens n'étaient pas en reste, seulement leurs cibles, sur la colline, étaient difficiles à toucher.

Aucunement gênés par les tirs émanant de Saint-Ange, les sapeurs turcs achevaient de construire un robuste parapet avec de lourdes poutres et de la terre. De là, l'artillerie disposerait d'un excellent point de vue sur Saint-Elme. L'ouvrage avait été construit à peu de frais et hâtivement avec des blocs calcaires de qualité médiocre qui se désagrégeaient facilement. Plus grave encore, il ne disposait ni des traditionnels passages souterrains ni des murs intérieurs protecteurs qui permettaient de se déplacer rapidement pour gagner n'importe quelle position. Les boulets de granit qui y tombaient occasionnaient de très lourdes pertes. Ils explosaient en milliers d'éclats tranchants comme une lame de rasoir, qui pénétraient la chair jusqu'à l'os.

Chaque fois qu'une brèche apparaissait dans le rempart extérieur, les défenseurs se dépêchaient de la combler ou de dresser de nouvelles défenses juste à l'intérieur. Mais les dommages allaient plus vite que les réparations. Au bout de deux jours de bombardement, il apparut que les prévisions des ingénieurs turcs avaient été largement pessimistes : sous le feu constant des canons, de grands pans de maçonnerie déchiquetée menaçaient de s'effondrer. Toutes les heures, de nouvelles pièces d'artillerie étaient mises en service du côté ennemi, à mesure que les troupes et le matériel arrivaient. Et chaque nuit, des dizaines de blessés graves étaient transportés par barques jusqu'à l'infirmerie de Birgu.

Il ne faisait aucun doute que les Turcs allaient prochainement donner l'assaut. Le commandant de Saint-Elme, Luigi Broglia, pensait qu'en dépit des dommages, son fort tiendrait un moment s'il pouvait obtenir nuitamment des renforts. Il envoya l'Espagnol Juan de La Cerda porter un message au grand maître.

La Cerda se présenta devant le Sacré Conseil au bord de la ruine physique. Il n'avait pas dormi depuis des jours. Ses yeux fous balayaient la pièce. L'incessant tir de barrage turc semblait l'ébranler de l'intérieur. Il titubait et bégayait. Sa peur le poussa à en dire plus que le message de Broglia.

— Chevaliers, les positions du fort sont désespérées. C'est un abattoir dont les murs sont en poussière. A l'intérieur, les hommes ont été réduits à l'état de fantômes. Ils sont courageux, mais meurent en vain, incapables d'infliger le moindre dommage à l'ennemi. (L'effet de ses paroles sur l'assistance était palpable.) Nous ne pourrons pas tenir encore huit jours, ajouta-t-il.

La Valette savait que les chances de Malte dépendaient largement du temps que Saint-Elme tiendrait. Chaque jour de plus était un jour de gagné pour le renforcement de Birgu et Senglea, et rapprochait du renfort promis par le vice-roi. Même si le fort était assurément condamné, il devait tenir jusqu'à l'extrême limite, jusqu'au dernier homme. Les traditions de l'ordre n'en demandaient pas moins et le grand maître n'avait certainement pas l'intention de laisser le désespoir s'installer si vite au milieu des défenseurs alors que le siège commençait à peine. Si les conceptions de La Cerda étaient partagées par d'autres hommes de Saint-Elme, La Valette devait les remplacer tous.

— Si les feux des canons vous sont insupportables, rétorqua-t-il, glacial, je vais moi-même aller conduire les renforts à Saint-Elme ce soir. Si nous ne pouvons guérir votre peur, au moins nous assurerons-nous que la forteresse ne tombe pas entre les mains de l'adversaire.

Instantanément, il vit se présenter devant lui davantage de volontaires qu'il ne fallait, mais le Sacré Conseil le persuada de ne pas les mener en personne. Avec La Cerda humilié, cinquante chevaliers et deux cents soldats traversèrent le port sous couvert de la nuit. Tous savaient que La Valette n'accepterait aucune reddition.

— *Bis'mallah. Ar-Rahman. Ar-Rahim.*

Shabooh commençait sa prière du matin quand il fut interrompu par le son du canon. Ses hommes se rassemblèrent rapidement, armes prêtes. Il se déplaça pour disposer d'un meilleur point de vue. Les chrétiens venaient de surgir de Saint-Elme et se répandaient dans les tranchées où les esclaves travaillaient. Une bataille rangée était en cours. Les ouvriers, paniqués, s'enfuyaient avec leurs pelles et leurs pioches. Leurs cris se perdaient au milieu du vacarme de l'artillerie.

Bien reconnaissable à son massif turban, Mustapha Pacha apparut dans la pâle lumière précédant l'aube. Il donna enfin les ordres que Shabooh attendait tant.

— Janissaires, en avant !

Le Bulgare emmena au combat une horde hurlante et virevoltante de guerriers en robe blanche. Ils submergèrent le haut de la colline et repoussèrent les chevaliers, très largement inférieurs en nombre, avec une force et une vitesse impressionnantes. Taillant et frappant en tout sens, ils reprirent rapidement possession du terrain. En quelques instants, les défenseurs furent de retour à l'intérieur de leur antre, tirant leurs morts et leurs blessés derrière eux. Depuis la forteresse, les tireurs ouvrirent le feu sur les soldats lancés à leur poursuite, mais leurs homologues turcs les contraignirent promptement à se mettre à couvert.

Sur leur lancée, les hommes de Shabooh ne s'arrêtèrent pas. Au rythme des tambours de guerre et du claquement des cymbales, ils se ruaient à l'assaut, leur sabre déjà rouge de sang et leur gorge hurlant des cris sauvages. Quand la poussière retomba, ils n'avaient pas seulement récupéré leurs positions précédentes, mais leur drapeau claquait au sommet des ouvrages de défense extérieurs du fort. Ils étaient plus assurés que jamais. C'était Shabooh lui-même qui avait planté la bannière. Ce ne fut qu'alors qu'il réalisa qu'il était blessé au bras. Le muscle était à nu. Une traînée cramoisie lui tachait la manche. Mais il ne sentait rien d'autre que l'ivresse de la gloire matinale. Il s'agenouilla sur place pour achever sa première prière interrompue. Ensuite, il releva la tête et vit le soleil se lever, rouge sang ! Ses rayons embrasèrent le croissant voletant doucement à côté de lui.

Une nouvelle flotte apparut au sud-est. On dénombrait treize galères, deux galiotes et vingt-cinq autres navires appartenant à des corsaires alliés. Les canons de l'armada turque tonnèrent pour les saluer tandis que les troupes ottomanes se congratulaient. Ce n'était pas l'arrivée de deux mille cinq cents hommes aguerris ou de nouveaux canons qui suscitait une telle euphorie chez les musulmans, mais l'identité du capitaine du navire amiral.

Dragut Raïs, le Sabre de l'islam, arrivait d'Afrique.

Piali Pacha partit à sa rencontre avec près de la moitié de sa flotte. Asha eut l'honneur de faire voile sur son flanc droit. Ils escortèrent Dragut jusqu'à la baie de Saint-Julien, au nord du Marsa. Le corsaire débarqua, impatient de rencontrer les commandants. Il s'avança devant une ligne de pachas et d'*aghas*, rassemblés sur le rivage pour l'accueillir. Il les salua en retour. Puis il s'arrêta devant Asha, qui s'inclinait humblement.

— Paix sur vous, grand-père, lui dit le jeune homme.

Dragut lui posa la main sur l'épaule.

— Et sur toi, mon *hafeed* Asha Raïs, et aussi la grâce de Dieu et sa bénédiction.

Malgré ses quatre-vingts ans, Dragut avait toujours le regard plein de flamme, le pas énergique et le caractère tranchant. Il en fit la démonstration dès son entrée dans la tente de commandement.

— Vous auriez dû attendre mon arrivée ! tonna-t-il. Avoir attaqué Saint-Elme est une stupidité. De la bonne poudre est gâchée inutilement sur un objectif sans valeur. Vous pourriez aussi bien leur pisser dessus. Nos forces ont été mal employées. Gozo et Mdina auraient pu être prises facilement. Le reste serait tombé sous nos canons. Quant à Saint-Elme, il pouvait rester isolé jusqu'à ce que les hommes à l'intérieur crèvent de la vérole qui les ronge. Cette stratégie est mille fois déplorable. Mille fois, mille fois !

Heureux de voir que l'avis de Dragut recoupait le sien, Mustapha proposa immédiatement de modifier le cours des choses.

— C'est trop tard, rétorqua Dragut. Nous devons finir ce qui a été commencé. Si nous abandonnions maintenant, nous pourrions donner l'impression d'hésiter. Le moral de nos troupes en souffrirait et les chrétiens nous croiraient faibles.

Dragut souligna alors les faiblesses de l'attaque sur Saint-Elme. La plupart des commandants pensaient que l'offensive progressait bien, mais le corsaire n'était pas aussi réjoui qu'eux.

Il montra que le fort n'était bombardé que depuis une seule direction.

— Les murs doivent êtres détruits de tous les côtés.

Il ordonna alors que les gros canons qu'il apportait sur ses vaisseaux soient installés sur Tigné, une bande de terre à l'extrémité du port de Marsamuscetto. De là, ils pourraient toucher le flanc nord de Saint-Elme. D'autres devaient être disposés sur la pointe des Gibets, pour prendre la cible sous un feu croisé. En tout, cinquante pièces d'artillerie renforceraient celles du Sciberras.

Mais en dépit de sa prise en main de la stratégie, de la puissance de ses arguments et de la confiance que lui accordait le sultan, Dragut n'était pas le commandant suprême. Pour des raisons connues de lui seul, Soliman avait divisé l'autorité. Dragut devait donc composer avec Piali Pacha, qui continuait, avant toute chose, de vouloir préserver sa flotte. Il refusa de convoyer les canons jusqu'à la pointe des Gibets, prétextant que ses vaisseaux seraient inutilement exposés au tir ennemi.

— Prenons d'abord Saint-Elme, insista-t-il. Quand j'aurai mon port, tu auras tes canons.

Dragut n'était pas homme à perdre son temps en discussions. Des affrontements ne pouvaient que saper le moral.

— Très bien, j'irai installer les canons avec mes propres navires, dit-il d'un ton acide. Et tu auras ton port.

Les hommes de Dragut remplirent leur mission sans perdre un seul bâtiment.

L'intensité de l'attaque turque sur Saint-Elme atteignit rapidement de nouveaux sommets. Très vite, les murs et les bastions furent détruits par les tirs provenant de toutes les directions. Néanmoins, tout cela ne suffisait pas pour empêcher les échanges nocturnes par bateaux entre Saint-Ange et le fort meurtri, mais, des deux côtés, les hommes savaient que ce n'était qu'une question de temps.

Asha reprit son poste à l'embouchure du port. C'était une mission lassante et sans gloire, mais il trouvait du réconfort en pensant à l'énergie et à la sagesse de Dragut : si Dieu le voulait, le corsaire aurait bientôt mis les chevaliers à genoux en ayant évité de trop faire souffrir la population maltaise.

Bertrand Cuvier se précipita à l'infirmerie, où il savait que Christian travaillait. Tout un dortoir avait été transformé en salle d'opération. Deux chirurgiens et quatre barbiers-chirurgiens s'activaient fiévreusement au côté des médecins. Il régnait une atmosphère de désordre contrôlé. Presque tous les mètres, des lanternes murales étaient installées. Des bougeoirs avaient aussi été adaptés sur le dosseret des lits. L'endroit exhalait le sang, la fumée et la sueur. Les patients entraient et sortaient sur des brancards. L'apothicaire vérifiait les produits et envoyait son assistant à la pharmacie pour chercher des réapprovisionnements. Les pages remplissaient les étagères de bandages et d'attelles, et nettoyaient les instruments chirurgicaux quand ils devenaient trop souillés et encroûtés pour servir. Ils remplissaient des seaux d'eau de mer pour nettoyer les plaies, et apportaient de la nourriture aux blessés et aux praticiens, qui se restauraient debout, quand ils en trouvaient le temps. Chaque jour, le nombre de patients grandissait. Et les pires arrivaient la nuit, par les bateaux de Saint-Elme. Quantité d'entre eux attendaient qu'on s'en s'occupe.

Christian leva les yeux.

— Ah, mon ami, tu es venu aider. Tiens, trempe-moi ça, tu veux bien ?

Il tendit à Cuvier un morceau de tissu en lui indiquant un bol près de la table.

Bertrand le plongea dans le mélange de jaune d'œuf et de vin et il tourna celui-ci avec l'index, qu'il suça ensuite.

— Les œufs sont pourris et le vin est horrible, grimaça-t-il. Ça va sûrement les tuer.

Christian acheva rapidement de suturer un pan de chair, puis appliqua le linge sur la plaie.

— Si tu es venu te plaindre du menu, on a de la merde à sortir.

— Merci. Je sais qu'elle est en de bonnes mains. Je suis juste venu t'annoncer que je pars ce soir pour Saint-Elme.

Les doigts de Christian hésitèrent un instant.

— Monte, dit-il tranquillement. Je te rejoins dès que je peux.

Bertrand franchit des couloirs remplis de blessés gémissants. Il ouvrit une porte-fenêtre et sortit sur une terrasse qui surplombait la crique de Kalkara. De là, il gravit une échelle qui l'amena sur le toit, le refuge où Christian et lui s'asseyaient souvent ensemble. Une demi-heure plus tard, son ami le rejoignit. Epuisé, il s'installa près de ce dernier. De là, ils avaient vue sur le port. Ils pouvaient apercevoir Saint-Elme, mais pas les principaux canons turcs sur le Sciberras, dissimulés par la masse de Saint-Ange. Derrière celui-ci, le ciel de la nuit brillait chaque fois qu'ils tiraient. Sur Saint-Elme, on voyait parfois de brefs éclairs, quand les sentinelles essayaient de toucher les esclaves travaillant encore dans les tranchées. Les canons des bastions et des cavaliers du fort crachaient des flammes orange en réplique au feu roulant des Turcs.

— Etrange scène, tu ne crois pas, observa Bertrand. (Il passa sa gourde à Christian.) Qu'ici ce soit si calme quand l'enfer pleut sur Saint-Elme.

— Il parviendra ici bien assez tôt. (Il but une gorgée et s'essuya la bouche.)

— J'ai entendu dire qu'il y a quantité de volontaires pour Saint-Elme, ajouta-t-il en essayant de garder un ton léger. (Il regarda Bertrand, dont le visage fut brièvement illuminé par un éclair.) Pars plus tard. Quand ils auront vraiment besoin de toi. Pour l'instant, ils te renverront quand ils te verront arriver sans vin.

— Qui te dit cela ? Et plus tard, je risque de ne plus pouvoir y accéder. Un idiot de Turc finira bien par penser à empêcher les embarcations de ravitailler le fort chaque nuit. C'est la seule raison qui lui permet encore de tenir.

— Quand ils couperont cette voie, plus personne ne sortira non plus.

— Non, j'imagine.
— Pars plus tard, répéta Christian.
Son camarade haussa les épaules.
— C'est la bataille que j'ai attendue toutes ces années. Je suis né pour ça. Et je ne reconnaîtrai jamais que Saint-Elme est perdu, quelles que soient les circonstances. Les secours peuvent arriver, un jour.
De Vries cracha par terre.
— La dernière lettre de ma mère disait qu'à Paris, on se préoccupe davantage de tuer des huguenots que des Turcs. Apparemment, même mon frère ne brûle que pour ça.
Arnaud de Vries était mort trois ans plus tôt, faisant de son fils aîné le nouveau comte.
— Quelle pitié que ton père soit mort. Il aurait levé une armée et serait venu lui-même, regretta Bertrand. Les seuls qu'il détestait plus que les Espagnols, c'étaient les Turcs.
Christian sourit.
— Tu te rappelles quand il nous a attrapés avec ce cadavre. S'il s'était agi d'un Turc au lieu d'un simple protestant, je ne serais peut-être pas ici aujourd'hui. Je serais un austère membre de la Faculté, enseignant aux étudiants à disséquer des luthériens.
— Tu devrais quitter l'ordre, tu sais. Tu n'as rien à y faire. Si tu te sors de ça en vie, tu pourras te dire honorablement délié de ton serment. Dieu ne peut pas demander plus à un homme, même si La Valette le fait. Prends Maria et va-t'en. Tu pourrais nettoyer les poches de riches patients à Paris, pas les entrailles de pauvres chevaliers à Birgu.
C'était la centième fois que Bertrand répétait son opinion à Christian depuis que ce dernier était rentré de ses caravanes.
— Par Dieu, quand tu as une idée en tête...
— Je fais de mon mieux.
Bertrand se leva.
— Eh bien, mon ami, je dois trouver un chapelain pour entendre une confession un peu longuette, depuis le temps

que je n'en ai pas fait, et ensuite rassembler mes affaires avant qu'ils partent sans moi.

Ils se regardèrent. Leurs visages étaient sombres.

— Que Dieu soit avec toi, dit Christian.

— Et avec toi. (Ils s'étreignirent.) Je ne te dis pas au revoir, mon ami. Ça pourrait me porter malheur.

Christian resta seul sur le toit. Regardant en bas dans la rue, il vit la cuirasse de son ami scintiller quand il sortit de l'infirmerie, et s'éloigna d'une démarche sûre et désinvolte. Comme d'habitude. Il paradait presque. Bertrand se retourna, leva les yeux et fit un petit signe. Christian lui répondit de la main et le suivit des yeux jusqu'à ce qu'il eût disparu.

Nasrid maudissait son inactivité. Ses hommes et lui étaient toujours plantés au-dessus du gros de la flotte ancré dans la baie. Toute la journée, il devait se contenter d'observer les fumées monter au nord et la nuit les feux qui brûlaient. C'était comme contempler un volcan en éruption ; mais il n'était pas né pour être spectateur. Il voulait sentir la chaleur de ce volcan sur son visage et contribuer au feu dévastateur.

Jusqu'alors, seule l'artillerie s'était exprimée contre l'ennemi, ce qui atténuait légèrement son impatience. L'heure de la bataille rangée était encore à venir : c'était pour cet instant que ses troupes et lui vivaient et respiraient. Mais tant que la flotte ne serait pas en sécurité dans le port de Marsamuscetto, ils devraient rester à leur poste. Par ailleurs, des rapports faisaient état de sorties de cavaliers basés à l'intérieur de Mdina. L'infidèle avait déjà frappé les camps turcs isolés, notamment ceux où étaient conservés le ravitaillement et le matériel. Nasrid avait constamment deux sections de quatre hommes en patrouille. Les *wieden*, ces ravines qui parsemaient l'île, offraient d'innombrables cachettes à l'ennemi. Un paysan maltais pouvait leur tirer dessus. Mais le danger était faible, pensait Nasrid, car la plupart des chrétiens étaient enfermés derrière leurs murs à attendre la mort.

Nasrid et ses hommes priaient cinq fois par jour et faisaient bouillir leurs repas dans des marmites de cuivre. Ils entretenaient leurs feux avec le petit bois qu'ils trouvaient aux alentours. Pour passer le temps, ils organisaient des concours de tir à l'arc en utilisant le nœud d'un caroubier solitaire comme cible. Ou alors, ils affûtaient leurs cimeterres, huilaient leurs mousquets et s'entraînaient à la hache. L'un d'eux était un excellent violoniste, un autre jouait à la perfection de la flûte de roseau. La nuit, ils dansaient, chantaient, claquaient des mains. Il n'y avait pas grand-chose d'autre à faire en dehors de fumer du haschisch. Nasrid le rationnait précautionneusement pour garder un avantage sur ses soldats.

En dessous des janissaires, les habitants de M'Kor Hakhayyim restaient terrés, terrorisés, car ils n'avaient jamais imaginé que quelqu'un pourrait camper juste là. Dans les rares moments où le grondement des canons ne remplissait pas l'air, ils pouvaient entendre les occupants de la colline, leurs conversations, leurs rires, leurs instruments de musique. Maintenant, ils avaient peur que le son le plus infime — une toux ou un frottement sur les cailloux — soit amplifié par les boyaux étroits qu'ils avaient creusés et qui émergeaient à l'air libre. Fençu n'avait pas pensé à vérifier une telle chose. Ne sachant jamais quand les tirs s'arrêteraient, ne serait-ce qu'une seconde, il ne permettait aucun bruit, même quand l'artillerie tonnait.

C'était pire pour les enfants. En dehors de Moïse, il y avait les deux fils de Villano, âgés de six et huit ans, et pour Cataldo, sa fille de sept ans. Tous les jeux les mettaient en danger. Les douloureuses heures d'inactivité forcée se succédaient. Jour et nuit, ils restaient assis là, les yeux fixés sur les tunnels noirs, craignant d'entendre le froissement de robes ou de voir jaillir une silhouette, suivie par l'étincelle d'une arquebuse ottomane ou l'éclair d'une lame turque.

Au bout de plusieurs jours, Fençu essaya de se glisser avec les petits dans une galerie perdue qui avait été jadis le lit d'une rivière souterraine. C'était l'endroit le plus éloigné de la colline qu'ils puissent gagner. Le boyau était étroit et plongé dans le noir. Là, il leur murmura une histoire. La fille de Cataldo se mit à rire et il lui intima le silence. De nouveau, il eut peur qu'une faille inconnue ne les trahisse, même dans cet endroit reculé. Alors il mit un terme aux récits. Il ne restait plus qu'à attendre et dormir.

Ils avaient beaucoup de céréales, mais comme il était hors de question de les cuire dans la marmite ou le four de pierre, ils se rabattaient sur le poisson séché, la viande de chèvre et les biscuits durs. Serrés les uns contre les autres, ils priaient.

Pendant deux jours, ils n'entendirent pas une seule fois les soldats en raison du sourd grondement des canons. Au milieu de la nuit, Fençu s'enfila dans l'un des tunnels. Il se déplaçait pouce par pouce. Au sommet, il enleva une pierre et se glissa hors du trou. Tous les sens en alerte, il laissait de longs moments s'écouler entre chaque mouvement. Au-dessus de lui, il aperçut le tapis d'étoiles et quelques nuages bas qui réfléchissaient les lueurs tremblotantes venant du nord. Il entrevit la forme d'un turban et la pointe d'une arme. L'homme était appuyé contre un rocher et ne bougeait pas. Le charpentier était incapable de dire s'il était endormi ou éveillé et à quoi il ressemblait. Soigneusement, il rebroussa chemin vers le tunnel et remit la pierre en place.

— Ils sont encore là, murmura-t-il à Elli et Eléna, tapies dans les ténèbres. Je vais aller voir le passage inférieur.

Il disparut dans l'étroit conduit qu'ils avaient creusé récemment. A la sortie, il se faufila très lentement dehors. Sa tête et ses épaules sorties, il se tourna sur lui-même pour regarder vers le haut et ne vit personne. En dessous de lui, les vagues s'écrasaient doucement sur les rochers. Il se félicita d'avoir eu l'idée de ce passage. Toute l'armée turque pouvait camper au-dessus d'eux, il leur restait quand même cette issue. L'érosion avait creusé une cuvette aux flancs escarpés, ouverte sur un côté vers le large. A la différence de l'entrée principale, ce mur de roche rendait l'ouverture totalement invisible de la mer. Fençu avait plongé son petit bateau dans de basses eaux en le maintenant enfoncé avec des pierres. En cas d'urgence, il serait aisément renfloué. Mais, évidemment, tout le monde ne pouvait pas tenir dedans et il y avait le problème de la flotte turque, ancrée à un jet de pierre.

Finalement, c'était un endroit terrible, se dit-il, mais il valait encore être mieux là qu'avec les pauvres âmes prises sous le feu de l'artillerie turque. Il n'arrivait pas à imaginer combien de canons il fallait pour produire une telle clarté, autant de vacarme et faire trembler la terre sous son ventre. On pouvait certainement les entendre jusqu'à Jérusalem. Confiant, il estima que sa décision avait été la bonne. Il valait mieux vivre en murmurant à M'Kor Hakhayyim que mourir en hurlant à Birgu.

Il remonta à l'intérieur et raconta aux autres ce qu'il avait vu.

— Nous devons être patients, leur chuchota-t-il pour la centième fois.

Eléna se coucha et essaya de dormir, serrant Moïse dans ses bras. Elle s'allongeait presque sur lui, de peur qu'il n'ait un cauchemar et ne se mette à pleurer.

Elle avait sans arrêt mal au ventre. Combien de temps supporterait-elle cette douleur, se demandait-elle ?

Il existe beaucoup de voies par lesquelles un homme peut accomplir sa destinée, enseigne le Coran, mais toutes sont pavées par Allah.

Et Asha pensait effectivement que ses pas étaient guidés par la main invisible de Dieu.

Comme Nasrid, il maudissait son inactivité, bien que ce ne fût pas par désir de tenir une arme au combat. S'il était heureux de ne pas être un participant actif à cette bataille, l'attente l'agaçait. Il y avait peu de chose à faire pour la flotte. Certains des plus gros navires tiraient sur Saint-Elme, d'autres patrouillaient le long de la côte en essayant de maintenir le blocus ou apportaient de l'eau des sources du nord ; au regard des maux croissants qui frappaient les troupes, les occupants avaient fini par réaliser que les points d'eau autour du Marsa avaient été empoisonnés.

L'*Alisa* et ses sœurs continuaient de garder l'entrée du grand port. Pendant la journée, Asha arpentait le pont et observait l'ouragan de feu sur Saint-Elme. Il écoutait la rumeur des combats qui faisaient rage dans les tranchées : le choc des armes, les cris des mourants. Mais le fort tenait toujours. La nuit, il se rendait souvent dans la tente de commandement, où il pouvait s'informer de première main des progrès du siège.

Les positions d'artillerie préconisées par Dragut ravageaient Saint-Elme, bombardaient sans discontinuer ses murailles de toutes les directions. Chaque nuit, des bateaux le ravitaillaient en hommes et en approvisionnement. Mais le mouvement s'était considérablement réduit. Par un extraordinaire coup de chance, un ravelin-clé tomba aux mains des janissaires. C'était l'un des ouvrages défensifs avancés à l'extérieur, juste dans le prolongement de l'angle nord-ouest. Des sapeurs de combat surveillant l'avancement des tranchées s'étaient rendu compte que les soldats du poste somnolaient. Quelques minutes plus tard, les janissaires fondaient dessus. Il n'y eut qu'un bref engagement sanglant. Les rares survivants se précipitèrent sur un pont de planches enjambant le fossé, hurlant aux défenseurs de lever la herse et de les laisser entrer. Les adversaires accouraient sur leurs talons. Si le système n'avait pas été rabaissé à la dernière seconde, la bataille de Saint-Elme aurait été terminée. Au-dessus, l'offensive inattendue continuait de faire rage. De sa galère, Asha voyait le sommet des échelles des assaillants posées contre le fort lui-même. Autour de lui, les hommes se réjouissaient de l'assaut.

Des vagues de troupes attaquèrent Saint-Elme de tout côté. D'abord, elles se massèrent près du ravelin, puis elles se déployèrent sur l'intégralité de la façade tournée vers le Sciberras. Avec leurs arquebuses, les tireurs d'élite turcs dissimulés sur les pentes nettoyaient les remparts de leurs défenseurs. Les hommes se pressèrent à la base des murs et toutes les échelles ployèrent sous leur poids. Au moment où il semblait que l'assaut allait réussir, les défenseurs lâchèrent une tempête de feu. Des grenades passèrent par-dessus les murs, laissant une longue traînée de fumée derrière elles. Elles explosèrent au milieu des Turcs. Des cercles enflammés furent simultanément projetés dans leurs rangs. Puis ce fut le tour des pompes lance-flammes qui, tels des dragons, crachèrent depuis le haut des murs un mélange brûlant d'huile et de térébenthine. Les vêtements de soie et de coton que portaient les Ottomans au combat s'embrasèrent. Et ce fut l'enfer.

Autour d'Asha, les rires se turent. Quand la retraite fut sonnée, les tranchées autour de Saint-Elme étaient pleines de cadavres se consumant. C'était une belle journée, sans vent pour emporter au loin la puanteur de la chair et des cheveux calcinés qui flottait sur le port. Les cris des brûlés et des mourants pouvaient s'entendre jusqu'à Birgu. Même avant qu'un objectif réel ait été fixé, les canonniers turcs rouvrirent le feu, rien que pour couvrir les hurlements terrifiants.

Cette nuit-là, dans la tente de commandement, Asha apprit que près de deux mille hommes avaient perdu la vie dans l'attaque. Mustapha Pacha estima que ce n'était finalement pas cher payé pour avoir pu s'emparer du ravelin. Il ordonna qu'on construise un énorme monticule de terre derrière lui, un cavalier qui serait bientôt plus haut que le fort lui-même. Quand il fut complété, quand les défenseurs du fort levaient les yeux, au lieu de voir leur Dieu dans le Ciel, ils contemplaient les canons de l'islam, prêts à les projeter à bout portant en enfer.

Simultanément, des esclaves furent envoyés combler le fossé entre le ravelin et le fort. Ils se faisaient tuer par centaines pendant qu'ils travaillaient, accomplissant la tâche qui leur avait été confiée par leur seule mort : progressivement, leurs corps faisaient office de remblai.

Toutes les nuits, les commandants ottomans s'accordaient à dire que la chute de Saint-Elme était proche. Sous tous les angles, le fort en forme d'étoile n'était qu'une ruine. Même si les chevaliers et leurs hommes travaillaient sans relâche pour réparer les défenses effondrées, ils ne pouvaient suivre le rythme, particulièrement quand ils étaient confrontés aux bombardements incessants et au feu des tireurs d'élite. Cela faisait déjà près de trois semaines que la canonnade avait commencé. Chaque jour, l'intensité des tirs s'accroissait. D'immenses pans de mur finirent par basculer dans la mer. L'intérieur de la citadelle était soumis à une grêle ininterrompue de boulets de marbre et de granit. Les assauts se succédaient, toujours plus durs à chaque nouvelle vague.

Et pourtant, l'ouvrage tenait. Dans la tente de commandement, les *aghas* et les ingénieurs, confondus et honteux, tentaient d'expliquer pourquoi les troupes les plus aguerries du monde et les artilleurs les plus expérimentés ne parvenaient pas à venir à bout du récalcitrant. Le problème, disaient-ils, c'était que les défenseurs combattaient comme des démons possédés.

Cette obstination de Saint-Elme à ne pas mourir était ce qui troublait le plus Asha. Birgu et Senglea étaient beaucoup plus fortement fortifiés que cette petite structure. Il y avait davantage de soldats, de vivres et de matériel. S'ils combattaient avec la même ténacité, le siège pouvait durer encore des mois, voire des années. La quantité de sang répandu ne serait pas mesurable.

Un soir, Dragut et Mustapha discutaient des emplacements où il faudrait installer l'artillerie après la chute de Saint-Elme. Le corsaire disposait des petits galets colorés sur les cartes de la zone du port pour indiquer ses choix.

— Il est dommage que nous ne connaissions pas l'emplacement exact des forces et des réserves à l'intérieur de Birgu et Senglea, remarqua-t-il. Cela nous faciliterait la tâche de savoir ce qu'a prévu La Valette.

Ces paroles firent réagir Asha. Voilà la voie qu'Allah lui avait peut-être choisie. Il allait pouvoir être utile d'une manière très concrète : il entrerait dans Birgu et découvrirait la position exacte des magasins de poudre, des troupes et des réserves. Il noterait scrupuleusement les forces et les faiblesses des fortifications. Il irait reconnaître les passages souterrains, et découvrirait les plans et les tactiques. Forts d'une telle connaissance, Dragut et le brillant général Mustapha trouveraient incontestablement la route la plus rapide qui les mènerait à la victoire, ce qui sauverait de nombreuses vies turques et maltaises. C'était une mission qu'Asha pouvait mener sans armes, un pont reliant ses deux vies. C'était parfait.

Naturellement, il ne pouvait s'en ouvrir auprès de Dragut, de Piali ou de qui que ce soit. Il ne savait toujours pas ce qu'ils lui feraient s'ils découvraient la vérité, même après ses longues et fidèles années de service. Dragut, particulièrement, était imprévisible : il pouvait aussi bien éclater de rire en découvrant l'habile supercherie ou ordonner l'exécution d'Asha — ou les deux. Il allait donc devoir agir seul, subrepticement. Si son identité était découverte, quand il reviendrait avec ses précieuses informations, le sort en serait jeté. On verrait bien. Le châtiment qui viendrait sanctionner une vie de mensonge serait compensé par les existences que ses informations auraient sauvées. Il était certain de pouvoir obtenir ces renseignements. Il connaissait l'île, ses racines, ses sources et ses toponymes. Il connaissait sa langue, ses coutumes et son peuple. « Je peux le faire. »

Il resta éveillé pendant des heures à réfléchir et à étudier son plan. Finalement, il décida d'agir la nuit suivante.

Mais le lendemain, l'impensable survint. Le seigneur Dragut avait souvent déclaré que la seule raison qui expliquait la résistance du fort, c'était le ravitaillement et les renforts qui y arrivaient chaque nuit. Il conçut donc un plan pour creuser une tranchée descendant du flanc du Sciberras et faisant face à Saint-Ange. Le fossé serait caché par un écran de broussailles et de pierres, protégeant les hommes des tirs de la citadelle de Birgu. Grâce à cette position protégée près du grand port, les canons des janissaires seraient enfin en mesure de mettre un terme au réapprovisionnement de Saint-Elme.

Dragut se trouvait sur place, inspectant le travail, quand un canonnier turc au sommet du Sciberras ajusta mal son tir. Le boulet atterrit en plein milieu des officiers. L'un des *aghas* fut tué sur le coup. Un long éclat de granit perfora le crâne de Dragut, juste au-dessus du tympan. Il tomba à terre, saignant des oreilles et de la bouche, sauvé d'une mort immédiate par l'épaisseur de son turban.

Le soir venu, Asha vint le voir. Les médecins avaient fait tout ce qu'ils pouvaient — ce qui n'était pas grand-chose. Le sort du corsaire se retrouvait dans les mains d'Allah, disaient-ils tristement. Et il était clair qu'Allah rappellerait bientôt Son serviteur auprès de lui. Il était allongé sur le dos, les traits sereins. Son visage était déjà d'une pâleur cadavérique et sa respiration laborieuse. Il s'agitait régulièrement, mais restait inconscient. Asha s'agenouilla près de lui et essaya de l'allonger de manière plus confortable. Il combattait de toutes ses forces la boule qu'il avait dans la gorge. Plus que quiconque, Dragut Raïs avait contribué à forger sa vie.

Il pensait au jour où il l'avait repêché. Il aurait pu le réduire en esclavage, le vendre ou le tuer. Mais il avait repéré quelque chose en lui et les nombreuses bénédictions étaient parties de là. Asha se remémorait aussi la prémonition de Dragut selon laquelle il mourrait un jour dans cette île. L'enfant Nicolo Borg, encore trempé, avait vu en lui un rejeton de Satan, et lui avait jeté à la face qu'un jour il le tuerait lui-même et fixerait sa tête au bélier d'une des galères de l'ordre de Saint-Jean. Comme la vie qu'Allah avait conçue était différente de celle que Nico avait envisagée ! Maintenant, il se penchait sur Dragut en regrettant de ne pas savoir comment le maintenir en vie.

— *May-ya.*

Cela n'avait été qu'un murmure, aussi léger que la brise qui ridait les flancs de la tente. « De l'eau. » Asha en remplit une coupe et l'approcha de la bouche de Dragut, qui s'humecta les lèvres et le palais, sans se réveiller.

Asha se pencha et embrassa le front de son mentor, puis il serra sa main.

— Bonne nuit, grand-père, murmura-t-il. Le Prophète sera bienheureux de vous avoir auprès de Lui.

Le jeune homme se leva et quitta la tente. Tout en regagnant sa galère, l'esprit en ébullition, il laissa de côté sa tristesse. La mort de Dragut allait être un coup dévastateur pour les forces du sultan. Plus que jamais, Mustapha et Piali allaient avoir besoin de l'information qu'Asha pouvait obtenir dans Birgu. Le danger, il le savait, venait de ses vaisseaux. Il ne pouvait ni laisser un officier supérieur de la flotte s'enquérir de lui, ni risquer que son équipage signale sa disparition.

Sur le pont arrière de l'*Alisa*, il parla à Feroz, son premier lieutenant. Il lui expliqua qu'il avait reçu l'honneur de passer plusieurs jours dans les tranchées avec Mustapha Pacha, pour apprendre l'art de la guerre de siège. Il lui demanda aussi d'emmener pendant ce temps-là les galères patrouiller dans le détroit entre Gozo et Malte et de les ramener pour le chercher dans exactement cinq jours. Asha voulait partir aux premières lueurs du jour. Ses instructions étant conformes à l'ordre de bataille de Piali Pacha, elles n'éveillèrent aucun soupçon chez Feroz.

— Je suis honoré de votre confiance, Asha Raïs, lui répondit gravement son officier.

Le jeune homme rejoignit le rivage à bord d'une barque. Si Dieu le voulait, il serait de retour à bord avant que quiconque se rende compte de son absence. Il s'approcha de l'enclos des esclaves, près du Marsa. Des torches de roseau brûlaient à intervalles réguliers autour du périmètre. Parmi les rameurs des galères enchaînés, il y avait aussi un certain nombre de Maltais capturés dans la campagne. Ils travaillaient vingt heures par jour et, épuisés, étaient étendus, pressés les uns contre les autres, attendant l'appel qui les ramènerait dans les tranchées. Asha scruta attentivement leurs rangs. Il choisit un homme dont la corpulence et la taille approchaient de la sienne.

— J'ai besoin d'un esclave, lança-t-il impérieusement au garde, un massif Anatolien. Amène-moi ce chien.

— Immédiatement, effendi.

Le prisonnier était un paysan mince d'une quarantaine d'années. En s'approchant de l'officier turc, il trahit, par son expression, sa certitude de rencontrer bientôt son Créateur. Un moment plus tard, les mains liées, il suivait Asha à l'extérieur du camp. Les deux hommes dépassèrent les latrines et s'enfoncèrent dans l'obscurité pour filer droit sur le village de Msida, comme s'ils rejoignaient le mouillage de la flotte de Dragut dans la baie de Saint-Julien. Les gardes du secteur les voyaient passer sans leur prêter d'attention.

Ils parvinrent à un *wied*, et Asha quitta le sentier pour se diriger vers l'intérieur des terres. Le paysan eut un instant d'hésitation. Asha le poussa en avant de la pointe de son sabre.

Dix minutes plus tard, bien à l'écart d'éventuels yeux trop curieux, Asha s'arrêta et trancha les liens de l'homme.

— *Inza hwejgek*, dit-il en maltais. Enlève tes habits.

L'autre avait l'air interloqué.

— Maître ?

— *Haffef*, le pressa Asha. Vite, ou je les prends sur ton corps mort.

L'homme s'exécuta et laissa tomber ses vêtements à ses pieds.

— Où est ta maison ?

— Près de Mgarr, maître.

C'était un village sur la côte occidentale. Asha fut soulagé. S'il avait répondu Birgu, il n'aurait eu d'autre choix que de le tuer.

— Alors rentre chez toi, maintenant.

— Maître ?

Il semblait abasourdi.

— Tu es sourd ? Je te dis que tu es libre. Pars vite avant que je change d'avis. Et fais attention, cette fois, à ne pas te faire reprendre par les Turcs.

Submergé par sa bonne fortune, le paysan commença à marmonner et à s'incliner révérencieusement. Asha, s'impatientant, leva son sabre et l'homme s'évanouit dans la nuit, incrédule, nu... et libre.

Une fois seul, le capitaine de l'*Alisa* s'agenouilla. Il défit son turban et enleva sa tenue de soie. Puis il ramassa le pantalon bouffant du Maltais, qui ne descendait que jusqu'aux genoux. Les longues manches de la chemise ample étaient parfaites pour dissimuler l'*orta* qu'il avait sur le bras. A la manière d'un paysan, il rentra la nippe dans le pantalon et boucla sa ceinture. Les habits sentaient légèrement les déjections et l'ail. Asha laça les sandales, qui n'étaient rien d'autre qu'une vague semelle de cuir retenue par des lanières et secoua la *biritta*, le long bonnet, en espérant qu'il ne soit pas infesté de poux. Puis, réalisant que sa barbe était beaucoup trop bien entretenue, il la taillada avec son couteau jusqu'à ce qu'elle ait l'air suffisamment loqueteuse, pour autant qu'il puisse en juger. Pour parachever l'ensemble, il se frotta le visage et le cou avec de la poussière et se coiffa de la *biritta*.

Il se sentait nu sans son turban. Il ne conserva que l'émeraude qui l'ornait et la pièce de monnaie qui ne le quittait jamais. Avant de s'en aller, il dissimula tout — habits, armes et amulettes — sous un rocher, espérant être capable de les retrouver.

Alors, il scruta les alentours. N'ayant pas envie de tomber nez à nez avec une patrouille, il allait devoir se déplacer avec beaucoup de prudence. Maintenant, il était un homme entre deux mondes. S'il était pris par les Turcs, il serait accusé de désertion ; s'il était attrapé par les chevaliers et identifié comme Turc, il tomberait sous l'accusation d'espionnage. Aucune des deux perspectives n'était bonne. Toutefois, il savait que les forces en présence seraient occupées ailleurs : un assaut majeur se préparait contre Saint-Elme à l'aube.

A moitié baissé, Nicolo Borg se hâta de traverser les champs en direction du village fortifié de son enfance. Les feux tremblotants du Sciberras éclairaient sa progression.

7 juin 1565

— Saint-Elme ne peut plus tenir.

Envoyé par les commandeurs Broglia, Miranda et Degueras, le chevalier de Medran se présentait devant le Sacré Conseil. Son visage était couvert de brûlures et sa tunique maculée de sang, mais il n'y avait dans ses yeux nulle trace des affres du combat qui avait tant ébranlé La Cerda. L'appréciation de Medran était calme et réaliste.

— Les murs sont effondrés, en ruine. Les commandants recommandent que nous fassions sauter Saint-Elme avec les réserves restantes et que nous quittions cet enfer indéfendable pour rejoindre les défenses de Birgu et de Saint-Michel.

Autour de la table, beaucoup voulaient accéder à cette requête, mais La Valette était inflexible.

— Aucune mort n'est inutile pour la défense de Saint-Elme, déclara-t-il. J'ai reçu une nouvelle lettre du vice-roi. Il a promis des secours pour le 20 juin, mais il ne veut pas mettre ses navires et ses hommes en péril pour une cause perdue. Il n'enverra son aide que si Saint-Elme tient encore. Il ne peut donc y avoir aucune reddition. (Il circula autour de ses officiers, s'arrêtant devant chacun pour le regarder.) Chaque poste, chaque position, chaque morceau de ruine sera tenu jusqu'à l'extrême limite. Si moi-même je dois ramer pour aller défendre Saint-Elme, je le ferai.

Bien qu'ils aient su qu'ils partaient pour une mort certaine, il y eut encore quinze chevaliers et cinquante soldats à se porter volontaires pour gagner Saint-Elme avec Medran.

Au terme d'une nouvelle journée de combats farouches, cinquante-trois des plus jeunes défenseurs du fort assiégé, mécontents de la réponse de La Valette qui leur demandait, en somme, d'attendre le massacre, signèrent une lettre et la lui adressèrent :

Très illustre et très révérend seigneur,

Quand les Turcs ont débarqué, Votre Seigneurie a ordonné à tous les chevaliers ici présents d'aller défendre cette forteresse. Cela, nous l'avons fait de tout notre cœur et, jusqu'à présent, tout ce que nous pouvions tenter l'a été. Votre Seigneurie le sait, et aussi que nous ne nous sommes épargné aucune fatigue ou danger. Mais l'ennemi nous a réduits à un état tel que nous ne pouvons ni avoir d'effet sur lui ni nous défendre nous-mêmes (depuis qu'il tient le ravelin et le fossé). Il a aussi construit un pont et des marches jusqu'à notre rempart. En outre, il a creusé sous le mur, si bien qu'à chaque heure, nous nous attendons à sauter. Le ravelin lui-même a été tellement rehaussé que nous ne pouvons occuper aucun poste sans être tués. Quant à placer une sentinelle en surveillance, c'est inutile, puisque dans les quelques minutes de sa prise de poste, elle est abattue par les tireurs embusqués. Nous sommes dans une situation qui ne nous permet pas davantage d'occuper la cour au centre du fort. Plusieurs des nôtres y ont déjà été tués et nous n'avons pas d'autre abri que la chapelle. Nos hommes sont décimés et les officiers ne peuvent plus rien faire pour les obliger à prendre leurs positions sur les murs. Convaincus que le fort va tomber, ils sont prêts à se sauver à la nage. Dès lors que nous n'arrivons plus à accomplir efficacement les devoirs de notre ordre, nous sommes déterminés — si Votre Seigneurie ne nous adresse pas de bateaux ce soir pour que nous nous retirerions — à opérer une sortie et à mourir en chevaliers. N'envoyez plus de renforts, dès lors qu'il n'y aura que des morts. Voilà la résolution de tous ceux dont Votre Très Illustre Seigneurie peut voir la signature ci-dessous. Nous informons en outre Votre Seigneurie que des galiotes turques ont évolué au large de la pointe. Et ainsi, dans cette intention, nous vous baisons les mains.

Saint-Elme, le 8 juin 1565.

La Valette dépêcha trois chevaliers pour rendre compte de la situation. Ils rapportèrent que le fort était dans le chaos.

Deux pensaient qu'il pouvait tenir encore quelques jours au mieux. Mais le troisième, Costantino Castriota, estimait qu'avec des troupes fraîches, il résisterait plus longtemps. Il trouva même six cents volontaires parmi les chevaliers et les soldats dans Birgu, et revint dire à La Valette qu'il était prêt à traverser le port à leur tête.

Le grand maître était furieux que des combattants à l'intérieur de la citadelle meurtrie eussent pu discuter ses ordres, même s'ils n'étaient qu'une minorité.

— Si les chevaliers commencent à décider comment et quand ils veulent mourir, alors notre cause est perdue, lança-t-il devant le Sacré Conseil. C'est leur devoir d'obéir aux ordres, de se sacrifier non pas quand cela semble idoine, mais quand il leur est ordonné de le faire.

Il décida d'essayer quelque chose d'autre avant d'envoyer Castriota avec les renforts. Il adressa une lettre à Saint-Elme disant qu'une force de volontaires avait été levée pour défendre le fort : « Votre demande de quitter Saint-Elme pour rejoindre la sécurité de Birgu a été acceptée. Revenez, mes frères, au couvent et à Birgu, où vous serez plus en sûreté. Pour ma part, je me sentirai plus confiant quand je saurai que la citadelle — dont dépend grandement la sécurité de l'île — est tenue par des hommes en qui je pourrai avoir implicitement confiance. »

Honteux, les chevaliers rebelles l'implorèrent de ne pas les remplacer. Ils obéiraient à ses ordres jusqu'à la mort.

Il y eut ensuite une bataille nocturne, la première du siège. Toute la journée, les canons turcs avaient tiré sans interruption, sans se laisser le temps de refroidir entre deux canonnades, presque jusqu'à la limite de la fusion. Quand ils s'arrêtèrent, un silence sinistre enveloppa le grand port. Tout le monde savait ce que cela signifiait.

Christian monta sur le toit de l'infirmerie pour observer le drame imminent. Autour de lui, sur les murs de Birgu, de Saint-Ange et de Saint-Michel, hommes et femmes en faisaient autant.

Le roulement des tambours et le fracas des trompettes remplacèrent les canons et une marée gigantesque de Turcs investit la colline en direction de Saint-Elme. Les lueurs des torches que certains portaient donnaient l'impression qu'une coulée de lave dévalait les pentes du Sciberras. Du fort, les grenades, les cercles et les trompes lance-flammes firent pleuvoir un feu d'enfer sur les assaillants. De nouveau, les robes de soie et de coton s'embrasèrent, et la nuit se changea en jour. En se lançant en avant, les *iayalars* et les janissaires se précipitaient vers une mort certaine ; les premières lignes étaient poussées par les suivantes. Tous hurlaient, grimpaient, se lançaient sans peur sur les points faibles des murs.

D'aucuns, à la robe enflammée, s'éloignaient et couraient vers le bas de la colline. Christian les voyait sauter d'un promontoire sous le fort, tel un météore en feu, jusqu'à ce qu'ils soient avalés par les ténèbres des eaux froides du port.

Les hautes flammes s'élevant au-dessus de Saint-Elme éclairaient la scène du combat. Au sommet des remparts, des hommes se battaient. Les arquebuses tiraient sans répit. Dans la nuit, on voyait les petites flammèches orange, jaune et rouge jaillir de leurs gueules. Christian regardait pétrifié, fasciné par l'horrible beauté de la mer de feu ottomane venant lécher les flancs de Saint-Elme. Il pria pour que Bertrand, piégé quelque part dans cet enfer, meure rapidement.

La bataille fit rage toute la nuit. A l'aube, bien qu'il semblât impossible que quiconque ait pu survivre à l'intérieur du fort, la bannière de l'ordre flottait toujours sur les ruines fumantes.

16 juin 1565

A l'abri d'un monticule de terre, juste derrière le cavalier intérieur, Bertrand Cuvier était assis dans un vague état de torpeur. Des nuages de mouches et des colonies de rats se disputaient les cadavres en décomposition. De nombreux morts ne pouvaient être emmenés. On les laissait pourrir sous le soleil accablant. Indifférent, Bertrand regardait un rat jaillir, moustaches rouges, de dessous le corps bouffi d'un janissaire et se réfugier dans un cratère. Par-delà les vestiges de l'enceinte, il apercevait les pentes du Sciberras, striées de tranchées ennemies. Les bannières turques flottaient ici et là, signalant le parcours que les esclaves avaient creusé pour porter la mort au plus près des murailles.

Un soldat maltais se glissa jusqu'à Cuvier. Il lui tendit une éponge imprégnée de vin. Le chevalier la porta à sa bouche sèche et la suça comme s'il s'agissait de son nectar le plus précieux — épuisé depuis bien longtemps, maintenant. Ses lèvres étaient gercées et saignaient. Il cuisait littéralement dans son armure, que la chaleur de la saison transformait en four. Il enviait les Turcs et leurs soieries légères — au moins jusqu'à ce qu'il les ait vues s'embraser. Son harnachement l'avait au moins sauvé de ça. Ses bras avaient été gravement brûlés, noircis pendant l'attaque nocturne, six jours plus tôt. Une bombe incendiaire turque s'était accrochée à son équipement et avait explosé en l'aspergeant de poix enflammée. Il aurait pu rôtir sur place s'il n'y avait pas eu à proximité l'une des grandes cuves d'eau prévues précisément à cet effet. Il avait sauté dedans pour éteindre les flammes. Et alors, dans un grand moment d'hilarité qui lui avait fait perdre toutes ses forces, il n'avait pratiquement plus été en mesure de ressortir de la vasque du fait de son extrême fatigue et du poids de sa tenue. « Mourir noyé dans une tempête de feu, quelle ironie », avait-il pensé.

Ses bras ressemblaient à des brochettes qui auraient été oubliées sur le feu toute une nuit. La peau avait noirci, carbonisée. Les jointures étaient à vif, craquelées, suintantes. Il pouvait à peine bouger. Ce qui l'inquiétait le plus, c'était qu'il ne serait peut-être plus capable de manier une épée efficacement. Il serra les dents et se força à plier les bras, car sans activité, il le savait, ils raidiraient. Il entendit sa peau éclater et se déchirer. Il hurla et recommença.

Il avait traversé dix jours de ce régime et savait qu'il pouvait tenir encore autant s'il arrivait à se reposer un peu. Assommé de fatigue, il avait la tête dans le brouillard. Pendant la journée, les canons tonnaient sans interruption, tirant d'énormes boulets de granit qui rebondissaient et fracassaient les murs du fort, tout en projetant des milliers d'éclats qui tuaient sur place ceux qu'ils touchaient. La plupart des nuits, ils se taisaient, mais il n'y avait pas pour autant de repos. Il fallait enterrer les morts, s'occuper des blessés ou les embarquer sur les bateaux retournant à Saint-Ange et aussi guetter d'éventuels raids nocturnes. Après cela, les derniers soupçons de force devaient être consacrés à entasser des pierres les unes sur les autres pour relever les défenses qui seraient abattues de nouveau le lendemain.

Chaque matin, lorsque le soleil se levait, Bertrand scrutait l'horizon par-dessus les murs qui étaient encore un peu plus bas que la veille. Il était certain qu'il finirait par apercevoir la flotte de secours du vice-roi. En dépit du pessimisme de Christian sur le sujet, il ne croyait pas un seul instant que les monarques européens allaient les oublier, parce que s'ils le faisaient, ils sentiraient bientôt sur leurs propres cous la lame du cimeterre. Ils se rendaient certainement compte que c'était là l'occasion d'éradiquer ces bâtards impies de cette partie de la mer. Dans cet état de semi-délire, il faisait la leçon au roi Philippe, grondait l'enfant-roi Charles et s'écorchait les mains en soulevant les pierres.

En contemplant l'état de dévastation du fort, il se demandait, comme tout le monde, comment celui-ci tenait encore. Pratiquement tous ses défenseurs étaient blessés. La cuisine étant détruite, il n'y avait plus rien à manger, sauf quand le grand maître parvenait à faire passer des vivres, tâche incertaine qui ne pouvait s'effectuer que de nuit. Pire que le bruit, il y avait l'odeur : mélange de vomi, de cheveux brûlés, de graisse et, par-dessus tout, de chair en décomposition.

Par Dieu, pensa-t-il, cela avait été un combat. Il avait affronté des janissaires en mer, dans des combats navals, mais jamais sur terre. Ils mouraient comme n'importe quel autre homme, c'était juste un peu plus dur. Seuls les *iayalars* étaient déstabilisants. Ils venaient seuls ou par vagues. A la différence des janissaires, qui étaient des combattants habiles et ne se perdaient pas en futiles attaques, ces fanatiques voulaient étouffer l'ennemi sous leur corps, priant pour obtenir une mort rapide et entrer au paradis. Ils fumaient du haschisch et ne connaissaient pas la peur. Ils rappelaient à Bertrand les papillons de nuit tournoyant autour d'une bougie, dansant et virevoltant, jusqu'à mourir dans les flammes.

Quand il était au combat, Bertrand ressentait une semblable pureté spirituelle, une intimité avec Dieu, qu'il éprouvait rarement en d'autres moments de sa vie bien remplie — au cours desquels il n'adhérait que partiellement aux vœux de l'ordre. Mais à Saint-Elme, il se sentait en paix, certain de la justesse de la cause de l'ordre et prêt à mourir pour elle... Et c'était pour ça qu'il savait que cela n'arriverait pas. Il ne disparaîtrait pas au cours de ce siège — sauf, bien sûr, s'il devait encore parler à l'un de ces chevaliers italiens, espagnols ou allemands qui n'étaient vraiment pas la compagnie qu'on souhaiterait dans des situations difficiles. Christian lui manquait. Il se prenait souvent à parler tout seul à son ami, plaisantant, riant comme s'il était là, pendant qu'il polissait ses lames, nettoyait son arquebuse, essuyait la poussière de son front, actionnait ses articulations brûlées et attendait la prochaine attaque.

Une nuit, il avait entendu un Turc crier du fossé entre le ravelin capturé et le fort.

— Chevaliers de Saint-Jean, avait-il hurlé en italien. Soldats d'Espagne et de Gênes ! Braves gens de Malte ! Le seigneur Mustapha Pacha adresse ses salutations aux défenseurs de Saint-Elme. Vous avez combattu honorablement et bien, mais votre cause est désespérée ! Sur les tombes de ses ancêtres et par la barbe du Prophète, Mustapha jure que tout homme qui quittera le fort cette nuit aura la vie sauve, comme Soliman l'a miséricordieusement fait à Rhodes.

Il avait commencé à répéter l'offre. Bertrand avait tiré et eu de la chance. La voix de la reddition s'était tue.

Le lendemain, des attaques sporadiques avaient eu lieu, associées à un bombardement plus intense que jamais. Les canons de Tigné avaient été détruits par un furieux raid de cavalerie parti de Mdina, dirigé par le commandant Copier. Mais les Turcs les avaient rapidement remplacés. Leurs pièces d'artillerie paraissaient aussi inépuisables que les *iayalars*. Les boulets de fer et de granit avaient recommencé de pleuvoir encore et toujours, projetant de grands nuages de poussière jaune dans l'air. Des pans entiers de muraille continuaient de s'effondrer en écrasant les hommes qui se trouvaient en dessous.

Chaque nuit, les défenseurs profitaient du répit et de l'arrêt des tirs d'arquebuse des attaquants embusqués pour préparer l'aube suivante. Au cours des siècles, la guerre de siège avait peu évolué, malgré la sophistication des armes. Les arquebuses étaient chargées et posées sur le sol près des caisses de poudre. Les canons étaient, quant à eux, alimentés avec de la mitraille ou des boulets enchaînés et dirigés vers les brèches des murs où l'on pouvait attendre le plus grand nombre d'assaillants. Chaque chevalier avait sa masse, sa hache de combat, son épée et son bouclier, mais jusqu'alors, c'était le feu qui avait accompli l'essentiel du travail.

Des marmites de poix bouillaient le long de ce qui restait des murs. Des tas de cerceaux à enflammer étaient prêts. Il y avait aussi une nouvelle invention qui s'était révélée l'une des armes les plus efficaces. C'était des anneaux de bois trempés dans l'huile, et étroitement noués avec des bandes de coton et de laine plongées dans un mélange de poudre, de salpêtre et de suif, puis dans le vin — étape qui n'était, naturellement, pas confiée à Bertrand. On répétait ces différentes opérations jusqu'à ce que les cercles soient aussi épais que le cou d'un homme et puissent brûler longuement, chauffés à blanc. Une fois allumés, ils étaient projetés sur les hordes de soie grâce à de longues pinces.

Ensuite, les défenseurs pouvaient compter sur leurs trompes lance-flammes et sur les bombes incendiaires. Chacune était remplie d'un mélange poisseux et inflammable, et pouvait être allumée grâce à une mèche lente avant d'être lancée. Quand elle tombait ou touchait une cible, elle se brisait et projetait des flammes dans toutes les directions, la poix enflammée s'accrochant à ce qu'elle touchait. Des mèches lentes brûlaient à intervalles réguliers, prêtes à être fixées aux projectiles et à les enflammer. Sur le champ de bataille, les Turcs étaient aussi effrayants et dangereux que n'importe quelle autre force sur terre, mais ici, ils étaient contraints d'attaquer d'une manière qui les rendait éminemment vulnérables à de telles armes. Un homme seul pouvait, grâce à elles, tuer des quantités d'ennemis. Le problème à Saint-Elme, Bertrand le savait, c'était que, chaque jour, il y en avait moins, et moins de combattants pour les envoyer.

Durant la nuit, des troupes se massèrent à l'extérieur des murs. Leur matériel réfléchissait la lueur des feux de camp. Quelque part sur le Sciberras, une voix entonna une mélopée mi-chantée, mi-parlée, quelques versets en turc. Toute l'armée rassemblée en dessous de lui reprit à l'unisson, et cela monta clairement dans la nuit. Puis la voix solitaire recommença son chant, et la masse lui répondit encore. Alors des tambours, des luths et des trompettes se mirent à jouer. Sur la colline, les hommes priaient à haute voix — et silencieusement dans le fort.

A l'approche de l'aube, on assista à quelques raids rapides. Il ne s'agissait que d'observations en fait, pour évaluer les faiblesses et repérer les éventuelles sentinelles mortes. Ils furent repoussés. Les chevaliers sortirent et mirent le feu à une portion de pont que les attaquants avaient partiellement jetée au-dessus du fossé depuis le ravelin.

Sous couvert de la nuit, une bonne partie de la flotte turque s'était positionnée au pied du Sciberras, débarquant des milliers de troupes pour se joindre à l'assaut.

Les arquebusiers s'étaient déjà agenouillés, prêts à tirer.

Le soleil se leva à l'horizon. Une trompette sonna et l'assaut commença.

Les premiers, les arquebusiers ouvrirent un feu nourri. Au moment où ils rechargeaient, les canons des galères lâchèrent leurs salves, immédiatement imités par l'artillerie plus conséquente du Sciberras, de Tigné et de la pointe des Gibets. Bertrand se signa, mit son heaume et baissa sa visière. Les armes se turent et dans un immense rugissement, les *iayalars* s'élancèrent. Cuvier se trouvait près du mur sud-ouest, flanqué de chaque côté de chevaliers et de soldats. Il tira un coup de son arquebuse, puis en attrapa une autre et fit feu, alors qu'autour de lui le monde semblait exploser. Salve après salve, les tirs chrétiens décimaient les rangs des assaillants hurlants, mais ils étaient immédiatement remplacés par d'autres, qui enjambaient leurs corps et se faisaient abattre à leur tour. Mais déjà les suivants passaient au-dessus d'eux. Leur nombre paraissait infini. Les échelles furent posées contre les murs. Des hommes les gravirent, pour basculer une fois arrivés au sommet, quand la poix brûlante faisait son œuvre. Des plates-formes rudimentaires construites avec des morceaux de bois récupérés auprès de la flotte étaient conduites dans la bataille. Les défenseurs se précipitaient pour les renverser ou les tailler en pièces dès qu'elles touchaient les remparts.

Bertrand ne sentait pas ses bras. Quand ses mousquets étaient vides, il attrapait des bombes incendiaires, les allumait et les jetait l'une après l'autre, avec des effets dévastateurs. De l'autre côté de la petite place du fort, les canons crachaient des boulets munis d'une chaîne, qui occasionnaient des trouées sanglantes dans les rangs turcs. Les cercles de feu rebondissaient sur la muraille, roulaient le long de la colline et tombaient dans les fossés, embrasant assaillant après assaillant. Parfois, ils en attrapaient deux ou trois d'un coup par les épaules ou la taille et les retenaient ainsi entravés dans cette étreinte brûlante jusqu'à complète combustion.

Des derviches — hurlant et priant pour aider les envahisseurs à atteindre un état de frénésie religieuse —, puis les janissaires commencèrent à enjamber les *iayalars* tombés. Ils étaient trop près, maintenant, pour que Bertrand puisse utiliser ses bombes, mais cela signifiait qu'il était dans son élément. Attrapant épée et bouclier, il se dressa sur le mur et balança son glaive, frappant, taillant les hommes qui montaient. Sa lourde armure le sauva plusieurs fois des hallebardes, des sabres et des piques qui cherchaient vainement à mordre sa chair. Il sentit une douleur à la cuisse, puis au flanc, mais continua de combattre sauvagement tandis que des ennemis tombaient à ses pieds. Quand son épée lui échappa des mains, il attrapa la hache à sa ceinture. Elle tournoyait avec une efficacité mortelle. Plus la bataille avançait, plus il lui était difficile de rester debout. Ses déplacements étaient de moins en moins sûrs. Tout autour de lui, le sol était couvert de cadavres qui risquaient de le faire trébucher à chaque instant. Et tomber, c'était mourir. Parfois la fumée était si épaisse qu'il ne pouvait même pas voir au-delà de l'homme qu'il affrontait. De nouveaux adversaires surgissaient du brouillard, tels des fantômes. Pourtant, sans qu'on sache vraiment comment, les lignes tenaient et les Turcs n'arrivaient pas à s'enfoncer dans la brèche.

Tout autour, il régnait une terrible odeur de sang, de poudre, de sueur et de mort. A cela s'ajoutait le chœur discordant des voix de ceux qui gisaient à terre, saignant, corps et os fracassés. L'air était empli de prières en six langues. Une explosion à l'intérieur du fort secoua le sol. La principale réserve de bombes incendiaires venait de prendre feu et d'exploser, tuant tous les défenseurs dans les parages.

Dominant la bataille, Mustapha Pacha se tenait sur le ravelin. Ignorant le danger, il dirigeait l'attaque en hurlant ses ordres. De l'autre côté du port, les canons de Saint-Ange tiraient sans arrêt. Les boulets s'écrasaient au milieu des attaquants massés sur les pentes juste devant Saint-Elme. Un groupe de janissaires commença l'ascension du poste immédiatement à l'ouest de Bertrand. Les canonniers de Birgu essayèrent de les déloger, mais ils visèrent à côté et tuèrent au contraire huit défenseurs. Le tir suivant, mieux ajusté, arracha les assaillants des fortifications comme la laine sur le dos d'un mouton.

La bataille fit rage toute la journée. Les troupes se retiraient, se reformaient et remontaient à l'assaut. Le chevalier de Medran fut tué par un tir d'arquebuse. Le capitaine Miranda, l'un des trois commandants du fort, fut gravement blessé. Alors que le soleil descendait, une sonnerie de trompette mit fin à l'offensive. Si une seule vague de plus avait été lancée ce soir-là, Saint-Elme serait tombé. Mille Turcs jonchaient les pentes, les tranchées et les cours. Leurs corps dégageaient de la vapeur à mesure que la température tombait et que le crépuscule virait à la nuit. A l'intérieur de la citadelle, cent cinquante chevaliers et soldats gisaient morts. Les défenseurs s'effondraient là où ils avaient combattu, tremblants et épuisés.

Les deux camps étaient stupéfaits. Saint-Elme, cette vieille forteresse bâtie à peu de frais à qui personne, musulman ou chrétien, n'aurait accordé plus de cinq ou six jours de résistance, avait déjà survécu trois fois plus longtemps. Elle était tenue par une troupe de loqueteux ensanglantés.

Toute la nuit, les Turcs ramenèrent leurs morts, pendant que les chevaliers expédiaient leurs bateaux chargés de blessés à Birgu. Dans la chapelle où ceux-ci attendaient d'être évacués, Bertrand écrivit comme il put une petite note à Christian : « Ne gaspillez plus de volontaires, griffonna-t-il d'une main tremblante, son sang se mêlant à l'encre. Juste besoin d'un tonneau de vin. Pour les anneaux de feu, naturellement. »

Il plia le papier et le glissa dans la ceinture d'un Espagnol sérieusement blessé au ventre. Soudain, il se ravisa et rajouta une phrase : « Deux seraient mieux. »

A l'aube, le bombardement recommença.

Chapitre 38

Accroupi dans l'obscurité, Asha étudiait les murs de l'entrée de Birgu, massifs et lourdement défendus. Il reconnaissait, plantés sur les différents bastions le long de la muraille, les étendards des auberges. Il mémorisa le moindre détail.

Puis il réfléchit aux diverses manières qui s'offraient à lui pour pénétrer dans la ville. Ostensiblement, il n'y avait aucun moyen d'y entrer sans être repéré. Mille yeux observaient le moindre pouce de terrain. D'abord, il envisagea de nager, de remonter la crique de Kalkara et d'aborder quelque part entre Saint-Ange et le poste de Castille, peut-être près du port jouxtant la sainte infirmerie. Il pourrait toujours prétendre s'être échappé de chez les Turcs et traverser le grand port. Ce parcours présentait l'avantage de ne pas encore se trouver sous le tir des canons ottomans. Ainsi, il n'avait pas à s'inquiéter d'être descendu par ses propres troupes. Il se glissa dans les ruines de Bormla, un village qui n'existait pas dans sa jeunesse, dont toutes les maisons avaient été démolies, laissant une zone dégagée entre Birgu et les camps turcs sur les hauteurs.

Il lui fallut deux heures pour parcourir la distance, se glissant dans les rues désertées et progressant lentement dans le fossé qui descendait vers Kalkara. Soudain il s'arrêta : un campement turc lui bloquait la route.

Il ne lui restait donc qu'une solution : passer par la porte principale. Il rebroussa chemin et se dirigea vers la poterne, éloignée des lignes ottomanes. A mesure qu'il se rapprochait, son cœur s'accélérait. « Je suis maltais, se répétait-il. Je n'ai rien à craindre. »

Quand il ne put plus ramper davantage, il se releva et courut directement vers le mur en agitant les bras.

— *Hallini nidhol !* Laissez-moi entrer ! Je me suis échappé de chez les Turcs !

Prudents, les gardes du rempart lui firent signe de s'arrêter devant la porte. Soupçonnant une ruse, ils scrutèrent les ténèbres au-delà de lui.

— Vite ! hurla-t-il en regardant, paniqué, derrière son épaule. Avant qu'ils ne me reprennent. *Jekk joghgbok,* espèce d'idiots !

Craignant encore quelque traîtrise, les sentinelles lancèrent une corde. Asha grimpa rapidement, parfaitement conscient que son dos pouvait faire une cible très tentante pour un tireur d'élite turc. Des bras forts le hissèrent à l'intérieur. Le souffle court, il atterrit sur le bastion de Saint-Jean. Une demi-douzaine d'hommes l'entouraient.

— Qui es-tu ? lui demanda en italien un chevalier de la Langue de Provence.

L'homme arborait un casque à plumes et une superbe armure d'argent et de bronze.

Asha secoua la tête comme s'il ne comprenait pas.

— *Grazzi hafna*, répondit-il. Merci, merci ! Je pensais que j'étais un homme mort.

Comme un bouffon, il essaya d'embrasser la main du chevalier. Avec un mouvement d'impatience, celui-ci réclama un garde maltais pour assurer la traduction.

— *Int min inti ?* demanda celui-ci. Quel est ton nom ?

Asha s'était soigneusement préparé à cette réponse.

— Nicolo Borg. Du village de Zejtun. Les Turcs m'ont capturé quand ils ont débarqué. J'essayais de ramener mon bétail de Bir id-Diheb. Mais je n'ai pas été assez rapide. Ils m'ont mis dans leur camp près du Marsa. Les bâtards m'ont forcé à pousser leurs canons sur le Sciberras. J'aurais préféré les mettre dans leur derrière. Si vous me donnez une pique et que vous me laissez rester près de vous sur le mur, c'est ce que je ferai.

Il utilisait les mots exacts, connaissait les toponymes locaux et savait que d'autres Maltais s'étaient échappés du camp turc de la même manière. Certains riaient.

Le garde traduisit au chevalier, qui sembla satisfait et donna des instructions. Le garde s'adressa alors à Asha.

— Par Dieu, tu as de la chance. Ici, tu seras à l'abri. Trouve-toi à manger. Ils te donneront quelque chose au palais de l'évêque. Ensuite, l'ordre t'affectera à un poste.

Asha s'inclina et serra la main de l'homme avec gratitude, puis il se tourna pour faire de même avec le chevalier, mais celui-ci s'éloignait déjà. Alors il se dirigea vers une échelle. Un instant plus tard, ses pieds touchaient le sol.

Birgu.

Ce retour attendu depuis si longtemps lui donnait presque le tournis. A partir de maintenant, Asha devait se concentrer sur le présent, sur les armements, les fortifications, les ressources humaines, tandis que Nico allait s'intéresser au passé, retrouver les détails de sa mémoire, les visages qu'il désirait tant revoir. Il fut immédiatement bousculé par un soldat impérieux qui poussait une charrette pleine de boulets.

— Ecarte-toi, idiot !

Asha eut presque envie de le frapper, mais Nico refréna son instinct : « Je suis un paysan stupide. »

Des gens se pressaient dans toutes les directions. Ils se comportaient comme ceux qui savent où ils vont et ce qu'ils font. Même les enfants paraissaient sûrs de leur but et bien organisés, pensa-t-il. Pas de mains oisives pendant un siège. D'emblée, il réalisa qu'il y avait beaucoup plus de monde à l'intérieur de la ville qu'il ne l'avait imaginé. Cela représentait une force formidable.

Asha-Nico longea la muraille. Ses yeux détaillaient les fortifications, les enceintes, les puissants bastions. Les bannières lui disaient quelle Langue de l'ordre défendait quel secteur. Au point le plus solide, près de la crique de Kalkara, on trouvait les Castillans. Ensuite venaient les Italiens, les Allemands et les chevaliers d'Auvergne et de France. A Senglea, les Aragonais tenaient Saint-Michel. Il compta les troupes et nota les endroits où elles se concentraient. Puis il observa où étaient fixées les échelles d'accès ; il calcula la largeur des coursives et regarda comment les hommes se déplaçaient d'un secteur à l'autre.

Il constata que de nouveaux murs s'élevaient tandis que de vieilles maisons avaient été abattues. La Valette était vraiment un adversaire intelligent. Près du poste de Castille, il y avait un véritable piège si les Turcs arrivaient à s'introduire par là. Le grand maître avait créé un lacis intérieur de murailles, dans lequel des troupes, s'engouffrant par une brèche, iraient se piéger tel du bétail dans un enclos attendant l'abattage. L'information sauverait peut-être des centaines, voire des milliers de vies turques.

Nico reconnut un endroit où il avait jadis joué à la balle. Il se rappelait quand il courait après elle dans la rue pour l'attraper juste avant qu'elle ne tombe dans l'eau de la crique de Birgu. Asha, quant à lui, voyait douze soldats en train de parler. Au-dessus d'eux, on apercevait une demi-couleuvrine et, au-delà, trois tournées de l'autre côté et complètement invisibles de l'extérieur. Juste en arrière de ce point, une mine permettrait d'abattre un pan complet de muraille.

Le jeune homme poursuivit sa route vers la place. Il était obligé de se frayer un chemin au milieu de la foule. Le village, qui reposait soigneusement dans la mémoire de Nico, était assez différent sous le regard attentif d'Asha : il lui semblait plus compact et plus peuplé. Seuls quelques bâtiments n'avaient pas changé du tout : les auberges des Langues, l'infirmerie et l'église Saint-Laurent. Sainte-Agathe avait un nouveau clocher. Nico avait joué à l'endroit même où il s'élevait. Asha pénétra à l'intérieur, enjambant des paysans endormis et leurs maigres biens. Il s'arrêta devant l'autel tout simple, garni d'une nappe et d'une croix, avec, sur le mur, une tapisserie. Des caisses d'épées et d'arquebuses s'entassaient à côté, attendant d'être distribuées en cas d'urgence. Il commença à les compter, mais son regard revint vers la croix. Il sentit un picotement étrange à la base de sa nuque. Il ne s'était pas trouvé dans une église chrétienne depuis la dernière fois qu'il avait mis les pieds dans celle-ci. Malgré le confort qu'il trouvait dans l'islam, il ne pouvait s'empêcher de sentir que le Dieu de ses pères était en train de le regarder. Sans attendre, il ressortit.

Il apparaissait clairement que la place de Birgu était le centre de commandement du siège. Il compta les *soubrevestes* pour estimer le nombre de chevaliers qui dirigeaient les troupes. Il avait déjà pensé à ce qu'il ferait s'il croisait La Valette. Ce n'était pas un chef ordinaire. Tous les récits parlaient de lui comme d'un homme extraordinaire. Sa disparition aiderait indubitablement encore plus la cause turque que de simples informations sur un entrepôt de poudre ou un piège derrière les murs. Le grand maître devait mourir. Asha contournerait son garde du corps et le frapperait, payant probablement de sa vie. Dans le cas de Romegas, ce serait plus difficile. Il faudrait qu'Asha fasse appel à toute sa volonté pour oublier sa vengeance et laisser le bonhomme en paix, mais il savait que c'était ce qu'il devait faire s'il voulait arriver à tuer La Valette ou rapporter des renseignements. Si le destin lui souriait, il rencontrerait son adversaire au cours de la bataille finale de Birgu.

Il traîna ainsi près d'une heure dans le périmètre de la place, observant, attendant, mais jamais le grand maître ou Romegas n'apparut. Il savait qu'il pouvait patienter des heures, voire des jours, avant de les voir.

Alors il se dirigea vers la rue de son enfance. A proximité, il vit une maison basse qui fit remonter à la surface des souvenirs particulièrement vifs. Il pouvait encore sentir l'arôme du pain chaud sortant de cette porte chaque matin. Parfois, l'odeur le réveillait même dans son lit, à trois rues de là, et faisait grommeler son estomac. Luca Borg ne pouvait s'offrir du pain frais et généralement ils devaient attendre qu'il devienne dur comme du calcaire ou moisisse pour l'acheter à moindre prix. Un merveilleux jour, Maria avait trouvé une pièce dans la rue.

Ils avaient su tout de suite ce qu'ils allaient en faire. Rapidement, ils étaient retournés à la maison récupérer du miel et s'étaient précipités pour se mettre dans la queue — exactement là où Asha remarquait une palette avec une pile de mitrailles enveloppées dans de la toile. Maria avait donné la pièce au boulanger, en échange d'une bonne demi-miche, fumante dans l'air frais du matin. Ils l'avaient emportée et, devant Sainte-Agathe, l'avaient tartinée de miel et mangée avec délice. Il se souvenait de leurs visages souriants et collants pendant qu'ils léchaient leurs doigts et chassaient les mouches. A présent, Asha comptait les pains emportés sur des charrettes pour estimer approximativement le nombre de personnes qu'ils allaient nourrir.

« Maria. Où es-tu ? »

Il continua d'avancer, étudiant et mémorisant tout. Vingt hommes, trente, quarante-deux... Un détachement de Grecs, un rassemblement de Rhodiens. Quelqu'un se tourna vers lui et le dévisagea, comme s'il le trouvait différent. Il baissa la tête et se dépêcha de descendre la rue. Troublé, il porta la main à sa *biritta*. Non, ce n'était qu'un effet de son imagination. Il n'avait pas simplement l'air d'un Maltais, se rappela-t-il. Il était maltais. Mais il ne savait pas jusqu'où le mensonge devait aller. Peut-être qu'il ne se comportait plus comme un vrai Maltais. Assurément, une vie de pauvreté et de soumission aux chevaliers devait affecter la posture même. Oui, le comportement devait marquer les Maltais aussi sûrement que son *orta* sur le bras le désignait comme... comme... un autre. Il n'était sûr de rien, sauf d'une chose : il était un homme transformé dans un village d'étrangers.

Il arriva enfin dans la rue où il avait vécu. Il y avait de nouvelles maisons autour de la sienne, mais il en reconnut la porte et la fenêtre où sa mère échangeait des commérages, l'après-midi, avec la vieille Agnete, le tyran qui lui avait un jour brisé les phalanges avec un gourdin de chêne pour avoir pris une friandise à sa fenêtre.

Il imaginait le cloaque derrière cette maison, si lié au jour qui avait changé sa vie. Il observait tous ceux qui entraient ou sortaient, n'ayant aucun moyen de savoir si sa famille vivait toujours là. Evidemment, un grand nombre de personnes s'entassaient dans l'habitation. En seulement vingt minutes, il en dénombra onze. Deux femmes, notamment, auraient pu être sa sœur. Elles étaient aussi belles que dans son souvenir et devaient avoir son âge. L'une d'elles avait un enfant. Etait-ce le sien ? Il ne savait rien de la vie de Maria. Elle s'était sûrement mariée. Elle avait dû le faire à quatorze ou quinze ans. Son aîné — neveu ou nièce ! pour lui — devait donc avoir onze ou douze ans. Peut-être que cet homme était son mari. Et leur mère ? Il vit plusieurs femmes qui pouvaient être Isolda, mais leur voile empêchait de le savoir. En revanche, il ne repéra aucune trace de leur père. Luca, il en était certain, devait toujours ressembler à Luca. Il le reconnaîtrait déjà simplement à ses mains.

Asha résista intérieurement à Nico, qui brûlait de se précipiter à l'intérieur de la maison et de réclamer des réponses à ses milliers d'interrogations. Mais l'Ottoman était plus fort que le Maltais et il repoussa ces pensées au loin. Les questions ne feraient qu'attirer l'attention et naître les soupçons. Il devait faire ce pour quoi il était venu. A contrecœur, il s'éloigna. Près du palais de l'évêque, il repéra une rampe qui conduisait sous une demeure où l'on fabriquait des munitions. Il observa les barils de poudre roulant à l'intérieur et vit des caisses de bombes grégeoises qu'on transportait ailleurs. Les canonniers turcs se chargeraient rapidement de l'endroit.

Il aperçut enfin le premier visage familier : celui du bottier, un homme aussi piquant qu'un frelon. Il le regarda, mais il n'aurait pas dû. Un soldat le vit en train de traîner, la marque certaine de l'individu qui avait besoin de quelque chose à faire.

— Eh, toi, là ! Viens ici ! lui lança-t-il en italien.

Asha regarda ailleurs, comme s'il ne comprenait pas, mais l'autre l'attrapa par l'épaule et le poussa vers une bâtisse. Un instant plus tard, Asha courbait la tête dans une pièce au plafond bas éclairée à la bougie. Une source s'y trouvait, à laquelle on remplissait de gros pichets en terre. Cela n'existait pas dans son enfance. De temps en temps, il devait se rendre jusqu'au Marsa pour aller chercher de l'eau. Asha réalisa que cela pouvait permettre à Birgu de tenir longtemps et enregistra cette cible pour les artilleurs. Il aida à porter les pots dehors, où ils étaient entassés sur une lourde charrette aux roues de bois craquelées. Quand elle fut pleine, des hommes, des ânes et même un prêtre se mirent à tirer sur les cordes. Ils étaient épuisés. L'un d'eux dit que c'était le quatrième voyage de la journée. Tout en se mêlant à leur travail, Asha observa attentivement le religieux. Le temps l'avait affiné et rendu plus sévère de visage, mais il ne pouvait y avoir aucune erreur sur son identité : c'était Dun Salvago. Il fallut à Nico des trésors de volonté pour se retenir. « Combien de fois ai-je entendu vos paroles dans ma tête ! Combien de fois ai-je répété vos prières ! » Le *kapillan* ne le reconnaissait pas, évidemment, et de toute façon, il se concentrait sur la nécessité de tenir les récipients en équilibre.

— Fais attention de ce côté, dit Salvago à l'un des hommes, que ça ne...

Trop tard. L'un des pichets roula et tomba sur le sol, mais ne se brisa pas. Nico se pencha pour le ramasser. Les muscles tendus, il le remit sur la charrette.

— Ton aide est bienvenue, l'aborda le prêtre en essuyant la transpiration de son front. Merci.

— Ce n'est rien, Dun Salvago.

Celui-ci le regarda.

— Je te connais ?

— Non, mon père. Je suis de la campagne. Je sais qui vous êtes. Tout le monde le sait.

Ils poussèrent la charrette à travers un dédale de rues, jusqu'à la porte du palais. Le beau jardin de la cour avait été dépouillé par les chèvres, qui trottèrent à leur rencontre. A la porte de la chancellerie, Nico aperçut l'évêque — Cubelles, il se souvenait de son nom. A côté d'un grand chaudron fumant, le prélat aidait à distribuer la soupe à une queue d'affamés. Nico dut effectuer plusieurs voyages pour transporter l'eau. A chaque tour, Asha en profitait pour évaluer les provisions entassées contre le mur. Il emportait les récipients en bas des marches d'un escalier sombre, près des cachots. Il avait entendu parler de cet endroit. On disait jadis qu'il était plein d'horribles instruments de torture. Le capitaine de l'*Alisa* compta ceux qui s'y tenaient, essentiellement des vieillards et des enfants, entassés dans des espaces sombres. Tous semblaient avoir une requête à adresser à Salvago, qui les écoutait patiemment.

— Une ration de plus pour ma grand-mère. Elle est malade aujourd'hui.

— Un bonbon, Dun Salvago.

— Est-ce qu'il y a un remède pour ma mère ?

Salvago était un homme bon, pensa Asha en l'observant.

C'était un lieu que les canonniers devraient épargner.

C'était presque le crépuscule et il commença à songer à ressortir du village. Après la tombée de la nuit, il trouverait le moyen de se glisser dehors et de traverser la crique de Kalkara à la nage. Il se dirigea de ce côté pour reconnaître l'endroit.

A mi-chemin, il s'arrêta. Il ne pouvait pas faire ça. Quels que soient le sens de la discipline et l'objectif d'Asha — et les risques —, Nico ne pouvait pas avoir passé sa vie à rêver de sa famille et repartir sans essayer de la trouver. La vue du père Salvago avait donné de la réalité à ses souvenirs : les personnes dans sa mémoire étaient réelles. Il devait les trouver !

Immédiatement, il retourna vers la place, où il attrapa un homme par l'épaule :

— Sais-tu où habite Luca Borg ? (L'autre secoua négativement la tête.) Luca Borg, le maçon ? Maria Borg ? Isolda Borg ?

Il arrêta un deuxième passant, et encore un.

— Luca Borg ? Eh, toi, là ! Connais-tu...

— Toi ! *Durak !*

Il pivota sans réfléchir en s'entendant apostropher en turc

et resta le souffle coupé. Un Maltais costaud le regardait. Il portait une bourguignotte — un casque léger — et une cotte de mailles. Et surtout, sous son heaume, il arborait une épaisse masse de cheveux blancs — « *... aussi blancs que la neige que l'on rapporte des montagnes pour les sorbets du sultan...* », avait-il écrit jadis dans une lettre à Maria. C'était Beraq, que Nico avait libéré de ses chaînes quand sa galère coulait devant Djerba. De son œil unique, il fixait le visage haï du raïs dans le navire duquel il avait souffert pendant quatre ans.

— *Merhaba*, Asha Raïs.

— Je ne comprends pas ce que tu dis, répondit Asha en maltais. Je ne suis pas raïs.

Beraq s'avança.

— Il ne me manque qu'un œil, pas deux. (Il agrippa le jeune homme par le bras.) Même au bout de mille vies, je ne t'oublierais pas.

Les gens autour commencèrent à s'intéresser à l'altercation.

— Laisse-moi partir, implora Asha à voix basse. Je t'ai libéré. J'aurais pu te laisser aller au fond.

— Tu aurais dû. Mais tu ne l'as pas fait. C'était la volonté de Dieu que je vive jusqu'à cet instant précis.

Alors Asha repoussa Beraq, qui chancela, et il en profita pour se mettre à courir.

— Arrêtez-le ! C'est un Turc ! Un espion turc !

Asha était presque parvenu à traverser l'attroupement quand des bras puissants l'arrêtèrent et le ramenèrent face à son accusateur.

— C'est un infidèle ! Un capitaine turc du nom d'Asha Raïs ! J'ai été esclave sur son bateau ! Je l'aurais reconnu n'importe où !

— Il ment ! Il est fou, je vous le dis ! Il voit des Turcs en rêve, je parie.

— Enlevez-lui son pantalon, dit Beraq à un soldat. Vous verrez.

Asha se débattit furieusement, protestant contre le caractère indigne de ce qu'on voulait lui infliger, mais il ne put rien faire face au nombre. Il se retrouva déculotté jusqu'aux genoux.

— Je suis *converso* ! se défendit-il âprement. Je suis né juif. Ma famille s'est convertie quand j'étais enfant.

Beraq arborait un air triomphant.

— Je ne sais pas comment tu as appris à parler aussi bien le maltais, dit-il, mais seuls les porcs musulmans et les chiens juifs n'ont pas de peau là... Et tu n'es pas juif. (Il se tourna vers les autres.) C'est un raïs turc, je vous le dis.

Il donna un coup dans les parties génitales de son captif, qui se plia en deux.

— *Che cosa ?*

Les hommes s'écartèrent en entendant la voix d'une autorité. Un chevalier se tenait devant eux. Beraq expliqua rapidement la situation.

Le chevalier attrapa le poignet d'Asha et leva son bras, dévoilant le tatouage. Ses yeux se levèrent lentement vers ceux d'Asha.

— C'est un *orta*, se contenta-t-il de dire.

Le prisonnier ne disait rien, mais il fixait l'autre avec un regard de défi.

— Pendez-le, décida le chevalier d'un air indifférent.

Beraq attrapa brutalement Asha. Ses mains furent tenues dans son dos et on le poussa jusqu'à une galerie couverte, accolée à un parapet. Là, un homme passa une corde au-dessus d'une des poutres qui sortaient du mur, tandis qu'un autre approchait une caisse sur laquelle le condamné allait monter.

Un flot de pensées envahit le cerveau d'Asha. Il était furieux contre lui-même de s'être mis en quête de Maria. Il aurait mieux fait de s'en tenir à ce qu'il avait décidé et de repartir. Etre attrapé ainsi, par un esclave, après en avoir abusé tant et si bien !

On lui serra la corde autour du cou. Le chanvre lui brûlait la peau. Puis on l'obligea à monter sur la caisse. Beraq s'était planté devant lui. Il voulait avoir l'honneur de pousser le perchoir.

— Meurs lentement, sale porc turc, éructa-t-il en avançant sa botte.

Asha n'avait pas peur de mourir, mais il n'était pas prêt à le faire dès maintenant.

— Attendez ! (A cause de la corde, sa voix ripa. Il sentait le sang battre à ses tempes.) Je ne suis pas turc. Mon nom est Nicolo Borg. Mon père s'appelle Luca Borg. Il est maçon. Ma mère est Isolda et ma sœur Maria. Je suis né ici, à Birgu.

— Je connais Luca Borg, dit un homme, et sa fille. J'ai travaillé pour eux, précisément sur ce mur.

— Faites-les venir, alors, dit Asha. Ils vous le confirmeront. Je suis aussi maltais que n'importe qui ici.

Le chevalier, satisfait, hocha la tête. Il n'avait pas eu l'intention d'éliminer le suspect avant que le grand maître l'ait vu. Mais un nœud coulant était un bon moyen de délier une langue.

— Emmenez-le à la prison, ordonna-t-il. Et voyez si vous pouvez trouver son père. Nous découvrirons bien assez tôt sa véritable identité.

Chapitre 39

Les canons au-dessus de Saint-Elme se turent. Un calme rare descendit sur l'île. Le silence soudain était aussi perturbant que l'artillerie elle-même.

Sur la colline au-dessus de M'Kor Hakhayyim, le janissaire Abu leva les yeux vers l'épais tapis d'étoiles. Il souleva sa robe et écouta le bruit de son urine éclabousser les rochers. Ses camarades se trouvaient dans leurs tentes ou jouaient aux cartes autour du petit feu près du caroubier.

Dès qu'il eut fini de se soulager, il laissa retomber les pans de sa tenue. Puis il s'apprêta à regagner son poste. Soudain, le sol s'effaça sous ses pieds et il glissa en laissant échapper un grognement. Il était tombé lourdement dans un trou, jusqu'à mi-cuisse. Il se hissa hors de l'excavation en se frottant les jambes et entendit brusquement un bruit inattendu. Par inadvertance, il avait laissé filer des petits cailloux qui roulaient au bas d'une pente qui n'était pas censée exister.

Il déplaça quelques grosses pierres, dégagea des buissons, pensant avoir affaire à une des nombreuses grottes criblant l'île. Ils en avaient déjà exploré une sur la falaise, non loin de là. Voyant qu'il y avait une ouverture, il se faufila légèrement à l'intérieur. De nouveau, il s'arrêta pour écouter. Seul le silence lui répondit. Retournant vers le feu, il récupéra une torche.

— Qu'y a-t-il ? s'enquit Nasrid.
— J'ai peut-être trouvé une caverne, monsieur.
— Kareef, va avec lui, ordonna leur chef.

Un des janissaires se leva et suivit le premier.
Celui-ci agita la torche dans le trou.
— Tu vois ? Il y a un tunnel.

Les deux hommes déplacèrent quelques autres rochers de l'entrée. La torche dans une main et le sabre dans l'autre, Abu s'immisça à l'intérieur avec Kareef sur ses talons.

Tapi derrière une stalagmite à l'arrivée du boyau, Fençu était tout près d'eux. Dès le premier bruit de chute de pierres, tous les occupants de la caverne s'étaient précipités à leur poste et avaient récupéré leurs armes, comme ils avaient appris à le faire. Telles des proies attendant leur prédateur, ils se cachaient dans un silence absolu. Doucement, Fençu reposa son index sur la détente de l'arbalète. Le carreau était dans son encoche, la corde tendue.

Abu dévala la déclivité et finit la descente sur l'arrière-train. Le boyau arrivait sur une étroite corniche qui se prolongeait par une pente raide. Le janissaire s'arrêta pratiquement au fond de la grotte. Il releva la torche et découvrit un vaste espace sans aucun signe de vie. L'endroit ressemblait à un excellent site pour installer son camp. Parvenu sur le sol plan, il leva les yeux vers la voûte, qui se perdait dans la pénombre au-delà des lueurs de sa torche.

Kareef arriva prudemment derrière lui, presque sans un bruit.

— Par les os de nos pères, chuchota-t-il fasciné en découvrant les lieux.

Les sens aux aguets, Abu s'avança précautionneusement, l'épée prête. Il aperçut une marmite et l'emplacement d'un feu. La caverne avait été occupée à un moment quelconque. Il s'agenouilla près des cendres et plongea la main dedans.

— Vieux et froid, lança-t-il à son camarade. Ils se sont probablement enfuis quand ils ont vu notre flotte arriver.

— Ils ont laissé du grain, s'exclama à son tour Kareef, qui venait de tomber sur des paniers d'osier et des jarres de terre.

— Regardons ce qu'ils ont pu abandonner d'autre, répondit Abu, circonspect.

Il leva sa torche en tournant sur lui-même, éclairant une partie après l'autre. Ses yeux sondaient les longues ombres qui se mouvaient contre les parois. Devant lui, il avisa une échelle qui permettait d'atteindre une niche. En montant les barreaux pour regarder à l'intérieur, il tomba sur les grands yeux écarquillés d'Eléna, serrant Moïse contre elle. L'enfant couinait de peur. Surpris, Abu eut un mouvement de recul et leva son épée.

— Ka...

Le carreau de l'arbalète de Fençu le transperça au niveau de la tempe et il s'effondra sans un mot supplémentaire.

Son épée résonna sur le sol et la torche tomba avec lui.

Le cri de surprise de Kareef fut tranché net par un coup qui sembla jaillir du sol. Cawl se dressa au-dessus de l'homme mort, sa grande épée dans la main.

Plus haut, Moïse commença à gémir.

— Reste tranquille, murmura Eléna.

Elle le pressait contre elle, enfonçant son visage dans ses seins.

— Allez récupérer les armes de l'autre tunnel ! chuchota Fençu. Et soyez prêts à courir.

Villano et Cataldo se précipitèrent dans le second boyau du fond de la grotte et revinrent rapidement, les bras chargés de mousquets et d'épées. Ils percevaient les cris sur la colline. Les Turcs avaient entendu.

Tous les sens en alerte, Nasrid et ses hommes s'étaient dressés instantanément dès qu'ils avaient saisi les bruits. Ils ramassèrent des torches et se dispersèrent en appelant leurs camarades.

Avec la torche du janissaire, Fençu alluma deux mèches lentes. Il en tendit une à Cawl et l'autre à Villano. La fumée irritante fit froncer le nez à ce dernier. Le chef de M'Kor Hakhayyim posa l'extrémité de son arbalète sur le sol et remonta la manivelle. Quand la corde fut tendue, il replaça un carreau. Puis il tendit l'arme à Elli, qui était aussi habile avec cette arme que n'importe quel homme.

— Abats le prochain, lui dit-il.

Elle s'agenouilla et attendit. Cataldo s'était mis lui aussi à genoux de l'autre côté, arquebuse prête.

Fençu écarta la torche de roseau vers le côté de la grotte pour qu'elle éclaire les Turcs de l'arrière quand ils arriveraient.

— Ils étaient là, hurla un janissaire de la ravine. (Un instant plus tard, il découvrit l'ouverture.) Ici !

Il s'introduisit dans le boyau, poings en avant. Deux hommes lui emboîtèrent immédiatement le pas, et deux autres encore dans les secondes qui suivirent.

— Cherchez les entrées, lança Nasrid.

Ses soldats se répartirent sur la pente en continuant d'appeler leurs deux camarades manquants.

Dans la grotte, le premier janissaire venait de poser le pied sur le sol, épée en main. Il tomba sur l'arbalète d'Elli. Celui qui le suivait reconnut le claquement distinctif et hurla pour avertir les autres. L'éclair d'une arquebuse déchira la pénombre et son rugissement emplit la grotte. L'assaillant glissa au fond de la caverne, mort. Derrière lui, ses compagnons se lançaient dans le trou en criant.

Cataldo laissa tomber l'arquebuse, ignorant la seconde, qui était prête et chargée juste à côté de lui, pour courir rejoindre sa femme et leurs enfants dans une cachette des petites galeries supérieures. Ils attendraient là jusqu'à ce qu'ils puissent sortir en toute sécurité, que ce soit dans une minute ou une semaine. D'un commun accord, les membres de la communauté de M'Kor Hakhayyim avaient décidé que, s'ils étaient découverts, ils tenteraient de s'enfuir par des issues différentes, pour augmenter les chances de chacun de s'en sortir.

Fençu s'agenouilla près du tas de bombes incendiaires, sa mèche lente prête. Il entendit d'autres hommes arriver par la falaise du côté de l'entrée principale. Sur l'ancien sentier, les pierres se détachaient sous leurs pas et tombaient le long des rochers.

— Villano ! appela-t-il. Le filet !

Celui-ci se précipita vers les cordes qui retenaient la nasse pleine de pierres. Trop effrayé pour prendre son temps, il saisit son épée et tailla sauvagement. Au premier essai, il échoua, idem au deuxième. Au troisième, il libéra l'avalanche de roches, qui s'effondra sur trois janissaires entrant à cet instant précis. Le fracas se répercuta dans toute la grotte et une poussière épaisse se répandit. Les jambes broyées, un Turc hurlait. L'homme derrière lui avait sauté en arrière juste à temps. Villano s'attaqua à une deuxième corde. D'autres blocs basculèrent dans un même rugissement et s'empilèrent sur les précédents. Enfin, il trancha le dernier lien et le reste des rochers churent. Les hurlements effroyables du Turc cessèrent. L'entrée était bloquée et de l'autre côté de l'éboulis, on entendait des cris.

— Partons ! lança Fençu à Elli et Eléna. Par la sortie basse ! On va à l'eau !

Ils s'élancèrent vers l'accès côté mer, au moment où un

janissaire touchait le sol de la grotte en débouchant du premier tunnel arrière.

Moïse fut le premier à s'introduire dans le boyau récemment taillé. Sa mère le serrait de près. L'Ottoman entendit plus qu'il ne vit l'animation de ce côté-là et il lança sa hache. L'arme frappa Elli, qui s'effondra sans un cri. Devant, Eléna n'avait rien entendu. Epée en avant, Cawl bondit sur l'agresseur par-derrière. Instinctivement, le guerrier pivota en sortant son couteau de la ceinture. Il frappa dans le vide. Cawl s'était reculé et la lame s'écrasa sur la roche. Cawl attrapa l'arquebuse et planta la mèche lente directement dans le magasin à poudre. La détonation fut assourdissante dans l'espace confiné. Le Turc s'écroula, mais déjà Cawl répétait son geste avec l'arme abandonnée par Cataldo, tuant un ennemi de plus.

Des soldats descendaient et approchaient du fond. Fençu amorça une bombe et la lança. Un manteau de flammes enveloppa le premier Ottoman. Fençu en lança une deuxième, puis une troisième. Il les envoyait le plus haut possible pour qu'elles frappent la paroi au-dessus de l'arrivée même du boyau. Les flammèches se mirent à pleuvoir sur les turbans et les robes des trois suivants. Ils se tordirent, hurlèrent et s'embrasèrent, bloquant la descente à leurs camarades qui arrivaient derrière eux. Mais ils furent rapidement repoussés pour dégager le passage.

Sautant par-dessus le corps d'un janissaire, Fençu courut vers le passage inférieur. Il trébucha sur le corps d'Elli et tomba violemment. En se retournant, il vit la hache dans la lumière tremblotante et réalisa soudain quel était l'obstacle qu'il avait rencontré.

— Elli ! (Il arracha l'arme et retourna son épouse.) Elli ! Elli !

Il la secouait doucement en l'appelant. Sa femme ne répondait pas. Il la prit par les épaules et la tira dans le tunnel. Quand celui-ci devint trop étroit, il dut se mettre sur le ventre et la prendre par les bras. Cawl arriva derrière.

— Aide-moi ! lui souffla Fençu, au bord de l'asphyxie. C'est Elli.

Cawl poussa pendant que son chef tirait. Ensemble, ils parvinrent à la faire glisser jusqu'en bas. Derrière eux, des enfants pleuraient et Villano hurlait. Ils entendirent un autre coup de feu et encore un autre. Villano n'avait pas d'armes.

Ils arrivèrent enfin à la corniche extérieure, six pieds au-dessus de la mer. Eléna était déjà dans l'eau avec Moïse, qui nageait. Elle plongeait sans arrêt, retirant les pierres du petit bateau immergé. Elle travaillait à tâtons, car il faisait presque aussi noir dehors qu'à l'intérieur de la grotte.

— Il faut que je descende Elli, Cawl, lança Fençu. Il y a deux autres arbalètes ici. Sers-t'en quand ils arriveront pour bloquer le tunnel avec leurs corps.

— Elli est morte, Fençu. Laisse-la.

Mais Fençu n'écoutait pas. Il amena son épouse jusqu'au bord de la corniche et la bascula. Elle tomba dans l'eau avec un grand bruit d'éclaboussures. Fençu sauta juste derrière elle et atterrit presque sur Moïse, qui but la tasse et toussa.

Parvenu sur le surplomb, Cawl se retourna pour faire face à l'entrée du tunnel et se réintroduire légèrement à l'intérieur. Il attendit, retenant sa respiration pour capter le moindre bruit. Enfin l'un des Turcs arriva. En pénétrant dans l'étroit boyau, il se mit à grommeler. Quand Cawl vit une masse qui pouvait être soit un visage soit un turban à un bras de distance, il tira. Presque immédiatement, il entendit un autre janissaire derrière le premier. « Mon Dieu, ce sont des fanatiques », pensa Cawl. Il prit la seconde arbalète et la leva au maximum près du plafond du boyau, afin que le carreau puisse éviter le cadavre. Il pressa sur la détente, perçut un grognement étouffé, puis plus rien. Alors il abandonna l'arme sur place dans le passage et recula en rampant. Quand il sentit que ses jambes battaient dans le vide, il se laissa tomber dans l'eau. Elle était froide et noire, et lui coupa la respiration.

Ils se trouvaient dans la cuvette, invisibles à ceux qui se tenaient au-dessus. Avec de la chance, songea Cawl, l'aube viendrait avant que les Turcs comprennent où ils étaient passés. Mais celle-ci les avait largement oubliés cette nuit-là. Ils devaient partir.

Eléna le héla.

— Cawl ! Aide-moi à sortir l'embarcation ! J'ai pratiquement enlevé toutes les pierres.

Il pataugea pour la rejoindre. A côté d'eux, Fençu essayait de maintenir la tête de son épouse hors de l'eau. Totalement flasque, elle flottait sur le dos. Sans arrêt, elle s'enfonçait et sans arrêt, son mari la relevait.

— Elli ! répétait-il sans cesse entre deux hoquets. Elli, nous devons partir. Réveille-toi, Elli, réveille-toi.

Cawl prit sa respiration et plongea. Il ne voyait rien et l'eau lui piquait les yeux. Il remonta à la surface, toussa, inspira et replongea. Cette fois, ses mains trouvèrent l'avant du bateau. Il acheva de le délester et le poussa pour qu'il remonte à la surface. Eléna s'agrippa à la coque et s'accrocha aux tolets immergés qui supportaient les rames. Epuisée par ses efforts, elle toussa. Elle avait du mal à respirer. Moïse l'agrippa par la robe et passa le bras autour de son cou. Ils se laissèrent flotter à côté de l'esquif pour se reposer.

— Fençu, viens ! chuchota Cawl. J'ai besoin de ton aide.

Mais Fençu continuait de ne rien entendre.

— Elli ! Réveille-toi. Il faut nager. Elli.

— Fençu ! Vite ! Ils vont bientôt être là.

Cawl se désespérait.

Eléna attrapa la main de son fils et la guida jusqu'à un tolet.

— Tu peux t'accrocher ?

— Oui, maman, haleta-t-il.

Elle nagea alors jusqu'au charpentier, qui ne se rendait presque plus compte de rien.

— Fençu, s'il te plaît. On a besoin de toi. (Elle réalisa qu'Elli flottait sur le ventre.) Il n'y a plus rien à faire, Fençu, dit-elle bouleversée. Elle est morte.

— Non !

Fençu donnait de furieux coups de pied dans l'eau pour

tenter de se maintenir à flot avec Elli. Mais, rapidement, il n'y parvint plus et son épouse coula. Il plongea pour la récupérer et la rattrapa par la chemise. Dans un effort surhumain, il remonta à la surface, mais la tête d'Elli était toujours immergée. Battant des bras et des pieds, il pleura et gémit sous l'emprise de la frustration, puis finit par admettre qu'il n'y avait plus rien à faire.

— On a besoin de toi, répéta doucement Eléna.

Elle entendit un grand sanglot.

— Il faut que je l'enterre, dit Fençu.

— Tu ne peux pas. Nous allons tous mourir. Laisse la mer la prendre. (Elle le tira par le bras.) S'il te plaît, Fençu.

Il gémit, puis toussa en buvant la tasse. Enfin, il lâcha son épouse, qui coula immédiatement. D'une manière ou d'une autre, il parvint à se ressaisir et suivit Eléna en nageant jusqu'au bateau. Ensemble, ils le remorquèrent jusqu'à des eaux un peu moins profondes, où les hommes pourraient prendre appui sur des rochers. La cuvette n'avait pas de rive praticable, seulement des parois rocheuses verticales. Ils réussirent à retourner le bateau, hissèrent Moïse en premier dedans, puis Eléna, qui écopèrent avec les mains en coupe jusqu'à ce que les deux hommes puissent monter sans risque de chavirage.

Au-dessus d'eux, ils entendaient des cris étouffés, mais personne ne les avait repérés. Comme ils n'avaient pas de rames, ils durent utiliser leurs bras, Cawl et Fençu à l'avant, Eléna et Moïse derrière. Rassemblant leurs forces, ils sortirent de la cachette pour s'engager dans la baie. Une grande partie de la flotte était partie, mais il restait quelques galères.

Sur la colline, Nasrid était furieux. Ce n'était même pas des soldats, mais des civils qui lui avaient tué tant de ses hommes. Quatre ennemis étaient morts : un homme, une femme et deux gamins, qui avaient emporté trois de ses janissaires avec eux quand leur retraite avait été découverte. Ils avaient fait cinq prisonniers : un couple et leurs enfants, capturés quand un des petits avait toussé à cause de la fumée suffocante du tunnel. Il avait essayé de les interroger, mais il était incapable de comprendre leur charabia maltais. Alors il les avait expédiés sous bonne garde au camp des esclaves du Marsa.

A la lueur des torches, ses soldats continuaient d'explorer les galeries, les cavités et les gorges de la grotte. Mais Nasrid pensait qu'ils avaient tous fui. Comme les lapins, ils devaient avoir plus d'une sortie à leur terrier. Il attendit près de deux heures avant que ses hommes lui confirment le fait. Quand ils sortirent les corps des deux derniers janissaires du tunnel inférieur, l'aube se levait presque. Le boyau donnait sur la mer, lui rapporta-t-on. Il y avait un corps dans l'eau, une femme, mais personne d'autre.

Nasrid envoya des patrouilles de chaque côté du rivage à la recherche des autres.

Le petit bateau longea la côte. Les quatre fuyards passèrent si près sous le nez d'une galère qu'ils pouvaient entendre les occupants sur le pont renifler et toussoter. Ils pagayaient avec leurs mains silencieusement, sans se faire repérer. Fençu les guidait comme un automate, le visage encore inondé de larmes. Ils sortirent de la baie et remontèrent, en direction du grand port. Avant l'aube, ils trouvèrent une autre cuvette près de la baie de Saint-Thomas, où ils se réfugièrent. Ils purent glisser l'embarcation sous une grosse roche plate suspendue au-dessus de l'eau.

Choqués et épuisés par leur nuit d'horreur, ils restèrent couchés dans la barque, écoutant la mer lécher doucement la paroi derrière eux. Le soleil implacable de l'été se réfractait sur la surface et venait éclairer leur cachette, où ils cuisaient tel du gibier dans un four.

Moïse réclama à boire en pleurant.

— Bientôt, murmura sa mère en le serrant.

Des vaisseaux turcs circulaient dans les deux sens à une centaine de mètres de leur position, sans s'apercevoir de leur présence. Quelque part sur le rivage, ils entendirent des voix d'hommes, qui ne s'approchèrent pas. Les heures s'écoulèrent lentement.

Quand l'obscurité revint, ils sortirent. Pendant des heures, ils pagayèrent sans s'arrêter. Leurs bras frottaient douloureusement sur le bord, procurant échardes et ampoules. Le sel irritait leur peau et la déshydratation leur donnait mal à la tête.

Peu après minuit, ils discernèrent une grosse formation rocheuse qui se dressait au-dessus d'eux dans la nuit.

— Je pense que c'est le rocher de Sala, dit Fençu d'une voix triste. Nous ne pouvons pas aller plus loin par mer. Ils doivent avoir des galères partout près de l'embouchure du port. A partir d'ici, nous devons passer par la terre.

De nouveau, les deux hommes immergèrent le bateau et le couvrirent de pierres. Prudemment, ils dirigèrent leurs pas vers le grand port. Ils se suivaient dans l'obscurité : Fençu devant, puis Eléna et Moïse, et Cawl à l'arrière. Epuisés par la faim et la soif, ils devaient se reposer souvent. Le moindre bruit les effrayait. Ils n'aperçurent qu'un feu de camp et passèrent au large. Ils suivirent les *wieden* et s'écartèrent de leur route pour profiter du moindre abri qu'offrait le paysage. A tout moment, ils craignaient de tomber sur un campement turc. Une patrouille passa si près d'eux qu'ils purent entendre le froissement des robes et le frottement des semelles, mais ils ne virent personne. Les Turcs se dirigeaient en silence vers la baie de Bighi. Pendant près d'une heure, bien après le départ de la patrouille, Fençu obligea ses amis à rester là.

La lumière pointait quand ils arrivèrent sur Bighi, la langue de terre au nord-est de Birgu. Au milieu de cette péninsule s'élevait une éminence nue que l'on appelait le mont Salvador. La majeure partie de Bighi était déserte, mais ils apercevaient les silhouettes des tentes d'un camp turc au fond de la crique de Kalkara. Au nord, de l'autre côté du grand port, des feux brûlaient près de Saint-Elme. A l'ouest, de l'autre côté de Kalkara, ils apercevaient l'ombre indistincte de Saint-Ange et, à sa gauche, la masse sombre de la sainte infirmerie. Plus loin, le long du rivage, le massif bastion du poste de Castille marquait l'extrémité des défenses de la péninsule vers la terre. Au-delà, sur les hauteurs de Sainte-Marguerite, les Turcs semblaient avoir établi une véritable ville.

Silencieusement, ils discutèrent pour savoir s'ils allaient essayer Saint-Ange ou un autre point le long des murs de Birgu. Fençu paraissait indécis et Cawl ne connaissait pas grand-chose de la ville. Ce fut donc Eléna qui décida.

— Nous allons nager jusqu'au port en dessous de l'infirmerie.

Il y avait deux cents mètres à traverser à la nage et ils seraient exposés sur toute la distance. Eléna se tourna, inquiète, vers Moïse. C'était un bon nageur, mais il semblait si petit et si fragile. Elle ne voyait pas dans ses yeux leur habituel éclat. L'enfant était épuisé et mourait de soif. Mais il sourit courageusement quand elle lui demanda s'il pouvait couvrir la distance.

— Je parie que je te bats, lança-t-il à sa mère.

L'aube approchait.

— On devrait attendre la nuit, suggéra Cawl. Ils nous verront quand nous serons à mi-chemin.

— Si l'on attend ici, il est certain qu'ils nous verront, rétorqua Eléna. Nous ne tiendrons pas une nouvelle journée sans eau et il n'y a aucun endroit pour se cacher. Il faut y aller maintenant.

Ils rampèrent sur le ventre pour franchir les cent derniers mètres et se glissèrent dans l'eau. Tous les quatre de front, ils entamèrent la traversée de la crique. Malgré sa fanfaronnade, Moïse n'en pouvait plus. Rapidement, il commença à montrer des signes de faiblesse. Eléna l'aida, mais elle-même luttait, car ses dernières réserves d'énergie étaient épuisées. Cawl revint vers eux. Il tenait Moïse par le pantalon et le poussait en avant, puis il nageait seul un moment et recommençait. Quand ils furent effectivement à mi-chemin, ils virent les premières lueurs du soleil se réfléchir sur les canons du Sciberras. Et ceux-ci ouvrirent soudainement le feu sur Saint-Elme, surprenant par leur intensité. Alors qu'ils approchaient de Birgu, ils furent enfin aperçus par un garde sur le rempart.

— Des hommes dans l'eau ! hurla-t-il.

Derrière eux, un Turc les avait vus lui aussi. Plusieurs tireurs ottomans montèrent précipitamment sur le Salvador et se mirent à les canarder. Leur portée était plus grande que celle des armes des défenseurs, et surtout leur précision plus grande. Ils pouvaient toucher sans être atteints, même s'ils étaient trop loin pour être vraiment précis. Ils riaient en faisant des paris, sachant que ce n'était pas des soldats dans l'eau. Il s'agissait d'une sorte d'entraînement. Les balles de leurs arquebuses soulevaient de petits geysers autour des nageurs. Eléna entendit un bruit d'éclaboussures près d'elle et comprit ce que c'était.

Paniquée, elle se tourna vers son fils.

— Moïse !

— Je l'ai ! lui cria Cawl en lui faisant signe de continuer. Sors de l'eau.

Elle atteignit le rivage juste derrière Fençu, qui se hissait déjà sur le quai. Il se retourna et l'aida à monter. Une balle toucha l'embarcadère à côté de lui. Des éclats de bois lui entrèrent dans le pied et il s'effondra en criant. Eléna lui attrapa le bras et ils s'écartèrent. La jeune femme voyait Cawl arriver. Au-dessus d'eux, sur le mur, les soldats tiraient pour les couvrir, mais ils n'avaient aucun effet sur les Turcs, hors de portée. Des hommes se précipitèrent vers eux pour les aider.

Cawl jeta littéralement Moïse sur la terre ferme et se hissa derrière lui. Il l'aida à se relever et s'élança sur le quai étroit, où les bateaux débarquaient chaque nuit les patients pour l'infirmerie. Il tenait l'enfant devant lui, les deux bras passés autour de sa poitrine. Ce n'était pas pratique, mais c'était la seule manière de le protéger. Des éclats de roche volaient tout autour d'eux. Cawl trébucha et se ressaisit au moment où une balle l'atteignit au dos. Il tomba sans un cri sur Moïse, qui hurla de douleur.

Eléna les vit basculer. Elle cria et, échappant à Fençu, revint sur ses pas.

— Non, lui cria celui-ci en essayant de la retenir. Ils vont te tuer.

Elle courut vers le rivage. Une mare de sang se répandait autour de Cawl.

— Maman !

Coincé sous l'homme, Moïse appelait.

Cawl était lourd et Eléna ne parvenait pas à le déplacer d'un centimètre. Elle attrapa le bras de son fils et tira, pendant qu'il essayait de se dégager. Elle entendit des soldats venir à son secours. L'enfant fut enfin libéré. Sa mère l'enveloppa dans ses bras et se précipita vers les bâtiments. Des balles continuaient de pleuvoir autour d'eux. Les soldats agrippèrent l'orfèvre et le tirèrent derrière eux. Le pied sanguinolent, Fençu se dirigea en boitillant vers les murs du port.

La distance n'était que de vingt mètres, mais ils parurent des kilomètres à Eléna. Elle avait l'impression de courir au ralenti. Ses habits trempés compliquaient ses mouvements. Tous ses muscles la faisaient souffrir et ses poumons étaient en feu. Elle vit Fençu disparaître dans l'ombre. Quelque chose tira sur sa jupe. Elle trébucha et tomba. La tête de Moïse vint cogner sur la pierre du quai et il se mit à hurler. Le vacarme ne parvenait même pas à couvrir ses cris. Sur le rempart, les défenseurs les encourageaient et continuaient de tirer sur les Turcs au loin. Eléna entendit le cri discordant d'une mouette. De l'autre côté du port, les canons tonnaient. Elle se remit sur ses pieds, souleva Moïse et reprit sa course.

Un instant plus tard, elle atteignait l'enceinte et s'engouffra à l'intérieur. Elle ne s'arrêta qu'à la moitié de l'escalier, bien à l'abri. Terrassée par la fatigue et la terreur, elle s'effondra.

Chapitre 40

A la prison des esclaves, on donna une lanterne à Luca avant de le laisser entrer dans une cellule.

Il fit un pas à l'intérieur et s'arrêta. Comme il ne voyait pas au-delà du cercle de lumière, il laissa ses yeux s'ajuster à la pénombre. La pièce était petite, avec des murs de pierre marqués par le temps et un sol couvert de paille sale. Les autres prisonniers qui avaient dû se trouver là étaient dehors à participer aux différents travaux. Il ne restait qu'un homme, debout contre le mur opposé. Il était nu. Des bracelets de fer encastrés dans le mur lui enserraient les poignets. Le maçon ne pouvait pas bien voir ses traits. Il s'avança. La lampe éclairait parfaitement son propre visage et ce fut le détenu qui parla le premier.

— Père ? Luca Borg ? Est-ce vous ?

Luca s'approcha prudemment, comme si c'était un lion qui attendait dans la pénombre. Quand il fut assez près pour voir, il fixa attentivement les yeux de son fils.

— Nico ? (Ce n'était presque qu'un murmure.) Nicolo ? Est-ce possible ? Est-ce vraiment toi ? (Nico hocha la tête, les yeux pleins de larmes, trop bouleversé pour parler.) Ils m'ont dit qu'ils t'avaient capturé. Je n'arrivais pas à les croire. J'étais certain que tu étais mort.

— Les corsaires m'ont emmené, c'est tout. J'ai été à Alger et puis... Mais il y aura du temps pour ça plus tard. Parlez-moi de Maria. Et de mère. Comment vont-elles ?

— Ta mère est morte. Dieu ait son âme. Maria va bien.

— Morte ? Quand ?

Luca ne parut pas l'entendre. Son visage semblait profondément tourmenté.

— Dehors, ils m'ont dit que tu étais devenu... Ils m'ont raconté que tu étais circoncis. J'leur ai dit qu'ils étaient fous. J'en ai même frappé un. J'aurais pas dû. J'me laisse trop souvent emporter. J'leur ai dit qu' c'était pas possible.

Nico ne répondit rien. Luca déglutit péniblement. Il baissa sa lampe et regarda le sexe de son fils. Tout son corps se figea et les couleurs quittèrent son visage. Il releva les yeux vers ceux de Nico, comme s'il attendait une explication.

— J'ai vécu à Istanbul, père. Constantinople. Je suis le capitaine d'une galère. Je vivais dans...

— Tu es musulman ?

— Oui, mais s'il vous plaît, écoutez, père. Je sais ce que vous avez en tête, mais ce n'est pas ça que vous devez penser. Je peux vous expliquer, vous raconter la beauté que j'ai trouvée. Je suis encore Nico. Je suis encore votre fils. Je...

Luca trembla, faisant son possible pour se contrôler. Il se redressa de toute la hauteur de son corps, encore aussi dur que l'acier. Il regarda un bon moment Nico. Et soudain, il lui cracha au visage. On aurait dit qu'il venait d'évacuer la dureté qui était en lui et ses épaules s'affaissèrent. Il se retourna et gagna la porte.

— Père, attendez ! S'il vous plaît, revenez, père !

Luca sortit de la cellule et tendit la lanterne au garde.

— Il y a eu erreur. Dites au grand maître que cet homme n'est pas mon fils. Mon fils, Nico, est mort.

Christian travaillait comme un fou. Pendant le siège de Metz, les corps arrivaient régulièrement toute la journée. Mais ici, apportés par les bateaux de Saint-Elme, ils affluaient en une seule vague la nuit. Rien que la précédente, il y en avait eu soixante. Aucun n'avait de blessures bénignes, parce que ceux-là restaient à leur poste ou étaient traités dans la chapelle de Saint-Elme. Christian ne s'occupait que des blessés graves, ceux dont la chair avait été arrachée par la mitraille et les balles de plomb ou les yeux transpercés par des éclats, ceux brûlés au dernier degré par la poudre, victimes de fractures multiples, ou présentant des perforations profondes occasionnées par des piques ou des entailles nettes et profondes dues aux cimeterres. Il donnait la priorité à ceux qui pouvaient regagner au plus vite leur position, laissant à plus tard les plus sérieusement atteints. Il travaillait au milieu des brasiers fumants, des seaux éclaboussés de sang, des membres humains et d'une mer sans fin d'hommes gémissant ou hurlant. Les couloirs et les cours étaient submergés. L'infirmerie abritait déjà plus de deux cents patients. Le grand maître avait ordonné que les auberges des Langues en accueillent d'autres.

Bartholomée traversa la salle au pas de course. Son visage était maculé de poudre et de sueur. Il avait passé une bonne partie de sa journée au poste de France et le reste à l'infirmerie. Entre ses deux affectations, il avait finalement appris à ne pas défaillir à la vue du sang.

— Il y a quelqu'un qui demande à vous voir à la porte.

— Pas le temps, rétorqua vivement Christian en nouant une suture.

— Je le lui ai dit, mais elle est têtue et ne veut pas partir. Elle affirme que c'est urgent. Elle a aussi dit de vous signaler que son nom est Maria Borg.

Il remarqua la tension de son visage et son soulagement quand elle le vit.

— Maria ! Tu vas bien ? Je suis désolé. Je n'ai pas pu arriver plus vite.

— Oui, je vais bien. Je ne serais jamais venue, mais c'est Nico. Il est prisonnier.

— Nico ? Ton frère ? Ici ?

— Oui. Il a été pris sur le mur. Ils disent que c'est un Turc, Christian. Un espion. Ils l'ont enfermé dans la prison des esclaves. J'ai entendu qu'on allait le pendre. Mon père l'a vu, mais n'a rien voulu me raconter. J'ai essayé de rentrer moi-même, mais les gardes ne m'ont pas laissée. (Elle fondit en larmes.) S'il te plaît, Christian. Je ne sais pas quoi faire. J'ai besoin de ton aide.

La prison accueillait les rameurs des galères et se trouvait à courte distance de l'infirmerie. Le garde de faction était grec. Il dévisagea Maria, qui lui avait déjà donné du fil à retordre, mais s'inclina naturellement sans discuter devant le chevalier de Vries. Il ouvrit la porte de la cellule. La pièce était vide à l'exception d'un prisonnier. Maria se glissa à l'intérieur, Christian sur ses talons. Il attendit près de la porte tandis que la jeune femme s'avançait dans la pénombre.

— Nico ? (Ce n'était presque qu'un murmure. Elle essayait de distinguer ses traits.) C'est toi, Nico ?

Elle s'approcha jusqu'à lui. Ses poignets étaient toujours emprisonnés dans les anneaux de fer, mais il ne pouvait plus bouger les bras. Son visage était en sang, l'un de ses yeux fermé et sa joue ouverte jusqu'à l'os. Des ecchymoses diverses couvraient son torse et son ventre. Son sexe ressemblait à une masse sanguinolente.

Il leva les yeux vers elle et esquissa un semblant de sourire.

— Je savais que je te reverrais. Je le savais.

Une larme rosée coula le long de sa joue.

Maria le serra dans ses bras et il enfonça son visage dans son épaule. Il aurait voulu pouvoir lui aussi l'étreindre, mais ses chaînes l'en empêchaient.

— Maria, ma chère Maria, dit-il d'une voix brisée. J'ai vu la note que tu as écrite pour proposer une rançon pour ma libération. Et j'ai gardé ta pièce toutes ces années. Jusqu'à aujourd'hui. Ils me l'ont prise.

— Ma pièce ?

Son regard exprimait son incompréhension.

— Celle que tu as trouvée le jour où ils m'ont enlevé. Tu me l'avais donnée. Elle ne m'a jamais quitté depuis.

— Oh oui, oui. Je m'en souviens. (Ses yeux débordaient de larmes. Elle toucha la joue blessée de son frère.) Oh Nico, Nico. Que t'ont-ils fait ?

— Ils se sont amusés avec moi, pour voir ce que je pourrais leur dire sur la flotte.

— Que veux-tu dire ? Comment ont-ils osé ? Tu es Nicolo Borg ! Que sais-tu de la flotte ?

Il s'arma de courage pour formuler ce qu'il avait à avouer.

— Je suis plus que Nico. On m'appelle Asha. Je vis dans la maison d'Allah, Maria. Mon pays, c'est Istanbul. Constantinople.

La jeune femme avait entendu le garde parler du prisonnier comme d'un porc de l'islam, mais la révélation de Nico la laissait sans voix. Elle savait ce que cela signifiait pour son avenir.

— Nico, non ! C'est impossible ! Tu étais un petit garçon quand ils t'ont emmené. Dis que tu es désolé ! Qu'ils t'ont forcé !

— Personne ne m'a forcé à quoi que ce soit, Maria. Ce que je suis, je l'ai voulu.

— Non ! Tu dois mentir. Tout nier ! Tu ne peux pas me revenir simplement pour mourir. Tu dois vivre, Nico. Pour moi. Pour père.

Les yeux de Nico se durcirent.

— Père n'a plus de fils.

— Il est fier, tu le sais. Cela prendra du temps, mais ça...

Elle allait dire « ça passera », mais ils savaient tous les deux qu'avec Luca Borg, une chose pareille ne « passerait » jamais.

Ils n'eurent pas le temps de pousser plus avant. Un frère servant de l'ordre pénétra dans la cellule. Il s'inclina respectueusement devant Christian.

— J'ai reçu l'ordre d'amener le prisonnier au grand maître.

Le garde grec détacha Nico du mur et l'entrava de nouveau avec de simples chaînes aux poignets. Il le poussa brutalement vers la porte. Toujours nu, le jeune homme traversa la place principale tel un objet de grande curiosité. La foule s'écartait pour laisser passer la petite procession. Tout en marchant derrière eux, Christian et Maria échangèrent des regards. Elle remarqua la tristesse de ses yeux et le rictus de sa bouche.

Elle savait ce qu'il pensait : Nico était un homme mort. Elle serra les dents en pensant aux arguments qu'elle allait avancer.

La Valette avait installé son quartier général dans la boutique d'un marchand. Il se tenait devant une grande carte étalée sur la table. Entouré de ses aides de camp, il donnait des ordres à un chevalier dont les cheveux noirs étaient gris de la poussière du combat. Deux pages étaient présents : l'un tenait le heaume et le bouclier du grand maître, tandis que l'autre portait sa pique. Derrière La Valette, le bailli de l'Aigle conférait avec le conservateur de l'ordre, La Motta, et d'autres chevaliers. Les hommes notèrent à peine l'arrivée de Nico. Sauf un. Asha le reconnut immédiatement : c'était le frère Mathurin d'Aux de Lescout.

Romegas.

Il s'avança, inclina la tête en passant devant Christian et regarda le prisonnier.

— Eh bien ! J'avais entendu dire que nous tenions un raïs turc. Ainsi, c'est lui le terrible.

Il tourna autour de Nico en l'examinant. Nico le fixait avec une haine non dissimulée. Romegas lui retourna son regard, mais avec plus de curiosité que de malice. Il essayait simplement de se souvenir. Sa mémoire était légendaire et la communauté des capitaines en Méditerranée n'était pas immense. Entre camps opposés, ils se connaissaient souvent.

— Le malheureux état de ton visage ne me permet pas d'être sûr, mais je t'ai déjà vu. Je ne me rappelle pas où.

— Enlève-moi les chaînes de ces poignets et donne-moi un couteau et, pendant que je te couperai la gorge, je te le remettrai en mémoire.

Romegas éclata de rire.

— Par Dieu, le prisonnier a le feu. Asha Raïs. Maintenant je me rappelle. Djerba ! Nous avons nagé ensemble !

L'approche de La Valette mit un terme à cet échange.

— Frère de Vries, lança-t-il d'emblée à Christian, je pense que ta présence ici a une explication.

— La *signorina* Borg m'a demandé de l'aide pour aller voir le prisonnier, répondit Christian. C'est son frère.

— Votre frère ! Est-ce le cas, *signorina* ? s'enquit la Valette.

— Oui, grand maître.

— On m'a dit que votre père était d'un autre avis.

— Mon père se trompe, Excellence.

— Vraiment ? Au sujet de son propre sang ? (La Valette regarda Nico.) Alors, quelle est la vérité dans tout ça ? Es-tu maltais ou turc ?

— Je suis maltais de naissance.

— Ce n'est pas la peau que tu portais enfant qui m'intéresse, mais celle que tu portes aujourd'hui. Réponds à ma question !

— Je ne suis pas turc, mais ottoman.

La Valette examina le bras de Nico qui portait l'*orta* familier.

— Et apparemment, un officier de la flotte du sultan.

— *Sì*.

Maria secoua tristement la tête. Ses yeux trahissaient sa peur.

— Nico ! Dis-leur...

Le grand maître lui intima le silence d'un geste.

— Tais-toi ! (Il fixa Nico.) Que faisais-tu en vêtements civils dans Birgu ?

— Je cherchais à étudier vos préparatifs, à mettre un terme rapide à ce siège dont l'issue est déjà écrite. Je voulais épargner le maximum de vies maltaises. Rien de plus. C'est la vérité.

— De vies maltaises, dis-tu. Et de l'ordre ?

— S'il était effacé de la Terre, cela ne m'affligerait pas.

La Valette parut amusé.

— Voilà bien une affirmation périlleuse pour un homme dont le cou est si près du nœud, observa-t-il sèchement. En ce moment même, tu as une occasion de sauver ta vie et de faire ce qui est juste pour ta terre natale. Révèle-moi quelles sont les intentions de tes commandants. Explique-moi leur plan de bataille.

— Je ne trahirai pas ma flotte, grand maître, pas plus que je ne lèverai les armes sur ma propre chair et mon propre sang.

— Mais tu étais en train d'espionner. Finalement, tu es davantage ottoman que maltais.

— Je n'ai pas honte de ce que je suis.

— Je ne m'y attends pas, répondit le chef suprême de l'ordre.

Il fit un signe au garde. L'entretien était terminé.

— Attendez ! intervint Maria. Grand maître, s'il vous plaît, vous ne pouvez pas laisser faire ça. Ce qui est arrivé est largement votre faute et vous devriez en ressentir de la honte.

— Maria Borg, si je n'avais pas pour vous un minimum de respect, je vous ferais fouetter pour ce que vous venez de dire. Expliquez-vous.

— Vous ne vous rappelez pas ? Le jour où les corsaires ont pris mon frère, je suis venue vous trouver. Vous aviez une galère, mais vous ne vouliez pas leur donner la chasse. Ce qu'il est aujourd'hui, il le doit aux chevaliers de Saint-Jean, qui l'ont laissé tomber.

— Naturellement, je me souviens très bien de cet incident. Vous n'étiez qu'une petite fille, bien que votre langue ne fût alors pas moins acerbe qu'aujourd'hui. Vous m'aviez accusé de lâcheté, je crois.

— Une remarque que j'ai regrettée, grand maître. Mais Nico n'avait même pas dix ans. Il n'avait pas d'autre choix que de se convertir. Est-ce qu'un enfant peut résister ? Si vous — si l'ordre — aviez fait votre devoir ce jour-là, mon frère serait officier dans vos rangs. Il piloterait un de vos vaisseaux.

Nico ne put se retenir.

— Je suis maltais. L'ordre n'admet même pas de nobles maltais dans ses rangs sacrés. J'aurais peut-être eu l'honneur de nettoyer les cales.

La Valette fit un signe de tête au garde, qui fouetta sauvagement le prisonnier au visage. Nico vacilla, mais ne tomba pas. Avec un air de défi, il lécha le sang perlant à ses lèvres.

— L'ordre ne l'a ni enlevé ce triste jour ni obligé à se convertir, dit La Valette.

— Il a promis au roi Charles de protéger ces îles et il ne l'a pas fait. Grand maître, je vous implore : ne punissez pas l'homme pour les faiblesses de l'enfant. Vous m'avez dit ce jour-là que Dieu protégerait Nico et voilà que vous ordonnez sa mort ? (Elle inspira profondément. Ce qu'elle allait suggérer, elle le savait, ne manquait pas de danger.) L'ordre ne doit pas juger un homme qu'il a lui-même condamné à l'apostasie quand il était enfant. C'est à l'Eglise de le faire.

Nico regarda sa sœur avec une terreur mêlée de respect. Peu d'hommes auraient osé s'adresser d'une telle manière au grand maître. L'audace de Maria lui donna sa première lueur d'espoir. La Valette était un homme juste qui laissait parler la raison. Si les circonstances le demandaient, il était capable de changer d'avis. Maintenant, il arpentait la pièce en pesant le pour et le contre de ce que la jeune femme venait de demander.

— Vous négligez un fait notable, toutefois, reprit le dignitaire. Quelles que soient les circonstances de sa jeunesse, votre frère ne se présente pas seulement devant nous comme musulman non repenti, mais aussi comme espion. Et pour ce seul délit, la sanction est la mort.

— Grand maître, si vous me permettez. (Celui qui venait d'intervenir était Romegas, qui avait jusqu'alors écouté l'échange avec un air amusé.) J'ai peut-être une solution.

Il prit son chef à part et lui murmura quelque chose. Au fur et à mesure, La Valette hochait la tête.

— Le chevalier me rappelle une chose dont je suis douloureusement conscient, dit-il à Nico. Je manque de main-d'œuvre et je n'ai pas de place pour les mains oisives. Tel que tu te présentes devant nous, tu n'es ni totalement turc ni totalement maltais. Et comme tu sembles un homme ayant les deux peaux, tu vas pouvoir récolter la récompense de ta loyauté partagée et travailler entre les deux. Tu vas aller rejoindre les esclaves sur les murs. Si tu survis, alors je laisserai l'Inquisition décider de ton destin.

Nico ignorait ce que cela signifiait, mais pas Maria. Il ne survivrait pas assez longtemps pour être jugé par Cubelles et Salvago. Et La Valette le savait.

— Mais grand maître, dit-elle, cela équivaut à une condamnation à mort. La seule différence avec la pendaison est le temps.

— Si c'est la volonté de Dieu qu'il survive assez longtemps pour brûler sur les bûchers de l'Inquisition, il survivra. Un homme ne peut réclamer davantage, *signorina* Borg. Maintenant, silence ! Vous avez atteint la limite de ma patience.

23 juin

Bertrand grommela, mortifié. Il venait de se rendre compte qu'il avait déféqué sous lui et ne s'en était même pas aperçu. Il fouilla pour trouver sa gourde et s'octroya une réconfortante rasade. C'était un don arrivé quelques jours plus tôt avec le dernier homme du dernier bateau de secours de Saint-Ange. Un soldat maltais avait escaladé les décombres pour la lui apporter. Il la lui avait révérencieusement remise comme s'il s'était agi du Graal. En fait, ce qu'il avait reçu, c'était une boîte à poudre sécurisée par des lanières de cuir, adressée au chevalier Cuvier et marquée du sceau du grand maître. Intrigué, Bertrand l'avait ouverte pour découvrir à l'intérieur la gourde et une note : « Désolé mais il n'y avait pas de place pour un tonneau entier, avait écrit Christian. Apprécie ce qu'il y a là. Ça te coûte ta meilleure paire de bottes. »

Bertrand s'était esclaffé bruyamment en se demandant comment son ami avait réussi à obtenir le sceau. Sans perdre de temps, il avait avalé une bonne lampée du divin breuvage et économisé le reste.

Saint-Elme était totalement cerné. Au prix d'un très grand nombre de vies, les Turcs étaient parvenus à jeter un pont au-dessus du fossé. Maintenant, leurs canons étaient positionnés d'une manière telle que les défenseurs ne pouvaient absolument plus enlever la passerelle. Cachés derrières des murs qui les protégeaient du feu des batteries de Saint-Ange, les Ottomans creusaient des tranchées absolument partout. Un nageur maltais avait porté un message de Miranda au grand maître signalant que pratiquement tous les soldats étaient blessés. Ils étaient à court de bombes incendiaires et de poudre. Saint-Elme pouvait tomber d'une heure à l'autre.

La nuit venue, les assiégés avaient regardé une petite force de volontaires tenter de traverser le grand port pour venir les renforcer. A la proue du bateau de tête, il y avait rien moins qu'un navigateur comme Romegas. Mais ils furent pris sous le feu croisé turc et furent contraints de rebrousser chemin. A partir de ce moment, Saint-Elme se retrouva seul.

Toute la journée du lendemain, la bataille fit rage. Pour l'essentiel, les combats se livraient au corps à corps. Des deux côtés, les combattants montraient une bravoure et une férocité inégalées. Comme toujours, les pertes furent considérables : plus de deux mille côté turc et de deux cents côté Saint-Elme.

Et Saint-Elme tenait.

Cette nuit-là, Bertrand se rendit à la chapelle. Pour y arriver, il avait dû ramper pour éviter les tirs turcs. Il se confessa et reçut le saint sacrement. Ensuite, avec quelques autres chevaliers, il aida le chapelain à creuser pour enterrer le crucifix et d'autres reliques. Tout ce qui pouvait brûler — tapisseries, vêtements, meubles et même Bible — fut sorti et incendié. Les hommes avaient décidé que rien qui puisse être profané ne devait subsister. Quand ils eurent fini, ils sonnèrent la cloche et lancèrent de grands hourras pour qu'à Saint-Ange, leurs camarades sachent qu'ils étaient toujours là et qu'ils combattaient.

Bertrand avait rampé pour revenir à son poste. Il s'arrêtait chaque fois qu'une explosion embrasait le ciel au-dessus de lui. Les Turcs essayaient d'éclairer des cibles nocturnes pour leurs tireurs qui pouvaient désormais viser le fort de quasiment partout. Cuvier n'avait pas dû s'immobiliser assez rapidement ou son armure avait reflété une lumière — à moins qu'un Turc n'ait simplement eu un coup de chance. Il avait reçu une balle d'arquebuse dans la cuisse. Et tout seul, il avait crié.

Il resta étendu un moment, calme, immobile, la sueur coulant de son front. Cela ne servait à rien de se glisser en arrière pour demander de l'aide. Il n'y avait plus personne pour la donner. Il attendit que l'illumination suivante meure et, dans l'obscurité, se traîna jusqu'à son poste, laissant derrière lui une trace sanglante. Il s'installa contre une pile de pierres. Suffoquant, il défit sa cuirasse et arracha un morceau de sa chemise, qu'il enroula autour de sa cuisse pour étancher le sang. La douleur le fit grimacer, mais il savait qu'il avait eu de la chance : le projectile avait manqué l'artère. Il eut les pires peines du monde à faire le nœud, car ses doigts ne semblaient plus vouloir coopérer vraiment avec son esprit, comme s'ils étaient animés d'une vie propre. De plus grands efforts encore lui furent nécessaires pour remettre sa cuirasse et la rattacher. Le moindre mouvement était pénible. A côté de cette nouvelle blessure, il en avait une bonne douzaine d'autres. Le sang avait coagulé autour des articulations de ses bras jusqu'à les rendre aussi raides qu'un bâton. Pour compléter le tout, il avait reçu un morceau de bois dans la mâchoire, projeté par un boulet, qui lui avait cassé trois dents. Il brûlait de fièvre et avait toujours soif, quelle que soit la quantité de boisson qu'il absorbait. En revanche, il ne sentait pas la faim. Peu avant l'aurore, un soldat lui apporta du pain trempé dans du vin, qu'il ne put avaler. Il cracha par terre et lui fit signe de s'en aller.

A l'aube, il savoura les dernières gouttes contenues dans sa gourde en portant un toast silencieux à Christian. Comme toujours, il regarda l'horizon, confiant dans l'arrivée de la flotte de secours du vice-roi. Par Dieu, il avait raison. Il voyait des navires se profiler au large de l'extrémité du Sciberras. Quantité de navires. Il se frotta les yeux et secoua tristement la tête. Hélas ! Mauvaise flotte !

Les vaisseaux de Piali s'étaient rassemblés et ouvraient le

feu, en vue de débarquer de nouvelles troupes. Bertrand entendait de la musique au loin, des cornes et des tambours. Un grand cri de guerre s'éleva de la gorge de milliers d'hommes.

Toute l'armée turque venait participer à l'offensive. Bertrand vit les soldats — bouclier vert et bonnet doré — dévaler les pentes du Sciberras et franchir les fossés. Ils lancèrent les échelles contre les murs et se jetèrent sur les derniers rangs de défenseurs, qui n'avaient ni la force, ni le nombre, ni les armes pour les repousser. Comme ses compagnons, Bertrand trouva dans d'insondables réserves de son corps la force de lever ses armes une nouvelle fois. Mystérieusement, au cours de l'heure suivante, les assiégés parvinrent à repousser les assaillants, une fois, puis une autre. Cuvier se battait comme un lion ; il réalisait avec une surprise et une exaltation croissantes qu'il allait peut-être finalement vivre assez longtemps pour voir le lever de soleil. Le vice-roi avait promis de l'aide avant le 20 juin, mais seulement si Saint-Elme résistait. Le 20 était déjà dépassé de trois jours, il le savait, et Saint-Elme, par la grâce de Dieu, tenait bon.

Cependant, le commandement turc savait aussi que la victoire était à portée de la main. Les troupes se regroupèrent et chargèrent de nouveau. Cette fois, rien ne les arrêta.

Degueras et Miranda étaient si sérieusement touchés qu'ils ne pouvaient plus tenir debout. Ils ordonnèrent qu'on leur apporte un fauteuil et s'y assirent, épée à la main, pour défendre la brèche. Pressé de toute part et repoussé vers la chapelle, le cercle des défenseurs s'était considérablement amenuisé. Pendant un instant de répit, Bertrand se laissa tomber à genoux, puis il se remit sur ses pieds pour regarder venir la nouvelle vague. Il ne lui restait que six bombes incendiaires. Il alluma les mèches et les jeta l'une après l'autre. Pour toucher l'ennemi, il n'avait pas besoin de viser ou de les envoyer loin. Maintenant qu'il n'y avait plus de mur pour les ralentir, les Turcs étaient à vingt pieds de distance. Certains s'embrasaient, d'autres couraient. Eclairés par les flammes, les cimeterres semblaient de feu. Bertrand voyait arriver devant lui spahis, *iayalars*, janissaires, derviches, tous confondus, jaillissant, combattant, tirant, hurlant. Il prit une nouvelle balle dans l'épaule, dont l'impact le jeta presque à terre. Il essaya de relever son épée, mais son bras ne voulait plus bouger. Alors il laissa l'arme inutile à terre. Attrapant sa hache de combat dans l'autre main, il se jeta dans les troupes turques. Il combattit sans peur et sans douleur. Tout semblait évoluer au ralenti, les sons étaient étouffés et un léger brouillard voilait ses yeux. Il sentit quelque chose lui taillader la jambe. Son genou se déroba et il plongea, emporté par le poids de son armure. Sa hache continuait de fouetter l'air, taillant, tranchant la chair, jusqu'à ce que, sa lame s'étant emmêlée dans un fouillis de soie et de fer, il ne pût plus la bouger. Il prit alors son couteau, frappant, coupant. Il donnait un coup, et encore un autre. La poussière, la fumée et les janissaires tournoyaient autour de lui. Et il tomba. Alors Bertrand Cuvier ne sentit plus rien.

A peine conscient, Dragut Raïs était allongé sur un lit dans sa tente du Marsa. Porteur d'un message de Mustapha Pacha, un émissaire arriva en courant. Il se pencha sur le corsaire et lui cria presque les mots.

— Saint-Elme est tombé, mon seigneur. Le jour de la victoire est proche.

Dragut ouvrit les yeux et les leva. Ses lèvres formèrent une prière. Il inspira et mourut.

Immédiatement, Piali Pacha ordonna que ses navires viennent s'abriter dans le port de Marsamuscetto.

Dans les ruines du fort, Mustapha Pacha se promenait au milieu des morts. Il marcha sur les étendards de l'ordre de Saint-Jean qui avaient été déposés par terre devant lui comme un tapis. Enfin la bannière du sultan flottait sur le fort. Les milliers d'hommes qui s'allongeaient à présent sur le ventre en prière et qui pleuraient la mort de Dragut ne pouvaient manquer de se réjouir d'avoir enfin atteint son but.

Mais la victoire n'apaisait pas Mustapha. Il s'arrêta sur le côté sud et regarda à l'opposé du grand port, dont les eaux étaient paisibles et scintillantes sous le soleil de cette fin d'après-midi. Saint-Ange se dressait sur la péninsule de Birgu. Au-delà, il apercevait Saint-Michel. Chacune de ces citadelles devait être au mois dix fois plus formidable que Saint-Elme, qu'il ne venait de prendre qu'au prix de la vie de huit mille hommes.

— Allah, murmura-t-il, si un fils si petit nous a coûté si cher, quel prix devrons-nous verser pour le père ?

Mustapha Pacha était furieux contre les défenseurs de Saint-Elme. Non parce qu'ils s'étaient battus courageusement ; il s'y attendait. Mais une fois que l'issue de la bataille n'avait plus fait de doute, ils avaient oublié le vieux devoir, consacré par le temps : ils auraient dû se rendre. Ils auraient été épargnés : au mieux, ils auraient été rançonnés, au pis, ils auraient été mis aux rames dans une galère. C'était ainsi dans chaque siège, dans chaque bataille, de chaque côté. C'était la loi de la guerre. En résistant jusqu'au bout, ils n'avaient fait qu'entraîner des morts inutiles. Maintenant, enragés au-delà de toute mesure, les hommes de Mustapha massacraient les blessés jusqu'au dernier.

Il savait qu'il était important d'adresser un message clair à La Valette — ou, plus encore, à ceux qui étaient enfermés avec lui entre les murs des forteresses restantes. Il devait leur faire comprendre qu'il était plus déterminé que jamais et que les pertes subies jusqu'alors n'avaient aucune importance. Pour chaque guerrier tombé, il y en avait quatre prêts à prendre sa place. Mustapha se rappelait qu'à Rhodes, quarante ans plus tôt, c'était en grande partie la démission de la populace refusant d'aider les chevaliers qui avait aidé à vaincre ces derniers. Aussi était-il temps de dire aux femmes, aux enfants et aux hommes de Malte ce qui leur arriverait s'ils ne se rendaient pas.

Chaque commandant connaissait comment faire passer un tel message.

D'abord, les têtes des officiers de Saint-Elme furent plantées au sommet de piques sur les murs ruinés et leur armure fixée en dessous d'eux pour les identifier. Les corps d'autres chevaliers furent amenés. On en décapita certains, on enleva le cœur à d'autres. Des croix furent gravées dans leur chair. Leurs cadavres furent fixés à des croix rudimentaires bricolées à l'aide de morceaux de mâts, d'espars et de poutres. On les traîna jusqu'à l'eau, dans laquelle on les jeta. Le soleil se couchait quand le courant commença à les pousser de Saint-Elme jusqu'à Birgu.

Le lendemain matin, la nouvelle se propagea rapidement alors que les cloches sonnaient l'angélus. Christian se trouvait à l'infirmerie, où il avait travaillé toute la nuit. Il fut l'un des premiers à répondre et arriva juste avant le grand maître lui-même. Il descendit les marches du port derrière l'infirmerie deux par deux et déboucha sur le quai. Sur les ruines fumantes de Saint-Elme, il regarda les étendards du sultan qui flottaient. Seuls quelques nageurs maltais étaient parvenus à s'échapper. Ils rapportèrent que neuf chevaliers avaient été capturés vivants, mais personne ne savait ce qu'ils étaient devenus.

Les yeux de Christian se posèrent sur les corps flottant de la crique de Kalkara.

« Cher Dieu, faites qu'il soit dans les neuf. » Mais alors, il le vit. Il le reconnut immédiatement à une ancienne cicatrice sur l'épaule, une marque rouge sur la peau blanche visible même à cette distance. Il s'engagea dans l'eau, et quand elle fut trop profonde, il se mit à nager, ignorant les cris du rivage qui lui disaient d'attendre l'arrivée des bateaux de pêche.

Il attrapa la croix et la remorqua jusqu'au rivage. D'autres hommes s'étaient engagés à leur tour dans l'eau, essayant de ramener des corps. Christian n'entendait ni ne voyait personne. Il déposa la croix sur la berge et repoussa ceux qui voulaient l'aider. Doucement, il dénoua les liens qui entravaient les mains et les pieds de Bertrand. L'un d'eux ne voulut pas se défaire et il dut le trancher. Sa main tremblait. Accidentellement, il entailla la cheville de son ami et maudit sa maladresse Il s'essuya les yeux du revers de la manche, mais sa vue restait brouillée. Instinctivement, ses mains allèrent se poser sur les nombreuses brûlures et blessures du combat, nettoyées et flétries par l'eau de mer. Il les lissa de sa main experte, comme s'il voulait les soigner.

Puis il enleva sa robe et en enveloppa délicatement son ami. Il le prit dans ses bras, étonné par sa légèreté. Et il remonta vers le port et les escaliers. Ensuite, il s'avança dans les rues de Birgu, fendant la foule de Maltais respectueux et silencieux qui s'étaient rassemblés près des murs.

Il franchit le pont-levis du fort Saint-Ange. Le garde lui ouvrit la poterne principale. Christian gravit l'escalier qui accédait au cimetière où les morts de l'ordre reposaient. Il n'y avait plus de temps pour les offices ordinaires. Si Bertrand devait être enterré, c'était sans délai.

Christian envoya un domestique chercher un chapelain. Pendant qu'il attendait, il prit une pelle des mains d'un esclave qui creusait la grande fosse commune, puis il y descendit et aménagea un endroit particulier à l'écart des autres. Il creusa jusqu'à ce qu'il rencontre la roche. Alors il jeta son outil et alla chercher le linceul, qu'il déposa soigneusement dans l'excavation.

Le père Roberto arriva et dit les prières. Il y avait déjà plusieurs cadavres étendus. Le prêtre procéda rapidement, marmonnant une parole au-dessus de chacun. Il avait à peine fini qu'un ouvrier arriva avec une brouette de chaux, qu'il répandit pour préparer la prochaine couche. Le religieux présenta ses excuses à Christian pour sa hâte et repartit immédiatement pour Saint-Laurent. C'était la fête de Saint-Jean, le patron de l'ordre.

Christian monta sur les remparts de Saint-Ange et regarda Saint-Elme. Un léger vent du nord agitait sa chevelure, apportant avec lui une odeur de mort. Sur les pentes du Sciberras, des esclaves turcs démontaient déjà certains emplacements de canons, et préparaient leur repositionnement face à Birgu et Senglea.

A la fin de l'office dans l'église Saint-Laurent, Jean de La Valette sortit, plus résolu que jamais après avoir prié.

— Nous allons donner une leçon d'humanité à ces musulmans.

Il ordonna d'amener des prisonniers turcs dans la cour de Saint-Ange, près de la chapelle Sainte-Anne. Christian passa à côté d'eux sur le pont-levis, alors qu'ils avançaient péniblement, tête baissée et chaînes cliquetantes.

Ils furent rassemblés et on les força à s'agenouiller. Là, sous l'œil du grand maître, ils furent décapités l'un après l'autre. Ensuite, les corps furent précipités dans la mer.

Simultanément, La Valette ordonna à ses canonniers d'aller rejoindre leurs postes sur le cavalier. Les canons furent chargés et ils commencèrent à tirer sur les troupes turques encore en train de fouiller les décombres de Saint-Elme. Les projectiles tombèrent au milieu d'elles sans faire de dommages. Ils n'étaient ni en granit ni en fer : c'était des têtes.

Les engins continuèrent de gronder jusqu'à ce qu'ils soient trop brûlants pour être touchés.

Chapitre 41

La nuit où Saint-Elme tomba, cinq semaines après le début du siège, une petite force de secours arriva de Sicile : quatre galères, avec sept cents hommes. Elles mouillèrent dans Piedra Negra, un endroit reculé sur le rivage nord-ouest de l'île. Pour les guider, des Maltais avaient allumé des feux visibles du large dans l'entrée d'une grotte.

Le commandant de la flotte, Juan de Cardona, avait reçu l'ordre du vice-roi de Sicile de ne pas débarquer les troupes si

Saint-Elme était tombé aux mains de l'ennemi. Il dépêcha donc un chevalier français, Quincy, pour s'informer de la situation.

— Saint-Elme est tombé, lui avouèrent les Maltais attendant dans la grotte.

Quincy connaissait les ordres de Cardona.

— Vous vous trompez, les corrigea-t-il. Si quelqu'un vous interroge, le fort tient toujours.

Puis, une fois remonté à bord, il transmit cette information au commandant :

— Nous tenons toujours Saint-Elme.

L'ordre fut donc donné de débarquer les hommes. L'éclaireur Toni Bajjada — un ancien esclave des Turcs qui connaissait parfaitement l'île et portait souvent les messages entre Mdina et Birgu — les conduisit jusqu'à la cité. Il leur fit emprunter une route que les Turcs n'occupaient pas encore. Comme ils devaient passer à proximité de bon nombre de camps ottomans dispersés, ils marchèrent de nuit, dans un silence absolu. Leur présence était opportunément dissimulée par l'obscurité et par un épais brouillard qui s'était levé en même temps que le sirocco, exceptionnel en cette période de l'année. Ils se rassemblèrent sur le rivage de Bighi, tout près de l'endroit où les survivants de M'Kor Hakhayyim avaient abordé. De là, des petits bateaux les emmenèrent vers le grand port. Ils traversèrent Kalkara et, à l'aube, ils étaient tous dans Birgu. Pas un coup de feu n'avait été échangé.

Le vice-roi avait promis des milliers de renforts et il n'en envoyait que quelques centaines, mais leur apparition fut saluée dans la liesse par les défenseurs. En apercevant les bannières des arrivants flottant sur les murs de Birgu, Mustapha Pacha revint à son éternel refrain et décida de proposer une fois de plus les termes d'une reddition au camp chrétien : un départ honorable de l'île, sous la protection pleine et entière de la flotte du sultan. Un vieil esclave grec, membre de sa maison, fut envoyé à Birgu avec son offre. Il fut reçu par La Valette lui-même, qui menaça de le pendre. Mais le Grec signala qu'il n'était qu'un messager. On lui banda donc les yeux et on le conduisit à l'entrée de Birgu, à un endroit situé précisément à l'extérieur de l'enceinte entre les bastions d'Auvergne et de Provence. Là, on lui enleva son bandeau. On lui montra les murs qui le dominaient et qui protégeaient l'accès terrestre à la péninsule, ainsi que le grand fossé qui courait devant les fortifications.

— Rapporte à ton maître que c'est le seul territoire que je lui accorde, dit La Valette en montrant la profonde tranchée. Il peut l'avoir s'il le veut, du moment qu'il le remplit d'abord avec le corps de ses janissaires.

Mustapha entra dans une rage folle. Au cours des nombreuses campagnes qu'il avait disputées, de la Hongrie à la Perse, il n'avait jamais vu un tel mépris, brutal et impitoyable. A l'évidence, les défenseurs se trouvaient dans une situation désespérée, et pourtant ils rejetaient sa grâce. Il ne leur referait assurément pas une telle offre.

Mustapha mit en œuvre le plan qu'il avait élaboré avec Dragut avant la mort de ce dernier. Les chevaliers avaient protégé l'accès maritime du grand port avec les canons de Saint-Elme et de Saint-Ange. Mais personne ne s'était attendu à ce que les bateaux arrivent par le Marsa — et personne non plus n'avait imaginé la détermination de Mustapha. Comme Hannibal traversant les Alpes, il allait réaliser l'impossible. Les mâts, les bancs de nage et les cabines de quatre-vingts galères ancrées dans le port de Marsamuscetto seraient enlevés pour les alléger. Puis les coques seraient tractées sur la plage avec des cabestans et de lourds cordages. Ensuite, on les ferait rouler sur les mâts, qui auraient été disposés comme des rondins. Des bœufs, des chevaux et des esclaves les tireraient et les pousseraient sur les pentes douces du Sciberras. De l'autre côté de la péninsule, à environ un kilomètre et demi, les bateaux seraient remis à l'eau dans le grand port, près du Marsa. Une fois les quatre-vingts passés, la flotte se rassemblerait et lancerait une attaque contre le rivage sud-ouest non protégé de Senglea. Au même moment, le gros de l'armée devrait fondre par la terre sur la péninsule, protégée simplement par le faible fort Saint-Michel.

La bataille serait précédée par un intense barrage d'artillerie. Aussi, des milliers d'hommes commencèrent à trimer pour déplacer les canons vers de nouvelles positions sur les hauteurs du Corradino, de l'autre côté de la crique des Français, par rapport à Senglea, autrement dit à l'opposé de Birgu. Il en fut aussi installé sur les éminences près du monastère Sainte-Marguerite. Comme à Saint-Elme, les pièces d'artillerie allaient se retrouver au-dessus des défenses. Leurs tirs massifs précipiteraient rapidement Birgu et Senglea dans le même oubli que celui dans lequel Saint-Elme avait été plongé.

C'était, Mustapha le savait, un coup de maître.

Les intestins de Shabooh étaient en feu. Il était allongé sur un lit à l'ombre d'un arbre sur le Marsa, où l'armée avait installé le principal hôpital de campagne. Il y avait trop de malades et de blessés pour que tous tiennent dans les tentes médicales, aussi des centaines restaient-ils dehors. Davantage souffraient de dysenterie ou de maladie que des blessures du combat. Certains prétendaient que l'armée avait déjà perdu le quart de ses effectifs ; d'autres chuchotaient que le nombre réel était encore plus important. Des vingt janissaires que Shabooh avait sous son commandement, quatorze étaient hors de combat... mais aucun à cause d'atteintes corporelles.

Quelqu'un avait enfin réalisé que les chevaliers avaient fait quelque chose à l'eau. Ils avaient utilisé un poison subtil et astucieux. Les sources étaient en train d'être décontaminées, mais trop tard pour beaucoup. Certains des cas les plus graves étaient carrément envoyés à Tripoli par galère. Un médecin avait inclus Shabooh dans le lot, mais il avait refusé d'être évacué. Il se tordait sur son lit dans tous les sens. Il avait déjà raté Saint-Elme et ne supportait pas l'idée de pouvoir aussi manquer Birgu. Cependant, en dépit de sa détermination, il ne se remettait pas. Après plusieurs semaines, il continuait d'être malade des deux extrémités et ne savait pas s'il devait plutôt s'agenouiller ou s'accroupir. Sa langue restait immobile et sa tête menaçait d'éclater. Jamais il ne s'était senti aussi mal. En outre, il végétait dans un état de délire. Dans ses moments de lucidité, il se disait avec effroi que s'il mourait, Allah risquait de ne pas considérer que sa mort avait été obtenue dans le djihad contre l'infidèle. Sa volonté ne pouvait être qu'il meure de ces infâmes coliques, après qu'il eut consacré sa vie à se préparer au combat.

L'un des petits os au sommet du pied de Fençu avait été touché. La blessure était douloureuse, mais pas sérieuse. Le vrai dommage, c'était la hache du janissaire dans la grotte qui l'avait provoqué. Fençu maudissait le choix qu'il avait fait avant le siège. Comment avait-il pu croire qu'ils arriveraient à rester à l'écart du combat entre l'ordre et les Turcs ? Comment avait-il pu s'imaginer qu'ils les laisseraient s'entretuer pendant qu'ils resteraient terrés dans un trou ? Il se maudissait. Il se méprisait. Il avait été stupide, et cela avait coûté la vie à son épouse et, du moins le présumait-il, à Villano, Cataldo et leurs familles. S'il ne portait pas les chevaliers dans son cœur, il n'avait plus aucun doute quant à ses agissements désormais.

Avec Eléna, Moïse et près de quarante autres, il trouva refuge dans la maison de Luca Borg. Dans un premier temps, il resta allongé sur le sol, sous la table de cuisine, soignant son pied et broyant du noir. Son unique compagnon, un mouton, attendait son inévitable affectation ultime : la marmite. Tous les autres étaient partis aider aux défenses, y compris Moïse. Le grand maître avait ordonné la destruction de nouvelles maisons aux abords du mur d'entrée de Birgu et Senglea. Toutes les femmes et les enfants capables de porter devaient y aller. Ils déposaient les pierres le long du rempart, où elles étaient cassées en morceaux. Le jour où l'ennemi attaquerait, ils serviraient de projectiles.

La première nuit, quatre personnes de moins revinrent chez les Borg. Elles avaient été tuées dans des bombardements qui n'étaient même pas le dixième de ce qu'ils seraient quand toute l'artillerie turque serait en place. Déjà, vingt-quatre canons et deux gros basilics prenaient les murs du village sous leurs feux. La maison de Luca était pour l'instant hors de portée — même si cela changerait dès que les Turcs compléteraient leurs positions d'artillerie sur le Salvador, de l'autre côté de la crique de Kalkara. Mais malgré tout, les murs branlaient chaque jour et de la poussière tombait des chevrons du toit.

Les cris que Fençu entendait dans la rue n'étaient atténués que par les bêlements effrayés du mouton. Il savait qu'il deviendrait fou s'il restait passif. Il banda donc étroitement son pied et essaya de le poser par terre. La douleur fut si intense qu'il décida finalement d'attendre encore un peu. Quand il vit les visages torturés des femmes et des enfants qui rentrèrent ce soir-là, il sut que son inactivité était terminée. Il ne pouvait certainement pas porter, mais il y avait beaucoup d'autres travaux à accomplir. Il fabriqua des cercles de feu, aida à coudre des sacs avec les vêtements des morts, qui seraient ensuite remplis de terre et de gravats, et empilés près des murs où ils pourraient servir pour des réparations rapides. A l'arsenal, il participa à la démolition des plus gros bateaux de pêche mouillant dans la crique de Birgu. Chaque clou était récupéré pour être utilisé dans les explosifs et le bois devait servir pour les enceintes. Il travaillait vingt heures par jour.

Un soldat turc du nom de Lascaris, un homme de la noblesse byzantine qui avait été capturé par les Ottomans des années auparavant, était passé à l'ennemi et avait rejoint les chevaliers. Il avait révélé à La Valette les plans de Mustapha concernant l'attaque navale de Senglea. Le grand maître en avait déjà deviné les grandes lignes, dès qu'il avait vu les colonnes d'esclaves tirant les bateaux, mais Lascaris ajouta des détails notables. Le grand chef de l'ordre décida donc de construire une palissade le long du rivage non protégé de Senglea. Celle-ci — une rangée de pieux effilés alignés les uns à côté des autres — serait pointée vers l'eau pour former une première ligne de défense contre les assaillants.

On lança un appel pour trouver d'excellents nageurs. Fençu se porta volontaire. Il savait que, même avec un pied blessé, il se débrouillerait. Lui et d'autres nageurs — pour l'essentiel des pêcheurs et des marins maltais — plongèrent dans les eaux du grand port devant Senglea pour enfoncer profondément des pieux massifs dans le sable ou entre des rochers. Là où la profondeur ou la dureté du fond empêchait l'opération, ils liaient ensemble des mâts de navire pour former un maillage sous-marin complexe : ceux-ci étaient accrochés transversalement entre les poteaux, sur lesquels on en fixait des plus courts sous la surface de l'eau. A leur extrémité, on plaçait des anneaux de fer à travers lesquels passaient des chaînes, qui les alignaient minutieusement. Ainsi disposait-on d'une formidable barrière aussi bien contre les hommes que les bateaux. Tout le travail avait dû être accompli de nuit à cause des tireurs turcs répartis sur les pentes au-dessus de la crique des Français. Entre l'aube et le crépuscule, les Turcs contrôlaient le secteur. Mais entre le crépuscule et l'aube, les eaux de Senglea grouillaient de nageurs.

Chaque matin, les yeux se tournaient vers le fond du port pour voir combien de navires s'y trouvaient. Quand ils seraient quatre-vingts, révéla Lascaris, l'attaque commencerait. Le quatrième matin, il y en avait déjà cinquante-trois. Le sixième, ils étaient soixante-deux. On voyait les troupes se masser dans des camps sur les hauteurs du Corradino, au-dessus de Saint-Michel, le point le plus faible des défenses. Pendant ce temps, l'artillerie turque ne cessait de tirer. Plus de soixante-dix canons écrasaient désormais les murs et les maisons sous leurs boulets. Sans arrêt, il arrivait de nouvelles pièces. Au terme de la première semaine de juillet, une flotte de galères apparut au large de la pointe des Gibets et se dirigea vers le port de Marsamuscetto. Elle arborait les bannières de Hassem, vice-roi d'Alger et gendre de Dragut. A bord de ses navires bien armés, il amenait deux mille cinq cents Maures.

L'activité des défenseurs connut une poussée de fièvre. La Valette ordonna la construction d'un pont de bateaux entre

Birgu et Senglea pour permettre aux renforts de circuler entre les deux péninsules et d'intervenir rapidement là où l'on avait besoin d'eux. La grande chaîne déjà en place entre les extrémités des deux presqu'îles protégeait la crique de Birgu contre une attaque navale. Un second filin, soutenu par des pontons, fut tendu pour empêcher l'accès au bassin intérieur de la crique aux indésirables. Sur le flanc opposé de Birgu, face à l'anse de Kalkara, des ouvriers remplirent des barges de pierres et les coulèrent le long du rivage. Ensuite, ils placèrent là encore des chaînes entre les embarcations immergées. Des munitions furent installées dans une batterie secrète sous Saint-Ange, près du niveau de l'eau.

« Mieux vaut prier que dormir ! Mieux vaut prier que dormir ! Allah est grand, grand est Allah. Allah est le seul Dieu, et Mahomet est son prophète. »

L'appel aigu s'élevait du coin de la cellule sombre. L'Algérien qui l'entonnait était couché sous la minuscule ouverture en haut du mur. La petite fenêtre laissait filtrer le son matinal de l'angélus des cloches de Saint-Laurent.

Asha se retourna et grogna. Sa voix se perdit dans le concert de gémissements des autres esclaves de la cellule. Le jeune capitaine de l'*Alisa* se mit à genoux. Il s'était cru en excellente forme, mais tous les muscles de son corps le faisaient souffrir. Chaque mouvement suscitait une nouvelle douleur, une tension quelque part. Ses jambes et ses bras étaient déchirés, pleins d'ampoules, contusionnés. Sa tête lui faisait mal. A cause de la soif incessante, sa langue était boursouflée et ses oreilles grondaient comme les canons. La nuit précédente, il y avait eu tellement de cris et de plaintes qu'il en avait été quasiment impossible de dormir. Il avait l'impression d'avoir à peine fermé les yeux et déjà il fallait repartir pour une nouvelle journée.

Il faisait de son mieux pour accomplir ses ablutions : pour

se nettoyer le visage et les mains, il utilisait la paille miteuse, puis il s'adonnait au réconfortant rituel de la *salah*.

« Béni soit Allah, seigneur des mondes, clément et miséricordieux. Maître du jour du Jugement. »

Les paroles l'aidaient à ne pas devenir fou, même si, par moments, il se serait bien vu mourir. De toute façon, il savait que sa mort était proche. La Valette s'était montré fidèle à sa réputation : il lui avait infligé un tourment qui, sous bien des aspects, était pire que la pendaison. Asha avait du mal à croire que deux petites semaines avaient suffi à le diminuer autant. En plus de l'horreur de la vie sur les murs, la nourriture et l'eau étaient rares. Chaque jour, il s'affaiblissait. Il avait entendu dire que Dragut était mort. Bien que cette conclusion fût inévitable, sa confirmation l'éprouva profondément. Il ressentait intensément la perte de l'homme, tout en sachant que son génie stratégique allait faire défaut aux forces du sultan. Sans Dragut, les discussions et les conflits entre Piali et Mustapha n'allaient pas tarder à couvrir le tonnerre des canons. Le siège risquait de durer.

Sa position avait été aggravée par le ralliement de Lascaris. L'aide du Byzantin contrastait avec son propre refus de coopérer. La nouvelle s'était rapidement répandue dans les cachots et sur les remparts. Tous les gardes avaient entendu parler d'Asha Raïs. Alors ils s'appliquaient à contribuer à son enfer personnel, utilisant leurs fouets plus rapidement sur lui que sur les autres. Ils le plaçaient aux pires endroits, lui crachaient au visage et urinaient dans ses maigres rations. Ils l'accablaient sans arrêt de sarcasmes, espérant qu'il allait réagir avec un air de défi qui leur permettrait de le tuer. Mais il était déterminé à ne pas leur donner cette satisfaction. Il ferait ce qu'il fallait pour rester en vie.

Le plus grand danger venait en fait des civils de Birgu. Depuis des années ils subissaient les pillages des Turcs et de leurs alliés. Asha comprenait mieux que quiconque leurs souffrances. Mais avec le souvenir tout frais de Saint-Elme à l'esprit, des bandes n'hésitaient pas à venir attraper des prisonniers, à les lapider ou à les mettre en pièces. Ensuite, ils les traînaient dans les rues et les enfants jouaient à suivre les traces sanglantes. L'ordre encourageait même cette activité. Les gardes empêchaient que quiconque tue Asha — c'était peut-être là que sa naissance maltaise faisait la différence —, mais c'était en réalité pour lui faire subir la terreur, plus subtile, des murs.

La porte s'ouvrit.

— Allez, sales porcs mahométans, à la soupe ! éructa un garde.

Les hommes se levèrent et se dirigèrent vers la cour, où on leur remettait une coupe de brouet léger, un morceau de pain et un gobelet d'eau. C'était à peine suffisant pour la matinée, a fortiori pour la journée. Asha se leva, mais celui auquel il était enchaîné — un Algérien nomme Mahmoud — se contenta de grommeler.

— J'en ai assez de cette folie. J'y vais pas.

— Il n'y a pas le choix, lui répondit le jeune homme.

— Y a le choix de mourir. C'est ce que je choisirais avec plaisir.

— Et c'est bien ce qui t'arrivera si tu ne viens pas. Lève-toi ou l'on n'aura rien à manger.

Mahmoud croisa les bras et ferma les yeux. Asha tira sur la chaîne. Il était plus fort que l'Algérien, mais Mahmoud était loin d'être un poids mort. Alors Asha commença à le traîner.

Un garde repéra leur manège.

— Debout, sale porc, lança-t-il. (Mahmoud secoua la tête avec un air provocant. Le garde le fouetta sauvagement.) Debout, sale porc.

Mais Mahmoud refusait toujours. Soudain le couteau du geôlier jaillit et trancha un grand morceau de l'oreille du réfractaire. Mahmoud hurla et se leva d'un bond. Il serrait la masse sanguinolente dans sa main. Quelqu'un lui passa un morceau de tissu pour envelopper sa tête. Mahmoud geignit, pleurnicha, maudit, mais il rejoignit la colonne des morts vivants qui partaient pour les murs.

Le soleil se levait à peine dans un ciel immaculé. La journée promettait d'être encore accablante. Les esclaves travaillaient le long des défenses bordant la crique de Kalkara. Dans toutes les rues, Asha cherchait Maria du regard. Il savait qu'elle devait se trouver là, quelque part. Elle apparut près de l'armurerie. Elle regarda les gardes et calcula parfaitement son coup. Débouchant d'une ruelle, elle remonta la file de prisonniers à contresens. Sa main se déplaça adroitement et il attrapa le pain, encore chaud du contact de sa sœur. Il aurait voulu lui parler, mais il devait se contenter des sourires silencieux qu'ils échangeaient. Alors, pour le plus bref des instants, les années de séparation étaient abolies et leurs esprits se rejoignaient. Et déjà, elle n'était plus là. Parfois, quand il s'échinait à la tâche, il la voyait dans la rue en dessous en train de l'observer. Il aurait voulu qu'elle aille se mettre en sûreté dans un abri quelconque. Mais il savait que si un tel endroit existait, il ne serait pas sûr très longtemps. Il la trouvait de plus en plus maigre chaque jour, plus fatiguée et hagarde.

Il se réconfortait quelque peu en se disant que la prochaine grosse attaque porterait sur Senglea et non Birgu. Mais immédiatement après la chute de Senglea, Birgu suivrait. Ses remparts étaient hauts et épais, mais ils ne résisteraient pas longtemps aux bombardements massifs et sans répit. Depuis toujours, dans ses pires cauchemars, Asha avait vu Maria morte, étendue dans la rue. Aujourd'hui, il se rendait compte que cela pouvait bien devenir réalité et qu'il ne serait pas en mesure de l'aider.

Mahmoud et lui arrivèrent à leur poste et entamèrent leur journée de travail. Enchaînés ensemble, ils apportaient des sacs de terre et de pierre sur les tas de débris produits par l'artillerie turque, qui transformait la maçonnerie en décombres. Ils en portaient un à la fois, chacun prenant une extrémité. Ils avaient beau s'assurer des endroits où placer les pieds, inévitablement, quand ils montaient, il y en avait un qui finissait par glisser et tomber en arrière. Tous deux redescendaient alors inopinément, laissant un peu de chair dans l'aventure au bout du fouet du surveillant, qui restait en bas pour les encourager. Ils opéraient ainsi jusqu'à ce qu'ils aient monté vingt sacs à proximité du sommet. Puis ils étaient confrontés à cinq minutes de pure terreur : pendant qu'ils les disposaient au-dessus de la portion d'enceinte endommagée, ils se retrouvaient exposés au feu turc.

Asha, qui avait toujours entendu dire que les canonniers ottomans étaient les meilleurs au monde, le constatait de visu. Naturellement, il y avait parfois des tirs isolés, au hasard. Ils présentaient un danger extrême, certes, mais les pires étaient ceux de précision. Les artilleurs choisissaient une cible et frappaient au basilic, dont les plus gros modèles pouvaient occasionner des trous de plus de cinq mètres de large. Un moment plus tard, un nouveau tir partait, cette fois d'une couleuvrine un peu décalée sur l'axe. Chaque canon travaillait l'endroit du rempart visé depuis un angle différent. Et chaque coup permettait d'estimer quelle arme était la plus efficace selon l'objectif. Le même processus était répété tout le long des défenses. Pendant que les murs étaient ainsi méthodiquement pulvérisés, d'autres canons visaient les villes et les forts, semant au hasard la terreur et la mort. Heure après heure, jour après jour, le bombardement se poursuivait, affaiblissant les assiégés en vue du prochain assaut des troupes.

Asha et ses compagnons exécutaient un travail sans fin, car à peine avaient-ils mis les sacs en place qu'un nouveau tir les faisait retomber. S'ils étaient prisonniers de guerre, ce n'était en rien une sécurité pour eux. Les artilleurs avaient l'ordre d'empêcher les réparations et s'en prenaient à tout ce qui bougeait. Les boulets de granit émettaient un petit sifflement qui donnait un avertissement aux esclaves. Quand ils l'entendaient, ils plongeaient à plat ventre et tentaient de se glisser sous les sacs pendant que les engins de mort éclataient en milliers de fragments. Ceux de marbre étaient plus effrayants. Ils arrivaient silencieusement et emportaient jambes, tête, voire le corps entier d'un coup.

Les tranchées turques se trouvaient encore à quelque distance. Plus elles se rapprocheraient et plus les tirs des arquebusiers seraient courts, plus la mort frapperait souvent les malheureux sur les murs. Asha s'était entraîné avec les janissaires, qui allaient le viser avec des armes d'une précision inégalée dans le monde.

Dans la tente du commandement turc, Mustapha et ses *aghas* revoyaient le plan pour le lendemain. Tous les combattants avaient une affectation, sauf un millier de janissaires, qui seraient tenus en réserve pour exploiter les faiblesses susceptibles d'apparaître dans les défenses.

Hassem écouta patiemment le plan de Mustapha.

— Il est assez détaillé, reconnut-il, mais à moins qu'il ne soit exécuté avec davantage de passion qu'à Saint-Elme, il ne pourra qu'échouer. Je ne comprends toujours pas pourquoi a fallu tant de temps pour prendre un fort si modeste, ni pourquoi la victoire fut obtenue à un tel coût. (Il fixa avec impudence le général, à l'air glacial.) Si vous m'autorisez cet honneur, mes Maures vont montrer à vos troupes comment des hommes animés d'une vraie volonté peuvent se battre.

Mustapha Pacha eut un petit sourire.

— Excellente idée. Nous allons les mettre en première ligne de l'assaut terrestre, pour lequel je vous confie le commandement. Votre lieutenant, Candelissa, dirigera l'attaque navale. S'il vous plaît, demandez-lui que ses bateaux soient prêts dans le Marsa. Je me réjouis de votre victoire facile.

Au cours de la nuit, comme avant chaque engagement, le son des prières enveloppa le grand port telle une brume.

15 juillet

Au bord de l'asphyxie, Fençu tournoyait sous l'eau. Ses poumons le brûlaient et il savait qu'il ne pouvait éviter d'aller aspirer une bouffée d'air plus longue. Son visage n'était qu'à quelques pouces de celui du Turc, dont les cheveux et la longue barbe flottaient dans les remous sous-marins. L'Ottoman tenta de l'atteindre avec sa hache, mais le haut de son corps se prit dans le maillage entourant l'un des pieux de la palissade et l'eau atténua la force de son coup. Le côté de l'arme toucha Fençu à l'épaule sans le moindre effet.

Fençu s'écarta et utilisa les mailles du système défensif pour descendre un peu plus bas. Il avait perdu son couteau dans l'engagement initial. Maintenant, il se trouvait de l'autre côté du réseau de protection par rapport au Turc et le tirait par le bras dans un acte désespéré, cherchant à le noyer.

Le musulman passa une épaule dans le maillage. Avec une meilleure capacité de mouvement, il essaya de frapper de nouveau. Les bulles s'échappaient de sa bouche. Cette fois, un coin de la hache mordit dans l'épaule du charpentier. Un petit nuage de sang se diffusa autour d'eux. Fençu avait senti l'atteinte, mais aucune douleur. Ses poumons le torturaient. Il tira d'un coup sec sur le bras de son adversaire, tandis qu'il ramenait ses genoux sur sa poitrine, puis donna un grand coup de pied pour amener le Turc vers lui et l'atteindre violemment à la poitrine. Des bulles jaillirent de la bouche du musulman et ses yeux trahirent sa panique. Fençu le sentait faiblir.

Il redonna un coup de pied. Il y eut davantage de bulles et le Turc lâcha sa hache. Elle tomba au fond de l'eau et disparut dans les ténèbres. Il avait cessé de se battre. Ses membres pendaient librement et son corps se relâchait. Enfin, Fençu gagna la surface. Il jaillit de l'onde, haletant, cherchant à absorber le maximum d'air possible. Ses muscles le brûlaient autant que ses poumons.

Les premiers Turcs étaient apparus avant l'aube. Ils avaient envoyé leurs meilleurs nageurs traverser les quatre cents mètres de la crique des Français pour gagner Senglea. Ceux-ci tenaient leurs armes entre les dents ou fixées sur leur dos. Ils avaient commencé de démolir tout ce qu'ils pouvaient de la palissade, pour faciliter l'assaut naval. Ils tranchaient les cordes et s'attaquaient aux pieux quand la première vague de Maltais leur était tombée dessus. Fençu en faisait partie. Un soldat espagnol qui ne pouvait pas se battre lui avait glissé un couteau dans la main et, avide d'action, le charpentier avait plongé en hurlant dans l'eau. Maintenant, il avait tué son premier Turc et escomptait récidiver.

Tout le long du rivage, l'eau teintée de sang grouillait d'hommes se battant pour prendre l'avantage. Certains s'affrontaient sous la surface, d'autres au-dessus. Quelques-uns s'étaient hissés sur les poteaux et lançaient leurs armes de leur main libre sur les nageurs autour d'eux. Les lames jaillissaient de la mer pour frapper. Sur terre, les tireurs des deux camps se retenaient, de peur de toucher un des leurs.

Au milieu de l'affrontement, les Turcs approchèrent quelques petits bateaux des palissades. Ils étaient munis de grappins et de rouleaux de cordage, ceux-là mêmes qui servaient à remorquer les galères. Leurs équipes plongèrent les crochets dans l'eau et attrapèrent la structure immergée. Pendant que les combattants s'affrontaient autour d'eux, ils se mirent à ramer comme des fous vers la rive opposée en déroulant les cordes derrière eux. Sur le rivage en dessous du Corradino, des esclaves les fixèrent aux cabestans pour tenter d'arracher l'installation. Si les nageurs turcs ne pouvaient rivaliser avec les Maltais, Fençu constatait que leurs efforts commençaient à payer. Une partie des palissades faiblissait, d'autres étaient déplacées ou complètement tombées.

Fençu replongea deux fois et finit par retrouver la hache du Turc sur le sable. Il s'approcha du premier cordage et s'y attaqua, bien que celui-ci fût aussi épais que son poignet. Même avec la hache affûtée comme un rasoir, la tâche était quasi impossible sous l'eau. Il essayait de scier et de taillader. Trois fois il remonta respirer. Finalement, juste au moment où la corde se tendait, le dernier fil lâcha.

Revenant chercher de l'air, il s'apprêtait à s'attaquer au suivant, quand à cet instant, il vit la flotte turque venir droit sur lui. D'innombrables galères arrivaient du Marsa à cadence de combat. Une forêt de rames fouettait l'eau, plongeant, tirant, volant. Une armada de robes écarlates, de turbans blancs, de joyaux, d'hommes lourdement armés d'arcs et de mousquets, de haches et de hallebardes, de sabres et de piques approchait. Dans le navire de tête, un imam se dressait, lisant des versets du Coran aux troupes.

Fençu se tourna vers le rivage et nagea pour sauver sa peau. Il entendit les gardes sur les murs hurler aux autres Maltais de quitter l'eau en vitesse. Ceux qui n'étaient pas parvenus à fuir furent rapidement avalés par l'ouragan déboulant.

En pénétrant dans la crique des Français, les bâtiments se déployèrent afin de couvrir l'intégralité du rivage de Senglea. Dans l'ensemble, le système défensif avait finalement tenu, mais là où ce n'était pas le cas, les bateaux passèrent.

Celui de Candelissa se retrouva coincé. Sans se démonter, ce dernier sauta à l'eau et s'enfonça jusqu'aux épaules. Sa robe flottait autour de lui. Ses hommes se déversaient des vaisseaux, plongeant pour le suivre. Certains buvaient la tasse et se redressaient en crachant, leur poudre et leurs engins incendiaires ruinés, tandis que d'autres s'emmêlaient dans les palissades et se noyaient. Mais la plupart parvinrent à gagner le bord en gardant leurs armes au-dessus de leur tête. Ils prirent pied sur le rivage sous un feu nourri tombant des remparts. Accroupis derrière leur bouclier, échelles d'escalade prêtes, ils commencèrent à avancer.

Une fois sur la grève, submergé par la nausée, Fençu s'était appuyé contre un mur. Le corps secoué par de violents haut-le-cœur, il cracha de l'eau de mer. Le sel brûlait affreusement son épaule gauche. La hache avait mis le muscle à vif, mais comme pour son pied, la blessure était plus douloureuse que sérieuse. Tant qu'ils ne lui prenaient que de petits morceaux, songea-t-il, il pouvait continuer.

Il arracha une bande de son pagne, le seul tissu disponible, et un autre nageur l'aida à bander sa plaie. Puis il but de l'eau, recouvra une partie de ses forces et se redressa en réprimant quelques vertiges. Alors il se précipita aussi vite que son pied le lui permettait vers l'extrémité de Senglea où le gros de la flotte attaquait.

A l'instant où l'assaut naval commençait, une offensive terrestre s'élançait. Emmenées par Hassem, les troupes turques et algériennes dévalèrent les pentes vers Saint-Michel, sans se soucier des canons qui décimaient leurs rangs. Les premières lignes se jetèrent sur les remparts, les vivants grimpant sur les morts. Il y en avait des milliers et des milliers. Et tous hurlaient.

L'ouragan ottoman venait de fondre sur les façades ouest et sud de Senglea.

Christian s'occupait d'une profonde atteinte sur le dos d'un soldat quand il entendit la trompette couvrir le vacarme de l'attaque. C'était le signal d'urgence, qui rameutait toutes les forces de réserve sur la place. C'était son premier appel au combat. Sauf en cas d'extrême urgence, il devait garder son poste à l'infirmerie, pour traiter au plus vite les hommes susceptibles de remonter en ligne. Il laissa tomber ses instruments, demanda à l'un des barbiers-chirurgiens civils de finir le travail et courut vers le lieu de rassemblement.

Ses armes se tenaient prêtes dans la cour cloîtrée. Avec ses mains poisseuses de sang, il eut besoin de l'aide d'un page pour revêtir son armure. Bien que la tenue étouffante pesât plus de cent livres, elle était bien taillée et entravait à peine ses mouvements. En remontant vers la place, il retrouva Romegas et trois autres chevaliers qui arrivaient de leur poste près de la prison des esclaves. Toutes les positions qui ne subissaient pas une attaque directe devaient envoyer les combattants dont elles pouvaient se passer.

Peu de temps après, ils traversaient dans le tumulte le pont de barges qui enjambait la crique de Birgu pour gagner le centre de Senglea. La plupart des renforts partaient vers la gauche pour rejoindre la bataille faisant rage devant Saint-Michel, assailli par huit mille Algériens et Turcs. Christian se dirigea vers la droite et le bout de la péninsule. Trois mille hommes avaient déjà sauté des bateaux. Davantage encore arrivaient. Aux deux extrémités de Senglea, des brèches avaient été ouvertes dans les murs.

Près des moulins à vent, un magasin de poudre explosa et renversa de Vries. Il parvint à se relever en tremblant et dépassa des hommes brûlés, hébétés ou morts. Des étendards turcs apparurent sur les remparts. Il atteignit un mur et regarda la plage envahie de troupes d'assaut apportant sans cesse de nouvelles échelles.

Fençu se trouvait au milieu d'un groupe de chevaliers et de soldats qui avaient posé leurs arquebuses pour jeter des pierres sur les assaillants. Les femmes et les enfants du village s'activaient autour des marmites d'eau chauffant sur des feux répartis tous les quelques mètres le long des fortifications. Ensemble, ils les soulevaient et les renversaient sur les hommes grimpant aux échelles ou s'amassant au pied des remparts. Les Turcs progressaient de manière tellement compacte qu'ils rendaient mortellement efficace un moyen de défense aussi primitif. Les bombes incendiaires fendaient l'air mais occasionnaient moins de dommages que d'habitude sur les robes trempées des attaquants.

Christian fit face à un janissaire atteignant le sommet de l'enceinte. L'homme leva son épée pour frapper, mais le chevalier l'envoya voler jusqu'en bas. D'autres arrivaient déjà. La plupart des combats se disputaient au corps à corps. Les adversaires s'agrippaient dans une étreinte mortelle et basculaient ensemble dans le vide. Un vent incertain faisait aller et venir la fumée le long des murs. Les boulets traversaient les lignes, tuant sans distinction musulmans et chrétiens. Le vacarme était irréel, inouï, comme venu de l'autre monde.

Heure après heure, le père Roberto — épée dans une main et crucifix dans l'autre — faisait le tour des postes pour encourager les combattants et les inciter à fournir un maximum d'efforts.

— Bénis soient ceux qui meurent au nom du Seigneur, hurlait-il, car il est écrit qu'au nom de Jésus, tous les genoux s'inclineront dans le Ciel, sur Terre et sous la Terre.

Depuis le sommet du Corradino, Mustapha Pacha observait la bataille en cours. Il constatait que les lignes de défenseurs, tentant de tenir tant le sud que l'ouest des murs pour résister aux vagues d'assaut supérieures en nombre, s'étiraient et s'amincissaient donc dangereusement. Piali Pacha avait lancé sa propre attaque sur Birgu pour empêcher d'éventuels renforts de rejoindre Senglea. Finalement, se dit Mustapha, la victoire était dans sa main. Il était temps d'envoyer la réserve, quand le sort de la bataille pouvait définitivement basculer. Il fit un signe de tête à un messager et une trompette retentit. Dix galères, chacune emmenant une centaine de janissaires, gagnèrent l'extrémité de la péninsule de Senglea. Leur objectif de débarquement était le point d'ancrage de la chaîne qui fermait la crique de Birgu. Il n'y avait pas assez de défenseurs pour les arrêter.

Caché avec ses troupes près de la ligne d'eau sous le fort Saint-Ange, dans une position jusqu'alors non détectée par les Turcs, le chevalier Franciso de Guiral vit les bateaux venir droit sur lui. Il ordonna d'armer les canons avec des sacs de pierres, des barres de fer, des maillons de chaînes, des boulets et des fers hérissés de pointes, puis de les mettre en position. Ignorant la menace, les bâtiments continuaient d'avancer.

Quand ils ne furent plus qu'à deux cents mètres, Guiral fit ouvrir le feu. La batterie cracha une salve massive. Les projectiles et les chaînes traversèrent les coques et pulvérisèrent les hommes à l'intérieur. Sans attendre, les canons furent rechargés et mis à feu.

Sur les dix vaisseaux, neuf coulèrent rapidement, le dixième parvint à pivoter in extremis et à se précipiter vers le rivage du Sciberras. Quand la fumée s'évanouit, l'eau n'était qu'une écume sanglante. Un tapis de turbans et de robes colorés flottait dessus, indiquant l'endroit où neuf cents janissaires venaient de périr.

Devant Saint-Michel, les Algériens de Hassem, furieux, lançaient assaut sur assaut. Mais ils se montraient incapables de garder une position, alors que les canons des défenseurs les décimaient. Finalement, le massacre ayant déjà prélevé un tribut jugé suffisant, ils commencèrent à se retirer en désordre.

Sur le promontoire où Christian continuait de se battre, les attaquants, voyant refluer leurs camarades, cherchèrent à rompre l'engagement pareillement, mais ils étaient coincés sur le rivage, avec la flotte échouée, et complètement exposés. Sous le feu des canons de Saint-Ange et des batteries de Senglea, beaucoup de bateaux croisaient dans la crique et le grand port sans pouvoir approcher pour venir au secours des assaillants.

Constatant que la situation était en train de tourner en leur faveur, les chrétiens s'élancèrent et entamèrent un véritable massacre. Christian sortit avec le flot par la porte. Laissant libre cours à leur fureur, les troupes maltaises, espagnoles, grecques se ruaient sur l'ennemi. Armé d'une hache et d'un cimeterre pris sur le corps d'un janissaire mort, Fençu se trouvait au milieu d'eux. Au cri de « la paix de Saint-Elme », les défenseurs submergèrent les Turcs, coupant les têtes et ne faisant aucun prisonnier.

Epuisé et pratiquement terrassé par la chaleur, Christian se laissa tomber à terre, bouleversé par la boucherie qu'il contemplait, tétanisé. Dans le port, les nageurs commençaient une moisson systématique. Ils rapportaient des débris vers le rivage, tandis que d'autres plongeaient. Les bateaux coulés étaient pleins de vivres, incluant du beurre, du miel et du raisin, de la nourriture destinée à soutenir les attaquants une fois qu'ils auraient pris possession de la péninsule. Les pêcheurs tiraient les corps des janissaires sur la grève et les dépouillaient de leurs joyaux, de leur argent et de leurs armes. Des cadavres coulaient, d'autres flottaient au milieu des épaves d'un macabre naufrage.

A midi, la bataille était terminée. Trois mille Turcs et Algériens gisaient le long du rivage et au fond des fossés de Senglea. A l'intérieur des murs, deux cent cinquante défenseurs avaient succombé, au nombre desquels le fils du vice-roi de Sicile. Les blessés se comptaient par centaines.

Christian ferma les yeux pour ne pas voir les morts dispersés partout sur les rochers. Il sentait la fumée et le sang titiller ses narines, et les cris des blessés déchiraient ses oreilles. Il reprit le dessus et essaya de se lever pour leur porter secours, avant de s'effondrer de nouveau. Il avait les lèvres sèches, mais même pas la force de parcourir les vingt mètres le séparant de l'eau.

Soudain, il réalisa qu'il avait le flanc poisseux de sang. Il défit sa cuirasse et aperçut le bout blanc d'un os près de sa hanche. Quand était-ce arrivé ? Il n'en avait pas la moindre idée et ne ressentait rien. L'hémorragie s'était quasiment arrêtée. Il regardait sa blessure d'une manière détachée, comme s'il s'était agi de celle d'un autre. Ce n'était rien. Pratiquement tous les hommes et femmes qu'il avait croisés au cours des dernières heures présentaient des atteintes au moins aussi sérieuses. D'un air absent, il couvrit la plaie avec un tissu trempé de sueur.

Une ombre l'enveloppa. Levant les yeux, il vit le père Roberto, le visage inondé de sang. Il présentait une sérieuse coupure au cuir chevelu. En tant que prêtre, il n'était pas censé avoir pris les armes, mais les traces luisantes de son labeur du jour souillaient son épée.

— *Illustrissimo* de Vries. (La joie de la victoire pétillait dans ses yeux brillants.) Nous avons accompli l'œuvre de Dieu, aujourd'hui.

Christian le fixa avec tristesse.

— Vraiment, mon père ?

— Vous devez puiser du réconfort là-dedans. Mais venez.

Laissez-moi aider le médecin, pour qu'à son tour il puisse secourir ses prochains.

Il attrapa la main de Christian et l'aida à se remettre debout. Tous deux étaient presque aussi faibles l'un que l'autre. Dans un suprême effort, ils parvinrent à se soutenir et, ensemble, se traînèrent jusqu'à Birgu.

Mustapha Pacha était profondément troublé par les pertes, mais toujours aussi résolu. La guerre de siège était une affaire longue, sanguinaire et difficile. Traditionnellement, elle requérait cinq attaquants pour un défenseur. S'il y avait eu une seule erreur dans le plan d'attaque de Senglea — en dehors de l'indifférence aveugle de Hassem quant à la détermination et au courage des chevaliers —, c'était que les défenses de la péninsule n'avaient pas été suffisamment réduites par des tirs préalables. Il rejeta l'idée d'un nouvel assaut naval. Ses hommes pouvaient être utilisés beaucoup plus efficacement sur terre.

Il décida de prendre son temps et de laisser les canons accomplir leur œuvre lente, mais certaine. Quand des brèches suffisantes apparaîtraient dans les remparts, quand assez de maisons à l'intérieur seraient réduites en poussière, quand les défenseurs n'auraient plus d'autre endroit où se cacher que sous des piles de cadavres, alors il lancerait une nouvelle attaque sur Birgu et Senglea. Candelissa, qui avait montré de la bravoure, se vit confier le commandement de toute la flotte maintenant le blocus, tandis que Piali Pacha, n'ayant plus de combat sur l'eau à mener, se retrouva à la tête des forces préparant l'invasion de Birgu.

Les esclaves commencèrent à rapatrier les vaisseaux vers le port de Marsamuscetto en reprenant la route du Sciberras en sens inverse. Pendant ce temps, les sapeurs achevaient de démonter les emplacements des canons restants. Des tranchées furent creusées depuis le haut du Salvador jusqu'au bord de la crique de Kalkara, directement devant Birgu. Ainsi les tireurs pouvaient œuvrer à couvert. Sur les hauteurs les entourant, de nouvelles positions d'artillerie furent installées. Les canons du Sciberras — auxquels s'ajoutaient ceux pris à Saint-Elme — furent déplacés pour viser plus efficacement Saint-Ange et Birgu. Sur la pointe des Gibets, ceux positionnés par Dragut restaient en place, tandis que sur le Corradino et sur Sainte-Marguerite, de nouvelles pièces d'artillerie arrivaient quotidiennement.

Progressivement, le garrot de fer de Mustapha se resserrait, alimenté par un apport permanent de matériel. Les batteries entamèrent le bombardement le plus intense du siège. Le tonnerre turc devait retentir jusqu'au ciel. Avec leurs forts et leurs villages, les deux péninsules étaient désormais coupées de l'extérieur, leurs enceintes et leurs maisons frappées de toutes les directions.

Les murs arrière de l'infirmerie présentent des brèches, les salles de chirurgie durent être déplacées à l'intérieur du bâtiment du côté opposé. Tandis que Christian opérait, il sentait tout l'édifice trembler. La poussière tombait sur ses patients, tandis que des hommes mouraient sous les parois s'effondrant. En bien des endroits, on pouvait voir le ciel en levant les yeux. Chaque fois que Christian le faisait, il pensait à Maria et à ce qu'elle devait vivre dehors.

Une grêle de granit, de marbre et de fer pleuvait sur les toits et les maisons de Birgu. Les boulets pratiquaient d'énormes trous dans les murs et les couvertures, écrasant, pulvérisant tout dans les rues étroites. Ils apportaient la mort sans avertissement. Désormais, il n'y avait plus aucun endroit sûr. Les gens se précipitaient d'un abri à l'autre, essayant d'échapper à la terreur invisible tombant d'en haut.

Les fortifications de l'entrée de Birgu se voyaient infliger les pires châtiments. Les canonniers concentraient leur feu le plus intense sur le poste de Castille, à l'extrémité sud de Birgu, et sur Saint-Michel, à l'entrée de Senglea. La poussière des fortifications fracassées planait au-dessus du grand port telle une couverture suffocante, sous laquelle les défenseurs tentaient désespérément de réparer les dommages.

Asha se traîna vers le poste d'Angleterre, où il devait passer la journée avec son nouveau compagnon de chaîne, un Anatolien maigre répondant au nom d'Abdullah. Mahmoud avait été victime d'un tir d'arquebuse. Chacun des cinq co-prisonniers d'Asha s'était plaint un peu plus que le précédent et Abdullah ne fit pas exception.

Alors que le garde leur demandait de faire halte, Asha entendit la voix tonnante de Romegas.

— Ah, le grand Asha Raïs vient honorer de sa présence nos humbles lignes.

Le chevalier sauta de l'endroit où il inspectait un mur. Il arborait un large sourire. Non seulement il ne semblait pas affecté par la frénésie de l'artillerie, mais il paraissait la goûter, s'en repaître, tirer de l'énergie de la fureur ottomane. Quand les charges s'écrasaient à proximité, les hommes normaux cherchaient à s'abriter. Mais Romegas restait fièrement debout comme si c'était une petite pluie fine estivale.

Il hurla des instructions au surveillant, qui commença à séparer les esclaves en fonction de leur travail. Certains devaient porter des blocs, d'autres des sacs, alors que d'autres encore piochaient et creusaient avec des pelles. Le renforcement des enceintes extérieures étant devenu un travail trop périlleux pour les populations civiles, La Valette avait ordonné que seuls les esclaves soient désormais affectés à cette tâche. En deux petites semaines, des centaines étaient déjà morts.

Romegas dut élever la voix pour se faire entendre. Loin des événements de l'instant, son esprit voguait sur la mer, et il s'adressa à Asha en tant que capitaine.

— Dis-moi, Asha Raïs, est-ce que la coupe de ton navire actuel est aussi bonne que la précédente ? Qui a construit ta galère ? J'ai pensé à la capturer. Je dois avouer que j'ai été impressionné par sa vitesse et sa façon de tourner quand nous nous sommes rencontrés la dernière fois. La mienne se comporte aussi bien, mais c'est grâce à l'habileté de son capitaine, pas à la forme de sa quille.

Asha se tourna vers lui. A côté d'eux, Abdullah se raidissait et gardait le silence alors qu'il se trouvait au pied de l'un des plus grands ennemis de l'Islam.

— Mon vaisseau est encore meilleur que tu ne l'imagines. Je serai sur son pont quand tu essaieras de t'en emparer et ses manœuvres t'enverront par le fond, comme j'ai presque réussi à le faire la dernière fois.

Romegas éclata de rire.

— Quelle arrogance pour un homme enchaîné ! Je vois que les canons ottomans ne sont plus qu'à trois cents mètres. J'espère avoir le grand plaisir de te regarder périr sous les coups de tes propres canonniers. Peut-être que tes exécuteurs seront de ton navire.

— Ils ne réussiront pas. Pas avant que je n'aie eu l'occasion de te tuer. Je te dois une mort et ce sera la tienne. Enlève-moi ces chaînes et donne-moi une épée. Comme ça, nous n'aurons pas besoin d'attendre plus longtemps.

Les yeux du chevalier pétillaient d'amusement.

— En des circonstances normales, je serais heureux de me mesurer à toi, mais pour l'instant, j'ai largement assez d'occupation avec l'examen de ces murs. Mais, allez, nous sommes des gentilshommes de la mer, toi et moi. La haine que tu me voues semble sans limites, pourtant je suis un homme bienveillant. Je te dois une mort, dis-tu ? Est-ce parce que je suis un meilleur marin que toi ? Ou parce que je présente mieux ?

Son rire retentit tel un grondement de canon. Asha ne souriait pas.

— Tu as causé la mort de quelqu'un qui m'était proche. Une femme.

Le capitaine chrétien leva les sourcils.

— Je n'ai pas pour habitude de tuer des femmes, répondit-il sérieusement. De qui s'agit-il ?

— Elle était esclave sur un navire qui appartenait au *kislar agha* et à El Hadji Farouk, et qui se rendait d'Istanbul à Alger. Une galiote. Tu l'as attaquée au large de Lesbos.

— Bien sûr, je m'en souviens très bien. Cinq navires, une bonne prise. L'un a coulé. Un malheureux tir sur son magasin de poudre. Ce n'est pas franchement ce que j'avais prévu, comme tu peux t'en douter. La cale était pleine de soieries. J'ai regretté sa perte comme n'importe qui.

— Elle était à son bord. On dit que tu as laissé les occupants se noyer au lieu de revenir les sauver.

— Alors on a menti. L'explosion en a tué beaucoup, mais nous en avons récupéré quelques-uns dans l'eau. Parmi eux, il y avait naturellement des soldats, que nous avons mis aux rames. Mais il y avait effectivement aussi des femmes et même un ou deux vieux eunuques gras. Peut-être que la personne dont tu parles faisait partie de celles-là. Mais si ce n'est pas le cas, ce n'est pas moi qui l'ai tuée ; c'est la volonté de Dieu qui a fait sombrer ce navire.

Asha leva ses poignets enchaînés. Avec son doigt, il traça une ligne de sa tempe à sa mâchoire.

— Elle avait une grosse cicatrice comme ça.

Romegas hocha la tête.

— Alors je me souviens d'elle. Malgré sa cicatrice, elle était d'une beauté frappante. Elle n'est pas morte, Asha Raïs. Elle ne l'était pas non plus quand je l'ai laissée à Zante[1]. Honnêtement, ajouta-t-il sur un ton mélodramatique, je suis vraiment affligé que tu aies une si piètre opinion de moi. Pourquoi aurais-je laissé un tel trésor mourir ?

Abasourdi, Asha ne savait plus quoi dire.

— Tu l'as vendue, alors ?

— Bien sûr que non. Elle était chrétienne. Je l'ai laissée, avec les autres, dans le premier port chrétien quand nous avons pris de l'eau. Elles étaient libres de partir et ce fut leur vœu. Seul un barbare comme toi aurait pu agir différemment. (Il indiqua un endroit du mur.) Hélas, pour l'instant, voici ton timon du jour, Asha Raïs. Garde le cap, évite les bourrasques... et capture tous les prisonniers que tu veux.

Son rire retentit de nouveau et il s'éloigna rapidement.

Sans rien dire, Asha le regarda partir, ignorant les gémisse-

---

[1]. L'île de Zakintos, sur la façade ionienne du Péloponnèse. (*N.d.T.*)

ments d'Abdullah, le tançant de n'avoir pas frappé leur ravisseur. Il ne bougea qu'en sentant le fouet du garde. Il nageait en plein brouillard. Romegas mentait-il ? Il n'y avait aucune raison. De toute façon, le chevalier pensait qu'Asha était un homme mort et, à son expression, ce dernier croyait qu'il lui avait dit la vérité. Il fit tout ce qu'il put pour ne pas tomber à genoux en prière. « Béni soit Allah, elle est vivante. »

La tête bouillonnante, Asha se mit au travail. Avec Abdullah, ils charrièrent les sacs de pierres. Un projectile frappa la base du mur tout près de l'endroit où ils se trouvaient. C'était un boulet de trois cents, tiré par une des grosses couleuvrines. Le sol trembla au point de faire tomber le prisonnier et ceux qui l'entouraient. Un champignon de poussière s'éleva de vingt pieds dans toutes les directions. Asha se ressaisit et se releva, crachant des gravats et un morceau de dent. Abdullah massait une épaule contusionnée en lâchant un torrent d'obscénités.

Asha réalisa que le bombardement était plus intense qu'une heure ou deux auparavant. Il voulait vivre à tout prix. Encore une fois, il ne pensait pas qu'Allah ait pu l'amener là pour l'y faire mourir, mais chaque impact proche éprouvait la force de sa foi. Alors il priait avec ferveur pour qu'Allah accorde un peu d'attention à son cas.

« Elle est repartie pour Brindisi. Non, pas Brindisi. Elle ne retournerait jamais là-bas. Elle m'a dit où elle irait si elle se retrouvait libre. Et elle est libre ! Alisa est vivante ! Je le sais ! »

Après avoir cherché son frère toute la journée, Maria le trouva au milieu de l'après-midi. Elle s'était inquiétée quand elle ne l'avait pas vu sur le poste de Castille, où son équipe avait travaillé au cours des derniers jours. A cause des gardes, elle se réfugia dans l'encadrement d'une porte, sous une épaisse arche en pierre, et attendit qu'il ait une occasion de s'approcher. Asha la vit et agita la tête pour qu'elle s'en aille. Il était devenu beaucoup trop dangereux qu'elle vienne le voir. Mais Maria ne se préoccupait que de lui apporter sa ration de pain.

Bien qu'enchaîné sur ce mur, entravé à un autre homme et pratiquement exposé à une mort certaine, en cet instant, Asha ne ressentait rien d'autre au fond de lui que de l'euphorie.

— Elle est vivante ! hurla-t-il sur une impulsion.

Le garde tourna les yeux vers lui, puis vers la personne à qui il criait.

Maria avait l'air de ne pas comprendre.

— Qui ? lui lança-t-elle en retour.

Son frère partit dans un grand rire franc et clair. Evidemment, il lui avait tout raconté sur Alisa dans les lettres qu'il avait brûlées des années auparavant...

— Alisa ! dit-il. Je t'expliquerai un jour. Mais va-t'en, s'il te plaît !

Le garde fit un geste menaçant. La jeune femme adressa à Asha un petit signe avant de disparaître. Il espérait qu'elle n'essaierait pas de revenir, mais savait qu'elle le ferait.

Pour lui, l'après-midi s'écoula rapidement, presque joyeusement, alors qu'il voyait s'ouvrir les perspectives d'un nouveau monde. Toutefois, il continuait de guetter les moindres tirs, de peur que le suivant ne soit le dernier.

En fait, quand le boulet arriva, il ne l'entendit absolument pas.

Il frappa le rempart de biais, s'engouffra dans un angle et se fracassa en trois morceaux. L'un d'eux percuta Abdullah. Sous l'impact, la chaîne fut violemment tirée. Les pieds d'Asha furent arrachés du sol et il vola en arrière pour atterrir contre le mur intérieur, face contre terre et choqué. Pendant un moment, il resta là, inerte. Puis il bougea et se releva en toussant dans la poussière jaune suffocante. Il ne restait rien d'autre de son compagnon de captivité que sa jambe droite, encore attachée par la cheville à la chaîne, et une petite partie de son torse.

Asha entendit les gémissements de plusieurs hommes à proximité. Quelques-uns se levaient, d'autres gisaient brisés ou morts. Au milieu de tout ça, certains étaient indemnes. Le garde lui-même avait été projeté et demeurait étendu sur le dos, gémissant, la main sur le front. A l'instant où Asha le vit, il comprit que son heure était venue. Il se dressa et grimpa sur les décombres, traînant ce qui restait d'Abdullah derrière lui, puis fila droit sur la section endommagée du mur. Il allait monter dessus, passer au travers, courir le long des quais étroits et plonger dans la crique de Kalkara. Quand les canonniers turcs le verraient en train de s'échapper, ils le couvriraient en ouvrant un feu nourri. Ses chances étaient minces, peut-être, mais il n'en avait pas d'autres.

Il trébucha et tomba lourdement, car la jambe d'Abdullah s'était prise dans les pierres. Il la ramassa, la mit sous son bras et remonta le tas de décombres. Il s'attendait à entendre des cris de rage derrière lui, le tir d'une arquebuse, à sentir la brûlure d'une balle dans son dos. Au lieu de cela, il ne percevait que les encouragements des autres prisonniers.

Il jeta un regard autour de lui. Le garde était toujours étendu, mais tentait de se redresser sur le coude. Asha serait de l'autre côté avant que l'homme ait retrouvé ses esprits. Il allait y arriver.

Il était quasiment parvenu au sommet, quand le basilic tonna de nouveau. Les artilleurs connaissaient leur travail et ils frappèrent le mur à l'endroit précis où il s'était déjà effondré. L'énorme boulet projeta une nouvelle pluie de débris. Un fragment frappa Asha à la tempe et il s'effondra sans connaissance.

Ce soir-là, contusionné et couvert de sang, mais parfaitement en vie, Asha se réveilla dans la prison des esclaves, enchaîné à un nouveau compagnon.

— Nous devrions abandonner Malte, Excellence, déclara don Alfredo, l'un des conseillers du vice-roi à Messine. L'armée turque est beaucoup trop importante. Cela ne vaut pas le risque.

— Ce que vous dites est méprisable ! s'offusqua Gian Andrea Doria. Nous avons donné notre serment solennel de lui venir en aide.

La discussion avait commencé pendant le repas, alors que le vice-roi et ses deux invités dégustaient du veau et du faisan rôti. L'hôte lui-même n'était pas particulièrement pressé de bouger, espérant que la situation sur l'île se résolve d'elle-même, sans qu'il ait à mettre en péril les navires et les hommes de son monarque. En fait, il entendait bien agir — après tout, son fils se trouvait là-bas —, mais seulement quand il disposerait d'une force suffisante pour assurer la victoire. Il faisait, dans ce sens, des progrès lents mais réguliers, en dépit d'obstacles innombrables. D'abord la flotte avait été décimée à Djerba. Les arsenaux de Barcelone et de Malaga produisaient au maximum de leur capacité et des demandes d'aide avaient été expédiées dans toutes les directions. Mais ils ne parvenaient encore à sortir que la moitié des galères dont ils auraient eu besoin.

Pendant ce temps, un sentiment grandissant estimait que rien ne serait fait et que Malte finirait par disparaître, dans l'indifférence générale.

— Qui est venu à leur aide à Rhodes ? demanda don Alfredo en soulevant ce point. Aucun pays chrétien. Et quelle différence cela a-t-il fait au bout du compte ? Est-ce que cela a encore une importance ? Les chevaliers de Saint-Jean sont un ordre arrogant, méprisé dans toutes les cours d'Europe. Ils n'ont juré allégeance ni à Philippe ni à aucun autre monarque. Pourquoi devrions-nous risquer nos bateaux et nos vies pour les soutenir ?

Doria frappa la table et renversa sa coupe.

— Parce que leur cause est la nôtre. Vous êtes simplement vexé parce que l'entrée de votre fils au sein de l'ordre a été refusée.

— Votre insinuation m'insulte, monsieur, répliqua vertement don Alfredo. La seule chose qui m'importe, c'est que La Valette et son ordre font ce qu'ils veulent. Qu'ils acceptent les termes de reddition proposés par le Turc, ou qu'ils en paient les conséquences.

Doria se leva.

— Excellence, je vais armer trois galères à mes frais. Donnez-moi des troupes et des rameurs chrétiens, avec la promesse de liberté s'ils combattent bien. Je vais secourir La Valette.

Don Garcia considéra l'offre généreuse mais, estimant qu'il ne pouvait se passer de l'amiral italien, décida d'envoyer trois autres navires — dont deux appartenant à l'ordre —, qu'il remplit de troupes envoyées par le pape. Il s'agissait d'une petite force, sans doute, mais c'était quand même quelque chose. Et pendant ce temps, Doria pourrait continuer à encadrer d'autres hommes et d'autres vaisseaux.

Les bâtiments ne purent forcer le blocus turc et regagnèrent la Sicile. Le vice-roi renvoya une autre lettre par bateau à Malte : « Soyez patients, écrivit-il de nouveau. Tout ce qui est possible est entrepris. »

Chapitre 42

1er août

Les Turcs étaient arrivés en mai et déjà le mois d'août commençait. Pour Fençu, Maria, Eléna, Moïse et les autres civils piégés à l'intérieur de Birgu et Senglea, seuls les travaux éreintants leur permettaient momentanément d'oublier leur terreur incessante. Même quand l'artillerie réduisait tout en poussière autour d'eux, les femmes et les enfants commençaient souvent à travailler avant l'aube.

Pendant la journée, ils réparaient les murs. Après le crépuscule, ils fabriquaient des engins incendiaires dans des salles souterraines exiguës. Rien ne s'était révélé plus efficace contre les Turcs que le feu. A côté des bombes, des cercles de feu et des trompes lance-flammes, ils avaient mis au point des sacs, dont l'enveloppe était couverte de poix, et l'intérieur bourré d'un mélange de coton et de poudre à canon qui brûlait longuement. Même les balles d'arquebuse étaient enduites de saindoux. Ainsi, les projectiles conservaient leur chaleur quand ils étaient tirés, et enflammaient les habits, les cheveux et même les chairs. C'était un travail dangereux, accompli dans différents lieux nauséabonds et étouffants autour des deux villages. Mais personne n'était ni trop jeune ni trop vieux pour aider.

Du haut de ses cinq ans, Moïse était l'un des coureurs qui emportaient les produits finis jusqu'aux murs. Eléna ne respirait quasiment plus du moment où il s'en allait jusqu'à celui de son retour, mais elle savait que cette mission était quand même préférable au remplissage des bombes, qui parfois explosaient dans les mains de ceux qui les fabriquaient. Moïse se moquait des inquiétudes de sa mère.

— Je suis un homme, maman. Je vais plus vite que leurs balles.

Après le travail venaient les longues heures effrayantes de la nuit, quand il n'y avait plus rien d'autre à faire que se serrer les uns contre les autres dans l'obscurité, essayer de dormir ou de prier, et écouter le bruit des boulets s'écrasant sur les maisons... en attendant que l'un d'eux tombe sur la sienne. Les secousses, la chaleur et la peur rendaient tout sommeil impossible.

Rien ne pouvait préparer un individu à un tel bombardement. Heure après heure, jour et nuit, les grands canons grignotaient sans relâche les défenses de Birgu et Senglea. Une fine poudre jaune obscurcissait le soleil. Les défenseurs toussaient. La poussière colorait leur pain, encroûtait leur langue, irritait leurs yeux. Elle déposait une pellicule sur l'eau, et lui donnait un goût amer et métallique. Le sol tremblait constamment. Tous avaient été témoins de la lente agonie de Saint-Elme. A présent c'était leur tour d'attendre simplement que les Turcs démolissent les remparts autour d'eux. Le caractère infatigable, indomptable, persistant, patient, des artilleurs ajoucait à la peur et à la certitude que l'issue était inévitable. Même les civils étaient en mesure d'identifier les canons, différenciant, par exemple, une couleuvrine d'un basilic. Ils avaient appris à écouter le rythme inexorable des frappes et à sentir leurs intestins se nouer dès que le silence durait trop longtemps, annonçant, peut-être, une nouvelle ruée sauvage de fanatiques.

Maria voyait Christian de temps en temps, généralement de loin et pendant une attaque — quasiment les seuls moments où il quittait l'infirmerie. Ils semblaient toujours courir dans des directions différentes, sans un instant pour s'arrêter, pour se toucher, sauf des yeux, contact qu'ils essayaient de faire durer de précieuses secondes avant de se perdre de vue. Elle apercevait Nico plus souvent, dans son enfer des murs, où il n'avait aucune possibilité de se protéger. S'inquiéter pour ces deux hommes était plus difficile à supporter que l'artillerie ennemie. Parfois, elle souhaitait la prompte délivrance de la mort, pour ne pas avoir à mourir petit à petit à côté d'eux.

Tard un soir, Fençu se glissa en trombe dans la maison de Luca. Il n'y venait plus beaucoup désormais, passant le plus clair de son temps sur les remparts. Les raids nocturnes des Turcs cherchant les points faibles des défenses se multipliaient.

Assis sous la table, Moïse le regarda entrer. Il était sale de la tête aux pieds.

— Oncle Fençu ! cria-t-il.

Le charpentier l'attrapa et le fit sauter en l'air. Puis il le reposa, fouilla derrière l'oreille du garçon et fit apparaître un *api*.

L'enfant s'en empara et l'engloutit.

— Je connais ce tour, fanfaronna-t-il en faisant claquer ses lèvres collantes.

— Alors fais-le, lui dit Fençu.

Il se pencha vers lui et attendit.

— Je ne peux pas, grimaça le petit garçon. Je n'ai plus d'*api*.

L'ancien chef de M'Kor Hakhayyim ébouriffa ses cheveux et ouvrit son sac.

— Mais moi, si.

C'était une véritable cache au trésor. Il y avait huit radis ridés — plus de la toute première fraîcheur, mais parfaitement mangeables —, un solide morceau de fromage de Gozo, un tissu rempli d'amandes et six œufs durs. Las des biscuits, les autres regardaient, émerveillés. Ils savaient qu'il valait mieux ne pas lui demander où il avait trouvé tout ça. Fençu était un homme aux talents inépuisables. Un boulet atterrit non loin de là, secouant la poussière du plafond. Ils n'y firent quasiment pas attention.

Il y avait toujours plusieurs familles dans la maison, mais Maria était parvenue à isoler une partie de la cuisine, près de la porte d'entrée, grâce à un rideau, concocté avec différents morceaux de tissu. Cet écran leur fournissait un semblant d'intimité. Pour s'abriter, ils avaient la lourde table de cuisine. Ils tirèrent le rideau et s'assirent par terre pour déguster les prises de Fençu.

Le charpentier partagea ses nouvelles des remparts. Elles n'étaient pas bonnes.

— On voit les préparatifs des Turcs. Leurs fossés sont tout près, maintenant. Ce soir, quand je suis parti, ils étaient en train de se rassembler sur les hauteurs. On dit qu'il va y avoir un assaut général demain. (Eléna et Maria se regardèrent. Ce serait le premier sur Birgu.) On a besoin de vous sur les murs, ajouta-t-il.

Après le dîner, Eléna sortit sa nouvelle flûte de roseau. Elle avait dû abandonner à M'Kor Hakhayyim le tympanon dont elle jouait si bien. La flûte, elle l'avait récupérée quand elle aidait à remplir la fosse commune. Elle était tombée de la poche d'un soldat génois mort. C'était un instrument tout simple, qu'Eléna avait rapidement maîtrisé ; elle ne laissait qu'occasionnellement échapper une fausse note. Fençu et Maria prirent Moïse entre eux et tourbillonnèrent au rythme des notes joyeuses. L'enfant jubilait, et même Fençu esquissa un sourire.

Ensuite, l'homme et le petit garçon s'assirent sous la table de cuisine et jouèrent avec des cailloux, la seule matière disponible en abondance. Le son merveilleux des rires de l'enfant emplissait la pièce.

— Ça fait du bien de le voir rire, dit Eléna en le regardant. J'avais peur qu'il n'ait oublié.

— Il rira si les Turcs s'en vont. Peut-être dans peu de temps. Tu pourrais payer Lucrezia pour qu'elle les fasse disparaître.

Eléna gloussa.

— Je me demande ce qu'elle est devenue. Elle est probablement terrée dans Mdina, à jeter des sorts. (Elle joua une courte mélodie plaintive.) Je me demandais si nous ne pourrions pas y emmener Moïse.

— A Mdina ?

— La ville n'est pas sous le feu de l'ennemi. Il serait en sécurité.

— Pas pour longtemps, répondit Maria d'un air absent.

Mais elle regretta immédiatement. Elle essayait de ne jamais montrer de découragement, bien que ce fût plus difficile chaque jour.

Eléna posa ses lèvres sur l'instrument, mais n'en arracha aucun son. Elle pleurait. Tous ces derniers temps, c'était sa façon d'être : riant une minute, pleurant l'autre. Toutes les deux étaient comme ça. Maria passa son bras autour des épaules de son amie et elles écoutèrent Fençu raconter une histoire à Moïse, qui finit par s'endormir sur ses genoux.

Le lendemain matin, ils se réveillèrent au son du bombardement le plus intense depuis le début du siège. Un tel déchaînement ne pouvait être supportable bien longtemps, d'un côté comme de l'autre, ce qui signifiait que l'assaut était effectivement proche. Eléna demanda à Moïse de ne pas quitter la maison de la journée.

— Je dois donner un coup de main pour les cercles de feu, gémit-il.

— Reste ici, dit-elle.

Puis Maria et elle coururent vers les remparts du côté du

poste de Castille. De tous les coins de Birgu, des femmes et de nombreux enfants en faisaient autant.

Vers midi, les canons se turent.

Maria leva les yeux de son travail et la vue qui s'offrit à elle lui coupa le souffle. Comme un tapis gigantesque déployé sur les collines au-dessus de Birgu, des milliers de Turcs dans leur robe colorée étaient massés, prêts à l'attaque. Ils se mirent en route vers les murs en entonnant un chant de guerre. Sur sa droite, elle vit que la même scène se déroulait devant Senglea, où un nombre plus important d'Ottomans descendaient sur les défenseurs. C'était un spectacle effrayant de sons et de soieries, de fumée et de violence sauvage. Les soldats déversaient un feu meurtrier sur les attaquants, utilisant les bombes incendiaires et les canons chargés de mitraille, traçant des sillons meurtriers au milieu des rangs en mouvement. Cette vision rappelait à Maria des scènes de son enfance, quand tranquillement assise sur la plage, elle essayait d'arrêter une vague avec ses mains. Comme celle-ci, les Turcs continuaient, enjambaient les morts et les blessés, remplissant chaque trou avec de nouveaux hommes.

Maria apportait du bois pour alimenter les chaudrons où bouillaient l'eau et l'huile, pendant qu'Eléna y remplissait de petits seaux pour approvisionner les soldats. Elle les versait dans leurs récipients et repartait à l'échelle faire le plein.

— Aidez-moi, ici, cria un Espagnol qui ne parvenait pas à soulever une marmite d'huile trop lourde.

En utilisant leurs jupes pour se protéger les mains, Maria et Eléna l'aidèrent à verser le liquide bouillant sur les attaquants. Maria ne vit pas le résultat de la cascade meurtrière, mais elle entendit les hurlements des hommes sur l'échelle. Les relents de chair brûlée lui remplirent les narines.

Certains soldats allumaient des bombes incendiaires pendant que d'autres faisaient pleuvoir une grêle de balles d'arquebuse sur l'ennemi. Le mur crachait du feu et de la fumée tel un volcan, tandis que des flèches volaient dans les deux sens. Tentant de s'abstraire du bruit et de l'odeur, Maria courait en se baissant derrière les soldats. Elle essayait, comme elle pouvait, de faire son travail sans s'exposer.

Mais toutes les femmes n'étaient pas aussi timides. Certaines, corpulentes, en robe noire et *barnuza*, se dressaient... sur la pointe des pieds sur la muraille, bravant la mort en jetant des pierres sur les turbans et les visages, tout en proférant des malédictions et en récitant des prières. L'une d'elles fut tuée juste devant Eléna. Maria et elle la tirèrent par les chevilles. Elles s'effondrèrent toutes les deux sur le corps volumineux, et rassemblèrent leurs forces et leur énergie pour l'ultime effort. Si elles avaient essayé d'imaginer l'enfer, elles n'auraient jamais pu conceptualiser des scènes comme celles auxquelles elles assistèrent cet après-midi-là.

Les chevaliers dirigeaient les troupes, hurlant des ordres au milieu du vacarme. Les signaux étaient transmis par sonnerie de trompette, dont seuls les soldats comprenaient le sens. Un janissaire parvint à sauter sur le mur juste devant Maria et un autre arriva derrière lui. Ils furent tués immédiatement. La jeune femme voyait le sommet des échelles et la pointe des piques, tout en entendant le choc des cimeterres et les cris en turc et en arabe.

Elle portait trois arbalètes chargées qu'elle rapportait d'un poste de réarmement quand elle s'arrêta net. La rue était encombrée de soldats et de civils courant en tout sens. Mais devant elle, Giulio Salvago poussait une brouette pleine de sacs lourds. Elle le suivit et l'observa dans l'ombre d'un renfoncement. Près du palais, l'engin bascula et déversa son chargement au milieu de la chaussée.

Le front du prêtre était luisant de sueur. Il redressa la brouette et commença à remettre les sacs un à un à l'intérieur, s'assurant, d'un main, que tout ne se renverse pas, tandis que de l'autre, il soulevait les charges.

Les bruits de la bataille s'effacèrent dans la conscience de Maria. Elle regardait Salvago, le cœur battant. Elle savait qu'elle aurait pu le tuer, juste ici, devant une centaine de personnes, sans que quiconque le remarque. Les gens couraient, s'affairaient, ignoraient tout ce qui ne les concernait pas directement. Elle posa deux des arbalètes et s'appuya contre un poteau. Elle visa le dos, puis releva un peu l'arme vers la tête. Une simple petite pression libérerait le carreau. Salvago tomberait dans la rue, un corps au milieu de douzaines d'autres, ni remarqué ni regretté. Elle pensa à Jacobus, aux cachots et aux cris de son ami qui surgissaient encore dans ses cauchemars. Elle pensa à toute l'horreur que cet homme lui avait fait subir au cours de ces années. Et elle pensa à un autre outrage que celui-ci pouvait lui infliger dans l'avenir, quand un jour, après le siège, il aurait à juger Nico. Ses mains tremblèrent, elle inspira profondément et ferma les yeux.

« Pour Jacobus. Pour Nico. Pour moi. » Avec un soupir de frustration et d'angoisse, elle abaissa l'arme. Elle ne pouvait pas le faire.

Salvago s'éloigna avec son chargement, tourna à l'angle suivant et disparut. Vidée, Maria laissa échapper un long soupir et regagna les murs.

L'assaut dura encore deux heures après cela, soit six au total. Mais aussi féroce qu'ait pu être l'attaque sur Birgu, ce fut Saint-Michel qui supporta le choc le plus terrible. Au crépuscule, les fossés barrant l'accès aux deux péninsules étaient pleins de corps. A l'intérieur, les mourants étaient traînés vers l'infirmerie au milieu de monticules de morts.

Maria était furieuse contre elle-même. C'était un jour où des milliers d'étrangers s'étaient entre-tués devant elle, et elle n'avait pas été capable d'éliminer le seul homme dont elle savait que la mort était justifiée et dont elle voulait la disparition par-dessus tout. Ce n'était ni de la noblesse ni de la moralité qui l'avaient arrêtée. Elle ignorait ce que c'était.

La situation médicale à l'infirmerie était épouvantable. Il n'y avait plus assez d'onguents, de bandages, de drogues. De nombreuses réserves avaient été détruites pendant les bombardements. Il était presque impossible de remonter les couloirs. Les moindres endroits non envahis de gravats étaient jonchés de patients. Et même ces derniers étaient régulièrement tués par des boulets qui traversaient le mur surplombant la crique de Kalkara et qui faisait face au Salvador. Les auberges des Langues accueillaient les blessés qui ne pouvaient être pris en charge à l'infirmerie et même des maisons privées avaient été réquisitionnées.

Christian travaillait jusqu'à épuisement, au-delà même, jusqu'à ce que sa vue soit complètement brouillée. En dépit de la chaleur et de l'humidité qui régnaient dans le dortoir, il gardait sa cuirasse pour ne pas perdre de temps à l'enfiler en cas d'appel sur les murs. Et cela se produisait désormais de plus en plus souvent.

Pratiquement tout le monde à Senglea et Birgu présentait des blessures plus ou moins graves. Christian ne voyait que les plus sérieuses. Il amputait et réduisait les fractures multiples, retirait les éclats dans les yeux et les flèches fichées dans toutes les parties du corps. Dès qu'un patient s'en allait, un autre prenait sa place. Au contact du combat, il avait perdu sa rapidité et ne se reconnaissait plus dans le brouillard qui obscurcissait son esprit. Ses mains n'opéraient plus, mais se plongeaient dans le carnage. Le plus dur, c'était d'intervenir sur des blessés lucides. Le plus souvent, deux assistants l'aidaient à les tenir, mais quelquefois ils devaient gagner leur poste de combat et il se retrouvait seul. Sur le tas, il avait découvert une nouvelle technique : il appliquait une pression sur la carotide. La syncope suivait, conséquence de l'interruption de l'irrigation sanguine du cerveau. S'il se débrouillait bien, l'effet pouvait durer cinq ou six minutes. Pendant cet intervalle, il avait le temps de finir... ou c'était le patient qui était fini.

Le plus souvent, les blessés enduraient l'intervention pleinement conscients. Christian s'était depuis longtemps habitué à ces cris terribles, sachant que quand ils diminuaient, les pronostics vitaux avaient des chances de régresser d'autant. Pendant tous ces mois de siège, les hurlements montant de l'infirmerie étaient souvent plus perturbants que l'artillerie turque et parvenaient presque à la couvrir. Ils hantaient même les soldats les plus aguerris.

Christian eut un jour à traiter Bartholomée, qui avait été affecté à plein temps sur les murs. Il avait détourné de justesse un cimeterre, mais deux doigts avaient été tranchés net, alors que le troisième et le quatrième ne tenaient plus que grâce à des morceaux de tendons et d'os. Pendant tout le temps que son maître l'opéra, le jeune page s'efforça de rire et de plaisanter. Il parla de chasse au faucon, posa des questions pour occuper son esprit pendant que Christian soignait sa main.

— J'aimerais apprendre, si vous m'aidiez.

— J'en serais ravi, mais tu dois être plus prudent en maniant ton épée, répondit Christian pendant que son patient sautait de la table. Le faucon a besoin d'un perchoir où se poser.

Bartholomée sourit d'un air penaud. Son front luisait de transpiration.

— La lame visait mon cou, expliqua-t-il presque joyeusement. Mais au bout du compte, c'est lui qui a perdu le sien. Une bonne affaire, non ?

La nuit suivante, il revint, un morceau du muscle de sa cuisse ayant été arraché. Il avait été emporté par un malheureux éclat de mitraille tiré de l'arme pendant à son côté. Christian coupa les tissus endommagés et vérifia qu'il ne restait pas de plomb. Puis il nettoya la plaie, la pansa et recousit. Cette fois, Bartholomée ne plaisantait plus. Son visage était blême de douleur et il suffoquait à chaque instant. Dans sa main indemne, il tenait un chapelet et murmurait des prières.

La blessure était suffisamment sérieuse pour que Christian lui ordonne de ne plus quitter la salle d'opération. Si la plaie ne s'infectait pas et ne le tuait pas, la jambe resterait de toute façon boiteuse. Mais Bartholomée refusa de s'exécuter. Il avait vu des hommes plus atteints regagner leur position. Il n'en ferait pas moins.

— J'ai des Turcs à tuer. (Il avait dit cela avec un entrain

qui donnait la chair de poule.) Et je peux encore tenir une épée.

Christian lui donna un long bout de bois pour lui servir de béquille et Bartholomée repartit claudiquant près du bastion de France, sa main gauche et sa jambe droite inutiles.

Trois nuits plus tard, il était de retour. Cette fois, on l'amena sur une planche de bois faisant office de civière. Il avait une blessure béante à la poitrine, pour laquelle Christian ne put rien faire. Il mourut sur la table, les doigts de sa main valide encore serrés sur son chapelet.

Les assistants de Christian allèrent l'empiler dans le hall, au-dessus des autres.

3 août

Mustapha commençait à ressentir le profond malaise d'un homme dont les buts s'éloignaient, en dépit de tous ses efforts. Il ordonna d'intensifier les bombardements. Les artilleurs ne devaient plus laisser leurs armes se refroidir si longtemps entre deux tirs. A l'intérieur de Birgu et de Senglea, personne n'aurait imaginé que la tempête de feu puisse encore forcir, pourtant ce fut le cas. Les canons crachèrent leurs charges mortelles et leur fumée sans discontinuer pendant cinq jours.

Vers minuit, le troisième jour, ils s'arrêtèrent. Etendues sur le sol de chaque côté de Moïse, Maria et Eléna se raidirent, craignant que le silence ne signifiât une attaque nocturne. Le calme soudain réveilla l'enfant.

— Maman ? Qu'est-ce qui se passe ?

Eléna lui dit doucement de se rendormir.

Dans les tranchées à l'extérieur des murs, des voix appelaient les hommes et les femmes terrés dans les décombres.

— Jetez vos maîtres dehors, hurlaient-elles. Les chevaliers de Saint-Jean sont vos oppresseurs. Les Arabes sont vos frères. Rejoignez-nous !

Un Maltais leur répondit en criant :

— Nous préférons être esclaves de Saint-Jean que compagnons du Grand Turc.

Et, dans la foulée, il lâcha une salve d'arquebuse.

Les canons se remirent à tonner.

Les cloches de l'angélus mêlées aux bombardements réveillèrent Fençu à l'aube. Maria se leva en même temps que lui. Elle gagna le mur opposé de la cuisine, veillant à éviter soigneusement la vingtaine de formes endormies qui vivaient encore dans la maison. Quelques semaines auparavant seulement, ils étaient quarante. Maria prit un oignon dans un sac qui pendait contre l'armoire et le donna à Fençu, qui lui fit un petit signe en guise d'au revoir avant de disparaître. Il ne restait que deux oignons, une demi-miche de pain et une douzaine de biscuits. Elle décida de se rendre à l'une des réserves situées près de la place du village, où les rations quotidiennes étaient distribuées. Si elle n'y allait pas trop tard, il ne devrait pas y avoir de queue. Ensuite, elle retournerait sur les remparts.

Sous la table de cuisine où le mouton avait l'habitude de dormir, Moïse s'étira contre sa mère.

— Il faut que j'aille faire pipi, maman, murmura-t-il.

— D'accord.

Eléna souleva son bras et son fils se dégagea, puis elle se retourna et tâcha de se rendormir.

Maria sourit à Moïse, en route pour la fosse, et le gratifia d'une petite tape affectueuse sur la tête. Encore à moitié endormi, l'enfant ne se rendit presque compte de rien. Il continua sa route vers les latrines situées un peu plus loin au fond de la maison. Maria prit une cruche d'eau et sortit dans la rue.

A cet instant précis, le boulet d'une couleuvrine frappa le sommet de la maison de Luca Borg. Il rebondit contre un parapet, traversa le toit et s'écrasa contre le mur arrière, construit avec les pierres de l'île. Il explosa, chaque morceau allant pulvériser des parties de l'édifice. Un fragment rebondit sur le sol et partit de biais labourer la paroi d'entrée en arrachant une bonne section. L'autre disloqua un angle extérieur, en faisant s'effondrer un mur latéral. La façade s'écroula. Sans le soutien du rez-de-chaussée, l'étage s'effondra. De lourdes poutres tombèrent, accompagnées par d'autres éléments de maçonnerie.

Maria avait été renversée par la violence de l'explosion. Elle se releva et revint en courant chez elle. Au moment de l'impact, elle avait entendu des cris à l'intérieur, mais maintenant un silence absolu était retombé. Elle ne pouvait pas voir grand-chose à travers l'épais nuage de poussière. Derrière elle, des boulets frappaient d'autres maisons du même pâté. Le bruit était assourdissant. Le monde entier semblait sombrer.

Elle se glissa sous une poutre et s'avança plus loin, agrippant des pierres et les repoussant. Elle parvint à se frayer un chemin sous l'un des gros madriers, où il y avait un petit espace pour ramper. L'arrière de la maison était bloqué.

— Eléna ! Moïse !

Haletant, grommelant, suffoquant, elle s'activa comme une folle. Un moment plus tard, Fençu l'avait rejointe, creusant avec elle. Ses mains et ses bras forts dégageaient rapidement les décombres. Ils déblayaient furieusement le tas de gravats, sursautant chaque fois qu'un projectile s'écrasait dans les parages.

Soudain, ils s'arrêtèrent. Fençu lui prit le bras pour l'inviter au silence.

— Qu'y a-t-il ?

— Ecoute, murmura-t-il.

Les canons s'étaient arrêtés, laissant place à un calme de mauvais augure. De partout au-delà des murs, ils entendirent le chœur effrayant des instruments de musique et les rugissements des milliers de gorges turques montant à l'assaut.

— Je m'en fiche, dit Maria.

Elle se pencha et se remit à creuser.

— Je dois y aller, s'excusa le charpentier.

Le cri de protestation de la jeune femme se perdit dans la poussière et les décombres.

Fençu était déjà loin. Dehors, des femmes et des hommes couraient vers les murs. Maria appela à l'aide. Si quelqu'un entendit, personne ne réagit.

Les Turcs arrivaient.

Elle était seule. Plus furieusement qu'avant, elle reprit sa fouille des ruines. Les morceaux étaient lourds, beaucoup étaient tranchants et lui entaillaient les mains. Mais elle continuait sans rien sentir.

— Eléna ! Tiens bon ! J'arrive ! Je suis ici !

La table n'était plus qu'à quatre ou cinq pieds, mais les franchir lui prit près d'une heure.

Elle tomba d'abord sur le bras de son amie, qui sortait des gravats. Il était couvert de poussière. Les doigts étaient légèrement fermés. Elle attrapa la main et tira dessus. La chaleur de la vie s'en était déjà échappée.

— Eléna ! Non !

Elle recommença à pleurer et se remit à creuser, plus vite encore, plus fort, comme si les pierres allaient céder devant sa fureur.

Même quand elle sut qu'il était trop tard, elle continua de s'acharner. Quand elle enlevait des blocs, d'autres tombaient. A un moment, elle crut qu'un pan de mur allait s'effondrer. Paniquée, elle sauta de côté. Mais l'élément tint bon.

Elle tapa sur le sol, cria de colère. Ses poings frappaient la pile de roches qui ne voulait pas diminuer. Alors elle s'élança dans la rue, cherchant désespérément de l'aide. Mais partout, c'était la même chose. La quasi-totalité du pâté de maisons était dévasté. Il n'y avait personne pour la soutenir. Partout ce n'était que corps gisant, personnes s'extrayant avec peine de chez elles, trop choquées pour répondre à ses cris. Elle entendit les hurlements et le grondement de la bataille qui provenaient des remparts. Personne ne viendrait. Aussi Maria retourna-t-elle en courant vers les ruines.

Près du poste de Castille, les Turcs venaient de réussir à ouvrir une brèche dans la muraille extérieure et s'y engouffraient en masse. Les défenseurs les laissèrent passer pendant un moment. Certains d'être en train de remporter la victoire, les musulmans se retrouvèrent soudain confrontés à l'un des murs intérieurs qui formaient un dédale de couloirs aveugles : ils étaient tombés dans le piège que La Valette avait ordonné de construire, bâti par les mains des femmes et des enfants.

Quand la pression y devint menaçante, les défenseurs ouvrirent le feu depuis les remparts. Prisonniers du lacis, les Turcs furent massacrés par centaines. Les troupes encore à l'extérieur de l'enceinte poussaient dans le dos de leurs camarades, pressées frénétiquement de participer à la dernière ruée victorieuse... Elles ne faisaient qu'enfoncer un peu plus leurs frères dans la machine à broyer. Ce n'est qu'au bout d'un moment, quand la panique se répercuta, que la pression cessa, permettant à de rares survivants de se retirer.

Des deux côtés de la brèche, la bataille se poursuivit avec la même intensité.

Depuis des semaines, Luca Borg avait dormi à son poste. Maintenant, il se trouvait avec d'autres miliciens maltais près de la brèche, tirant à l'arquebuse sur les rangs des assaillants. Il chargeait et ouvrait le feu sans interruption. Ses grosses mains travaillaient lentement, mais méthodiquement. Il veillait à ce que tous ses coups fassent mouche. Il était en train de verser de la poudre dans le magasin de son arme, quand une flèche turque lui transperça la gorge. Il bascula du haut du mur dans une mer de soierie ottomane.

A Senglea, la bataille était encore plus intense. Sans arrêt, de nouvelles échelles venaient s'appuyer contre les enceintes et des hommes grimpaient vers une mort quasi certaine, bientôt remplacés par d'autres. Finalement, la supériorité numérique écrasante des attaquants commença à parler. Depuis l'autre péninsule, La Valette observait la bataille avec un désarroi croissant. Il ne pouvait envoyer de renforts à Saint-Michel, à défaut de laisser Birgu désarmé. Les janissaires s'infiltraient par de multiples brèches et leurs étendards apparaissaient peu à peu sur des piles de maçonnerie marquant encore sommairement l'emplacement de murs. Ils arrivaient de partout. La victoire était à portée de leur main.

Depuis la citadelle de Mdina, le chevalier don Mesquita suivait de loin la bataille. A la fumée et au bruit, il devinait qu'il s'agissait d'un assaut généralisé. Il appela l'un de ses adjoints, le chevalier de Lugny.

— Prenez tous les hommes disponibles, lui dit-il, et attaquez le camp turc du Marsa. Il sera faiblement défendu.

Quelques instants plus tard, tous les chevaliers et les soldats présents à Mdina quittèrent la ville au grand galop.

A Saint-Michel, Christian se battait au corps à corps. Tout le long du mur, des bombes grégeoises explosaient. Les lance-flammes crachaient leur langue brûlante et les épées étincelaient. Il combattait mécaniquement, comme un fou, suant dans son armure. Il se battit beaucoup plus longtemps qu'il ne l'aurait cru possible, plus longtemps qu'il n'aurait cru possible de tenir son épée. Derrière lui, à côté de lui, des hommes tombaient. Comme une vague ou un courant marin, la bataille allait et venait — surgissant ici, faiblissant là, se déplaçant d'un côté puis de l'autre. Christian ne pouvait avoir qu'un faible aperçu de ce qui se passait, mais il avait l'impression que, du côté des remparts, les choses empiraient. La férocité rencontrait la sauvagerie. Les combattants mouraient par dizaines, puis par centaines. Et il en venait encore.

« Nous sommes en train de perdre », pensa-t-il.

Frénétique et seule, ignorant la bataille qui faisait rage, Maria creusait, cherchant maintenant à aller dans la direction où elle avait vu Moïse pour la dernière fois. L'effondrement des murs avait provoqué un tel amoncellement de gravats qu'elle devait jeter les pierres dans la rue pour parvenir à avancer. Elle ne savait pas comment elle arrivait à déplacer certains blocs, si lourds et si gros qu'elle n'aurait même pas tenté de les soulever sans son désespoir. Elle n'avait rien pour les casser.

Alors elle les tirait, tombant, pleurant, maudissant, priant tout le temps de son effort.

Il était presque midi quand elle entendit son petit cri faible et il lui fallut encore une heure avant de pouvoir atteindre les latrines. Elle dégagea les dernières pierres et regarda par le petit orifice.

Il était tombé dedans avec une grande quantité de débris, mais les bords du cloaque l'avaient protégé. Elle s'allongea sur le ventre, tendit la main et le hissa hors du trou. Son petit corps fut secoué de sanglots quand il se serra contre Maria. Sans bouger, elle s'assit avec lui dans les ruines. Tout en le berçant, elle mêla ses larmes aux siennes. Au bout d'un moment, elle l'examina pour voir s'il n'était pas blessé. Il n'avait rien d'autre que quelques coupures et contusions. Elle l'emmena boire à la citerne près du square. Il était si assoiffé que l'eau lui coulait sur le menton et la poitrine. Maria essaya de le nettoyer des immondices de la fosse d'aisances, tout en le réconfortant de sa voix la plus douce. Moïse l'interrogea à propos de sa mère et elle ne put que dire qu'elle était partie, maintenant. Elle le recoiffa et lui embrassa le front en pleurant. Moïse était un petit orphelin.

Elle entendit soudain un grand bruit au loin, comme si la fin du monde était arrivée.

Mustapha Pacha lui-même s'était jeté au cœur de la bataille pour sentir une nouvelle fois le parfum du triomphe. Il hurlait des ordres, criait des encouragements à ses hommes, qui enfonçaient les rangs des défenseurs. Senglea était à portée de sa main. Au milieu de la fumée et de la folie, un cavalier surgit :

— Seigneur ! Le camp de base au Marsa... Une importante force chrétienne l'a attaqué ! Ce doit être l'armée de secours de Sicile !

Le général tourna les yeux et aperçut la fumée qui s'élevait dans la direction du camp. La frustration lui arracha un cri de rage.

— Maudit soit Piali, avec sa flotte d'incompétents ! Ils ont dû passer au milieu des patrouilles ! (Il se tourna vers l'un de ses signaleurs.) Sonne la retraite !
— Seigneur ! ?
L'ordre choquait le soldat. Déjà, il goûtait la victoire.
— Maintenant ! rugit Mustapha. Nous allons nous faire prendre à revers. Toute l'armée va être détruite.

La sonnerie stridente de la trompette s'éleva au-dessus de la bataille, atterrant les janissaires, qui avaient enfin brisé les défenses adverses au prix d'un grand nombre de vies. D'autres trompettes entendirent le signal incontestable et pressant, et le répétèrent.

Avec une immense incrédulité, les chevaliers et leurs soldats virent les troupes turques rompre le combat et quitter les murs. Au loin, ils apercevaient des détachements ottomans descendre du Corradino et se précipiter vers le Marsa.

Les tentes du camp musulman n'étaient que des ruines fumantes et tous les hommes étaient morts. Mais il n'y avait eu aucune force chrétienne de secours. Les cavaliers de don Mesquita avaient fondu comme une tornade de mort. Le campement était essentiellement un hôpital et, comme le chevalier l'avait imaginé, il y avait peu de gardes. Les présents étaient pour la très grande majorité trop malades ou trop blessés pour se battre.

Shabooh faisait partie du nombre. Encore atteint par la fièvre et la dysenterie, il mourut sur son lit, incapable de lever une arme. Des centaines d'autres connurent le même destin. Les réserves furent incendiées, les animaux tués, les tentes abattues et enflammées. Il n'y eut aucun survivant. Le pire pour Mustapha, c'était que cette fausse alerte lui avait coûté la victoire. En découvrant l'amplitude de ce qui s'était passé, il jura de ne laisser qu'un homme vivant à Malte : le grand maître, Jean Parisot de La Valette. Il le conduirait enchaîné à Istanbul, où le sultan déciderait de son sort.

Sur les remparts de Birgu et Senglea, les hommes s'embrassaient et riaient. Ce ne pouvait être qu'un miracle, la main de Dieu qui s'était retournée contre les Turcs. Dans les rues, il régnait un silence effrayant : les artilleurs ne s'étaient pas attendus à l'arrêt si soudain de la bataille et leurs canons n'avaient pas recommencé à tirer.

Maria porta Moïse à travers les rues de Birgu, en quête d'un nouveau refuge. Sainte-Agathe était en ruine. Le beffroi que Luca Borg avait construit s'était effondré et gisait par terre. Les auberges n'étaient utilisées que pour les soldats blessés. Partout où elle regardait, les maisons familiales étaient partiellement ou totalement détruites. Elle était trop à bout pour pleurer. Près de l'église Saint-Laurent, il y avait encore tout un quartier où les constructions avaient tenu. Elle s'adressa à chaque porte, pour se faire repousser systématiquement : les moindres espaces, les coins et les recoins étaient déjà occupés.

Elle se retrouva devant le palais de l'évêque, sachant que c'était le seul endroit où elle pourrait trouver de la place et où Moïse serait en sécurité. A la porte, elle demanda si l'on pouvait prendre l'enfant. Le garde était sympathique, mais il refusa.

— Je ne peux pas vous aider. Nous avons déjà cent personnes de trop. En plus, il est trop vieux. Il devrait aller aider sur les remparts.

Maria sentit sa rage grandir et sa voix s'éleva sous l'effet de la colère. Les murs étaient épais et le palais immense, disait-elle. Il y avait bien de la place pour un gamin de plus. Il pourrait dormir dans la cour et, pour l'amour de Dieu, il n'avait que cinq ans. Maria lutta pour retenir ses larmes. Elle ne se laisserait pas faire.

Le garde appela le sacristain, qui était ostensiblement submergé par ses tâches et n'avait pas envie d'écouter.

— Partez gentiment, se contenta-t-il de dire.
— Sûrement pas !

Et elle s'arc-bouta sur la porte que le garde cherchait à refermer.

A l'intérieur, quelqu'un s'approcha, que Maria ne pouvait voir.

— Que se passe-t-il, Joseph ?

Le sacristain soupira.

— Encore une qui voudrait rentrer, Dun Salvago. Il n'y a plus de place, naturellement.

Salvago apparut dans l'entrebâillement de la porte. Sa soutane était grise de poussière et ses cheveux maculés de sang et de gravats collés. Deux pieds à peine le séparaient d'elle.

Maria chercha ses mots.

— Pas pour moi, lâcha-t-elle rapidement. Juste pour Moïse.

Tout en ayant dit cela, elle fit brusquement un pas en arrière, comme prise d'un doute. Le visage exprimant son incertitude, elle serra Moïse plus étroitement. Elle savait, évidemment, que Salvago était là, mais en le voyant si près, elle changea d'avis.

— Peu importe, dit-elle. Je suis désolée de vous avoir embêté. Je vais voir ailleurs.

— Maria, attends, lui lança Salvago. Nous allons évidemment trouver une place pour lui.

— Mais Dun..., commença à protester le sacristain.

Salvago lui fit signe de se taire.

— C'est le meilleur endroit pour lui, ajouta le vicaire, sachant ce que la jeune femme avait à l'esprit.

Au même moment, recommençant à prendre conscience de son environnement, elle entendit les bruits effroyables du village. Salvago avait raison. Elle étreignit le garçon en lui disant :

— Va avec Dun Salvago. Tu seras en sécurité en bas. Je viendrai te rechercher. Je te le promets.

Moïse acquiesça sans plaisir. Il avait l'habitude d'obéir aux ordres, sans poser de questions. Mais quand Maria le tendit au prêtre, il s'accrocha à elle, pleurant sans retenue, ses petits poings s'agrippant à son gilet. Il ne voulait pas la quitter. Il était costaud et Salvago dut tenter de le détacher de force.

C'était une lutte âpre et quand enfin Moïse lâcha, Maria pleurait.

Salvago tourna les talons et disparut dans la cour cloîtrée. Il emmena Moïse dans les cachots, où les boulets ne pourraient pas l'atteindre. En larmes, Maria resta un moment devant la porte. Celle-ci se referma. Vidée, la jeune femme s'effondra sur le sol.

Elle regagna les murs, près du poste principal des forces de l'ordre, à proximité de l'infirmerie. Elle voulait trouver Nico. Des esclaves morts gisaient partout. Elle ne le voyait pas parmi eux. Ceux qui avaient survécu étaient déjà de retour au travail, réparant les brèches avant la prochaine attaque. Maria interrogea un garde à la porte de la prison, qui la repoussa sans rien lui dire.

Alors, elle erra dans les rues. Certaines parties du village étaient quasiment indemnes, d'autres totalement détruites. Sur les ruines, on voyait des animaux morts au milieu des cadavres. Seuls les rats semblaient dans leur élément. Ici et là, on apercevait de petits incendies. Personne n'avait l'air de se soucier de les éteindre. Ailleurs, il ne restait plus rien à brûler. Elle aida une femme qui cherchait sa fille dans le même type de décombres que ceux qu'elle avait fouillés quelques heures plus tôt. Elles ne la trouvèrent pas.

Sans but, la jeune femme se laissa porter par ses pas, qui la ramenèrent vers la maison de son père. Elle réalisa qu'elle ne l'avait pas vu depuis une semaine. Etait-il mort ou vivant ? Elle n'en savait rien.

Sa rue n'était plus aussi haute qu'avant. Quatre bâtisses étaient à terre et les étages supérieurs de plusieurs autres s'étaient effondrés. Le spectacle était impressionnant : les édifices qu'elle connaissait depuis son enfance n'existaient plus. De la maison du boulanger, il ne restait qu'un balcon de l'étage, qui se balançait de manière précaire sur des piliers, alors que le reste du mur avait disparu.

En poursuivant sa route au milieu des monticules parsemant la rue, elle s'arrêta soudain. Un chevalier en armure était planté devant l'ancien domicile de Luca Borg. Il lui tournait le dos. Tremblante, elle inspira et s'avança.

L'homme l'entendit et se retourna. Il était sale, couvert de sang. Aux trois endroits où sa cuirasse avait été touchée par des tirs d'arquebuse, elle était éventrée et l'un de ses pans disparaissait sous la suie laissée par l'explosion d'une bombe. Quand il la vit, le soulagement éclaira son visage, et il laissa son bouclier et son heaume tomber par terre.

Autour d'eux, les gens commençaient à sortir de leurs abris et à courir de tout côté pour proposer de l'aide. D'autres revenaient des murs en se traînant péniblement. Maria et Christian étaient indifférents à ce qui se passait alentour. Elle courut vers lui, il lâcha son épée et elle sauta dans ses bras, sentant à peine l'acier brûlant contre sa peau. Ils restèrent ainsi pendant de longues minutes, serrés l'un contre l'autre au milieu des volutes de fumée qui montaient des ruines. Il lui caressa les cheveux et la souleva doucement.

Pendant longtemps, ni elle ni lui ne purent dire quoi que ce soit. Finalement, ce fut lui qui lui murmura :

— Je n'avais qu'une prière aujourd'hui. Dieu vient de me répondre.

Il l'embrassa tendrement sur le front.

Ensuite elle lui parla d'Eléna, de ses efforts pour dégager Moïse, et elle s'effondra en pleurant comme un bébé. Sa terreur, sa peine et sa rage se déversaient tel un torrent qu'elle n'avait pu libérer jusqu'alors. Elle n'avait plus la moindre force et il la soutint.

— Je n'aurais jamais imaginé que quelque chose puisse être si horrible, sanglota-t-elle. J'en ai assez, Christian. Je ne supporte plus le bruit. Et tous ces morts ou ces mourants. J'aurais voulu que le boulet m'emporte.

— Ne dis jamais ça. Jamais.

— Qu'est-ce que ça peut faire ? J'ai perdu Eléna et je t'ai perdu. Et j'ai peut-être perdu Nico aussi. Eléna est enterrée là-dessous et je ne peux même pas la sortir. Je n'ai rien pu faire pour elle, Christian, rien. Tous ces gens dans la maison, ils sont morts. Sauf moi, parce que j'étais sortie chercher du pain.

Il savait qu'il n'y avait rien d'autre à faire que de la serrer et d'attendre que cela passe.

— Moïse s'en est sorti grâce à toi, lui dit-il. Tu l'as sauvé. (Elle acquiesça et cette pensée parut lui redonner de la force.) Où est-il maintenant ?

— Au palais de l'évêque.

— Il n'y a pas plus sûr endroit en dehors des cachots de Saint-Ange. Il sera bien là-bas.

Il enleva sa cuirasse et la tenue protectrice en dessous, et les jeta en pile. Maria vit que son corps présentait d'horribles blessures sur le bras et le dos, mais elles ne semblaient pas le troubler. Il l'emmena à l'intérieur de la maison en ruine et commença à creuser. Maria savait qu'il aurait dû se trouver à l'infirmerie, parce qu'il y avait de nombreuses vies à sauver, mais quand elle le mentionna, il ne fit que redoubler d'ardeur. Elle s'agenouilla près de lui. Ensemble, ils travaillèrent aussi précautionneusement que si Eléna avait été en vie. Et ils l'exhumèrent.

Tendrement, Maria essuya le visage de son amie avec sa robe et lui dégagea les cheveux du front. Elle essaya d'arranger ses vêtements et d'enlever des débris pris dans les plis de sa robe. A côté d'elle, elle retrouva la flûte cassée en deux et la lui mit dans la poche.

— Ils enterrent tout le monde dans les fosses, dit-elle. Je ne veux pas qu'elle y soit.

— Alors nous allons l'enterrer ici.

Ils construisirent une petite crypte de pierre, nichée contre le mur arrière de la maison.

Doucement, Christian porta la défunte et alla la placer à l'intérieur. Comme rien ne pouvait servir de linceul, il enleva la tunique rembourrée qu'il portait sur sa chemise et la déposa sur le visage d'Eléna.

— Je connais certaines de leurs prières, mais j'ignore laquelle il faudrait utiliser maintenant, dit Maria. Fençu saurait.

(Une pensée la troubla.) Est-ce que tu penses que si j'en dis une mauvaise, cela l'empêchera d'aller au Ciel ? Je ne sais pas ce qui arrive aux âmes juives.

— Non, la rassura-t-il. Je pense que n'importe quelle prière convient.

— Il y en a une que j'ai entendue des milliers de fois dans la grotte. Fençu la récitait. (Elle regarda Christian, les yeux pleins de larmes.) Après toutes ces années passées avec eux, je ne sais même pas ce qu'elle veut dire. C'est de l'hébreu, je pense. Je n'ai jamais demandé ce qu'elle signifiait. (Son regard exprimait une tristesse infinie et elle se remit à pleurer.) Simplement parce que c'était juif.

Christian lui prit la main tendrement.

Les larmes coulaient sur la joue de Maria et quand elle put enfin continuer, sa voix brisée par les sanglots récita les mots qu'elle n'avait jamais prononcés.

— *Yit-gadal v'yit-kadash sh'mey rab-ba, b'alma di v'ra hirutey.*

Le chevalier baissa la tête et murmura sa propre prière. Ensuite, ils couvrirent Eléna de poussière et ajoutèrent une couche de pierres. Quand tout fut fini, ils s'agenouillèrent un moment en silence.

Au bout de quelques minutes, Christian se releva et ramassa une gourde de vin coupé d'eau qui était attachée à son armure. Tous deux s'assirent dans l'amphithéâtre de décombres. Il faisait déjà nuit et la lune se leva au-dessus d'eux. Elle semblait énorme et dorée à travers la poussière qui commençait à peine à se déposer.

Ce fut à cet instant précis que Mustapha communiqua sa rage à ses artilleurs. Un canon après l'autre se remit à tonner, puis cinq de plus, et toutes les batteries ouvrirent le feu simultanément pour atteindre un crescendo effroyable. Près de quatre-vingts pièces d'artillerie venaient de reprendre leur lancinante œuvre de mort.

Malgré cela, Christian et Maria ne quittaient pas leur abri. Ignorant les boulets, les pans de maçonnerie s'écroulant et les cris occasionnels qui montaient de Birgu, il passa un bras autour des épaules de son amie et se mit à lui parler de Paris. Il lui décrivit les forêts entourant sa maison, où Bertrand et lui couraient étant enfants, le long fleuve paresseux qui traversait la grande ville et passait près de son château. Il évoqua les insectes qui grouillaient au printemps et en été, et lui raconta comment il les attrapait et les mettait dans des bocaux, pour les dessiner et les disséquer. Elle reniflait doucement et, de temps en temps, laissait même échapper un petit rire à travers ses larmes. Un projectile s'écrasa dans la rue voisine, mais elle ne s'en rendit pas compte, ne sursauta pas. Elle était blottie contre l'homme qu'elle aimait et le monde autour d'elle pouvait bien s'effondrer !

Au-dessus d'eux, ils regardèrent la lune monter dans le ciel. Parfois, elle disparaissait derrière des nuages de fumée qui s'élevaient des canons. Et alors, Maria voyait l'effroyable beauté rouge du feu jaillissant de la gueule de l'arme se refléter sur les langues vaporeuses, tel un orage sec estival.

Des heures s'écoulèrent. Ici et là, autour d'eux dans Birgu, d'autres murs tombèrent, d'autres êtres humains moururent. Mais Maria et Christian parlaient de quantité de choses en murmurant, des choses insignifiantes, triviales. Ils évoquaient les oiseaux et les faucons, les chèvres et les bateaux, la pêche et le fromage, et sans arrêt, Bertrand et Eléna revenaient dans leurs souvenirs, et leurs voix, alors, se nouaient, leurs yeux s'embuaient, puis une pensée les faisait rire, et alors ils recommençaient.

Minuit était déjà bien dépassé. La tête de Maria reposait sur l'épaule du chevalier, qui n'avait pas envie de rompre le charme. Mais il savait qu'il ne pouvait plus retarder ce moment.

— Je dois y aller, murmura-t-il.
— Je sais.
— Où vas-tu habiter ?
Elle secoua la tête.
— Je ne sais pas encore.
— J'essaierai de te trouver, dit-il. Laisse un message à la

porte de l'infirmerie, si tu peux. Je pourrai mieux faire mon devoir si je sais que tu es en sécurité.

Il la regarda dans la belle lumière du clair de lune et vit celle-ci se refléter dans ses yeux.

— Tu dois savoir que je t'aime pour toujours, Maria Borg.

Les larmes envahirent les yeux de la jeune femme.

— Comme moi je t'aime pour toujours, Christian de Vries. *Inhobbok*. Merci pour cette nuit. Que Dieu t'accompagne !

Elle se pencha en avant et posa un baiser sur sa joue.

Christian la prit dans ses bras et l'embrassa sur la bouche. Du bout des doigts, il lui caressa la joue. Il n'avait vraiment pas envie de partir. Mais alors, il se leva, ramassa son armure et s'engagea dans les rues périlleuses en direction de l'infirmerie.

12 août

Les garnisons de Birgu et Senglea savaient qu'un message était arrivé de Sicile. Comme toujours, tous espéraient qu'il annonçait l'arrivée des secours. Le siège durait depuis près de trois mois. Le Sacré Conseil se réunit jusque fort tard. La nouvelle se répandit comme une traînée de poudre. Les membres du Conseil avaient rapporté les paroles exactes du grand maître à leurs troupes, jusqu'aux plus humbles sections de soldats, qui à leur tour les avaient répercutées aux civils. Et bientôt, chacun, homme ou femme, les eut entendues.

— Nous sommes seuls, avait dit La Valette. Il n'y a aucun espoir, en dehors de l'aide du Tout-Puissant, la seule véritable aide. Celui qui jusqu'à présent a veillé sur nous ne nous abandonnera pas, pas plus qu'Il ne nous livrera entre les mains des ennemis de la sainte foi.

» Mes frères, nous sommes tous les serviteurs de Notre-Seigneur, et je sais bien que si moi et tous ceux qui commandent tombons, vous continuerez à combattre pour la liberté, pour l'honneur de notre ordre et pour notre sainte Eglise. Nous sommes soldats et mourrons en combattant. Et si par maudite malchance, l'ennemi devait l'emporter, nous ne devons pas nous attendre à un meilleur traitement que celui qui fut réservé à nos frères de Saint-Elme.

En réalité, dans son message, le vice-roi garantissait une force de secours de quatorze mille hommes avant la fin du mois d'août. Mais pour La Valette, la promesse sonnait aussi creux que les précédentes. Il ne voulait plus entretenir le moindre espoir à l'intérieur des murs. Les défenseurs ne devaient compter que sur eux-mêmes et leur foi, et se préparer à trépasser. A ce propos, La Valette avait de bonnes nouvelles du pape à partager. Pie IV, dit-il à ses dignitaires du Conseil, accordait une indulgence plénière extraordinaire à ceux qui perdaient la vie dans ces batailles capitales contre l'islam. Les chrétiens qui succombaient pendant le siège étaient considérés comme morts pour leur foi et leurs péchés étaient pardonnés. Cette nouvelle écarta la peur de mourir sans absolution et donna un formidable coup de fouet au moral des défenseurs. De l'autre côté du mur, chez les musulmans, c'était cette même promesse eschatologique, cette certitude d'entrer au paradis, qui motivait les combattants. Entre les dieux, à défaut de l'être entre leurs fidèles, les différences avaient été aplanies.

Christian avait clairement perçu le caractère désespéré du discours, ce qui l'amena à prendre une décision ultime : s'il était encore en vie quand les Turcs entreraient dans la ville, il quitterait son poste et irait tuer lui-même Maria pour l'empêcher de tomber entre leurs mains.

Extrait des *Histoires de la mer du Milieu*
**par Darius, dit le Préservateur,
historien à la cour du maître de Jérusalem, le sultan Ahmet**

Les canons du siège pouvaient s'entendre dans les salons du sud de la Sicile. Dans Syracuse, des chroniqueurs rapportèrent que la population sortait la nuit pour écouter en se demandant si quelqu'un pouvait survivre sous une telle tempête de bombes. Seul l'Etna en éruption pouvait produire un tonnerre comparable.

A Messine, le vice-roi, don Garcia de Tolède, ne cessait de recevoir la visite de chevaliers impatients, qui arrivaient en nombre croissant de l'Europe entière. Même auprès de ceux qui ne se souciaient guère des chevaliers, les lettres de La Valette détaillant la défense héroïque de Malte suscitaient de grandes émotions. La lenteur avec laquelle le vice-roi réunissait sa force de secours commença à exhaler le parfum du scandale. Il était clair que les défenseurs de Malte n'accepteraient jamais de se rendre aux Ottomans. Différer davantage les secours n'était plus tolérable. Même Elisabeth, la reine d'Angleterre protestante, avait senti l'importance de l'heure. « Si les Turcs doivent l'emporter sur l'île de Malte, disait-elle, qui sait quel péril menacera ensuite le reste de la chrétienté. »

Pressé par les chevaliers impatients, le vice-roi promit d'accélérer le pas.

Extrait du volume VII
Les Grandes Campagnes : Malte.

Chapitre 43

16 août

Nasrid et ses hommes avaient déplacé leur camp sur la colline du Salvador. Ils y avaient planté leurs tentes en face de Birgu. Le moral était en baisse. Les janissaires n'étaient jamais les derniers à grogner et maintenant ils le faisaient ouvertement. Piali Pacha, qui commandait le siège de Birgu, était aussi incompétent comme général que comme amiral, murmuraient-ils, sans compter que toutes les infortunes imaginables semblaient s'être accumulées sur les forces ottomanes.

Des milliers de combattants étaient déjà morts et le sacrifice de leurs vies n'avait servi qu'à s'emparer des ruines de Saint-Elme. La campagne avait été mal conçue. Le Marsa était rempli de malades et l'île lugubre coûtait beaucoup trop de sang. Même les rangs de leur petite section avaient été décimés par une bande de paysans primitifs cachés dans une grotte. C'était une humiliation dont il valait mieux ne pas discuter. Les hommes de Nasrid étaient des guerriers fiers et courageux, et aussi doués pour la guerre que n'importe qui sur Terre. Les vies de leurs frères avaient été gaspillées pour rien.

— Allah ne veut pas que nous l'emportions, dit l'un d'eux.

D'un coup de poing, Nasrid l'envoya mordre la poussière, les yeux brillants de fureur.

— Nous sommes la fleur de l'Empire, tempêta-t-il, les fils d'Allah. Je ne veux plus entendre le son de la défaite dans ta voix. Nous l'avons déjà presque emporté une fois. Nous restons forts. Nous l'emporterons encore. Quand le tunnel sera fini sous le mur de Birgu, les chevaliers le seront aussi. Prépare-toi à ce grand moment. Mais si je t'entends encore avoir de telles pensées, c'est la lame de mon cimeterre que tu sentiras.

Sur ce, Nasrid s'éloigna. Dès qu'il fut parti, les grognements reprirent.

« Tap, tap, dink, dink. »

Asha s'était couché sur le mur, côté village. Il s'était penché au maximum pour mieux écouter. Le bruit des canons résonnait dans ses oreilles, mais dans les rares secondes où l'artillerie — au moins une partie de celle-ci — se taisait, il pouvait poser sa tête contre la terre et entendre le travail des sapeurs qui, quelque part en dessous du rempart, creusaient la roche calcaire.

« Tap, tap, dink, dink. »

Il sentait les vibrations dans ses os. C'était principalement des Egyptiens, il le savait, les meilleurs sapeurs au monde. Leur corps agile était assez menu pour se glisser aisément dans les tunnels. Leurs pioches, leurs pelles et leurs barres ne s'arrêtaient jamais, entamant petit à petit la roche, jusqu'à ce qu'ils arrivent sur une position défensive clé. C'était une tâche surhumaine, presque au-delà de tout entendement. Dans des conditions infernales, ils avaient dû progresser sous le fossé extérieur, puis sous la muraille. Ils mesuraient la distance avec des cordes à nœuds. Quand ils estimaient qu'ils étaient arrivés assez loin, ils apportaient d'énormes charges explosives, qu'ils allumaient au moment de l'attaque. Ils avaient permis de remporter des sièges pour le sultan dans le monde entier — y compris à Rhodes, contre ces mêmes chevaliers.

« Tap, tap, dink, dink. Tap, tap. »

Il se demandait où ils étaient maintenant. Directement en dessous de lui ou cent mètres plus loin ? La pierre masquait leur localisation exacte. Mais cela n'avait guère d'importance. Apparemment, il ne restait plus grand-chose à dégager.

Moyennant quoi, Asha était étonné d'être encore en mesure d'admirer la progression des sapeurs. A côté de l'artillerie, les arquebusiers avaient commencé à faire eux-mêmes beaucoup de victimes. Il en était à son neuvième compagnon de chaîne. L'ordre serait bientôt à court d'esclaves. Il y en avait tant qui couraient vers une mort certaine dans les rues et sur les murs. Une fois de plus, il avait senti la main protectrice d'Allah sur ses épaules. Sinon, comment expliquer sa survie ? Même les surveillants mouraient, et les ingénieurs de l'ordre qui venaient organiser le travail. Chaque matin, il se réveillait en pensant qu'il allait y rester et chaque soir, il rentrait à la prison pour remercier Allah d'avoir survécu une journée de plus.

Il avait été blessé six fois par des éclats de pierre. Ses bras et ses jambes étaient en lambeaux, et ses mains formaient une masse horrible. Il ne portait qu'un pagne, et sa peau était abîmée et pleine de cloques à cause du soleil. A midi, il faisait si chaud que même l'eau du grand port devait bouillir. L'un de ses compagnons était mort, victime de ce soleil. Asha se demandait vraiment comment les chevaliers pouvaient survivre dans leur armure. On ne lui donnait de l'eau que deux fois par jour et elle semblait s'évaporer avant même d'avoir atteint sa gorge. Sa langue était tellement gonflée que, quand il voulait parler, il ne pouvait émettre qu'un gargouillis.

Chaque jour, il devenait plus dur d'effectuer le même travail, plus difficile de soulever une pierre. Il était content d'au moins une chose : Maria ne pouvait plus lui apporter de nourriture. Le pain lui manquait, mais il la savait en sécurité derrière les nouvelles barricades qui avaient été érigées à l'intérieur des remparts pour protéger la population des tireurs d'élite. Ces derniers étaient désormais assez proches pour pouvoir quasiment toucher leurs cibles à volonté. Sa sœur était encore vivante et il l'avait aperçue, ce matin-là, en train d'apporter un sac de quelque chose aux murs. Elle l'avait vu, elle aussi, et lui avait fait un signe.

« Tap tap, thunk. Tap tap, thunk. »

Asha savait qu'ils allaient bientôt faire sauter leurs charges. Quand il ne les entendrait plus, l'explosion ne tarderait pas. Il voyait que d'autres soldats écoutaient : ils enlevaient leur heaume et appuyaient leur oreille contre le sol. Asha n'ignorait pas que les chevaliers avaient aussi leurs sapeurs, qui creusaient des contre-tunnels. Ils voulaient débusquer les Egyptiens et les détruire avant que les explosifs puissent être installés. Le travail était aussi dangereux en dessous qu'à l'air libre. Asha était heureux qu'on ne l'ait pas envoyé trimer dans cet enfer souterrain, où les batailles se menaient à coups de pioche et de pelle, et où les hommes mouraient sans avoir revu le ciel.

18 août

Les contre-sapeurs ne réussirent pas à trouver les Egyptiens.

Par une chaude matinée d'août, l'artillerie s'arrêta brutalement. Tout le monde se prépara à l'attaque. A Senglea, Mustapha jeta ses forces contre Saint-Michel, quasiment réduit à l'état de Saint-Elme dans ses dernières heures. En tête de l'armée ottomane, les *iayalars* précédaient les janissaires. Les collines avoisinantes étaient couvertes de soie, d'épées et d'hommes hurlant. Tous savaient que la bataille décisive commençait.

Nasrid se tenait avec ses hommes au milieu des douze mille combattants silencieusement massés sur les hauteurs de Sainte-Marguerite. Ils guettaient le signal, l'ordre de faire sauter le piège de Mustapha.

Ce dernier avait espéré que La Valette, voyant que seul Saint-Michel était attaqué, enverrait de précieux renforts de Birgu et affaiblirait la défense de la cité. Mais le général ottoman attendait en vain. En dépit de la férocité de l'assaut contre Saint-Michel, le pont de barges reliant les péninsules restait vide. La Valette était toujours aussi malin, mais pour Mustapha, cela n'avait pas grande importance. Il avait la mine.

Il hocha la tête et un feu fut immédiatement allumé sur le Corradino. Apercevant le signal, un ingénieur tendit une mèche lente à un sapeur, qui se glissa à l'intérieur du tunnel pour allumer l'amorce. Invitant ses hommes à se tenir prêts, Nasrid leva son épée. D'un bout à l'autre des lignes, les autres commandants venaient d'en faire autant.

Trois minutes s'écoulèrent, puis cinq.

Le sapeur ressortit comme s'il avait été projeté de la gueule d'un canon et s'élança vers le camp turc. Mais il ne fut pas assez rapide et l'explosion l'envoya en l'air. Une quantité massive de poudre venait de sauter sous le poste de Castille. La terre et la roche avaient été propulsées vers le ciel, comme si l'Etna venait d'entrer en éruption. Les défenseurs, le corps brisé, avaient été éjectés des murs. La force du souffle avait abasourdi leurs camarades. Il était si puissant que, même sur Saint-Michel, les combattants s'étaient arrêtés un instant pour regarder. A l'intérieur, la déflagration avait fait beaucoup de morts. D'autres restaient choqués ou saignaient des oreilles. Quand la poussière commença à retomber, chacun put voir l'immense brèche dans les remparts, qui étaient déjà dramatiquement affaiblis par les deux mois de bombardements ininterrompus.

En hurlant, Nasrid mena ses hommes au combat ; ils dévalèrent la colline avant de se précipiter dans la faille. Comme à Saint-Michel, les *iayalars* s'étaient élancés en tête. Le feu pleuvait des murs, embrasant les assaillants telles des torches. Les anneaux enflammés volaient vers les lignes turques pour casser leur course. Nasrid repéra le point le plus exposé du mur et se précipita directement dessus. Une bombe incendiaire explosa juste devant lui, projetant ses gouttes meurtrières. Certaines se prirent dans sa barbe et ses sourcils. Il passa à travers les flammes et, miraculeusement, évita que sa robe s'embrase. Il ralentit juste assez pour étouffer la poix enflammée avec son bras et reprit sa course en avant. Un soldat espagnol apparut dans la brèche au milieu des *iayalars*. D'un coup de cimeterre, Nasrid l'abattit, puis un autre qui arrivait derrière. Ses hommes rassemblés autour de lui s'élancèrent dans de furieux corps à corps. Immergé dans la tempête — dans son élément, enfin —, Nasrid combattait, avec un immense sourire sur le visage. Il n'y avait pas de plus belle vocation.

Les cloches de Saint-Laurent sonnèrent l'alarme. Elles annonçaient que les Turcs avaient fait une ouverture dans les enceintes de Birgu. Christian se précipita dans la rue pour rejoindre son poste sur le bastion de la Langue de France.

Pratiquement tous ceux en mesure de marcher accoururent pour prêter main-forte. Dans l'infirmerie et les auberges, beaucoup de blessés parvinrent à se mettre sur leurs pieds. Tenant leurs bandages, ils réclamaient des armes, bien déterminés à mourir en combattant plutôt que d'être massacrés dans leur lit.

Sous le palais de l'évêque, le choc de l'explosion fit s'effondrer une partie du sol dans les cachots. Certaines personnes réfugiées là — seulement des vieilles femmes et de très jeunes enfants maintenant — furent ensevelies. Une grande confusion s'ensuivit, tandis que Salvago et d'autres tentaient de dégager les malheureux. Bêlant de panique, des chèvres couraient en tout sens dans les couloirs sombres. Les adultes hurlaient et les enfants pleuraient.

Moïse, qui faisait partie des plus âgés, aidait à dégager les plus petits et à les accompagner jusqu'à un endroit plus sûr. Il vit une femme assise contre un mur, la tête en arrière et les yeux ouverts, comme si elle regardait le ciel. Elle était morte de vieillesse, du choc ou de peur. Sur ses genoux braillait le bébé dont elle s'occupait. Moïse le prit et traversa le hall, puis il le confia à une fillette de quatre ans.

— Tiens, dit-il. Maintenant, tu seras sa mère.

La petite hocha la tête avec solennité et s'assit avec le nourrisson dans les bras.

L'évêque descendait l'escalier, la coiffe de travers, les mains tremblantes, et sa dignité ordinaire totalement ébranlée.

— C'est la fin, hurla-t-il à Salvago. Nous devons aller dans la rue. Nous tous. Ne laissez ici que les plus jeunes. Les autres doivent être dehors. Il faut aider les soldats.

Giulio Salvago se signa, puis il suivit le prélat dans l'escalier. Moïse lui avait immédiatement emboîté le pas.

— Reste ici, Moïse, lui ordonna le vicaire.

— J'ai entendu l'évêque, Dun Salvago, dit-il. Je cours vite et je ne suis pas le plus petit.

Tout en disant cela, il regardait la cour et la poterne d'entrée. Il savait où les cercles de feu étaient entreposés et ce qu'il devait faire. Il s'en était déjà chargé auparavant, mais jamais pendant une bataille.

Salvago ne put l'empêcher de venir avec lui. Quand il pénétra dans la cour, Moïse était déjà parti depuis longtemps. Saturé de poussière, l'air était suffocant. Le bruit du combat était si proche que Dun Salvago avait l'impression que c'était les murs du palais que les musulmans enfonçaient. Toussant, il s'élança dans la rue. Près de l'arsenal, il retrouva l'évêque et, ensemble, ils se mirent à porter les blessés jusque dans la cour du palais. La plupart étaient des soldats, projetés du bastion de Saint-Jacques par la force de la déflagration. Le vicaire leva les yeux vers le sommet des murs. Il regarda les hommes en train de tirer sur les assaillants. Son cœur vacilla quand il vit au loin l'énorme brèche près du poste de Castille. Plus grave encore : il aperçut des turbans et des cimeterres, et un drapeau arborant le croissant. Les infidèles étaient à l'intérieur. L'évêque et lui s'activèrent encore davantage. Le bruit était épouvantable.

Avant l'aube, Maria était déjà sur les remparts. Le grand maître avait ordonné que les chaudrons soient immédiatement mis à bouillir : l'attaque pouvait intervenir à tout moment. Elle avait fait plusieurs aller-retour pour se mettre en quête de bois et, quand l'explosion avait retenti, elle se trouvait sur le sol. La puissance de l'impact l'avait jetée à terre, mais elle se releva presque instantanément, remonta à l'échelle et regagna son poste près de l'arsenal, à peine à quarante mètres de la faille. Les Turcs grouillaient dans les rues en dessous et elle vit qu'ils avaient envahi le cavalier du poste de Castille.

Les femmes s'occupaient des marmites. Elles remplissaient les petits récipients d'huile et d'eau, et balançaient leur contenu sur les Ottomans. Sur les tas préparés, elles récupéraient aussi de lourdes pierres, les levaient haut, au-dessus de leur tête et les jetaient sur les ennemis.

Soudain, Maria sursauta en apercevant Moïse avec trois autres gamins qui couraient avec des anneaux de feu. Pas un d'eux n'avait plus de six ans. Elle ne pouvait plus rien faire pour le protéger maintenant. Il n'y avait plus une femme ou un seul enfant qui n'aidât pas.

Fençu était agenouillé au sommet du mur, près du bastion de Saint-Jacques, avec une arbalète et une pile de carreaux. Depuis son poste, il visait méthodiquement, tirait, chargeait et recommençait. Il faisait toujours mouche. En réalité, il n'avait quasiment pas besoin d'ajuster son tir. Même quand les attaquants levaient leurs boucliers vers lui, les carreaux les traversaient et accomplissaient leur œuvre. Les balles sifflaient autour de lui, arrachant des morceaux de maçonnerie ou de roche. Il baissait la tête, retendait la corde, relevait l'arme et tirait, puis il baissait la tête et rechargeait. Les chevaliers étaient positionnés à des points clés du mur. Leurs armures étincelaient dans le soleil et leurs voix retentissaient dans le vacarme. Les soldats utilisaient des arquebuses montées sur pieu pour toucher les assaillants sans s'exposer et les chargeaient avec des projectiles enduits de saindoux.

Quand la mine avait sauté, le grand maître se trouvait à son poste de commandement avec certains de ses hommes de réserve. Il étudiait la situation de Senglea, persuadé que Mustapha lui préparait une ruse à sa façon. Il entendit les cloches sonner et un messager lui apporta des nouvelles de la brèche : tout le monde montait au combat. Il attrapa le heaume que lui tendait un page et la pique qu'un autre tenait.

— Mon seigneur ! hurla quelqu'un. Vous ne devez pas vous exposer vous-même au feu !

Sans écouter, La Valette se précipita vers la brèche.

Asha secoua la tête en essayant de retrouver ses esprits. La forme des remparts intérieurs avait dirigé une partie de la déflagration vers lui en le précipitant du mur qu'il réparait. Il était étendu dans la rue. Sa cheville lui faisait mal ; elle avait été brusquement tirée par le poids de son compagnon de chaîne projeté en même temps que lui. L'homme gisait inconscient. Asha se trouvait à proximité du poste d'Allemagne, donnant sur la crique de Kalkara. Une douzaine d'esclaves étaient morts. D'autres, blessés, gémissaient. Le garde y était resté lui aussi. Birgu nageait dans la confusion la plus totale. Des chevaliers, des soldats, des femmes, des enfants passaient à côté d'Asha en courant vers l'ouverture par laquelle s'engouffraient les Turcs.

Il tira son « double » inerte jusqu'au garde et fouilla celui-ci en quête de l'anneau retenant la clé de fer. Il l'arracha de sa ceinture et se dépêcha de se libérer. La serrure était pleine de poussière et la clé ne voulait pas rentrer dans le trou. Il donna un coup de pied, cognant le mécanisme contre le sol et retenta son coup. Enfin la chaîne s'ouvrit.

Récupérant la hallebarde du garde — une combinaison de lance et de hache de combat montée sur une hampe —, il se précipita vers le mur près du poste de Castille. Les sapeurs avaient réussi et il comptait profiter de la confusion pour se glisser dehors. Il n'était revêtu que de son pagne. Les Turcs sauraient qu'il était esclave et n'auraient aucune raison de le frapper. En revanche, il n'en allait pas de même des chevaliers et des soldats de l'ordre, naturellement, mais il ne pouvait rien faire d'autre que passer à côté d'eux en espérant qu'ils ne se soucieraient de tuer que les assaillants. De son côté, il n'avait nullement l'intention de s'en prendre à qui que ce soit : il voulait simplement courir. Il s'approcha de la brèche et s'arrêta sur place.

Maria !

Il l'aperçut au-delà d'une marée de Turcs se répandant dans les rues, et des chevaliers et des soldats qui les affrontaient dans un enchevêtrement fracassant de soie et d'acier. C'était le cauchemar même qui l'avait hanté depuis son départ d'Istanbul. Sa sœur était là, portant du bois pour les chaudrons, des anneaux de feu et des armes. Et soudain, la bataille faisait rage autour d'elle : les chevaliers et les Maltais, les *iayalars* et les janissaires, épées contre cimeterres, scintillant et tranchant. Les femmes essayaient de rester à l'écart, de reculer, mais leur retraite était coupée par les bâtiments. Elles avaient été, avec les enfants, des combattants efficaces, balançant la mort sur les Turcs depuis les murs. Il n'y aurait pas de prisonniers, pas de quartier. La meute des guerriers ottomans resserrait le cercle autour des chevaliers. Une femme tomba sous un coup d'épée, puis une autre.

Nico se précipita vers Maria, hallebarde dressée. Il n'avait pas l'intention de la lever contre les Maltais et se retrouvait face à un dilemme : il devait tuer des Turcs. Il n'hésita pas. Plongeant dans la mêlée, il décapita un *iayalar* et en décolla un autre du sol au bout de sa lame. Il la ressortit de l'homme et frappa à nouveau, avant même que la victime ait touché le sol. Il combattait avec toute la fureur et l'art que lui avaient enseignés ses maîtres. Il se retrouva face à un janissaire que, heureusement, il ne connaissait pas et le tua. Progressivement, il se rapprochait de Maria, qui tentait d'atteindre une arbalète tombée à terre.

Elle le vit.

— Nico !

Il se plaça dos à elle pour repousser les éventuels assaillants. Mais les Turcs se concentraient sur les hommes avec des armes, pas sur les femmes.

— Va-t'en ! lui hurla-t-il.

Elle se mit à courir, plongea pour ramasser l'arbalète et se redressa. Sans s'arrêter, elle s'éloigna pour gagner la relative sécurité de l'armurerie. Un chevalier de Saint-Jean, basé avec Romegas au poste principal des forces de l'ordre, se retourna et reconnut Asha.

Maria cria un avertissement et la hallebarde de son frère le frappa au cou à l'instant précis où elle-même tirait. Le trait mortel transperça l'homme en armure et alla frapper un Turc qui arrivait derrière lui.

Au même moment, La Valette apparut à la tête d'un groupe de chevaliers et de Maltais, et se lança dans la mêlée sans se soucier du danger. Ses soixante-douze ans ne comptaient pas : il était le grand maître. Garde du corps à son côté, il se joignit à la bataille. Un cri de ralliement s'éleva, galvanisant les troupes : « Le grand maître ! Le grand maître ! »

Les Maltais se regroupèrent autour de lui, gonflant les rangs de ceux qui le protégeaient, et, tous ensemble, ils poussèrent en avant, mus par une fureur régénérée.

Une explosion à ses pieds lui ouvrit la jambe. Il chancela, mais se releva immédiatement avec l'aide de ses hommes. Sans se décourager, ils se relancèrent en avant et reprirent le combat.

Maria vit le vent tourner.

— Nico, sauve-toi ! Fuis pendant que tu en as la possibilité.

Les yeux d'Asha étaient fixés sur le cou exposé de La Valette, que sa lame trancherait aisément. A peine vingt pieds le séparaient du maître des chevaliers de Saint-Jean. Il savait qu'il pouvait encore se rapprocher et le tuer. Il tenait le destin du siège dans sa main, au bout d'une pique déjà rouge de sang.

— Fuis ! cria Maria.

Il la regarda et fut renversé par un Maltais poursuivant un janissaire. Son arme tomba par terre. Il se redressa. Le grand maître s'était déjà éloigné de quelques mètres dans l'autre direction, flanqué de plusieurs soldats. Nico chercha Maria des yeux, mais il l'avait perdue de vue. Ils étaient séparés par le flot de défenseurs contre-attaquant.

L'occasion était perdue.

Il enjamba des corps et courut vers la brèche, dépassant des Turcs, des Maltais et des chevaliers. Un janissaire le vit venir vers lui et leva son épée.

— Je suis turc ! Un esclave, espèce d'idiot ! lui cria Asha.

Le janissaire dirigea son attention vers un Espagnol. Le fugitif détourna facilement le coup d'un soldat maltais, mais sentit un élancement dans son dos quand une pique — destinée à un autre — le toucha. Il continua de courir sans ralentir sur un sol glissant de sang et d'huile. Il se fraya sa route à travers un carnage qui lui sembla aussi dense que les ruines sur lesquelles il avait travaillé.

Le carreau d'une arbalète frappa quelqu'un juste devant lui. Il sauta par-dessus le corps et poursuivit sa course. Un autre Maltais se retourna face à lui, arme en avant.

— Je suis maltais, nigaud !

Il dépassa l'homme, indemne.

L'arrivée du grand maître à la brèche commençait à faire basculer le sort des armes près du poste de Castille. Progressivement, les défenseurs refoulaient les assaillants, tandis que ceux au sommet des murs faisaient pleuvoir le feu sur les Turcs coincés en bas.

Quand Asha traversa le fossé extérieur, il reçut de l'eau bouillante sur le dos. Il hurla, tituba et tomba, avant de parvenir à se redresser. Encore une fois, il se remit à courir, traversa l'excavation et gravit le bord opposé. La bataille ne faiblissait pas sur tout le front devant Senglea et Birgu. Telle une violente tempête en mer, les Turcs, furieux, se lançaient en grandes vagues contre le rivage maltais, aussi solide que le roc, projetant une écume effroyable de terreur, de sang et de mort.

Finalement, après plusieurs heures d'affrontement sans merci, les trompettes de Piali sonnèrent la retraite. Les rochers avaient tenu et repoussé la mer.

Maria vit une demi-douzaine de gamins ramenés vers le palais par Salvago.

— Moïse !

Elle traversa la rue en courant pour le rejoindre. Tout en pleurant, elle l'étreignit et le souleva du sol. Son soulagement fut toutefois tempéré par son allure. Ses vêtements étaient déchirés, son visage triste et sombre. Comme ceux qui l'accompagnaient, Moïse n'était plus un enfant. Mais il était vivant. Il se mit lui aussi à l'étreindre et réprima ses larmes.

— Ce sera bientôt fini, lui dit-elle en lui caressant les cheveux. Je te le promets.

Les autres attendaient.

— Je dois aller avec Dun Salvago, maintenant, dit-il.

Elle le reposa sur le sol et regarda le prêtre. Son visage était impassible. Il lui adressa un infime signe de tête, puis se tourna et emmena sa petite troupe à l'intérieur du palais.

Maria retourna à l'arsenal pour inspecter les cadavres près du mur. Insensible à toute cette horreur, elle en retourna plusieurs, pour regarder ceux qui étaient en dessous. Mais Nico ne s'y trouvait pas, ni Christian, ni son père. Il y en avait plus près de la brèche, mais elle ne put s'en approcher, parce que les canons avaient repris leur chant de mort lancinant. Elle monta sur une échelle d'où elle pouvait disposer d'une meilleure vue et n'aperçut aucun des corps qu'elle craignait de découvrir. Il y en avait une infinité, entassés dans les tranchées, étendus sur le rivage : toute une mer rouge de morts.

Christian posait un pied devant l'autre pour tenter de regagner l'infirmerie. Il était couvert de sang, mais ce n'était pas le sien. Il traversa le reste de la journée dans le brouillard. Il traita le grand maître, qui n'avait accepté de se laisser soigner qu'après avoir vu la dernière bannière ottomane arrachée des murs. Même pendant que le chirurgien était penché sur lui, il donnait ses ordres à ses commandants, organisant les troupes et posant des questions. De Vries nettoya et recousit la plaie. Pas une fois, La Valette ne cilla.

— Que tous les esclaves retournent sur la brèche pour la réparer, ordonna-t-il, et laissez bouillir les chaudrons. L'infidèle ne nous laissera pas de répit. Il va chercher à exploiter notre faiblesse. Dès ce soir, il nous attaquera.

Au cours des heures qui restaient avant la nuit, Christian continua de travailler à l'infirmerie. Une fois de plus, il fut hanté par le contraste qui régnait entre ce qu'il avait fait le matin, en se joignant au massacre, et l'après-midi, en le réparant. Il ne voyait aucune fin à cet engrenage, aucune solution. Tout ce qu'il voulait, c'était partir, trouver Maria, et savoir si elle était saine et sauve.

Un soldat maltais fut déposé devant lui, avec une longue flèche sortant de la poitrine. Derrière lui, il y en avait encore bien d'autres qui attendaient leur tour. Il ne restait que deux chirurgiens. Les autres étaient morts. Christian leva son couteau. Il sentit sourdre en lui une vague d'émotion et de fatigue, et se prit à pleurer. Il se cacha le visage et l'essuya avec sa manche. Ses mains tremblaient trop pour qu'il puisse travailler. Alors il posa son instrument près du ventre du soldat et se dirigea vers un seau d'eau de mer. Plongeant les mains dedans, il se rinça le visage et s'efforça de retrouver ses esprits.

« Je suis fatigué, c'est tout, se dit-il à lui-même. Ça va passer. » Ses tremblements s'apaisèrent, son pouls retrouva un rythme normal et il reprit le contrôle de lui-même, une fois de plus. Retournant à la table d'opération, il finit d'extraire la flèche. Il s'y prit parfaitement, proprement, et le soldat mourut quand même.

Pendant la nuit, les trompettes retentirent et il regagna en courant son poste sur les murs. La bataille se déroula à la lueur des feux grégeois et des longues langues dévastatrices des trompes. Les flammes orange et jaune jaillissaient des tubes, léchaient chairs et vêtements, et embrasaient tout ce qu'elles touchaient.

Dans le camp turc, Asha apprit que l'*Alisa* était stationnée au large de la pointe des Gibets. Il avait lui-même ramé pour la rejoindre à la lueur de la bataille nocturne de Birgu.

Feroz l'accueillit avec une joie non dissimulée. Asha Raïs lui raconta qu'il avait été capturé et gardé prisonnier. A présent, allongé sur le ventre, il regardait la tempête de feu sur Birgu. Un sentiment de culpabilité le dévorait. Les seules morts qu'il avait causées étaient turques. Il n'avait pu aider Maria qu'un instant. Sa sœur courait toujours un danger mortel et il n'y avait rien qu'il puisse faire pour elle. Il avait raté sa chance de tuer La Valette. Par ailleurs, il n'avait pas envie d'aller faire son rapport à Piali Pacha ou Mustapha. De toute façon, il n'avait pas grand-chose à leur dire. Les événements avaient rendu sans intérêt les quelques renseignements qu'il avait rassemblés.

Le chirurgien de la flotte donna au raïs un thé fort à l'opium, puis il s'occupa de ses blessures et de ses brûlures. Il appliqua un onguent d'aloès, de sel et d'oignons pour soigner les cloques. La boisson calma la douleur de sa chair, pas celle de son âme.

Sa liberté ne lui avait pas apporté l'allégresse qu'il avait espérée. Il était la honte du sultan, la honte de son père, et, plus important, il se faisait honte à lui-même. Il n'était pas un homme, seulement un serpent répugnant qui se glissait au milieu des hommes.

Ce jour-là, il avait tué un janissaire.

Ce jour-là, il avait tué un chevalier — à moins que ce ne soit Maria ?

« Je ne suis pas turc, mais ottoman », avait-il dit à La Valette. « Je suis turc », avait-il hurlé pendant sa fuite. « Je suis maltais », avait-il crié un moment plus tard.

Son existence était une succession de mensonges. Il avait menti à Dragut, menti à Iskander, menti à son Dieu.

« Oui, je suis tout ça. Et cela signifie que je ne suis rien. Je suis le fils de plusieurs pères, un fils qui a failli aux yeux de tous. »

Alors que les feux s'éteignaient dans Birgu, ils grandissaient dans sa tête fiévreuse, malade de l'opium, des brûlures et des tourments de son âme.

« Alisa ! Maria ! Dieu, aide-moi ! Allah, aide-moi ! »

Extrait des *Histoires de la mer du Milieu*
par Darius, dit le Préservateur,
historien à la cour du seigneur de la mer Blanche
et de la mer Noire, le sultan Ahmet

Pour les deux camps, ce fut le moment le plus sombre du siège, quand n'importe quel incident mineur pouvait faire basculer la bataille d'un côté ou de l'autre.

Les deux camps étaient conscients que la force de secours pouvait arriver à tout moment, mais aussi qu'elle pouvait ne jamais arriver.

Les deux camps étaient désespérés, après être allés au-delà de l'endurance humaine.

Mais les deux camps trouvèrent la force de continuer.

Extrait du volume VII
Les Grandes Campagnes : Malte.

Chapitre 44

19 août

Les ingénieurs de Mustapha achevèrent une tour de siège, une structure de bois colossale qui dominait le haut mur d'entrée de Birgu. Sa base fut enveloppée dans du cuir aspergé d'eau, pour l'empêcher d'être incendiée par les défenseurs. Protégés par ses planches de bois, les janissaires y montèrent. Depuis la plate-forme supérieure, ils pouvaient tirer sur les remparts et les rues de la cité. Ainsi, ils dégageaient la voie pour les troupes qui allaient jaillir quand un pont s'abaisserait de la tour vers les murailles. C'était une vieille méthode — toujours efficace — de la guerre de siège. Deux chevaliers, dont le neveu de La Valette, Henri, tentèrent une sortie précipitée pour détruire l'engin. Ils furent abattus par les tireurs. Au prix de combats effrénés autour de leurs corps, ceux-ci furent ramenés à l'intérieur des murs.

Christian se trouvait avec le grand maître quand ce dernier vit leurs cadavres. Toujours aussi résolu, aussi fort et aussi ferme, La Valette s'autorisa un instant de tristesse.

— Ces deux jeunes hommes ne font que nous précéder de quelques jours, lâcha-t-il. Si la force de secours de Sicile n'arrive pas, nous mourrons tous. Jusqu'au dernier... Nous devons nous enterrer sous les ruines.

Le chef de l'ordre chercha à détruire la tour. Il ordonna de faire un trou dans le mur, au niveau du sol, à quelques mètres de la base de la structure de bois, sans, d'emblée, passer de part en part de la muraille. Un gros canon fut apporté et chargé de chaînes à boulets, puis les dernières pierres furent enlevées. L'engin gronda, et les projectiles firent leur office, sectionnant les montants de la construction, qui bascula.

Les ingénieurs turcs préparèrent alors un tonneau de poudre si gros qu'il fallait douze hommes pour le porter. C'était la bombe la plus volumineuse qu'ils aient jamais construite. Ils la remplirent d'explosifs, de morceaux de chaînes, de clous et de mitraille. Pendant que les défenseurs de Birgu étaient occupés avec la tour et que ceux de Saint-Michel repoussaient une attaque, une mèche lente fut allumée sur le tonneau. Les Ottomans le hissèrent au sommet d'une portion de mur ruinée de Saint-Michel et le poussèrent, afin qu'il roule jusqu'au milieu des défenseurs.

L'amorce brûlait toujours. Instantanément, les hommes du fort posèrent leurs armes et remontèrent furieusement la barrique sur le rempart, puis la balancèrent du côté opposé, en plein dans les troupes turques massées, qui attendaient l'explosion dévastatrice pour charger. La déflagration se produisit et immédiatement, les chevaliers se lancèrent dans une sortie à la tête de leurs forces. L'engagement, bref, provoqua la déroute totale des Ottomans.

D'un point de vue militaire, ce n'était que des revers mineurs pour les Turcs. Mais simultanément, des problèmes beaucoup plus sérieux apparaissaient pour le haut commandement. Le siège ne devait durer qu'un mois. La nourriture et, pis, la poudre commençaient à manquer sérieusement. Des navires de ravitaillement envoyés à Tripoli ne revenaient pas et Mustapha craignait qu'ils n'aient été capturés par des bâtiments chrétiens croisant au large de l'Afrique. Il ne se trompait pas.

Du fait de leur utilisation intensive, plusieurs canons étaient tombés hors d'usage. Nasrid et les autres commandants ne cessaient de rapporter la grogne croissant au sein des troupes, découragées par l'échec de la campagne. Si la victoire était la volonté d'Allah, pourquoi tant d'obstacles venaient-ils se mettre en travers de leur route ? A chaque revers, il devenait plus difficile d'ordonner l'attaque suivante. Il n'y avait pas plus courageux combattants que les Turcs, mais ils n'avaient aucune envie de mourir en vain et les montagnes de corps pourrissant semaient autant les maladies que le découragement.

La fin du mois d'août approchait. Mustapha commença à envisager l'hypothèse de faire passer l'hiver à ses troupes sur Malte. Comme d'habitude, Piali ne fut pas d'accord, arguant que la flotte ne pourrait pas rester. Le mouillage, qu'ils avaient conquis au prix fort, n'était pas adapté à un hivernage. C'était hors de question. Soit ils capturaient l'île avant la mi-septembre, soit il ordonnait à ses bateaux de remettre le cap sur Istanbul.

— Quand le premier grégal soufflera, dit-il, la flotte du sultan s'en ira... Avec ou sans l'armée.

Assailli par de telles difficultés, Mustapha demeura pourtant déterminé. Sa famille descendait de Ben Welid, l'homme qui avait porté l'étendard du Prophète. Lui-même avait mené des campagnes difficiles pour Soliman, de Perse en Hongrie, et avait toujours trouvé un moyen de l'emporter. Certes, les chevaliers de Saint-Jean étaient d'une autre trempe, mais ils étaient mortels et peu nombreux. Il les avait vaincus à Rhodes et il les vaincrait encore. En outre, il n'avait aucun désir de se présenter devant Soliman avec la nouvelle de l'échec.

Au demeurant, il savait qu'aussi sombre que puisse être sa situation, elle n'était assurément rien en regard de ce qu'enduraient les hommes et les femmes à l'intérieur des murs.

Mustapha se trompait dans son évaluation des conditions dans Birgu et Senglea, sous-estimant la réalité, désespérée.

Pour la première fois depuis le début du siège, Christian ne passait quasiment plus de temps à l'infirmerie. Il n'y avait plus assez de soldats pour tenir les murs. Tout le monde restait sur les remparts pendant que les Turcs bombardaient, attaquaient, bombardaient encore. Les femmes s'occupaient des blessés, qui mouraient par poignées, sans le moindre soin.

A présent que Christian était posté sur le bastion de la

Langue de France et non plus à Senglea, il voyait Maria presque quotidiennement. Généralement, ce n'était qu'un regard, juste assez pour leur permettre de savoir que l'autre allait bien. Elle s'arrangea pour trouver une tâche à proximité. Une fois, elle parvint même, entre deux attaques, à apporter du pain aux combattants. Elle circulait entre les rangées de soldats et de chevaliers effondrés, plongeant les morceaux dans du vin coupé et les leur tendant en leur murmurant des paroles d'encouragement. Elle s'arrêta devant Christian et s'agenouilla. Les yeux du jeune homme étaient fermés. Il dormait. Maria porta la nourriture à ses lèvres. Il ouvrit les yeux, et il lui fallut un moment pour réaliser où il se trouvait et ce qu'il regardait. Il tressauta, mais elle l'apaisa.

— Tu es une vision bénie pour des yeux fatigués, chuchota-t-il.

— Comme tu l'es pour les miens.

Pendant qu'il mangeait lentement, elle déchira un morceau de sa manche et le plongea dans l'eau. Délicatement, elle lui essuya le front, les joues et les lèvres. Leurs yeux ne se quittèrent pas un instant.

— Moïse va bien ?

Elle acquiesça de la tête.

— Je l'ai vu ce matin, avec d'autres garçons, en train de pousser un cercle de feu avec un bâton, comme un jeu.

Il sourit.

— C'est bon pour eux.

Les canons reprirent et ils entendirent le rugissement guttural signalant une nouvelle attaque. Maria ramassa son panier pour se diriger vers le défenseur suivant.

Christian lui prit la main.

— Tu as besoin de quelque chose ? lui demanda-t-elle.

— Seulement que tout cela finisse. Et que tu restes en vie.

— Et toi aussi.

Il la regarda partir et se releva pour faire face aux Turcs.

23 août

— Birgu est condamné.

Le chevalier Gilbert, baron de Bergerac, s'adressait au Sacré Conseil. Il venait juste d'achever sa tournée d'inspection et son rapport était une litanie ininterrompue de mauvaises nouvelles.

« Les dommages provoqués par l'explosion de la mine sous le poste de Castille ne peuvent être correctement réparés parce que nous n'avons pas assez de main-d'œuvre. Nous avons besoin des hommes pour les murs. Et même là, il n'y en a pas assez pour garder le périmètre.

« Les Turcs sont en train de creuser de nouvelles galeries. Près des remparts ruinés, le sous-sol est un gruyère. Ils seront prêts dans quelques jours, peut-être dans quelques heures. Ils tiennent le fossé extérieur. Il ne leur faudra plus beaucoup de temps pour pénétrer à l'intérieur. »

Le rapport se poursuivait, détaillant les déficiences des positions et des réserves.

« Nous devons abandonner Birgu, résuma-t-il enfin, et nous réfugier à l'abri du fort Saint-Ange. C'est la position la plus efficacement fortifiée de toute l'île. De là, nous pourrons encore tenir et opposer une ultime résistance. »

Le chevalier s'assit en silence. Les participants digéraient ce qu'ils venaient d'entendre.

— Je suis d'accord, intervint Alain Brémont, comte de Limoges. Abandonnons Birgu.

Le bailli du Nègrepont hocha la tête pour exprimer son assentiment.

— Retirons-nous dans le fort.

Autour de la table, les uns après les autres, tous ces combattants aguerris exprimèrent un même avis.

— Opposons-leur notre ultime résistance à Saint-Ange, lança le grand hospitalier.

La Valette les écouta tous. Finalement, il regarda sir Oliver Starkey.

— Le baron a raison, estima l'Anglais. L'heure est venue d'abandonner Birgu.

Le Sacré Conseil était donc unanime... à l'exception d'un homme.

Le grand maître se leva.

— Je respecte votre avis, mes frères, mais ne le partage pas. Si nous abandonnons Birgu, nous perdons Senglea, parce que la garnison ne tiendra pas seule là-bas. La forteresse Saint-Ange est trop petite pour accueillir toute la population ainsi que nous-mêmes et nos hommes. Et je n'ai aucune intention d'abandonner les Maltais loyaux, leurs femmes et leurs enfants à l'ennemi. Même en supposant que nous puissions faire entrer tous ces gens dans nos murs, les réserves d'eau de Saint-Ange ne seraient pas adéquates. Avec les Ottomans maîtres du Senglea et occupant les ruines de Birgu, il ne faudrait guère de temps avant que les puissantes murailles de Saint-Ange ne tombent sous leur feu concentré. Pour l'instant, ils sont obligés de disperser leurs énergies et la puissance de leur artillerie. Ce ne serait plus le cas si nous nous enfermions avec nos frères dans Saint-Ange. (Il se tenait devant ses hommes, mains dans le dos. Ses yeux, qui trahissaient la puissance de ses convictions, s'arrêtaient sur chacun des dignitaires, l'un après l'autre.) Non, mes frères, c'est ici et seulement ici que nous devons rester et nous battre. Nous devons tous périr ensemble ou, finalement, avec l'aide de Dieu, réussir à refouler nos ennemis.

Pendant un moment, pas une voix ne s'éleva. Le bailli du Nègrepont brisa le silence.

— Très bien, Excellence. Mais laissez-nous au moins rapporter les archives et les reliques sacrées de l'ordre à Saint-Ange. Nous avons la main de saint Jean-Baptiste à préserver pour les siècles à venir et l'histoire écrite de l'ordre. Tout peut être dissimulé sous les cachots, à l'abri d'une profanation par l'infidèle.

— Une telle initiative semblerait simplement une manifestation du désespoir, rétorqua La Valette. Le moral en souffrirait grandement. Et dans tous les cas, cela n'a pas grande importance. Si nous ne l'emportons pas, il n'y aura plus d'ordre de Saint-Jean. La main du Baptiste, gentilshommes, restera à Birgu comme nous.

Cet après-midi-là, pour s'assurer que la retraite ne serait jamais envisagée, le grand maître ordonna que l'essentiel de la garnison de Saint-Ange rejoigne Birgu, avec la poudre et les réserves. Il ne laissa dans la forteresse qu'un petit contingent pour s'occuper des canons. Et le pont-levis entre le fort et Birgu fut détruit.

Il n'y avait plus aucun choix.

A Birgu, ils connaîtraient la victoire... ou la mort.

Extrait des *Histoires de la mer du Milieu*
**par Darius, dit le Préservateur,
historien à la cour du seigneur des deux moitiés du monde,
le sultan Ahmet**

Le *Gran Soccorso*, l'armée de secours promise depuis longtemps à Malte, quitta Messine le 21 août, mais pas pour Malte. La flotte mit le cap sur Syracuse, où elle devait rejoindre d'autres forces. Le jour même où don Garcia s'embarquait, un autre assaut général était donné sur Birgu et Senglea.

Deux jours plus tard, attendant que les derniers navires de transport arrivent, une force de secours de près de dix mille hommes se rassembla sur la petite colline surplombant le port de Syracuse. Parmi eux, il y avait des chevaliers de l'ordre, des troupes espagnoles et des mercenaires venant d'Italie, de France et d'Allemagne. Don Garcia continuait de raconter, inquiet, à quiconque voulait bien l'écouter, qu'il n'avait pas encore assez d'hommes pour assurer la victoire. Mais personne ne pouvait dire combien de troupes turques combattaient encore et dans quel état elles se trouvaient. Si le secours échouait, si la flotte faisait naufrage ou si les troupes de renfort étaient défaites, l'Espagne elle-même serait en danger, le roi Philippe serait furieux et plus rien ne pourrait arrêter Soliman.

Dans les rangs des chevaliers, impatients mais incapables de faire accélérer le vice-roi, on commençait à murmurer sur la lâcheté de celui-ci.

Il pleuvait.

Extrait du volume VII
Les Grandes Campagnes : Malte.

24 août

A genoux dans la chapelle du palais, Salvago entendait les canons dehors de plus en plus fort, parce que les murs qui contribuaient auparavant à étouffer leur vacarme étaient quasiment tous effondrés. Selon la rumeur, une nouvelle attaque devait intervenir dans l'après-midi. Ce serait la pire de toutes celles qu'ils avaient subies jusqu'à maintenant. Les Turcs n'en pouvaient plus et, cette fois, ils ne s'arrêteraient pas.

« O Seigneur, donne-moi la force de continuer. »

Les prières l'aidaient toujours, mais seulement tant qu'il restait agenouillé. Dès qu'il quittait le sanctuaire, sa détermination et sa sérénité s'évaporaient. D'autres ne semblaient pas avoir aussi peur que lui. Même l'évêque donnait l'impression de se rendre courageusement partout où l'on avait besoin de lui et n'hésitait pas à se mettre en danger, quand les entrailles de Salvago étaient décomposées. Le vicaire saisissait la moindre occasion de descendre dans les cachots, alors que le véritable travail se trouvait dehors, près des murs. Mais il ne pouvait contenir son angoisse. Des hommes mouraient pulvérisés par des bombes devant lui, brûlés à mort ou touchés par une balle. Que ses yeux soient fermés ou ouverts, les cauchemars étaient sans fin. Il ne pouvait plus dormir depuis longtemps. Pendant la journée, il ne cessait de trembler. Il devait se forcer à sortir, à continuer, et c'était toujours plus difficile.

Certains chevaliers lui demandaient s'il ne voulait pas se joindre au combat de Dieu et prendre une arme, comme le père Roberto. C'était hors de question. Même dans les derniers soubresauts de ce combat entre le croissant et la croix, il savait qu'il ne pourrait jamais se retrouver face à un fanatique hurlant brandissant une épée.

— Je suis un prêtre, leur répondait-il, pas un soldat.

Mais il savait que ce n'était pas la raison. « La vérité, c'est que je suis un lâche. Les enfants paraissent plus courageux que moi. » Le petit Moïse allumait des cercles de feu pour les troupes. Des fillettes de six ans renversaient de l'huile bouillante sur les assaillants depuis les murs. Des femmes fracassaient des têtes turques avec des briques. Il ne serait jamais capable de faire une seule de ces choses. La violence le rendait malade.

Alors qu'il priait, les canons se turent. Il entendit les maudits instruments retentir et le cri de guerre s'élever des milliers de gorges infidèles descendant des collines. Sa propre gorge se noua d'effroi. Ils revenaient encore une fois.

Salvago se signa, inspira et se précipita dehors. Il devait porter des munitions, mais quand il arriva devant le bastion, un chevalier lui cria par-dessus le fracas de la bataille :

— Allez à l'infirmerie, mon père. Le grand maître a demandé que tous les blessés participent. Nous avons besoin d'absolument tout le monde.

Le prêtre remonta Birgu en courant. Il y avait trop de morts dans les rues pour qu'on puisse les ramasser. On voyait des femmes gisant près de leurs enfants, des cadavres de rats à côté de ceux de chats. Les malheureux qui circulaient au milieu de ce charnier savaient que si les Turcs ne tuaient pas les derniers vivants, la peste et les maladies s'en chargeraient. La puanteur flottait dans l'air, imprégnant tout : elle était presque visqueuse. Sans jamais baisser l'allure, Salvago faisait le signe de croix et priait pour les âmes défuntes en s'efforçant de ne jamais ouvrir la bouche.

La cour de l'infirmerie était envahie de blessés attendant d'être aidés à gagner les murs. En dehors du prêtre, il n'y avait plus que des femmes et des enfants pour accomplir cette tâche.

Un arquebusier espagnol prit un bâton dans une main et passa son autre bras autour de l'épaule de Salvago. Avec son bras libre, le vicaire portait l'arme de l'homme et ainsi, ils se dirigèrent vers le poste de Castille. L'Espagnol leva les yeux vers les remparts. La bataille n'avait pas encore atteint le maximum de son intensité. Certains combattants étaient déjà à terre, d'autres tiraient vers l'extérieur. De la fumée montait des tranchées.

— Entendez ma confession, mon père, dit le blessé.

Ils inclinèrent la tête et parcoururent les derniers mètres en priant.

Salvago le bénit et l'aida à gravir l'échelle, puis il se força à le suivre. Il l'aida à se mettre en place. L'Espagnol leva son arquebuse et posa son épée à côté de lui. Les balles sifflaient et arrachaient des morceaux de parapet. Le vicaire regarda par-dessus le mur et vomit presque de peur. Il tourna les talons et fila vers l'échelle pour fuir le tumulte.

Sur le chemin du retour, il ramena un jeune soldat à l'infirmerie. L'homme, assez maigre, n'avait pas d'armure, ce qui permit à Salvago de le prendre sur son épaule. Quand ils arrivèrent à destination, il était mort. C'était aussi bien, pensa le religieux. De toute manière, à l'infirmerie, il serait resté là sans que personne ne s'occupe de lui. Salvago lui marmonna les derniers sacrements en le déposant.

Un énorme chevalier beuglait pour retourner au combat. C'était Alain Brémont, le ventripotent comte de Limoges. Il avait l'air effrayant avec sa barbe rousse brûlée et son visage cloqué couvert de brûlures. Un boulet de fer lui avait emporté les deux pieds la veille, tuant son voisin. Brémont était fiévreux et faible, mais il voulait se battre. Seulement il était trop gros pour être porté.

— Trouvez-moi un fauteuil, par Dieu, hurlait-il.

On dénicha un robuste siège de chêne dans le bureau du grand hospitalier et on l'y installa. Salvago et une grosse femme essayèrent de le lever, mais l'homme était trop lourd et le fauteuil ne faisait qu'ajouter au poids. Il faillit se renverser.

— Par Dieu, vous voulez me tuer avant les Turcs ! gronda Brémont.

Deux autres femmes accoururent. Chacune prit un pied du fauteuil. Salvago souleva son propre côté et vacilla. L'une des porteuses était Maria Borg. Leurs regards se croisèrent. Si elle ressentit quelque chose, elle était trop fatiguée pour le montrer. Salvago détourna les yeux. Ils portèrent le chevalier en silence, peinant, titubant. Arrivés au rempart, ils ne purent le hisser sur l'échelle, aussi le laissèrent-ils près d'une brèche, hurlant à gorge déployée pour que ces Turcs impies arrivent.

Brémont était le dernier blessé capable de revenir de l'infirmerie. Salvago courut vers le poste de France pour porter les munitions, tandis que Maria filait de l'autre côté, vers le bastion de Castille.

Sur le rempart, Christian était à genoux. Il observait les Ottomans se regrouper pour une nouvelle attaque. Il n'était pas sûr de pouvoir se relever pour les affronter. Au signal, les Turcs dévalèrent la pente, franchirent le fossé et gravirent les murs une fois de plus. Dans certains endroits, ils n'avaient même plus besoin d'échelle. Ils grimpaient sur le tas de décombres pour se retrouver directement sous l'averse de feu tombant d'en haut. Christian fut intrigué. Les troupes en face de sa position reculaient, tandis que, de chaque côté, les lignes ottomanes tenaient et avançaient. Il vit un sapeur s'extraire d'un tunnel, se rétablir d'un bond et courir.

Trop tard, il réalisa ce que cela signifiait.

— Mines ! hurla-t-il.

Dans un suprême effort, il se dressa et battit en retraite à l'instar de ses camarades autour de lui.

Il y eut deux explosions distinctes, la première exactement en dessous de l'endroit où il s'agenouillait quelques instants plus tôt. Christian fut propulsé du mur. Au moment où il touchait le sol, une seconde déflagration déchira une section du rempart à une dizaine de mètres sur sa gauche. Les sapeurs avaient superbement travaillé. Un grand pan de muraille s'effondra dans sa direction dans une avalanche de pierres, de poutres et de terre.

Il ressentit une douleur cuisante dans la jambe, comme un coup de poignard, mais elle l'aida à rester conscient. Il secoua la tête et se redressa sur ses coudes. Il se rendit compte qu'il était étendu dans la rue, à demi brûlé. Deux hommes gisaient morts près de lui. Au-delà du monticule d'éboulis, d'autres se ruaient vers la nouvelle brèche : des Turcs arrivant de l'extérieur, des chevaliers et des soldats qui venaient à leur rencontre. Déjà des adversaires étaient engagés dans de furieux corps à corps. A travers son vertige et la poussière, il lui semblait contempler une bataille dans les nuages, un affrontement irréel de robes tournoyantes, d'épées étincelantes, de canons retentissant et de bombes grégeoises explosant.

Le combat faisait rage de tout côté.

Cherchant à se libérer des gravats, de Vries suffoqua de douleur. Sans erreur, il pouvait sentir que sa jambe était effroyablement brisée. Il essaya de se tirer en arrière, mais il était cloué au sol. Il hurla de nouveau. La sueur lui coulait du front.

Il ne pouvait s'asseoir qu'à moitié en raison de sa position sous les décombres. Il se mit à enlever les pierres. Chaque fois qu'il en retirait une, deux glissaient du sommet du tas. Une poutre lui écrasait le tibia, dont l'extrémité disparaissait sous les tonnes de débris.

A quelques mètres, l'offensive se rapprochait. Touché par une balle, un Maltais s'effondra près de lui. Son *morion*[1] tomba bruyamment sur le sol. Un autre bascula du pan de mur au pied duquel Christian était étendu et qui s'était en grande partie écroulé. Des combattants couraient de tous côtés. Certains cherchaient, paniqués, un abri, d'autres allaient renforcer des positions affaiblies. D'autres encore apportaient du réapprovisionnement. Personne ne faisait attention au blessé — ou, en l'occurrence, au piégé. S'il n'arrivait pas à se dégager rapidement, les Turcs le tueraient sur place.

---

1. Le casque typique des arquebusiers, avec large bord et crête prononcée. (*N.d.T.*)

Des bombes explosèrent au sommet des remparts près de la brèche. Une nouvelle mine explosa, projetant des débris partout. L'un d'eux frappa Christian et du sang coula d'une entaille à la joue. Il essaya encore de libérer sa jambe. C'était impossible. Il était allongé sur le dos, haletant, épuisé. Regardant le ciel, certain de mourir, il appela à l'aide. Quelqu'un s'arrêta et s'agenouilla près de sa tête. C'était le père Salvago. Christian vit ses lèvres bouger, mais le fracas l'empêcha d'entendre ce qu'il disait.

Le vicaire se plaça derrière lui et le saisit sous les bras. Puis il le tira en arrière en forçant. Le blessé hurla en agitant la tête en tous sens. Alors le religieux s'attaqua aux gravats, creusant lui-même. Il atteignit enfin la poutre, la contourna et essaya de la lever, mais elle refusait de céder. Salvago essaya d'enlever encore d'autres débris, mais il y en avait beaucoup trop.

Il se retourna et appela un soldat. Celui-ci passa sans s'arrêter et sauta par-dessus la tête de Christian, filant en direction de la brèche. Les hommes se battaient au corps à corps à moins de dix mètres, engagés dans une lutte à mort.

— Mon père, la hallebarde ! cria Christian. Prenez la hallebarde !

Salvago vit l'arme près d'un mort. Pendant qu'il la récupérait, le blessé prit le tissu qu'il utilisait pour s'essuyer le visage et l'enroula autour de sa jambe, juste au-dessus du genou. Il suffoqua de nouveau. Chaque mouvement le faisait souffrir le martyre. Il défit les boucles de sa jambière, qui protégeait son tibia, et la remonta un peu.

Le vicaire s'agenouilla près de lui avec l'arme. Il baissa la tête quand un autre morceau de mur s'effondra en les enveloppant dans un nuage de poussière. Toussant, il attrapa l'extrémité de la hallebarde et essaya de la glisser sous la poutre pour faire levier.

Christian le tira par le bas de sa soutane.

— Non, mon père, hurla-t-il. C'est pour moi. Vous devez couper là !

Il indiquait un endroit de sa jambe, six pouces en dessous du genou.

Le religieux blêmit.

— Quoi ?

— Utilisez la hallebarde ! Coupez la jambe ! Vite, mon père ! On n'a plus le temps !

Salvago secoua la tête.

— Je ne peux pas faire ça !

— Alors je vais mourir, lui cria Christian. S'il vous plaît, mon père. C'est ma seule chance.

Les combats étaient plus proches que jamais.

Ils entendirent un tumulte au bout de la rue. Envoyés par le poste principal de l'ordre, des renforts arrivaient de l'intérieur de Birgu. Romegas se trouvait à leur tête.

Salvago les montra du doigt, plein d'espoir.

— Ils vont arriver dans un moment.

— Ce sera trop tard pour moi, gémit Christian. (Il agrippa le bras de Salvago.) Faites-le, mon père. Maintenant. Opérez aussi près de la poutre que possible.

Il s'allongea sur le dos et ferma les yeux.

Giulio Salvago se leva. Ses jambes chancelaient. Taillée dans du bon chêne, la longue hampe était lourde. La tête seule devait peser vingt livres. Les combats avaient émoussé sa lame. Il leva l'arme aussi haut que possible. Ses lèvres marmonnèrent une prière. Il implorait le Tout-Puissant de lui accorder un sursis, de faire en sorte que le blessé change d'avis et lui demande d'arrêter. Il hésita et se sentit vaciller. La peur battait à ses tempes.

Mais il n'y eut aucune grâce. L'ouragan se rapprochait. Les Turcs arrivaient. Un canon gronda tout près. La terreur monta dans la gorge du prêtre. Il ne pouvait attendre davantage.

« Père, guidez ma main. » De toutes ses forces, il abaissa la hallebarde, qui ricocha sur la poutre et ne frappa pas la jambe correctement. Il chercha à se boucher les oreilles pour ne pas entendre l'effroyable hurlement. Mais immédiatement, il lui fallut relever l'arme et frapper une deuxième fois. Le membre n'était toujours pas coupé. Un ultime coup termina sa course sur le sol. L'horrible chose était faite !

Vidé par l'effort, Salvago jeta la hallebarde et attrapa Christian derrière les épaules pour l'éloigner de la mêlée dangereusement proche. De Vries était inconscient. Salvago vit qu'il laissait derrière lui une longue traînée de sang et s'arrêta pour resserrer le garrot, priant Dieu pour que cessent les tremblements de ses doigts et qu'il soit capable d'aller jusqu'au bout. Enfin, il le tira à l'abri d'une porte. La poitrine haletante, il tomba à genoux. Il tremblait de tout son corps, et la peur et l'horreur lui avaient retourné l'estomac. Il ne voulait plus rien d'autre que traîner Christian jusqu'à l'infirmerie, loin du carnage qu'il entendait à quelques mètres derrière lui. Il en avait assurément assez fait pour la journée.

Mais des soldats appelaient à l'aide et réclamaient des munitions, des enfants criaient. Aussi s'obligea-t-il à se lever et à retourner vers les murs. Deux femmes sortirent de l'entrée du palais épiscopal, portant un panier plein de pain imbibé de vin pour les hommes des remparts.

— Emmenez-le à l'infirmerie, si vous pouvez, leur cria le prêtre en montrant Christian.

Il regagna en courant le poste de France. A la brèche, il fut presque soulagé de voir que la bataille s'était déplacée encore plus à l'intérieur des murs. A l'endroit même où il se trouvait avec le chevalier quelques instants plus tôt. De Vries avait eu raison. Il avait fait la chose juste, après tout. Cependant, les Turcs semblaient avoir atteint le point limite de leur offensive et étaient repoussés par un contre-assaut furieux. Les lignes ottomanes cédaient devant la charge de Romegas.

Le vicaire s'écarta. Il apporta un sac de feu grégeois à une autre échelle et le tendit à un chevalier français, qui le jeta avec une précision mortelle dans la faille. Puis il repartit en chercher d'autres. Seulement il n'y avait rien de prêt à l'arsenal en dehors d'une trompe lance-flammes. Elle était presque trop lourde pour lui, mais, à force, il parvint à la rapporter sur le rempart.

Le chevalier sourit en l'apercevant.

— Juste à temps, mon père. Vous allez devoir m'aider à balancer ce feu d'enfer sur l'ennemi.

— Je ne peux pas, gémit Salvago.

Au même instant, il vit que les Turcs avaient déjà une demi-douzaine d'échelles posées contre le mur et que les autres hommes étaient engagés partout sur la coursive. Il fallait être deux pour manipuler une trompe. Salvago se mit donc à genoux et leva une extrémité du tube. Le chevalier en approcha la mèche lente, mais du combustible en gouttait.

L'engin leur explosa dans les mains, projetant du métal chaud et de la poix en feu dans toutes les directions. Les éclats transpercèrent l'armure du chevalier, qui fut tué sur le coup. Les Turcs les plus proches basculèrent en arrière, leurs robes en feu. Le mélange avait aspergé Salvago et embrasé sa soutane. Il était enveloppé de flammes. La matière ardente lui collait au visage, brûlant sa bouche, son nez, ses yeux. Il essaya de repousser le feu, mais la substance incandescente s'étalait et les mouvements de bras ne faisaient qu'aggraver les choses. En hurlant, il tituba vers la citerne d'eau.

— Mon Dieu, aidez-moi !

Des soldats maltais passaient à côté de lui pour affronter les Turcs déboulant des échelles.

Salvago s'effondra dans la barrique. Elle était vide. Alors il s'affaissa sur le sol et se roula sur lui-même. Frénétiquement, il essayait d'éteindre le feu. Mais la poix ne s'étouffait pas. Dès qu'elle entrait de nouveau en contact avec l'air, les flammes rejaillissaient. Poussant des hurlements déchirants, tourmentés, Salvago se remit péniblement sur ses genoux, puis sur ses pieds, arrachant la chair brûlée de son visage. Il chancela et, ne voyant plus rien devant lui, bascula dans le vide, droit sur un Turc qui arrivait. Ensemble, ils rebondirent contre l'échelle et s'écrasèrent sur le sol, enchevêtrés. Salvago n'était toujours pas mort. Dix minutes encore s'écoulèrent avant que cessent ses contorsions et ses cris perçants.

La bataille dura deux heures de plus. Nulle part elle ne fut disputée avec plus de fureur et de rage qu'autour de la trompe explosée, où tant d'hommes avaient vu le père Salvago mourir si courageusement pour sa foi.

Extrait des *Histoires de la mer du Milieu*
par Darius, dit le Préservateur,
historien à la cour du César majestueux, le sultan Ahmet

La force de secours de vingt-huit navires transportant dix mille hommes quitta Syracuse. Elle rencontra immédiatement une violente tempête, qui faillit presque la couler. Des vivres et du matériel furent perdus, et des gréements détruits. A bord, les troupes malades n'étaient absolument plus en état de se battre. La flotte gagna tant bien que mal l'abri d'une île au large des côtes occidentales de la Sicile pour se regrouper.

Pendant la nuit, mille hommes désertèrent.

Extrait du volume VII
Les Grandes Campagnes : Malte.

Chapitre 45

25 août

Asha était assis sur le pont de l'*Alisa*. Il se tenait aussi raide que possible. A cause de ses brûlures, ses moindres mouvements étaient douloureux. Mais il se remettait et ses blessures étaient la moindre de ses préoccupations. Toujours stationnés au large de la pointe des Gibets, ses navires maintenaient le blocus. Il était finalement content d'être affecté à cette tâche subalterne, de ne pas avoir à se confronter à ses choix et ses échecs.

Les nouvelles en provenance des troupes autour du grand port étaient amères pour Asha et douces pour Nico. Désespérant de voir enfin la victoire lui sourire, Mustapha avait ordonné à ses hommes de relâcher la pression sur Birgu et Senglea pour marcher sur Mdina. Il pensait pouvoir conquérir la cité faiblement fortifiée et l'utiliser comme quartiers d'hiver... Ou, tout au moins, la présenter au sultan comme une victoire partielle.

Son armée trouva les murs de la citadelle couverts de défenseurs. Avec leurs mousquets et leurs canons, ils ouvrirent un feu prodigieux sur les Turcs, avant même qu'ils soient à portée de tir. Ce gaspillage de munitions devait signifier qu'ils disposaient d'innombrables quintaux de poudre, de balles et de boulets, et que leurs soldats étaient frais et prêts au combat. Estimant que la forteresse était imprenable, l'ennemi fit demi-tour sans avoir tiré un coup de feu.

Les assauts sur Senglea et Birgu reprirent, mais le moral des Ottomans avait été profondément entamé par l'échec de Mdina et par le désespoir que cette tentative avortée avait mis en lumière. Désormais, Mustapha et Piali s'affrontaient constamment. Ils se disputaient à haute voix, parfois violemment. Selon une rumeur qui se répandit comme un feu de paille, il ne restait des céréales que pour quelques semaines au mieux. D'autres navires de ravitaillement n'étaient pas rentrés de la côte africaine et l'hiver approchait à grands pas. La fièvre et les épidémies qui décimaient les occupants n'avaient pas connu de pause. Si les fossés de Malte étaient pleins de cadavres turcs, les ponts de la moitié de la flotte étaient couverts de malades et de blessés. De toutes les campagnes disputées par les Ottomans au cours des quarante dernières années, aucune ne s'était heurtée à une résistance aussi farouche et intelligemment organisée que celle des chevaliers et du peuple de Malte. On murmurait que d'aucuns refusaient de combattre. Des janissaires refusant de se joindre à la bataille ! Si c'était vrai, la fin n'était sûrement pas éloignée.

Au milieu de toutes ces nouvelles désespérantes, une seule chose réconfortait Asha : même dans ses rêves les plus fous, il n'avait jamais imaginé que la petite île pourrait opposer une telle résistance à la force déployée contre elle. Pourtant, c'était bien ce qu'elle avait fait jusqu'alors. Ses défenseurs refusaient tout simplement de céder. Sa sœur était en vie quand il l'avait vue pour la dernière fois. Et si Mustapha était un général déterminé, plein de ressources, qui pouvait encore trouver un moyen de l'emporter, Maria avait au moins une chance. C'était beaucoup plus qu'il ne lui aurait donné peu de temps encore auparavant.

Il examina le rôle qui pourrait être le sien dans les événements à venir et se prit à espérer qu'il n'en aurait aucun. Il n'envisageait rien de mieux que d'assister à la fin du siège assis ici dans sa galère et de mettre les voiles... Même si c'était dans la défaite. Cette pensée germa dans sa tête et prit de plus en plus d'ampleur. A mesure que les jours passaient et que rien ne changeait, il se disait que cette hypothèse était parfaitement plausible. Une fois revenu à Istanbul, il se mettrait en quête d'Alisa. Il y aurait une vie après le siège.

Mais il ne devait pas en être ainsi. Un messager de la tente de commandement balaya ses espoirs.

— Par ordre du pacha, vous et vos hommes devez vous présenter sur le Marsa à la première heure. Vous participerez à l'assaut général de la matinée sur Birgu.

Eux aussi rameutaient donc tout le monde. C'était un acte désespéré, mais peu importait. Il avait ses ordres.

Il alla à la proue de son navire. Le moment de l'engagement ne pouvait plus être différé et sa position n'était pas moins impossible qu'auparavant. Sa résolution n'avait pas changé : il ne lèverait pas les armes contre des Maltais. Mais, s'il refusait d'exécuter les ordres, il ne pourrait pas rentrer à Istanbul avec son vaisseau.

Il pria et arpenta le pont. Comment, se demanda-t-il, avait-il pu perdre autant son honneur ? Il ne savait même pas avec certitude à quand cela remontait. Au jour où il avait désobéi à son père et qu'il était parti à la chasse au trésor avec Maria au lieu de nettoyer la fosse ? Ou quand il avait menti à Dragut ? Ou tué Iskander ? Ou était-ce le jour où il avait renié sa foi chrétienne ? Ou musulmane ? Ou quand il se proclamait ottoman ? Ou turc ? Ou maltais ?

Dans son cœur, il savait qu'une seule voie véritablement honorable s'ouvrait devant lui. Il devait se présenter devant Mustapha et Piali, confesser son passé et, respectueusement, refuser d'obéir. Un terme serait mis à tous ses mensonges — probablement signifié par la lame d'un cimeterre. Oui, après tout, c'était peut-être la fin du long sentier d'Allah.

Quand il commença à se faire tard et qu'il ne put plus retarder davantage l'échéance, il fit appeler Feroz.

— Je vais voir Mustapha Pacha, dit-il. Si je ne suis pas de retour à la première heure, tu conduiras nos hommes au Marsa.

— A vos ordres, Asha Raïs.

Il jeta un dernier long regard mélancolique sur l'*Alisa*, puis il monta dans le caïque du navire et rama lui-même jusqu'au port.

Le lendemain, une forte averse tomba, portée par un vent glacial du nord.

Nasrid pataugeait dans la boue avec ses hommes. Leurs soieries étaient aussi trempées que leurs ardeurs. Le bruit de la tempête noyait les sons de la bataille qu'ils s'apprêtaient à rejoindre. Mais ses janissaires n'étaient pas d'humeur combative ce jour-là. Il en avait tué un avec son épée, mais il savait que ce n'était pas la bonne méthode. Alors il ferma les yeux et chercha à visualiser Iskander, son terrible et invincible *lala*, chevauchant son massif turcoman dans les ruines de l'hippodrome de Constantinople. Iskander, le parfait guerrier ottoman, caracolant sur son noble cheval, poussant ses pages au combat, leur enseignant, dans ces jours glorieux à Topkapi, comment vivre et mourir pour leur sultan et pour leur foi. « La guerre est brutale, professait Iskander. Elle détruit. Mais il y a en elle une extase que rien au monde ne peut égaler. »

Et maintenant, Nasrid retrouvait la voix d'Iskander, son esprit, son ardeur, et avec son cimeterre étincelant, il incita ses hommes à repartir une nouvelle fois au combat.

— Dieu est grand ! tonna-t-il.

La pluie tombait de plus belle et les éclairs zébraient un ciel charbonneux au-delà des murailles. Il pouvait voir les silhouettes des infidèles debout sur les remparts. Le grand maître leur avait ordonné de s'armer exclusivement d'arbalètes, parce que la poudre et le feu seraient inopérants sous autant d'eau. Mais La Valette se trompait : le feu serait opérant tant qu'il s'agirait du feu du ventre, de l'esprit, de l'amour de Dieu, un saint enfer de feu, qui pourrait consumer même les arbalètes. Le feu pour le sultan, pour le Prophète, oui, un feu tel que les hommes n'en avaient jamais vu sur Terre.

« Quand vous mourez sur le champ de bataille, quand vous savez que vous allez périr pour la gloire d'Allah, vous pouvez danser dans votre propre sang, forts de la certitude d'aller siéger au paradis au côté du Prophète... »

Les hommes de Nasrid s'élancèrent, leur ardeur enfin réveillée, attisée par sa voix, qui s'élevait au-dessus de la tempête, la voix même de Dieu, entraînant les hommes vers Sa gloire.

— *Allah Hu Akbar !* rugirent-ils à l'unisson.

Les pages avaient rugi ainsi sur l'hippodrome, la passion d'Iskander bouillant dans leurs veines, et eux se déchaînaient aujourd'hui sur les murs.

Ils tombaient et glissaient, ce matin-là, dans la boue, le sang et les morts, hurlant, courant dans la tempête, emportant leur feu sacré à l'assaut de la rivière de carreaux tombant d'une forêt d'arbalètes d'acier.

Et c'est ainsi que Nasrid reçut un trait mortel dans la poitrine pour la plus grande gloire d'Allah et que son vœu d'aller siéger au côté du Prophète put s'accomplir.

Maria se traînait. Dans la journée, elle travaillait sur les remparts et la nuit, dans les auberges ou à l'infirmerie. Depuis des semaines, elle avait dépassé le stade de l'épuisement et seule l'adrénaline lui permettait de tenir.

Cela faisait deux jours qu'elle n'avait pas vu Christian. En fait, depuis que les mines avaient explosé sous le bastion des chevaliers français. Désespérément, elle était allée d'un poste à l'autre, demandant si quelqu'un savait quelque chose. Personne ne l'avait croisé. Elle était debout sur les décombres et refusait de croire qu'il était enterré quelque part en dessous, là où les hommes mouraient si anonymement. Ce n'était simplement pas possible. Elle le chercha à l'infirmerie et dans les auberges, se rendit sur les ruines de la maison de son père, pensant qu'il pourrait se trouver là à l'attendre.

Il n'y était pas. Son père non plus.

Elle parcourut les moindres centimètres de mur le long de la crique de Kalkara, bravant le feu des tireurs embusqués sur les pentes du Salvador. Elle visita l'auberge d'Italie, où il y avait une petite clinique désormais totalement dépourvue de personnel. Les morts gisaient en tas, les mourants en longue queue. Elle ne l'y vit pas non plus.

Seul l'espoir la faisait vivre. Peut-être avait-il été appelé à Senglea ? Personne ne pouvait le dire avec certitude, n'est-ce pas ? Peut-être était-il tombé malade et se reposait-il quelque part. Peut-être... Peut-être...

Il était près de minuit. Armée d'une lanterne dans une main, d'un seau d'eau dans l'autre, elle parcourait les halls sombres de la jadis grande infirmerie. Les blessés occupaient les moindres pouces de l'espace. Ils étaient à deux, parfois à trois, par lit. Les chevaliers se mêlaient aux simples soldats sans réclamer ni recevoir de traitement particulier. Elle s'arrêtait devant chacun d'eux et approchait une louche d'eau de leurs lèvres. Certains étaient morts, d'autres inconscients. Il ne restait plus aucun médecin pour les traiter.

De temps en temps, elle tombait sur un malade soucieux d'entendre des nouvelles ou d'en partager. Elle apprit ainsi que les Turcs avaient été abusés à Mdina par une ruse formidable. Le gouverneur avait habillé les femmes en soldats pour que les Ottomans croient que la garnison était importante. Les dernières réserves de poudre avaient été tirées, afin que l'ennemi s'imagine qu'il y en avait à gaspiller. Et les infidèles étaient totalement tombés dans le panneau.

— Si nous pouvons seulement gagner encore quelques jours, murmura le conteur, ce sera bon. Quelques jours de plus et les secours seront là.

Il lui prit la main et mourut avec cet espoir sur les lèvres.

Maria s'agenouilla près d'un autre lit et souleva la tête du blessé pour lui permettre de boire. C'était un Génois dont le vêtement était intégralement ensanglanté. Elle était incapable de dire où il avait été blessé ni même si le sang était le sien. Il but un tout petit peu.

— Sa Sainteté avait raison, murmura-t-il. (Il la regardait dans la lumière tremblotante avec un air presque béat.) Je suis mort et me voilà enfin au paradis, où je vois un ange.

Elle sourit et l'aida à boire un peu plus. Alors, elle regarda vers le mur effondré qui faisait auparavant partie d'un couloir menant à une arrière-salle. Il y avait encore des patients là-bas. Ils ne pouvaient certainement pas mettre un seul blessé de plus dans l'infirmerie, pensa-t-elle. Pour atteindre ceux-là, elle dut ramper sous un lit.

Les deux premiers étaient morts. Elle s'agenouilla près d'un Espagnol qui gémissait faiblement. Elle lui donna de l'eau et continua. Un Maltais, un Portugais et...

— *Christian !*

Son seau s'écrasa sur le sol. Il était inconscient et brûlant de fièvre. Maria leva sa lanterne et resta le souffle coupé quand elle vit sa jambe. Elle fit le signe de croix et essaya de calmer ses nerfs, de réfléchir à ce qu'elle devait faire. Elle ne connaissait rien de ces choses. Elle remonta le tissu en lambeaux du pantalon et vit que la blessure n'avait pas été pansée. Autour de l'amputation, la chair était affreuse, noire, malsaine. On apercevait même un bout d'os sale.

— Aidez-moi, mon Dieu, murmura-t-elle. Que dois-je faire ?

Elle observa que l'étoffe était encore étroitement nouée pour empêcher l'hémorragie. Au-dessus, la peau avait l'air trop sombre. Elle dénoua un peu le garrot. Du sang rouge sombre suinta au milieu des croûtes. Elle desserra un peu plus et il s'écoula davantage. Puis elle resserra.

Ensuite elle se hâta vers une des citernes d'eau de mer servant à nettoyer les plaies. Elle en récupéra pour le laver. Il grommela, mais ne se réveilla pas.

Délicatement, elle mouilla un linge qu'elle déposa sur ses lèvres. Il le lécha et absorba un filet de liquide. Puis, pour tenter de faire baisser la fièvre, elle prit un autre bout d'étoffe qu'elle trempa et appliqua sur son front. Elle savait que ce n'était pas d'une grande utilité. Pendant un moment, elle resta près de lui à réfléchir tout en lui tenant la main. Elle devait trouver de l'aide. A contrecœur, elle le laissa et courut jusqu'au poste de Provence, sur les remparts. Quelques jours plus tôt, elle y avait vu l'un des barbiers-chirurgiens. Les murailles étaient tranquilles. Les défenseurs, épuisés, essayaient de dormir à leur poste pendant que des sentinelles allaient et venaient. Elle s'adressa à l'une d'elles, puis à une autre, et à une troisième. Chaque soldat secouait négativement la tête. Enfin, elle tomba sur l'homme qu'elle cherchait. Il ronflait. D'abord, elle eut du mal à le réveiller et ensuite il fut réticent à aller où que ce soit.

— Je suis faible et blessé moi-même, grogna-t-il.

Mais il était difficile de refuser quelque chose à Maria Borg.

Pendant une heure, ils opérèrent à l'infirmerie, dans le petit couloir exigu. Elle lui tint la lanterne. Le praticien fut affligé de voir qu'il n'y avait aucun chaudron allumé pour cautériser la plaie. Dès lors, il ne lui restait qu'une solution : suturer les vaisseaux et recoudre.

— Ça va le tuer à tous les coups, se lamenta-t-il.

4 septembre

Après s'être remise de la tempête sur une première île au large de la Sicile, la force de secours se regroupa sur une autre, plus proche de Malte, appelée Linosa. De là, elle se scinda en deux pour faire voile vers l'archipel. Pour la seconde fois, le mauvais temps la surprit en mer. De nouveau, le gros des navires dut retourner mouiller au large de la Sicile, tandis que le plus petit détachement continuait vers Gozo.

Maintenant, l'*Alisa* était passée sous le commandement de Feroz Raïs. Asha n'était pas revenu à bord, ce qui pouvait simplement signifier qu'il était mort. L'assaut général avait été donné, mais Feroz et ses hommes avaient reçu l'ordre de se retirer au moment où ils se préparaient à débarquer. Ils avaient attendu toute la journée dans le port, contraints de se contenter d'écouter les bruits du combat. Le lendemain matin, il leur avait été demandé de rejoindre les galères qui patrouillaient dans le nord. Feroz savait que son équipage et lui avaient échappé à une mort presque certaine. Il regrettait la perte d'Asha. L'*Alisa* était un superbe bateau et il fit vœu d'honorer son défunt capitaine.

Il croisa dans le détroit séparant Gozo de Malte, en quête de signes des navires chrétiens. La tempête arrivait du nord, agitant la mer et malmenant sa galère, qui faillit être submergée. Feroz demeura sur le pont le plus longtemps possible, mais la visibilité tombait et les bâtiments de ce type n'étaient pas faits pour le gros temps. Il ordonna de rebrousser chemin et de regagner le calme de Marsamuscetto. Au moment où il manœuvrait pour repartir vers le sud, à moins d'un mille marin, une partie de l'avant-garde de la flotte de secours se mettait à l'abri à Gozo. Les navires n'avaient pas été repérés au moment critique où ils menaçaient de se fracasser sur les rochers.

Commandant l'essentiel de la flotte encore ancrée au large de la Sicile, don Garcia se trouva une nouvelle raison d'hésiter.

Craignant que toute réduction des renforts ne mette en péril l'intégralité de l'expédition, il voulait d'abord savoir si le reste de ses vaisseaux — ceux qui étaient partis en avant — était en sécurité avant de donner l'ordre de faire voile. Il convoqua une réunion de chevaliers dans sa cabine.

— Sa Majesté a fait savoir clairement qu'elle ne voulait pas sacrifier sa flotte, dont elle pourrait avoir besoin si Malte tombait et que les Ottomans frappaient à sa porte. J'ai donc l'ordre de ne bouger que si la victoire est assurée. Or je n'ai pas, pour l'instant, une telle garantie. Le gros de la flotte attendra ici jusqu'à ce que je l'aie.

Un chevalier de Provence se leva.

— Je suis las du tact et la diplomatie me fait bouillir. Toute la chrétienté regarde cette force qui doit aller secourir les chevaliers de Saint-Jean et le peuple de Malte, en train de mourir ensemble pour la foi. Vous ne montrez aucun signe d'empressement à partir vous battre, don Garcia. Si vous refusez de vous engager et d'engager cette force maintenant, votre nom sera associé, dans l'Histoire, à tous les lâches. Déjà, vous avez déshonoré la mémoire de ceux qui sont morts si courageusement.

Blanc de colère, le vice-roi se leva, comme s'il allait frapper l'autre.

Mais il ne le fit pas.

Dans Birgu, les cloches d'alarme ne cessaient plus de retentir. Maria n'avait pas d'autre choix que de retourner aux murs. Au cours des trois jours suivants, elle combattit contre les Turcs aux côtés des hommes, se servant d'arbalètes, de feux grégeois et de pierres. Dès qu'elle le pouvait, elle retournait auprès de Christian, dont l'état demeurait critique. Délirant, il ne la reconnaissait pas. Chaque nuit, elle récupérait la nourriture qu'elle pouvait dans le palais de l'évêque, où Moïse dormait au milieu des gravats dans le cachot. Il y avait encore une douzaine d'enfants là, tous plus jeunes que lui.

— Tu es l'homme ici, lui dit-elle. Tu dois tous les

protéger. Garde-les en sécurité, tu entends ? C'est une grosse responsabilité, Moïse. Une mission d'homme. Nous nous débrouillons sans toi.

— D'accord.

Le lendemain, elle le vit courir avec des bombes incendiaires à travers les ruines fumantes près du poste de Castille. Elle ne pouvait rien faire pour l'empêcher.

7 septembre

Près de quatre mois après qu'elle eut été promise, la force de secours arriva dans la baie de Mellieha, au nord de l'île de Malte. Un messager apporta la nouvelle au quartier général de La Valette.

— La force compte neuf mille hommes, déclara l'émissaire.

Tandis que tout le monde autour de lui explosait de joie, La Valette était consterné. Le renfort était beaucoup moins important que promis, peut-être même trop faible pour véritablement renverser le cours des choses. Mustapha Pacha avait encore des milliers de combattants supplémentaires à jeter dans la bataille.

— S'il découvre le petit nombre de ceux qui viennent à notre aide, déclara tranquillement le grand maître à ses commandants, il n'abandonnera peut-être pas.

— Peut-être qu'une ruse serait à l'ordre du jour, suggéra sir Oliver. La force de secours est assurément plus importante que ce qui a été dit.

La Valette sourit et se tourna vers Romegas.

— Faites en sorte qu'on laisse un esclave s'échapper de la prison. Mais veillez à ce qu'il ait, au préalable, surpris ce que diront vos hommes.

Puis La Valette expliqua précisément ce qu'il devrait entendre.

Le prisonnier s'échappa sous une grêle de balles. Une succession d'officiers turcs écoutèrent son récit. Bientôt, il se retrouva devant Mustapha et Piali.

— Seigneurs, seigneurs, dit-il. (Il tremblait à l'idée d'apporter une telle nouvelle à des personnages comme eux.) C'est la fin ! La force de secours a débarqué à Mellieha. Elle s'élève à seize mille hommes. Les infidèles dansent et chantent en clamant que le siège sera bientôt fini. Je les ai vus en train de rassembler leurs soldats. Ils préparent une attaque frontale.

Il rampait à quatre pattes, appréhendant ce que pouvait être le sort d'un messager comme lui.

Mustapha se tourna brusquement vers Piali.

— C'est ta faute ! Ton incapacité à empêcher cette force de secours de débarquer est indéfendable. Depuis le commencement, tu ne t'es soucié de rien d'autre que de la sécurité de ta précieuse flotte et, maintenant, tu n'es même pas capable de l'utiliser efficacement ! Tu as manqué à tes devoirs envers ton sultan, tes hommes, ton Dieu ! Par la barbe du Prophète, ton incompétence va te valoir de connaître le tranchant de l'épée du sultan.

Piali ricana au nez du général.

— Même avec quarante mille hommes, ton incapacité est telle que tu n'es même pas capable de venir à bout du cinquième de leur nombre. Tu as disposé de quatre mois pour prendre une île qui aurait dû tomber en un seul et tu ne vas rien avoir à présenter au *pâdishâh* qu'une montagne de morts et les ruines de Saint-Elme. Tes troupes sont proches de la mutinerie. Elles n'ont plus le cœur à ce qu'elles font et combattent comme des femmes. Et c'est toi que le sultan devrait remercier ? Si son épée passe sur mon cou, ce sera en route pour le tien.

Mustapha se rua hors de la tente.

— Sonnez le signal ! hurla-t-il à ses *aghas*. Préparez-vous à évacuer ! Brûlez tout ce qui ne peut pas être emporté !

Dans un tourbillon de robes, il parcourut le camp en distribuant ses ordres. Dans les tentes médicales, les malades se levèrent eux-mêmes de leurs lits. Les esclaves furent réveillés et, sans attendre, mis au travail pour embarquer le matériel et les vivres sur les navires. L'agitation, voire la confusion, s'emparait de tout le camp.

Pendant ce temps, une partie de la flotte de don Garcia passait devant l'entrée du grand port. Chacun de ses canons lâcha trois bordées pour saluer les défenseurs. Les galères avaient débarqué les troupes dans le nord de l'île et retournaient à vide chercher d'autres troupes en Sicile. Maria les vit depuis les remparts et pleura. Tout autour du port, les canons turcs tombèrent dans un silence impressionnant.

Maria se précipita vers le palais épiscopal, mais les enfants n'y étaient pas. Elle les chercha dans les rues, mais ils pouvaient être n'importe où. Alors elle revint vers l'infirmerie.

Pendant la nuit, alors qu'elle veillait Christian, elle pouvait voir au loin des milliers de flammes. Par moments, leur intensité était si forte que l'intérieur de l'hôpital était éclairé comme en plein jour. Ce n'était plus les feux de l'assaut, mais ceux de la retraite. On entendait encore quelques coups de canon sporadiques. Maria écoutait la respiration hachée de son ami. Pour la centième fois de la nuit, elle récita une prière. Puis, voyant passer le barbier-chirurgien, elle lui demanda si Christian allait vivre.

— Si Dieu le veut, répondit-il.

Quand ses yeux ne purent rester plus longtemps ouverts, elle posa sa tête sur la poitrine du chevalier et s'endormit au rythme de ses battements de cœur. Elle se réveilla à l'aube. L'état du blessé restait inchangé. Maria sortit pour aller s'enquérir de ce qui s'était passé pendant la nuit.

Le soleil illuminait le Corradino. On n'y apercevait plus une seule tente turque. De l'autre côté, le sommet du Sciberras était nu. Les plates-formes abandonnées étaient en cendres. Où qu'elle se tournât, Maria ne pouvait voir un drapeau ottoman. Pour la première fois depuis longtemps, elle grimpa sur les murailles sans crainte. De Birgu et Senglea montaient des cris de joie, d'incrédulité parfois, et d'actions de grâces.

Pour la nuit, l'armée de secours avait dormi près du village de Naxxar, sur des hauteurs d'où elle pouvait repérer de loin d'éventuels attaquants. A l'aube, des patrouilles se dirigèrent vers le grand port. Elles tombèrent sur un spectacle extraordinaire : l'immense camp turc abandonné.

Le grand maître ordonna que les portes de Birgu et Senglea soient ouvertes. Les cloches de Saint-Laurent battaient à toute volée, non plus pour annoncer le combat, mais pour rendre grâces à Dieu. Les Maltais sortirent par les remparts et se ruèrent vers les tranchées pour dépouiller les cadavres de leurs valeurs ou de leurs armes. Remontés des cachots de l'Inquisition sous le palais de l'évêque, six petits enfants, avec à leur tête Moïse, traversèrent les ruines de la cour pour se glisser dans la cuisine et voir s'ils pouvaient dénicher de la nourriture. Le cuisinier riait et chantait. Il leur distribua des biscuits et du bœuf séché. Des femmes sortaient des cavités sous les murs effondrés ou de trous entourés de gravats et tapaient dans leurs mains pour exprimer leur allégresse.

Gilbert, le baron de Bergerac, prit la tête d'un contingent de chevaliers et de soldats pour gagner le Sciberras. Ils gravirent au pas de course la longue pente d'où ils pouvaient apercevoir le port de Marsamuscetto.

— Pour l'amour du Christ, garçons, regardez ça !

Deux semaines à peine plus tôt, le baron avait recommandé au grand maître d'abandonner Birgu. Maintenant, tout autour de Marsamuscetto, c'était les Turcs qui désertaient leurs postes. Les mules lourdement chargées montaient sur les passerelles des bateaux. Des marins pataugeaient dans l'eau pour enlever les algues des coques, où elles avaient crû pendant l'été. Les troupes s'entassaient sur les ponts des galères.

— Des canons ! rugit Gilbert. (Il lança à un messager :) Cours à Birgu et rapporte-moi des canons légers.

Une demi-heure plus tard, six petits engins portugais étaient positionnés près de Saint-Elme. De là, le baron dirigea leur feu sur la flotte en train d'embarquer.

— Par Dieu, ça fait du bien d'avoir l'avantage du terrain dominant, jubila-t-il pendant que ses hommes tiraient salve sur salve sur les Turcs.

Ceux-ci n'opposaient que de sporadiques tirs inefficaces.

D'autres soldats arrivèrent rapidement de Birgu avec des arquebuses et des arbalètes. Un chevalier dépêché par La Valette apporta un étendard de l'ordre qui, bientôt, fut déployé sur les ruines de Saint-Elme.

Au même instant, la ruse de La Valette était éventée.

Mustapha Pacha venait de recevoir deux rapports, l'un d'un de ses éclaireurs à cheval, l'autre d'un capitaine de la flotte. Tous deux confirmaient que le nombre de navires et d'hommes débarqués était beaucoup moins important que ce qui avait été initialement rapporté. Le général se mit à faire les cent pas sur le pont de son navire.

— Nous devons partir, maintenant, dit Piali. Les navires sont sous le feu.

— Au diable tes navires ! explosa Mustapha. Ils nous ont trompés ! Trop de sang a été versé pour que nous abandonnions maintenant. Il n'est pas trop tard ! Nous allons gagner ! *Aghas !* Donnez l'ordre de débarquer !

La discipline ottomane l'emporta et une folle bousculade s'ensuivit pour débarquer les troupes.

Piali ne pouvait donner de contrordres. Mais dès que les hommes furent à terre, il ordonna à ses capitaines de mettre le cap sur la pleine mer, hors de portée des petits canons, et de se diriger vers la baie de Saint-Paul à quelques milles marins au nord. Pendant ce temps, plus de neuf mille soldats de Mustapha se massaient près du village de Msida. Ils commencèrent à se mettre en route vers Mdina. Au premier signe de leur intention, Bergerac envoya un messager à La Valette : Mustapha n'en a pas fini. Le grand maître envoya à son tour un émissaire prévenir le commandant de la force de secours. A l'intérieur de Birgu et Senglea, l'euphorie vira soudain à la consternation : incroyablement, la victoire n'était pas encore certaine.

Sur les collines orientales de Malte, les deux armées prirent la mesure l'une de l'autre. La force de Mustapha était encore la plus puissante des deux. Les commandants des secours avaient reçu des ordres très stricts du roi lui-même : ils ne devaient pas se battre avec l'ennemi, mais entreprendre de le chasser par une démonstration de force. Seulement, ni le roi Philippe, ni le vice-roi don Garcia, ni qui que ce soit d'autre n'avait évalué la motivation des hommes de l'armée de secours, emmenés par les chevaliers de Saint-Jean. Ils avaient attendu en Sicile depuis des semaines, des mois pour certains, de venir à l'aide de leurs frères chevaliers. En vue de l'ennemi, ils ne voulaient pas se contenir.

— Gardez les rangs ! hurlait le commandant alors que les chevaux piaffaient et que les lignes ondulaient, gonflaient, prêtes à se rompre. Gardez les...

Mais les chevaliers s'étaient déjà élancés, à pied ou à cheval.

Dans une immense clameur, les autres lignes derrière eux firent un pas en avant et, soudain, toute l'armée chargea en dévalant la petite colline.

La vue de cette ruée acheva de briser le peu de volonté qui restait chez les Turcs. Paniqués, beaucoup rompirent les rangs et s'enfuirent vers la baie de Saint-Paul. Au milieu de la débandade, quelques affrontements sanglants opposèrent les spahis aux chevaliers de Saint-Jean montés. On assista à d'autres engagements entre des unités d'infanterie cherchant à conquérir des objectifs sans importance. Mais pour les officiers des deux camps qui observaient la scène, le tableau était clair : les Turcs s'enfuyaient !

Constatant que ses derniers espoirs de prompte victoire étaient vains, Mustapha se préoccupa d'organiser la protection de ses troupes pendant que celles-ci fuyaient pour retrouver les navires de Piali. Il repéra un point faible dans les rangs chrétiens et mena lui-même au combat une charge de janissaires afin de semer la confusion. Simultanément, des tireurs de l'amiral Piali prenaient position autour de la baie pour couvrir la retraite de leur armée. Dans le plus complet désordre, le gros des troupes se précipitait déjà dans l'eau. Les Ottomans pataugeaient, nageaient vers les petites barques attendant de les emmener dans des eaux plus profondes, où étaient ancrées les galères du sultan. Dans la panique, les hommes en piétinaient d'autres. Beaucoup moururent noyés dans cinquante centimètres d'eau.

L'armée de secours se déployait, chevaliers montés en tête et fantassins accourant derrière. Pendant que Piali surveillait l'évolution des événements depuis son navire, Mustapha demeurait au cœur de la bataille. Son cheval fut abattu sous lui. Il en monta un deuxième. Il mourut aussi. Alors il en trouva un troisième, et fut presque renversé par la charge des chevaliers. Certains de ses janissaires tournèrent le dos au danger. Les arquebusiers de Piali s'étaient installés sur les éminences autour de la baie pour retarder l'avance des poursuivants et donner un peu plus de temps à leurs camarades. Si une grande partie de l'armée turque parvint à rejoindre les navires, beaucoup furent rattrapés par leurs poursuivants dans l'eau.

La dernière bataille du siège s'était disputée au corps à corps dans la baie de Saint-Paul, transformant les eaux paisibles en un maelström de mort bouillonnant, alors que les derniers Turcs cherchaient à échapper à des chevaliers vengeurs. Au moment où la nuit tombait, les ultimes vestiges de l'armée ottomane à Malte en faisaient autant. La dernière galère de la flotte dépassait l'îlot de Selmunett, à l'endroit même où saint Paul avait fait naufrage. Des dizaines de morts souillaient les eaux de la baie.

Ce fut le dernier massacre d'un long été meurtrier, dans ce charnier qu'était devenu Malte.

Extrait des *Histoires de la mer du Milieu*
**par Darius, dit le Préservateur,
historien à la cour du roi des croyants et des incroyants,
le sultan Ahmet**

En tout, les Ottomans perdirent près de trente mille hommes sur les quarante mille du départ, alors que l'ordre et ses alliés perdirent sept mille hommes, dont deux cent soixante-dix chevaliers, sur la garnison originelle de neuf mille hommes. Le jour où la force de secours arriva, il ne restait au grand maître que cinq cents hommes en mesure de porter une arme, et ils étaient quasiment à court de poudre et de munitions. Mustapha Pacha avait été à quelques semaines, voire quelques jours, de prendre le contrôle de Malte.

Piali Pacha eut la présence d'esprit d'envoyer une galère en avant pour apporter les nouvelles au sultan. Ainsi la colère de celui-ci aurait-elle le temps de s'apaiser quelque peu avant qu'il ne se présente devant lui. Au cours de sa longue vie, Soliman avait peu connu le goût de la défaite. Seuls les grands murs de Vienne avaient arrêté ses armées trente-cinq ans plus tôt.

Le sultan ordonna à la flotte d'attendre la nuit pour pénétrer dans la Corne d'Or, pour que son humiliation soit enveloppée par l'obscurité.

Le maître du cou des hommes pardonna à Mustapha et à Piali. « Ce n'est que brandi par ma propre main, dit-il, que le sabre des Ottomans est invincible. » Il fit vœu de mener personnellement une expédition l'année suivante pour prendre l'île.

Extrait du volume VII
Les Grandes Campagnes : Malte.

Chapitre 46

Allongé sur son lit, Christian jouissait de la douce chaleur d'un soleil automnal. Une lettre était ouverte sur ses genoux. Elle venait de sa mère. Les conflits religieux qui sourdaient en France avaient soudainement jailli au château de Vries. Yves avait été assassiné par un huguenot.

« Tant de morts au nom de Dieu. Et cela fait de moi le nouveau comte. »

Simone priait son fils de revenir pour s'occuper des affaires du domaine.

Christian se débattait avec son devoir, comme il luttait quotidiennement pour s'adapter à sa vie d'estropié. C'était la perte d'une jambe qui l'avait amené à la porte de l'ordre. Il espérait que la perte de la sienne suffirait à l'en faire sortir, mais presque tous les chevaliers survivants présentaient des blessures graves. La Valette ne le libérerait jamais pour ça.

« Tu n'es pas un fanatique comme les autres », l'avait, en substance, tancé Joseph Callus. « Tu n'as rien à faire dans l'ordre », disait de son côté Bertrand.

Il savait qu'ils avaient tous les deux raison. Mais il ne pouvait oublier son serment à Dieu, qu'il avait prêté librement à genoux. « Si Tu dois la sauver, je rejoindrai l'ordre de Saint-Jean pour Te servir. »

Dieu avait accompli Sa part. Maintenant, sa parole à lui était-elle si vide de sens ? « Avant toute chose, lui avait déclaré jadis sa mère, un homme doit accomplir son devoir. »

Il pria pour obtenir un conseil, qui ne vint pas. Chaque fois qu'il le pouvait, il sortait pour aller s'entraîner à marcher avec ses béquilles sur les quais de la crique de Kalkara. Maria connaissait ses heures et l'accompagnait. Et quand venait l'heure qu'ils se quittent, il plongeait dans les affres du désespoir. Bientôt, il le savait, il devrait sortir de sa vie, pour s'enfermer dans le *collachio* de ses vœux.

Le grand maître le convoqua. Il avait rétabli le quartier général de l'ordre dans le fort Saint-Ange. Il le fit attendre près d'une heure. En entrant dans la pièce avec sa béquille, Christian trouva le sauveur de Malte entouré de papiers et de documents officiels. Il était plongé dans la rédaction d'une pile de correspondance, mais leva les yeux sur lui.

— De Vries, mes condoléances pour la mort de ton frère.

— J'ignorais que vous le saviez.

— Ta mère m'a écrit. (La plume continuait de gratter le papier.) En réalité, elle m'a demandé de te libérer de tes vœux.

Elle me dit que les affaires de ta famille requièrent ton implication, en tant que nouveau comte.

Christian fut surpris. Dans le courrier qu'elle lui avait envoyé, Simone n'avait pas mentionné cette démarche auprès du grand maître. Il attendait, pensant que, finalement, les choses allaient peut-être se passer simplement. La Valette scruta son visage de son regard sévère.

— Qu'en dis-tu ? Est-ce aussi ton souhait ?

Les regards des deux hommes se croisaient, tandis que le plus jeune tentait de rassembler ses idées.

— Mon désir, mon seigneur, serait de me montrer plus digne de cet ordre. Mais je confesse que je me sens faible dans ma foi. J'en suis venu à réaliser que je n'aime pas assez Dieu pour tuer en Son nom. Donc ma réponse est oui. Oui, j'aimerais être délié de mes vœux. Je souhaite quitter l'ordre.

Un flot de soulagement et de culpabilité mêlés l'envahit.

— Je t'accorde que tu as fourni un service exemplaire, indiqua La Valette, abstraction faite de ce malheureux épisode, il y a trois ans. Dans notre combat contre l'infidèle, tu as donné une jambe pour l'ordre et aidé Dieu à guérir des hommes qui, sans toi, seraient certainement morts. (Il continuait d'écrire. Christian se laissa aller à croire que sa requête serait exaucée. Enfin, La Valette posa sa plume et se leva.) Dans tout cela, il n'y a rien d'extraordinaire, rien de plus que ce qui est requis de tout chevalier de Saint-Jean. Tes vœux ne sont pas une affaire de convenance, frère de Vries, bien que tu sembles le croire. Ton père était un homme d'envergure, un homme de noblesse et d'honneur. J'aurais pensé qu'il avait instillé en toi une plus profonde appréciation de ces principes. Ou peut-être l'a-t-il fait, mais n'as-tu pas suivi ses leçons. En tout cas, il est clair que tu n'es pas de la même trempe.

« Je comprends la faiblesse de foi. Elle afflige la plupart des hommes de temps en temps, même les plus pieux. C'est quelque chose que l'on doit surmonter, pas quelque chose qui doit faire tourner les talons et fuir.

« Si tu veux quitter l'ordre, frère de Vries, tu devras te passer de sa bénédiction. Tu le feras en sachant que cette démission apportera la honte et l'humiliation sur ton nom et celui des de Vries pour les générations à venir. Il n'y a qu'une voie honorable qui s'ouvre à toi : tu dois honorer tes vœux jusqu'au jour de ta mort. Tu l'as juré. C'est ce que tu dois faire. Et c'est mon dernier mot.

Le grand maître retourna à sa correspondance. L'entretien était terminé.

Christian pivota sur sa béquille et, lentement, quitta la pièce en boitillant.

Fençu retourna à M'Kor Hakhayyim. Il construisit une autre *sukkah* près du caroubier. Il grava une *shiviti*, une plaque qui indiquait la direction de Jérusalem. Il l'évalua au mieux à partir de l'observation des étoiles et des histoires qu'il avait entendues, jadis, et qui situaient approximativement la ville sainte.

Il priait et dansait seul sous les étoiles désormais. Il n'y avait plus Elli, plus la musique du tympanon d'Eléna. Il dansait avec des fantômes en écoutant la mer.

Seul, il célébra Pourim. Pour être certain de ne pas l'oublier — jusqu'au moment où, espérait-il, le rire d'enfants résonnerait de nouveau dans cette grotte —, il interpréta l'histoire du roi perse Assuérus et du méchant grand vizir Haman. A présent, il n'y avait plus que des corbeaux pour le regarder faire son spectacle, et ils s'envolaient en entendant le son de sa crécelle.

Il rencontra un armurier juif récemment arrivé de Sorrente. Avec sa famille de six personnes, il vivait dans les ruines de Bormla. Même sans avoir eu besoin de poser la question, Fençu sut que c'était un marrane, un imposteur comme lui. Brusquement, il n'était plus seul.

Il pêchait, chassait et vendait ses prises au marché. Naturellement, il allait y avoir beaucoup de travail, parce que les chevaliers de Saint-Jean construisaient une nouvelle ville, une forteresse imprenable sur le Sciberras. Pour réaliser une telle chose, ils auraient même besoin de juifs.

Mieux encore, cet automne-là, les nobles de Mdina commencèrent à rentrer de leur exil sicilien temporaire. Ce n'était pas trop tôt, pensa-t-il : il était complètement à court d'argent !

Chapitre 47

Moïse gambadait sur le pont, tournait autour des haubans, testait la force de son urine contre le vent à la proue et se balançait sur le cabestan. Il n'avait jamais vu de navire aussi grand. Il possédait un contingent de soldats et de canonniers, des hommes redoutables couverts de cuir et de métal, qui gardaient un riche chargement d'huile d'olive, de cumin et de coton. Le galion avait quatre mâts. Ses voiles gonflaient dans la brise. Après avoir quitté Messine, ils avaient mis le cap sur la Sardaigne, puis l'île génoise de Corse. Au large des côtes, ils avaient rencontré trois galères nord-africaines, qui restèrent près d'une journée dans leur sillage. Les Barbaresques devaient se demander s'ils allaient s'en emparer ou non. Mais les canons tonnèrent à leur approche et la question fut vite réglée. Les corsaires se retirèrent et partirent en quête d'une proie plus facile.

Maria se tenait près de la proue, regardant les mouettes tournoyer et jouer dans le vent. Chaque jour repoussait les horreurs et les tristesses un peu plus loin dans les ombres de sa mémoire. Les côtes de l'Europe se profilaient dans le lointain.

L'Europe ! Après toutes ces années et ces rêves, elle se trouvait enfin à portée de sa main.

Elle vit des voiles de bateaux entrer et sortir d'un port. Ce n'était que des points blancs, tachetant une mer grise. Derrière, elle apercevait des arbres et les collines de la Provence.

Elle entendit le bruit mat d'une béquille derrière elle sur le pont. Elle sourit et ressentit le picotement familier à l'approche de Christian.

— Tu n'arriveras jamais à me prendre par surprise, tu sais ? lui dit-elle sans se retourner.

Il la prit par la taille.

— Je n'en ai pas l'intention. Au contraire, je veux que tu entendes pour te préparer à être transportée.

Il lui embrassa l'oreille et lui caressa le cou du bout de son menton. Elle enlaça ses doigts dans les siens et ils regardèrent la côte ensemble. Ils sentaient la brise sur leurs visages.

— C'est Marseille, expliqua-t-il. De là, il nous faudra trois semaines pour rejoindre Paris, si les brigands et Dieu le veulent.

Elle porta les mains de son compagnon à ses lèvres et les embrassa.

— Je prie pour que tu aies fait le bon choix, lui dit-elle.

Elle savait le prix terrible qu'il payait et qu'il continuerait de payer.

La Valette était devenu particulièrement froid à la fin, toujours aussi ferme dans sa résolution d'humilier son chevalier dévoyé. Il établissait les plans d'une nouvelle ville, dotée d'une forteresse, qu'il allait construire sur le Sciberras, pour qu'ainsi, aucun envahisseur ne puisse jamais placer ses canons au-dessus des défenses. Elle serait appelée La Valette. Ce projet lui prenait presque tout son temps. L'Europe le vénérait désormais et célébrait sa victoire. Le pape lui avait offert le chapeau de cardinal, qu'il avait refusé, non par modestie, mais par peur, en l'acceptant, d'avoir à s'incliner devant le souverain pontife. La Valette ne savait plus comment s'incliner devant qui que ce soit, sauf Dieu.

Cependant, malgré toutes ses occupations, il avait su trouver le temps de traiter le problème de Vries. Le pilier de

France avait renvoyé Christian de Vries de son auberge et lui avait retiré son habit. Les armoiries de sa famille furent aussi enlevées de celles des chevaliers qui avaient participé au siège et qui étaient suspendues au mur. Son nom fut rayé des registres de l'ordre. Enfin, on lui refusa de rentrer à bord du *Saint Gabriel*, l'un des vaisseaux de l'ordre qui avaient été immergés pendant le siège et renfloués depuis. Christian avait donc dû payer son voyage sur un navire marchand. Certains des membres de Saint-Jean les plus éminents l'évitaient. Il ne savait pas quels châtiments ou disgrâces il subirait encore dans les années à venir, car les chevaliers de l'ordre venaient des familles les plus puissantes et il croiserait certainement la route de beaucoup d'entre eux.

L'idée d'avoir rompu ses vœux vis-à-vis de Saint-Jean le préoccupait beaucoup moins que celle de les avoir rompus avec Dieu. Il savait que Bertrand lui aurait expliqué que ce n'était pas le cas, mais son ami était toujours très fort pour ce genre de choses. Son propre esprit était beaucoup plus partagé. Il allait lui falloir des années pour s'arranger avec sa conscience... s'il y arrivait.

Sans Maria, sa décision aurait été différente. En la tenant dans ses bras, il ressentait un plaisir que rien d'autre ne lui avait donné dans la vie. Et cette sensation lui apportait en outre la certitude qu'un jour, il ferait la paix avec Dieu.

— J'ai agi comme je devais le faire. (Il la tourna vers lui.) Et vous, madame, ferez une merveilleuse comtesse.

Maria sentit ses larmes monter une nouvelle fois. Elle l'embrassa et pensa à Salvago, comme elle l'avait fait si souvent ces derniers temps. Elle le détesterait toujours, mais en même temps, elle était heureuse qu'il ait vécu à cause de ce qu'il avait fait pour Christian. Sans lui, elle n'aurait jamais rencontré l'homme qu'elle aimait. Et il serait mort.

Dans l'euphorie hyperbolique qui suivait souvent des événements aussi dramatiques que ceux du siège, elle avait entendu dire que Cubelles avait entrepris une démarche pour faire béatifier le prêtre — qui, après tout, avait péri dans les flammes en défendant la foi. Elle ne s'en souciait plus. Elle était contente qu'il ait succombé ainsi. Elle espérait qu'il ait enduré une fin atroce et pour le reste, peu lui importait qu'on fasse de lui un saint.

Elle avait mis des semaines à trouver quelqu'un qui sache ce qu'était devenu son père. S'il était enterré, c'était dans l'une de ces immenses fosses communes anonymes.

Elle ignorait totalement ce qu'il était advenu de Nico. La dernière fois qu'elle l'avait vu, il courait vers la brèche. Elle croirait toujours qu'il avait réussi à s'en tirer. Elle pensait souvent au jour où il avait été enlevé. Elle s'était vantée, alors, en disant que plus tard elle vivrait dans un château, et aurait des serviteurs et des champs de lupin. Une nuit, alors que Christian et elle étaient allongés dans leur couchette exiguë derrière la cabine du capitaine, elle lui avait révélé ce rêve. Et elle avait ri en se rappelant qu'Angela Buqa lui avait signalé que le lupin était une mauvaise herbe.

— Je dois reconnaître que, malgré son nom, notre château n'en est pas tout à fait un au sens où tu l'entends, avoua Christian. Mais il y a des serviteurs. Et le lupin est plus qu'une mauvaise herbe. Nous avons du bétail près de Paris et nous le nourrissons avec.

Maria pouvait à peine en croire ses oreilles.

Dans ses moindres détails, son rêve était devenu réalité.

Maltraité par les éléments mais toujours à flot, le petit bateau de pêche maltais était arrivé à Peskaria, le port de Céphalonie, une île montagneuse dans la mer Egée, qu'Homère appelait Samos. Au cours du temps, elle avait été gouvernée par les Romains, les Normands, les Turcs, puis, dernièrement, par les Vénitiens. Barberousse et Dragut s'étaient cachés dans ses adorables petites anses et ses ports. Sur les collines encadrant Peskaria, on apercevait des oliveraies et des vignes et, au-delà, des forêts luxuriantes de cyprès et de pins. Des prairies de fleurs sauvages parsemaient les pentes du mont Œnos, dont le sommet se perdait dans un subtil manteau de nuages.

Le capitaine abaissa la voile et la coque de son bateau vint doucement s'aligner contre le quai.

Il n'avait pas d'argent, pas de pays, pas de maison. Il n'avait que son esquif, volé un matin à l'aube, dans son mouillage de Marsamuscetto.

« Il arrive un moment dans la vie d'un homme, lui avait dit un jour Leonardus, où celui-ci doit choisir entre ce qui est juste et ce qui lui permet de vivre. Et ce n'est pas toujours la même chose. »

Il savait que le choix qu'il avait fait n'était peut-être pas le bon, mais il lui avait permis de rester en vie.

Cette nuit-là, quand il avait eu l'intention d'aller voir Mustapha Pacha pour refuser formellement d'obéir à ses ordres, il avait marché un long moment sur le rivage en écoutant les vagues. Même s'il avait si cruellement souffert de ses échecs, dans son cœur, il savait qu'il n'était ni déloyal ni lâche. Il n'était pas prêt à mourir, au moins pas dans cette bataille, et ni pour un camp ni pour l'autre.

Il ne lui restait qu'une chose à faire.

Rapidement, il avait dépassé la tente de commandement de Mustapha pour gagner celle du quartier-maître. Tirant l'homme de la natte sur laquelle il dormait, il avait réquisitionné un tonneau d'eau et quatre caisses de biscuits durs et de viande salée. Puis il avait gagné l'autre extrémité de Marsamuscetto, où mouillaient les embarcations maltaises capturées. Il en trouva une qui convenait parfaitement à ses desseins, petite mais solide, avec un seul mât. La voile était vieille, mais en bon état. Personne ne remarqua son départ.

Le périple s'était révélé périlleux. Deux fois, il avait failli sombrer dans la tempête. Mais il s'en était sorti.

« Suis-je Asha ou Nico ? »

Il avait passé l'essentiel de sa vie, jusqu'à présent, à essayer de le découvrir. Il n'avait jamais eu de peine à savoir ce qui était honorable et ce qui était juste, sauf en ce qui concernait son identité. Sur ce point, la séparation entre le bien et le mal était aussi floue que la ligne entre Asha et Nico. Pour la première fois, cela n'avait pas d'importance du tout. Les quais étaient envahis de marchands et de marins. Des sacs de raisins et d'olives formaient d'immenses piles. Les pêcheurs jetaient leurs filets dans une mer azurée, et rapportaient de belles moissons de mulets et de thons. Asha-Nico entendait les accents exquis d'un luth et respirait l'arôme du pain frais. Les collines étaient vertes, le ciel d'un bleu profond, le monde plein de promesses. Il se sentait totalement libre et aurait voulu rire à gorge déployée.

Il savait que chaque pas qu'il avait accompli sur son long chemin était un pas qui le conduisait vers son but.

Il le savait parce qu'il savait qu'Alisa était ici. Un jour, alors qu'ils étaient assis dans leur sérail secret sous Topkapi, elle lui avait révélé que si elle était libre, c'était ici qu'elle viendrait. Elle avait aperçu cet endroit une fois, lorsque le bâtiment sur lequel elle était captive y avait fait relâche.

Il réalisait qu'elle l'avait parfaitement décrit.

Elle était ici et il allait la trouver.

Et quand ce serait fait, il construirait un nouveau navire. Une galère, pensait-il, avec vingt-quatre rangs de nage, un bateau rapide et effilé, dont Leonardus serait fier. Il prendrait sa place au timon. Alisa s'installerait à côté de lui. Et ensemble, ils traceraient leur route.

Extrait des *Histoires de la mer du Milieu*
Note finale

Soliman mourut l'année suivante dans une tente plantée sur une plaine boueuse de Hongrie, tandis que son armée faisait le siège de Szigeth, le dernier bastion Habsbourg du pays. Il mourut pendant la nuit qui précéda la chute de la forteresse. On cacha sa mort à ses troupes, pour que son successeur puisse se préparer. Soliman fut embaumé. Pour son voyage de retour, on déposa son corps revêtu des soieries impériales dans la litière royale. Il fut enterré dans la mosquée de la Süleymaniye, près de sa Khurrem bien-aimée. L'Empire entra dans une période de deuil comme le monde n'en avait jamais vu.

Hélas, le sultan qui ceignit après lui l'épée d'Osman n'avait pas la dimension de Soliman — mais comment un mortel pourrait-il l'avoir ? Soliman avait tué lui-même le meilleur de sa descendance. Ce fut le dernier et le moins capable de ses enfants, Sélim, surnommé l'Ivrogne, qui monta sur le trône. Sélim était un homme laid et corpulent, qui n'avait ostensiblement aucun talent pour les affaires d'Etat. Il mourut de son penchant pour le vin. Son fils Murat mena d'interminables guerres contre la Perse et l'Autriche, tandis qu'à l'intérieur, des troubles sociaux et économiques se multipliaient. Sous son règne, l'importance des femmes du harem ne cessa de croître, comme, plus tard, celle des *aghas* des janissaires et des eunuques, jusqu'à ce qu'on ne sût plus très bien dans les mains de qui reposaient les destinées de l'Empire.

Le grand maître de l'ordre de Saint-Jean, Jean Parisot de La Valette, survécut de trois ans à son contemporain Dragut et de deux à Soliman. Peu après la pose de la première pierre de sa nouvelle cité, il mourut d'un coup de chaleur pendant une partie de chasse. Son corps fut inhumé dans la chapelle Notre-Dame-des-Victoires.

Dragut lui-même avait été ramené à Tripoli, où son tombeau demeure un sanctuaire pour les pèlerins venant de tout l'Empire.

Six ans après les événements de Malte, la grande flotte des Ottomans fut défaite à Lépante, au cours de la plus grande bataille navale de tous les temps. Même dans la défaite, les Ottomans restaient déterminés. Leur flotte fut rapidement reconstruite pour pouvoir poursuivre l'affrontement sans fin opposant le croissant à la croix.

Christian, le vingtième comte de Vries, eut quatre enfants de son épouse, Maria, en plus de Moïse. Après le siège, il consacra sa vie à sa pratique de la chirurgie. Il réalisa plusieurs découvertes notables sur le corps humain, mais son œuvre — comme celle de Paré avant lui —, fut considérée comme peu orthodoxe et largement rejetée par ses pairs. Sa carrière fut interrompue par les guerres de Religion en France, qui avaient déjà pris la vie de son frère aîné, Yves, et par un appel du roi, qui lui demandait de se mettre à son service.

Je connais certaines de ces histoires parce que j'ai eu la chance d'avoir accès aux archives de Topkapi, par la grâce du sultan Ahmet. Je connais certains de ces faits parce que ma mère, Alisa, et mon père, Asha Raïs — qui a été témoin oculaire de nombre de ces événements — me les ont racontés. Même à un âge avancé, la mémoire de mon père demeurait infaillible.

Mon père organisa mon admission dans les écoles du palais — il savait bien comment obtenir de telles choses. Dans le monde entier, m'expliqua-t-il quand il m'y envoya, il n'y a pas de meilleur endroit pour apprendre à faire son chemin que dans les écoles du palais de Topkapi. En cela, il avait raison, mais malgré toute la sagesse éclairée de ces écoles et de la cour dont elles sont le reflet, je cacherai pour l'instant ces histoires, qui ne doivent être publiées qu'après ma mort. J'ai essayé de les écrire d'une manière impartiale — aussi équilibrée que le sang de l'Orient et de l'Occident qui coule dans mes veines. Mais même un monarque éclairé comme le sultan Ahmet me ferait décapiter pour une telle impartialité. J'ai appris à aimer ma tête et je regretterais sa perte.

Les événements extraordinaires de la vie de mes parents après le siège de Malte sont bien connus de n'importe quel étudiant au fait des affaires modernes. Ils rempliraient un autre livre. O, puissé-je avoir la place pour en parler maintenant.

Mais il s'agit là d'une histoire pour un autre jour.

Les Histoires de la mer du Milieu,
par Darius, dit le Préservateur,
appelé par sa famille Marco Borg.

Achevé à Istanbul en l'an 1017 de l'hégire du Prophète (1610 du calendrier grégorien).

Postface

Si *La Prisonnière de Malte* est une œuvre de fiction, j'ai essayé de rester aussi fidèle à l'histoire et aux cultures qui y sont évoquées que me le permettaient mes recherches et mes observations personnelles. Comme souvent, il existe quantité de récits contradictoires concernant les événements et les personnages réels mis en scène dans ces pages. Par exemple, les avis divergent quant au lieu et aux circonstances de la mort de Dragut. Certains observateurs contemporains la situent dans les tranchées du Sciberras, où il aurait été victime d'une balle perdue de son propre camp. D'autres affirment qu'il est mort de l'autre côté de l'eau, à Tigné, tué par un canon chrétien. Dans tous les cas, j'ai utilisé la version qui me paraissait la plus plausible. J'ai consulté un grand nombre d'ouvrages sur la vie de l'époque, l'un des récits les plus magistraux et les plus captivants sur les événements de l'été 1565 restant *The Great Siege*, écrit par le regretté Ernle Bradford. Je me suis donc particulièrement appuyé sur celui-ci, notamment en ce qui concerne les citations de personnages historiques.

En priant les puristes de me pardonner, j'ai aussi pris quelques libertés. La cité rendue célèbre par Constantin a porté presque autant de noms qu'elle a de religions et de cultures. Byzance (d'après un pêcheur grec appelé Byzas) fut le premier, avant qu'elle soit rebaptisée Nouvelle Rome et Constantinople. Du temps de Soliman, le nom Konstantiniyye était utilisé par les Ottomans sur les papiers officiels et les pièces de monnaie, mais pour les Arabes et les Turcs, elle était déjà Stambul ou Istanbul, un dérivé du grec *Eis ten polin*, ou Istinpolin, « dans la ville ». J'ai utilisé le toponyme Senglea pour la péninsule du grand port de Malte, plutôt que Isola ou l-Isla, qui est le terme le plus souvent utilisé par les Maltais. Et dans différents cas, je me suis efforcé d'adoucir les difficultés des orthographes étrangères.

En tant qu'écrivain, je suis toujours fasciné par le rôle de l'éditeur, qui mène un roman de la conception à l'impression. J'ai aussi de la reconnaissance. Tracy Devine est la preuve qu'il existe encore des professionnels distingués qui représentent le meilleur d'une vieille — certains disent mourante — tradition. Elle consacre des heures infinies au manuscrit en ayant le bon sens de me réfréner quand j'en ai besoin et la capacité de m'aider à me dépasser quand c'est nécessaire. Je lui suis profondément redevable de la réussite de *La Prisonnière de Malte*. Et si certaines choses ont moins fonctionné, ce n'est certainement pas la faute d'une amie et critique attentive, dévouée et talentueuse, qui a permis de transformer l'exquise torture de la rédaction en l'un des plus grands plaisirs de ma vie. L'éditrice assistante Micahlyn Whitt m'a fait d'excellentes suggestions pour améliorer des scènes clés, tout en gérant les myriades de détails : illustrations, cartes, calligraphie, révision du texte. Nita Taublib, adjointe chez Bantam, s'est montrée une infatigable championne du manuscrit, et je lui sais gré de ses efforts.

Jean Naggar a créé une agence littéraire avec laquelle il est merveilleux de travailler. Jean et ses collègues Jennifer Weltz, Alice Tasman, Jamie Ehrlich, Rosemary Walls et Lillian Lent se débrouillent pour supporter leurs clients avec pondération et grâce.

Je suis particulièrement redevable envers l'incomparable Vanessa Borg, ma chercheuse à Malte, qui a passé des heures à compulser des archives poussiéreuses afin de dénicher les réponses à mes questions interminables. Elle m'a aidé pour les traductions, a rédigé de longues notes sur des sujets précis et a relu deux fois le texte en quête d'erreurs. Grâce à elle, nombre d'entre elles ont été corrigées. Celles qui restent me sont intégralement imputables. Parmi ceux qui m'ont aidé de manière importante ou plus accessoire, je voudrais encore citer le Pr Godfrey Goodwin, Bekir Kemal Ataman, le Pr Victor Mallia-Milanes et le Dr Simon Mercieca. Beaucoup de personnes ont lu le manuscrit et donné leurs commentaires, notamment Carol Rasmussen, le rabbin Jack Gabriel, Thom Barnard, Barbara Burton, Laura Uhls, Linzie Burton, Erin McIntire et Martha Rasmussen. J'ai vécu une expérience presque mystique au cours d'une bar-mitsvah à laquelle Nili et Graham Feingold m'avaient invité : fermant les yeux, j'ai été transporté dans le temps à la découverte de la grotte et des habitants de M'Kor Hakhayyim. Je voudrais encore remercier Nancy Leibig, Jane Maxsom, Mike et Terri Lischer, Denise et Chuck Elliott, Mike et Joani Graber, Nawab Saleem, Joseph Rossa McGrail, le Dr Jeff Pickard, James Kirtland, Robert Kawano et King Harris.

Enfin — s'ils sont les derniers cités, ils savent qu'ils sont toujours les premiers —, mes remerciements et mon amour vont à ma femme, Melinda, et à mes enfants, Ben et Li, qui supportent mes voyages et mes longs travaux d'écriture, et qui savent magistralement dissimuler leur impatience. Avec eux à mes côtés, achever un livre est difficile. Sans eux, ce serait impossible.

La Valette, Istanbul, Wondervu
mai 1999-novembre 2002.

*Achevé d'imprimer par N.I.I.A.G.
en Février 2005
pour le compte de France Loisirs, Paris*

N° d'éditeur : 42110
Dépôt légal : février 2005
Imprimé en Italie